新日本古典文学大系 94

近松半二 江戸作者 浄瑠璃集

内山美樹子
延広真治 校注

岩波書店刊行

目次

付録

凡例

一　本巻には、近松半二、近松やなぎ、烏亭焉馬等の浄璃瑠三作品を収め、『竹田出雲 並木宗輔 浄瑠璃集』と併せて、十八世紀（近松没後）の浄瑠璃の主流が概観できるように配慮した。

底本には、いずれも初版ないし初版に最も近いと見なされる七行本を用いた。

「伊賀越道中双六」　早稲田大学演劇博物館蔵本（ニ一〇―一四五一）

「絵本太功記」　早稲田大学演劇博物館蔵本（ニ一〇―一五二六）

「伊達競阿国戯場」　長友千代治氏蔵本

二　本文は底本を忠実に翻刻することを原則としたが、通読の便を考慮して、次のような校訂を施した。

1　改行・句読点・文字譜等

イ　浄瑠璃の丸本には、段落がないが、曲節を考慮し、場面、局面の転換等に応じて適宜改行し、段落を設けた。

ロ　句読点は、底本通り句点「。」のみを用いた。これは語る場合の息継ぎの箇所を示し、必ずしも文章上の普通の句読点の位置とは一致しない。

ハ　文字譜の類はすべて採用し、本文の右傍の適切と思われる位置に本文の文字または振仮名と頭を揃えて翻字した。文字譜・振仮名が並記してある場合は、前者を右外側として二行に組んだ。なお、ゴマ章はすべて省略した。

2　底本破損・異版・校異等

底本が欠刻などにより、判読困難の場合に、校注者の判断により翻字したものは〔　〕を施した。

3　振仮名等

イ　底本の振仮名、捨仮名は再現した。

ロ　校注者の付した読仮名には（　）を施した。

4　引用符号等

会話・独白等に相当する部分に「　」を付した。

5　字体

イ　漢字・仮名・合字等は、原則として現在通行の字体により、常用漢字表にある漢字は原則としてその字体を用いた。

異体字、特殊な略体や草体の字も、原則として通行の表記に改めた。

（例）胡盞（胡散）　百性（百姓）

ロ　当時の慣用的な字遣いや宛字は、原則として、現行と異なる場合にもそのまま残した。

読者の便宜を考慮し通行に改めたものもある。

（例）妹脊→妹背

6　反復記号

「ヽ・ゝ・〻・〱」等の反復記号は、原則として底本のままとした。

7　仮名遣い・清濁

イ　仮名遣いは底本通りとした。ただし、校注者による振仮名は歴史的仮名遣いに従った。

ロ　仮名の清濁は校注者において補正した。ただし、問題があると推測されるものには、いずれかに統一することをしなかった。

ハ　明らかな誤刻・脱字等については、その旨を脚注に記した。

三　脚注

現行の舞台については、スペースの許す範囲で触れることに努めた(付録五および解説参照)。

四　巻末に付録一・二・三として、以下の作品を収録した。

「仮名写安土問答」　早稲田大学演劇博物館蔵本(ニ一〇—三三〇)

「蛭小嶋武勇問答」第四(抄)　早稲田大学演劇博物館蔵本(ニ一〇—一七九五)

「三日太平記」第五(抄)　早稲田大学演劇博物館蔵本(ニ一〇—一三六七)

付録四として、「絵本太功記」と先行の実録本「太閤真顕記」との関係を対応表で示した。

付録五として、所収三作品の現行の舞台に関し、吉田文雀・名越昭司・和田時男氏等の協力を得て「人形一覧」を掲げた。

五　本文校訂・脚注・付録一・二・三・四は、内山美樹子・延広真治の共同作業による。各作品前の解題は内山の文責による。解説については、各章末に担当者名を記した。

伊《い》賀《が》越《ごえ》道《どう》中《ちゅう》双《すご》六《ろく》

「伊賀越道中双六」は天明三年(一七八三)四月二十七日から大坂道頓堀竹本座で初演された。作者、近松半二の絶筆であり、この作を最後に、竹本座は貞享元年(一六八四)以来、百年の歴史の幕を閉じることになる。

題材となった伊賀越敵討は、寛永十一年(一六三四)十一月七日、旧岡山藩士渡辺数馬が、姉聟荒木又右衛門の助太刀を得て、弟源太夫の敵河合又五郎を、伊賀上野鍵屋の辻で討ち取った事件である。若者の喧嘩に端を発した仇討であるが、又五郎を匿まった旗本安藤治右衛門らが、岡山藩主池田忠雄の引渡し要求に応じず、大名対旗本の抗争に発展しかけた政治的背景があり、助太刀荒木又右衛門の剣客ぶりも話題を呼び、延宝六年(一六七八)菊岡如幻による実録、第一次『殺報転輪記』が成立した(上野典子「伊賀越敵討物『殺報転輪記』の転成」『近世文芸』四十七号)。西鶴の『武道伝来記』(貞享四年〈一六八七〉)、一雪の『日本武士鑑』(元禄九年〈一六九六〉)等にも、伊賀越敵討は扱われ、享保頃には史実に多くの小説的改変(弟ではなく父の敵討とするなど)を加えた流布本『殺報転輪記』が生まれ、演劇にも影響を与えた。

安永五年(一七七六)十二月、大坂中の芝居嵐七三郎座初演、奈河亀助等作の歌舞伎狂言「伊賀越乗掛合羽」は、流布本『殺報転輪記』と、当時著名な吉田一保の講釈に基づく脚色(『中村幸彦著述集』第十巻)で、大当りをとり、六年三月には同題名で浄瑠璃に移された(豊竹此吉座)。

近松半二は先行諸作を踏まえながら、「伊賀越道中双六」において、背景となる大名旗本の確執に、十八世紀後期の政治感覚による解釈を施し、主人公唐木政右衛門の主体性を強く打ち出し、山場である「沼津の段」「岡崎の段」では、豊かな詩情と劇的緊迫感のうちに、宿命的な出会いと意志のドラマを展開する。半二の戯曲の到達点を示す傑作であり、文楽では現在通しでも上演される。

脚注引用の流布本『殺報転輪記』は末尾に「享保弐拾年」の記載を持つ中村幸彦氏蔵本(内題「伊賀上野仇討」)、第一次『殺報転輪記』(注では原殺報転輪記)は上野市立図書館蔵本、「渡辺数馬於伊賀上野敵討之節荒木又右衛門保和助太刀打候始末」(敵討始末書)は『荒木又右衛門抄』(大久保弘著、玄忠寺荒木会発行)によった。

底本は早稲田大学演劇博物館蔵七行百三丁(実丁九十九丁)本。

上杉顕定（和田、佐々木、沢井（股）の主君）　△松平忠雄

柴垣
　おのち（妹）

和田行家　△渡部靭負
前妻
　和田志津馬　△渡部数馬
　お谷（姉）

唐木政右衛門　△荒木又右衛門
　巳之助

平作
　およね（妹・傾城瀬川）
　十兵衛（城五郎に恩顧）

沢井又左衛門　△河合又左衛門
　沢井・城五郎（股五郎従兄、父方か）　△阿部四郎五郎

鳴見
　沢井股五郎　△河合又五郎

桜田林左衛門（股五郎叔父、母方か）　△桜井甚左衛門

誉田大内記（唐木、桜田の主君）　△本多内記

山田幸兵衛（政右衛門旧師）
お袖母
　お袖（股五郎と一時婚約）

佐々木丹右衛門（行家門弟）　△笹川団右衛門

△は流布本『殺報転輪記』の該当人名

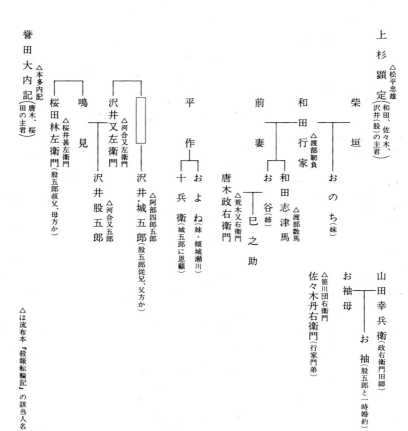

[一]伊賀越道中双六

[二]座本　竹本太市

第壱　[三]鶴が岡の段

[四]大権聖者《だいごんしやうじや》[五]の未来記《みらいき》に書記《かきしる》したる四海《かい》[六]の治乱《ちらん》。元弘《げんこう》[七]の戦《たゝか》ひ一ッ統《とう》[八]に。切リしづめたる足利《あしかゞ》氏草《うぢくさ》もゆるがぬ。[九]鎌倉山《かまくら》。比《（ころ）》は[一〇]大永元年《たいゑいぐわんねん》二月上旬《じゆん》。鶴《つる》が岡《をか》の[一一]奉幣《ほうへい》に[一二]勅使下着《ちよくしげちやく》の知らせによつて。[一三]山の内の[一四]執権《しつけん》[一五]上《うへ》杉顕定《すぎあきさだ》警衛《けいゑい》の役目《やくめ》承リ。[一六]坂本に仮屋《かりや》をしつらい一チ日がはりの家中ウの守護《しゆご》。[一七]和田行家《ゆきへ》が一ッ子志津馬《しづま》。威義《ゐぎ》厳重《げんぢう》に守り居る。折リ節[一八]佐々木丹右衛門。[一九]非番《ひばん》の姿《すがた》[二〇]上ミ取ッて。[二一]下モを憐《あはれ》む[二二]羽二重《はぶたへ》侍。仮屋に来かゝり。「志津馬殿。[二三]当日《とうじつ》のお役目御苦労《ごくらう》」と挨拶《あいさつ》し。「別《べつ》して今日は勅使《ちよくし》御入リの日なれば。取リ分ケて大切ッの御《（ご）》番ン。随分麁末《ずいぶんそまつ》のない様に。」と申も此丹右衛門。貴殿ンの親父《しんぶ》行家殿に釼術《けんじゆつ》の門弟。是迄外《（ほか）》の弟子《でし》よりも。格別《かくべつ》に御差図《さしづ》下ダされし師匠《しせう》の御恩《をん》。山よりも高《たか》ければ。

一 題材の敵討が伊賀越道中（→一二八頁注六）で行われたことと、劇が、街道各所を舞台に敵同士が跡や先になり、道中双六さながらの展開を見せることを暗示。道中双六は絵双六の一つで、東海道五十三次の宿駅を、賽の目の数に従って右廻りに進み、振り出しの日本橋より早くあがりの京（またはその逆）に達するのを競う。本作の初演番付角書に「ふり出しは…ゐこんのはじまり／あがりは…諸願成就の敵討」。 二 座本は一座（ここは竹本座）の経営者。竹本太市は天明二・三年の竹本座座本。伝未詳。 三 初演、竹本和太夫。 四 衆生済度のため、仮にこの世に人の姿をとって現われた仏や菩薩の尊称。ここでは聖徳太子のこと。 五 太平記六「正成天王寺ノ未来記披見ノ事」にいう聖徳太子（上宮太子）の未来記。同書に「上宮太子ノ当初（ソノカミ）、百王治天ノ安危ヲ勘（カンガヘ）テ、日本一州ノ未来記ヲ書置セ給テ候ナル。…大権聖者ノ末代ヲ鑑テ記シ置給シ」。 六 天下の乱れ、治まるさま。太平記の「治天ノ安危」に当る。七 元弘元年（一三三一）―三年における、後醍醐天皇を中心とする鎌倉討幕の戦い。但しここは、その後の南朝（後醍醐天皇、新田義貞）と、北朝（足利尊氏ら）との戦いも含めていう。 八 足利氏の武

時　大永元年二月上旬
所　鎌倉鶴が岡八幡宮

其御子息《しそく》の志津馬殿。次第に立身《りつしん》も有ル様フと神ミに心ン願《ぐはん》を込《こめ》奉り祈《いの》る程の拙者が心ン底《てい》。日比《ひごろ》から歯《は》に絹着《きぬき》せず申スを。必《かならず》[二四]気にはさへられな。地ウ貴殿ンの疵《きづ》は。[二五]ウ御酒《ごしゆ》参ると万ン事を忘《わす》れさつしやる。ウ色と酒をば敵《かたき》とせよとは賢者《けんしや》の禁《いま》しめ。ハルウ常に此義をお忘れ有ルな」とフシ真実《しんじつ》あまる。異見《ゐけん》也。

詞「ハア忝《かたじけな》いおしめし。兼ヾ[二六]親共が申スにも。釼術《けんじゆつ》の高弟《かうてい》といひ。若《わか》けれ共実義《じつぎ》有ル丹右衛門殿。兄弟同前に。万ン端《たん》を相談《さうだん》致せと申付ケ置カれたれば。其元様《そこもと》を兄と思ふて居《をり》まする」。「イヤそふ請て下されば。拙者は何より甚《はなはだ》祝着《しうちやく》[二七]。弟子《でし》傍輩《ほうばい》の事を申スはいかゞなれども。気の赦《ゆる》されぬ男は。[二八]沢井股五郎。[二九]彼《かれ》が従弟《いとこ》城五郎は。[三〇]鎌倉殿の昵近衆《ぢつきんしゆ》[三一]。[三二]直人《じき》を一ッ家《け》に持ッたと鼻《はな》にかけ。御前ンの勤も疎《おろそか》にして。昼夜《ちうや》遊所《ゆうしよ》に入リ込由《こむよし》。必《かならず》彼を友になされな。昨日は拙者が番。今日は非番なれ共内証[三三]ながら。見廻リも致さふと存じて推《すい》参《さん》致した。地ウ勅使のお入リに間も有《ある》まじ。[三四]ウ別当へ参ッて配膳《はいぜん》の。[三五]ハル勝手の案内見て参らふ。色後刻。フシ〳〵」と別れ行。

地色ウ折からうそ〳〵[三六]来かゝる町人。ハル番人声かけ。色「ヤイ〳〵どこへ行《ゆく》。ハル御仮屋の前。ウすさりお

家政権による天下統一。九 切る、草、鎌と縁語仕立てにし、源氏武家政権草創の地鎌倉を導き出す。
※このあたり、文章も舞台設定も仮名手本忠臣蔵の大序に準ずる。
一〇 一五二一年。史実の大永元年当時は「応仁ノ乱後ヨリ。公家(朝廷)武家(京都の足利将軍家)共ニ衰微」(日本王代一覧七)の時代で、関東でも争乱相つぎ、この年、上杉両家(山内・扇谷)の合戦があった。
※現行、奥の方正面に鶴岡八幡宮の社殿と回廊、石段があり、正面上手よりに鳥居、下手に笹竜胆の紋の幕を引回し、警固所の体。
一一 神に幣帛《へいはく》を奉納すること。
一二 朝廷から奉幣のために鶴岡八幡宮に向かう勅使が到着するとの。
一三 山内上杉氏は史実では関東管領職を世襲する上杉氏の宗家。一四 近世演劇では執権は家老の意に用いることが多いが、ここは史上の関東管領に当るか。徳川時代の幕閣職を想定か。一五 一四五四―一五一〇年。関東管領。山内上杉氏。大永元年は顕定没後。史実の岡山藩主池田(松平)宮内少輔忠雄に当る。一六 坂の下(鎌倉市坂の下。新田義貞の故事でも知られる要害の地)を想定か。
一七 流布本殺報転輪記の渡部靭負・数馬父子に当る。
※以上、大永元年の鎌倉と設定しているが、応仁の乱後の史実とは甚だしく異なる叙述。時、所、人名を、

らふ」と口〻に。噛付《かみ(つけ)》られて犬一つくばい。「アヽイヤ私は切リ通し二の町人ン。本庄屋定七と申て。和田のお家へお出入リの者三。志津馬様に用事有て」と。聞《(きく)》より志津馬。「苦し四うない。是へ参れ」と傍近《そば》く「今ン日は勅使《ちよくし》御入リの社内故。一チ〻人を改る。急用《きう》か。何事ぞ」。「ハイ。イヤ別《べつ》義でもござりませぬ。彼ノ金子の義を」。「コリヤ〳〵。イヤサ家来共。其方共は南門ンへ参つて人を通すな。残らずいけ」と追やれば。

「ハアいか様金銀の事は内証。爰で申《(まうす)》五は不調法」。「アイヤ〳〵《(イサ)》契約《けいやく》の日が延引《ゑんゐん》すれば無理とは思はぬ。ガ此事は股五郎殿を頼ンで置イた。一チ両日猶予《ゆうよ》を頼《(たのむ)》」と。咄し半《(なかば)》へ大小も。金挊《ごしら》六へのつか〳〵七と。入リ来る沢井股五郎人八を。非《ひ》に見るのさばり顔。

「ヤア定七。お手前が来た筋は。股五郎が呑《の》ミ込ンでおる。部屋住ミ九の志津馬殿吉原通ひ一〇の内証金ネ。今用立ッて置イたれば。兼てお身が願ふておる。お国の掛屋一一に仕《し》てやるさ。都人の時に志津馬。頼《(たのみ)》が有ル。身が懇意《こんゐ》にする町人ンの女房今ン日勅使のお入リを聞イて。装束《しやうぞく》一二姿拝見ンさせて下ダされと。拠《よんどころ》なく願ふに付《(つき)》。裏門からこつそりと。最前ン社内へ入レて置イた。爰は粋《すい》一三な貴殿ンなれば。大目に見てくれまいか。どふじや〳〵」。「アヽイヤ

表向き室町時代にとりながら、以下は近世徳川時代の事件として展開する。従って足利氏は徳川氏、上杉顕定は池田忠雄。鎌倉は江戸。
一八 流布本殺報転輪記の笹川団右衛門に当る。一九 当番でないこと。武士の城への出勤や警固などの任務がない日。二〇 裃の上、即ち肩衣を着用しない平服姿で。二一 裃の下、即ち袴の意に家来や領内の民百姓の意を掛ける。二二 やわらかく艶のある上質の絹布で礼服に用いる羽二重のような、折目正しく、ものやわらかな侍。二三 当番の日。二四 不快に思わないで下さい。二五 御酒を召し上がると。二六 父親。共は話者の謙遜の意を示す。二七 喜ばしい。二八 史実・実録の河合又五郎。二九 →二〇頁注一三。三〇 江戸徳川将軍家をさす。三一 ここは将軍家に親しく近侍する人。次の直人と同義。「昵」は底本「昵」。以下同。三二 近世の将軍家直参、旗本をさす。三三 うちうちに。三四 別当所。鶴岡八幡宮(神仏混淆)の寺務を司る僧(別当)のいる荘厳院(国花万葉記)。三五 台所の様子。三六 うろうろ。

一 犬のように地面に手をついてしゃがみこみ。噛み付くと犬は縁語。
二 山や丘を切り開いて道をつけた所。鎌倉は丘陵に囲まれ、極楽寺坂切通、大仏坂切通、朝比奈切通など、切通しが多いが、ここでは具体的にどれ

く〳〵。町人《ン》たる者殊に女。左様《フ》の事を政道《せいとう》[一四]する志津馬が役目。外の者の見ぬ中《チ》に。一時も早く追かへされよ」。「ハテそふ堅ふいふた物じやないわい。コレ貴様の好《すき》の女だはい。マアちよとよい女房見たがよい。器量《きりやう》[一五]はどてん天《ン》人《ン》姿天降《あまくだら》してお目にかけふ。爰じや〳〵」と手招《まね》きに下《おり》来る坂の段かづき[一六]。屋敷《キ》[一七]か町《チ》と三重の帯。堅ふ見せてもし[一八]どけなく。

「志津馬様わしじやはいな」と。被《かづき》[一九]を取ば松葉屋の。「ヤア。瀬川[二〇]じやないか」と志津馬が侚《(ぴつく)》り。「ナン〔ト〕股五郎は粋ではないか。何が一日逢《あは》ねば百日[二一]と。吸《すい》付《キ》合ふておる中〔カ〕。身共とは違ふて親持の身分《ッ》。此間より御前勤に間がなふて。廓《くるは》へ来ぬを女気で若《もし》や心替りかと案じるが可愛《かわい》さに手工合《(てぐあひ)》[二二]してけふの参《ッ》会よもや腹も立まいが。コレ太夫嬉しいか〳〵。遠慮《ゑんりよ》なしに。しげれ[二三]〳〵」と。突《キ》やられてぴんとすね。「女中法度《はつと》の此お仮《かり》屋追いなせとおつしやつたは。よく〳〵わたしがお嫌ひそふな」と。思はせぶりの雪の梅[二四]解《とけ》[二五]ぬしかけがそれしやなり。

「イヤサ。そふではなけれど。是は又きつい所へ連《レ》て来た。御門《ッ》は誰が通したぞ」。「イ

をさすか不明。本作の鎌倉の地名は、実質的には江戸を想定しながら、幕府の所在地を舞台とすることを憚り、鎌倉の地名に言いかえているので、中世・近世の鎌倉の実態と対応しない場合がある。 三「の」は衍字。 四 さしつかえない。 五 公務の場で言い出すとは、気のつかぬことでした。 六 刀と脇差の柄や鞘の金具が金細工で、派手な身の廻り。 七 柄に掛ける。 八 人を人と思わぬ。 九 嫡子のまだ家督を継いでいない状態。史実では数馬は渡辺家の当主だが、敵討当時二十七歳、事件発生時二十三歳。 一〇 江戸の公許の遊廓。伊賀越敵討事件当時は元和三年(一六一七)に開かれた元吉原(中央区日本橋人形町)であるが、明暦三年(一六五七)に、日本堤(台東区千束)に移って新吉原。鎌倉に吉原がある不合理は近世演劇では慣習化。但し第六では「江戸の吉原」。 一一 諸藩の蔵米等物産品の売捌き金の収納や金融関係業務を行う町人。 一二 都の公家の正装である衣冠束帯の装束。 一三 ものわかりのよい。 一四 取り締まり。 一五 最上位の意、ど天上の略。同音の天人を導き出す。 一六 坂の石段をかづき姿で。鶴岡八幡宮の参道の中央に一段高く作られた道の段かずらからの連想でいうか。 一七 武家奉公の女中か、町家の女房・娘などか、と見え、三まわりの帯を締め。三重と見えが掛詞。 一八 態度が締まりな

ヤ此実《じつ》内めでごはります[一]」。「スリヤ御門を通したは儕《(おの)》レか。ヱ、につくいやつ。とはいふ物のおれも顔が見たかつた」「ヱ、とふからそふ砕《くだ》ければよい。堅《かた》い顔が気にくはぬ。家来共は散《ちつ》て仕廻《しま》ふた。実内は志津馬の腰付《こし(づ)》ケ[二]。廓の供する粋奴《すいやっこ》。こふ寄ッた所はとんと廓の座敷に成た。太夫[三]主《す》のおもたせ是へ」。「ナイ」と返ン事は奴の遣手《やりて》[四]。蒔絵《まきゑ》の提《さげ》重角《つの》樽《だる》は「股様[五]よりの御見舞」。「吉弥[六]たばこ」「アイ」と跡[七]引長煙管《ぎせる》包ミ[八]。ほどいて取出す。

裲《うちかけ》姿立チ木の桜あたり。まばゆく見へにける。

「先《(まづ)》一ッ献《こん》」と股五郎大盃引受て。「サア志津馬慮外[九]申ス」。「イヤ今ン日は大《(だい)》禁酒じや」。「といふてあの君が顔見て呑《のま》ずには居られまい。ちよつと一ッは身の養生《ようぜう》。呑〔メ〕ば甘露《かんろ》の[一〇]菊の酒。其盃定七に差《(さし)》召サれ。大事[一一]ない一つ呑やれ。扨盃を差て置て。お手前に頼《(たのむ)》事《(こと)》別義ではない。此瀬川と此通りに深ふ云かはした中。所に去ル大家《(たいけ)》から身請の相談《さうだん》。向ふは千両二千両惜《をし》まぬ家柄《がら》。欲《よく》に喰《くひ》付キ親方が其方《(そのはう)》へやらふといふを。先ン約《やく》なれば志津馬が方へ。五百両で身受さすると。此股五郎がつつばつて[一二]置イたれど。けふ翌《あす》にせまつた日切《(ひぎり)》。これ迄取[一三]かへも有ル上なれば。用立ッてくれまいか」。「ハイ。そりや[一四]はやあな

く。堅気の女性らしくなく。一九 女性が顔を隠すために頭から被るひとえの衣。二〇 →七三頁注一四。二一 百日も逢わぬほどつらい。二二 手回し。段取り。二三 しげる、は男女が同衾すること。二四 瀬川の白い肌。梅は堅気のように清楚に装った美しさの比喩。二五 雪の縁語。志津馬を気懸りにさせるような態度を忘れないのが、恋の手管を知り尽した遊女らしい。

一 奴言葉。二 腰巾着。三 太夫さん。「す」は上方の遊里で、遊女または客の名につけて敬意を表わす。なお本作初演時の吉原には、遊女の最高位である太夫は存在しない(玉屋抱え小紫が最後。宝暦九年刊の吉原細見・宝の八木に見えず)。島原・新町には存在。四 遊女の監督や諸用をつとめる遣手の役を奴実内が引受ける。五 これは奴の言葉、次が瀬川の言葉とみておく。六 瀬川に付き添う禿の名。七「アーイー」と長く跡へ引く禿の返事と遊女の長煙管を掛ける。八「屋敷か町か」と堅気に見せていた瀬川が、包みから出した打掛けを着、長煙管を持ち、全盛の太夫の華麗な立姿となる。「桜」は七行前の梅と対照。九 憚りながら盃を差します、の意。一〇 菊潭(中国、南陽県の川)の水。飲めば長寿を保つ。「菊水を飲めば甘露もかくやらん」(謡曲・邯鄲)。一一 ここから定七

た方のお頼。いかにもと《サ》申たけれど。部屋住の志津馬様。慥な引当《(ひきあて)》[一五]がなければ」。「ヲヽサ夫《レ》も思案《ン》仕て置《イ》た。和田の家の重宝正宗[一六]の名作を。質《しち》物《ッ》に差入《レ》る。是程慥な引当はない」。「イヤ〳〵《コレ》股五郎殿。其刀は先《ン》祖《ぞ》より伝《つた》はつて。常の差料《さしれう》[一七]には致《タ》さぬ重宝《てうほう》。質物《ッ》に入《レ》る事は」「《ハテ》扨悪《ル》い合点。其大切な刀じやによつて書入《レ》て間に合すのさ。金さへ済せばきよじ[一八]はない。殊に此度武将[一九]の若君御元服《ごげんぶく》の御祝義。諸大名より名作の釼《つるぎ》献《ン》上有べき折から。正宗多き中にも和田の正宗は勝《すぐ》れて無双《ぶさう》の名作。殿より御所望《もう》有《ル》は必定《ひつでう》。其時になければならぬ大事の刀。しばらくの用に立《テ》。其中には股五郎が工面《ン》して取《リ》返す。気遣ひせずと《サア》志津馬。其趣《キ》一《ッ》札《(さつ)》書てお渡しなされ」と。《地ハル》色に付《(つけ)》入《リ》正宗を。仕《しウ》てやる心《中》の釼《ウ》[二〇]とは。白紙《(しらかみ)》[二一]取《ッ》て認《したゝむ》る。若《ウ》[二二]気の思案《しあん》ぞ是《フシ》非もなき。《地ハル》定七証文《ン》懐《くわい》中《ウ》し。「そんなら金《ン》子調達《てうたつ》致し。股様方迄持参致さふ。質物《ッ》は結構《けつこう》なれど所詮《ン》こつちの物にはならぬ。御返《ン》済の違はぬ様に」。「気遣ひするな。身が一門《ン》は歴〻《れき〳〵》。金《ン》銀沢井[二三]が呑込だ」。「よござります。が申《(まうし)》[二四]云ぬ事は聞へぬ。利銀は二割[二五]三月おどりでござります」と。[二六]欲《よく》の《地ハル》鵰《くまたか》股五郎に。詞番《つが》《中フシ》ふて立帰る。「《詞》サア〳〵祝ふて是から祝

[一二] 強く抗弁して。強く言い張って。[一三] 立て替え。[一四] それはもう。[一五] 抵当。[一六] 鎌倉時代末の名刀工相州鎌倉住正宗の鍛えた刀。秀吉が恩賞・贈答に盛んに用いたため、名刀の代名詞となる。[一七] 腰に差すための刀。[一八] 凶事。災い。不都合な事態。[一九] 将軍家。[二〇] 害意。[二一] 知らぬに掛ける。[二二] 若気故に、股五郎の甘言に乗せられ、大切な正宗を身請金の引き当てに渡してしまう志津馬の思慮のなさ。

※敵討始末書はもとより、殺報転輪記にも、遊女の話はない。伊賀越乗掛合羽では、若殿の放蕩と股五郎の悪企みが描かれる。

[二三] 沢山ある意のさはを掛ける。[二四] はっきり言わなければ相手に通じない。言いにくいことを、あらかじめ言っておく時の言葉。[二五] 利息は月二割、三月めの多くは二十五日を返済期日とし、それを過ぎると月末までに更に一月分の利息をとる高利貸。[二六] 熊鷹は貪欲で鷹狩で獲物をよく獲るので、欲深い者をたとえていう。くまたか、また五郎、と韻を踏む。

言。天下晴ての志津馬が奥方。目出たい〳〵打て置《おけ》しやん〳〵」。調子に乗て最《も》一《ッ》大事か二つも三つもいつの間に。酔《よい》が廻つて役目の大事。忘れるめれんに「仕てやつた」と。笑壺《つぼ》に入《ッ》たる股五郎。「仲人は酔の紛《まぎ》れ。積《つも》る咄しをゆるりと瀬川。暫く粋を通そふ」と。跡に難《ン》義を掛作《リ》。廊下《らうか》へぬけて行《ゆく》共しらず。「股主《またす》〳〵どれへござつた。ぬけそとは手が悪い。人〔ト〕をころりと殺して置《イ》て。逃ふとは。比怯者」。「ヱ、コレナ。此様な嬉しい中に。殺すの死《しぬ》のと気にかゝる事計《ばつかり》」。「そんならおれと祝言するが。そなたは真実嬉しいか。と有《レ》ば我等も千万祝着《しうちやく》。此悦びに又一つ」。「ア、申《まうし》其様に御酒《ごしゆ》上つたら御用とやらの害《かい》になろ。もふ此盃は止《やめ》にせふ」。「止にせふとは祝言《ン》がいやか。いやでなくばま一《ッ》献《ン》。たとへ知行召上られ。ふちは。瀬川に成《なる》とても。二人《リ》手に手を引《キ》合ふて。どんな川へも志津馬は本《ン》望。もう主も親も入《ラ》ぬ殺せ〳〵」と酔狂《すいけう》も物がいはする。くだ枕。膝《ひざ》にたわいもなき折から。「勅使のお入」と呼はる声。聞《きく》とひとしく丹右衛門。「志津馬はいかに」とかけ付《つく》れば。「南無三宝例の沈酔《ちんすい》。コレ志津馬殿〳〵」。「コレイナ。太夫さまを待して置てあの様に寝

一 話がめでたくまとまったしるしに手を打つ時の慣用句。 二 志津馬も調子に乗って、もう一杯ぐらい、かまわないと思うところからつい二杯、三杯と重なって。調子に銚子を掛ける。 三 何時と五つ(五杯)を掛ける。 四 酩酊。 五 酩酊させる、の動詞と、巧く術中におとし入れた、の意を掛ける。 六 満足の笑みをうかべ。 七 諺「仲人は宵の内」の言いかえ。節付けの「詞」はここからか。 八 せい、に掛ける。 九 気を利かそう。 一〇 崖や斜面からさしかけて作った建物。後難の種をしかける意を掛ける。 一一 →八頁注三。 一二 気付かれぬように抜け出ること。 一三 やり方がよくない。 一四 酔いつぶしておいて。 一五 卑怯者の宛字。 一六 わたしも、甚だ喜ばしい。等は謙遜。複数の意はない。 一七 祝い。 一八 主君から与えられる領地。 一九 武士が給与として与えられる扶持米。淵に掛ける。知行、扶持、併せて、武士として主君から与えられる俸禄。 二〇 昨日の淵が今日は瀬(瀬川を掛ける)となるように、すっかり変って(失って)しまっても。「ふちも知行も瀬とかはり。よるべも浪の下人(したびと)に。結ぶ塩冶(えんや)の」(仮名手本忠臣蔵八)。 二一 沈まば、に掛ける。 二二 虫が知らせて、後に現実となる不吉なこと(親を殺され浪人)を酒が言わせる。 二三 酔ってとりとめもないことをくどくどいう、くだを巻く、

てじやはいなァ。二六こそぐりおこそ」と二七二人ㇼして。抱起しても。とろ〳〵目。「コレ志津馬。正気を付やれ勅使のお入じや」。「イヤ二八猪口《ちよく》は嫌《きら》ひ。二九こつぷで致さふ」。「ヱ、何いふても死人同前。三〇一世の浮沈《ふちん》何とせん。家来共此女裏門から追かへせ」と。三一替上下《（かへがみしも）》の肩衣を。三二身に引かけて志津馬が代ㇼ三三勅使を。出迎ふ深切《しんせつ》も夢にも三四白川高鼾《いびき》。三五松吹風も音添て。後の難義と。和田の家世の成《（なり）》。行《（ゆき）》こそ

三六へ定めなや

と枕を掛け、瀬川の膝を枕に他愛なく、と続く。

※伊賀越道中双六は、天明三年初演以来、竹本座系太夫によって上演され、先行する伊賀越乗掛合羽（安永六年初演。前年初演の歌舞伎を浄瑠璃化）は豊竹座系で演じられてきたが、文政頃から両作を継ぎ合わせ「道中双六／乗掛合羽 伊賀越」の題名で上演されることが多くなり、近代まで大序は専ら乗掛合羽の方が用いられてきた。昭和四十二年、東京国立劇場での通し上演に道中双六による大序が省略台本で復活されたが、以後の通しでは省かれている（一九九六年現在）。

二四 泥酔。 二五 禿の言葉。 二六 くすぐり起こそう。 二七 瀬川と禿。 二八 ちょこ。小型の盃。勅使を聞き違える。 二九 コップ。オランダ語。陶製の猪口に対し、ガラス製の洋風の酒盃。 三〇 志津馬にとって、今日の役目を仕損ずれば、一生を台なしにする瀬戸際であるのに。 三一 予備に用意していた裃。 三二 裃の上、即ち肩衣を急いで着用する意に、志津馬の難儀を一身に引受ける意をかける。 三三 番付によれば勅使中納言登場。 三四 夢にも知らず、に掛け、白川夜舟の高鼾は松風の如く、と続く。 三五 松風のざわめきに不安感を漂わせて第一段が終る。 三六 実際の演奏では「定めなや」以下は次の段の冒頭で語られる。

第二　行家屋敷の段

春毎《ごと》に。詠《なが》めは飽《あか》ぬ鎌倉山。仁義を守る武士《もののふ》も。旦《あした》に隠す桐が谷《やつ》。和田行家が一構へ書院先の鑓水も。打手《うつて》に靡《なび》く娰《こしもと》仲間塵《ちり》取役や掃除《そうぢ》番。其役〻を割付《わりつけ》て。一つ所へ寄たかり。「何と玉木どふ思やる。今鎌倉のお屋敷ではどの若旦那がよい男」。「アヽコレおきや〳〵。迚《とて》も男を吟味しても生物《なまもの》は入レられぬ。乾物《かんぶつ》で仕廻ふておきや。生物をたべ過すとお谷様がよい手本ン親の赦さぬ徒《いたづら》と親殿様の御勘当。毎日〳〵お詫言に御出なさるゝは。おいとしい事ではないか追付《おつつけ》お越なされたらそなたの部家《へや》に置まして置てたも。思はぬ咄しで隙入た。必《かならず》晩の宿下りに。仮寝の床のふつてりと。握りごたへの有のをば。土産《みやげ》に頼む」と打笑ふ。一間の襖明暮に。血を分し子と血を分ぬ。義理のかづらにからまれて。柴垣一間を立出《いで》て。「何をざは〳〵娰《こしもと》共掃除仕廻ば勝手へ行《ゆき》お谷殿を是へ呼や。必〻《かならずかならず》目立ぬ様

一　初演、竹本友太夫。　二　桜の眺め。「花は桜木人は武士」の譬えに続く。

時　前段の何日か後
所　鎌倉桐が谷、和田行家屋敷

三　当主は仁義を守る武士で世間に何も憚るところはないが、屋敷に朝霧が立ち籠めて。息子志津馬の放蕩・失策と、娘お谷の私通・出奔を暗示か。　四　鎌倉材木座付近の地名(新編相模国風土記稿で鎌倉郡西見庄城廻村の小名の一つ)と、桐が谷桜(一枝に八重一重が混じって咲く)を掛ける。　五　流布本殺報転輪記の渡部靭負に当る。　六　寺院、武家屋敷の書見をする居室で、客殿を兼ねる。　七　遣水の宛字。庭に水の流れを導き入れたもの。　八　遣水の流れから汲んで打つ水に庭の木草も靡く。　九　張形をいう。　一〇　過度に性交をすると。底本「だへ過す」。　一一　私通。ふしだら。　一二　お置き申して。　一三　たっぷりと。　一四　明ける、に掛ける。　一五　柴垣にとって血を分けた子(おのち)と、血を分けぬ、義理ある仲の子、お谷・志津馬故の気苦労が明暮心から離れぬことを、柴の垣根に蔦葛がからむさまにたとえた。　一六　娘に殿をつけるのは、柴垣が日頃から義理ある仲、を意識している表れ。　一七　親の許さぬ不義で家出したのはお谷自身の科ではあるが、自

に」と有ければ。「ハイ」と答へて妼共皆〻勝手へ入にけり。

けふも又何と云寄方《いひよるかた》もなく。詫にお谷が綱切《きれ》てしほ〳〵として座に直る。

[一七]「心からとは云ながら。我内《わがうち》ながら人目を忍び。[一八]夫に付添《つきそふ》女の道[一九]政右衛門事は我夫《わがつま》のお気にも入《いり》。天晴の達人なればけふや殿へ御目見へ願はん翌《あす》や取次せん物と思し召たも恩が仇。そなたを連ﾚて立退《のき》しは不届き者と御勘当。自《みづから》が身にも成てたも。世継と定るあの志津馬傾城狂ひに身を持崩《くづ》し。[二〇]万一御沙汰有てはと[二一]御前勤の願ひをさげしも我子を思ふ夫のお情。[二二]世間の取沙汰口惜く。継子《けいし》継母《けいぼ》の隔有《へだてある》柴垣とばし思やんな」と。夫に随ふ貞女の道。云聞されて差うつむきとかふ詞もなかりしが。

漸《やうやう》に顔を上《あげ》。「何とぞ今一度父上のお赦し有《ある》お詞を。お願ひなされて下さりませ」。

「ヲヽ其事は気遣ひ有な。一旦夫婦と成たれば[二三]世間を守るが男の役適《あつぱれ》の侍を[二四]埋《うも》れ木となさん様もなし。命にかへて願ふて見ん。先《まづ》それ迄は自《みづから》が部家へ行きや。早ふ〳〵」といふ折から。「沢井様御出」と。知せと倶《とも》に打通れば。[二五]隔《へだつ》る柴垣お谷をば。ちらと見るより空うそぶき。恂《びつく》り驚く奥方ﾀも。「[二六]お出《いで》」と計《ばかり》詞なく入ﾗんとするを。「アヽコレ

分の家で人目を忍ばねばならないのが不憫だ。一八 家老職の父の屋敷から追放されても浪人の夫政右衛門と苦労をともにする覚悟は、女の道にかなっている。一九 唐木政右衛門。史実・実録の荒木又右衛門。二〇 行家は殿様から志津馬の身持放埒を咎める処置が正式に決定されては、と心配して。二一 志津馬は部屋住で独立した藩士ではないので、親から出仕願いを病気などの口実で取り下げ、謹慎させている。二二 世間では意地悪く、二人の子の身持が悪いのも母親が違うせいだ、と言い立てるのが口惜しい。隔と垣は縁語。二三 政右衛門も無分別に恩人の娘と出奔したものの、妻として、一家を構えてみれば、世間即ち社会的立場や地位を重視するのが男として当然である。二四 浪人のままで終らせる。この時は柴垣は政右衛門の誉田家への仕官(第四)の事情をよく知らなかったのだろうか。

※文楽の通し上演では「鶴が岡」を省き、「行家屋敷」から演ずるのが通例。この段も現行台本には大幅なカットがある。現行舞台は武家屋敷の体で、正面に襖、上手に違い棚、床の間、その上手に障子屋体。下手は庭の見える渡り廊下。

二五 柴垣は自分の体でお谷を隠そうとするが、股五郎はちらりと見てしまい、わざとそしらぬ顔をする。

二六 ようこそ。

〳〵奥方。挨拶《あいさつ》もなく御入《リ》なさるゝは。[一]先《ン》生の御病気毎日お見舞[二]も得申さぬ。其御立《ッ》腹が有《ッ》ての義か。拙者とても病身《ン》故。お断《ことはり》の願ひを立《テ》。御前《ン》勤もとくより引《イ》て罷有《レ》ば。御ぶ沙汰の段は御免《ン》下され」。「何の〳〵親御又左衛門様から御懇《ごねんごろ》な間《ダ》がら。其御挨拶《ごあいさつ》に及ばぬ事」。「成《ル》程〳〵其懇意《こんゐ》について。いつぞはお尋申さふと存じたが。其元様は先生の後《チ》連《レ》。先《(せん)》奥方の腹に出生の志津馬殿。今一人《ン》お谷殿と申姉御が有たが。いつ比《(ごろ)》からやらとんと見請《(みうけ)》[三]申《サ》さぬ。嫁入《リ》なされた沙汰もないが。やはりお屋敷にござるか」と。[地ウ]訳知《リ》ながら問かける。[四][ウ]そこに心を奥方は[ハル]何《ン》と返《ン》答口ごもる。[地色ウ]一間の内より立出る和田行[ウ]家。[ウ]病気ながらも尖《するど》き眼《ン》[ハル]中。「[詞]よくぞ〳〵沢井氏。心にかけられお見舞過分《ン》〳〵」。「イヤ先生存じたよりは顔色《がんしよく》も宜しく。珍重に存じます。扨今《ン》日参つたは密々《みつ〳〵》にお咄し申たき事有《ッ》て。申《(まうし)》奥方。ソレ冷《ひへ》るにお蒲団《ふとん》上られい」と。[地ハル]いふを[五]立端《(たちは)》に柴垣は。「[詞]妣共燭台《しよくだい》持《テ》。[地ハル]こいよ。[フシ]〳〵」と立て行。[地ハル]股五郎摺《すり》[色]寄て。「[詞]お咄しと申《ス》は別義でござらぬ。兼て貴公の家と手前とは一《ッ》家同前。殊に拙者劔術《けんじゆつ》のお世話に預りし先《ン》生。心《ン》腹《ク》を打割《ッ》てお咄し合致す中。貴公様も御同

一 行家を剣術の師とする設定は、乗掛合羽の踏襲。但し乗掛合羽では沢井も剣術の家とする。
二 お見舞に来たいが来られずにいる、の意。
三 捨仮名「サ」は衍字。
四 股五郎に底意がある意と、奥方が心を置く、を掛ける。奥方はあれこれ憚って何と答えてよいか分らず。籠る、の縁で、一間と続く。
※渡部靭負は史実及び原殺報転輪記にはなく、流布本殺報転輪記で創作した人物。伊賀越乗掛合羽から、武芸・心底ともに優れた武士となる。
五 座を立つきっかけ。
※伊賀越敵討関係先行作品の中、特に本作への影響が顕著なのは小説の流布本殺報転輪記と歌舞伎・浄瑠璃の伊賀越乗掛合羽である。伊賀越乗掛合羽は歌舞伎・浄瑠璃とも大筋はほぼ同じ。本巻では引用には原則として浄瑠璃を用いる。

前。そこを存じて。内分《(ないぶ)》ンにて申上ふと存じ参上致してござる」。「是は〳〵お互に御懇意に致すからは。何事によらず承りたい。サ、、、御遠慮なふお咄しなされ」。「イヤ別義でもござらぬが。[六]正宗の刀私に御譲り下さるまいかな」と。地ウ思ひがけなき一言ンに。ハル返ン答なければ。「詞サ、、、斯《かう》申た計リでは御合点《ごがてん》参るまじ。かうでござる。正宗の刀は質物《しちぶつ》に入《(いつ)》てござる。箇様申せば。志津馬殿の事訴《そ》[七]人ン致す様なれど。訳を申さぬと御合点が参るまじ。悪ふござる〳〵。吉原の瀬川と申ス遊女《ゆうぢよ》に迷ひ。正宗の刀を質に入レ身請の相《さう》談《だん》極《(きはま)》ハりしと承る。ヱ、とくにも拙者存じたならば。御異見でも仕らんと存じた[八]所が跡の祭り。スリヤ正宗の刀は他家の物に成まする。そこを存じて。拙者方へ申請れば。[九]貴公なり。手前なり。両家に有ルも同前。御内談ンとは此義でござる」と。地ウお為ごかしに云廻す。心の内ぞフシウ恐ろしし。「詞コレハ〳〵。日頃御懇意に致す間。躮《(せがれ)》めが不届御世話下さる段。コレ〳〵手を突ィてお礼申。千ン万ン忝ふ存じます。扨ヽ不届な躮め。ヤモ此お世話御無用になさつて下され」「ソリヤなぜでござる」。「右の刀は則《(すなはち)》私方へ請戻してござる」。「ムウスリヤ正宗の刀は請戻したとな。夫レは重畳《てう〴〵》[一〇]。シテ志津馬殿はな」。「勘当致した。

六 流布本殺報転輪記の「河合正宗之事」などをふまえた言葉。原殺報転輪記にも、河合又五郎と渡辺小才次(史実の源太夫に当る)の間で刀をめぐる遺恨が描かれるが、流布本殺報転輪記では、その刀が河合家に伝わる正宗となり、又五郎の父又左衛門は、親友渡部靭負(本によっては靭負の父金右衛門)に、自分の死後は渡部家にこの刀の権利がある旨の一札を与える。又左衛門死後、又五郎は正宗を靭負に渡したものの、残念に思い人中で靭負をそしる。靭負の子数馬は、父にそれとなく正宗を又五郎に返すように勧め、靭負は又五郎の家に正宗を持参する(以下→一九頁※)。

七 訴え。つげ口。

八 思ってみても、今では。

九 流布本殺報転輪記における、正宗をめぐる入り組んだやりとりをふまえた言葉。なお正宗は本来河合家の刀であったとの設定は伊賀越乗掛合羽まで受継がれるが、本作でははじめから和田家の刀で、股五郎が横領を企む設定となる。

一〇 まことに結構でした。

若〔シ〕箇様の義[一]沙汰有て万一殿様より御尋《(たづね)》に預りし時。申訳ないと存るから。右の刀を請戻し御沙汰なき中《(うち)》めは勘当致した」。「ハテ[二]気の毒千万。時に外にお頼申たいは。私未《いま》独身《だどくしん》でおりまするが。どうぞ姉御のお谷殿を。拙者が妻に下さるまいか。スリヤ聟は子也。行家殿の御家督《ごかとく》拙者が預り。其内には志津馬殿。お心も定リなば御渡し申《(まうす)》に相違なし。是非お谷殿を申請ケたい。此御相談はどふでござるな」。「イヤ御深切《しんせつ》忝《(かたじけな)》いが。其お谷めが事は唐木政右衛門と中浪人ンと密通《みつつう》致し。家出したは四年ン以前ン。箇様の不届キ者なれば。勿論《もちろん》こやつは[三]七生迄の勘当。貴公も此義は申さいでもよく御存じで有リながら。何かこりや御座興《ござけう》でござるの」と。地ウ何をいふても[四]請付ケぬ。ウ始めの恥辱《ちじよく》に[五]股五郎。ウ何がな見出し付ケ込マんと。白眼《にらみ》廻ハせば立聞《(たちぎく)》ハルお谷中三人ン一度にハル見合す顔。立テ切ル障子驚く行家。色「詞コリヤ〳〵悪い〳〵。今爰へ出ると[六]身が武士が立タぬ。屋敷に叶はぬ出てうせい」と。サ追出して置キました」と。地ウ云イ紛《まぎ》らせばハル高笑ひ。「ム丶ハ丶丶丶丶。詞行家殿何いはつしやる。娘やることならぬならいやで済ム事。ナニカコリヤ手前[七]小身ン者と侮《あなど》り嘲哢《てうろう》召サるの。ヤ恥辱を与《あた》へるのか。股五郎は武士でござるぞや。侍でござる。娘は勘当致した。屋敷

一 噂となって。二 本来、心苦しい、の意だが、ここは現在の用法に近い。三 永々まで。七生はこの世に転生することの出来る極限。「先生(せんじやう)ノ事ヲ知度(しりたく)覚(おぼえ)テ、大師ニ祈念スルニ、七生ノ事ヲ示シ給フ」(沙石集二)。四 相手にしない。股五郎がつけこむすきがない。五 またしても恥辱をとり、と掛ける。行家から正宗を請戻したと聞いた段階で、正宗横領の企みが行家に知られたと悟らず(恥辱を思わず)、またしても行家の弱味であるお谷の件をもち出してつけこもうとするが、座興あしらいされ、再度の恥辱をとる。

※敵討始末書では、渡辺数馬・荒木又右衛門側から、事件発生が、又五郎の悪心によるとは言っていない。原殺報転輪記、流布本殺報転輪記でも渡辺小才次・渡部靭負に対し悪言を吐くが、悪人という程ではない。志賀の敵討、伊賀越乗掛合羽では、又五郎の役がはっきり悪企みをする敵役となる。

六 直接には股五郎に、実はお谷に聞かせる言葉。両方にかけていう、いわゆる鎹(かすがい)言葉。現行、お谷は上手障子屋体から覗く。

※行家は股五郎に断固たる姿勢を見せるために、志津馬を勘当したと称するが、後の展開からみて、これは勘当帳につける正式の勘当ではなく、親の権限で出仕を止め、父親の面前に出ることも許さない、といった私

に居る物を追出したの勘当のと。貴公殿の名代[八]に一《ッ》家中を納る役ではないか。サそれで御《ご》家老職《からうしよく》といわれますか。志津馬を勘当仕《し》たといふは偽《いつは》り。是も屋敷に隠して置《(おき)》。正宗の刀貴公が質に入《レ》たで有《ロ》」と。悪口雑言《あくこうざうごん》出《ウフシ》ほうだい。こ《地ハル》たへ兼て膝《ひざ》立《色》《テ》直し。「《詞》慮外なり股五郎。儕《をのれ》[九]が親又左衛門は身共より上座の家筋。其躮と思へばこそ。釼《ン》術の弟子ながら礼義をもつてあしらへば。伸《のし》上《ガ》る法外者。心得ぬやつと思へ共。何とぞしてため直し。親の跡目を継《つが》せてやりたさ。鑓《やり》の一手《(ひとて)》[一〇]も教てくれた。師の恩を打《チ》忘れ。躮志津馬をそゝり[一一]上《(あげ)》て遊所へ連《レ》行《(ゆき)》。正宗の刀を質に入《レ》させ奪《ばい》取《ッ》て。それを落度《をちど》に我《ガ》家《(いへ)》を滅亡《めつぼう》させんと。よくも工《たく》んだ人《ン》非人《ン》め。こりや儕が智恵計《リ》でない。正宗の刀に望をかけ。頼んだやつが有ふがな。其頼人《(たのみ)て》[一二]も合点たり。サア真《ッ》直《グ》に白状致せ。鏌耶《ばくや》[一三]が釼《ギ》も持《チ》人《て》による。正根腐《くさつ》[一四]た股五郎。病労《やみつか》れても儕らごときに。正宗を出《(いだ)》すにも及ばず。身が指《シ》料の此刀。工《(たくみ)》の腸《はらはた》引《キ》出して洗《あら》ふて見せふか。何《ン》と〳〵」と。胸《地ウ》に覚への一ことを。見《ウ》透《すか》されたる股五郎《ハル》。頬真赤《つらまつかい》にしよげ鳥[一五]。の返す《ウ》詞《(コ)シ》もなかりしが。面《地ハル》《ン》目なげに顔《色》を上。「《詞》ハアそうじや誤《ッ》た。相果た親共[一六]が義を思召《サ》れ。折節の御異見《ン》

的な内証勘当である。お谷の方は、はっきり勘当したことが世間にも知られているので、「七生迄の勘当」と強く言い切ったところ、当のお谷が屋敷にいるのを見られてしまい、行家はあわてる。七 流布本殺報転輪記では、河合又五郎は「七百石給つて近習役」であるが、乗掛合羽では身持ちの悪さに家を継ぐことが出来ず、和田行家の懸り人となっている。八 行家を上杉の家老とするのは本作独自の設定であるが、流布本殺報転輪記で、渡部靱負を「知行弐千石」で、「小姓頭近習用人を勤たり」「忠雄卿の出頭也」とあるをふまえた。九 伊賀越乗掛合羽では、行家が股五郎の父又左衛門から正宗の刀を譲られた恩義を思い、浪々の股五郎を世話している。本作では、正宗ははじめから和田家の刀とするので、人物関係の設定にも変更がある。なお股五郎の父が靱負より上士との言葉は、史実で河合又五郎の父半左衛門が千石、渡辺内蔵助が七百石であることをふまえたものか。一〇 教えてやった。一一 おだて上げ。そそのかし。一二 行家は上杉の家老として、股五郎の卑小な悪事の背後に政治的な策動があることを見抜いている。一三 中国春秋時代の刀工干将の妻莫耶。夫婦で陽の剣干将、陰の剣莫耶、二振の名剣をうつ。乗掛合羽・行家屋敷「うぬが様な侍が譬《(たと)》《(へ)》利刀《(りた)》《(う)》を得たり迚竹篦も同

が。[一]耳に当《あたつ》たひがみ根ン性。弥《いよいよ》つのる色狂ひ。放埒《ほうらつ》の友を拵《こしら》ふと。志津馬殿を廓《くるは》の魔《ま》道《どう》へ引入レたは成ル程拙者。そふ見顕《あらは》されてからは一チ言ンもござらぬ。好色《こうしよく》に魂奪《たましいうば》はれ。大恩ンの師匠《しせう》を仇《あだ》に存じた非義非道。只今夢《ゆめ》の覚《さめ》たる心地。御推量の通り正宗の刀。拙者が持ッて何に致さふ。有リ様《やう》は色遣ひの金がほしさ。そこへ付込《つけこみ》右の刀を奪取ッてくれるならば。金ン子千両礼物《れいもつ》に遣《つかは》さふと。頼んだ者も外ならず。拙者めが一ッ家ながら思へばこいつが悪ル智恵の根本ン。から打チ明ケて申上グるは今より心を改る証拠《しやうこ》。ア、仮リにも悪い工みは致さぬ事。もふ〳〵ふつ〳〵こりはてました。是迄の不届。最前ンよりのぶ礼の段〻。先ン生真ッ平御免ン下されコレ〳〵。こふ申シた計リでは御得心ン有ルまい。彼ノ正宗を望む物[二]。拙者への頼みの書状。御目にかけるが二タ心ない股五郎が申訳」と。

地ウ 取リ出す一ッ通手に渡し。ハル 懺悔《さんげ》に誠を荒涙[三]誤《あやま》り入フ[シ]たる有リ様に。

地ウ 心に油断はなけれ共。ウ 良《やゝ》病中の老眼ンにハル[。]燭台《しよくだい》引キ寄状《よせ》の当テ名。詞「沢井股五郎殿。同城《おなじく》五郎。ム、さも有ん」と長文《ながぶみ》を。[四]地色ウ つぶ〳〵胸に畳越。[五]ハル 突《つき》出す白刃と右釼《うけん》の抜キ打。真向《まつかう》へ切リ付クる。「シヤ国賊め」と中 付ケ入ッて。沢井が肩先キ切リ付ケたり。[六]ウ こなたもしれ者

然」をふまえる。一四 性根。一五 翅を垂れてしょんぼりとしている鳥のように、みすぼらしく。一六 父親。

一 耳に障った。素直でないために、行家の異見を不快に思った。※本作の股五郎の悪事は、この言葉通り、遊興費ほしさからおこったにすぎないであろう。歌舞伎の乗掛合羽では人気者の実悪俳優浅尾為十郎の芸風を土台に、軽薄・狡猾で享楽的、しかも自尊心の強い又五郎の性格をつくり出すが、本作では股五郎の人物像自体をクローズアップする意図はない。

二 者の宛字。

三 大粒の涙。あらわす、に掛ける。

四 口の中でぶつぶつと読みながら胸にたたみこむ、と床下から畳を突抜いて、を掛ける。

五 行家が畳から出た白刃に注意を外した瞬間、股五郎が右側から、顔の正面をめがけて突然切り付けた。

六 股五郎もしたたか者で。

七 切り合いで受け身の、追われる側になること。

八 股五郎が隙に付け込んで下から脾腹をかけて掬うように切った。

九 袈裟がけに。一方の肩から他方の脇腹にかけて袈裟をかけたように実内を切り倒した。※股五郎は、はじめから明確に行家殺害を意図してやってきた訳ではなく、正宗詐取に失敗し、主家の政敵

請ヶ流し。遉《さすが》名を得し行家なれ共。初太刀の手疵に眼くらみ。七請太刀《うけだち》に成てたぢ〱。引クよと見へしが飛違へ。沢井が眉《み》間ン丁ど切ル。八下より付ヶ込ムすくい切。脾《ひ》腹《はら》をかけて切込太刀先キ。きう所にや当りけんどつかと座する椽の下。股《もゝ》の付ヶ根を貫《つらぬ》く切ッ先。立ッも立タせずたゝみかけ。非業《ひごう》の釼ギに和田行家むざんの最期《さいご》ぞ是非もなき。とゞめの刀引キぬいて。畳あぐれば奴の実内《じつない》。「沢井様お首尾は」。「シイ。主に見かへて身共へ加勢。適《あつぱれ》出かした褒美《ほうび》くれふ」。「ア、忝《かたじけな》し」と立寄ル実内けさにずつぱと。九辺《あた》りを見廻し。兼て工みの股五郎。上段の床の間の刀箱取リ出《いだ》し。蓋《ふた》押シ開けば「こりやどふじや」。刀はなくて状一ッ通。こは心得ずと星《ほし》明カりにすかし見て。「ナニ〱一〇正宗の刀一ト腰。子細有ッて私方へ預リ申ス所実正也。和田行家殿。佐ゝ木丹右衛門判ン。扨は刀は丹右衛門が預り居るよな。ヱ、無益《むやく》の骨《ほね》折リ口惜し」と。手疵にしつかと一一鉢巻《はちまき》しめ。表は人ト目飛石伝ひ。裏道さして落て行。

一二「曲者が入ッたるぞ明カしを持テ」と奥方の。声に追ゝ婲共。折からかけくる丹右衛門。伏シたる死骸《しがい》は「ヤアコリヤ行家様。先ン生を何者が手にかけしぞ。今曲者が此小柄《づか》。コリ

沢井城五郎との内通まで行家に察知されていると知って、この挙に出た。床下に一味する者が居り、靭負謀殺に使われるのは乗掛合羽の踏襲。

一〇 流布本殺報転輪記で河合又左衛門が渡部靭負に「正宗の刀一腰無疵右慥ニ預リ申候」の一札を与えた作り変え。

一一 眉間の疵の血を止めるため。

一二 以下数行の文は省略が多い。立ち退こうとする股五郎を家人が見付け、股五郎が小柄の手裏剣を打って逃れ、駆けつけた丹右衛門が、その小柄を手にする、といった動きがある。

※伊賀越敵討の史実では、河合又五郎が渡辺数馬の弟源太夫を殺害した理由は不明、敵討始末書にも「何事を申つのり候も不存候」とある。原殺報転輪記では源太夫に当る小才次秘蔵の刀を又五郎が貰いうけながら悪言を吐いたことから互いに遺恨をさしはさむ。流布本殺報転輪記では、数馬の父靭負が又五郎から河合正宗を譲り受けるが、数馬の勧めで又五郎の許へ返しに行き、靭負の不用意な一言から又五郎がかっとなって正宗の刀で靭負を斬る。乗掛合羽では、股五郎は悪事が露顕し、行家と丹右衛門に罵倒され、仲間と共に行家を謀殺する。

ヤ沢井股五郎。遠くは行クまい家来共。表をかこへ」と高股《もゝ》立チ。聞クとひとしく家内の騒動《さうどう》上ェを下タへと。
〽立騒《さは》ぐ。

(桐が谷裏道の段)

桐が谷《やつ》の裏道づたい御勅使見送り奉る。跡押サへは沢井の一ッ党。其身は素襖《すをう》欠烏帽子《かけゑぼし》。皆一様の御装束《しやうぞく》君ン臣ンの礼義黙止《もだし》がたく。星をあざむく高挑灯《てうちん》事厳重《げんぢう》に見へにけり。備への中を股五郎。疵持《きづ》ッ足の裏道を。押シ分ケて打通れば。それと見るより野守ノ介。「股五郎殿ではないか。心得ぬ面ン躰《(てい)》気遣はし」と。声をかくれば傍に寄。「兼て申談《だん》ぜし通り今日行家が方へ参り。何角《(なにかの)》事を謀《はかり》しにこつちの底意《そこい》をけどりし上。法外《ほうぐはい》成ル申分ン骨随《こつずい》に徹《てつ》したれど。強敵《ごうてき》の行家なれば。計略をもつて只一ト討。併《しかし》残ン念ンなは正宗の刀。持チ帰らんと存じた所。丹右衛門が預りをる事。慥な証拠《しやうこ》はコレ此一ッ札。ナニ城五郎殿我是へ来りしは一人の母の事何卒《とぞ》御世話頼ミたい為計《(ばかり)》。一ッ家《(け)》のよしみお頼申ス。一チ日

一 高股立をとる。袴の左右、腰のあいた縫い止めの部分を大幅に帯にたくしこんで、活動しやすくする。二 仮名手本忠臣蔵三「上を下へと。立さはぐ」(「館騒動」から「裏門」にかけての場)をふまえる。三 太夫・三味線は交替せず。現行上演ではこの場は省略。四 勅使見送りの行列のしんがりを勤めるのは昵近衆(旗本)沢井城五郎の一統。五 直垂の一種。近世には武士の礼服。六 懸烏帽子。折烏帽子の掛け緒を用いずに、後ろの針だけでとめておくもので、元来は略式の、ぞんざいなかぶり方。七 昵近衆が皆一様の装束で、君臣の礼儀を重んじ。八 鎌倉殿といえども、朝廷に対する君臣の礼儀はおろそかにできず、の意。九 隊列。一〇 足の裏、を掛ける。一一 流布本殺報転輪記の旗本近藤登之助。一二 骨髄の宛字。一三 本作で上杉家と対立する昵近衆の盟主沢井城五郎は、流布本殺報転輪記に「(河合又五郎は)御旗本阿部四郎五郎殿とは実の従弟」とある阿部四郎五郎に当る。本作では「シロゴロウ」ではなく「ジョウゴロウ」と読ませている。乗掛合羽も同様。

時	前段の続き
所	桐が谷裏道

※史実の伊賀越敵討事件の発端は、寛永七年(一六三〇)岡山城下(藩主池田

にても生《キ》延《ビ》ては行家一《ッ》家の奴原《やつばら》に。未練者《みれん》と云れんは。家名《イ》の恥辱《ちじよく》一《ッ》家の恥。我一人《ン》切《ッ》腹《ク》致せば。跡の難義は気遣ひなし此世の名残おさらば」と。云捨てかけ出《(いだ)》す城五郎声かけ。「イヤコレ〳〵先《ッ》待《タ》れよ股五郎。身不肖《せう》なれ共沢井城五郎おかくまい申たい。意気地によつて討れしは我〻が頼みしより事起《をこ》る。聞《キ》捨《テ》に致しては武士道の表が立《タ》ぬ。此上は我〻が命にかけてかくまはん。先[一四]《ン》祖の意恨《ン》今此時。出かされたり股五郎。譬《(たとへ)》和田一家のやつ原。君《ン》命を以て来《(きた)》る共。何程の事有《ラ》ん。一時も早く屋敷へ帰り評義を定めん。油断《ゆだん》は不覚《かく》の基《もとい》也。路路《ろし》[一五]の用心《ン》気遣はし。気を付られよ近藤殿」。「其義はちつ共気遣ひなし。帰宅《きたく》済《ム》迄[一六]御役目指《ゆび》でもさゝば彼らが家の一《チ》大事」と。備《そな》へを乱《ダ》さず[一七]振《ふり》出《(いだ)》す。[一八]威光《いかう》輝《かゝや》く鎌倉山。連《レ》て我《ガ》家へ
〽立帰る

〈松平〉宮内少輔忠雄)の渡辺数馬邸で起きた。数馬の弟源太夫を討った河合又五郎は江戸へ逃れ、旗本安藤治右衛門にかくまわれた。しかるに殺報転輪記(原・流布本とも)では、事件は江戸で起り、又五郎は小才次または靭負を討ったその足で旗本阿部四郎五郎の屋敷へ駆けこむ。本作も乗掛合羽も、ことのおこりはすべて鎌倉(江戸)での事件としている。

一四 一二頁一〇行目以下で野守之助が述べている、旗本の大名に対する年来の遺恨、と一般的に解してもよいが、あるいは、史実で又五郎をかくまった安藤治右衛門は旗本安藤対馬守と一家であり、かつて又五郎の父半左衛門が安藤対馬守に仕えていた時、朋輩を討って岡山藩主池田忠雄の許へ駆け込み、忠雄は安藤家の引渡し要求を拒否して半左衛門を保護したことが、敵討始末書はじめ常山紀談などに見え、「先祖の意恨」はこの時の安藤家の無念をさすか。

一五 路次(ろし)の宛字。道すじ。一六 勅使御見送りの役目をうけた行列。一七 武家の行列で徒歩の者が手を振って歩き出す。一八 将軍家の威光輝く江戸の意。

第三　円覚寺の段[一]

地ハルされば沢井股五郎行家を討ッて立チ退《のく》より。ウ直《すぐ》にかけ込円覚寺《えんがくじ》[二]。中門戸《もんこ》を閉《とざ》して関近ン藤海《かい》田《だ》荒川沢井を始メ。ウ皆昵近《ち(つ)きん》の若殿原。中若《もし》[三]上杉より寄セ来る共引キ[四]はかへさじ弓鉄砲《てつぽう》。ハル仏ケの説《とき》し法《のり》[五]の庭平等大会《べうとう(だい)ゑ》[六]に引かへて。修羅《しゆら》[七]の街《ちまた》の大評定《ひやうぜう》[八]方ゥ丈[九]せましと詰かけたり。

地ハル股五郎一チ礼し。詞「物数ならぬ倍臣《ばい》[一〇]の拙者。城五郎殿は一ッ家の好《よしみ》。其縁に連レ御歴々《れき》[一一]の昵《ちつ》近《きん》衆。御ンかくまい下さる段。身に取ッての面ン目此上なし。併《しかし》ながら主人ン上杉憤リ深《いきどふか》[一二]く。拙者が母を人ト質《じち》に取《(とら)》へ置キ。股五郎を渡さずば。母を成敗《せいばゐ》するとの難題《なんだい》。我レ故に一人の母を殺すも不孝《かう》。且《か(つ)》は好《よしみ》もなき昵近《ちつきん》方。斯騒動《かくさうどう》に及ぶも気の毒《どく》[一三]。地ウやはり拙者を上杉へ。地ウ御渡タしなされ下ダさるべし」と邪智《じやち》を。隠《かく》せし賢人《けん》[一四]ン顔。

地(ハ)ル野守之助進《すゝ》み出《(いで)》。詞「何さく。其遠慮には及ばぬ事。此度我々が荷胆《かたん》するは。お手前の為計リでない。上杉には此方共《(このはうども)》年ン来の意恨《ゐこん》有リ。武将[一五]の御先ン祖《ぞ》[一六]尊氏《たかうぢ》公より譜代《ふだい》相伝の昵

一 初演、竹本和太夫(二六頁一〇行目まで)。二 鎌倉市山ノ内にある瑞鹿山円覚興聖禅寺。臨済宗円覚寺派本山、鎌倉五山の一つ。

時　前段の何日か後
所　円覚寺

※股五郎をかくまう昵近衆が円覚寺に立てこもるのは、乗掛合羽以来(但し歌舞伎では寺名は栄深寺)。史実で、又五郎をめぐる池田家と旗本の対立、紛糾した事態を拾収するために幕府が又五郎をかくまった旗本の寺入りを命じた(流布本殺報転輪記では上野寛永寺)ことに基づくか。三 史実の池田家。四 決して引き返すことはない。決して後退しない。弓は引の縁語。五 仏法が説かれる場である寺。六 諸仏の智慧を意味する平等大慧の慣用的宛字。平等の理を悟り、無差別の慈悲心をそなえる平等大慧とは似もつかぬ。七 仏語の修羅道。六道の四悪趣の一つで、たえず闘争の行われている世界。転じて戦場。八 大慧の宛字、大会(大法会の意)から転じて戦さの大評定といった。九 禅宗の寺で住職の居る部屋。評定、方丈、と韻をふむ。一〇 陪臣。ここは大名上杉の家臣。一一 昵近衆(御旗本)という立派な御家柄の皆様が。一二 振仮名、底本のまま。現行「いきどおり」。※史実では、渡辺数馬にとって、殺されたのは弟(源太夫)であるから、

近武士。元弘建武《げんこうけんむ》[17]の古《いにし》へ。尊氏公に粉骨《ふんこつ》[18]を。尽し。忠義を励《はげ》みし我レゝが家筋。上杉を始《(はじめ)》 其外の諸大名は。旗《はた》[19]色のよきに従《した(が)》ふて。降参《かうさん》した腰抜《こしぬけ》の家筋。我レ[20]は顔《(がほ)》に高録《かうろく》を取リ。眤近衆を蔑《ないがしろ》に軽《かろ》しむる日頃の存外《(ぞんぐわい)》[21]。こと[22]がな有《(あれ)》と思ふ折節。お手前をかくまふたは。上杉に恥を与《あた》へる為さ。案のごとく上杉此事を憤《いきどを》り。追付ケ是へ押シ寄セんと。軍《(いくさ)》評定最中の由。今太平に治《おさま》つて茶の湯遊興《ゆうけう》に日を送り。鎧兜《よろいかぶと》の着《き》様も知らぬ国大名[23]。何程の事有ラん」。「ヲ、サ野守殿の仰のごとく。日頃箇様[24]を事を待受ケ。武芸鍛練《たんれん》の我ゝ一ト[25]まくりに蹴《け》ちらして。眤近武士の意恨をはらすは今此時。〔地ウ〕敵キ方より寄セぬ先キ。此方〔ウ〕から逆寄《(さか)》セにして上杉に〔ハル〕泡吹《あはふか》せん」。「ヲ、〔フシ〕尤」と立チ騒《さは》ぐ。

〔地ハル〕城五郎押シ止《とゞ》め。「ア、暫らく〳〵〔色〕。某が所縁《ゆかり》有ル股五郎をおかばい有ル何れもの御深切ッ忝し。去リながら。行家を討ッたる事の起りは。此城五郎が頼みし事。其子細は。此度武将の公達《きんだち》[26]。御任官《ごにんくわ(ん)》[27]の御祝義に付キ。諸大名より名剱《めいけん》を献《けん》ぜらる。然ルに行家が家に。持チ伝へし正宗の名作有《(あり)》。主従の事なれば。上杉是を取て献上すべし。左有《(さ)》レば 弥《(いよいよ)》 上杉が鼻《はな》高く。威《ゐ》をふるはん事心ッ外至極。何とぞ此刀を奪《ばい》取て。某が手より献上すれば我。[28]

河合又五郎は正式の敵討の対象とならないが、弟の殺害を知って、数馬は直ちに又五郎の父半左衛門の家に急行、半左衛門は門を閉じて面会を拒否した。家老荒尾志摩らが駆けつけ、藩としての処分を約し、数馬を引きとらせ、まず半左衛門を家中預けとした。その後、又五郎が岡山を脱出し、江戸の旗本安藤治右衛門にかくまわれていることが分り、事件は渡辺・河合両家の闘いや、岡山藩池田家の下手人逮捕の次元を超えて、大名対旗本の対立を表面化することとなった。

一三 心苦しい。 一四 聖人君子ぶった顔付き。 一五 現将軍家。 一六 徳川家康に当る。 一七 足利尊氏が、後醍醐天皇に味方して鎌倉幕府を倒した元弘年中の戦い、後醍醐天皇に叛き、足利幕府を開く建武年中の戦い。但し実質は、関が原の戦い以前から、の意。 一八 骨を砕くほど、一身を擲っての意。 一九 関が原、大坂冬・夏の陣以後。 二〇 大きな顔をして。 二一 無礼。 二二 何か事が起らないかと。喧嘩の口実はないかと。 二三 田舎大名。 二四 の、の誤り。 二五 一挙に。 二六 ここは将軍の世子。 二七 九頁五行目に「若君御元服の御祝義」。元服と同時に朝廷から官職に任ぜられる。たとえば元和六年九月、元服して竹千代は家光と改め、従二位権大納言。 二八 この句点は、捨仮名「レ」の誤りか。

は勿論《もちろん》昵近衆の。手柄にも成レと存じ。股五郎に云ふくめ。行家めをぶち殺さしたは。正宗の刀を取ふ為計リ思ひの外此。刀行家めが手にはなく。佐ゝ木丹右衛門が預りおる由。股五郎を請取リたくは。[一]老母鳴身が命を助ケ。並びに正宗の刀を此方へ渡せよと。難《なん》題《だい》の使者を立《たて》たれば。此返事の有ル迄は。暫くお扣へ有《あら》れよ」と。云間《いふま》程なく馳来《はせきた》る門ン番ンの歩《かち》[二]の者。「佐ゝ木丹右衛門より今朝の御返翰《へんかん》」と。指出す文箱を城五郎。封押シ切ッて一通を。さら〳〵と読終《よみおは》り。「ホヽウ城五郎が思ふつぼ。股五郎をお渡し有ラば。母鳴見が擒《とりこ》を赦し。正宗の刀を遣はすべし。追付ケ二品共丹右衛門持参致さんとの文ン言ン。後刻御出を相待居ると。口上を以て返答せよ」と。[三]蓋《ふた》引キしむる明《あき》文箱。取ルより早く走り行。

「イヤサコレ城五郎殿。一ッ旦かくまふた股五郎今更のめ〳〵と上杉へ渡し。夫レで武士が立ますか」。「ヲヽ我ゝも其[四]意得ぬ貴殿は上杉が恐ろしいか。[五]憶病《びやう》神が取付いたか。[六]比《ひ》怯《けう》至《し》極《ごく》」と詰かくれば。股五郎押シしづめ。「アヽどなたにもおしづまり下されい。イヤ城五郎殿。拙者が命はおしみはせねど。武士の意地を立テぬく貴殿が。今に成ッてふがい

一　史実では池田家が旗本安藤治右衛門に又五郎引き渡しを要求、安藤側は父半左衛門との交換を申出る。流布本殺報転輪記では、又五郎の父又左衛門はすでに故人で、母に作り変える。乗掛合羽もこれを踏襲。※城五郎が上杉家の名刀を横取りして自分が献上し、上杉家の功を奪おうとするのは、本作の創作。大名対昵近衆（旗本）の反目が根底にあるために、事態は政治的に紛糾する。二　徒士。先払いなどをする下級の武士。三　城五郎が丹右衛門の書簡を取ったあとの空き文箱を、蓋を閉じ紐を引き結び、徒士に戻し、徒士はそれを受取って丹右衛門の使いの者に城五郎の言葉を伝えにいく。四　納得がいかぬ。五　臆病。六　卑怯。七　合戦という形に事を構えても。普通は「合戦を取結ぶ」。八　血気にはやり、大名家との戦いを始めようとする若殿輩に対し、城五郎は、昵近衆（旗本）の意地を表に立てながら、内心では、自身の出世・功名を思う打算が先行する。九　中国の兵書・三略による諺。「謀は密なるを可（よし）とす」（譬喩尽）。※浄瑠璃では、文政期以後、道中双六と乗掛合羽を継ぎ合せた上演が普通となり、大序、行家屋敷から円覚寺には、専ら乗掛合羽の台本が用いられてきた。乗掛合羽では円覚寺の場の前後に、上方歌舞伎のお家物的展開を見せる上杉館の段があり（浄

なく。上杉へ渡さふとは。ヱ、聞へた。行家をぶち放した計《ばかり》で。お頼みの正宗手に入ぬ
御立腹。夫レ故でござるな」。「イヤサ左様の事でない。今合戦[七]に取結ぶとも。只《ただ》世上を騒《さはが》
す計《ばかり》。望[八]の刀が手に入ねば無益《むやく》の沙汰。一ッ旦ン和睦《わぼく》に事を納め。母の鳴身と正宗を請取
た上。お身に縄打ッて心よく相渡し。使者の帰りを思ひがけなく。多勢をもつて引ッ包ミ
奪返《ばいかへ》す我ガ工夫。いづれも必《かならず》隠密〳〵」と。地色ウ聞て皆〻勇《いさみ》立チ。「ウ誠に智謀勝《ぼうすぐ》レしハル貴殿ン。
左様ならでは叶わぬ所。詞然らば各《おのおの》其用意」と。地ハル騒ぐを押ッへて「色ア、先《まづ》待タれよ。謀《はかりこと》[九]
は密《みつ》なるを以てよしとすれば。某が詞を出す迄。いづれもお扣《ひか》へ下さるべし。股五郎が
後の災《わざはい》免《まぬか》れさする究竟《くつきやう》の。忍び所は[一〇]九州相良《さがら》。密《ひそか》に落す用意万端ナニ[一一]呉服《ごふく》屋十兵衛是
へ参れ」。地色ハル「ハッ」ト答へて次ギの中間より。ウ小腰かゞめてウ並《なみ》居る中。おめずフシ憶《おく》せず畏り。
詞「股五郎様のお身の上。委細《いさい》とつくと承はりました。城五郎様へは。[一二]数《す》年ン来お出入リの
私。相良へは商《あきな》ひに毎年下ダる道案ン内。見込ンで頼ムと大切のお供。畏つたは[一三]商人冥加《みやうが》。
多年ンの御恩報《ほう》じなれば。ちつともお心置れますな。町人ンでこそ有心《あれ》は金ン鉄。二人リや。
三人ンは苦には致タさぬ。[一四]腕《うで》に請合《うけあひ》[一五]けちりんも。[一六]地ハル掛直《かけね》は申さぬ」呉服屋が。[一七]めつたに引[一八]ケ

瑠璃の明治期までの上演でも同様)、見せ場は豊富であるが、大名旗本の対立という焦点は不明瞭になる。伊賀越道中双六原作による円覚寺の段は、文楽では一九八四年に復活された。

一〇 熊本県人吉市。又五郎が落ち着く先を九州相良とするのは流布本殺報転輪記から。 一一 乗掛合羽で脇役の一人として登場する人名。史実の伊賀上野敵討当日、又五郎の一行に、又五郎の妹聟虎屋九左衛門という大坂の町人が同行していたこと、流布本殺報転輪記で、又五郎を相良へ無事に到着させるために旗本達から領主に願い、「相良殿より道案内として町人壱人」が付けられたこと、をふまえた脚色。 一二 長年。 一三 商人として神仏の加護を受けること。多年、商人として恩顧にあずかった城五郎への恩返しは、神意にかなう、の意。 一四 股五郎を守るための腕前の確かさは、自分で請け合う。

一五 ごくわずかなこと。少しも。

一六 正規の売価より高い値段をいうこと。掛値が行われがちな呉服商売にちなんだ表現。ここは実質以上に自分の腕前を吹聴するわけでは、少しもありません、の意。 一七 決して。

一八 後へは引けぬ意と、布などが破れない意の引けぬを掛ける。

ぬ太《ふと》[一]り地の男[二]一ッ疋。フシ頼もしし。

地ハル股五郎片頬《かたほ》色に笑（ゑみ）。詞「扨〳〵気味のよい男。敵持チの供すれば肌《はだ》[三]刀は放《はな》されず。行家めを仕《し》留た時コレ見よ。弓手《ゆんで》に二箇所の疵忽《たちまち》治（ぢ）したる此薬は。城五郎殿の家に伝《つた》はる。南蛮《なんばん》国伝来《こくでんらい》の妙薬。身共を同道の人〳〵へは。いづれも是を懐中《くはいちう》さする。地お手前もまさかの用意。ウ此印籠《ゐんろう》を預ケるが。ハル股五郎が一命を頼印（たのむしるし）」と手に色渡せば。詞「是は〳〵結構なお薬でござります。怪我《けが》と病気は何ン時（どき）知レず。地ウ道中の肝ン心ン」とハル取リ納めフシたる折こそ有（あれ）。

地ハル又もかけ来る遠見の色者。詞「上杉の使者佐々木丹右衛門。[四]網《あみ》乗リ物一ッ挺《てう》供は[五]わづか三人ン只今門ン前迄」。「ヲ、よし〳〵。云付ケしごとく門ンを開《ひら》き。随分神ン妙に取はからひ。此（この）所（ところ）へ使者を通せ。ソレ。地ウいづれもは裏門ンより。ウ先へ廻つて待伏（まちぶせ）ノルの。ウ用意〳〵」に[六]はやりを武士ハル。我レ一（いち）急ぐ中裏門ン口。ウ股五郎は十兵衛を引ヲクリ連レ。
[七]〽奥へ入リにける。
[八]地ウ琴を弾《たん》じて敵キを避《さけ》。[九]ハル窈窕《ようてう》として檻穽《かんせい》の謀《はかりこと》[一〇]もや有ルらんと心赦《ゆる》さぬ中丹右衛門。ウ使者の礼義の上下[一一]も。ウ四角四面ンの方丈《ほうぜう》ハルへ。網乗物を舁《かき》入レさせフシしづ〳〵と打通れば。

一 太織地。太い練り絹糸で織った丈夫な絹織物。二 頼もしい一個の男子の意に、絹織物二反の意の一疋を掛ける。引けぬ、太り地、一疋と呉服の縁。三 懐中に持っている懐刀の意から、転じて身を守るための道具。四 士分以上の重罪人を護送する時に用いる網をかけた乗物。五 流布本殺報転輪記では「鉄炮頭笹川団右衛門に組五拾人被相添老母駕ニ乗て送る」。六 血気さかんに勇み立つ者。

※現行では、城五郎も含め皆々、一旦、正面の襖及び上手一間に入る。七 以下初演太夫、竹本中太夫。ここからが、五段組織の浄瑠璃でいえば序切(初段の切)の格。八 蜀の諸葛孔明が、魏の司馬懿仲達の大軍に囲まれた時、奇計を案じて仲達を退散させた故事。「孔明スベキ様ナク、俄(ニハカ)ニ一ツノ計(ハカリゴト)ヲ案ジ出シ…城楼ノ上ニ座シ、香ヲ焚(タキ)琴ヲ調(シラベ)テ笑ヘル容(カタチ)掬(キク)シツベク…司馬懿心ノ内深(フカク)疑ヒ…今四方ノ門ヲ開キタルハ必ズ伏勢ヲ以テ伐ントノ計ナルベシ…トテ三方ノ寄手コト〴〵ク退キケレバ」(通俗三国志四十)。→付録四九二頁上一行目。九 しとやかで美しい様子で油断させ、おとしあなにおとし入れる計略もあるかと。一〇 後漢の王允が憂国の情より妓女貂蟬を説き、呂布に董卓を殺させるように仕組んだ連環の計を指すのであろうか(通俗三国志二)。王允

地ハル城五郎色威《ゐ》義繕《つくろ》ひ。「詞ホヲ聞《キ》及ぶ御辺《ン》は佐〻木丹右衛門とな。今《ン》日の使者太義〳〵。今《ン》朝も云《イ》送りし通り。武[一二]士の意地によつて争論《そうろん》に及ぶといへ共。かく静謐《せいひつ》に納りし代《よ》に。私《(わたくし)》の意《ゐ》恨《こん》にて合戦を取《リ》結ぶは武将への恐れ有《リ》。罪《つみ》[一三]は罪成《ル》股五郎。望に任せ渡さんなれば。此方《(このはう)》よりも望《ミ》しごとく。正宗の刀。并びに老母鳴見が事上杉殿より。定て送られつらんずな」。「ハア成《ル》程〳〵。主人《ン》上杉顕定《あきさだ》怒《いか》りの元《ト》は股五郎一人《(いちにん)》。逆磔《さかばつつけ》[一四]の刑《けい》に行ひ。国[一五]の政道《せいたう》を正すべき存《ン》念《ン》。股五郎だにお渡し有《ラ》ば。外に曾《かつ》[一六]て子細なし。則是こそお望の正宗。并びに老母を誘引《ゆういん》せり。イザ御改め下さるべし」と。地ハル箱に納し持参《ン》の刀フシ差出《(さしいだ)》せば手に取《リ》上。地ウ切《ッ》先《キ》物打《(ものう)》《チ》[一七]鎺元《はゞきもと》[一八]。ハルとつくと改め色鞘《さや》に納め。「詞ヲ、聞しに違はず天晴《(あつぱれ)》名作。慥《(たしか)》に落手」と。地色ハル引《ッ》さげて立上る丹右衛門色引《キ》とゞめ。「詞ア〔ヽ〕麁忽《そこつ》也城五郎殿。股五郎を是へ出し。老母と互に取《リ》替ざる中。む[一九]さと刀はお渡し申さぬ。サア解[二〇]死人股五郎に縄打てお出しなされ。ア、近[二一]頃我儘千万」と。地ハル眼《(まなこ)》を配る勇気の面色色「詞ヲ、実尤《(げにもつとも)》是は身共が麁相。然らば刀は暫く[二二]それに追付《(おつつけ)》解死人渡し申さふが。先《(まづ)》其方《(そのはう)》の囚人《(めしうど)》老母鳴見が替らぬ躰《(てい)》[二三]」。「ヲ、母に科[二四]なれば最早《(もはや)》縄目にも及ばず」と。地ハル乗物の網取

は先に呂布(董卓の養子)に、娘と称して貂蟬を奉ると約束しておきながら董卓に献じ、貂蟬に呂布の嫉妬心を煽らせ、自ら手を下さずに董卓の命を断った。一〇「ハカリコト」(日葡辞書)。一一 礼服である裃の肩衣が角ばって、袴の折目が正しいさまに、方丈(→二二頁注九)の原義一丈四方をかける。
※現行、舞台は正面に禅寺の墨絵の四枚唐紙、上手に瓦灯口の障子の一間、下手は廊下。丹右衛門、刀箱を持ち出、網乗物を廊下に舁き据えさせる。城五郎正面から出る。
一二 昵近衆(旗本)と大名上杉家が。
一三 武士の意地とは別に、行家を討った股五郎の罪は罪として糺されるべきであるので。一四 罪人の頭を下、足を上にして行う磔の刑。極刑中の極刑。一五 それによって、上杉領国内の正当な仕置きを全うする所存。
一六 全く問題はありません。一七 刀身の先端三寸の部分。最も切れる。
一八 鎺際。刀身と鎺との接するところ。一九 うかつには。二〇 下手人。二一 城五郎の今の振舞は甚だ身勝手だ(交渉の慣例に反する)。二二 城五郎と丹右衛門の中間に刀を置く。二三 を見た上で、を略す。二四 なければ、の誤り。

払ひ。引出《ひきだ》す姿縛《しば》り縄。子故に科を身に老の[一]恥と。鳴見[二]が憂思ひ是非も縄目[三]をほどき捨。丹右衛門老母に向ひ。「子息股五郎を此所《このところ》にて請取《うけとる》上は。其元が命を助け城五郎殿へ渡すべき旨。今朝《こんてう》殿より仰の通り弥《いよいよ》承知成べし」と。聞て鳴見は顔を上「誠に忰が不所存故。あなたこなたへ御苦労かけ。憎いやつとは思へ共。天地の間に親一人。子一人の股五郎。未練共比興[四]共笑ふ人は笑ひもせよ。どふぞ助けてやりたいと。思ふが親の身の因果。御主人へ対しては不忠者の紛なれ共。母が命を助《たすけ》ふ為。縄かゝつて出よふといふは。此親には孝行者。老年寄《おいとしよつ》た此母が詮ない命生延《いきのび》て。我子が刑罰《けいばつ》に行はれるを。詠めて何の嬉しかろお情返つて恨めしい。ヤイ股五郎此母はどの様な憂目に逢《あは》ふが殺されふがちつ共構はぬいといはせぬ。必《かならず》爰《ここ》へ出てくれなよならふ事なら此ばゝを。替りに殺して股五郎が。命お助け下さりませ。悪人でも産だ子に違ひがなければいぢらしい。お慈悲〳〵」と恩愛の子故に迷ふ憂涙とゞめ兼て見へけるが「アヽ思へば誰にも恨なし。此科《このとが》の起りといふはよしない刀に念をかけ成敗《せいばい》に逢《あふ》も名作の鈫《つるぎ》は我子の敵《かたき》ぞ」と云つゝ這寄《はい(より)》棒鞘《ばうざや》[五]をず[六]はと抜手《ぬくて》も見せばこそ[七]ふゑのくさりをかき切《きつ》たり。「是は」とかけ

一 負い、と掛ける。
二 恥と成る、と掛ける。
三 是非もない、に掛け、縄目を、から丹右衛門の動作の地の文。
※史実では、池田忠雄は又五郎とこれをかくまう旗本達に憤り、「又五郎出し不申候はゞ親の半左衛門を御成敗可被成とて段々の御評定」(敵討始末書)となる。流布本殺報転輪記は又五郎の父を母に変え、笹川団右衛門が母と又五郎を交換する役目を受けて安藤屋敷に赴く。殺報転輪記では母自身の言葉や感慨は描かれていない。乗掛合羽から、鳴見と名がつき、重要な人物となる。
四 卑怯。
五 白木の鞘。正宗の刀の刃が納められている。
六 ズワ、と読む。
七 のどぶえ。気管。

寄《よる》城五郎。佐々木も仰天乗物へ。手負を打込《うちこみ》しつかと押へ。城五郎に目を放さず底意をたぐる八錠縄《いかり》。又も大事と見へにけり。

沢井わざと空とぼけ。「コレサ丹右衛門。契約の通り鳴見を受取申《うけとりまう》さふかい」「いかにも科人股五郎を受取《うけとる》かはり。母が命は助くべしと契約は申たれど。御覧の通り。只今老母は自害致た併《しかし》此方《このはう》の手で殺しはせず我レと我ガでに九相果たは某が存ぜぬ所」。「だまれ丹右衛門。かくまふた股五郎を了簡して渡すは何故《なにゆゑ》老母を受取ふ為計《ばかり》。親の命を子にかゆる太切の鳴見なぜ殺した。元のごとく生《いけ》て渡せ左なくは沢井股五郎もいつかな〳〵渡しはせぬ。サア老母を早く請取ふサア何と〳〵」と詰かくる。丹右衛門ちつ共騒がず。「鳴見が自害はいふて返らず。弟子として師匠を殺す極悪人の股五郎。目の前で親が死だればとて。悲しむ様なやつでなし。まして縁者の城五郎殿。鳴身が最期を夫程に惜まつしやる様がない誠は老母が事は付たり。正宗の刀がお望で。ござらふがの。夫共《それとも》刀は入ぬ。老母を生《いけ》て返せとあらば。拙者とても詮方なし約束変改《へんがい》一〇元の白地《しらち》一一罷帰《まかりかへ》つて此《この》趣《おもむき》主人上杉に言上し一家中是へ押寄《おしよせ》一二鑓先を以て股五郎を生捕にする分《ぶん》の事。人非人

八 碇縄の誤字。碇を海底に打込み、碇につけた縄をたぐって船を停泊させる位置をさぐるように、突然の事態に城五郎が何を考えているかさぐる。

九 自分自身で。「我ガ手(で)にした事 ヲ恥し」(夏祭浪花鑑六)。「わしがでにした事」(妹背山婦女庭訓二)。

一〇 今回の契約は改変してもとの白紙に戻す。

一一 紙や布を染めていない素材のままの状態。「本の白地をなま中に。お染は思ひ久松が」(新版歌祭文・上)。

一二 交渉によらず武力により。

一 戦いを始める前に敵に繫がる者を殺すこと。上杉家として昵近衆との戦闘開始を想定した、強気の発言。

二 流布本殺報転輪記で又五郎が正宗で靭負を斬る時の「天晴成刀無疵出来切味心元なく思召候はゝ御目ニ可懸」をふまえるか。

※現行、丹右衛門、相手に抜身をつきつける。

三 顔色。血相。四 胆力・気力を押えつけられ。圧倒され機先を制せられ。

五 城五郎の本音は、正宗の刀を手に入れたいだけである、と見越して強気に出た丹右衛門に、城五郎は押し切られる。正宗の刀が股五郎の身柄

の沢井が母。死神の付たは是《これ》天罰。[一]〔地ウ〕軍《いくさ》の血祭早《はや》くたばれ」と。〔ウ〕手負の刀〔ハル〕ぐつと引抜《ひきぬき》。「[二]正宗の刀の切味お望ならば御相伴《ごしやうばん》なされよ」と寄《よら》ば切んず吃相《きつそう》[三]に。肝《きも》[四]先ひしがれ城五郎。「〔詞〕ア、是さ〳〵。丹右衛門此方《このはう》[五]より事は好《このま》ぬ。ム、いか様よく思へば自身覚悟の鳴見が最期全くお身が業《わざ》ではない。刀さへ渡し召るれば云出した武士の意地さつぱりと立《たつ》といふ物」。「ム、スリヤ股五郎をお渡し有か」。「渡さいで何ンとせう元トより彼レも覚悟《かくご》の上ヤア〳〵股五郎最期《さいご》の時刻《じこく》近カ付イたり尋常《じんぜう》に是へ出やれ」「〔地色ウ〕ハアとくより支度《したく》仕る」と。返ン答立派《りつぱ》[六]騒《さは》[七]がぬ〔ハル〕沢井。海田《かいだ》荒《あら》川前ン後を囲《かこ》〔中〕ひ。〔ウ〕其身は丸腰《ごし》[八]悪ルびれず。優《ゆう》[九]〳〵〔ハル〕と座に〔色〕直[一〇]り。

「〔詞〕何お使者御太義。傍輩《ほうばい》を討ッた意《ゐ》趣《しゅ》の元トは外でない。老ぼれの和田行家。年ン[一一]にめんじて立テてやれば付キ上り。此股五郎を鈫術《けんじゆつ》の弟子などゝ師匠顔が胸[一二]悪さ。何ンの苦もなく討チ放《はな》した。お身達チに安スゝと搦捕《からめとら》るゝ股五郎ではなけれ共。身共故に一ッ国の騒《さは》ぎと成ルが気の毒《どく》さに。命惜《おし》まぬ武士の覚悟《かくご》。城五郎殿イザ御政法《ごせいほう》[一三]に行《おこな》はれよ」とむず[一四]と。〔フシ〕座を組手《くみ》を廻す。

「〔詞〕ヲ、適《あつぱれ》〳〵。其方《そのはう》が命一つで。騒動納《さうどうおさ》まる国[一五]家の為。恨《うらみ》と思ふな股五郎」と。〔地ウ〕捕縄《とり》

との交換の対象になるのは本作のみ。流布本殺報転輪記でも、乗掛合羽でも、靭負殺害以後、正宗は又五郎が所持する。　六 ここは殊勝なさま。※現行、股五郎正面襖から丸腰で出る。

七 騒、沢と韻をふむ。　八 刀を差さぬこと。　九 悠々。　一〇 正座し。

一一 捨仮名「シ」とあるべきか。

一二 胸がむかつくほど不快で。

一三 ここは武家政権下の掟とその実施のしきたり。　一四 どっかと足を組んで(あぐらをかいて)座り。　一五 上杉・昵近衆双方の領国と家。　一六 縄、いましめ、縁、つながる、と縁語。

一七 股五郎と縁につながる自分だが、その私の縁にひかれず股五郎に縄をかけて渡す公正さを。　一八 股五郎と正宗を納めた白木の鞘を。

※現行、丹右衛門、城五郎の手から縄の端を受けとり、棒鞘を渡す。

一九 竜の腮(あご)の珠を取る、と、毒蛇の口をのがれる、の二つのたとえをあわせて、非常な危険を冒して得難いものを手に入れたことをいう。

二〇「アヨオカリケル」と訛っていう。

※史実では、旗本方は又五郎の父半左衛門を受け取りながら、又五郎逐電と称して渡さぬために、池田忠雄は激怒し、幕府に訴え、旗本と大名(池田家一門、姻戚関係にある伊達家、蜂須賀家など)の対立が強まったといわれる。流布本殺報転輪記でも、旗本側は母を受取りながら又五

たぐつていましめは縁[一六]につながる城五郎。「身共が潔白《けつぱく》見届けたか丹右衛門」。「[一七]ハア是で主人《ン》が心も満足《まんぞく》。扨《(さて)》此老母死骸《しがい》を進《ン》上申さふか」。「イヤサ死人は入《ラ》ぬ持《ッ》ていにやれ」。「然らば科人《ン》」。「其刀。只今取《リ》かへ」。「請取《リ》ませう」。「いざ」と縄付《キ》[一八]棒鞘《ぼうざや》を。渡《タ》す目配《くば》り請取《ル》気配り互に。きつと立別れ。「是で双方意恨もさつぱり。老母が死骸は乗《リ》物に此儘屋敷へ早急げ」。「おさらば」。「さらば」と目礼も。[一九]竜《りやう》の腮《あぎと》を出て行《(ゆく)》[二〇]危《あよ》ふかりける

[二一]〽次第なり。

（門外の段）

影ほのぐらき。黄昏《たそかれ》時《キ》縄付《キ》引《ッ》立《(たて)》丹右衛門。前《ン》後を固《かた》めて行過る。

思ひがけなき山《ン》[二二]門《ン》より。ぱつしと射《ゐ》かくる白羽の矢。膝《ひざ》にかつきと「コハいかに」と。引《キ》抜《ク》間《ダ》も又一《ト》筋[二三]弓《(ゆ)ン》手《(で)》の腕《かいな》に[二四]立騒ぎ。[二五]周障《あはて》驚《おどろ》く[二六]同勢が中へむら〳〵物影より。顕はれ出《(いで)》たる数多《(あまた)》の武士。物をもいはず抜《キ》連《レ》て。家来を胴《どう》[二七]切《リ》[二八]車切《リ》切ふせ〳〵[二九]一文《ン》字

郎を渡さぬために、使者団右衛門は申訳の切腹、乗掛合羽も、筋は複雑であるが、城五郎は母を手に入れ、股五郎を渡していない。二五頁三行以下の計略を知る観客は、以降の容易ならぬ事態を予想している。
二一 節付けは場面転換の三重とみなされる。太夫・三味線は交替しない。
※現行、舞台は木立、草木の藪など。後は黒幕。丹右衛門、股五郎を引立て乗物を従えて下手から出る。
二二 円覚寺の正門の陰から。二三 左手。二四 矢が突き立つ、に掛ける。
二五 障の字は章とあるべきところ。
二六 丹右衛門の供の者達。二七 胴を横に切ること。二八 輪切り。胴切りに同じ。二九 丹右衛門に一直線に向かってきて。

一 新手の宛字。二 曲節の三重は、

時　前場の続き
所　円覚寺門外

場面転換以外に、斬り合い等の場面に用いる。
※現行、ここで太夫・三味線休止し、御簾内の三味線のメリヤスで立廻り。
三 敵方の家来共。四 史実の岩本孫右衛門。敵討に際し、渡辺数馬・荒木又右衛門に従って奮戦した岡本(川合)武右衛門、岩本(森)孫右衛門の二人を、殺報転輪記(原・流布本とも)では又右衛門門弟とし、流布本では二人の名を須藤武兵衛・山添伊

に。切ッてかゝるを丹右衛門前ン後左右に渡り合フ。其間に沢井を引ッ包み何国《いづく》共なく奪《うば》ひ行ク。「南無三ッ宝」とかけ行《(ゆく)》を。荒手を入レ替《(かへ)》たゝみかけ。既《すで》に危ふき其所へ。心ならずもかけくる志津馬。「スハ一大事」と抜キ刀。命限り根ン限り火花を。散す[二]〽強勢勇気。

相人《(あひて)》は大勢身は二人ン。金鉄《てつ》ならねば丹右衛門。数《(す)》箇所の手疵刀を杖。「志津馬殿か。ヱ、口惜や股五郎を奪《ばい》取れた。無念〳〵」と計《(ばかり)》かつぱと伏《(ふす)》。「ハアはつ」と志津馬もどうと座し。よはるを付入ル[三]家来共。おくればせに[四]池添孫八片端《(かたはし)》撫切《(なでぎ)》リぼつちらし。志津馬[五]かこふ忠義の働き。お谷も斯《(か)》クと[六]気もそゞろ足もしどろに走り付《(つき)》。「ヤア志津馬は手を負《を》つたか」。「若ヵ旦那手は浅《あさ》いぞ」。「コレ気を慥《たしか》に〳〵」と抱起《(いだき)》せば「イヤ手疵《きづ》には痛《いた》まねど。是が正気を失《うし》なはずに居られふか。股五郎は手に入ラず。正宗の刀は敵キへ渡す。頼みに思ふ佐ゝ木殿は此深手。いよ〳〵殿への云訳ヶなし。運命《うんめい》も是限り」と。刀逆ヵ手に取リ直す。「ア丶コレ待ッた。そなたが今死ンで爺《とゝ》様の敵は誰が討ッ」。「サア其敵が討タれぬ故此切ッ腹ク」。「イヤ〳〵何ぼうでも放しはせじ」と。争《あらそ》ふ

兵衛とする。常山紀談は武右衛門を又右衛門若党、孫右衛門を数馬若党とする。→解説。五「を」があるべきところ。六 聞き、に掛ける。
※現行台本省略あり、お谷は出ない。
七 股五郎を奪われることは、上杉家にとって予定の行動だった。そのためにわざと「供はわづか三人」で受取りに来た。たとえば、流布本殺報転輪記の如く五十人も率いて来て、武力衝突となった場合、多数の家臣を損うのみならず、幕府から私の合戦を引起したとして咎められる恐れがある。股五郎を死守したが衆寡敵せず、上杉方は全員斬り死にし、股五郎は行方不明になった、というのであれば、上杉家の恥辱にはならない。八 主家上杉家。九 刀の柄を短く作ったもの。この場合は棒鞘の柄。
※現行、丹右衛門、乗物から棒鞘の正宗を出す。鳴見も続いて出る。
一〇 乗掛合羽で、股五郎の母鳴見が聟に当る丹右衛門(股五郎の姉笹尾の夫)と言い合せて城五郎の正体を暴く設定をふまえた。一一 竹製の鋸で罪人の首を引き切る極刑。近世においては、主殺しに適用されたが、次第に形式的になった。→二三六頁注一。一二 親として、どれほど嬉しいか分らない。一三 仕儀の宛字。次第。一四 乗掛合羽・上杉館で、志津摩は「目ざす敵キの股五郎召シ捕れば国家の科《(がと)》人ン敵キと名乗ツて勝負も叶はず」と自害しようとし

二人《(ににん)》。ウ倒《たを》れ伏たる丹右衛門。むつくと起て。詞「ヤレ志津馬早まるな。股五郎を奪取《ばい》ラれたは最初《さいしよ》より七覚悟《かくご》の前。正宗の刀は我ガ手に有ル」。「ム、すりや最前城五郎に渡されしは」。「ヲ、サアレハ贋物《にせもの》。行家殿より預りし。正真《(しやうじ)》ンの刀はいつかな渡さぬ。誠の正宗。志津馬が手より。主人上杉に差上ゲ。上杉公より。武将へ献上《けんじやう》有ル時は八お家の誉《ほまれ》。是を功《こう》に敵キ討チの。願ひを立テさす我工夫。とは思へ共城五郎は。音トに聞へし刀の目利《きゝ》。贋物を突付《つき》ては受取ぬ邪智《じやち》佞人《ねいじん》。先《(まづ)》正真《(しやうじん)》を改めさせ。直グ様《(さま)》取ッて鳴見が自害。乗物の中の疵口で摺替《すりかへ》た贋正宗。地色〔ウ〕誠は是に」と乗物より取ハル出す九切柄《(きり)づか》「正銘の。ウ極めは爰に」今際《(いまは)》の鳴身。ウ早たへ中ぐ〵の息《いき》フシの下。

「詞股五郎が親の身で一〇丹右衛門様と云合せ。城五郎を謀《たばか》りしは。どうで非道な紛めが命は所詮叶はね共。殿様のお手に渡れば。一一竹鋸《のこぎり》か磔《はりつけ》の御成敗《ごせいばい》は知レた事。地色ハルせめて武士らしう志津馬殿と。ウ敵討の勝負で死れば一二何ぼう嬉しい親心。ウ此場を見遁《のが》し下されとお頼申て色けふの一三時宜《しぎ》」。「詞ヲ、サ老母の頼みはなく共。一四志津馬に討タさにやならぬ敵。一五わざと敵《てき》へ奪《ばい》取せ。丹右衛門一人が誤りに成〔ツ〕て相果れば。地ハル月日を待て本望遂《とげ》。ウ敵の首を先生イの。

て丹右衛門に止められる。史実では、討たれたのは弟で、数馬は正式に敵を討つ立場にはなかったが、それでも、忠雄が旗本方と又五郎との交換の約束で又五郎の父半左衛門を備前から立退かせた時、数馬が「構なくのかせ申とて世間風聞悪敷候」(敵討始末書。この時数馬は忠雄から手出しを禁じられていた)という状態で、敵の処分を公権力に委ねることが、腰抜けの所以の如く世間から言い立てられる可能性はあった。一五だが、たとえ志津馬に敵を討たせてやる配慮を別としても、上杉家としては、この形が一番損失の少ない解決法であった。史実から一世紀後の本作の上杉家には、史実の池田忠雄の如く、又五郎を渡せ、渡さぬの争いに岡山藩の存亡を賭け(殺報転輪記によれば、合戦をあえてし)ようとする激しい武士の意地はない(本作に上杉顕定が直接登場しない点に注意)。言いかえれば十八世紀後期の作者にとって大名と旗本の単純な意地の張り合いは、劇的動機としては弱いのである。乗掛合羽のこの場はそれ故、上杉家のお家騒動的状況と、沢井城五郎の謀叛という動機を持ち込み筋を複雑にしたが、近松半二は、そのような類型的な見せ場作りに頼らず、十八世紀後期でも想定しうる大名と旗本の政治的勢力争いの一端が、将軍家への刀献上にからんで表面化する構想を立てた。城五郎の卑小な権

位牌《ゐはい》の前と身が墓《はか》へも手向《たむけ》てくりやれ頼ぞ」と。最期《さいご》の際《きは》迄師弟の義理。「我故命を捨らるゝ此大恩はいつの世に。かへすぐ\も残念は。大敵の股五郎。志津馬が助太刀後ロ立テと。頼むこなたに今別るゝ。心の悲しさ推量《すいりやう》有《あれ》」。「ヤア不甲斐《がい》ない志津馬殿。丹右衛門は死する共無念ンの魂《たましい》此世を去ラず。郡山の政右衛門こそ我に十倍勝《まさ》りし達人ン。早ゝ帰つてお谷殿。助太刀頼むといはず共。彼レが為にも舅の敵。違背《ゐはい》はあらじ早さらば」。此世のさらば未来の門出。「丹右衛門様」。「鳴見殿。思へばけふの云合せ。敵と敵が修《しゆ》羅《ら》の道連レ。とゞめは互に一トの刀」と。落たる刀指添《さしぞへ》を。よろめきながら取上て。眼《まなこ》はくらめど胸と胸。差貫《つらぬ》いたる。義士貞女歎き志津馬も深手のよはり。家来が肩《かた》に敵の囲《かこ》み歯《は》をくいしばつて立帰る心の。内こそ

〽せつなけれ

勢欲から生じた正宗横領計画、行家殺害に対し上杉家としては、城五郎に正宗を渡すつもりはなく、また合戦によって股五郎を奪回する意志もないが、昵近衆に匿まわれた股五郎を放置しては上杉の面目にかかわるので、股五郎を表向き引渡させた上で、非合法的に奪われ、行方不明となることを黙認した。交換条件の刀は贋物、母は自害、股五郎を奪われた責任は丹右衛門の死で決着がつき、以後は志津馬個人に父の仇討をさせる、上杉家としては何も失ったものはない。

一 報ずる意と掛ける。 二 去ると掛ける。此世を去り、死後の世界へ行く門出。 三 先刻の乱闘で落ち散っている大刀と脇差。 四 刺し貫いたる。丹右衛門と鳴見は死後の闘諍の巷修羅道を現わすごとく、刺し違えて死ぬ。 五 嘆きに沈む、に掛ける。 六 初演、竹本浅太夫。 七 神社。冒頭の弓八幡の謡との関係から郡山城下柳町(現奈良県大和郡山市柳四丁目)にある郡山八幡宮。 八 謡曲・弓八幡《ゆみやわた》。「の祈とて」は「と祈るる」。御代泰平を祝する弓八幡の詞章から、国、を導き出す。 九 瑠璃天狗の妹背山婦女庭訓「山の段」注に下学集を引いて「日本六十余州最初に大和州出生す故に日本の惣名を大和といふともあり」。→四四頁注二。 一〇 太古、日本国始りの時、最初に

第四[六]　郡山宮居の段[七]

「君[八]万歳の祈《いのり》とて。神に歩《あゆ》みを運《はこ》ぶなり〳〵」。国[九]の初めの其昔。誰[一〇]《たが》名付てや郡山。御城下の見付[一一]筋武家町人のわかちなく。引[一二]《ひき》もちぎらぬ弓八幡《やわた》。奉納《ほうなふ》[一三]願主誉田《こんだ》[一四]大内記殿。御謡の番《ッ》組数〻も。打納りし隅田川《すみだ》[一五]。「あらお目出たや目出たや」[一六]と〔。〕上《かみ》[一七]を見習《なら》ふ下《しも》がゝり。頓《やが》[一八]てお立《たち》[一九]を松影に[二〇]列《れつ》[二一]を。正して待居たる。

杢助が声高《こわだか》に「何と能助どう思ふ。同[二二]じ様にいふは勿躰《もったい》ない事だが。殿様は遊芸《ゆうげい》がお好《すき》故。けふは何所《どこ》の奉納《ほうなふ》明日《あす》は爰じやのと。毎日のお能《のふ》。我〻も其お家に奉公仕《し》て居ながら。其気のないは冥加《めうが》[二三]ない事ではないか」と。いへば能助打笑ひ。「ハヽヽヽ、何を杢助がいふやら。そりや我《レ》[二四]が芸気《げいぎ》[二五]がないによつてそふ思ふ。おらが親はきつい能が名《イ》人《ン》。名さへ軍陀羅夜叉《ぐんだらやしゃ》[二六]右衛門といふて。道明寺[二七]の祈《いの》りの段。面白い事だ」。「コリヤ〳〵能助。道明寺とはそりや干飯《ほしいひ》[二八]じやないか。必《かならず》[二九]外《カ》でそんな事をいふなよ」。「ハアアノ謡《うたい》の名は

出来た大和(山迹《ヤマ》)国にふさわしい郡山の名を、誰がつけたのであろうか。一一 城の外門の道筋にある神社に能を奉納。一二 見物人が引きも切らぬ雑踏。引と弓は縁語で、能の初番目物(脇能)の曲名に掛ける。一三 能興行を藩主が願主となって神社に奉納する。一四 →三八頁注一。一五 初番目物の弓八幡から四番目物の隅田川までを演じ終えて。済むに掛ける。一六 能で多用される間投詞を冠せて、藩主から城下の町人まで能に興ずる天下泰平のさまを形容。一七「上を学ぶ下」(譬喩尽)に能の金春・金剛・喜多三流派の総称下懸りを掛ける。一八 直ちに、の意でなく、現代と同じく、しばらくして、の意。一九 殿の御一行が御出発になるのを。二〇 待つに掛ける。二一 主語は供の奴達。二二 我々の芝居好と同じ様に、の意。二三 神仏の加護に外れる不心得な事。二四 お前。二五 芸心。芸の嗜み。二六 謡曲・道成寺、祈りの詞章に「南方に軍荼利夜叉明王」とあるもじり。二七 道成寺を聞きかじりで道明寺と思い違い。二八 河内国道明寺(大阪府藤井寺市)産の、餅米を蒸して干したもの。冷水に浸して食べたり、ぼた餅にする。二九 親しい自分にはよいが、他の者にそんな無学なことを言うと恥をかくぞ。当の杢

時　前段の数か月後、夏
所　大和郡山八幡宮

ヲ、何ッとやら。ヲ、思ひ出した宗善寺[一]」。「コリヤおかしい宗善寺とは津の国に有ル寺だはい」。「そんなら我レ[二]がのも違つた。道明寺は河内でないか。イヤ〳〵宗善寺に違ひはない」。「ハテ片タ意地な者。コリヤ能助お身は芸者《げいしや》[三]の子なら狂言《きやうげん》の心が有ロ。何と稽古《けいこ》してくれまいか」「狂言覚へて何にする」。「ハテ殿様がお好だ故。毎日〳〵此通り。いかに下《(した》ゝ《じた)》じやといふて。其気のないは何ッと不忠では有ルまいか」。「コリヤ尤じや。稽古してやろ第一足取を稽古せい。サアおらが歩行《(あるく)》よふにせい」と。地(ハ)ル 鳥居の馬場《ばゞ》を能舞台《ぶたい》。フシ しさいらしげに 合 身繕《づくろ》ひ。

詞「ア、それ〳〵手[四]を振《ふる》事はない。両手をかうして。そふだ〳〵歩行《(あるき)》様ッを覚へたか」。「ヲ、合点じや〳〵」。「ハテ垢切《あか》[五]レを切ラした時の。歩行《(あ る)》キ様と覚へて居よ。おらがいふ様ッに跡からいへよ。かやうに候者は[六]。此辺《あた》りに住居《すまい》致す者でござる。頼ふだ[七]お方が狂言ッを好《すか》せらるゝ故。我レゝも稽古致さふと存ずる。太郎冠者《くはじや》有ルか」。「ナイ[八]」「ヱ、悪ルい覚へ〳〵」。「イヤ〳〵此返事に仕《し》てくれい。奴《やつこ》を呼《よび》出すのは極《(きは)》マつて有ルはい。身[九]が前へ出あがらふ」。「サアそれは芝居のせりふだはい」。「ヤモお前[一〇]にはぬるくて悪ルい」。「ヱ、そん

助は道明寺といえば弁当用の干飯のことと考える（同名の能〈初番目物〉のことは勿論知らない）。

一 摂津国西成郡中島（大阪市東淀川区東中島）の崇禅寺。崇禅寺馬場の敵討で著名。能の道成寺とは似ても似つかぬが五五頁※からの連想か。

二 お前が言ったのも。

※奴のやりとりに仮に「　」をつけたが、人物の変り目がはっきりしないところがある。番付に「やつこ狂介」の名があり三人の会話らしい。

三 芸人。

※能助の親は大道芸の辻能で、独り能、独り狂言を演じていたものか。

四 供奴の癖で、歩き出すと手を振ってしまう。

五 かかとを地に付けず、足を上げ、体を浮かしたようにして進む。狂言の運びの基本である摺り足以外の運びの真似。

六「かやうに候者は」は能の名乗り。「此辺りに」以下の狂言のせりふと能の詞の区別がつかない滑稽。

七 御主人。

八「お前に」とあるべきところ、奴のお定まりの返事が出てしまった。

九 菅原伝授手習鑑二段目道明寺の段で宿禰太郎が奴を呼び出して詮議する時のせりふ。そこでも奴は「ナイ〳〵」と返事する。

一〇 狂言風の「お前に」はのんびりしすぎて間が抜けて嫌だ。

一一 奴言葉。しろ。

一二 じりじり舞はあわてるさま、舞々はまごまごするさま。

一三「カカヤク」

ならよしにせろ〳〵《よしにせろ》」と。地ハルあだ口〳〵《くちぐち》を云ィ廻ハす。色「お立チ」と触《ふれ》る声〻《ごゑ》に。ウ恂り驚き
一二中じり〳〵フシ舞〳〵かゞみ扣《ひか》へ居る。
地色ウ威《ゐ》光輝《かうかゝや》く一三大内記殿。ハル奉納首尾《しゆび》能《よく》納りて早御下向の先キ払ひ。ウお徒《かちご》御近習《きんじゆ》前ン一四後を配《くば》リ鳥居
前キ迄中出給へば。御供にはウ宇佐美五右衛門中ウ一五扈従《ごしやう》に召連られ。御前ン間近く引中添へば。
一六ウ跡押サへは一七桜田林左衛門。一八ハル指南《しなん》の棒《ぼう》を振リ廻ハし鼻《はな》高〳〵《(たかだか)》と中御供す。「暫く是にてウ御詠《ながめ》」
と。宇佐美が詞に近ン習の武士。御ン腰《こし》フシかけを奉れば。
地色ウ遥《(はるか)》跡より能太夫源之進。御ン傍《そば》近く手をつか色へ。詞「今日殿様のお能。恐れながら驚き奉
ります。いつ〳〵よりも出来させ給ひ。一九神も納受《なふじゆ》ましまさん。扨一家中。どなた様もき
ついお上手。殿様の御機嫌の程御ン窺《うかゞ》ひ奉る」と。地ハル中上れば打笑ミ給ひ。詞「ナニ源之進。
是といふも其方が指南の徳」と。宣《のたま》へば。「ハアコハ冥加《めうが》ない御ン詞。地(ハ)ル時の面目有がたし」
フシ中としさつて。一チ礼のべければ。
地色ウ重ネて仰ハル出さる中ゝは。詞「アヽ浦山しいは源之進が身の上。我ガ望は外になし。能太夫に成ッ
て。二〇猩〻《せうぐ》の乱れ一ッ二一世一チ代が仕《し》て見たいわい。取分今日の奉納も。我一人の力にあらず。

(日葡辞書)。一四 主君の前後に人数を振り分けて、の意か。一五 中小姓。小姓組と徒士(かち)衆の間の身分で、主君外出時の供奉などを勤める。但し五右衛門は中小姓より上の身分であるが、中小姓役の外出の御供に召し連れられ、の意であろう。一六 行列のしんがりを勤めるのは。※現行、舞台は社の境内。奥に社殿上下に立木。下手に水屋。一七 流布本殺報転輪記の桜井甚左衛門。史実の又五郎の伯父で荒木又右衛門と同藩であった河合甚左衛門と又五郎の妹聟で槍の名手桜井半兵衛とを一つにした人物。一八 武芸指南役を鼻にかけ、の意。指南坊(寺子屋などで指南をする僧)に掛けて、武芸の縁で棒という。一九 領主御自ら能を舞い奉納されるのを。二〇 能の五番目物の曲名「猩々」。海中に住む猩々が酒を飲んで舞い遊び、親孝行な酒売りに汲んでも尽きぬ酒壺を与える。猩々の舞事で、基本型の「中の舞」の代りに「乱」という特殊な舞事・囃子事を演ずる小書(特殊演出)があり、この場合は曲名も「猩々乱」「乱」と呼んで、伝授事(習い)である。二一 ここは能の家元の太夫が、幕府の許可を得て一代に一度勧進能を演ずること。一代一度の晴れ舞台で、習いの「猩々乱」を舞ってみたい、の意。なお恋女房染分手綱五に、能太夫定之進が殿に道成寺の習いを伝授する話がある。

一家中の者迄も満足せねば奉納とは云がたし。殊に天気も宜しければ我悦び限りなし。

地ウ太義〳〵」と有ければ。ハル皆一統《とう》に頭《かしら》をさげ「ハッ」ト。フシ計《ばかり》に平伏す。

地色ウ五右衛門御ハル前に手をつか中へ「詞誠に殿様の御意の通り。今ﾝ日は一入《しを》天気宜敷御祈願《ごきぐはん》の奉納。一ッ家中の者は申上るに及ばず我ﾚ〻迄も恐悦至極に存じ奉る。恐れながら五右衛門が御願ひの筋有《すぢあり》。先達《さきだつ》て御取次仕る[一]唐木政右衛門義。釼術を申立《まうしたて》お家へ御奉公に出《いだ》し候所名のみ計《ばかり》にて其器量有《ある》なきを。御上覧に入ﾚ奉らず。何卒林左衛門殿と[二]立合の義。御高免遊バされ候様に御願ひ上奉る」と。地ハル聞もあへず林左衛門。「詞ア、是〳〵宇佐美殿。御上《おかみ》へ対し恐れ多い願ひ。尤政右衛門殿とやら貴殿の御世話によつて。釼術を申ｼ立御奉公に出られた人。[三]武士は相互《あひたがひ》。成程お望ならば相人《あひて》に成〔ツ〕て進ぜうが。そりやもふ蟷《とう》螂《ろう》が斧《おの》とやら申事《まうす》さ。[四]いかぬ事じや〳〵。よしに仕めされ。[五]お気にはさへられな。此林左衛門[六]相人《あひて》には余りおとなげなく。何の夫《それ》が一溜《たま》りも有《ある》物か。殿にもおかしく思し召《めす》。ハ、、、、」とあざウフシ笑ふ。

地ハル林左衛門には見色向きもせず。「詞右《みぎ》政右衛門義。不鍛練《たんれん》成者抔《など》と。[七]影口を申ｽ者も候よし。

一 史実では、荒木又右衛門が仕えた大和郡山の藩主は、松平下総守忠明であったが、流布本殺報転輪記では、本多内記政勝(史実では伊賀越敵討事件落着後の寛永十六年より郡山藩主)に変え、乗掛合羽も本作もこれを踏襲した命名。 二 政右衛門が林左衛門と御前で武芸の勝負を行うことの許可を願う。 三「武士は相身互ひ」(譬喩尽)。武士は互いに同じ立場であるから助け合わねばならない。 四 自分には到底かなわない。流布本殺報転輪記に桜井甚左衛門を評して「大成芸自慢」。 五 貴殿が推挙した人を軽しめられるのは、不快かも知れぬが、の意。 六 政右衛門程度を相手にするのは。 七 陰口。今の林左衛門の言葉を、直接には聞かぬ振りで、そのまま陰口にとりなした。 八 流布本殺報転輪記では、甚左衛門から御前仕合を望まれた又右衛門が、「傍輩と言不入事意恨之種と罷成物ぞとおとなしく」断るが、臆病のように言い立てられ、この上はと、ともども御前仕合を願い出る。 九 流布本殺報転輪記の「内記殿武芸好ニて」の逆をいく。 一〇 家老達が賛成しない。大名が城中の藩士の前で自ら能を舞うことはしばしばあるが、「武家町人のわかちなく」雑踏する寺社で、再々奉納の能を演ずるのは、軽々しい振舞いと、当然みなされる。

左様成者に御知行を賜はり候ては。取次仕る此五右衛門。一家中へ相済申さず。是によつて政右衛門に立合の義。御願ひ申上候様と申聞せ共。彼レも新ン参者の義故[八]辞退《じたい》仕る。何卒。此義御上より仰付られ下さらば拙者が面目此上なし」と。地ハル余義なき願ひに中内記殿。詞「武の道は尤なれ共。我《(われ)》其家に生れながら鎗術の事は。[九]とんと気が乗ラぬじや。政右衛門事は家老共がきつい取リ持チ。両人ンの立チ合。どちらが鎗ン術善ン悪クにもせよ某《それがし》が構《かま》はぬ事。家老共が得ク心ンせば。身が事は何ン時でも見物せん。今ン日の奉納もとかく[一〇]家老共不得心ン。そちは又未《み》明より出て忠勤《きんつく》尽す其替り。余り好《すか》ぬ事ながら始ての願ひ。[一一]聞キ届ケんも道ならず。政右衛門事は辞退《じたい》致すとな。[一二]両人ンの事は[一三]用人ン方タへ云イ付ケてくれう其代り。近日[一四]若宮の八幡宮へ。[一五]春日竜神《りうじん》奉納仕たい。又家老共が何ンといはふと。其方が計らひせよ。ヤモとかく遊芸が楽しみが深い。願ひの通り聞キ届けた」と地ハル御上意の。詞に「ハッ」ト宇佐美が面ン目ク。[一六]忝涙《(かたじけなみだ)》にひれ中フシ伏《(ふせ)》ば。地色ハル大内記殿仰中には。詞「奉納の場所へ諸人の入込《(いりこみ)》。[一七]神ン《(じ)》拝イ《(ば)》の恐れも有レば。其方は跡に残り。[一八]御ン神楽を上ゲ。社内の清め仕れ」と。地ハル云捨御座を中立給へば。ウ横《よこ》に漫《はびこ》る桜田が御ン跡に引ッ添《そへ》ば。ハルざゝめき渡る御ン供先キ駒の合

※郡山宮居の段は、道中双六・乗掛合羽継合せ上演の際は省かれることが多く、伊賀越道中双六の原作にもっとも忠実な、平成二年の大阪国立文楽劇場通し上演でもカットされた。昭和四十二年・六十一年、国立劇場通しの時は上演されているが、大内記の遊芸執心を表わす部分を省いた改悪台本。→六〇頁注五。
一一 聞届けぬ、の口語。 一二 林左衛門・政右衛門立合のことは。 一三 君主の近くにあって財政や庶務一般の事に当る者。両人に立合をさせよ、との殿の意向が、用人から家老に伝えられることになる。 一四 野垣内(がいと)春日若宮(大和郡山市野垣内町)と、観音寺八幡(大和郡山市観音寺町)を一つにした仮構の社名か。天保四年・滑稽三時行脚(郡山と周辺の百社を三時の間に巡拝する趣向の滑稽本)参照。 一五 能の曲名。五番目物。
一六 かたじけなし、に掛ける。
一七 能見物のために諸人が入り込み、神拝の場の清浄が損われた恐れがあるので。 一八 大内記が願主となって巫女などに神楽を奏させるのである。

嘶《いなゝ》き轡《くつは》の音本城《じやう》さして帰らるゝ。

御ン跡見送り五右衛門は一人リ言。「ハア遉《さすが》大家の殿様。是程にお好キなさるゝお能にかへ。林左衛門と政右衛門立チ合の勝負《しやうぶ》。御ン願ひ申たれば。早速《さつそく》に御ン聞キ届ケ下さるゝも。日頃の願ひ本望」と。社内をさして行折から。

「申《(まうし)》ゝ」と松影[一]より。呼かけるは女の声。何[三]者成ルと見合す顔。「[二]お谷殿ではないか面ン躰あれし人ン相ウ気遣はしや」と尋ぬれば。お谷は涙押シ拭《ぬぐ》ひ。「包むとすれど女の事。有リ様フにお咄し申さん。[四]国元トから帰りてより政右衛門殿の心ン底替り。出るにも入ルにも不機嫌。此刀を差シ出し。是を持ッて五右衛門方へ行ケといふた計《(ばかり)》に物をも云ず。どふいふ訳やら合点行カず。問ヒかへされぬ日頃の気質《かたぎ》。お前に逢フて様子もいはふと。其儘《まゝ》立ッて来りしが。通りかゝりてお前を見請殿様のお立チをば。忍んで今迄相待チし」と。刀取リ出し差シうつむき。暫らく詞もなかりける。

宇佐美はつく〴〵打ながめ。「ハテ心得ぬヲ、それよく〳〵。コリヤコレ我ガ秘蔵《ひさう》[五]せし筬船《おさふね》[六]の一ト腰《こし》。其方《(そのはう)》が親代《しろ》[七]と成ッたる印シに遣はせしに。持タせ越《(こし)》たは合点行カず」と。引キぬき見

一　松陰。
二　荒木又右衛門の妻、渡辺数馬の姉は、史実ではみね、又右衛門との間に娘があった。乗掛合羽ではおたね。
三　取り乱した面持ちである。
四　江戸に当る鎌倉を「国元」と呼ぶのは（お谷の生れ故郷にもせよ）、前段と作者が違うことを思わせる。この段、大内記退場以後、文章冗長で明晰さを欠く。
五　「秘蔵　ヒサウ」（書言字考節用集）。
六　長船の宛字。備前国長船（岡山県邑久郡長船町）の刀工の打った刀。
七　五右衛門がお谷の親代りとなってお谷を政右衛門に表向き嫁入りさせた時のこと。

れば物打チに[八]。巻添《そへ》し一ッ通。「コハ〳〵いかに」と解《とき》ほどき。見るより恂《(ひつく)》り。「ム、コリヤこなたへ暇の一札。様子が有ふ語られよ」と。詞にお谷は仰天《げうてん》し。「何わたしへの去状とや。去るゝ覚へ微塵《みぢん》もなし。ヱ、聞へぬぞや政右衛門殿。[九]科《とが》もない身をむごたらしう。去ルといふことたが始めた。お腹《なか》に十月キたゞもない身を。情なや」とかつぱ[一〇]とふして。泣キ居たる。

五右衛門せき立《(たち)》。「ヱ、こなたも武士の娘でないか。魂《たましい》の腐《くさ》つた政右衛門。跡を慕《した》ふ事はない。ヱ、口惜《をし》い。我ガ眼の見へぬが誤り。天晴《あつぱれ》器量《きりやう》の有ルやつ。何とぞ出ッ世をさせんと思ひ。今出ッ頭顔する林左衛門と一ト勝負立チ合ハさせ。武芸の器量をあらはし。一ッ家中の手本ンとせんさすれば。殿にも遊芸の事お捨テなされ。武道の道にお心をよせ給はゞお家のお為と思ひしゆへ。林左衛門と立チ合をすゝむれ共。辞退《じたい》するは。臆病《おくびやう》風に引カされた大腰ぬけめが。此儘に相止《や》めに成リし時は一ッ家中の物笑ひ。願ひを上ゲし御前ンの手前も云訳なし。ヱ、不甲斐なや」と計リにてどふと座を組ミ居たりける。

お谷も倶に泣くどき。「夫の心の直る様フ。比怯《ひき(や)う》者といはれぬ様に。コレ思案を頼む五

八 ↓二七頁注一七。
九 このあたり、心中宵庚申・中の「おなかに四月たゞもない身を。…むごいつらい…さるといふ事誰こしらへうらいめをさせる」をふまえる。
一〇 「かっぱと」と発音。

右衛門様」と。取《リ》付《キ》歎けば。「ヲヽそふ思ふも尤。最前《ン》も殿の御前《ン》で。林左衛門めが我《レ》に向ひ。彼《レ》等を相《イ》人に立合《フ》はおとなげなしと。人もなげなる雑《ざう》言《ン》過《くわ》言《ン》。聞《カ》ぬ顔は何ゆへぞ。お家のお為二つには。儕《（おのれ）》を出《ッ》世させん物と。思ひし事も恩を仇《あた》。但し国元の騒動《さうどう》を聞《キ》一《ッ》家の縁を切《ル》所存《ン》か。儕《レ》ゆへには勘当請《ケ》し此お谷。某が親と成《リ》女房に持《タ》せしに。科《とが》なき者に疵《きづ》[一]を付《ケ》。追《イ》出しておこすのみか。親代《しろ》にやつたる此刀の物打に暇《いとま》の状を巻《キ》付《ケ》しは。我《レ》を欺《あざむ》くにつくいやつ。心《ン》[二]肝にこたへ〳〵こたへて了簡《けん》ならず。年《シ》寄《ッ》たれども此宇佐美。尖《するど》き刃《は》金《がね》の切《レ》味《チ》見せん」と。一《チ》図《づ》に凝《こつ》たる[三]国侍。お谷は取《リ》付《キ》「マア〳〵お待《チ》下《ダ》されと」と。すがるを払ひ。「ヤア愚《おろ》か〳〵一《ト》先《ッ》こなたは。屋鋪へ帰り何《ニ》気もなくも[四]てなされよ。我《レ》も跡より押《シ》かけて。事によらば先《ッ》手を取て切《リ》かけん。其時こなたも此刀で[五]尋常《じんぜう》に自害せられよ。未練に心残されな」と詞立派《りつぱ》に云放《はな》す。
[六]「夫の心の善《ン》悪《ク》を」と小[七]づまり〳〵しく帯引《キ》しめ。[八]いさまぬ心取《リ》直しいさみ。[九]いさむや[一〇]庭神楽《にはかぐら》打[一一]連《レ》てこそ

一 夫に離別された女は、世間から疵物と見られる。
二 肝（きも）に応（こた）えの意から、堪忍する意のこたえ、に変化していく。
三 江戸詰めでなく、国元に居る侍。都会的な文弱の風に染まぬ、古武士気質の侍の意。
四 振舞いなさい。
五 立派に。
六 私も夫の心底の是非を確かめよう、の意。
七 帯を引き締め、着物の褄の端をきりっととって、活動的な姿勢となり。
八 意気消沈する心を取り直して自ら勇め。
九 お谷の沈んだ心とは裏腹に、神をいさめの庭神楽が、勢いよく奏される。
一〇 庭に篝火を焚いて奏する神楽。但しここは、実際の神楽は神楽殿で行われていると見られ、神の庭である神社で行われる神楽、という程の意。「燎（にはび）を。たいて庭神楽（にはかぐら）。神すゞしめと木綿襷（ゆふだすき）」（寿式三番叟）。
一一 神楽太鼓の縁語の打つ、に掛ける。

〽上立帰る

第五　郡山屋鋪の段[一]

[二]昔《むかし》は山の跡《あと》なれや。今も名のみは[三]郡山《こをり》。家中屋敷もつくろはず[四]直グな[五]唐木の正《まさ》[六]め有ル。[七]家の柱は[八]退去《のき》リに。奥様役の留主《るす》預り[九]石留武介は忠義者。常の奉公裏表《うらおもて》[一〇]内証賄《ないしやうまかな》ひ[一一]閙《いそが》しき。

台所より妼共ばら〳〵と立出《たちいで》。「コレ武助殿。今ン夜は内方《うちか》タ[一二]へ嫁御様が見へるげな。お目出たい祝言ン振舞《ぶるまい》。わたしらもあやかる様フにお手伝《てつた》ひに参りました」。「イヤ御苦労《ごくろう》〳〵。[一三]小身《しん》の旦那政右衛門様。仲間ン一人リ下女一人リ。[一四]若党《わかとう》の此武助が。料理《りやうり》人ンやら家《か》老《らう》やら。人ト手がなさに御家中の女中方タを[一五]御無心ン。[一六]待チ女郎にも[一七]酌《しやく》人ンにも各《おのおの》を頼みます」。「イヱ同じお給仕《きうじ》でも。祝言ッと聞ケば気が[一八]しよぎ〳〵。したが合点の行カぬ事は。お谷様といふ奥様。お里帰りなされてから。聞ケば去られなさつたげな。まだぬくもりも涼《さめ》ぬ中新《あたら》し女房を入レるとは。余ン《あんま》りな手廻し」。「サイノ今ン度の奥様はどこからお出な

一 初演、竹本関太夫(四八頁一二行目まで)。 二 妹背山婦女庭訓三に「古への。神代の昔山跡《やまと》の。国は都の始《はじめ》にて」とあるのと同じく「山跡 ヤマト〈即チ大和也日本ノ総名也日本記ニ云ク天地闢ケ始シ時人皆山ニ住ス其ノ地未ダ堅カラズ人ノ迹見ユ是ヲ以テ山迹ト云也〉」(下学集)などの説に基づく。「名のみは郡山」も含め、第四の冒頭と文章的にも重なる発想であり、恐らく第四冒頭は半二執筆ではないであろう。 三 奈良盆地北部に位置する郡山城下は山という名にそぐわないが、の意。 四 飾り気なく質実なたたずまいの、唐木政右衛門の家中屋敷で。 五 外国から輸入した固い材質の木材をいうが、ここは柱の素材である木に主人公の姓を掛けたもの。 六 家の柱もまっすぐに通った木目の木を素材とするが。政右衛門の名にかける。 七 しかし家の柱となる奥様は離別になって。 八 一方が家を出て夫婦別れとなることをいうが、退くも去るも離別と同義に用いることもある。 九 史実の岡本(川合)武右衛門。→三二頁注四。 一〇 家庭内の食事などの用意。裏表なく忠実、の意を掛け、常の奉公(若党の表向きの奉公)に加え、裏の家事の諸用も。 一一 俗書正譌「閙、いそがし、この訓《よみ》譌《あやまり》

時　**前段の続き**
所　**郡山唐木政右衛門屋敷**

さるのじや」。「イヤ我レ等もか[一九]つふつ存ンぜぬ。何ンだか知らぬが旦那が一人リ呑ミ込ンで。今ン夜嫁を呼《よぶ》程に。祝言ンの拵《こしら》へせいと云付ケて出られたから。何が俄《にはか》に料理拵へ。少し計《ばかり》聞[二〇]キはつつた。海老《あび》[二一]の舟盛《ふなもり》置[二二]キ鯉《ごい》。置キ鳥などゝいふ。しちむつかしい事は取[二三]リ置キ鮒《ふな》[二四]の吸《すい》物腹[二五]合せは。新枕《にい》の心じやげな。肝ン心ンの嶋台[二六]を忘れて。正月のお古ルを組ミかへて間に合す。い[二七]かぬ物は銚子《てうし》[二八]加《くは》[二九]への折[三〇]リ形。知ッてなら折ッてもらひたい」。「ハテ何ンの其様に義式《しき》[三一]せいでも大事ない。仲人《なかど》さへない嫁入リ。今迄どこぞにこつそりと。囲《かこふ》て有た女中で有ロ。ホンニあの政右衛門様もお顔に似合ぬ色事仕。先ンの奥様はお腹が立ふ。馴染《なじみ》の女房隙《ひま》取ラして。跡へ来る嫁づらは。どんなお頬《つら》じや見てやりたい」と。さがな[三三]い女《をな》子《ご》の口〳〵に。うたて[三二]浮《うき》名の高咄し憂《うき》事の思ひの。種[三四]を身に持ッて我内《わがうち》[三五]ながら心置ク。夫トの留《る》主《す》を窺《うかゞ》ひ足。妼目早く。「ヲヽ奥様よふお出《いで》なされました」と。いふに武助も押シ[三六]下《さが》り。「幸《さいはひ》只今旦那のお留主。お帰りならばおしらせ申さふ。先お緩《ゆる》りと」ゝあしらふ[三七]程。いとゞ重るうさつらさ。「諸白髪《もろしらが》[三八]迄といひかはした人の心もかはれば替る。我ガ内へよふ来たといはれ

なり。さはがしとよみてよし」。一二 このお宅。一三 史実の又右衛門は二百五十石、流布本殺報転輪記や乗掛合羽は五百石で、小身ではない。半二は意識的に史実や先行作と異なる設定とした。一四 武家で足軽より上位の従者。一五 お願いしました。一六 婚礼の時、嫁の到着を待ち受けて、案内し、嫁に付き添い、世話をする女。一七 婚礼の三三九度の盃事の酌をする女。一八 うきうきと興奮するさま。一九 一向に。
※現行、舞台は正面四枚襖のやや手狭まな武家屋敷、本手(座敷)に女達、二の手(土間または板間)に武介。
二〇 聞きかじった。二一 伊勢海老を茹で、台に固定し、頭と尾をそらせ、腹から取り出した身を切って重ね、殻の中にも外にも盛りこぼしたもの(茶湯献立指南)。二二 婚礼の饗膳に置き鯉・置き鳥で対をなして置かれる飾りの鯉と雉。楕円型の盆様の台に置く。二三 やめておくとしても。二四 女重宝記二に、色なをしの後「一つ鮒の吸物をすわり、又盃事有べし」とあるに当るか。古今料理集に「鮒汁 二つ切 三つ切 子わた共にいつとてもはらをあけずして切るべし。何時も賞翫と云は子持たるべきなり」。但し、夏はまずい、とある。二五 抱き合った形。二六 婚礼・正月など、祝儀の席に出す飾り物の台。蓬莱の島に松竹梅、鶴亀、その他意匠を凝らしためでたい物を配する。

る様に成《ッ》たはいの。身に覚へはなけれ共。親分《ン》の五右衛門様。どの様《フ》な誤《あやま》りしたぞ暇《いとま》の印《シ》の此一《ト》腰。訳が立《タ》ねば受取《ラ》ぬと。お屋敷にも置《カ》れねば立寄《ル》方《(かた)》もない身の上。見ればいかふ賑《にぎ》やかなが。お振舞でも有《ル》のか」と。とはれてそれとは云かぬる。跡先見ずの下女はした。「今《ン》夜はお屋敷へ嫁御がお入《リ》なされます」。「ヤア嫁とは誰嫁《(たがよめ)》。コレ武介。よもやそふでは有《ル》まいと。思へど若《シ》旦那殿に。女房が来るのじやないかや」。「イヤ其義は」。「ヱ、武助殿隠してもどふで知《レ》る事。政右衛門様のお内義様でござります。下地《(したぢ)》から訳の有《ル》事かして。今《ン》夜伽の御祝言。わたしらも隣《となり》屋敷からお給仕《きうじ》に雇《やと》はれました。お前様は先《ッ》の奥様。てつきりとお妾《てかけ》に。見替られなされたに違ひはない。ぐつとお悋気《りんき》なされませ」と身にもかゝらぬ下々《(したじた)》の。一法界悋気《ほうかいりんき》に焚《たき》付《ケ》られ。いとゞ重《ナ》る口惜《をし》さ包《ミ》かぬれば見て取《ル》武介。「ヱ、コレ女中方。役に立ぬ事云ずと。お台所に人がない。炉《ろ》の炭《すみ》もついで貰《もら》はふ」。「アイ〳〵合点じやサア皆お出《(いで)》。旦那の二お帰り待《チ》女郎。こちらも嫁御の相伴《しやうばん》で。よい夢見よふ」と打つれて立《ッ》て。行《ク》間を待兼《かネ》てかつぱと伏《シ》て。泣《キ》居たる。

二七 自分の手におえぬ物は。二八 酒を盃につぐための長柄の酒器。二九 銚子に酒をさし加える水差しに似た酒器。三〇 蝶花形の折り紙。婚礼の盃事では本酌人が男蝶のついた銚子を、加えの酌人が女蝶のついた加えの酒器を持つ。三一 儀式ばらずとも。三二 女子の常で口々に慎みなく悪口を言い。三三 当時者にはうとましい評判を、高声でしゃべりあう。うたて、浮名、憂き事、と頭韻。三四 悩みの種の意と、胎児の意を掛ける。三五 自分の家でありながら、遠慮して夫の留守に、そっと入ってくる。心置夫、で特に遠慮すべき、離別された夫、の意をこめる。※現行、お谷は本手下手から前段の刀を持って出る。三六 妼達と、中央の座で話していたが、その座から下って。現行でははじめから下座にいる。三七 応対する。三八 夫婦とも老人となるまで心変らず添いとげようと。

一 自分と直接関係のない事柄に嫉妬心をおこす(他人の恋愛沙汰を嫉妬する)女達に。法界は仏語で法性(真如)とそのあらわれとしての、世界。転じて直接具体的に関わりようのないことをいう。
二 お帰りを待って、婚礼の待女郎役をつとめましょう、の意。

「ヲ《詞》、お道理じや〱。したが奥様。必《(かならず)》悋気なされますなへ」。「アノ[三]云やる事はいの。悋気とは一《ト》通りの事。非《ひ》業《ごう》の死《し》をなされた爺《とゝ》様。弟志津馬が敵討の。力と頼むはたつた一人《リ》。其夫《ト》政右衛門殿。縁切《レ》たれば誰《レ》を頼《ミ》に。大《イ》敵の股五郎。いつ本望が遂《とげ》られふ。力《地ハル》も綱《つな》も切《レ》果しと。思《ウ》へば胸が張裂《はりさけ》る」と。歎《ウ》けば倶に泣《イ》じやくり。「お《詞》気遣ひなさるゝな。譬《たとへ》旦那がどふおつしやつても。拙者めが命にかへても此御縁は切《ラ》しませぬ。悋気なされなとはそこの事。お前様のお中《(なか)》には。政右衛門様の御《ご》世《よ》継《つぎ》がござりますぞへ。去《リ》状取ふが後《チ》連《レ》が這《は》入ふが。其お子さへ御平産《さん》なされたれば。切《ッ》ても切《レ》ぬ血筋の縁。政右衛門様の奥様といふは。お中が証拠《しやうこ》のお谷様。敵討の助太刀も。頼みの種の人《ン》[四]参《ン》子。産《うみ》月に気をもんで過《あやまち》有《ラ》ばどふなさるゝ。追《ッ》付《ケ》旦那お帰り有ば。悋気がましい顔なされず。兎《と》角《かく》此内を動《うごか》ぬ様《フ》になされませ。御合点が参《リ》ましたか。とはいへ義理の有《ル》女房去《ッ》て。嫁入《リ》の祝言《ン》のとは。旦那はどふしたお心じや。拙者もいつさい合点が行《カ》ぬ。《ホンニ》此蝶《てう》花形。私は折《リ》様《フ》存《ン》ぜぬお前様お頼申ます」と。い《地ハル》はれて手には取《リ》ながら。みす《ウ》〱《上》夫《ト》を寝《ウ》取《ラ》るゝあた憎《にく》てらしい蝶《ウ》花形。[五]犬骨《いぬぼね》《ウ》折《ッ》て早ぶさの。

三 そなたが言うような程度のことではない。

四 特効薬の朝鮮人参同様、お谷にとって命の綱である胎児。

※この「政右衛門屋敷の段」端場(四八頁二行目まで)を「蝶花形」と通称。現行では四五頁九行目「うたて」までは若い太夫が御簾内で語る。

五 「狗骨(いぬぼね)折つて鷹に攫(と)らるゝ」(譬喩尽。なお「鷹の餌となる」とも)。鷹狩で犬が苦労して追い出した獲物を取ってほめられるのは隼(鷹狩に用いる鷹)である。労苦して得るはずのものは他人に取られる、の諺と、鷹の餌食である雉子の縁で、「きじとたか」(毛吹草)、強者の前に無力な弱者、の諺をつなげた。

一 「春の野の繁き草葉の妻恋ひに飛び立つ雉のほろゝとぞ鳴く」(古今集・雑体)。ここは妻恋う雉のように夫のために苦労して蝶花形(夫婦生活の象徴)を作っても、夫と他の女の祝言を飾ることになってしまう理不尽も、強い立場の夫と弱い立場の妻では、どうにもならない、の意。

※現行、お谷、武介から紙をうけとり、「蝶花形」で思入。諦めて折りな

鷹《たか》の餌《ゑ》に成ル春[一]の雉子《きじ》外トに夫トの声聞へ。「アレ旦那のお帰リ。暫く忍んでござりませ」と家来が情を力草[二]。逢たい夫トに隠るゝも。疵《きづ》[三]持心[四]唐紙を押シ明ケ[五]忍び入リにけり。

心がけ有ル侍は。地を這《は》ふ虫[六]も気を赦《ゆる》さぬ唐木政右衛門。伊達《だて》[七]を好マぬ刀の柄《つか》[八]前。人[九]に勝《すぐ》れし袴《はかま》の幅《はゞ》[一〇]上屋敷より帰り足。

武介は手を突《つき》。「申《(まうし)》旦那。殊の外お隙入リ。御用の品はいか躰《てい》の義でござりましたな」「サレバ〳〵。此間から辞退《じたい》する彼《かの》。林左衛門と武芸の試《こゝろみ》。明ゥ朝正《(しやう)》[一一]六つ時《(どき)》御前において立チあへと。押シ付ケて御家老の云渡し。今ン晩ン妻《さい》を迎《むか》へまする婚礼《こんれい》の中。一両日お延《のべ》下されと。願ふてもいかな聞キ入レず。女房呼《よぶ》は私事《(わたくしごと)》。明日は延《のば》されぬ。と去リとは心ない家老殿。此方《(このはう)》は内へ気がせく。も[一二]ゝ尻《じり》に成ッて漸《よう〳〵》只今[一三]。祝言ンの拵へ用意は出来たか。ヤレ〳〵知[一四]行取リにも飽果《あきはて》た。嫁の来る迄上下モ脱《ぬい》で休息《きうそく》せふ。枕《まくら》おこせ[一五]女子共《(をなごども)》[一六]」。「アイ」と返ン事もさし[一七]足に。角《かど》[一八]を隠《かく》せし塗《ぬり》枕。そつとかたへに奥様[一九]を。姒がはりの。見[二〇]へがくれ袴《はかま》は解《とけ》ど胸解ぬ。するどい常の侍肩衣《かたぎぬ》[二一]。折てたゝんで。取リ[二二]直す。侘《わび》の種とは見付ケた

がら、涙を袖で拭く。二 頼りとするもの。三 去られた家に勝手に戻ることは封建社会の大法に背くことになるから。四 心から（心故に）と唐紙を掛ける。五 太夫・三味線交替。初演、竹本染太夫。六 虫にも、の意。※現行、染太夫風の低く引き締まった音遣いで主人公の登場を印象づける。七 華美。八 刀の柄の体裁。※政右衛門、本手下手から出て中央にすまう。九 流布本殺報転輪記に、荒木又右衛門を「男は勝れてたくましく」。本作は大男（八八頁四行目）だが同時に細心の心配りをする心がけある侍、との設定。一〇 ここは各藩の国元で武士が執務する所（御用場）をいう。一一 旧暦六月頃とすれば現在の午前四時すぎ頃。一二 座に落ち着かず、もじもじすること。一三 戻った、を略。一四 封建官僚の形式的な生活に飽き足りない主人公。殺報転輪記等で、専ら剣豪の硬派の人物とされてきた荒木又右衛門を、心底あって遊女狂いの放蕩を尽す人物に作り変えた先行戯曲、志賀の敵討、伊賀越乗掛合羽（木辻揚屋）を踏まえながら、近松半二はさらに主人公に、新しい世代感覚を付与する。一五 よこせ。一六 召使いの女の呼称。一七 相手の顔色をうかがいながら近づくさま。※現行、お谷、上手障子口から塗枕

夫。「ヤイ武助。あの女子(をなご)は何《ニ》者じややい」。「ヱイ〳〵[二三]。イヤ。あれは彼《かの》。今《ン》日お目見へに参つた。新《ン》参《ッ》の女中[二四]でナ[二五]。、」。「ハイ旦那さまお目かけられて下さりませ」。「フゥ奉公人《ン》じやな。見かけから愚鈍《ぐどん》そふな。ふつゝかな女なれど。遣ふて見てくれふ。コリヤヤイ。今《ン》夜は身共が女房を呼むかへる。祝言《ン》の給仕《きうじ》申《シ》付《ク》る」。「アノ。嫁御とお盃《さかづき》の。其お給仕をせいとは。そりや余《ン》りイヱサア。余《ン》り。急な御祝言《ン》。不調法《てうほう》な私が」。「給仕得[二六]せずば奉公叶わぬ。立《ッ》て帰れ」。「イヤ〳〵申《シ》何《ン》でも御意は背《そむ》きませぬ」と。下女《ぢよ》に成《ッ》ても夫《ト》の内。離《はな》れ兼たる心根を。察《さつ》して武介が呑《ミ》込《ム》涙。「そふだ〳〵。奉公は辛抱《しんぼう》が大事。何《ニ》おつしやらふと。アイ〳〵と。そこらを程よふ。塩梅加減《あんばいかげん》。ドレお盃の用意せう」と。料理[二七]を塩《しを》に立《ッ》て行《ク》。折から「宇佐美《うさみ》五右衛門様御出(おんいで)」と案内す。「ハア又堅《かた》[二八]ぞふがわせ[二九]られた誰(たれ)ぞ羽織持《テ》こい」と云ぬ先《キ》から心得て。勝《ッ》手覚へし女房の徳。機転《きてん》聞[三〇]して後《うしろ》から。着《き》せる羽織をひ[三一]つしよなく。「ヱ、子供ではないわい。差[三二]《シ》出女めあつちへ行(ゆけ)」と。ねめ付《ケ》られて。是非なくも。立[三三]〔ッ〕間せはしく入《リ》来る五右衛門。弥左衛門[三四]裁《だち》の上《ミ》下《モ》こ[三五]はばり切《ッ》てむずと

をもって出る。
一八 木枕の角ばった(嫉妬の角を出したい)ところを隠した塗枕。節付け「長ハル」は長地カヽリハルの意。
一九 置く、に掛ける。二〇 目立たぬように着替えを手伝うさま。
※現行、政右衛門は上下の肩衣をとり、袴の紐を解いて脱ぎ、小袖着流しになる。お谷は肩衣、袴を受け取って畳む。
二一 侍気質、に掛ける。二二 もとの状態に直す。上下をたたんでいつもの所へ納める意に、復縁の意を掛ける。二三 現行「ネイ〳〵」。二四 女性。
二五 お谷に言いふくめる。
※このあたり、安倍晴明倭言葉二で頼光が心底があって妻夕暖(ゆうなぎ)御前を去り、召使いとしてきた夕暖に新しい妻赤染姫との盃事の酌をさせる場の踏襲がある(井口洋「伊賀越道中双六」ノート)。
二六 出来ないのなら。二七 料理の味付けの話をきっかけに、台所へ。
二八 堅蔵。二九 おいでなさった。
三〇 利かして。三一 愛想なく拒絶するさま。三二 羽織を着せかける母性的なしぐさは、夫婦間では自然だが、下女としては、馴れ馴れしく差し出た振舞。三三 お谷が座を立つか立たぬうちに。
※現行、お谷は上手障子口に入る。
三四 幕府の御仕立同心池永弥左衛門が創始した男袴の仕立て方。三五 四角ばった態度で。

座し。[詞]「政右衛門殿。今ン晩ンは其元に嫁入が有ルと承リ。御祝儀中《まうし》に参つた。老人ンの寸ン[一]志そと御覧下され」と一ッ通を差置ケば。「是は〳〵。婚礼《こんれい》を祝《しゆく》しての。御発句《ごほつく》[二]でかな。先ッ以ッて忝《かたじけな》し」と。[地ハル]押開き見て[色]驚き顔。[詞]「フウこりや拙者への。果《はた》[三]し状でござるな。ハテ存じ寄ラぬ。先ッ其意趣《ゐしゆ》の次第はな」。「知レた事。科《とが》ない女房なぜ去ッた」。「ハア。拙者が女房を。拙者が去ルに。お手前様が何故の御立ッ腹ク」。「イヤサいふまい。尤《もつとも》お谷は上杉の家中ウ。和田行家が娘なれど。お身と密通《みつつう》して二人リ連レ。此郡山へかけ込ンだ。労浪《ろう〳〵》[四]の躰《てい》不便ンに思ひ。且《かつ》はお手前が器量《きりやう》を見込。殿へ申シて有リ[五]付カせたは此五右衛門。其上。勘当請ケて親のないお谷。身共が娘分ンにして。[六]改てお身に呉《くれ》たれば。以前《いぜん》は行家が娘にもせよ今は身が娘。少しの見[七]落し有ルとても。去られる義理ではないぞよ。一ッ旦ンの恩を忘れ。外《ほか》の女房持チかへて。五右衛門を踏《ふみ》付ケた仕方タ堪忍《かん〔に〕（ん）》ならぬ。それ共。お谷に拠《よんどころ》ない科《とが》でも有ルか。それ聞ふ。返ン答次第。[八]座は立タせぬ」と鍔《つば》打チたゝいて。[ウフシ]詰メかけたり。[詞]「イヤモウ重ゝ御尤千万ン。お谷に微塵《みぢん》も科《とが》はなし去〔ッ〕た子細は別〔ッ〕義ではない。飽《あき》ました。女房といふ物は。飽《あい》てからはもふ〳〵。片タ時も持ッて居られる物ではござら

一ちょっと。※現行、五右衛門上手よりに坐し、懐中の一通を政右衛門の前へ。二御俳句でもあろうか。三決闘の申込み状。※現行、五右衛門が勢いこんで「なぜ去った」というと政右衛門が笑って「拙者が女房を…」と受け流す。本文で政右衛門一人の詞が続くところも、実際の上演では、現行(いちいち注記しない)の如く、五右衛門の短い応答が入っていた可能性がある。四浪々。五仕官させた。六正式に。※唐木政右衛門と和田志津馬の姉の結婚を、親の許さぬ密通とするのは、本作の創作。流布本殺報転輪記では、渡部靭負が大坂で剣術指南所を営んでいた荒木又右衛門の器量を認め、郡山家中に仕官させ、娘を妻として与える。本作の五右衛門は、この靭負の友人という設定で創作された人物。七手落ち。八即座に討ち果す、の意。九五右衛門が気色ばむのを、押えていう。一〇官職等に就かせる口ききをすること。一一勢いよく斬るさま。ずっぱりと。「声を留(めと)んと又ざつぷり」(夏祭浪花鑑七)。一二→二二頁注一二。一三どうにも仕方がない。一四面目にかかわることに命を捨てるのは武士の宿命と諦めて。五右衛門が意気まくほど、面目にかかわることとは考えていない気持で「因果」という。一五腹または

ぬ。[九]サヽヽヽヽヽお聞なされ〳〵。御立ッ腹は御尤《(ごもつとも)》じやが。今拙者と討チ果されては五右衛門殿。殿への不忠に成リませう。なぜとおつしやれ。今ン日上《(かみ)》より御意有ッて。明朝御前において。桜田林左衛門と劔術《けんじゆつ》の。勝負を致す此政右衛門。是迄拙者を吹挙《すいきよ》[一〇]なされ。明日《(みやうにち)》も勝負見ン分ンの役目を。仰付ケらるゝ其元が。此立チ合イも致タさぬ中に。拙者をざ[一一]つぷりと切ッてお仕廻《しまい》なされて。殿へは何ンと。云訳はなさるゝぞ。是非《ぜひ》憤《いきど》[一二]り晴ぬと有ラば。[一三]何ンと致さふ。[一四]武士の因果《ゐんぐは》。明日の御前を勤メて。其跡でお手にかゝりませう。暫く宥《ゆう》免下され」と。理に詰られてさしもの五右衛門。「コリヤ尤《(もつとも)》。意《ゐ》恨は意恨。御用は御用。明日迄は傍輩《ほうばい》の役目。中よし。〳〵」。「御得心下ダさるか。ア、忝い〳〵。然らば今宵はこれに緩《ゆる》りと。御酒《(ごしゆ)》一ッ献《こん》お上り下され。追ッ付ケ新《あたら》しい女房が参る。イヤ又其器《き》量《りやう》のよさ。雪《ゆき》と墨《すみ》との替徳。古女房のお谷めは。不器量の上に。因果《ゐんぐは》と早ふ子を孕《はらん》で正真《(しやうじ)》ンの河豚《ふぐ》[一五]の横飛《とび》。飽《あ(い)》たを無理とは思し召な」と。あいそづかしを立聞キの。[一六]障子《しやうじ》に歯形《はがた》も入ル計《(ばかり)》登《のぼ》る。[一七]痞《つかへ》を[一八]折《おり》しも有レ。

「嫁御様早《(はや)》是へ」。「ヲヽ待兼た早ふ通せ。女子共ソレ燭台《しよくだい》に火を灯《とも》せ」。「嶋台」。「銚子《てうし》」

頬のふくれた女性を罵っていう。一六 障子に顔をつけて立聞くお谷が、口惜しさのあまり、障子に歯の跡がつくほどで。※現行、お谷上手障子口を少し明けて顔を見せ、障子にすがる。一七 主に心因性で、胸などがつかえ、激痛の起る病気。痞の症状が起ることを痞が上る、といい、おさまることを、下りる、という。一八 心を鎮めて痞を下ろそうとする折しも、の掛詞。※以下、現行、二人の腰元(幕明きの二人に相当するが、ここはツメ人形)が、島台、銚子、三方、饅頭を盛った高杯などを運ぶ。

一 現行、ういういしく花やいだ合の手が入る。二 手舁きの。本職の陸尺でなく、花嫁に付き添ってきた女達が手舁で座敷へ乗物を舁き入れること。三 高位の女性の乗物。全体が青漆で縁に黒漆を塗り、鋲を飾りに多く打ったもの。四 嫁入道具の一対の簞笥に、藍色に染めつけた覆いがかかっている。但し現行では簞笥は出さない。五 覆いの藍と、花嫁に付き添って来て世話をする女(ここでは乳母)のにこやかなさまを掛ける。六 姓名に公をつけるのは、

と騒《さは》ぐ程。五右衛門が。むかつき顔。
[一]玄《ン》関《ツ》より奥座敷直《グ》に。[二]手ぐりの[三]鋲《びやう》乗《リ》物対《(つい)》の。[四]簞笥《たんす》に染込《ミ》の。覆《おほ》ひも[五]愛《あい》持《ッ》。介添《かいぞへ》女房。

「ヲヽ大義〳〵。イヤ申《(まうし)》[六]宇佐美公。只今カノ妻《(さい)》が参つた。お悦び下され」。「[七]アヽ。お目出たい義でござる」。「御推量《ごすいりやう》下され。貴公には御退屈《ごたいくつ》。[八]コリヤ〳〵あなたに御酒《(ごしゆ)》上《ゲ》いよ」。「イヤ拙者御酒たべると。胸が悪くござる」。「是は[九]気の毒《どく》。然《ラ》ばお菓子《くわし》」。「イヤサお構《かま》ひ御無用」。「ハテ堅《かた》くろしい何がな[一〇]御馳《ち》走《そう》。ヤイコリヤ新参の女。何を[一一]うろ〳〵まい〳〵と。其不調法《てうほう》では。祝言《ン》の酌《しやく》は得《ゑ》[一二]せまい。お客人《ン》の肝積《かんしやく》。ソレお背中でも揉《もん》であげい」と。いふ程腹の。[一三]立《ツ》波《なみ》に音《ね》[一四]を泣《ク》千鳥。[一五]四海波《しかいなみ》。「[一六]扨我等今《ン》晩《ン》の花聟。上《ミ》下《モ》を着る筈なれど。[一七]あたまから打《チ》解《とけ》る様に。角菱止《かどひしやめ》て此儘の見《(げ)ン》参《(ざ)ン》。サア〳〵。早ふ女《ン》[一八]共《(をんなども)》の顔が見たい〳〵」。「ヲヽお心安い聟様で。嫁御様のお仕合。恥かしがつてござらずと。サアお出《(で)》なされませ」と。乗《リ》物明《ク》れば[一九]綿帽子《わたぼうし》に。[二〇]腰より上はうづもれて。七つ計《(ばかり)》のい[二一]と様[二二]御寮《ごれう》。[二三]尺《たけ》にも合《ハ》ぬ[二四]かい取《(ど)リ》ほら〳〵。[二五]帯につられて座敷にとんと。「乳母《うば》是《(これ)》取《ッ》て

親しい間柄での、気取ったいい方。七 現行、五右衛門は、仕方なく不愛想にいう。八 下女への言葉。あなたは、あの方。九 困ったことだ。一〇 をしたいものだ、を略す。一一 うろつくさま。一二 とても出来まい。一三 腹が立つ、と立つ波(波風が立つ、心中穏やかでないさま)を掛ける。※現行、お谷は腹立ちまぎれに、五右衛門の肩を激しく叩くので、五右衛門は閉口する。一四 波の縁語千鳥を出し、千鳥の哀れな鳴き声に、お谷の切ない心情を表わす。一五 同じく波の縁で、謡曲・高砂の「四海波静かにて」から「君の恵みぞありがたき」までの小謡。お谷のみじめさと対照。一六 政右衛門の自称。複数の意はない。一七 最初から親しめるように、固苦しい角ばった上下姿はやめて、羽織着流しのままで、花嫁と対面しよう。一八 自分の妻を卑下した(親しみをこめた)呼び方。一九 婚礼の席で花嫁が顔を覆っている被り物。白無垢の小袖、打掛けに、白い綿帽子をかぶる。二〇 体が小さいので、上半身が綿帽子の中に入ってしまって。二一 身分ある人の若い娘の名につけて、親愛の情を表わす。「小浪御寮」(仮名手本忠臣蔵九、花嫁姿の小浪への呼びかけ)。ここは、名前も問題にならぬほどの幼女を、結婚適齢期の娘の

〱《これとつて》」。「アヽ中《まうし》其帽子《ぼうし》。お盃《さかづき》の済《ム》迄召《シ》てござれ」。「アヽイヤ〱うつとしからふ取《ッ》てやりや。ドレ恋女房の御面像《ごめんぞう》[二六]」と。帽子とらせば尺長《たけなが》[二七]もしまらぬ罌粟《けし》[二八]の花嫁御。直《なを》[二九]す三宝土器《かはらけ》を乳母が持《チ》添《そへ》戴《いたゞか》せ「聟君様へ上まする」。「忝《かたじけな》い〱。女子共皆見てくれ。何《ン》とちよつこりと。何所《どこ》に置《イ》ても邪魔《じやま》にならぬ。よい女房で有《ラ》ふがな。ハア嬉しい〱目出たふ一つ」。次《ギ》[三〇]の間より。[三一]「千秋万歳《ぜい》の。千《ち》箱《はこ》の玉」と謡《うたい》声。[三二]襠《うちかけ》の。袖に一《ッ》通取《リ》乗せ。立出《いづ》る「ヤア。お前は母[三三]様柴垣様」と。驚くお谷に目もやらず。政右衛門に打向ひ。「[三四]ぐはんぜない此娘を女房に持《ッ》て下され。此上の本望なし聟引《キ》[三五]出の此目録《もくろく》は。主人《ン》[三六]上杉宇内様より。舅志津馬に下《ダ》されし。敵討[三七]御免《ン》の御書《ごしよ》。いよ〱介太刀なされて下さるお心じやな」。「お尋に及ばず。承知《しやうち》致いて。罷有《ル》。コリヤ新《ン》参《ン》の女もよく聞《ケ》。身共には先《ン》妻が有《リ》たれ共な。親の赦《ゆる》さぬ密通《みつつう》。行家殿の勘当の娘。ど[三八]れ合《イ》女夫《めをと》の悲しさは。表立《ッ》て。聟舅《しうと》といふ事はならぬぞよ。今郡山の。扶持《ふち》を戴《いたゞ》く政右衛門が。よしみもない他人《ン》の。介太刀が成《ル》べきか。コレ此お後《のち》は世間晴《レ》た行家殿の忘れ筐《がたみ》。志津馬が妹に違ひない。此子と今祝言《ン》すれば。是こそ誠の聟舅《しうと》。舅の敵。小

ように扱ったよび方。 二三 背丈につり合わぬほど長い。 二四 打掛けの裾が乱れるさま。 二五 長い帯に引きずられるように座敷にすわりこむさま。現行、中央の座ぶとんに坐る。 二六 顔かたち。 二七 丈長奉書紙をたたんで作った平元結(ひらもとゆい)。こき元結で結った上に飾りにかける。 二八 罌粟(芥子)の種子がきわめて小さいことから、小さいもののたとえにいう。また幼児の髪形を、芥子の実に形が似るところから、芥子坊主、おけしというので、ここは、丈長をかけるより、おけし頭にした方が似合いそうな、至って幼く小さい花嫁、の意。 二九 花嫁の前にきちんと据えた三方の上の、素焼きの儀式用の盃を。 三〇 酒を注ぐ、に掛ける。 三一 謡曲・難波の一節、「千箱の玉を奉る」。千秋万歳は千年万年。千箱の玉は千の箱の玉、多くの財宝。祝言の席で謡われるめでたい謡い。 三二 声をかけて、を掛ける。現行、柴垣、本手下手から出る。 三三 ハワサマと発音。 三四 頑是ない。幼く、わきまえがない。 三五 婚姻の際に舅から聟に送る品物。 三六 上杉宇内顕定。史実の池田宮内少輔忠雄の「宮内」をもじる。 三七 和田志津馬が、父行家の敵沢井股五郎を討つことを、主君が認めたお墨付き。現行、政右衛門、白台に載せた御書を戴く。 三八 私通のまま夫婦になっている関係。

舅の介太刀仕ると。殿へ御願ひ申さんに。よも不届《キ》とは思《(おぼ)》されまじ。かなたこなたを思ひはかつて。科《とが》もない女房。去《ッ》た謂《いわ》れは此通り。義理といふ色に迷《まよ》ふて。五年《ン》の馴《な》染《じみ》に。見替へた心汲《くみ》わけて五右衛門殿。御立《ッ》腹《ク》の段〳〵は。まつぴら〳〵。御免《ン》下されぞ。我等[二]もふ酔《ゑひ》ました。何申《(まうす)》やらたわい〳〵[三]」と酒に。まぎらす本《ン》性の。云訳《(いひわけ)》聞《イ》て手を合せ。「よふ去《ッ》て下さんした。其誠をちつとの間も。恨だ女子《(をなご)》の廻《ハ》り気[四]を堪忍して下さんせ」。「ヲヽ、サ。身共もよい年をして。疑《うたが》ひの悪《ッ》口面《ン》目ない。天晴《あつぱれ》武士かな。政右殿。此祝言《ン》は敵討の門出。武士道も立〔チ〕家も立《ッ》。よい嫁を迎へられた扨〳〵〳〵めでたい婚礼《こんれい》。我等もとも〴〵お取《リ》持《チ》」と。始《メ》の腹立《チ》打《ッ》てかへ一度に。顔の色直[五]し。

「お心が解《とけ》たれば弥《いよ〳〵》替らぬ政右衛門が。後《チ》連《レ》のお後《(のち)》や。二世かけて。そなたの男。今《ン》夜から抱《だい》て寝るぞや。コレ女房共〳〵」といへど。お後は欠交《あくびまじ》り。「乳母もふいなふ」とやんちや声。「是は娘とした事が。嫁入《リ》早ゝいんでたまる物かいの。三ゝ[六]九献《こん》まだ済《マ》ぬ。殿御の盃《さかづき》載《いたゞ》く物じや」。「イヤあから[七]はいや乳母あれほしい」。「あれとは。

一 乗掛合羽では、政右衛門は主君から暇が出るように、わざと放蕩、不行跡を尽す。町人・百姓の奉公人と違い、武士の主従関係は、主君に命を捧げる契約で成り立っている(五七頁七行目)ので、家臣の勝手な都合で暇をとることは(現実にはそういう例は多々あるとしても)許されない。特に政右衛門の場合、浪々の身から救い上げられ、郡山の扶持を戴く君恩に報いる奉公を、まだ何もしていないのであるから、暇を願うとすれば、どこから見ても大義名分の立つ理由がなければならないはずである。「知行取にも飽果た」という政右衛門は、実は、封建官僚の日常性に埋没している一般の武士より、はるかに主従の倫理に純粋な人物であることが、悲劇につながる。

二 急に酔態を装っていう。「新参の女も」以下、人に言わぬ建て前の本心を吐露してしまい、それと気付いて、今のは酒の上のたわごとです、と紛らす。 三 正体もないことです。「御免候へたわゐ〳〵」(仮名手本忠臣蔵七)。 四 邪推。 五 婚礼の夜(古くは三日後)、花嫁が白小袖を花聟から送られた色小袖に着換えること。顔色が直った、に掛ける。 六 三三九度に同。婚礼の献盃の作法。正式から略式まで何種かあるが、ここは最も略式に、第一の盃に三度注がせたものを嫁が三口で飲み、その盃を聟へ持っていき同様に注がせて飲み、

ム、お饅《まん》かへ。[八]さもしい奥様では有ぞ」。「イヤ〳〵道理じや〳〵。かわいひ女房に何惜《おし》からん。併《しかし》一つは過ギる。半ン分ンは身が預る。是が夫婦のかためぞ」と。持タせばほや〳〵[九]饅頭靨《まんぢうゑくぼ》。「ホンニ忘れた。嫁君の御持参ンのお道具」と。[一〇]簞笥《たんす》の引キ出し。[一一]広蓋《ひろぶた》に盛《もり》ならべたる[一二]持遊《もちやそ》びの。[一三]市松《いちま》人ン形風車。[一四]「七つに成ル子に。[一五]殿を持タせ済マしたしやん〳〵」。「浜松《はま》の。音は[一六]ざゞんざ」。「[一七]座はかはらねど我ガ夫トを。夫トといはれぬお谷の心。思ひやつて居るはいの。そもじとはなさぬ中。ほんの娘の此お後と。見かへさした継《まゝ》母が。聟殿に悪ル性根《じやうね》付ケたと。恨ンで[一八]ばし下さんな」。「ア勿ッ躰ない事ばつかり。わたしが縁の切レるは。爺様《ととさま》へ不孝の云訳《いひわけ》。政右衛門殿いつ迄も。あの子と添ふて下さるが。家の為志津馬が為。[一九]わしや死スる迄去ラれて居るが。嬉しいわいの」と明カし合フ。親子の[二〇]貞《てい》心ン三ン国一。思ひは[二一]富士《ふじ》の郡山とけて。涙を[二二]汲《くみ》かはす。

酒も裏に[二三]入リしめ[二四]〳〵と。夜も更《ふけ》渡れば。稚子《おさな》が。「乳母もふ寝よふ」と乳《ちゝ》さがす。「ヲ、此お子はいの。七ッに成ル迄乳咥《くわへ》る子が有ル物か。殿御の手前も恥なされ」。「イヤ大事ない〳〵。是からが新枕《にいまくら》。妼《こしもと》共。床《とこ》を取レ身も追ッ付ケ寝る。コレお乳母。女房共に

第二の盃は聟が先に飲んで嫁へ持っていき、第三は嫁が先に飲んで聟が納める、という形であろう。※馴染の妻を離別し、新しい妻との関係をもって敵討の名目を立てる着想は、敵討崇禅寺馬場五・六にある（井口）。七 酒の異称。八 いやしい。喰い意地のはった。九 やわらかな饅頭と、にこやかな笑顔の両方の形容に用いる。この段を「饅頭娘の段」と通称。一〇 簞笥の引出しから。一一 料理などを載せる台。一二 おもちゃ。一三 縮緬などで接ぎ手足が動くようにした人形に衣装を着せたもの。裸人形に衣装を着せて遊ぶ。一四 狂言小舞謡「七つになる子」の謡い出し文句「七つになる子がいたいけなこと言うた、殿がほしと謡うた」を「三国一」の替え歌にして、乳母が風車でお後をあやしながら歌う。一五 婚礼の宴席で歌う「三国一じゃ、聟に取すました、しゃん〳〵」の替え歌。一六 狂言小謡「ざざんざ」。めでたい宴席で歌う。一七 ざざんざ、と韻をふむ。同じ宴席に列なっているもの。一八「ばし」は強調の意を表す助詞。一九 このお谷の言葉は「岡崎の段」の伏線となる。二〇 柴垣が亡夫行家の敵討のためと義理ある仲の娘お谷のために心を砕き、お谷が父・弟・夫のために身を引こうとする二女の思いを貞心といった。二一 婚礼の縁で三国一、三国一の富士の山、

[一]し〻やつて寝さしてやりや」と痛[二]はり心[三]付《キ》〳〵《(づき)》に。乳母のお蔵が抱《だき》か〻へ。寝所《しんじよ》に。伴《ともな》ひ入《リ》ければ。

政右衛門宇佐美が前に手を突《キ》。「改て五右衛門殿へ御頼。申上たき様子有《リ》」。「サア〳〵。役には立ずと。身共も力に成《リ》たい。何なり共遠慮《ゑんりよ》なふ承ふ。どうか〳〵」。「ハア御深《しん》切《せつ》忝《(かたじけな)》し。近《カ》頃[四]申兼たれ共。其元様には明日。切《ッ》腹《ク》なされて下されい。其子細といつぱ。明《ウ》六つ時《キ》。桜田林左衛門と。立《チ》合《イ》仰渡《タ》されし。此勝負《せうぶ》に拙者負《まけ》まする。サア知《レ》て有《ル》林左衛門が手の内。ぶつてぶち伏《ふせ》るは合点なれど。勝《テ》ば御前の御意に叶ひ。是より一《ッ》家中の師範《しはん》仰付られ[五]お暇が出ぬ時《キ》は。介太刀の望が叶わぬ。御前において政右衛門。物の見事に打《チ》負《ケ》。それを落度《おちど》に知行差上《ゲ》。浪人《ン》して思ふ儘《まゝ》。小舅の介太刀致《タ》す所存《ン》。時には拙者が剱術《けんじゆつ》を。[六]風聴《ふいてう》なされた其元様。負《ケ》た我等が恥よりも。見損《そこな》ふた御恥辱《ごちぢよく》。よもや生《キ》てはござるまい腹なされにや成《リ》ますまい。これ迄厚《あつ》ふ御贔《ごひい》屓《き》下《ダ》され。様〳〵《(さまざま)》御恩《をん》に預《あづか》りし。恩を仇《あだ》と申さふか。腹切《ッ》て下《ダ》されと。申出すは。五臓《ぞう》の血《ち》を一《ッ》時《キ》に。吐《はく》よりも苦《くる》しけれ共。舅の敵が討《チ》たさ。志津馬に本《ン》望とげさし

富士の氷と郡山を掛ける。三 互いに涙を汲み合う意と、汲み交す酒、とを掛ける。三 理に入る。酒宴とはいえ、理詰めな、湿った気分になる。三四 湿った気分と、ひっそりと夜が更ける、とを掛ける。

一 尿をさせて。二 労り。三 心を付けると、付きづき即ち侍女達の意を掛ける。四 甚だ。五 政右衛門としては、昨日までの段階で、少なくとも主君に暇を願う大義名分を整えるべくお後との婚礼を決めていた。それは、主君から扶持を戴いているだけの、逆に言えば、主君が政右衛門の有用性を認める以前の、一小身者の立場において、である。ところが今日、急に林左衛門と御前仕合を命ぜられた。もし林左衛門を打伏せ、郡山一国の剣術師範の面目を潰した上で、主君から林左衛門に代って命ぜられる師範の役目を拒否し、郡山を立退いたとあっては、主君を甚だしく踏みつけたことになる。せめて自ら負けて、それを落度に退去するのが、この際、主従の道に背かぬ行動である、と考える。六 吹聴。七「死は武士の常ぞとは常の詞と思ひ」(本朝廿四孝二)。八 一たび主従となる上は、家来の命は主君のものである、との考え方。九「女房共」と言いかけてやめる。一〇 お谷としては、柴垣と親子であると言わずに、ひたすら身を引くのが孝行である、

たい計ッ《(ばっかり)》に。かやうの不届キを申上グる。御《(ご)》赦されて下され」と。鬼《おに》を欺《あざむ》く政右衛門「わつ」と。泣ィたる。真実《しんじつ》に。感《かん》じ入ッて。「ム尤ヽ《(もつとももつとも)》。命進ン上申《(まうす)》。何ニよりも安い事。只残ン念ンなは林左衛門めに。恥頬《はぢつら》かゝせんと思ひしに。返つて此五右衛門面ン目を失《うしな》ふて。相果ッるは悔《くや》しけれど。貴殿ンが本ン望とげたれば。骸《かばね》の上で身共が恥も。其時キ雪《すゝ》ぐ暫《しば》しの無念ン。誠有ル侍の為に。皺腹《しはばら》一ッが役クに立ば。身に取ッて大慶。〳〵」と。[七]死ヌるを常の武士気質《かたぎ》。

「アレ聞ィたか。[八]主人ンに預るお命を。我ゝに下ダさるゝ。有リがたいとお礼申せ。[九]女房共」とはいはれぬ表。[一〇]親子共又云ぬが孝行《かう〳〵》。「勝ッべき勝負を負クるも義心ン」。「恥辱《ちじよく》を取ッて御《(ご)》最期《さいご》も。侍同士《(どし)》の。お情」と。互に礼義[一一]の中〳〵に涙。催《もよふ》す八[一二]つの袖時計《とけい》の七[一三]つせはしなく。

「アレ早勝負の刻限ン近し。身は先キへ登城《とじやう》致す。用意有レ政右衛門。貴殿ンのお暇出るを相図に身共が切ッ腹。御辺ンは直グ様鎌倉《かまくら》へ出ッ立ッ。冥途《めいど》の出立ッ早参る」。「御苦労」。「後刻ク」と式キ[一四]礼黙《もく》礼。[一五]性急《せいきう》武士の[一六]短《みじか》夜や。明クる間を待ッ最期の門出いさんで。御前へ

の意。 一一 互に相手の複雑な立場に敬意を表わし礼儀を重んじあうことで、かえって涙をもよおす。中、涙と韻。 一二 政右衛門、五右衛門、お谷、柴垣の袖。次の「七つ」を導く。 一三 旧暦六月頃とすれば、現在の二時半すぎ、三時近く。 一四 頭を下げる挨拶と、目礼。 一五 五右衛門の直情径行の古武士気質。 一六 夏の夜。

※五右衛門は、昨日まで政右衛門が御前仕合を辞退していた理由を理解していなかった。政右衛門に、敵討助太刀の課題が生じていることを知っていながら、前後を深く考慮せず、主君から御前仕合の命令をとりつけてしまった。「性急武士」の五右衛門は、政右衛門のように封建社会の倫理を頭で考えて行動することは、不得手である。それは世代の相違ともいえる。がそれ以上に、自他ともに、妥協のできないところへ追いこんでいく主人公の純粋さとある種の冷酷さ—実録や歌舞伎の政右衛門との決定的相違—を作者は強調する。染太夫風の厳格な語り口は、この主人公の性格表現に不可欠であった。

ヘ時過ギて

(城中大広間の段)

早明ケ六つの。知ラせの太鼓。朝日耀《かゝやく》大広間《ひろま》。大内記殿上段の褥《しとね》に着ク座近ン習の武士。各《おの〳〵》見ン物ッ晴レ勝負。政右衛門は大のしなへ。桜田は兼《かね》てより好《この》む所のさぶり流。長柄《ながへ》を持ッて待かくる。双方呼吸《さうほうこきう》の透間《すき》なく先ンを取ラんと。いどみ合ふ。切ッ先キ刃《は》金ネはなれ共。鎬《しのぎ》を削《けづ》る心の真ン剱ン。打チ合ふ数は帳面ンに。見る人〳〵《(ひとびと)》も息《いき》を詰メ暫く時を。移《うつ》せしが。兼て期《ご》したる。政右衛門桜田が鎗リ先キを。あしらひ兼たる手の狂《くる》ひしなへから巻落《まきおと》され。鎗にひはらを「ウン」と計リ。がはと倒《たを》れてうつぶしに。面ン目なふこそ見へにけれ。

勢ひ込ンで林左衛門。「ナント何《いづ》れも御らうじたか。影《かげ》で広言《くはうげん》は誰レもいふ。まさか勝負《しやうぶ》にかゝつては。なま兵法《(ひやうはふ)》が役に立ッ物ではない。此様なぬけ作を。お取リ持チなされた五右衛門殿。何ッと今御合点が参つたか。イヤハヤ天晴のお目利〳〵《(おめきき)》」と。嘲弄譏《てうらうそし》りも覚悟《かくご》の

時　明六つ(前場の一時後)
所　郡山城中大広間

一 初演、竹本住太夫。※現行、本手・二の手とも青畳の大広間。正面銀地の襖を左右に開いて大内記登場、本手中央に着座。政右衛門は二の手下手の襖、林左衛門は二の手上手襖から出る。
二 竹刀。割竹を束ねて作った稽古用の刀。三 佐分利流。槍術の一派。佐分利猪之助重隆が、富田流に工夫を加え、一流を立てた。なお流布本殺報転輪記では河合又五郎の叔父桜井甚左衛門は「真心流の鎗つかひ」。
四 竹刀と、たんぽの槍なので。
五 鎬を削る。刀や槍の刃と峰との間の角立って高くふくらんだところの稜線を、互いに削り合うような、激しい闘い(俳字節用集に「鐲　シノギ〈鎬〉」)。六 仕合の検分記録の帳面。※現行では、後で大内記との槍の立合があるため、ここの林左衛門は槍を使わず、普通の竹刀による剣術の立合になる。
七 槍の刃にかけられて落され。
八 脾腹。脇腹。九 陰。一〇 いざという時。一一 中途半端に身につけた武芸。一二 威勢に誇るさま。風の縁で、桜、唐木、枯、しほれ枝、と続

前。御前《ン》に向《ィ》謹《つゝしん》で。「不鍛練《たんれん》の政右衛門を。吹挙《すいきよ》致《タ》せし不調法《てうほう》。恐れながら申訳《ケ》」と。云《ィ》もあへず肩衣《かたぎぬ》はね退《ケ》。差添《(さしぞへ)》に手をかくる。「ヤレ待《テ》五右衛門。あれ留《メ》よ」。「御意じや。切《ッ》腹《ク》先《ッ》待《タ》れよ」と。近習の声〳〵《(こゑごゑ)》。「ハッ」と計《(ばかり)》暫し。扣《(ひか)》へてひれふせば。「桜田林左衛門唐木政右衛門。両人《ン》共是へ参れ」。「ハア。ハッ」と一度の答さへ。[一二]肩《かた》で風切《ル》桜田と。唐木は枯《かれ》ししほれ枝。見すぼらしげに蹲《うづくま》る。「ヤイ政右衛門。只今の勝負。大内記是にて逐《ちく》一に見届《(みとどけ)》。其方《(そのはう)》が致し方神《ン》[一三]妙《(べう)》に思ふぞよ」と。仰に「ハッ〳〵」と計《(ばかり)》夢見し心地一座の。不審《しん》。「イヤサ。其方共は今の立合を何《ン》と見た。尤《(もつとも)》勝負には政右衛門負《まけ》たれ共。始よりつく〴〵見るに。身構《がま》へ太刀捌《さば》き。よつく鍛《きたへ》し誠の達人《ン》。林左衛門が中〳〵及ぶ所ならず。彼《レ》が心を察《さつ》するに。新《ン》参《ン》の身を以《ッ》て古参《ン》の者に。恥辱《ちじよく》をあたゆるは。武士の情にあらずと。わざと勝を譲《ゆづ》りしは。釼《ン》術計《(ばかり)》か心迄奥床《ゆか》し頼もしし。[一四]併《しかし》ながら是迄。遊芸《ゆうげい》を楽しみ。武芸に疎《うと》き大名と。噂《うはさ》に云《ハ》れし大内記。釼《ン》術の批判《ひはん》覚束《おぼつか》なし共云《フ》べきが。弓取《リ》の家に生れし身が。武芸をしらぬ様《(やう)》有んや。然れ共。弓を袋《ふくろ》にし。太刀を鞘《さや》に納《ム》

く。一三 殊勝で立派。一四 以下、現行台本では、大内記の心底がカットされ、林左衛門の悪口など入れ事があり、後半は「奉書仕合」とよばれる、政右衛門の大内記への、神影の極意伝授(乗掛合羽の一部書替え)が挿入され、近松半二の原作とは無関係になる。

一 徳川幕府をさす。二 戦いがなく、世の中が治まっているさま。三 弓に弦をかけ、矢の鏃を磨いて戦いの準備をし。四 徳川将軍家をさす。五 治にあって乱を忘れず、轡の音に目を覚すべき武士の理想にもかかわらず、武芸に励むことは、家の存立を危くすると、大内記は判断し、自ら遊芸好きの大名、を演じてきた。円覚寺の段にみる上杉家の対応と併せて、本作は寛永の敵討劇ではなく十八世紀の政治劇であり、誉田大内記は晩年の近松半二が創作した特色ある人物像である。政右衛門の振舞に演技があることを見抜いたのも、大内記が武芸に達していたためばかりでなく、彼自身が演技を日常としてきたからである。六 能のこと。七 偶然ないし間違いによる。八 大仰に、大声でいいたてるのは。九 聡明な君主の形容に、浄瑠璃でよく使われる。一〇 目に会う、と掛ける。

るは太平の掟《おきて》。今[一]足利一ッ統《とう》に治つたる此御代。[二]静謐《せいひつ》の世に。[三]弦《つる》を引キ鏃《やじり》を硎《とぎ》。鎧《よろい》よ弓よとひしめくは。[四]上ミへの恐れ家[五]衰微《すいび》の基《もとい》。爰を思ひはかつて。茶の湯[六]乱舞《らつぶ》に日をくらせ共。心に捨ぬ釼術《けんじゆつ》武芸。よく知ッて居る。身共が眼《まなこ》相違有ラじ。政右衛門を取リ持し五右衛門。身が為に天晴忠臣ン。誤りと思ふべからず。又林左衛門事は。[七]怪我《けが》の勝《(かち)》をそれ共しらず。[八]いかめしく罵《のゝし》るは。我ガ芸の我ガでに見へぬ不鍛練《たんれん》千万ン。知行くれるは国の費《ついへ》。暇を遣はす。勝手に屋敷を立退クべし」と。案の外《(ほか)》成ル御諚意に。林左衛門一ッ句も上らず。[九]尖《するど》き殿の御賢慮《ごけんりよ》に。恐れ入ッたる一ッ家中。「御前ンに叶わぬ林左衛門。早立めされ」とせり立られ。したゝ[一〇]かなめに。大広間一ト人《り》すご／＼立て行。

「重《(かさね)》て政右衛門にいふべきは。新ン参ンながら其方。武芸の鍛練《たんれん》感じ入リ。[一一]弐百石の加増《ぞう》申付クる。[一二]黒書院《くろじよゐん》にて改め盃。今より一ッ家中の師範《しはん》と成リ。弥《(いよいよ)》忠義を励《はげ》んでくれよ」と。いと懇《ねんごろ》に仰有リしづ／＼。御座《(ござ)》を[一三]御《(お)》太刀持チの小姓。引キ連レ入リ給へば。近習《じゆ》の面〻ざゞめきわたり。「去リとては政右衛門殿。[一四]けしからぬお首尾《しゆび》おめでたい／＼。イヤもふお羨《うらやま》しう存じます。我〻もあやかる為。お盃が戴《いたゞ》きたい。[一五]詰メ所に相待居リまする。扨

※林左衛門が主君の不興を受けて退去するのは、流布本殺報転輪記による脚色。即ち甚左衛門との御前仕合で、又右衛門が見事に勝ちを納め(乗掛合羽では御前仕合は過去の話で、林左衛門はわざと負けてやったと称している)、主君内記はその時は「両人共必意恨持べからず」と両人に武具馬具を与えるが、又右衛門の敵討助太刀の願いを聞き、惜しみながら暇を遣わした後で、甚左衛門が家中の評判を気にして又五郎後見のために暇を願うと、内記は家老に「彼は何の役ニも不立者荒木ニ必可被討荒木ハ弥帰参すべきと存たり其通合点可致譬桜井千に一ッ本望達る共帰参の儀無用」と目見得もなしに長の暇を遣わす。

一一 流布本殺報転輪記では、又右衛門は三百五十石で抱えられ、内記の突きかけた鑓を受留て「誠ニ名人也」と認められ、百五十石の加増を受け、五百石となる。本作ではここで史実の二百五十石となる(即ちはじめ五十石程度)想定か。　一二 格天井、障子その他を黒漆で塗った書院。表向きの白書院に対し、奥の間である。　一三 御立ち、と掛ける。　一四 一通りでない。大変な。　一五 藩士が出勤するところ。　一六 祝い。　一七 目算。　一八 呆然と。　一九 ひねは前年収穫した穀物。古くなったもの。転じて手遅れ。　二〇 如何、の意に、腰が抜けて坐りこむ時の擬態語を掛ける。

〳〵お手柄〳〵」と。挨拶《あいさつ》。一六悦び請る程。ぐはらりと違ふ一七胸算用《(むね)ざんよう》。二人《リ》は顔を見合す計《(ばかり)》。只一八うつとりと手を組《ン》で。「政右衛門殿」。「五右衛門殿。是ではお暇は願われまい」。「サア身共も折《ッ》角。切《リ》かけた腹が一九ひねに成た。コリヤマア。二〇どう」と腰もぬけ一度に二一溜息《ためいき》次《ギ》の間の。二二襖あらはに妻お谷。肩にかゝりし柴垣が喉《のど》に懐剱《くわいけん》二三突詰《つきつめ》し。母の自害《じがい》に稚子の。お後も跡におろ〳〵目元。二人驚き。「何故の。此生害《しやうがい》」。「イヤのふ是は覚悟《かくご》の上。唐木殿の頼もしい心《ン》底を聞《ク》上は。此世に用のない骸《からだ》。二四未来へ参つて。二五娘お谷が勘当の訴訟《そせう》。けふの様子を見届てと。此広間のお次迄。隠れ忍んで委細《いさい》の訳。思ひの外の立身《ン》で。お暇の出ぬは是非もなし。此上ながら姉も妹も。やつぱりこな様の女房と思ひ。敵討には行れず共。心の介太刀を。影ながら志津馬が力に成《ッ》てたべ。兄弟共さらばよ」と顔を。見上《ゲ》見おろして。二六盛《リ》の梅と蕾《つぼみ》の桜跡に。残して息絶《たゆ》る。「コレのふ是」と取《リ》付て泣《ク》声人や二七菊の間より。大内記殿の二八御簾中《ごれんちう》。久方御前立出給ひ。「改《メ》て殿様の御諚意。政右衛門が今《ン》日の仕方《タ》。定《メ》て様子有べしと御窺《うかゞ》ひなされし所。心の底に望有《ッ》て。わざと我手練《しゆれん》を隠《かく》

二一 息を継ぐ、に掛ける。二二 がらりと明けひろげる形容。二三 突刺す意と、一途に思いつめる意を掛ける。二四 来世。あの世。二五 夫行家に勘当の詫びの願いをしようと心に決め。※行家が勘当した娘の密通の相手に、助太刀を頼むことは、和田行家敵討の名誉、和田家の名誉を傷つける世評を生む恐れがある。柴垣も、それを懸念しお後と政右衛門の婚礼に踏み切った。が、それはお谷を離別させることであり、継子を実子以上に愛すべしとの婦徳に甚しく背く結果となる。柴垣は従って、お後の婚礼を決めた時から、お谷への言訳に自害する覚悟だった。

二六 お谷とお後。梅を花の兄というところから姉を梅、妹を桜とした。二七 御殿の座敷に付けられた名の一つ。聞く、に掛ける。二八 正妻。※女達の登場以後、いささか、先を急いだ不自然な運びがないとは言えないが、ここでもう一度、歌舞伎式に捌き役の大内記を登場させず、奥方(大内記の公人ではなく私人の代行)に必要なことのみ言わせていることには意味がある。大内記は政右衛門の器量に惚れこんで、自身の遊芸好きが演技であることを明かしてしまった跡で、政右衛門が、やむを得ぬ事情ではあるが、自分を欺き離れ去ろうとしていることを知る。主君の誇りからいって、直接対面する訳にはいかない。

し。[一]主を謀《たばか》りし趣。殊に御座の次の間へ女を引キ入レ。御殿ンを穢《けがせ》し科《とが》によつてお暇を遣はさるゝ。去リながら。暫しも扶持《ふち》し置カれし家来。浪人ンの粮《かて》に尽キるも不便ンなれば。刀一ト腰お暇の印シに下さるゝ。殿様御秘蔵《ひそう》の[二]信国《のぶ》の名作。[三]敵討の餞別《せんべ〔つ〕》とはおつしやれぬ。売リ代《しろ》なして世渡りの。介《たすけ》にせいとの御慈悲。有リがたふ頂戴仕《てうだいし》や」と。小性に持タせし刀箱。打明ケ申さぬ心の底。しろし召サれし御ン恵ミ。「ヱヽ相果し志津馬が母。今少し生キ延《のば》はり。此御諚意を聞クならば」ととゞめ兼たる有リがた涙。御簾中も御落涙《らくるい》。「父にも母にもおくれたる。其稚子《おさな》は手[四]廻ハりで養ひ育る三世《(さんぜ)》の縁。殊更姉は只ならぬお中に持チし大事の身。仮リの親分五右衛門の屋敷で介抱如在《かいほうじよさい》なふ。本望とげて立チ帰り。元の主従《しう〴〵》対面を待ツて居るぞ」とつど〳〵に仰も重《おも》[五]き亡骸《なきから》は。宇佐美が屋敷で野送りの。供[六]にひかへし若党武助。此世の名残御殿ンの名残。始の妻と後の妻。生マれぬ子にも引るれど返す。〳〵《(がへす)》も大恩の。御前ンを拝し。立出る。世の有様こそ。〳〵ものうけれ

一 乗掛合羽「木辻の段」で「(敵討という)私用を重んじ公務をかく。不忠の汝」という内記の言葉が参考になる。 二 山城国の刀工来信国作の刀。信国は諸国鍛冶寄によれば来国俊門下、了戒の系統で、代々ある(近松の長町女腹切で信国の刀が扱われる)。 三 郡山一国の君主としては、他国で起きた敵討事件のため主を謀った政右衛門に、敵討の餞別をやる訳にはいかない。 四 主従の縁により、自分の手許で侍女として養育しよう。奥方がお後を政右衛門の妻としてではなく、一人の孤児として引き取ったのは、政右衛門の「始の妻と後の妻」に対する理解のある計らいといえる(参考、奥州安達原三「てゝ親の縁切レたるお君。義家が子に養はん」)。 五 遺骸が重い、に掛ける。 六 武助は葬礼のとりまかないその他で、暫く郡山に残ることになる。

※乗掛合羽の政右衛門は、一方で敵討助太刀のために暇が出るように、放蕩を尽し、他方で、主君が望む神影の奥儀伝授が、家来から伝授されたと言われずに行われるように心を砕く。いずれにせよ乗掛合羽では、政右衛門の側に、主君に与えるものがある。半二はこの流布本殺報転輪記から既にある程度扱われ、乗掛合羽の見せ場であった主君への神影の極意伝授を、そっくり切り捨てた。政右衛門自身が如何に剣の達人であ

第六　沼津の段[七]

[八]東路《あづまち》に。爰も名高き[九]沼津《ぬまづ》の里。「[一〇]ふじみ白酒名物を。一つ召せ〱」「駕籠《かご》にめせ。お[一一]かごやろかい参らふか。おかご〱」と[一二]稲村の。影に巣《す》を張《はり》待《チ》かける。[一三]蜘蛛《くも》の。習《なら》ひと知《ラ》れたり。

浮世渡りは。様〻に。[一四]草の種かや人《ト》目には荷物《ッ》もしやんと供廻り泊《とま》りを。急ぐ二人《リ》連《レ》。[一五]立《テ》場と見かけ立どまり。「コレハしたり大事の用をとんと忘れた。太義ながらわしが寄《ッ》た所迄一走《はしリ》往《い》て来《き》てたも」と。急ぎの用事[一六]走り書。さら〱と書認《したゝ》め。「早ふ〱」と手に渡《タ》せば。主に劣《おと》らぬ達《ッ》者もの[一七]心安兵衛逸散《いっさん》に元《ト》来し。道へ引かへす。稲村影より。「旦那申《まうし》。お泊り迄参りませうかい。中旦那様どうぞ持《もた》して下さりませ。けさから壱文も銭の顔を見ませぬ。どうぞお慈悲《じひ》」と云かけられ。「イヤ〱わしは今夜は[一八]夜越《よごし》に行」。「サそこがお慈悲でござります」と。頼かけられ是非なくも。「サそんな

ろうと、主君との関係においては、決して優位に立てない立場を徹底させるために、である。

七 初演、竹本男徳齋(七一頁八行目まで)。八 東海道を古風に呼んだ。

時　秋
所　沼津の里

九 駿河国駿東郡沼津の宿。東海道五十三次の一。三島と原の間。但し舞台は沼津の街道筋、間(あい)の宿(しゅく)。一〇 十方庵敬順・遊歴雑記五に「元市場といえる処有て、酒楼食店軒をつらね…富士の白酒とて名物とせり」。本市場村は駿河国富士郡、吉原へ二十五丁余。一一 お駕籠を行かせましょう。お駕籠の御用を勤めましょう。一二 稲叢。刈った稲を積み重ねてあるもの。一三 住所不定の人足である雲助も、蜘蛛と同様、網を張って客を待ちかけるのが習性である。※現行、東海道の旅を表わす明るく変化に富んだツレ入りの弾出し、街道の情景を語り、「知ラれたり」で浅黄幕を落す。松並木、稲叢、榜示杭、正面に富士山の遠見。一四「商売は草の種かや」(天竺徳兵衛郷鏡二)。世渡りの途は様々で、今登場した人物なども、人目には、荷物をきりっと整え、しっかりした供を連れて、先を急ぐ商用の旅と見える(が、それだけでもないらしい)。一五 人足が駕籠などをとめて休息する所。街道筋の間の宿には立場茶屋

ら吉原迄何ンぼじや」。「ヱ、お前様も。わたしが頼んで持ッのじや物。ゑい程に下さりませ」。「サそんならやらしやれ。年シ寄のよしにせいでの」。「そんなら持タして下さりますか。ヱ、忝《かたじけな》い。サア〳〵お出なされませ。ヤツト任せ」は声計リ。一肩《かた》往ては。立留り。「ア今ン日は結構《けつこう》な天気じやなア。ヤツトまかせ」。二タ肩往ては。息を継《つぎ》。「旦那申。向ふの立テ場に鯲《どぢやう》の名物がござります。ヤツトまかせ」。と杖する度《たび》に追徒口《ついしやう》。ふけ田におりし。白鷺《さぎ》の。餌ばみをするにことならず。見るに気の毒《どく》。「コレ親仁殿。ちつと持ッてやりませうか。ア、それ〳〵〳〵あぶない〳〵」。「イヱ〳〵。勿躰《もつたい》ない〳〵」。「ア、気の毒《どく》な足元ト。最前ンから見て居るに。気しんどでならぬ」。「是はわたしが足の癖《くせ》でござります。旦那のかげで。けふも内入《うちいり》がよござります」。「モウこなたもいくつじや」。「七十に手がとゞいてござります」。「ア、ソレ〳〵。合点の行カぬ足取リ」。「お気遣ひなされますな。若い時は小相撲《ずもん》の一チ番も取リましたヤツトまかせとな」。といふ下道の爪先《つま》キ上り。木の根につまづきひよろ〳〵〳〵。「ソレ見やしやれ。ヱ、きつい事をしたの。親《おや》指《ゆび》を蹴《け》かいたか。ヨシ〳〵早速クに直してやろ」と。用意の。薬取リ出し。付ると其儘。

がある。一六 手早に続け書きすること。一七 名前と、心易く、骨惜しみせず気軽に、の意を掛ける。一八 夜泊らずに旅を続けること。

一 駿河国富士郡、吉原の宿(現静岡県富士市)。沼津から原まで一里半、原から吉原まで三里六丁。天明四年・諸国道中記に、人足は沼津―原が三十四文、原―吉原が六十五文。
二 よしにしたらいいのに。三 まかせておけ、よしきた、の意の掛声。
四 ほんの一担ぎしては。五 東海道袖の玉鉾・沼津の項に「うなぎ。嶋が原名物也」とある。白鷺の縁で鰌としたのであろうか。東海道では掛川の名物がどじょう汁。六 節付けは、近世初期流行の岡崎踊歌の曲調をとり入れたもの。七 お世辞。八 深田。鰻で著名な浮島ヶ原の富士沼(↓注五)からの連想か。九 腰のかがんだ平作が、杖つく度に口を動かす様子を、鷺足して採食する深田の鷺に見立てた。一〇 心苦しい。心配。現行「見るに気の毒」なし。一一 気苦労。
一二 気分よく家に帰ることができます。内入は帰宅の際の機嫌。
※現行、松並木を段々下手に引いて、進行を表わす。
※初演者男徳齋(初代咲太夫)は滑稽浄瑠璃を得意とする、洒脱な語り口、二人の人間の出会いを、旅情を背景に描く、すぐれた場面である。
一三 素人相撲。現行は「こずもう」。

[一六]「何ンとどふじや痛《いたみ》は止《とま》ろが」。「コレハ結構《けつこう》なお薬でござります。痛はとんと直りました。サア〳〵お出なされませ」。「イヤコレ〳〵荷はおれが持ッてやる」。「ア、旦那様め[一七]つそふな」。「イヤサ駄賃《だちん》はやる。気遣ひさしやんな。こなたの足元ト。最前ンからあぶなふて〳〵。荷を持ッ方ッがや[一八]つと気楽な。咄しもつて行キませう。サア〳〵ござれ」と先キに立《(たつ)》。平作は千鳥足。[一九]しんどが利に成ル[二〇]蒟蒻《こんにやく》の。[二一]砂《すな》に成《(なろ)》かと悲しさに。小腰かゞめて。「申旦那。一肩やりませうかい」。「イヤ〳〵是で大分歩行《あるき》よい。アこなたの足元茶[二二]めいた物じやの。其足取リを狂言《きやうげん》師に見せたいわいの。[二三]乱《みだ》れ抔《など》と云ッて。[二四]伝授《でんじゆ》事に成リそふな事」。「イヤ旦那のおつしやる通り。大概《たいがい》乱[二五]れかゝつておりますはい。ハヽヽヽ」。「ハヽヽヽ」と。道[二六]の伽《とぎ》する笑。ひ草。踏《ふみ》分ケ。てくる道草に。菊の折枝持チそへて。見合ハす顔は「とゝ様か」。「およねじやないか。けふは結構な旦那の供したのでの。荷は持タずにお世話に成〔ッ〕た。お礼申てたも」。「コレハ〳〵有リがたい。もふ爰がわたしが内。暫くお休み遊ばしませ」と。[二七]昔の残る風俗《ふうぞく》も。お葉打チ枯《(かれ)》し。松影に。伴ひ。入〔ル〕や西[二八]日影。侘《わび》たる中の二人住ミ。門[二九]の柱に印の笠。「おかけなさるりや庭[三〇]一ッぱい。

一四 口の下からと下道を掛ける。木陰の少しずつ上り坂になる道。 一五 親指の生爪を剥がす。 一六 このあたり、安永五年・鯛屋貞柳歳旦閣(専助・半二等)七に、類似の場がある。「夫レで痛《(いたみ)》も血もとまる。何ンと奇妙な薬か…是は堂上方タで拝領した一角《(うにかうる)》」(井口)。 一七 滅相な。とんでもない。 一八 ずっと。 一九 しんど(苦労)が利、あるいは、「権兵衛蒟蒻辛動《(しんどう)》が利」(譬喩尽)で、骨折り損のくたびれもうけ、の意。 二〇 足で踏んで作るので、千鳥足の縁語。 二一 無駄になる。蒟蒻は腹中の砂をおろすと信じられていた縁で。 二二 一風変っている。 二三 乱の足取り。乱はここは「猩々乱」(↓三七頁注二〇)ではなく、「鷺の乱」か(節付けの「乱」は箏曲による)。白鷺、鷺の乱、鷺流、狂言師、と連想が及ぶ。 二四 ↓三七頁注二〇。 二五 乞食になりかける。「ゆうふくに育ったお方が。乱の様な形リ」(紙子仕立両面鑑・中)。
※(十兵衛は)平作の足取りが、能の乱れのようで一風変っている、と快い諧謔で言ったが、平作は乱れといえば乞食のことと解して、乞食に近いです、と自嘲する。(十兵衛は)心ないことを言ったと思いつつ、仕方なく笑う。
二六 道中の話し相手。道、伽、笑ひ草、踏分、道草、菊の折枝と縁語。
※およね、上手小幕から菊を持って

いつそ座敷へマアお上り」と。親仁が馳走《ちそう》。娘の愛[1]。前垂レの藍《あ(ゐ)》[2]薄《うす》く共。マアお茶一つ」と差シ出《(いだ)》す。[3]こぼれかゝりし藁屋葺《ぶき》。

「折リ悪ルふ湯《ゆ》もわかず。水で成リと[4]おみあを」。「アヽイヤ〳〵もふ行ますする。扨娘御はよい器量《きりやう》。[5]不躾《ぶしつけ》ながら此内には。[6]せゝなげに咲《さい》た杜若《かきつばた》。よい床へ生《(い)け》たいのふ」。「ハイどなたも左様におつしやります。自慢《じまん》で作《つく》つて置キましたれど。近比《(ちかごろ)》は手入レが悪さに。いかふ[7]田地《(でんぢ)》が荒《あれ》ました。何が身に構《かま》はず賃仕業《ちんしごと》。貧乏《びんぼう》は。苦にもせず。それは〳〵孝行にしてくれます。それで私が年寄リての蜘蛛《くも》助も。せめて三文なと肩休めと。余りあれがいぢらしさでござります」。「コレとゝ様始めてのお方タに。其様な[8]さもしい咄しを」。「ホンニそふじやハヽヽヽ。イヤおよね。けふは大きな怪我《けが》を仕《し》てな。コレ〳〵是見よ。爪《つめ》が起《おき》て有ル。ア薬もあれば有ルものじや。あなた様の薬きつい妙薬。ありや何ンと申ス薬でござりますへ」。「此薬は[9]太切ツない物。第一[10]金瘡《さう》には。其場で治《なを》る妙薬。武家方には尋れ共。金ン銀づくでは手に入ラぬ妙薬」と。語れば娘は猶[11]ほた〳〵。「とゝ様の命の親。一日や二日で。お礼は云イも尽クされず。ならふ事なら今宵は爰に御《ご》逗留《とうりう》遊ばして」。「アヽ

出る。
二七 昔の花やかさの残る身のこなしではあるが、服装自体は尾羽打枯したみすぼらしさで、枯れた松陰の家に。
二八 西日(夕日)のさす侘しい住居。
二九 後からくる安兵衛への目印に門の柱に笠をかける。(十兵衛が)縁に腰掛ける、とを掛ける。
※現行「伴ひ」で舞台転換、平作侘住居となる。
三〇 土間。

一 愛と藍で韻を踏む。娘の愛敬と、藍色の前垂(赤前垂は、水商売の仲居などが締める)。
二 藍色の縁で、薄いお茶と卑下した。
三 娘の、こぼれるような愛敬と、壊れかかった、を掛ける。
四 おみ足の略。現行は「おみあし」。
五 失礼ないい方だが。
六 溝。下水溝。どぶ。
七 女性の体、ここは容姿をいう。
八 いやしい。みっともない。
九 とても大切な。ないは形容詞化の接尾語で強調の意味合いがある。
一〇 刀傷。
一一 嬉しげに愛想よく。
一二 お泊申して。
一三 鰯を乾燥させたもので、肥料にする。
一四 男らしく、頼もしい十兵衛の人物像。歌舞伎では、原作から離れた、都会的な色事師となる。
一五 やさしく親しそうに。
一六 動けなくなった。
一七 抜け目のない。
一八 いっぺんに言いなりになり、ころりと座敷に横になるので。
一九 枕に髪油の汚れを

娘何ニいふぞいこんな内に[一二]泊《とめ》まして。肴《さかな》は[一三]干鰯《ほしか》が一ッ疋なし。虱《しらみ》より外あなたの身に付ク物はない」。「イヤ〳〵[一四]不自由《じゆう》は仕《し》付ケて居ます。娘御があの様に。[一五]しなつこらしういはしやるので。どふやら爰に[一六]根が生た。大事なくばいつそ泊《とめ》て貰《もら(は)》ふかい」と。[一七]目の鞘抜《さやぬけ》し商人《あきんど》も。上手な娘の饗応《もて(なし)》に[一八]ころりと。成レば。「お枕《まくら》」と。[一九]油気《け》はない真ン身の馳走《ちそう》。是も[二〇]一樹《じゆ》の笠舎《かさやど》り。尋る軒の。

目印シ当に内に入《(いり)》。「旦那是にござりますか。お立なされませんか」。「安兵衛か。早かつた〳〵。そなたは其荷物ッを持ッて。吉原の鍵《かぎ》屋で宿を取りや。日和《ひより》が知レぬ早ふ行や」。雨具の用意は[二一]吉原の。鍵屋をさして急ぎ行。

およねは立ッて門の戸を。引立んとする所へ。「平作殿内にか」と。ぬつと這《は》入ルは[二二]原の町の古ル道具屋。「ヱイ市兵衛様。御苦労によふお出《(いで)》」。「イヤこちも商売づく。昨日こなたの云ハしやるは。急な入リ用銭三貫。道具[二三]諸式を直《ね》にして。取ッてくれといふ事なれど。代ロ物見てからの事と。手附ケに[二四]三百進ぜて。残りの銭持て来た。[二五]駄賃《だちん》出しては合ぬ仕事。[二六]直《ね》が出来たら。こな様が荷《にな》ふて来て下さるか。時キにと。道具といふは。見へ渡タつた此

防ぐ枕覆いを当てる縁で、べたべたしないが心のこもった、の意。
二〇 一樹の雨宿り、を、目印の笠の縁でいいかえた。「一樹の雨の宿りだに、此の世一ならぬ事とこそ申せ」(筑波問答)。木陰の雨宿りのような粗末な宿ではあるが、これも深い縁によるのであろう、の意。
二一 よく調っている意を掛ける。
二二 駿河国駿東郡。沼津の西隣の宿。現在は沼津市内。
※流布本殺報転輪記に、又右衛門と数馬が、桜井甚左衛門と三島で出会う重要な場面がある(→八七頁注三〇)が、作者はそれを念頭に置きつつ、三島の次の沼津で、全く別趣の出会いを描く。なお沼津藩は慶長末に廃藩となり、長く幕府領だったが、本作初演の六年前、安永六年に水野忠友が沼津藩主となり、天明元年老中格に昇進、沼津はめざましい発展をみる。しかし天明初期の半二は沼津の変貌を知らず、小さな宿場と考えていたか。
※現行では、「およねは立ッて」以下、古道具屋の件りがそっくり省かれる。
二三 いろいろの物品を値ぶみして。
二四 銭三百文。三貫の十分の一。
二五 人足に駄賃を出して原の町まで運ばせては、もともと利の薄い代物だから引き合わない。 二六 値段がきまったら。

通りか。こりや聞《ィ》たとはきつい相違。マア第一。放《はな》しにくいと云しやつた故。見込《ミ》に思ふた仏壇《ぶつだん》が。こりや百[一]が物はかない。デモマアちよつと置《ィ》[二]て見よ。二[三]つべつい鍋釜《なべかま》かけて。百廾《(ひやくにじう)》と入《レ》い。古《ル》畳《だゝみ》八畳《でう》で三百よ。鼠《ねづみ》入《リ》の[四]膳棚《ぜんだな》百五十文。[五]はしりは役《ク》に立《タ》ぬ。是十六文。破《レ》障子《しやうじ》一《チ》枚十二文。縁《ふち》の取《レ》た角行灯《かくあんどう》八文。有《ラ》増《まし》こんな物。家[六]ぐちこぼつても壱[七]貫が物はない。といふて手附《ケ》の三百は。飛《ン》で仕廻《しまふ》てもふ有《ル》まい」。「御推《ごすい》量《りやう》の通りでござります」。「せふ事がない。此畳まくつていの[八]ふ。コレ若いの。そこ退《のい》て貰《もら》ひましよ」と。地ハル畳ばた〳〵上《(あげ)》かける。詞「申〻《(まうしまうし)》御尤《(ごもつとも)》なれど。今《ン》夜の所を御了簡《ごれうけん》」と。地ハル親子が詫《わび》る気[九]の毒《どく》より。ひよんな所へか[一〇]ウゝり合《(あひ)》色。詞「コレ道具屋殿。わしは今《ン》夜泊つた客。是は難義な所に泊り合《ハ》した。とんと煤掃《すゝはき》[一一]に茶屋へ往《い》た様な。どうで埃《ほこり》[一二]はかづかにやならぬ。手附《ケ》はわしが返しましよ。畳は此儘置《ィ》て貰《もら》を」と。地ハル奇麗《きれい》[一三]に捌《さば》く弐朱《しゆ》[一四]色一つ「是は結構《けつこう》な旦那殿。ちと多《おほ》けれど爰迄来た賃《ちん》。次手《ついで》に畳も引直し。慢直《まんなを》[一五]しに平作殿。貧乏《びんぼう》神《ミ》のい[一六]ぬ様に。箒《ほうき》でお上《ェ》[一七]地ウ槌《つち》[一八]で庭。ハル合藁《はら》[一九]色の出ぬ前《キ》お暇《ハル》」。と。合ウつまづき廻つて中フシ立帰る。

一　たった百文くらいにしかならない。二　火床を二つ連ねて作ったかまど。極貧の家では一つべつい。四　食器棚。「鼠不ㇾ入」とあるべきを、壊れているので洒落ていった。五　流し。
六　家ごと壊して持っていっても。
七　銭一貫目ほどにもならない。
八　往のう。いこう。九　心苦しさ。
一〇　とんだ所へかかり合って。
一一　遊びにいくはずの茶屋へ、骨折り仕事をしにいったようなもので。
一二　煤掃の縁で、損な目にあうのを、諦めねばなるまい。一三　さっぱりと話をつける。一四　流通の量から見て二朱銀か。二朱金とともに一両の八分の一に当る通貨。
※三百文と二朱の関係であるが、金・銀・銭の標準相場(金一両＝銀六十匁＝銭四貫文)でいうと、二朱即ち八分の一両は銭五百文に当る。但し天明頃は金・銀に対し銭が低落し、一両が六貫文程度であるので、二朱は七百五十文程度。なお、銭一文は、一九九五年現在の、約三十円前後であろうか。
一五　間(まん)は運の意。一六　往ぬ。いなくなる。一七　座敷。庭(土間)・しも(台所)に対して。一八　槌で庭掃く、は急の客をあたふたしながら厚くもてなす。平作親子に、座敷をよく掃いて貧乏神を追い出し、旦那を厚くもてなしなさいと追従をいい。
一九　ボロの出ぬ内。農家の庭の縁で

地色ハル 親子一度に手を合《ハ》せ。「ウ忝《(かたじけな)》い共面《ン》目ない共。ウ嬉しいと術《じゆつ》ない涙がごつちやに成《ッ》て。ウお礼の詞も出ませぬ」と。破《やぶ》れ畳フシに喰《くい》付ば。

詞「ハテ今のは今《ン》夜の宿銭《ン》。高で二〇知《(しれ)》た親子の世帯《たい》。家財《かざい》を売《リ》代《ロ》なさふとは。よく〳〵差詰《さしつま》つた。難義な事が有のでごんせう。いとしや苦労さつしやるの二一親仁殿此娘御より外に。もふ子供衆はないかいの」。「ハイ此およねが上《ェ》に男の子が一人《リ》有《ッ》たれど。二つの年《シ》養子《ようし》に遣《リ》ましたが。又其親の手を離《はな》れ。今は鎌倉の屋敷方へお出入《リ》。よい商人《あきんど》に成て居るとの噂《うはさ》。それ聞《ィ》てとんと思ひ切《リ》ました」。「ソリヤ又なぜに」。「ハテ一《ッ》旦《ン》人に遣《ッ》たれば捨たも同前《ン》。我《ガ》子ながらも義理有《ル》物。今其身上《(しんしやう)》がよいとて。尋にいて二二箸《はし》かたし貰ふては。人《ン》間《ン》の道が済《ミ》ませぬ。今出合《ッ》てもあかの他人《ン》。子といふは此娘一人《リ》」「ム、それも尤其兄貴《き》は今いくつくらいじやの」。「ハイ二三からうつ。てうど今年《シ》廿八。鎌倉八幡宮の二四氏地《(うぢち)》の生れ。母の名はとよと書付《ケ》。守り袋に入《レ》て遣《リ》ました。其後此およねを産《ン》でかゝも相果《(あひはて)》。則けふが命《ィ》日で。孝行《かう〳〵》な娘が水手向《たむけ》。花の立《テ》方《タ》二五ごろじやつて下《ダ》さりませ」と。地ウ何心なき咄しの二六合紋。一〻胸にこたゆる十兵衛。ウ思ひ合せ

藁。因業なことをいった上で、金を余計に貰ったので、長居をして何か言われぬうちに帰ろうという。二〇 高が、に同じ。二一 現行では六七頁九行目からこの前までを省き、安兵衛が退場すると「跡見送って十兵衛。ヤコレ親仁殿。此娘御より外に」と続ける。この省略は、かなり早く(少くとも明治以前)から行われ、台本演出とも定着して異和感が少ないが、戯曲の運びからいえば、やはり無理がある。二二 箸一本(一対の片方)でも。二三 記憶を辿ったり、考えをまとめたりする時に発する声。こうつと。二四 鶴が岡八幡宮が氏神として鎮守する地。※平作は、貧しく不運な過去にもかかわらず、明るく洒脱な人柄で、彼なりの誇りを持って生きている。二五 御覧じやって。二六 一族の揃いの紋や、仲間同士で通じ合う目印の意から、符合すること。十兵衛にとって、平作の話が身の上と符合し。※作者はじめてこの旅人を、十兵衛の固有名詞で呼ぶ。傷の妙薬の件りなどで、円覚寺に登場した十兵衛と同一人物と気付いていた観客があるにせよ、語り手の立場からは無名の一旅人として扱ってきたこの人物に、行きずりの老人足と、深い心の結びつきが生じ、しかも二人が親子であることが分ったこの時点で、作者は改めて、劇の主人公の役割を負わせる。

ば覚有ル「扨は。産《うみ》の親父様。血を分ケた我妹が貧苦《ひんく》の有リ様。有リ合せた路用の金。[一]なま中親子と名乗ては受ぬ気質《しつ》を何とがな。金の遣リたい」[二]屈詫《くつたく》に胸を。痛めて。「コレ親仁殿。何ンと物は相談《さうだん》じやが。此[三]お娘《(むす)》をわしに下されぬか」。「ヱ、奉公に上ゲますのか」。「イヤテヤ。まだ女房のない男。利発《りはつ》な娘御。商人の嗅《かゝ》には[四]極上〻《(ごくじやうじやう)》の羽二重《はぶたへ》地。得ク心ンして下ダさるなら。仕拵《しこしら》へはこつちから。旅商人《たびあきうど》の事なれば。呼迎《よびむか》へる日限は。まだいつ共定められぬ。嫁入リの拵へ料。爰に少〻持合ハす。是おいて逝《いに》ます得ク心ンかいの。どふでごんす。コレよい女房。面ン目クないが最前ンから。わしやこな様に。惚たわいの」と[五]じなつきかければ。ついと退キ。「と〻様。あのお方タもふ逝《いな》して下ダさんせ。いかに貧《まづ》しう暮して居る迚《(とて)》[六]あたなめ過た。あほうらしい」と。打てかはりし腹立顔。「ヱ、嗜《たしな》め。よい女房と云れるが。何ンの夫レ程腹の立ッ事。[七]我《(われ)》が器量がよい故じやと。おりや嬉しい。イヤ申あなた様。よふ御深切ッに惚《ほれ》さしやつて下さりました。ジヤガ此およねは女房といふてはやられぬ訳がござります」。「ム、そんなら御亭主《ていしゆ》が有ルのか。是はく〳〵。イヤ実《じつ》は只今のはほんの座興《ざけう》。主《(ぬ)》シの有ル人共存ぜず麁相《そさう》申シた。真ッ平御免ンに

一　現行、「路用の金」で懐中の金に手をやるが、考え直すしぐさ、語り口。
二　屈託。ある事をひどく心にかけて思い煩うこと。
三　他人の娘に対する軽い敬意をこめた、なれなれしい呼び方。
四　十兵衛の商売柄のたとえ。
五　べたべたと濡れかける。
六　あなどりすぎた。あた、は不快を表わす接頭語。
七　お前。
八　田舎者。
九　とっぷりと。もと全体が水を浴びたり包まれたりするさま。
一〇　月が宵に出ている夜。時刻は七時頃。
一一　我が家を辻堂に見たてる平作の

預りませう。コレ娘御。機嫌直して貰ひましよ」。「アノ痛《いたみ》入ッたお詞。ほんに思へば在[八]所者を。おなぶりなさるを真受《ま(うけ)》にして。お恥かしや」とにつこりと笑ひに心打チ解《とけ》て。「咄《はなし》に紛《まぎ》れてずつぷりと[九]。日の暮レて有ルに気が付カなんだ。三日月様が上《(あが)》つてござる。[一〇]宵《よい》月夜で行灯《(あんどう)》は入ラぬ。御明《みあか》しを伽《とぎ》にして辻[一一]堂の雨舎《やど》り。お客様ももふお休《(やすみ)》。足延すと壁につかへる奥座敷。緩《ゆる》りとちゞかまつて御寝《ぎよ(し)》なりませ。私は此台所コリヤ娘はそちらに寝い旦那様はお堅《かた》いけれど。時のはづみでは主《ぬし》の有ル池へ踏込なさりよもしれぬ。用[一二]心ッには網《あみ》を張《はれ》じや。今ッ夜はおれが股引をはいて寝や。むさけれど[一三]あなたには。わしが[一四]どんざを裾《すそ》になと」。[一五]追風《おいて》もてくる。鐘のこへいとしん〳〵と[一六]聞へける。

およねは一人リ物思ひ。心にかゝる夫トの病気。我ガ手で介抱《かいほう》する事も浮世の義理に隔《へだて》られ。[一七]秋の蛍《ほたる》の消《きへ》残る。仏壇《ぶつだん》の灯《ひ》もほそ〴〵と。嵐にふつと気の付ク[一八]娘。

[一九]「奇妙に治つたとゝ様のあの疵《きづ》。今でも敵の手がゝりが知レてから。あの病気では思ひも寄ラず。ムヽ」と心で点頭《うなづき》胸をすへ。「灯《(ひ)》の消《きへ》たるは天のあたへ。夫トの為」と抜足《ぬき》シ。

洒脱な言葉。貧しさが、旅情を介して、豊かな人間表現を導き出す。

一二 「用心には縄を張れ」(譬喩尽)を池の縁で言い変える。用心に用心を重ねよ。

※親子の話の間、十兵衛は、そっと仏壇に手を合わせる。

一三 薄汚いけれど。

一四 古綿入れの着物。

一五 布団の代りに置いてさしあげなさい、の意と、鐘の音を運んでくる順風をかける。

※現行、十兵衛は上手で、どんざを受取り被って横になり、およねが枕屏風を立てる。平作は下手に合羽を被って寝る。

一六 初演、竹本染太夫。

※ここで太夫が交替したと伝えられ、同じ西風でも前半の洒脱さとは対照的に、染太夫風の低音主体の突っこんだ音遣い、深刻な語り口となる。現行では「沼津」は、一人の太夫が全体通して語ることが多く、その場合はヲクリはないが、染太夫風への切れ変りは重視される(二人に分ける時は「しんと聞へける」からが切場)。

一七 生き残った秋の蛍のような心細いおよねの境遇。消残るでかすかに灯っている仏壇の灯と掛ける。

一八 消える、と掛ける。

一九 不思議なほどよく利く薬で。

さし足探《さぐ》り寄《(より)》。

[一]印籠《ゐんらう》取上《(とりあげ)》立退足《のく》。つまづく音《をと》に目覚《さま》す十兵衛。思はず高声「何者」と。裾《すそ》をとらへて引キとむれば。「わつ」と泣キ入ル娘の声。平作も恟《(びつく)》りし。起上ッてもまつくらがり。「およね。〳〵」と云イつゝさがす。竈《かまど》の埋火《うづみび》。[二]付ケ木《(ぎ)》にうつし顔見合せ。「娘じやないか。旦那様か。何故に此有リ様。[三]ヱ、何ンの因果《ゐんぐわ》で此様フな。情けない気に成たぞいやい。コリヤ此親は。其日ぐらしの物じやけれどな。人様の物[四]もじきなか。盗《ぬす》もと思ふ気は出さぬはいやい。ヱ、親の顔迄。穢《よご》しおつた」と「わつ」と計《(ばか)》リに。泣キ居たる。

十兵衛は[五][六]気の毒《どく》顔。「金ン銀ンを取ッたといふではなし。是には訳の有リそふな事」と。問れておよねは。顔を上ゲ。

「恥かしながら聞イて下さりませ。様フ子有ッて云イかはせし。夫トの名は申されぬが。わたし故に騒動起《さうどうおこ》り。其場へ立チ合イ手疵を負《をひ》。一ッ日ン本ン腹《(ほ)(ぶ)》クたれど。此頃はしきりに痛《(いたみ)》。いろ〳〵[七]介病《びやう》尽せ共[八]印《(しるし)》なく。立チ寄ル方も旅《たび》の空《そら》。此近ン所で御養生[九]長し〔い〕間に路銀ンも尽《き》。其貢《みつぎ》に身の廻ハり櫛笄《くしかうがひ》迄売リ払ラひ。[一〇]最前ンもお聞キの通り。悲しい銀《(かね)》の才

一　救急用の薬を入れる長円形などの小箱。帯に挟み提げる。
二　檜などの薄い木片の端に硫黄を塗ったもの。火を他に移して点火する時に使う。
三　およねが十兵衛に押えられ、手に印籠を持っていることで、事態を悟る。
四　文字寸半。一文を強めた表現。文字は文字の記されている銭の表面の意より、銭。寸半は、一文銭の半分の意。
五　底本の「ば」を改める。
六　十兵衛の方が心苦しい表情で。
※このあたり、鯛屋貞柳歳旦閣(→六五頁注一六)参照。
七　看病。
八　験。治療の利き目。
九　長いに同じ。
一〇　現行、この八字省略。
一一　どうにか手に入れたい。
一二　我が名に因む川に身を投げようと。
一三　張と意気地は、「張と意気地の吉原」(京鹿子娘道成寺)と並べて使われ、自分の立場や意志をどこまでも立て通そうとする強さにおいて、共通するが、相手と張りあって意地を立て通す張は、特に江戸の遊女の特色とされる。ひたすら相手の憐れみを乞う瀬川は、江戸の遊女の張りも抜けたようであるが、夫のために心を砕く献身の意志(恋の意気地)は貫かれている。

覚も。男の病が。治《なを》したさ。先キ程のお咄しに金ン銀づくではないとの噂《うはさ》。灯火《ともしび》の消《きへ》しより。アノ妙薬をどう[一一]がなと思ひ付しが身の因果《ゐんぐわ》。どうぞお慈悲に是申シ。今宵の事は此場切リ。お年シ寄ラれしお前に迄苦労《くらう》をかけし不孝《かう》の罪《つみ》。けふや死ナふか。翌《あす》の夜は。我ガ[一二]身の瀬川に身を投《なげ》てと。思ひし事は幾度《いくたび》か。死ンだ跡でもお前の歎きと。一チ日ぐらしに日を送るどふぞお慈悲《じひ》に御了簡《ごれうけん》」と。東育《あづまそだち》の張《はり》もぬけ。恋の意気地《(いきち)》[一三]に。身を砕《くだ》く。心ぞ思ひやられたり。

嘆きの端《はし(ばし)》／＼つく／＼と聞キ取ル十兵衛。「コレ姉御。そんならこなさんは。江戸の吉原で全盛《ぜんせい》の。[一四]松葉屋の瀬川殿じやの」。「ハイ。テモよう御存じ」。「すりや瀬川殿の夫トの為に。ムウ／＼」と心の目算《もくさん》。思案ンを極《きは》め。「イヤ[一五]太夫殿。夫トの手疵を治《なを》す薬。ほしいは尤《(もつとも)》。それ聞ては進ンぜたい物なれど。是は人の預り物。此事は思ひ切ラつしやれ。今こなた衆の咄しの通り。わしも又恩を受ケた。サ其恩を受ケた人の為に。いづれの寺でも苦[一六]しうないが石塔《せきとう》一トつ寄進《きしん》が仕《し》たい。が何と世話して下ダさるまいか」。「それは御奇特《ごきどく》[一七]。結構《けつこう》な寄進ンでござります。何時成共お世話致タしませふ。私も来年ンはかゝが年ン忌《き》。勧《すゝ》[一八]むる功《く》

一四 江戸吉原松葉屋半左衛門抱えの遊女瀬川の名を借用。浄瑠璃では安永五年に色揚瀬川染があるが、天明三年の本作当時は天明二年四月襲名の六代目。三年秋、岸本大隅に身請けされ妾となる。京伝・江戸生艶気樺焼(天明五年)に両者が戯画化されている。享保七年に仇討したと伝えられる瀬川は架空である。が、司馬芝叟・浄瑠璃・新吉原瀬川復讐(文化三年)では、瀬川を救う平沢左内を唐木(荒木をきかせる)の門弟とし、「我身の瀬川に身を投て」の文句をとり入れるなど、本作と関係を有する。

一五 →八頁注三。

一六 さしつかえないが。

一七 殊勝なこと。

一八 人に善根を勧めるとその功徳で。「すゝむるくどく共に成仏。ほとけに成たかいざこいと」(奥州秀衡有鬠壻四)。

一 今度、上方から江戸への戻り道にここに立ち寄るまでに。 二 三行後にいう通り、実は夜明けには間がある。実の妹の夫が志津馬であることを知った十兵衛は、心を残しながらも、一刻も早くこの家を離れようとする。 三 一物、二物に掛けて韻を踏む。

徳倶《どくとも》に成仏《ッ》とやら。是非お世話致しまするでござります」。「サどうぞ今《ン》[一]度の下《くだ》り迄。違《ガ》はぬ様《ゥ》に頼《ミ》ます。兼《かね》ての願ひに。書付《ケ》も此内に委《くわ》しふござる」と。金《ネ》一《ト》包取《リ》出し。「コレ 必《かならず》頼んだぞや。親子の衆。最早《もはや》[二]夜明《ケ》に間《ダ》もなし。随《ずい》分《ン》無事に親仁殿」。と立出《ッ》れば平作も。「必《かならず》お下《ダ》り待《チ》まする」。「姉御さらば」。とばかりにて。心に一《チ》物。荷物[三]は先《キ》へ道を早めて急ぎ行《ク》。

跡に親子は顔見合せ。金《ネ》取《リ》上《ゲ》て「コレおよね。随《ずい》分《ン》大事にかけておきや。夜明《ケ》迄は間も有《ロ》。そなたも休《やす》みや」と水いらず。見廻《ハ》す傍《そば》に落たる印籠《ゐんろう》。「ア、是は今の旦那のじや。定《メ》て尋《たづね》てござるで有《ロ》」と。いふにおよねが手に取《ッ》て。「此印籠はどうやら覚への有《ル》模様《もやう》。ハテ合点《がてん》の行《カ》ぬ。[四]それか是か」とよく〳〵詠《なが》め。「ホンニそれよこりや沢井股五郎が常《つねづね》〳〵持《チ》し。覚への印籠」。「ハテ不思議《しぎ》な」と平作も。金取《リ》出《いだ》しよく見れば。「金《ン》子三[五]拾両此書付《ケ》は。鎌倉《かまくら》八《チ》幡《ン》宮の氏地《うぢゝ》の生《うま》れ。稚名《おさな》は平三郎。母の名はおとよ。コリヤコレ。我《ガ》子に付《ケ》て置《イ》た書付」。「そんなら今のお方《タ》は私が為には兄さ[六]ま《ン》」。「ヲ、我《ガ》子の平三で有《ッ》たかい」。「そんなら最前《ン》からの深切《しんせつ》は」。「それとはいは

※現行、十兵衛、名残を惜しむ思入をして、足早に上手小幕へ入る。※伊賀越道中双六の第五までは武士の世界、即ち体制の頂点における大名と旗本の対立、藩主と家臣の葛藤が扱われた。第六の舞台は街道の宿はずれ、雲助と旅商人ともと遊女という、第五までとはうって変った非体制的・非定住民的な人物達による、貧しいが安らぎのある世界が展開したが、彼らが、呉服屋十兵衛、松葉屋瀬川という、武士の世界と関わる固有名詞をとり戻した時、既に彼らの関係は抜きさしならぬ破局にさしかかっていた。

四 瀬川時代には多くの男の印籠を見る機会があったので。五 六八頁※の計算でいうと約三百六十万円。六 サン、と読む。七 裾の端を引き上げ帯に挟み。八 お前。九 「父が子に「理を非に曲げて言はして見せう」といふ封建的倫理が不愉快極りない」(武智鉄二『蜀犬抄』)との近代人の評については→解説。一〇 捨仮名「ク」とあるべきところ。一一 ここは東海道。一二 沼津市大手町と三枚橋町との間を流れる狢(むじな)川に架かる橋。古来、交通の激しい地であるが、川幅が狭いため、三枚の板(石とも)で橋を架けたと伝える。東海道名所図会に「いにしへは官橋なり」。なお旧沼津城の三枚橋城の名称でも知られる通り、三枚橋は城下の中心部にある。原に近い宿外れから吉原

ず此金ネを。貢《みつい》でくれた石塔代。不思《し》議《ぎ》の縁ン」と親と子は暫し。あきれて。居たりしが。およねは印籠手に取ッて。裾《すそ》[七]ばせ折ッてかけ出す。「コリヤ待テ娘コリヤどこへ」。「何所《どこ》へとはとゝさま。此印籠を持ッて居る。其兄さまは敵の手がゝり。追ッかけて股五郎が。有リ家を尋ね志津馬様へ」。「尤《もつとも》じや〳〵。が我レではいかぬ。年シ寄ッたれ共此平作。理[九]を非に曲《まげ》ていはして見せう。我レも続《つゞ》いて跡から来い。どの様フな事が有ッてもな。必《かならず》出なよ。敵の有リ家聞キ[一〇]迄は大事の場所。木《こ》影《かげ》に忍んで立チ聞キせい。必《かならず》とも麁《そ》忽《こつ》すな。合ッ点ンか本ン[一一]海道は廻り道。三ン[一二]枚橋《まいばし》の浜《はま》づたひ。勝手《かつて》覚へし抜《ぬけ》道を」と。子故に迷ふ三ン[一三]悪ク道。[一四]転《こけ》つまろびつ走《はし》り行。

跡におよねは身拵《ごしら》へ。続《つゞ》いて出《いで》んとする所へ。折リ柄来かゝる池添孫八。「瀬川様か」「孫八殿。よい所へござんした。今ン夜爰に泊《とまつ》た客クで。敵の手筋[一五]が知れそふな。詮ン義の為に吉原迄。とゝさまが行カしやんした」。「イヤ忝《かたじけ》ない。シテ其行先キは」。「吉原迄はよも行クまい」。「何ニ角《か》の様子は道にて聞カん」と。瀬川に続く池添も足に任《まか》せて[一六]したひ行ク。

に向う抜道につながるような所ではない。一三 衆生が輪廻する六道のうち、生前の悪業によって堕ちる地獄道、餓飢道、畜生道。子への激しい執着は輪廻のもとであり、ここは直接死につながるのでいう。三悪はサンナクともサンマクとも読む。現行は、普通サンナク。一四 つまずき、転びながら。
※現行、平作は十兵衛と逆の下手小幕に、杖にすがって走り入る。
一五 手がかり。一六 現行、三重と道具返しを弾いて舞台転換。千本松原の場。正面、夜の富士と千本松原の遠見。舞台上手よりに松の立木、下手に千本松原の榜示杭。その下手はやや小高く草叢の心。

一 夜明けにはまだ間がある時刻。
※十兵衛、「千本松に」で手拭で頬被り、笠をかざして下手小幕から重い足どりで出る。
二 千本松原。沼津市の狩野川河口より駿河湾岸を原の方向に松林が延びる景勝の地。三 息をはずませていそぐさま。四 和田志津馬。妻の父が敵方から金を貰っては、面目が立たない。五 一夜。夜さは夜さりの略。六 因縁。七 夕は宛字。言う声を、闇の夜のしるべにして、の意。
※現行、およね・池添、下手小幕から出て、榜示杭の下手にひそむ。
八 固唾。九 流浪。
※瀬川がいつ、どのようにして廓を

実《げに》人ト心さま〴〵に町人ンなれ共十兵衛は。武士も及ばぬ丈夫《じやうぶ》の魂《たましい》[一]夜深《よぶか》に立チし独《ひと》リ旅。
[二]千本ン松にさしかゝる。
「ヲヽイ〳〵」と杖《つへ》を力に息[三]すた〴〵。「申《まうし》〳〵旦那様。ヤレ〳〵お早い足元ト」。「フウ今呼ンだはこなたか。あはたゞしう何ッの用」。「イヤ。只今のお金を。戻しに参じました。石塔料《れう》と名を付ケて。大まいの金ッ子三十両。其日暮《ぐら》しの蜘蛛《くも》助に。下ダさるにも訳《わけ》が有ロ。又請ケまするにも訳が有ル。けれども。此金を請ましては。[四]去人《さるひと》が立タぬ義理がござります。是をお返し申シます代《かは》りに。あなたにお頼《たのみ》がござります。お聞キなされて下さりますか」。「ムヽハテ[五]一ト夜さ泊《とま》るも何ンぞの[六]約束《やくそく》。様子によつて頼れまい物でもない」と。[七]夕闇《やみ》の夜《よ》の声しるべ。跡より窺《うかゞ》ふ池添瀬川。[八]かたづを呑《のん》で聞キ居たる。

「シテ其頼ミの様フ子は」。「ハイおつしやつて下ダさりませ。此印籠の主《ぬし》の有リ家を。承はりたふござります。是を尋て知リたい計《ばか》リに。さま〴〵の[九]流労《るらう》致タす人。それ故娘も廓《くるは》を出て。憂艱難《うきかんなん》。是が知レると本ン望成就《もうじやうじゆ》。娘につれて私迄。モヽ、此上の悦びはござりませぬ。[一〇]二十や三十のはした銭で。露《ろ》命をつなぐ私が。死ヌる迄安ン楽クに。暮《くら》される程

出たかは分らない。第一・第二が春、第四・第五が夏で、第六が秋であるが、家老の子息志津馬が「さま〴〵の流労」し、「長しい間に路銀も尽き」、年が明いて親元に帰った瀬川の貢ぎを受けるのが、同年中とは考え難い。史実では事件発生から敵討までに四年以上を要し、殺報転輪記(原・流布本とも)では数馬・又右衛門が路銀に尽きて窮乏する。本作でもこの第六は、翌年の秋と見る方がむしろ自然であるが、その場合、岡崎の段に若干問題が残る。『文楽浄瑠璃集』は第一から第六まで同年としている。いずれにせよ、敵討劇の構造上、流浪や貧苦を扱う必要がありながら、語り物風の冗長な時の扱いを嫌い、実は数年にわたっていても、一年以内の如くに劇を進行、終結させようとする一種の古典主義が浄瑠璃にはある。
一〇 →六四頁注一。六八頁※の計算でいくと、銭二十は六百円程度。三十両は銭で十八万文。 一一 「根(こん)に叶はぬ」とあるべきか。「根(こん)に叶はぬ軍帥(ぐんすい)より。さんすいでも駕舁が大極上」(鎌倉三代記三)。 一二 子のために心を砕き続ける心痛の根本を直す薬の名、即ち敵の在所を。 一三 血のつながった子に対する思いに義理の筋道を立て、十兵衛を我子と呼ばない。 一四 道路の分岐点に立てて、それぞれの方向を示す石の路標。 一五 血の尾。血の余りとも。

の三拾両。其金《ン》銀《ン》にかへてのお願ひ。七十に成《リ》て蜘蛛《くも》助が。一一こに叶《かな》はぬ重荷《おもに》を持《ッ》。それはまだ休みもする。子のかわいひといふ重荷《キン》は。寝た間も休まぬ[。]一二一《ッ》生の苦痛《くつう》を助《たすけ》る。薬一二の名《めい》。お前様も親御が有《ラ》ば。子故には愚痴《ぐち》に成《ル》物じやと。思し召《シ》やられて。願《ハル》ひを叶へて下《ダ》さりませ。コレ申《シ》旦那様」と。血筋一三と義理と道分《ケ》石一四。わけて血一五のをの三《ッ》界一六に。踏迷《ふみまよ》ふこそ道理なれ。親の心を察しやり。「ム、そふ有《ラ》ふ。心《ン》底至極尤《もつとも》じや。が是計《リ》はどうも云《ハ》れぬ。おれも頼《たのま》れた男づく一七。其方《そのはう》の人《ト》が大切《ッ》なら。こつちも又大切《ッ》。譬《たとへ》又有《リ》家《か》を聞ても。命がなふては本《ン》望は遂《とげ》られまい。そつちの内に落して置《イ》た。主《ぬ》《シ》のない印籠の。其妙薬で疵養生。達《ッ》者に成《ッ》た其上では。望《ミ》の叶ふ時節《じせつ》も有ふ。親仁殿。サそふじやないか」と。心のかけご一八一《チ》重明《ケ》ぬ十兵衛が。情《フシ》の詞。「サ、それ程お慈悲《じひ》の有《ル》お方。迚《とて》もの事なら其薬の持《チ》主」。「イヤサコレ悪い一九合点。此薬の持《チ》主《シ》は。其病人《ン》とは大敵薬《だいてきやく》二〇。三十両の其金。敵の恩を受《ケ》まい為。戻したではないかいの。此持《チ》主《シ》の名をいへば。敵の薬で疵本《きつ》《ン》腹《ぷく》。恩を請《ケ》てはまさかの時。切《ッ》先がならふぞや。やつぱり拾《ひら》ふた薬にして。心置《キ》なふ養生さしたが。よさそふに思

末の子のこと。末の子は血の尾といわれて、特に親に溺愛される。「わけてそなたは血の緒(を)とてわらはよりも御不便」(蒲冠者藤戸合戦四)。ここも、とりわけおよねは末の子であるので、三界の首枷になる、の意。
一六 衆生が生死流転する欲界(六道)、色界、無色界。子は三界の首枷という。踏迷ふは道分石の縁でいう。
一七 男の体面にかけて、の意。
一八 掛け子、懸け籠。他の箱の縁に掛けて、その内側にはまるように作った箱。ここは印籠。万金産業袋三に「利休 一重なり、内にかけ子有り」と記すように、かけ子のある印籠は一重。一に十を対比。親子の縁と城五郎への恩義と、二つの関係のはざまに置かれた十兵衛の立場を表わす。一九 のみこみが悪い。持ち主の名を聞くと、そちらにとっても具合が悪いことに気づかないか、の意。
二〇 用い方によっては毒となる薬。
※現行、切先が、と印籠を再び平作の手に持たせつつ、その手を自分の脇差に触らせて諭す。

二一 利発な、頭のいい。
※現行、およね・池添出て窺う。
二二 以下、暗いために相手の動きがよく見えぬが、平作が苦しむ様子を感じとって、十兵衛が不審に思い、脇差がないのに気付き、自害と知って驚く。現行では、入れ事の詞が多い。
二三 池添がおよねの口に手を当てて、

はるゝ」と。聞《ィ》て平作感《かん》じ入《リ》。「アヽそふじやあつた。エヽお前様は。恐ろしい発明《はつめい》なお人《ト》じやの。そふ聞《キ》ましては。申《シ》様《フ》もござりませぬ。左様《フ》ならもふ帰りましよ。旦那様。おさらば」と。云つゝ探《さぐ》つて十兵衛が。脇差《シ》抜《キ》取《リ》腹へぐつと突《つき》立《ッ》る。「ヤア〳〵〳〵何《ン》とした〳〵。コリヤ自害《じがい》か。何《ニ》故に誰《レ》を恨《ン》で勿躰《もつたい》なや」と。うろ〳〵涙驚く娘。声に手当《テ》る池添が。泣《ク》音とゞむる轡《くつわ》虫草に喰《くい》付《キ》泣《ク》計《リ》。平作苦《くる》しき目を開き。「おりやこなたの手にかゝつて。死るのじやはいの〳〵。ハテ。こなたとおれとは敵同士。志津馬殿に縁の有《ル》此親仁を殺したれば。頼れたこなたの男は立《ッ》。コレ〳〵此上の情には。平作が未来の土産《みやげ》に。敵の有《リ》所《(しよ)》を聞して下《ダ》されいの。外に聞《ク》者は誰《レ》もない。今死る者に遠慮は有《ル》まい。不思議《しぎ》に始めて逢ふた人。どふした縁やら。我《ガ》子の様《フ》に思ふ物。何《ン》のこなたに引気《ひけ》取《ラ》す様《フ》な事此親か。サア此親仁が致しませうぞ。是が一《ッ》生の別れ。一《ッ》生の頼み。聞《カ》ずに死《ン》では。迷ひますはいの〳〵。コレ拝《(をがみ)》ます〳〵《(をがみます)》旦那殿」と。子故の闇《やみ》も二《タ》道に。わけて命を塵芥《ちりあくた》。須弥《しゆみ》大海《ィ》にもまさつたる。誠の親に始て逢《ィ》。名乗《ル》もならぬ。浮世の義理。孝行《かう〳〵》の仕納《しおさ》め。「ど

泣き声が洩れるのを押さえる。四 猿轡をはめられたも同然で轡虫のように(さわがしく)鳴くこともできず。五 現行、以下の平作の詞、胡弓入り。六 あの世への。七 十兵衛と平作は、無数の人が往来する街道の立て場で、今日はじめて会った、旅人と人足であったが、二人の間に、どうした縁か、不思議な程深い心の交流が生じたところで、それがまさしく親子の縁であり、しかも敵同士の因縁にも、つながれていることが分った。行きずりの二人の出会いが、この世でたった一人の親と子の、そして呪うべき敵同士の出会いとなる—旅という、拡散的・流動的な場を、出会い即ち人間葛藤の緊迫した一断面において、求心的に捉え直した「沼津」は、能以来の日本の戯曲作法の一つの終着点である。八 引け目を感じさせること。敵方の私を殺したからには、あなたの男が廃ることには決してならない、の意。※「何ンのこなたに…」と強く言い切るからには、平作は、仮に最初に頼んだ時に十兵衛が素直に股五郎の在り所を打明けたとしても、自害する覚悟であったに相違ない(七五頁及び六一頁の柴垣の自害参照)。それならば、在り所を聞き出す目的を達するためには、千本松原で追いついたところで直ちに腹を切って、命と引きかえに聞かせてくれと迫ってもよかったのだ。だが平作はそうはし

こに誰《レ》が聞《イ》て居まい物でもなけれど。十兵衛が口からいふは。死《ン》で行《ク》こな様へ餞別。今際《は》の耳《みゝ》によふ聞《カ》つしやれ。股五郎が落《チ》付《ク》先《キ》は九州一二相良《さがら》。道中筋は一三参州《さんしう》の。吉田で逢たと。一四人《ト》の噂」。「ヱ、忝《(かたじけな)》い。〳〵アレ聞《イ》たか。イヤ誰《レ》もない〳〵。聞《イ》たは此親仁一人《リ》。それで成《じやう》仏仕《し》ますはいの〳〵。地ハル名僧知識《めいそうちしき》一五の引導《ゐんどう》一六より。前《キ》ウ生《(しやう)》の我《ガ》子が介《かい》抱受《ほう(うけ)》。ウ思ひ残す事はない。詞早ふ一七苦痛《つう》を留《メ》て下され」。地上親子一《ッ》世の逢《イ》初《メ》の。逢納《クル》め。詞一八「親仁様」。「兄。ヱ、顔が見たい〳〵顔が見たいわいやい。南無あみだ仏」。「なむあみだ〳〵」と。地ハル唱《となふ》る一九十念《ン》ウ十兵衛が。ウこたへ兼たる悲歎《ひたん》の涙。ウ始終窺《しじうかゞ》ふ池添が。ウ小石拾《ひら》ふて白《ラ》刃《は》の金《ネ》二〇ハル合《ハ》す火影は。ウ親子の名残《リ》跡に。上見捨《テ》て 三重

〽別れ行

なかった。↓解説。

※現行、折からの雨に、十兵衛は平作の上に笠をかざす。

九 後撰集の歌(→三五九頁注一九)をふまえ、子への強い愛情をおよねと十兵衛の二人に注ぎ分けるために自分の命を塵芥のように捨てた、の意。

一〇 仏語で三千大千世界の中心にある巨大な山、須弥山(しゆせん)と、これをとりまく八つの大海。親の恩が如何なる山より高く海より深いたとえ。

一一 現行、十兵衛の内心の独白で語る。近江源氏先陣館の盛綱に共通する、義理の枠を踏み越える主人公の決断。

一二 人吉藩相良氏の城下町。熊本県人吉市。近くの遠州相良ではなく九州。→二五頁注一〇。

一三 三河国八名郡吉田藩七万石城下(愛知県豊橋市)。なお流布本殺報転輪記では又五郎は三州片浜に忍んでいた。

一四 直接、秘密を洩らすのではない、との建て前。

一五 名僧と同意。

一六 仏道に導き入れること。葬式の時、死者に向かって僧が、迷わずに往生できるように経文や法語を唱えること。

一七 止めを刺して。

一八「名乗もならぬ」「前キ生の我子」という建て前が崩れる瞬間。現行は入れ事が多い。

一九 念仏を十遍くりかえして唱えること。十兵衛と韻を踏む。

二〇 刀の白刃に小石を打ち当てて発火させた一瞬の明かりで、二人を会わす。出会い、の主題を視覚的に表現。

第七　[一]関所の段

藤《ふじ》川の新《ン》関と人《ト》には云ど[二]影の郷《さと》。一《ト》村籠《こも》る松影に茶屋の娘のお袖とて。年は[三]二八の跡や先《キ》まだ[四]内証《ないしやう》は白《ラ》歯《は》の娘。雪気《げ》いとはぬ寒空《さむぞら》に。水の。[五]出花や煎《せん》じ茶の。[六]仏をだしに[七]参詣《さんくい》人《ン》。[八]黒谷《（くろだに）》の[九]御上人《（おしやうに）》《ン》鎌倉《かまくら》へ下向《げかう》の道。[一〇]山中《カ》の[一一]法僧《ほう〔ぞ〕う》寺にけふで三日の御逗留《ごとうりう》。[一二]御符《ふう》御札のお影《かげ》にて。瘖《おし》が物いふ聾《つんぼ》が治《なを》る。膝行《いざり》のお祖母《ばゞ》が[一三]礼参り。御礼参りの三人《ン》が。

茶屋の床几《しやうぎ》に腰打《チ》かけ。

「何《ン》と太郎兵《（たろひやう）》きつい人[一四]群集《くんじゆ》。の扨皆聞《カ》しやれ。御符《ごふう》のお影《かげ》で奇妙《きめう》な事がござる。吉田の宿《しゆく》の搗栗《かちぐり》屋といふ炭《すみ》屋の子が疱瘡《ほうそう》で目が潰《つぶ》れ。何《ニ》が一人《リ》子の事故夫婦の衆が。発心《ほつしん》して。罪亡《つみほろぼ》しに[一五]西国《（さいこく）》に出る所へ上人《ン》様の御立《チ》寄《リ》。何が御符を載《いたゞ》くやら聞《カ》しやれ。其夜から目が明《キ》ましたといの。それから吉田中《ウ》がひつくりかへし。山中がお泊《とま》り故毎日の参詣《さんけい》人《ン》有《リ》がたい事ではないか」。「ハテそりや其筈《はづ》いの。炭屋の子なら黒谷様に御

一 初演、竹本友太夫。
二 ひっそりとした。藤川の宿は→八二頁※。

時　冬
所　藤川新関前の休み茶屋

三 十六前後。
四 男女関係を知らぬ、と未婚で歯を染めていない、を掛ける。
五 入れたての煎じ茶の、香りのよい状態。水の出花は、水の出端、出はじめ、で、娘の初々しい色気の形容。
六 仏を口実に遊山気分の参詣人。茶、だし、と縁語。
七 振仮名「さんけい」の誤りか。
八 京都市左京区黒谷町にある浄土宗金戒光明寺。法然上人が庵を結んだのがはじめとされる。
九 浄土宗系の僧の尊称。
一〇 現岡崎市舞木町(額田郡舞木村)。赤坂と藤川の間に間(あい)の宿山中がある。
一一 岡崎市本宿町(額田郡。中世には当所も山中郷)にある浄土宗の古刹、法蔵寺。
一二 護符。神仏の名号や加持祈禱の文言を記した紙や木の小片で神仏の守りを受けるために所持する。御札に同。
一三 元気に歩いて礼参りに行く、の意。
一四 「群集 クンジユ」(書言字考節用集)。

縁ンが有ロハ、、ヤこちらも逝《いん》で縁の有ル。かゝが焚《たい》た御符をば。載《いたゞ》きませう」と打笑ひ我家。〳〵に帰りける。

[地]父の教《おし》へを守《まも》らざる其罪科《つみとが》の降積《ふりつも》る。一六 一七雪気《(ゆきげ)》の空もいとひなく。姿を略《やつ》す和田志津馬。敵の行ク衛知レざれば空《むな》しく過《(すぐ)》る光陰《かうゐん》の。一八やたけに心関所《せきしょ》一九前。

「コレ姉様《(さ)》ン。最前ンより此茶店で。待チ合す躰《(てい)》の人は見へなんだか」。「イヱ〳〵。左様なお方は見受ませぬ」。「然らば暫し」と腰打チかけ。「姉様《(さ)》ン此遠目鏡《とふめがね》は往来《わふらい》の慰《なぐさ》みか」。

「イヱ〳〵慰ではござりませぬ。わたしがとゝ様は。此お関の下役人ン。若《もし》二〇切ッ手なしに抜《ぬけ》道を通る人が有ふかと。吟味《ぎんみ》の為の此目鏡」と。聞イて志津馬が心の当惑《とうわく》。差シ当タつたる切ッ手の用意。「二一ハテどうがな」と思案《しあん》顔。お袖は一心ン志津馬が顔「テモよい男」と思ひ初《そめ》。云イたい事も。娘気の口へ出兼る茶の花香《が》。顔を詠《なが》めて汲《くむ》手元ト。脇《わき》へ流《なが》すも気もそゞろ茶碗《わん》計リを手に持ッて。差〔シ〕出す心の二二思はくは汲《く〔ん〕》で知レかし。目遣ひ。も相手に二三芸気《げいき》が有ラばこそ。「是はきつい御馳走《ごちそう》。二四余り茶に福が有ル。然らば今《ま》一つ。迚《とて》もの事にほんまの二五茶を。いくつも〳〵呑《のみ》たい」と。二六思はぬお茶の捨詞《すて》。「お前故なら何ン度でも。

一五 西国三十三所巡礼。
※現行、上手に扉を開いた関所の門。下手へかけて関所の柵。その前に下手に休み茶屋。中央に床几。下手よりに遠目鏡の備えつけ。
一六 罪科と雪と両方に掛かる。
一七 現行、八〇頁三行目「白ラ歯の娘」からここに飛び、すぐ志津馬登場。
一八 弥猛に、と光陰矢の如しを掛ける。この句からは行家の死と同年でないようにみえる。
一九 心急くに掛ける。
二〇 関所の通行に必要な手形。関切手。
二一 どうしたものか。
二二 恋心。志津馬に見とれて、お茶を汲む手元がお留守になり、お茶は脇へ流れてしまい、茶碗だけを手に持って差し出すほどの恋心を、志津馬に汲みとってほしい、との思いをこめた目遣いも。
二三 その場にうまく対応する心持。この時は志津馬は娘の恋心に気付かなかったので、単なる悪ふざけの「捨詞」をいう。
二四 諺。余り茶は飲み残して急須に残ったお茶。「余り茶には福が有ル呑でお休なされや」(ひらかな盛衰記三)。
二五 遊里語で女陰。
二六 無責任に下がかりの冗談を言い散らす。

入《レ》花を上《ゲ》たい」と何と云《イ》寄《ル》方《タ》もなく。顔は上気の初紅葉《はつもみち》男の際粋《きつすい》一森《もり》に。恋の出花と見へにけり。

志津馬も扨はと心付《キ》。「我《レ》に心をかけしこそ幸《(さいはひ)》切手の手がゝり」と。心で点頭《うなづき》すり寄て。「コレお娘《(むす)》頼たい事が有《ル》。何《ン》と聞いてくれる気か」と。思ふたつぼへ和らかに。云《イ》かけられて返《ン》答《とう》の。詞に詰るが女子《(をなご)》の情《じやう》。何《ン》と返《ン》事の云《イ》様《フ》も。「わたしもお前にお頼が」。「サどの様な事なりと。頼《ム》と有《レ》ば引《キ》はせぬ」。「ヱ、忝《(かたじけな)》い。わたしもお前故ならば。どの様《フ》なお頼《ミ》でも。いとひはせぬ」と。寄添《そへ》ば。「それ聞て落付《イ》た。何を隠《かく》さふ我《ガ》身の上。今《ン》夜中《ウ》に此関を通らねば我《ガ》一《チ》命《めい》にかゝる事。こなたの覚し抜《ぬけ》道を。何《ニ》とぞ教《おし》へて貰《もら》いたい。死《ン》でも忘れぬコレ頼む」と。色で仕かける我《ガ》身の大事じつとしむれば。しめかへし。恥しいやら嬉しいやら抱付《いだき》てはしめかはす。袖は人目の関の門。

「暮《レ》六つからは通路ならず。それ迄に私が働き。若《もし》問違《(まちがは)》ばわたしがお供し立《チ》退《のか》ん。必《(かならず)》気遣ひ遊ばすな」と。思ひ合《フ》たる他生の縁二人が望は二道《(ふたみち)》の。一筋道を。急ぎの

一 出花(→八〇頁注五)に同じ。 二 生粋。えりぬきのもの。 三 宇治産の煎茶の名。茶の縁で、随一の男の意に掛ける。 四 恋のはじまり。 五 丁度望んでいたところにいくように。 六 関所周辺の通行を禁じられている間道。 七 締めかえす。手を握りあう。 八 寄り添い手を握りあうさまを、人目を防ぐために袖で隠すこと。 九 関所に掛ける。 一〇 関所は明六つに開門、暮六つに閉門。※藤川は三河国額田郡(現岡崎市藤川町)。東海道の宿場で、赤坂へ二里九丁、岡崎へ一里半。藤川に新関が設けられた史実はない。東海道の箱根や今切(新居)の関所を通る場合、男性で武士ならば、原則として手形なしでも通行可能であるが、普通は前もって関所手形を用意する。手形を所持しない志津馬が、予期せざる、手形を是非必要とする新関に行き当って、当惑する設定。 一一 多生の縁。幾重にも生れ変り輪廻を重ねる中で結ばれた縁。 一二 娘は恋が、志津馬は彼女を利用して関所を抜けて通ることが目的。 一三 文字譜「ハツミフシ」の欠刻か。現行、状箱をくくりつけた脇差を立てて持ち、奴の飛脚が下手小幕から登場。 一四 若党、足軽、中間等、最も軽輩の武家奉公人。 一五 旧暦十一月として、午後一時半頃。 一六 関東訛りの奴言葉。 一七 一服していけ。 一八 志津馬の傍に腰をかける。 一九 拙者。

道中一三ツミフシ状箱刀にくゝり付ケ。
地色ハル通りかゝればお袖は中呼留《よびとめ》。詞「お飛脚様お休《やすみ》」といへば地ハル奴一四が色立どまり。詞「呼ビかけられて姉様に恥《はぢ》かゝしてよいものか。まだ一五八つには間も一六有ルべい。地ハル一七一ツぷくせい」と色腰打チかけ。詞「ヤレ〳〵しんどや〳〵。中シお客様一八御免ンなされ」と。地ウいへど志津馬も何ハルニ気《げ》なふ。詞「お飛脚《ひきやく》はどれからお立チ」。「イヤ一九下拙《げせつ》は鎌倉扇《かまくらあふぎ》二〇が谷《やつ》の四二一つ辻《つじ》切通し。夜二二前ン浜松泊り日が短《みじか》くて漸《やう〳〵》爰迄《ここまで》」と。地ウ聞クより志津馬は心当りだましてハル問《とは》んと傍《そば》に色寄リ。詞「扨〳〵早い事。私共は何として〳〵。ヱ二三浦《うら》山しい足元ト」と。地ウ咄しを塩《しを》二四に茶の出花ハル。一ト目見るより余念《よねん》なく。ウお袖が傍にぐに中やと成リ。詞「コリヤ忝《かたじけな》い。白ラ歯《は》娘のお初穂《はつを》二五。一ト口呑《のま》す気はないか。地ハル一ト目見るから恋二六茶と成中ッた」。詞「ヱヽ奴殿悪二七ちやり置カんせ」。「ちや二八は〳〵とちや二九ゝ《ちや》入レまい。こちやずんどほんのこつ三〇ちや。コレイノ。〳〵そつちや向クまいどうちや〳〵」。「アヽ去三一リとは貴公も顔に似合ハぬやつ三二し形フ。名は何ンと云ます」。「身共が名は助三三平。イヤもふ飯《めし》よりも好物だてや。コレサ。お娘《むす》どう仕《し》てくれる」。「ヱヽじやら〳〵と。そんな事より此様フな面白い物見る気はないか」と。地色ハル目鏡《がね》の傍へ突《つき》やられ。助平は中ウ差シ覗《のぞ》き。

二〇 現鎌倉市扇ケ谷、御成町など。室町時代に関東管領上杉氏の一族が館を構えたところから、近世演劇で鎌倉に江戸を擬する時は武家屋敷地域をさす(仮名手本忠臣蔵四)。
二一 鎌倉七口の一つ、要路の名越切通を(名越が大町の四辻より山に随って南に当るので)想定か。但し名越は大町村、次の扇が谷は扇が谷村。
二二 昨夜。 二三 羨ましいの宛字。
二四 きっかけ。塩と茶は縁語。
二五 その年最初に収穫した穀物の意から、最初のもの。八一頁注二五を暗示。 二六 濃茶に掛ける。以下茶づくし。 二七 悪ふざけ。浄瑠璃の滑稽な場を「ちゃり場」という。 二八 よくしゃべるさま。 二九 茶茶を入れる、ここは、何のかのと、の意。せっかくくどくのを、まぜっかえすな。 三〇 茶に掛ける。そっちや、どうちやも同じ。 三一 それにしても。あきれていう。 三二 やつし形(たが)は色事師、二枚目。捨仮名「フ」は誤刻か。 三三 好色漢の代名詞。色事が飯より好物。
※現行、遠目鏡を覗く助平の言葉に軽快なメリヤスの三味線が入る。

一 旗本屋敷の中間頭か。 二 吉田で最も知られる神社は牛頭天王(現在

色「ハアコリヤフシ面白い」と詠め入リ。詞「テモ大勢人が見ゆる。ハア向ふに見へるは。ア、あれはおらが仲間《(なかま)》の頭《(かしら)》[一]だ。コレ頭何ンぞ用はないか。何ンじや金比羅《こんぴら》[二]様の挑灯《てうちん》も有ル。ハア川[三]が見へる。何ンじや藤屋の二階《かい》で客が楽しみよる。ヨヨ。味《うま》い事〳〵。ハアあの女は見た様な。それだ〳〵。ヤわりやおきのでないか」と。地ハル一ト目見るより色佗相《きつそう》[四]かへ。詞「ヤ儕《(おのれ)》は〳〵。ようもおれに退状《のきじやう》[五]おこしそこに楽《たの》しんで居るな。コリヤヤイ云イかはした事忘れはせまい。旦那[六]へ願ふて奉公引カし。女房に持と思やこそ春からも壱歩遣《(いちぶ)やり》三歩やり四歩遣リ。女房じやと思やこそ。おらが切リ米[七]打チ込ンで遣ッたぞよ。コリヤ其折リおらに何ンと云ッた。お前と夫婦に成ッて夜ルも昼《ひる》も楽しもといふたじやないか。それに何ンだ。我ガ見る前へで尾籠《びろう》[八]千ン万ン。其男と抱《だか》れて寝るか。よくもおらを欺《だま》したな。鎌倉で人も知ッたる。沢井殿の家来沢井助平[九]。地色ハルもふ了簡《れうけん》が成ラぬ[一〇]はい」とかけハツミ出せしが詞「ハアハア。今のは何所《どこ》だ。何ンだ何ンにも見へない。コリヤどふだ」と。地ハルいふにお袖が色差シ覗き。詞「アリヤ吉田の茶屋の二階《かい》。爰から一チ里[一一]も有ル所。腹立テなさるだけが損。もふ了簡なされ」。「いか様云ば一チ理《り》[一二]有ル。遠ン方ゥから悋気《りんき》するは聾《つんぼ》に耳《みゝ》[一三]と

の吉田神社)。曲亭馬琴・羇旅漫録(享和二年)に「牛頭天王の社。神明。八幡。ともに吉田城内にあり」と主な神社名を掲げるが金毘羅は見えない(但し豊橋市史によると、文政三年に神明社内に金毘羅神を勧請)。[三] 九行後の地名から吉田城下町を流れる豊川であろう。[四] 血相。[五] 縁切状。[六] おきのの抱え主。[七] 武家奉公人が俸給として与えられる米、後に換金して支給。江戸城の雑用を勤める幕府の中間は十五俵一人扶持。[八] 無礼。おきのは吉田宿札木町辺の旅籠屋の飯盛女。近頃まで鎌倉付近の宿場などにいたか。但し吉田の飯盛について「妓はこと〴〵く伊勢より来たるもの」(羇旅漫録)。[九] 助平は、足軽(士分)と小者(非士分)の間の中間《(ちゆうげん)》であろう。いっぱしの武士のように沢井殿の家来と称する。[一〇] わい。[一一] 藤川と吉田は、間に御油、赤坂の宿があり、五里以上離れている。[一二] 一里の地口。[一三] 耳のはたで突然「耳つ遠《(おと)》」と大声でいうこと。普通は驚くが、一向に驚かない、それと同じ。[一四] 夢中で心ここにない状態。[一五] 遠目鏡で秘戯をみる可笑味は、咄本・豆談語(安永三年)などに描かれるが、重要な趣向とする春本に種彦作・春情妓談水揚帳(天保七年か)がある。
※現行では普通、「打詠め」のあと、「傍に落ちたる」まで三行分カットし、遠目鏡で団子売が見えることにして、

うするに同じ。とは云ながら残念ン」と。又差覗き。一四現《うつ（ゝ）》に成レば。「是幸《（これさいはひ）》扨《（さて）》は沢井の家来よな」と。志津馬は辺《あたり》に気を付ケて状箱の封《ふう》押シ切《（きり）》。一通奪《ばい》取元のごとくに直すのも。

知らぬ介平一ッ心不乱。一五打詠め。「ヱ、アレ一六口《（こ）》ゥ中《（ちう）》を契《ちぎ》りをる。こりやもふ堪忍《かんにん》ならない」と。お袖が腰を力草。一七「ヱ、放して下さんせ」。「何と是が放されう。ハア〳〵」と古木クのごとく一八しやちばり返り。横にどつさり朽《くち》木倒《だを》し。登リ詰メたる奴一九風巾《いか》。糸目の切しごとくなり。

傍に落たる紙入レの。中より出る関所の切ッ手。見るにお袖は飛立ッ思ひ。嬉しいやら強《こは》二〇いやら「二一結《むす》ぶの神の此切手」と。志津馬に渡せば懐《くわい》中ゥし。「我ガ身の難ン義は遁《のが》れたが。かうして置カれぬ奴殿。コリヤ二二虫腹《むしばら》か。癲癇病《てんかんやみ》か。コレ顔へ其水吹《ふき》かけた」と。いふにお袖は狼狽《うろたへ》て。沸《わき》返たる茶釜の茶。天窓《あたま》へざつぷり打かくれば。恂り気の付ク助平が。辺り見廻ハし起《おき》上り。さも苦《くる》しげに声揮《ふる》はし。「アヽどなた様か忝《（かたじけな）》い。生マれ付ィて二三盼めが二四虫早く。時〳〵おこる二五疱瘡《ほうそ》子《（ご）》に。二六湯がか二七ゝつて助つた」と。咄せば二人リは顔見合せお

「団子売」の景事をはめこむ。伊賀越道中双六は、道行もなく、花やかな見せ場、聴かせ場の少ない硬派の西風の曲であるため、現行では、ちゃり場風のこの段を、全体に派手な景事仕立てにして、掛け合いで語り、長い通し狂言後半の気分転換をはかる。そのため台本にかなり書き替えがある。

一六 接吻する。 一七 とりつく対象。 一八 硬直し。 一九 奴だこ(『竹田出雲 並木宗輔浄瑠璃集』三一八頁に図版)。空高く上りきった奴凧の糸が切れるように、のぼせ上った奴が目を回す。 二〇 恐い、の宛字。 二一 志津馬との縁を取り持つから。 二二 寄生虫によるとされる腹痛。 二三 以下表裏の二義が込められている。 二四 かっとなり早く。 二五 天然痘を患う子。高熱を発する。 二六 笹(酒)湯。疱瘡が治った際に浴びせる、米糠・酒・塩などを混ぜた熱湯。疱瘡子が偶然に湯をかけられて助かる場面は、役行者大峰桜二など。裏の意は、陰茎(盼)が勃起し易く(虫早く)、興奮して熱くなった陰茎(疱瘡子)が湯を呑んだので射精できて助かった。川柳に「死ますの声にまつごの水をのみ」(末摘花・初)、「湯をのんで短命丸に仕て仕舞」(柳多留四十七)とあるように、媚薬(長命丸)の効能書に、性交時間を持続させ、湯や水を呑むと射精する旨ある(川柳四つ目屋考等)。 二七 底本「かゝつで」。

かしさ隠す計《ばかり》なり。

時も違へず関所には。打ッ拍子木に介平が。「一つ。二つ」と指《ゆび》折ッて。「ムウアリヤ七つの時がはり。大切ッの此状箱。一時も早くお届ヶ申さん。関所の切ッ手」と紙入の。内を扠《さが》せど。「ハテめんような。南無三宝跡の茶店で落したか。ドリヤ一ト走《はし》り」と立出《いづ》れど。水ィ気《き》取ラれし河童《がはたろ》奴。ふなら。〳〵と池水の。ごみに逢ッたる。ごとくにて元来し道へ引返す。

お袖は跡を見送りて。「此間に早ふ」と茶店の道具を門ッ内へ運《はこ》ぶ片手に顔詠め。見飽《あか》ぬ目鏡の恋男。志津馬は一ッ心敵の手がゝり。白歯娘が手を引キて岡崎〳〵さして帰りける。鎌倉の奥女中お里帰りの道中と。人ト目に見せる鋲《びやう》乗リ物関所の前へ昇居《かきすへ》る。

家来御傍へ立チ寄ッて。「お関所で候へば暫く是より御歩行」と。聞クとひとしく戸を開き。旅姿に身を省《やつ》し兜頭巾《かぶとづきん》に目計リ出《いだ》し。昨日《きのふ》にかはる勢ィも淵瀬《ふちせ》と沢井股五郎。辺り見廻し。「コリヤ駕籠《かご》の者太義で有ッた。是より早く帰てたもれ。林左殿は何してござるな」。

一 旧暦十一月とすれば三時過ぎ。関所役人の当番の交替を知らせる拍子木。二 面妖な。おかしい。三 一つ前の。四 かっぱは頭上の皿の水がなくなると力が失せる。五 ごみで呼吸困難になった様子。鮒と掛ける。「鮒が泥水(みど)に酔ふたやうに」(譬喩尽)。六 水の中や水の底の泥。七 関所の門内か、不審(現行は茶店の中へ盆などをしまうだけ)。八 見るの縁で、目鏡にかなった恋男。※敵を追う人物が、関所という予知せぬ難関を突破する設定は、明和七年、半二等作の萩大名傾城敵討八にあり(井口)、それが「福川」近くの関であることも、本作の「藤川」の関に通じる。なお歌枕に関の藤川があり、一条兼良の紀行文藤河の記の題名に採られたが、それは美濃の不破の関跡の西を流れる関の藤川(藤古川)で、東海道ならぬ中仙道の今須と関ケ原の間である。このあたり、山中、藤川、赤坂と、東海道三州辺と符合する地名が並び、上方の観客には中仙道の方がよく知られている。作者は古来歌枕で著名な不破の旧関の関の藤川を、近世的な藤川の新関に作り変えたものであろう。九 志津馬は敵の手がかりを知ろうとし、何も知らぬ娘は志津馬の手を引いて。白と知らを掛ける。一〇 現行、太夫・三味線交替。一一 →一五六頁注一。一二 火事装束の時に被る、兜に似た形で、錣で顔の大部分を覆う

「あれへ御出でござります。お旦那にはお先《キ》へお通りなされませ」。「ヲヽ、木[一五]にも茅《かや》にも心置《ク》は世[一六]話人の　志《こゝろざし》無[一七]足《ク》にせぬ我《ガ》心《ン》底《てい》。譬《たとへ》我《レ》を付《ケ》ねらへばとて何《ニ》程の事あらん。見付《ケ》次第に返《リ》討。わいらもちつ共気遣ひすな」と。家来引《キ》連《レ》打[一八]通る。

此海道を住家《すみか》とする蛇《じゃ》の目の眼《がん》八。人《ト》[一九]喰《くい》馬に桜田が。手に入《レ》顔《(がほ)》に先に立《(たち)》。「コリヤ蛇目。今咄した事男と見込《(みこん)》で頼むぞよ。何《ン》[二〇]で有《ラ》ふと見付《ケ》次第に合点《ン》か」。「ヱヽ、親方気遣ひさあんな[二一]。此蛇[二二]の目が見入れたら一《ッ》寸も動《うご》かしやせぬ」。「ハテサテ気味のよいやつ」と。

紙入《レ》より取《リ》出し。金《ン》[二三]子千《ン》疋手に渡《タ》し。「当座の褒美《ほうび》納《メ》て置《(おけ)》さ」。「ヱヽ、忝《(かたじけな)》い。[二四]馬士《うまかた》に千《ン》疋とは。仕[二五]合せよしの此蛇の目。何《ン》で有《ラ》ふと見付《ケ》たら。皆撫《かいなで》にする一《チ》[二六]どつぱ」と。祝《いは》ふ塞《さい》[二七]先《キ》林左衛門。「晩《ン》の泊《マ》りで何《ニ》かの事。しめし合《ハ》さんサア来《こ》い」と。

門《ン》内さして入《リ》[二八]相の。

鐘諸共《もろとも》に関の門《ン》閂《くはんぬき》ぱつしとしむる音。宙《ちう》をかけつて政右衛門。関所の前に立《チ》寄《レ》ば。門戸《もんこ》かためて出入《ル》もならず。「暮《レ》時《キ》でわからねど。うしろ姿は林左衛門に違ひなし。スリヤ股五郎を同道には極《ッ》た。ヱヽ、付《ケ》[二九]込《ン》だ敵を取《リ》[三〇]逃せしか口惜や」と。歯がみをなし

頭巾。 一三「世の中は何か常なる飛鳥川昨日の淵ぞ今日は瀬になる」(古今集・雑下)。 一四 淵、瀬の縁語、沢を掛ける。 一五 草木の動きにも気を配るほど細心の用心をすること。 一六 桜田林左衛門と、沢井城五郎ら昵近衆。 一七 無駄。実際にはそれほどびくびくする必要はないのだ、との虚勢。 一八 流布本殺報転輪記では旗本達が連携して又五郎を保護し、暫く三州片浜に忍ばせ、桜井甚左衛門と同道で安全な九州相良へ落着かせるために相良の領主からも「切手を遣し」てもらう。股五郎の背後に公権力と密着した保護者があると、観客は感じとる。 一九 旅人を困らせる悪質な馬子を、桜田が手なづけた様子で。桜と馬は縁語。 二〇 流布本殺報転輪記で桜井甚左衛門が大坂の男達を饗応し「彼荒木を口論に寄何れも討てたべ」と頼む件りをふまえる。 二一 さしゃるな、の訛り。 二二 蛇が魅入れる、に掛ける。 二三 一疋は銭十文なので、一万文を、金で二両二分(標準の換算率)渡した。流布本殺報転輪記では、桜井は裕福で、供も多勢連れて旅をする。 二四 馬の千疋を連想。 二五 運がよい。駄馬で「仕合吉」と記す腹当をつけたものを仕合馬という。 二六 未詳。 二七 幸先に賽を掛け、政右衛門を仕留めることも、博奕も、うまくいくに違いないと、予祝の言葉をいう。 二八 二人が入る、に掛け、日の入る

て身をもだへ門《ン》内を白眼《にらみ》付《ケ》無念涙にくれ居たる。

「ヲヽそれよ。一志津馬と爰で出合《フ》約束《やくそく》。但し先《キ》へ入《リ》込んだか何《ニ》にもせよ出合《であふ》所は一《ト》筋道。今《ン》夜中に此関越ねば。最早《もはや》敵は手に入《ラ》ぬ」と。行つ戻りつ思案を極め。兼て聞《キ》居る抜《ぬけ》道は髄に竹の林二の中。押《シ》分《ケ》行《ケ》ば山づたひ。探《さぐ》り廻《ハ》りしまつくらがり。

三うろ〳〵眼《まなこ》に介平が是も窺《うかゞ》ふ抜道を。すかし見れば雲つく様な大男。怐《ひつく》り驚き身を忍ぶ。探《さぐ》り当《タ》りし政右衛門。竹藪《やぶ》押《シ》分《ケ》。忍び行。

とつくと見届け介平が。状箱腰にくゝり付。味《うま》い〳〵と抜道の跡を慕《した》ふて。

四〽急ぎ行《ク》。

不敵《キ》成《ル》かな政右衛門天五に一《チ》命投《なげ》打《ツ》て。目ざすもしらぬ真《しん》の闇《やみ》。降来《ふりく》る雪の道踏分《ふみわけ》。裏道づたひ壱丁計《ばかり》行よと見へしが。関所の内に声高く。「忍びの鳴子《なるこ》六の音するは。裏道を越《ヘ》る曲者《くせもの》有《リ》」。と呼はれば。「それ遁《のが》すな」と捕人《とりて》の人数。兼て用意の高七桃灯。人数を配つて取巻しは危《あや》ふかりける。八三重〽次第なり。

政右衛門は事共せず九三角に眼を見開き。「一〇山を食《しよく》する猿松め。皮一一引ぱいでくれんず」と。

ころ。即ち暮六つの鐘。旧暦十一月として五時すぎ。※現行、政右衛門、下手から駆出る。一九 跡をつけて見極めた。三〇 流布本殺報転輪記、吉田で、又右衛門が甚左衛門を「南無三宝取放したる」と無念がるのをふまえた。同書の甚左衛門は三島から又右衛門に同道を強いられて当惑し、「吉田泊りの時夜抜して白須賀より片浜(又五郎の隠れ家)へ逃隠れけり」。

一 流布本殺報転輪記で、甚左衛門を三島で見付けた又右衛門が「兎角忍〳〵に跡先に可付也」と数馬や若党を先に行かせ「泊り〳〵ニて可待也」と約束するのをふまえた。二 関所の周囲には広大な林があり、立入りは厳しく禁じられていた。※現行、「林の中」で、舞台が鳴子の下った雪の竹藪に変るが、文章は全部カットし、助平は出さず、メリヤスの三味線で、政右衛門と捕手の立廻り。最後に「跡を慕うて」と語り、政右衛門は捕手を斬って提灯を奪い、韋駄天で上手小幕に入る。三 真暗がりで政右衛門もうろうろしたが、同じくうろうろ眼で助平が。四 初演時は、ここで舞台が竹藪に変る。五 一命を天に任せ、を強めていう。関所破りは捕えられれば磔。六 田に来る鳥を追うために縄を張り、板に竹の管などをつけたものを下げ、触れると音がするように仕掛けた装

[一二]だんびら引ぬき待かけたり。「それ遁すな」と組子共。一度にかゝる四方[一三]詰《づめ》「[一四]イヤこしやくな」と振ほどき付入《つけいる》所を宙にて切取《きりとり》飛くる[一五]熊手を受流し。切立〳〵《きりたてきりたて》切立《きりたつ》れば。

詞には似ぬ[一六]組子共。跡をも見ずして逃ちつたり。

逃るを追ず政右衛門。「道の案内は此挑灯」と。勝手覚へし[一七]杣道の足跡しるべにしたい行。跡におくれて介平は。道の勝手は方角知らず。うろつく折柄。

取て返す組子共「それ」といふにも[一八]及ばゞこそ[一九]高手小手にくゝり付狼狽《うろたへ》奴《やっこ》と夢にも知らず。組子の頭大音上《だいおんあげ》。「強《がう》敵の曲者を。組子仲間へ生捕たり」と引立。てこそ

〽急ぎ行

置。ここは竹藪に、一見気付かぬように仕掛けてある。七 高張提灯。長い竿の先に木を渡して提灯をつけたもので、犯人逮捕や公用の出張などの際に用いる。八 節付の三重は場面転換でなく、戦闘場面に用いる三重。九 怒りの眼に角を立てて大きく見開き。一〇 山で暮しをたてる山猿同然の間抜け者共。一一 猿なみに皮をはいでやるぞ。一二 刃の幅の広い刀。一三 四方から取巻き詰寄ること。一四 何を生意気な。一五 ここは引き倒すのに使う。一六 組頭の下の雑兵。

※この組子達は関所役人配下の足軽であるが、関所常勤の足軽の数は少なく、ここは非常時に村々から動員される郷足軽(五十嵐富夫『近世関所制度の研究』)であろう。

一七 木こりの通る道。道をよく知っている杣達が歩いた足跡を、提灯の灯で見定めながら行く。関所周辺の林の裏道の通行は関所破りであるが、付近の村人が耕作や山仕事のために通ることは、黙認された。一八 及ばぬほど即時に。一九 後ろ手に、首から手首、ひじにかけて縄で厳重に縛りあげること。

第八　岡崎の段[1]

世の中の苦[2]は色かゆる。松風の音も淋《さび》しき。冬空や霰交りに。降《ふり》積る。軒[3]もまばらの放れ家《が》は。岡崎の宿《しゆく》はづれ。百性ながら一利屈《りくつ》[4] 主《あるじ》は山田幸兵衛と[5]。人も心[6]を奥口《おくくち》[7]の。障子隔《へだて》て女房が績《つむぐ》[8]車の夜職歌《よなべうた》[9]。「いとし[10]殿御を。三河[11]の沢[12]よ。恋の桟《かけはし》。文杜若《かきつばた》[13]。更《ふけ》て忍ばゞ。夜は八つ橋[14]の。水[15]も洩さぬお手枕」鄙《ひな》[16]も。都も小娘の。誰教《たが》へねど恋草を。見《み》初惚初《そめほれそめ》打付《うちつ》[17]ヶに。雪の夜道の気[18]さんじは互に手先折添る傘の志津馬[19]にもつれ合ふ。じや[20]らくら咄《ばな》しいつの間に。戻るお袖が。我家の戸口。

「ヲヽしんき[21]。いつもは遠ふ覚へたに。意地悪ふ今夜の早さ。まだ咄しが残《のこつ》て有《ある》。跡へ戻て下さんせぬか」。「去迚《さりとて》は訳[22]もない。日は暮る草臥足《くたびれ》。跡へも前へも雪[23]の段。鉢[24]の木の焼火《たきび》より。暖《あたゝか》なそもじの肌で暖《ぬく》めて貰ふが御馳走早ふお宿を御[25]無心」と。ぢやれた詞にどふいふて。よいか。悪いか白歯[26]の娘。声聞付て「誰レじや〳〵」。「アイ〳〵かゝ様わ

時　前段の続き
所　岡崎宿はずれ、山田幸兵衛住家

一 初演、竹本関太夫(九八頁八行目まで)。
二 どこにいても、誰にも相応の苦労はあるの意。「苦は色替へる松風の音」(譬喩尽)。
三 家並みもまばらで軒の屋根も隙間がちに粗末な。
四 一理屈。一家言ある。あるじと有るを掛ける。
五 本作で創作の人物。↓九五頁※。
六 一目置いて遠慮する意の心を置く、と家の奥の間を掛ける。
七 奥の間(九八頁八行目によればあいの間)と障子を隔てた口の間で。
八 綿や繭から繊維を引き出し、よりをかけて糸にする糸繰り車。
九 夜なべ仕事に歌う労働歌。「やしょくうた」と語る人もある。
※岡崎は三河木綿の産地で女の手仕事に木綿が織られた。
一〇 安永四年の軍術出口柳七に「わしが思ひは三河の沢よ。恋の濡文杜若」の歌あり。
一一 見るに掛ける。
一二 三河、沢、桟と縁語。
一三 文を書く、に掛ける。
一四 三河の八つ橋(愛知県知立市八橋町)は伊勢物語九で名高い杜若の名所。夜の八つ(旧暦十一月冬至頃として午前二時頃)に掛ける。
一五 男女の親密な仲をた

たしじやはいな」。「ヲ、お袖とした事が。此寒いのに何して居やる。戻りが遅《おそ》さに待兼た。早ふ這入《はいり》や」と地ハル母親の。詞を塩ウに二七色内へ入《いり》。二八詞「とふ帰らふと思ふたけれど道連のお方が有て。それで思はず夜に入ました」。「ム、道連レのお方とは」。「アイ行暮した旅のお方それは〳〵きつい御難義。今宵一夜はこちの内に留て上て下さんせ。二九申《まうし》苦しうござりませぬこつちへお這入遊ばせ」。と地ハル呼《よば》れて志津馬は中おづ〳〵と。小腰ハルかゞめて「御《ご》色赦されませ三〇詞独《ひとり》旅の浪人者。日はくれる足は損《そこな》ふ詮方《せんかた》尽《つき》て此お頼。近頃三一わりない事ながら。一夜のお宿を御無心ッ」と地ウいふも心に三二ニ荷物ッの葛籠《つゞら》。お袖は三三ノル見るより「申《まうし》中か〵様と〵詞様の旅葛籠あそこに戻つて有からは」。「ヲ、親仁殿もけふ暮前帰らしやつた旅草臥《たびくたびれ》で寝てじやはいの」。「ヱ、遅《おそ》ふても大事ないに地ハル早い事や」と其跡は。三四云ぬ色目を見て取ル母。詞「日頃から二親がちよつと出ても。戻りを案ンじる孝行なそなた。どふやら不興な顔持チは。かたい爺御《てゝご》の気質故折角お宿を借《かし》ませふとお供仕やつた道連様へ。約束が違《ちがは》ふかと三五案じ過《すごし》ての事で有ふ。譬《たとへ》爺御は得心でも。此母が不得心なぜといや。今でこそ茶店の娘。去年ン迄は鎌倉のお屋敷方《がた》へ妼《こしもと》奉公。御主人様のお差図で。去ル武家方へ末〳〵《すゑずゑ》は縁に

とえていう。川の水が八つの橋のいずれかの下に納まって、外へ洩れない意と掛ける。一六 ひなびた歌から、田舎も、と続く。一七 直接に。思いきって恋心を相手に明かす時にいう。一八 気散じ。気楽さ。一九 しずくに掛ける。二〇 痴話に時の移るのも忘れて。二一 辛気。じれったい。気詰りな。二二 無理なことをいう。二三 行き、に掛け、行かれるものではない。

※能の鉢の木を脚色した浄瑠璃・北条時頼記(享保十一年、豊竹座)五「雪の段」をふまえていう。二四 能及び浄瑠璃で愛蔵の鉢植えの木で焚火をして、客僧をもてなす。二五 あなたのお家に泊るお願いをしたい。二六 まだお歯黒をつけていない未婚の娘と、知らず、を掛ける。遊蕩児の志津馬の言葉に、うぶな娘心で当惑。二七 潮。きっかけ。二八 疾う。早く。二九 母の手前、行きずりの旅人として改まった言葉遣いでいう。三〇 岡崎は宿場であるが、一人旅は旅籠屋に泊りにくい。→一〇七頁注一二。三一 甚だ無理な。三二 心に一物(下心がある)から二物、荷物と連想。三三 文字譜「ハル」とあるべきか。三四 口に出して言わぬが、顔の表情に表われるのを。云、色、と韻をふむ。三五 現行は「案じすぎ」。

付《つけ》ふと堅《かた》い約束其云号《いひなづけ》の夫を嫌ひ。[一]無理隙《むりひま》貰ふて親の内へ戻つて間もなふみだらが有ては。以前のお主《しゆう》計《ばかり》じやない。顔はしらねど約束仕《し》た聟殿へ。どの顔さげて云《イ》訳《ケ》せふ。サア斯《かう》いふはいふ物のそなたに限《かぎ》り。そふした事は有《ル》まいけれど。[二]時分《ン》の来た若《カ》い娘の有《ル》内へ若い男。一《チ》夜は愚《おろか》半《ン》時《キ》でも。ひとつ所《どころ》に寝伏《ねふし》せば戸は立《テ》られぬ人《ト》の口。其上連《レ》合《イ》幸兵衛殿。[三]国《ク》守《しゆ》よりのお目がねにて。新《ン》関の[四]下《した》役《ク》を勤《メ》さつしやる今の身分《ン》。常の百性とは違ふて。物事を正《たゞ》しうするも役《ク》柄《がら》故。必《かならず》[五]悪《ル》ふ聞《ケ》やんなや」と。いはれて何《ン》と返《ン》事さ[ハル][六]へ。お袖が異見《ゐけん》の[七]相伴《しやうばん》に。志津馬も[八]手持《チ》[中][九]投《なげ》首を。[フシカヽリウ]見る[一〇]気の毒さ母親も。[ウ][一一]さのみはいかゞと何《ニ》[色]気なふ。[詞]「此様《フ》に異見《ゐけん》するも転《ころ》ばぬ先《キ》の。杖《つへ》とやら。イヤ申《まうし》御浪人《ン》様。[一二]お心にさへられて下《ダ》さりますな。[一三]泊《とめ》ます事はならずと[地ウ]もせめてお茶なと入《レ》[ハル][一四]花《ばな》を。[ウ]一つ上《あげ》ふ」と[一五]尻軽《しりがる》に勝《ツ》[フシハル]手へ行間《ゆくま》待《チ》兼て。[ウ]娘はおづ〳〵志津馬が傍《そば》。[詞]「誰《レ》も来《こ》ぬ間に云《イ》残《コ》した。咄しの残りを[一六]納戸で」と。取《ル》[地ハル]手をすげなく[色]振放《ふりはな》し。[詞]「見る影もない旅の者に。関所での情といひ。道すがらもあた[一七]嬉しい。詞を誠と思ひの[一八]外。云《い》号《なづけ》が有《ル》からは。主《シ》有《ル》花に[一九]落花狼藉《らつくはらうぜき》。密夫《まおとこ》なぞと[二〇]重《ネ》て

一 自分の都合で強引に暇を取って。※お袖の武家奉公と縁付きの約束は主人と父親が相談の上決めたことである(九七頁一行目)が、お袖は、別に恋人がある訳でもないのに、主人や親の意志に反し、奉公を罷めて実家に戻っている。自己主張の強い娘が描かれるのも、半二の作風の一端。
二 適齢期。
三 天明当時、岡崎の城主は本多氏。
四 百姓身分でありながら、領主の特別の計らいにより、関所の下役人を勤める。
五 素直に聞きなさい。聞いて気を悪くしたり、ひがんだりしてはいけない。「ききゃんな」と発音。
六 ない、を略す。
七 母のお袖への意見を一緒に聞かされ、一緒に意見される形になって志津馬も。
八 手持ち無くに掛ける。手持ち無沙汰に。
九 思案にくれて首を前に傾けるさま。
一〇 心苦しさ。現在の気の毒に近い。
一一 そう、やかましく言うばかりでもよくないと。
一二 お気に障ったかも知れないが、気を悪くなさらないで下さい。
一三 お泊め申す。
一四 入れたての香りのよいのを。
一五 気軽く立って。
一六 調度や衣服などをしまう奥まった所にある小部屋。家族の居間、寝室にも用いる。※「岡崎の段」の端場を、「相合傘」と呼び、現行では「勝手へ」までが「口」、以下が「次」で、かなり上位の太夫が語る。
一七 いまいましい思いを表わす間投

置《ィ》て。モウ[二一]四つに間も有《ル》まい。[二二]夜の更《ふけ》ぬ中《チ》宿取《ッ》て。寝て[二三]花やろ」と立《チ》上《ガ》る。袂《たもと》にすがり「コレ申《シ》。[二四]有《ッ》て過《ギ》たる縁定め。今更《さら》とやかうかゝ様の。今の詞がお心にさはつて私へ当《テ》言《(こ)》《ト》を。無理とはさら〳〵。思はねど。恥かしながらけふ迄も。殿御に惚《ほれ》たといふ事は知《ラ》ぬ[二五]あどない[二六]ふつゝかかな。[二七]在所育《そだち》の此身でも結《むす》ぶの神の御利生で。お顔見るから思ひ初《メ》。どふぞ女夫《めをと》に成《リ》たいと胸は[二八]しがらむ[二九]白川の関は越《こへ》てもこへかぬる。[三〇]恋の峠《とうげ》の新枕《にゐまくら》。かはさぬ中《(うち)》に胴欲《どふよく》な。つれない事をいふ手間でつい。可愛《かはいひ》と一《ト》口に。云《ハ》れぬかいな」とすがり寄《リ》[三一]しども。涙のかこち云《ごと》。

岩木ならねば遉《さすが》にも。振《リ》捨《テ》がたき恋の蹄《わな》。[三二]かゝる折《リ》から門《ド》口へ。いきせき[三三]来かゝる

蛇《じや》の目の眼《がん》八。

お袖は目早く一《ト》間の内。無理に志津馬を忍ばせて何《ニ》気ない顔。入《リ》口から差覗《さしのぞ》いて。

「ヤ味《うま》いぞ〳〵。毛虫《けむし》の親仁や[三四]母者《(はじや)》は居ず。お娘《(むす)》一《ト》人《り》は[三五]ない図《づ》な首尾《しゆび》」と這《は》入《ル》やいなや後《うしろ》から。帯際《おびぎわ》[三六]ほふど引《ン》だかへ。「常から[三七]目顔《(めかほ)》で知らしても[三八]ぴんしやん〳〵駻《はね》廻る。馬よりおれが[三九]太鼓《たいこ》のぶち。立《テ》場《ば》で[四〇]騲駅《ぞうやく》見付《ケ》た様《ッ》に。[四一]さんばい仕《し》兼て居るはいの。いや

詞。あなたの嬉しい言葉を、愚かにも真実と思っていたが。一八 思いがけもない婚約者の話を聞いて。一九 夫が定まっている女性を我がものにすることを、主ある花を盗み折る狼藉にたとえる。二〇 不義密通の現場で、夫が妻と相手の男を一刀両断にする、重ねて置いて四つ、に時刻の四つを掛ける。二一 旧暦十一月頃の夜四つは、九時半頃。二二 旅籠は五つ以前でなければ泊めない(『近世交通史料集・幕府法令』)。二三 楽しもう。二四 過去のことにすぎない。二五 幼稚な。二六 不束。不調法な。二七 田舎育ちの私のような者でも。※花やかな場面の少ないこの作品で、初々しい娘のくどきが際立つ。現行、端場ではあるが派手な節付け。二八 恋の思いにからまれる。二九 福島県白河市旗宿にあったと伝えられる関所。歌枕。しが、白川と頭韻。三〇 恋にのぼりつめた思いをたとえていう。「立チ寄リながら越エかぬる。恋の峠の敷居高く」(新版歌祭文・上)。越、こへ、恋と頭韻。三一 しどない(とりとめない、無性に、の意)に涙を掛ける。三二 罠にかかる(志津馬がお袖に引きとめられる)と掛ける。三三 現行、馬子の拍子づいた三味線で眼八登場。三四 読みは現行による。三五 類のない。三六 ほうど。勢いよく抱きつくさま。三七 目つき。三八 女性がくどく男を拒絶する(振る)さまを馬が

おふなしにちよこ〳〵と孳《つるん》でおくれ」とフシしなだるれば。
詞「ヱ、穢《きた》ないうるさいいやらしい」と。地ハル突《キ》付《ケ》られても色押強《おしつよ》く。詞「誰《レ》でも初《(はじめ)》てはいや〳〵と口では云《フ》が。一がさ汁《じる》と色事は。味覚《あぢ》へてから止《やめ》られる物じやないて。それ共いやならおれも意地じや。今《ン》夜藤川の関所を破《やぶ》つて。忍び道を通《ッ》たやつ。召《シ》捕《とら》よふと岡崎中は上を下へと詮《ン》義のどう二中《(なか)》。三胡盞《うさん》なやつとの相合傘。ちらりとつないだ四此眼八。五灰汁《あく》で洗《あら》ふた蛇の目が詮《ン》義。六ほへ頬《づら》かゝしてこまそふ」とかけ地ウ入向《(いる)》ふへ立《チ》ふさがる。ハルお袖を突《キ》退《ケ》立《テ》切《リ》し。ウ障子引《キ》明《ケ》見て中恟《(びつく)》り。「ウこりや違ふた」と狼狽眼《うろたへまなこ》。かけ出す蛇の目が七利腕捻上《きゝうでねぢあ》《ゲ》。ハル立《チ》出《(いづ)》る主《ジ》の色幸兵衛。詞「百性なれど新《ン》関の下役をも相勤る。身共が居間へ。八泥脚《どろずね》を切《リ》込《(こむ)》狼藉《らうぜき》やつ了簡ならぬ所なれど。九所存《ン》有《ル》故赦《ゆる》してくれる。此以後《いご》きつと嗜《たしなみ》おらふ」と。地中投《なげ》付《ケ》らるゝと思ひの外。ハル突《キ》放したる一〇手強《づよ》さに。中底気《そこ》味悪《ル》くうぢ〳〵もぢ〳〵見るにウお袖が嬉しさと。ハルいとしい人の納りをウ心一つにとやかくと案《ン》じ弥増《いやます》思ひなり。地色ウ弱みを見せぬ悪《ル》者根《ン》性。一一ハルおいへにべつたり一二色上股《(あげま)》打《チ》。詞「役《ク》目〳〵と一三云《(いは)》はるが。其大切《ッ》な関所をぬけた。科人《とが》《ン》を吟味《ぎんみ》する最中《さい》《ゥ》に。爰の娘が連《レ》て戻《ッ》た旅

はねるのにたとえる。三九 馬の皮で作る太鼓を連想し、ぶち(ばち)で男根を暗示。四〇 雑役馬。駿足でないため、荷運びなどに用いる雌馬。ここは馬が集まる立場で、雄馬が雌馬を見付けた様に。四一 差配の転で、とり扱い。とり扱いかねる。自制しかねる。

一 すっぽん汁。二 まっ最中。三 胡散の宛字。四 この目でつきとめておいた。五 灰汁をこした液(あく)で洗うと汚れが落ちて文様がはっきり出る意から、はっきりよく見える自分の目で。六 泣き面をさせてやろう。七 右腕。
※岡崎は本多中務大輔五万石の城下町で東海道有数の宿場町。藤川へ一里半、池鯉鮒へ三里三十丁。二十七曲りと言われる程、東海道は曲りくねって町並みを貫く。なお岡崎城は徳川家康出生の地で知られる。
八 土足で踏み込む。九 考えるところがあるので。一〇 幸兵衛は穏便に手を放したのだが、眼八はその胆力に押されて。一一 土間に対する座敷。一二 片方の足を他方の足の上に乗せて胡坐をかき。一三 読みは現行による。一四 言語に絶した不届きのありたけ。一五 江戸へ通行する、の意。通行は「つうぎょう」と読むか。一六 馬方風情が役人のように詮議に口を出す許可を誰が与えたか。一七 長居すれば、を罵っていう。

の侍。引ッ込で置キながら。詮ッ義する此眼八。なぜしめ上ゲて手ごめにしたのじや」。「ム、娘が連レ立《(だち)》帰つたとは。其侍は何国《いづく》に居る」。「ヤア慥《(たしか)》さつきに爰の内へ」。「だまりおらふ。お袖にうつぽれ最前より一四法外ィの有条《(あるでう)》。承引《せういん》せぬ故無法の当テ推《ずい》。よし又。其侍とやら此内へ来たにもせよさ。一五鎌倉通行《かまくらつうきよ》の東海道《かいだう》。数限りなき旅人《(りよじん)》の往来。是ぞと云べき証拠《しやうこ》もなく。侍とさへ云《(いは)》ば。悉《ことごとく》引ッとらへ関破りと云べきか。勿論《もちろん》儕レは当所の馬追《おい》。一六誰ガ赦《ゆる》しての詮義呼《よば》はり。一七長居ひろがばくゝし一八上《(あげ)》。一九御地頭へ引ッ立ふか。何と〳〵」ときめ付《(つけ)》られ。「ア、申《(まうし)》〳〵お気の短《みじか》ひ。商売《しやうばい》が馬士《うまかた》だけ。二〇豆《まめ》から発《おこつ》たいざこざで。親仁様の寝所《(ねどころ)》迄。二一踏《ふみ》馬御免ッ」とへらず口。跡をも見ずして逃帰れば。

跡見送りて落《おち》付ク娘。忍ぶ二二志津馬も一ト間を立出《(たちいで)》。「覚なき身に関破りと。今の二三奇難《きなん》を免《まぬか》れしは。御亭主《ていしゆ》の御厚《ごかう》志故。忝《(かたじけ)》なし」と手をつかへ礼の詞に「ヤ是は〳〵痛《いたみ》入ル。先《(まづ)》〳〵お手を上られいサ、二四ひらに〳〵。承れば御浪《らう》人ンとな定メて仕官《くはん》のお望ミで上方タへござるのかい」。「イヤ〳〵様子有ッて世を忍ぶ独《ひとり》旅。則《(すなはち)》当所岡崎にて。山田幸兵衛殿方タへ密《ひそか》に参る浪人者」と聞て不審《しん》の眉《まゆ》に皺《しは》「其山田幸兵衛とは身共が事。シテ其元は何方《いづ》タ

一八 縛り上げ。一九 地頭は幕府や藩主からその知行所を宛行われている旗本や上級藩士をいうが、漠然と領主または領主の代官の意にも用いる。ここは後者。二〇 馬の食う豆と女陰の意を掛ける。二一 馬士が馬を引きながら、通行人に道をよけてもらうために言う言葉。ここは御寝所にまで踏みこんで御免、の意。
※日頃、旅人をおどして酒手をねだっている悪質な馬士の眼八は、御地頭へ引立てる、と開き直られると、あわてる。それにしても、幸兵衛は、身分は百姓というが、この眼八への言葉遣い等、とても百姓にはみえない。以後も終始、武士の言葉遣いである。
二二 忍ぶ、と頭韻。二三 危難。
二四 是非とも。どうぞ。
※萩大名傾城敵討九で敵を追って関破りをした松谷関之助は川崎の在はずれの家の女主人に匿われ、山田善蔵と偽名を名乗る。女主人は器量を見込んで、敵持ちの夫の助太刀を頼むが、関之助はその夫こそ尋ねる敵と知って即座に承知する。半二は自身の旧作から、本作の志津馬・政右衛門・幸兵衛の設定や姓(山田)を導き出しながら、劇を全く別の形に展開させていく。

から」。「ム、スリヤ貴殿《ン》が幸兵衛殿とな。拙者は鎌倉の昵近《ちつきん》武士。沢井城五郎殿に縁有《ル》者。委細《地ウ いさい》は是に」と藤川にて。手《ハル》に入《ル》一《ッ》通《中》手に渡せば。封《ウ》押《シ》切《ッ》て老眼《らうがん》に一つぶ〳〵読《よむ》も口の内。様《フ》子知ねば気遣《ハル》ふお袖。幸《ウ》兵衛《ニ》とく〳〵読終《色 よみおは》り。「ム、某が性根を見込《ミ》。和田行家を討《ッ》て立《チ》退《(の)〔ク〕》。沢井股五郎が力と成《ッ》てくれよと有《ル》。お頼の書面《ン》の趣《おもむき》。先《キ》達《ッ》て鎌倉の三様子承はりし砌《みぎり》より。待《チ》に待《ッ》たる此お頼。慥に承知《しやうち》仕《ッ》た。遠途《とうど》の所御太義〳〵。此使を勤らるゝ其元は。城五郎殿の御家来か」と。尋《地ウ》る詞は敵の手筋是幸《〔ハ〕ル(これさいはひ)》と気《(きしよ)》色《色 ク》を正《たゞ》し。「詞ハア幸兵衛殿の御懇切《ごこんせつ》。承る上からは何をか隠さん某こそ。刀の遺恨《ゐこん》止《ム》事を得ず和田行家を手にかけし。四沢井股五郎と申《(まうす)》者さ」。「ア御自分《じ ン》が股五郎殿か」。「いかにも左様。鎌倉出《ッ》立《ッ》致せし折は。沢井殿より附《ケ》人も数多《あまた》有《レ》共《(ども)》。人《ト》目立《ッ》もいかゞと存じ。別れ〳〵に五罷登《(まかりのぼ)》る。城五郎殿には前《まへ》もつて御懇意《こんゐ》の幸兵衛殿。何とぞ御助《ぢよ》力《りき》下さらば。此上もなき拙者が悦び」。「ム、さすれば貴殿が股五郎殿か。是は〳〵存寄《ラ》ぬ。是迄互に六御意得ねば双方共に知《ラ》ぬ同士《(どし)》コリヤ〳〵娘云《イ》号《なづけ》の聟殿じゃはやい」。「ヱ、そんなら私が鎌倉へ御奉公の其中《(そのうち)》に」。「ヲ、サ城五郎殿のお勧《すゝめ》故。其方を遣はさふと面《めん》

一口の中でぶつぶつと。二 とくと（とっくりと）の意か。三 沢井股五郎が和田行家を討ち、大名と昵近衆の間で一騒動持ち上った噂を伝え聞き。敵討は武家社会の晴れ舞台で、討つ方は勿論、討たれる方にも相応の意地や面目がかかっているので、武士の心意気を持つ幸兵衛は、縁を幸いに、股五郎のために一肌脱ぎたいと考えていた。

※現行、舞台は常の如く上手に障子屋体、正面暖簾口の侘住居だが、暖簾口下手に吊刀掛があり十手を掛け、屋根付引戸の堅牢な木戸口を据える。屋根、軒、家の下手の竹藪、垣根にも雪が積っている。

四 乗掛合羽・長町で、政右衛門が股五郎と同所に泊り合わせ、股五郎を尋ねてきた野守之助家来に、股五郎と偽って情報を聞き出す局面から着想を得た。五 上方へ向かう。六 お目にかからぬので。七 気に障らせる、不快に思う、意。八 この十字挿入句。直接股五郎と会って話をした訳ではないが。なお志津馬が股五郎の許嫁お袖と深い仲になる筋立ては乗掛合羽で股五郎が志津摩の許嫁お袖に横恋慕する筋の作り替え。九 思いのたけを恥じらいから十分に言うことができず袖に包むようにして、の意と掛ける。一〇 顔氏家訓・省事に「窮鳥入レ懐、仁人所レ憫」によるが、多くは「究鳥懐に入ル時は猟人も是を取ラず」(神霊矢口渡三)等

談《だん》には及ばねど。約束《やくそく》致した花聟殿。よふこそ尋ねて下された」と。悦ぶ声の洩《もれ》聞へ。母も立出《たちいで》。「ヤレ〳〵思ひがけない。こな様が聟殿で有《ッ》たかいのふ。したが気[七]にはさへて下されな。云号は有《リ》ながら。股五郎[八]と云名を嫌《きら》ふて。今迄娘が不得心。それ故疎《そ》遠《ゑん》に打過《すぎ》ました。聞たと違ふてヲ、よい男。此様な聟殿でも。そなたはやつぱりいやかいのふ」。「ヲ、勿躰《もつたい》ない事云《いは》しやんす。云号の殿御じやと。今の今迄しらいでさへ。添《そひ》たふてならぬ物。縁は切《きれ》てもお主《しゆう》のお差図《さしづ》。とゝ様やかゝ様のお赦しの出た股五郎様。わたしが何の嫌ひましよ。二世も三世も替らぬ夫《ト》。もふ〳〵是からどつちへも。やります事じやござんせぬ。いつ迄も爰に居て。可愛がつて下さんせ」と。心に思ふ有《リ》たけは云《いは》で思ひを押《シ》包《つつむ》[九]お袖が。嬉しさ二親も倶《とも》にほた〳〵悦び顔。思ひがけなき云号の。噂《うはさ》に志津馬は「成程〳〵。上杉に仕官の中《うち》。城五郎殿お差図にて。顔はしらねど云号のお袖殿で有たよな。一《ト》方《タ》ならぬ股五郎が一世の大事に及ぶ時節《じせつ》。御かくまひ下さらば。生ゝ世ゝの御厚恩《かうをん》」とわざと其身をへり下り。詞を。尽し。頼むにぞ。「イヤモ何が扨《さて》〳〵《(なにがさて)》狩人《かりうど》すら。懐《ふところ》[一〇]に逃入《にげいる》鳥《リ》は助《ク》るならひ。まして聟殿違背《いはい》[一一]はな

の形で用いられる。二 かくまう、という一言を違えることはない。

一 祝言、即ち嫁入りの式の後、聟がはじめて舅の家を訪れる儀式が聟入り、舅が聟の家に行ってもてなされる儀式が舅入り、その三つを、一緒くたにして。ごっちゃ煮に掛ける。二 ご馳走といってもいろいろの具をごった煮にした田舎料理と。三 細かくむしり取った魚肉。四 舟盛(→四五頁注二一)の海老を鮒のむしり身のなますなどで代用。→付録四五八頁下一〇行目。五 処女であること。六 老女は無心に笑い、幸兵衛はやや複雑な胸中を垣間見せる笑い方。七 その年はじめてとれた(出回った)ものを食べると七十五日生き延びるという。「初物喰へば七十五日生延ばゝる」(譬喩尽)。八 よい知らせ、さいさきがよい。九 お袖の白い顔が赤らむのを、祝言の当夜(古くは三日後)、嫁が白無垢から聟より贈られた色物の小袖に着替える色直しに見立てた。一〇 志津馬は表は打ちとけてみせても。一一 守り刀を肌身離さず、常に心を許さず。一二 心中では寝刃を合わせて。合わせると間(あい。相は宛字)の間(ま)を掛ける。寝刃は、平素、切れ味を鈍らせてある刃の状態。斬り合いに臨む前に、寝刃を研ぎ、切れるようにするのを、寝刃を合わせるという。

※志津馬「ねた刃を」で大刀を持直し、

い。年こそ寄ッたれ幸兵衛が。命にかけてかくまふからは。志津馬づれが付ねらふ共何程の事かあらん。去リながら爰は端近《はしぢか》。幸《（さいはひ）》奥に別家《べつや》も有レば。心置キなく打チくつろいで。ソレ女房娘希《まれ》の珍客《ちんきやく》何はなくと盃《さかづき》の用意を仕《し》やれ」。「アイヤ〳〵《（イサ）》其お心遣ひ返つて迷惑《めいわく》」。「ハテ聟殿の他人ンがましい[一]舅入《しうと》リやら聟入やら祝言ンもごつちや[二]煎《に》の在所料理《れふり》。[三]みしり肴《ざかな》の[四]舟盛《（ふな）もり》より外に馳走《ちそう》は。[五]手入ラずの娘のお袖が初物《はつ》一ッ種《しゆ》で。[六]ホ、、、」「ハ、、、、いか様祖母《ばゞ》の云やる通り。敵キ持チの聟殿に[七]七十五日生キ延ビるとは。是も[八]吉左右《きつさう》目出たい〳〵。ドレ〳〵案ン内致タさふ」とおどけまじりに先キに立ッ。親の手前を恥らいて赤《あか》らむ顔の[九]色直《なを》し[一〇]解《とけ》て。見せても下タ心。赦《ゆる》さぬ志津馬が[一一]肌《はだ》刀。胸に[一二]ねた刃《ば》を。相《（あひ）》の間《（ま）》の襖《ふすま》

[一三]〽引キ立テ入リにける。

既《すで》に其夜も。しん〳〵と遠山寺《（とをやまでら）》に。告《つげ》渡タる。早[一四]九つのかねてより。内の案内《（あない）》は知ッたる眼八。裏から忍んで[一五]納ン戸口。思はず躓《つまづく》明キがらの。[一六]駄荷《だに》の葛籠《つゞら》を幸《（さいはひ）》とあたふた[一七]押シ明ケ忍び込ミ。鼻息《はないき》もせず窺《うかゞ》ひ居る。

斯《かく》とは人も[一八]白ラ雪の。道もいとはぬ政右衛門。心も[一九]関の忍び道遁《のが》れて。急ぐ跡よりも。

四人とも上手障子屋体へ入る。
一三 初演、竹本住太夫。※現行、木戸口を屋体と並行に置きかえる。
一四 九つ(冬至頃なら午前零時少し前)の鐘と予てから、を掛ける。
一五 納戸に通ずる口から現れる。現行、眼八下手から家の裏へ廻り、正面の暖簾口から出る。
一六 馬に負わせる荷物。幸兵衛が旅先から駄荷で持ち帰った葛籠。現行、眼八、暖簾口近くに置かれた葛籠に忍び入る。
一七 急いでの意と蓋を明けを掛ける。
一八 知らず(眼八が忍び入ったことを家内の者は知らない)に掛ける。※難曲「岡崎」切場のマクラ。「しんしんとした雪の夜の気分を語る」(『山城少掾聞書』)。住太夫風の鋭く言い切る語り口が、西風の沈痛な音遣いとあいまって、息詰まる緊迫感をもり上げる。
一九 心が急く、と関所を掛ける。※現行、豊島(てしま)ござに身を包んだ政右衛門、下手小幕から登場。「の、が、れ、て、いそぐ」までが政右衛門の地合で、雪を踏んで道を急いでくる足取の間(ま)」(同右)。
二〇 足跡をしるべに跡をつけてくる。
二一 大小の刀。現行、政右衛門、大小をござに包み二の手上手よりに足で雪を掘って埋める。
二二 縄にかかれ、の意。
二三 苦、首と頭韻。
二四 左右に振って、胴のくびれたところを狙って蹴飛ばし、起こしもた

数多《あまた》の捕人《とりて》が見へ隠れ。[二〇]したふ足跡気転《きてん》の唐木。[二一]両腰《(りやうごし)》そつと道端《ばた》の雪掻集《かきあつ》め押シ隠す透《すき》もあらせずばら〱〱。[二二]「腕《うで》を廻ハせ」と追ッ取リ巻《まく》。「ヤア子細《しさい》もいはず理《り》不尽《じん》に。縄《なわ》かゝるべき覚へはない」。と云ハせも果《はて》ず双方より。「捕ッた」とかゝるを引ッはづし苦《く》[二三]もなく首筋一ト摑《つか》み。[二四]一ト振リふつて右左リ。弱腰蹴《よはごしけ》すへて猧投《ゑのころなげ》。透間《すきま》を「得《ゑ》[二五]たり」と二番ン手が腕《かいな》がらみを振《ふり》ほどき。ほぐれを取ッて真逆様《まつさか》マ。[二六]頭転胴骨《づでんどうぼね》雪道に打チ付ケられて叶はじと。入リ替つたる三ン番ン手。打〔チ〕込ム十ッ[二七]ていかいくゞり脾腹《ひばら》をてうど真《しん》[二八]の当《あて》。[二九]励《はげ》しき手練《しゆれん》にさしもの組ミ子。[三〇]さうなくも寄リ付カず跡じさ。りする計リ也。見兼《かね》てかけ寄ル捕リ手の小頭。[三一]「ヤア上意《ゐ》によつて向カひし我レゝ。手むかいなすは関破《やぶ》りの。浪《らう》人ン者に相違《さうい》はない。腕《うで》を廻ハせ」と詰《つめ》かくれば。「ヤレ麁忽《そこつ》也お役ク人ン急《きう》用有ッて此ごとく夜道を急《いそ》ぐ旅《たび》の者。丸腰《まるごし》の某《それがし》を。関所を破《やぶ》りし浪人ンとは。身に取ッて覚へぬ難題《なんだい》。外カを御《ど》詮義《せんぎ》なされよ」とちつ共恐《おそ》れぬ。丈夫《じやう〔ぶ〕》の振舞《ふるまひ》。始終《しじう》を見届ケ幸兵衛は戸口をかけ出《(い)》デ[三二]押シ隔《へだて》。「憚りながらお役人ンへ申シ上グる。関破りの御詮ン義半《なかば》。深夜《しんや》に一ト人《り》歩行《ほこう》の旅人《(りよじん)》。御疑《うたが》ひは御尤《(もつとも)》。併《しかし》此者は鎌倉《かまくら》[三三]飛脚。子細《しさい》有ッて

てず、小犬を投げるように遥かに投げ。二五 相手を投げた跡の一瞬のすきに、「しめた」とつけこむ二番手の捕手が、腕を搦めつけようとするのを振りほどいて、相手の体勢が崩れるところを取って真逆様に、ずでんどうと投げ。二六 投げたり転んだりするさまの擬態語ズデンドウに、胴骨を掛ける。二七 十手。二八 →三三頁注二三。二九 激の宛字。三〇 無造作には。

※太夫、三味線の激しいイキ。「跡じさっりする」等は初演以来の口調。

三一 この組子達は、岡崎藩に当る大名領国の足軽であろう。小頭は藩士のようである。三二 底本「出テ」。読みは現行による。三三 鎌倉の武家方の用を勤める飛脚。流布本殺報転輪記で関の宿で桜井甚左衛門一行と同じ宿に泊った荒木又右衛門らのことを、亭主が「四人の飛脚衆」と桜井に話すのを踏まえた脚色か。なお現行の政右衛門は前段以来、胸当てをつけた飛脚の服装。

一 活を入れて息を吹き返させる術。二 皮肉な。幸兵衛の言葉が丁寧なだけ、かえって、「百姓」身分の幸兵衛や「町人」の政右衛門に散々に痛めつけられる捕手達のだらしなさが際立つ。現行、「気の付く」と張って語り、気のついた捕手が夢中で同士討しかかるぶざまさに、小頭が幸兵衛の手前、苦々しい表情をするのが、初演

此幸兵衛よく存じ罷《リ》有《レ》ば。慮外《りよぐわい》の段は御用捨《ごようしや》有《リ》。無難《ぶなん》にお通《とを》し下《ダ》さらば有《リ》がたき仕合」と。かばふ詞に政右衛門。「ムヽウさいふこなたは何《ン》人《ト》」と。いふを打《チ》消《けし》「イヤサコリヤ。身に覚へないにもせよ。お役《ク》人《ン》に慮外の手向《むか》ひ。アヽ不届至極《とゞきしごく》」と呵《しか》り付《ケ》しづ〳〵と歩《あゆ》み寄《リ》。倒《たを》れ伏《ふし》たる組《ミ》子共。引《キ》起《おこ》して死活《しくはつ》のいけ。「いづれもお心慥《たしか》にござるか。お役目御苦労千《ン》万《ン》」と苦《にが》い挨拶《あいさつ》気の付《ク》。捕人《(とりて)》。幸兵衛猶も威義《ゐぎ》を正《たゞ》し。「承はれば関所を破《やぶ》りし科《とが》人《ン》は帯刀《たいとう》の浪《らう》人《ン》者。彼《かれ》は町人《ン》此丸腰。憚《はゞか》りながら人《ト》違へ。かやうな義に隙取《ひまどる》中《チ》。彼曲者《かのくせ》を取《リ》逃《にが》さば詮《せん》なき事。早《(はや)》〳〵お手当《テ》なされよ」と。云《ハ》れて実《げに》もと捕《リ》人《(て)》の小頭。「ムウ其方が存《ン》ぜしと申《ス》詞に相違も有《ル》まい。是よりは山手へかゝり。彼《かの》曲者を詮《ン》義せん家来。参れ」と引《キ》連《レ》て元来《もとき》し道へ引返す。影見送つて政右衛門。「ハヽア危《あよ》ふき場《ば》所を遁《のが》れしも全《まつたく》貴公の御厚志《ごかうし》故。ガお礼は重ねて。心もせけば失礼《しつれい》ながらお暇《いとま》申《ス》」と。立《チ》上《ガ》るを「暫《しば》し」ととゞめ。「昨《ク》今《ン》なれど折《リ》入《ッ》てお尋ね申《ス》子細もあれば。見苦《ぐる》しけれど拙者《せつしや》が宅《たく》へ暫時《ざんじ》ながら」と老人《ン》の。詞に是非《ぜひ》なく政右衛門「然《しか》らば。御免《ン》」と打通れば

以来の演出であろう。小頭は、みすみす捕えかかった曲者を、幸兵衛の一言で逃がしてしまう。下役人でも実力抜群の幸兵衛に、頭が上らないのである。三 岡崎城下の中心地は三河平野に連なるが、東部・北部には山地が拡がる。四 あやふき、の訛り。

※現行、政右衛門雪に埋めた大小を手早く取って行きかかる。

五 はじめて御目にかかったのに不躾けだが。六 身体のみを用いて相手を打負かす武術。やわら。七 新陰流の祖、上泉秀綱の門より出た柳生宗厳が興した柳生新陰流。流布本殺報転輪記に、荒木又右衛門は柳生家三代目の「柳生重兵衛殿若党に頼置兵法の執行をなし昼夜辛学して弐拾弐才の頃は柳生殿の極意相伝一流を極めて」とあり、主君本多内記が突きかけた鑓を手取りにして極意を示す件りがある。伊賀越乗掛合羽でもとり入れたこの極意伝授の件りを、本作は故意に省き(但し現行曲では「奉書仕合」の場を挿入。→五九頁注一四)、幸兵衛が政右衛門の手の内に、神影の極意を見抜く形に作り変えた。殺報転輪記では又右衛門は、桜井甚左衛門との御前仕合で「桜井が横を取て柳生流の太刀打模様に甚左衛門を取てなけ押へ」て勝ちを決めるなど、柔術を兼ね備えた剣豪ぶりを発揮する。なお浄瑠璃・乗掛合羽・伏見では「政右衛門は柳生流林左

門《(かど)》の戸引立主《(ひきたて)》ジの幸兵衛。傍《そば》近く差《さし》寄ッて。「多勢を相ィ人《(て)》に今の働《はたら》き。感心《かんしん》の余《あま》り役ク人を欺《あざむ》キ帰《かへ》し。難ン義を救《すく》ふは身共が寸ン志《し》。それに付ケても不審《いぶかし》きは貴殿ンの柔術《じうじゆつ》[六]。正《まさ》しく拙ッ者が流義《りうぎ》に同じき神影《しんかげ》[七]の極意《ごくゐ》。手練《しゆれん》せられし旅人は」といぶかる色目。こなたも不審《しん》。「神ン影流《りう》の極意《ごくゐ》なりと。見極《きはめ》られし御老人ン。ハテ心憎《にく》[八]し」と双方が。ため[九]つすがめつ見合す顔。「ム、お別《わか》れ申シて十年ン余《あま》り。相好《そうがう》は替《かへ》[一〇]られしが。生国《(しやうごく)》勢州山田[一一]にて。我《(われ)》勢州武術《ぶじゆつ》の御指南《ごしなん》下ダされし。要《かなめ》様ではござりませぬか」。「ヲ、其詞で思ひ出した。我勢州に有リし節《せつ》。幼少《ようせう》より育上《そだて》ゲし庄太郎で有ラふがな」。「成程〳〵。然らばあなたが」。「其《(その)》方《はう)》が。是は」「〳〵」と手を打ッて。尽《つき》ぬ師弟の遠州行灯《ゑんしうあんど》[一二]掻立《かき(たて)》〳〵《(かきたて)》打詠《なが》め。「ヲ、稚顔《おさな》に見覚有ル庄太郎に相違ない。ハテ健《すこやか》に生ィ立チしな」。「ハア先ン生ィにも御堅勝《ごけんしやう》で」。「ヲ、サ〳〵。無事の対面互《たいめんたがい》に満ン足ク。去リながら。ア、思ひ廻ハせば過ギ行ク月日。其方《(そのは)》フは山田の神ン職《しよく》[一三]荒木田宮内《くない》が躮なれ共。幼少《ようせう》の砌《みぎり》父母に離《はな》れ孤《みなしご》となる不便ンさに。手塩にかけて育《そだ》つる所。稚立《おさな》[一四]チより武芸《ぶげい》を好《この》むは。末頼《すへだの》もしく思ふより。門ン弟共へ稽古《けいこ》の次手《ついで》。一ト手二タ手と教《おし》ゆる中。一チを聞て十を知ル頓智《とんち》[一五]といひ器用《きよう》といひ。十五以下《いげ》にて鎗術《そうじゆつ》

殿は神影流」という。八 真相を知りたく思う心持の表現。九 いろいろな視点からとくと。現行、上手の幸兵衛、下手の政右衛門、互いに見詰め近寄る。一〇 現行は「かわられしが」。一一 現三重県伊勢市山田。ヨウダとも呼んだ。伊勢神宮外宮の門前町。一二 円筒形、漆塗り、紙張りの行灯。三州の縁で隣国に因む。尽きぬ縁、に掛ける。現行、幸兵衛行灯を前に持出し、灯影で政右衛門をしみじみと見る。一三 荒木田は古代以来伊勢神宮に奉仕してきた神官の家。荒木との近似より政右衛門の旧姓とした。史実の荒木又右衛門は、伊賀国阿拝郡服部郷荒木村(伊賀上野市)の生れ、父服部平左衛門は池田忠雄に仕え、次男の又右衛門は上総の本多政朝の家臣服部平兵衛の養子となるが、後に養家を去り、荒木と改め、大和郡山藩松平忠明に仕える。敵討当時三十六歳。原殺報転輪記では「生国伊州荒木の里」「祖父菊山は伊陽(よい)天正の兵乱に武名の誉世に高し」、又右衛門は一旦池田忠雄に仕え、のち郡山松平忠明に仕える。しかし流布本殺報転輪記は「荒木又右衛門事は生国伊賀国山田郡荒木村の地侍也代々荒木村の百姓にて刀を免され田畑四五十石程の所持」とする。一四 幼時の成長に向かう時。流布本殺報転輪記に「拾四五歳より相撲を取力量人に越たり…只武芸の事を好む」。一五 機智。

一鈫《ン》術《ッ》鎖鎌《くさりがま》。二体《たい》術《ッ》柔《やわら》に至る迄。諸歴《れき》〻《く》の弟子を追《ヒ》抜《キ》。三神《ン》影《ゲ》の奥義《おうぎ》を極《ハ》むる無双《ぶさう》の達《ッ》人《ン》。何《ニ》卒《とぞ》大《イ》家へ仕官《くはん》致《タ》させ。親の氏《うぢ》をも継《つが》せんと心頼みに思ふ中《チ》。未熟《みじゆく》の師《し》匠《せう》と見限《かぎ》りしか家出致して十五年《ン》。地ハル便《リ》なければ中折《リ》にふれ。ウ此庄太郎はいかゞなりしと。ウ雨につけ。ウ風につけウ思ひ出《(い)》《ダ》さぬ事もなく。フシ地色ハル夫婦打《チ》寄《リ》そち色が噂《うはさ》。詞シテ只今の住《じう》所は何国《いづく》。四有《リ》付《(つき)》とても。地ウあらざるか」と師匠《しせう》のウ慈愛《じあい》にハル政右衛門。思はず色はつと手をつかへ。詞「親にも勝《まさ》る大恩《ン》の。師匠を見限《かぎ》り家出《いへで》せしと。御《ン》疑《うたが》ひは去《ル》事なれど。常〴〵武術の五御講釈《こうしやく》。小耳《みゝ》に覚ゆる其中《(そのうち)》に。一《ッ》派《ば》に心を凝《こら》さんより。諸流《しよりう》に渡《タ》り修行《しゆぎやう》をなすこそ。此道の心がけと御教訓《けうくん》。ウ心魂《しんこん》にしみ渡り十五才にて国をハル出《(いで)》。普《あまね》く諸国を色遍《へん》歴し。詞武術《ッ》を磨《みが》く武者修行。天《ン》運《ン》に叶ひ然《カ》るべき主取《(しゆうど)》《リ》も致《タ》せしかど。生れ付《イ》たる好色《こうしよく》者。六乱酒《らんしゆ》に主人の機嫌を損《そん》じ。只今は元《ト》の浪人。たよるべき方《タ》もなければ。若《シ》上方《タ》に有《リ》付《キ》もやと。心ざして参る所。地ハル思ひがけなく先《ン》生《せい》に面《ン》目《ク》もなき対面《たい》」と。スヱテうかつに。それと中身の上を。

ハル云《ハ》ぬ底意《そこい》は七白髪《しらが》の母。ウ様《フ》子聞てや一《ト》間を色立《チ》出《(いで)》。詞「ヲ、庄太郎か《テモ》成《イ》人《ン》仕《し》やつたの。

一 長い鎖の片端に分銅、他の端に鎌のついている武器で、相手方の武器や体に分銅を投げて鎖をからませ、鎌で首をかき切る。二 素手、あるいは十手など短い武器のみを用いて、相手を打負かす武術で、やわら(柔術)を基本とする。三 流布本殺報転輪記では「弐拾弐才の頃は柳生殿の極意相伝一流を極めて帰る」。

※現行、幸兵衛は愛弟子との再会を喜び、長い回想を一気に語るが、急に声を落し「モ未熟な」と、やや拗ねて言う。政右衛門は心苦しい思いで、一寸下手向きに身を背ける。

四 仕官の口。五 武術についての講義。

※政右衛門も「思はずはつと」以下師の慈愛に感激して率直に心底を披瀝するが、「致タせしかど」のあたりで言いよどみ、拵えた口調になる。但し「好色」が運命を狂わせた、との言葉は、お谷との不義が俊才政右衛門の唯一の瑕瑾であったことを思えば、必ずしも嘘ではない。

六 酒を過ごして。七 知らず、に掛ける。八「シャウタッ」(日葡辞書)。現行も清音。九 実名に対する通称。一〇 志津馬がどれほど力んだところで。

※本作の政右衛門は、神職を父に持つ孤児で、元来武士ではなかった。流布本殺報転輪記を参考にした設定であるが、殺報転輪記の場合より、作者の意図は複雑である。即ち本作

連レ合イの眼鏡《めがね》に違はぬ武芸《ぶげい》の上《(しや)》ゥ達《たつ》八。器量《きりやう》を見込ンで頼ミたい子細が有ル」と声をひそめ。「そなたの家出仕《し》た時は。三つ子のアノお袖。もふ十七に成ルはいの。縁有ッて云号《いひなづけ》の其聟殿を。親の敵と付ケねらふ者が有ル故。まさかの時の後楯《うしろだて》。力に成ッて下ダさらば。余の人ト千人万人ンにも勝《まさ》つて嬉しう思ひます」。「ヲヽいかにも〳〵。庄太郎と知ラぬ先キ。難義を見兼救《かねすく》ひしも。其義を頼まん下心」と。師匠の詞聞キもあへず政右衛門摺リ寄ッて。「ムウ其付ケねらふ敵の仮名《けめう》九は」。「ヲヽ聟といふは上杉の家来。沢井股五郎といふ侍。付ケねらふは和田志津馬と。聞イた計《(ばか)》リ面ン躰《てい》は知ラね共高で知レたる若輩者《じやくはいもの》。一〇幸兵衛が片腕にも足《たら》ぬ相人《あいて》。ガ爰に一つの難義といふは。きやつが姉聟唐木政右衛門といふやつ。音トに聞コへし武術《ぶじゆつ》の達ッ人ン。譬《たとへ》五十人ン百人ン加勢イ有《(ある)》とて。政右衛門には及ばぬ〳〵。まだしも唐木に立合んは。其方《(そのは)》ゥならで外カにはない。何とぞ聟に力を添《そへ》。介太刀頼む庄太郎」と。余義《よぎ》なき頼《(たのみ)》に政右衛門。「先ン生イに内縁有ル股五郎殿に力を添《そゆ》れば少しは師恩を報《ほう》ずる理《ことは》り。いかにも助太刀仕らふ。サ、此上は沢井殿の隠《かく》れ家《(が)》へ御案ン内」と。せき立ッ唐木忍びの眼八。蓋《ふた》押シ明ケて差覗《さしのぞ》く影をちらりと見付ケる幸兵衛。心付カねば。「ヤレ

では政右衛門の師山田幸兵衛も、少なくとも現在の身分は武士ではなく百姓である。かつて勢州で要と称し、剣術の師として多くの門弟を持っていた時も、身分は正確には明らかでないが、実質的に武士扱いされていたものが、何らかの事情(政争に関わるなど)で勢州を追われたのであろうか。現在も、関の下役人でありながら、相手の器量を見込むと、役人達を欺き、関破りの幇助をする幸兵衛には、封建官僚体制に安住できない乱世の雄の体質がある。要するに、本作は二人の中心人物、政右衛門・幸兵衛が、ともに、本来の武士ではない、と設定し、近世社会を構成する複雑な身分と人間関係の実態に劇の基底を置く。

一「ナ」と妻に目配せし、「ハテ」と打消すように一般論にしていう。 二 肝要。 三 一一〇頁八行目政右衛門の「お師匠の詞に鞘が有」に対応。 一物有ると、あるきを掛ける。 四 村役人の走り使いをする小使い。 五 頓狂声。だしぬけに間抜けた高声でいうこと。 六 関役人の役目柄、いやでも出向かねばならない。不請の宛字。 七 普段から身につけている。 八 幅の広い刀を、老人にもかかわらず手際よく差す。 九 幸兵衛の腰と海老錠の形を掛ける。 一〇 戸口などを鎖すのに用いる半円形に曲がった錠。 一一 股五郎の居所を庄太

〵嬉しや。庄太郎の今の詞聞《イ》たからは千人《ン》力。ドレ聟殿へ」と立《チ》上《ガ》るを。「ハテ扨《(さて)》いらざる女の差《シ》出《(で)》。股五郎殿の行《ク》衛は知らぬナア[一]。ハテ。壁《かべ》に耳《みゝ》有《ル》世の諺《ことはざ》。それと慥《(たしか)》に知《ラ》ね共。云《イ》聞《カ》すには折《リ》が有《ラ》ふ。がうかつにそれと明《カ》されぬ。咄しの蓋《ふた》は取《ラ》ぬが[二]秘密《ひみつ》」とどこやら[三]一《チ》物《ツ》[四]歩行《あるき》の小助。門《ド》の戸叩《たゝい》て。「申《シ》〳〵。庄屋殿から急《きう》な御用。只今お出《(いで)》」と[五]とんきよ声。「ハア又関破《やぶ》りの詮《ン》義で有《ラ》ふ。いやといはれぬ役《ク》目の[六]不肖《しやう》」と。云《イ》つゝ羽織《はをり》引《ツ》かけて。[七]たしなむ[八]大だら差《シ》こなす。[九]腰もかゞみし[一〇]海老錠《じやう》を葛籠《つゞら》にしつかと。「コリヤ女房。今も云《ッ》た咄しの蓋《ふた》。戻つて来る迄明《ケ》ぬ様。心におろした此[一一]錠前《じやうまへ》ナ。合《ッ》点《ン》か」と詞の謎《なぞ》。聞《ク》女房も解《とけ》やらぬ。雪道いとはぬ高《カ》足駄《あしだ》さす傘《からかさ》の[一二]骨組《ほねぐみ》も人《ト》に勝《すぐ》れし[一三]五調作《がんでうづく》り。あるきを先《キ》に幸兵衛は[一四]心を。〽残して出て行《ク》。「戻らしやる迄寝られもせまい。糸績《つむぎ》ながら咄しませう」。「ハア今に[一五]御上根《(ごじやうこ)》《ン》な事。マア火にお当りなされませ。私も是から下《モ》男同前《ン》に。お遣ひなされて下《ダ》さりませ」。「何《ン》のいの。こな様《(さん)》は大事のお客。マア煙草呑《たばこのん》でゆるりつと。寝転《ねころ》んだがよいわいの」。「イエ〳〵勿躰《もつたい》ない師匠《しせう》の内。ホンニ此煙草はどこから参つた」。「ソリヤ親仁殿が旅戻りに。貰《もろ》

郎に打明けるな、との暗示(謎)を、葛籠の錠にこめていう。謎、解、雪と縁語。一二 傘の骨を幸兵衛の骨格にかける。一三 がっしりとした骨格。「五調 ガンデウ」(俳字節用集)。一四 幸兵衛が何に心を残しているか、庄太郎か葛籠(眼八)か、文化十三年(一八一六)八月名古屋清寿院興行時に、太夫竹本綱太夫(三代目)と幸兵衛の人形遣い豊松重五郎とで意見の相違があった(『義太夫年表・近世篇』)。※現行、ヲクリで幸兵衛が下手小幕に入ると、屋体と並行に置いていた木戸口を、いつもの位置に直す。即ち木戸口から上手は家の内となる。一五 強健なこと。老女が昔に変らず夜なべに精を出すのに感じていう。一六 あの方、即ち幸兵衛。一七 摂津国島上郡服部(大阪府高槻市服部)産の上質の煙草。ここにあるのは刻んでいない煙草の葉。一八 大隅国囎唹(そお)郡国分郷(鹿児島県国分市)産の上質の煙草。一九 留守番仕事。※以下「煙草切り」と通称する件り。二〇 心の底。二一 煙草の葉と刃を研いで敵に備える、を掛ける。二二 葉の切り口と端緒の意を掛ける。二三 ここは、葉を巻いて、手早く切りはじめる、の意。二四 手早いさまと、切る、を掛ける。二五 政右衛門は大男(八八頁五行目など)。二六 敵の在所を聞き出したさに、大丈夫に似合わぬこまかな家事雑用を務めるのも。

てござつた上方タ煙草」。「[一六]ハアあなたのお口に合ッのなら。[一七]服部《はつとり》か[一八]国分《こくぶ》か。此天気に斯《かう》して置イたら湿《しめ》りましよ。[一九]留主《るす》事《(ごと)》に刻《きざん》で見ませう。幸爰《(さいはひこゝ)》に切リ台庖丁《だいほうてう》」。[二〇]底《そこ》に釼《つるぎ》の[二一]葉拵《はごしら》へ敵《(かたき)》を聞キ出す煙草の[二二]小口。[二三]葉巻《まき》。手早く[二四]きり〳〵と。[二五]大《(だい)》の骸《からだ》を[二六]小廻ハりの。奉公ぶりも哀《あは》れなり。

外は音トせで降雪《ふる》に。むざんや肌《はだ》も[二七]郡《(こ)ほり》山の。国に残コりし女房の。[二八]思ひの種《たね》の生マれ子を抱《だい》てはる〴〵海山を。たどり〳〵て岡崎の。[二九]宿《(しゆく)》より先キに日は暮レて。何国《いづく》を宿《(やど)》と定メなく。

がはと転《こけ》れば「わつ」と泣ク。子をすかす手も。冷氷《ひへこほ》る。[三〇]雪の蒲団《ふとん》に添乳《そへち》の枕《まくら》。[三一]「いんのこ〳〵」に友さそふ犬《いぬ》の声《(こゑごゑ)》〳〵。夜廻りの番ンが見付ケる小挑灯《でうちん》。「ヤイ〳〵軒下《のき》タに何ンで寝るのじやきり〳〵いけ」と呵《しか》られて。「ハイ〳〵〳〵。私シは[三二]秩父《ちゝぶ》[三三]坂東廻《ばんどうめぐ》る順ン礼。積《しやく》でお中カを痛《いた》めまする。ちつとの間ダ置カしやつて」。「順ン礼でも[三四]幽霊《ゆうれい》でも[三五]在《ざい》の中チに寝さす事はならぬ〳〵。意地《ゐぢ》ばるは[三六]猶胡盞《うさん》者。棒《ぼう》いたゞくな」と挑灯突キ付ケ見るつまはづれの[三七]尋常《じんじやう》さ。白眼《にら》んだ眼うつかりと[三八]細《ほそ》目に明クる戸の透間《すき》。内から覗《のぞ》く夫婦の縁。思ひ

※現行、老女は上手の間から糸車と綿の入ったざるを、政右衛門は暖簾口奥から煙草の切り台、包丁と砥石の入ったたらいを持出す。

二七 凍る、に掛ける。二八 彼女のすべての思いを託した。

※現行、道行を表わすフシヲクリの後、「海山を」で巡礼姿で子を懐に抱いたお谷、杖にすがって出る。ここは「寒いという心持と、静かという心持二つに腹を〆めて」(『浄瑠璃素人講釈』)語る。

二九 岡崎の宿場町に行きつかぬうち。

三〇 雪の上に転んだまま子に添寝して乳をふくませるさま。現行は、「がはと」で倒れて菅笠が落ち、泣く子(赤子笛)をあやす。

三一 犬の子、犬張子の意から、子供がおびえて泣くのを寝かしつける時に唱えるまじない。「咳入ル夜着の内。…母に馴たる一徳は。其儘傍へ摺寄ッて。院(ゐ)ん(の)の子〳〵も」(文武世継梅二)。

※現行、下手小幕から鳴子板と提灯を持った夜廻り登場。家の中では政右衛門、煙草を刻んでいる。

三二 武蔵国秩父(埼玉県西部)の三十四所観音霊場(中世までは三十三所、西国、坂東と合わせて百観音とすべく一ケ寺増す)。第一番妙音寺(秩父市)、第三十四番水潜寺(秩父郡皆野町)。

三三 坂東八ケ国の三十三所観音霊場。第一番相模国鎌倉杉本寺、第十三番武蔵国江戸浅草寺、三十三番安房国那古寺(千葉県館山市)など。

がけなき女房のお谷。「ハッ」と恂《(びつく)》り[一]差《シ》合《ハ》せ包《ム》我《ガ》名の顕《あらハ》れ口。悪《ル》い所へ切《リ》[二]かけた
煙草《たばこ》の刃《は》金《ネ》[三]。胸を刻《きざ》むと人知《ラ》ず。
「フウ見た所が。小盗《ミ》する風俗《ふう》[四]共見へぬ。此雪に乳呑子《ちのみ》かゝへて難《ン》義じや有《ロ》。何所《どこ》
ぞ後生気《(ごしやうぎ)》[五]な所を頼んで。泊《とめ》て貰《もら》はしやれ。ヱ、見れば見る程比合《ころイ》[六]なゑい女房。一人《リ》寝
さすは残念《ン》なれど。此方《(このは)フ》も寒《ン》気にとぢられ。瘦畑《やせばたけ》[七]の鬼灯《ほうづき》であつたら物を見遁《のが》す事」
と。謚《つぶ(や)》[八]き帰るも頼みなき。
人《ト》の詞もせめての頼。火影《かげ》を力《ラ》戸口に這寄《はいリ》。「幼《ちいさ》い者を連《レ》た順《ン》礼でございます。お
情に今宵一《ト》夜さ。お庭の端《はし》に」と計《リ》にて積《しやく》に。苦《く》るしむ息切《いきレ》の。声に主《ジ》は涙もろく。
「いとしや積持《しやくチ》そふな。門《ド》中《カ》に寝てはたまるまい。泊《とめ》てしんじよ」と立《ツ》て行《ク》。「な
む三《ン》宝」と裾引《すそキ》留《(とめ)》。「ア、是は又御麁相《ごそさう》千万。此お触《ふれ》[九]の厳《きび》しい中《カ》。殊《こと》にお役柄《がら》の此内。
何所《どこ》の者やら知《レ》もせぬに。めつたに引《キ》入《レ》。跡の難《ン》はどふなさるゝ。急度《きつと》よしになさ
れませ。夜中《(やち)ウ》[一〇]に一人《リ》歩行《あるく》女子《(をなご)》。ろくな者じやござりませぬ。戸を明《ケ》ずとぼい逝《いな》[一一]した
がよござります」。「いか様《(さま)》のふ。親仁殿の留主の中《チ》は用心《ン》が肝心《ン》。コレ〳〵旅人《ト》。

三四「れい」を口拍子で重ねていうが、病気の旅人への無関心の表われ。三五 ここは岡崎の宿一帯、の意であろう。岡崎の城下及び宿場は繁華の地だが、この辺は宿外れで在郷に近い。
※幕府は宿場で不審の者を泊めたり放置したりすることをきびしく取締った。一方で旅人の病人をいたわれ、との触れが出たこともあるが、行き倒れの死者が出ると届け出が厄介なので、宿場としては、ともかく面倒を起こしそうな者は足をとめさせぬようにつとめた。
三六 胡散の宛字。三七 育ちのよさを表わす端正さ。三八 お谷の美しさに夜番が目を細める意と、政右衛門が物音を聞いて戸を細目に開けるのを掛ける。

一 都合の悪いものがかち合うこと。二 来た(妻が)に掛ける。三 煙草の葉と包丁の刃を掛け、薄刃の庖丁で細かく葉を刻んでごまかすが、胸を千々に刻む苦痛である、の意。四 風体(ふうてい)。五 後生(死後の救い)を願って慈悲を施す人の家。六 年ごろも容姿も好もしい盛りの。七 縮まって小さくなっている物の比喩。卑猥な暗示。八 俳字節用集に呟、謚を「ツブヤク」。九 幕府は不審者の取締りと相まって、宿屋以外の民家で人を泊めることを禁じ、藩領でも他領の者に宿を貸すことを禁

いとしけれど[一二]一人《リ》旅を泊《とめ》るは御法度《ごはつと》。御城下《ごじやうか》の中は軒下《のきした》にも寝る事はならぬ程に。宿はづれの森の中へ〔地色ハル〕往《い》て寝《ウ》やしやれ」と〔中〕[一三]和《やは》らかに。云《ウ》ッて引《フシ》ｷ出す糸車。「[一四]〔歌〕来《こ》いと云ッたとて行ｶれる道か道は四十五里波《なみ》の上」。「〔詞〕ハアどこへ行《い》ても一人ﾘ旅は泊《とめ》てくれふ様ﾌもなし。はる〴〵の海山《うみ》も。此子の顔を旦那殿に。見せたいと思ふ[一五]精《せい》力ｷで。産落《うみおと》すから此巳《(み)》之助。漸《よう〳〵》[一六]忌《いみ》も明ｸや明ｶず。国を立ッてついに[一七]一ﾄ夜さ。家の下で寝た事がなければや。[一八]身はならわしと山寺の。鐘《かね》がなれば寝る事にして。星《ほし》の光《ひか》りを灯火《ともしび》と。思ふて寝入ﾚど今ﾝ夜のくらさ。氷《こほり》の様ﾌな此肌《はだ》で。寝苦《ぐる》しいは道理じやはいの。殊更積《ことさらしやく》で乳《ち》ははらず。雪に寒雨《こゞへ》にうたるゝ。つらさは骨《ほね》にこたゆれ共。旦那殿や弟が。敵を尋ﾈる辛抱《しんぼう》は。まだ〳〵こんな事では有ﾙまいに。其艱難《かんなん》にくらべては。雪は愚釼《おろかつるぎ》の上にも。寝るのがせめて女房の役ｸ。気は張詰《はりつめ》ても此積《しやく》の。重《おも》るに付ｹては二人ﾘの身に。労《つか》れの病《(やまひ)》が起《おこ》りはせぬか。万ﾝ一悲《かな》しい便《たより》やなど聞ｲたら。何ﾝとせふぞいのふ。頼上《(たのみあげ)》る観音《くはんおん》様。弟夫ﾄの武運《ぶうん》長久。我ｶﾞ子の命息災延命《そくさいゑんめい》。未練《みれん》な事じやが私《(わたくし)》も。此子を夫ﾄに渡ﾀす迄は生ｷて居たい。死ﾆともない」と。〔地ハル〕傍《そば》に夫ﾄの有ﾙぞとも。〔上〕知ﾗぬ不便ﾝさ[一九]喰《くい》しば

じていた(五人組帳前書、行衛不ㇾ知者一夜の宿も不ㇾ可ㇾ貸)。ただこの種の触れが、常に厳密に守られていた訳ではないことは、老女の態度や夜番の言葉、また野田泉光院・日本九峰修行日記(文化九年―文政元年)などからも知られる。一〇 女はみだりに外出すべきではないとの通念(和俗童子訓五など)があり、女性が他領へ出ることを抑止したり、夜一人歩くのを禁じたりした藩もあった(長野ひろ子「幕藩法と女性」)。関所の通行にも困難があった。一一 追往なすべきです。一二 幕府は一人旅を泊めること自体を禁じた訳ではないが、実際には一人旅が不審者であった場合の咎めを恐れ、また一人旅を泊めたことを届け出る面倒さなどから、旅籠屋は泊めることを嫌った(民家では、旅人を泊めること自体、一人旅でなくとも禁制)。一三 言葉つきのやわらかと、糸繰り車で糸を引き出す綿のやわらかを掛ける。一四 天明六年序の譬喩尽に「恋〈来ひ〉といふたとて往かるゝ道か道は四十五里浪の上」。なお明治三十六年の『浄瑠璃通解』に「岡崎地方にては第二句を「行かりよか佐渡へ」とうたへり」。

※現行、老女は低い声で歌いながら糸車を廻し、三味線がものうい糸車の音を弾いて、不気味なほどの静寂と寒気を表現。お谷は下手へ行きかけるが、苦痛に堪えかねて坐りこむ。

る。喉《のんど》に熱湯《ねつとう》[一]内外《うちそと》に水火《すいくわ》の責苦《せめく》。雪霙《みぞれ》。子を濡《ぬら》さじと抱《だき》しめ〳〵天道《（てんたう）》[二]哀れ白《ラ》[三]雪の積《つも》り。重《ナ》る旅疲《たびづか》れ。積《しやく》と寒《ン》気にとぢられて[四]「アッ」と一《ト》声気を失《うしな》ひ。どうど倒《たを》れし物音《ト》は。肝《きも》にこたへて「南無阿弥陀。なむあみだ仏」も口の内。「今のは何《ン》ぞ」と主《ジ》の母。戸を引《キ》明《ク》ればばつたりと[五]。身は濡鷺《ぬれさぎ》の目はどみたり[六]。「こりや眩暈《めまい》がきたのじやはいの。ヱ、いぢらしやどうせうぞ。夫《レ》よ幸《イ》此《（この）》気付《ケ》」と。[七]とつかは文庫《ぶんこ》[八]に用意の薬《くすり》。「ア、申そりや御無用になされませ」。「なぜにいの。こりや親仁殿の道中で。持《タ》しやつた結構《けつこう》な気付《ケ》」。「サア其結構な気付《ケ》を。非人《ン》同前《ン》の者に呑《のま》して。それでも気の付《カ》ぬ時は。かゝり合《イ》に成《リ》ますぞへ[九]。此儘《まゝ》にして。ほり出して。お仕廻《しまい》なされませ」。「じやといふてどふ見捨《すて》に成《ル》物。アレ可愛《かわひ》や乳《ち》を扠《さが》して泣《ク》わいの。せめて此子を殺さぬ様《フ》に。奥の火燵《こたつ》で煖《あたゝめ》て遣《やり》ませう」。風に当《あて》じと寝巻《キ》の襦袢《じゆばん》。[一〇]あかの他人《ン》は慈悲深《じひぶか》く。

[一一]比翼《ひよく》とかはす女房をむごふ引《キ》出し戸を。引《ッ》立《テ》。

奥口《（おくくち）》見廻《ハ》しさし足《シ》し。勝《ッ》[一二]手は見置《ク》釜《かま》の前。付《ケ》木の明《カ》り見咎《とがめ》て。人《ト》は何とかいひ[一三]柴《しば》を。そつと隠《かく》して門《ド》の口。伏《ふし》たる妻《つま》に気を付《ク》る柴の焚《たきび》の。煖《あたゝま》り。噛《かみ》しめる歯《は》を押割《おしわつ》

一五　力を尽すこと。一心不乱の努力。
一六　産の汚れのある身を慎むことで、産婦は普通七十五日間（卯花園漫録）。
一七　一夜に同じ。
※第五でお谷が夏に臨月であり、今登場している子が赤子であるから、この段は、同じ年の末頃とみるのが普通だが、一〇九頁一〇行目「此年月」や、第六、第七の設定からは、一年後の冬のようにもみえる。
一八　人の身は馴れればどのような苛酷な状況にも堪えられるものだ、の意。拾遺集・恋四の歌による。「むかしはすいちやうかうけいに。すきまの風もさむかりし。身はならはしと身をすてゝ兄弟にふる雪を打はらひ〳〵」（浄瑠璃・烏帽子折二）。
※現行、政右衛門は「敵…」の言葉にぎくりとし、老女の耳に入らぬように、煙草切りの音で紛らす。
一九　主語は政右衛門。熱湯をのむ苦しみを、人目に見せぬように堪える。

一　内では夫が熱湯を飲む思い、外では妻が雪霙に打たれる苦しみ。
二　底本、天の右に意味不明の小字「ア」。三　知らず、に掛け、雪が積ると疲労が積るを掛ける。四　積が胸につかえ、寒気で血も通わないさま。
※産後の衰弱した体で乳のみ児を抱え、所在も知れぬ夫を探す、危険な女の一人旅。だがお谷はどうしても、政右衛門に一目、生んだ子を見せず

て。一四雪に潤《うるほ》す気付《ケ》の一《ッ》滴《てき》。耳《みゝ》に口寄《セ》声かすめ。「お谷」といふも憚《はゞか》りて。心の中で呼《よび》生《いけ》る。夫《ト》の誠通《づう》一五じてや。「うん」と一《ト》声。「気が付《イ》たか。コリヤ女房」。「ハア、アア〳〵。政右衛門殿かいの」と。いふを押《サ》へて。「コリヤ何《ン》にもいふな。敵《かたき》の有《リ》家手がゝりに取《リ》付《イ》たぞ。此屋の内へ身共が本《ン》名。一六けぶらいでも知《ラ》されぬ大事の所。そちが居ては大《イ》望《もう》の妨《さまたげ》。苦《くる》しく共こたへて。一《ッ》丁南の辻堂《つぢどう》迄。這《は》ふてなり共行《い》てくれい。吉《ッ》一七左右《さふ》を知《ラ》す迄。気をしつかりと張詰《はりつめ》て必《かならず》死《ヌ》るな。サア早ふ行《ケ》。〳〵《はやうゆけ》」と。夫《ト》の詞は千人《ン》力《キ》。

「観音《ン》様のお引《キ》合《ハ》せ。お前に逢《あふ》たは一八人参熊胆《にんじんくまのゐ》。エ、忝《かたじけな》い〳〵。がぼんはどこへ」「気遣ひすな。坊主《ぼうず》は奥で寝さして置《イ》た。ソレ〳〵向ふへくる挑灯《てうちん》。見付《ケ》られな早一九。〳〵《はやう》」とせり立《たつ》。れど。此年《シ》月《キ》の悲《かな》しさと嬉しさこ二〇ふじて足立《タ》ず。杖を力に立《チ》兼る。二一とやせんかた二二へに脱捨《ぬぎすて》し。二三薦《こも》に積《つも》りし雪の儘着《まゝき》せて。人目をくらき二四夜を。二五ぼか〳〵戻る達者《しや》親仁。「ヲ、お帰りなされましたか」。「〔ヲ、〕庄太郎。寒《さむ》いに門《ド》に何《ニ》して居る」。「イヤお帰りが遅《おそ》い故。お迎《むか》ひに出かける所」。「ナンノ迎ひには及ばぬ。こり

にはいられなかった。一生夫と呼ばない、と約束したはずの政右衛門に、自分が生んだ男の子を見せ、(妹ではなく)自分こそ妻であることを確認し合いたい、無意識の衝動につき動かされて、お谷は海山を越え、ここに登場する。お谷をめぐる設定も萩大名傾城敵討九の関之助妻三笠によるところが多いが、両者の人物造形そのものは大きく異なる。

五 戸にもたれるようにして倒れているので。 六 どんよりと、生気を失ったさま。 七 心のせくさま。 八 書類その他重要なものを入れておく手箱。 九 「行倒れ死等有レ之ば、見出候者早速庄屋年寄へ可二相届一」(五人組帳前書)との達しは当然のことだが、うっかりかかり合って、吟味のために拘留されたり、思わぬ咎めを受けたりすることを、一般に恐れた。

一〇 襦袢の紅絹からの連想。

※老女、泣く子を抱えて入る。

一一 雌雄一体で一目一翼ずつの想像上の鳥のように、深い契りで枕を並べる。 一二 台所の様子は前もって見知っているので。現行、暖簾口から柴を持出る。 一三 「「言ひ」をいひかけ、また釜の語に応じて「飯」をもかけて、椎柴をきかせたものであらう」(『傑作浄瑠璃集』)。 一四 老女が置いていった気付け薬を雪水で飲ませ。

※現行、政右衛門、木戸の外で柴を焚き、気絶しているお谷を抱いて

や門口に柴の燃《もへ》さし。非《ひ》人ン共が業《わざ》で有ロ。不用心ンな」と見廻ハす挑灯。「イヤ私が」と取ル拍子《ひやうし》。わざとばつたり。「コリヤ麁相《そさう》」。「だんない〱。きつい風ですでに道で取られふと仕《し》た。まだもゑい所で火が消《きへ》た」と。いふもこたへる疵持《きづ》ッ足。天気も大方上ガり口。庭から足ふく下駄《げた》直《なを》す師匠《しせう》思ひに機嫌《きげん》顔。

「イヤ馴染《なじみ》程結構《けつこう》な物はない。是から緩《ゆる》りと夜と共《(とも)》咄そふ。弥《(いよいよ)》最前ン頼んだ事。違変《ゐへん》はないの」。「是はお師匠共覚へぬくどいお尋《(たづね)》。心元なふ思し召スなら。なまくらでない魂《たましい》を。只今金打《きんてう》」。「アヽコレ何ンのそれに及ぶ事」。「及ばぬとおつしやつても。お頼なさるゝ本ン人ンの。股五郎殿の有リ家。御存じないとおつしやるは。お師匠の詞に鞘《さや》が有かと存じられ。頼まれるに力がない。ナント左様じやござりませぬか」と。探《さぐ》る心の奥より女房。稚子《おさなご》抱《いだき》走《はし》り出《(いで)》。「コレ親仁殿最前行倒《だを》れの順礼が。抱て居た此乳《ち》呑《のみ》子。今肌《はだ》を明ケて見れば。守りの中に此書付。和州《わしう》郡山唐木政右衛門子。巳之助と書イて有ルわいの」。「ヤア」と幸兵衛立チ寄ッて。「誠に〱。シヤアよい物が手に入ッたぞ。敵《(かたき)》の躮《(せがれ)》を人ト質《じち》に取ッて置ケば。此方《(このはう)》に六分《(ぶ)》の強《つよ》み。敵に八チ分の弱《よは》み有リ。股五郎殿の運《うん》の強《つよ》さ。其がき随《ずい》

「お谷っ」と激しく呼んで、慌てて木戸を閉め、声をひそめて「お谷ヤーイ」と呼んで背中をさすり介抱。一五 現行は「つうじて」。一六 気振《(けぶり)》。気配。一七 よい知らせ。一八 朝鮮人参と熊の胆嚢を干した薬。いずれも高価な特効薬。どんな薬にもまさるの意。一九 この辺、切迫感を高めるために、演出的に句点を施している。

※現行、二人あせって雪に転び、お谷、政右衛門が持添える杖にすがる。

二〇 昂じて。二一 夫はどうしたものかと考え。二二 せん方なし、と傍らの意を掛ける。二三 お谷が先に肩にかけていた薦を、雪の積っているまま被せて。二四 くらますに掛ける。現行、お谷を下手奥の藪に押入れ薦で覆う。二五 勢いさかんなさま。濁点は現行による。

※以下両者の肚の探り合いから一気に劇的頂点に達するが、浄瑠璃の流れとしては「これから段切まではサラサラ語るのが掟」(『山城少掾聞書』)。

一 幸兵衛が鋭く見廻すのを、政右衛門は、私が非人の焚火の始末をしましょう、と言いつつ提灯を取り、粗相のふりで、わざと落して火を消す。二 大事ない。さしつかえない。以後、わざと打解けて機嫌のよい口調になる。三 いいところで消えたよ、と言われて、お谷の後姿を隠そうとし

分《ぶん》大事にかけ。乳母《うば》を取ッて育《そだて》るが。計略《けいりやく》の奥の手」と悦《(よろこび)》勇《いさ》めば。

政右衛門ずつと寄ッて稚子《おさなご》引寄《(ひきよせ)》。喉《のど》ぶへ貫《つらぬ》く[一二]小柄《(こづか)》の切ッ先キ。幸兵衛驚《おどろ》き。「コリヤ庄太郎。大事の人質なぜ殺した」。「ハヽヽヽ、此躮を留メ置キ。敵の鉾《ほこ》先をくじかふと思し召《(めす)》。先生《せんせい》の御思案《しあん》。お年のかげんかこりやちと撚《より》[一三]が戻《もど》りました。[一四]武士と武士との曠業《はれわざ》に。人質《じち》取て勝負《しやうぶ》する比怯《ひけう》[一五]者と。後〳〵迄人トの嘲《あざけ》り笑《わら》ひ草《ぐさ》。少分《しやうぶん》[一六]ながら股五郎殿の。お力に成ル此庄太郎。人質を便《たよ》りには仕らぬ。目ざす相人《あいて》政右衛門とやら云ッやつ。其片《かた》[一七]われの此小躮《(こせがれ)》。血祭《ちまつり》[一八]に差殺《(さし)》したが。頼まれた拙者が金打[一九]」と死骸を庭へ。投捨たり。

幸兵衛手を打チ。「ハヽア尤《(もつとも)》。其丈夫な魂を見届たれば。何をか隠《かく》そふ。股五郎は奥へ来《き》て居るはいの。祖母《(ばば)》聟殿を起《おこ》しておじや。コレ〳〵股五郎の片腕《かたうで》に成《(なる)》。頼もしい人が来た。といふて爰へ呼でおじや」。「スリヤ。沢井股五郎殿は此内に居さつしやるか。テ。外カに連《(つれ)》の衆でもござるかな」。「イヤ〳〵供もなしたつた一人。奥底なふ咄してたも」と。打明ケ語《かた》るは思ふつぼ。[二〇]何条《(なんでふ)》知レたる股五郎。[二一]手取《(てどり)》にするは安かりなんと。手ぐすね引て待《(まつ)》大胆《たん》。志津馬は女房が案ン内に股五郎が片腕とは。何やつなり共只一討と[二二]鯉《こい》口

た政右衛門は、ひやりとする。現行、幸兵衛が見廻すのを、傘を受取るふりで隔てる。四 雪が上るに上り口を掛ける。五 政右衛門が土間で幸兵衛の。六 今、誓いの印に、鈍刀でない、私の魂のこの刀と脇差を打合わせ金打しましょう。七 金打の申し出は、相手を信用している場合は、断るのが普通。八 自分に対する隔て。心の底を隠す心。九 政右衛門と幸兵衛が心の奥を探る、に掛ける。一〇 以下、幸兵衛は、庄太郎及び奥にいる股五郎と称する人物への気配りを忘れ、調子づいてしゃべる。一一 雇って。一二 鞘に添えてさす小刀。一三 より合わせた糸のよりがほどける。しまりがなくなる。

一四 政右衛門も幸兵衛も、生粋の武士でないという、作者の設定に注意。一五 卑怯者。一六 身分低く貧しい私ではあるが。卑下ではなく、自信の程を表わす言葉。

※政右衛門は真底から、人質に頼る汚いやり方に反発して師匠を責め、「少分ながら」以下を本気で言い、「目ざす相人政右衛門、とやら」と自ら追い詰められて、剣を呑むように、ヘタッテ言う。山城少掾以後では十代目豊竹若大夫がここの主題を徹底させた。

一七 分身。一八→二三〇頁注一。一九 幸兵衛から頼まれたことを実行する誓いのしるし。

※現行、「金打」で政右衛門は子を抱

くつろげ居合腰。気配《くば》り目配り互にきつと。「ヤアこなたは」。「〳〵《こなたは》」と一《チ》度《ど》の仰天《げうてん》。幸兵衛むんずと居直《なを》り。「唐木政右衛門和田志津馬。不思議の対面満足で有ふな」と。先《ン》かけられし二人《ン》より。思ひがけなき女房が心どぎまぎ不審顔。「ナント老人《ン》の目利《めきゝ》よもや違ひはせまいがの。今宵沢井股五郎と。名乗来《なのりく》る年《シ》ばい格好《かつこう》。聞及びしとは抜《ばつ》群《くん》の相違《さうゐ》。扨は返《かへ》つて付《ケ》ねらふ。志津馬か。但《たゞ》し余類《よるい》の者か。肌赦させて詮義せんと。わざと一《ツ》ぱいくふた顔。三寸《ン》俎《まな》板見ぬいたれど。我《ガ》弟子の庄太郎が政右衛門と云事を。知たは漸《やうやう》たつた今。骨柄《こつがら》といひ手練《しゆれん》といひ。適《あつぱれ》股五郎が片腕にせん物と。頼めば早速《さつそく》承知仕ながら。股五郎が有家を根を押《シ》て。聞たがるは心得ずと思ひしが。子を一《ト》ゑぐりに差殺《さし》し。立派に云放した目の内に。一滴《てき》浮む涙の色は隠しても隠されぬ。肉身の恩愛に始てそれと。悟《さと》りしぞよ。沢井にさせる恩はなけれど娘お袖を。城五郎方へ奉公に遣《やつ》た時。筋目有《ある》人の娘。末〳〵《すゑずゑ》は我一家《わがいつけ》の。股五郎と娶《め》合《ハ》せん。ヲ、いかにもお頼申《ス》と。つい云た一言《いちごん》が。今更引れぬ因果の縁。其後娘は奉公引て帰りしかど。今落目に成た股五郎。見放されぬは侍の義理。かくまふ幸兵衛ねらふは我弟子。悪人に

上げ一瞬苦悩を表に顕わし、幸兵衛に気づいて死骸を投げ出す。太夫も「投捨たり」で「投げ…」とウレイを持たせることが多い。
一〇 何のことはない、たかが。
一一 手で捕える。志津馬に討たせるために生捕りにする。
一二 刀の鞘の口を。

一 居合は片膝を立てて坐したまま即座に抜刀して相手を斬る武術。そのような腰つき、身構え。 二 先回りされた。 三 「抜群 バックン」(書言字考節用集)。 四 打ち解けさせ、油断させて。 五 厚さ三寸のまな板の裏までも見通すほど、物事の裏を見ぬく力のあること。 六 深く立ち入って確認する。 七 軽い気持で。
八 幸兵衛は、庄太郎への気配りも忘れて「股五郎殿の運の強さ」と有頂天でしゃべっているのであるから、政右衛門が子供の件で幸兵衛を欺くことは容易だった。当面、幸兵衛に同調して人質に留め置き、機を見て盗み出すことは十分可能だった。むしろ、大事な人質を殺せば、幸兵衛の疑いを惹起する危険があった。にもかかわらず政右衛門はそれを、即ち、我子を殺すという、我が腸を刻むよりも苦しい、かつ危険な、選択をあえてした。「岡崎」は決して政右衛門が敵の手がかりを得るために幸兵衛を騙し、正体を知られるのを恐れて我子を殺す話ではない。政右衛門に

組してくれと頼《たのむ》に引れず。現在我子を一思ひに殺したは。釼術無双の政右衛門。[八]手ほどきの此師匠への云訳《いひわけ》去《さり》とては過分《ン》なぞや。其志に感《かん》じ入《いり》。[九]敵の肩持《かたもつ》片意地も。最早《もはや》是切《これぎり》[一〇]只《ただ》の百性。町人も侍も。替らぬ物は子の可愛さこなたは男のあきらめも有《あらふ》。[一一]最前ちらりと思ひ合す。順礼の母親の。心が察《さつ》しやらるゝ」と。悔めば門《かど》にたへ兼て「わつ」と泣《なく》声内よりも。明《ク》る戸直《すぐ》にまろび入《いり》。あへ亡骸《なきから》を抱き上《ゲ》。「コレ巳之助。物云《いふ》てたも。かゝじやはいの〳〵《かかじやはいの》。夕部《ゆふべ》迄も今朝迄も。ういつらい其中にもてうち仕たり[一二]芸《げい》づくし。爺御《ててご》によふ似た顔見せて自慢せふと楽しんだ物。逢《あふ》と其儘差殺す。むごたらしいとゝ様を恨《うらみ》るにも恨《うらみ》られぬ。前生《さき》にどんな罪をして侍の子には生れしぞ。こんな事ならさつきの時。母が死だら憂目は見まい。仏のお慈悲の有ならば今一度生返《かへ》り。乳《ち》房《ぶさ》を吸てくれよかし」と。庭に転《ころ》びつ這《ばい》[一三]廻り抱《いだき》しめたる我《レ》が身も雪と。消《きゆ》べき風情《ふぜい》なり。

志津馬泪押拭《ぬぐ》ひ。「此上は包《マ》ん様《ッ》なし。迚《とて》もの事に真実《しんじつ》の。敵の有《リ》所《しよ》を」。「何が扨。此方《このは》《ッ》も隠しはせぬ。有《リ》[一四]様《ッ》は此幸兵衛。最前《ン》庄屋へ呼《バ》れた時。股五郎に逢て来た」。

とって師弟の情と信義は真実であり、師が「頼むに引れず」、しかも敵討という目的のために師を裏切る、引き裂かれた状況にある政右衛門が、おそらく、敵討決着後に申訳に命を捨てる心積りであったのに、子を人質にしようという幸兵衛の武士らしくない言葉への反発をきっかけに、自分の命を捨てるより以上に苦しい、自身の分身である我子を我手で殺す破目に追い込まれてしまう、そういう形で、庄太郎が政右衛門を討つ、という誓言(金打)、「手ほどきの此師匠への云訳」を実行せざるを得なくなる。第五もこの段も、目的のために手段を選ばぬ苛酷さとともに、彼なりの人間的誠実さを持ち続けていた政右衛門が、それ故に、もっとも残酷な形で愛する者を犠牲にしていく悲劇である。 九 以下「かた」の音を三回重ねて、幸兵衛の心境の変化が聴衆に容易に受けとめられるように配慮。 一〇 幸兵衛を武士として遇した城五郎への誓約を破棄して股五郎を見離すからには、自分はもはや武士ではない、幸兵衛のこれまでの生涯を貫いてきた武士志向が断ち切られる。 一一 幸兵衛が政右衛門が考えた以上に鋭い人物であることが分る。 一二「てうちてうち(チョーチチョーチ)」、幼児(または幼児をあやす大人)が、両掌を打ち合わせていう。

※お谷は単に哀れな犠牲者ではない。

「ヤアすりや敵は庄屋の方《タ》に。心得たり」とかけ出すを。政右衛門引《キ》とゞめ「愚《(おろかおろか)》〳〵。我《レ》ゝ爰《(ここ)》に有《ル》と聞《イ》て。暫時《ざんじ》も此地に足を留ふ様《フ》がない。早《(はや)》五六里も行《キ》過て。[一]もふ爰らに敵は居ぬ。此行《ク》先も用心して。海道筋へはよも行《ク》まい。道をかへて落《おち》たと見へる親仁様。何《ン》と左様《フ》でござらふがな」。「したり黒星《くろぼし》[二]其通り。迚《とて》も非道の股五郎。天《ン》道《(たう)》の御罰《ごばつ》にて。どうで討《タ》るゝ者なれ共。此岡崎で勝負《しやうぶ》さすれば。肩持《かたもた》ねばならぬ幸兵衛。[三]薬師堂の山[四]越《ごへ》に中《カ》[五]仙道へ落したは。[六]城五郎へ一《ッ》旦《ン》の情〔。〕股五郎との縁も是迄。[七]思はぬ方便《てだて》が縁に成《リ》。志津馬殿と云《イ》かはした。娘が身の果不便《ン》や」と。見れば籬《まがき》の小影《かげ》より。[八]思ひ切《リ》髪墨染《かみすみぞめ》の。[九]けさにかはりしそぎ[一〇]尼姿《あますがた》。「お袖か。ヲヽ出かしやつた。悪人《ン》の股五郎に。仮《リ》にも女房と名の付《イ》た。其間[一一]違《イ》がそなたの不運《うん》。可愛《かはい》や盛《さか》りの黒髪《くろかみ》を」。「アコレ申《シ》。もう何《ン》にも申《シ》ませぬ。顔[一二]は見ね共云《イ》号《なづけ》の。男持《ッ》のがうるさ[一三]ゝに。屋敷を戻つた其時《キ》から。尼《あま》に成《ル》気で袈裟《けさ》[一四]衣。けふ一日に気が替《リ》。[一五]染違ふたる鉄漿《かね》付《ケ》を元《ト》の白歯《は》と墨染に。染直《なをし》ても脱《はが》しても思ひ初た煩悩《ぼんのふ》の。心が兀《はげ》ぬ仏《ケ》様。御赦《ごゆる》されて」と身を背《そむけ》。泣《カ》ぬ気を泣《ク》親心。「股五郎にも志津馬にも縁を離《はな》れたお袖道[一六]心《ン》。[一七]袖振《ふり》

父・養母・主君・世間への義理を第一とするなら、執着すべきでない政右衛門との夫婦関係に強く執着したことが、巳之助の死の遠因となったので、それはまた、武芸の実力によって、本来の身分でない武士の資格を獲得しながら、お谷を愛してしまったが故に、行く手に狂いが生じた政右衛門の業(ごう)でもあった。 一三 現行は「はいまわり」。 一四 打明けていえば。

一 たとえ居たとしても、今は討たない、という意志の表明。 二 図星。 三 現岡崎市六供本町二丁目一番地の薬師寺。近世には同町甲山寺の薬師堂であった。岡崎(矢作)の地と薬師信仰は、浄瑠璃姫以来の縁(→解説)。 四 甲山寺の裏手の甲山を越えると能見に出る。 五 すぐ中山道に至る訳ではない。能見から足助(あすけ)街道(飯田街道)が通ずる。能見から飯田街道を北上し、枝下(しだれ。現豊田市)から挙母(ころも)城下へ出、そこから名古屋街道を名古屋へ出、美濃路を通って垂井へ出れば中山道となる。 六 流布本殺報転輪記で旗本達が三州片浜にいる又五郎を又右衛門らの目につかずに相良へ行かせる配慮をし「三州中ニて片浜へ出る所白須賀の代官所へ頼ミて、抜道の用意」とあるをふまえるか。 七 敵(志津馬)方への手段。幸兵衛は志津馬の正体を暴く手段のために、娘の貞操を犠牲

合《あ》ふも他生《たしやう》の縁。子に別ヵれた順ン礼に菩提《ぼだい》の為のよい道連レ。[一八]関役人ンの我ガ娘。[一九]関所／＼も切手いらず。中仙ン道への。案ン内者《(しや)》勝ッ手に連レて行ヵれよ」と。娘に敵《かたき》の道引キを。[二〇]遉《さすが》子故に踏迷《ふみまよ》ふ。[二一]未来《みらい》の契《ちぎ》り[二二]鉦撞木《かねしゆもく》。涙で渡す[二三]父母《ちゝ》の。恵《めぐみ》も。深《ふか》き観世音《くわんぜをん》。なむあみだ仏なむあみだ。我ガ子は冥途《めいど》の道しるべ。志津馬唐木も恥《はぢ》合ふて。しほれぬ表《おもて》武士の礼。

「[二四]師弟《てい》は内証敵同士《ないせうかたきどし》。此儘《まゝ》帰るは比怯者《ひけうもの》。返せ」と一ト声切リ付クる。得《ゑ》たりと請る半ン[二五]蓋《がい》に馬士《まご》の胴切《どう(ぎ)》リ重切《かさね(ぎ)》リ。「まつ其通りの手柄《てがら》を待ッ」。「まだお手の内は狂ひませぬ」。「ハヽヽヽヽ。やがて吉左右／＼」と笑ふて。いわふ出《(しゆ)》ッ立《(た)》ッは侍なりけり〽

にした。城五郎に見込まれて股五郎に肩を持つ武士の意地のために、一人娘を敵方の男の餌にして憚らなかった。その武士の意地を、今捨て去るのである。八 恋を思い切り、に掛ける。

※お袖、白小袖に墨染の袈裟をかけて、上手小幕から、雛のもとに登場。九 振袖姿から墨染の袈裟姿に変った意と、今朝の娘姿と変った意を掛ける。一〇 髪を肩のあたりで切り揃えた有髪の尼姿。一一 行き違い。一二 現行はここから地合。「岡崎」切場で唯一、四段目風の派手な節のくどき。「可愛や」で三味線の調子が上がる。一三 煩しさ。一四 袈裟衣を用意していたが。一五 衣を墨に染めるのではなく、祝言して歯を黒く染めるはずであったが、結局もとの、結婚していない女の状態の白歯に戻り、衣を墨に染めることになった。一六 在俗の身から出家した人。お袖尼。一七 →三〇八頁注四。お袖の縁でいう。一八 以下段切りのきびきびとした詞ノリ。関役人である幸兵衛の娘の意。一九 三河国内には関所はない。ここは関所より小規模で格の低い口留め番所をさすか。男の場合、必ずしも関所切手が必要ではないので、口留め番所などは前の関所の役人からの申し送りがあれば、通り易いこともあるであろう。二〇 敵討の手引をさす、とさすがの幸兵衛も娘の不便さに迷い、を掛ける。二一 お

第九　伏見の段[一]

「男共〳〵。ソレ胴《どう》[二]の間《ま》へお蒲団《ふとん》[三]は入ッたかな。ハイ艫《とも》[四]の間の四人リ様水菜《な》[五]は爰に置キまする。コレ舟《(せ)》ン頭衆此荷物《にもつ》[六]破物《われ》じやぞソレ気を付ケて貰はふ」と。世話を素焼《すやき》[七]の土産物《みやげ》[八]積《つむ》より早く押出して。舟を見送り「御機嫌《きげん》[九]よふお下ダりなされ」とそこ〳〵に。夕日程なく[一〇]呉竹《くれ》[一一]の伏見[一二]の里の舟ナ着場《つきば》。軒《のき》をならべし舟ナ宿の客に絶間《たへま》もなかりけり。世の憂《うき》を何と[一三]志津馬は爰かしこ。敵の行ク衛尋ね兼《かね》心ン気労《つか》れて眼病《がんびやう》を。いたはる瀬川も諸共《もろとも》に暫しは爰にやどりして。北国屋が奥二階。手を引キ連レてそろ〳〵と。梯子《はしご》を折し[一四]も黄昏《たそかれ》の。人なき隙《ひま》を幸イと辺《あた》り見廻し。「イヤ申志津馬様二階計《(ばかり)》もお気詰り。月の夜[一五]すがの川気色《(かはげしき)》見やしやんすのが目の養生《ようぜう》」と。介抱如才《ほうぢよさい》撫《なで》[一六]さする。心遣ひぞわりなけれ[一七]。「イヤモウ何ンぼう養生仕《し》てもはか〴〵しうもない眼病。見かけに替りなけれ共。けふ此《(この》比《ごろ)》は此様に。そなたの顔さへわかり兼る。ぶら〳〵月日を過す中。主人ン上杉公急病《きうびやう》[一八]に

袖が来世では望み通り、志津馬と添えるように、との願いをこめて、志津馬の手引きをさせる。三 念仏・読経の時に鳴らす鉦撞木と、未来の契りを約束するかねごと(予言)を掛ける。三 西国三十三所観音霊場の第三番、紀州粉河寺の巡礼歌「父母の恵みも深き粉河寺仏の誓ひ頼もしきかな」をふまえる。三四 現行、巡礼歌の派手な節が一転して、激しく律動的な三味線が入る。三五 衣類などを入れておく行李。半昇。九八頁一一行目の葛籠。

※政右衛門が半蓋を持ち上げて、幸兵衛の刃を受けとめるように書かれているが、現行は政右衛門が半蓋を蹴って幸兵衛の刃の下へやる。幸兵衛の刃が、半蓋から転げ出た眼八の首を切る。段切は政右衛門が幸兵衛の血刀をぬぐい、上手に幸兵衛、下手に政右衛門が極り、残る四人もそれぞれの思入で幕。

※岡崎の段は、先行作志賀の敵討八や乗掛合羽・長町、および萩大名傾城敵討九から設定や語句の上で影響を受けてはいるが、それらとは完全に異質の作品であり、政右衛門、幸兵衛、お谷の人間葛藤を、残酷なまでに追求した半二戯曲の総決算であるといえる。

——以上一一五頁

時　前段の数か月ないし一年以上後
所　伏見北国屋

て御死去《ごしけう》遊《バ》されし由。御存《ン》生《じやう》の中《うち》に敵も討《タ》ぬ残《ン》念《ン》。頼《ミ》に思ふ政右衛門殿。武介諸共引別れ大坂へござつた故。此伏見に逗留《とうりう》するも若《もし》や敵の。ヲヽ是はしたり。思はず知《ラ》ず大きな声で。コレ〳〵誰《レ》も聞《イ》ては居なんだか」と。一九萱《かや》《地ハル》にも心奥口《おくくち》二〇へ聞《ウ》へ憚《はゞか》り差《シ》寄《ッ》てひそ《フシ》〳〵咄す店先へ。

志《地中》津馬に連《レ》て孫八《ウ》が忍《しの》ぶ姿の按摩《あんま》《ハル》取《リ》。頭巾《づきん》《ウ》すつぽり船着《つき》の宿屋〳〵の門《色》口から。「按二一摩よござい」。「ヲヽ孫八殿」「コレ〳〵瀬川さま。去《リ》とは物覚への悪《わる》い。我《レ》等按摩取《リ》の勘兵衛。必《かならず》《ソ》麁相《さう》おつしやるな」と。云《地》《イ》つゝ差《シ》寄《リ》小声《色》に成《リ》。「若《詞》《カ》旦那のお供仕《し》て。二三日以前《ン》から此伏見に逗留して。思ひ付《イ》た按摩痃癖《けんぺき》二二。毎日〳〵此船宿。入《リ》込《ン》で気を付《ク》れどさして是はと申様な手がゝりもござりませぬ。夫《レ》はそふと若旦那ちとお目はよふござりますか」。「ヲヽ孫八の心遣ひ忘れはせぬ。某《それがし》迚《とて》も此程より歩行《ほかう》はならず。出入《リ》の旅人《ト》に心を付《ケ》て窺《うかゞ》へ共。敵の行《ク》衛知《レ》ざる故次第に重《おも》る眼《ン》病は。口《地ハル》おしさよ」と計《リ》にて打しほ《入》るれば「お道理」と。瀬川《ウ》も涙孫八も。倶《とも》《中フシ》に目をすり居たりしが。「ア《詞》ヽ去《リ》迚《とて》はお気の弱《よわ》い。何《ン》の神仏《ケ》様がない二三にこそ。アレ天道《てんたう》二四が正直《キ》なれば御孝行《ごかう〳〵》

一 初演、竹本中太夫(一二二頁七行目まで)、または竹本男徳斎。二 船体の中央部を櫓床(櫓をかけるための角材)で仕切った区間の客席。三 座蒲団。狭い船ながら、胴の間は上級客の席。四 船の後部の客席。五 京菜。漬物などにする。京都の冬の名産。「殊に洛西壬生の地は美味にして株小く茎のすじ細く多くあり」(拾遺名所図会一)。六 素焼が入った荷物。七 土器。世話をする、に掛ける。八「此宿深草焼土器…藤森焼・焼火鉢・土人形之類有レ之、何れも名物也」(東海道宿村大概)。九 伏見豊後橋から大坂八軒家への下り舟に乗った客への、舟宿の挨拶。「上るも下るも御機嫌よふ…定例(おさだまり)の口上」(淀川両岸一覧・伏見船場)。一〇 言う、に掛ける。一一 暮に掛ける。三十石の夜舟。下りは早く、夜半過ぎに八軒家に着く。守貞漫稿五に「下ルハ半日或ハ半夜也。賃セン一人七十二文」。一二 竹の節に掛ける。

※東海道の終着京の入口に当る伏見の宿(しゅく)。京へ三里、大津へ四里八町。京と大坂を結ぶ淀川(宇治川)三十石船の起点でもあり、要衝の地として繁昌し、旅籠屋、舟宿も多い。一三 す(為)の連用形を掛ける。一四 下りるに掛ける。一五 夜すがら。終夜。一六 なし、に掛け、手ぬかりなく、行き届いた介抱から撫つさすりつ大切にいたわる、と続く。

な心が届ィて。御本ン腹も本ン望も今ン《(いんま)》の中《(うち)》でござりましよ。其様ァに思召スは養生の大キな毒《どく》。ャ毒の次手《ついで》に瀬川様。兎角《とかく》病人は一助抱《かいほう》が大事。お如才《ちよさい》は有ルまいけれどお若い同士。何よりかよりお持チ合せの二彼《かの》ゝ三毒忌《どくいみ》が肝心《かんじん》でござりますハ、、、、。ャ是から上ミ手の宿屋を廻ハつて。後チ程お見舞《まい》申ませう」と。地ハル云ィつゝ立ッて表《おもて》口出るより早く声張《はり》上ゲ。詞「按ン摩痃癖《けんぺき》。鍼《はり》の療治《(れうち)》」と。地ハル覗《のぞ》く隣《となり》の四フシ八百屋の五店《みせ》。地ウ奥の間よりの六か〳〵と出るはハル桜田林色左衛門。詞「アヽ旅労《づか》れで殊《こと》の外頭痛《づつう》がする。幸ィの七導《どう》引《ゐん》一つ頼もふかい」。「ハイ〳〵左様ァならお八座敷へ」。「イヤ〳〵表を見るも又気ばらし。九苦《くる》しうない爰で〳〵」。「成ル程それもよふござりましよ。ャ旦那御免ンなされませ」。地ウと庭一〇から直グに店の間《ま》へ上ガる孫八ハル桜田も。互《たがい》に夫レと面躰《めんてい》をウ知ラねば何ンの色気も付カず。詞「イヤコレ療治《れうち》人ン《(に)》。身は随《ずい》分きついが好《すき》。遠慮《えんりよ》なく揉《もん》でくりやれさ」。「ハイ〳〵アヽきつう凝《こつ》てござります。そふしてマア見受ケました所がお歴《れき》〳〵様。骨組《ほねぐみ》と申シ丈夫《じやうぶ》なお産《うま》れ。嘸《さぞ》お力ラも強《つよ》かろな。アノ兵法《へいほう》とやら釼術とやらも。定メて一一抜《ぬけ》てござるじや有ロな」。「ヲヽ一二我レ達《たち》が目にもそふ見ゆるは尤《(もつとももつとも)》ゝ。天《あめ》が下タ広《ひろ》しといへ共。某に立〔チ〕合ん者は恐《おそ》らく覚へな

一七 一通りでない。一八 史実の岡山藩主池田忠雄は又五郎奪回に執念を燃やし旗本と対立する中、寛永九年に三十一歳の若さで急死した。敵討始末書に「宰相様彼又五郎を御悪み思召…御遺言にも仰置かれ」。流布本殺報転輪記等は、忠雄の死を幕府による毒殺として描く。本作の円覚寺の段では、上杉顕定個人の意志は描かれず、昵近衆城五郎との政争は、家臣(丹右衛門)の策略によって巧みに決着がつけられ、志津馬は顕定生前から敵討に出立するので、史実や殺報転輪記とは経緯を異にするが、「急病」は毒殺説を意識した表現か。一九 些細なことにも恐れおののく意の諺「木にも萱にも心を置く」と、宿の奥の方を掛ける。二〇 奥と店先。二一 按摩の御用はございませんか。二二 背筋や肩の筋肉が硬くなって非常に痛む病いを、揉みほぐして治療する術。淀川両岸一覧、伏見京橋船宿の風景に「按摩・上燗呼び歩きて売り」。二三 ないのであれば。以下に、落胆するのももっともだが、に当る語句を省略。二四 諺。ここは、天は必ず正邪をつけて下さる、の意。

一 介抱の宛字。二 彼、は色事の婉曲表現。三 毒になるものを慎むこと。四 北国屋の隣の船宿の屋号。五 往来に面した店先の間。六 のさのさ。七 按摩。八 林左衛門が泊っている奥の部屋。九 さしつかえな

い」。「成ル程左様ッに見へまする。そふしてあなたのお国は何国《いづく》で。どつちへお出なされます」。「ム、身共は西国方の者成ルが。智《ち》謀《ぼう》鍛術勝《すぐ》れし故。一三高《(かう)》木《ぼく》風に倒《たを》るゝ習ひと。傍輩の讒《ざん》によつて浪人ンして長〳〵と漂泊《ひやうはく》せしが。サア身共程の達人《たつじん》がおらぬは国の弱《よはみ》と有ッて。此度帰参《きさん》を仰付ヶられ。一四先知《せんち》の上に過分《くはぶん》の御加増《ごかぞう》。古郷《こけう》へ帰る曠《はれ》の道中。数多《あまた》有ル供廻りは別宿《べつやど》に扣《ひか》へおれば。跡荷物ッの揃《そろ》ひ次第明《(みやう)》昼《ひる》船にて下る積《つも》り」と。地ウ口から出次第一五僭上《せんしやう》を。隣《となり》の店《みせ》に洩聞《もれきく》志津馬。詞「アレ瀬川あれを聞きや。同じ武士の身の上ェでも。衰《おとろ》へると盛《さか》ふるは是程にも違ふ物か。心を尽《つく》して尋扨《さが》す敵には廻ゲり逢《あは》ず。困窮《こんきう》の上此眼ン病よつく武運《うん》に尽《つき》たか」と。地ハル悔ミに瀬川も。中フシ倶《とも》涙。詞「ほんに思へばおいとしや。沼津《ぬまづ》でお別れ申てより。お跡をしたい尋ね逢《あふ》かいも一六長ガしい日は立《(たて)》ど。地ハル是ぞと思ふ手がゝりもウないを苦《く》にして此様ッに。ウほんに悲《かな》しい病目《やむ》より。ウ傍《そば》で見る目の私が心。ウ推量《すいれう》して下さんせ」とかこちスエテ中歎《なげ》くをこなたには。ウ聞キ耳《み》立ッる桜田が。一七両耳ぴつしやり。詞「アヽコリヤ何ンとする放《はな》さぬかやい」。「アヽお前様も辛抱《しんぼう》のない。斯《かう》致して一八引キさげねば。お頭痛《づつう》が直《なを》りませぬはい」。「ハテ仰山《げうさん》な按摩《あんま》だな。シテコリヤ何ンといふ流《りう》じやぞい」。「ハイ是は南《なん》一九

い。この店先で構わない。一〇広い土間。一一ずばぬけて。一二お前たち。

※人形浄瑠璃文楽の伊賀越通し上演でも、岡崎で終るか、最後に敵討を付けるかの形が普通で、北国屋は省かれることが多かった。昭和二十八年に復活され、以後の通しでは上演されているが、現行台本はカットが多く、かつ流動的。原作では二軒の宿が軒を接している設定だが、現行の舞台では北国屋一軒で、中央の間に志津馬、廊下を隔てた上手の間に林左衛門、という配置である。

一三諺「高木風に折らるゝ」。「林中の高木は風の為にこれを損じ。人中の英桀は邪佞の傍人嫉妬すと」(乗掛合羽・行家屋敷)。一四以前の知行。

一五見栄を張って、ほらをふくこと。

一六甲斐もない、に掛ける。

※この瀬川のくどきの文章は、如何にも類型的で三行の間に「ほんに」が二回出るなど、拙い。「長しい」の表現も「沼津」からの転用。この段の作者は、口語体のせりふは無難だが、文語文系の浄瑠璃本来の文章が拙い。最初のあたりには或いは近松半二の手が入っているかも知れないが、全体としては他の作者の執筆であろう。

一七桜田の両耳を、孫八が両手で押さえる。一八頭痛の原因である凝りを下げて散らすこと。一九西洋流の治療法。御所桜堀川夜討二に「なんばんのほねつぎ」の場がある。大坂

蛮《ばん》流の隣の今宮流《いまみやりう》一でござります」。「ハア聞コ二へたそれで聾《つんぼう》三にするのじやな。ハヽヽヽヽ」

「コレ瀬川。したが其様ァに案ンじてたもんな。此宿の亭主《ていしゆ》が引キ合せで。隣《となり》に逗留《とうりう》してござる眼医者《めいしや》。四竹中贅宅老《ぜいたくらう》の加減《かげん》五の薬。湯《ゆ》六せんに立て洗《あらふ》てたも」。地ハル「アイ」と云ィつゝか中七い立て。ウ勝手へ入ッて汲《くん》で出る。ハル夫トに尽《つ〔く〕》す貞節《ていせつ》の。心は清《きよ》き清水《きよみづ》八焼。中白湯《さゆ》に振リ出し差シ九フシ出せば。

地ウ始終《しじう》聞居る林左衛門。ウ詞の五音《ごゐん》一〇心得ずと。ウ延上《のび》ガつて差シ覗《のぞ》くをちやつと両手でハルめんないウキン一一千鳥。詞「アヽコリヤ〳〵〳〵何ニとする目が見へぬはいやい。又是も今宮流か」。「イエ〳〵〳〵斯《かう》致して置キまして。ト一二一ッ時キに手を放《はな》すと。何ンとお目がはつきりと成ッてよござりましよがな。是を名付ケて天照《てんしやう》一三太神天《あま》の岩戸《いわと》開《びら》きと申シます」。「何ニを馬鹿《ばか》なことを。したが気一四作クな按ン摩取リ。シテそちが名は何ンと云フぞい」。「ハイ私は板屋勘兵衛と申まして。此間ダ大坂から登リました。あなたもお下ダりなされたら。外《(ほか)》を差シ置キ芝居へお出なされるで有ロ。ア面白《おもしろ》い事でござります。コレ則爰に持ッておりますが役者の番ン附。お慰《なぐさみ》に御らうじませ」。「ムウナニ是が役者の番附」。「ハイ。一五ハル三下り歌大坂土産《みやげ》に何を貫たナ中。ウ役者の番附

道頓堀の西、難波村の骨継ぎにかけた。安永六年の難波丸綱目は骨継ぎとして十三名を掲げるが、難波村居住者七名、他所に住みながら難波を名乗る者二名。

一 西成郡今宮村(大阪市浪速区)にある今宮社の名をとっさに冠していう。難波村は今宮戎への参道筋に当る。 二 分った。 三 今宮社の祭神の蛭児は耳が不自由なので、参詣人は社の後ろの板をたたいて「参りました」と大声をあげる。なお按摩と聾者の着想は乗掛合羽・伏見宿屋の場で、立役方の松野金助が娘あんまおかな(偽聾者)に肩を揉ませて、桜田林左衛門の様子を聞き出そうとする場面による。 四 乗掛合羽の竹の内贅宅は股五郎方の昵近武士の一人で医者ではない。 五 調合。 六 薬の入った絹の小袋を湯の中で振り出し、その薬湯で目を洗う。医道日用綱目に「洗眼散 諸《もろ》(く)乃眼病を治す洗薬《あらひぐすり》也。当帰、黄連各一匁。赤芍薬、防風各五。杏仁三分。右五味刻み絹に包み熱湯にてよく振出して洗ふ」。 七 すっと立って。 八 京都の清水、五条坂辺(東山区)で作られる陶磁器。 九 洗眼薬を振り出した清水焼の茶碗を。 一〇 言い方。調子。 一一 子供の遊びの目かくし鬼のように、後から両手で林左衛門に目隠しする。 一二「置キまして」と両手で目かくししたまま言い、「ト」と、パッと手を

一六ウ日傘《からかさ》色でござります」。「詞ムウナニ日傘」。「一七チエ日傘」。「シテそちが仮名《けめう》は板《いた》屋の勘兵衛」。「チエ板一八勘兵へ」。「ナニ板勘兵へ」。「一九ハ、、、、」「ヤ是からお下《モ》二〇をやりましよが横《よこ》にお成《リ》なされませぬか」。「イヤ〳〵下《モ》の療治は後程頼《(たのむ)》。料物《れうもつ》二一も一《ツ》所にくれふ。中《カ》〳〵気作《ク》な男め故。長《ガ》旅の欝気《うつき》を散《さん》じた。地ウさらば是から夕飯《めし》の宿屋の知行《ちぎやう》二二に有《リ》付ふ。ウ勘兵衛後《チ》に」と桜田は刀引《ツ》さげ立《チ》上《ガ》り。ハル一《ト》間へ入《レ》ば孫八は上《ミ》二三の町へフシと急ぎ行。

地ハル道摺《すり》違ふていつこかは二四。ウ飛脚《ひきやく》と見へて門口色から。「詞ハイどなたぞ頼んませう。是のお客林新五様へ大坂からの此御状」と。地ハル聞より志津馬は覚への替名《かへ》。「詞ヲ、是は〳〵則《(すなはち)》拙者林新五。直《じき》〳〵に請取ました」。「ハイお返《ン》事をなされるなら。追《ツ》付《ケ》取《リ》に参りましよ」と云《イ》捨フシ飛脚は立帰る。

「詞コレ瀬川。唐木殿よりの此書状。何《ニ》事じや読《よん》でたも。地ハル早ふ〳〵」に封《ふう》二五じめ解《とき》。ウ覚束《おぼつか》ながら押《シ》中二六開く。ウ襖《ふすま》の内より林左衛門。ウ差足《シ》抜《ぬき》足表口。ウ戸脇《わき》に隠《かく》れて立《チ》聞《ク》共。ハル心付ねば。「詞テモ扨も政右衛門様のお気の付《イ》た。私でも読《よめ》る様に仮名交《かなまぜ》りの此手紙。ナニ〳〵弥《いよ〳〵》御無事と存じ候。然れば敵《(かたき)》の落足《おちあし》二七とゞめん為《ため》大坂川口二八の出口〳〵は門《ン》二九弟共数多《あまた》付《ケ》

放す。一三 天の岩戸が開けたように、目の前が明るくなるのでいう。一四 気軽でさっぱりとした。一五 当時流行の童謡。本作と同年刊徒然睟が川に見える耳鳥斎の落款に「大坂土産何貫太」「何申」とある。一六 天明二年十二月―三年三月、大坂角の芝居、傾城黄金鯱《(しゃちほこ)》の予告番付に浅尾為十郎の金助に絹傘をさしかけている絵があるのを見ていうか。一七 この場合、いかにもと肯定する意か。一八 痛かんべい、先の耳や目の荒療治は痛かったでしょう。一九 両人、顔を見合せて笑う。二〇 下半身。二一 療治代もその時一緒にやろう。嘉永六年序・守貞漫稿六に「京坂従来普通上下揉三十二文、二三十年来専ラ四十八文トナル。又三都トモニ或ハ上ノミ或ハ下体ノミヲ揉者ハ価ヲ半ニス」。二二 宛てがわれる食料の意で、武士が主君から支給される扶持米ないし蔵米知行に見立てた。知行の縁で、有り付く、という。二三 舟着場のある京橋からみて北の、京都寄りの地域(伏見の中心部)。二四 いっさんに来るさま。いっこかわ。二五 瀬川は封を切り、漢字ばかりの武士同士の手紙が読めるだろうかと、覚束なく思いながら。二六 手紙と襖とに掛かる。二七 逃げていく足取り。二八 淀川の支流、当時の中津川、安治川、尻無川、木津川が大阪湾に流入した河口。二九 流布本殺報転輪記で、又右衛門は本多

置キ油断《ゆだん》なく手当《あて》致し。我レ等事は武助諸共《もろとも》尼崎《あまがさき》[一]兵庫《ひやうご》[二]の辺りに待受候間。其地にて替《かは》りし事も御座候はゞ。早速《さつそく》御ン知らせ下ダさるべく候。此由申シ入度《(たく)》早ゝ以上」。「スリヤ政右衛門殿には大坂を立ッて兵庫の辺りへ参られしか。此方《(このはう)》よりも委細《いさい》の訳《わけ》。返ン書《しよ》に委《くわ》しく申送《おく》らん。コレ瀬川爰《(ここ)》は端近《はしちか》奥の間で。太ィ義ながら書ィてたも飛脚の来《こ》ぬ中サア早ふ」。[三]「アイ」と瀬川は夫トの手を引連レ這《は》入ル後かげ。

とつくと窺《うかゞ》ひ「扨こそ〳〵。和田志津馬に相違なし。踏込《ふんごん》で討チ放《はな》そふか。ハレいかゞはせん」ととつ置ィつ思案[四]

〽半《なかば》へ[五]ひよつか〳〵。一チ僕《ぼく》さへも[六]内証《ないしやう》の。[七]薄いを黒める木綿の居士衣《(こ)じゑ》[八]。見るから藪医《やぶゐ》[九]の竹中贅宅《ぜいたく》。療治仕廻《りやうちしま》ふて戻《もど》り足。夫レと見るより。「ヲ、是は〳〵隣《となり》座敷キのお侍様。コリヤ端近《はしちか》にござりますな」。「ア、昨晩《さくばん》ちよつと[一〇]御意得《ぎよゐゑ》申シた贅宅老《ぜいたくらう》。サ是へ〳〵」と片タ脇へ。招《まね》き寄《(よせ)》て声をひそめ。「今ン朝も申ごとく。隣家《りんか》に逗留《とうりう》致して居《を》る若カ侍がアノ眼《がん》病《びやう》。貴殿ンが療治《りやうち》召サるゝに付キ。折リ入ッて頼ミし密事《みつじ》弥《いよ〳〵》御《ご》承知《しやうち》下ダさるゝや」。「イヤモ御大ィ身ンのあなた様のお頼《(たのみ)》。お礼物《(れいもつ)》さへ慥ならば」。「先ヅは過分ン。然らば打チ明ケお咄し

家仕官以前、大坂に剣術指南所を開いていた。致仕後、大坂に仮住居している時も、剣術の名人として著名だった。
※第五(郡山)以後第八(岡崎)まで、追われる側の股五郎が昵近衆の政治力と林左衛門の財力に守られているのに対し、追う側の志津馬と政右衛門は貧しく、体制の外に置かれた一匹狼であった。この場でも、志津馬は窮迫し、病気に苦しんではいるが、一方で政右衛門が数多の門弟を配して股五郎一行の行く手を塞ごうとしている点、今までとは違った局面が開けつつある。これは殺報転輪記とは別の、演劇的構想である。

一 現在の兵庫県尼崎市。兵庫県の東南端で大阪府と接する。淀川支流の神崎川河口に開けた大阪湾の港町で、近世は摂津国河辺郡に属し尼崎藩城下。商業都市としても栄えた。
二 現在の神戸市兵庫区。大阪湾の西部北岸の港。摂津国矢田部郡。山陽道の宿駅。西国と上方を結ぶ要衝の地で、明和六年に、尼崎藩領から天領となった。
三 底本「地ノル」に見えるが改めた。
四 正本役割によればここで、初演、竹本男徳齋に交替か(番付では伏見の段一段を男徳齋)。
五 軽々しいさま。
六 無い、と懐具合の意を掛ける。一人の供もなく貧しい。「一僕つれぬ

申ス。子細《しさい》有ッて某始め。別宿《べつやど》に逗留《とうりう》致す。組の者共へ仇《あだ》有ルやつと。夜前《(やぜ)》ンより心を付クるに。身共が推量《すいりやう》ちつ共違はず。彼《かれ》が実名《じつめう》知レたる上は討ッて捨テんと思へ共。彼《かの》者に力を添《そゆ》る釼術《けんじゆつ》無双《ぶさう》の曲者《くせもの》有ル故。我レ〳〵が手にかくる時は。返ッて此身の有リ所《(しよ)》も知レ。帯紐解《ひもとい》て夜が寝《ね》られず。サア頼《(たのみ)》と云ッは爰の事。何ニ卒《とぞ》貴公の働《はたら》きにて毒薬《どくやく》を薬リと偽《いつわ》り。きやつが眼の見へぬ様ッに何ンと手段《しゆだん》は有ルまいか。此事成就《じやうじゆ》致《いた》しなば一ッ廉《かど》お礼を仕らふ。地ウ 先ッ頼ミの印《しるし》」と懐中《くわいちう》より。ハル 金ン子の包《つゝみ》取リ出し「一一左少《させう》フシながら」と手に渡タせば。詞「ヤアコリヤ金ン子五十両。テモ結構《けつこう》なお印じやな。隣の病人ン治《なを》したとて高〳〵《(たかだか)》一二弐朱《しゆ》か。よふくれて一三百疋《びき》は覚束《おぼつか》ない。ほんの是が一四牛《うし》を馬《うま》に乗《のり》かへたと申物《(まうすもの)》。後チ共云ハずたつた今。我レ等が秘方《ひほう》の毒薬《どくやく》を。差《さす》が相図《づ》に両眼より。五臓《ござう》へ染込《しむこむ》腐《くさ》り薬リ。一五ちやくと用意《ようゐ》致して置イた。コレ刀いらずに仕廻《しま》ふて取ルは。此贅宅が手の中に有ル」。「ヱ、早速《さつそく》の得心《とくしん》満ン足ク致いた〳〵《(まんぞくいたいた)》。必《(かならず)》手ぬかりなき様に」。「イヤモお気遣ひなされますな生《いか》す覚へはなけれ共。殺す事ならこつちが得《ゑ》物。委細《いさい》はあれから御らうじませ」。地ウ「いかにもよきに」と打チ点頭《うなづき》。ハル しめし合ハして店《みせ》の間の。障子《しやうじ》引立テ窺《うかゞ》ふ 中 桜田。ウ「何ンでもしめた」と贅宅が。

懐いしや」(田村麿鈴鹿合戦三。浄瑠璃・乗掛合羽・長町にも同じ表現あり)。
七 貧しさが目立たぬように人目をごまかす黒の居士衣。
八 隠者や医者が着用した上衣の一種。絹物もあるが、ここは粗末な木綿。
九 野巫医者。田舎医者。下手な医者。
一〇 お目にかかった。
一一 些少。「左少 させう」(偶奇仮名引節用集)。
※乗掛合羽・長町に「巧者」の目医者石盛鶏庵が登場する。本作の場合、一くせある目医者なので、乗掛合羽で武士の役ながら、医者・隠者風の贅宅の名を、この人物に用いた。番付では「たゞぜいたく」。
一二 一両の八分の一。安永元年九月より二朱銀が新鋳された。
一三 一疋は銭十文(→八七頁注二三)。百疋で千文(一貫文)。金一両は銭四千文(四貫文)に当っていたが、天明頃には銭が下がり、一両が六千文位であった(→六八頁※)。その場合、百疋は一両の六分の一程度。
一四 現在の所属を捨てて条件のよい方につくこと。
一五 抜け目なく。

[一]物にかゝりの摑《つか》み頬《づら》。上ハべに見せぬ[二]塗骨《ぬりぼね》の。扇ぱち〳〵隣《となり》の店《みせ》。「ヤ贅宅でござる。御《お》見舞《みまい》申ス」と。声に志津馬は一ト間を出《(いで)》。「ヲヽ是は御苦労《ごくらう》千万ン。扨お帰りを待チ兼ました」。「ヲヽそふでござらふ。昼《ひる》からお見舞《まい》申ス筈《はづ》が。御存じの流行医者《はやりゐしや》あそこからも竹中。爰からも贅宅様。生薬師《いきやくし》じやと持《もて》はやして。漸《やう〳〵》只今罷帰《まかりかへ》つた何ンと昼の洗《あら》ひ薬リで。さつぱりとよからうがの」。「イヤさして替《かは》つた事も」。「ハテ[三]めんよふな。アノ薬リではよい筈《はづ》じやが。ドレ〳〵今《ま》一チ度《ど》見て進ンぜふ」。と行灯《あんど》引キ寄セ灯明《ひあか》りに。ためつすがめつすかし見て。「コリヤ[四]内障《そこひ》立チじやはいの。是なら洗《あら》ひ薬リでは行カぬ筈《はづ》。コリヤ取ッて置キの[五]差《さし》薬リを。出さずば成ルまい。コレ大イ切ッな薬リじや程に。[六]うつかりと思はしやんなや。気遣カひ召サるな。今の間に[七]本ン腹《ぷく》さして進ンぜふ」と。[八]こて〳〵取出す薬リ箱《ばこ》。「アヽ是はよいお方に。かゝり合ハして拙者が仕合せ。此お礼は[九]本ン望を。イヤ追付本腹致したら急度致すでござりましよ」「ハテ心遣ひさつしやるな。[一〇]医道《いどう》は仁術《じんじゆつ》人を救《すく》ふは医者《いしや》の役じや。サアもそつとこつちへよらつしやれ」と。片手に瞼《まぶた》押明て。すくふ件《くだん》の毒薬は。直《(すぐ)》に志津馬が命を断匕《たつさじ》の刃《は》金の差薬。忽《(たちまち)》毒気廻ると見へ。「アヽきつふ此目が」「ヲヽ痛《(いたむ)》筈。

一 そのことにこだわる、専念する。金になると知って夢中になる強欲者。
二 強欲の本心を隠すと、木地を隠した塗り骨を掛ける。
三 面妖な。おかしい。
四 そこひになりかけている。そこひは外見は異常がなく眼球内が冒されている眼病。緑内障・白内障など。
五 内障にも効く点薬は、医道日用綱目では「家伝明目膏。一切の眼病を治するに愈ずと云ことなし。奇妙乃点薬(さしぐすり)也。炉岩石、海螵蛸、硼砂各十匁。辰砂、竜脳(各)二匁。右五味極細末(ごくさいまつ)して煉密(れんみつ)にてよくねりて点(さす)なり」。
六 ぼんやりと。並大抵のことに。粗末に。
※志賀の敵討八で蘭(あららぎ)又右衛門が眼医者となっているところへ、敵瓦井政五郎が眼病の秘薬を求めにやってくる。乗掛合羽・長町の場では、志津摩が眼病を煩っている。いずれも眼病の妙薬を得るために政右衛門が我子を殺す場面につながるが、この場では志津馬に眼病の設定だけを用いた。
七 本復。
八 ごそごそ。
九 本望を遂げ、帰参した暁には、と言いかけて、やめた。
一〇 医の道は人を救うことを本意とする。「いハじんのじゆつ也といふてハないか」(高漫斉行脚日記、安永五年)。

[一二]しゆむかしゆむで有《(あろ)》がの。少しの間ダじやこらへさつしやれ薬め[一三]〔ん〕けんせざる時は。其病治《(ぢ)》せずと申て。一旦動かねば薬はきかぬ。追付ケ両眼明らかに。此生薬師が治《(なほ)》して進ぜるドレ其間に一ぷく致さふ」と。煙管《きせる》取上すつぱ〳〵。[一四]すつぱのこつてう。[一五][一六]納《(をさめ)》た頬付《つら》。

志津馬は苦痛たへがたく。「申〳〵是迄の御薬とは違ふて。五臓迄も染《しみ》渡り。いかふ苦しうござります」。と声に瀬川も走り出《(いで)》。「若《(もし)》お薬は違ひはせぬか。お心慥《(たしか)》に。持しやんせ」と一方ならぬ介抱に。

じろりと詠《(ながめ)》。「[一七]うつそり共め。今薬リじやといふて差たのは。[一八]我レが目を潰《つぶ》さふ計リ。おれが秘方の毒薬じやはやい」。「ヤア〳〵そんなら今のは毒で有たか。何意趣《いしゆ》有て此仕業《しはざ》。様子が有〔ラ〕ふ。様ッ子は」と。立上れ共よろ〳〵。「瀬川どこに居やる。瀬川爰が苦しい〳〵。せつないわいの」と夫の悩《なやみ》を見る悲しさ。有《(ある)》にもあられず縋《すが》り付キ。「そんならお目がもふ見へぬか。ハアヤイ胴欲医者の鬼め。魔王《まわう》め。ずた〳〵に刻でも恨はは れぬ」としがみ付《(つく)》。[一九]小腕《がいな》取て膝《ひざ》[二〇]に引敷《(ひつしき)》。「ヤイ〳〵ばた〳〵と刎《(はね)》廻ッてももふ叶はぬ。

一二 しみるか。
一三 書経・説命「若シ薬弗ニ瞑眩一（メンゲンセズンバ）、厥（ソ）ノ疾弗レ瘳（イエ）」を医書に引用したところによる。目まいがするほどの強い薬でないと病は治らない。忠言に喩えて用いる。
一三 瞑眩。元来はめまいの意。治療のための投薬などによる一時的な激しい症状。「めんげん」とも。
一四 すり・かたりなど。悪事に達した者。すっぱの皮とも。煙草を吸うさまの擬態語と同音を重ねる。
一五 骨頂。
一六 落着きはらった。
一七 まぬけ。
一八 お前。
※北国屋の段は、直接には乗掛合羽・伏見宿屋の場によるところが多いが、敵同士が同じ宿(または隣家)に泊り合わせたサスペンスや、志津馬の眼病などは、長町の場からとっている。
一九 (瀬川の)腕の肘から手首までの部分。
二〇 歌舞伎や浄瑠璃の敵討物で、敵を討つべき立役側がかえって敵の側から殺され、または痛めつけられる返り討の局面を、実説とは関係なく、見せ場としてとり入れた。

イヤ中隣のお客。何ッと拙者が匕加減《さじかげん》を」。「ヲヽ。とくと是にて見届けたり」と。物影より林左衛門したり。顔に歩み出《(いで)》。「和田行家が一紛同苗志津馬。無念ッに有ふな」。「ヤナニ某を和田志津馬と知たこなたは」。「ヲヽ沢井股五郎に力を添る。伯父の桜田林左衛門。其方づれが股五郎を討んなどゝは。及ばぬ事」と。聞より扨はと這《はい》寄〱。「敵の片われ遁さじ」と。刀の柄に手をかくるを。襟《えり》がみ摑《つか》んでぐつと捻《ねぢ》付《(つけ)》。「ヤア鈒術無双の此桜田に刃向はんとは。こざかしい蚊《か》二とんぼ侍。捻り殺すは安けれど。某始め。股五郎が有家を知《(しら)》れては一大事と。贅宅に申合せし身が計略眼も見へぬ分際《ぶんざい》でも。見事親の敵を討《(うつ)》か。相人《て》は大敵其上に。城五郎殿のお心付《(づけ)》にて。鈒術勝れし侍数多《(あまた)》付添ふ股五郎。所詮叶わぬ事だとあきらめ。首でもくゝつてくたばれ」と悪口雑言三脚《(あし)》にかけ。踏付られて無念の歯ぎり。「ヱヽ侍の有まじい。四比怯未練の此仕業。親の敵の股五郎に。縁を引たる其方が。土足にかけられ手向ひも。ならぬは此目が見へぬから。ヱヽ口惜や無念や」と拳を握り男泣。見るに瀬川が気は狂乱。「五目かいも見へぬ志津馬様に。むごいつらい大悪人天道様の明らかな。お目には

※この伏見北国屋の段が、乗掛合羽・伏見宿屋を下敷にしていることが顕著な部分(本作一二八頁九行目以下)を歌舞伎台帳で掲出する。東大国語学研究室蔵本。頭書は役名の略称とした。

大八　ハテ兵庫へむけて出ると思ふあつちのすかたん思ひかけなふ道をかへて伊賀越に
股五　ハア〱伊勢浦から舟にのり西へまわり
贅宅　土佐沖から九州へのり込海上
林左　西と思わせひがしへまわりはこりやめうけい
贅宅　して其手筈は
大八　手下のやつらに言付荷物はうら豊後橋に待たして有夜の内に上野まで九里の余有レど夜なかのしぶん
林左　ときは四ツ半
源内　から尻でぼつ立たら
大八　あす五ツには上野へでますわいの

一　同じ苗字の。
二　ひ弱な相手を罵っていう語。
三　真草字引大成で脚を「あし。はぎ」。
四　卑怯。
五　目かいの見えぬ、で盲目の意。

是がかゝらぬか。孫八殿は何してぞ。神も仏も恨めしや」と声を限りに泣さけぶ。「ヱ、やかましいわい〳〵。コリヤ眼の見へぬ計《（ばかり）》じやない。毒気が五臓へ廻るが最期。追[六]付ころり百両の。褒美がほしさの仕事じやわいやい」。「ヲ、贅宅が働きにて。此志津馬めを仕廻ふて取《（とり）》。待伏《（まちぶせ）》[七]ひろぐ政右衛門め。鼻明すのがこつちの方便《てだて》。荷物の内に忍ばせ置し。股五郎にも落付せ。うぬらが苦痛を肴にして一献[八]汲ふ。ハレよいざま」と踏飛し。かけ行鐺《（こじり）》[九]をしつかと取《（とり）》。「すりや差敵《（さすてき）》の股五郎は」。「ヲ、身共と一所に昨日より是に逗留《とうりう》致《タ》し居《を》るはい」。「ヱ、忝《（かたじけな）》い。今こそ敵《（かたき）》の有《リ》所が知《レ》た」。「志津馬様。嘸《さぞ》御本《ン》望」と。ぬつと出《（いで）》たる池添孫八。主従《しうぐ》一《チ》度に身繕《づくろ》ふ。「ヤア〳〵。コリヤ儕《をのゝ》[一〇]眼が見へるな。贅宅。こりやどふじややい」。「ヲ、目医者と成《ッ》て入《リ》込《ミ》し。此贅宅が本《ン》名は。孫八が兄池添孫六。志津馬様と云〔イ〕合せ。明《キ》らかな両眼《ン》を目病《やみ》と偽《いつわ》り儕《レ》が俗性《ぞくせう》[一一]敵の行《ク》衛を知《ラ》ん為。首尾《しゆび》よふ参つた桜田殿」と云れて恟《（びつく）》り。「ヤヽヽヽスリヤ股五郎を見出さん為。云《イ》合せで有《ッ》たよな。此上は一《チ》味の者へ告《つげ》知《ラ》せん」とかけ出る。「敵のかと[一二]ふ人《ど》逃《にが》さじ」と抜《ク》手も見せず主従《しうぐ》が。励《はげ》[一三]しき手練《しゆれん》の働《はたら》きに。さしもの桜田叶はじと

六 あっけなく死ぬさまと、銭百文で馬や駕籠を行かせる時の隠語ころりを掛ける。この場合は銭でなく金百両。
七 する、を罵っていう。
八 底本、「中」の位置が正常でないが、一応「献」につくとみなした。
九 刀の鞘の端を包む金具。鞘の端。
一〇 振仮名「をのれ」とあるべきところ。
一一 俗姓。出自（もとの家系の意）。
一二 方人。味方する者。
一三 激しきの宛字。
※乗掛合羽・伏見宿屋では馬士大八の役に、股五郎・林左衛門らの一味を装い、実は志津摩を助けている逆転の趣向がある。

一 駆入の宛字。
二 苫は竹や茅萱の葉を重ねて船の屋根などを覆うもの。苫で屋根を覆った船。 三 狭い船中を配慮した軽装。
四 思いがけず政右衛門が苫舟から声をかけて現れるのは、乗掛合羽・伏見宿屋で、林左衛門が長持から大八

旅宿《りよしゆく》をさして逃込ンだり。「ヤアいづく迄も」と孫八志津馬。[一]欠入《かけ》んとする奥の間より。「どつこいならぬ」と呉服《ごふく》屋十兵衛。かけ隔《へだて》てさゝゆるを。血《けつ》気の志津馬が切ッ先キに。肩《かた》先ずつぱり切リ下ゲられ。「うん」と倒《たを》るゝ其隙《ひま》に。奥を目がけて欠入《かけ》ルを。「ヤレ暫《しばら》く」と声をかけ。浜辺《はまべ》につなぎし[二]苫舟《とま》より。[三]船装束《しやうぞく》を其儘《まゝ》に。武介引キ連レ[四]政右衛門。しづ〳〵と歩《あゆ》み出《(いで)》。

「手に入ッた敵なれ共。爰では討タれぬ子細《しさい》有リ。町人ンながら義心ン有ル十兵衛が此深手。非道《ひどう》に組《くみ》せし先ン非《び》を悔《くい》。志津馬が手にかゝりしは。本望ならん」と有リければ。手負《をい》はむつくと起《おき》上り。「ヲヽ御推量《ごすいりやう》の上ェは我ガ所存ン。今更《さら》ぐど〳〵申《(まうす)》に及ばず。股五郎始め一チ味の者共。西国へ落失《おちうせ》ては。御本望の妨《さまたげ》と。政右衛門様の計略《けいりやく》にて。最前ンの似《に》せ飛脚《ひきやく》を。誠と心得裏《うら》道より。[五]小倉堤《ぐらづゝみ》を[六]伊賀越《がごへ》に。[七]志州《しうと》[八]鳥羽《ば》の湊《みな(と)》より。[九]大廻ハしにて九州相良《さがら》へ。落失んとの云ィ合せを。お知[一〇]せ申シて相果るが。志津馬様へのせめての寸ン志。町人ンなれ共。敵の端《はし》くれ。股五郎に頼れた。[一一]一つの命を両方へ。[一二]わけて願ひは此上ながら」。「ヲヽ瀬川が事は政右衛門が。刀にかけて志津馬に添《そは》す」。「ハヽ、ヽ、武士の鑑《かゞみ》の政

に声をかけて出る場面の転用。但し乗掛合羽は仮名手本忠臣蔵十段目の作り替え、本作は九段目の作り替え。乗掛合羽のこの場にも呉服屋十兵衛が、股五郎方の軽い役で出ている。五 京都盆地の南部、現在の宇治市、京都市伏見区、久世郡久御山町域にまたがっていた巨椋(おぐら)池に、文禄三年(一五九四)豊臣秀吉の伏見築城に伴う大規模な改修が加えられて出来た堤。その上に大和街道が通じる。六 伊賀越道中は、奈良から山城の笠置、伊賀上野を経て東海道の関へ出る脇街道。史実及び原殺報転輪記の又五郎一行はこの道をとって奈良から江戸へ向かい、上野を通るのだが、流布本殺報転輪記、乗掛合羽、本作では、伏見から伊勢へ向かう際に山城から伊賀上野を越え、伊賀越道中の道筋にかかる。七 志州は志摩国。三重県の志摩半島地域。鳥羽も志摩国であるが、その一部は伊勢国に属したこともある。八 現三重県鳥羽市。志摩半島東北端の港で鳥羽藩稲垣摂津守の城下町。九 九州へ向かうのに、大阪湾などから直接でなく、紀伊半島を迂回していくこと。※この道筋の説明、後の「時は…」「先キへ廻ハつて」の文章等、すべて歌舞伎・乗掛合羽(一二六頁※など)に基づく。

一〇「知」の右の「ウ」未詳。捨仮名「ラ」の誤りか。一一「沼津」の「子故の闇も二タ道に。わけて命を塵芥」

右衛門様。其御一《チ》言《ン》は呉《ご》服《ふく》屋が冥途《めいど》の晴着《はれぎ》。サア〳〵片《ン》時も早くぼつ付〔イ〕て。此年月《キ》の御本望。早く〳〵」と気をいらつ。手負《をひ》に取《リ》付妹が嘆《なげ》くをせいして政右衛門。「ヲヽいかにもぼつ付《(つき)》討《チ》留んは我《ガ》掌《たなごゝろ》の内に有《レ》ど。志津馬が亡君《(ば)うくん》上杉殿の。[一三]御家《ごか》門《ン》たる[一四]畠山《はたけ》。正家公《まさいへ》よりすへ置《カ》れし。宇内公《うない》の石碑《せきひ》有《ル》伊賀路《ち》において本《ン》望達《たつ》する物ならば。[一五]泉下《せんか》にまします顕定公《あきさだ》。行家殿《ゆきへ》への追善《ついぜん》ならん譬《たとへ》。何《ン》百何《ン》十人。彼《レ》に力を添《そゆ》る共。天理に背《そむく》敵の介太刀。何《ン》条恐《でうおそ》るゝ事有《ラ》じ。時は[一六]初更《しよこう》の戌《いぬ》の刻《こく》。先《キ》へ廻《ハ》つて伊賀ごへに。多年の本《ン》望今此時」と唐木が諫《いさめ》に力足。手負を跡に[一七]三つ瀬川。三《ン》途《づ》の瀬[一八]ぶみは。[一九]敵の魁《さきがけ》「さらば〳〵」を夜嵐《よあら(し)》に声吹分《ふきわく》る[二〇]海道筋《かいどうすじ》跡を。したふて急ぎ行

の焼き直し。「沼津」をなぞった文章(→七八頁)といい、乗掛合羽に依存した脚色(円覚寺、郡山(第五)、沼津、岡崎の各段と対照的)といい、この段が半二の作とは到底考え難い。次の第十も同様。 一三 二つに分ける意と、とりわけ、の意を掛ける。 一三 御一族。御親戚筋。 一四 史実の藤堂藩主に当る。乗掛合羽で、大八実は畠山大膳公の家中柏木善右衛門(流布本殺報転輪記の梶尾源右衛門)が、政右衛門と同門のよしみで力を添え、自身の支配地上野(史実の上野は藤堂藩城代家老の支配下)へ股五郎一行をおびき寄せる設定に基づく。畠山(藤堂)家が宇内顕定(池田忠雄)の家門というのは未考だが、史実の数馬の父は、かつて藤堂高虎に仕えた(高嶋弘志「渡辺数馬の父と藤堂高虎」)。「石牌(碑)」は志賀の敵討の影響で芭蕉を匂わすか。 一五 冥途。 一六 初更は不定時法で夜のみに用いられた称。暮六つより明六つまでを五等分するので、一更の長さは一刻の一・二倍の時間となり、五時過ぎより八時前に当る。戌は夜五つ。史実の敵討前夜の五つは七時半頃。 一七 三途の川の意に、見る、と瀬川の名を掛ける。 一八 川の瀬(浅い所)に踏みこんで渡るために深さを測ること。渡河渡海の戦いの先陣を勤めること。 一九 死出の三途の川を、やがて死ぬことになる股五郎に先がけて渡ろう、の意。 二〇 大和街道。

第十　敵討の段[一]

されば唐木政右衛門[二]股五郎を付ケ出《(いだ)》し。夜[三]を日に継《つい》で伏見《ふしみ》を出《(いで)》伊賀の上野と心ざし。先[四]キへ廻ハりて代官[五]ン所の届《とゞ》けも済《すみ》て北谷[六]の。四つ辻《つじ》に主従《しうぐ》四人。我レ劣《おと》らじと入リ来《(きた)》る。

政右衛門声をかけ。「孫八武介は我レに構《かま》はず志津馬をかこい。我レ兼《かね》て聞及ぶ。股五郎には付ケ人有ル由。目ざす敵は只一人ン。譬《たとへ》助太刀何ン十人ン有ル迚《とて》も。何程の事有《(あら)》ん。最早《もはや》来るに間も有ルまじ。身拵《ごしら》へを」とせい[七]すれば。

志津馬はけふを一ツ世の晴業《はれわざ》。「心得たり」と片タはだ脱《ぬげ》ば。南蛮鎖《なんばんぐさり》[八]の差込《さしこみ》に鎖《くさ》[九]り鉢巻《はちまき》キ拝《はい》領《れう》の不動《ふどう》[一〇]国行キ覚への名イ作。同《(おなじく)》唐木も立チ[一一]附ケに渋《しぶ》[一二]の鉢巻《はちまき》信《のぶ》[一三]国のねた刃《ば》は兼て[一四]合詞《(あひことば)》。いづれ劣《おと》らぬ。古今[一五]の勇士《ゆうし》池添《いけぞへ》石留《いしどめ》引添《そふ》て。日頃《ごろ》の念願《ねんぐわん》さす敵《(てき)》を今や来《(きた)》ると。待チかけたり。

程も有《(あら)》せず。股五郎悪ク党原《とうばら》に前ン後をかこはせ。一番ン手は林左衛門。ざゞめき[一六]渡り我レ

一 初演、竹本定太夫。 二 底本「政左衛門」。 三 乗掛合羽（→一二六頁※）を踏襲しながら、前段から一昼夜以上たったような表現だが翌朝のはず。

時　前段の翌朝
所　伊賀上野小田町（鍵屋の辻）

※伏見から伊賀上野への道筋は、伏見の豊後橋（観月橋）を渡って向島に入り、巨椋堤から大和街道にかかり、長池（現城陽市）、玉水（綴喜郡）から、神童子越で伊賀街道にかかり、法花寺野、銭司、笠置、大河原（以上山城）、伊賀に入って島が原、上野に至る。上野城下から伊賀街道は伊勢の津に通ずる。伊勢参宮の道筋。 四 台帳に「さきへかけぬけ」。 五 乗掛合羽では鍵屋の辻の鍵屋と並ぶ煮売屋万屋の亭主に届け出を依頼。 六 上野城北方の低地北谷から城下西端の小田馬苦労町（上野市小田町）に通じる道の町角。いわゆる鍵屋の辻に当るが、このあたり道は四方に通ずるものの、鍵屋の辻は四辻ではなくT字形。 七 制する。落ち着かせる。 八 舶来の優れた鋼材である南蛮鉄製の鎖帷子。 九 細い鎖で編んだ鉢巻。額を保護。捨仮名「キ」衍字。 ※現行、舞台ははるかに上野城を望む鍵屋の辻。現行台本は大幅に短縮。 一〇 来国行作の名刀、刀身の裏に滝不動の浮彫りがある。乗掛合羽では木辻で誉田内記が政右衛門・志津摩に餞別に与えた刀。 一一 裁着。膝よ

一チと。小田町筋へと[一七]打通る。
斯《かく》と見るより和田志津馬小影より飛《とん》で出《(いで)》。向ふに立ッて大音ン上ゲ。「ヤア〱いかに沢井股五郎。汝《なんぢ》が手にかけし和田行家が一ッ子同苗《どうめう》志津馬。此所に待チ受ケたり。尋常《じんじやう》に勝負《しやうぶ》せよ」と声かくれば政右衛門。「ホヽ久しや桜田林左衛門。郡山にて[一八]真ン剱ンの。勝負を[一九]望《のぞ[み]》し其方《(そのはう)》今ン日に至《いた》つたり。サア[二〇]覚悟《かくご》せよ」と[二一]呼《よば》はたり「心得たり」と林左衛門馬上より飛下《とびをり》るを。走《はし》りかゝつて政右衛門。豁《あばら》より肩《かた》先キかけて切付ケたり。「ソレ遁《のが》すな」と声〱《(こゑごゑ)》に。一流《りう》を得《ゑ》し附人共志津馬を目当〔テ〕切リかくる。「心得たり」と池添石留四人を相手に切リ結《むす》ぶ。股五郎志津馬は一ッ騎《き》打チ兼《かね》て手練《しゆれん》の和田志津馬。爰に顕《あらは》れかしこに切リ抜《ぬけ》飛《ひ》鳥《てう》のごとく早業《はやわざ》に。股五郎もあしらい兼突ッかける鑓《やり》先キを。[二二]鍔《つば》ぜりに請ケ留られ跡じさりに成てたぢ〱〱。[二三]坂の下タへと引て行。「こは心へず」と[二四]団四郎。股五郎を救《すく》はんと勢ひ込でかけ行所へ。「どつこいやらぬ」と政右衛門。仁王立チにつつ立たり。「シヤ邪魔《じやま》ひろぐな」と打かくる。「心得たり」と受ケ流《なが》し付ケ込ム所を身を[二五]ひらき。飛《とぶ》よと見へしが団四郎。[二六]から竹割《わり》に切リ伏《ふせ》たり。返《かへ》す刀に助太刀共一人リも残《のこ》らず[二七]すくい切リ。

り下が細く脚絆の形になっている袴。一二 柿渋で染めて丈夫にした布製の鉢巻。一三 →六二頁注二。一四 合わせてある、と、味方だけに通じる合図の詞を、掛ける。一五 「今」の右に振仮名か墨譜か不明の字形あり。一六 「上下三拾七人花々敷出立ニて小田の町へ入来る」(流布本殺報転輪記)。一七 馬に乗って通る。一八 流布本殺報転輪記で、御前仕合で又右衛門に負けた桜井甚左衛門が真剣の勝負を望み、又右衛門は郡山を立退く時、甚左衛門宛に、敵討の場で「真剣の太刀筋可掛御目候」との一書を残した。一九 振仮名「み」と読んでおくが字形は「へ」か「ん」に近い。二〇 「覚悟して勝負せよと呼はる時桜井心得たり迚馬より下んとする所荒木左剣を抜打に左の股を切落す」(流布本殺報転輪記)。二一 呼はったり、とあるべきところ。二二 ぎりぎりの所を鍔で防がれて。二三 「四五丁隔て小田の切通しの下方山陰に両人働河合は十文字の鑓渡部は拝領の不動国行の刀にてしのぎを削り」(流布本殺報転輪記)。二四 星合団四郎。史実及び原殺報転輪記で又五郎方の強剛であった桜井半兵衛を、流布本殺報転輪記は、又五郎の叔父河合甚左衛門と一人の人物桜井甚左衛門に作り替えたため、敵討の場に勇戦する人物を新たに書き加えた。二五 団四郎がつけ入ってくるとき、政右衛門は一歩身を引いて、躍り上ると同時

志津馬が身の上気遣はしと。二人の家来を跡になし坂の下へと〽飛で行ク孫八武助は死物狂《(し)にものぐる》ひ。数多《あまた》の付人《(つけびと)》相人《(あひて)》に取リ。切つ《(きっ)》切れ《(きら)》つ戦《たゝか》ひしが。数《(す)》箇所の手疵《てきづ》に目もくらみ同じ枕《まくら》に死してげり。

[二]股五郎相人《(あひて)》に和田志津馬。手利《てきゝ》と手利の晴勝負《はれしやうぶ》。いづれ抜目《ぬけ》はなき所へ。政右衛門が韋《い》駄《だ》天走《てんばし》り。「助太刀の奴原《やつばら》は一人も残らず討チ留しぞ。残るはそやつ只《たゞ》一人。ソレ踏込《ふんごん》で討留メい」と声の介太刀百人ン[三]力よろめく所を付ケ入ッて。肩《かた》先キざつぷと切付ケたり。「こは叶《かな》はじ」と股五郎死物狂いと働《はたら》け共。動《どう》[四]ぜぬ武士の太刀風に。さしもの沢井も切リ立テられ。しどろに成ルを畳《たゝみ》かけ。尖《するど》き一ッ刀大地へどつさり。起《おこ》[五]しも立《(たて)》ず乗《のつ》かゝり。「年ン来の父[六]の敵」。「舅《しうと》の敵」。「主人ンの仇《あだ》」。一チ度に晴《はれ》[七]る胸の月。空《そら》[八]に知ラれし上杉[九]の。家の誉《ほま》れと悦ぶ唐木。武名《ぶめい》は世ゝに鳴《なり》ひゞく。[一〇]和田が手疵《てきづ》も日を追ッて頓《やが》て全部《ぜんぶ》十冊物。此上もなき敵討今に誉《ほま》れを残しける。

天明三癸卯年

四月廿七日

作者　近[二]松半二

近[三]松加作

に、団四郎を。二六 唐竹割。竹を縦に割るように、勢いよく切り下げること。二七 無造作に全ての助太刀を切り払うさま。「群りたかる奴原を枯葉なぐりの鏖《(みなごろし)》」(乗掛合羽)。

一 流布本殺報転輪記では、山添伊兵衛・須藤武兵衛とも、星合団四郎に斬られる。史実では岡本武右衛門は七日夜半に死去。岩本孫右衛門は十一ヶ所の傷を負うが生存。なお乗掛合羽では石留武助は長町で死に、敵討の場の供は池添孫八のみ。浄瑠璃・乗掛合羽では政右衛門が手負の孫八を背負って戦う。二「城には午時《(じご)》の時太鼓うつゝか夢の追手先キ。股五郎相イ手に和田志津馬」(乗掛合羽)。以下浄瑠璃の乗掛合羽の文章を、そのまま踏襲、ないし切り詰めて一部書き替えて流用している。三 政右衛門の言葉が強力な助太刀となって志津馬は、相手がよろめく所を。四 不動国行の刀を掛ける。五「又五郎は鎗を取合働き後には刀にていさぎよく働き申候得共場に於て討留申候」(敵討始末書)。決闘は「三時ばかり折合申候」(同書)とあって、朝から三時(五時間半)に及んだ。六 志津馬が止めをさす時の詞。次の「舅の」が政右衛門の詞。次の「主人の仇」が、池田忠雄毒殺説ないし憤死を念頭においた志津馬の言葉か、乗掛合羽の不用意な踏襲(乗掛合羽では孫八が生きている)か不明。七 胸

浄瑠璃太夫役割

第壱　鶴が岡の段　竹本和太夫

第二　行家屋鋪の段　竹本友太夫

第三　円覚寺の段　竹本和太夫　竹本中太夫

第四　郡山宮居の段　竹本浅太夫

第五　郡山屋鋪の段　竹本関太夫　竹本染太夫　竹本住太夫

千穐萬歳楽叶

第六　沼津の段　竹本男徳齋　竹本染太夫

第七　新関所の段　竹本友太夫

第八　岡崎の段　竹本関太夫　竹本住太夫

第九　伏見の段　竹本中太夫　竹本男徳齋

第十　敵討の段　竹本定太夫

が晴れる、と晴れた空の月を掛ける。月、空、上と縁語。八「桜散る木の下風は寒からで空に知られぬ雪ぞ降りける」(拾遺集・春)をふまえた「空に。しられぬ花曇り」(妹背山婦女庭訓三)の表現がある。九 文章に省略、半二死去等による正本の不備あるか。↓解説。一〇 乗掛合羽は「池添が。手疵保養も日を追つて。全快全部十五冊」。一一 本名穂積成章。儒学者で難波土産の成立と深く関わった穂積以貫の次男。天明三年二月四日没、享年五十九歳説が定説とされる。父以貫とも親交のあった近松門左衛門に因んで近松姓を名乗り、竹本座作者となり、宝暦元年(寛延四年(一七五一))十月、役行者大峰桜に作者名を掲げて以後三十三年間、下降期の浄瑠璃界にあって数多くの名作を残した。一二 近松半二晩年の門弟とみられ、天明二年九月、十月、三年一月、四月の番付に名を掲げるが、現存の正本署名作品は、本作のみ。

一 右は私が語るところをそのまま写しとった正しい本文である。浄瑠璃の文字譜・ゴマ点は、歌書のアクセント記号である声点(しょうてん)に始まり、声の出し方、アクセントや音高を表わす秘伝である。その音曲の基本を、元祖義太夫以来の竹本の正統に立って、末弟ながら正しく継承してきた私であるが、守るべき基本を守った上で、個々の節付けは、各人の主体

[一]右語り本の通り正本にうつし畢《をはん》ぬ
節墨譜《ふしはかせ》は和歌より出て発声甲乙《かんをつ》の
秘密を受伝へたる竹本の末葉に到りたれ共
猶おのれ〳〵がふし付《づけ》の心いきは其人によりて
知るべし[二]秘事はまつ毛とや賀志久

竹本義太夫遺弟
[三]竹本染太夫 軒正文（壺印）

江戸大伝馬町三丁目　[四]鱗形屋孫兵衛版
大坂　[五]伝法屋源七郎版
大坂嶋之内中橋筋　[六]寺田吉九郎版

的ないき方にまつべきであると考える。元祖義太夫も秘事はまつ毛、といわれた通りである。二 秘伝とは何か特別なものではなく、まつ毛のように、身近にあって気付かぬ大事な事柄である、の意。

※義太夫節の創始者、義太夫(筑後掾)が、比較的初期の正本に用いた奥書の文章「我等かたり本の…ふし付は作意と文句のはだゑが大事ニ而候秘事はまつげとやかしく」を受けつぎ、竹本座系の浄瑠璃の原点に立とうとする竹本染太夫の姿勢。

三 本名伝法屋源七、九代まである染太夫の初代。天明五年(一七八五)八月十一日没。宝暦四年(一七五四)竹本座、小野道風青柳硯が初舞台。二代目竹本政太夫門弟。→解説。四 万治年間(一六五八—一六六二)開業の江戸の代表的書肆。江戸の古浄瑠璃正本の多くを刊行し、大坂竹本座・豊竹座の義太夫節正本奥書の多くにも、山本・西沢等とともに名を掲げる。五 染太夫の本名とみられ、寺田屋(伝法屋)吉九郎の活動も含め、染太夫がその主催する座の浄瑠璃正本刊行に関わったことを示す(神津武男「明和・安永・天明期の竹本座の動向について—太夫の活動と正本出版を中心に—」『演劇博物館所蔵浄瑠璃奥書年表』)。六 伝法屋吉九郎とも。安永二年・いろは蔵三組盃など、染太夫関係の浄瑠璃正本を刊行(児玉竜一「演博所蔵近松没後浄瑠璃本奥書調査報告」)。

絵《え》本《ほん》太《たい》功《こう》記《き》

「絵本太功記」(正本内題は「大功」。番付の表記に従う)は寛政十一年(一七九九)七月十二日から、大坂道頓堀若太夫芝居(旧豊竹座)で、豊竹麓太夫らによって初演された。当時好評続刊中の太閤一代記物の読本『絵本太閤記』(初篇・寛政九年—七篇・享和二年)の浄瑠璃化である。辻番付の予告に「天正十年六月朔日武智光秀反逆《ほんぎゃく》の出陣より同月十三日山崎大合戦まで日《ひ》数《かず》十三日が間を続十三巻に取組《とりくみ》」とある通り、『絵本太閤記』三篇巻五以後、本能寺の変とその後の光秀、秀吉らの動向を描く。

但し浄瑠璃「絵本太功記」が初日を明けた七月十二日の時点で、『絵本太閤記』は三篇までしか刊行されていない。三篇の最終(十二)巻は、高松城水攻が決着をみる六月五日で終っている。著名な十日の段(尼が崎)を含む「絵本太功記」後半部は、何によったか。

浄瑠璃作者の手許には、『絵本太閤記』のもとになる実録本『太閤真顕記』十二篇三百六十巻があった。「絵本太功記」後半部は『太閤真顕記』からの脚色であり、前半部に関しても、分量的には『絵本太閤記』以上に『太閤真顕記』に依拠するところが多い(→付録四『真顕記』との対応表)。ただ『絵本太閤記』には、講釈と表裏一体の『太閤真顕記』とは異なる、小説としての主題性があり、文章の格調も『太閤真顕記』にまさる。作者近松柳は『太閤真顕記』を随所で活用しながら、刊本『絵本太閤記』の文学性を重んじ、文章など意識的に『絵本太閤記』をふまえる傾向がある。脚注ではこの点に留意し、『絵本太閤記』関係に比較的紙面を充てた。

「絵本太功記」は大坂の観客に人気の高い秀吉(本作では久吉)を、三日・四日・五日の段の高松城水攻、七日の段の紀州本願寺との和解、十一日・十二日の段の千利休の件りなどで活躍させるが、しかし劇の中心となる発端・朔日・二日・六日・八日・九日・十日・十三日の段の主人公は明智(武智)光秀である。「絵本太功記」における光秀の悲劇的人物造形は、小説以上に浄瑠璃の先行作、近松半二の「仮《か》名写《なうつし》安《あ》土問答《づちもんどう》」「三日太平記」から影響を受けている(付録一・三参照)。近松半二が再三取り組んだ光秀劇は、半二没後、実録体小説から史劇的骨格を得た本作において、完成を見たといえるのである。

底本は早稲田大学演劇博物館蔵七行百十五丁(実丁九十九丁)本。見返しその他破損部分を、松竹大谷図書館本で補った。

目録

絵本大功記

発端

(安[一]土の段)

座本豊竹諏訪太夫

[二][ウタイ]天にかなひしゆへやらん八百[三]の諸侯従《しよこうしたが》ひて紂王《ちうわう》[四]を討《うた》んといひしを我レ[五]未《いまだ》[六]天命《めい》をしらずと
て諸《もろ〳〵》の軍《いくさ》[七]を引キ具《ぐ》し先《(まづ)》[下]かへりぬ。
[ナヲス地中ウ]実戦国《げにせんごく》に大勇《ゆう》[ウ]をしめす乱舞《らつぶ》[八]の音ト高き。[九]内大臣春長公《ないだいじんはるながこう》[ハル]の一ト[中]構《かま》へ。遠近《ゑんきん》の諸士大半ソ属《しよく》[一〇]し。
[一一]登城《とじやう》[ウ]は櫛の歯を引クごとくさも厳《げん》[フシ]。重《ちう》に見へにけり。
[地ウ]取リ次ギの侍罷リ[色]出《(いで)》。「[詞]仰付ケられし安部《あべ》[一二]の法印《ほうゐん》只今参ン着《ちやく》仕る」と申上グ[地ハル]れば近習《きんじゆ》の面〻《めん〳〵》[中]。
[ウ]斯《かく》と取リ次グ間《(あひだ)》もなく内大臣平《ないだいじんたいら》[一三]の春長。従《したが》[ウ]ふ武士は羽翼《うよく》[一四]の臣《しん》[一五] 真柴筑前守久吉《ましばちくぜんのかみひさよし》[ウ]。[一六]武智光《たけちみつ》[ハル]
秀諸共《ひでもろとも》[フシ]に椽際《ゑんぎは》近く座に直る。

一 初演、豊竹伊達太夫(一四〇頁二行目まで)。 二 安土城での演能、「武王」の謡が聞こえてくる幕明き。 三「周の武王の東伐して盟津に至るや諸侯の殷に叛きて周に会する者八百なり。諸侯皆曰く紂伐つ可しと。武王曰く、爾未だ天命を知らずと。乃ち復た帰る」(史記・殷本紀)による。 四 紀元前十一世紀頃、殷王朝最後の帝王で、残忍な暴君。 五 武王の言葉。史記では「君たちはまだ天命というものを知らない」と諸侯を諭すが、謡曲では、武王自身がまだ天命を確認できずにいる、と言いかえた。 六 ある人物(とその子孫)に天下を治めさせる天帝の意志。 七 軍勢。 八 能のこと。能の囃子の音。 九 織田信長は、天正四年(一五七六)に内大臣、五年に右大臣。翌年辞任。本作では尾田春長。 一〇 味方につき。 一一 絵本太閤記三ノ五の冒頭をふまえた表現。 一二 陰陽家安倍氏で法印の僧位に叙せられたもの。太閤真顕記(以下、真顕記と略称)六ノ五による。↓付録四1。 一三 織田信長の家は平資盛の子孫を称した。↓付録一。 一四 羽と翼の如き、忠実な家来。 一五 羽柴筑前守秀吉。 一六 明智光秀。惟任日向守。
※現行、「平の春長」で御簾が上ると、中央に春長、上手に久吉、下手に光

時　天正十年五月下旬か
所　安土城

久吉下部《しもべ》に打向ひ。「ホヽ、君にもことのふ[一七]お待かね。早く案内《あんない》申せよ」と。いふ間《(ま)》程なく法印ッ安部氏《あべうぢ》。遉都《さすがみやこ》[一八]の水清《きよ》く。よどまぬ公家《くげ》の交《まじは》りに衣紋正《ゑもんたゞ》しく入ッ来る。春長完爾《くはんじ》と打笑《ゑみ》給ひ。「ホヽ、法印ッには大義〳〵。其方《(そのはう)》を召シ寄セしは余《よ》の義にあらず。あれ成ル大庭《には》[一九]の蘇鉄《そてつ》[二〇]。泉州《せんしう》[二一]妙国寺に有しを。此安土《あづち》に植置《うへ》ク所に。頻《しき》りに声を発《はつ》し妙国寺[二二]へ帰らん。帰せ〳〵と震動《しんどう》する事三ッ夜《や》に及ぶ。正しく変化の所為《しよい》ならん判談《はんだん》。いかに」と有ければ。始終《しじう》を聞入ル内よりも理を考《かんが》[二三]ゆる道〻の。胸《むね》の算木《さんぎ》[二四]に眉《まゆ》[二五]をしはめ。「ハア、御尤成ル御尋某考《(かんがへ)》申せしに。草木心なし[二六]とは申せ共。仏ッ地に育《そだち》朝夕妙経《めうきやう》[二七]を聞込ミ。一ト度枯《たびかれ》し木なれ共。元の如くさかへしも法花経《ほけきやう》の徳ならずや。法力キの尊《たつと》きは御宗旨《ごしうし》[二八]の有リがたき所なれば君にも御満足《まんぞく》ならん。急ぎ仏ッ地へ送りかへし給はるが。肝要《かんやう》ならん」と法印が。水を流《なが》せる弁舌《べんぜつ》は実清明《げにせいめい》[二九]の末孫《ばつ》ンの器量《きりやう》顕はれ見へにける。血気の大将道理にせまり。「春長が手に入レし蘇鉄《そてつ》返すべきいはれなし暫らく妙国寺へ預ける旨。使者《ししや》を以て申遣し身が心に叶はざる[三〇]法花《(ほつけ)》の族《やから》。いはれざる[三一]宗論《しうろん》を好《(このみ)》。上《(かみ)》を恐れざる無礼の段〻。牢獄《らうごく》へ押シ込メ置たり。其上今日捕《とら》へ置たる普天《ふてん》一人。身が目通りへ引

秀。一七 殊(事)無う。この上なく。一八 水が清らかで淀まぬ都に住み、高雅で俗に染まぬ宮廷社会に交わっているにふさわしく。一九 主殿の前の広庭。現行、上手障子屋体の前に蘇鉄。二〇 九州南部等に自生する。異国風の趣きがあり、桃山・江戸初期に寺院などに植えることが流行した。二一 堺市材木町にある日蓮宗の寺。永禄五年(一五六二)から天正十一年(一五八三)にかけて建立。蘇鉄の大木は、国指定天然記念物。二二 絵本太閤記三ノ五、真顕記六ノ五に、妙国寺で名木の蘇鉄が枯れたため、高僧達が法華経一千部を樹下で転読してもとの如く生き返らせた。この評判を信長は不快に思い、蘇鉄を安土城へ召し上げたが、この蘇鉄が「妙国寺へ帰らふ」と声を発するなど怪異が相ついだので、妙国寺へ送り返した。信長と日蓮宗の関係悪化の一挿話として、日蓮宗、浄土宗の宗論の話に続ける。二三 考ふる。何かに基づいて実証的判断を下すこと。二四 易占に用いる六本の小さい棒。ここは算木の占いをそらで行い、易の理に従って判断を下す。二五 眉にしわをよせ。二六 真顕記六ノ五による。↓付録四2。二七 法華経。一乗妙典という。二八 石山軍鑑・前二十三、石山本願寺側の言葉に信長は「日蓮宗を帰伏し」。信長が「我(が)法の法花を憎ませ給ふおこり」は妙国寺との再

出せよ。安部氏には休足有て然るべからん。久吉には麁略《そりやく》なき様もてなすべし」。「はつ」と領掌《れうじやう》式礼目礼。真柴に随ひ法印ッは次の〽一ト間へ立て行。

程もあらせず下部共。普天坊を高手小手庭上《ていしやう》に引すゆれば。光秀は普天に向ひ。「ヤア貴僧。かゝるいましめにあふ事も。法義《ほうぎ》故とは云ィながら。獄《ごく》の苦《くる》しみ察しやる。君にも是に御座ましませば。しさつて出牢《しゆつらう》の御願ひナ。サ致されてよからん」と。普天をかばふ明智が詞。尾田《おだ》殿くはつと怒《いか》りの面《おもて》。「ヤア某が詞も出《(いだ)》さぬ内。出ッ牢の願ひせよとは。いらざる汝《なんじ》がひいきの沙汰《さた》。扣《ひか》へて居よ」と居《ゐ》尺高《だけだか》。「ヤイ。ねぐさり坊主《ぼうず》よつく聞ヶ。此度妙国寺の庭木の蘇鉄。某所望し此安土に植《うへ》置キたる所。むせうに妙国寺へ帰らんとほゆる。余りかしましきによつて。暫らく彼地《かの》に預ける間。仏木《(ぶつぼく)》たり共春長所望の上は。再《ふたゝ》び返すにあらず。汝らを番人に申付る間。其旨急度《きつと》心得られよと。冥途《めいど》の高祖《かうそ》へ申達《たつ》せよ。不承知《しやうち》ならば直グ様に。普天を以て冥途より返答《へんとう》有ルべし。儕《(おの)》レも法花《(ほつけ)》の妙《(めう)》をしらば。二度《(ふたたび)》此土《(このど)》へ立帰り。某に詞をかはせよ。最早《もはや》左様成ル法力キは有まい〳〵。

度の摩擦にあったと真顕記は記す。 元 安倍晴明(九二一―一〇〇五)。平安中期の陰陽家。真顕記をふまえる。↓付録四3。 三〇「身が…置たり」は挿入句。 三一 無益な宗論。史実としては天正七年(一五七九)の安土宗論(安土問答)。絵本太閤記三ノ五と六では、日蓮宗の不伝坊らに対し批判的だが、本作では日蓮宗、浄土宗の対立関係をぼかし、信長を専ら宗教を迫害する権力者として描く。

一 久吉、法印は承って頭を下げ、光秀に目礼して座を立ち。 二 初演、豊竹袖太夫に交替。 三 高手は肘から肩まで、小手は肘から手首までをいい、高手小手は両手を背に回し肘を曲げ、首から縄をかけて手首まで厳重にしばること。 四「テイシャゥ」(日葡辞書)。 五 仏法の教え、または一宗の教義。 六 へり下って。 七 普天坊に自発的に願い出るように、それとなく促す。 八「武智」とあるべきところ。近世の大名・旗本に明智光秀直系の子孫はいないので、多少言い変え洩れがあっても問題ない。 九 居丈高。高圧的に。「イダケダカニ」(日葡辞書)。一〇 命が腐った、死にかかっている坊主。一一 汝らは「冥途の高祖」と普天坊。 一二 高祖に対し、「心得られよ」と敬語を使う。 一三 日蓮。 一三 春長の命で蘇鉄の番人をつとめるのが不承知ならば、今殺す普天を、日蓮が生き返ら

一時も早く使を急《いそ》がせよ。早く。〳〵」と不敵の春長。重悪つのる権威《けんゐ》の仰。こらへ〳〵し普天坊。ずつと寄ッてはがみをなし。「ヤアぬかしたり嘲《あざけ》つたり。汝が宗門《しうもん》で有ながら。高祖《かうそ》を一六かろじ奉り。悪《あつ》口雑《ぞう》言ン報《むく》ひ忽《たちまち》遠かるまじ。愚僧《ぐそう》只今命を滅するも。汝が使に行《(ゆく)》にあらず。一七焔魔《ゑんま》の庁へ一八趣《(おもむき)》儕《(おのれ)》が悪逆訴への為に此世を去ル。見よ〳〵頓《やが》て火の車を持タせ。拙者迎ひに来るべし。サア。一時も早く冥途の門出急ぎたし。イザ光秀殿介《かい》一九錯《しやく》」と。罵《のゝし》る普天を光秀がはつたとにらみ。「ヤア我君に詞をかへし。悪言ンを吐《はく》手間で。なぜ助命《ちよめい》の願《ねが》ひは致さぬ。恐れながら我君にも御怒《いか》りをしづめられ。御助命の程偏に願ひ奉る。元来《もとより》勇猛《ゆうもう》さかんして。良《やゝ》もすれば二〇霊場《れいじやう》仏ッ地を二一破脚《はきやく》し給ふ事。君の一ッ失《しつ》山ン門ン二二の衆徒等《しゆとら》も。急難《きうなん》を遁《のが》れんと二三一七日《(いちひちにち)》の二四加持祈禱《かぢきとう》。悪ク逆クの勇将と。世の人ン口もだしがたし。只仁恵《じんけい》の御計《はか》らひ偏に願ひ奉る」と。事を分ケたる光秀が。詞に春長突ッ立上り「だまれ光秀。二五我ガ悪逆とは憎き過言ン赦されず」と。拳《こぶし》振上《(ふりあげ)》明智が頭《(かしら)》りう〳〵。打すへ給へど手向ひの。ならぬも主命「ハッはつ」と。誤《あやま》り入たる無念ンの涙。普天猶も怒りの顔ン色ク。「ヱ、悪〔ク〕鬼魔王《きまわう》といふは汝が事。君有ッて臣《しん》。二六臣《しん》有ッて君たる事をし

せこの世に送り返して、不承知の旨を返答致されるがよい。仏法も来世も信じず、現世における自身の権力を絶対視する春長の言葉。一四 日蓮宗の最高の教理を悟っているならば、法力をもって。一五 この言葉は信長記十三の無辺斬刑の件りをふまえる。一六 かろんじ、の誤り。一七 閻魔。一八 赴き。一九 切腹する人の傍らにいて首を切ることで、ここは普天坊が春長に処刑されるのではなく自ら死におもむくのだという意志の表明。二〇 具体的には以下にいう比叡山焼討ち、本願寺合戦、恵林寺焼討ちなど。

※絵本太閤記の蘇鉄の怪異と宗論の件りには、光秀は登場しない。この諫言は、絵本太閤記等で信長の恵林寺焼討ちを諫止しようとする光秀の言葉の転用。

二一 破却。二二 比叡山延暦寺。但しここは陰徳太平記六十七、絵本太閤記三ノ九等で信長が高野山焼討ちを企てた件りをふまえる。二三 祈禱(呪詛)が現在行われているとすれば、この段の時は、天正十年五月二十五、六日頃となる(絵本太閤記三ノ九)。二四 真言密教で行う修法・祈禱。二五 このあたり真顕記六ノ二をふまえる。→付録四4。二六「君は舟、臣は水」「君は水、臣は魚」などの諺と同義。

らず。情なくも大国の。主ジたる光秀殿を。童《わらべ》一おとりにうち打擲《てうちやく》。天罰仏ッ罰《ばち》一チ時に報《むく》ひ。二堕獄《だごく》にくだしくれんず」と。怒り重ぬる額《ひたい》の天ン三弓《きう》。光〻として日運《うん》四の。出現有かと。五身もよだつ。

「ヤア〳〵物ないはせそ早くも国境《ざかい》へ引立よ」と。御下知恐れ家来共。はつと計《(ばかり)》に引ク縄《なは》の。頓《(やが)》て恨をしらさんと。題目《だいもく》の声一心に。「仏ッ敵春長赦さじ」と。詞は正《(まさ)》六に本能寺七。八御法《みのり》の庭の露《つゆ》となす。仏ケの報《むく》ひ宗門ンの威力《(ゐりき)》の。程こそ

一 絵本太閤記三ノ五に「小児の如く面を打れ」。 二 地獄に堕としてやる。 三 虹。或いは観相でいう天中のことか。青筋が虹の如く。 四 日暈《(かさ)》の宛字。白虹が日を貫いてかかるのを、中国で臣下が反乱して主君を犯す前兆とするが、晋書・天文志に「白虹貫日、日暈五重」とあるように、日暈はそれに伴う現象。 五 ウフシ、の誤りか。 六 まさしく本当となり、と掛詞。 七 日蓮宗本門流の本山。当時は四条坊門油小路と西洞院の間(中京区六角油小路)にあったが、天正十七年(一五八九)現在の京都市中京区寺町通御池下ルに移転。 八 普天坊の言葉の通り本当に、春長を法華の仏法をとく本能寺の庭の露と消えさせることになる、の意。真顕記六ノ六。→付録四5。

九 初演、豊竹曾根太夫。

一〇 古浄瑠璃の冒頭や段の初めに置かれた常套句を浄瑠璃戯曲史の最後に位置する本作が、意識的に用いる。

一一 信長は永禄十一年(一五六八)以来、度々上洛しているが、ここでは「猛威」「押て」で、最初の上洛の時、京中が抱いた恐怖感(絵本太閤記・初ノ

六月朔日の段

[九](二条の御所の段)

[一〇]扨《(さて)》も其後天正十年六月上旬の事かとよ。内大臣平の春長。東北に猛威《もうゐ》をふるひ押て都に上洛《(しやうらく)》有ル。[一一]御嫡男《ちやくなん》城之助春忠[一二]二条の御所に居《きよ》をしめ給ひ。[一四]天奏御沓《そうみくつ》を入レ給へば。饗応《きやうをふ》の役人は武智日向ノ守光秀。[一五]森の蘭丸初めとし。譜代《ふだい》の良臣古老《れうしんこらう》の諸士烈《れつ》を。正して相詰る。

[一六]院の御所の内勅《ないちよく》。浪花《なには》中納言ン兼冬《かねふゆ》仰出さるゝは。[一七]「往昔応仁《いんじおうにん》の乱れより。諸国の逆賊王《わう》威《ゐ》を軽《かろ》んじ。都の内へ軍馬《ぐんば》を引入《(ひきいれ)》。玉ク座近く[一八]馬蹄《ばてい》に穢《けが》し叡慮《えいりよ》穏《おだやか》ならざりしに。幸イ春長大志をいだき。帝都《ていと》を無事に治むる条。主上叡感《えいかん》浅からず。其功を賞《しやう》じ給ひ。[一九]嫡子城之助春忠を従三位《じうみ》に叙し左中将に任ぜらる[二〇]院の内イ勅。斯の通り」と有ければ。春長は

十)が続いていることを強調。※現行、青畳の大広間。上段(本手)上手に中納言、下手に春長、平舞台(二の手)上手に光秀、下手に蘭丸。一二 織田信忠(一五五七―八二)。一三 二条城。永禄十二年(一五六九)、信長が将軍足利義昭のために築城。一四 伝奏(てんそう)の宛字。天皇・上皇に奏聞、伝宣を行う役職。絵本太閤記三ノ十、真顕記六ノ二十一では本能寺の変の後、伝奏難波中納言宗豊卿が登場。一五 この文章、彫刻左小刀七の「森三左衛門を始とし。其外譜代恩顧の勇士。烈を。正しく扣へ居る」をふまえる。一六 当時上皇はなし。主上である正親町天皇を、仮名写安土問答に「今上皇帝正親町の院」(四八一頁上一一行)。注一九の「御院宣」参照。一七 過ぎ去った応仁の乱。一八 馬蹄。馬のひづめ。騈は騠(駃騠、らばの一種)の俗字。一九 信長公記十・天正五年十月十二日に「秋田城介信忠、御上洛、二条妙覚寺御寄宿。…御院宣なされ、三位中将に叙せらる」とある。二〇「よつて内勅のおもむき申達する也」(真顕記六ノ二十三)。

時 天正十年六月朔日
所 京都二条の御所

一 かたひじ。片腕。二一 十三代将軍義輝(義昭の兄)の殺害に関わった三好三人衆(三好長逸・三好政康・石成友通)。石山軍鑑・前二十三「三好の

つと平伏ク有《あり》「コハ有がたき勅命イ。不肖の某。なんぞ[一]一臂《び》の力に及ばん。[二]三好を初め逆[三]徒原。四方に退散《たいさん》いたせしも君の聖徳《せいとく》。数ならぬ躬春忠身に余つたる官ン位昇進《しやうしん》。[四]天恩謝するに詞なし」と。勅答有レば兼冬卿。やゝ満足の御気色。春長重ねて。「軍務《む》に暇《いとま》なき某。心計《ばかり》の御饗応《もてなし》。[五]鄙《ひな》びたる観世能《くはんぜのう》御上覧《ごしやうらん》も時の興。イザ奥殿へ」と有ければ袖かき合せ兼冬卿。武智が案内《あない》にしづ〳〵と。奥の間さして入《いり》給ふ。

春長跡を見送つて。「蘭丸是へ」と近く召れ。「汝も兼て知ル通り。無二の忠士と思ひの外。[六]心得がたき光秀が心中。彼レが心を探《さぐ》らん為。[七]いつぞや寺におゐて[八]諸侯《しよこう》の見る前。恥辱《ちぢよく》をあたへ恥《はぢ》しむれど。面テに怒りを顕はさず。無念を忍ぶ彼《かれ》が胸中。猶以て不審《しん》の一つ。其儘にさし置ば。虎の子を飼《かふ》に同し。逆ク心の企《くはだて》有や虚実《きよじつ》を探《さぐ》りためし見よ」と。仰に蘭丸「[九]さん候《ざうらふ》。武智が行跡《ふるまひ》聊《いさゝか》不審《しん》に存る折から。割符《わりふ》を合す君の御心。思ひ合する彼レが[一〇]俗性《ぞくせう》。[一一]頭上《づしやう》に喜怒骨《きどこつ》有ル者は。主人にたゝると[一二]異人《ゐ》ンの禁《いまし》め。もし逆心に極まらば。討ッて捨んに手間隙入ラず。奥へ踏ン込ミ引とらへ」。「ヤレ麁忽《そこつ》也蘭丸。実否《じつぷ》も糺《たゞ》さずあら立《だて》なば。返つて[一三]ひが事出来《しゆつらい》せん。[一四]事によそへて。ナ。合点か」。「ハア、畏り奉る」。

逆徒」をふまえる。
三 逆徒輩。 四 天子の御恩。
五 宮廷の雅楽に対し、武家の楽である能を、卑下していう。
※二条城の春長父子のもとに、春忠の官位昇進の内勅が伝えられる場面で、光秀が勅使饗応の役を勤めるが、当の春忠が勅使の前に出ていないのは、理屈からいえばおかしい。これはもと六月朔日京都の出来事ではなく、信長記、明智軍記、真顕記等諸書に記す、信長が天正十年五月安土で徳川家康の饗応司に光秀を任じた時の事件を脚色したもの。この時梅若(江戸時代は観世座に属す)の能も演じられた(信長記)。絵本太閤記は幕府を憚り、徳川家康関係の叙述を省き、ここも「上客」の饗応司、との み記す。本作はこれを勅使饗応に変えた。
六 春長が光秀を疑うべき理由は本作では見出せない。作者は不当に疑われ、迫害される光秀を描く。真顕記六ノ二では陰徳太平記六十七をふまえ、光秀の家康への饗応が華美を極めたことで、信長が怒り、主君たる自分に異心を挟み、徳川と通じる下心か、と罵る。 七 前段で春長が光秀を辱しめたのは安土城においてであり、寺ではない。 八 諸侯。
九 そのことでございます。 一〇 俗姓は出自、もとの家系。ここは織田家に仕える以前の素性、の意。

「必《かならず》油断《ゆだん》いたすな」と。しめし合して春長公帳台。深く入《いり》給ふ。

蘭丸は只一人。両手をくんで思案顔。工夫をこらす折も折奥は。乱舞《らつぷ》の打囃子《はやし》。[一五]二番三番ワキ能も。終りと見へて配膳《はいぜん》の。時刻も移る。[一六]巳の上刻。武智が一子[一七]十次郎。古実を。守る饗応司《きやうをうし》。配膳のかけ[一八]盤[一九]山ン海の珍味美《ちんみび》をつくし。目[二〇]八分《はちぶん》に捧《さゝ》げ来る。

蘭丸見るより。「コレサ十次郎先《まづ》待れよ。饗応の役目は。お手前の親ン父。光秀殿と此蘭丸。両人立合申合せも有べきを。自分ン一人ンの取計らひ。此蘭丸は呑込ぬ。膳部の次第は。いかゞでござる」。「ハア、御料理は[二一]板《いた》元奉行《もとぶぎやう》中井半左衛門。[二二]七五三の献立」。「ナニ七五三。ハテナア。何にもせよ。相役《あひやく》の某に。一応の[二三]こたへもなく。気儘成《なる》いたし方。[二四]近比《ちかごろ》以て不躾《しつけ》千万。此分ンでは差置れず。光秀殿へ直《ぢき》応対。イデ役所へ」とかけ行《ゆく》向ふ。襖ぐはらりと出来《いでく》る武智。蘭丸傍へぐつと詰寄《つめより》。「様子残らず。聞れしな。武士は礼義を表とするに。此蘭丸を踏付し仕方。いか成趣意《しゆゐ》かいへ聞ん。返答次第[二五]手は見せぬ」とき[二六]つぱ廻せば「ハ、、、、コハ仰ゝしや蘭丸。遉《さすが》若気の一徹《てつ》。何故貴殿を侮《あなど》り申さん。最早御膳の時刻故。役目大事と勤る光秀」。「だまり召れ。饗応の役。貴殿拙者に相

二「頭上に高骨ある者は、かならず恩をあたにて返す相…是を喜怒骨と号す」(石山軍鑑・前二十)。 一三 石山軍鑑にいう高麗国の人相見。 一四 僻事。不都合。 一四 何かにかこつけて。 一五 能の五番立てで初番目物を脇能という。最も正式な番組の立て方では、脇能の前に「翁」(式三番)及び風流《ふりゆう》が付くが、式三番・風流を一番・二番、脇能を三番目、と称したとは考え難い。 一六 上刻は一時(現在の二時間前後)を三つに分けた初めの時をいう。巳の上刻の始まりを、近世の不定時法による四つ時とみれば、旧暦六月はじめ頃ならば、朝九時半近く。 一七 十次郎光義。絵本太閤記三ノ八に光秀の子として「男子則ち十兵衛光慶《みつよし》、今年十四歳也。次は十次郎と呼で、十二歳…」とある長男と次男を一人に脚色。三日太平記は末子重次郎光慶十三歳。 一八 懸盤。食器を載せる台で、晴れの時に用いるものをいう。 一九「山海の魚鳥数を尽して…其善美法に過ぎ」(絵本太閤記三ノ七)。 二〇 目より少し低い高さに、鄭重に捧げ持つこと。 二一 料理のことを司る役人。 二二 七五三の膳。もっとも正式な酒宴と食事の膳の出し方。 二三 挨拶。 二四 甚だもって。 二五 抜く手も見せず斬り捨てる。 二六 切刃。刀の刃の部分。「切刃を回す」は左手で刀を鞘ごと少し回して引き抜き易い体勢をとること。

勤よとは主人の云付。主命《しゆうめい》をもどき。自分の気儘にせゝるゝは[一]。ヱ、聞へた。こりや何か。拙者を役に立ずと思《おぼ》し召《めす》か。但し又智恵者と呼れし武智殿。人を見下《みくだ》す高慢《かうまん》か。イヤハヤ。人も知たる其元《そこもと》の素性《すじやう》。何が浪人のよるべなく。所〻方〻をうろたへ廻り。北国におゐて詮方なく。粮《かて》に尽たる身のせつなさ。士民共[二]の小悴を集め。手跡指南[三]の礼《れい》物《もつ》で。命をつなぐ寺子やのお師匠様。ハア、まだ有《ある》。日外《いつぞや》。江州《がうしう》[四]佐〻木征伐《せいばつ》の折から。此下[五]と先手を争ひ。箕作[六]《みつくり》和田山[七]時限《じげん》[八]の合戦。久吉に仕負ても。恥を恥共思はぬ其元。何と。そふではござらぬか」と心に思はぬ傍若無人《ばうじやくぶじん》。さしもの光秀くはつとせき上。「ヤア物に狂ふか蘭丸。太切の場所と事を慎《つゝし》み。いはせて置《おけ》ば法外千万。今一言《いちごん》云つて見よ。舌の根を切下ん」。「ヲ、ならば手柄に切て見よ」。「ヲ、切て見せふ」。「サア」。「く」。「く」と両方が互に詰寄詰より。既に斯《かう》よと見へたる所。襖[九]あらはに春長飛かゝつて光秀が。衿《えり》がみつかんでどうど捻付《ねぢつけ》。「やをれ光秀[一〇]。凡《およそ》[一一]武家の格式は。古実を以て式法を用ュる。過[一二]たるは猶及ばさるにしかじとは。古人の詞。院の内使も重けれど。皆それ〳〵の例法あり中納言殿饗応の膳部。金銀の瓶器《へいき》を用ひ。七[一三]

一 現行「せらるるは」。 二 百姓。 三 文字を書くことを教えて。光秀の越前時代。石山軍鑑・前二十一に詳しい。 四 史実では永禄十一年(一五六八)九月、信長が佐々木(六角)承禎父子を攻めた時のこと。絵本太閤記・初ノ九。 五 木下藤吉郎秀吉、本作の久吉。 六 箕作城。現滋賀県神崎郡五個荘町山本の南方、神崎郡と蒲生郡の郡境の箕作山上にあった六角氏の城。 七 現滋賀県神崎郡五個荘町の和田山上にあった六角氏の支城、和田山城。 八 ときぎり。三時(約六時間)以内で光秀は箕作、久吉は和田山を攻め落とすことになっていた。↓付録四6。 九 がらりと明けひろげて。 一〇 目下の者に対する呼びかけの語。やいおのれ。浄瑠璃では武張った、または改まった表現に用いる。 一一 式法を採用するに当っては、故実・先例に則るのが武家のしきたりである。 一二「子曰く過ぎたるは猶及ばざるがごとし」(論語・先進)。↓付録四7。 一三 仏典にいう七つの宝玉。絵本太閤記(一四五頁注一九に続く箇所)の光秀の饗応ぶりを咎める信長の言葉に「世に希なる珍器を集め七宝を芥のごとく飾り鏤め、法外の奔走、…禁裏・仙洞の勅使下向あらば、此上何を以て饗応に備ふべきや」。 一四 もてなしぶり。 一五 現行、蘭丸は光秀を打った上で鉄扇を逆に持って要のところで光秀の額を突くので、額がえぐられ、大

宝を芥《あくた》のごとくちりばめ。法外奔走《ほんさう》一四。此後。主上仙洞《せんとう》の行幸《みゆき》には。何を以てか饗応に叶はんや。其上蘭丸が申は我詞も同然なるに。異変《ゐへん》致す慮外者。頬《つら》ぶて蘭丸」。「ハア」。「早くぶて」。「ハア〳〵御上意なり」と蘭丸が〔地ウ〕腰の鉄扇《てつせん》ふり上て。眉間《みけん》〔ウ〕真向《(まつかう)》つゞけ打。一五〔ウ〕くい入《(いる)》要《かなめ》に血は滝津瀬《たきつせ》。〔ウ〕是はとかけ寄《(よる)》十次郎膝に〔ウ〕かため一六て引敷《(ひつしく)》光秀。〔ハル〕流るゝ血汐諸共に眼ュ血走る。〔ウフシ〕無念の顔色。

〔地ハル〕春長つく〴〵〔色〕打守り。〔詞〕「いかに光秀。今蘭丸が手を以て春長が折檻《せつかん》。口惜ふは思はぬか」と〔地ウ〕底意を探《さぐ》る大将の。〔ハル〕詞に光秀〔色〕居直りて。〔詞〕「コハ仰共覚へず数ならね共武智光秀。君に捧《さゝ》げし我命骨はひし一七がれ身はずだ〳〵に成迚《(なるとて)》も。大恩有御主人をお恨申さん様はなし。左《(さ)》は去ながら世の人口。春長こそ一八鬼の再来《さいらい》。情をしらぬ大将と。〔地ハル〕譏《そし》りを残し給はん事。〔ウ〕末代迄お家の瑕瑾《かきん》〔中〕。旧悪《きうあく》一九を憎《にく》む御生質二〇。〔ウ〕諸士の恨は小車《(をぐるま)》二一の〔ウ〕ついに御身に報《むく》ふといふ。御《(み)》〔ウ〕心の付ざるはへヱ、浅〔上〕ましや悲しやなァ。〔ウ〕御心をひるがへされ適《(あつぱれ)》仁義の大将と。〔ウ〕呼れ給はれ我君」と。〔ハル〕二二或は怒り。或は歎き。〔ウ〕五臓を〔スヱテ〕しぼる。血の〔中〕涙。〔ハル〕思ひは千々に十次郎父の心を察しやり。〔ウ〕歯をくいしばる忍び〔入〕泣〔ノルフシ〕心ぞ思ひやられたり。

一 金言耳に逆(かさ)う、の諺と、逆上して怒る意の逆立つを掛ける。※浄瑠璃の春長は小説の信長の如く単に短気で癇癖強いのではなく、光秀を誤解して疑いを抱き、故意に恥辱を与えて心底を探り、挑発して滅す口実を摑もうとするのである。一旦、疑われてしまった光秀が、如何に主君に誠実に尽しても、春長は誤解を解くことなく、一層苛酷さを加えていく。主従関係の非情な側面。 二 無用な。よけいな。 三 甚だしく無礼である。 四 引出させよ。↓付録四8。 五 仰せを承諾すること。 六 主語が光秀に変る。 七 光秀自身も明確に認識していない潜在意識。 八 誰も知らない、に掛ける。 九 白波から万里の波濤を連想し、万里かきく傷がつく。 一六 押しつけて。 一七 押し潰され。 一八 ↓一八七・二二一頁。 一九 論語・公冶長に「伯夷叔斉は旧悪を念はず」とあるのとは逆に、の意。絵本太閤記三ノ七に信長記に基づき、信長が老臣林佐渡守、安藤伊賀守を流罪にしたこと、また佐久間信盛、荒木村重などに対する苛酷な処罰を評して、「臣下非を悔み過を改め、公も罪を免して一旦寛宥ありながら、…露も旧悪を忘れ給はず」。 二〇 性質に同じ。 二一 車の輪の如く因果はめぐって。 二二「或は悔み。或は怒り。涙は。滝をあらそへり」(一谷嫩軍記三)。

金言耳に逆立ッ大将。猶も怒りの声あららか。「ヤアいはれぬ諫言《かんげん》。推参至極。目通り叶はぬ立てうせう。ソレ〳〵蘭丸。武智光秀親子の者。門ッ外へ引出させ。早く〳〵」と烈《はげ》しき下知。はつと領掌《れうじやう》蘭丸が。「猶予《ゆうよ》はいかに」ときめ付られ。無念重ナる光秀が。我子を引立出《いで》て行。底意は誰レかしら浪の。万ッ里に羽打ッ大鵬《たいぼう》や。面ッ目涙十次郎身はしよげ鳥の片羽がい。父の心はしらにぎて。神も仏ケもなき世かと。身をかこちたる忍び音の。胸はくら闇五月《やみさつき》やみせん方。涙諸共に御門の外へと〽出て行。

(千本通りの段)

名にしおふ。花の都を隣《となり》して。時に近江の本ッ城を跡に見なして今爰に。仮リの舎《やど》りの上屋敷千ン本ッ通りに一ト構《かま》へ。日向ノ守光秀が。出ッ仕の留主は操《みさう》の方。夫マ子の武運長久を。神に祈《いのり》をかけまくも。手づから備《そな》ふる神酒《みき》供物ッ。殊勝《しゆしやう》に見へて爪《つま》はずれ。逭《さすが》は武家の奥床し。

ら大鵬を導き出す。後の光秀の言葉「四海に葉を伸(のさ)ん」(一九九頁一一行)と対応。　一〇 なし、に掛ける。
一一 片方のつばさ(羽交)を折られたみすぼらしい鳥のように、しょんぼりして。大鵬と対照させる。　一二 白和幣。楮(こうぞ)の木の皮の繊維で作った和幣(神に捧げる布)。知らず、に掛け、神を導き出す。　一三 五月雨頃の、月のない真の闇夜。　一四 なしに掛ける。
一五 初演、豊竹磯太夫。
一六 花の都の名にふさわしい繁華の地に隣接する近江は、春長の重臣として今を時めく光秀の本城の地であるが、その本城を後にして。　一七 史実の光秀も信長に近江滋賀郡を与えられ、坂本を居城とした。　一八 →二九八頁注三。なお真書太閤記六ノ二十三に「光秀かり住は室町通り一条上る処今ふく長町小島町など云ふあたりなり」。　一九 振仮名底本のママ。安政本は「みさを」。　二〇 口にかけていうのもおそれ多いの意、神に掛かる。ここは祈誓を懸ける、の掛詞。
※現行、正面に墨絵の襖、上手は障子屋体の武家屋敷。操が上手の障子を明けて、神前に供え物をし、合掌。
二一 着物のさばき方、立居振舞、行儀。　二二 奥方に掛け、武家の奥方だけあって、立居振舞もしとやかで。

時　前段の続き
所　京、千本通り、光秀の上屋敷

折から次ギの襖を開き。出来《(いでく)》る武士は武士[二三]武智が組下[二四]九野《(くの)》豊後守。年も五十《いそじ》の分ン別盛り。操が前に両手を突キ。「先ッ以て今日は。林鐘《りんしやう》[二五]の初ッ日。大内[二六]にても氷室《ひむろ》[二七]の節会《せちゑ》。殊更太イ守光秀公。大公義《おほこうぎ》[二八]より饗応司の大役仰付られ。御家の眉目《びもく》[二九]我ゝ迄大慶。至極」と述ければ。操の方取リあへず。「夫光秀殿。十次郎諸共未明《みめい》よりの御登城。殊に大事はけふのお役目。常ゝ短気な春長様。生れ付イた夫の一ッ徹《てつ》。何の障《さは》りもない様と案じるは女の常。

[三〇]悲しい時の神ミ仏ヶと手づからのお備へ物」。「是は〳〵。イヤもふ万ン事抜目なき光秀公。

追ッ付ケ吉左右上首尾」と。挨拶取リ《(どり)》ゝなる所へ。

「殿様の御下城《(ごげじやう)》」と。しらせの声に妻操。我子の乙寿[三一]諸共に豊後ノ守も座を改め。待ッ間程なく武智日向守光秀。常にかはりし其面色。畳ざはりもあら〳〵しく。不興の躰に立帰れば。跡に随ひ十次郎。しほ〳〵として座に直る。

夫の顔色《(がんしよく)》額《ひたい》の疵。心ならずと操の方。光秀の傍近く「申《(まうし)》我夫《(わがつま)》。いつにないお顔持[三二]。[三三]お気もじ悪ふはござりませぬか。お怪我《けが》でもなされたか。どふやら気がゝり胸ナ騒ぎ。心がゝり」と尋ヌれど。[三四]とかふいらへもせぬ夫。十次郎顔ふり上《(あげ)》。「今日《(こんにち)》二条の館にて饗

三 武士は衍字。 三四 配下。本作の九野豊後守は、光秀の忠実な家臣に描かれているが、作者が特に、家臣でなく組下と書いたのは、絵本太閤記三ノ八、真顕記六ノ十五で宇野豊後守を、光秀丹波支配以前から、桑田郡に所領を持つ侍、とする設定による。 三五 六月の異称。 三六 宮中。 三七 氷室は真冬にとった氷を夏まで貯蔵しておく室で山城・大和・河内・近江・丹波の十か所にあり、氷が天皇・宮中に四月一日から九月末日まで献じられた。日次紀事・六月一日の条「賜氷ノ節」参照。 三八 春長公。公儀は武家政権時代の幕府をいうが、大名領国内でその大守を公儀という場合は、将軍を大公儀という。 三九 面目。 三〇「悲ひ時の神叩き」(譬喩尽)。 三一 →二四三頁注九。 三二 顔つき。 三三 御気分。 三四 兎角。

一 絵本太閤記三ノ七、明智軍記にも、蘭丸は父の旧領のことで光秀に遺恨があったとする。 二 釘や鎹で打ち貫かれたように、甚だしく胸を痛めるさま。 三 明智軍記に四王天但馬守政孝は、光秀が信頼する勇将として描かれ、二条城攻めで奮戦。真顕記で一層重要な人物となる。彦山権現誓助剣(天明六年)にも登場。 四 節付けのカリはカヽリの誤りか。 五 光秀は信長から近江滋賀郡を与えられ、坂本の城主となり、また丹波平定の功により、同国を支配し、亀

応司を勤むる所。一日頃不和なる森の蘭丸。我〻へ様〻の悪口雑言《あっこうざうごん》。それのみならず春長様。以ての外の御怒りにて。蘭丸に仰付られ。アレあの通り。父上の眉間《みけん》へ疵の付程に。殿中でのうち打擲《てうちやく》目通りへは叶はぬと。警固《けいご》の武士に追立られ。無念ながらもおめ〳〵と。顔押シ拭ひ帰りし」と。云つゝこぼす口惜《くちをし》涙。聞より妻はハアはつと。二胸をつらぬく釘鎹《くぎかすがい》。豊後も倶に拳《こぶし》を握り。咬牙歯《はぎりは》ぎしみ無念の涙。

様子立聞《たちぎく》三四方天。物をもいはず表の方。かけ出す裾《すそ》をしつかと留《とめ》。「事をせいたる汝が顔ン色。子細ぞあらん」といはせも立ず。「ヤア愚《おろか》なり豊後守。主人へ恥辱をあたへし素丁稚《すでつち》の蘭丸め素頭《すかうべ》引抜《ひきぬき》立帰る。妨《さまた》げすな」とふりほどき。行んとするを猶も引キ留。「イヽヤ其憤《いきどふ》りは麁忽《そこつ》〳〵。汝が不骨は主人の誤り。返つてお家の仇とならん。先ッ待タれよ」とさゝゆる九野。「シヤ面ン倒な」と勇気の田嶋。「放せ」「放さぬ」四二人《ににん》が争ひ。光秀声かけ「ヤレ待テ両人。身が詞も出さぬ内。立騒いで見ぐるしい。しづまれやつ」とせいすれば。物にこらへぬ田嶋の頭。武智が前にぐつと詰かけ。「仮《たとへ》誤り有ルにもせよ。五丹州近江両国の太イ守。殿ン中での打擲は。我〻も倶に恥辱《ちぢよく》。頬《つら》恥をさらさんより。

山を居城とした。↓付録四9。 六 真顕記六ノ十五による。 七 絵本太閤記三ノ七「君君たらずといへども、臣以臣たらずんば有べからずといへり。たとへ命を召るゝ共、強(しひ)て恨むべき事にあらず」。 八 血管がうき出るほど力みかえって。

※絵本太功記は初演以来、人形浄瑠璃では全段通しに近い形で度々上演されてきたが、この「千本通りの段」は、一九一三年以後八十年間途絶え、一九九三年に復活された。光秀が二条城から帰館した段階では、叛意はなかったとする重要な設定が、大正・昭和期には無視され、逆将の側面のみが強調されてきたのである。

九 甲(こう)に着て。鼻にかけて。 一〇 赤っ面(つら)で、見るからに敵役らしく。 明智軍記・絵本太閤記・真顕記では「青山与三(宗)」。 一一 毛利三家(→一六八頁注四)。 一二 明智軍記以来の、忍耐を重ねてきた光秀に、所領召し上げに等しい国替えが申渡され、「出雲、石見の両国は未(いまだ)平均せず、相向ひ合戦を取結ぶ其中に、旧領丹波、近江を召上られなば、妻子眷属しばらくも身を保(やすん)ずべき所なく」(絵本太閤記三ノ七)という状態に置かれる設定。↓付録四10。 一三 城主光秀が留守の間、亀山の城と、坂本の城を管理している家臣。 一四 久吉の幕下に属することと、城明渡し、という二つの命令に。

——以下一五二頁

六蘭丸めを打て捨。叶はぬ時は生害《しやうがい》と。覚悟《かくご》極めし四方天。ナ、なぜお留なさるゝな」。「ヤア愚〳〵。光秀を打たるは私《(わたくし)》ならぬ主命《(しゆうめい)》。スリヤ蘭丸に遺恨《ゐこん》はない。元来短慮《もとよりたんりよ》の御《(おん)》大将。心に叶へば飽《あく》迄寵愛《てうあひ》。又叶はねばうち打擲。七仮命《(たとへ)》を召サるゝ共。君に捧《さゝ》げし我一命。ちつ共惜まずいとはぬ某。我《(わが)》存ン念ンもしらずして。八息筋はつて尾籠《びろう》のふる舞。しづまれすされ」とねめ付《(つく)》る。道理に遉《さすが》荒者が。行も行カれず立ッたり居たり勇気も。たゆみ猶予《ためら》ふ内。

「御上使の御入《(おんいり)》」と下部が声。光秀不審《しん》の眉《まゆ》を皺《しは》め。「ハテ心得ず。思ひがけなき上使とは。何にもせよ。女房躮は次へ立《(たて)》。早く〳〵」と追立《(おつたて)》やり。威義繕《つくろ》ふて出《(いで)》迎ふ。案内《(あない)》につれてのつさ〳〵。役目を九功に肩肘《かたひぢ》はり。一〇頬《(つら)》も真赤《まつかい》赤山与三《(よそ)》兵衛上座《(しやうざ)》に。むんずと押直り。「上意の趣余の義に有ず。先達ッて真柴久吉。一一郡《こほり》三家を退治の為中国へ馳《はせ》向ふ。急ぎ光秀加勢として。西国《(さいごく)》へ下り久吉の幕下に属《しよく》し。戦ン功を励《はげ》むべし。其一二功労《こうらう》によつて。出雲石見《(いはみ)》の両国給はるべき間。今迄下し給はる丹州近江二箇国は召上らるゝ旨。一三城代へ申渡し急ぎ城を明渡すべしとの厳命《げんめい》也」といふに人〻一四二度恟

一 将軍や大臣の命令。 二 仮名手本忠臣蔵四で敵役の上使薬師寺次郎左衛門が「早々屋敷を明ケ渡せ…家中共ががらくた道具門前へほうり出せ」という。 三 憎体口をいい、形ばかり目礼して。
※上使赤山(青山)を敵役とするのは本作のみ。
四 表面は礼儀を守り、腹の中の悪意をおし包み。 五 青畳の新しい藺草から、針を連想。 六 話の筋が通らない。実質的に領地を取り上げられた状態で、戦功に励みうるはずがないからである。 七 表向きは織田家の中国攻めに伴う役職の移動の如く言いたてて。 八 知行地、家屋敷を取り上げること。 九 悪がしこい計略。→付録四11。 一〇 良禽は木を択ぶ。「鳥は則ち木を択《(えら)》ぶ。木豈に能く鳥を択ばんや」(左伝・哀公十一年)。近世の武士道では二君に仕えることを潔しとしないので、浄瑠璃では特に旧主を見限ることの正当性を主張する時にこの句を引く。「良禽は木を撰ですみ。忠臣は主を撰で仕ふといふ」(大仏殿万代石楚三)。底本「栖」の振仮名「む」不明瞭。安政本で補う。 一一 周の文王。殷の紂王を討ち周を創めた武王の父西伯昌。姫は姓。殷を討ったというのは正確でないが、詩経の「大雅・文王」などの表現からみて、単純に誤りとはいえない。 一二 「落花枝に帰らず、破鏡ふたたび照らさず」(謡曲・八島)。

り。〔ウ〕主従顔を見合せて暫し。〔フシ〕詞も口籠《ごも》る。
〔地ウ〕物に動《どう》ぜぬ光秀は。〔ハル〕礼義正しく〔色〕上使に向ひ。〔詞〕「ハア、[一]台命《たいめい》の趣キ委細承知《ゐさいしやうち》仕る。直様《すぐさま》是よ
り西国下向。城明ヶ渡しの用意万端。家中の諸士へも申渡さん」。「ホ、早速の領掌《れうじやう》神妙
〱。一ッ刻クの延ン引ンは一刻の不忠となる。出ッ陣やら宿がへやら。[二]がらくた道具片付
て。早〱城を渡し召れ。役目は是迄おさらば」と。〔地ウ〕[三]にくてい目礼《もくれい》取まぜて。〔ウ〕[四]真綿に針《はり》
の〔中〕[五]青畳《だゝみ》。〔ハツミフシ〕蹴立《けたて》てこそは立帰る。
〔地ウ〕一ッ徹《てつ》短気の田嶋の頭。〔詞〕「コレサ御主人。今赤山が上意の次第。[六]前後揃はぬ詞の端《はし》〲。
西国加勢と[七]披露して。実は御身を[八]改易《かいゑき》し。自滅《じめつ》をさせんず春長が[九]姦計《かんけい》。[一〇]良禽《りやうきん》は木を見て
栖《すむ》。不仁非道の尾田春長。義理も忠義も是限り。[一一]西伯姫昌《せいはくきしやう》は殷《いん》を討チ。ついに天下を治《おさ》
めし例《ためし》。[一二]破鏡《はきやう》再び照さぬ道理。今目ク前ンに顕はれたり。[一三]今随臣《ずいしん》の空虚《くうきよ》をかんがへ。一時
に尾田を討亡し。天下《てんが》に覇《は》たる功を上《あげ》。名を千歳《ざい》にとゞめんは。サヽヽヽいかに〱」
とせき立田嶋。やゝ黙然《もくねん》たる日向ノ守。〔ハル〕始終こなたに立聞《たちぎく》操。〔ウ〕襖あらはに走り出《いで》。夫の
傍へさし寄て。〔色〕〔詞〕「忠義一途の田嶋の頭。さら〱無理とは思はねど。〔地ハル〕勿躰ない我君を殺

「破鏡重テ照サズ、落花枝ニ上リ難シ」(禅林句集)としても通用。春長との主従関係の決裂に喩える。[一三] 現在、春長の身辺に強力な家臣がいない状態。[一四] 天下。[一五] いとわしい。きたない。「心にもない不義徒《ふいた》」(摂州合邦辻・下)。云フもうるさや穢はしい」。[一六] 天罰がたちまちめぐって、身の破滅となることは、主を殺した尾張の長田、美濃の斎藤の例を目のあたりにしてきた。信長公記巻首に斎藤山城守道三を諷した落書「主をきり聟をころすは身のおはりむかしはおさだいまは山しろ」。主君源義朝を殺した長田忠致、主君長井氏や土岐氏を殺したり追ったりした斎藤道三が、ともに終りを全うしなかったことを暗示。三日太平記の番付に「昔より主を内海《うつみ》の習ひかな」(内海は長田の領地)。[一七] 美濃の斎藤、尾張の長田に、身の終り、を掛ける。[一八] 御身を全うして。無謀な行動を慎しみ。[一九] 月と日のように曇らぬ鏡。節操を守り、武士の鏡となって下さいませ。四方天の「破鏡再び」云々に対する。[二〇] 道理を説いてこまかに言い聞かせる意の割り口説くを、強調した言い方。[二一] 道理を尽し。[二二] 苧(麻)の糸を桛枠《かせわく》にかけて輪としたもの。千筋百筋の涙が伝うさまを苧桛の糸が乱れるのにたとえる。[二三] 光秀は信長の家臣の中でも、秀吉とともに戦功抜群で、かつ教養があり、

して四海[14]を奪《うばは》ふとは。聞《きく》も[15]うるさい穢《けが》らはしい。[16]罪《つみ》は目前[17]美濃尾張主《しゆう》を殺して一日も。安穏ならぬ天の責《せめ》お年寄ラれし母御様。いとし可愛子供迄倶に悪名とらするが。それが本意か情ない。妻子《つまこ》不便と思《おぼ》すなら。[18]御身全ふ[19]月と日の。くもらぬ鏡武士《ものゝふ》の。操を立テて給はれ」と。[20]わつつくどいつ理[21]をせめて。夫を思ふ貞心の思ひは千筋百筋の[22]苧綛《おがせ》を乱す憂涙。とゞめかねてぞ見へにける。

元来《もとより》仁義の豊後ノ守。光秀に打向ひ。「[23]文武二道の我君にお諫《いさ》め申《まうす》は憚りなれ共。和漢《わかん》の書籍《しよじやく》に記《しる》せし通り。[24]反逆謀反《ほんぎやくむほん》の輩《ともがら》が本意を達せし例《ためし》はなし。世に秀《ひいで》たる光秀公[25]高木風《かうぼく》の俗語《ぞくご》にひとしく。皆[26]佞《ねい》人ンのなす所。時節を待ッて誤りなき。申開きの手段《しゆだん》はさま〴〵。上使に立《たち》し赤山と君が[27]五音《ゐん》を考《かんが》ふるに。[28]水火既済《きせい》の卦《け》に当つて。[29]西施《せい》国を傾くる不吉の占《うらかた》。[30]一ッ旦ン勝利有《ある》といへ共。日あらずして災《わざはひ》生じ。終《つい》に全《まつた》からざる前ン表只《たゞ》幾重にも思ひとゞまり下されよ」と。事を分ケたる諫《いさめ》の詞。

いへ共とかくの返答《へんとう》なく。「[31]ム、心なき人は何ともいはゞいへ。身をもおしまじ名をもおしまず」。「スリヤいよ〳〵御謀反《むほん》の思《おぼ》し立《たち》でござるよな」と。[32]いはせもあへず豊後が

連歌を好んだことで有名。　二四 平家物語の「祇園精舎」「朝敵揃」など、また「てうかにやしんのともから…ついに一人とし、そくわいをとぐる物はなし」(いけとり夜うち四)。但し「和漢」の「漢」の例として、本作の冒頭と十一行前の田嶋頭の言葉にある武王が殷の天子を討って周八百年の天下を築いた例を「反逆謀反」とみなすか否かが問題となる。　二五 真顕記六ノ十五。↓付録四12。　二六 春長にへつらう、邪まな家来が、光秀を嫉んでこのように計らわせたのだ、という。　二七 赤山と光秀の声の出し方から、吉凶を判断すると。　二八 卦は易経の占形で、易経は六十四の卦をあげてそれぞれの吉凶の意味を説く。既済(水火既済)の卦はその一つで、「既済は亨(とお)る。…初めには吉、終には乱る」「水、火の上に有るは既済。君子以て患(うれへ)を思ひて予め之を防ぐ」という。既済は、事物が滞りなく治まっていることを意味するが、事物の本質を変化において捉える易の思想では、既に治まっているからには、将来滞り乱れることになる。不吉の占形、とみなされる所以。　二九 「水火既済」を「芙蓉霜を戴く之象、西施国を傾く之意」とし、「一旦は成就すれども末には破るる意(こころ)あり」と解する(易道小学)。西施は、紀元前五世紀頃の美女。会稽の戦いで越王勾践が敗れて後、范蠡が呉王夫差に献じ、その心を乱し呉を滅亡

首討ッてかたむる。一 謀叛《むほん》の首途《かどで》。「ハヽ適《(あつぱれ)》〻。此上は軍の手配ㇼ」。「ホヽいで出ッ陣の用意をせよ」。「ハア」。所存の程こそ 三二

させた。三〇 真顕記六ノ十五。↓付録四13。三一 明智軍記以来の光秀の歌。諸書、語句に小異。三二 春長を諫めて滅亡に追い込まれた光秀、光秀を諫めて殺される豊後守、主従関係の非情な側面が、一層深刻な形で露呈される。ただ、この光秀の行動は、絵本太閤記、真顕記の光秀が叛意を察して諫めた宇野豊後守を、大事が洩れるのを恐れて家臣に殺させるのとは異なる。

一 豊後の首を討つことで決意を固める。光秀の中に、主君を討つことを肯んぜぬ思いが強く働くが故に、ぎりぎりの選択において、自身の分身である豊後守を斬ったのである。

※史実の光秀は五月十七日に信長から西国出陣命令を受け、近江坂本の城に帰り、さらに丹州亀山の居城に赴き、六月一日夜、亀山から一万三千の兵を率いて西国に向け出陣し、老の坂にかかると突如これを下って、桂川を渡り、京に入り、本能寺に向かった。これに先だち、五月二十七日に愛宕山に参詣し、翌日西之坊で連歌師里村紹巴らと百韻の連歌を興行、「時はいまあめがしたしる五月《(さつき)》哉／光秀」と叛意を籠めた発句を詠んだ。明智軍記、真顕記、絵本太閤記、信長記その他光秀を扱う文芸に不可欠であった「時は今」の句を、浄瑠璃作者があえてとり上げなかったのは、光秀の叛意が追い詰められ

同二日の段

(本能寺[三]の段)

[詞]「何《ン》と三助暑くてこたへられぬじやないかい」。「ヲヽサ此下郎[四]には何が成《ル》。朝[五]とくから手桶の切《リ》[六]水。くれ方も又此様《ッ》に汗水に成てのはき掃除。おらも後の世には大将に生れてくべいと思ふが。どふであらふな《ア》」。「されば。此本能寺を仮《リ》殿《ン》にしてござる春長様は。前《ン》生《(しやう)》は鬼《おに》だといへば。奴が大将にならぬ事も有まいはさ」。[地ハル]といへば傍[色]から珍内が。[詞]「ハテ扨二人《リ》ながら何をいふぞい。死での先《キ》は片便《リ》[七]。奴から大将に生《キ》ながらなられた真柴殿[八]。それを知《リ》つゝ。ほんにやれ〳〵。来芝《らい(し)》[九]の事は由男[一〇]にして。山村程[一一]今をため[一二]。里虹者《りこうもの》[一三]じやといはるゝ市紅《しかう》[一四]が肝《ン》心《ン》だ」と。[地]どつと笑ひの折[フシ]こそあれ。「アヽコリヤ〳〵あれに見ゆる御先《キ》[一五]供《(ども)》。なむ三春忠様の御入だ」と。[地ハル]猫《ねこ》に鼠《ねづみ》の奴共。[フシ]おの

て瞬間的に決せられたことを強調し、春長の天下を奪う野心に基づくものではないことを示すためである。
二 三重の欠刻とみる。
三 初演、豊竹秀太夫(一五六頁七行目まで)。
※二日の段は五場に分かれる。門前の場は、現行上演では省略。
四 一体誰がこんな下郎などに生れてくるのだろうか。→付録四五三頁下十一行以下。 五 早く。 六 打ち水。まき水。 七 返事がない。あの世の様子を知らせてきた者はない。
八 羽柴秀吉。 九 二代目嵐三五郎(一七三一―一八〇三)の俳名。寛政九年(一七九七)に隠退。「ほんにやれ〳〵」は三五郎の口癖で桐の島台に三五郎について「ほんにやれ〳〵此やうな御名人を」と記す。以下寛政末大坂で、もっとも著名な役者名を詠みこむ。 一〇 二代目中山文七(一七五五―九八)の俳名。寛政十年没。「来芝の事は由男にして」は前年の文七の死をふまえた「来世の事はよしにして」のもじり。
一一 二代目山村儀右衛門(一七三六―一八〇三)。実敵を本領とした。 一二 金の誤りか。
一三 女形二代目山下金作(一七三三―九九)の俳名。里虹者は利口者のもじり。
一四 四代目市川団蔵(一七四五―一八〇八)の俳名。「趣向が肝腎」のもじり。 一五 お供の行列の先頭の者。

時	天正十年六月二日
所	京都、本能寺、門前

が部屋へと逃て入《いる》。
程なく近付ク鋲《びやう》乗物[一]。数多の武士が前後をかこい。築地《ついぢ》御門に舁《かき》すゆれば。かくとしらせに森の蘭丸。礼義正しく出向《いで》ひ。「阿野の御局御苦労に存じ奉る[二]」と。詞の内に乗物の。戸を開かせて阿野の局。三法師君[三]を抱まいらせ。しづ〳〵と立出《たちいで》。「春忠様[四]の御名代と此若の御入故。祖父《ぢい》君春長公より御迎ひとして。自《みづから》[五]がもりまして参りしに。殊のふ[六]御きげんもよろしく。お嬉しう存じまする」とのたまひければ。「ホヽそれは一段[七]さぞ祖父君にもお待かね。いざゝせ給へ[八]」と蘭丸が。案内《あない》につれて付〳〵《つきづき》[九]も門内さして
〽一〇入にけり

「鹿の音《ね》むしの音《ね》もかれ〳〵[一二]の契り。[一三]あらよしなや。[一四]形見の扇より〳〵《かたみのあふぎより》。[一五]猶うら表有《ある》物は人心なりけるぞや。[一六]あふぎとは空言や[一七]あはでぞこひはそふ物を〳〵《あはでぞこひはそふものを》」。[一八]
「局が一ッ曲出来た〳〵。忰春忠が名代孫殿へ御馳走に。何ンと面白いか。サヽつげ〳〵」と大盃。「はつ」と心得しのぶがお酌《しやく》。「蘭丸へさす所なれ共。阿野の局が舞の一《ひと》

一 近世、高位の女性の乗物。全体が青漆で縁に黒漆を塗り、鋲を飾りに多く打った駕籠。 二 真顕記六ノ三。↓付録四14。 三 史実の織田秀信(一五八〇—一六〇五)の幼名。織田信忠の子。 四 二条室町の妙覚寺を宿所としていた織田信忠が六月朔日に父信長を訪うたこと(絵本太閤記では三ノ八)を、三法師が春忠の名代で本能寺に入来することに作り変えた。 五 傅(もり)申して。 六 殊無う。はなはだ。 七 とりわけ結構です。 八 さあどうぞ。 九 お付きの者達も。
一〇 初演、豊竹巴太夫。奥殿の場。現行では、最初の謡は謡わず、阿野の局が能の囃子で舞っているところで幕が明く。

一一 謡曲・班女の一節。同音は地謡または連吟のこと。即ちこの謡の部分は太夫と別に舞台裏で地謡とシテに分かれて謡った。 一二 秋の鹿の声、虫の声が嗄れるのと離(か)れがれ、途絶えがちの契りを掛ける。 一三 あつまらない。 一四 世阿弥作の能・班女の女主人公は恋人の形見の扇を持って狂乱する。 一五 扇の裏表と、恋人の不実を掛ける。 一六 扇と逢ふ、

時　前場の続き
所　本能寺、奥殿

手《て》。労《らう》を謝《しや》する其為に局へ盃さし申ス」。「是は〳〵ふつゝかなる一ト[一九]奏《かなで》。御意に叶ふて此上もなき身の冥加《みやうが》[二〇]」と。いひつゝ局は御盃《おさかづき》。少し引受《ひきうけ》差置ば。春長公[二一]笑《ゑ》壺《つぼ》に入《いり》。「ナニ蘭丸局が間《あい》[二二]を仕れ」と。重き御諚も諂《へつらい》なく。「コハ仰に候へ共。一ッ滴《てき》も及[二三]ばぬ某。此義は偏《ひとへ》に御高免《ごかうめん》を」。「ハテ扨《さて》呑ぬ所を呑すが興。肴は汝が望次第」。「すりや御肴を下されふとな」。「ホ、六十余州を手に握《にぎ》る此春長。サ、何なり共望メ〳〵」。「ハア然らば何とぞ此蘭丸に。軍勢を四五千計《ばかり》下し給はらば有がたからん」と相述れば。「ム、心得ぬ汝が望もし軍勢をあたへなば」。「さん候《ざうらふ》[二四]丹州亀山へ押寄。只一戦に光秀が首討取ッて。君の災《わざは》ひをさけ申さん」。「成程尤なる願ひなれ共。いらざる心ッ配《ぱい》無用〳〵。左様な事に骨《ほね》折ずと。早[二五]く一ッ盞《さん》を傾《かたむ》けて。暑《あつさ》を凌《しの》ぐが身の養生。飛ビ立[二六]計リ有明の。よる昼となき楽しみの。栄花にも栄耀《ゑよう》にも此春長には及ばぬ〳〵」。「我君の御諚には候へ共。安土の無念を散《さん》ぜんと一度は謀叛《むほん》の旗を上《あげ》。窮鼠《きうそ》返つて御身の大事」。「ア遉《さすが》は若気《わかげ》。北国[二七]には柴田勝家。西国には真柴久吉。竜《りやう》[二八]に翼《つばさ》の尾田春長」。「君の御諚は去事《さること》ながら。蘭丸殿の詞の如く油断《ゆだん》大敵」。「ハテサテ局迄が同じ様に。いらざる此場の長詮ッ義。御客人[二九]ンが

を掛ける。一七 逢うことが出来ずに一層恋心が増すものを。一八 節付けのナヲスはここから浄瑠璃に直る指定だが、「〳〵」からか、春長の詞からか未詳。一九 一曲または一件りの舞い歌い。二〇 もったいないほど有難いこと。二一 にっこりとし。二二 春長が局にさした盃のあいをせよ。二人の杯のやりとりに、第三者の蘭丸が入って局の代りに飲むのが作法。二三 飲むことができない。二四 絵本太閤記三ノ七では、光秀が安土を立つ時すでに、蘭丸が叛意を察して、信長に、斬り捨てたいと申し出たが、信長は「何程の事か有ん」と、とり上げなかった。→付録四11など。二五 △印未詳。二六 「栄耀にも」まで謡曲・邯鄲の一節。上機嫌の春長が、自らを、帝王となった「邯鄲」の主人公になぞらえて謡う。天正十年(一五八二)成立の惟任退治記に六月朔日夜の信長の言葉として「唯今喜無残所果報。兼工万代長久之栄耀」。二七 織田信長の家臣の筆頭柴田勝家(?—一五八三)は越前北ノ荘(福井市)を居城とした。近世の大名等に直系の子孫がいないので実名のまま。二八 強大なものがさらに大きな力を加えて無敵の状態であること。二九 三法師が退屈し。

嘸ふら〳〵眠《ねぶ》り。身もほつと退屈《たいくつ》。イデ一ッ睡《すい》の夢《ゆめ》の間の。契りはいざ」と戯《たはむ》れて。座を立給へば阿の丶局。若君誘《いざな》ひしづ〳〵と帳台[二]。深く入給ふ。跡にうつとり蘭丸が。心一ッにとつ置《おい》つ。思ひは同じ女気《をんなぎ》の人目[三]しのぶが寄リ添て。「中蘭丸様。もふ何ン時でござりませふなア」。「これはしのぶ殿。そもじはまだ奥へ行ずか」。「アイ」。「ハテ扨それは不埒千万。御用もあらん早奥へ」と。いふ顔じつと打詠《うちながめ》。「ほんにまあ女の心と男とは。それ程迄違ふものか。兄[四]斎藤蔵之助殿にお頼申て。春長様の奥勤《づとめ》も。あなたのお傍に居たいばつかり。今更いふも恥かしながら。こその初春洛東《らくとう》[五]の。[六]地主《ちしゆ》の。お庭の花盛り。妼《こしもと》共に誘《いざな》はれ。願ひ[七]かけまく初恋の。色も香《か》も有《ある》殿御ぶり。[八]観ン音ン様のお仲立。互の胸の下帯も。とけて嬉しい新枕。かはるまいぞのお詞が直グに心の誓紙《せいし》ぞと。片時忘れぬ女房が。お傍に居るがおいやならいつそ手[九]にかけ給はれ」と。ぴんとす[一〇]ね木の糸桜。花も乱る丶風情也。

さしもに猛《たけ》き蘭丸も。[一一]心の外《ほか》の曲者に。取ひしがれて背《せな》撫《なで》さすり。「イヤもふ何事なふ申せしがお気にさはらば真平《まつぴらまつぴら》〳〵。百万の強敵《がうてき》にもびくともせぬ某が。斯の通り」と手

一　前頁注二六の謡に対応。邯鄲の主人公は一睡の夢の中で帝王となった。
二　現行、春長、若君を抱いた局、上手の間に入る。
三　名前と人目を忍ぶを掛ける。
四　→二六五頁注一九。
五　都、東山。
六　→三一五頁注一五。
七　ここは、恐れ多いが神仏に願いをかけ申して、の意。
八　清水寺の本尊十一面千手千眼観世音。
九　手にかけて殺して。
一〇　ねじ曲がった木。振袖姿のしのぶがすねて身を背けて見せる様子をしだれ桜のすね木に喩えた。
一一　恋は心のほか、恋は曲者、の慣用句をふまえる。
一二　術ながらす。夫に丁寧にあやまられては身のおきどころがない。
一三　謡曲・班女(→一五六頁注一四)では度々「閨」「班女が閨」の表現がある。
一四　私たちも。楫、船など閨事を暗示。
一五　宿直。
一六　入りぎわ。月が雲に入って暗くなった奥の間へ入り。
一七　「かすが野の若紫のすり衣(ごろも)しのぶのみだれ限り知られず」(伊勢物語一)。
一八　男女の縁の深さ、いうにいわれぬ思い、などにいう。
※現行、二人は正面の帳の降りた瓦灯口に入る。現在はここで太夫・三

をつけば。

「ヱ、文人をじ[一二]ゆつながらすのかいなア。春長様も大方に。班女《はんぢよ》[一三]が閨《ねや》のお睦言《むつごと》。お局様の取リ楫《かぢ》で出船の相伴《しやうばん》[一四]。サアござんせ」と手を取レば。「ハテ扨たしなみや。人目を忍ぶ二人リが中。殊に今宵《こよい》は君の直宿《とのゐ》[一五]。又の首尾《しゆび》を」とふり切《きる》を無理に。引立《ひつたて》奥の間へ。入《いる》や[一六]いるさの月かげに。しのぶ[一七]の乱れみだれあふ。わりなき[一八]夢や結ぶらん。

[一九]早更渡る。夏の夜の。そよ吹ク風も物すごく。寝られぬ儘に御大将。手づから障子押シひ[二〇]らき。何心なく茂《しげ》みの方。見やり給へばざは〳〵と驚きさはぐ塒《ねぐら》の鳥。「ハテいぶかしや。まだ明やらぬ夏の夜に。庭木をはなれ騒ぐむら鳥。合点行じ[二一]」ときつと目を付《つけ》。あやしみ給ふ時しもあれ。遠音《とほね》にひゞく鐘太鼓[二二]。春長つゝ立耳そば立《だて》。「アレ〳〵次第に近《ちか》付《づく》人馬《じんば》の物音。直宿の者はあらざるか。急ぎ物見を仕れ」と。仰の下より阿野の局。長刀かい込走リ出《いで》。「君の大事に候ぞや。蘭丸殿は何所《いづく》に有《ある》。早く物見を致されよ。わらはも倶に」と表の方。呼はり〳〵かけり行。

[二三]聞に蘭丸一間より。飛で出《いづ》れば春永声かけ「ヤア〳〵蘭丸。反《ほ》ン逆ク有《あり》と覚へたり。急ぎ

味線交替。

一九 本能寺の変の開戦は、史実では六月二日明け方。本作では「二日子の下刻」(一八五頁)過ぎ、即ち現在でいうと三日の午前一時頃。この設定の違いについては、→一八五頁注一〇。

二〇 現行、春長が上手の間、瓦灯口の窓を明ける。窓の下の木立から鳥が飛び立つ。

二一 文法的には「行ず」が正しい。

二二 節付けのハリは凄味を表わすコハリの欠刻であろう。

※信長公記十五「信長も、御小姓衆も、当座の喧嘩を、下〳〵の者ども仕出し候と、おぼしめされ候のところ、一向さはなく、ときの声を上げ、御殿へ鉄炮を打ち入れ候。是れは謀叛か、如何なる者の企てぞと、御諚のところに、森乱申す様に、明智が者と見え申し候と、言上候へば、是非に及ばずと、上意候」。

二三 現行、蘭丸は手燭を持ち、帷子姿で飛んで出る。明智軍記九の「蘭丸長康ハ鶴ノ丸付タル緇梅(クリムメ)の帷子」(真顕記も継承)が現行演出にも生かされている。

物見を仕れ」と。上意に「はつ」と蘭丸は振返。り見る廊下《らうか》の高欄《かうらん》。「是幸の物見ぞ」といふより早くかけ上り。四方を急度《きつと》打見やり。「物のあいろ[一]はわからねど。此本能寺を心ざし押寄スるは。察する所武智光秀」。「スリヤ光秀が反逆《ほんぎやく》とな。今こそ後悔汝が諫《いさめ》。聞入ざるも傾むく運命。只此上は防《ふせ》ぎの用意」。「ハア委細承知仕る。が仮《たとへ》。一致《ち》に防ぐ共院[二]内わづか三百余人。思へば〳〵主君と倶に」。「蘭丸」「我君様」。「チヱ、口惜や」と主従が。怒りの歯がみ逆立《さかだつ》髪。無念涙の折からに。

表の方より森の力丸[三]。広庭に大息つぎ。「御油断有な兄者人。武智光秀我君に[四]。多年の恨を散ッぜんと。手勢すぐつて四千余騎[五]。左馬五郎[六]を始とし。或《あるひ》は斎藤蔵之助築地《ついち》間近く押寄セて候」と。いふ間もあらず蘭丸は。其儘ひらりと。飛おりて。「我君には恐れながら防ぎ矢の御用意有て然るべし。イデ某がかしこに向ひ。一ト当[七]あてゝ眠《ねふ》りを覚《さま》さん。力丸来れ」と兄弟は飛がごとくにかけり行

跡打見やり春長公。「此上は防ぎの一矢。先差当つて一大事は三法師。ヤア〳〵宗祇《そうぎ》[八]。若をいざなひ早く〳〵」。御諚の下にかひ〴〵しく。しのぶ諸共茶道《さどう》の宗祇。若君いだき

一 文色。ものの様子。絵本太閤記三ノ八の「旗の紋は見へざるか」などをふまえる。
二 「纔に三百人の小勢を引具し、寺院に旅宿し給ふ」(絵本太閤記三ノ八)。
三 元亀元年(一五七〇)九月坂本において近江の浅井・朝倉勢との戦いで討死した森三左衛門可成(よしなり)の次男が蘭丸(一五六五―八二)、三男が坊丸(長隆)、四男が力丸(長氏)。
四 →一九三頁注九。
五 絵本太閤記三ノ八は「翌(あく)れば六月二日の曙、明智左馬介三千七百余人、本能寺を千重百重(ちゑもゝゑ)に取囲み、同治右衛門四千余騎、二条の城及び妙覚寺諸司代村井が堀川の館等を遠巻す。大将光秀三千余人、諸軍の命を司て、三条堀川に本陣を居控へたり」。
六 前注文中の明智左馬介。真顕記は光俊、絵本太閤記は光春。史実では明智秀満。
七 一撃を加えて味方の目を見張らせよう。
八 著名な連歌師宗祇(一四二一―一五〇二)を連想させるが、信長の家臣で茶人の長谷川宗任(一五三九―一六〇六)と連歌師里村紹巴(一五二五?―一六〇二)及び徳善院(一五三九―一六〇二)を念頭に創り出した人物。絵本太閤記三ノ九、真顕記六ノ二十。真顕記では二条城の信忠が前田徳善院玄意法印に命じ三法師を脱出させる。

参らせて足もわな〳〵胴ぶるひ。しのぶも倶にうろ付《つく》所へ。多勢を切抜《きりぬけ》阿野の局。其身は数箇所《す》の痛《いた》手ながら。血に染《そむ》長刀かい込で心も強《こう》[9]に立戻り。「申〳〵我君様。最早敵は込入て候へば。君に替つて一ト軍《いくさ》。御身を遁《のが》れ下さるべし」と。口にはいへど御名残。涙弥増《いやます》計《ばかり》也。「ヤア愚〻。なまなか身を遁れんと返つて名もなきやつ原に。首を渡さば死後の恥辱。汝は我に成かはり宗祇引キ連《つれ》三法師を。何とぞ守護《しゆご》し落延ビて。此旗[10]諸共久吉が手に渡し。我存ン念を晴《は》ラさせよ。猶予《ゆうよ》は返つて不忠の至り」と。仰に「わつ」と泣くづおれ。「たとへ不忠に成とても。君の御最期よそになし。何と此儘落られふ。此義はお赦し下さりませ。是を思へば自《みづから》が。宵の酒宴の其時に班女が閨のかこち言。其一[11]さしのあふぎとは。別れを告ししらせかと。思ひ廻せばいとゞ猶。悲しいわいの」とどふと伏シ歎《なげき》沈めば「お道理」と。心をくんで諸《もろ》袖を。しぼる[12]しのぶが倶涙。泣音《なくね》をそゆる計《ばかり》也。数多の切リ首片手に引さげ庭先へ。立帰つたる森の蘭丸。それと見るより春長公。「ホヽ今に始ぬ汝が働キ。シテ〳〵様子はいかに〳〵」。「されば候《ざうらふ》。二条の御所へは武智光安[13]

九 剛(こう)。気丈に。真顕記の阿能局、絵本太閤記の於能の方は「女に希なる勇婦也しが、倶に冥途の御供せんと、二重の鉢巻綾にて結び流し、花田色の玉だすきをりゝしく引しめ、白柄の長刀掻込で広庭に走出て当る敵をきらひなく匕(け)ひ倒し薙落し」(絵本太閤記三ノ九)。

一〇 織田家の正統を表わす平家の赤旗を渡す。三日太平記六参照。

一一 「あふぎとは空言やあはでぞこひはそふ物を」と男女の別れをかこつ班女の一節をその扇で舞ったのが、信長との別れの前表になったかと。

一二 しぼるしのぶと韻を踏む。

一三 絵本太閤記三ノ九では、二条の城の「大手の大将明智治右衛門光忠」(明智軍記、真顕記等では光安は光秀の伯父で故人)。

立向ひ。当手《とうて》[一]の寄ｾ手は左馬五郎光俊《みつとし》。采配《さいはい》[二]取てきびしき下知。なれ共味方は必死《ひつし》勇者。御覧のごとく首討取。一泡吹《あはふか》せ候へ共。始終の勝利は[ナヲス]」。「成程〳〵。只此上は潔く。死出三途も主従《しうじう》倶に。サア今聞《きく》通り我覚悟。早く此場を落延ぬか。但し三世の縁切ふや」。「サア其義はなｱ」。「縁切《きる》が悲しくば。一時も早く落延よ」「コレサお局。君の先ｯ[三]途《ど》を見とゞくるは此蘭丸。片時急ぎ裏門より。宗祇坊は何をうつかり」。「ヲット合点。イヤもふ最前から落たふて〳〵気は上《かみ》[四]づり。コレ〳〵しのぶ殿もお供の用意」と[地中ウ]いへど逌《さすが》[ウ]に忍び夫《つ》ﾏ。[ウ]云たい事も面ﾃ[五]伏ｾしほれ。[合]泣ｸ[ハル]〳〵立上[フシ]れば。

[地ハル色]蘭丸声かけ。[詞]「しのぶは君の[六]御供叶はぬ」と[地ハル]聞て恟《びつく》り驚[ウ]くしのぶ。[詞]「ヱ、そりや何故」。「ホ、汝にお咎《とがめ》なけれ共。そちが兄斎[七]藤蔵之助光秀に一味の反逆《ほんぎやく》。敵[八]の末は根を断《たつ》て葉を枯《から》す。命を助け其儘帰すは是[九]迄。サア是迄君への宮仕《づかへ》」と[地中][一〇]明ていはねど妹[ハル]と背の。[ウ]中を隔《へだて》の垣となる。しのぶが憂身詮方ﾀも。涙[ウ]ながらに用意の懐釼《くはいけん》。咽《のんど》[ウ]にがはと突立れば。「コハ[ウ]何故」と驚く人ゝ。[ハル]大将春長感じ給ひ。「ホ、女ながらも適《あつぱれ》の生害《しやうがい》。兄とひとつでない潔白《けつぱく》。今日只今春長が仲人し蘭丸が宿[一一]の妻。[一二]心残さず成仏せよ」と。[地ハル]仰に手負

一 この本能寺に向かう軍勢は。「采配ふり立て鞍笠にのび上り、大音に下知し…当手の大将は明智左馬介なるぞ」(絵本太閤記三ノ八)。 二 房と他の端に緒をつけた棒で、大将が戦陣で指揮する際に用いる。 三 行く先、この場合は最後。 四 のぼせ上がっている。 五 顔を伏せて言わず、と恥じて言えない意の面伏せ、を掛ける。 六 ここは若君三法師。 七 斎藤内蔵助は光秀の家臣としては別格なので「一味」という。 八 「敵《かたき》の末は根を断て葉を枯らせといへり」(譬喩尽)。三日太平記五参照。 九 これまでの夫婦のよしみ故、と言いかけた。 一〇 直接には言わないが、夫が妻を隔てた(絶縁を籠めた)言葉に。 一一 家の妻。正式の妻。「心計リは久我之助が宿の妻と思ふて死にや」(妹背山婦女庭訓三)。 一二 これを前段までの、神仏を信じない残酷な暴君として描かれてきた春長の性格と矛盾すると見る必要はなく、死に直面した人間の自然の言葉と作者が見ているのであろう。 一三 韓紅。深紅。

※蘭丸としのぶの悲恋は、付録四九二頁下参照。

一四 本作で再三用いられる一種の軍記物的修辞。 一五 奴輩。 一六 以下、この場の段切りで、春長、局、蘭丸、それぞれの悲痛な思いを淡々と語る。 一七 なし、に掛ける。仕方なく。 一八 涙の海に濡れた袖、その涙の海の波に漂いながら。 一九 負うと扇を

蘭丸も。「はつ」と計《ばかり》に有がた涙顔に紅葉の一三からくれない血汐に染る両の手を。合すも二世の名残ぞと物いひたげに夫《つま》の方《かた》。御《おん》大将をふし拝み。笑顔を娑《しや》婆の置《キ》土産。あへなく息はたへにけり。

一四歎をよそに御大将。勇《ミ》を付んと「ヤア〳〵蘭丸。我は是にて討手を引受。此場を去《ラ》ず討死せん。汝は是より馳《はせ》向ひ。敵のやつ原一五一《ト》泡《あは》吹せ。名を万《ン》天に輝《かゝや》かせよ」と勇め給へば。「ハア〳〵ハ、、、仰にや及ぶべき。たとへ光秀。何万騎にて寄《ス》る共。片はしなで切まくり立《たて》。君の御供《おんとも》仕らん早おさらば」と立上れば。

一六泪を拭ひ宗祇坊。局をいさめすゝむれば。是非も泪一七に袖一八の浪。たゞよひ。ながら若君を。宗祇が背［ナ］にしつかりと。是ぞあふぎ一九の憂別れ見かへる。名残見送る名残。又立戻るを蘭丸が。中を隔つる鯨波《ときのこへ》。早乱れ入《ル》諸軍勢。切立《きりたて》なぎ立《たて》女武者。其名も。高くかな書《がき》二〇の。筆にとゞめて末の世の美談《びだん》と。こそは 三重

〽成にける。

掛ける。今こそ班女または班婕妤(はんしょうじよ)の故事（謡曲・班女の典拠）のように、扇のつらい別れをすることになった、の意。

※別れを惜しみ、行きかけては戻ってくる局と、春長との中を隔てて、若君と局を早く脱出させようと気を配る蘭丸、次の瞬間に、敵方のあげる鬨の声に追い立てられて、若君・局・宗祇は落ちて行く。現行、春長は上手一間へ、局は乱れ入る軍兵を払って宗祇とともに退場し、蘭丸が軍兵達と渡り合う見得で段切り。

二〇 真顕記の阿野局、絵本太閤記の於能の方の勇戦を描く文をさす。

※史実の本能寺の変は殺伐な事件であり、小説はこれを軍記物調で綴るが、浄瑠璃作者は、小説にない蘭丸としのぶの悲恋を挿入し、阿野の局にも春長の愛人との創作を加え、春長自身も情愛や思いやりのある一面を持つ人物として捉え直し、全段の最初のヤマ場(五段組織浄瑠璃にあてはめると、この段は序切、即ち初段の切)をもり上げている。

一 以下の場、現行は省略。

二 「此時寺中合戦最中と見へて、一進一退離散聚合し、或は討或は討れ、寄手大軍入替〳〵戦へども、御所方には続く新手も有ばこそ」(絵本太閤記三ノ九)。

※前場とは対照的に、この合戦の段は小説の文章の流用が多く、浄瑠璃

(合[一]戦の段)

寺[二]中は合戦真最中。力丸蘭丸一同に一ッ進《しん》一ッ退《たい》離《り》散《さん》して。或《あるい》は討タれ或は討《うち》。つゞくあら手も有ラばこそ。[三]堅甲利兵《けんかうりへい》の大軍を防ぎ戦ひ。流るゝ汗《あせ》とわき出る血汐。[四]から紅いに水くゞる。竜田の川に楓葉《もみぢば》の落て流るゝ如くなり

寄セ手の従将《じうしやう》[五]安田作兵衛。春長を討取ラんと。塀際《へいぎは》にさし寄レど。味方の勢に隔られたやすく内へ寄付カれず。得たりと鑓を力杖。「ゑい」と一はね高塀に。飛上りたる早業さそく目ざましかりける

[六]〽次第なり。

さしも名高き霊場《れいじやう》[七]も修羅《しゆら》の巷《ちまた》と[八]鳴ル鐘の。天地にひゞく陣太鼓。[九]乱調《らんでう》に打立《うちたて》〳〵。先にすゝみし田嶋の頭。手勢引具《ひきぐ》し一チ同におめき叫《さけ》んで攻《せめ》かくれば。春長公[一〇]一チ越調《こつでう》。[一一]「反《ほん》逆《ぎやく》光秀はいづくに有ル。主に背く天罰思ひしらせてくれんず」と。[一二]弓杖《ゆんづゑ》ついて罵《のゝし》る大音ン。さしも勇有《ある》[一三]明智勢。恐れて思はず進《すすみ》かねたぢろく隙にさし[一四]詰引詰《つめひきつめ》。射給ふ矢先に

としての創作はわずかである。

時　前場の続き、あるいは同時
所　本能寺、塀際

三 頑丈な鎧と鋭い兵器を身につけた敵方の兵士の。四「千はやふる神代もきかず竜田川からくれなゐに水くゝるとは」(古今集・秋、百人一首・在原業平)。江戸時代には「くぐる」と読まれることが多い。五 絵本太閤記(三ノ八と九)で光秀旗本の勇士、二王四天の一人。最後まで信長を追って蘭丸と死闘。但し高塀飛越えは、絵本太閤記三ノ九では山本三右衛門。六 場面転換の三重の印とみる。七 激しい戦いの場。八 巷と成る、に掛ける。時ならぬ寺鐘の音に陣太鼓の音が交じって異様な熱気を高める。九 乱声。もと雅楽の笛の調べの名称。ここは鉦・太鼓を騒がしく打ちたてるさま。一〇 壱越は雅楽の十二律名の出発音で中国音名の黄鐘に当る。ここはかん高い声。

時　前場の続き、あるいは同時
所　広縁先

一一「信長公大の眼《まなこ》を活《くは》つと見開き、叛賊光秀は何所《いづく》にある。主に叛《むほ》く天罰、思ひ知らせんずと、天にも響く大音に罵り給へば」(絵本太閤記三ノ八)。一三→一四〇頁注八。一二 弓を杖について。一四 矢を弦につがえては引きしぼり、次々手早く。「信長公弓矢打つがひ、

先手《さきて》の軍兵《ぐんぴやう》。はた〳〵と射ウたをされ。あだ一五フシ矢はさらになかりける。地色ウ此虚に乗て坊一六丸力丸。鑓ウをひねつて八方コハリへ突立《つきたて》ハルなぎ立阿一七修羅の如く広一八庭。さして
〽追上て行。
一九地ハル客殿ッには春長主従。膝《ひざ》ウをならべてどつ中かと座し。力丸ウ無念の歯がみ色をなし。詞「ヱ、口惜《くちをし》や。往昔《いんじ》二〇天文年中より。今天正十年迄。四海の内に横《おう》二一行して。武威を以て天下の兵乱を切しづめ。民二二の塗《と》二三炭《たん》の中にすくひ。四方の敵国君の英名《えいめい》二四を。鬼神の如く恐れふるひ。正二位右大臣に昇進《しやうしん》し。大業既に成就せしに。逆ク臣惟任《これとう》が為に空しくならせ給ふとは。地ハル天魔の所為か口惜《くちをし》や」と。血ウ汐にそゝぐ。血上の涙とフシゞめかねたるキン計《ばかり》也。
地ウ春長一言の詞中もなく。御ウはかせを脇腹へ。がはと突立引廻す。倶ウに冥途《めいど》の御供と。力ハル丸坊丸殉死《じゆんし》の切腹ウむざんといふも余り有《ある》色御身の。果上ぞ三重
〽あ上はれなり

三人張に十三束、指詰引詰射給ふに、先に進みし武者十騎計《ばかり》はた〳〵と射倒され、空矢《むだや》は更になかりける。此塩合《しほあひ》を見て」(絵本太閤記三ノ八)。 一五 無駄になる矢。敵に当らぬ矢。 一六 森可成の三男。長隆。↓一六〇頁注三。 一七 仏語で、梵天・帝釈天などとの戦いを専らとする悪神。修羅。激しい戦いぶりを形容していう。 一八 玄関前の広い庭。 一九 以下、春長最期の場面設定は、浄瑠璃の創作。但し文章は絵本太閤記三ノ九「織田右大臣御生害」を流用。 二〇 絵本太閤記・初に、信長の初陣を天文十六年、十四歳の時とする。 二一 絵本太閤記「横行《わうぎやう》」。 二二 絵本太閤記「民を」。 二三 泥にまみれ火に焼かれるような苦しみ。 二四 名声。 ※信長の最期の状況としては信長公記十五に「女どもつきそひて居り申し候を、女くるしからず、急ぎ罷り出でよと、仰せられ、追ひ出させられ、既に御殿に火を懸け、焼け来たり候。御姿を御見せあるまじきと、おぼしめされ候か。殿中奥深入り給ひ、内よりも御南戸《なんど》の戸を引立て、無情に御腹めされ」とあるのが事実に近いと思われる。絵本太閤記は「信長公は奥深く入らせ給ひ、殿中に火を放ち、其中にて御生害まし〳〵ける」。

時 前場のしばらく後
所 客殿

同三日の段

（高一松城の段）

地ハル 二董卓《とうたく》は漢室《かんじつ》を焼捨《やきすて》伯知《はくち》三は水を以て趙《てう》をひたす。中 四例《ためし》ウを爰に真柴が軍ン五師名キン六に高松七の城廓《じやうくはく》ハルも。八水死の合戦強勇《がうゆう》も手にフシ汗。握る計《ばかり》也。

地色ウ 武家の家でも姦《かしまし》き。妼《こしもと》共は寄リこそり。色九 詞「何とあげは。毎日〳〵ふる雨で水の増るが積《しやく》の種。是といふも尾田勢の皆仕業。中でも憎いは真柴とやら松葉とやら。突キ一〇さがしてやりたいわいのふ」。「ヲ、コレ〳〵其突次手《つきついで》においたはしいは。妹御一一の玉露様。浦辺一二山三郎様にきつい惚レ様。大方埒の明ク時分ンに成て。山三郎様の爺御《てゝご》杢《もく》一三之進様。アノ林一四丈左衛門めにお討れなされた故。此程はぶら〳〵と恋病ひ」。「ヲ、一五そふはかいのふ。こちらも覚一六の有事。どふぞ首尾一七して上《あげ》ましたい」と。地ハル 逍《さすが》やさしき女の情《じやう》。フシ 打連《うちつれ》一間へ入に

一 初演、豊竹柴太夫（一七一頁四行目まで）。
※現在、三日の段は上演されない。
二 後漢末の奸雄。孝献帝を擁立して権勢をふるうが、袁紹・孫堅らが兵を起こし、董卓は洛陽の宮殿（漢の宮室）を焼いて幼帝を抱き、長安に遷都した。「孫堅…洛中ヲ望ムニ、火焔天ヲ焦シ黒烟地ヲ包ミ、三百余里ガ間、サシモ繁華ナリシ洛陽城片時ガ間ニ灰燼トナリケレバ…曹操ガ曰、董卓洛陽ヲ焼尽シ、天子ヲ奪テ長安ニ走ル」（通俗三国志二）。三 春秋戦国時代に、趙の襄子（じようし）を晋陽城で水攻めにした晋の卿知伯。韓氏、魏氏と連合して趙襄子を苦しめたが、韓、魏が襄子と通じたために敗死。知伯の死後、晋の予譲が、知伯の仇を報ずるために襄子を狙う話が名高い。四 中国古代の、火と水による戦闘、特に後者の例を、今目前に。五 軍隊の意。六 名高い名城の意を掛ける。七 現岡山市高松に城跡を残す高松城。八 真柴方の水攻めにより、戦死ではなく水死に追い込まれ、高松方の強勇の兵達も、なすところなく手に汗を握るばかりである。九 みな寄り集まり。一〇 針葉の松葉

時　六月三日
所　備中高松城

ける。
[一八]思ひ内に有《あれ》ば。其色眼ッ中にすゝむとかや。父の最期に乱れ髪。無念のあだを角額《つのびたい》[一九]。浦辺山三郎利氏《としうぢ》は。主ジ[二〇]の。留主を窺ふて。林を一太刀恨《うらみ》んと。屋敷へ入込ム生死《しやうじ》の境。斯《かく》と白歯[二一]の。玉露が。出合頭に見合す顔。はつと驚き引返す。袂にすがり「コレ待てたべ浦辺様。お前は深いお望が。有ッてのお越《こし》と。見たは違はぬ形リかたち。其お姿に恋こがれ。送る千束《ちづか》[二二]の返ッ事さへ。ないはつれないお心ぞ。せめて一夜の添臥を。赦してたべ」と取付ィて。じつと。しめたる手の内に心。余りて見へにける。
「コレ〳〵声が高い。推量《すいりやう》の上は包むに及ばず。かくまい置ヵるゝ敵丈左衛門。何卒《とぞ》今日中に手引して。勝負をとげさせ下さらば。こなたの心もむそく[二三]にせじ。サ、、、何と」ゝせいたる面ッ色。玉露も胸をすへ。「成程〳〵。わたしが為にも舅御の敵。折を見合せアノ垣越に。ナ御案内申ましよ」。「ホ、其詞に違ひなくば。まだ云聞す子細も有《あり》。こなたの部屋へ」。「そんならこふ」と手を取て。顔は上気[二四]にちる花の。玉露姫は情の露。濡《ぬれ》にかしこへ入にける。

から突くを連想。所きらわず突き痛めて。 一一 高松の城将清水長左衛門の妹。浄瑠璃で創作の人物。 一二 真顕記六ノ十三の長沼山三郎。 一三 真顕記では長沼元之丞。 一四 真顕記では林三郎左衛門。→付録四17など。 一五 ここは「そうだったの」。「そふはかい。又〳〵どふいふても大身躰《だいしん》」(置土産今織上布・中)。 一六 恋の悩みは。 一七 恋が叶うように都合を調えておあげ申したい。 一八「思ひ内にあれば、色外(ほか)に現はれさむらふぞや」(謡曲・松風。典拠は大学など)。 一九 仇を討とうとする害意の角と、角(すみ)前髪にした角額を掛ける。角前髪は元服直前の髪形で、山三郎は真顕記の十六歳より年長の設定。 二〇 高松城の主清水長左衛門。 二一 知らず、と未婚の女性を表わす白歯を掛け、白露の縁で玉露と続く。 二二 千たばもの恋文。 ※浦辺(真顕記の長沼)父子は清水の家臣ではなく、郡(毛利)家から高松城に派遣されている武士であるから、高松城主の妹玉露姫も敬語を使う。 二三 無足。むなしくはしない。 二四 紅いの花が散るように上気した。散る、花、露、濡と、縁語。

一 清水宗治は、この地の豪族で高松城を築いた石川久孝の女婿という。天正十年四月、羽柴秀吉の率いる織田勢が、中国、毛利の勢力圏に進攻

折もこそ有レ立帰る。館の主ジ清水《しみづ》長左衛門宗治《むねはる》。智勇を兼し其骨柄。跡に従ふ。女房は[二]まだ。十九《つゞ》二十《はたち》二つ三つ。[三]雪の白粉やり梅が紅花《かうくわ》色そふ。緑子《みどりこ》を。いだきいたはり立帰る。

宗治は眉《まゆ》をしはめ。「ヤイやり梅。晩春《ばんしゅん》の末より[四]三ツ家へ[五]人質。忰諸共遣はせし所。いまだ合戦《かっせん》の勝利も決《けつ》せず。敵にかこまれたる此城中へ。帰されしは子細が有ふ。何と〳〵」。「ハア、尤のお尋。此度三家御加勢に向ひ給ふといへ共。手を空しくして日を送り。水の手一つ切《きる》事叶はず無念さは夫《をつと》迚も同じ事。もし討死致されては大事と成。手《て》立《だて》を以て一時の合戦は遠からじ。それ迄は英気《ゑいき》を養《やしなひ》置カるゝ様。うさを晴すはコレ此若。随分〳〵やり梅も。心を付よとは[六]げしき御諚。此子の顔も。見せたさ。[七]見たさ」とゐくぼに愛持ッやり梅が色ぞこもりて。見へにける。

義にはり詰し宗治ルは。指折て日をかぞへ「けふは早六月三日皐《さ》月キの末より[八]敵方に大変《たいへん》有《ある》凶星を見極め置つるに。[九]土俵を突上《つきあげ》[一〇]優長なる仕かた。間者を以て敵方の様子。聞出さんと思へ共。[一一]是ぞといふ謀《はかりこと》なく。空《むな》しく入水する時は後ゝ諸人の物笑ひ降参するは

した時、高松城主清水宗治は、毛利の加勢とともに高松城に立籠り、秀吉に抗戦した。「(秀吉は)本陣を城の東の方蛙《かはづ》が鼻へ移し、西の方赤浜山より南へ遶り、東蛙が鼻の近辺迄、長さ一里有余、広さ三十間の堤を築《つか》せ、水扣の方には大竹を破《わつ》てこれをあて、盤石《いしわく》といふものを制し、是を畳あげて兄部河《こうべがは》の大流を堰とめ、其余の川々谷々の流《ながれ》悉く水道をつけ落し入れたりければ、洪水溶々《ようよう》として斯に流れ集り、四月下旬に堤を築かけ、今五月中旬なれば、梅雨滝津瀬なして降来る程に、漸々に水嵩増り、高松の民家悉く水底に沈み、庭の松杉浪越て、是なん樹に縁《よつ》て魚を求るとも得安かるらんとぞおぼへて、見る目も中々冷《すさま》じし」(絵本太閤記三ノ六。もと陰徳太平記六十六)。二 二十そこその若妻。三 やり梅(淡紅色を帯びた白梅)の名のように、白粉をつけた雪の肌に、血色のよい嬰児を抱いて。やり梅も浄瑠璃で創作の人物。四 毛利(本作では郡。三日太平記は毛利)三家。毛利・吉川・小早川。五 清水宗治は毛利方へ嗣子源三郎を人質に出していた(清水宗治事蹟・享保十年)。六 太守毛利(郡)輝元の厳命、の意。七 私もあなたの顔が、の意。愛は愛敬。八 真顕記六ノ十二。→付録四15。九 凶変が起きた様子もなく、悠々と土俵を積んで堤を築き。凶星は春長

家名の恥辱是迄度〻の合戦に不覚をとらぬ宗治が。一二猿冠者如きの計略。斯《(かく)》口惜《(くちをし)》き籠《らう》城も天より我を責給ふか。何とせんかとせん」と。名に秀《ひいで》たる武士《(もののふ)》も。傾《かたむ》く運ッと突息《(つく)》も天をにらんで。ゐたりける。

あはたゞしく庭先キへ。士卒《しそつ》一人かけ来り。「何か談ずる筋有と郡家よりの使として。一三安徳寺和尚只今本陣へ参着せり。殿にも早く御越《(おんこし)》」と云捨家来は引かへす。

「ム、汝が帰城《きじやう》の上安徳寺の使の様子聞捨がたし。是より諸士に対面致し。事の子細を中聞《(きけ)》ん。其方は郡より預り有《(ある)》丈左衛門。囚人《めしうど》同前ッなれば。万ッ事心を付よ。サ行《(ゆけ)》〳〵」。

「心得ました」と立上り奥と。表へ引別れ一四二の丸さして出《(いで)》て行。

雨吹払ふ松風の。夏山こめし。虫の音《(ね)》をしるべに。漂ふ一五うらづたひ一六振も。小づまもかい〴〵しく。夫を道びく健気《けなげ》の玉露。花も木草《(きぐさ)》も一七落花狼藉《らつくはらうぜき》。互に切合ふ一八穂先キとほさき汗にひたする計《(ばかり)》也。

いらつて切ッ込太刀先を。しつかと請留《(うけとめ)》丈左衛門。「ヤア小賢《ざか》しい浦辺山三。一九儕《(おのれ)》が親の杢之進。評義の席《せき》にて某に悪口吐《はき》し二〇入耳虫《にうにちう》。討て捨たを恨に思ひ。刃向ひ立《(だて)》は及ばぬ事」。

の死を予告していた。一〇 悠長。※浄瑠璃の舞台は、小説における六月三日の高松城ほどさし迫った、水没寸前の状態ではないようである。史実では足かけ三か月の攻防戦を、演劇では三日間の出来事に畳みこむ。小説で高松方が秀吉の作戦を「土俵を突上優長なる仕かた」と笑ったのは、雨が降り出す以前、五月中旬頃までのことであり、その状況と、いまや土俵の堤のために「空しく入水」に直面させられている状況とを、一つのせりふで言わざるを得ないので、やや分りにくい。

一一 自分としても水攻めに対抗できる是ぞ、という計略もないままに。一二 秀吉のあだ名。一三 安国寺恵瓊。安芸、銀山城主武田信重の子といわれ、安芸国安国寺(禅宗)の僧となり、毛利家の使僧(外交僧)として活躍。↓一八九頁※。一四 城の中で、最も重要な本丸に次ぐ郭。大手門から本丸に至る道順に位置する。一五 庭先を水が浸しているので、浦伝いといった。一六 非活動的な振袖姿だが、甲斐甲斐しく小褄(着物の褄の端)を引き上げて。一七 切り合いのために容赦なく散らされ、踏み折られ、の意。一八 刀の切っ先を、花、草木の縁で穂先という。一九 真顕記六ノ十三。→付録四16。二〇 げじげじ。言葉で人を損なう者をいう。元之丞(杢之進)が林を、臆病未練と罵った(→付録四16)のをふまえる。

「ヤアぬかしたり丈左衛門。左《(さ)》いふ儕は。[一]冠《かむり》山の落城《らくじやう》をよそに見て。当ゥ城へ逃込し人ン
畜生《ちくせう》。父の怨旁《あたかた〲》[二]の恨。思ひしれよ」と刎かへす刃尖《するど》き双方が請つ。流しつ烈《はげ》しき争ひ。
見る玉露は心も空。山三が念ッ力通じけん林は刀打落され。逃んとするを切ふせ〱。
「父の敵覚へよ」と。のつかゝつてとゞめの刀。
首引切ッて大地に打付《(うちつけ)》。「ハヽア嬉しや〱コレ玉露殿礼は[三]未来でおさらば」と。腹かき
切ラんとする所。戻りかゝりし長左衛門。やり梅諸共走リ出《(いで)》。
「ヤレ死るとはうろたへ者。[四]赦しもなき敵を討し云訳の切腹ならば。[五]某が計らひを用ひ。
まさかの時の討死こそ武士の道。城外の水をくゞり。久吉の陣所へ馳《はせ》込。偽りならざる
次第を頼み。かくまひもらふが術《てだて》の第一。[六]敵の空虚変《くうきよへん》の次第。相図を以てしらされよ。
折も有ば真柴を討取。名を末代に残されよ。サヽヽヽ一時も早く〱」とせき立清水《(たつ)》。
「ハア、コハ有がたし。武士の数にも入べき大功。命を的に[七]仕負せて立帰らん」と欠出《(かけいだ)》[八]す。
「ヤレ山三様お待なされ玉露様とのわりなき中。最前ちらりと。[九]ナイヤ申《(まうし)》宗治ル様。お
妹御と浦辺様との二世の御縁」。「ホヽすき合《(あう)》た二人が中。[一〇]門出を祝《しゆく》する。扇も時の島台

一 冠山城。高松城以前に、羽柴勢が落した、高松城の北に位置する城。絵本太閤記三ノ六が「冠山落城」。 二 冠山で討死した城兵達。 三 来世。 四 真顕記六ノ十三。→付録四17。 五 以後の山三郎の行動は、表面は真顕記と同じであるが、実は宗治の指示に従ってなされる点が浄瑠璃の創作。 六 敵軍の手薄なところや、戦線の変動を。 七 為遂せ。 八 駆出す。 九 やり梅が、戻ってきた時、玉露が山三郎にすがっていたことを、夫に思い出させ、改めて「イヤ申」と、二人を正式に夫婦にすることを勧める。 一〇 山三郎の門出を祝うためにさしかざす扇が、ちょうど、婚宴の飾り物の島台と、三々九度の、素焼きの盃の役を兼ねる、の意。能や狂言で扇を盃に見立てる演出を連想し、謡曲・鉢の木の文句に続く。 一一 「松はもとより常盤にて。薪となるは梅桜」(謡曲・鉢の木の近世の台本)。ここは夫婦の変らぬ契りを祝していう。 一二 島台に飾る松竹梅が、扇の絵だけでなく、庭木にもあること。 一三 扇の異称。行末ますます栄えるように、の意をこめる。 一四 宗治が、命を助け重大な任務を与えた上に、玉露との不義を咎めず夫婦にしてくれたことをいう。 一五 なまじい、馴れし、と頭韻。 一六 節付けの「上タキ」は「上タ、キ」の欠刻であろう。 一七 心がもつれ、結ぼれる意を掛ける。 一八 扇で玉露の前を屏風のよう

[中]土器《かはらけ》。松[一一]は元来《もとより》常盤木《ときは》[ウ]の。絵[一二][ウ]にはあらざる松[中]竹梅。末広[一三][キンヲクリ]。びろと夫婦[フシハル]のかため」。「[詞]ハア、重[一四]ゝの御《(おん)》恵。玉露殿も随分無事で」。「お前もお怪《け》我のない様に」と。立[地ハル]派にいへど[一五]なま[中]中に。馴[一六][上タキ]し枕のもつ[一七]れ髪[ウキン]はなれ。がたなき両[ウ]人を。わ[ハル]ざとせいする宗治夫婦。扇[一八][ウ]屏風《ひやうぶ》や[一九]あふぎの別れ。心定めて城外へ飛[色]が如くに[三重]

[二〇]〽かけり行

(城外の段)

時	前段の続き
所	高松城外の堤

[二一]嚢沙背水《のうしやはいすい》[地ハル][二二]の謀《はかりこと》[中]を廻らし。見[ウ]ぬ唐土の元帥《げんすい》[二三]も。[二四]舌《した》[ハル]を巻《まく》べき奇代《きたい》[二五]の軍ン[中]術ッ。水[キンヲクリ]かさ増る[二六][中]大河の流《ながれ》。せき[ハルキン]とゞめたる土俵岩石《どひやうがんぜき》[ウ]。大木[中ヲクリ]。運《はこ》[二七]ぶ[ウ][二八]地車の。木[二九][ハル]やり音ン頭[三〇]もちんば[色]馬。[合]揃[ウ]はぬ肩《かた》も降参《かうさん》[三一]の。す[フシ]き腹武士[三二]しられける。

[三三][地ハル]加藤は土手《どて》の高[色]みに上り。「[詞]ヤア者共。汝等《なんじ》はことゞく降参の者共成に。此度の勤功《きんこう》。大将始メ某迄満ン足せり。此合戦終りなば。急度《(きつと)》[三四]御扶持《ふち》有べきぞよ。ソレ兵粮《らう》[三五]を遣ひ終らば。暫時《ざんじ》は休足致すべし」と。下[三六][地ハル]知を伝ふる其内[中]に。向[ウ]ふに何か騒ぎし人声。正[ハル]清きつ

に隔て、山三を見せない。一九 →一六三頁注一九。 二〇 初演、豊竹坂太夫。 二一 砂を詰めた袋。史記・淮陰侯列伝にある韓信の嚢沙の計をさす。漢の韓信が楚軍と濰水(いすい)をはさんで対陣した時、韓信は夜間、万余の砂袋をもって河の上流をせきとめさせ、敵をおびき出し、敵が追撃すると上流のせきを切らせ、急襲して楚軍を大破した。 二二 やはり史記・淮陰侯列伝にある、背水の陣。韓信が趙との戦いで、川を背後に控えた決死の陣立てで勝利を得た故事。 二三 諸将の統率者。中国古代の名高い元帥、韓信をさす。 二四 水を用いる嚢沙の計、背水の陣で勝利を得た韓信も舌を巻くほど、世にもまれな、見事な久吉の戦術。なお彫刻左小刀八では久吉が江州石山の城(石山本願寺を擬す)を水攻めにし「数千の土俵に鹿飛をせき留させ。落口を留たる故湖水あぶれて白海となしたるは。彼(かの)韓信が嚢砂背水」という。 二五 稀代の宛字。 二六 一六八頁注一引用文によれば兄部(こうべ)川。史実では足守川。真顕記六ノ十一。→付録四18。 二七 底本の振仮名「ばこ」と誤る。 二八 車体の低い四輪車。 二九 木石を運ぶ時の労働歌の一種。音頭取りが発声し、一同が、声を揃えて和す。

と打詠め。「ハテ合点の行ぬ。高松の城外ィにあやしき取合《とりあひ》。何にもせよ心得ず」と。瞬《またゝき》もせず見渡す向ふに。「我《われ》組留《くみとめ》ん」と数多《あまた》の軍ン兵《ひやう》。小船に打チ乗。右往左往《うはうさはう》に追廻せば。山三郎は水中を。くゞつつ抜つ働けば。鵜《う》よりも早き水練水魚。「そこよ爰よ」と組子共。うろ付《つく》中に。舳《へ》先キを持《もち》。「ゑいやうん」と打返せば。水はまん〳〵小船の組子浪のもくずと成リにける。此有様に残りの兵船《ひやうせ》ン。進ミかねてぞ。

〽見へにけり。

こなたの岸には正清が。何者成ルぞ心得ずと。手ぐすね引て待ッ所へ。血気の浦辺は抜手《ぬきて》を切リ。忠孝二つを額《ひたい》に当テ。飛鳥の如く遥《はるか》の堤《つゝみ》。一声《せい》諸共飛上れば。「何者成ぞ」と取巻《とりまく》雑兵目もかけず。加藤が前に両手を突。「某は郡家の家臣浦辺山三郎利氏と申者。高松の城内において。親の敵《かたき》を討取。立チ退んとせし所。城中より討手かゝり手詰の難義何とぞ武士のお情に。御かくまい下さらば生〻世〻の御厚恩《かうをん》」と。敬《うやま》ひ入ッてぞ願ひける。

加藤正清声をあらげ「ヤア紛らは敷《しき》願ひの筋誠《まこと》親の敵《かたき》を討ッは武門の誉と。郡家より

三〇 声も揃わず、二人一組で担う肩も揃わないのは。三一 真顕記六ノ十一。→付録四19。三二「としられける」の誤り。三三 加藤正清。→一七二頁注四。三四 かならず、しかるべくお召しかかえになるであろう。三五 弁当を食べ終ったならば。※この種の工事は、五月中頃までに終っているはずであるが、郡三家の襲来に備えて補強のため、という名目で六月三日に設定されたこの段に、高松城水攻めのための築堤場面をとりこんでみせる。三六 加藤正清の指令を全員に伝える。

一 いさかい。喧嘩。
二 組頭の配下の雑兵。
三 船の先端部。主語は山三郎。
四 加藤清正(一五六二―一六一一)。幼少より秀吉に仕え、高松城攻めに先立つ冠山攻めで功績があった。この後、賤ヶ岳の戦い、小牧山の戦い、朝鮮の役等で武名を顕わす。なお真顕記では、山三郎の件に関わるのは大谷慶(よ)しまつと加藤孫六。

恩賞《をんしやう》も有べき筈返つて搦捕んとする高松勢。紛らは敷《（しき）》御辺《ン》の偽り。真《ッ》直に申されよ」と。疑ふ詞に。「ハヽア御尤成《ル》御仰。某が討取し親の敵と申は。冠《かむり》の城を抜出《（ぬけいで）》し。林丈左衛門と申者。我父李之進と聊《いさゝか》[五]の論により。父を欺し討に討たる事。其無念止《ム》事を得ず。何とぞ怨《あだ》を報《ほう》ぜんと主人《ン》へ敵討《チ》を願へ共。軍中とて取あへなく。剰へ敵丈左衛門は清水宗治《ル》殿に預けと成《レ》ば心に任せず。空しく月日を送る内。此度の合戦に付。久吉公の計略にて。一城諸共亀の如く。水底のもくずとならんは治定[六]。然《レ》ば父の鬱憤《うつぷん》を散《ン》ぜん時節なしと。透《すき》を窺ひ本《ン》望は達したれ共。御赦しなき敵討。いか成《ル》咎《とがめ》有んも知ず。惜むべき命にはあらね共。亡《なき》両親《ン》の跡[七]をもいとなみ。其上にて切《ッ》腹致す我存《ン》念《ン》。暫しが程の御恵。御聞届下さらば。忘れ置《（おか）》じ」と手を摺て。頼めば正清につこと笑ひ。「ホヽ事明《イ》白《ク》成《ル》汝が願ひ。尤其理なきにはあらね共。敵〻[八]たる此時節。諸卒の疑念《ぎねん》もいかゞなり。万《ン》事は主人《ン》の賢慮《けんりよ》に有ん。日も早西に傾けば。同道」と。正清が深き心の計らひや。「士卒《しそつ》来れ」と夕ばへ[九]の。下知の詞に。「ハヽはつ」と。立上れ共内心《ン》は。久吉討ん血気の若者毒蛇[一〇]の口の。水筋[一一]を〔。〕伴ひてこそ行過《グ》る。向ふ遥に。

五 振仮名、安政本による。
六 必定。
七 跡を弔う仏事を営み。
八 まさしく、高松城軍とは敵同士である。
九 言う、に夕映を掛ける。
一〇 毒蛇の口を逃れる。危険な難関を逃れる時にいう。
一一 蛇の縁で水を出し、水の流れに沿って、という程の意。

中漕《こぎ》渡る主ウシは誰共白一浪を。振ニリと衣《（ころも）》の恋無キン三常。急ぐ船ハル路や行ウ空も浮世。なりける三重

〽次第也

一　知らず、に掛ける。
二　振袖姿の若い娘と衣の僧を乗せた船のようだ、とほのめかす。
三　振袖に恋、僧衣に無常をあらわし、世態さまざまである意に続く。
※玉露と安徳寺が小梅川の陣へ向かう船であるが、包囲されている高松城から三家方へ船で、僧や女にもせよ、往来が出来るというのは不思議である。高松城水攻めの苛酷な戦争状態が、戦争を全く知らない十八世紀後期の観客一般には、実感として分っていない。

四　初演、豊竹美代太夫。
五　太平記六、楠正成が見た天王寺の未来記に「東魚来呑ニ四海一。…西鳥来

同四日の段

(谷間の段)[四]

[五]東魚《とうぎよ》来つて四海を呑ム。西鳥《さいてう》来つて東魚をくらひ。四海既に穏《おだやか》ならざる。戦場の地の理を窺ふ山づたひ。近ン習召連隆景《たかかげ》[六]は。しづ〱谷間に立休らひ。

「ヤア〱旁《かたがた》。此度の合戦ン誠に武門ンのはれ軍《いくさ》。郡[七]の枝城尾田が為に悉《こと〴〵》く落城《らくじやう》に及びし上。軍[八]ン慮に賢《さかし》き清水が城廓《じやうくはく》。久吉が謀《はかりこと》に乗セられ。入水イと成リたる高松[九]の味方を助ん其為に。はる〴〵此土に陣を取レ共。敵の要害《ようがい》強くして。味方を救《すくは》ん術《てだて》なく。三ン家の心もまち〱たるに。三沢久代が非道の企《くはだて》。隆景が見察《けんさつ》違はず白状の上。国本へぼつ返し禁籠《きんろう》申付し上は。敵方へ裏切リなさん妨《さまたげ》なければ。先《まづ》此山の頂《いたゞき》に柵《さく》を結《ゆひ》敵陣を見づもり。明日中には攻かゝり。敵の勇気を試んはサアゝいかに〱」。「ハヽヽヽ仰迄も候は

七 食ニ東魚ニ」とあり、東魚即ち鎌倉の相模入道高時を滅す者があると予言する。ここの東魚は春長に当る。
六 小梅川。史実の小早川隆景(一五三三―九七)。毛利元就の第三子。兄吉川元春とともに(両川と呼ぶ)長兄毛利隆元の子毛利輝元を助け、智勇兼備の名将とされる。
七 毛利の支城。宮地山、冠山、日幡など。史実では毛利の勢力下にある備中の豪族の城が多いが、本作では分り易く郡三家の家臣が守る城、としている。
八 真顕記六ノ十一。→付録四20。
九 以下隆景の言葉は、絵本太閤記三ノ十二「吉川小早川軍議評定」(もと陰徳太平記六十六)による。毛利方は堤を切って高松城を救おうとするが、秀吉の備えが堅固で不可。毛利の家臣三沢為虎・久代修理介に裏切りの風聞が立ち、「味方の諸士互に疑心を生じ」「惣軍浮足」立った。元春父子・隆景らは厢(ひさし)山の頂で再び評定を行い、決戦の覚悟を固め、「厢山の四方には、俄に下知して柵を結廻し、芝土手を築き、弓鉄炮を構へ、陣の備へ堅固に成就しければ」陣中も落着き、決戦の「日限は明後六月五日の夜たるべし」と用意を進めた。

時	六月四日
所	郡三家の陣所に近い谷間

ず。我〻共は先手《(さきて)》を乞請《(こひうけ)》雌雄《しゆう》の合戦。[一]命は風前ンの塵《ちり》義は金ン鉄。千ン変ン[二]万化とかけ破り。さしも名を得し久吉が。頭《かうべ》を取[三]んな瞬《またゝ》く内。御心安く思し召《(めせ)》」と。実《げに》いさましく見へにける。

遥向ふに人音は何者成かと見やる内。[四]現世未来を一寺に納め。[五]大地の僧頭《そうつ》[六]安徳寺。清水が妹玉露姫。伴ひ歩む一木の影。

それと見るより手をつかへ。「ハア隆景公には御堅勝のてい恐悦至極。拙僧今日清水長左衛門様へ御陣見舞に参りし所。妹御玉露様を以ッて何か密談《みつだん》の御ン使。味方の諸士にも心置ク籠城《らうじやう》。幸成ル安徳寺誘《いざな》ひくれよとの御頼。委《くは》しき子細は存ぜね共。是迄同道仕る」と。中上グれば玉露も。面《おも》はゆげなる顔を上。「女のあられぬ事ながら。敵の陣所へ使の役。隆景様の御賢慮《けんりよ》を。伺《うかゞ》ひました其上と。兄上の差図故。安徳寺様諸共にお見舞かた〳〵参りし」と。差出す文箱小梅川《(こばいかは)》。手に取リ上て読《よみ》下し。「ム、[七]一旦和義を相調イ。事を計らん計略有レと。先達て申遣はせし所。此使に恵瓊老。清水が妹玉露を差越《(さしこさ)》んとは面白し。去ながら大地の住職《ぢうしよく》。敵陣への使者とは憚り有レど。他聞ンを恐れる蜜事《みつじ》の大役。

一 命は義によりて軽しの思想。命は塵芥より軽く、義心は金鉄より固い。
二 さまざまの手だてをもって戦い。
三 とらんは(わ)の音便。
四 来世を説く僧で、現世的な政治上でも手腕をふるった恵瓊、の意。
五 大知の宛字か。「此安国寺といへるは、毛利照元帰依の僧にて、芸州広島の城下におひて大地の住僧也」(絵本太閤記三ノ十二)。なお、影響関係は未詳ながら、川角太閤記一では、秀吉が毛利方へ遣した陣僧の名を「大知坊」とする。
六 僧官の第二位僧都のことか。
七 尾田方と、当面和睦の交渉を成立させた上で、方策を定めるよう、はからうがよろしい、と、隆景が清水の許に言ってやったのに応じて、の意。「相調イ」は「相調へ」であろう。

足下《そつか》ならでは叶ひがたし。先ゝ陣屋へ入ラせられ。暫時《ざんじ》の休足あるべし」と。詞の折もこなた成ル。茂《しげ》みの枝に飛違ふ数多の鳩《はと》が。あらそふ餌《え》[八]ばみ。隆景屹度《きつと》打詠め。「ハア、あれ見よ。只今鳥類の餌ばみの争ひ。思ひ合すは[九]昨ク夜の夢。我陣中へ飛くる村鳥。色めきたる草葉をくはへ。塵塚《ちりづか》山をなしたると見へて夢散ンぜしに。目ク前ン人を恐れず餌による鳩の觜《はし》先キにて。責《せめ》つゝきたるアレあの蔓《つる》物。瓜《くわ》[一〇]は春長の紋所。三つ五つは五躰を表《ひやう》し。其身を包む衣服こそ敵の城廓《じやうくはく》。鳩は源[一一]家の臣鳥。我は清[一二]和の末孫ンたり。此蔓物の瓜によりし。尾田春長を一戦ンに討取べき神の告か。但しは敵に変ン有《(ある)》告《(つげ)》か。あやしや」と明慮《めいりよ》の大将。尾田を討たる光秀[一三]が。京都の大変ン神ン鳩《きう》のふしぎは後にぞしられたり。

安徳寺すゝみ出《(いで)》。「ハア、智[一四]人の仰至極せり。唐土周《もろこししう》の世に当タつて。赤《(しや)》[一五]ク色キの烏《からす》武王の陣に泊《とま》る。人ゝ怪《あや》しみ迷ふといへ共。大公望《たいこうぼう》是を吉《きつ》なりと悦《ゑつ》[一六]す。果して其詞に違はず。周武《しうぶ》の正に天下と成《(なる)》。君に真《(ま)》ッ其如く。今陣前ンに鳩《は(と)》の集《あつま》りきたるといふは当家の吉瑞《ずい》。愚僧もそぐはぬ戦場の。役目もやはり此姿。赤ク色キならざる此衣の頭《(あたま)》[一七]ごかしに取リ入ッて。

八 餌を食むこと。
九 絵本太閤記三ノ九(もと陰徳太平記六十七)などの信長が土の鼠が木の馬を喰破る凶夢を見た件りをふまえるか。
一〇 織田信長の紋は織田瓜、五弁の木瓜(もっこう)で知られる。
一一 源家の氏神八幡宮の使わしめ、の意。
一二 清和源氏。毛利家は頼朝に仕えた大江広元の子孫で、清和源氏の子孫ではないが、源家ゆかりの末、という意か。
一三 光秀は清和源氏とされる。↓一九六頁一行目、付録四31。
一四 隆景公の仰せはごもっともです。
一五 史記・周本紀に、周の武王が師尚父(太公望)らと共に殷にむかって軍を進め、黄河を渡った時、白魚が舟に躍り込み、火が下って武王の陣に至り「為レ烏。其色赤。其声魄云」。
一六 振仮名、安政本による。底本「ゑつゝ」。
一七 頭、即ち僧であることを口実に。ここの恵瓊の動きについては、真顕記六ノ二十八。↓付録四21。

強気《ごうき》の尾田方取ひしぐも。[一]国家の御為天下の為。玉露様にも御油断有な」。「ホ、、、御念ンに及ばぬお憎様。わたしも名にあふ清水が妹。見馴レ聞なれ軍ン学軍ン術。夫に迫り力を合せ。味方の怒《いか》り兄様の。無念をはらすは敵の大将久吉が。首討取ッて立帰らん。やはか仕損ンじ[二]申べし」と。詞涼しき玉露がおめる色なき武家育《(そだち)》。さもいさましく見へにける。

かゝる所へ味方の郎等片山藤太。水にひたせる惣身ンの。汗諸共に押拭《ぬぐ》ひ。「仰の如く水中をくゞつて敵の陣所に近付《(ちかづき)》。事の様子を窺ふ所。猶も[三]流るゝ水筋を。せき切ル手当の[四]石櫓《やぐら》。或は土俵[五]蛇籠《じやかご》の用意。是を[六]さゝゆる清水《しみづ》が郎等。忍び入ッて水筋を。切んとあせれど敵陣の。備《そな》へは名にあふ加藤正清近カ寄ル軍ン兵事共せず。右と左リになぎ立テ追ッ立切リ伏られ水の[七]哀れと流行《(ながれゆく)》清水が勢の敗軍《はいぐん》は。目も当テられぬむざんの有様。かくて空しく[八]時日《(じじ)》ッと送らば底のみくづと成行城兵。御賢慮《けんりよ》有ッて然るべし」と。息継ギあへず訴ふれば。

隆景は打点頭《うなづき》。「かく迄敵に取切《(とりきら)》れ。ぬけがけして高名せんとは。自殺《じさつ》を招く清水が城

一 毛利の家国。その安泰が天下の為にもなる、の意。
二 申べき、とあるべきところ。
三 絵本太閤記三ノ十二によれば、「兄部《(かうべ)》川に血水《(ちすい)》川、大堰《(おほひ)》川の流」。
四 川中に石を積上げたところ。
五 石を詰めた長大な籠。水流制御などに用いる。
六 妨害する。
七 泡に掛け、水の泡の如く哀れにも。
八 時日を、の音便、「じじっと」と読む。

※現在の文楽では三日・四日の段は上演されない。「三日」は筋の進行上必要な段であるが、「四日」は智将小梅川隆景の人物紹介と戦況説明で、省いても支障がない。足かけ三か月の攻防戦を集約して、「三日」で高松城の窮状を、「四日」で郡三家の対応策を見せ、「五日」の真柴、清水、郡(隆景)三者による和睦締結を描く構想であるが、演劇的にはさらに短縮できたはずである。作者が高松城戦に三日三段をあてたのは、一日一段という本作の趣向にもよるが、それ以上に主筋の光秀劇の展開との関係に基づく。↓一八四頁※、一八五頁注一〇。

兵。只此上は恵瓊老宗治《はる》と申《(まうし)》談ぜし如く。玉露諸共久吉が陣所へ立越《(たちこゑ)》。両家和睦《わぼく》の計略こそ肝要ならん」と隆景が。詞にはつと頭《(かしら)》を下《(さげ)》。「[九]修羅の巷《ちまた》へ出家の身の。入ルべき筈はなけれ共。危急《ききう》を救《すく》ふも[一〇]教の道。玉露様には御用意有レ」と。いさみ進めば「神妙く。[一一]両将へも此趣具《つぶさ》に某言上せん。イザ両人ンも[一二]本陣へ同道申さん来《(きた)》られよ」と。物に馴レたる小梅川。[一三]其名かんばし武士の。刃切レ尖《するど》き直ク[一四]焼キ刃。[一五]きたひにきたふ隆景がほまれは。世々に　三重

〽顕はせり

九 戦場。
一〇 仏教。
一一 太守毛利(郡)輝元と吉川元春をさす。絵本太閤記三ノ六(もと陰徳太平記六十六)に高松城救援のため芸州から「吉川元春、小早川隆景両大将…備中国岩が崎の庘山に出張し、大守右馬頭輝元も、猿掛山まで出陣ある」。浄瑠璃では地名を特定せず。
一二 毛利輝元の本陣。
一三 小梅川の名にふさわしく、梅の香の如く武名が芳しい。
一四 焼入れでできた、刃にほぼ平行線をなす表面の模様。
一五 刀身の地鉄が、見事に鍛えられていること。

一 初演、豊竹吾太夫(一八二頁九行目まで)。 二 聞獜。山海経五の「中山経」に几山という山に住むと伝える獣。「其状如レ彘、黄身白頭白尾、名曰二聞獜一。見則天下大風」といい、現れると大風が起るという。 三 山

同五日の段

（蛙が鼻陣所の段）[1]

[2]聞嶙山揮《ぶんりんさんぎ》[3][4]一チ同して風雨《ふうう》烈《はげ》しき中国の。物騒がしき蛙《かはづ》[5]が鼻《はな》。久吉公の陣館《(ちんやかた)》[6]乱杭《らんぐい》高垣幕ゆひ廻し。[7]兵具《(ひやうぐ)》ひつしとならべしは。事厳重《げんじう》に見へにける。

「太郎兵衛」「治郎兵《(じろひやう)》」と呼集め。落葉枯枝《かれゑ》をかき寄セて。湿気《しつけ》を払ふ雑兵共。一つ所に寄リ集り。「何ンと斯《(かう)》した所は。[8]かんしやうゆうの煙《けふ》[9]りと出かけた」。「ヲ、サ〳〵今にも合戦といふたら戦場の切合。[10]集銭《しゆせん》出しの呑《(のみ)》くらい。軍場《(いくさば)》の小商人の手目[11]上させてやらふ物。何をいふても長の籠城《ろうじやう》。我身で我身の儘ならぬ」と。[12]重き口から。[13]からぞめき。ちんぷん[14]勘六智恵有顔《(ありがほ)》。「ヘ、、、尤なりいさましし。某迚も戦場に出立《(いでたち)》なば。彼唐土のあぼ[15]す東六が奇計《きけい》を以て。[16]鑓先尖《するど》き餅田ン楽[17]。串《くし》ざしながら摑喰。[18]鬼殺しと見るならば。あ

猙。山海経三「北山経」などに「獄法之山」に住むと伝える怪獣。体は犬または猿の如く、顔は人面、「其行如レ風、見則天下大風」という。四 聞貎も山猙も現れると大風が起ると伝えるので、これらが一度に出現したように、として、「風雨烈しき」を導き出す。五 高松城の東南。岡山市高松の石井山南西麓の地で、水

時	六月五日
所	蛙が鼻久吉陣所

攻めの堤の東端にあたる。現備中高松駅に近く堤の一部は現存、国指定史跡。蛙の声が騒しく、不安をよびおこすのに掛ける。六 防御用の柵などを作るために、地上や水底に打ちこんだ杭。

※現行、鴨居の上に陣幕、正面四枚の板戸、上手は二階障子屋体、下手に石積みに木柵の陣屋の体。

七 武具。八 咸陽宮（かんようきゅう）を誤っていう。楚の項羽によって焼かれた秦の巨大な宮殿。ここは落葉の縁で謡曲・紅葉狩の一節「咸陽宮の煙の中に」を、聞きかじりでうたう。なお「煙（ふけ）り」の発音は、正俗二躰初心かなづかひによると「ケムリ」。九 というところだ。一〇 集まった者が金を出しあって飲み喰いすること。一一 ごまかしを露見させてやるのに。戦場のどさくさの中での悪辣な商売に対していうか。真顕記六ノ十一。一二 田舎者の雑兵達の、↓付録四22。

たり次第に呑ほして。代物《だいもつ》ッといふ大敵には。喰逃。呑逃。早いが勝」と惣々《そうぞう》が。咄しの耳を突抜鐘。「[ソ]リヤこそ軍が始マる」と。達者な物は口計《ばかり》。足もしどろに立て行。「スハ事こそ」と加藤正清。一間を出《いづ》る庭先へ雑兵一人《いちにん》かけ来り。「只今遠《と》ッ見いたせし所。あやしの両人陣中さして参るよし。引とらへて詮ッ義に及び候所《そろところ》。郡高松両城より使者として。女一人《いちにん》僧一人。通しませうや」と窺へば。「ホヽ使者と有レば捨も置れず。案内《あない》致せ」と追ッ立《たて》やり。待間程なく取次に。従ひ来る葉月の。使者は二八の品形チ。ふりの袂に名ィ香の。尊き寺僧諸共に使者の座にこそ。着キにける。正清威義を繕《つくろ》ひて。「是は〱郡高松両城よりの使と有て珍事の御両人。お使者の趣承はり。加藤取次仕らん。様子いかゞ」と正清が。尋ねに愛持ッ玉露が。「ハア、正清様とやらお取次の段御苦労に存じます。自《みづから》は高松の城将清水宗治《はる》が使玉露と申者。清水申越るゝ趣は。此方《このはう》の家中浦辺山三郎と申お若衆様サア其山三郎不慮に城内を抜出たる不忠者。御かくまひの由承はり。早々使者を以て所望に及ぶといへ共。御帰し下されざる段我々共不審はれず。もしや使の不念不骨なる事ばし有て。武士の意地を立ぬき御帰し

もたついた言葉つきをいう。一三 実際には買う金もないのにひやかしをいう。あるいは長の籠城で腕がなるなどと、から威張りをいう。一四 話が通じない、わけがわからない意の、ちんぷんかんを掛けた。一五 織田信忠のお伽衆、野間藤六(為愚痴物語「野間藤六女を誑し餅くふ事」参照)と、加藤正清が登場する朝鮮攻め物の浄瑠璃、本朝三国志五、祇園祭礼信仰記三などで著名な「あぼす峠」から着想した名か。一六 時代物の勇将の戦物語気取りで、「鑓先尖き」まで武張って語り、「餅田楽」から急に食物の話になる。一七 豆腐などを串ざしにし味噌をつけてあぶったもの。鑓で敵を突く時の田楽刺し、に掛ける。一八 粗悪で強い酒。強敵を討ちとることに掛けていう。一九 代金。※浄瑠璃では、戦場で商売をする田楽屋(酒も飲ませる)や団子売が登場する(那須与市西海硯一、楠昔噺三)。二〇 みなみな。二一 この城は近世的な城廓ではなく、陣営の意。二二 伺の宛字。二三 八月。葉月の使者、の意味未詳。公式の使者の意で「はゆま(早馬)の使者」のつもりか。二八十六を引き出す修辞か。二四 玉露が袂に留めた名香と、仏前の香を掛ける。二五 にっこりと愛らしいさま。振袖の姫を戦場の使者とするのは、浄瑠璃の趣向。二六 思わず、自分の恋人のつもりで言いかけ、気付いて言い直す。

[一]下されんも計りがたし。此度は汝参つて御機嫌[二]の窺ひ。同道して立帰れと有使《ある》の口上。御前宜しく御披露」と。詞のあやも玉露が[三]。詳《つまびらか》に相述る。

安徳寺詞を正し。「玉露の申さるゝ通り。浦辺山三郎は郡の家人《けにん》同前故。此方《このはう》よりも使を立るといへ共御承引《ッ》なきによつて。あたま役に愚僧が使。とにもかくにも貴所[四]の御執成偏《とりなしひとへ》に頼存《ズ》る」と。頭を下れば加藤正清。「何事かと存ぜしに。浦辺に付て昨日といひけふといひ。何か事も有そふなる三家の胸中。軍《いくさ》はわきへ取置《ィ》て。福原[五]梶田の勇将等馬を出さるゝは。此虎之助一切合点《がてん》参らね共。女義の使出家たる御方を。追。返すもおとなげなし。取《リ》次《ギ》は致し申さんが暫時隙入《ひまいる》事も有ん。あれなる一間に相待れよ」。

「然らば後刻」と式[六]礼目礼。玉露引《キ》連《レ》安徳寺左右へ[七]こそは別れ行。

朱明《[八]しゆめい》の空も一面《ッ》の。雲[九]かけ隔《へだ》つ浮草の。浪に。漂《たゞよ》ふ山三郎。又降《ふ(る)》雨に足音の紛[一〇]れ出《いづ》るもしめ〴〵と。いとゞうさをや重ぬらん。後《ロ》のこなたに玉露が。物音《ト》窺ひ立出《たちいづ》る襖[一一]もそつと人目の関。尽《キ》ぬるゐにしの顔と顔。「なふなつかしの山三様御身にお怪我《けが》はなか

一　下されぬ、の意。
二　御機嫌を、の音便。
三　筋目。言語明晰の意。
四　貴殿。
五　真顕記六ノ二十八。→付録四23。
六　二人は式礼、正清は目礼し。
七　以下、初演、豊竹咲太夫。現行もここで太夫・三味線が交替するが、以下一八六頁四行目までを「局注進の段」、その後を「長左衛門切腹の段」と呼び、太夫(三味線)二人で分けて語る。
八　夏のこと。
九　夏の青空を一面の雲が隔てているが、その浮雲にも似た浮草が、浪に漂うように不安定な状態の山三郎は。雲、浮草、浪、漂ふ、と縁語。
一〇　雨の音に足音の紛れるようにして。現行、山三郎上手小幕から傘をさして出る。
一一　物音に気をつけ、人目の関に心を配って、襖をそっと明けて立出たところ、の意。現行、玉露、正面板戸から出る。

りしか」と。縋り付ィたる振袖[一二]のならぶ。翼《つばさ》や連ン理の縁。いもせわりなく見へにける。

「是は思ひがけもなき玉露殿。何故《なにゆゑ》爰《ここ》へは来られしな」。「サイナ此城中へ入込しも兄様の深き御思案ン。お前に逢ッて力を合ハせ。真柴を討テとくれ〴〵の仰。首尾能《よ》ク仕《し》負《をふ》せ立帰らば。誰憚らぬ夫婦中。手柄を見せて下さんせ」と。夫頼《だのみ》の女気は。胸にやるせぞなかりける。

「ホヽ我もやたけとはやれ共。一かたならぬ名大将。猿冠者《さるくはじや》[一三]の猿《さる》智恵と聞しに違ふ真柴久吉。此軍ン配に我ゝ式キ[一四]が及ばんや。所詮ッすご〳〵高松へは帰られず。清水殿への申訳。只今腹切《はらきり》[一五]相果る。其方《そのはう》は立帰り此通り伝へてたべ。さらば」と計《ばかり》柄《つか》に手を。かくる夫に縋り付。「マア〳〵待て下さんせ。姫ごぜの身で敵城へ。お使者に来るも何故ぞ。お前に逢ィたさ顔見たさ。死ば一所とかたらいしわたしをふり捨死ふとは。聞へぬはいな胴欲な。わたしを先へ手にかけて殺してやいの我夫《わがつま》」と。命惜シまぬ武家育。涙色めく婉孌《ゑんれん》[一六]の袂[一七]は。恋の淵ならん。

涙隠して山三郎。「ヤアいらざるくり言《こと》嗜れよ。敵へもれては互の恥辱。そこ放されよ」

一二 左右の振袖を翼に見立て、男女の深い契りをあらわす比翼の鳥、連理の枝、を引き出す。
一三 秀吉の異名。
一四 我々程度のもの、の意の接尾語「しき」の宛字。
一五 真顕記六ノ十三。→付録四24。
一六 若くしなやかで美しいさま。
一七 袂に恋ゆえの涙が淵の如く溜る意。

一 大序でちょっと顔を見せただけの久吉の、待たれた登場である。
二 玉露には使者の顔を立てて引渡し要求に応えてやると言い、山三郎には、亡命者を引渡すのではなく、久吉の使者として高松へ帰るようにという。久吉は山三郎を入り込ませた清水宗治の計画を読んでいる。
三 現行、久吉は一たん正面板戸に入り、すぐドンチャンの鐘太鼓。
四 以下未詳。金石には鐘(金)磬(石)の類の音楽の意と、兵器の意がある。鐃はしろがね。
五 現行、阿野の局は雑兵の陣笠をつけ、手負い姿で出る。
六 退ってよい。
七 現行台本は次の十四字を省き、「アアコレ」と久吉が制し、太夫・三味線は静止、久吉は倒れた阿野の局を、周囲に気を配りながら介抱し、気付けに腹帯を締め、人形遣いが「ハッ」と声をかけると、太夫が「音高し」と語り出す。太夫・三味線が静止し人形が動作をする「待合せ」。
八 不運をもたらす

と突ｷ退る。「イヤ〳〵。わたしも倶に」とあらそふ後《うしろ》。「ヤレ早まるな」と声をかけ。又浦立出《いづ》る真柴筑前ノ守久吉。「高松より使者に来りし玉露へ。山三郎を返しあたふる。又浦辺へは此書面ン。久吉が心を込ﾒし清水殿への送り物。此役目仕負《しをふ》せなば抜群《ばつくん》の高名手柄。早〻小船にて帰城せよ」と。差出し給ふ情の賜《たまもの》。其文章はしらね共。一先城へ立帰り其上生死《しやうじ》を決《けつ》せんと。心定めて押ｼいたゞき足早にこそかけ出《いづ》れば。夫の跡に引そふて「命の親の久吉様」と。悦び足も地に付ｶず。飛《とぶ》が如くに立帰る。

又も聞ｺゆる陣鐘につれてかけくる女武者。金ン石ｷならねど湯王鐐万葉《とうわうれうばんば》を乱《みだ》し都より。夜を日に継《つい》だる阿野の局。「久吉公に御見ン参ン」とさゝへる組子事共せず。広庭づたひ。歩みくる。「ヤア者共某に逢んと有《ある》女武者。曲者なり共何程の事や有ん。対面ンして取せんず。者共引《ひけ》」と御《おん》下知の。声聞ｷ取ｯて阿野の局。「ヤア久吉殿か」といふを押へてあたりを見廻し。「音ト高し〳〵。御自分ンの形相《ぎやうさう》一ト方ならず。一大事の注進ンならば。敵へもれては味方の非運《ひうん》。心を付て物語られよ」腹帯しつかと。即座の気付。「サヽヽ様子はいかゞ。何ンと〳〵」。「ハア、されば候《ざうらふ》春長公には安土を出立《しゆつたつ》まし〳〵

ことになる。九 そのことです。以下、女の軍物語という特殊な設定で、現行では三味線が技巧的な手を弾く。

一〇 六月二日子の下刻は、現在の時制では三日の午前一時近くであるが、史実の本能寺の変で光秀勢が本能寺を囲んだのは、六月二日の明けそめる頃、本能寺の変が、史実、小説より一日近く遅れることは、本作の構成及び主題と深く関わる。

※「本能寺合戦より山崎大合戦迄日数十三日之間を一日之趣向ニ取組」(予告番付)六月朔日から十三日までを各一段に配した本作で、「無二の忠士」光秀が急転直下、春長を討つに至る過程を六月朔日、二日の二日間で描ききることは、一つの困難な課題であった。本能寺の変は、史実自体が急変には相違ないが、五月二十七日の愛宕山連歌に光秀の叛意は暗示されており、小説の絵本太閤記では、光秀が謀叛を決意するのは五月二十日である。が浄瑠璃では六月朔日の朝まで春長への忠誠を貫いていた光秀が、帰宅後、国替え(領地没収)命令を受けてはじめて謀叛を思い立ち、翌二日に本能寺・二条城を急襲して、春長父子を滅す。京と丹州亀山との往復や軍勢の配備等、現実には不可能に近いが、演劇的には想定しうる、すべての軍事行動をこの二日間に畳みこむために、史実では六月二日夜明けの本能寺の変を、浄瑠璃では六月二日子の下刻のこと

て。都本能寺に入《ラ》せ給ひ。中《ゥ》国加勢の御手配《リ》諸軍《ン》を催《もよふ》す時こそ有《レ》。逆臣武智が夜討の企《くはだて》」。「フゥ何光秀が謀叛《むほん》とや。シテ〳〵勝《ゥ》利はいかに〳〵」。「ハア、。明れば[一〇]二日子の下刻。水さへ音なき真《しん》の闇《やみ》。早[一一]洛陽《らくやう》に乱れ入《リ》夢驚かす俄の戦場。[一二]太刀よ具足もとぼしき寺内。[一三]数万《ン》の敵は甲冑《かつちう》に身を固《かた》めたる[一四]小手[一五]脚当《すねあて》。[一六]味方は薄衣綾《うすきぬあや》錦。濃紅《こきくれな》いの玉襷《だすき》。自始《みづからはじめ》蘭丸兄弟。死地に入たる働に[一七]庫裏《くり》[一八]方丈も忽《たちまち》に。血汐くま取《どる》修羅《しゆら》道の。巷に迷ふ築山かげ。射《ゐ》ッつ射られつ切《きつ》つきられつ釼《ギ》の山。[一九]八《ッ》寒《かん》地獄となる鐘は五臓を射抜《いぬく》君の弓《ン》勢。先《キ》手の軍《ン》兵一筋の。[二〇]艶《つのぎ》につらなる三人五人恐れをなして引退く」。「シテ〳〵君には御安《ン》体にてましますか。気を付られよ阿野の局」〔。〕「[二一]ハツア」。「君には御安《ン》体にてましますか。心元なしいかに〳〵」。「ハツア。申も便《ン》[二二]なき事ながら。運《ン》の尽《キ》とて蘭丸殿。[二三]田嶋が手鎗に無念《ン》の最期。勝《かつ》に乗《ッ》たる光秀方。味方は残らず討死し。春長公にも御腹召れ」。「シテ三法師君は」。「若君様は[二四]細川殿へ落しまいらせ。[二五]二条の御所も一《チ》時《じ》に亡《ほろ》び火中の煙《けふり》と失給ふ。是ぞ[二六]筐《かたみ》のお家の御旗。此上は久吉殿の智略にて。武智を討取亡《なき》我君の亡魂《ぼうこん》に。手向てたべや真柴殿」と。死《ヌ》る今端の際迄も。君を大事とは

とし、同じく六月二日と称しながら、実質的に一日近くずらす操作をしたのである。
一一 都。一二 太刀よ、甲冑よと、急に武装しようにも。三日太平記五の「本能寺」に「太刀よ刀よ馬物の具と狼狽《うろたへ》さはく其中にも」。一三 実際は数千であるが、寺内の三百人では抗戦不可能な大軍、との実感。一四 鎧の付属品小具足の一つで、手先から腕、肩先までを覆う防具。一五 小具足の一つで脛を保護する防具。一六 鎧兜・小具足で完全武装した敵に対し。真顕記六ノ十七・十八。↓付録四25。一七 寺院の台所。また住職などが日常生活をする所。一八 寺院の住職の居所。一九 仏語で八種類の極寒の地獄。修羅道、釼の山、八寒地獄と一連の修辞。二〇 角木。鹿の角で作った鏃《やじり》の一種。一つの鏃で三人、五人を射抜くさま。二一 手負いの阿野の局が苦しむ。二二 いたわしい。「申スも便なき事ながら。…はかなく此世を去リ給ふ」(本朝廿四孝三)。二三 真顕記六ノ十八・十九。↓付録四26。二四 史実の細川藤孝・忠興父子が(忠興の妻玉は光秀の娘であるが)、本能寺の変の報を受けて、光秀に味方しない意志を表明した(絵本太閤記三ノ十)ことをふまえた脚色。二五 現行ではこの間に久吉の「春忠公には」との問いを入れる。二六 春長公の形見、織田家の赤旗。↓一六一頁六行目。

り詰し心の花もがつくりと折てちり行貞心貞死。義女の鑑を残しける。始終の大変聞《(きく)》久吉。身ン体　忽《(たちまち)》二壊敗《はい》に苦しめ。途方《とほう》にくれて居たりしが。つつ立上り大《(だい)》音上《(おんじやう)》。「三ヤア〳〵旁《(かたがた)》。我を謀《たばかる》女が不敵。只今某切捨たり」と。四諸軍の心迷はさぬ逌智《(さすが)》人の名大将。五先立主君ン亡《なき》人の生死《(しやうじ)》は同じ六梓《あづさ》弓。七弔《とふら》ひにこそ入にける。無常に傾《かたむ》く。八夕キ陽は。九坊主あたまものび欠《あく》び。時刻移《うつ》ると安徳寺。「ヱヘン」。一〇恵瓊《けい》は咳《せき》払ひしづ〳〵歩《あゆ》み独言《ひとりごと》。

「ハレヤレ此《(この)》永の日中待せて置《(おき)》。返ン答もせぬ上に。一一鷹爪《ようそう》はまだな事。一二籏屑《くず》一ッぷく志《こゝろざし》さへなき大将。一三主腹計《(しゆうばらばかり)》肥《こや》すと見ゆる。一四余ン《(あんま)》りな釣リ付ケ様《(やう)》一五仏の顔も三ン家の使。帰つて此由。申上ん」と行んとす。「一六ヤア〳〵安徳寺恵瓊和尚《おせう》。いづれへござる久吉対面仕らん」と声かけられ。「ハ、、、、いや早愚僧《ぐそう》は生れ付イたる一七近飢《がつへ》。余りの隙入《(ひまいり)》に一八甚ダ《(はなは)》腹ク中窮困《きうこん》にせまり。一ッ鉢《ばつ》の御芳志《ほうし》に預り度《(たく)》。勝手へ参る」といふを打消シ。「ハテ扨久吉が一九志の供養《くやう》有《(ある)》事を。眼ン前ン見捨て帰らるるお僧の心ン底いぶかし。そこ動《うご》くな」と真柴久吉。二〇障子をさつと押開き。上段に錺《かざり》置イたる二一金鴨《きんあう》の。二二煙《け[ふ]り》も薫《くん》ずる。手向草。

一 貞節忠義の芳しい心を花にたとえた。二 こわれ破れること。三 現行、久吉は裏向きに阿野の局の首を討ち、雑兵を呼んで首を渡す。四 主君春長の死による尾田軍の動揺を未然に防ぐ。※久吉が落入った阿野の局の首を、敵方の密偵の如くに見せて討つのは、真顕記六ノ二十三、絵本太閤記三ノ十で秀吉が、光秀が毛利方に本能寺の変を通報するために送った密使を斬る場面の転用。ただし本作では光秀は実際には毛利方に一切通報しておらず、久吉に本能寺の情報が届くのを放置している点に注意。五 先立つ主君春長も、今故人となった局も、幽明境を異にする点は同じ。六 梓の木で作った弓で、武器の弓と、梓巫女が口寄をする時、神下しに用いる弓との二つの意がある。ここも久吉の主君を討たれた武人の思いに、死者の霊を訪う意を重ねる。七 ヲクリカリはヲクリカヽリか。現行、久吉が退場し、太夫・三味線が交替、切場「長左衛門切腹の段」。八 無常を連想させる落日。九 夏の長い午後を、坊主頭の毛も伸びるほど長く待たされ、伸びをしあくびをして。一〇 ヱヘンと頭韻。現行、恵瓊正面から出る。一一 上等の茶でもてなさないどころか。一二 くず茶、下等の茶の一杯も出そうとしない。一三 春長の利益しか考えない。一四 返事をするといっていつまでも引き延して

[地色ハル]心憎しと尻目[色]にかけ。「[詞]ヤア大将の詞共覚へず。出家たる我をいぶかり動くなとは。物をしらざる今の一言」。「ヤアいふな恵瓊。都の大変《へん》立聞して。郡へ注進せんず心底隠しても隠されまじ。軍《ン》勢を引入《レ》。修羅[二三]を導《みちび》く悪僧《あくそう》。寺領[二四]が望か知行[二五]が望か。返《ン》答聞《カ》ん」と[地ウ][二六]未前の真柴屈[ハル]せぬ恵瓊。大口明《イ》て高笑[色]ひ。「[詞]ハヽヽヽヤアぬかしたり猿冠者。愚僧をとらへ悪《ク》僧とは何のたは言。儕《(おの)》《レ》が主《(しゅう)》たる春長は。伊吹山[二七]の鬼[二八]の再来。諸寺諸山迄責苦しめ。仏[二九]《ッ》敵遁《ガ》れず本能寺の庭におゐてのたれ死したる尾田の幕下《ばっか》。主に劣《おと》らぬあばれ者。五畿[三〇]七道でくらひたらず。此中国[三一]《ク》迄攻《せめ》下り民[三二]《ン》家を苦しめ人種を絶さんとする魔王の根元《ン》。亡《ほろぼ》し絶《たや》すが仏の役。奇《き》代《たい》の名《イ》釼《ン》請取《レ》」と。[地ウ][三三]はつしと打《(うて)》ばしつかと留《(とめ)》。「[詞]ハヽヽヽ出家に似合ぬよき嗜《たしなみ》。童《わらべ》おとりの坊主が悪口。久吉が耳には入ぬ。誠相手に成《リ》たくば。天地の道理成仏《ッ》の明らかなる事を悟《さと》りし上[三四]。相手に成《ッ》て取《ラ》せん」と。[地ウ]飽《あく》迄きびしき嘲哢《てうろう》に。[三五][ウ]奥歯《ば》砕《くだ》くる無念《ン》の眼《ン》中。つか〳〵[ウ]と立寄《リ》。眼尻《まじり》逆立《(さかだて)》[色]息をつぎ。「[詞]ヤア威勢につのり人もなげ成《(なる)》今の悪言《(ご)》《ン》。当時[三六]安徳寺の大寺を踏へる此恵瓊。童《わらべ》劣《おと》りとは何をいふや久吉」。「ホヽたとへ大寺の名《イ》僧たり共。心中に六道[三七]の迷ひ有《ッ》ては。成

おくとは。一五 仏の顔も三度というが、僧の自分でも、もう待てない。一六 久吉は三度と郡三家を掛ける。障子の内から声をかける。一七 すぐ腹が減って我慢できないたち。一八 以下学僧らしく、卑俗な事柄をしかつめらしい漢語でいう。一九 弔いたい人があって仏事を営み僧に御馳走をしようとするのを見ていながら。二〇 現行、二階障子屋体を開くと、大紋の正装に着替えた久吉、恵瓊に背を向け、尾田家の赤旗に向って香を焚き、回向。二一 金または金めっきの鴨型の香炉。二二「けふり」の「ふ」に欠刻。節付け「□カリ」も判読不能。二三 戦い。二四 絵本太閤記三ノ十二で秀吉が毛利と早急に和睦をととのえるべく、「抜群の所領を申下し得さすべし」と約して恵瓊を奔走させたことをふまえる。二五 知行の場合は、与えた者との主従関係が生じる。史実の恵瓊は、政治家として秀吉や毛利家から、寺領の程度を超えた大名の知行を受ける。二六 企みを未然に察する。二七 近江(滋賀県)と美濃(岐阜県)の境にあり、古来鬼の棲みかとされた。二八 ↓二二一頁注九。直接の出典は未詳だが、絵本太閤記、真顕記では度々、信長を鬼に喩える。真顕記十ノ二十九。↓付録四27。二九 仏敵故に仏罰遁れず。三〇 五畿内は山城・大和・河内・和泉・摂津の五か国。七道は都から地方に向かう七つの駅路及び地方行

仏の道思ひもよらず。汝が目より魔王《まわう》と見抜し某が。天地の道理をしらせんず」と。[地ウ]恵瓊を目がけ打[一]かけ給ふ以前の蓮花衣《れんげゑ》[二]。是[ウ]はいかにとためつすがめ[ウ]つ見て恟《びつく》り。覚《おぼえ》[ハル]の袈裟《けさ》は「矢剣[色]の橋にて。天下《てんが》を得ると見付置《イ》たる奴殿か」と靮《あき》[フシ]れ果たる計《ばかり》也。[地ハル]久吉につこと笑[色]はせ給ひ。「[詞]いかに恵瓊老。其時はだ[三]いなしの一文《ン》奴《やつこ》。算[四]木書物も当《テ》にはならぬと貴僧の詞。後の証《しるし》と其時に申請たる《ソレ》其袈裟。矢剣の橋にて我《わが》相面《ン》見付し貴僧の天眼通《げんつう》。此久吉が望む出世にあらね共。天より生《ゥ》ずる恵なれば。あしくな思ひそ恵瓊[ウ]殿。[詞]此上は尾田と郡の和を結ばるゝが出家の役。よもや違変は有《ル》まじ」と。[五][地ウ]名智の詞に安徳寺。頭を摺付〳〵て。[色]「[詞]ハア、理非明白たる御仰。訓狐《きんこ》[六]といへる物は。夜《ル》は微塵《ちん》[七]の虫をも見れ共。昼は大山さへ見る事あたはず。此坊主も真《ッ》其ごとく。御身[八]黒どんたる日かげの其時はよく奇相《きさう》を見分れど今天下《てんが》に名を得。武威白昼《はくちう》にかゝやく時は相見《さうけん》あたはず見損ぜし訓狐に等しき此坊主に和義の御諚は冥加《めうが》至極仰に従ひ和談とゝのへ奉らん」「ホ、早速《ク》の会得《ゑとく》は逭《さすが》の名僧。一《ッ》刻《ク》も早く急がれよ」と。[九][地ウ]仁者の詞に[色]「ハ、はつ」と。天[ウ]より照《てら》す久吉の威勢[ハル]に恐れ引かへす。道[一〇][ウ]は道なり明らかな。心[フシ]てら

政区画。山陽道・東海道・東山道・北陸道・山陰道・南海道・西海道。
三一 中国は七道のうち山陽道・山陰道に当るので、この表現は誤り。
三二 信長・秀吉の侵略者的体質を言い当てた浄瑠璃らしい表現。
三三 現行、恵瓊は僧の所持する如意を打ちつける。
三四 出直して来れば、を略し、以下、秀吉が主語になる。
三五 牙を嚙む、のより内向的な無念の表現。
三六 現在。
三七 仏語で衆生が輪廻する地獄・餓鬼・畜生・修羅・人間・天上をいうが、この六道の迷いは、四行後の言葉と照応させて、現世の身分やさまざまの現象的な枠にとらわれること。

一 現行、久吉は如意に蓮花衣(袈裟)を巻きつけて打ち返す。 二 真顕記六ノ二十八。→付録四28。 三 下部が着る紺などの無地の筒袖の着物。だいなしを着た安っぽい奴だった、の意。 四 →付録四28。 五 名将智将の意。 六 鳥の名。このはずく。 七 こまかなちり。 八 仲間奴の着る黒や紺のはっぴ。だいなしに同じ。「黒鈍とは奴の無紋の看板をいへり」(譬喩尽)。黒どんを着る奴の境界。 九 「勝手に行ケと。仁者の詞にハアはつと」(奥州安達原三)。 一〇 恵瓊が、久吉との宿命的再会を機に、天命が久吉に下りつつあることを悟り、久吉に協力することが、毛利家のため、天下のためでもあると考え(絵

して立帰る。
跡見送つて久吉公。心をこらす軍慮の庭先キ。見越の松が枝はつしと射たる。[一一]矢文は
いかにと立寄ッてかなぐりひらけば返ン書の実ッ名《めう》。[一二]清水が自筆《じひつ》一ッ紙の血ッ判ンつら〳〵
と読《よみ》終つて表に向ひ。「ホヽ高松の城主清水氏《うじ》。真柴久吉が一〔ツ〕書の胸中。射抜《いぬき》[一三]しは
適《あつぱれあつぱれ》ゝ。此上は三流[一四]を切落し諸人を助けあたふべし。いざ〳〵是へ」に清水長左衛門
宗治《はる》。兼て期《ご》したる討死の。弓矢打捨庭上《ていしやう》にどつかと座し。「ヱヽ天運ン強き久吉殿。
只今射込ミし矢文の返ン書。いよ〳〵御承知《しやうち》下さる上は。味方の助命イ頼入ル」と。[一五]鎧脱ギ
[一六]捨腹一文字に引切〔ル〕苦痛《くつう》。
夫の跡をしたひくる。妻は手負と見るよりも。「のふいたはしや悲しやな。斯《かう》した御最
期させまい為郡[一七]リ一家の人ゝより。わたしを以ての御《ご》教訓《けうくん》無《む》になすのみかいたいけな。
此子は可愛ふないかいな」と夫に縋り伏転《ふしまろ》び前後もわかず泣居たる
宗治苦しき目を見ひらき。「ヤァ愚や女房何くり言。郡三家の人ゝは某が胸中をよく御
存ン知そち達親子に今ン生の。暇乞をさせんず為の御情。ハァヽ冥加なや。有がたや一才[一八]

本太閤記の如く所領目あてではなく）、和睦のために働くことをいう。真顕記六ノ二十八・二十九。→付録四29。
※史実の安国寺恵瓊はこの毛利との和睦を成立させて以後、秀吉から重用され、七万石余りを領したが、最後は関ヶ原の戦いで石田三成と結び、敗戦、処刑される。既に天正元年(一五七三)に毛利家の使僧として織田家の藤吉郎秀吉に会い、「信長之代五年三年者可レ被レ持候…左候て後高ころひにあをのけにころはれ候すると見え申候藤吉郎さりとてはの者にて候」(吉川家文書)と予見していた。
一一 塀や陣幕を隔てた外から見える松。現行、二階障子屋体前の松に矢文が立つ。 一二 戦場の名乗などに用いる名。この場合は宗治。 一三 真意に的中する対応をしてきたのは。
一四 絵本太閤記三ノ十二にいう兄部(こうべ)川、血水《ちすい》川、大堰《おおい》川。大堰(大井)川が、岡山県上房郡賀陽町高陣山に発する足守川に当り、血水(血吸)川は岡山県総社市奥坂の鬼ノ城山に発する。兄部川は川辺川で、現在の高梁《たかはし》川。いずれも高松城から遠からぬ地域を流れるが、史実で水攻めに利用されたのは足守川。
一五 現行、長左衛門は既に腹を切って苦痛をこらえて出る。 一六 甫庵太閤記、陰徳太平記、真顕記、絵本太閤記いずれも清水宗治らの切腹は史実通り小船の上。高松城から漕ぎ出

の時よりもくらひ込ンだる大録《ろく》の。恩義はいつか謝《しや》すべきぞ。夫レに引かへ小知の銘《めいめい》イゝ主恩に命を捨る。数万ン人ンの最期をば助けん為の此切腹。玉露山三が密書の使心を込メし久吉の書中。味方に取ッては盲亀《もうき》の浮木《ふぼく》悦べ女房何ほへる。気を張リ詰メて忰をばよき武士《ものゝふ》に仕立上《あげ》。主君に忠義を怠るな」と。高松一の良将《りやうしやう》も。子故にくらむ深手の苦痛。見るに付ても弥増す夫の最期稚子の行末思ひやり梅は「女の浅い心から。大守の仰誠ぞと断《かう》した別れしらずしてお跡をしたいきた物を暇乞さへろく〳〵に云たい事の数〳〵を。いつの世いつの添ぶしに語《かた》らふ物ぞ情なや。アレ〳〵何にもしらぬ稚子さへ。虫が教《おし》へる寝覚《ねざめ》の愛てうち〳〵は父上の。今端《いまは》を拝む合掌《がつしやう》ぞや」といだきしめ〳〵伏転《ふしまろ》びたる女気を。不便と察《さつ》する久吉公こたへこたゆる宗治《はる》が恩愛一度にたもちかね清水涌《わき》くるはら〳〵涙血水《ちすい》川辺に浪越て土砂《どしや》吹飛す如く也哀を見捨て真柴久吉かしこを佐度《きつと》打やり。「アレ〳〵〳〵見られよ両人ン相イ図を以て川筋の土俵岩石キ《がん》嫌《きら》ひなく。切ッて落せばあり〳〵と平地とおさまり城外へ。遁れ出たる老若《らうにやく》の悦びの声鯨波《ときのこへ》。コレ見物あれ」と大将の。教《おしへ》にはつと心付。「ヱヽ幸成かな是に物見」と。よろぼひ〳〵

す時「妻子眷属は、此世の別れ今暫しと、舷(ふなばた)にすがり纜(ともづな)を控へ、泣悲しむ」(絵本太閤記三ノ十二)場面があった。一七 毛利輝元とその家中をさす。一八 史実の清水宗治は、毛利家を主家と仰いではいるが、元来は独立した小領主。

一 大禄。二 郡家及び宗治の家臣で高松城に籠る小禄の人々。三 絵本太閤記では城兵合せて五千余。陰徳太平記も五千。史実は六千余。四 得難い救いの機会。涅槃経による。五 思い遣り、を掛ける。六 毛利輝元をさす。七 する間もなく、を略す。八 愛らしいしぐさ。大人があやすのに応えたしぐさ。九 手を打ち合せて、「チョーチ、チョーチ」をするのは。一〇 臨終。一一 宗治の血の涙が川岸を越えて。血水(血吸)川・川辺川(→一八九頁注一四)を掛ける。一二 →一六三頁注一四。一三 「打見やり」とあるべきところ。一四 川をせき止めて人造湖を作っていた堤の土俵岩石。「五日の朝、堤を切候へば、水滝になって落行声千雷のごとし」(甫庵太閤記)。一五 みるみるうちに水が引いて。一六 白布の腹帯を止血のためにしっかと締め、の意。一七 現行、宗治は弓にすがって立ち、下手の岩によじ登る。屋体を少し上手に引き、下手の黒幕を落とすと、高松城がみえる。

[一六]腹帯しつかと白布の。高見をつたひよぢ登り。[一七]見ひらくまぶたに高笑ひ。「ハヽヽヽヽ女房悦べ。死後の思ひ出此上なし。浮世の夢もけふ限り。[一八]昨日《きのふ》の敵《（かたき）》はむれゐる白鷗《〔か〕もめ》。鯨波《ときのこへ》と覚へしは。浦風とこそ。聞へけり。[一九]我はあしたの露ときへ清水流るゝ柳かげ。しばしが程の世の中ヵに心のこさぬおさらば」と。白布とかんとする所へ。

「ヤア〳〵宗治《はる》しばし〳〵。小梅川隆景《たかかげ》。安徳寺が[二〇]理解《りかい》によつて。尾田家[二一]一ッ体水魚《たいすいぎよ》の因《ちなみ》。手見届けて成仏ッ有《（あれ）》」と。声諸共に大将隆景。[二二]衣《ゑ》紋《もん》改めしづ〳〵と入来る跡に安徳寺。手にさゝげたる白台は。神ン文ンとこそ見へにけり。[二三]互に和義を取リ納め。恵瓊は神ン文ン押シいたゞき。「ハア、目出たく和談《わだん》とゝなふ上は拙僧はお先へ帰り。久吉公の御神ン文ン[二四]両家へさし上奉らん」と。礼義も足もいさみ立。衣しぼつて帰らるゝ。

久吉は詞をあらため。「両家[二五]和順におよぶ上は何をかつゝまん。[二六]主君ン尾田殿都本能寺におゐて。武智が為に御落命」。と声かきくもる一ト雫《しづく》。万里にみちて。袖しぼる。驚く人ゝ制《せい》する真柴。たるみを見せじとつゝ立上り。「主人ンの敵武智光秀。都に登り弔《とふら》ひ軍《（いくさ）》三家の助《ちよ》力キあるやいかに」と。聞より隆景につこと笑ひ。「[二七]ホヽ、軍のそなへ有ながら手

この舞台の動きの間、床の太夫・三味線は静止し、舞台裏でメリヤスの三味線を弾く。一八「きのふの怨（あた）はけふの味方」(義経千本桜二)などを、言いかえて謡曲・八島の「敵（かたき）と見えしはむれゐる鷗」以下、及び西行の歌「道のべに清水流るゝ」以下(謡曲・遊行柳も)をふまえる。絵本太閤記三ノ十二では、宗治とともに切腹した近松(陰徳太平記では末近)左衛門尉が八島、月清入道が遊行柳をふまえて謡う。一九 謡曲・八島の「浦風なりけり高松の朝嵐」の「高松」を「我」といいかえ、西行の歌の「清水」を姓と掛ける。二〇 説得。二一 一体となり親しい交わりを結ぶさまを。二二 現行、隆景、烏帽子大紋の正装で出る。二三 現行、ここの合の手で久吉と隆景、白台を捧持し、神文をとりかわす。二四 郡家と吉川家(本作には明記せず)。二五 戦いをやめて和睦すること。二六 真顕記六ノ二十九。↓付録四30。二七 和睦成立後に本能寺の変を知った毛利陣営では、主君を失い都へ急行する秀吉軍に追討ちをかけようとの意見が出たが、小早川隆景らが正論を説き、盟約は守られ、秀吉は後顧の憂いなく居城姫路へ向った(絵本太閤記四ノ一、陰徳太平記六十六)。以後秀吉政権は毛利家との親密な関係を持つ。

をむなしくせし味方の若者。とぎたて置たる弓矢の手前。ねがふてもなき後詰メ[一]の加勢。隆景采《さい》[二]をなし申さん」。「ホヽ、頼もしし〳〵。早上京の用意をなさん。者ども早く」と御ッ下知に。加藤正清始とし人馬せばしと居ならんだり。[三]うれひにしづむやり梅をいさめなだめて隆景公。「父に劣《おと》らぬものゝふと小梅川が成人《せいじん》させん。心残さず旅《たび》立チ」と。こもる情につこと笑ふがいとまごひ。此世の念ンも宗治《はる》[四]が。忠義の家名稚子をもうりそだつる[五]仁者の道。雲きれ空も青《あを》〳〵と。[六]天王山のはれいくさ。名をとる射とる弓矢とる。[七]天下《(てんが)》を鳥《(とり)》の声につれ。「いざや武智を討んず」といさむ正清両将も。都をさして[八][九]〽出てゆく

[一] 後続の援軍。
[二] 采配を振るって指揮をしましょう。
[三] 講和の締結は、久吉にとっては勿論、郡三家にとってもマイナスではない。がもし本能寺の変が前もって知られていれば、清水宗治が切腹することはなかった。陰徳太平記、絵本太閤記では毛利三家と清水宗治との信頼関係を強調するが、本作では宗治を郡家の家臣とした上で、段切りの舞台では、大国同士駆け引きの中で犠牲を担わされた宗治の空しさにも目をとめている。
[四] 胸、晴る、と掛ける。
[五] 毛利、を読みこむ。
※現行、久吉は一旦入って、「青々と」で鎧陣羽織の出立ちで障子屋体から出、白馬に跨る。
[六] →二五一頁注一六。
[七] 久吉が天下をとることを暗示する掛詞。
[八] 初演、豊竹磯太夫。
[九] 絵本太閤記三ノ十「六月二日黄昏(たそがれ)頃、光秀が軍勢一同に勝鬨を上げ、軍兵を一所に円(まど)め、下立売大宮の西の方妙心寺へ引取けり。此時光秀は信長御父子を最(いと)易く討

同六日の段

（妙心寺の段）[八]

扨も逆賊武智《ぎやくぞくたけち》光秀。多年ン[九]の恨《うらみ》一ッ戦《せん》に春長父子を討チ奉り。妙心ン[一〇]寺に砦《とりで》を構《かま》へ勝ほこつたる諸軍ンの勢《いきほ》ひ。倶に威風《ゐふう》を顕して備へ。厳《きび》しく守りゐる。中央《ちうわう》には光秀の母さつき[一一]。褥《しとね》の上に座をしめて。「イヤノウ四王天。何事も見ざる聞カざる云ハざるに[一二]。咄しが有ラば嫁女《よめ》庚申《かうしん》[一三]待チ。緩《ゆる》[一四]りと聞カふドリヤ。奥へいて夢でも見ましよ」と。立ッを引キ留メ田嶋頭。「後室様の御立ッ腹。其理なきには有ラね共夫レは一チ途《づ》の思し召。幕下《ばつか》と成ッて春長へ。身を寄セ給ひし御大将。時[一五]を得て其機《き》に臨《のぞむ》は。天ンの時キを知レ[一六]といふ。何卒御機嫌直されて光秀公に御対顔《たいがん》。偏《ひとへ》に頼奉る」。と願ガへば倶に嫁操《みさほ》。「只幾重《いくへ》にも」と手を突《つい》て。願ガふ心の夫マ思ひ。道理にも又殊勝《しゆせう》なり。

時	六月六日
所	妙心寺

奉り、多念の怨(うらみ)一時に発(ひら)き」に基づく。

一〇 現京都市右京区花園妙心寺町にある臨済宗妙心寺派の大本山。

一一 光秀の母を活躍させるのは浄瑠璃の創作。但し光秀が丹波の八上城に波多野兄弟を攻めた時、母を人質に渡して兄弟を降伏させ信長の許へ送ったが、信長がこれを殺したために光秀の母も惨殺され、光秀は信長を恨んだ、という話は史実ではないとされるが、真顕記五ノ二十一にも採られ、有名である。

一二 しよう、の意の語を略す。庚申堂や庚申塚に青面金剛とともに祀られる三猿、見ざる、聞かざる、言わざるに掛ける。

一三 雑談を中断する際に言う、「咄しは庚申の晩」(譬喩尽)を、字義通りに転用した表現。庚申待は、庚申の夜に青面金剛を祀って徹夜をする習俗で、目を覚ましているために夜通し話をした。

一四 今は聞きたくない。

一五 (天下をとるべき)好機をつかみ、そのきっかけに臨んで適切に行動するのは、天理に基づく時節を知る正しいあり方だと言われています、の意。

一六 底本「レ」であるが「ル」の欠刻かも知れない。現行は「知る」。

さつきは少し面《おもて》を和らげ。「夫レ程に迄皆の衆が[一]。頼ミを聞カぬも年シ寄リのかた意路[二]。そんなら息子《むす》殿の帰り次第奥へしらしや。コリヤ女ゴ共は来て腰《こし》を打《うて》。ヤアヱイ」と老の立チ居もおも〳〵と。嫁が介抱《かいほう》四王天。引添てこそ入リにける。

[三]斯たる世にも花開く。色香もしるき初ッ菊[四]が。奥の透間《すき》を立出て。「ほんにマア此重次郎様は。[五]しんきなお方では有ルはいなア。こちの思ふ様にもない。問がな透がな軍ン学とやら。色の道には疎《うと》いので。一チ倍《ばい》心をいためる」と。女心の物思ひ後に立チ聞ク重次郎。「初菊殿是にか」と。いふ声聞ィて。「ヤア重次郎様か。ヱヽ聞コへぬわいな」と計リにて跡は得云ハぬ。おぼこさは。赤らむ顔に顕はせり。

「是は又嗜《たしな》みやいのふ。又しても〳〵。顔さへ見れば恨ミのたら〳〵。親ミの赦しを受ケ。コレ未来《みらい》永ミかはらぬ女夫《めうと》。少しも隔《へだて》はないわいの」。「アヽイヱ〳〵[六]つんともふアタしんきな。永ミとやら未来とやら。其さきの世は。しらね共。縁ンを。結ぶの神様が。御苦労《くらう》[七]なされうない子の。[八]ふり分ケ髪の其中から。あれと是との結び合《あひ》。親の赦しも有ル物を。ついに一度の逢瀬さへないは。余ッり胴欲《どうよく》な。お情ない」と娘気の。胸の有リたけかきく

一 願うのに、の語を略し、主語が変る。二 片意地。三 このような殺伐な戦国の世にも。四 本作の創作の人物だが、絵本太閤記三ノ十に「(膳所の)山岡対馬守が女(むすめ)を、光秀が嫡男十兵衛光慶に娶すべきの由兼約有が故に」とあるのをふまえるか。五 辛気。もどかしい思いをさせる。※現行「妙心寺の段」は常と逆に上手に小門を置き(逆勝手)、正面の間は墨絵の襖、下手に障子屋体。六 ほんとにもう。下に否定的な語やもどかしい気持をこめることが多い。七 髫髪子。髫髪は子供の、肩のあたりまで垂らしている髪。そのような子供同士の、の意。八 子供の、頭の頂から左右に分けて肩のあたりで切り揃えた髪形。伊勢物語二十三をふまえ、幼時から許婚であったことをいう。九 なりふり。一〇 現行はここまでが端場扱いで、ここから太夫・三味線交替。一一 現行、光秀、黒びろうどの着付、野袴、上手の門から腕組みして出る。一二 そのことですよ。一三 道理を説いてよくよく説得し。一四 声をかけ、と打懸(裲襠)を掛ける。一五 武家の女性の礼服である打懸姿とうってかわって。一六 木綿の綿入れの粗服に、背中に小さな風呂敷包みをみすぼらしく背負った下賤の女の姿を。現行、さつき下手障子屋体から、風呂敷包みを背負い、笠と杖を持って出る。一七 天下の最高権力者とも。

どき恨かこつぞ道理なり。

思ひは同じ重次郎。「ハテもふ今迄はぶ調法《てうほう》。以後は急度《きつと》嗜《たしな》む程に。コレ赦《ゆる》してたも〳〵」。「そんなら願ガひを」。「ハテ誰レ憚《はゞ》からぬ云ヒ号《なづけ》。世間ン広ふ遠ン慮はいらぬ」。「ヱヽ忝や嬉しや」。とひつたり抱付ク妹と背に。わりなく見へしゐにし也。折から轟《とゞろ》く轡《くつは》の音ト。「光秀公のお帰り」。としらせに恟《びつく》り飛ビ退ク二人リ。[9]所躰繕《つくろ》ふこなたより。妻の操も出デ向カひ。待ッ間程[10]なく立チ帰る。武智十兵衛光秀。武《ぶ》威《い》轟《とゞろ》かす強《がう》将の常[11]にかはりし屈託《くつたく》顔。

席を改め詞を正し。「ホヽ、三人共出向カひ太イ義。シテ母人トには御機嫌《きげん》よくお渡りなさるか」。「[12]サアイナア先程も田嶋頭と自《(みづから)》[13]がわつつくどいつ。どふやら斯《(かう)》やらお口が和《やは》らぎ。母公様とも睦《むつま》じう」。「ムヽホ夫レは重畳《てうぐ》出かいた〳〵。左《(さ)》有ラば直グ様御対イ面ン」。「イヽヤ夫〔レ〕には及ばぬ。母が直キヽ参らん」と声[14]うちかけを[15]引かへて。[16]木綿布子に風呂敷キ包。せなにちよつこり賤《しづ》の女《め》の。姿見るより驚く人ヽ。操は傍《(そば)》に摺寄ッて。「系図《けいづ》正《たゞ》しき武智《たけち》の御家。殊更[17]四海の武将とも仰《あを》がれ給ふ夫ト光秀。天下《(てんが)》の御母《ぼ》公《こう》様共云ハるヽ御身が浅ま

一 真顕記六ノ二十一。↓付録四31。
二 現行は「年は」と言い替える。
三 孔子が渇しても盗泉という名の水を飲まなかった故事に基づき、どんなわずかな悪をも憎むことをいう。「孔子忍二渇於盗泉之水一」(後漢書・鍾離意伝)。
四 現行は「ひのもと」と読む。
五 神。
六 周の人、孤竹君の子、伯夷は兄、叔斉は弟。武王が殷の紂王を討とうとした時、臣として君を弑することは道に背くと諫めたが聞かれず、武王が天下を統一すると、不義なる周の粟を食わずと首陽山に隠れ、遂に餓死した高潔の士(史記・伯夷列伝)。この場合特に、武王が殷の紂王を討ったことを、不義とする思想の体現者。
七 行雲流水に身を任せて行方定めず行脚する時にいう。
八 「ハワサマ」(日葡辞書)。現行も。
九 現行、この段の前半で、光秀が、強く大きい(語り方、人形の)演技をみせるただ一つの箇所。
一〇 安政本と現行による。底本「チヱ〈〜」。
一一 人でなし。
一二 弦をかけて張った弓。弓幹は強く弾力性があり、弦もぴんと張りつめているところから、老女の強い意志を表わす。
一三 引くは弓の縁語。引きぞ煩ふ、は操、十次郎が、さつきの袂を引いて留めようとするが留められない、の意であろう。源平盛衰記十六や太

以下一九六頁

しきお姿は。若やお心違ガひしか」と。尋ねにつこと打笑ひ。「ホ、忝くも清和《せいわ》源氏の嫡流《ちやくりう》たる武智の系図《けいづ》。元トより武勇の家柄《いへがら》なれば。誰レに恥《はづ》べき謂《いはれ》なし。[二]老《(おい)》は寄レ共心は鉄石。[三]渇《かつ》しても盗泉《とうせん》の水を呑《のま》ずとは。お身達《たち》もよふ知ッてゐやる筈《はづ》。心穢《けが》れた我ガ子の傍《(そば)》。片時も座を同じうせんは我ガ。[四]日本ンの[五]神ン明へ。恐れ有リ。〳〵。[六]伯夷叔斉《はくゐしゆくせい》をならひ只。[七]雲水《(うんすい)》に従《したが》ふて出行《(いでゆく)》母。是が此世の別れぞ」と。義強《づよ》き母も恩ン愛の涙まぎらす有リ様はいとゞ。哀レぞ増りける。

光秀は黙然《もくねん》とさし裏《うつふ》ひてゐたりしが。操の方は涙ながら。「コレ申シ我ガ夫マ。[八]母様の只お一人。いづくを当テと長ガの旅。なぜお留メなされませぬぞ」。「ホ、不忠不孝《かう》との御さげしみ。今更申ス詫《わび》もなく。せめては母のお心にさからはぬが寸ン志の孝。[九]四海の内は此光秀が掌《たなごゝろ》に有ル。おとめ申な其儘〳〵」。「ヲ、遉《さすが》は悪ク人ン程有ッて根強《ねづよ》い魂。[一〇]チヱ、云ハん方なき[一一]人ン外イめ」と。にらむ目元トにはら〳〵と涙かくして立出る。心の[一二]はり弓強《つよ》弓の引《(ひき)》[一三]煩《わづら》ふ嫁孫の中カに悲しき初菊が。「是のふ申《(まうし)》祖母様《(ばば)》」と扣へる手先キ。ふり払ラひ。見返りもせず出《(いで)》て行。

平記二十一の源頼政の歌(→二六〇頁注七)が語句の典拠。一四 現行、桔梗の紋の覆いをかけた簞笥、長持をそれぞれ二人で担い、挟箱を担ぐ者、盥、手桶を持つ者など計八人、軽快な三味線につれて下手から出、上手へ入る。一五 衣類や道具を入れる長方形の大きな箱。一六 衣類などを入れ、棒を通して担ぐ箱。一七 →一五六頁注一。現行では出さない。一八 次の間へ入る、と入相の鐘を掛ける。一九 現行、光秀一人になり、下座の鐘の音で凄味を漂わす。二〇 現行、四王天庭の岩陰から姿を見せて隠れる。光秀は墨絵の衝立を裏返して「順逆…」の句を書き始める。二一 書く、と斯く、を掛ける。現行、十次郎下手小幕から出て小柴垣に隠れる。二二 見守っているとも。二三 光秀は知らず、と白《(しら)》書院を掛ける。白書院は白木造りの書院。※現行、「書認め」のあと三味線の合の手、鐘の音、虫の声、息詰まる静寂の中で光秀は辞世を書き終え、上着の両肌を脱いで白い下着になり、脇差を抜く。二四 刃の光るさま。二五 小陰。

以下一九八頁

一 悲劇の主人公気取りで、の意。二 春長に忠誠を尽したことと、春長を討ったこととは、順逆相反するかにみえるが自分にとっては別々のことではなく、人の踏み行うべき道は心にしみ込んでいる。今や、五十五

「わつ」と泣《キ》出す人《ヾ》を。制《せい》しとゞめて。「ヤア〳〵者共。母人《ト》の御《おん》行衛いづく迄も見届《とゞ》けよ。御《おん》手道具の用意〳〵」と光秀が。鶴の一《ト》声あまたの軍《ン》卒。[一四]簞笥《たんす》長《ガ》[一五]持《チ》[一六]挟箱《はさみ》。其外《カ》雑具《ざうぐ》[一七]鋲《びやう》乗《リ》物。「御母公様のお姿を。見失ふな」と足早に跡を。したふて急ぎ行。影見送りて光秀は。何角《なにか》心に打うなづき。「奥操躮《レ》重次郎。嫁初菊諸とも次《ギ》へ立ちやれ。用事有《ラ》ば手を鳴《なら》す」と。心有《リ》げな詞のはし。「アイ」とはいへど立《チ》兼る。「ヤアぐず〳〵と何を猶予《ゆうよ》。早く立《テ》よ」ときめ付《ケ》られ。心は跡に残れ共親子三人打連《レ》て。是非なく。次へ入《リ》[一八]相の。[一九]鐘が無常を。告《つげ》渡る。実《げに》物凄《すご》き庭の面。[二〇]忍び出《いで》たる四王天。主君《ン》の様子いかゞぞと。身をひそめてぞ窺ひゐる。夫《レ》とはしらぬ光秀が。有《リ》合《あふ》硯引《キ》寄《セ》て。筆くいしめし。唐《ラ》紙の。表に何やらさら〳〵。〳〵[二一]かくと。見るより重次郎瞬《またゝき》もせず物陰に。[二二]守りゐる共。白《ラ》[二三]書院。只一《ッ》心《ン》に書認《したゝ》め。筆投捨てむんづと座し。諸《もろ》肌《はだ》寛《くつろ》げ指添《さしぞへ》を。抜《ク》や玉[二四]ちる氷《こほり》の刃。やゝ打詠め両眼《ン》に。はら〳〵涙くいしばり。既に斯《かう》よと見へければ。主従小[二五]影を走《リ》出《いで》。「ヤレ早まり給ふな

年の生涯も、すべて夢であると悟って、事物の唯一の根元に帰ってゆく。孟子・離婁上の「順レ天者存、逆レ天者亡」をふまえる。明智軍記十、光秀の死の件りに、この辞世を収め、「明窓(みやうそう)玄智禅定門」と署名。但し明智軍記、絵本太閤記四ノ五は、冒頭が「逆順」。真顕記七ノ十三は本作と同じく「順逆」。三日太平記八には「五十五年」以下を引用。 三 心。 四 孟子・離婁下による。直接には、絵本太閤記三ノ八「孟子曰く、君の臣を視る事手足の如くする時は、臣君を見る事腹心のごとくす。君の臣を視る事犬馬のごとくする時は、臣の君を見る事国人のごとくす。君の臣をみる事土芥(どかい)のごとくなる刻(とき)は、臣の君を見る事寇讎(かうしう)のごとしとかや」によるが、危険視される孟子の、革命を認める思想と、本作は、絵本太閤記、真顕記以上に深く関わっている(→三三七頁※)。なお現行は「君臣を」。 五 絵本太閤記三ノ十、真顕記六ノ二十の光秀が妙心寺の僧をもって朝廷に言上した口上をふまえる。 六 「天与弗レ取。反受二其咎一。時至不レ行。反受二其殃一」(史記・淮陰侯列伝)。韓信に漢王(漢の高祖)への謀叛を進めた蒯通(かいつう)の言葉(後に韓信が殺される時蒯通の言葉に従わなかったことを悔んだ)。 七 真顕記六ノ十五。→付録四9。

※明智軍記九、真顕記六ノ二十三、

父上」と。取付《ク》十次郎四王天。鏡《かゞみ》の如き両眼《ン》を。くはつと見開《ひら》き声震《ふる》はし。「コレ我《ガ》君。コリヤこなた狂気《けうき》召《サ》れたの。今《ン》朝より始終《しじう》の様子。心得がたく思ふ故。万《ン》事心を付る某。物陰《かげ》より窺《うかゞ》へば。出[一]かし顔に辞世《じせい》の一《ッ》句。[二]順逆《じゆんぎやく》二門《ン》なし。大道心[三]《ン》源に徹《てつ》す。五十五年《ン》の夢覚《さめ》来て。一《チ》元《ン》に帰《き》すとは何のたは言。[四]君臣《(きみ)》《ン》見る事塵芥《ちりあくた》の如くせば。臣《ン》君を見る事怨敵《をんでき》のごとしと。[五]春長猛威《もうゐ》に増長《ざうてう》して。神《ン》社仏閣《ぶつかく》を焼失《せうしつ》し万《ン》民《ン》の苦《くる》しむる暴悪《ぼうあく》。神《ン》明是を誅《ちう》するに。光秀の御手《(おんて)》をもつて討《タ》し給ふ[六]天の与《あた》ふるを取《ラ》ざれば。災《わざは》ひ其身に帰《き》す。左程の事を申さず共。よく御合点《がてん》のこなた様。切《ッ》腹とは馬鹿《ばか》〳〵しい。[七]人はしらず此四王天田嶋頭。殺す事罷《リ》ならぬ」と居尺高《(ゐだけだか)》。「ヲ、そふじや〳〵父の命は。我《レ》ゝ始《メ》万《ン》卒《そつ》に至る迄。御一身に及ぶ御命。臣《ン》義を守る共。君是を補助《ふちよ》せざるは。夫《(それ)》将とは申されず。只《(ただ)》生害《せうがい》はとゞまり給ひ。下《モ》万《ン》民《ン》の苦《くる》しみを救《すく》ひ給へ」と右左り。涙と倶に諫《いさ》めの詞。光秀はたと横手《(よこで)》を打《(うち)》「ハ、誤つたり〳〵。[八]一天の君の御為には。惜《シ》からざりし此命。暫《しば》しはながらへ事を計《はか》らん。先《(まづ)》は綸旨《(りんじ)》[九]を乞受て。猶も背《そむ》かん者共を悉《こと〳〵》く誅戮せん。急ぎ

絵本太閤記三ノ十で信長父子を討ち、軍勢をまどめて妙心寺に入った光秀は「今は心に懸る事もなく、自殺せばやと思ひ、仏殿に参じ良(やや)久しく礼拝し、辞世と思しくて一聯の句を自書す」(絵本太閤記)。家臣達が駆けつけ、「和漢ともに無道の君を弑する」例を引いて光秀に死を思い止まらせる。→付録四32・49。本作では謀叛成就後の光秀の苦悩の純度を高めるために前もって「時は今」の史実を削り、「妙心寺の段」に、小説以上に重要な意味を持たせる。

八 光秀がはじめて所信を言明する言葉が「一天の君の御為」であることに注意。真顕記、絵本太閤記には、朝廷に対する光秀の工作は描かれるが、天皇と光秀との関係に焦点が合わされている訳ではない。本作の光秀は天皇こそ最高の主君であり、天皇に忠誠を尽せば、直接の主君たる信長弑逆の罪は問われない、との考えに至った。仮名写安土問答(→付録四八一頁上など)等近松半二作品からの思想的影響が見られるところ。

九 綸言の趣旨の意。蔵人が勅命を受けて書く公文書。ここは具体的には、まず絵本太閤記三ノ十一、真顕記六ノ二十三、及び三日太平記五(→付録三)にある如く将軍宣下を受け(→二一七頁注一一)、同時に朝敵追討の綸旨を受けること。→付録四33。

一〇 真顕記六ノ二十七。

一一 以下、三日太平記五(→付録三)の文章をふ

是より我レは参内。汝ら一〇二人《(ににん)》は久吉が。都へ登るを半途《はんと》に待チ受。一戦ンにぼつ返せよ。一一イデ装束を」と立チ上ガれば。地ハル近習小性が心得て中運《はこ》ぶ。ヲクリ一二ハル大紋ン立《(たて)》ウ烏ぼし。中ハルウ立派《りっぱ》に着《き》なす骨《こつ》柄《がら》は辺《あた》り輝《かゝや》く中其粧ひ。ウ早引出す栗毛《くりげ》の駒。フシ光秀ゆらりと打乗ッて。

地ウ「ヤア〳〵色重次郎。詞田嶋ノ頭諸共に西国へ馳向カひ。必ズ共に油断《ゆだん》なく軍ン一三功を顕《あら》はせよ」と。地ウ詞にはつと四王天「ハ、、、君。ハル御出ッ陣ンには色及ばず共。詞ノル某彼ノ地に向カひなば。猿《さる》冠者《くはじゃ》めが素頭《すかうべ》を討チ取ルは手裏《しゅり》に有リ」。「ア イヤ〳〵彼レも知レ一四物。定メて遠き計略有ラん」。「コハ親人トの詞共覚へず。父にかはつて某が。地中キン軍ン配《ばい》取ッて一ッ戦ンに。ハル敵の首を実検《じっけん》に備へん。コレ気ウづかひ有ルな」と。勇《いさ》みすゝみし我子のフシ骨柄《こつがら》。

地ウ「ホ、天晴レ〳〵中潔《いさぎ》よし。我ウも跡より出ッ陣ン」と。手ウ綱かいくりしと〳〵。合キンハル乗出す駿ン足中馬上の達者《たつしや》。合一五ハル轡《くつは》の音トは秋の野の虫には有ラでりん〳〵〳〵。合「綸旨《りんじ》をやがて色頭《かうべ》に戴き刃一六向カふやつ原打立テ。ウ追ッ立切リちらし。ウ追付ケ一七四海に葉を伸《のさ》ん。ウ一八いそふれやつ」と上いつさんに一九大内山へと 三重

〽上急ぎ行

まえる。一三 大形の紋を五か所に染めた布製の直垂の一種。近世、五位以上の武家の礼装。立烏帽子は高く立てたままで頂辺を折らない烏帽子。※現行、光秀「イデ装束」で、大股に歩いて正面に入り、黒の大紋立烏帽子に改めて出る。十次郎が下手小幕から栗毛の馬を引いて来る。

一三 現行、馬上で、金の揮で指していう。一四 痴れ者。曲者。一五 轡の音のりんりんは、淋しい秋の虫の音ではなく、光秀の勇気凜々たるところを表わす。頭韻で次の綸旨を導き出す。一六 真顕記七ノ三。→付録四34。一七 四海に羽を伸すは「二条城」の段切り「万里に羽打ッ大鵬」に対応。将軍として天下に号令すること。一八 さあ行け、を強めた言い方。→付録四35。一九 内裏。

※明智軍記、真顕記、絵本太閤記では、光秀が謀叛成就の後、自殺を計ろうとして家臣達に止められ、政務を行い天下を掌握する決意を固めるのが、すべて六月二日のこととして描かれ、真顕記、絵本太閤記では二日のうちに直ちに秀吉を討ち取るために毛利への密使を出立させる。しかし本作の光秀は、六日まで、戦略的にもっとも重要な三日間に何の手も打っていない。浄瑠璃の光秀は、三日間悩み続けた。ここで「一天の君の御為」という形で自己を正当化する道を見出し、光秀は一転して強くなる。

同七日の段

（杉の森の段）[一]

地ハル　[二]摂化随縁《せつくはずいゑん》[三]真《ン》実に無量《むりやう》[四]の恵《めぐ》み洩《もれ》ざれ共。仏《ッ》[五]敵《キ》猛威《まうゐ》の春長に世[六]を狭《せば》められ鱸《すゞき》[七]重成《リ》。無念《ン》ながらも杉の森[八]砦《とりで》をかまへゆゝしくも[九]。寄《セ》[一〇]手を防《ふせ》ぐ唯《ゆい》[一一]一心《ン》。矢叫《さけ》[一二]びの音鬨《とき》の声天地に。満《みち》て動揺《どう〔よ〕う》せり。

地ハル　かゝるけは〔し〕き其中《カ》に。媚《なまめ》[一三]きつだふ媄共。軍に馴《なれ》て。気は張《はり》弓襷《たすき》。鉢《はち》巻《キ》腰刀逌《さすが》[一四]ゆゝしき身の備《そな》へ。中《カ》に小笹《ざゝ》が才発《さいはつ》[一五]顔。

詞　「イヤのふ浪江。何《ン》とマア騒《さは》がしい世界《せかい》ではないかいの。切《ッ》たくと切《ッ》つはつつを世渡りにまだ仕《し》たらいで春長殿。慶覚《けいがく》[一六]様を相《イ》人《て》に取《リ》憎《にく》てらしい軍事《いくさ(ごと)》」。「サイノウ追《ッ》付《ケ》如来《によらい》様の罰《ばち》が当《あた》り。首がころりと飛《(とぶ)》であろ」と。いへば兵卒《そつ》[一七]口々に。「ヲヽサ飛《とぶ》とも

一　初演、豊竹吾太夫（二〇五頁四行目まで）。　二　摂化は「せっけ」と読む。摂取化益の略。衆生を救いとり、利益（りやく）を与えること。摂化随縁で、衆生の機縁にしたがって種々の方法で導くこと。親鸞・教行信証に「摂化することと縁に随ふ、故（まこと）にそこばくならむ」（真仏土巻）。　三　阿弥陀仏の本願。　四　仏の恵みが限りないこと。ここまでの大意は、浄土真宗（一向宗）で説く如く、機縁にしたがって種々の方法で衆生を救い導く阿弥陀如来の本願の恵みが行きわたらぬところがあるはずはないが。　五　猛威をふるう仏敵。信長の石山本願寺・一向一揆との十余年の戦いをさす。　六　後述の「顕如上人は」の主語が隠されている。　七　石山軍記物の中心人物鈴木飛騨守重幸に該当。　八　顕如が天正八年、石山（大坂）を退去して、本願寺の本拠を移した紀州鷺森（さぎのもり）。現和歌山市の鷺森別院。鷺森御坊）をさす。　九　非常に厳重に。日を送る意の過ぎを掛ける。　一〇　杉の森（鷺森）に攻め寄せた尾田勢。　一一　純一なる真理の意だが、ここはもっぱら阿弥陀仏を念じて名号を称える「一向専念」に近い意であろう。　一二　矢叫び。遠矢を射合う時に、両軍が高く発する声。鬨の声が満ちみちて天地を揺がす程である。

時　天正十年六月七日
所　紀州杉の森砦

〳〵。［○］一[18]向《かう》一心ッにかたまつたる我レ〳〵。殊《こと》更御主人シ喜多[19]ノ頭様の軍ン配。石山[20]においても度〳〵の勝[21]チ軍。ヤモ負る事はけ[22]んにもよない事。残り多いは王[23]様の御挨拶。あたま[24]の役でおとなしく丸ふ納めて慶[25]覚様が。石山の砦《とりで》を引払《はら》ひ此杉の森へ御陣ンがへ。しやうこりもなく又寄セかけた尾田の大軍ン。どつと寄セても不《ふ》可《か》思《し》議光《ぎくはう》[26]如来のお力ラにや叶ひませぬじやないかいな」。「あいなアあいな」。「ヲツト待ッたり。叶[27]はぬ次手においとしいは若旦那孫市[28]様。尾田と和睦《わぼく》が破《やぶ》れた計《ばつかり》ッに。御使ィの越度《おちど》じやと爺《てゝご》御様の御勘ン当。何ンと可内《べくない》[29]。御詫《わび》の願ガひを一統《とう》[30]に。して見る心はないかいやい」と。おろ〳〵涙惣〳〵が。すゝり上ゲたる水涕《ばな》も。忠義のはしと殊勝《しゆせう》也。

斯《かく》ともれ聞ク一ト間より。孫市が妻の雪の谷。我ガ子の手を引キしとやかに。出《いづ》る姿もおのづから。思ひ有ル身の打しほれ「ほんに主なり家来なりと。思ふて詫《やさ》しいそち達が志《こゝろざし》。聞ク嬉しさにいとゞ猶。悲しき夫マのお身の末。どふなる事と自《みづから》が。心の内を推量してたもやいのふ」と有リければ。妼《こしもと》始メ士卒共。顔見合ハせて詞なし。

娘松代は母の顔。打詠《なが》め〳〵。「コレ申シ母様《かか》。おまへは何をむつかる[31]ぞ。同じ様に皆迄

※現行、本手(屋体)正面奥に御簾の下った広間。

一三 集(どつ)ふ。 一四 差す、に掛ける。 一五 かしこだてする顔つき。知っていることを得意になってしゃべる顔つき。 一六 室町幕府十五代将軍足利義昭が、出家していた時の名「覚慶」を言いかえたもの。→付録四四九頁下。 一七 底本、捨仮名の位置に「フ」とあるか、不明。 一八 ひたすら。 一九 飛驒守重幸をさす。一向宗を暗示。 二〇 現在の大阪市中央区、大阪城のある地。真宗本願寺第八代蓮如がこの地に隠居所を建て(一四九六年)、十代証如、十一代顕如の時、四十九年間(一五三二―八〇)、この石山本願寺が真宗の本寺として栄えた。但し、浄瑠璃の石山軍記物、大坂落城物の石山は、江州石山に設定する。 二一 元亀元年(一五七〇)から天正八年(一五八〇)、十一年にわたる石山合戦の本拠地石山本願寺は要害堅固な城でもあり、本願寺と一向一揆は信長の天下統一を阻む強大な勢力だった。 二二 思いもよらない。本願寺十一代顕如を当てこむ。石山軍鑑・後二十五に「おもひよらぬ事を顕如もないといふ事、此いわれ也けると也」。 二三 天正八年、朝廷の仲介により本願寺と信長の講和が成立したこと。勝算があるのに朝廷の勧めで和睦し、石山を退去したのは残念だ、という。 二四 僧であることを考慮して、坊主頭のように丸く、穏便に事を収め。 二五 こ

も何を泣《な》きやる。早ふとゝ様や弟の重若を呼ビまして来てくれやい。此間の清書キをお目にかけて。誉《ほめ》てもらいたいわいのふ」。「ヲヽ誉《ほめ》てもらひたからふ。そなたより此母が逢ィたさは山〻。暫しが間も母の傍バ。得放れぬあの重若。定めて泣ィてばつかりゐるで有ロ。かはいの者や」とくいしばり。泣ク音《ね》を包《つゝ》む雪の谷が心の内ぞ。せつなけれ。

襖のあなたに重成が高らかに咳《せき》払ラひ。「扨は舅君《しうと》のお出なるぞ」と。いふに心得 妼《こしもと》が。

席《せき》を下れば雑兵《ぞうひやう》共地に鼻《はな》付ケてかつ跪《つくば》ひ。

待ッ間程なく悠然《ゆうぜん》と。立出《いづ》る鱸《すゞき》喜多《きだ》ノ頭。不興気《けうげ》にあたりを見廻し。「ヤイ女原《ばら》[一]。此所《この》に用事はない次ギへ立テ。軍ン卒共も何をうつかり。要害《ようがい》を頼みに搦手《からめて》の守り怠《おこた》るは一チ大事。早くまかつて心を付ケよ。サヽ行ケ。〳〵」とおつ立《たて》やり。「イヤナニ嫁女。そなたにも云ヒ聞カし。悦ばす事が有ルてや」。「アノ私シに悦ばす事が有と御意《ぎよゐ》遊ばすは。ムヽ夫ト孫市殿の」。「ハテ扨。又しても不吉ッ者の忰レが事。左様の事でおりない。当月ッ二日の暁《あかつき》に天ン文ンの考《かんが》みし所。東シに当タつて白ク気[二]自然《しぜん》と立チ登《のぼ》る。是則《すなはち》敵キの大将。春長が腹ク身ン[三]と頼む勇者《ゆうしや》の内に変心《へんしん》の者有ッて。事[四]をやぶるの前表《ぜんびやう》。今ン日迄口外《かうぐはい》せざれ共数《す》日《じつ》[五]の籠城《ろうぜう》。

の段の「慶覚」は、一応足利十五代将軍義昭に当るが、本作では八割方本願寺の当主、顕如上人をさす。二六 阿弥陀如来をいう。教行信証・真仏土巻に「不可思議光に南無し」。彫刻左小刀四に石山方が「南無不可思議の旗押シ立テ」とある。二七 どうにもならぬこと、と言えば。二八 石山本願寺方の主戦力雑賀党の勇士鈴木孫一を脚色。→二〇六頁注六。二九 足軽、奴などにつける名。三〇 我々が一つになって。三一 機嫌悪く泣くのですか。

一 女輩。
二 中国古代の思想にいう気(さまざまな気象条件を造り出す自然の力)が白体となって現れたもの。異変の予兆とみられた。「貫く白ク気は国家の愛雲《あいうん》。味方の為には是凶雲」(太平記忠臣講釈四)。
三 腹心の宛字。
四 尾田方の計略が失敗に帰する。
五 何日にもわたる。
六 「未然を」の音便。本能寺の変が起る前から察知した。三行前の「天文の」も「を」の音便。
七 無し、を掛ける。
八 現行、正面の御簾が上がると、紫衣の慶覚法師が机に向かって坐している。
九 数珠。念誦《ねんじゆ》の意も籠め、数珠をつまぐり称名念仏に余念のない。
一〇 一挙に攻撃をかけ、事が急に迫

お身も定《メ》て心《ン》労《ろう》と思ふから。安堵《あんど》させん為申《シ》聞《カ》す。見よ〳〵追《ッ》付世を広《ひろ》ふ。足利の正統《(しやう)とう》たる慶覚《けいがく》君の御代となさん。何と此上もなき悦びではおりないか」と。[六]未《み》前《ぜん》の察《さつ》す明智《めいち》の眼《ン》力《キ》。こなたは一《チ》途《づ》に夫《ト》思ひよき折からとすり寄《リ》て。

「イヤもふお嬉しい段じやござりませぬ。がどふぞ成《ラ》ふ事なら。其白《ク》気とやらが立《チ》ましたが。孫市殿の御勘《ン》当がゆりますといふしらせなら。ほんにどの様に嬉しう存じませうぞ。憚《はゞか》りながら慶覚様と御一所に。どふぞ世に出られます様に。親御のおじひお情で」と。いふを打けし「アレまだしつこい。かゝるめで度《キ》折からに。よしなきたは言《ごと》聞《キ》たくない。お身も孫を連《レ》て部屋へ行きやれ。ヱ、何をぐず〳〵。早く立ちやれ」とかみ付《(つけ)》られ。何とせん方[七]投《なげ》首し娘松代を伴ひて。しほ〳〵立《ッ》て入《リ》にける。

跡に重成只一人《リ》立上《ガ》つて通路《つうろ》の鈴《す(ゞ)》。〔引〕ならせば[八]一《ト》間の御簾《れん》。さつと小性がかゝぐれば[九]念《ン》珠《じゆ》他事《たじ》なき慶覚君。「重成が音《ト》づれ何事か有《ル》やらん」と。仰にはつと頭《かうべ》を上《ゲ》。「今《ン》朝《てう》より御機嫌《きげん》を窺《うかゞ》ひ奉らんと存《ン》ずれども。敵《キ》の朝がけ[一〇]短兵急《たんぺいきう》に寄《セ》たれば軍配《ぐんばい》に暇なく。一《ト》泡《あは》吹せ味方の勝利《せうり》。[一一]攻《せめ》口を退《しりぞ》き候へば。一《ト》息の間と漸《やう〳〵》只今御前へ[一二]伺公《しかう》。

ったので。
二 敵は。
三 伺候。
※本巻の石山軍記引用は、東京大学教養学部所蔵・石山軍鑑（前編三十巻・付録五巻・後編三十巻。明和八年序）による。

一 其方のように忠義のまことを尽し、千人、百人にすぐれた人物も。俊乂はすぐれて賢い人物をいう。 二 悪い時代に生まれ合わせたために、世に用いられぬのみか、自分慶覚故に。 三 足利義輝（一五三六—六五）。十三代将軍。永禄八年、将軍が松永久秀、三好三人衆のために殺された時奈良一乗院門跡であった弟の覚慶は近江に逃れた。 四 覚慶は永禄九年に還俗、義昭と名乗り、信長の支援を得て十一年、十五代将軍に任ぜられるが、その後信長と不和になり、義昭は毛利氏、上杉氏その他の群雄及び本願寺顕如と連携して信長に抗したが、天正元年（一五七三）信長との戦いに敗れ、京都を追放され、室町幕府は崩壊する。慶覚の言葉はこの歴史的経緯、及び石山軍鑑の、京を追われた義昭が紀州雑賀に移り、その後顕如上人の仲介で芸州毛利の庇護を受けた条などをふまえるが、還俗した将軍義昭は、本作にみる如き宗教家ではない。 五 →一六五頁注一三。 六 本作の慶覚は、本作とほぼ同じ作者によ

不礼《(ぶれい)》の段は御高免ン」と敬《うやま》ひ。深く述ければ。「[一]誠忠俊乂《せいちうしゆんがい》の一人時[二]に合ハねば。此程よりの心ン労推察《ろうすいさつ》せり。兄義輝《よしてる》[三]君は三好《みよし》松永が為に亡《ほろ》び給ひ。今又我[四]は春長が為に斯のごとし。よしなき命ながらへて。万ン民ン土《と》炭《たん》[五]の苦《くる》しみと云ィ。諸卒の命を失《うしな》はんより。早く[六]我ガ一命を断《たち》。万ン死を救《すく》ひ得させよ」と。御目を閉《とじ》て称名《せうめう》を。唱《とな》へ給へば重成も君[七]の恵《めぐみ》の有がた涙。胸におさへて気色をかへ。「チヱ、云ヒがいなき御仰。夫レ軍《(いくさ)》[八]は和《くは》に有ッて衆《しう》にあらず。馬《ば》[九]洗厩養《せんきうよう》に等《ひと》しき尾田の弱兵《じやくへい》。何程の事や有ラん。凱歌《がいか》を上るは瞬《またゝ》く内。君にもしろし召ス如く。国大なるといへ共戦ひを好《この》めば必ず亡《ほろ》ぶと。近くは武田[一〇]勝ッ頼。父信玄迄其威《ゐ》隣国《りんごく》に。ならぶ者なく猛虎《もうこ》の如く。[一一]諸候《しよこう》も恐れ候へ共。勇にほこり。武に慢《まん》じたる太郎勝頼。[一二]累代《るいだい》の武名も一時に朽《くち》ぬ。春長迚《(とて)》も真《まつ》其[一三]如く。御心弱《よは》くて叶はじ」といさめ申せば慶覚法師《ほうし》。打うなづかせ給ひつゝ。「重成来れ」と御座をば立せ給へる其所へ。大息キついで[一四]鷺森《さぎもり》八郎。「御注進《ちうしん》」と手を突《つけ》ば。人ゝ「いかに」と仰の下。「されば候《(ざうらふ)》軍は味方の勝利なれ共。力ラ責《ぜめ》には叶はじと。[一五]数千《(すせ)》ンの車に焼草を積《つみ》乗《(のせ)》て櫓《やぐら》〱の其下へ。山の如くに積ミ重ね。たゞ焼打に」と云ハせ

る石山軍記物の彫刻左小刀(寛政三年)と同じく、本願寺顕如をさし(↓二〇一頁注二五)、この言葉は石山軍鑑・後十二で、鈴木重幸の策により、本願寺の定専坊が顕如上人と名乗って、寄手の信長に向い「双方の諸軍の命にかはりて愚老が一命を断て怒気をはらさるべし」と言う件りに基づく。七 本作の表向きの設定、慶覚を足利将軍としての表現。

八 天の時は地の利に如かず、地の利は人の和に如かず(孟子・公孫丑下)と言われる如く、軍にとってもっとも重要なのは、人の和であって、人数の多さではない。兵卒ことごとく「一向一心にかたまったる」我が軍の強力さに比べれば。九 馬洗は馬前に立って引き導く者、厩養は牛馬を養う者。雇われ勢で武士らしい武士のいない、の意。一〇 武田勝頼(一五四六―八二)は、この段の三か月前、天正十年三月に滅亡。次行の「太郎勝頼」は正しくは「四郎」。一一 諸侯の宛字。

一二 平安朝末、新羅三郎義光の子義清以来、甲斐源氏の名声を伝えた。

一三 勇にほこり、武に慢じる故に滅亡は近い、弱気をお出しになってはいけません。一四 鷺森御坊をあてこんだ人物名。一五「寄手元来(もとより)大勢なれば、人夫数多(あまた)築地の四方へ柴薪を運び積み、火を付焼崩さんとす」(絵本太閤記三ノ十一)。

一六 現行、以下十二字、省く。

一七 はかりごと。策略。石山軍鑑・後

も立テず。[一六]喜多《きだ》ノ頭はつたとねめ付ケ。「ヤア馬鹿《ばか》〳〵しい。何のたは言。其刈柴《かりしば》こそ身が中付ケたる一トつの[一七]計策《けいさく》。御大将の御前なるぞ。麁忽《そこつ》の注進ン。早く立テ」。とわざと怒りの一言ンもしらで鷺森《さぎもり》八郎は。拍子ぬけ〳〵引かへせば。「いざ御入《おんいり》」と八方に。心を配《くば》る重成が。底意《そこい》をくみて慶覚君奥殿さして

[一八]〽入給ふ。

夏の日の。長きも我レを。恨むなる。物思へとや夕暮レの。空を。待チけり[一九]孫市が。肩《かた》にしつかり鎧櫃《よろひびつ》。人目を忍ぶ[二〇]陣ン笠の。[二一]歩《ぶ》にやつしたる俤は。昔にかはる[二二]勘当の。身は猶更に心の[二三]隔テ。[二四]何ンとせんかた切リ戸口。宁《たゝず》む。こなたの茂みより。忍び出《いで》たる大の男。[二五]あたりうそ〳〵[二六]窺《うかゞ》ひ足。[二七]奥を目がけて忍び行《ゆく》。後の方《かた》より孫市が。「曲者やらぬ」と[二八]膁《よはごし》を。むんづと組ンで引キ戻す。「[二九]シヤちよこ才《さい》すな」と[三〇]振リほどき。直《すぐ》に抜討チ刃の光り。[三一]かいくゞつて抜キ合ハし。手練《しゆれん》の切先はつし〳〵。打合《うちあふ》刃音ト何事と。手燭《しよく》片手に立出る雪の谷。火影を覆《おほ》ひ物陰に息を詰メてぞ[三二]守り居る庭には二人ンが

十二では天正四年に鈴木孫市らが鈴木重幸の指示によって「数多の車をしたて米俵に土俵を拵(こ)り其中にゑんしやうをおひたゝしく仕込み」、天王寺の信長の本陣を「焼討」している。
※現行、以上の端場を「刈柴」と通称。
一八 初演、豊竹時太夫。
一九 待、孫、頭韻。
※現行、下手に木立ち、木戸を置き、奥に泉水のある奥庭、正面に六枚の障子、上手に瓦灯口の窓のある屋体。孫市、雑兵の姿で鎧櫃を背負い、足を引きずって下手小幕から出る。
二〇 主として足軽、雑兵が陣中で用いた笠。 二一 足軽、雑兵の卑賤の姿となった。 二二 かはる、勘当、頭韻。

時	同日の夕暮
所	同じ砦の奥庭

二三 ひけ目から心に遠慮が生じ。
二四 自分の意志を伝えたいことがあっても、どうしようもなく切戸口に。せんかたなし、の略したいい方。
二五 現行「おのこ」。 二六 胡散臭い人物が人目を忍んでする動作にいう。現行、男は黒装束・黒頭巾、下手木蔭から出る。 二七 現行、ここに「今宵のうちに重成が、首討取らんと独り笑み」が入る。天満屋安兵衛板五行本も同様。 二八 腰のくびれて細いところ。ウエスト。 二九 生意気。
三〇 曲者の動作。 三一 孫市の動作。
三二 雪の谷が見詰めていた。

上段下段。飛鳥《ひてう》の働《はたら》き孫市が。難なく曲者切リ倒《たを》し。のつかゝつて。とゞめの刀。血押《のり》シ拭《ぬぐ》ひ刀を鞘《さや》。納る丈夫死骸《しがい》の懐中《くはい》。探《さぐ》る手先に取出す一ッ書。「扨は」と月にすかし見て。「ムヽスリヤ当月二日に春長父子。光秀が為に亡《ほろ》びしとな。チヱヽ、心地よや嬉しや」と悦び勇む後には。紛《まが》ふ方なき夫トの声。飛立ッ計《(ばかり)》走り寄《(より)》。「逢イたかつた」と縋り付《(つき)》嬉し涙ぞ先立テり。

夫トも遉《さすが》夫婦の愛情《あいぜう》。やゝ打うるむ目をしばたゝき。「誠や飽《あか》ぬ夫婦が銘《めい》〳〵に。躮《(せがれ)》を連て思はぬ離別《りべつ》。父の勘ン気を蒙《かふむ》りしも。慕悪非道《ぼうあくひだう》の尾田春長。約《やく》を変《へん》ぜし故なれば。何卒きやつが首討取リ。親人トの実検《じつけん》に備《そな》へなば。勘ン当詫の綱にもと。心はやたけにはやれ共。悴重若召連レては。足手纏《まと》ひと未練《みれん》にも。子に引カされて送る月日。鉄炮疵《きづ》にて脚《すね》さへも。思ふに任《まか》せぬ畸人者《かたは》。武運《ぶうん》に尽し我ガ身の上。せめて御主君親人トのお役に立ッて死ナん物と。覚悟《かくご》極《きはま》る今ン日只今。死後に頼むは二人ンの子供。心得たるか」と夫トの詞。聞クに女房が泣出す。其口押サへて。「コリヤ親人トのお耳に入ラば返つて妨《さまた》げ。イデ悴を手渡し」と。かたへに直せし鎧櫃。蓋《ふた》取リ退《のく》れば重若が。「かゝ様のふ」と走リ出《(いで)》縋《すが》り歎け

一 力強く立派な男子である。死闘の直後の落ち着いた振舞いを評している。二 しきりにまばたきをし。男性が涙を隠す動作にいう。「黙然たる大判事。良(やや)打瘴(ろう)む。目を開き」(妹背山婦女庭訓(三))。三 自分の子供。男女ともにいう。四 暴悪の誤字。五 石山軍鑑・後二十五に、天正八年信長との間に勅による和睦が調い、顕如が石山を退去して鷺森へ移った後、天正十年五月中旬、信長が「神戸信孝を四国征伐の軍将として弐万余騎…丹羽五郎左衛門長秀これにしたがふ。信長は此年四国へ渡海と号し堺よりをしつめ討とらんとの悪計」で攻め寄せたとあるによる。史実ではない。天正十年当時、信長と紀州雑賀衆の間に軍事行動はあったが、本願寺は関係せず、雑賀党は分裂し、鈴木孫一はむしろ信長と協力している。六 本作では孫市が春長違約の責任を問われ、父重成の勘当を受け、勘当を許されることに命を賭けている。が、雑賀党の勇士鈴木孫一の父が石山方の軍師格の武将であるとか、その父から孫一が勘当を受けたとかいう話は、石山軍記にも、陰徳太平記、真顕記、絵本太閤記にもみえない。この勘当云々の典拠は、本願寺門跡顕如・教如父子の間で、信長との和睦、石山開城をめぐって対立があり(実は父子申し合わせによるとも。石山軍鑑)、「信長より紀州へ人をもつて教如の義を申

ば母親も。胸に涙の満汐《みちしほ》[一二]の引《ク》[一三]や血脈《ちすじ》と奥よりも。姉の松代が声聞《キ》付《ケ》。「おとゝ様のお帰りか。重若も戻つてか嬉しい〳〵。早ふ遊ぼ」と手をたゝき悦ぶ姉弟《(おとどい)》雪の谷が。膝《ひざ》に引《キ》寄《セ》声曇《くも》らせ。「ヲヽ嬉[一四]しかろ〳〵。何《ン》ぼふ其様に悦びやつてもの。久しぶりでお目にかゝつたとゝ様は。腹《ラ》を切《ラ》ねばならぬといのふ。コレ孫市殿。是を見てかいのふ。何《ン》にもしらぬ二人《リ》の子供。お前は可愛ふござんせぬか。此姉弟《おとゞい》を[一五]ふり向《ケ》て。死《ヌ》る覚悟《かくご》を極《メ》たとは。余《ン》り気強《づよ》い胴欲な。武士が立《ッ》ても捨《タ》[一六]つても。死《ナ》さぬ〳〵死《ナ》さぬ」と。かきくどくのも忍[一七]。び音に奥へ。憚るうき涙。

道理としれど声に角《ド》立《テ》。「ヤア未練《ン》至極《しごく》の其ほ[一八]へ頬《づら》。弓矢取《ル》身の切《ッ》腹《ク》は此身の本《ン》懐《ぐはい》。今計《はか》らずも寄《セ》手の大将。是角《これずみ》[一九]六郎を討《ッ》て捨。懐中の一《ッ》書を見れば。都本《ン》能寺におゐて春長父子。光秀が為に討《チ》死と。春孝よりのしらせの蜜書《みつしよ》。此[二〇]騒動に寄《セ》手の奴原《やつばら》。一《ッ》旦《ン》囲《かこ》みは開《ひら》く共。再《ふたゝ》び寄《セ》んは必定《ひつでう》たり。危急《ききう》を救《すく》ふは此孫市。君と父との命にかはり。首を則ち久吉が陣《ン》所に送《ク》り和を乞ば。元《ト》[二一]より寛仁太度《くはんじんたいど》の真柴。よもや違背《ゐはい》は致すまじ使《イ》は忰重若丸。兼て認《したゝ》め置《イ》たる一《ッ》書。斯迄思ひ込《ン》だる某。妨《さまた》げなす不所

遣はしければ、上人御返答には…教如かゝる不行跡いたし候ゆへ勘当いたし候」と答え、教如石山退去後も「紀州へ御出あらんも勘当たる事なれば世をさせて且は修行くわんけの為とて西国へおもむき給ひ」(石山軍鑑・後二十五)という状態であったことを本願寺への遠慮から重成(顕如)・孫市(教如)父子のことに作り替えた。 七 石山軍鑑・後二十六の鈴木孫六のことを孫市に作り替えた。六月二日、鷺の森に押寄せた織田勢の「打たる鉄砲、孫六が右の足に中(あた)り…孫六片足にて立上り、太刀振廻し防ぎしかども、…一族鈴木孫市斯と見るより宙を飛で駈来り、孫六を追取巻きたる敵兵を八方へ追散し、難なく孫六を救ひ出し」。 八 彫刻左小刀に鈴木重幸の妻が盲目であることを作り替えた。 九 雑賀衆にせよ本願寺門徒にせよ、将軍義昭と主従関係がある訳ではない。孫市の言葉に慶覚の名が出てこないことに注意。ここは石山軍鑑の鈴木重幸が、顕如上人と一向宗のために、織田方に討たれようとして死地に赴く件りをふまえる。→二一〇頁※。 一〇 彫刻左小刀八で鈴木重幸が、鎧櫃に我子を入れて久吉に渡す。 一一 初陣(石山軍鑑・後十四)で活躍する鈴木孫市の子豊若十四歳を、幼児に作り替えた。 一二 満潮のように一杯になり。汐、引ク、血脈と縁語。 一三 血筋の縁に引かれるように。 一四 「ヲヽ、抱れた

存ン者。コリヤ〳〵二人の子供爰へこよ。兄弟ともにとゝ[一]が子か又母が子か。云ッて聞カさば賢《かしこ》ひ者」と。撫つさすりつ尋るも。胸に無量の思ひ有ル。心はしらで弟の重若。「コレとゝ様。わしはお前の子でござるはいの」。「何ンじやとゝが子じや。ヲヽよく云た出かしたなァ。サヽ姉の松代はどふじや〳〵」と。問ど年だけうぢ〳〵と母に気兼の云兼れば。

「ムヽ返事のないは嗅《かゝ》が子か。我ガ子でなくは出てうせう」と。呵《しか》り付ヶられ泣ク〳〵も。「何のかゝ様の子じやござりませぬ。とゝ様の子でござります」。「スリヤそちも我ガ子とな。ヲヽよく云た出かしたなァ。とゝが子ならば。身が云ィ付る事背《そむ》きはせまい」。「アノ親の云ッ事聞カぬ者は不孝《かう》者じやとかゝ様が常ゝからのお呵《しか》り。どんな事でも聞キまするのふ重若。そなたも云ッ事聞きやるかや」。「アイよふ云ッ事を聞クはいのふ」。「ヲヽ扨ゝう[二]いやつ。然らば申付る役目が有《(ある)》。今とゝが此短刀《たんたう》を腹へ突立たらばな。コヽ此[三]刀と脇差にて身が首を引切《(ひききり)》。此一書を添て久吉殿へ持参せば。此上もなき孝行《かう〳〵》者。合点《(がてん)》がいたか」と細《こま》やかに。云教《(いひ)おし》ゆれば驚く母。にらみ付られくいしばる親の心はしらぬ子の。

かろ〳〵。なんぼ抱れたうても。とゝ様はだきやさしやんせぬ」(太平記忠臣講釈七)。二五 私に押しつけてあなたは。二六 廃っても、の宛字。女蟬丸三(二〇九頁※)の国貫の妻の「いや〳〵ころさぬ〳〵。人は腰ぬけと笑ふがそしらふが」をふまえる。二七 底本、漢字「忍」の中途にも句点。「しイ。のオ。び」と語る指定。二八 泣き顔。二九 惟住五郎左衛門をふまえる。次行の春孝は信長の三男神戸信孝をさす(絵本太閤記三ノ十一)。三〇 信長生害の報に「五郎左衛門甚驚き、陣々も其儘に打捨置き、一騎駆に大坂さして上りける。されば寄手の陣々…散〳〵に成りて引取りければ」(同右)をふまえる。三 石山軍鑑・後十八の鈴木飛驒守重幸の「信長たとへ狼心なる共秀吉は又たゞものならず、信義をよく弁へぬれば」をふまえる。※仏敵春長が滅び、寄手が退散し、ともかく危急は遠のいたのに、当主の嗣子孫市の首を送ってまで和睦を乞う必要があるか否か疑問である。ここはもと、石山軍鑑・後十八で石山方の軍師鈴木重幸が、秀吉と約を結び、「我が一命をもつて、宗門の相ぞく、門徒の難義を救はん」と死地に赴く件り(天正六年)を、天正十年六月の鷺の森攻防に、無理にはめこんだもの。

以上二〇七頁

一 女蟬丸三では、「母がこはひか。

訳も七つ[四]子《こ》重若丸。「そんならとゝ様の首を此脇差で切《きる》と。孝行になりますかや」。「ヲヽなる共〳〵。日本一の大孝心」。「コレ姉様も合点かや。サア早ふ腹切て下され」と。いふにたまらず母親が。我子引退《ひきのけ》。「ヱヽ忌《いま》[五]はしい子供では有はいのふ。コレ孫市殿。いかに望が立《たて》たい迚。何《なに》弁へない此子供に。親を殺せと教《をしへ》る人が。又と世界に有ふかいのふ。夫や我子を安穏《をん》に置たい計《ばかり》にとやかくと。心を尽す女房を思はぬ仕方情ない。親の別れも身の科《とが》も弁へしらぬ仏様。鬼にせうとは胴《どう》欲なせめて此子が生先《おひさき》を。見届《とゞけ》る迄生て居て下さりますが親の慈悲《じひ》。頼むはいの」と計《ばかり》にて訳も。詞も涙川膝に漲《みなぎ》る風情なり。「ヤア益なき諄《くりこと》聞たくない。三千世界に子を思はぬ。親が有ふかうつけ者。左程躮に此首を討しがたく思ひなば。子供にかはつて介錯《かいしやく》[六]せよ」。「サア夫《それ》は」。「得心なくば縁切ふか」。「じやといふて是がマア」。「ヤア未練至極の其ほへ頬《づら》。所詮介錯思ひも寄ず。見さげ果たる女め」と。取て引寄《ひきよせ》[七]提緒《さげを》の早縄[八]。庭木の杉にしつかりと結ぶ[九]妹背の乱れ[一〇]口。こがるゝ其身は梢《こずへ》[一一]の猿《ましら》。[一二]腸《はらはた》を断《たつ》うき。思ひ。母の有様見るよりも。二人の子供はおろ〳〵顔。「[一三]コレ〳〵松代。重若もとゝ様の両の手に取付て居やゝ。必ず放してたもるな」

又とゝがこはひか」。 [二] かわいい。 [三] 現行、大小の刀を二人の子に手渡し、一書は重若に持たせる。 [四] 訳も無い(何も分っていない)に掛ける。 [五] 不吉なことを言う。
※以下、男女二人の子供に、切腹した自分の首を切らせて、和睦ないし申訳すべき相手のところへ持っていかせ、妻が傍であせり悲しむ場面は女蝉丸三(享保九年)の、中務丞国貫をめぐる場面を転用したもの。文章の上でも依拠するところが多い。
[六] 切腹する人の傍らに居て苦痛を短くするために首を切ること。 [七] 刀の鞘《さや》に付いている紐で、刀を帯に結びとめるのに用いる。 [八] 捕縄。下げ緒を手早く縛り縄として、の意。 [九] 結ぶと妹背(夫婦)が縁語、結ぶと乱れも糸の縁語。 [一〇] 乱れかかること。夫婦故に心が乱れる、の意か。
↓二五三頁一一行目。
※節付けの文ヤは現行は、説経浄瑠璃の哀切な曲節をとり入れたセッキョウで演奏。女形人形の見せ場。
[一一] 摩訶僧祇律七の、猿(獼猴)が樹下の井中に見える月を取ろうとして枝が折れて水におぼれた(「樹弱枝折一切獼猴堕二井水中一」)という説話に基づき、不可能なことをしようとして失敗することをいう。 [一二] 子猿をとられた母猿が「岸に縁りて哀号し、行くこと百余里にして去らず。…腸皆寸寸に断えたり」、悲しみのあまり、腸がずたずたにちぎれたという

と。あせれど夢か現《うつゝ》なき。夫トは今を最期《さいご》ぞと。諸肌脱《もろはだぬげ》ば弟の重若。「とゝ様もふかや」。「ヲヽサ今が親への孝行時」と。云つゝ短刀《たんたう》我腹ラへぐつと立《(たて)》ばぱつと散ル。から紅《くれな》ひに目[一]もくらみ心も消《きゆ》る雪の谷が。闇《やみ》路をたどる思ひにて正躰《(しやうだい)》もなく伏沈《しづ》む。歎きの折も一ト間より。「ヤレ紛レ其[二]刀引廻ハすな。云フ事有リ」と父[三]重成。しづ〳〵と立出。「ホヽ適レ忠臣ッよくしたり。今こそ勘ッ当赦しくれる。是を此世の思ひ出に。心静《しづか》に最期をとげよ。とは云ながら二人の孫。親の死別《しべつ》も夢現《うつゝ》。嘸《さぞ》成人の其後は。歎くで有ふ悔《くや》みおらふと。思へば不便弥増《いやまし》て。我は老イ木の末近く。便《(たより)》とするは母の親。[四]むごい祖父《ぢい》じやとコリヤ恨でばしくれるなよ。我レ迚も骨肉《こつにく》の紛を見殺す胸の内。どの様に有ラふと思ふぞいやい。チヱヽ是非もなき次第や」と。胸に湯[五]玉の涌《わき》返る。親の思ひの有難涙見《(み)》[六]上《(あげ)》。見おろす一世の別れ。手負は涙おしとゞめ。「ハヽ有リ難《がた》き父の恵《めぐみ》。忠孝全《まつた》く望は足《たり》ぬ。サア重若松代。最前とゝが申シ付たる役目は只今。サ早く。〳〵」。「コレ〳〵必ず切ルまい。切ッたらば母があ[七]

世説新語・黜免の故事による。 三「それとゝ様のそちらの手をきつと取てはなしやるな」(女蟬丸三)。

一「目もくれ心きえ」の慣用句(一谷嫩軍記二ノ中など)をふまえる。消えと雪は縁語。紅、暗、雪、闇と色彩と影の縁語をつらねる。 二 左脇腹に突き立てた刀を右脇腹へ引くのを留める。 三 現行、正面の障子が開いて、重成が出る。 ※鱸喜多頭重成は、石山軍記の中心人物鈴木飛驒守重幸にあたる(彫刻左小刀では飛驒之助重幸)。義経の忠臣鈴木三郎の子孫で、新宮の住人、二十代の若武者ながら、顕如上人の招きによって石山方の軍師となり、同族鈴木孫市をはじめ諸士を指揮し、鮮かな策戦により、織田の大軍を度々敗退させた。しかしそのために信長の本願寺に対する憎しみをつのらせた、との秀吉の書簡によって、和平の前提を作るために、自ら本願寺を出て死地に赴き、最後に単身京都に潜入して信長を狙うが、かえって悪党に寝首をかかれる。彫刻左小刀はこの鈴木重幸と鈴木孫市を兄弟に脚色、本作はさらに親子に作り替え孫市が織田方との和睦のために命を捨てることとした。 四 以下重成・雪の谷の言葉は菅原伝授手習鑑三ノ切、桜丸の切腹をめぐる父白太夫と妻八重の言葉をふまえる。 五 熱湯のような涙。 六 孫市が

つゝをすゆるぞや」とおどせば遉《さすが》子心に。ひかゆる手先《キ》。「ヤア詞背《そむ》くと子でないぞ」。「ヱヽとゝ様の御用を聞《(きく)》とかゝ様が呵《(しか)》らつしやる。其嚊《かゝ》様はあの様《フ》に縛《しば》られて居やつしやる。コレ重若。かゝ様のアノ縄をといて上《ゲ》てたもいのふ」。「サア夫《レ》でもあの様に白眼《にらま》しやる物」。「ヲヽ何《ン》ぼふ呵らしやつても[八]大事ない。此縄といてたもいのふ。コレ申舅御《しうとご》様。[九]同じ様に脇見《わきみ》せずとなぜとめて下さりませぬぞ。[一〇]現在《げんざい》孫を親殺しにするが情かじひかいのふ此縄といて下され」と。頼む嫁より頼まるゝ。[一一]舅が胸の苦しさを。こたゆるつらさ[一二]皺面《じうめん》は。涙に増る思ひ也。

斯ては果じと孫市は。我《ガ》子の腕《うで》先《キ》持《チ》添て。しつかと当《(あつ)》れば[一三]ぐはんぜなく。[一四]ともに力《キ》身で。「とゝ様斯《かう》かや」。「ヲヽそふじや出かす。〱」も[一五]一世の別れ。二世の名残《リ》と[一六]雪の谷が。消《(きゆ)》る間を待《ッ》夫《ト》の命。「神《ミ》も仏《ケ》もない事か」と。乱《みだ》るゝ心乱れ髪[一七]血汐[一八]争《あらそ》ふ血の涙。上には父が[一九]称名の。声諸共に。[二〇]りんの音。慶覚君は他念《ン》なく。南無あみだ。仏。〱。[二一]なむあみだ仏《ッ》の[二二]回向《ゑかう》の。[二三]恩徳《(おんどく)》広《くはう》。大不思議《しぎ》にて[二四]往相回向《わうそうゑかう》の利益《りやく》には還相回向《げんそうゑかう》に[二五]回入《ゑにう》せり。声は如来の迎《むか》ひぞと。ゑい〱〱と孫市が首は前にぞ落にけり。わつと

見上げ、重成が見下ろす。現行と同じく、孫市が二の手(庭先)、重成が本手(屋体)にいて見上げ、見おろすしぐさをしたと思われる。七 お灸。八 構わない。九 夫孫市が自分(妻)の懇願を聞かぬ顔でいるのと同様に。一〇 まさしく。孫市がどうしても子供に首を切らせねばならぬ理由が分らず、不自然な設定。一一 重成としては主君への義理故に勘当したので、孫市の犠牲死を前提としなければ勘当が許せない、その苦しさ。但し、本作でいう重成父子と慶覚との封建的主従関係の実体が、もともとはっきりしないこと、石山軍記本来の、顕如が心ならずも教如を勘当した苦悩、とすれば、忠死の切腹云々があてはまらないこと、など無理が多い。一二 渋面。しかめづら。一三 頑是無く。幼くわきまえなく。一四 父と一緒に力んだ体勢で。一五 親子一世の別れ。この世でしか逢えない親子の最後の別れ。一六 雪、消る、は縁語。一七 解けて垂れた髪から流れる血潮を連想。一八 血と、悲しみの余りに目から落ちる血の涙とが、争うように流れて区別がつかぬ。一九 念仏を唱えること。二〇 現行、瓦灯口の窓が開き、慶覚が後向きに回向している。二一 以下「回入せり」まで親鸞の「正像末法和讃」による。蓮如の御文にも引かれる。二二 方向を転じて向かう。親鸞によれば阿弥陀仏が転じ向かわしめること。二三 世の人を救

恐れて飛《ビ》退《のく》子供。母は其儘打《チ》倒《たを》れ前後不覚《かく》に。泣《キ》叫《さけ》ぶ。始終見届《とゞ》け重成が。目に持《ッ》涙押拭《ぬぐ》ひ。「ハ、生者必滅《せうじやひつめつ》の理《ことは》り今目の前に見るも夢。せめて夫《ト》の切《リ》首に。暇乞を」と立《チ》上《ガ》り。縄ときほどけば雪の谷は。其儘首にしがみ付《キ》。「覚悟《かくご》故とは云《ヒ》ながら。いとし可愛い姉弟《をとゞい》に。嘸や心が残るであろ。魂魄《こんぱく》去《ラ》ずば今一度。物云《ッ》てたべ孫市殿。我夫《マ》のふ」と押《シ》動《うご》かし。尽《キ》ぬ名残の百千行《かう》[一]。声を限りに泣《キ》叫《さけ》べば。「ヲ、其歎きは理りながら。主君《ン》へ忠死の紛《レ》が功《いさを》し。出かしをつたと誉《ほめ》そやす。親が心を推量《すいりやう》せよ。不便《ン》」と計《リ》詞数。云《ハ》ぬ心のせつなさを。思ひやつたる雪の谷が。正躰《(しやうだい)》[二]《イ》涙の声を上《ゲ》。「[三]家を忘《わす》れ身を忘れ討《チ》死するは武士《もの〻ふ》の。習《なら》ひと覚悟しながらも。得諦《あきらめ》ぬは女《ゴ》だけお赦しなされて下さりませ。長《ガ》い別れとしらぬ子の常の遊びか何ぞの様に。親の首をばむごらしい。切が手柄《てがら》に成《ル》といふ教《をしへ》は外《カ》に情ない。いかなる宿世《すくせ》の報《むく》ひぞ」とくどき立《テ》たる恩愛の。心はひとつ重成も。瞬《またゝ》き繁《しげ》くはら〳〵。涙は雨か夕雨《ゆふだち》の車軸《しやぢく》[四]を。飛す如く也。折しも吹来る風に連《レ》響《ひゞ》く。貝鐘《かいがね》責鼓。又も敵《キ》や寄《ス》るかと。驚く雪の谷騒《さは》がぬ老人《ン》。

おうとする仏の願いの力による恵み。

二四 往相は浄土に往生するすがた。往相廻向は、真宗では、阿弥陀仏が、衆生に極楽に往生する因果をことごとく施すこと。還相は浄土に往生した後、この世界へ還って来て、他の衆生を教化して救いに向かわせるすがたで、還相廻向即ち浄土に生まれた者が、再びこの世に還って、他人を教化し、仏道に向かわす、その力も、阿弥陀仏の他力によるとする。

二五 物事に入りこむこと。教行信証・証巻に「論註に曰く、還相とは、かの土に生じ已(はを)りて…、生死の稠林(ちうりん)に回入して(迷いの世界の密林であるこの世に、かえり入って)一切衆生を教化して、共に仏道に向かへしむるなり」。

一 百筋千筋の涙。

二 正体もなく、を掛ける。

三 史記・司馬穣苴列伝にいう将の三忘。平家物語五や御所桜堀川夜討三にも引かれる。

四 車の心棒のように雨あしの太い雨。

思ひがけなくかしこより。「足利の正統《せうとう》たる慶覚君を御迎《カ》ひの為。[五]中《カ》川清秀参《ン》上せり」と呼はり〳〵。入来る清秀。喜多《ノ》頭はくはつとせき立《チ》。「ヤア和義《わぎ》を破《やぶ》りし無道《ぶだう》の春長。其録《ろく》を喰《はむ》中川瀬平。[六]納《メ》過《ギ》たる上下《(かみしも)》衣《ゐ》服《ふく》。御迎《カ》ひとは何《ン》のたは言」。「ホ、一旦《ン》の憤《いきどふ》りは尤至極《しごく》。此度の合戦《かつせん》は御[七]舎弟《しやてい》春孝《たか》殿。事を計りし礼を乱《みだ》す。去《ル》によつて真柴久吉。[八]内《イ》意をもつて立《チ》越《こへ》しは。蜜《ひそか》に都へ供奉《ぐぶ》せん為。早御用意」と云《ハ》せも立《テ》ず。「逆賊《ぎやくぞく》光秀が為に自滅《じめつ》せし春長父子。知《ル》まいと思ふかや。石山方に名を得たる鱸《すゞき》喜多《ノ》頭重成。[九]眼《コ》は日《ッ》月。及ばぬ事を」ときめ付《ク》れば。清秀猶も詞をつくし。「成《ル》程推量の如く当月二日。都本《ン》能寺におゐて主君《ン》の横死《わうし》。愁《うれ》ひに沈《しづ》む我《レ》ゝ。偽《いつは》りの有《ル》べきや。取《リ》分《ケ》子息《しそく》孫市殿。死を以《ッ》て久吉殿へ願《ガ》ひの一《チ》条。今より一《ッ》子重若丸父の忠義を頭《かうべ》に戴《いたゞ》き。[一〇]二代の鱸孫市と名も改る両家の和睦《わぼく》。慶覚君の御[一一]本《ン》願《ン》照《てら》すも[一二]法《リ》の道広《ひろ》く。やがて目出たき栄《さか》へを」と情の詞に疑念《ぎねん》も散《ン》じ。「ハ、誤つたり〳〵。箇程厚志《かうし》の真柴中川。躮《レ》が願《ガ》ひ我《ガ》君の。法《のり》の門出一《チ》時に開け。此上もなき我《ガ》悦び。コレ〳〵嫁女。孫が手柄《てがら》は二代の忠臣《ン》。歎《なげ》きの中《カ》の悦び」と。舅《しうと》

五 摂津茨木の城主。通称瀬兵衛(一五四二—八三)。本作の続編、太功後編の旗颶(たいこうごにちのはたあげ)でも活躍。仮名写安土問答の並川瀬平。

※現行、長上下姿の中川清秀、高提灯を持つ二人の家来を先立てて、下手小幕から登場。

六 落ち着いた様子をして見せる相手を罵る語。敵陣へ、武装せずに来ることをいう。

七 春忠の弟春孝が独断で和睦を破ったように述べる。

八 久吉の内意を受けて自分がここへ来たのは。

九 眼が明らかで計略を見抜いている。供奉すると称して慶覚君を虜にするつもりであろうが、そうはさせないの意。

一〇 石山軍鑑・後十四に「豊若父が名をつぎて又徳川公につかへしが、それより水戸公の御家人となり」。

一一 阿弥陀仏が衆生を救おうとして立てた誓願。本願寺を詠みこむ。

一二 本願寺の一向宗の教えがますます広まって。

の詞聞ク に付ケ。いとゞ涙に雪の谷がいらへも更に泣ク計《ばかり》。「早《はや》御立《おんたち》の刻限《こくげん》」と。追ィ〻警固《けいご》の諸軍勢。見るより重成手を打ッて。「万ン事に馴《なれ》し清秀殿。イデ我ガ君へ此様子申シ上ゲん」と立チ上ガれば。「イ、ヤ聞ク迄もなし。とくより慶覚是に有リ」としづ〳〵と立出給へば。はつと恐るゝ二人ンの勇士《ゆうし》。慶覚君は御衣《ぎよゐ》の袖しぼり給ひて「いかに旁《かた〴〵》。孫市が忠死《ちうし》により万ン死を出しも仏ケの恵《めぐ》み。久吉が情の計ラひ。又《まつた》〔ツ〕清秀とやらんが志《こゝろざ》し過分ン至極《しごく》」とのたまへば。清秀なをも敬《うやま》ひ深く。「コハ有リがたき君の御諚《ごでう》。此上ェは御心置キなく早鶏鳴《けいめい》に程近カし。いざ御発駕《ほつが》」とすゝめに君は。おり立チ給へば。

「ヤレ暫《しばし》〳〵。御《おん》門ド出を寿《ことぶ》きの孫めが一トさし。御上覧《ごしやうらん》に入レ奉らん。嫁女。常〻教《おし》へし扇の一ト手早く。〳〵」と舅《しうと》の詞。涙ながらに。取上グる。鼓のしらべ重若が。「祖父《ちい》様。謡をうたふてや」と。扇をしやんと。身の備《そな》へ。「あら目出たや末広の。君の栄《さか》へは。万〻歳《ぜい》と祝しけり」。拍子につれて稚子のかなで。祝する末広の。其一ッ曲は末の世に。名をとゞめたる鱸《すゞき》がおどり。因縁ン斯としられたり。

一 現行、ここで三味線の調子を上げる。

二 喜多頭の名から、能を連想、本願寺の坊官で彫刻左小刀にも家老下津田上野として登場する能の名手下間少進をふまえるか。

三 石山軍鑑・後二十六に、鷺の森の門徒らは、包囲した織田勢が本願寺の変によって退散したことを知って狂喜し、片足を鉄砲で打たれた鈴木孫六は「あらめでたや仏てき亡び宗門末広がりに御繁昌と足を引ずり扇をかざして舞…末代の吉例と成て、今にも六月四日紀州鷺の森に」。

※現行、重成が鼓を打ち、重若は片肌脱ぎ、扇を持って舞う。節付けの「舞」は幸若舞をとりいれた曲節。三味線にツレが入り、花やかな合の手を聞かせる。

四 舞うこと。「歌いながら一緒に踊る」(日葡辞書)。

五 末広、末の世、鱸と韻を踏む。

六 行列の先に立つ供人が手を振って歩き出す。

七 行列の最後にあって締めくくる者。この文は彫刻左小刀六の段切り「行烈揃へてしと〳〵〳〵。跡のおさへは威義可成(よしなり)」をふまえる。

※現行、雪の谷が孫市の首を包んで重若に担わせ、重若、一書をさし上げて持つ。

八 成ると鳴るを掛ける。

九 鷺の森を詠みこむ。

一〇 白鷺が飛び交うのも。

「いざ御《ン》立《チ》」と清秀が。詞に。[六]ふり出す。行烈《げうれつ》の。おさへは[七]二代の鱸孫市。武士の鑑《かゞみ》
[八]となる鐘の音《こへ》もろともにあけて行。夜もしら〳〵と[九]白〔ラ〕鷺《さぎ》の森をはなれて。[一〇]飛《ビ》こふも。
君のさかへを[一二]白《ラ》鳥の。神《ミ》の[一三]応護《おうご》と勇《いさ》み立《チ》都の。空へと
〽供奉しけり

一二 知らせるを掛ける。
一三 神仏が助け守ること。
※「杉の森の段」は現代の観客には筋が分りにくい。杉の森、とはいっても、本願寺が鷺の森へ移る以前の、石山合戦そのものを、この短い一段にとり込み、鈴木一族を中心としながら、足利慶覚と尾田春長の戦い、と称して、本願寺や顕如の名を一切出さないので、主人公が何をめざして行動するのかはっきり摑めないまま、子供が父親の首を切るあざとい愁嘆場を見せられることになる。先行作の彫刻左小刀も顕如上人を、足利の正統慶覚上人といい変えてはいるが、登場人物も筋の展開も、石山軍記の脚色であることは明白であった。しかるにこの彫刻左小刀は初演の翌月、寛政三年四月、「法義之事を取組たる浄瑠璃に仕芝居左留之儀、東本願寺輪番円徳寺より願出に付」、正本も「絶版申渡」「売買差留」となった(享保以後大阪出版書籍目録)。作者近松柳らは、この苦い経験により、本作では石山軍記に関わる部分を極度に朧化せざるを得なかった。逆にいえば、それ程苦労しても、扱うだけの興行的価値が、石山軍記物にはあり、当時の大坂の観客には、この段の、朧化の奥にある石山軍記物としての実体が分っていたはずである。

同八日の段

(法事[一]の段)

あはれむべし。英雄《えいゆう》の武将[二]刃の霜と消て行。内大臣春長公けふ一ト七日《(なぬか)》の大法事と。老《らう》若《にやく》男ン女わかちなく。参ン詣群集《くんじゆ》を当《あて》にして見せ物。軽業《かるはざ》力ラ[三]持チ戦国《せんごく》の世も下ゝ《(したじた)》の。身過ギにかはりなかりける。

所の百性引キ連レてのさ〳〵来る陣張《ぢんばり》[四]甚助。茶やが床几《しやうぎ》に腰打かけ。「ヤイ庄や太郎作とやら。此度尾田春長の法事は。主人武智[五]左馬ノ介様の御差図。情を以て万ン事御宥免《ゆうめん》有レば。付キ上ガりのした百性共。誰《(た)》が赦して。軽業じやの。イヤ曲ク[六]持チのと。仰ゝ《ぎやう〳〵》しいふるまい。外は格別。当村は此陣張甚助が支配《しはい》。立テ[七]ふとふせふと身共次第。小家がけ茶やに至る迄。今ン日中に取払へ」と。主《(しゆう)》の威光《ゐくはう》に肩《かた》ひぢはり。さも大[八]へいに罵《のゝし》れば。

一 初演、豊竹美代太夫。
二 浄瑠璃では通常、近世的将軍家を武将と呼ぶ。信長は将軍ではないが、惟任退治記や将軍家譜、また三日太平記でも、武家政権掌握者信長を、将軍と称した。が本作では、「武将」と「将軍」を使い分け、将軍宣下を受けていない春長、将軍宣下以前の光秀を「武将」と呼ぶようである。

時	天正十年六月八日
所	京、阿弥陀寺門前か

三 百貫目を超える石を差上げたり、碁盤で蠟燭の火を消すなどする力技。
四 臂張り(多羅)、甚助(淫行)の意をこめた人名。
五 →一六〇頁注六。
六 仰向けに寝て両脚を差上げ、足の裏で樽・盥・子供などを廻したり、高く蹴上げて受けとめる曲芸。
七 立ちょうと臥しょうと。どう取り扱おうと。
八 横柄の宛字。
九 戦さの勝鬨。戦さそのものをさす。
一〇 乱騒ぎに同。乱がしい、からの転。
一一 本作では光秀は六日の段で参内し、将軍に任ぜられた設定。真顕記六ノ二十三(六月七日)、絵本太閤記三ノ十一(四日)、石山軍記、三日太平記(→付録三)等も、光秀の将軍宣下を記すが、史実ではない。当時征夷大将軍職には追放されたとはいえ足利義昭が、そのまま就任していた。

庄や太郎作あたまをかき。「其お腹立は御尤でござりますれど。又しても〱。エイ〱[9]わあで村〻は乱《らん》[10]が騒《さはぎ》。此比《(このごろ)》武智光秀様。将軍[11]とやらにお成リなされ。少しこゝら近辺ンは穏《おだやか》。其悦びの参ン詣群集《(くんじゆ)》。せめて四五日御用捨を」と。云イつゝ腰の早道[12]より。取出す小銭茶碗にうつし。「マアお一つ」と差出せば。手に取リ上て恂りし。にらんだ眼《(まなこ)》はどこへやら。ぐはらりとかはるからくり的《まと》[13]。

「へ、、、、ハ、、、、イヤ何庄や。〔ス〕リヤ何かいやい主人ン光秀公が天下《(てんが)》をしろし召《(めす)》。其御悦びとあれば苦しふない〱。軽業成リと。唐《から》の芝居成リと勝手次第。拙者元来茶が好《すき》だが。大服《(おお)ぶく》[14]にしてかへてくれる気はないか」と。肩《かた》[15]からはへた。爪《つめ》長代官。百性共は口揃へ。「何が扨〱。なんばい成リと御遠慮なしに。おかへなされて下さりませ」。「然らばどふぞ今《ま》一ツぱい。所望《しよもう》〱」と差出され。めい〱紙入レ巾着《きんちやく》を。さらへて漸《よう〱》八分ン目。「左少ながら」[16]と差出せば。

「是は〱重〻の御馳走《ちそう》。いやもふ此お茶さへ下さらば。少〻[17]は拙者の天窓《あたま》で。土佐[18]踊《おどり》なされても苦しからず。用事あらば承らん。必《(かならず)》心置れな」と。欲に目のないにこ

一二 腰に提げる銭入れ。巾着。
一三 仕掛けのある的を弓矢で射るたびに、さまざまの人形が出る遊び。「からくり的、おやまが鬼にうらがへり」(松の落葉二)。甚助の態度が一瞬で変わったことをいう。
一四 たいふくとも。量の多い一服。
一五 肩から爪、爪長、いずれも摑みづら、すなわち欲深の意。「肩から爪に火」(諺臍の宿替)。
一六 些少の宛字。
一七 少しぐらいは。たとえば以下のようなことがあっても、という表現。
一八 土佐の念仏踊(世間胸算用一など)。

※光秀が許可して春長の法事を営むこの場面は、絵本太閤記三ノ十(真顕記は六ノ二十三)の「同月三日、阿弥陀寺の面誉上人…右大臣御父子並に近士の死骸を葬り申度旨、光秀へ希ひ給へり。光秀も流石主従の好みとて痛しくや思ひけん、都(す)て昨二日討死の輩、後世の弔ひ宜敷致すべしとて、砂金二袋面誉上人に呈しければ、…法事供養懇に修せられければ、洛中の僧俗男女誘ひ集り、泪諸とも仏名を唱へける」による。左馬之介の指図としたのは、真顕記六ノ十九、絵本太閤記三ノ九で明智左馬之介が、信長の首を光秀が辱めることのないように隠して、面誉上人に渡した、とあるのをふまえた脚色。

〳〵笑顔《ゑがほ》。「サアしてやつた」と百性共。庄やを先《キ》に立上り。「又もや御意のかはらぬ内。代官様へ差上る。[一]出端《でばな》の銭をもふけふ」と。挨拶そこ〳〵。立帰る。跡に甚助只一人くゆらす。煙草《たばこ》のけふりより胸に。思ひのたへ間なき。おこぶは後《うしろ》にもぢ〳〵うぢ〳〵。「ドリヤまからふ」と立上り。歩みかゝればこらへ兼。「申〳〵」と呼かくれば。甚助あたりを見廻して。「ハテ心得ぬ。柳の小陰《かげ》より申〳〵と呼かけるは。[三]夜たかさんかいな」。「アイナ。あいな」と走《リ》出《いで》。[四]はづかしそふに縋《すが》り付《つき》。いはんとすれど赤らむ顔。

甚助はためつすがめつ。おこぶが姿を眺《なが》め入《リ》。「見れば[五]本《ン》肉《にく》の仕事盛り。身共に取付《キ》[六]こだれるは。[七]子細ぞあらん物語れ。ついにまみへぬ[八]げんさい殿」と。いはれて漸《やうやう》顔を上。「ヱヽついに見ぬとは聞《コ》へませぬ。こぞのさつきの夕まぐれ。[九]道頓堀の[一〇]なら茶やで。思ひ初たが縁のはし。[一一]丸寝の。[一二]ぼんやは丸清の二かい。千《ン》年《ン》も万《ン》年《ン》も。かはらぬ契り亀竹のふし〴〵迄がなへる程。心よかつた床の海。音はぎし〳〵。[一三]岸本や人の噂《うはさ》に[一四]鳴戸《なる〔と〕》やを。ほんに[一五]嬉しの[一六]森新で。わしや悦んでゐる物を〔。〕夫《レ》におまへは[一七]あげ物や

一 入れたてで香りのよいお茶、ならぬ銭。
二 帰ろう。
三 この種の下級街娼を江戸では夜鷹、上方では普通は惣嫁《そうか》と呼ぶ。
※物欲や性欲の旺盛な端敵役と、不器量で好色な女との滑稽な色事を、息抜き場面に配する。
四 以下醜い夜鷹が、浄瑠璃の女主人公の如く、初心な娘気取りでくどくおかしみ。
五 素人女同然の、の意。「ほんの肉しろと」(浪花今八卦)。曲亭馬琴・羇旅漫録・下(享和二年成)に、「(大坂の)総嫁は、今道村の田のくろに出るものは。紅粉をほどこさず。さながら素人のごとくみゆ」。
六 泣くのは。
七 女にくどかれるにふさわしい時代物の主人公気取りでいう。
八 街妻は女を罵っていう語だが、殿やさんがつくと親しみをこめた呼び方にもなる。「大胆なげんさい様ンじや」(本朝廿四孝二)。
九 以下、本作が上演されている道頓堀近辺の小料理屋や色茶屋の名が並ぶ。
一〇 奈良茶飯を出す小料理屋。
一一 帯を解かず着物のままで寝ること。
一二 盆屋。出会い茶屋。盆、丸が縁語。丸清も亀竹も出会い茶屋であろう。
一三 大坂島の内の色茶屋(街能噂三)。

の荷箱《にばこ》か一八大正の鰻《うなぎ》の様に。ぬらくらとしたぬめた一九様。忘れゐるとは余《ン》りな。聞《コ》へぬは
いな」と取《リ》付《イ》て根の尺《たけ》をくどき立《テ》。すゝり上《ゲ》たる有様は。達磨《だるま》の画像《ゑぞう》にのら猫《ねこ》の
二〇そばへかゝりし。如く也。
甚助道理と背撫《せななで》さすり。「一ゝ心に覚の合《イ》紋《ン》。顔見忘れたは悪《ル》かつた。幸《イ》おれも徒《と》
然《ぜん》の砌。アノ水茶やへ《サア》おじや」と。いはれておこぶもぞつく〱。渡りに船と二一帆柱《ほばしら》
を。かゝへて恋の湊入。打つれ立て歩み行。
流るゝ水の。音《ト》さへも。物騒《さは》がしき戦《せん》国に。二二行義乱《ダ》さぬ生《おい》立《チ》は。武智が一《ッ》子十次郎
人目を忍ぶ深編《あみ》笠。松原づたいに歩《ミ》来て。
有合《フ》床几に腰打かけ。「ハア、思ひ廻《ハ》せば恐ろしき世の乱《レ》。きのふの君《ン》臣《ン》はけふの
怨敵《おんてき》。親は子を討《チ》子は親に。刃を合す修羅《しゅら》の巷《ちまた》。ぜひもなき世の有様」と暫し思ひに
悩《なやみ》けり。
漸心取《リ》直し。「父光秀が刃にかゝり空《むな》しくならせ給ふたる。春長公の霊《れい》前《ン》へ。御許容《きよやう》
なく共後世の為。イデ拝せん」とさしかゝる。

一四 噂になる、に掛ける。虚実柳巷方言・上(寛政六年)の道頓堀の「宿房」に「鳴門や」。
一五 嬉しい、と森新を嬉しの森に掛ける。江戸本所の松浦屋敷の椎の大木は、対岸の首尾の松とともに吉原通いの目印で、嬉しの森とよばれた。
一六 島の内、道頓堀の色茶屋(街能噂三、虚実柳巷方言・下)。
一七 油でぬるぬるするのでいう。
一八 虚実柳巷方言・上に「うなぎは大庄」。羇旅漫録・下に「大庄といふ店。鰻鱺をうることおびたゞしかりしよし。今年故ありて店をしまひぬ」。
一九 ぬめる、にはぬるぬるとしてすべる意と、遊里をひやかし歩く意があり、ここは両方に掛けた。
二〇 じゃれつく。
二一 男根。船(女陰をさす)、帆柱、湊と縁語。
二二 世は乱れているが。絵本太閤記三ノ一に、武将義輝公以後「或は臣として其君を弑逆し、君又功臣を疑ひて其所領を分離し、或は兄弟讎敵と成り、父子の間も忽相殺す」。
※猥雑な滑稽場面を挟んで、劇の本題に戻る十次郎の登場。父が主君を殺したことが、人間そのものの信頼関係の崩壊につながると認めて悩む。明智軍記十や真顕記七ノ十三で、光秀の嫡子十兵衛尉光慶十四歳が、父の弑逆を悲しみ病いが悪化し死ぬ件りを、劇的に捉え直した。

道をさへぎる陣張甚助。家来引具し大音上《だいおんじやう》。[一]「ヤア主殺しの武智が悴そこ動くな。うぬが家来と偽《いつはり》し某こそ真柴方。久吉様への奉公始腕《うで》を廻ハせ」とひしめけば。「ハヽヽ、久吉方へうら切リの二タ股《また》武士の甚助め。腕《うで》立テしてけがまくるな」と。股《もゝ》立取ッて身構へたり。

「ヤアちよこざいな小わつぱめ。物ないはせず討取レ」と。いふより早く一チ同に切ッてかゝりし刃の稲づま。暫し時をぞ移しける。

いらつて切リ込ム甚助が刃物からりと打落し。付入《つけい》ル[二]さそく十次郎。切伏〳〵とゞめの刀。相人《あひて》なければ是迄と衣紋。つくろひ刀を鞘。納る不敵の十次郎。「是より直グにばゝ様の。御隠居所へ発足《ほつそく》し。此身の出陣お願ひ申《まうし》。敵のやつ原かけ立。なぎ立テ寄手を悩《なやま》[三]まし。[四]骸《かばね》は修羅《しゆら》の巷《ちまた》にさらし。武士の本ン意を達ッせん」と勇ミ立ッたる若木の花。あたら盛リの春も見ず憂を。都の仮住居跡に。見なして

一 底本「ヤヤヽ」のように読める。
二 早足。すばやい足の運び。
※絵尽の「六月八日のだん」に「ひやうたんきうのかんばんを見て久吉のぢん所かとおどろく」「たけちがたのぐん兵みな〳〵にける」とあるが浄瑠璃本文とは対応しない。
三 振仮名の「ま」衍字。
四 十次郎は討死を決意。この段は現在上演されないが「十日の段」の悲劇と関わる重要な場面である。

同九日の段

五 （瓜献上の段）

六 地ハル 徳は咎徹《きうてつ》に勝チ仁ッは凶邪《けうじや》を除《のぞ》く 中 とかや。ウ されば真柴《ましば》久吉中国の大敵キを攻討《せめ》タんと。ハル 七 ウ 水をもつて手をぬらさず忽《たちま》ち和睦《わぼく》相イ調《とゝの》ひ。八 ウ 大イ物ッの浦に着ク陣ン有ル武名イの。フシ 中 程ぞ類《たぐ》ひなき。

地ハル 加藤正清進み出《いで》。色 詞 九「信長《しんてう》と云フ鬼《おに》の再来《さいらい》と。おぢ恐れし春長公を討チ取ッたる逆賊《ぎやくぞく》の武智《たけち》光秀。一チ時も早く都に責入リ。ひねり殺すが君へ追善《ついぜん》。地ウ 早御用意」とせり立ッれば。ハル 久吉一〇 完爾《ぐはんじ》と打笑ひ。色 詞「今に始［メ］ぬ正清が勇言《ゆうげん》ヲ、心地よし〳〵。去リながら此久吉中ゥ国に発《はつ》向《かう》せば。都に足を入レぬ内一一 伏セ勢イを以ッて討チ取ラんと。武智が一二 結構顕然《けつかうげんぜん》たり。うかつに上京なす時キは過《あやま》つて死地《しち》に入ラん。必ズ油断ン致すな」と。地ウ 軍慮《ぐんりよ》にさとき久吉が詞にあつと ハル 諸軍ン勢。フシ 英智《えいち》を感ずる計リ也。

五 初演、豊竹吾太夫。
六 咎徹は咎徴（災のきざし）の誤りか。凶邪は横しまなこと。徳ある人は不吉な前兆が起ってもその災を逃れ仁を行う人は邪悪な事柄に出会わない。

時	天正十年六月九日
所	大物の浦

※現行、乱杭を打ち、上手に五三の桐の紋の陣幕を廻らした野外の陣所。中央に立烏帽子、具足、陣羽織姿の久吉、上手に正清、下手に軍兵。
七 水攻めという手段を用い、自身（味方）は手を濡らさず（労苦せず）。
八 現兵庫県尼崎市東大物町東半分と杭瀬南新町西半分の地域をいう。近世の大物は尼崎藩の城下の町。この段は真顕記七ノ一、六月九日、秀吉が姫路から西宮を経て尼崎に向う途上、及び尼崎の陣中での事件を脚色。大物の浦という場所設定は、中世軍記的イメージを喚起するための浄瑠璃的配慮。
九 三日太平記九に「信永は信長《しんちやう》といふ鬼の再来とおぢ恐れし名将なれど。家臣武智が逆刀に命を落す」。
一〇 濁点底本のママ。
一一 真顕記六ノ二十七。→付録四36。
一二 企て。

折ふしひよか[一]〳〵浜伝《づた》ひ。藁《わら》[二]ふご片手に百性長兵衛[三]。旅僧《りよそう》一人引《キ》連《レ》て咄し交《まぜ》[四]くら行過《グ》る。軍兵《ぐんぴやう》共は声をかけ。「ヤイ〳〵土民《ン》蛸坊主《たこぼうず》。真柴筑前《ノ》守久吉様の御前《ン》とも憚らずのさばりあるく横道《わうだう》者[五]。扣へおらふ」と咎《とが》められ。「ア、そんなら久吉様はそこにござるか。お坊爰じやとやい。ヤレ〳〵嬉しや〳〵。マア一《ッ》ぷくしませう」と藁《わら》ふごどつさり高あぐら。

「ヤイ〳〵まだぞんざいなうづ虫[六]めら」。「ア、コレ〳〵〳〵其様にけん〳〵云《ハ》んすな。久吉様のお目にかゝつたら。[七]さつぱり訳が分《カ》る物じや。ノウお坊《ン》」。「成《ル》程左様。大坂今[八]里村の長兵衛。江州《がうしう》の観《ン》音寺の僧献穴《けんけつ》が参りましたと。おつしやつて下《ダ》さりませ」。「ヤア長兵衛でもけ[九]れん穴《けつ》でも。対《イ》面《ン》なさる用事はない。きり[一〇]〳〵立《テ》」と争《あらそ》ふ軍《ン》卒。真柴久吉御声《おんこゑ》かけ。「某に対面《ン》せんとは子細ぞ有《ラ》ん。是へ通せ」と御仰《おんおほせ》。「ハッ」と恐れて両人を。君の御前《ン》にいざなへば。

久吉二人を見下《ダ》し給ひ。「終に見馴《なれ》ぬ其方達。子細いかに」と有《リ》ければ。「ハ、、、、。テモ扨も物覚のわるいお人《ト》。わたしを見違《ガ》へてござるかいの。ソレア、いつやらの事で

一 戦さと無関係な呑気な歩きぶりをいう。 二 藁で編み縄で吊って担うかごの一種。

三 真顕記等で明智光秀を刺した小栗栖の百姓の名を転用。

※現行、下手から頭髪を手拭で包んだ百姓風俗のたくましい男が藁ふごを下げた棒を担い、僧と連れ出って出る。

四 まじくら。まじりに。

五 不作法者。

六 渦虫は水すまし。また蛆虫の転。

七 明白に。

八 現大阪市東成区大今里、東今里辺。

九 浄瑠璃で俗受けを狙い、文句の意味を考えず、高い声にくり上げて語ること。寛政九年・はなけぬきに「外連欠(けれんけつ)…もと岡又(初代豊竹岡太夫)を真似過してより出たることなり」。ここは「けんけつ」を口拍子でもじった。 一〇 さっさと。

一一 織田信長に桶狭間の戦いで敗れて死んだ今川義元(一五一九—六〇)。

一二 庭訓は家庭での教え。今川了俊(南北朝・室町前期の武将・歌人)が弟の仲秋にあてた家訓書今川状が、近世に児童用の教科書として広く読まれていたため、長兵衛は混同。

一三 信長が今川義元に敗れて秀吉と二人、大坂近郊に逃れたとの、史実と甚だしく相違する設定は真顕記七ノ四(→付録四37)石山合戦における、高井田村(現東大阪市)百姓太郎助の話を本願寺への遠慮から朧化したも

有ッた。今[一一]川とやら庭訓《ていきん》[一二]とやらいふ大将に負《まけ》さつしやつて。春長様[一三]と二人リ連レでこちの内へ逃ゲ込マしやつたを。お世話申た今里の長兵衛でござりますはいの」。「ハイ〳〵愚僧《ぐそう》は前ヘ方江州の山寺観[一四]ン音ン寺の住職《ぢうしよく》致しをりました時キ。岸田《きしだ》[一五]村の百性の息子《むすこ》。岸田[一六]太吉といふ者を私シが小性にして置キました時キにあ[一七]なたがお立チ寄リ遊ばしまし。其小性に御茶をくましたらお目にとまり。奇麗《きれい》[一八]な小性じや。こちへお[一九]こせとおつしやる故。一[二〇]言ンとなしに若[二一]カ衆を献《けん》じた献穴《けんけつ》と申ス者。様フ子有ッて只今は今里村に侘《わび》住マ居。余ンりおなつかしいやら又はお願ガひの筋も有リ。わざ〳〵是なる長兵衛殿と同道で参りし」と。[二二]地ハル高座《かうざ》馴《なれ》たるしら[二三]声《(こゑ)》はり上ゲ。フシ汗押シ拭ひ語りける。

地ハル久吉は打うなづき。中詞「成程聞ケば一チ〻覚《(おぼえ)》の有ル事。両人とも無事で重畳《てう〳〵》[二四]。シテ我[二五]レ達が願ガひの筋は」。「アイヤ外カでもござりませぬ。知ッての通り本ン能寺で春長様をころりといはした武智《たけち》光秀。きのふからおらが在所へ陣を取《(とり)》先手《(さきて)》[二六]の衆は京街道に出張《(でばり)》してお前様を殺すとの謀《(はかりこと)》事憎《(にく)》さも憎し。お馴染《なじみ》のお前ェ様。武智に討タすは残ン念ンなと此お坊ンとの咄し合。そこでおらが一ッ生にない智恵を震《ふる》ひ出し。お前様をそつとおらが在所へ連レ

の。
一四 滋賀県坂田郡山東町朝日の天台宗観音寺。創建は宝亀年中(七七〇―七八一)と言われる名刹。献穴のような怪しげな僧が住持をする小寺ではない。
一五 近江国坂田郡石田村(現滋賀県長浜市石田町)をさす。
一六 石田三成(一五六〇―一六〇〇)の幼名佐吉をふまえる。
一七 真顕記三ノ二十七。→付録四38。
一八 →付録四38。秀吉は長浜城主時代に度々観音寺を訪れており、秀吉・三成の出会い説話は史的にある程度根拠があるとされる。
※現行の絵本太功記通しでは、八日の段を省き、滑稽場面が乏しいため、この段の献穴の言葉に入れ事をして笑わせることがある。
一九 よこせ。 二〇 即座に。
二一 このあたり男色を暗示。
二二 寺の本堂の外陣に、説法などのために設けた一段と高い座。高座での説法をしつけた。
二三 声明・平曲などの白声から転じ、力んで、たたみかけて唱える声の調子。
二四 何よりだ。 二五 お前たち。
二六 光秀が今里付近に陣を取り、先発隊は京都伏見から大坂京橋(現大阪市中央区)に通ずる京街道に出て、西国から上京してくる久吉を待ち構え。真顕記七ノ一。→付録四39。

て逝《いん》で。思ひがけなふ光秀めをころりと云《ハ》してこまそふと。わざ〳〵迎《むか》ひに来ましてごんす。サア〳〵一時《キ》も早ふ用意して。武智を討《チ》取《ル》魂胆《こんたん》さしやませ。ほんにまた忘《レ》た事が有《ル》はい。久しぶりでお目にかゝつた。土産《みやげ》は是」と藁《わら》ふごよりこて〳〵取出す瓜《うり》二《タ》つ。「コレ是はおらがあけ[二]地に出来た[三]真瓜《まつくは》うり。切《ッ》てあがつて下さりませ」と。

自慢《じまん》らしげにさし出せば。

「ヲヽ明《ケ》地に出来しを[四]切《ッ》て喰《くへ》とは幸先《さいさき》よし満《ン》足〳〵。殊更汝が光秀を手引《キ》して討《タ》せんとは天晴《レ》忠臣《ン》出かした〳〵。恩賞褒美《おんしやうほうび》は両人《ン》共。望《ミ》に任せ得さすべし」と仰に悦ぶ両人《ン》より。勝《ッ》色見する味方のどよみ。皆勢《いきほ》ひを添にける。

かゝる折しもかたへにならぶいな村より。鬨《とき》を作《つく》つて武智の軍《ン》卒。「久吉やらぬ」と切《ッ》てかゝれば加藤正清。「シヤちよこ才《(ざい)》なあぶ蠅《はい》共。目に物見せん」と大太刀抜《イ》て切《リ》かくるを。受《ケ》つ流しつ[五]乱《ン》軍《ン》の。互に鎬《しのぎ》を削《けづ》り合《(あひ)》。[六]浜手の方へ戦ひ行《(ゆく)》。

両人《ン》は立《ッ》つ居つ。「こりやゑらい大騒動《そうどう》。怪我《けが》のない内久吉様。サア〳〵ござれ」と先《キ》に立《チ》。歩む両人《ン》明《イ》智の久吉[七]出行《(いでゆく)》僧を引《キ》戻し。ぐつと一《ト》しめかたへに投《なげ》退《ケ》。「百

一 ごそごそ。
二 明き地。真顕記七ノ四。→付録四40。
三 真桑瓜。甜瓜。本草綱目啓蒙には「甜瓜」の一名として「真瓜」を掲出。なお現行は「マッカウリ」と発音。
四 明智を斬る、に通ずるから。→付録四40。
五 敵味方入り乱れて戦うこと。
六 浜の方、浜辺。
※現行、武智方の軍兵が斬ってかかると、久吉は陣幕の中に、長兵衛、献穴も一たん下手へ入り、正清が軍兵と戦って小幕へ入ると、二人出る。
七 現行、久吉幕から出るとすぐに献穴を絞め殺す。
八 ふるくからの家臣。
※真顕記の百姓太郎助を、四王天の変装としたのは本作の創作。「あけ地…瓜…切ッて」の言葉や、長兵衛の名(光秀を突いた小栗栖長兵衛に通ずる)、四王天が気付かぬうちに、不吉な前表を体している。
九 真顕記七ノ一。→付録四41。
一〇 土産などを持ち歩くための藁包み。→付録四42。
一一 よく切れる刀。現行は鑓。
※現行、久吉、四王天の突出す鑓を軍配で受けとめ陣幕へ入る。四王天、軍兵達と戦う。
一三 しの(篠)は、小さく細い竹。また、まだ穂として出ない薄をしの薄というが、ここは薄と同意で、幾本もの鑓の穂先を群生する薄の穂に喩

性長兵衛とは偽《いつは》り。誠は武智光秀の旧《きう》臣《ン》[八]四王天田嶋《ノ》頭。とゞまれやつ」と声かけられ。
[九]頭巾《づきん》かなぐりぐつと詰《メ》かけ。「遉《さすが》の久吉よく察《さつ》した。うぬを偽《いつは》りおびき寄《セ》討《チ》取《ラ》んと
計《カ》りしに。見顕《あら》はされて残《ン》念《ン》至極《しごく》」といふより早く藁《わら》[一〇]づとに。隠《かく》せし業《わざ》[一一]物抜《キ》放し。

久吉目がけ切《リ》付《ク》れば。「ソリヤ遁《のが》すな」と軍《ン》兵《(ひやう)》共。群《むらが》り寄《ッ》て突かゝる。鑓《やり》の穂先《ほさき》は
[一二]しの薄《すゝき》。なぎ立《テ》〳〵切《リ》結ぶ。勇猛《ゆうまう》不敵《キ》の四王天。[一三]乾達婆王《けんだつばわう》の荒《レ》たる如く突《キ》伏《セ》切《リ》
伏《セ》かけ上《ガ》れば。あしらひ兼たる真柴方[一四]胴《ど》を失ふて見へにける。
久吉も心を配《くば》り「味方の勝利《せうり》覚束《つか》なし」と。有《リ》合僧の袈裟《けさ》衣手早に取《ッ》て我《ガ》身に着《ちやく》し。
馬にひらりと飛《ビ》乗《ッ》て。浜手の方へ只一《ッ》騎《き》欠出す向《カ》ふへ四王天。夫《レ》と見るよりくり[一五]
出す穂《ほ》先《キ》。「得[一六]たり」とかはし一《ッ》さんに駒を早めてかけり行。「ヤア[一七]きたなし返せ猿冠《さるくは》
者め」と跡を。したふて。
[一八]〽追て行。
田畑《ばた》あぜ道嫌《きら》ひなく追《ッ》かけ追《ッ》詰《メ》四王天。額《ひたい》に無念《ン》の息煙《いけふり》[一九]立《チ》勢《いきほ》ひ込《ン》でかけ廻《ハ》る。
遥《はるか》に夫《レ》と加藤正清踊《おどり》上《ガ》つて「田嶋《ノ》頭。観《ン》念《ン》せよ」と切《リ》込《ム》太刀。「心得たり」と

える。
一三 乾闥婆は仏教の天竜八部衆の一つで、帝釈天に仕えて音楽を奏する飛行神であるが、夜叉と併称されたり、乾陀羅鬼神の別名があるためか、ここは荒神の意に用いている。絵本太閤記四ノ一では四王天が秀吉を「夜叉の如くに尋廻る」。
一四 度を失ふ、の宛字。
※現行、久吉陣幕から、僧の衣を着け、馬に乗って出、四王天の突き出す鑓を軍配であしらい、上手小幕に馳せ入る。久吉が僧に変装するのは、↓付録四46。
一五 少し距離のある久吉に向い、突き出す鑓の。
一六 心得た。
一七 卑怯な。
一八 初演時はここで場面を転換して切迫感をもり上げる。現行は場面変らず、「追て行」から「よろぼひ〳〵」までを語らず、メリヤスの三味線による人形の立廻りをみせる。
※ただ一騎馳せ行く久吉を夜叉の如くに追う四王天、真顕記七ノ一で、秀吉は、亡君の仇を報ずべく心逸り、諸卒をはるかに抜いて一騎駆けで尼が崎の城へ向う途上、百姓姿で待伏せしていた四王天ら七十余人に取巻かれ、頓智をもって九死に一生を得る。↓付録四43。
一九 湯煙の変化したものという。汗からのぼる湯気。

渡《タ》り合。双方劣《おとら》ぬ勇猛《ゆうまう》力《キ》火花を散《ちら》して戦ひしが。いらつて打込《ム》正清が凡人《ぼんにん》ならぬ奇《き》代《たい》の切《ッ》先《キ》。あしらひ兼て四王天漂《たゞよ》ふ所を切《リ》伏《セ》〳〵。主人《ン》の安《ン》否気遣《カ》ひと跡に。見なして走《リ》行。

さしも勇気の田嶋の頭。数《(す)》箇所の深《カ》手によろぼひ〳〵。「チヱ、残《ン》念《ン》や。斯迄《(かくまで)》手に入《ル》真柴久吉討《チ》もらし。夫《レ》のみならずむざ〳〵と。名有《ル》勇者の首をも取《ラ》ず。討《チ》死するか口惜《シ》やな。思ひ廻《ハ》せば廻《ハ》す程。運《うん》の強き猿冠者《さるくはじや》め。此土《(このど)》をはづれいつか又きやつを討取期《ど》や有ん。無念〳〵」と云死《(いひじに)》に。爰に名のみを残したる。田嶋《ノ》頭が身の果の哀なりける

一 虎退治をはじめ数々の伝説を持つ加藤清正。
二 たじたじとなる。または体勢が不安定になる。
三 →付録四43。
四 この好機。度とあるべきところ。
※浄瑠璃では四王天の孤独の死を強調。現行では、正清は四王天に重傷を負わせて引込み、四王天は「哀れ」で腹に刀を突き立てながら、軍卒達の鑓に突かれて落ち入る。

同十日の段

（尼が崎の段）[五]

詞[六]なむ妙法蓮華経《ほうれんげきやう》〳〵〳〵。地ハルフシ[七]御法《リ》の声も媚《なまめ》き[八]し尼がウ崎の片辺《ほと》り。ウ[九]誰《ガ》住《ム》家といふ顔中も。おのが儘なる軒のつま。ウあたり近所の百《ク》性共。ウ茶碗《わん》片手に。フシ[一〇]高《カ》咄し。

詞「なふ婆様。こな様も見た所が。上《ミ》方で歴《れき》〳〵のお衆そふなが。何の為に面白《ロ》ふもない[一一]此在所へはござつたぞいの」。「ア、コレ〳〵甚作そりやい[一二]やんな。京の町は武智といふ悪《ク》人《ン》が。春長様を殺して大騒動《さうどう》。大かた又下（しも）[一三]へ下つてゐやしやる久吉殿が戻つて来て。武智と是非[一四]《ひ》に一合戦《かつせん》なけりや済ぬはいのふ。そんなら年《シ》寄はうか〳〵京の町には居られぬとかくあぶなげのないやうにこんな在所へ来てゐるが大でき〳〵。時に近付（ちかづき）[一五]がてら[一六]妙見講を勤るとはよい[一七]手廻し。大きな馳走《ちさう》に逢ました。是から随分《ン》お互《イ》にお心安《ス》ふ

時	天正十年六月十日
所	尼が崎光秀母の閑居

五 初演、豊竹磯太夫（二三二頁二行目まで）。

六 妙見講に集う人々が唱える題目の声。現行、幕内、床の陰で合唱し、「御法の」から太夫が語る。賑やかななかに、発端の普天坊の激烈な題目の声、七日の段の一向宗念仏の声と対応して、救済のテーマをも暗示する幕明き。

七 仏の教え。南無妙法蓮華経は大乗仏教の経典妙法蓮華経（法華経）に絶対的帰依を表わす日蓮宗の題目。

八 尼で女性を連想させるので。

九 誰が住む家か、と言う（人もなく）に夕顔を掛け、夕顔も軒端に伸びるにまかせ、主の老女も自由な境界を楽しんでいる、の意。つまは端。

一〇 高声で話すこと。

一一 こんな田舎に。

一二 言うまでもないことだ。

一三 京坂からみて中国・四国・九州をいう。「下宮島へも身をしきり」（「冥途の飛脚・中）。

一四 どうしても。

一五 近付きの挨拶をかねて。

一六 妙見菩薩を信心する日蓮宗信徒の集りを催すとは。妙見菩薩は北斗七星を神格化した菩薩。

一七 行き届いた手配り。

いたしませう。サア〳〵逝《いな》ふ」と口〻に。云たい事をたくしかけしやべり廻つて帰りける。

老母はつど〳〵門送り庭の千草に打水《（うつ）》もたもつ葉毎《ごと》に風かほる。軒を目当に。くる人は武智が閨《ねや》に咲花《（さく）》の操《みさを》の前は家来を遠ざけ。嫁の初菊伴ふて窺《うかゞ》ふ切戸の庭さきに花に心を。養《やしな》ふ老女。

夫と見るより手をつかへ。「後室。様の見舞として。只今参上致せし」。と慇懃《いんぎん》に相述る。詞に老女は打ゑみ。「ヲヽ、珍らしい嫁女孫嫁。はる〴〵の道よふこそ〳〵。去ながら悴光秀。当月二日本能寺にて。主君を害《〔が〕い》せし無法者。同じ館《やかた》に膝《ひざ》ならぶるも。先祖《ぞ》の恥辱《ちじよく》身の汚《けが》れと。館を捨て此在所へ身退《しりぞ》きし此婆を。見舞とはおこがましい。善にもせよ悪にもせよ。夫に付が女の道。操の前は武智十兵衛光秀が妻。そなたは又孫の十次郎光慶《よし》が嫁でないか。生死《せうじ》分らぬ戦場へ。趣く夫を打捨て浮世を捨た姑《しうとめ》に。孝行尽すは道が違ふ。妻城に留つて。留主を守るが肝要《かんよう》ぞや。モウやもめ暮しの楽しみには。夕顔棚《だな》の下涼《すゞみ》捨べき物は弓矢ぞ」と。云放したる老女の一徹《てつ》。跡は詞もなかりけり。

一 次々まくし立てる。※現行、舞台は軒に夕顔棚のある百姓家。屋体正面に暖簾口、上手襖の奥が仏間、右手(上手)に風呂場に続く屋体。庭の下手に竹藪、藪畳。井戸、床几、夕顔(『文楽浄瑠璃集』では朝顔)の鉢植えを、端場の間だけ出す。 二 いちいち丁寧に。 三 薫風。「風薫（カヲル）…六月にふく涼風也」(増山井)。 四 容姿も美しく心ばえも操かぐわしい妻。 五 片方だけの簡単な扉をつけた入り口。本来はくぐり戸。舞台では枝折戸を出すこともあるが現在は出さない。 六 操が切戸から内の様子を窺うと、花に心をなごませている老女の姿。 七 不義の光秀と同居しては、先祖にも不義の悪名を及ぼす。 八 愚かなことだ。 九 先注は儀礼の女の三従を引くが、直接には、真顕記七ノ十六。→付録四44。 一〇 赴く、の宛字。 一一 →付録四44。 一二 国会本・長嘯子集に「夕がほのさける軒ばの下すゞみおとこはてゝれめはふたの物」とあるものの、「たのしみは夕がほ棚の下すゞみ男はてゝら女はふたのして」(了阿遺書・中)などの歌型で流布。 一三 「取ばうし取ねば人の数ならず捨べき物は弓矢也けり」(太平記二十九、薬師寺次郎左衛門公義の歌)による。弓矢と、放、は縁語。 一四 くつろいだ気分で、何はともあれ、御健康によろしい。 一五 沸し。 一六 親や舅姑に仕える時

常の気質《きしつ》とさからはず。「いか様後室様のおつしやる通り。此様に只お一人ござつたら。何もかも気散じで。[一四] マア第一はお身の養生《ようぜう》。今から私も初ッ菊も後室《かうしつ》様のお傍に居て。飯《まゝ》も焚《たい》たり茶も涌《わか》し。[一五] お宮仕へをせうぞいの」と。[一六] 有合ッ前垂襠《だれうちかけ》の上に引しめ茶釜の傍。[一七] 端香《はなが》の籠《こも》る姑の。しぶ〳〵機嫌を取兼る娘心に初菊も。「マ[一八] どふ済事《すむ》」か濁《にご》り井の。深き[一九] 奇縁《きえん》の釣瓶《つるべ》縄。「水くみ上ん」と立寄レば。

「コレ〳〵嫁達。シテ孫十次郎は。[二〇] 城に残つて居召るか」[二一]「さればでござります。十次郎が願ひには。どふぞけふの軍に。高名手柄《かうめうてがら》が顕はしたいと。父上迄は願ガひしかど。婆《ばゝ》様のお赦《ゆる》しなきに出ッ陣するも本ン意でなし。母に取次してくれと。くれ〴〵の願ガひ故。[二二] 余り健気《けなげ》さ祖母様に御機嫌の程いかゞぞと。窺《うかゞ》ひに参りました」と語る内。老母は涙をはら〳〵と流し。「ヲヽ[二三] うるさの嫁が物語り〔。〕主を討たる逆賊の邪《よこしま》非道の軍ザの評定。聞《きく》がいやさの此住マ居。ガ又孫を誉るではなけれ共。非道な悴光秀が子に。十次郎といふ[二四] 武士《もののふ》が。生れてくるとは是も因縁悔んで返らず。戦場の事聞キたふない。アいや〳〵情なの浮世や」と。[二五] 無量の思ひ百八の。数珠《じ(ゆず)》つまぐつて居たりける。

にもいう。
※現行、操・初菊は優美な打掛け姿に下世話な前垂れを締め、初菊が不器用な手つきで井戸から水を汲もうとするが汲めず、操が手伝う。
一七 老女の気概を、入れたての香ばしい茶の香りに喩え、渋い機嫌(光秀を許さず、二人にも「道が違ふ」と苦言をいう)と続く。茶釜、端香、渋、と縁語。 一八 どう決着がつくことかと、心が晴れず。済むに澄むを掛け、縁語で濁り井、井の縁で、深き、釣瓶、汲。 一九 機縁。十次郎との深い縁につながる宮仕えのために。 二〇 光慶が亀山の城で病死したこと(→二一九頁※)を考慮した文章。 二一 おいでか。 二二 殊勝さ。 二三 煩わしい。気が重くなる。 二四 武士の道を守る者。 二五 心中の数々の複雑な思いと数珠の玉の数を掛ける。

一 息せき。現行、旅僧姿の久吉、下手小幕から出る。 二 芭蕉の「古池や蛙飛込む水の音」をきかせ、「小田の蛙」(二三五頁三行目)即ち尾田の家来久吉の入り込みを「蛙飛込」と見立てた(『文楽浄瑠璃集』)。 三「道の辺に清水流るゝ柳蔭しばしとてこそ立ちどまりつれ」(新古今集・夏・西行)。 四 清水を手のひらですくって喉を潤したい。 五 風呂敷を携えた旅僧姿の西行は、富士見西行の図や焼物で知られる。 六 修行。 七 はなはだ。

折ふし表へ草鞋《わ(らぢ)》がけ。風呂敷キ背《(せな)》にいつきせき蛙《かはづ》飛込〔ム〕道野辺《のべ》の清水。結ばん夏の旅。
西行もどきの僧一人門口に立チ休らひ。
「諸国執行《しゆげう》の一ト人旅。近カ比《(ごろ)》申兼たれど御宿の報謝《ほうしや》に預カりたし。押シ付ケながら」と云
入レる声を老母が聞〔キ〕取ッて。「見苦しうござりますれど。お心置キなふ御一宿」。「夫レは
千万ッ忝い。左様ならば御遠慮なしに御免。〳〵」と上ガり口腰打かくれば二人の女。
草鞋《わらぢ》の紐《ひ(も)》を解《とき》かくれば。
「アヽ勿躰《もつたい》ない〳〵。構《かま》ふて下さりますな。旅仕付ケた坊主の気散〔ソ〕じ。木納屋《なや》の隅《すみ》で
もついころり。蚊《か》屋も蒲団《ぶとん》も入ませぬ。お心遣カひ御無用」と。詞半《(なかば)》へ表口。人目を忍
び只一ッ騎《き》。窺《うか(が)》ひ立聞《(たちぎく)》武智光秀。「心得がたき旅僧」と。生垣押分ケさし覗《(のぞ)》き。思はず見
合す母の顔。老母は何か心に点《うなづ》き。「ヲわしとした事が心の付カぬ。コ御出家様。此板囲《がこ》
ひが則〔チ〕風呂場。水は幸イ汲《くん》で有《(あり)》。ついぼや〳〵ともやして。暑《あつ》い時分じや行水して休
んで下さりませ。婆も跡で相伴しませう」。「アヽイヤ夫レには及びませねど。相伴と有レ
ば涌《わか》しませう。そんなら御免なされませ」と。包ミ引ッさげ気散ッじに。湯殿《ゆどの》をさして入

※秀吉が信長の弔い合戦に先立ち尼崎の寺で法体したことは川角太閤記一、老人雑話に見えるが、直接には真顕記七ノ一と二(付録四45)による。八 神仏への報恩のための慈善、僧への施しとして宿を貸すこと。九 木材や薪を入れておく農家の物置小屋。一〇 現行、光秀、直垂、襅《ちはや》、小手、脛当、脛楯の武装、ここは簑をつけ、笠で顔を覆いつつ下手竹藪から忍び出て窺う。※現行、母と顔を見合せた光秀、藪の中に入ってしまう。一一 もっと早く気付くべきだったのに、の意。光秀をみて、はっとした心を紛らすようにいう。一二「コレ」の脱字。「コ」の字形もおかしい。一三 気楽な様子で。一四 久吉、湯殿に続く上手へ入る。坊主姿の久吉が風呂に入る設定は、真顕記七ノ一(→付録四46)による。一五 本作では、山崎合戦以前に、この尼崎付近に光秀方が「出張して」(二三三頁一一行)、既に久吉方との戦いが始まりつつある設定。真顕記七ノ二(→付録四47)をふまえる。一六 威儀。一七 現行、十次郎、老母の前で、大刀を外し(初菊が受け取り)退ってきっぱりと両手をついて礼。一八 どのみち目出たく、かつ命がけの出陣をするほどなら。一九 思いが外に現れる時にいう。二〇 夏から葉が紅くなる種類の楓。初々しさを表わす。二一 夫婦の固め、祝言の盃。二二 おそらく出陣

にける。味方の軍卒両手をつき。「御子息《そく》十次郎光慶《みつよし》様。後室様に御《おん》願ひの筋有《あり》と。只今是へ御《おん》越《シ》」と。いふ間《ま》程なくしづ〵と。家来に持せし鎧櫃。かき入させて打通り。「コリヤ〵者共そち達に用事はない。[15]陣所へ早く」とおつ立《たて》やり。[16]異義を正して両手をつき。「母様を以《ッ》て御願ひ申せし出陣。御聞《キ》届下されなば。武士の本意」と十次郎[17]思ひ込でぞ願ひける。

老母は見るより機嫌顔。「ヲヽ珍らしい十次郎。出《ッ》陣の願《ガ》ひとな。忰を見限り此所へ身退きしに叮嚀《ていねい》な願《ガ》ひの筋。最《ィ》前嫁女にくはしう聞《キ》ました。[18]迚《とて》も出陣仕やるなら。祖母《ばゝ》が願《ガ》ひは此初菊。今宵《こよい》此家《このや》で祝言《ン》の。盃仕てから門出仕や。何と嫁女嬉しいか」。と老《ィ》の詞に初菊は。飛立計《とびたつばかり》気もいそ〵。心の悦び[19]穂《ほ》に出《いづ》る。顔は上気の[20]夏楓〔色〕も媚《なまめ》く計《リ》也。只黙然と十次郎。「けふ初陣《うひぢん》に討《チ》死と。覚悟《かくご》極《きは》めし此骸《このからだ》。お暇乞に参りしと。しらせ給はぬ悲しや」と涙。呑込《こむ》忍び泣操の前も立上《ガ》り。「祖母様《ばゞ》の御機嫌のかはらぬ内に[21]かための盃」。「ヲヽそれ。孫も[22]大か

前で気がせいているだろう。

以下二三二頁

一 酒。 二 出陣する武者の、鎧の正しい着用を手伝う役目。「鎧の役はけふの花嫁。奥は九献を調へめさ」(蛭小嶋武勇問答四)。 三 天竺・唐・日本の三国、即ち世界で第一の。祝言の席の歌「三国一じゃ、嫁に取すました」の言い替え。 四 結婚前で歯を染めていない。知らぬ、と音を重ねる。底本は振仮名「ば」。 五 現行、三人は奥(仏間の方)へ、十次郎も一たん暖簾口に入る。以上「夕顔棚の段」。 六 初演、豊竹麓太夫。切場「尼が崎の段」。 七 十次郎一人座に残ることと、蕾の花が一つ残り、水上げがうまくいかず、しおれかかる、とを掛ける。現行では十次郎は改めて暖簾口から出る。 八 思案にくれて、首を投げ出すようにうなだれているさま。「思案投首」を挿入句とみるとよい。 九 以下、鬼言冗語等の指摘にある通り、蛭小嶋武勇問答四ノ切、真田与市出陣の場における、与市と俣野の妹誰袖姫の別れの詞章を大幅に流用。→付録二。 一〇 十次郎は父の贖罪と、光秀の謀叛がやむにやまれぬ行動であって、一族の繁栄を願う私欲に基づくものではない(→付録四48)ことを証しするためには、嫡子たる自分が死ぬ必要があると考えた(三日太平記や比良嶽雪見陣立の久吉、本朝廿四孝の直江山城など、この理由で我子の命を犠牲に

た心ぜき。操は[一]九献《くこん》の用意《ようゐ》仕や。十次郎が初陣の。[二]鎧の役はすぐに花嫁。[三]「三国一」の悲しみと。しらぬ白《ラ》[四]歯《は》の孫嫁が。手を引《キ》連て。三人は奥の[五]

[六]〽一間へ入にけり。

[七]残る莟の花一つ。水上《みづあげ》かねし風情にて[八]思案《ン》。投首しほるゝ計《ばかり》漸《やうやう》。涙押とゞめ。

[九]「母様にもばゞ様にも。是今《ン》生《じやう》の暇乞《いとまごひ》。[一〇]此《この》身の願ひ叶ふたれば。思ひ置《ク》事更になし。十八年《ン》が其間御恩は[一一]海山かへがたし。討死するは武士《もののふ》の習ひと思《おぼ》し召《めし》分《ケ》られて。先《キ》立《ッ》不孝は赦してたべ。二つには又初菊殿。まだ祝言《ン》の盃をせぬが互の身の仕合せ。わしが事は思ひ切。他家へ縁付《えんづき》して下され。討死と聞ならばさこそ歎かん不便《ン》や」と。

[一二]孝と恋との思ひの海隔つ一《ト》間に初菊が。立聞《たちぎく》涙転《まろ》び出《いで》「わつ」と計《ばかり》に。泣出せば。

はつと驚き口に手を当《あて》。「ア、コレ〳〵声が高い初菊殿。扨は様子を」。「〔アイ〕」。残らず聞ておりました。夫の討死遊ばすを妻がしらいで何《ン》とせう。二世も三世も女夫《めうと》じやと思ふてゐるに情ない盃せぬが仕合せとは。余《あんま》り聞[一三]へぬ光義様。祝言《ン》さへも済ぬ内討死とは曲[一四]がない。わしや何[一五]ぼふでも殺しはせぬ。思ひ留つて給はれ」と縋り歎けば。「ア、コ

する例は多い)。しかも祖母に出陣を認めてもらうことで、父光秀に対する祖母の拒絶が、少しでも和らいだと感じ、心置きなく討死に赴く、という。 一一 童子教「父恩者高山。須弥山尚下。母徳者深海。滄溟海還浅」による。 一二 父母への思い(孝)と初菊への恋とで万感胸に満ちるさまを海に喩えた。隔つ、は海山の縁語。 一三 話の分らない。 一四 愛想がない。情ない。冷い。 一五 どんなことがあっても。 一六 あれこれ。 一七 ここからは初菊の胸中の思い。現行、「物ぞいの」で二人憂いの思入れあって、十次郎、暖簾口へ入る。初菊は後から、泣く泣く重い鎧櫃を引きずって入る。

※この前後、語句を大幅に借用してはいるが、蛭小嶋武勇問答より、洗練され、少年少女の可憐な恋が描き出される。現行、東風の艶麗な節付け、初菊の人形の優美な所作で、効果的に表現。

一八 小札《こざね》を、鮮やかな緋色の組糸や皮で縅した(綴り合わせた)もの。近世演劇では、緋縅の鎧は若武者の象徴。 一九 鎧の肩を覆う部分。 二〇「なく〳〵歩む畳の上一通ふる雨の跡。母は白木の土器すへ」(蛭小嶋武勇問答)に引かれた修辞なので、この場合、「涙」は、初菊だけに掛かるか。 二一 母操は白木の三方に素焼の盃を載せ、白髪の祖母(白木と頭韻)は長柄の銚子を持ち。現行は、

レこなたも武士の娘じやないか。十次郎が討死は兼ての覚悟。ばゞ様に泣顔見せ。もし悟《さと》られたら未来永ゝ縁切ルぞや」。「ヱヽ」。「サア[一六]とかふいふ内時刻《じこく》が延ビる。其鎧櫃《よろひびつ》爰《(ここ)》へ。〳〵」。「アイ。〳〵」。「サ早ふ。時延る程不覚《かく》の元。聞分ケない」と呵《しか》られて。「[一七]いとしい夫トが討チ死の。首途《かどで》の物の具付るのがどふ急《いそ》がるゝ物ぞいの」と。泣〳〵《(なくなく)》取出す[一八]緋威《ひおどし》の。[一九]鎧の袖にふりかゝる。[二〇]雨か涙の[二一]母親は。白木に土器《かはらけ》白髪《しらが》のばゞ。長柄の[二二]銚子《てうし》[二三]蝶花《てう》がた[二四]首途《かどで》を祝ふのし昆布《こんぶ》[二五]結ぶは。[二六]親と[二七]小手脚当《すねあて》。[二八]六具《(りくぐ)》[二九]かたむる[三〇]三ゝ九度。[三一]此世の縁やわり[三二]小ざね。[三三]猪首《いくび》に着《き》なす[三四]鍬形《くはがた》の。あたりまばゆき出立は。[三五]爽《さはやか》なりし。其骨柄《こつがら》。

「ヲ、適《(あつぱ)》レ武者ぶりいさましし。[三六]高名手柄を見る様ッな。祝言ンと出ッ陣をいつしよの盃。サア〳〵早ふ。目出たい〳〵嫁御寮」と。悦ぶ程猶弥増《いやます》名残。「[三七]こんな殿御を持ながら是が別れの盃か」と。悲しさ隠す笑ひ顔「随分ンお手柄高名して。[三八]せめて今宵は凱陣《かいぢん》を」と。跡は[三九]得いはずくいしばる。胸は[四〇]八千代の玉椿[四一]ちりて。はかなき心根を。察しやつたる十次郎包む涙の[四二]忍びの緒《を》しぼり。かねたる計《(ばかり)》也。

打掛け姿の皐月が三方・土器を、操が長柄の銚子を持って出る。二二 ↓四五頁注二八。二三 ↓四五頁注三〇。銚子と頭韻。二四 出陣の祝儀に用いる熨斗鮑(のしあわび)。打ち鮑とも。鮑の肉を薄く削いで長く延ばし乾燥させたもの。鮑は長生不老の薬と言われた)の代用品。二五 昆布の縁で結ぶを引き出す。二六 親と子、に掛け、操が十次郎が小手脛当を着けるのを手伝い、結んでやる意。現行は操や初菊が鎧の着用を手伝うところは見せないが、初演時は、蛭小嶋武勇問答と同じく、舞台で演じて見せたか。二七 ↓一八五頁注一四・一五。二八 鎧の一式。和漢三才図会では胴、袖、小手、脇盾(わいだて)、脛盾(はいだて)、脛当とする。二九 六具を着けて武装する意と、夫婦の固めの盃を掛ける。三〇 祝言にも出陣の際にも行われる献盃の作法。※現行、十次郎、このあたりで鎧を着し、兜の緒を締めながら出る。三一 夫婦の来世の縁は結んだが、この世の縁は、今日で切れてしまう。三二 割小札。一枚ずつ縅す札(さね)。割、で切れる意に掛ける。三三 兜をややあおむけ加減に深くかぶり、錣が垂れて首が短くみえる状態。顔面に敵の矢が来るのを恐れない心意気の表われ。三四 兜の眉庇(まびさし)の上に立つ二本の角のような金具の輝きと同様、まぶしいほど輝かしく武装した姿は、清々しく力強い体格を表わしている。

[一]哀レを。爰に。吹送る。風が持テくる攻《せめ》太鼓。気を取リなをしつゝ立上り。「いづれもさらば」と云イ捨《(すて)》て。思ひ切ッたる鎧の袖行方しらず成にけり。

「ノウ悲しや」と泣入ル初菊。母も[二]操《みさほ》も顔見合せ。「ばゞ様」「嫁ン女《(よめんちよ)》。可愛やあつたら武士《(もののふ)》を。むざ〳〵殺しにやりました。ノウ初菊。十次郎が討死の出陣とは知ながら。[三]なま中留て主殺しの憂《うき》死恥をさらそふより。健気《けなげ》な討死させん為。祝言ンによそへて盃をさしたのは。暇乞《いとまごひ》やら二つには心残りのないやうと。思ひ余つた三ゝ九度。ばゞが心のせつなさを推量仕《すいりやうし》や」と計《(ばかり)》にて。始メて明す老母の[四]節義。聞《(きく)》初菊も母親も一度にどふど。伏まろび前後。不覚に泣叫ぶ。

襖押明ヶ何気なふつか〳〵出《(いづ)》る以前ンの旅僧《たびそう》。「コレ〳〵[五]かみ様。風呂の湯がわきました。どなたぞおは入なされませ」と。いふにこなたは泣顔かくし。「ヲヽそれは[六]御苦労ながら。年寄リに[七]新湯《さらゆ》は毒《どく》。跡は若い女子共《(をなごども)》。マアお先へ御出ッ家から」。「いかさま湯の辞義《じぎ》[八]は水とやら。左様ならば御遠慮なし。お先へ参る」と立上れば。三人《(みたり)》は涙押《(おしつつみ)》包[九]奥の仏間と湯殿口入や。[一〇]月もる片庇《ひさし》。

三五 現行、十次郎見得、中央に着座。三六 高名手柄を立てるさまが目に見えるようだ。三七 泣く泣く盃事をする初菊の胸中。「随分」からせりふ。三八（討死を一日でも延ばして）今夜だけでも凱旋して…。三九 言うことができず。現行、盃事のあと、初菊が「くいしばる」ですがり、十次郎も思わず抱き寄せ、はっと突放し、二人離れて忍び泣き。四〇 荘子・逍遥遊にいう、八千年を一春とする大椿(だいちん)をふまえ、新婚夫婦の長寿と末長い契りを祝する語句。「玉椿の八千代迄」（仮名手本忠臣蔵九）。四一 しかし椿は盛りのまま、首が落ちるように散るので不吉な連想を呼ぶ。四二 忍び涙で兜の緒が濡れる意に掛ける。

一 現行、戦場の緊迫感を伝える遠寄せの鳴物で、十次郎心逸って立ち、初菊を振り払って下手小幕へ。二 皐月。三 ここで、なまじいに、討死をとめたところで、武智一族は、必ず尾田の忠臣に敗れ、捕えられて、主殺しの残酷な刑罰を受けることになる、と皐月は信じている。四 天に背いた武智一族に残されたただ一つの道は、潔く滅びることだ、との信念を恩愛に溺れずに貫く皐月の意志。五 上方では良家の隠居の老婦人。六 現行「御苦労、さりながら」が普通。七 刺激が強いため。八 遠慮。「湯の辞義は水になる」（譬喩尽）。

一一爰《(ここ)》にかり取《(とる)》真柴垣。夕顔棚のこなたより。顕《あら(は)》れ出《(いで)》たる武智光秀。一二「必定《ひつぢやう》久吉此内に忍び居るこそ一三究竟《くつきやう》一。只一討」と一四気は張弓。心は一五やたけ藪垣《やぶがき》の。見越の竹を引ッ一六そぎ鑓。一七「小田《(をだ)》の蛙《かはづ》の啼音《なくね》をばとゞめて敵に悟《さと》られじ」と。差足抜キ足。窺ひ寄《(より)》。「聞コゆる物音ト心得たり」と突込《(つっこむ)》手練ンの鑓先キに。「わつ」と玉ぎる女の泣声。合点行カずと引出す手負。一八真柴にあらで真実《(しんじつ)》の。母のさつきが七転ン八倒。「ヤアこは母人かしな一九したり。残ン念ン至極」と計《(ばかり)》にて。遉《(さすが)》の武智も仰天し只忙《ばう》。然ンたる計也。

声聞付ケてかけ出る操初菊諸共走リ出。「ノウ母様か情ない。此有様は何事」と縋り歎けば目を見開き。「歎クまい〳〵。内イ大臣春長といふ。主君ンを害せし武智が一類。斯《(かく)》成リ果ッるは理の当然ン。系図《けいづ》正しき我家《(わがいへ)》を。逆賊《ぎやくぞく》非道の二〇名を穢《けが》す。不孝者共悪人共。譬《たとへ》がたなき人ン非人ン。二一不義の富貴《ふうき》は浮《うか》べる雲。主君ンを討ッて高名顔。二二天子将軍ンに成た迚。野末の小家の非人ンにも。おとりしとはしらざるか。主に背かず親につかへ。仁義忠孝の道さへ立ば。二三もつそう飯《めし》の切二四〔リ〕米も。百万ン石に。まさるぞや。儕が心只一つで。二五しるしは目前是を見よ。武士《(もののふ)》の命を断《たつ》。刃も多いに此様フな。引そぎ竹の猪突《しゝ》鑓。主を殺し

遠慮していると、せっかく沸かした湯が冷める。九 死にに行く十次郎への手向の心。現行、三人上手襖に入る。一〇 庇がまばらで月の光が漏れる。片庇は片方だけに傾斜した屋根の庇で、粗末な家を表わす。一一 この柴垣(真は接頭語)の柴を刈り取るように、真柴久吉を討取ろうと。現行、ここだけ屋体を少し上手に引き、下手竹藪を押し分けて出る光秀の凄味を強調。一二 間違いなく。一三 最も都合がよい。一四 気が張り詰めるに掛ける。一五 弥猛。激しく勇み立つこと。弓の縁で竹に掛け、縁語の藪、見越(→一八九頁注一一)を導き出す。一六 現行、竹を一本とり、小刀で斜めに切って鋭利な竹鑓を作る(この間に舞台もとの位置に)。一七 田に啼く蛙。小は接頭語。人の気配に蛙が啼き止み、久吉に警戒心を起こさせてはならぬ、の意で、「小田の蛙」に尾田の臣久吉を掛ける。この「小田の蛙」と「真柴垣」の修辞は松下加平治連歌評判の番付のかたりに「小田のかはづのあめに友よぶ…」「真柴かるしづやまかつの…」。※現行、光秀は本手(屋体)に入り、上手屋体の気配を窺って竹槍を突っこむ。小刀で穂先を切って柄を捨て、手負いを引出し、黒衣(久吉の僧衣)をはね退け、小刀をふり上げ見て、驚く。一八 真柴と真実、音でも意味でもなく、漢字の一致を掛け言葉扱いにす

た天罰の報《むく》ひは親にも此通り」と。鑓の穂《ほ》先に手をかけてゑぐりくるしむ気丈の手負。思〔二〕妻は涙にむせ返り。「コレ見給へ光秀殿。〔三〕軍の首途《かどで》にくれぐもお諫《いさ》め申た其時に。思ひ留つて給はらば斯(かう)した歎きは有まいに。しらぬ事とは云ィながら現在母御を手にかけて。殺すといふは何事ぞ。せめて母御の御最期に善心ンに立帰ると。たつた一ト言聞カしてたべ。拝むはいの」と手を合しいさめつ泣(ない)つ一筋に夫を思ふ恨泣。〔四〕操の鏡くもりなき涙に誠あらはせり。

光秀は声あららげ。「ヤアちよこざいな諫ン言ン立(だて)。無益《やく》の舌の根動かすな。意恨ンを重ぬる尾田春長。勿論ン〔五〕三代相恩の主君ンでなく。我ガ諫《いさめ》を用ひずして神ン社《じや》仏(ツ)閣《かく》を破却《はきやく》し。悪ク逆ク日ゝに増長《ぞうちやう》すれば。武門ンのならひ天下(てんが)の為。討取ッたるは我器量《きりやう》。〔六〕武王は殷《いん》の紂《ちう》王を討ッ。〔七〕北条義時は帝を流し奉る。和漢《わかん》倶に無道の君をしいするは。民を安むる英傑《ゑいけつ》の志。女ナ童《わらべ》のしる事ならず。すさりおらふ」と光秀が。一心ン変ンぜぬ勇気の眼ン色ク。取付(とりつく)嶋もなかりけり。

折しも聞ゆる陣太鼓。耳をつらぬく〔八〕金ン鼓《こ》のひゞきあはやと見やる表口。〔九〕数(す)箇所の手疵

る例は、浄瑠璃にはあまり多くない。
二九 しまった。取り返しのつかぬことをした時にいう。三〇 現行、「の」を「に」と言い換える演者もある。
三一 論語・述而「不義而富且貴、於レ我如二浮雲一」。真顕記七ノ十六に引用がある。三二「天子」を「たとへ」と言い換えたこともある。三三 物相。盛相。飯を盛ってはかる円筒形の器。物相飯は物相に飯を押し込んで型に抜いて供する。現行「もっそうはん」と発音。三四 俸給としての扶持米。武家の最下級の奉公人が、一日二合半の飯を一日二回支給されるのをさしていう。
三五 主殺しの罰が一族に及ぶという証しが、今、母が竹槍で突き殺されることで現実となった。

一 竹槍から竹鋸を連想。主殺しは鋸引の上、磔に処せられ、刑具の一つとして竹鋸が使われた。三日太平記九「士民の為に竹鑓にて。突留メられし磔の掟は天より給はる刑罰」。
二 有名な操のくどき。現行、屋体から二の手(屋外)へ出て、間拍子のよい三味線につれ、鮮かな型をみせる。
三 ↓一五二頁一三行以下の諫め。
四 操という名の通り、貞節の曇らぬ鏡のような、夫を思う心の誠は、清らかな涙の色にあらわれている。
五 祖父以来恩顧を受けた。以下、絵本太閤記三ノ十、真顕記六ノ二十一による。↓付録四49。六 光秀が自

に血は滝津瀬《たきつせ》。刀を杖によろぼひ〳〵。立帰つたる武智が一子。庭先キに大息つぎ。「親人是におはするや」と。いふも苦しき断末魔《だんまつま》。見るに驚く母親より。娘は傍に走リ寄リ「のふいたはしや十次郎様。ばゝ様といひお前迄此有様は情ない。お心慥に持ッてたべやいの〳〵」と取リ付ィて介抱如在《かいほうぢよさい》[10]。泣計《(なくばかり)》。光秀わざと声あらゝげ。「ヤア不覚なり十次郎。子細は何ンと。様フ子はいかに。具《つぶさ》[11]に語れ」と呼はれば。はつと心を取直し。「親人の差図に任せ手勢すぐつて三千ン余騎。浜手の方に陣所をかため。今や帰国[12]と相待所《(あひまつ)》に。敵はそれ共白浪[13]の。櫓を押切て陸地《くがち》に漕《こぎ》付ヶ。追〻都へ馳《はせ》登る。真柴の軍勢ござんなれ[14]と。鬨《とき》をつくつて味方の軍兵《(ぐんぴやう)》縦横無尽《じうおうむじん》になぎ立ッれば。不意を打タれて敵は廃亡《はいもう》[15]。狼狽《うろたへ》騒ぐを追ッ立《(たて)》。合《(おつつめ)》追詰。爰をせんど[16]ゝ戦《たゝか》ふ内。後ロの方より大音ン上《(じやう)》。真柴筑前ノ守久吉の家臣加藤正清是に有《(あり)》。逆ク賊ク武智が小わつぱ共目[17]に物見せてくれんずと。いふより早く太刀抜かざし。四角八面[18]ンに切リ立られ。瞬《またゝく》間《(あひだ)》に味方の軍ン卒。残らず討死仕リ。無念ンながらも只一騎《き》立帰つて候《(ざうらふ)》」と息継。あへず物語れば。

らを周の武王になぞらえたとする伝説は甫庵太閤記三、老人雑話にみえる。直接には絵本太閤記三ノ十、真顕記六ノ二十三。→付録四50。七 承久の乱(一二二一年)後の三上皇配流。近代の上演では「北条…奉る」を省き、または表現を変えることが多かった。※殷本紀の引用で始まり、二日の段、六日の段でも扱われてきた本作の基本課題が、主人公自身によって宣言される。本来寡黙で言訳をしない光秀が、「女童」である妻に苛立って和漢の故事を引き、自己弁護せずにいられないところに注意。八 軍中で用いる鉦と太鼓。九 何か所もの。一〇 如在なし。手ぬかりがないを掛ける。一一 現行、太夫・三味線が休止し、光秀は二の手で気を失った十次郎に印籠から薬を出して飲ませ、活を入れ、「具に」になる。※現行、「取直し」で、刀を杖に苦痛に堪えて立つ十次郎を中心に、光秀・操・初菊が、それぞれの姿勢で極る。静止の一瞬から、三味線に乗った、動きの多い十次郎の物語となる。一二 久吉が出征先の備中から都に帰る意。一三 知らず、に掛ける。久吉勢が船で尼崎(大物浦、九日の段)に着いた設定。真顕記等では勿論、秀吉らは備中高松から陸路で、まず秀吉の居城姫路に着き、姫路から馬を飛ばして、織田方の参集する尼崎の城に向かっている。本作の尼崎開戦

地ハル光秀怒りの髪色逆立《さかだち》。詞「ヤア云《ィ》がひなき味方のやつ原。シテ四方天田嶋の頭は」。「さん候《ざうらふ》四方天は。目ざすは久吉一人《いちにん》と。昨朝《さくてう》よりの一《ッ》騎がけ。乱《ン》軍《ン》なれば生死《しやうじ》の程も。慥《たしか》にそれと承一はらず。親人の御身の上心にかゝり候故。未練《みれん》にも敵を切抜《きりぬけ》。是迄落延帰りしぞや。此所《このところ》に御座有ては危ふし〳〵。一時も早く本二《ン》国へ。引取給へサ早く〳〵」と。地ウ深手を屈せずハル爺《てゝ》親を。ウ気遣ふ孫の孝中行心。ハル聞に老母はせき兼て「アレあウれを聞きや色嫁女。詞其身の手疵は苦にもせず。極悪人の悴めを。大事に思ふ孫が孝心。ヤイ光秀。子は不便《ン》にないか。可愛とは思はぬかやい。倅《レ》が心只一つで。地ハルいとし可愛の初《ィ》ウ孫を忠と義心《ン》に中健気《けなげ》成《なる》。ウ討死でもさす事か。中ウ逆賊《ク》三ぶ道の名を穢《けが》し。ハル殺すは何《ン》の因ウ果ぞ」と四中ウせぐりくるしき老ウの身の。ウ声聞《キ》付《ケ》て十色次郎。詞「ヤアそんならばゞ様には。五御生《しやう》害《がい》遊ばしたか。今《ン》生のお暇乞。今一《チ》度お顔が見たけれど。もふ目が見へぬ父上六。母様七初菊殿。八地ハル名残《リ》惜《おし》やと手をウ取て。ウ妹背の別れウ愛着《あいちやく》ノルの道にハル引るゝいぢ中らしさ。九ハル母は涙にウ正《しやう》躰《だい》なく。「中ウ討死するも武士《もののふ》のならウひといへど情色ない。詞十八年《ン》の春秋を刃の中に人と成《リ》。いつ楽しみの隙《ひま》もなふ弓矢の道に一〇日をゆだね。今朝《けさ》の首途《かどで》の其時にも母様けふの初《ィ》陣

自体、虚構であるが、特に以後段切りまで、海を視界に含めることで実録性より、中世軍記的な古典美を強調していく。一四 ここは、さあ来い、の意。一五 敗亡。うろたえあわてること。一六 先途。大事の瀬戸際。一七 思い知らせてやるぞ。一八 縦横無尽に。「四面ン八角」(付録四九九頁下一七行)、「四方八面」(信長記二)。

一 現行、光秀、四王天を失ったことを知って、一瞬、はっと立ちつくす。二 坂本または亀山。恐らく亀山か。三 文法的には「ぶ道に」。四 苦しい息が胸につき上げてくる。せぐりくる、と苦しき、を掛ける。五 御自害。六 現行、光秀は下手で、十次郎の呼びかけに扇で脛盾を打って答える。七 ハワサマ、と読む。八 現行、十次郎は初菊を求めて上手を探り、操の髪に触って、違うので、下手にいざっていき、初菊の髪に触って抱きしめる。九 以下操・初菊の二度目のくどき。現行、早間に運ぶ。一〇 毎日それにかかりきって。一一 忘れることができない。一二 後朝の名残を惜しむ機会は、決してなく、許嫁のままで。一三 来世までの縁を結ぶ夫婦の契りを交す間もないうちに。一四 「親」は皐月の意にとるのが普通で、現行演出でも光秀は母の方を見返る。

に。適《あつぱれ》高ゥ名手柄して。父上やばゞ様に誉《ほめ》らるゝのが楽しみと。につと笑ふた其顔がわしや幻《まぼろし》にちら付ィて得忘れぬ」[一二]とくどき立。くどき立ッれば初菊も。「ほんに思へば此身程はかない者が世に有ふか。とけてあふ夜のきぬ〴〵も永き名残リの云ィ号《なづけ》。二世[一三]を結ぶの枕さへ。かはす間もなふ此様ァな。悲しい別れをする事はマどふした罪《つみ》か情ない。わたしも一ッ所に殺してたべ死たいわいな」と身をもだへ。互に手に手を取リかはし名残リ涙の暇乞《ヒロイ》。見るに目もくれ心きへ母も老母も声を上《あげ》「わつ」と計《ばかり》に取リ乱せば。道《さすが》勇気の光秀[一四]も親の慈悲心子故の闇《やみ》。輪廻《りんゑ》の紲《きづな》にしめ付ヶられこたへ兼てはら〳〵

[一五]雨か涙の。汐境《しほざかい》浪立。騒ぐ如く也。

又も聞コゆる人ン馬の物音。[一六]矢叫《さけ》びの声喧《かまびす》く手に取《とる》。へ如く聞ゆれば。

光秀聞よりつゝ立上り。「アノ物音は敵か味方か。勝ゥ利いかに」と庭先キの。[一七]すね木の松が枝踏ミしめ〳〵よぢ登リ。[一八]眼下《がんか》の村手を佗度《きつと》見下ダし。「[一九]和田の御崎の弓手《ゆんで》[二〇]より追ヽつゞく数多の兵船《ひやうせ》ン。間近く立ッたる魚鱗《ぎよりん》[二一]の備へ。[二二]千ン生瓢《なりひさご》の馬印シは。疑《うたがひ》もなき真柴久吉。風をくらつて此家《このや》を逃延《にげのび》。手勢《てぜい》引具し光秀を討取術《てだて》と覚へたり」といふより早くひらり

※現行、光秀はちょっと母の方を見、うつむき、思わず落涙して縋っている十次郎、初菊を抱きしめ、突き放し(汐境)、扇で顔を覆って慟哭する。光秀の大オトシ。
一五 もはや泣くこともできなかった(一心変ぜぬ)光秀に、降りかかるのは雨か、いや、やはり熱い涙なのだ。発端以来、忠誠と反逆、恩愛と武将の意地、二つの潮流が渦巻く(汐境)中で、自ら選びとってしまった後戻りの出来ない行為故に、今、かけがえのない母親と我子を失おうとしている、その痛みを、しっかりと受けとめて光秀は激しく泣く。一六→二〇〇頁注一二。底本、振仮名は「矢叫《げき》ひ」。一七 ねじ曲った木の。一八 現行、太夫・三味線が休止し(待合せ)、下座のメリヤス(三味線演奏)で、屋体を左半分を残して上手へ引取り、下手に松の大木を出す。光秀は「団七走り」で松の木に近づき、登る。後の黒幕を落とすと、一面に兵船の浮ぶ海。「眼下の…見下し」で樹上の見得。一九 現兵庫県神戸市兵庫区和田崎町(神戸港の西端)。二〇 左手の海上から。二一 敵と向い合うところを頂点として三角に軍勢を配する陣立て。二二 秀吉の馬印。絵本太閤記・初ノ八、稲葉山攻めの後に「千生瓢簞之由来」。

と飛下《お》り。

「草履《ざうり》摑みの猿面冠者《さるめんくはじや》。いで一ひしぎ」と身繕《づくろ》ひ。勢ひ込ッでかけ出《いだ》せば。

「ヤア〱武智光秀暫く待《まて》。真柴筑前守久吉対面せん」と呼はつて。三衣にかはる陣羽織。小手脚《すね》当テも優美の骨柄ゆうぜんとして立出《いづ》れは。

光秀見るより仰天し。かけ戻つてはつたとにらみ。「ヤア珍らしし真柴久吉。武智十兵《じふびやう》衛《ゑ》光秀が。此世の引導《いんどう》渡してくれん。観念ッせよ」と詰寄ル光秀。中を隔《へだ》つる老鳥《らうてう》の。子故に手疵屈《くつ》せぬ老女。「なふ久吉様。我子にかはる此母も。天命遁れぬ引そぎ鑓。作《つく》りし罪《つみ》の万ッ分一亡《ほろ》ぶる事も有ふかと。思ひ余つた此最期。武智が母は逆磔《さかばつつけ》に。かゝつて無慙《むざん》の死を遂《とげ》しと。末世の記録《きろく》に残してたべ。それもやつぱり悴めが。可愛さ故の罪亡し。うるさの娑婆《しやば》に残らんより。孫といつしよに死出三ッ途《づ》」。「ハアわたしもお供致しまする」。「いづれもさらば」。「おさらば」と。未練ッ残さぬ武士《ものゝふ》の。花も実《み》も有ル此世の別れ。今ぞはかなく成にけり。

操《みさほ》の前も初菊もさらに詞も出《いで》ばこそ。あへ亡《なき》骸《から》を押シ動《うご》かし天にあこがれ地に伏て

一「藤吉ごとき猿面冠者(さるめんくわんじや)に」(絵本太閤記・初ノ三)。浄瑠璃の光秀には清和源氏の「系図正しき」家の出という誇りがある。二 何も失うものはない(すべてを失った)光秀が、一層戦意を燃え立たせ、下手へ駆け行く一瞬、奥から久吉のよび留め。三 現行、久吉、屋体上手襖から登場。光秀は振返った体で後向きの石投げの見得。四 僧が身につける三種の袈裟。五 老女が両手をひろげて両雄を押し分けるさまをいう。六 天の定める通り、まさしく、主殺しの刑罰である引そぎ鑓(竹鋸)を受けて死ぬことになった。七 皐月は自らの犠牲死が、光秀を、死後の永劫の罰から救い出すための、「万分一」の「罪亡し」になることを念じた。八 絵本太閤記三ノ二と真顕記五ノ二十一による。→付録四51。「主殺しは従類を絶す掟。某に子が有ば。科(とが)は遁れぬ逆磔(さかはつつけ)」(三日太平記九)。九 皐月が、光秀に主殺しの罪の上に母殺しを犯させたのは「悴めが可愛さ故の罪亡し」を願う故であるという。未来永劫許され得ない主殺しの罪を、もし償う方法があるとすれば、光秀が浴びた主殺しの血を母である自分の血で洗ってやる以外にない、と「思ひ余つた」皐月の選択であった。一〇 煩わしい。一一「天にあこがれちにふして、もたへこがれてなけかせ給ふ」(ふきあげ五)。一二「父之讎、弗二与共戴一レ天」(礼記・

歎ク。心ぞいぢらしき。

哀を余所に真柴久吉。光秀に打向ひ。[一二]「倶《とも》に天を戴《いたゞ》かぬ亡君の弔ひ軍。今此所《(このところ)》で討取て[一三]は義有て勇を失ふ道理。諸国の武士に久吉が軍ン功をしらさん為。時日を移さず[一四]山崎にて。勝負の雌《し》雄《ゆう》を決《けつ》すべしガいかに〳〵」。「ヲヽ逌《(さすが)》の久吉よくいふたり。我レも[一五]惟任《これとう》将軍と勅許《ちよつきよ》を請し身の本ン懐《くはい》。一ト先ッ都に立帰り京洛中の者共へ。[一六]地《ぢ》子《し》を赦すも母への追善。互の運ンは[一七]天王山ン。[一八]洞《ほら》が峠《とうげ》に陣所を構《かま》へ。只一戦ンにかけ崩《くづ》さん。首を洗つて観ン念ンせよ」。「ホヽヽヽ何さ〳〵。たとへ[一九]項羽《こうう》が勇《ゆう》有共《(あるとも)》。我又孫呉《そんご》が秘術《ひじゆつ》をふるひ。千変《べん》万化《くわ》にかけ[二〇]悩《なやま》まし。勝鬨《かちどき》上《(あぐ)》るは瞬《またゝ》く内」と久吉が。詞はゆるがぬ大磐石《ばんじやく》 [二一]忽《(たちまち)》 廻り小《お》栗栖《ぐるす》の。土に哀レを残すとはしらずしられぬ敵味方。[二二]にらみ別るゝ二人の勇者。[二三]二世をかための別れの涙。[二四]かゝれとてしもうば玉の。其黒髪をあへなくも。切払ふたる[二五]尼が崎。ぼだいの種と夕顔の軒にきらめく千ン生瓢簞《なりひやうたん》。駒の嘶《(いななき)》 迎ひの軍ン卒《そつ》見渡す。沖《おき》は中国[二六]より追ゝ入来る数万ンの兵船ン。[二七]威風りん〳〵りんぜんたる。真柴が武名イ[二八]仮名《かな》書に。うつす絵本の太功記と末の。世までも

曲礼上)。一三 君の仇を討った大義名分が立った、というにとどまる。「義有て勇を失ふ」は、論語・陽貨の「子曰、君子義以為レ上、君子有レ勇而無レ義為レ乱」を逆にした表現(『文楽浄瑠璃集』)という。一四 →二四三頁注二。→付録四52。一五 →二一七頁注一一。絵本太閤記二ノ八に、天正三年夏に信長が「家人等を受領なさしめ…明智十兵衛を日向守に任じ、是も氏を惟任と改む」。一六 絵本太閤記三ノ十など。地子は土地に課する雑税。光秀の所詮三日天下における善政と称えられる京都地子免除(享保十三年写・洛水一滴抄・下〈『新撰京都叢書』一〉にも「明知日向守様洛中之地子銭御免許」)を、母の犠牲死に対する光秀の思いと結びつけた。一七 →二五一頁注一六。→付録四52。一八 →二六四頁注三。一九 光秀を、覇者で、漢の高祖に敗れた楚の項羽に喩え、智将久吉自らを春秋戦国時代の兵法家孫子(孫武)・呉子(呉起)になぞらえる。二〇 振仮名「ま」が衍字。二一 光秀の身に因果が小車の輪の如くめぐって小栗栖の土となる運命とは。「主を討たる其報ひ。忽(たちまち)廻り小栗栖村」(三日太平記九)。二二 にらみ、二人、二世と頭韻。二三 来世をかけての夫婦の誓いではあるが、死別の涙は止め難い。二四 「たらちめはかかれとてしもむばたまのわがくろかみをなでずや有けん」(後撰集・雑三)。烏羽玉は黒の枕

〽残しけり。上

詞。　二五　髪を切り払い尼になった初菊、この愛別が仏の道に入る種であるという。黒髪、切り、尼、菩提、種、夕顔、千生瓢簞と、縁語・掛詞。※現行(一九九三年)、「ぼだいの種」のあたりで、光秀は母の死骸を激しく抱きしめる。悲劇の終局である。思いを振り切るように、軒の千生瓢簞(久吉を象徴)を小刀で切り、初菊とともに母の死骸を奥に運ぶ。下手小幕から千生瓢簞の馬印や旗を持つ軍兵を従えて、加藤正清登場。二六　小梅川が約した(六日の段)郡三家の加勢であろう。　二七　凜々、凜然たる。↓付録四53。　二八　小説の絵本太閤記も漢文ではなく仮名交り文であるが、それをさらに分り易く語る、の意を含む。

一　初演、豊竹坂太夫。最初の番付には「十壱冊目道行　豊竹巴太夫・ツレ豊竹坂太夫」とあり、絵尽にも「同十一日のだん道行」とあるが、後刷の番付では「道行」が消え、太夫も坂太夫一人となる。　二　現京都府乙訓郡大山崎町字大山崎、天王山の東南麓。木津川・宇治川・桂川が合流して淀川となる西北岸の地。　三　↓一五一頁九行。　四　由縁なく、見知らぬ者で。安政本は「ぬかりなく」。　五　男女を問わず。　六　身、嚢と頭韻。　七　詞を守る、と傅り役として育てた、を掛

同十一日の段

（淀堤の段）[一]

「家来ィ共やい。弥《いよいよ》明日は山崎[二]にて曠軍《はれいくさ》。時キに抜ケ目ないは久吉殿。敵キ方の間者《かんじゃ》。又怪《あや》しき曲者《くせ》も有ラんかと。此赤山与三兵衛[三]へ蜜々《みっく》の申シ付ケ。汝らもゆかり[四]なく。若シや怪しき者も有ラば。男ン[五]女に限らずからめ取ッて。本ン陣ンへさし出せよ。褒美《ほうび》は急度《きっと》後日チに御沙汰。必ずぬかるな合点か」と。示《しめ》し合ハせて主従《しうぐ》は。左右へこそは別れ行。

身は世を忍ぶ。簑笠《みのかさ》[六]に。やつす姿《すがた》も柵が。夫トの詞守リ[七(も)]立テし。主君ンの種[八]の音ト寿丸[九]。いたはり傅《かしづ》き参らせて。心ならずも夜ルの道。流れに。伝《つた》ふ淀堤《よどづゝみ》[一〇]。並ミ木のかげに。立チ休スらひ。

「ノウ和子《わこ》。遥《はるか》[一一]の西に旗《はた》の手の。月に映《あい》じてきらめくは。山崎[一二]の御本ン陣ン。父上の御座

ける。八 胤。九 朔日の段（一四九頁）にも登場。絵本太閤記三ノ八に「日向ノ守三女四男あり（…上の女子二人、織田信澄と細川忠興の室）、其次男子則ち十兵衛光慶、今年十四歳也。次は十次郎と呼で、十二歳、その次自然十一歳、女子九歳、末子乙寿丸は八歳也」。三ノ十一で光秀は、筒井順慶を味方につけるために乙寿丸を人質に出そうとしたが、戻された。一〇 淀は、現京都市伏見区南西部の淀、納所《のうそ》一帯で、天正期まではこの辺が宇治川、桂川、木津川の合流点（下流は、淀川）であったが、以後、幾段階も、地形が変化した。淀堤は、文禄三年（一五九四）伏見城建設にともない、宇治川岸に築かれたので、天正期にはない。「淀堤伏見口の下にあり。伏見口より淀領の境まで水上およそ十二丁半余、三栖より淀小橋まで行程一里の間松原にして景色よし」（淀川両岸一覧）。

時	天正十年六月十一日
所	淀堤

一一 淀堤から山崎は西に当る。
一二 史実では十一日に光秀は山崎、洞が峠から撤退して下鳥羽（現京都市伏見区）に本陣を置き、淀城（現京都市伏見区）と勝竜寺城（現長岡京市勝竜寺）を戦いの拠点とし、十三日の合戦では勝竜寺城に近い下植野村（現乙訓郡大山崎町下植野）の御坊《おんぼう》塚を本拠とした。

所。わらはが夫ト政道《まさみち》殿も主君ンの御ン供。翌《あす》は早〻光秀様に御対面ン。お嬉しうござりますかへ」。「ヲヽ嬉しい〳〵。早ふおとゝ様に逢ィたいけれど。どふやらねむたい〳〵」。と詞の内に。ふら〳〵眠《ねぶ》り。

「ヲヽお道理でござります。太切ツの[一]蜜事《みつじ》を受ケた俄《にはか》の旅《たび》立チ。若シや敵キの間者《かんじや》に出合《(であひ)》。御ン身の御難ン義有リもやせんと。心は[二]千〻に誰レ有ラふ。江州丹州両国の御ン主ジ。今では四海の御ン大将。惟任《これたう》将軍ンの御公達《きんだち》。あまたの従者《じうしや》引キかへて。従《したが》ふ者は此柵。杖柱《つへはしら》とも思し召《(めす)》。[三]御心根がおいとしぼい。是といふのも父上の道に背《そむ》きし御ン企。たとへ望ミは叶ふても。勿体《もつたい》ない御主君ンの。春長ガ様に刃を合ハし。主殺しの大罪《ざい》と。世の口の端《は》に[四]情ない。夫レに連レたる我ガ夫トも。倶に汚名《をめい》を下ダすかと。思へば悲しい〳〵」と人ト目なければ声上て。「わつ」と計《(ばかり)》に伏沈む心ぞ。思ひやられたり。立チ戻りたる赤山が夫《(それ)》と見るより相図の[五]呼子《よぶと》。[六]友呼ブ千鳥ばら〳〵と。顕はれ出し[七]以前の組子。「女めやらぬ」と追ツ取リ巻ク。驚きながら遁《(さすが)》の柵。音ト寿を囲ふてすつくと立チ。「ヤア心得ぬ人〻の挙動《ふるまひ》。何者成ルぞ」と咎《とが》むれば。赤山は大口明キ「ヤア何者とは舌長ガし。主殺しの光秀が一ツ子

一 二五九頁の伏線。
二 砕ける、を略す。
三 おかわいそうだ。
四 かかるのが、を略す。
五 呼子笛から呼子鳥(郭公の異称かとされる、古今三鳥の一)を連想。
六 群れ集まっている千鳥。呼子鳥から古今三鳥の一、百千鳥の縁で連想か。
七 赤山配下の者達。

音《ト》寿《じゆ》丸。軍《サ》の幸先《さいさき》久吉公へ差出す。早く渡せ」とのゝしつたり。「ホ、、、、事おかしや。光秀公の御内《(みうち)》にて。人《ト》も知《ッ》たる松田太郎左衛門[八]が女房柵。主《(しゆう)》[九]なしの久吉殿。夫《レ》に随ふそち達が。及ばぬ事を」と云《ハ》せも立《テ》ず。「ソレ者共」と赤山が。下知に従ひ一《チ》[一〇]度に。切《ッ》てかゝるを事ともせず。右と左りに〽なぎ立《ッ》れば。口程にもなき雑《(ざう)》人《ン》原むら〳〵ばつと逃散《ッ》たり。透《すき》を窺ひ後《ロ》より。切《リ》込《ム》赤山早足《(さそく)》[一一]の柵。ひらりとかはせば赤山が。首は前にぞ落にけり。

「サア〳〵此隙に音《ト》寿様。此場を早ふ」と。かい〴〵敷《ク》忠義一《チ》途《づ》の女気に。主君の若を伴《ともな》ひて。定め[一二]。なく〳〵短夜に。心。せかれて〽たどり行

八 真顕記七ノ九、明智軍記十に「松田太郎左衛門政道」。甫庵太閤記三に「山手の先備《(さきぞなへ)》は松田太郎左衛門尉」。
九 主君春長を討たれて浪人同然の。
一〇 いちどう(一同)か。
一一 足のすばやいことから、機敏の意。
一二 行くあてが覚束ない意の定めなしに、泣くを掛ける。
※この段は祇園祭礼信仰記三ノ口、足利義輝将軍の若君(実は取替子)を乳人侍従が介抱し、追手を切り抜ける件りを作りかえた。

同十二日のだん

(松[一]田利休住家の段)

誰を乞《こふ》。鳴《ク》や梢《(こ)ずへ》に。[二]から衣[三]ほつてふ蟬[四]の音《(ね)》を友と。世をいとふたる浪人の風雅《ふうが》を好む一かまへ。谷の流れも[五]水無月の。[六]空半なる夕暮《レ》時《キ》

遠寺の鐘のかう〳〵[七]と。兼ての願《ガ》ひ有《リ》磯海[八]。深き思ひに柵[九]が縁《ン》[一〇]によるべの舅の住家そこ爰とたどりくる〳〵長畷《(ながなはて)》[一一]稚子連《レ》て夜《ル》の道。漸《やう〳〵》尋《ネ》あたり[一二]にも。家居なければ爰ならんと。柴の軒端《のきば》に佇《たゝず》みて。

「イヤのふ音寿様。夫《ト》松田太郎左衛門殿の差《シ》図を請《ケ》て来事《き(ごと)》[一三]は来ても。つゐに是迄音《ト》信《(おとづれ)》もせぬ親御の所。どふやら敷《キ》居が高ふなり。閃《はいり》にくう思ひます」と。いへば音寿が打点頭《(うち)うなづき》。「そなたが得閃《(え)はい》[一四]らずばおれから先《キ》へ閃つてやらふ」と。何《ン》のぐはんぜ[一五]も

時 天正十年六月十二日
所 天王山麓、松田利休の閑居

一 初演、豊竹咲太夫(二四八頁六行目まで)。
二 衣服の美称。「梢に鳴くは。蟬の唐衣」(謡曲・杜若)。
三 つくつくぼうし。「衣ほすてふ天の香具山」(新古今集・夏)を下に敷き、「ほすてふ」と掛ける。
四 蟬の音だけを友として、世間との交わりを避けている。
五 六月のこととて、谷の水流も枯れ。
六 そらなかば、と読む。空の中ほどに月が上りつつある。
七 鐘の音を、これこれこうと予てから、の意を掛ける。
八 荒磯海。越中(富山県)の歌枕。氷見市から高岡市にかけての富山湾岸の古称で、後に富山湾の総称ともみられた。
九 名前と、複雑な思いにからまれて、の意を掛ける。次のよるべも縁語。
一〇 縁につれて頼るところ。
一一 長い、田の間の道。但しここは、

上《ガ》り口。

一六「アヽコレ申《シ》」をしほにして。閃《はい》る物音《ト》「何やらん」と。納戸を出《(いづ)》る妻の真弓。顔見合《ハ》して柵が手をもぢもぢと。「ホヽヽヽほんに私《シ》とした事が。いかに舅《しうと》君の所じや迚《(とて)》案《ン》内なしにぶ作《さ》法《ほう》千《ン》万。お赦しなされて下さりませ」と。いへどこなたは不審《しん》顔。「夜に入《ッ》て若い女中の子供をつれ。舅の所へ来たとは。此母は覚へはござらぬ」。「成《ル》程々々委《ゐ》細《さい》の訳を申さねば。そふ思し召《ス》も理《ことは》りながら。私《シ》事は十三の時《キ》家出致されました。御子《し》息《そく》宗太郎殿の女房柵と申《ス》者。夫《ト》も今はれつきとした侍《イ》。名も改《メ》て松田太郎左衛門と申《シ》まして。夫《レ》ははゝ適《あつばれ》の武士。どふぞ是迄の事は川へ流し。元《ト》の親子に」。「ヲヽそりや云《ハ》しやれいでも知《レ》た事。元《ト》より気一七に違《(たが)》ふて家出したと云《フ》でもなし。生《マ》れ付《イ》て力《ラ》強《づよ》。草深《カ》い住《マ》居を嫌《きら》ひ。我一八《レ》と我《ガ》手《(で)》に家出した宗太郎。わしは明《ケ》暮《レ》こがれて居ます。そして連《レ》てわせ一九たは夫婦の中に出来た子か。マアマアこちへ」と嬉しさの。子には目のない母親が。悦ぶ中《カ》へ宗左衛門。刀片《タ》手にあゆみ出《(いで)》。「お祖母《ばゞ》何を二〇べりべりおいやるぞ。親を見捨《テ》た不孝《かう》の躮《レ》。夫《[レ]》に連《レ》添《フ》此女郎《(めらう)》嫁なんぞとは穢《けが》らは

山崎と京都を結ぶ直線道久我畷を想定。

一三 たずね当たる、と周囲を掛ける。

一四 来たことは来たものの。「来事は来ても在所の事」(新版歌祭文・上)。

一五 入ることができないなら。

一六 わきまえもない意の頑是なし、を略す。何の気遣いもなしに門内に上り(入り)かかる。

一七 底本ここに「二人」に似た字形の文字譜があるが、未詳。

一八 父親の気に背くことをして。

一九 勘当も受けないのに自分の意志で。

二〇 来た、の軽い敬語。

女性などの口数の多いことを罵っていう。

しい。早立《チ》帰れ」と一つかふどに。いふをおさへて。「ア、コレ夫《レ》は一《チ》途《づ》な思ひやう。毎日〳〵二壁訴訟《かべそせう》。願《ガ》ひの折も幸《イ》と。初めて逢た嫁の手前。どふぞ了簡《れうけん》し中《カ》直りして下され」と。いふも涙の種ならん。

「エ、又しても〳〵役に立《タ》ぬ三悴《レ》が訴訟《そせう》。聞《キ》たくないぞ。よい年《シ》をして女房去《ル》も世間《ン》の笑ひ。暇《いとま》のかはりじや向後《けうかう》物は四云《ハ》んずく。早く奥へお行きやれ」と。常の気質《きしつ》の五じやうごはに。詞はなくてしほ〳〵と心。

六〽残して立《ッ》て入《ル》

柵は気の毒《どく》の中《カ》に願《ガ》ひも云《ヒ》兼て。俄《にはか》に作る。七軽薄《けいはく》笑ひ。「ホヽヽヽほんにまあよしない事から御夫婦のおいさかい。もふお腹《ラ》立《チ》は重ゝの御尤じやがどふぞ夫《ト》の願《ガ》ひ。則《チ》此子は主人《ン》と仰ぐ光秀公の御公《ン》達《だち》音《ト》寿丸様。夫《(それ)》に付ての御訴訟《そせう》」と何か様子は八白《ラ》紙に。書《キ》認《したゝ》めし願《ガ》ひの一《ッ》書。舅の前にさし置《ケ》ば。九遉《さすが》骨肉同抱《こつにくどうばう》の我《ガ》子の手跡《しゆせき》としぶ一〇〳〵ながら。手に取《リ》上《ゲ》て押《シ》開けば。様子いかゞと気遣《カ》ふ嫁。舅は猶も眉《まゆ》をひそめつぶ〳〵読《よむ》も口の中《チ》。巻《キ》納《メ》てにつこと笑ひ。「何事

一　つっけんどんに。
二　それとなく願うこと。
三　悴のための詫びの願い。
四　ずく、はもっぱらその状態でいることを強めていう時の接尾語。今後、ずっと物は言わない。
五　情強。
六　初演、豊竹巴太夫(二二五一頁一二行目まで)。初演時の最初の番付は、十二日の段の太夫は、咲、美代、内匠。後刷の番付で咲、巴、美代、内匠となり、巴太夫より上位の咲太夫に短い端場を語らせる不釣合な配役となった。
七　追従笑い。
※松田太郎左衛門は甫庵太閤記三で山崎出身とする。永禄十一年(一五六八)の大山崎惣中連署状の神人の中に松田太郎左衛門尉の名があるという(『大山崎町史』)。
八　知らず、を掛ける。
九　ここは骨肉を分けた、腹から出た我子の意。同胞(同抱は宛字)は胞胎を同じくするもので、兄弟にいう。
一〇　不機嫌な顔をしながら。
一一　合戦を、の音便。
一二　大義名分を持たない。絵本太閤記三ノ八「陶尾張守、大内義隆を殺(しい)せしも、毛利の為に滅亡し…、(毛利が)十二ヶ国の大守と成り、天下の頸(くび)を闘(あらそふ)は、其名正しきによって也」。
一三　推し量ったる。
一四　堀尾茂助吉晴(一五四三—一六一一)。尾張

ならんと思ひしに。少し計《リ》は侍《イ》くさい所も有《リ》出かす〳〵」。「そんなら夫《ト》のお願《ガ》ひと申ますは」。「成《ル》程太切《ツ》の蜜《みつ》事。其方はしるまい〳〵。悴《レ》が我への願《ガ》ひといふはコヽ此小児。光秀此度《ビ》当山崎におゐて。合戦《ン》[一一]のいどむといへ共無名《イ》[一二]の軍。元《ト》より主殺《ころ》しといふ大《イ》罪《ざい》。天何《ン》ぞ是を赦《ゆる》さん然らば十《ヲ》が九つ負《まけ》軍《(いくさ)》と押《シ》[一三]はかつたる悴太郎。去《〔ル〕》によつて。光秀が一《ツ》子音《ト》寿丸我に養育を頼み。成長《せいてう》の後は出《ツ》家ともなしくれよとの願《ガ》ひ書又柵事は敵がた森尾茂助[一四]が妹に候へば是も親が手より返し遣はしくれよと有《ル》悴が文面」と聞て恟り柵は膝摺寄て。詞「ムヽスリヤ主君《ン》の若殿お預《ケ》申さん其為にお詫の使ひとつにはわたしが身の上兄様へ返してくれとは何《ン》の事。そふいふ事とは露しらずウ舅御様へお詫して。ウ[一五]嫁よどふせい斯《(かう)》せいのお詞受て帰りなば。ウ夫《ト》の悦び此身の手《て》ウ柄《がら》と悦んでゐる物を科もない身を去《ラ》ふとは。ウ聞《コ》へぬ夫《ト》の心や」と。スヱテくどき歎くぞ道理ハル中

也。

詞「ハテ扨何も歎くにや及ばぬ此宗左衛門も元《ト》は武士。乱れたる世を遁《のが》れ。心を澄す茶道の楽しみ。折〻は久吉殿の招きに預《〔カ〕》り咄しの伽《とぎ》[一六]。[一七]弓も引《キ》かた真柴へ心通はす某。

出身。信長・秀吉に従い戦功を立て、後に秀吉の三中老の一人。秀吉没後は徳川方。子忠氏が関ヶ原の戦功により出雲・隠岐二十四万石を与えられたが早世し、吉晴は幼少の孫忠晴に代って政治を執り、松江城を築いた。太閤記の著者小瀬甫庵はこの吉晴に仕えたために、太閤記で吉晴を史実以上に活躍させ、以後の太閤記類もこれを継承している。妹が松田の妻というのは、浄瑠璃の創作だが、常山紀談六の、堀久太郎の家臣父子が両軍に分れ、父が主君堀に子の手紙をみせたため、久太郎が山を先に占拠した話がふまえられているか。

一五 嫁と認められ、こまごました用事でも言いつけられるようになって。

一六 お相手役。

一七 弓も引き方によって、当らぬようにできる意から、縁故のある者を贔屓する時にいう。

一 胤。二「飛んで灯に入る夏の虫」(譬喩尽)。三 親御とて、の誤りか。親の権威で我ままをいうといっても。四「窮鳥入レ懐猟師不レ擒レ之」(譬喩尽)。もとは顔氏家訓。五 家。六 お置き申す。七「いざ、せさせ給へ」の略で、丁寧に誘う時にいう。さあ、おいで遊ばせ。八 竜の腮(ごあ)の下にある珠がとり難いと同様、この自分の手にある音寿丸を。九 する、を罵っていう。一〇 がや、は相手の注意を促す強め。一一 →三三三

大悪《ク》ぶ道の光秀が種[一]と有ば願ふてもないよき得物。首打放し久吉公へ献《ン》ずるならば嘸悦び。ハテ飛《ン》で[二]火に入夏《なつ》の虫《むし》とは是ならん」と。舅の一言柵が聞より又も二度恟《びつく》り。「ほんに〳〵親子[三]とて余《あんま》《ン》りな情しらず猟人《かりうど》[四]さへ懐へ入《ル》鳥は助《ケ》る物たとへ此身は去《ラ》れても。夫《［ト］》に立る心の潔《けつ》白女《ナ》でこそ有《あれ》松田が女房。主人《ン》の若殿めつたにお首は得渡《タ》さぬ。斯《かう》いふ内[五]に片時《かたとき》も置《キ》[六]ます事は成《リ》ませぬ。申《まうし》若殿様。いざゝせ[七]給へ」と立《［チ］》寄《ル》を。突退《ケ》〳〵音《ト》寿丸小脇に引抱《ひんだ》《キ》はつたとにらみ。「ヤア竜の[八]腮《あぎと》にかゝりし小倅《レ》。連《レ》帰らんとは叶はぬ事。わるく妨げひろぐ[九]やいなや。身の為にならぬがや[一〇]」。「ヲヽ元《ト》より夫《ト》に去《ラ》れし此身。生て詮《せん》なき我命。ちつ共厭はぬ〳〵」と。又立かゝるを「シャ面《めん》倒《だう》な」としんの当[一一]「うん」と倒《たを》るゝ其隙《ひま》に奥の間さしてかけ入《ッ》たり。

跡には一人《リ》柵が苦痛《くつう》こたへておき直り。「チヱヽ胴欲ともむごい共何に譬《たと》へん舅君。何弁へも七つ子[一二]のお首を敵《キ》に渡さふとは。心は鬼か蛇かいのふ。たとへ此身はひしぐ[一三]〳〵ほに成《ル》迚《とて》も。取《リ》かへさいで置《ク》べきか」と。心を配る椽《ン》先《キ》に。落ちる一《ッ》書は夫《ト》の手跡《しゆせき》。「柵殿へ光高[一四]より。スリヤ最前《ン》の文の中に封《ふう》じ込《メ》たる此一《ッ》書」心ならず[一五]と封押《シ》

頁注二三。 一〇 ない、を掛ける。

※光秀の末子を忠義な乳母が守護し逃れる話は真顕記七ノ十六、七ノ十八にみえる。但しその末子は八歳の乙寿丸(真顕記、所見本は天寿丸)ではない。光秀は坂本城にいる妻お巻の方に、名を知られている我が子は、秀吉が生かしておかないであろうが、知られていない末子だけは脱出させてほしいと書き置きを送り、お巻の方はその子を乳母とともに逃がした後、乙寿(天寿)丸を刺し殺し自害する。→付録四54。

一三 ししびしほ(肉醬・醢)の転。古代中国で行われた、人体を塩漬けにする刑。どのような目にあっても、の意に用いる。 一四 二五六頁七行の政道は真顕記と一致。光高は不明。

一五 心が心でない。気懸りだ。

一六 天王山での戦いをさす。甫庵太閤記三で光秀が松田を天王山に遣わした件りに続き「又秀吉は堀尾茂助をめして、急(いそ)(ぎ)天王山に上り、備を固(かた)(く)し有べきと制しつかはしゝかば、堀尾、二百人預りし弓鉄炮に下知して曰、なるべきほど馬上につゞき、山崎の上なる天王山へ急(いそ)(ぐ)べしと」。堀尾茂助をここに登場させるのは史実ではなく、甫庵太閤記の潤色であるが、真顕記七ノ七ではこれを敷衍して、六月十二日に、秀吉・光秀とも「明日の一戦勝敗たゞ天王山を取ととらざるとに有此山は敵味方の争地ゆへ早く是を取べき

切《(きり)》。詞「書残す一《ッ》書の事。ヤア〳〵そんなら夫太郎左衛門殿は討死の覚悟《かくご》で有《ッ》たか。ハア。
何にもせよ」と又取上《ゲ》。「ナニ〳〵今度の合戦主君光秀公主殺しといふ悪《ク》名。其罪遁《つみのが》
るゝ事有《〔ル〕》まじく覚へ候故其方を頼み親人《ト》へ若《カ》殿の義くれ〴〵相頼む事に候。又ゝ明一六
朝の戦《たゝか》ひに向ひ候敵《キ》はそちが兄森尾茂助春久に候よし。元《ト》より討《チ》死の覚悟に候へば。
一七我《レ》等が首は春久へ遣《カ》はし候。なれ共妹の縁《ン》につれ。一八用捨も候はゞ武門の中恥べき事
に候へば是非なく暇《(いとま)》遣《カ》はし候段。必ず恨《ミ》有《ル》まじく候」と。地ハル読《ミ》もおはらず立上り。
詞「こりや斯《〔かう〕》しては居られぬはいのふ。夫《ト》の最期《さいご》は此暁。若殿の御身の上奥へ踏込取返
さふかイヤ〳〵。あれ〳〵あの鐘は一九八つの鐘《かね》。天王山へは一里の余。夫《ト》の命も助け
たし。地二〇こりやマアどふせう〳〵」と。ウ主と夫の身の上を〔。〕ウ我身一人に二一柵が。上立《ッ》たり
居たり詮方も。ウ二二涙ながらに気を色取直し。〔詞〕「何にもせよ是より直《(すぐ)》に天王山へかけ付《ケ》て夫《ト》
に一言そふじや〳〵」と。二三帯引しめ。ウ二四常には弱《よは》き女気も夫に立《ッ》る貞《て〔い〕》心の。合ウくもらぬ鏡
色てる月に上照《てら》す道筋一さんにこけつまろびつ。合二五三重
二六〽したひ行

也」とそれぞれ堀尾・松田に下知し、両人とも弓鉄炮の者三百余人(堀尾には、後から堀久太郎が加勢して五百余人、松田方も並河掃部之助とともに都合七百余騎)を引き連れて、南(堀尾)と北(松田)から天王山山頂へと急ぐ。天王山争奪が、史実であるなしはともかく、互いに密命を帯びて天王山に向かうはずの森尾・松田が、相手方の動静を前もって知っているという本作の設定は、如何にも御都合主義で、十日の段までに見られた歴史劇的緊密性を失っている。光秀が、単なる悪人扱いになる点も併せて、十一日・十二日と、十日以前とでは、作者が違うことは明白。一七 我、に同じ。一八 主語は森尾か。浄瑠璃の常套的筋立てでは、松田が、女房の縁に引かされて女房の兄に首を与えたと言われては武門の恥辱となるので、離別した上で、縁者でない森尾に討たれてやる、という形であろう。一九 旧暦六月十二日の明け方八つは、現在ならば日付けが変り十三日午前一時半近く。二〇 文字譜、「地」の下「ハル」か、欠刻。二一 我が身一つにしがらむ、に掛ける。二二 詮方なし、に掛ける。二三 文字譜、ハルか。安政版はハル。二四 「常には弱き女気も恨につよき力ラ帯奥へ」(本朝廿四孝三)。二五 「合」の下の文字譜不明。ユリか。二六 初演、豊竹美代太夫(二五五頁六行目まで)。

（天王山の段）

[色]山は血汐《ちしほ》の[一]から紅《くれな》ひ。[ウ][二]敵《キ》も味方も入乱れ。戦ひいどむ其[中]中《カ》に。〔ウ〕森尾松田が雌雄の争《あらそ》ひ。[ウ][三]人まぜもせずは[色]つし〳〵。[ウ]切結びたる電光《でんくはう》[四][コリ]の。[下]刃の光《カ》り[ウ]飛鳥《ひてう》のごとく[フシ]鎬《しのぎ》[五]を削る其折しも。夫の生死《しやうじ》いかゞぞと。[ウ][六]気ははり弓の女房柵。[色]武家の[ウ]育《そだち》のかい〴〵敷。〔ハル〕夫を思ふ一心に。[ウ][七]木の根岩角[ウ]厭ひなく登る。[八]嶮岨《けんそ》〔ハル〕も力草[九]。[ウ][一〇]足踏じめて難なくも。[ウ]こなたの岡によぢ登り。[ハル]夫《それ》と見るより分《ケ》入て。「マア〳〵[色]待《ッ》て」も身を[一一]惜《シ》まず。[ウ]さゝゆる女房[中]突《キ》のけて。[ウ]猶も付《ケ》入《ル》太郎左衛門。[ウ]互《イ》に劣らぬ勇将猛将《ゆうせうもう》[色]。[ウ]中にうろ〳〵詮《ン》方も。[一二][上キン]なぎさの小舟柵が。[フシ]浪に漂《たゞよ》ふ其風情。

[一三][地色ハル]心も功に有合《ありあふ》楯《たて》。[ウ]切結びたる白刃《は》[一四]のしづ。[ウ]しつかとゞめ。[詞]「マア〳〵待《ッ》て下さんせ。コレ兄様茂介殿。必ず早まつて下さんすな。元《ト》より知《レ》た敵味方。討《チ》うたるゝは武士の身の。常とは知《ッ》て居ますれど。[地ハル]相《イ》手も多いに[一五]娅同士《あいやけどし》。[ウ]切《ッ》つはつつの争ひを。[ウ]何と見捨〔テ〕て置れふぞ。[ウ]思ひとまつて〳〵」と。[ウ]歎きかこつを耳〔色〕にもかけず。[詞]「ヤア[一六]義晴何

一 韓紅。深紅。
二 武智方、真柴方双方数百人が天王山頂近くで戦う。甫庵太閤記、真顕記では、主として弓・鉄砲による戦闘だが、舞台では切り合いを見せる。
三 他人を交じえず、義兄弟同士で。
四 文字譜欠刻、コハリか。安政版はヲクリ。
五 刃物の刃と峰の間の高く角立った所を削り合うほど激しく切り合う。
六 気が張り詰めるに掛ける。
七 「足に任せてはやりをの。山道岩角(かど)嫌ひなく」(一谷嫩軍記二)。
八 けわしいところ。
九 力とする草にとりつき、の意か。
一〇 踏みしめ、か。
一一 切り合う中に、危険も厭わずとどめる。
一二 せん方なし、に掛け、渚、小舟、柵、浪、漂ふ、と縁語。
一三 「二日の段」に「心も強(かう)に立戻り」(一六一頁二行)とあるのは「心も剛」の意だが、ここは、機転を利かせ、の意を含むか。
一四 切り結んだ白刃の上に、楯を、鎮(ずし)にのせて押さえ。
一五 舅同士、或いは配偶者を介しての義理の兄弟同士。
一六 前場では森尾茂助春久、ここでは義晴と、堀尾茂助吉晴の実名に通ずる名となっている。二五〇頁でも

時　前場の続き
所　天王山山頂近く

を猶予《ゆうよ》。内証の縁ッは縁〔ン〕。親子兄弟敵ゝと。鎬《(しのぎ)》を削るは武門の常。早く勝負《しやうぶ》を決《けつ》せよ」と。云せも果ずにつこと笑ひ。「死人同前の政道我《(わが)》相手には不足なり。光秀が先途《せんど》[一七]を見届《とゞ》け死る共遅《おそ》かるまじ。妹がとむるを幸。此場を早く退け」と。聞よりくはつとせき立《(たち)》。「ヤア奇怪《きつくはい》なる一言ン。弓矢取ては誰レに恥《(はづ)》べき事や有ラん。女房が兄とは云ハさぬ。首討チ取ッて修羅[一八]の奴となしくれんに。死人同前〔ン〕とは案[一九]〔ン〕外ィなり」と居尺《ゐだけ》[二〇]高。「イヤモいかやうに陳ずるとも。死色《しよく》を顕《あら》はす汝が骨ッ格《かく》。我に討れん心の覚悟《かくご》。死人と云ィしが誤りか」と。明察《めいさつ》違はぬ一チ言は。胸[二一]に盤石現《ばんじやくうつゝ》とも。心はや[二二]みの柵が。声も涙にかきくもり。「兄様のあの心ならどの様に思はしやんしても。所詮死れぬお前の命。どふぞ死ずに済ム事なら。千年ンも。万年も長ガ生して。二[二三]人リの中の。サア二人リが中に預かつた。

主人のお種音寿様の。行末も御無事な様に思案して下さりませコレ申《(まうし)》。夫婦[二四]と成ッてこのかたに願[二五]〔ガ〕ひといふは是一つ聞届けてたべ我夫《(わがつま)》」と。妹が歎き遉《さすが》に血脈《ち(すぢ)》[二六]の糸の乱れ口。涙呑込ム義晴が心の内ぞせつなけれ。

何思ひけん太郎左衛門。鎧ぬぎ捨どつかと座し。「実《(げに)》や名ィ[二七]将の下タに弱兵《じやくへい》なしと。適《(あつぱ)》レ眼

松田太郎左衛門政道を光高と記すなど、十二日の段は推敲不十分。
一七 最後。
一八 修羅道の苦しみを受ける者。戦死者は、六道のうち、絶え間なく闘争をくり返す修羅道に落ちるとされているので、ここは討死させてやる、と同義。
一九 無礼。
二〇 居丈高。
二一 胸に、大きな石で打たれたようにこたえ、生きた心地もせず。打つと現(うつ)を掛ける。悪文。
二二 うつつから、闇の現(うつ)を連想。「くるしきやみのうつゝなや」(曾根崎心中)。
二三 二五九頁一行の伏線。
二四 「夫婦に成て長の年月。たつた一度のわしが願ひ。聞届けて下され」(摂州合邦辻・下)。
二五 捨仮名カは文字譜かも知れず。この段、文章も彫りも粗雑。
二六 血筋の妹の歎きに、武士の表向きとはうらはらに、心が乱れかかり。
二七 「強将下無二弱兵一」(禅林句集)の言い換え。

力キ森尾義晴。[一]主家の無道を見限りて。[二]死出三途《づ》の先陣と。覚悟極めし心は鉄石《てつせき》。死後《しご》に頼むは此女。又是迄音ト信《(つれ)》せざれ共。実父松田利休《としやす》殿へ。預《(あづけ)》置イたる彼《(かの)》若殿。心をそへてよき様に。頼み置《(おく)》は貴殿一人。最早《(もはや)》浮世に望なし急ぎ首討《(くびうち)》我《(わが)》[三]存心。立《(たて)》さしくるゝも武士の情。猶予《よ》は返つて恨むぞ」と。云《(いふ)》より早く持たる刀腹にがはと突立れば。「のふ悲しや」と取縋《すが》り。歎く女房を取て引すへ。「サア森尾。名もなき士卒の手にかけんより。武士の情に我首を。受取リくれよ」とさし付れば。「ハヽ世の有様とは云ながら。かばかり惜き弓取も。主家の悪事は其身の不幸。残念至極」と義晴が。是非も涙[四]に立廻れば。「ヤア愚〳〵。死にのぞむは勇者《ゆうしや》の本義。骸《かばね》は広野《くはうや》にさらす共。名は千歳《ざい》にとゞまるこそ。死しての悦び此上なし早く〳〵」と[五]唱名《めう》の。「声は此世の別れか」と。身をもむ妻を[六]動《うご》かさず。膝《ひざ》に引敷《(ひつしく)》強気《がうき》の手負。「義晴いざ」と潔《いさぎよ》き。勇者の最期あへなくも首は前にぞ落にけり。

「わつ」と計リに柵は。其儘死がいにいだき付《(つき)》声も惜まず泣叫《さけ》ぶ。心を察《さつ》し[七]諸《もろ》袖をしぼるも血脈《ちすじ》恩愛の涙に。かはりなかりける。

一　この段の作者は、光秀を単なる悪人とみなしている。※　絵本太功記のドラマは十日の段で終っているので、十一日・十二日の段は、いずれにせよ蛇足である。が、それにしても、十日の段までの主題を全く理解しない作者の、拙劣な文章と構成による二段をつけ加えねばならなかったことは、本作の不幸であった。

二　死者が越えるべき死出の山、三途の川を、討死してまっ先に越えようと。

三　本心を保持して失わないこと。※甫庵太閤記にも真顕記にも、堀尾・松田の義兄弟の設定は勿論、一騎討の場面もない。真顕記七ノ九では松田政道は流れ玉に打たれて死に、「誰か箇先とも知れず一世の名ををとせり」。堀尾茂助が松田太郎左衛門らを討ち、天王山争奪を果たして、戦局を有利に導いたとあるのは甫庵太閤記以来の創作で、天王山の占拠(史実では中川清秀が果した)は戦局の一コマにすぎないが、後世、「天王山」は「関ケ原」とともに天下分け目の戦いの代名詞となった。

四　なし、に掛ける。

五　仏の名を唱えること。念仏。

六　「動かせず。膝にひつ敷強気の本蔵」(仮名手本忠臣蔵九)。

七　両方の袖。

八　誤りと思われる。

九　意味不明。鬨の声が響き、旗が靡く、意か。無意味に慣用的語句を並べた文章。

一〇　涙、亡と

義晴は涙を払ひ。「ヤア〳〵妹。歎ひて返らぬ松田が最ィ期。遺言《ゆいごん》守るは音寿が身の上。又此首はそは[八]持帰り。仏事もよきに」と詞の中。麓《ふもと》の方にゐい〳〵声。[九]ひゞきなびける両陣の。入乱れたる鬨《とき》の声。

身にぞこたゆる柵が涙[一〇]ながらに亡夫《なきつま》の。[一一]しるしの筐《かたみ》[一二]上帯《うはおび》に。包むも涙[一三]雨やさめ。[一四]ふり行末の末迄も。思ひ。つゞけし敵キ味方。兄の忠臣妹が。貞心ン[一五]くもり泣クとも麓の。方へ[三重]
[一六]たどり行。

(利休住家の段)


短夜の。風吹払ふ庭の面《おも》隈なき月も哀レそへ。涙の露か[一七]いたいけに。[一八]無慙《むざん》なるかや稚子の。目は泣キはらし。[一九]袖摺《ずり》の。[二〇]其松が枝に。[二一]からまるゝ。

妻の真弓はさし寄て。「ノウ利休《としやす》殿尤武智光秀といふ。逆賊《ぎやくぞく》の子とは云ながら。我子の為にはお主の若殿。手にかけふとは胴欲《どうよく》な。どふぞお命助ける様。思案仕かへて下さり

頭韻を踏み、以下、伊達競阿国戯場九の段切りと同じく、遺骸を取り納める時の抒情的な詞章と節付け。
一一 首。 一二 鎧の上に腰のあたりで前結びにする白布をほどいて首を包む。 一三 さめも雨の意で、雨がしきりに降るさま。涙をたとえる時にいう。 一四 雨の縁語、降り行く、と行末を掛ける。 一五 くもりなき、を掛ける。
一六 初演、竹本内匠太夫。
一七 幼い様子をいう。 一八 高音の節付けで、説経風の愁嘆を強調する時の文句。次々行にナヲスの文字譜があるので、この件りはセッキョウなどの節付けで語られたとみてよい(文字譜脱落)。女や子供が木に縛られている局面も含め、七日の段二〇九頁以下と重複する趣向。二五六頁

時　前場の続き、十二日の夜中
所　再び利休の閑居

一二行目、及び二一二頁三行目の「切り首」という、演劇用語の使用法が共通することも含め、七日の段と同じ作者か。 一九 物(ここは松)が袖に触れること。泣と袖は縁語。
二〇 袖摺松は茶室の庭などに植える、袖にすれるほどの小さい松。妙喜庵の袖摺松(→二六二頁注三)を暗示。
二一 縛られている。

ませ」といへ共。更にこたへなく。おのが好める薄茶の手前。

稚子は座をしめて。「おりや侍ィの子じやによつて何ッともない。早ふ殺して下され」と。

云放したる健気《けなげ》さを。聞クに真弓はたへ兼て。「ア丶遉《さすが》は武士の育《そだて》がら。聞分ケよい程なを不便な。コレいぢらしうはござらぬか敵と味方と分登《わけのぼ》る道は二つにかはれ共。同じ雲井に。照《てる》月の分隔《わけへだて》なき恩愛と。情の道を弁へてどふぞ命を助るやう。思案してたべ我《わが》夫《つま》」と。詞をつくし理をせめて涙。ながらに泣詫る

山手は修羅《しゆら》の責鼓《せめつゞみ》時しも遥に谺《こたま》して。「松田太郎左衛門政道を森尾義晴討取〔ツ〕たり」と。

聞より思はずすつくと立《たち》。「スリヤ悴宗太郎は早討死を遂《とげ》しとな。此上は生ケ置て詮ンなき音ト寿。此世の暇取ラせん」と。ほどくいましめ悦んで手そ丶ぶりする有リ様を。

見るに心は弱《よは》れ共。「四海の怨敵《をんでき》根を断《たつ》て枯《から》す枝葉」と抜キ放す。「のふいたはしや」とさ丶ゆる真弓。寄ルを寄セじと引キ戻し争ふ折も柵が。

背《せな》に夫トの切リ首を結ぶ妹背の別れ道脛《はぎ》もあらはにかけ戻り。

此躰ィ見るより稚子を後ロに囲《かこ》ひ「マア待ッて」と。云せも立テず声荒らげ。「ヤア此期《このご》に及

一 濃茶に比して淡くたてた簡略な点前。
二 点前。茶の湯の所作に没頭している。参考「閑を楽しむ音近が。台子にか丶り独服の濃茶の手前他念なく」(蝶花形名歌島台八、二五九頁注一二参照)。
三 育て方が武士にふさわしく立派である故に、聞き分けがよい、の意。
四 「古歌に…わけのぼるふもとの道はおほけれどおなし高根の月をみるかな」(難波土産二)。
五 筋道をたてて道理を説得し。
六 天王山の方。
七 戦場の。
八 「コタマ」(日葡辞書)。
九 森尾の勝名乗か。敵の首を持たずに勝名乗をあげるのはおかしいが。
一〇 手をもてあそぶ幼児のしぐさ。
一一 「ヲンデキ」(日葡辞書)。
一二 「敵の末は根を断て葉を枯らせといへり」(譬喩尽。三日太平記五にも)。敵の一族は絶滅させねばならぬ、の意(一六二頁九行)。光秀を幹に末子音寿を枝葉にたとえる。
一三 妨害する。寄ルの主語は利休。
一四 結い付け。結ぶの縁語で妹背(夫婦)が生死を分って。

び聞ク事ない。倅討チ死せし上は天王山を取リ切ラれ。光秀が敗軍《はいぐん》も目下《まのあたり》妨げせずとそこ退ケ」と。尖《するど》き刃振リかざす。其手に取付キ声震《ふる》はし。「コレ親父殿。慈悲《じひ》も情ケも弁へながら。初メて逢ッた嫁[一五]の思はく。生キ[一六]としいける身ではなし。先キ[一七]立ッ老イ木若木の蕾《つぼみ》。どふぞ助ケて進ンぜて」と。涙に誠姑が。情の詞身にあまり有リがた涙柵が。夫トの首を抱き上ゲ。「なき我ガ夫マも諸共に命[一八]のお詫」とさし付られ。遉《さすが》剛気の利休も。親子の輪《りん》[一九]廻《ゑ》に引されて。たるむ心を取リ直し。じりゝ〳〵と付廻す。地獄の呵責《かしやく》[二〇]三悪道。「シャ面倒《だう》な」と突退蹴《け》退。「ヱイ」と一声稚《おさな》首水もたまらず打落せば。二人はわつと泣キ倒《たふ》れ正体《しやうだい》。もなく伏シ沈む。

「主殺しの大罪《ざい》。報《むく》ひも早き此死ニざま。いで久吉の本陣へ」と。かけ出す裾《すそ》をとゞむる嫁。はつたと蹴飛しかけ行向カふへあまたの軍ン卒。高挑灯《てうちん》に威風をてらし[二一]。しづ〳〵入リ来る真柴久吉。あたり輝く陣[二二]ン装束。思ひ寄ラねば宗左衛門遥《はるか》。しさつて平伏し。「コハ存ンじ寄ラざる公の御入来。只今陣ン所へ推参《すいさん》の所。願ガふてもなき対イ顔」と。敬《うやま》ひ深く相述《のぶ》れば。久吉完爾《くはんじ》と打笑《ゑみ》て。「逆賊光秀が一ッ子音ト寿丸。足下扶助《ふちよ》[二三]致さる由。

一五 嫁の思うところ。強欲非道の舅と思われて恥ずかしくないか、の意。
一六 すべての生き物の意の「生きとし生けるもの」(古今集・仮名序)に拠るが、ここは、生き通しに生きる身の意に誤って転用。「貴殿も生キ通しにもせまい。海とも山ともしれぬ水子。見遁しやるが武士の情」(源平布引滝三)。
一七 先立つべき老木の我々夫婦が、たとえ咎めをうけても、将来のある若木の蕾の音寿を。
一八 音寿丸の命が免ぜられるようにお願い。
一九 仏語で、衆生が成仏できず、六道をめぐって生まれかわり、死にかわりすること。転じて輪廻のもととなる愛着、妄執。
二〇 仏語で地獄、餓鬼、畜生をいう。「逃まどふ。外にはむごやつれなやと。恨も三方三悪ク道。前キ生の敵同士がいとしかはいの孫や子に。生れてうきめを見するかと」(近江源氏先陣館八)。
二一 輝かし。
二二 当世具足(戦国時代以後の簡略化した鎧)に陣羽織を着けた服装か。
二三 保護しておられる。

[一]家臣ン森尾が蜜事の注進ン。急ぎ討ッ手と申スも余マり仰ゝ《げう〳〵》敷ク。久吉蜜《ひそか》に向カふたり。いかに〳〵」と厳然《げんぜん》たる。詞に猶も恐れ入リ。「ハヽ、計カらず手に入ル武智が紛レ。討チ取ッたるは某が。信義《しんぎ》[二]を忘れぬ兼ての交り。イザ御改メ下さるべし」と。血汐を清めさし出《いだ》せば。久吉とつくと実《じつ》[三]検有リ。「父光秀も此如く。やがて討チ取ル主君ンの怨敵《をんてき》。とは云フ物の稚き者。不便ンの最イ期遂たるよな。イヤナニ宗左衛門。云ハば小児《に》の此切リ首。梟木《けうぼく》[四]にさらすにも及ぶまじ。由縁《ゆかり》の方へサ[五]葬り召サれ。御辺ンへの恩賞《をんしやう》は。風《ふう》雅を好める別業《べつげふ》[六]へ。思ひ寄ッたる寸ン志の一ト品。それ〳〵者共早《はや》是へ」と。仰の下タに雑兵《ざうひやう》共。庭にどつさり一トつの居石《すゑいし》。

「何と宗左見られしか。亡君《ばうくん》春長ガ公の御自《じ》服《ふく》[七]とも思されて。お請有ラば拙者が悦び」。「スリヤ其石を某へ」。「いかにも。小袖がはりの小袖石。菖蒲《あやめ》[八]にも。あらぬ真菰を引キかけし。かりの淀のゝ忘られぬかなヲ、さらば。〳〵」と一チ礼し。従《じう》者引キ連レ久吉は[九]本ン陣ンさして帰らるゝ。

跡見送つて宗左衛門ほつと吐[一〇]息も突詰し女心の柵は何思ひけん表の方。欠《かけ》出す戸口立テ

一 森尾の密告は二五五頁一行目の言葉と矛盾する。二五九頁で明らかになる事情を、松田夫婦が兄に打明けていた形跡がないので、支離滅裂である。

※近世における絵本太功記の夥しい(忠臣蔵につぐ)上演頻度にもかかわらず、十二日の段は、一回も再演されていない。名手内匠太夫に、麓太夫の十日の段とほぼ拮抗する愁嘆場を割り振る必要から、戯曲の統一を乱すこの段が設けられたとしても、文章、構成ともあまりにも拙劣で、丸本にも誤りが多い。初日寸前に台本の一部と配役に変更が生じた(↓二四三頁注一、二四八頁注六)ことも拙劣さと関係するか。

二 我子太郎左衛門の縁故を捨てて、久吉の為に音寿を討ったことをいう。

三 首実検。 四 さらし首を載せる台。獄門台。 五 光秀方の太郎左衛門との関係等を知って知らぬふりをする。

六 別荘。後に妙喜庵となるこの家をさす。 七 時服。その時季に応じて、将軍家などから下賜される衣服。

八 金葉集七(恋上)の相模の歌。菖蒲でもない真菰(水辺に茂る草で、むしろに作る)を引き被って共に寝た仮の寝屋(夜殿)が忘れ難い。夜殿と淀野を掛ける。後出の頼政の歌、及び山崎に隣接する淀の縁でこの歌を引く。古来、淀の住人が、端午の節句に権門に菖蒲を献ずる習慣があった(田良島哲「中世淀津と石清水神

切《きる》利休「ヤレ待《テ》女。一一音《ト》寿丸が身代りに二人《リ》が中《カ》の毈《レ》を殺し。夫《ト》が最期の忠義も立《チ》。嘸本《ン》望で有《ラ》ふな」と。聞《イ》て恟り。「ムウそんなら此子を初《メ》から。あなたの孫といふ事を」。「ヲヽ十六年《ン》が其間。対面《ン》せざる我《ガ》毈《レ》。たとへ幾年経《いくとしふ》る迚《とて》も。骨肉《こつにく》分《ケ》し此親が。見忘れてよい物か。音《ト》寿丸に出《いで》立《タ》せ。連《レ》来りし稚子の。面ざし目元《ト》鼻筋《はなすじ》迄。忰《レ》に其儘生《キ》写《うつ》し。其時《キ》孫とは。知《ッ》たるぞや。とは云ながら。一二現在の祖父が手にかけ一《ッ》刀の。下に消《きへ》行不便《ン》さを。こらゆる心の四苦八苦《く》。コリヤ。推量せよ」と大声上《ゲ》。取乱したる溜涙。一三ねふれるごとき死首を。右と左りに打守り。「コリヤ忰。久〻にてよく来たな《ア》。一四十六年《ン》が夢の内。忠孝全き親子が最期。ヲヽ出かしおつた」と一《チ》言《ン》が。「一五夫《マ》子の為の経陀羅尼」と。有《リ》がた涙柵が。袖に一六露置《ク》一七かこち言。「そふしたあなたのお心としらで恨みし不孝《かう》の罪《つみ》。お赦しなされて下さりませ」。「アヽ其詫言は此母が。云《ハ》ねばならぬ此場の一八時宜《しぎ》。孫と我《ガ》子の死《ヌ》るのを。夫《レ》と一九白《ラ》髪《が》の身の因果。むごい者じやとさげしんで。たもるなやいの」と姑が。詫るも涙聞《ク》涙。「アヽ勿体《イ》ない事おつしやつて下さりますな。嫁と名計《リ》是迄に二〇お宮仕へもする事か。逆《さか》様《マ》事を見せまする。

人」『史林』六八―四)。九 以下、大将が、首実検の後いわく有りげな品を恩賞に置いて「本陣。さして帰陣」し、主人公が、幼児の母親の心底を見抜いて物語りをする運びも、近江源氏先陣館八の踏襲。一〇 吐息を突く、と突詰た、を掛ける。一一 我子を、身替りに立てるために若君と称してきた、という設定は、この頃の浄瑠璃では珍しくない(眉間尺象貢三、鎌倉三代記五など)。我子(または当人)の死が予定の行動であることを見抜いて「手にかゝって嘸《さぞ》本望」と、手にかけた側がいうのは仮名手本忠臣蔵九の踏襲。一二 邪見に見えた祖父が、実は子に忠義を立てさせるため、或いは義理のために苦悩しながら、孫を殺すという設定も大塔宮曦鎧三、蝶花形名歌島台八等、多くの先行作にみえる。特に利休が孫を縛って茶の湯を立てている場面(二五六頁一行)は蝶花形名歌島台の音近が、孫二人に切り合いをさせて鼓を打つ件りの作り替え。本作の七日の段とも重なるところがある。一三 子と孫の死首。一四「十六年ンも一むかし。ア夢で有たなあ」(一谷嫩軍記三)。一五 経と梵語の長文の呪《じゅ》。経陀羅尼の功徳以上に、成仏に役立つ、の意。一六 涙。袖の縁語。一七 ここは愚痴をいって嘆くこと。一八 仕儀の宛字。一九 知らず、に掛ける。二〇 親や舅姑に仕える時にもいう。

不孝の罪《つみ》が恐ろしい。とはいふ物の[一]あぢきない。二世と契りし我ガ夫マの。最期の場所に居ながらもとめる事さへ[二]情ない。いとし可愛の千ン石迄人も多いに祖父様の。お手にかけふと親の身で[三]連レて来事《きごと》は何事ぞ」と。歎けば遖《さすが》利シ休スも。恩愛死別ツのうき涙一タつの首を見つ見せつ。取リ乱したる三人が。涙の雨に水かさのいとゞ増りて淀川の堤も。崩《くづ》るゝごとくなり。

利シ休漸《やうやう》涙をおさへ。「忰が忠義を立テさせんと信ン義を失ふ我ガ計ラひ。[四]天ン地を見抜ク久吉殿。賜《たまもの》も有ルべきに。小袖にかへて遣はすと心得ぬ庭の居《すへ》石。其上猶も不審《しん》なるは。[五]金ン葉集《ようしう》に乗セられし[六]相模《さがみ》が詠歌。菖蒲《あやめ》にも。あらぬ真菰《まこも》を引かけしと。[七]引キぞ煩《わづら》ふ[八]頼政が深意《しんゐ》を取レば千石が。最期を花によそへし謎《なぞ》。[九]躮レが子袖千石と。心を込メし我レへの賜。今こそ思ひ当タつたり」と悟《さと》るも遖《さすが》久吉の。[一〇]名イ智を感ンずる計リなり。

柵は膝すり寄《より》。「スリヤ身がはりといふ事を」。「そんなら孫の千石が。身代りに[一一]立テたのも。水の泡《あは》になりますかいのふ」。「ヤア愚〳〵。敵を恵《めぐ》む寛ン仁ン大イ度。猶も願ガひを立テんと思はゞ。此利休《としやす》が皺腹《しは》ラ一トつ。必ず留《とめ》な」と[一二]指添《さしぞへ》を。既に抜カんとする所。

一 むなしくわびしい。 二 出来ないとは、を略す。 三 何で、連れて来などしたのだろう。動詞の連用形に、「こと」や「様」をつけて、「何事ぞ」と受け、その事柄を強く否定する言い廻し。参考「あの様におとなしう。産付ケざまは何事ぞ」(奥州安達原三)。 四 「大地を見ぬく時政の眼ン力をくらませし」(近江源氏先陣館八)。→二五八頁注九。ここは、偽首に気付かぬとは不審であり、その上に、の文を省略。 五 大治元、二(一一二六、七)年頃成立の、第五番目の勅撰和歌集。源俊頼撰。 六 平安朝時代の女流歌人。十一世紀中期に活躍。小倉百人一首「恨みわび」の歌が著名。中古三十六歌仙の一人。 七 源平盛衰記十六や太平記二十一の源頼政が菖蒲前を下賜された時の歌「五月雨(さみだれ)に沢辺の真薦水越ていづれあやめと引きぞわづらふ」(太平記)による。上皇が頼政の恋する菖蒲前を同じ装束の美女とならべて頼政を当惑させたが、右の歌によって本ものの菖蒲前が与えられた。 八 相模の菖蒲、真菰の歌と、頼政の「いづれあやめと引きぞわづらふ」の歌から、久吉の暗示する意を汲み取ると。 九 小袖に、太郎左衛門の子千石、の意をこめて。菅原伝授手習鑑二で菅丞相が娘苅屋姫をさして「我子袖と思し召」というのをふまえる。 一〇 明智の宛字。すぐれた智恵。 一一 「立ツた」とあるべきところ。

取《リ》付《キ》歎きとゞむる二人《ン》。「放せ〳〵」と争ひの。折もこそ有《レ》一《ト》間より。「ヤア〳〵松田宗左衛門利《シ》休殿。狼狽《うろたへ》ての犬死なるか早まられな」と声をかけ。障子をさつと真柴久吉。しづ〳〵と立出《(いづ)》れば。思ひ寄《ラ》ねど騒《さは》がぬ利休《ス》。「ヤア犬死とは事おかしや。誠真《せいしん》[一三]の失《しつ》せし某が既に報《むく》ふ此切《ッ》腹」。「ホヽ遉《(さすが)》は老躰《ろうたい》[一四]。斯《(かく)》も有《ラ》んと察《さつ》せし故。陣《ン》所へ帰る躰《ィ》に見せ。とくより忍び窺《うかゞ》ひ聞《ク》。西国の探題《たんだい》[一五]たる真柴久吉。実検遂《じつけんとげ》し光秀が一《ッ》子。天地広《ひろ》しといへ共今一人《リ》と有《ル》べきか。主君《ン》を弑《しい》せし武智光秀。夫《レ》に引《キ》かへ子息政道。討《チ》死遂《とげ》しは適《レ》勇者。せめては死したる人ゝの菩提《ぼだい》の為に此所[一六]へ。庵《いほ》りを結び利《シ》休殿。好める道の茶を以《ッ》て。往来《ゆきゝ》の人《ト》に施《ほどこ》さば。死《ス》るに増《サ》る節義ならん」と情の一《ッ》句は則《チ》悟道《ごどう》[一七]。死をとゞまつて松田利休。「ハ〳〵恵《ミ》も厚《あつ》き御仰。教《をし》への心は即菩提《そくぼだい》。心の濁《にご》り[一八]墨染の。衣がはりは此《コレ》居士衣《こじゑ》。くもりを払《ラ》ふ誓《ちか》ひぞ」と髻《もとゞり》ふつゝと押《シ》切《ッ》て。「姿心もかはる世に我《レ》は茶道《さだう》の道広く。孫が其名の一《チ》字を取《リ》。利《とし》休を其儘に千《ン》[一九]の利休《りきう》と改名《かいめい》し。[二〇]浮《キ》世の塵《ちり》に交《まじ》はる共只本《ン》覚《(がく)》の仏《ッ》性たらん」。「ホヽヽヽ天《ン》性備はる千の利休。今[二一]よりは久吉が則《チ》茶道の師と頼ま

三 脇差。 一三「の」は「を」の音便。誠実さと真実に欠けた自らの行動の結果として、の意。 一四 律気、または心配症の意であろう。 一五 探題は鎌倉・室町幕府が、九州等、遠隔の重要な地方に置いた職名。政務・訴訟・外寇の鎮定を司どる。絵本太閤記三ノ七の光秀の言葉に「先年信長公、日本の追捕使定られける時…山陽道は羽柴筑前守、山陰、西海の二道を某に命ぜられしが故に、丹波平均の後、但馬国征伐の事を訴訟に及ぶといへども、終に許容し給はず、却て山陰、山陽の両道ともに羽柴筑前守征せられぬ」とあるをふまえるか。 一六 祇園祭礼信仰記三の久吉の言葉「此里を天下茶屋村と呼。…是より南に茶店を構へ。往来の人に一ぷくの茶を施すが(松下嘉平次の)追善供養」を転用。 一七 久吉の一言に悟るところあって。 一八 心の濁りを澄ますために墨染(掛詞)の衣を着て出家となる代りに、在俗で仏道を志す居士の着するこの居士衣を着て。 一九 千利休の名の由来譚。千宗易が天正十三年に朝廷から、利休の居士号を与えられたことによる。 二〇 在俗のままでも、ひたすら人間本来の清浄な真理(本覚)を懐いて、仏として本性(仏性)を全うしよう。 二一 千利休を松田太郎左衛門の父、宗左衛門利休とするのは、勿論本作の創作であるが、山崎の禅寺妙喜庵の功叔和尚が利休の弟子で、利休は山崎にも

ん」と。約束かたき小袖石[一]。庭に哀レは稚子の[二]。涙の種か袖すり松[三]古《こ》跡《せき》となりて末の代に。残る其名の因ン縁ンは。此時キよりとしられたり。

かゝる折しも真柴の郎等《らうどう》。庭上《ていしやう》に大息キつぎ。「御注進ン」と呼はれば。「ホヽ堀《ほり》本ト義太夫[四]。味方の勝利は何ンと〳〵」。「ハア。仰の如く備《そな》[五]へを立テ。両陣ン互に鎬《しのぎ》を削《けづ》り。爰をせんどゝ戦ふ中チ[六]。敵の勇将蟹《かに》江[七]才蔵。陣ン頭に踊《をど》り出《いで》。味方の諸軍ンを手玉の如く打付ケ。投付ケ欠《かけ》廻ハる。其勢《いきほ》ひにおぢ恐れ。少したゆみて見へたる所に。福嶋の陣ン中より。至《いた》つて小兵《こひやう》の桂《かつら》市兵衛。斯《かく》と見るより飛かゝり。互に組ミ合フ金剛《こんがう》力キ者。六尺ゆたかの才蔵を。難ンなく生ケ捕《どり》古今ンの手柄《てがら》。勝ッ色見する間ダもなく。川を隔テし筒井順慶[八]。時分ンはよしと光秀が陣ン所を目がけ無二無三。一ト手に成ッて責かくれば。敵は廃忙狼狽《はいもうらうたへ》騒《さは》ぎ[九]。崩れ立ッたる其虚に乗ッて。追ッ立テぼつ詰メ責付クれば。是迄也と光秀も馬を飛バして只一ッ騎《き》。小栗栖《ぐるす》さして落延しを追イゝかけ行《ゆく》味方の勝利[一〇]。御帰陣ン有ッて然るべし」と。悦び勇ミ訴ふれば。

「ヲヽ潔しく〳〵。イザ小栗栖へ後詰《ごづ》メせん[一一]。旁《かたがた》用意」と久吉の。詞にはつと迎カひの軍ン

居を構えたことがあり、また山崎の戦いに勝利を得た豊臣秀吉が、一年余、山崎に城を築いて本拠を置き、信長の茶頭であった千宗易らを招いて茶会を催し、秀吉と宗易(利休)の関係が、一挙に深まったことは事実である。「妙喜庵…千利久此所に住して二畳敷の囲を建る秀吉公おり〳〵渡御ありて茶の湯あり」(都名所図会四)との伝承は観客にもよく知られていた。

一 師弟の約束。堅き、石、と縁語。二 未詳。現在、妙喜庵には伝承がない。三 山崎の名勝妙喜庵に遺る袖すり松(→二五五頁一〇行)の由来譚。妙喜庵は現京都府乙訓郡大山崎町字大山崎小字竜光、JR山崎駅に近接する臨済宗東福寺派の禅寺。ここに利休作と伝える国宝の茶室待庵《たいあん》があり、露地に、秀吉の袖がふれたと伝える袖すり松(現存のものは代替り)が植えられている。本作では、利休の閑居が後の妙喜庵で稚子千石を縛った松が袖摺松である、と作りかえた。四 加藤清正の家臣森本義太夫(老人雑話・下、常山紀談十)、真顕記七ノ二で四王天とともに尼崎で久吉を狙い、光秀に計略の失敗を報告する明石義太夫を一つにした人物か。五 陣の備え。布陣し。六 先途。大事の瀬戸際。七 真顕記七ノ九による。→付録四55。八 真顕記七ノ十による。→付録四56。九 敗

兵《(ひやう)》フシ いざ御帰陣ッと引キ居《(すゆ)》る。

合キン 駒にゆらりとウ法リの一二 縁ン。ハル 結ぶ一三 一〔ツ〕世と二世の縁ン。ウ 切ッて捨テたる亡魂《なきたま》の。ウ 一四 しるしを直グ

一五 ウ に野辺送り。上 一六 又思ひ出す。ウ 女気に涙一七 の袖や鎧の袖。一八 ウ 旭《あさひ》に映《えい》じきら〳〵。合 一九 ウ 綺羅《きら》一ッ天

に刈《かり》取ル真柴。二〇 ウ 仁徳なりや風雅《が》中キン の徳。ハル 忠孝全《まった》き其徳を世〻に。色 伝へて上 三重

上 美嘆《びたん》せり

亡。うろたえあわてる事。 一〇 次々と、の追々と、追いかけを掛ける。 一一 加勢に行こう。 一二 乗ると仏法の意の法(のり)を掛ける。 一三 親子は一世、夫婦は二世。利休と太郎左衛門、柵と千石は一世、柵と太郎左衛門は二世の縁。 一四 太郎左衛門と千石の二つの首をさすのであろう。 一五 葬送。 一六 一谷嫩軍記三の段切り「名残の涙。又思ひ出す小次郎が。首を手づから」によるか。 一七 涙、袖と縁語、袖すり松を連想させる鎧の袖(→二六二頁注三)から、鎧の金具が朝日に映じる、と続く。 一八 本作では六月十三日の明け方には、勝敗が決していたことになる。 一九 久吉の威勢が一天に輝く朝日の如くさかんで、柴を刈りとるように(→二三五頁一行)天下を手に入れていくさまをいう。 二〇 仁徳は久吉、風雅の徳は利休、忠孝の徳は太郎左衛門と千石。

※十二日の段で随所の拙劣さに加え、劇として最大の欠点は、千石が身替りとなった本ものの音寿丸がどうなったか、全く描かれていないことである。久吉が音寿の生存を黙認した(二六一頁六行)のは、真顕記七ノ十八と二十四の、光秀の末子生存説話(→付録四57)をふまえたものであるが、真顕記を読んでいない観客にはその事情が理解できず、千石の身替りの意味もはっきりしなくなる。

同十三日の段[一]

[二]神《ン》力《キ》勇者《ゆうしや》に勝《かた》ずといへ共。天遂《つい》に是を罰《ばつ》す。されば武智十兵衛(じふびやうゑ)光秀。[三]筒井《つゝい》順《ン》慶が裏《うら》切《リ》によつて山崎の一戦《ン》破《やぶ》れ。漸《やう〳〵》遁《ガ》れ小栗栖《をぐるす》[四]の藪《やぶ》陰近《カ》くさしかゝれば。追《イ》ゝ欠くる真柴方。「ソリヤ落人《ト》よ遁《ガ》すな」と。おめき叫《さけ》んで切《リ》かゝれば。「シヤちよ[五]こ才な[六]うづ虫共。冥途《めいど》の導《みちび》きしてくれん」と。振かざしたる刀の稲妻《いなづま》。瞬《またゝ》く内に先手(さきて)の軍兵。十二三騎切て落せし勇猛《ゆうもう》力。「叶はぬ赦せ」と一同に。嵐にさそふ端武者共。むら〳〵ばつと逃失たり。

相人なければ光秀は太刀のいきり[七]をさまさんと。藪《やぶ》の小かげに手綱をひかへ。傾く運の口惜涙。鎧の袖にはら〳〵〳〵。降かゝつたる夕立の空も哀や添ぬらん。

折ふし藪のこなたより。たゆみ佇《たゝず》む光秀が鎧の透間を見極めて。ぐつと突込猪突《しゝつき》[八]鑓。驚きながら切払ふ間もなく突出す竹鑓の。穂《ほ》先は風のしの[九]薄《すゝき》。なぎ立突立切払ひ暫し時を

一 初演、豊竹秀太夫。 二 ここは人盛んにして神祟らず、などと同義。「神力勇者に勝ッ事あたはず」(神霊矢口渡一)。 三 一五四九―八四。大

時	前段の何時か後
所	小栗栖

和郡山城主で、信長から大和一国の支配に任ぜられていた。光秀と親しく、本能寺の変後、六月十日に光秀は洞が峠(現大阪府枚方市と京都府八幡市との境。淀川対岸に天王山を望む)に陣を張って順慶を味方に招いたが、順慶は形勢不利と見て、動かなかった。真顕記その他で、順慶が光秀にも秀吉にも同心の如く見せかけ、十三日の山崎合戦で洞が峠から両軍の形勢を眺め、有利な秀吉方に付いたとする日和見の順慶の説話は、史実ではないが、本作もこれによっている。 四 現京都市伏見区小栗栖。 五 ここに「ハル」に近い文字あり。 六 →二二二頁注六。 七 熱気。 八 竹鑓。「藪越に突出す竹鑓光秀が鎧のすき間右の脇腹をあばらを懸てぐさと突」(真顕記七ノ十三)。 九 風になびくしの薄の如く幾本も。 一〇 群がって鳴く蟬の声が光秀を弔う続経の声の如く聞え。主人公を哀悼する作者の姿勢。本作の、発端、朔日、二日、六日、八日、九日、十日、十三日が近松やなぎの執筆であろう。

※史実の光秀は十三日の夜、敗れて

ぞ〳〵うつしける。
梢《こずへ》に[一〇]すだく蟬《せみ》の経《けう》。手向《(たむけ)》となりし武智光秀。[一一]小手定まらぬ竹鑓を。[一二]身の毛のごとく刺通《さし》され。流るゝ血汐に夏草を花と染なす紅ひの。田畑あぜ道刀を杖。よろぼひよろぼふ無《む》慙《ざん》の有様。ほつと一息[一三]撞《つき》出す鐘[一四]寂滅為楽《じやくめつゐらく》責太鼓。修羅《しゆら》の迎《むか》ひの百性共。集《あつま》り寄〔ツ〕たる一むら雀又。突かゝる上段下段。一世の瀬戸と受流し。爰を。せんどゝ〳〵切ふせぐ。手練《しゆれん》の鉾先《(きつさき)》百性共。「叶はぬ赦せ」と我先に跡をも見ずして〳〵逃散たり。「遁さじ物」とかけ出し。心は矢猛《やたけ》とはやれ共身体労《つか》れどつかと座し。[一五]拳貫《こぶしつらぬ》く無念の歯《は》がみ弱《よは》る心を取直し。[一六]一元《げん》に帰す此世の暇。刀逆手《さかて》に我腹へがはと突立引廻す。

程なく来たる真柴久吉。万里に羽うつ[一七]大鵬《ぼう》の。威勢《ゐせい》は旭《あさひ》の登るが如く。ゆう〳〵然と歩み寄《(より)》。「いかに光秀主を討たる天罰《ばつ》の報《むく》ひを思ひ知たるか」と。太刀抜放し光秀が首をはつしと打落し諸軍ッに向カひ声高く。「ヤア〳〵者共。此虚《きよ》に乗ッて敵キの残党《ざんたう》[一八]左馬助光俊《みつとし》。[一九]斎藤内蔵《さいとうくらの》助が備《そな》へを暫時《ざんじ》に攻崩《せめくづ》し。名に近江路の湖《みづうみ》へ一騎《き》も残らず追イ沈《しづ》めん。[二〇]旁《かた〳〵》来れ」と先キに立チ。勇み進んで凱歌《がいか》の声。箙《ゑびら》をたゝき凱陣《かいぢん》の。其悦びを今爰に。うつすも

勝竜寺城に入り、坂本に向かって脱出、明智軍記では「北淀ヨリ深草ヲ過キ…十四日丑ノ剋計リ小栗栖ノ里ヲ歴(へ)ケル処ニ」土民に襲撃され、深手を負って自害した。本作の光秀は、史実や真顕記七ノ十二、十三の如く何人かの家臣に守られてではなく、ただ一騎、しかも落武者となり深手を負っても、大勢の敵を敗走させる強さを見せる。
一二 子供の手同然の未熟な百姓共の。
一三 鬢毛。 一三 吐くと撞くを掛ける。
一四 生死に束縛される煩悩の世界を離れた境地にこそ真の楽がある(涅槃経の無常偈の句)ことを告げる鐘の音。 一五 握りしめた拳の親指が手の甲へ貫くほどの。激しい無念さの表現。 一六 → 一九八頁注二。光秀の辞世の言葉をそのまま地の文に用いることで光秀の立場に立った作者の姿勢を一貫させている。
※光秀が土民に刺された場所は現京都市伏見区小栗栖石川町のあたりとされる。隣接する小坂町の本経寺の門外東側にも、光秀最期の地と伝える所がある。
一七 荘子・逍遥遊に見える大鳥。羽ばたきして高く飛上ること九万里(摶ニ扶揺一而上者九万里)といわれる。
一八 安土を守っていた左馬之助は、山崎の戦況を気遣い打出の浜まで来て主君の敗戦を知り、秀吉方の堀久太郎と勇戦、名馬で湖水を乗切り、坂本城に到り、光秀の妻子を刺し、

勧善懲悪《くはんぜんてうあく》の端《はし》ともなれと一まさな言書キ納《ハル》めたる君が代の。万ンヽ歳《ぜい》の寿《ことぶ》きは中カヽ中もおろかなれ

寛政十一年　未七月十二日

当豊竹 東竹田 両座兼帯 二近松やなぎ

作者 三近松湖水軒

四近松千葉軒

城に火を放って自刃。一九 斎藤利三。美濃の斎藤義竜に仕え、後に稲葉一鉄、信長に仕えたが、天正八年(一五八〇)光秀の家老となる。内蔵助の去就をめぐって光秀が信長の不興を買ったことが、明智軍記、絵本太閤記等に見える。山崎で勇戦し、一旦身を隠すが捕えられて刑死。春日局の父。二〇 底本、振仮名「がた〳〵」。

一 戯れごと。天正以後の歴史をそのまま舞台にかけることは許されないので、歴史でも実録でもない、ほんのお笑いぐさです、との姿勢をとる。※絵尽には「同十三日のだん」の末尾に「こすいわたり道具見事〳〵」と記すので、当初は左馬之助の湖水乗切りを見せる予定であったと思われる。続編、太功後編の旗颺は湖水乗切りで始まる。

二 享和三年(一八〇三)没、四十二歳。肩書にある通り、寛政十一年当時、道頓堀竹田芝居(座本泉川崎之助)の歌舞伎狂言作者を兼ねる。劇作家としての本領は浄瑠璃にあり、浄瑠璃の初作、寛政三年(一七九一)彫刻左小刀(→二一五頁※)から享和二年の絶筆、日吉丸二度清書まで、特に太閤記物の作者として、本作以外にも幾つかの佳作を残した。日吉丸稚桜(享和元年)は今日もしばしば文楽で上演され、大坂落城物の日本賢女鑑も曲が伝承されている。

三 本作が初作。寛政十二年、鳰海高

[五]浄瑠璃太夫連名

豊竹麓太夫
豊竹巴太夫
豊竹吾太夫
豊竹坂太夫
豊竹柴太夫
豊竹袖太夫
豊竹時太夫

竹本咲太夫
豊竹伊達太夫
豊竹曾根太夫
豊竹秀太夫
豊竹美代太夫
豊竹磯太夫
竹本内匠太夫

名硯を、近松柳添削で、近松梅枝軒と合作。
四 別名近松松輔。彫刻左小刀に、近松やなぎの助作者として、千葉軒で署名(絵本太功記でも千葉軒の署名本あり)。太功後編の旗颺に、本作と同様、湖水軒とともに署名するが、以後は名が見えない。
五 座頭の麓太夫以下内匠、時、咲の各太夫が大字で記され、切場を受持ち、磯、巴、吾、美代、坂、秀の各太夫が立端場や重要な端場を、二回または三回語り、残りの四人は軽い端場を語っている。

一 おうきょく。謳はうたう。語り物の音曲、と解してよいであろう。
二 五声が相和し、相応じて美しい音曲をなすこと。 三 音楽のほどよい調子。音楽の調子の緩急抑制。礼記・楽記に「広㆓其説奏㆒、省㆓其分采㆒」

右[一]謳曲以通俗為要故文字
有正有俗且加文[二]采節[三]奏為
正本云爾

元祖[四]豊竹越前少掾遺弟
豊[五]竹麓太夫[光暁]

江[六]戸四日市　松[七]本平助板
京[八]寺町通松原上ル町　菊[九]屋七郎兵衛板
[一〇]大坂心斉橋筋北久宝寺町　[一一]勝尾屋六兵衛板
同[一二]心斉橋塩町角　本[一三]屋清七板

とあるによる。奥書の文は、「右の謳曲は、通俗を以て要と為(な)す。故に文字に正有り俗有り。且つ、分采節奏を加へ、正本と為すと、しか云ふ」。右の語り物即ち浄瑠璃は、誰にも分り易いことを肝要とする。故に用いる文字には正字もあり俗字もある。しかも音楽的効果を配慮した節付けを加え、正本と呼びうるものとした次第である。四 豊竹座の創始者初代豊竹若太夫の受領名。麓太夫の直接の師は初代豊竹駒太夫(越前少掾門弟)であるが、越前少掾生前から豊竹座にあり、元祖越前少掾の門葉でもある。五 一七三〇―一八二二。人形浄瑠璃全盛期の最後、宝暦七年(一七五七)豊竹座初出座、以後文化十四年(一八一七)頃まで豊竹系の主力として息の長い活躍を続け、人形浄瑠璃を、天明頃の衰退から、寛政以後の再生・古典化の方向に導くために重要な役割を果した。六 現東京都中央区日本橋一丁目。七 慶寿堂。江戸買物独案内(文政七年)に書物問屋として掲載。取扱い書に「儀太夫丸本」と広告。菊屋・本屋とともに浄瑠璃正本の板元。八 現京都市下京区寺町通松原上ル西側。九 菊華堂。今井氏。寛文年中からの老舗。彫刻左小刀の板元。一〇 現大阪市中央区北久宝寺町三丁目。一一 小林氏、絵本太閤記の板元。一二 現大阪市中央区南船場三丁目。一三 正本屋。玉置氏。芝居番付、丸本類の板元。

伊達《だて》競《くらべ》阿国《おくに》戯場《かぶき》

安永八年(一七七九)三月二十一日、江戸肥前座初演。作者は達田弁二・鬼眼・烏亭焉馬。伊達騒動と累《かさね》を扱った歌舞伎狂言「伊達《だて》競《くらべ》阿国《おくに》劇場《かぶき》」(安永七年閏七月十二日江戸中村座、外題表記は初演番付による)の浄瑠璃化。

伊達騒動(寛文事件)物は、享保頃から実録体小説でさかんにとりあげられ、明和七年(一七七〇)序『全書仙台萩』をはじめ『仙台萩』『伊達鏡実録』等の諸本を生み、歌舞伎でも宝暦前後から、特に江戸で度々演じられたが、安永六年、大坂の奈河亀助等作「伽羅先代萩《めいぼくせんだいはぎ》」は名作で知られる(中村幸彦「実録と演劇―伊達騒動物を主として」『中村幸彦著述集』第十巻)。他方、元禄三年(一六九〇)刊の『死霊解脱物語聞書』(服部幸雄『変化論』に翻刻)により著名となった下総の累譚も、享保以後、浄瑠璃・歌舞伎で種々の形で扱われ、明和五年、中村座の「伊達模様雲稲妻」では、累・高尾と伊達騒動が結びついた(東晴美「累狂言の趣向の変遷―「伊達競阿国戯場」以前」)。

歌舞伎「伊達競阿国劇場」は、初演時、団十郎(五世)・幸四郎(四世)の確執で不入りとなったが、桜田治助らの作は好評であった。初演台帳は現存しない。「宴遊日記」別録の詳細な初演時の観劇記録(『日本庶民文化史料集成』翻刻による)が伝える筋と、浄瑠璃とを比較すると、浄瑠璃「伊達競阿国戯場」は、第二から第五まではおおむね歌舞伎により、第六以後はほぼ創作であることが分る(文化五年市村座再演の「伊達競阿国戯場」台帳も、浄瑠璃と「伽羅先代萩」の影響が大きく、初演時とは異なる)。脚注ではこの、浄瑠璃「伊達競阿国戯場」が歌舞伎からどこを受け継ぎ、どこが創作であるかがはっきりするように留意した。なお脚注引用の『仙台萩』は宮城県立図書館蔵天明元年写本。

本作は、第六その他が烏亭焉馬研究の重要な資料であるが、戯曲の価値は焉馬以外の作者による第八「垣生村」、第九「土橋」にある。この二段は、浄瑠璃の先行作『糀水絹川堤』等の「古累」に対し「新累」とよばれ(千葉胤男「義太夫節の正本の異本について」)、怨霊譚を夫婦愛のドラマに昇華させた秀作で、現在、文楽では「薫樹《めいぼく》累物語」の外題で(または「伽羅先代萩」通しの一部として)上演される。

底本は長友千代治氏所蔵七行百十九丁本。対校本は早稲田大学演劇博物館所蔵再版本。異同は二七二頁注一・四、四二九頁注九他参照。

（見返しに掲げる初演時の太夫・三味線役割）

十段続役割

初段　豊竹　達太夫
　　　三弦　鶴澤　吾四郎

第二　かけ合　竹　寿楽
　　　豊竹　倉太夫
　　　豊竹　久太夫
　　　豊竹　文太夫
　　　豊竹　千代太夫
　　　豊竹　岸太夫
　　　豊竹　常太夫
　　　豊竹　布太夫
　　　豊竹　滝太夫
　　　豊竹　折太夫
　　　三弦　大西　藤蔵
　　　同　大西　繁蔵

第三　豊竹　伊勢太夫
　　　三弦　大西　藤蔵

第四　豊竹　多美太夫
　　　三弦　野澤　久米蔵

第五　口　豊竹　筆太夫
　　　　　三弦　鶴澤　蟻鳳

第六　奥　豊竹　紋太夫
　　　　　三弦　野澤　庄次郎
　　　口　豊竹　倉太夫
　　　　　三弦　鶴澤　万三郎
　　　奥　豊竹　折太夫
　　　　　三弦　大西　藤蔵

第七　口　竹　寿楽
　　　　　三弦　大西　藤蔵
　　　中　豊竹　嶋太夫
　　　　　三弦　野澤　庄次郎
　　　奥　豊竹　氏太夫
　　　　　三弦　鶴澤　蟻鳳

第八　口　豊竹　兵庫太夫
　　　　　三弦　野澤　勘吾郎
　　　奥　豊竹　筆太夫
　　　　　三弦　鶴澤　蟻鳳

第九　豊竹　紋太夫
　　　三弦　野澤　庄次良

第十　口　豊竹　伊勢太夫
　　　　　三弦　大西　藤蔵
　　　奥　豊竹　嶋太夫
　　　　　三弦　野澤　庄次良

千鶴万亀叶

一 題名の読みは、寛政四年(一七九二)、江戸肥前座上演番付と、本作のもとになる歌舞伎「伊達競阿国劇場」初演時番付による。天明元年(一七八一)大坂いなり社内上演の時は「おくにしばゐ」。伊達競は、華美を競う意で、伊達騒動に、歌舞伎の元祖出雲阿国をからませた作意を表わすが、阿国の役は登場せず、お国に伊達家の領国の意を匂わす。内題下は後の版は「作者烏亭焉馬」。二 底本見返の役割によれば初演者は豊竹達太夫、三弦鶴澤吾四郎。三 古より今に至るまで、天地の間に起った事を観ずると。古文真宝後集・箴類、張蘊古、大宝箴に「今来古往俯察仰観」。鵜飼石斎の諺解に「此八字ハ古今天地ノ間ト云義也」。四 底本の漢字は「密」。再版本で「察」に埋木訂正。五 熈または熙(ともに、やわらぐ意)の誤り。仙台萩一冒頭に「今来古往俯して観仰て観れは天下熈々として一度は盈一度は欠く或は治り或は乱る。夫君賢明なる時は則家国危といへ共幸に安し」。六 呂氏春秋に「盈則必虧、

[一]伊達競阿国戯場《(だてくらべおくにかぶき)》

座元　豊竹東治

(初　段)

(金閣寺の段[二])

[三]〔序詞〕今来古《こんらいこ》往俯《わうふ》して密《みつ》[四]。仰《あをい》で見れば慗《きやう》[五]として。一《チ》[六]度《ど》は満《みち》一《チ》度は闕《かく》。或《あるい》は乱《みだ》れ或は治《おさま》る。其君権《くんけん》明《あきらか》なる則《ときん》ば。家国あやうからずと。唐土《もろこし》のたとへを爰に大倭《おほやまと》。足利《あしかゞ》八代の武将《ぶしやう》[七]義満《よしみつ》[八]公の御仁政《じんせい》〔ヲロシ〕〽波《なみ》しづかなる。〔ハル〕[九]四つの海。

[一〇]〔地中〕未《(いま)》ダ中年ン〔ウ〕にましますといへども。〔ウ〕御病身《びやうしん》の御ン労《いたはり》殊に茶道《さどう》を好《この》[一一]ませ給へば。御舎弟《ごしやてい》左金吾《さきんご》[一二]頼兼《よりかね》公に禁裏《きんり》[一三]守護《しゆご》の職《しよく》〔ハル〕を預《あづけ》。〔ウ〕閑静《かんせい》の地に御隠居の願兼ゝ《ねがいかね〳〵》立テ[一四]し普請《ふしん》〔中〕の結構《けつかう》。〔ウ〕成就《じやうじゆ》せししらせによつて時の官領《くはんりやう》[一五]。細川修理《ほそかはしゆり》ノ助勝元《かつもと》[一六]。智仁《ちじん》[一七]の聞へ隠れなき文武《ぶんぶ》兼備の其骨《こつ》〔ハル〕柄《がら》。同じく山名伊豆ノ入道宗全《さうぜん》[一八]。邪智《じやち》[一九]ねいかんを押〔中〕シかくす。長〔ウ〕[二〇]けんの袖広椽《ひろゑん》[二一]先キ。〔ウ〕しづ

先王知物之不可両大」。 七 武将は浄瑠璃では将軍と同義に用いる。 八 第二には先将軍義政公とある。 九 四方の海の内。天下。 一〇 将軍はまだ壮年であられるが。 一一 底本振仮名「どの」。 一二 江戸土佐少掾の高尾ものの浄瑠璃、三世二河白道の主人公浮田左金吾から仮構(鳥居フミ子「高尾狂言のはじめ」)。本作の先行作の阿国染出世舞台(宝暦九年、市村座)にも東山の頼兼が登場(中村幸彦「実録と演劇―伊達騒動物を主として」)。 一三 将軍の職を意味する。 一四 朝廷に願い上げていた意と建物を建てるとを掛ける。 一五 管領は、室町幕府で将軍を補佐する最高の職名。斯波・細川・畠山氏が就任。近世演劇では徳川幕府の老中等を想定。 一六 細川右京太夫勝元(一四三〇—七三)。細川持之の嫡子。室町幕府管領。 一七 智と仁、文と武を兼ね備えた立派な人物の風采。 一八 山名持豊(一四〇四—七三)。八代将軍足利義政のもとで、細川勝元と対立し、応仁の乱が惹起された。 一九 佞奸。家臣などの表は大人しく、内心が悪賢くねじけた者にいう。

※近世演劇では通常、細川を善、山名を悪と設定する(当世小国歌舞妓、阿国染出世舞台ほか)。

時	足利八代将軍の末期
所	洛北、金閣寺

〳〵と立出《いづ》るは。頼兼公の二二執権《しつけん》二三仁木弾正左衛門教将《のりまさ》。ハル跡に続《つゞい》て板桐志妻《しづま》各《おの〳〵》。フシ席《せき》に着座《ちやくざ》有ル。

地色ハル勝元ト二四異義《いぎ》を正《たゞ》し。詞「将軍ン義満《よしみつ》公には御多病《たびやう》にまします上エ。二五座禅観法《ぜんくはんばう》の御暇《いとま》には。風《ふう》雅に御心を寄セ給ひ。物しづかなる此景地《けいち》に三ン重の楼閣《ろうかく》を築《きづ》き。兼《かね》て後世《ごせ》の御ン営《いとなみ》。二六金ン閣寺《かくじ》と寺号《ごう》を御ン付ケ遊ばされ。二七庫裏《くり》方丈に至る迄普請《ふしん》麁末《そまつ》のなき様にとの御諚。滞《とゞこをり》なく成就せし上エからは。近《きん》ゝ〳〵御《(おん)》入リの内イ見ン分ン。山名殿には御老躰《たい》の御苦労《くらう》千ン万ン。地ウ早《(はや)》見ン分ンも相《(あひ)》すみぬれば。ウ打くつろいで御休息《きうそく》」と。ハル挨拶《あいさつ》有レば色山名入道。詞「ア丶これは〳〵勝元ト殿 某《それがし》抔《など》は晩年《ばん》ンに及ぶといへ共。苦労な共存ンぜぬ勤《つとめ》。ア丶我ガ君には悪了簡《りやうけん》。今時分から仏ケ二八なぶり。茶の湯の歌のと気のつまる事計リ。二九我ガでに年をよせる様な物。夫レに引キかへ御舎弟《しやてい》の頼兼公。三〇嶋原の傾城高雄とやらんにうつゝを抜《ぬか》し。昼夜《ちうや》をわかぬ廓通ひ。三一ほうらつだじやくの其人トに禁庭《きんてい》の守護《しゆご》覚束《おぼつか》ない。ぜひ〳〵御隠居がなされたくは。先ンゝ将軍の御ン血《ち》筋。三二大江《ゑ》の図《づ》幸《かう》鬼行《つら》殿。伯父御《おぢご》なれ共まだ年シ若。跡目相続《さうぞく》有ル時は足利の御代《みよ》長久ならんに。ヤモ室町チの館《いへ》を三三芝居事には仕兼《しかね》ぬほうらつ。

二〇 長絹(固くて艶のある美しい絹布)の直垂の略であろう。 二一 袖が幅広い、と広縁先に、を掛ける。 二二 近世演劇では家老とほぼ同意。 二三 仁木教将は仁木満将の子。仁木氏は足利尊氏のもとで幕府執事をつとめたことがある。日本王代一覧七、応仁の乱の条に山名方の武将として「仁木ノ教将」を挙げる。本作では伊達騒動の逆臣方の巨魁とされた原田甲斐を想定。 二四 威儀の宛字。 二五 心に仏法の真理を観ずること。 二六 京都市北区金閣寺町にある臨済宗鹿苑寺の通称。応永四年(一三九七)に完成した、三代将軍足利義満の北山山荘を遺命により禅林として鹿苑寺。三層の最上層を金箔で荘厳した舎利殿が著名なため金閣寺と通称。 二七 庫裏は寺、とくに禅宗寺院で食事の調理などをする所、方丈は住職の居間。本堂はいうに及ばず、庫裏方丈に至るまで、の意。 二八 道楽半分に仏事を営むこと。 二九 自分から好んで。 三〇 近世、京都の公許の遊廓。寛永十七年(一六四〇)頃に、葛野郡朱雀村にたてられた西新屋敷の傾城町。 三一 放埒惰弱。 三二 三世二河白道の敵役、当麻図幸勝広のちに大江のゆふがん鬼つらから仮構。黒本・東伽羅夫(→二八六頁注一三)では仁木入道ぜんくわいの子たへまの介、後にたへまのづかう鬼つら。実説の伊達兵部。 三三 芝居のお家騒動物は若殿の傾城狂いから始まる。

ハ、、、、アイヤ誠に細川殿の御息女とは。云号《いゝなづけ》有ル頼兼公。お気に障《さはり》申シたらば老人《らうじん》にめんじ御めん有レ」と。出ほうだいなる一言ンも。事を好まぬ細川勝元。弾正左衛門すゝみ寄リ。「コハ宗全《さうぜん》様の仰《おほせ》共存ンぜぬお詞。頼兼公の御身持放埒《ほうらつ》とは。何を証拠《せうこ》の[一]さかしらごと。承らん」と詰《つめ》寄ル弾正。細川せいして。「コレサ教将《のりまさ》。宗全殿のお詞は国家《こくか》の為。[二]心にさゆるは返つて不忠。夫レに付キ先キだつて願イ上ゲし。お国ニとやらん[三]台頭《だいたう》の女舞《をんなまひ》。[四]洛《らく》外《ぐはい》[五]四条河原におゐて。かぶき芝居を赦《ゆるし》[六]しくれよとの願イ。則チ我ガ君へ御伺《うかゞい》申せし所。此比《このごろ》諸国の軍サも納り。一ッ天下おだやかなれば。益ゝ《ますく》人ン気をやわらぐる女舞。差赦し[七]遣スすべしとの御諚《じやう》。教将《のりまさ》其旨《むね》云イ付ケられよ」と。詞にはつと仁木弾正。「ハアいか様是は[八]我ガ君の御政徳《ごせいとく》。普《あまねく》四海にしらする為。御尤モなる君の御賢慮《けんりよ》。頼兼公も将軍ンの御弟君。折ゝのくるわ通ひは[九]なされ内。夫レに何ンぞや放埒《ほうらつ》のだじやくのとは。宗全《さうぜん》様には少《ちと》お心がちいさい様に存じまする」と。すこしもひるまぬ侍イの。[一〇]詞を返す板桐志妻《いたぎりしづま》。「ヤア官ン[一一]領職《しよく》に向つて弾正左衛門詞が過る。云イ号《なづけ》の姫を嫌《きら》ひ。[一二]輿《こし》入リも何ンのかのと延引《ゑんいん》させ。傾城《けいせい》に性根《しやうね》をうばはれ十日も廿日もくるわに居続ケ。アノほうらつ成〔ル〕頼兼

一 余計なさし出口。
二 不快に思う。気にさふる、とでもあるべきところ。
三 女舞は幸若舞の一流大頭（だいがしら）から分れた女の舞々。元禄八年（一六九五）の女舞笠屋三勝と赤根屋半七の心中事件は有名。
四 京都市街地の外側。延暦十三年（七九四）遷都の際には、南北は一条大路・九条大路、東西は京極の外であったが、街は東に延び、秀吉が天正十九年（一五九一）、東は鴨川、西は紙屋川、北は鷹ケ峰、南は九条を限って土塁を築き、以後はその外が洛外。
五 四条大路の東の末に当る鴨川の河原。元和頃には、西岸の大きな中洲に七つの櫓が許されたとの伝承があり、興行街として栄えた。江戸の土佐浄瑠璃に「京四条おくに歌舞妓」がある。
六 「ゆるし」の「し」は衍字。
七 捨仮名「ス」は衍字。
八 ここは将軍義政公。
九 なされてよい範囲のこと。
一〇 下の者が上の者に言い返す場合が多いが、ここは単に反論の意。
一一 史実の山名宗全は管領ではないが、幕府最高職の管領と設定。
一二 婚礼。
一三 詮索。事の次第。この意ではひらがな表記が多い。
一四 当世流の世渡り上手。
一五 無礼。
一六 馬の耳に念仏。

公を。室町チの御跡ト目とはイヤハヤ余りなるせん[一三]さく。夫レに又。きらはれた娘を。押付ケて嫁《よめ》入リさせふと思し召ス。勝元ト様のお心もア、何とやら当世[一四]めく」と。[地ウ]山名と眼《め》と眼を見合して。[ウ]傍若無人《ぼうじやくぶじん》の詞の端《はし》。[ウ]無法の族《やから》に詞あらそひ。[ハル]無益《むゑき》の至りと耳《みゝ》にも[フシ]かけず聞ぬ顔。

[地色ハル]弾正左衛門眼に[色]角ト立テ。[詞]「ヤア上を恐れぬ板桐が案外《あんぐはい》[一五]千万。[地ウ]聞捨ならず」と教将《のりまさ》が。[ウ]立チ掛るをせいする[ハル]勝元ト。[ウ]「ヤレ性急《せいきう》也仁木教将。[ウ]しづまられよ」と[中]押なだめ。「聾は雷《らい》を恐れずと。板桐ごときの田夫野人《でんぶやじん》。何ニ云ッてきかせたり共牛[一六]に経文《きやうもん》。無益《（むやく）》の詮義。貴殿ッはソレ。とつくりといさむるは[一七]臣下《しんか》の道。世の人口《じんかう》[一八]をふさぐが忠義。アイヤ何宗全殿。用事もすめばはやお暇《いとま》」。「いか様拙者《せつしや》も御同道。まづ〱おさきへ」。[地中]「しからば」と。

[ウ]表テにかざる伊達道具[一九]。[ウキン]はや供ぶれ[二〇]をお先手の。[合][ウ]歩行《かち》が袖ふる[二一]虎の威《い》を。[ハル]振《ふる》ふ山名が尾[二二]に付ク志妻。[ハルフシ]はかりしられぬ。[地色ウ]教将が善悪二つ一トすじに。[ウ]底意《そこい》[二三]はふかき。[ウ]細川につれてやかたへ[大三重]

一七 主君頼兼公を諫めるのが。
一八 世人の噂。
一九 華美なこしらえの武具、特に槍。
二〇 大名などが通る前に、供の者が触れてゆくこと。細川、山名とも、大勢の供を連れ、華美な槍などを突かせ、行列の先頭から、徒士侍が手を振って歩き出す。
二一 徒士侍が袖を振る、と虎の威を振るうを掛ける。
二二 山名の威勢に迎合する。虎の縁で尾。
二三 深きと川は縁語。
※歌舞伎・伊達競阿国劇場初演番付に「応仁記・時代狂言、二河白道・御家狂言、解脱物語・世話狂言」とあり、応仁記の世界で、伊達騒動・高尾殺し・累解脱、を仕組むことを示すが、この「金閣寺」の場は、歌舞伎にはなかったようである(宴遊日記、文化台帳)。浄瑠璃では劇の歴史的設定を、少なくとも初段で、はっきりさせる必要があり、応仁記の細川・山名の対立をここで見せた。

第弐

（島原揚屋の段）〔一〕

「〔二〕しづめてせうアリヤサコリヤサムヤツトセイヨイ〱」[千代]地ウ腰骨《こしぼね》どうと二人ンの奴《やっこ》。雀踊《すゞめおどり》〔ウ〕〔三〕のちう共云ハず。頰《つら》をしかめてフシ逃《にげ》て行《ゆく》。

〔四〕[滝]詞「ホヽ関取リの絹川谷蔵。見事じや三浦屋の高雄が客《きやく》。頼《よ》〔五〕リとやらの尻《しり》〔六〕持ッて力じまんの角力取リでも。今〔七〕五畿内イにたれ有て指《ゆび》も得《え》さゝぬ無《む》〔八〕敵流《てきりう》の開山。黒沢官蔵了戒《りやうかい》〔九〕の此刀二〔一〇〕尺三寸伊達にはさゝぬ。手〔一一〕の内が見てもらひたい絹川そこへ出て近カ付キにならふかい」。

〔一二〕[伊勢]「へヽヽヽアノわしが事かへ」。[滝]「いかにも」。[伊勢]「成ル程アヽ武家方タといふ物は立派《りつぱ》な物じや。刀の講釈《こうしやく》からさきへいふて。此絹川に近カ付キにならふとは近付キに成ルなといふなぞでごんすかへ。わしも絹川の谷蔵といふちいさい角力取リなれ共此〔一三〕はんくはの嶋原で。侍衆

一 太夫は掛け合い。三味線は大西藤蔵・大西繁蔵。歌舞伎初演時役割番付に「あげや西川や徳兵へ」とある。なお薫樹累物語初演時（寛政二年）は「よしわらのだん」。

時　前段の何日か後
所　京、島原の揚屋、西川屋

二 編笠をかぶり奴姿で踊る、雀踊りの唄の一節。伊達家の紋、竹に雀に因むか。
※雀踊りの姿で、頼兼の遊興の場へ乱入し、高雄を奪いとろうとした鬼貫方の二人の奴を、かけつけた絹川谷蔵が投げ退けて、ここで人形がきまる。歌舞伎初演時も「雀踊…橋懸りより□出。跡より谷蔵、踊の拍子にて三人を擲ながら舞台へ入り」（宴遊日記）。
三 雀の鳴き声に掛け、何の声も出さずに。千代太夫が二人の奴を語る。
四 滝太夫が黒沢官蔵を語る。
五 頼兼の廓での替え名。
六 加勢する、肩入れすること。
七 山城・大和・河内・和泉・摂津の五か国。
八 剣術の流派名。例えば、吉岡伝（貞享元年）では敵方の宮本武蔵を無敵流とする。撃剣叢談（天保十四年）

に出合ィおくれを取ッたと云ハれては。番附ケやせ[一四]うぶ附ケの出る度に人トの口の端《は》にかゝる
が外聞《ぐはいぶん》が悪ひ。こなさんのそばへいて膝《ひざ》と膝とを摺《すり》付ケて。へ、お[一五]知ル人に成リませう」
と。地ウおめずおくせぬ関取リ風《ふう》。ハル床几《せうぎ》に腰をかけ[一六]向ひすフシわやと見ゆる計リ也。
[滝]詞「ム、いか様傍《そば》でよふ見れば。すこやかな頬構《つらがま》へ。可愛《かあい》やお身も立テ[一七]引（ひき）とやら腰押（こしおし）とや
らで。畳の上ではよふ死スまい。黒沢官蔵が手の内はちよつとマア。地ウこんな物じや」と
ウ有リ合ふ[一八]火入レ摑《つかみ》ひしいで[一九]そらさウぬ顔。[伊]詞「ハテ驚キ入たお手の内。力づくで行ク事ならわし
も絹川と云フ角力取リ。いかぬ事もござんすまいが。無敵キ流とやらの御手練《しゆれん》イヤモきつい
事でござりますわい」。[滝]「すりや絹川。お身は此官蔵には及ばぬといふ事な」。[伊]「イヤモ何ン
と致しまして」。[滝]「ム、ハ、、、、まだしも夫レはよい了簡《りやうけん》。三浦屋の太夫高雄は此黒沢官蔵
が手の内で貰ふたぞ。又ならぬといへばコ、、此刀の切（きれ）[二〇]あんばいたつた[二一]一口商ィに。絹川
返ン答を聞ふかい」。[伊]「イヤ申シお侍ィ様釼術《けんじゆつ》の御手練《しゆれん》は[二二]きつい物でござりますが。曲輪《くるわ》の
[二三]諸訳女郎かいの[二四]いきぢはへ、、、まだ御存じござりませぬそふな。ャ御腹は立テさつし
やりまするな。傾城かい計（ばか）リは力業《わざ》や釼ン術ではャモとんといかぬ物でござります。ハテ

には、東軍無敵流・三和無敵流・無敵流を挙げる。
九 正応・永仁（一二八八–九九）の頃の来派刀鍛冶。山城国住。
一〇 大刀の長さ。
一一 腕前。
一二 伊勢太夫はこの段の太夫役割にないが、絹川谷蔵を語る。
一三 繁華。
一四 相撲の勝負の結果、勝ち負けを記した横長の刷り物。その日刷って売り歩く。
一五 知る人、近付きの口語的敬語。
一六 床几に腰かける、と二人がさし向いになる意のかけ向ひ、を掛ける。
一七 侠客や遊女などが、意気地を通すためにする行動。谷蔵が頼兼のために官蔵と、意気地にかけて争うこと。
一八 煙草の火をつけるための炭火などを入れておく陶製の器。手で摑んで砕き、腕力を誇示する。現行文楽・双蝶々曲輪日記「相撲場」の濡髪・放駒の立て引きでも同様のしぐさを見せる。
一九 何くわぬ顔。
二〇 切れ塩梅。切れ味。
二一 一と討ちの意に、一言で決める談判の意の一口商いを掛ける。
二二 大したもの。
二三 廓遊びの作法やこつ。
二四 意気地。他人と張合ってでも自分の望みや立場を貫こうとする気構え。

先キの相手が高が女。アノ酒といふ物は何国《どこ》の井戸からわいて出るやら。かまぼこも[一]鰹《かつを》節《ぶし》も海の中に居ると思ふてゐる。甘イ物なれば男同士の立テ引《ひき》とはとんと世界《せかい》のちがうた物じや程に。おまへもやぼな事をやめにして。[二]角《かど》なしにひらがなで物をいふたがよふござります」。〔滝〕「イヤサ詞をかざらぬが侍の本ン意。事によつては男女の論《ろん》はない。[三]とつ握《つかん》で提《さげ》切リにしても武士の風義を立テねば置ぬ」。〔伊〕[四]「そりやはや武家方には武家の風義が有〔レ〕ば。傾城はけいせいの風義で。そつちからいや[五]みからみで高雄殿を無理に貰《もらは》ふといはんすれば。金輪際《こんりんざい》此絹川が高雄殿の尻持ッてよふやるまいと。いふたならこな様も武士の風義でわしを切ラざ成リますまい。切ッて勝ッ事を知ッてござれば切ラれて勝ッ事も知ッて居リます。サアすつぱりと切ッてもらいましよ」と。地ハル命を塵《ちり》と[六]投《なげ》かけて。ウ得手に取ッたる[七]ウ四つ[八]いぎは。ウ分ケてほしさの黒沢が。ウ気味悪ルながらフシ負《まけ》ぬ顔。

詞「弥《いよいよ》[九]我レが腰押《こしおし》で高雄をやる事ならぬとぬかせば。[一〇]是悲《ぜひ》に及ばぬ相手にしてくれらが。〔伊〕「いかにも面身も主取《しゆうど》リを望ム身の上。くるわの内は場所が悪イ。[一一]朱雀野《しゆじやく》に待ッておろふ」。白イ。嶋原の外トも染るや[一二]相《あひ》の花[一三]相《あひ》を血汐《ちしほ》に染なしても。高雄殿はよふやるまいわい」。

一 この辺の修辞(文化台帳も同)は好色一代男七ノ四で世之介が「高雄が女郎盛を見ん」と吉原を訪れる件りで高雄の揚詰の客が「小判は木になる物やら、海にある物やらしらぬ人也」と仙台侯を暗示する条を思わせる。三世二河白道の左金吾もうき世の助と名を変えて高尾になじむ。
二 漢語を使わずに解り易い表現で。
三 実録の仙台萩や安永六年初演の歌舞伎・伽羅先代萩で著名な高尾の吊し斬りを連想。
四 それはもう。
五 刀をちらつかせる嫌みなやり方でからんできて。
※角力取絹川谷蔵は、仙台萩で綱宗が廓通いの供に連れた男伊達鳴神峯右衛門、荒波梶之助、および歌舞伎・伊達模様雲稲妻(明和五年)の角力取衣川淀右衛門、浄瑠璃・絹川累物語(明和六年)の角力取の絹川与右衛門などをふまえた造形(東晴美「累狂言の趣向の変遷―「伊達競阿国戯場」以前」)。
六 以下、投げ・得手に取る・四つい、と相撲の縁語。命を問題にせず、見事にわたり合い、優勢を勝ち得た、の意。
七 よつい(四結)は相撲のまわしの腰をまとう部分と股下を覆う部分が背で丁字型に交叉している箇所。よつい気で相撲気質の意であろう。
八 ここから滝太夫のはず。
九 お前。

「[滝]弥《(いよいよ)》絹川朱雀野で」。「[伊]お侍イ様必《(かならず)》待ッておりまする」と。[滝]詞を[一四]つがふ弓取リと。[伊]角力取リとの立テ引に。[滝]立チ。[伊]別れたる。[滝]離《はなれ》座敷キ。にらみ。廻《フシ》ハして入リにけり。

[一五]地色ウ[文]様子を聞て頼兼公。小性《ハル》は[一六]井筒女之助。高雄《ウ》も倶にいそ〱と中居のお安。[常]亭主《ていしゅ》徳兵衛絹川を[一七]あふぎ立テ。「ヲヽ絹川さん出来ました〱」。「[倉][一八]サイナわしやあぶ〱と思ふてゐた」。「[文]イヤモフ絹川とは思はぬ絹川ノ大明神様サア〱爰《(ここ)》へおじや〱」。「[布]御主君ンの御ン身に若《もし》もの事が有ル時は。お傍《そば》に付キ添ふ女之介が身の[一九]ふちん。[二〇]りふぢんに狼藉《らうぜき》せば討チ放《はな》さふと思ふて居た」。「[伊]イヤモあなた方がお構《かまい》なさるゝ事はござりませぬ。どの様な[二一]出入リに成リましても。相手は此絹川。傍から彼是《かれ》おつしやりますと返つて[二二]お為に成リませぬ。必《かならず》何ンにもおつしやりますな」。「[常]いか様こりや絹川様のおつしやる通リ。君子《くんし》はあやうきに近カ寄ラずと申せば。一ト先ツ今ン日は御帰り遊ばされまするが[二三]しかるべう存ジまする」。「[文]ハヽヽ又相かはらず堅《かた》ふやつたは〱。イヤモ堅ふては色事といふ物はとんと呑る物じやない。ちつと揚屋の亭主らしう。人トの面白ロがる様に物をいふたがよいわいの。太夫と寝居る枕元トへ来ても。[二四]三つ指《ゆび》で。左様。しからば。[二五]ハヽヽ気がつまつて成ル物じ

一〇 是非の宛字。
一一 島原遊廓の外は朱雀野。通常「しゆしゃかの」。
一二 藍。藍の花は紅または白。京近郊は上質の藍京浅葱の産地。殊に東寺九条産が優品で、「花は八月の末つかた盛なり」(堀河之水・中、元禄七年)。
一三 藍を紅いの血汐に。
一四 約束する意と、矢を弦にあてる意を掛け、弓を導き出し、弓取、相撲取、と韻を踏む。浄瑠璃で弓取は武士らしい武士の呼称。敵役にはふさわしくない。
一五 以下、頼兼を文太夫、女之助を布太夫、高雄を喜志(岸)太夫、お安を倉太夫、徳兵衛を常太夫が語る。
一六 文化台帳にはこの場に井筒女之助は登場せず、頼兼の近習役は山中鹿之助であるが、歌舞伎初演は本作と同様、鹿之助でなく女之助(宴遊日記)。
一七 ほめたてて。
一八 親しい相手に用いる上方の女性の応答語。そうよ。
一九 浮沈。一大事。
二〇 理不尽。底本「りぶぢん」。
二一 喧嘩。
二二 頼兼公の。
二三 しかつめらしい言い方。
二四 親指・人差指・中指をついて丁寧に礼をすること。
二五 底本は「ム、、、」と読める。

やない。ちとしやれ[一]なと稽古しや〱」。「[倉]夫レ御らうじませ旦那様ン。わたしが常〻から申ませぬか。おまへの様なあげ屋のていしゆがどこのくるはに有ル物でござります。酒と三味せんと啌《うそ》[二]つく事が嫌《きら》ひで仮初《かりそめ》にも。子曰《しのゝとをまく》[三]青表紙の本ン見てござんすも浄るり本ン[四]かと思へば。わしらが目には一トつも読《よめ》ぬ四角イ字。ほんに〱淋《さび》しい事ばつかりが好キで。お客《きやく》の座敷が持《もて》る物じやござりませぬわいな」。「[常]イヤモフわしも有リ様《(やう)》[五]はちつと物事を和《やは》らかに堅イ事を云フまいと思ふても。じだらくな事がきついきらい。いかにお客じやといふても殿様のやうに五日も十日も居続《つゞけ》なされては済ミませぬ。今日は是悲《ぜひ》〱御帰《ごき》館《くはん》あられませう」。「[喜志]詞ヱ、何ンじやいな憎《にく》てらしい。此高雄が心もしらいであほうらしい。なんぼでもかへします事は。ならぬわいなア」「[布]アイヤ〱《(イサ)》。こりや徳兵衛のいやる通リ。一ト先ツ御帰館ン遊ばす様に此女之介も存まする」。「[文]ヱ、女之介も同じ様にそろ〱と堅イ仲ケ間へ引キ込マれたな。徳兵衛があの堅タくろしいは生れ付《(つき)》の病《(やまひ)》じやとおもやこそ。いや又あの様に云《いふ》を逆《さか》に出て居続ケをせねば。張《はり》合イがなふて面白ロないやつぱり堅タざふも[六]一ツ興《けう》かい。サア〱お安酒《(さけ)》〱」。「[倉]アイ〱。かはらぬわたしがお酌《しやく》。殿様ン始メみな様ン

一 洒落。気のきいた軽口。
二 嘘の宛字。
三 論語では孔子の言を「子曰」として示すところより、広く儒学の書。「曰」はロドリゲスの日本大文典に「Notô maqu」。
四 浄瑠璃の丸本も聖賢の書も青表紙が多い。
五 実のところは。
六 堅蔵。
七 ひどく酔うこと。仮名手本忠臣蔵七の由良之助の「おのれ末社ども。めれんになさでおくべきか」を踏まえ、芝居の口上にとりなす。
八 二日酔いを直すために飲む酒。

を[七]めれんになさで置ふか。東西《とうざい》〳〵さて是よりは足利のより兼公御酒宴の始《リ》其為の口上左様に」。「[伊]イヤモ此絹川もそろ〳〵[八]向《ィ》酒と来《き》ておりました。一《ト》つ[九]下さりませふかい」。「[一〇][文]絹がはさそふ」。「[伊]ちよつと申上ませふ」。「[文]そんなら太[一一]夫間《(あ)》《ィ》してたも」。[一二]〈三下リ歌〉盃《キ》に向《カ》へばたがふ人心常にはづかしたわむれを酒を力に云[一三]てのきよす[一四]こしほろゑふ顔もみぢ花とならべし[一五]めうとごと。「[常]是は〳〵よふこそ御出《マ》、、、奥へ」。「[寿][一六]アイヤ〳〵《(イサ)》御客《きやく》人も有《(ある)》そふなが。人《ト》目を忍ぶ曲輪《くるわ》通ひ。座敷の内も此[一七]編笠《あみがさ》。とらぬは武士の表《テ》ぶせ。小座敷《キ》へ《サ》案内しやれ」。「[常]ハイ〳〵奥二階《かい》へ御供致しませう《サア》〳〵是へ」と〈地ハル〉案《ン》内に〈二人フシ〉打《チ》連《(つれ)》通るおく二かい。

[布]〈地ハル〉女之介気をせき立《テ》。〈色〉「〈詞〉ヤアぶ礼成《ル》侍《ィ》。我《ガ》君様の是にござるに。笠をも取《ラ》ずおくへ通る[一八]推参《すいさん》者。引《キ》出して[一九]面《ン》ぱく」と立上る。「[文]ヤイ〳〵女之助そなたは又短《たん》気の病《ィ》がおこつたな。[二〇]兄義政公が御教訓《ごけうくん》なされ。向後《きやうこう》侍《ィ》の心を退《のぞい》て女の心に成て物事を堪忍《かんにん》せよと。御付《ケ》なされた井筒女之介。そなたは又忘れたか」と。[常]〈地ハル〉仰《(おほせなか)》半《バ》へ亭主《ていしゅ》が〈色〉かけ出《(いで)》。「〈詞〉申〳〵高雄様今の御侍《ィ》様は此間から二三度御忍びで御出なされ。どふぞ高雄に逢《ハ》してくれと

九 いただきましょうか。
一〇 頼兼が「絹川盃を差そう」といい、絹川が「ひとつ頂戴しましょう」と受け、高雄があいをする。二人の盃のやりとりに、第三者が入って、一方に代って飲むのが作法。
一一 最高位の遊女。
一二 ここで浄瑠璃の語りが切れて、情趣本位の三下り歌になる。「盃キに…めうとごと」まで、めりやす「さかづき」の前半(女里弥寿豊年蔵、宝暦七年)。謡曲・紅葉狩に「杯に向かへば変はる心かな」。
一三 言うて退きよう、思いきっていってしまおう。
一四 少し、ほろ酔う。
一五 もみぢの縁で花を出し、一対とし、夫婦事と続ける(好色一代男六ノ七「両の手に花と紅葉」)。
※舞台は酒宴の場で筋の進行が休止し、浄瑠璃も切れ、一種の下座唄でつないで、編笠の侍の登場を準備する。歌舞伎的な手法。
一六 編笠の侍を竹寿楽が語る。
一七 廓通いの顔を見られるのは、武士として面目ないから。
一八 無礼者。
一九 面縛。両手を後手に縛って顔を前に向けさせること。
二〇 初段では頼兼の兄は義満公。なお歌舞伎初演時にもこの頼兼の言葉に類する件りがあった。宴遊日記に「女之助□□故、東山殿□□を賜り、頭にさし□□を戒む□を□」。

おつしやるけれど。お前様は殿様の揚《あげ》一づめ殊にお二人の中。私二もどふぞと存《ジ》。ましてついにつかぬ啌《うそ》をつき。色〻と申ておりましたがもふそふ〱御断《(おことはり)》の云《イ》様もござりませぬ。申《シ》太夫様。コリヤお前《ヘ》の禿衆《かぶろ》をちよつとかして下さりませ。責《せめ》て禿衆で座敷を三くろたふござります。コレ小枝《(さえだ)》太夫様のかはりにちよつと来《き》て下され頼《ム》〱」に地ウ禿の小枝亭主に連《レ》てフシ行跡に。

[喜志]地中ハル高尾は四もだつくしんき色顔《(がほ)》。「詞ヱヽ、聞《キ》五ともないさつきにも官蔵とやらいふ侍《イ》が。わたしを貰《もら》六をの何《ン》のといふは。アリヤお前《ヘ》の伯父御《おちご》鬼行《(つら)》様に頼まれて。此間も伯父御《ご》から。わたしが方へ来た文を。コレ爰《(ここ)》に持《ッ》てゐるはいな。モほんにうるさい事だらけ。地ウ殿様どふぞよいウ御しあん遊して」と。其儘膝《ひざ》に寄《リ》そふて。ウこぼす涙は恋のフシ七淵。[文]詞「[ハ]アヽ、八しづんで来て面《モ》白ふない。サア〱太夫皆もおくへ」。[常][喜志][布]「まづ御《ン》入《リ》あられませう」。九三下リ歌露の身も。くるわの里《さと》にすみなれて。こゝ程ほんによいことはないと思ふも男ゆへ。もらすまいとてさる所のよと一〇へ。合つゝむ心のうたゝねも。申〱とおこされてかねの音しらず時《キ》一一酒の。ひよんなひよんなうきよにたゞわしひとり。ひよんなひよんなひよんな此

一 遊女を連日揚げ続けること。
二 私もなにとぞ思い合ったお二人の仲を、引き裂くことのないように、と存じまして。
三 とりつくろいたい、の意の、くろめたう、か。
四 胸がもやもやし、気がいらいらともどかしがる顔付き。しんきは辛気。
五 頼兼以外の客の話など、聞きたくもない。
六 既に客に付いている遊女を、他の客が自分の座敷に譲り受けること。
七 恋心の深さを「恋の淵」と表現するが、こぼす涙の多さは淵をなすほど、これが文字通りの恋の淵で、高雄も頼兼もその淵にはまってしまっている。
八 淵の縁語。高雄が泣くので一座の気分が沈んできて。
九 再び浄瑠璃が切れて唄になる。「露の身も…はるのあけぼの」まで、めりやす「時酒」(女里弥寿豊年蔵)。
一〇 ヨトエ、囃しことば。
一一 盃を手にした時、時の鐘が鳴り初めるのを縁起がよいとし、もう一盃重ねる吉原の習慣。島原と設定しながら、実は吉原。

身にあい一二そもこそも。月もかすむやはるのあけぼの。「思[倉]一三ひ廻せばァ、うきよじやなァあられもない姿と成此《(なり)》くるわへ入込《(いりこみ)》しは夫ト弾正殿の云イ付ケ。御主君ン頼兼公昼夜《ちうや》をわかぬくるわ通ひ。もしもの事が有ル時は。お家の大事《じ》。幸イ此裏藤一四は。先ン将軍義政公のお部一五屋に仕《つか》へた。わしなれば。室町殿のお館で顔見しられぬを幸イに。姿《すがた》をかへて余所《よそ》ながら。我ガ君に心を付ケよと其日から此嶋原へ。現在産《地色ハル げんざいうみ》の娘にさへ。有一六リ馬へ湯治《たうち》と偽《いつは》つて。お《ウ》主へ忠義夫トの為去リながら。見《上》たい逢たいは娘の河内。母《ハル》を恋しう思ふであろ」と忠貞女を恩愛《フシ おんあい》の。

[久]一七縁《ハルフシ》に引カるゝ。一八後《中 うしろ》帯。花《ウキン》の振リ袖。香《か》一九に匂《にほ》ふ。二〇仁木弾正が娘《ハル》の河内。供《ウ》の下モ部をかしこに残し。しづ《ハル》〳〵入リくる。顔[倉]と顔[久]「[倉]ヤアそなたは娘じやないかいの」「[久]エヽ、おまへは母様裏藤様。爰《(ここ)》にはどふして此お姿。様子はどふでござんす」と更《フシ さら》にふしんは。晴《はれ》やらず。

[倉]詞「ヲヽ、合点が行クまい。そなたに迄かくして湯治《たうち》と偽り爰《(ここ)》にこふして居る事は。夫トの云イ付ケ我ガ君様の御為。やうす二一は追ッて長イ事。そふしてマアそなたはこゝへ何の用でお

一二 愛想もこそも尽きる。こそは強調のために添えた語。尽きと月を掛ける。
一三 一人残ったお安の述懐。ここも仮名手本忠臣蔵七で、由良之助が入った跡、おかるが三下り歌の文句と我身の上を思い比べるところで肉親との邂逅となる場面と類似の設定。
一四 仲居お安実は仁木弾正左衛門の妻裏藤と知れる。歌舞伎初演以来の設定(宴遊日記。文化台帳は相違)。
一五 お妾。室町殿の館でなく、別邸にいた側室。
一六 現神戸市北区有馬町にある温泉場。中風・刀傷・不妊等の効能で知られる。
※なお、近松半二等作の伊達騒動物・萩大名傾城敵討(明和七年)では、忠臣高倉十内の妻長門が、主君多々良ノ助の遊興の廓に、遊女となって入りこむ。
一七 久太夫が河内を語る。歌舞伎初演には河内はこの場に登場しない(宴遊日記。文化台帳も同)。
一八 後帯は娘の風俗なので、花の振袖、と続く。
一九 花の縁語。
二〇 仁木から、香料に用いるニッキ(肉桂)を連想。
二一 様子は追って、話せば長いこと。

じやつたや」。「アイわたしは。先ン将軍ン義政公の御台所。きさ形《かた》御前ン様より御内ィ意の御使ィ。頼兼公のお迎《むかい》やら。又外にちよつと逢たいお方タも有リ」。「ム、ゥ成ル程[一]御前ン様のお心こめし此御使者に女[二]の。ホヽヽヽ、イヤサ女のそなたを。ムウ」と心にうなづき。「コレ娘我君様へ御使者《おししや》の趣《おもむき》。御取リ次ギの其人をドレ呼出してやりませふ。とつくりと御口上を。ソレ申しややいの」とくんで[三]取ル井筒[四]にかけしなぞ[五]〳〵は。お主《しゆう》[六]の情汲分《なさけくみ》ヶし母は座敷へ入ル跡に。

残る娘は主親の情でしたふ其人トに。あはゞ[七]どふしてこふしてと胸はどき〳〵とけしな[八]き。「我君への御使ィとは。誰レ人トなるぞ」と女之介。「是は〳〵珍らしい。仁木殿の御息女《そくぢよ》河内殿。きさかた御前ン様より我君への御使ィとは。先ヅ以《もつて》御苦労《くらう》千万。御口上の趣キ仰《おほせ》[九]聞ヶられ下さるべし」と。下モ座へ下つて両手をつき。礼義正《たゞ》敷《しき》使者あつかい。こがれしたふた恋人に心のたけの山ゝを。いはふ〳〵[一〇]と道〳〵は。思ふた事も百分一おぼこ育《そだち》のもぢ〳〵と。

「アノきさかた御前ッ様より御口上の趣キは。頼兼公には此程より。くるわからお帰りも

一 身分ある人の正妻。 二 女之介、と言いかけて、言い紛らした。 三 汲んで。井戸の縁語で井筒を導き出す。 四 「筒井筒井筒にかけしまろがたけ過ぎにけらしな妹見ざるまに」(伊勢物語二十三段)を踏まえ、井筒かけし、から謎、を導き出す。井筒女之介・河内の名も、伊勢物語二十三段による。 五 「取リ次ギの其人」に「御口上を」というのは表向きで、女之介と「とつくりと」心ゆくまで語り合えとの謎をかけたのだが、の意。この辺、仮名手本忠臣蔵二の戸無瀬・小浪・力弥の件りを踏まえる。 六 御主人きさ形御前の。母親がこのように謎をかけたのも、河内と女之介を会わせてやるために、表向きの使者に遣わしたきさ形御前の、意のあるところを汲みとり、判断しての計らいで、の意。 七 「あはゞどふしてこふしてと。むねは二上り三下り」(宮古路「伊左衛門/夕霧くぜつの段」改正新板都路大寄蔵)。 八 もどかしい。 九 この言葉遣いは、高位の人からの使者に対する、もっとも鄭重ない い方で、河内に対し、恋人同士のそぶりを全く見せない。 一〇 言おう、言おうと。 一一 女性。 一二 殿様のことが心配である以上に(私には)まずお側に付いていらっしゃる女之介様が(廓の美女に心を移すのではないかと)気遣いで。 一三 おかわいそうで。上方の浄瑠璃では「おいとしく」の方がよく使われ

なされぬよし。アノそふして曲輪《くるは》といふ物は美《うつく》しい女中[一一]の多ィ所なれば。殿様[一二]より第一付ィてござんす。女之介様が気遣ィで〳〵。きつうアノソレ御台様の御あんじ。殊に頼兼様には。細川の姫君と御云号《(おいひなづけ)》も有ル事なれば。わたしが心に引キくらべて。お姫様の御心も推量《すいりやう》しておいと[一三]をしく。お迎ィにいて女之介様も一ッ所《しよ》に。手を引キあふて連レ立ッてかへれとの。御口上でござりまする」。「是は〳〵左様の御使ィならば侍中《(ちう)》[一四]でも遣はされいで女中の身の御苦労《くらう》千万御口上の趣キを。ドリヤ申シ上ん」と立ッ袖を。恨めしそふに引キとゞめ。「女之介様そりやあんまりお気強《づよ》[一五]ひ。是迄千束《ちづか》[一六]の文の数。一度の返ッ事《じ》夏草[一七]の。[一八]こがるゝ身より主《(ぬ)》シ様にゑんを結ぶの神ミ参り。[一九]七《(なな)》の社《やしろ》へ願ン[二〇]がけも儘《まゝ》ならぬ身は朝夕の。人ト目にせかれ合ハす手も逢ィた[二一]見たさに漸《やう〳〵》と。来たわたしをば胴欲《どうよく》に思ひやりない御《(お)》心」とくどき泣クこそわりなけれ[二二]。

「ホヲヽせつ成ルこなたの志忝ひぞや嬉しいぞや。去リながら親ヽの赦《ゆる》しなければ。掟《おき〔て〕》[二三]を背《そむ》く不義の科《とが》。ゑんと[二四]月日を辛抱《しんぼう》して。待ッて下され河内殿」と。いふにいな共[二五]岩橋[二六]の落て[二七]ほひなき思ひ川。涙の水や増《まし》ぬらん。

る。一四 侍の中のだれでも。一五 冷酷の意。一六 千たば。手紙を度々送る時の形容。一七 ない、と掛け、その縁で「夏草」から蛍を連想し、「こがるゝ」を出す。「夏草も夜の間は露にいこふらむ常にこがるる我ぞ悲しき」(寛平御時后宮歌合)。一八 「焦るる身より、ぬし様へ」。艶書の差出人と宛名書き。一九 仁寿元年(八五一)染殿の后の祈願により、若宮春日明神を勧請。内野・北野・紫野など七野の惣社とした(国花万葉記)。上京区大宮通廬山寺上ル西入社横町の櫟谷七野神社。宇多帝の寵愛が衰えた折、后が白砂で三笠山を築かせると寵が戻った故事により三笠山形に盛砂をして恋の成就を祈る。二〇 縁結びの神七野社に日参して願がけをしたいと思うが、宮仕えの身はままならず、朝夕、人目を憚ってそっと手を合わせるばかり。あわす手から逢いたさ、を導き出す。二一 「逢いた見たさに来たぞかし」(松の葉三「みだれ髪」)。二二 深い仲とみえていじらしい。二三 「不義はお家の御法度」。二四 縁と月日を待て、は成就の困難な恋に悩む人を慰める慣用句。→三三三頁注一六。二五 否とも言われず、で岩橋にかかる。「いやとは岩橋の渡る事こそならず共」(妹背山婦女庭訓三)。二六 葛城の一言主(ひとことぬし)の神が役(えんの)行者に命ぜられて懸けはじめ、中途で止めたと伝える石の橋。二七 本意なき。

[文]詞「ヨウ〱〱色事仕《し》め」と地色ウ高雄引連レ頼兼公立出《たちいで》給へば。[久][布]ハル二人リははつと。顔にウー照添ふ夕日、影《かげ》いとゞまば[二]ゆき折フシからに。

[折]三詞案ン内もなく大江ノ図幸。つか〱と打通れば。[久][文][布]皆〻「是は」と驚ク内《うち》。[折]地ハル上座《しやうざ》にむづと押色直り。「詞ホヲヽ[四]思ひ寄リなき此鬼行恂《びつく》りで有ふ肝《きも》がつぶれふ。我ガ甥なれ共頼兼は。室町殿とうやまはるゝ身の果報《くははう》[五]。伯父の身ながら家来同然《けらいどうぜん》の某《それがし》。甥[六]の草をかるといへ共。見す〱家のめつぼうをよふ見て[七]ゐぬは伯父のよしみ。足利九代の武将たりと既《すで》にちか〲。禁庭《きんてい》よりりんし[八]の勅使《ちよくし》も御ン入リ有由《ある》。夫レに何ンぞや傾城に性根《しやう》をうばはれ。昼夜《ちうや》曲輪に居[九]びたれ遊び。放埒《ほうらつ》とやいはん言語同断《ごんごだうだん》[一〇]。此儘に差置カば天下《てんが》の兵乱目前《ひやうらんもくぜん》におこるは治[一一]定《ちやう》。おごり[一二]てうぜしあまり。先ン[一三]祖尊氏将軍北朝《ほくてう》の帝《みかど》より給りしこうりうしといふ名木《めいぼく》足利重代イの重宝成ルを宝蔵より取リ出し勿躰《もつたい》なくも下駄に刻《きざみ》。其方《そのはう》がどろ脚《ずね》に掛ケ。曲輪通ひにはき歩行《あるく》由。先ン祖へたいして不孝とやいはんほう[一四]いつ千万。先ヅ差当タつて此返ン答は頼兼。「サア何ンとじやどふじややい」。「[布]イヤ申シ我ガ君様。すりやあなたの召[一五]まするアノ御下駄が。御家重宝の名イ木と申ス事は」。「[文]サレバイノ。此頼兼に無二の忠臣仁木弾正左

懸けかけた橋が落ちて落胆するように、恋の思いが達せられない嘆きに泣く涙は川となって。

一 夕日の光が一層輝くように顔を赤らめ。
二 光がまばゆい意に、恥ずかしい、てれるの意を含める。
三 しかるべき挨拶もせずに。大江図幸を折太夫が語る。
四 上方の浄瑠璃では、思いがけなき、または、思い寄らざる、が普通。
五 前世の善行によるこの世での仕合せをいうが、ここは本人が努力せずに、持って生まれた仕合せ。
六 伯父が甥の畑の草を刈る、目上の者が目下の者に使われることをいう。
七 見ていられない。文語的表現の中に口語が混入する。
八 綸旨。天子の命令。また蔵人が勅命を奉じて書いた公文書。ここは将軍職継承を認める綸旨を奉じて勅使が入来すること。
九 居続けの遊興。
一〇 道断の宛字。
一一 確かである。必定。
一二 奢り長ぜし。
一三 先祖尊氏将軍以来の伽羅の下駄の話として宝暦八年(一七五八)刊の伊達騒動物の黒本・東伽羅夫では、尊氏が尊敬する霊山の国阿上人に、香木の木履を贈り、義政が、これを仁木入道の奸計によって私に焚き用い、

衛門が。我レにあたへしアノ下駄が。御先ン祖よりの重宝とは夢にもしらぬ此頼兼。地ウさはいへよもや教将《のりまさ》が。我レに難ン義のかゝる事を一六」と思へど明ケて云訳ケせば。我レに忠義の仁木が身の上とやせん一七スエ角《(かく)》やと思案の中躰《(てい)》。[布]詞「中我君。御云訳がござりませねばコレ御身の大事ぞへ一八ハじ」。[久]「コレ中女之介様とゝ一九様のお身の上にどふぞ難義のかゝらぬ様に」。[喜志]「イヱ〳〵何ニ事も皆。此高雄からおこつた事。地ウ殿様の御難ン義をわたしにおふせて此高雄。切ッて成リ共。きざんで成リ共云訳ケに成ル上大事ならして。上ゲまして下さんせ」。[折]地ハル鬼行はゑせ色笑ひ。詞「一トつ二〇穴《あな》の女狐《めぎつね》男《を》狐化《ばけ》のかはの顕《あらは》れ口。ほへても泣ィてももふ叶ぬ。サア頼兼云ィ訳なくば今爰で腹を切レ。伯父のよしみに介錯《かいしやく》をしてくれふサア。さつぱりと腹切レ」と。詰寄リ詰寄ル手詰メ二一の場所。[伊]「イヤ必《(かならず)》二二そさふ遊ばしますな。御家の重宝を盗《ぬすみ》出した盗賊《とうぞく》は此絹川の谷蔵」と。一ト間を出て真ン中カに押直り。「サア鬼行公。科人《とが》ンは此谷蔵。縄《なは》打ッて成リ共首成共御勝手次第になされませ」。[折]「ムヽハテ横合《(よこあひ)》から物好キな盗賊が出た事じやなア。名乗て出たればしよ事がない。うぬに縄打チ引ッ立てくれふが。頼兼禁ン庭守護の身を以て。昼夜《ちうや》くるわに居続ケのほうらつだ二三

放埒と言いたてられる(中村幸彦「実録・講談について」)。宴遊日記にも「尊氏より国阿上人へ贈りし伽羅の下駄」。「こうりうし」は文化台帳に「高隆寺」。

一四 放逸。

一五 現代語より相手を重んじた表現。

一六 かりにここまでを頼兼の言葉に当る部分と見たが、どこから地の文になるか明確でない。

一七 とやせん、かくやせん、を略した慣用的表現。

一八 家臣が主君にいう言葉としては不適当ないい方。

一九 仁木弾正左衛門。

二〇 男女の悪事の共謀者。

二一 進退極まること。

二二 粗相。軽率な振舞い。

二三 放埒惰弱。

※伊達騒動は、幕府が万治三年(一六六〇)、仙台藩主伊達綱宗に逼塞を言渡し、二歳の実子亀千代が家督相続する時に始まる。二十一歳の綱宗は酒を好み、諫言を用いず、吉原通いの事実もあり、幕府の処置は、伊達家安泰を願う一門や親類大名の協議の結果に基づくものであった、とも言われる(笠谷和比古「主君押込めの構造」)が、陰謀・政略説もある。↓二九八頁注八。

じやくの傾城狂ひ。此云ィ訳は有まい〳〵」。「[伊]イヤ申鬼行様。いか様《(さま)》伯父御《ご》様は伯父御様程有ッて。頼兼公のくるわ通ひの御《ご》諫言《かんげん》御尤モに存ジまする。何にもしらぬ角力取リの此絹川。人トの咄しに聞キ[一]はつつた。文字にさへ人ト[二]の城をかたむけるとやら恐しい傾城《けいせい》[三]。お咎《とがめ》なさるゝ伯父御様が高雄殿を手に入レんと。お年に似合ぬ色狂ひ」。「[折]何が何ッと。此鬼行が色狂ひとは何を以て慮外《りよぐはい》な下郎め」。「[伊]へ、、、こはい顔して候《(そろ)》[四]べく候《(そろ)》コレ高雄殿。さつきにいはんした其状を。コレナ此手跡《しゆせき》は我君も御見しり有ふ。伯父御の御手。高雄[五]殿参る鬼行より。頼兼公は御若年《ごじやく》ン御年に不足もない伯父御様が。傾城狂ひの云ィ訳へ、、憚リながらちよつと承りたふござります」と。[折]云ハれてぎつちりきも[六]にこたへ。しあん仕《し》かへてそら笑ひ。「ム、ハ、ム、ハ、、ムハ、、、イヤサナニ絹川。狂言《けうげん》[七]も最取リ置ふ。コレ頼兼[八]さつきにからいふたのは此鬼行が思ひ付キ。十日余リの居続ケ。遊びの趣向がつきたで有ふと芝居でする敵キ役。ナント伯父[九]大領《たいりやう》の役はよくはまつたで有ふが。作者は則チ此鬼行何と新しい趣向[一〇]じやないかハ、、、、、。サ、打くつろいでわつさりと酒にせふ〳〵」。「[喜志]エ、ほんにあんまりな悪じやれ。此高雄はさつきにから積《しやく》[一一]が胸迄差込んだわい

一 聞きかじった。 二 漢の武帝の寵臣李延年が、妹李夫人の美貌を讃えた詩中の「一たび顧れば人の城を傾け、再び顧れば人の国を傾く」(漢書九十七・外戚伝)による。 三 近世には専ら上級の遊女。 四 女性が多用する手紙の文末の言葉。ここは転じて恋文の意。 五 手紙の宛名と署名を、読み上げるしぐさをする。 六 返答に詰まるさま。次の「胆に応え」からいえば「ぎつくり」とあるべきところ。 七 最早(もはや)の誤りか。 八 先刻から。 九 歌舞伎のお家騒動物では当主の継母の弟に当る叔父が、お家横領を企む設定が多く、大領を敵役とする例も多い。歌舞伎・阿国染出世舞台(宝暦九年)の細川大領高国など。

一〇 ここは前々行の「思ひ付キ」に同。

※宴遊日記によれば、歌舞伎初演時のこのあたりは、本作と相違し、文化台帳に近い。

一一 胸や腹に発作的に激痛のおこる(差込む)女性の病気。癪は国字。 一二 山崎与次兵衛寿の門松・上や、萩大名傾城敵討一、宮園新曲集(安永三年)の「芥川」にみえる歌。この歌で一同奥に入り、舞台は一旦空になる。 一三 「やんす」は活用語に付き、尊敬・丁寧の意を表わす。この場合は遊女の語、「どふしてどふした」が客の語で酒宴での賑やかな会話の応酬の様を表現。 一四 拝みますとくどかれて。 一五 仮名手本忠臣蔵七など

な」。「[文]イヤモ此頼兼も余程心をいためたわいの。サア〳〵そんなら奥でわっさりと呑《ミ》直そ皆〳〵こい」の[一二]めや《サハギ歌》うたへや一寸《ッ》さきはやみの夜。や[一三]んしてどふしてどふしたへ。お[一四]がみんすにだまされたわい[一五]〳〵のわいとナ。

「[常][一六]イヤ申《シ》お侍《イ》様お悦び下さりませ。親かたに折乗《(をりのり)》[一七]致しましてお前《ヘ》様御望《ミ》の通りに」。「[寿]ム、高雄が身請《ケ》。首尾[一八]成《ッ》たか」。「[常]ハイ〳〵最前《ン》お渡し下さりました二千両の為替《かはせ》[一九]証文親方へ渡しまして。コリヤこれ高雄殿の年《ン》[二〇]季証文《ン》引替にお受《ケ》取下さりませい」。

「[寿]ム、どれ〳〵コレハ〳〵其方の大きな働《はたらき》何を云《(いふ)》も過急《くはきう》[二一]な事。金[二二]子入用は親方が勝手次第。最前《さいぜん》渡した証文の当《テ》名。掛[二三]屋方にて何《ン》時《(どき)》成《リ》共。請取《リ》召《サ》れ太《イ》義。〳〵」と証文《地ウ》を取納るも編笠《あみがさ》《ハル》をぬが《ウ》ぬ不思義《しぎ》と。[倉]中《カ》居のお安。物《ウ》影よりも気を付《ケ》て。始終《しじう》の様子《フシ》伺ひ居る。

「[常]ハイ〳〵成《ル》程委細《いさい》畏《かしこまり》ましてござりまする。去《リ》ながら箇様に身受[二四]は済ましたが。かんじんの高雄様へまだ様子を申《シ》ませねば。お屋敷へ上《ゲ》まするは[二五]一両日致してから」。

「[寿]アイヤモ其義は苦しうない。此証文取置《(とりおけ)》ば。五日三日[二六]おそくても。とかく高雄が得心《とく》《ン》

にある囃し文句。戯場楽屋図会・下に「さわぎ　茶屋場にあり　一寸さきはやみの夜。ワイ〳〵ノワイトサ。にてひき立るなり」。一六 [一六] 亭主と侍が出る。場面の続き具合は緊密とは言えない。一七 [一七] 降り乗り。自分(揚屋西川屋の亭主徳兵衛)が高雄の抱え主(親方)三浦屋とあれこれ処置して。一八 [一八] 無事に調ったか。一九 [一九] 手形に名を記入された受取人が、指定の金額を受け取る証文。為替手形。なお仙台萩では、高尾の身請金は三千五百両。二〇 [二〇] 年季奉公の証文。遊人身売買は厳禁されていたので、遊女が身を沈める際には年季奉公の形式をとった。身代金として全期間分の給金を先に受け取るので、抱え主に買い切られた形になり、年季証文が特に重い意味をもつ。身請けの際に抱え主はこの証文を返す。二一 [二一] 火急の宛字。二二 [二二] 当面為替で取り引きしたが、親方が現金にしたい時はいつでも、の意。二三 [二三] 大名の蔵屋敷に出入りして、金融関係の仕事をする御用商人。「かけや九郎左衛門のかねをもたせてつれだつて参りました」(御台に局が報告する言葉。歌舞伎・仏母摩耶山開帳・上)。二四 [二四] 奉公の年季内にある遊女を、身代金を払って退廓させること。寛保元年(一七四一)、姫路藩主が高尾を身請けした際の身請け証文が「高尾考」に収められている。二五 [二五] 「る」は衍字。二六 [二六] 上方の浄瑠璃では「おそくとも」

する様に」。［常］「イヤもふそこに如在《ちよさい》はござりませぬ。夫レはそふと高雄様の親方タにちよつとお逢ィ下さりますまいか。[一]左様ならば一ト走リいて呼ンで参りましよ。しばらく爰にお待チなされてヤ。[二]［三］コノヤお安〳〵」。［倉］「アイ〳〵何でござんすへ」。［常］「ヤ此お客《きやく》様にソレ[四]はんなりと。[五]煮《に》花でもして上ゲましてたも。コレ早ふ。〳〵」と云ィ捨て[六]とつかはとして出《（いで）》て行。

［倉］跡に中居がつく〴〵と。物ごし詞のはし〴〵迄夫ト弾正左衛門に似たと思へど[七]うかつにも。武士の忍びの其姿《すがた》[八]思ひ付たる勝ッ手口。有合ハしたる丸盆《ぼん》に茶碗を乗《の》せてしづ〳〵と指出《（さしだ）》しながら[九]目を付ケて「ヤア此顔は[一〇]こちの人弾正殿」。[一一]「シイ女房裏藤声が高ィ」。［倉］「イヱ〳〵高ふてもひくふても。アノ高雄殿を受ケ出して。こな様ッ何ニにさしやんすへ」。［寿］「ヲヽサ。身が女房にするわい」。［倉］「ヱヽそりや真実《しんじつ》でござんすか〳〵。コレお前ヘは気が違ィはせぬかへ〳〵。あれ程迄に頼兼様の。思ふてござる其中カを。知ッてござんす教将殿。[一二]夫マなればこそ此わしを。コレ此様な姿にして。曲輪へ入込《（いりこみ）》気を付ケて。御介抱申せとの。夫トの詞を背《そむ》くまい。忠義じやと思へばこそ。可愛《（かはいい）》娘を振リ捨てあられもない中居

または「おそうても」とあるべきところ。

一 侍がうなずくので「左様ならば」と言う。浄瑠璃文では本来、このような舞台への依存を避けて文章自体の首尾一貫性を保つように努めてきた。
二 お安の方を見て呼びかける。
三 コリヤの誤り(リに欠刻)か。
四 はんなりと。ここは、香ばしく。
五 入れたてのお茶。
六 気ぜわしいさま。
七 迂闊に声をかける訳にもいかぬ武士の忍び姿。
八 思いついて勝手口に置いてあった丸盆に。
九 近付いて笠の内の顔を見届けるしぐさ。
一〇 庶民の妻が夫を呼ぶ時の言葉。執権の妻としては、我がつま、など。
一一 [寿]との指定のあるべきところ。
一二 夫レの誤り。
一三 武士の妻に仲居奉公をさせるだけでも異常であるのに、その上に。
一四 太夫が揃って道中する島原の三月の年中行事(季寄新題集三月)。
一五 無理でない。
一六 離別した。

奉公。一三ハル夫《それ》さへ有ルに御主人の。思ふウてござる色高雄殿を」。[寿]詞「恋に上下の隔《へだて》はない。過ギつる弥生《やよい》の一四花寄セに。思ひ初《そ》メたる高雄太夫。頼兼公のくるわ通ひも。一五憎からぬアレあの器《き》量《りやう》。思ひ切ラれぬ恋はくせ物。女房。一六去ッた。けふから高雄は。身が女房」。[倉]「ヱ、」と恂《びつく》り一七欠ケ寄ル目先キ。一八[寿]「ふく水盆に帰らず。裏藤。さらば」と。一九地ハルもぎどふに障子《しやうじ》をはフシたと入ル跡は。[倉]地ハル途方《とほう》にくれし裏藤がしばし詞もなかりしが。詞「ヱ、どうよくな弾正殿。河内といふ年シたけた娘迄有ル其中《そのなか》を。今更去ルの何ンのとは余《あんま》ンり軻《あきれ》て物がいはれぬわいなふ。ヲ、夫レゝ幸イ来てゐる娘のかはち此訳ケいふて。倶ゝ《ともども》に夫トの心をいさめなば。娘に心引カされて。地色中思ひとゞまる事もや」といとゞハル思ひにくれ二〇中近くしほ〲おくフシへ二一入相の。折地ウから帰る亭主徳兵衛。詞「マア何よりかより御二人リ様の御耳へ入レねばならぬ」と。[文]地中いふ声もれて頼兼公。[喜]ウ高雄も倶に女之介跡に続イて立出《いづ》る。[常]詞「是は〱殿様高雄様。マア早速申シ上ねばならぬ事。先キ程のお侍イ様が親方の二二申《まうす》程身の代ロを出して。高雄様の身受ケたつた今相済ました」。[文]「コレ太夫マ思ひも寄ラぬそなたの身受ケ。弥《いよいよ》夫レに二三極マまらば此頼兼は何とせふぞいの。コレ〱女之介能イしあんは有ルまいか。太夫。そなたはマどふせ

一七 駆ケの宛字。
一八 覆水。こぼれた水がもとの盆にかえらぬように、一度離別したからには、再び夫婦となることはできない。太公望または朱買臣の妻の故事。弾正は裏藤の目先に盆の水をあけて、いう。
一九 思いやりもなく。
二〇 思いにくれる、と暮近くを掛ける。
二一 奥へ入ると入相を掛ける。
※宴遊日記によれば歌舞伎初演時も、「徳兵衛出。仁木、高尾を□□□□身請し、証文引かへ□し、三浦や亭主を呼に行と、中居お妻出。仁木茶を乞ふに、編笠を着する故不審し、盃へ水こぼし茶を出し、互に顔を見れバ、夫仁木ゆへ、頼兼くるわ通ひ守護の為仲居になれと、夫の指図にてかく身をやつし在るに、夫ハ却而高尾を身請する怨み持て云ゆへ、仁木去状書渡す。色ゝ有」と、本作とほぼ同じ。文化台帳ではこの件りは改変されて、仁木弾正は全く登場しない。初演時の配役は弾正が大谷広右衛門、絹川谷蔵が松本幸四郎(四代目)であるが、文化五年の時は幸四郎(五代目)が弾正・谷蔵二役を勤めたため、この場には弾正を出さぬことになったのである。
二二 要求するだけの身の代金。
二三 マは衍字。

うと思やるぞ」。[喜]「サァわたしじやとて是がマァ夢見たよふな事。せめて一夕部かけさにでも。そふいふ事を聞ィたなら。仕《し》様もやうも有ふ物。殿様わたしは覚悟《かくご》極メておりまする。ほんにはかないうきよじやなァ」と。顔見合して詞さ二へ途《と》方に。くれし一ト間より。[寿]立出る仁木教将。「頼兼公のお心に叶ひし。傾城の高雄。室町のお館へ伴ひ来れと。義政公の御内ィ意の御諚《でう》。則チ是が御墨附キ」。[文]「ヤァそなたは弾正。ム、三こりやこれ高雄が年ン季証文《(じやうもん)》ン」。[寿]「拙者めが。寸ッ志《し》の忠義。四長ガ居は恐れ。此笠の座敷の内もぬがぬは人ト目。五夜ルの編笠曲輪の習ひ。お先へお暇。我ガ君には跡より御帰館《ごきくはん》」とゆう〳〵として立帰る。

[文]「イヤモどふでも教将でなければ六夜が明ケぬ」。七[喜]「サイわたしは余ッりで本ンの様には思はれぬ。アヽ嬉しや」と浮《うき》立ッ高雄。[倉][久]様子立聞《(たちぎく)》裏藤親子。夫トの心の八はんじ物解《とけ》て一ト間を走リ出《(いで)》。悦び合ぞ道理なり。[常]「サア〳〵おめで度ィ善は九急ケげじや一〇片時《(へんし)》も早ふ」。[布]「成ル程〳〵。高雄殿も一ッ所にとは存ずれど。是成ル河内は表テ向キさかた御前ン様よりのお迎ィ。殿様にはマヅお先へ高雄殿の身の上は亭主宜敷取リ計ひ」。[常]「成程〳〵急度わたしが預りまし

一 昨夜。 二 言葉さえなく。 三 弾正が「御墨付き」といって差し出したのは、高雄の年季証文。 四 自分がこういう所に長居をするのはよくない。義政公の内意を受けて、秘かに身請をしにきたのだから、というのが表面の理由だが、義政公の御墨付きなど、もともとないので、弾正は誰が高雄身請をとり計らったのか、はっきりしない形にしておきたいので、編笠もとらないのである。宴遊日記では「仁木出、(鬼貫と頼兼方の折介を)引分、義政の御墨付と称し、身請証文を頼兼に渡し、いつにても高尾を引連御帰館あれと勧む」。 五 吉原や島原には遊客が顔を隠すための編笠を貸す編笠茶屋があった。 六 何事もはじまらない。 七 サイナの誤りか。 八 判じ物。夫の心が不可解だったが、義政公の内意をうけて、秘かに計らうためであったと、謎が解けて。 九「ケ」は衍字。 一〇 少しの間も早く。 一一 奥ゆかしい。 一二 四人それぞれの心で。 一三 初冬、時節外れに咲く花。「帰る」と掛け、「花紅葉…帰らるゝ」と語調を調える。 一四 紅葉の名所高雄山神護寺(現京都市右京区梅ケ畑高雄町)に掛ける。 一五 入る方。 節付けの「林ヲクリ」は林清ヲクリ(三十三間堂棟木由来の「柳がもとへ」など)か。 一六 月が入って暗い、と心の陰険な、とを掛ける。 一七 実事は歌舞伎で立役側(善の側)の人物が悪

た。傍輩衆にも暇乞一両日はくるわの名残」[文]「サアもふこふ儘《まゝ》に成たからは。ちつとの内は別れてゐるも又花香《が》一一。裏藤親子。女之介一《ッ》所に供しや」。[喜]「そんなら殿様《ン》」。[倉][久]「高雄様《ッ》必待《ッ》ておりまする」。[布]「亭主さらば」と女之介。地ハル 一二地中ウ[倉]心とりぐ母親ハル も。ハルウ 倶に館へ帰り花一三。

[喜]ハル 残る。一四上 高雄の花紅葉中 打連フシ 館へ帰らるゝ。

[常]ハル「サアくく申《まうし》太夫様是からくるわの御名残。どつと祝ふて大酒盛常はならねど此徳兵衛。

地ハル おくで一《ト》つ」と引《キ》連《レ》て。一五林ヲクリ 入《ル》さのフシ 月の陰《かげ》よりも。

[折]一六地ウ くらき心の図幸鬼行。[滝]同腹中《ぶくちう》の黒沢官蔵。[千代]ハル 雀踊《すゞめおどり》の以前《ン》の奴《やつこ》「官蔵様か」。[滝]「峯平波平。鬼行様」。[折]「ホヲまんまと首尾よふ高雄めを。室町の館へ引《キ》入《レ》アノ弾正めが実事《じつ(ごと)》一七を誠と思ひ。一《ッ》ぱいくらふたうつけ者の頼兼。早先《キ》だつて官領山名宗全殿と示《しめし》合せ。等《だう》一八持《ち》院へ押込《ル》手筈《はづ》官蔵始《メ》両人《ン》共。太義で有た」と一九地ハル 根づよく仕《し》込《ミ》し工《たくみ》の様子。[伊]地ウ 始終《しじう》とつくと立《チ》聞《ク》絹川二〇。[滝]目ばやき官蔵手練《ン》の手裏《しゆり》剱《けん》二一

人側とわたりあい、相手を言い伏せ、鮮やかに難局を切りぬけ、または忠義のために苦難を忍ぶなどの局面、またその演技をいう。主君頼兼と高雄が仲を裂かれると思い嘆くところへ現れて、二人の恋を成就させるところが実事師の振舞い。一八 とうじいん。現京都市北区等持院北町にある臨済宗の寺。足利家代々の菩提所。伊達騒動の綱宗が、幕命で逼塞させられ、亀千代に家督を譲り隠居、品川大井村の屋敷に隠棲したことを踏まえる。一九 企みが深く周到であること。二〇 歌舞伎では、初演も再演もこの幕切れに絹川は登場しない。宴遊日記では、高尾身請のあと、「直に召連る八世の聞へ憚在と、高尾を徳兵衛に預け、皆ゝ伴ひ帰る。皆入。鬼貫・官蔵出、高尾を頼兼が館へ入れバ、義政の勘気を請、押込んと、□□□□□迹へ岩平・岑平出、中居お妻と少たて在」で次の「廓裏」の場に転ずる。二一 →三〇〇頁注九。

一 初演、豊竹伊勢太夫・大西藤蔵。西川屋の奥庭。「本舞台正面一面の柴垣石灯籠植込一躰奥庭の懸り上

第三

(奥一庭の場)

詞「ヱ、胴欲な絹川殿。此高雄には何ンの誤り。何ンの科《とが》有ッて此様にむごたらしう二殺《ころ》しやるのじや。ヱ、こなたは〱。鬼かいのふ蛇かいのふ」。「ヲ、尤モじや道理じや。コレ高雄殿。苦しからふがとつくりと聞ィて下され。こなたをば身請させ室町のお館へやつては。殿様のお為にならぬわいのふ」。「ヤアそりや又何ンで行ヵ事ならぬ其訳ヶ聞ふ。ム、聞へたわいの。殿様の云号《いひなづけ》細川の御姫様は。三こなたの昔《むかし》のお主筋《しゆうすじ》といふ事は。四とふから聞ィてゐたわいのふ。此高雄がお館へ行ヶば。こなたの主《しゆう》五の歌かた姫と。祝言の邪魔に成ルと思ふて。夫レでわしを殺しやるのか。但しは姫の云ィ付ヶか。ヱ、心のせまい歌形姫。地色ウ町人ンの身の上ヘでも。ウ妾《てかけ》めかけは有ルならひ。ハルましてあなた六は誰レ有ふ。ウ足利の頼兼様。

(かみ)の柳の立木に紅葉の小袖をかけ舞台先浪板下草あしらい泉水の流此岸に円次郎(高尾)白無垢しこき形(なり)にして幸四郎(絹川)是をゑくり殺して居る見へにて道具留る」(文化台帳)。二 仮名手本忠臣蔵六に「此やうにむごたらしう殺された事じや迄。コリヤ爰な鬼よ蛇よ」。三 絹川谷蔵後の与右衛門が、頼兼の許嫁の姫の家来筋、という設定は、文化台帳の高尾のせりふには出てこない。先行の浄瑠璃のうち、明和六年(一七六九)江戸外記座初演、絹川累物語の設定が本作に近い。即ち頼兼に該当する磯並貢之助に、愛人島原の傾城八雲と許嫁滝口刑部妹田毎姫があり、姫の家来三島隼人が後に与右衛門となる。与右衛門女房は累。絹川累物語は明和五年、大坂幾竹座の糴水絹川堤を一部手直ししたもので、どちらも伊達騒動物ではなく、また殿の愛人の傾城が忠臣によって殺される話もない。なお、歌舞伎初演時は、与右衛門が持氏公息女の家来筋であることは確かだが、彼女が頼兼の許嫁であるとは断定できない。文化台帳では与右衛門は頼兼の家来のようである。四 疾くから。以前から。五 うたかた姫の名は阿国染出世舞台にみえる。六 あの御方。あなた、の本来的用法。七 心根が、けちで

時 前場の後刻、明け方近く
所 西川屋の奥庭

ヱ、[七]さもしひはいのふ〳〵。胴欲な絹川殿」と。怒《いか(つ)》つ泣ィつ身をもだへ痛《いた》手に苦しむ疵《きず》口の。[八]血汐に争《あらそ》ふ血の涙一トつに落る[九]泉水《(せんすい)》の[一〇]からくれないに[一一]水の色紅葉を。ながすごとく也。

絹川も心根を尤とは思へ共。「イヤコレさら〳〵そふ云《(いふ)》事ではない。御館の悪人共頼兼公を失《うしな》わんと。[一二]工《たくみ》のなは[一三]を掛ケおふせて。こなたを館へ引キ入レるは。我君様を放埒《ほうらつ》の罪《つみ》におとさん[一四]結構《けつかう》と。聞ィたるは此絹川一チ人。手にかけるは[一五]国家《(こくか)》の為。いとしいと思はしやる我君様のお為じや程に。此所を聞キ分ケて。いさぎよふ死ンで下されコレ。頼まする高雄殿」と。云ィ聞カしても。「イヤ〳〵。只一トすじにいとしいと。思ひ込ンだ殿様。お傍《そば》に居たい添ィたいと。願ィが叶ふてうけ出され。今お館へ行ク身の上。だまし殺シに殺すとは。余〔ン〕り気づよい[一六]どうよくじや。といふて叶はぬ此深手。ア、只なつかしいは頼兼様。最《(も)》一度お顔が見て死たい。斯《かう》ならふとは露しらず今の今迄悦んで。嬉しや曲輪の苦をのがれ。思ひ思ふた殿様の館へいたら朝夕も。お傍はなれぬ鴛鴦と。[一七]つがひし事も水のあは。[一八]又二つには兄様や。たつた独《ひとり》の妹に不自由なくらしもさせまいと。楽《たの》しんだの

卑しい。八 疵口から流れる血にもまして、悲しみ怒りの余りに流す血の涙が。九 ここは庭内に導き入れた水流。一〇 韓紅。韓(から)から渡来した紅の意。深紅。一一 水が血に染まり、紅葉を流すようである。高雄の紅葉の連想から「千早ふる神代もきかず竜田川からくれなゐに水くゝるとは」(古今集・秋下・在原業平。百人一首)を踏まえる。一二 企み。一三 罠の誤りか。一四 計画。一五 大名の領国、表は足利家であるが、実は伊達家なので。※若殿の寵愛する傾城を、忠臣が家のために殺す設定は、歌舞伎・桑名屋徳蔵入船物語(明和七年)などにある。但し伊達騒動の実録体小説、仙台萩では高尾には嶋田十三郎(全書仙台萩では三十郎)という愛人があり、綱宗は意に従わぬ高尾を吊し斬りにする。安永六年(一七七七)の歌舞伎・伽羅先代萩も同様。伊達騒動の伝承とは異なる伊達競阿国戯場の展開は、主君の放蕩から生じたお家の危機を、主君の周辺に犠牲を求めることで回避しようとする家臣団を描き、そこからさらに従属的人物に矛盾を及ぼしていく点でお家騒動物の主題を深化させたといえる。一六 胴欲。むごい。一七 雌雄の番い、と約束する意のつがうを掛ける。一八 文化台帳の高尾殺しは簡略で、高尾のせりふにこの兄妹への思いも、歌形姫への怨みもない。

も夢の夢。こふいふ内にも殿様の。お顔が目先キにちら〳〵と。死ナぬさきからちう[一]うの闇《やみ》。いとし可愛《かあい》の其人を此世に残して死ると思へば。何ン[二]ぼうでわしや。死《しに》[三]とむない〳〵」も苦しげに今を限りの。其有リ様見る目もいとゞいぢらしき。

絹川不便ンの涙ながら。「コレ高雄殿。[四]何事も定まつた因縁《いんゑん》づくとあきらめて。迷《まよ》はぬ様に心よふ。臨終《りんじう》をして下され」。「イヽヤ何ぼふでも死ナぬ〳〵。譬《たとへ》此身は死《しぬ》る共。魂魄《こんばく》此世にとゞまり。むごいつれない。絹川殿。人に報《むくい》が有ものか。ない物か。[五]生キ替リ死替《しにかはり》。こなたの身に付キまとふて。恨ミをなさいで置ふか」と。顔見詰メたる。今はの有リ様。さも物すごき。其風情。

心弱くて叶はじと気を取直して絹川が。「ヲヽ恨まば恨め主人のお為。お家の大事《じ》にやかへられぬ」ととゞめをぐつと。[六]遉《さすが》の絹川。「何国《いづく》の誰レが娘かは不便ン」とよはる。目に涙。死骸《がい》をすぐに。泉水へざんぶと打込ム水の音ト。人や聞んと。身を冷す[七]風かあらぬか一トしきり。ぞつと身の毛も立チ退ク向ふに。ぱつと燃《もへ》立ツ心ン[八]意の炎《ほのほ》。高雄[九]が姿雲霧《きり》に。[一〇]晴レぬ恨ミは有リ[一一]明ケの。付キまとわつてくる[一二]〳〵。切レど払《はら》へど執着《しうじやく》の。爰に顕《あらは》れ。か

一 中有。仏語で人が死んで次の生を受けるまでの四十九日間の中間的なあり方。不安定な状態であることから、中有の闇に迷うという。 二 どうあっても。「何ぼうでも」の誤りか。

三 死にともないの転。

四 「斯《か》う)なりくだるも前《さき》の世の定《さだま》り事と諦《あきらめ》て」(新版歌祭文・上)などと同様、慣用的表現。

五 「いきかはりしにかはり世々生々にうらみをなさん」(蟬丸一)。

六 刺す、に流石のを掛ける。 七 人に聞かれたかと、ひやりとしたのは、一陣の風のせいであろうか、ぞっと身の毛がよだち、思わず跡退りした向うに。 八 瞋恚の宛字。激しい怒り、憎むこと。仏語で怒りを燃やす、瞋恚の炎などという。恨みの一念をあらわす心火(演劇で焼酎火と呼ぶ緑の炎)に引かれたか。

九 怨念が炎と燃えて、その中に高雄の姿が雲か霧の如く朦朧と現れ。

一〇 雲の縁語。 一一 恨みあり、有明の月、付きまとわって、と掛ける。

一二 高雄の亡魂がつきまとう形容に絹川が刀で切り払おうとするが、方角が定まらず、刀をふりまわしてくるくる廻るさまを掛けて言う。歌舞伎で妖怪変化との立ち廻りに見せる定型の演出。 一三 怨霊の目にみえぬ縛にかかって引き戻される。現行の歌舞伎・色彩間苅豆(いろもようちよつとかりまめ。清元のかさね)などにもみえる連理引き。

一四 ことをわけて、納得のいくよう

しこに立《(たち)》合。行《(ゆく)》をやらじと引キ[一三]戻され。［詞］「エヽ浅ましい高雄殿。あれ程事訳ケ[一四]云イ聞すに。去リとては聞キ分ない。コレ恨をはらしてうかまつしやれ[一五]」。「イヽヤイヤ〳〵。［歌］深き恨《ツヾミ》はなら[一六]くのくげん。倶《とも》[一七]に憂目《うきめ》を」三《(み)》[一八]つ瀬川。［地ウ］[一九]ぐれんの浪は池の面モ。逆《さか》立ッ水はざは〳〵。［合］絹《ウ》川不便ンと手を合せ。［詞］[二〇]「一生正念三界城。南無阿弥陀仏」と唱《とな》［色］へ捨《(すて)》行《(ゆく)》を。［合］［上］やらじと

に筋道を立てて。[一五] 浮かまっしゃれ。成仏なされ(怨念・執着を残さず、仏の救いにあずかりなさい)。[一六] 奈落の苦患。地獄の苦しみ。[一七] 深い怨念、執着のために成仏できず地獄の苦しみを受ける自分とともに。[一八] 三途の川。絹川に憂目をみせ、ともに三途の川へ誘引する、の意。三つに見を掛ける。「重ねて憂き目をみつせがは」(謡曲・通小町)。[一九] 紅蓮。仏語で八寒地獄の第七、紅蓮地獄。この地獄に落ちると、寒苦のために肉が裂けて紅蓮のようになる。八寒地獄から、紅蓮の氷と形容し、ここはさらに紅蓮の浪水と転じた。[二〇] 「一心正念(心を一にし思いを正しうして仏に帰依する意)三界蔵(一切衆生が生死輪廻する三つの世界を蔵に喩える)」を誤ったか。末期に臨んで仏に帰依し三界の苦患を逃れよ、の意を表そうとしたもの。なお文化台帳は「一唱正念罪皆消(いっしょうしょうねんざいかいしょう)南無阿弥陀仏〳〵」。これならば、一たび迷いを払って正しく仏のみ名を称えれば、すべての罪が消滅する、の意。

※宴遊日記ではこの場を「廓裏の気色に成、谷蔵、高尾を殺し、頼兼のやかたへ入れて、君の為あしけれバ、是非なく殺す、□□□殺す。どろ〳〵にて例の如く執念の場有」と記す。

第四

(千本通り三条の場)[一]

地色ハル花ちりて夏《なつ》は淋《さび》しき嵯峨《さが》[二]の道。爰《ここ》ぞ[三]三条千本の。町を放《はなれ》て畑《はたけ》道往来《ゆきゝ》希《まれ》成ルたそかれ時。フシ[四]地ウうそ〱来る二人連レ顔を隠せしほうかむり。小陰《かげ》に立寄。色「詞コリヤ峯平。此官蔵が鬼行様に頼れた高雄が買論《かひろん》[五]。意地《いち》を持タせてまんまと首尾《しゆび》よふ身請させ。屋敷へやれば頼兼はほうらつ者の科《とが》を云イ立《たて》。切腹させて仕《し》廻ふ積リ。仕負《しおふ》せたと思ふたが。サかんじんの[六]玉にする高雄めが行がた。絹川めが手にかけて殺した共云噂《いふうはさ》。夫レもしらずに登リ[七]詰た頼兼め。先キだつて山名宗全殿[八]の計ひで。等持院《とうち》[九]へ押こめの身を持ながら高雄に逢たがり。けふも又嶋原へ行《い》たといふ事違イはないか」。「成程〱急度《きつと》此峯平めが見届ケましてござります」。「ム、よし〱。押こめの身の事なれば定メて供は大勢イは有ルまいな」。

時	前場の六日後
所	千本通り三条

一 初演、豊竹多美太夫・野澤久米蔵。※宴遊日記では「四立目　伏見京橋夜の躰」。文化台帳も伏見京橋。

二 千本通り三条を西へ、御土居を出はずれて、蚕の社、広隆寺、帷子の辻を経、有栖川を越え、渡月橋に至る。嵯峨は洛西(京都市右京区)常盤より小倉山の間、一帯の野を嵯峨野と言い、春は桜、秋は紅葉・虫・月、夏は船遊びと都人の遊覧の地。

三 京都市中京区千本三条。三条通りと、北大路通りから旧鳥羽街道につながる千本通りとが交叉するところ。洛中の果てで淋しく、島原遊廓に近い。

四 胡散臭い様子で人目を憚りながら。※宴遊日記によれば歌舞伎初演時には最初に仁木の料理人茂佐八と薬種や久助で毒薬をめぐる件り(人名は違うが文化台帳に近い)があった。

五 一人の遊女を買うについて、客同志が争うこと。

「成程左様でごわります。[一〇] 供と申《ス》は斯《かの》絹川め只一人」。「ホヲ面白《イ》。波平を最前より嶋原へ遣し。頼兼が帰りをしらする手はづ。忍び歩行《あるき》の事なれば。西口[一一]を出て千本《ン》通を此道へくるは治定《ちぢやう》。待伏《セ》してけんくはに事寄《ことよせ》打殺して仕《し》もふ積《リ》。コリヤ随分《ン》其方気を付《ケ》よ」と。見やる向ふへすた[一二]〳〵息。[一三]欠《かけ》来るは奴波平。「ア、官蔵様。只今頼兼を駕籠に乗せ。絹川が付《キ》添ふて西口を出る所。先《キ》へ欠《ケ》抜《ぬけ》いだ[一四]天走《リ》。追付《おつつけ》こゝへ参るかごが」。「ヲ、出かした〳〵。コリヤ両人。谷蔵めは其方両人《ン》に打《うち》任す。身は頼兼めをぶつぱなす。けんくはの仕《し》かけはナコリヤ。こふ〳〵」とさゝやき〳〵木影へ隠るゝ間もなく。

かごに引《ッ》添ふ絹川は。高雄が事を我君に包《ミ》隠して様ゝと。心を砕《くだ》く跡[一五]先より。おつ[一六]取《リ》巻《まい》《キ》たるほふかむり。ひらりと見せたる抜《キ》身の光り。「[一七]のふ悲しや」とかご打捨《うちすて》跡をも見ずして逃て行《ゆく》。

すかし詠《ながめ》て絹川が。「ム、聞《コ》へた。こりやわいらは人《ト》をおどして物を取《ル》。追剝《おいはぎ》の見習《イ》じやな。へ、、、いかに人《ト》通りがなければとて。まだくれもせぬ内からハア。うぬら

六 策略などの種に使うものをいう。
七 のぼせ上った。
八 本作の山名宗全は、第二以後は、史実の老中(大老)酒井忠清に当たる(伽羅先代萩では梶原景時)。幕府は伊達綱宗に吉原通い等不行跡を言いたてて逼塞を命じたが、その裏に綱宗の叔父伊達兵部と縁のある老中酒井忠清の策動があったと言われる。仙台萩等も酒井雅楽頭の兵部への依怙贔屓を描く。
九 底本「ど」。
一〇 奴言葉。
一一 廓の正門である東口大門からでなく、千本通りの西口(享保十七年二月開設)を出て、の意。
一二 息をはずませるさま。
一三 駆けの宛字。「欠(かけ)入ル袂トを久松引キとめ」(新版歌祭文・野崎村)。
一四 韋駄天走り。増長天八将軍の一で仏法守護の神韋駄天のように速く走ってきた。
一五 絹川が以前のこと、将来のことに心を砕く意に、駕籠の前後、を掛ける。
※廓帰りの頼兼を刺客が襲う場面は仙台萩で高尾の愛人嶋田十三郎に頼まれた男伊達浮世戸平が綱宗を襲う件りをふまえる。なお奴の名、峯平、波平は、仙台萩で綱宗が供につれた男伊達鳴神峯右衛門、荒波梶之助、による。
一六 捨仮名「キ」は衍字。
一七 駕籠舁きの悲鳴。

コリヤ命がねぐさつたな[一]。邪魔《じゃ》せずとそこ退《のこ》ふ」と。[地ハル]かごを囲《かこ》ふて仁王立《(だち)》[ウフシ][二]。[詞]「イヤ絹川。わりや此官蔵を覚へてゐるか」と。[地ウ]木かげより立《チ》出《(いで)》。[詞]「朱雀野に待《ッ》て居ると。口計《(くちばかり)》の腕《うで》なしめ。此官蔵がもらひかけた傾城の高雄。頼兼に請出せては身が武士が立《タ》ぬ。二人共に観念《くはんねん》ひろげ[三]」「おいら二人《リ》も此間の踊《おどり》の仕《し》返し[五][四]。絹川一寸《ン》もやる事成まいわい」。「絹川〳〵[六]。官蔵とは先《ッ》日くるわで慮外《りよぐはい》[七]いふたやつか。にくいやつじやナそいつしばれやい」。「成程私がよろしう計ひます。ムゥ聞へた黒沢とやらくらがりとやら。明《カ》[八]りはしらぬお侍《イ》か。ちよつと此比《(このごろ)》見て置《イ》た小柄《こづか》[九]の手[一〇]の内。何もかも此谷蔵が地獄耳《ぢごくみゝ》[一一]へとつくりと突《キ》抜《(ぬけ)》たれば此場《ば》の様子もたいがひしれた。コリヤ誰ぞに頼まれたのじやな」。「コリヤ[一二]谷蔵。重ね〳〵にくいやつじや《ソレ》しばつて屋敷へ引《ケ》やい〳〵」。「かしこまりました私にお任せなされませ。サア其頼《ミ》てをそこへまき出せ[一三]」。「イヽヤたれにも頼まりやせぬ。我《レ》[一四]につがふた曲輪の立《テ》引《キ》。おれが心一《ト》つの意地《いち》じやこま言《ごと》[一五]いはすな《ソレ》両人《ン》」。「まつかせ[一六]」「合点《(がてん)》」と切《リ》込《ム》二人《ン》。さしつたり[一七]と身を開《ひら》き[一八]。引《ッ》つかんで二三間。前成《ル》川へ投込《なげ》《メ》ば。[地ウ]水をくらふてあつぷ〳〵。[ウ]すかさず官蔵後《ロ》より。

一　ねぐさるは腐るに同じ。命運尽きたな、の意。　二　仁王像のように力強く立ちはだかって。
三　覚悟しろ。「ひろぐ」は罵っていう語。　四　峯平、波平の言葉。　五　第二の冒頭で雀踊りに扮して頼兼遊興の場に暴れ込んだ二人が、絹川に投げられたことをいう。　六　頼兼のことば。↓三〇一頁※引用の歌舞伎初演時、三津五郎のせりふを踏襲。
七　無礼。　八　明かり走らぬ、後ろ暗い。　九　脇差の鯉口に差しておく小刀。「小柄の手裏剣」(本朝廿四孝 二)。絹川の言葉は二九三頁一一行目に照応。　一〇　腕前。　一一　どんな秘密でも素早く聞き出す能力。　一二　頼兼のことば。　一三　ぶちまけて言え。　一四　お前と約束した。　一五　ごたごたつまらぬことを言わせるな。　一六　任せておけ、の意。
一七　心得た。相手の攻撃を十分予想して受ける時の掛け声。　一八　身をかわし。　一九　刀を抜くや否や斬りつける。　二〇　袈裟掛け。袈裟を掛けたように、一方の肩から他方の脇へ切り下げること。
二一　現京都市左京区南禅寺福地町にある臨済宗南禅寺派の大本山。もと亀山上皇の離宮。鎌倉期、正応四年(一二九一)に禅寺とし禅林禅寺、室町期、足利義満により京・鎌倉五山の上に位置せしめられ、禅寺中最高の寺格を有した。　二二　行くには行くけれど。
二三　千本通り三条から真直ぐ東に洛

一九抜《キ》打《チ》に切付るを抜《キ》合して切結び。勢《(きほ)》《イ》込《ン》だる絹川が踊《おどり》上つて切込《ム》刀。請はづして肩《かた》さきを。二〇けさにすつぱと切下《ゲ》られ。うんと計《(ばか)》《リ》にたをるゝ官蔵。

「サア私はこゝを片付《(かたづけ)》。跡から追付《(おつつき)》ます程に。お前様は二一南禅寺《なんぜんじ》の方へ向《ケ》。一時も早ふおこしなされ下さりませ。サア〳〵早ふ」と気をせけば。「そんならおれは先《キ》へ行《(ゆく)》。必《(かならず)》早ふ来てたもや」。「お気遣《イ》遊ばすなじきに私追付《キ》ます。サ、、早ふ〳〵」。「そんなら行《キ》二二は行《(ゆく)》がア、コレ道はしらず。くらさはくらし。谷蔵〳〵。挑灯《てうちん》持《テ》やい」。「ア、申〳〵あかりがあつてはわるふござります」と。いふ間に川よりはい上る。二人の奴が後《ロ》より。物をもいはず切《リ》かゝる。心得たりと腕《うで》ねぢ上《ゲ》。「二三三条通りを真直《まつすぐ》に左《リ》へ〳〵と。お越《シ》あられ下さりませ。ア、申〳〵はだしではおみあしが二四殊に大事《じ》の此御下駄。サ、、まづ〳〵是を召《シ》まして一《ト》先こゝを」「ヲ、合点じや。そんなら先《キ》へ」と頼兼公。しらぬ道筋そこゝとあゆみ給ふぞいたわしき。

跡見おくりて絹川が。「サアもふ心が落付た。これからは猶千人《ン》力《キ》」と。見おくる内に起《キ》立《(たつ)》官蔵。よろめきながら二人の奴。又切付るをばら〳〵と切《リ》たをせば。もふ叶わ

中を横切り、大橋を渡れば、東山山麓の粟田口を経て第五(三〇三頁一〇行目)にみえる蹴上に出る。その北が南禅寺村。伝奇作書残編・中に江戸の伊達騒動劇では京の「方角けしからぬ道筋也」と評する。二四「痛みましょう」を省略。文化台帳では絹川が、「お下駄を召ては参られませぬ」といって自分の草履をはかせ、頼兼が行った跡で「きやらの下駄をたつねよふ〳〵さくり持て手拭にて(自分の)こしへしばり付」る。

※宴遊日記は歌舞伎初演時のこの場について、「官蔵・峯平・岩平出、侍(待カ)伏。竹駕にて頼兼・谷蔵・□□出る。喧嘩奴三人詰に殺し、頼兼を先へ南禅寺迄行くべき由、迹にて追付んと、頬かぶりさせ落す。此所頼兼一人行場、大名風甚よし。初め官蔵ときゝ、最前おれに過言せしやつなれバ縄打て屋敷へ引けと云所、大ていにてよし」と記す。記事の筆者柳沢信鴻自身が大名であるのが面白い。なお現行歌舞伎で、この類似の場が伽羅先代萩の序幕として上演され、京都ではなく鎌倉(江戸に当たる)花水橋の場とする。

ぬと官蔵が。逃出《にげいだ》すを飛掛《とびかかり》どうと引伏《ひつぶせ》色のつかゝり。詞「我君様に仇《あた》するやつうぬらを生ヶ

てはお家の仇」。地ウぐつと突キ込ムとゞめの刀。ハルフシ折から向ふに人ト声色足音ト。ウ見付られてはハル身

の大事《じ》と。ハル主人の跡をいつさんに飛《とぶ》が。上ごとくに。

一 初演、口は豊竹筆太夫・鶴澤蟻鳳。 二 浄土系宗派で仏事の読経や説法の最後に唱える偈。「願以此功徳、平等施一切、同発菩提心、往生安楽国」の略。この勤行の功徳を、広く一切の衆生に施し、もろともに成仏なさしめ給えと祈願する。鹿(しし)ヲドリは町家の場の幕明きに演奏する。文化台帳では「わかいしゆ大勢講中の形(なり)にて百万遍をくり居る。平九郎家主の拵にて鉦を打音頭を取て居る」。歌舞伎初演時も「百万遍の幕明き」(宴遊日記)。 三 南禅寺門前の名物は丹後屋の湯豆腐と瓢亭の煮抜き玉子。花洛名勝図会一に「丹後屋の湯豆腐ハ古よりの名物にして旅人かならず是を賞味」。名代もしるき、などとあるべきところ、湯豆腐の縁で熱き。 四 さぶろべえ、の通称。この人物名は、関東血気物語二に記す天和(一六八一―一六八四)頃の男伊達豆腐三郎兵衛によった(三浦広子「謎帯一寸徳兵衛について」)。 五 跡を弔う意の、とう、を掛けた。 六 竜田川と流れる紅葉を文様化したもの。高雄の象徴。歌舞伎初演番付に「姉高

第　五

（南禅寺前豆腐屋）[一]

[二]願以此功徳平等《ぐはんいしくどくびやうどう》と。打納《メ》たる鉦《かね》の音は。南禅寺の門《ン》前に名代もあつき湯豆腐《どうふ》屋[三]。

[四]三婦《さぶ》は妹が不慮《りよ》の死を世間《ン》へ隠しなき跡を。[五]当世模様の竜田川[六]。小袖を傍《かた》への屏風《びやうぶ》にかけ。前に手向《ケ》の香花も。はかなき名のみ残《リ》[七]なく弔《とむら》ふ。高雄が一《ッ》七日[八]。中陰《いん》[九]とこそしられたり。

[一〇]間鍋《かんなべ》[一一]とさん手の物[一二]と。ゆどうふ[一三]まめな[一四]亭主ぶり。「ヤレ〱御講《こう》[一五]中様方。どなたも〱いかい御くらうでござりまする。サア〱一《ト》つ上つて下さりませ」と。牛房《ごぼう》[一六]のふと煮《に》ね[一七]んじんの。したしみ[一八]深《キ》講頭《かうがしら》。

「アヽイヤ〱何にもかまはしやりまするな。心遣《イ》は無用でござりまする。けふは蹴《け》上《ゲ》[一九]

尾は西方寺の紅葉塚、妹の累は竜田川の紅葉流」。浄瑠璃の新板累物語(寛延三年〈一七五〇〉)にみえる累の立田川の模様の小袖は、既に享保二十年(一七三五)の歌舞伎・名山累曾我にも使われていたらしい(東晴美「累狂言の趣向の変遷」)。七 名のみ残り、に残りなく、ねんごろに、を掛ける。八 初七日。但し三一一頁七行目によれば、その前夜の法事。九 死んで次の生を受けるまでの四十九日間の中間的存在としての中有《ちゆう》、またその期間。七日目ごとに法要を行う。一〇 燗鍋。酒の燗をする鉄または銅製の薬罐風の鍋。一一 渡盞。盃をのせる台。一二 湯豆腐屋の亭主だけに、燗鍋や渡盞も扱いつけている。一三 湯豆腐と、言うを掛ける。一四 まめまめしく働いて客をもてなすさま。豆腐の縁で豆。一五 仏教・神道などの在俗信徒の組織である講の仲間。一六 太く切った牛蒡の煮しめ。京の堀川牛蒡は太く柔らかで著名。一七 人参の変化した語。京人参の間引き菜のお浸し。一八 浸しと親しみを掛ける。一九 京都市山科区。近世には愛宕郡粟田口村。東海道ぞいで茶屋が多い。

※文化台帳の引用は、早稲田大学演劇博物館所蔵本による。なお『日本戯曲全集』に翻刻がある。

時　同じ日の夜
所　南禅寺前湯豆腐屋三婦内《さぶうち》

の[一]三星屋へ。法事《じ》によばれて爰《(ここ)》が二度め。イヤモ是が本のひん僧の重ネ[二]時といふのじや。ヤ時[三]に付ィて妹御はどつちへぞいかれましたか」。「サレバ聞て下さりませ。葬礼《さうれい》の時分ンには取リ乱《みだ》して供にも立ませず。夫レ故けふはあほうめを付ケて。墓《はか》参りに遣しました。もふ追付《(おつつけ)》帰るでござりませふ」。「ム丶夫レは道理〳〵[四]。あの子も大ていの力落《(ちからおとし)》ではないてや。ヤ夫レはそふと三婦殿。ちつとこな様に尋ネたい事がござる。といふてこゝにござる衆は皆心安い中の事なれば何にもこな様一トつも遠慮《ゑんりよ》する事はござりませぬぞへ。外の事でもない此仏ヶの事じや。一[五]しきりのこな様のどうらくで。嶋原へうられて行カれて大分ン[六]はんじやうの太夫になられたといふ噂《うはさ》。ア丶仕合セじやといふてゐたが。思ひがけもない不仕合セ。ア丶たれやらあぢい[七]な噂しました。彼《かの》嶋原の高雄[八]とやら風巾《とんび》の尾とやらいふおけんせん[九]が。絹川といふ相撲《すまふ》取リに。むり殺《ころ》しに殺されたとやら。何とやらかとやら聞ましたが。よもやそんな事はござりますまいのふ三婦殿」と。地ハルとはれてぎつくりあたる胸。詞「ハ丶丶丶ハレヤレやくたいもない[一〇]。左様な事ではけつしてござりませぬ。全躰《ぜんたい》あいつは積《しやく》[一一]持《(もち)》でござりましたが。急に取リ詰[一二]メまして。思ひがけもない死《し》を致まし

一 著名な茶屋。「三星屋喜兵衛 蹴上」(富貴地座位)。
二 貧僧の重ね斎。御馳走にありつく機会が、無駄になって残念な時にいう。文化台帳では、今夜呼ぶはずの僧が他の法事のために来られないと言い、この諺を引く。
三 斎といえば、料理ごしらえをするはずの妹御は。
四 丁稚をさす。
五 一時期。
六 繁昌。全盛。
七 味な。妙な。
八 鷹尾とか鳶の尾とかいう名の。江戸大節用海内蔵の「紙鳶(たこ)」に「鳳巾。几巾は略字」と注記。几を風の略字と思って、風巾、更に「鳶」に連想が及んでの誤用か。
九 傾城を訛っていう。「傾城をけいせん」(かたこと)。
一〇 とんでもない。
一一 →二八八頁注一一。
一二 急にひどい発作をおこし。

た。ア、可愛[一三]ィ事を。ャ本ッに咄し計《(ばかり)》に気を取ラれ。酒のかん[一四]が通りすぎよ」と。[地ハル]云ィつゝ立ッて釜の前[中]。[一五][本フシカヽリ]もへ兼る火[ハル]に出る涙[中]。紛《まぎら》[フシ]し兼たる[ハル]ばかり也。[一六][ハルフシ]入リ相過ギて宵[中][一七]月や。覚束《おぼつか》[ウ]なくも我君の。御[ハル]身の上を絹川[一八]が疵《きず》[一九]持足の[中]跡よりも。犬[ウ][二〇]と思しき忍びの者。付来《(つききた)》る共しらぬ戸に。思[ウ]はずばつたり内[ハル]に。怐り。「[詞]三婦殿アレハ何じや。仰《げう》山ンな音でござるぞや」。「イヤ大方犬でござりませふ。きらず[二一]を外トに出して置ましたが。又くらひに来たので有ロ」と。[地ウ]云ィつゝ表テの戸をひらき。すかし[ハル]詠《(なが)》メて。「[詞]ム、見ればくつきやう[二二]の若ィ人。何とぞさんしたのか」。「ハ、イヤ殊の外道をせきまして。とんといきをきらしましてござります。御[二三]むしんながらどふぞ水を一トつ。御振舞なされては下さるまいか」と。[地ハル]いふに心得内に入《(いり)》。水[中][二四]しらずにも世[ウ]は情。「[色][二五]しづかにまいれ」とさ[ウ]し出す茶碗。押[ウ]戴《いたゞい》てぐつと呑《(のみ)》。一トいき[ウ]ほつとつく有リさま。何角《(なにか)》[ウ]様子の有《(ある)》顔と見て取ル生得《しやうとく》男気は。持[ハル]ッて生レた主の三婦。「[詞]見りやいかふ取リ乱してござるが。こな様コリヤ様子の有《(ある)》人じやわいの」。「ハア、御《ご》推量《すいりやう》の通リ。御主人の為。アイヤ何共申兼ましたが。暫《しばらく》の内こなたの内に」。「かくまふてくれといわんすのか」。「いかにも左様」。「ム、そりや

一三 可哀想なことをしました、と言いかけて胸がつまり、涙を見せまいと立つ。
一四 燗が過ぎよう。
一五 涙を紛らそうと立って釜の下をさしくべるが、薪がよく燃えずに煙り、涙が出るのは、やはり悲しみのため。
一六 暮れ六つ。夏であるから七時過ぎから七時半。
一七 新月過ぎて宵の間だけ出る月。繊かな月光から「覚束なく」。
一八 気にかける意を、絹川に掛ける。
一九 前場で人を殺していることをさす。絹川・疵、足・跡と頭韻。
二〇 敵方の間者。
二一 おから。
二二 屈強。
二三 厚かましいお願い。
二四 見ず知らず、に掛ける。
二五 ゆっくりお上りなさい。
※宴遊日記に「谷蔵来り門を擲く。三郎兵衛問へバ、何とて(ぞカ)水を一つくれよと云故、茶椀へ水を汲、考へ詮議して来し□成□相手負の時ハと心つかひの様子にて、湯に汲かへ出す。今夜留めてくれ□□□主人来請ふと、忠信にて三人をしとめし事語る。今夜は妹が七日にて百万遍の最中故、夫までは暫まてと云」。

はやことと品とによつたら。かくまふまい物でもないが。アレ見やんす通り。今は内に客が有《(ある)》。ちつとの間《(ま)》そこらに待ッて居やんせ。能イじぶんにしらせませふ」と。云つゝ[一]と。つかは内に入《(いり)》。

「へ丶丶丶コレハ〳〵[二]ぶ調法《てうほう》な亭主ぶり。何にもないが一トつ上つて下さりましたか」。「イヤモ[三]たべました〳〵サ丶もふお暇申シませふ」。「[四]アイヤ〳〵申ハア丶何やらお頼申たい事が有ルと。妹めが申ておりました」。「ハア丶夫レは何で有ロな。ヱ丶そりや大方[五]石塔《せきとう》の事で有ロ。そんなら皆の衆迚《とて》もの事に最《(も)》そつと待て。妹御に逢ふていにませふ。付キ合じや。おくで[六]五十番くらわそふじや有ルまいか」。「ア丶講がしら[七]たしなまつしやれ」。「ア丶イヤ〳〵そふ云ハしやんな。[八]かるたの数も四十八枚。則チ[九]弥《み》陀《だ》の御《ご》誓《せい》願ン[一〇]仏ケは見通しいざござれ」と。打連てこそ入にけり。

あたり見廻し表の戸。そつと押明ケ小声に成。「最前のお人トそこにか。サもふ気遣イはない。サ丶丶丶マ丶丶丶こちへはいらんせ〳〵」と伴ひ入。

頼もしげなる一チ言が。我ガ力より百倍の。小腰かゞめて入ル跡は。おくに気を付ケ傍へ

一 あたふたと。
二 不行届きなもてなし。
三 酒を飲みました。
四 「ア、イヤイヤもうし」と留め、「ハア、」と考える。三婦は、一行が絹川を見付けることを懸念して、一まず奥へ行かせる口実を考える。
五 高雄の墓石。
六 めくりカルタの勝負は五十回が一つの区切り(博奕仕方風聞書)。めくりは天正カルタを使っての闘技で、安永(一七七二—一七八一)から寛政(一七八九—一八〇一)にかけて流行。寛政三年禁じられた。今日の花札はその代りとして登場。
七 法事に来て、賭博とは。
八 天正カルタは四十八枚。
九 阿弥陀如来が菩薩の時に、衆生を済度するために立てた四十八の誓願。
一〇 仏は何でも御存知。

寄《(より)》。「テモよい男じや。一一かつぽくと云《ィ》ふとり肉《じゝ》。時にマアわしを見かけて。かくまふてくれといはしやる。其子細は」。「ハしさいといふは此通り」と。指出す脇指手に取《ッ》て。「ム、してけんくはの様子は」。「ム、一二鯉《こい》口にしたふ血」。「サ夫《レ》じやによつてお頼申《ス》」。「サレバ主人と申はやんごとなき御方。曲輪の一三出入《リ》が意趣《いしゆ》と成《(なり)》。御忍びの帰るさを。待伏したる其所は。一四西三条の野はづれ。人《〔ト〕》通りなき黄昏《たそかれ》時。忍びの御供と用捨すれば。よわみへ付《ケ》込《ミ》相手は三人。御主人にはかへられず。三《ッ》人共に仕留《し(とめ)》」。「一五コレシイハテ小気味のよい今の咄し。一六やふごんすかくまいませふ」。「すりや様子を聞て得心《ッ》の上」。「ハテ町人《ッ》でこそ有《レ》わしも男じや」。「ハア、忝い〱。其詞を聞《ク》上は。何をかくそふ一七わしが名は」。「ア、イヤ〱待《タ》しやれ。今は聞ますまい。かくまいおふせた其上では。何時でも聞《カ》れる事。万一ひよつともれた時は。もしやわしが口からと。疑《うたがは》れるも口惜《イ》。ハテかふ成も因縁づく。心置《キ》なふ一八横でもならんせ」と。実《げに》頼もしき男気斯《かく》も。有たき風情也。

谷蔵は傍《(あた)》《リ》を詠め。「ア、イヤ御亭主。一九見れば法事《じ》の躰《(てい)》でもなし。不幸でもござりました

一一 恰幅。体格。角力取の「其恰朴(かつぷく)」(双蝶々曲輪日記八)。
一二 刀の鞘の口。鯉の開いた口に似る。
一三 ごたごた。
一四 千本通り三条の西の意。通常はニシ三条。山州名跡志にはサイ三条と読ませ、拾芥抄により「三条ノ北。朱雀ノ西」とする。朱雀は千本通りに同じ。
一五 人を殺した話が、他の人に聞こえては、と「コレ、シイ」と制し、「ハテ」と感じ入って。
一六 ようごんす、匿まいましょう。
一七 歌舞伎初演時のこの部分は、↓三一四頁※。
一八 横にでも、とあるべきところ。
一九 仏事が営まれているのは一目で分るが、年忌など普通の法事のようにも見えない。

か」。「アイイヤモ咄しをするも涙の種。わしが妹が二人ごんすが。指《さし》つぎの妹は子細有ッて。外カへ出して置キましたが。可愛イ事は此間なく成リました」。「ハテ扨《さて》夫レは笑止《せうし》な事。袖振リ合フも他生の縁。せめて一ッ遍の回向でも致しませふわい」。「ハテ扨こな様は見かけに似ぬしほらしい心のお人じやのふ。夫レは近比忝ふごんす。サア〱そんなら是へ」と。おくそこもなき魂の導《みちびき》か。ふしぎに廻《めぐ》り着なれたる。小袖のもやうは覚《おぼえ》の目印。ハツト驚ク絹川が扨は此家《このや》の妹かと。胸にひいやり冷風の吹共《ふくとも》。なしにざは〱〱。高雄が亡執《もうじう》。晴レやらぬ。何の心も振仰《ふりあをむ》き。恂りあやしみ欠寄《かけ》ル三婦。立身でおゝひ。「御亭主。後に逢ませふ」。と心に何角《か》一物をわからぬ。胸の納戸《なんど》の内。

跡には三婦がしあん顔。「ハテ心得ぬアノ小袖。生有《しやう》ルごとく動《うごき》しは。心の迷イか但し又。刃にかゝりし非業《ひごう》の死。可愛や妹迷ふてゐるか。道理じや〱尤じや。出離生死頓生《しゆつりしやうじとんしやう》菩提《ぼだい》なむあみだ仏〱」。もかきくれてもり出す香《かう》やかき立る。御《み》あかしの火も細〱《ほそぼそ》と。いとゞふさがる胸のやみ。

くらき道筋。恩ン愛の血筋。しんみの墓《はか》参り。うと〱戻る妹の累《かさね》。跡から付イてでつち

一 すぐ下の。 二 可愛想なことには。 三 気の毒な。 四 見ず知らずの人との、袖を触れ合うほどの一寸した出会いも、前世からの因縁に基づく、の意。 五 屈強の大男に似合わず、殊勝でやさしい。 六 近頃になく、の意。甚だ。 七 何のわだかまりもなく好意的なこと。亡き魂に続く。 八 高雄が着なれたの意に、絹川がたまたまこの家にめぐり来たことを掛ける。 九 妄執。成仏をさまたげる執着心。「妄執の雲晴れやらぬ」(長唄・鷺娘)。 一〇 絹川が、動く小袖を立ったまま後に隠すようにして。歌舞伎初演時にここで幸四郎(絹川)と三津五郎(三婦)極まる、か。宴遊日記に「客を奥へやり、内へ入れ□□誰人の追善と問へバ妹の一七日也と、見れバ俗名高尾と記すに驚き、香を手向んと位牌に向へバ、どろ〱にて紅葉流しの小袖動く様子、色〻有て錦考(幸四郎)奥へ入る」。 一一 絹川の胸の内が分らぬ、と納戸の内に入った、を掛ける。納戸は衣類その他を納めておく部屋。居間を兼ねることもある。 一二 迷い苦しみの世界を離れて真の自由を得る。次の頓証菩提と同義。 一三 阿弥陀の働きによって速かに悟りを完成させる。「なむ。幽霊出離生死頓生ぼだい」(本朝廿四孝四)。 一四 香合に抹香を盛って出す。 一五 灯明の芯をかき立てる。 一六 三婦の心が悲嘆の闇にかき暮れるのと、暗い夜道を掛ける。 一七 道

の徳次[二〇]。

「詞コレ累様〳〵。お前の用の有時《ある》にはぶら〳〵して居て。内の近所に成ルとめつたむしやうに走らんすわいの」。「サイのふ兄様が。待てござんせうと気が付ィたら。モヲ〳〵心がせいてどふもならぬわいの」。「何をいわんすやら。此様に遅《おそ》ふ成たは。さつきに寺町[二一]の辻でちらりと見た。此春お前が清水《きよみづ》[二二]で見初《みそめ》さんした。角力取《すまふとり》の。ソレ色男よ。ヱ、あいつが名は何とやら。どふやら着《き》物の様な名で有ッたが。ヲ、夫レ毛綿《もめん》[二三]川よ。わしが自由《じゆう》に成《なる》ならナア。どふぞおまへとひとつにしてやりたいわいな」。「さればいのわしも明ケくれなつかしう思ふてゐたが。けふふしぎに廻《めぐ》り逢ィ。つきせぬゑんと嬉しうて。心のたけをと思ふた内。[二四]かいくれに見失ふた。ヱ、モしんきな事をしたわい」と。地ハルウいふもし[二五]どなき娘気のくらきに[二六]迷《まよ》ふ。フシ恋路のやみ。

「詞サア何じやかしらぬが。めつたやたらに走《はし》つて行ヵれた。ありやたしかに富[二七]でもあたつたわいな。[二八]てきにかゝつて此様に遅《おそ》ふ成た。此通り旦那様へ。わしや正直に云ィますぞへ」。「ヱ、コレイのふめつそふな。兄様にいふてたまる物か。[二九]かんまへてそんな事。い

筋、血筋とチスジを反復。一八 親身。血筋。一九 心ここになく歩くさま。「深雪は何か気にかゝり。座敷しもふてうと〳〵と又立帰る」(生写朝顔話・宿屋)。二〇 丁稚の役名は、歌舞伎・伊達競阿国劇場初演時も、文化台帳もともに「まめ太」、本作では、歌舞伎初演時にこの役で当りをとった道外形の大谷徳次の名を転用。二一 京都市街地を、鞍馬口通から五条通へ南北に走る、寺院の多い通り。天正十八年(一五九〇)、秀吉の行った都市計画の一環として、浄土宗・日蓮宗・時宗などの寺院を通りの東側に強制的に移転させて形成。二二 京都市東山区清水にある法相宗清水寺(せいすいじ)。立願のため、舞台より飛び下りる俗習の外、本尊十一面観世音の利生譚や、地主権現、音羽の滝などで著名。二三 絹より安価な木綿と取り違える。二四 全く、行方が分らなくなった。二五 子供っぽい。二六 恋路の闇に迷う意に、夕暮れの帰り道が暗い、を掛ける。二七 富籤。享保十五年から天保十五年までに行われたくじ。最盛期は文政(一八一八―一八三〇)から天保年間(一八三〇―一八四四)。箱の中の番号札を錐で突いて当りをきめる。最高は千両。京都では祇園社、六角堂、四条道場などで興行された。二八 あいつ。二九 構へて、を強調した言い方。決して。「構へてを、…かんまへて」(かたこと)。

ふてたもんな頼《たのむ》ぞや」。「ヲット頼まんすなら云ィますすまい。コレ其替ッにおれが常ゝ《つねぐ》ほしいといふた。博多《はかた》[一]の帯かふて[二]くだんすか」。「サアそりやどふ成《なり》としやうわいの」。「そんなら必《かならず》博多の帯。忘れまいぞ」と。我家の門口。「ハもふねたそふな。旦那様戻つたぞへ〳〵」と。しきりに擲《たゝく》表の戸。「何を馬鹿めがやかましい」と。云ィつゝ立ッて押開き。「ヲ妹やれ〳〵待かねました。嘸《さぞ》くたびれで有ロ」。「おまへも淋しうござんせふ」。「イヤそふもなかつた。留主の内は講中《かうちう》が。百万遍の念ッ仏で淋しうも思はなんだ。ガきつう隙が入たのふ。若ィ者の夜に入て重ネ[三]てはたしなみませふぞ。大方又あほうめが道草をしおつたで有ロ」。「イヽヱ旦那様道くさはたべませぬ。寺で索麺《そうめん》をたべました。夫レからぶら〳〵帰る道で。逢ィました」。「そりや誰に」。「ヱヽ逢ィ[四]たわいな」。「誰レに逢ッたぞいやい」。「ハテ毛綿《もめん》川よ。アヽ毛綿川よい男じや。成程アノ子の惚なさつたも尤モじや」。「アヽ是いのふ何をいふのじやぞいの」。「ヲヽなむ三[五]博多の帯」とまぎらかす。

「何をぬかすやらおのれがいふ事は一つも訳ヶが知レぬ。竪《たて》から見ても横から見ても。あ

一　福岡市博多地方で作られる博多織の帯。縦糸は細く密に、横糸は太く堅く織り込むため畝を生じ手ざわりが粗い。丈夫で絹鳴りが快く、締め崩れがしない。極上を献上博多という。文様は独鈷と華皿に縞を配すのが特色。

二　買うて。

※「豆腐屋の段」は現在文楽で上演されることがあるが、「垣生村」「土橋」と異なり、節付けのみならず文章まで、近代に改作されたものであるから、演出等の注記は行わない。

三　今後はこういうことがないように。

四　「逢フた」の誤りであろう。

五　南無三宝。しまったの意。

ほうでは有ルわいの。イヤ夫レはそふと妹講中はまだ奥にじや。夜食《やしよく》[六]でもしてしんぜたいが。何ンぞ拵てたもらぬか」。「アイ〱わたしもそふ思ふて気がせいた。どふぞおかずに成ル物が」と。〔地ハル〕いふに徳次が「してやつた」と。〔ウ〕提《さげ》て出《いで》たる〔中〕肴籠。〔詞〕「へ、さす物[七]じやないわい。大方タ今ン夜はいろふと思ふて。昼肴屋で一番鯛[八]。何ンと一ツかど[九]の法事でござんしよが」。「ヱ、ごくどうめ[一〇]」と。〔地ハル〕傍《そば》に有リ合フしゆろ箒《ばうき》[一一]。〔ウ〕擲《たゝ》き廻はされ逃廻る。〔ウ〕音に驚キ欠《かけ》[一二]出る講中。〔フシ〕なかに分ケ入リ押分クれば。「イヱ〱余《あんま》ンりな大馬鹿《ばか》め。性根玉[一三]の付ク様に」。「サア〱〱よふござる〱。いつはとも有レけふはたいや[一四]。マア〱了簡《りやうけん》してやらしやれ」と。〔地ハル〕挨拶とり〴〵〔色〕押しづめ。〔詞〕「ヤ妹御お帰りか。何かわし共に用が有ルそふなが。今ン夜はいかふ遅《おそ》[一五]成リました。又あすでも来て聞ませふ。サア皆の衆もふお暇申そふ」と。〔地〕立上れば〔中〕引留《とど》メ。〔ウ〕「夫レでも申《まうし》お夜食を拵へかけて置ました。〔ウ〕何はなく共お茶漬《づけ》でも」。〔詞〕「ア、やくたいもない[一六]。まだ中陰ンも長イ事。ゆるりと馳走《ちそう》に成ませふ。〔地ハル〕さらば〱」と〔中〕立出《いづ》れば。〔ウ〕三婦も表へ門ド送り。〔ウ〕挨拶跡に聞なして皆ゝ〔フシ〕我家へ立帰る。〔地色ハル〕跡に徳次が〔色〕吐《と》息《いき》つき。〔詞〕「ヱ、中陰と云フ物よい物じや。高雄様の御かげで。先ツしゆろ箒《ばうき》

六 朝夕二食のほかに、夜に食べる軽い食事をいう。
七 手ぬかりはない。
八 最も大きな鯛。
九 一廉。ひとかど。
一〇 極道。人を罵る語。逮夜の料理に、生ぐさものを買ってきたので、三婦は腹を立てた。
一一 座敷用の箒。京都では、五条大仏辺の人が作る他、樟葉(現大阪府枚方市)の村人が作り売りに来た。
一二 駆出る、の宛字。
一三 性根を強めて言う語。「此徳兵衛が性根魂《まだ》が気遣なか」(夏祭浪花鑑八)。
一四 逮夜。忌日の前夜。明日が初七日。
一五 遅うなるの転。
一六 益体もない。強い否定。
※歌舞伎初演時、「妹かさね、調市豆太を連て出、今日寺参りの帰り也。徳次今日の馳走にとて魚を買来ゆへ三郎兵衛に叱られ、追廻す。取さへに客不残出、帰る。大屋計のこり皆入」(宴遊日記)。

は助つた。今《ン》度あんな事が有《ッ》たら累様お前又死で下さんせ」。「ヱヽ[一]どんな事いふて又。呵《しか》[二]られふと思ふて。イヤ中兄様。姉様の日比《(ひごろ)》お好《キ》の。白川橋[三]の軽《かる》[四]やきかふて戻つて備《そなよ》ふと思ふたが。日のくれ故に気がせいて。とんと忘《わす》れて帰りました。わたしや気にかゝる一《ト》走《リ》いてかふてかふ[五]」。「アヽめつそふなよしにしや〱。もふ五つ[六]も打たで有《ロ》。女の夜道いらぬ[七]物。併夫《しかし》《レ》程気にかゝるなら。わしがいてかふて来てやろ。コリヤあほうよ。ソレ挑灯《ちやうちん》ともせ」と尻軽《しりかろ》[八]く。兄《ハル》弟中も宵《よい》[九]の口うたゝ寝入《リ》もねいられず。《中》立《ウ》出《(いづ)》る絹《ハル》川を。ち《ウ》らりと見るより累が恂り様《ウ》子は何にもしらぬ三婦。「《詞》ヤお客人《ン》どこへござる」。「アヽイヤさつきにお咄し申た御方の身の上。どふ思ふても心掛《リ》。そこら迄いて見て来ませふ」。「ムヽそふ思はんすも尤じや。ガ幸《イ》の所じや。妹こゝへおじや〱《(ここへおぢや)》。ちよつと近《カ》付《キ》にして置ふ。爰にゐるお人《ト》は前[一〇]かどおれがきつう世話に成た人《ト》じや」。「ムヽそんなら兄様お前様《ン》お近《カ》付かへ」。「ヲヽ」「そりやマアよふお近付でござんすなア。お前様《ン》は又よふお出《(いで)》なさんしたなあ」。「今《ン》夜尋て見へた故四五日もこちの内に。〔ソ〕レ随分ちそふしてたもや」。「ヲ馳走せいでよい物かいな。四五日といはず共いつ迄も〱

一　鈍な。愚かな。
二　叱られたいのか。
三　東海道(東山区五軒町と大井手町の間)、白川に架かる石橋。長さ六間四尺、幕府の公金で架け替え等をする公儀橋。この家からさほど遠くない。
四　白く軽いかきもちの類。円山、安養寺製のが著名。白川橋は三条大橋の手前に懸かる、著名な橋なので出したのであろう。宴遊日記は「丸山軽焼」。当時江戸では円山のを模した浅草誓願寺門前の茗荷屋製のが流行。
五　買うて来う。
六　夏なので九時近い。
七　無用。やめなさい、の意。
八　身軽に。通常は尻軽《(しりがる)》に。「尻軽《(しりがる)》に立ツて一ト間を差覗き」(新版歌祭文・上)。
九　仲もよいを掛ける。
一〇　以前。

ござんしたがよござんす。本《ッ》にまあよふお出なさんしたなあ」。「イヤお客人《ン》是がわしが妹でごんす。名は累と云《ィ》ますする」。「アイ〳〵私が名は累と申ます。ほんにまあよふお出なさんしたなあ」。「近《カ》付《キ》に成て随分《ン》可愛がつてやつてくだんせ」と。引《キ》合すのは恋したふ其人ぞとはしらはり[11]の。あんどのかげにあほうが見付。「ア、あの人じや〳〵〳〵」。「ヤイ〳〵何をぬかすのじやたわけ者」。「ハテ扨《さて》お前はきついやぼじやわいな。[12]とふから主《ぬし》に其跡は。云《ハ》[13]ずかたらず我心チ、テン〳〵」。「ヱ、よいかげんに置《おき》[14]あがれ」と。天窓《あたま》を[15]ぴつしやり「[16]あいたし小」隅《すみ》へかゞみゐる。夫《レ》とさとれど兄弟《おとどい》の。[17]さし合《ィ》くつてそしらぬ顔。「イヤ三婦殿。是がこな様の妹御か。扨も〳〵よい楽《たの》しみがごんすのふ。ヤわしは兄御の。きつい御せわに成《リ》まする。よふ礼いふてくだんせ。時にわしは。ちよつと見て来ませふ」と。立上る袖兄の前。こわ〳〵そつとはづかしく。「どつちへお出なさんすへ」。「イヤ連《レ》が一人《リ》見へる筈。夫《レ》を尋に」。「マア[18]めつそふな事いわしやんせ。此くらいのにお一人《リ》で。わしや気遣《ィ》な気が済ぬ。もしや迷《まい》子にでもならしやんして。又[19]見へぬ様に成《ッ》たら悪[20]ひ。お連のお方がご

一一 白張の。初七日なので模様や絵をかかず、白紙のまま張った行灯を使う。知らず、に掛ける。

一二 以前からあの人に…その跡は言わずと察しがつくだろう。

一三 長唄・京鹿子娘道成寺の詞章。口三味線を付けて唄う。

一四 やめろ。

一五 底本「ひつしやり」。

一六 「あ、痛いッ」の意の「あいたしこ」と、片隅の意の小隅を掛ける。「柱で天窓《あたま》。アいたし小助」（新版歌祭文・上）。

一七 差合い繰って。差し障りを考え遠慮して。絹川は累の恋心を察したが、兄の手前を思い。

一八 滅相。とんでもない。

一九 先刻見失ったように、の気持をこめていう。

二〇 「悪ひ」は「悪い」。本作には、「憎ひ」「深ひ」その他、この種の表記が多い。

ざんす迄。二年も五年も百年も。待チ合《あは》してござんすが。わしやよかろふと思ひます」と。しどもなまめく詞さへはづかしそふなおぼこ気の。手の置キ所ロ中〳〵に赤《あか》らむ顔は。みかいかういろ香《か》こもりて可愛らし。始終《しじう》のそぶり見てとる兄。「ヤこふしましやう。かいものに行クついで。わしがたづねて来てやろふ」。「ア、イヤそれでも夜道といひ。お見しりもござるまい」。「ハテそこらはめつたにさすものじやないわいの。さつきに聞イたはなしの都合。まんざら雪を墨《すみ》共。見違《ちがへ》はしますまい。其上こな様はあんまり外へ出るはいらぬ物。幸イ留主はあいら二人。気を付ケてくだんせ」と。すいとをして出《いで》て行気もやわらかに豆腐屋の。亭主はちやうちんひつさげて。「ア、妹めが。おつよふやりおればよいが。ア儘《まゝ》よ」。ととつかは〳〵かしこへ出てゆく。

跡はたがいに詞さへ。岩《いは》間の花に片男波《か(た)をなみ》。寄セては帰る風情にて。汲《く》んでくる茶も傍へ寄《よる》塩のさし引キ夫レぞとは。くめ共態《わざ》とそしらぬふり。

「ア、コレハ〳〵妹御。ふしぎのゐんでお世話に成《なり》やんす。ヤモ何にも構《かま》ふてくだんすな」

一 幼く頼りない意のしどなし、となまめくを掛ける。二 累がもじもじするさまの手の置き所なしと「なかなか」(大層に、の意)を掛ける。三 未開紅。八重咲きの大輪の紅梅。蕾でも既に紅い。四 ぬかりはない。五 具合。六 あいつら。七 粋を通して。累の恋心を察し、気を利かして。八 ものわかりのいい、の意と豆腐のやわらかを掛ける。九 乙よう。具合よく。一〇 急いで。そそくさと。※歌舞伎初演時のこの件りは「三郎兵衛、高尾が好也とて丸山軽焼を買に行。谷蔵出、名を明さんと云を、若詮議にても逢ん時名を聞てハ心にとゞまりて悪し。いつにても聞んとて名を聞かず。谷蔵ハくれ〴〵爰を教しに、どこにて跡に成て頼兼来らざるやと案じ、三郎兵衛にそれと覚しき人あらバ教へて爰へ来る様に頼み、三郎兵衛入る」(宴遊日記)。一一 太夫・三味線交替。豊竹紋太夫・野澤庄次郎。紋太夫は安永九年碁太平記白石噺・揚屋の段の初演者。一二 言われず、に掛ける。一三 片男波は男波(高い波。低い波を女波)ばかりが寄せてくるのをいう。「潟を無み」を誤解してできた語。岩、波、寄せて、汲んで、塩と縁語を用い、累が絹川の傍へ行きかけてためらうしぐさを表わす。一四 潮にきっかけの意を掛ける。絹川の傍へ寄り、心を打明けるきっかけをつくるために、茶を汲んで出したのだと、絹川も汲

と。戴《いたゞ》く手をば。じつと取《とり》。「わたしに何にもいわさぬ様。其お詞は何ぞいな。過《ギ》し弥《や》生《よい》の花の比《ころ》思ひ初《メ》たは清水の。一五地《ち》主《しゅ》の桜もちり〴〵に。一六鳴《なる》鐘に気もせきせかれ。一七最《も》一度お顔もどこへやら一八霞《かすみ》隠れに帰る雁。一九文の当《テ》ども二〇泣《キ》明し。合《ハ》ぬ夜の目にもる涙。一つ枕をいつとてもぬらさぬ夜半も。ないわいな。余《あんま》りむごい胴欲《どうよく》」とくどき。かこつぞわりなさよ。二一「ヲヽイヤモフ。そふ思ふてくだんすは嬉しけれど。物躰相撲取《リ》や浄るり二二太夫に。女はきつい毒《どく》じやとやら。分《ケ》て相撲二三といふ者は。けふ爰に居るかと思へば。あすは仙台へ行ふやら。二四長崎へ行ふやら。住所もしれぬ身の上。なま中《カ》縁を結んでは。二五お前の為にも成《ル》まいし。又兄御の思はく二六どふも済ぬわいのふ。殊にわしも望《ミ》の有《ル》大事の身。此事計《リ》はさつぱりと。思ひ切《ッ》て下され」と。聞《イ》てがつくり女気の何と詮《ッ》方二七一《ト》筋に。

思ひは深き二八谷蔵が。二九一腰《ひとこし》に手をかくれば。「コハ何事」ともぎ取《ル》手先《キ》にすがり付。「イヱ〳〵放《はな》して下さんせ〳〵。お前の心にどの様な願望《ねがひのぞみ》が有ふ共。しらず女のはづかしい事の数〻云尽《いゝつく》し。願《イ》叶わぬ上からは。生《キ》て思ひをしようよりは。いつそ殺して下

みとったが。一五 地主は寺の建立以前からその地にあった神で、建立後は寺の守護神。清水寺の境内にある地主権現は桜の名所。謡曲・放下僧に「地主の桜は散り散り」。一六 謡曲・道成寺の「山寺の春の夕暮来てみれば入相の鐘に花ぞ散りける」(新古今集では初句「山里の」)を踏まえ、夕暮の鐘に気も急き、と続く。一七 急き、堰かれ。相愛の男女を会わせぬように妨げることを堰くという。一八「ながむれば雲路はるかとみゆるかなかすみがくれにかへるかりがね」(小侍従集)。一九 文は雁の縁語。前漢の蘇武が雁の脚に手紙を結び付けた故事による。二〇 文をやるあて先も分らない意のあてども無し、と泣きを掛ける。

※このくどきの文は劇的な義太夫節よりも、歌謡的な豊後系浄瑠璃に近い。江戸の観客の嗜好。

二一 男女の仲がきわめて親密であること。「ぞ」の結びとしては連体形が本来だが、「わりなし」の場合は「わりなけれ」と已然形で結ぶことが多く、この結び方は、浄瑠璃文として、なじまない。二二 笑いをとるための当て込み。二三 相撲取り。二四 単に遠距離という以上に、再会のあてがない時の表現。「長崎の相撲に下りますれば。ながうお目にかゝりますまい」(双蝶々曲輪日記八)。二五 この頃までの上方の浄瑠璃ならば「お前」でなく「こなた」というところ。

さんせ」と。又取《リ》すがれば谷蔵も。遉《さすが》岩木に有《ラ》ぬ身の。「ハテゑんといふ物はあぢな物じやなァ。姉の高雄が恨の有《ル》此おれを。現在の妹の。マ夫《レ》程迄におれが事を。へ、、、、。ム、志《シ》請ました。何《(なん)》にも云《ハ》ぬコレ嬉しい」と。じつと引《キ》寄《セ》抱《キ》しむる。四つ手《(で)》がらみや花相撲。「行司は爰に」と一《ト》間より。きてんきかして持出《(いづ)》る。枕屏風をあほうの徳次。「東西《とうざい》〳〵。片《タ》屋に痛《いたみ》がございます故。勝負は追《ッ》てとらせます」と構ふ屏風は恋の関。妹背《いもせ》の結びと成にけり。「ハ、、、、、ハ、、、、、コレ累様ァ、モウ音がせぬ。アノ木綿川様と累様とは色かへ。左様じや〳〵。コレ誰《レ》ぞくるか表に気を付《ケ》ては云程になァ。用が有《ル》なら呼んせ」と。云《イ》捨勝手へ入《リ》にけり。

実《げに》や高きも賤しきも。恋の道には。訳《ケ》隔《へだて》なき人ぞとは白露の。消《きへ》し高雄に迷い道。不慮の難《ン》義を漸《やう〳〵》と遁《のが》れて。爰に頼兼公。絹川が教《おしへ》さへしろし召《サ》れぬ夜の道。そこやかしこと。さまよい給ひ。

「ア、しんどや〳〵。谷蔵がいふたは三条通《リ》を真直に南禅寺の方《タ》へ行《ケ》といふたが。エ、モとつと咽《のど》がかわいてどうもならぬわい。そこらに葛《くづ》水は有《ル》まいかな。ア、是に付

二六 思うところ。二七 なんとせん、とせん方(とるべき手段)の意を掛ける。二八 深きと谷は縁語。二九 脇差。

一 ここまでは独語。累が不審な顔をするので、気づいて、笑いにまぎらす。二 相撲の四つ身。互いに諸手を差し、四本の手がからみ合うように組み合うこと。「四つ手からみにしつかと組しめ。もぢつゝすかしつすもふの手あひ」(浦島年代記四)。三 本場所ではない臨時の興行。四 相撲で片一方の意。行司が両力士を合わせ、「片や…」という。五 しつらえる。六 関、結び、相撲の縁語。七 以下、「左様(さう)じや〳〵」まで、俗謡の替え唄風にいう。「色かへ」は「色かえ」、恋人同志か、の意。八 意味不明。「気を付ケてゐる程に」か。※このあたり、歌舞伎初演時は「跡にて三人に成、兼而累、谷蔵を見て恋慕して有るゆへ、豆太取もつ。思ハず。谷蔵来せし故、かさね悦びて如例ほれたる身振いくらも有。頼兼出る」(宴遊日記)とあって、「妹背の結び」はない。文化台帳も同。九 恋には、高貴な人も卑賤の者も同じように、分別(訳け)を失い迷う、の意と、恋には身分の分け隔てがなく、頼兼が遊女高雄に迷っている意を兼ねる。一〇 隔てなし、と亡き人を掛ける。一一 知らずに掛ける、消

ても逢たいは高雄が事。絹川がいふには。急病で親里へいたといふ。本《ン》に又太夫も太夫じや。行《ク》なら行《(ゆく)》とちよつといふ[一六]ておこしそふな物じやが。此《(この)》四五日は曲輪へいても逢れはせず。とんと便《リ》さへせぬは。太夫が心が替《かは》つたか。ア、何にも替らふ筈はないがな。ヱ、モどふぞ逢たい事では有《ル》ぞ。アイタ、、、。とつと足は痛《いた》し。どふぞ湯を[一七]とらしたい物じやが。ヲ、向ふに火の見へる家が有《ル》。是《地ハル》幸《イ》」と歩《フシ》《ミ》寄《リ》。「《詞》ヤイちよつと爰《(ここ)》明《ケ》てくれやい。早ふ。〳〵《地ハル》」との給ふ声にあほうが欠《かけ》出《(いで)》《色》。「《詞》何じや〳〵。豆腐かとうふは売《リ》切《ッ》たによつて。アノ夫《レ》今最中《さいちう》[一八]豆をよふしてゐるわいあしたござれ」。「イヤそんな事じやない。早ふ明《ケ》てくれやい。早ふ明《ケ》い」と御《地ハル》こへ耳に[一九]絹《ウ》川が。走《リ》出《(いで)》て表の戸。ぐはらりと引《ウ》《キ》明《ケ》。「《詞》ヤ我君様」。「絹川か。ヤレ〳〵[二〇]わが身に逢たかつた〳〵わいの」。「イヤ御前《ン》より私めが[二一]」と内《地ウ》へ伴《とも(な)》ひ悦ぶ主従《しう〳〵》《ハル》。累《ウ》も立出《(たちいで)》「《色》コレ申。《詞》扨《(さて)》は今の咄しのお方様でござんすか。ヲ、是は〳〵。よふまあお出遊ばした」と。倶《とも》《地ハル》に介抱《かいほう》徳次は不審《しん》。顔《フシ》を詠《ながめ》てゐる計《リ》。「《詞》谷蔵。そちが内か」。「ハイヤ私が宅ではござりませねど。随分《ン》念《ン》比な者の所でござりますれば。御心置《キ》なふ」。「ヲ、イヤもふそなたに

えの縁語。 一二 恋に迷う、と道に迷うを掛ける。 一三 立ち寄る、意を掛ける。 ※歌舞伎では初演時も文化台帳の時も、頼兼と三婦は同じ俳優の二役。 一四 とんと。まったく。 一五 葛粉に砂糖を加え、冷水で溶いた飲物。渇きを止め酒毒を解く。 一六 言ってよこす、の意。 一七 湯で足を洗わせたい。文化台帳にも同様のせりふがある。 宴遊日記では「頼兼出る。息がきれて(約八字分不明)たへと云所甚よし」とあるのみだが、おそらく初演時も同様であろう。仙台萩二で山谷帰りに日本橋辺で浮世渡平の襲撃をうけた綱宗は、鳴神(峯右衛門)らに助けられて渡平を斬り、中橋辺まで来て「此辺に水やある。日本橋の一義にて手足悉クよこれたり洗なんと宣へは峯右衛門爰かしこ伺ひ見るに豆腐屋壱人起出て漸表の戸を開く…(豆腐屋が)湯を沸し手足を洗わせ奉る」とあるのを踏まえた脚色。 一八 女陰。性交を暗示。豆腐を作るための大豆の具合をよくする意と掛ける。 一九 聞く、に掛ける。底本「御こへ耳に絹川か」は埋木。 二〇 おまえ。 二一 「お逢い致しとうございました」を略す。

別レてから。道はしらず暗《くら》ふは成《(なる)》。モウ〳〵大きに草臥《くたびれ》た。コリヤ〳〵二人ながら爰へ来て。足でもさすれ」と仰に徳次がむつと顔。「ヱ、何じやい〳〵。[一]いけぞんざいな。余《(あんま)》ンりや[二]すくすない〳〵。[三]壱貫が豆腐買に来ても。めつたに足を揉《もむ》様な徳次じやないわい」と云《いふ》を打消《けし》。[四]「イヤおみあしは私がなでませふ。イヤコレ累お[五]湯漬《づけ》でも[六]上ましたい。ちよつと拵へてたもらぬか」。「アイ〳〵合点《(がてん)》ッでござんする。コレ徳次そなたも来て手伝ふてたも」。「ヱ、何の[七]知レもせぬ人に。構《かま》はずと置カしやんせ」[八]とりきむあほうを引キ連レて。勝手へこそは入リにけり。

頼兼公声をひそめ。「シテ最前の者共は」。「ハア、我君様に怨《あた》する者共。官蔵始三人共」。「ム、皆切ッて仕廻ふたか」。「ハア、併《しかし》御忍びの事なれば。御前ンの御名が出てはいかゞ。世間ンを渡る相撲取の此絹川。何国《(いづく)》迄も相手は私。御前の事は[九]露程も。ヤ御安ン堵《ど》遊ばされ下さりませふ」と云フ内表に聞ゆる足音ト。はつと驚キ大事のお身。見付られじと見廻す戸棚。「ヤ是幸イの御隠家。御きうくつながらしばしの内。是へ御入リ下さりませ」と御手を取て戸棚の戸。明ケて入レる間帰る三婦門の戸ぐはらりと見付る俤。子細イ有らん

一 ひどく我儘、横柄な言い方をする奴だ。二 安くすな。みくびってもらうまい。三 銭一貫分の豆腐を買いに来るほどのお客様に対しても。銭一貫(千文)は、基本的には金一両の四分の一に当るが、明和五年(一七六八)の四文銭新鋳もあり、銭の相場は低下していた。豆腐の値段は嘉永六年(一八五三)序、守貞漫稿に京都は一丁十二文、江戸五十六―六十文。ただし京のは小さい。四 絹川の言葉。五 湯を注いで食べる飯。六 お上げ申したい。七 素姓も知れぬ人、の意。八 力む。強がる。九 いささかでも、表へ出すようなことは致しません、の意をこめた省略形。一〇 その場では問わずに胸に納め。一一 三婦も絹川もそれとは言わず知らぬ顔で、と互いの名を知らず、を掛ける。※歌舞伎初演時はこのところ「(頼兼が)内に入、谷蔵色々物語する内、頼兼くたびれて寝るゆへ、かさね・豆太ハ膳こしらへに行。谷蔵、頼兼を戸棚に寝かす。大屋出、珠数を戸棚に(約七字分不明)戸棚明んとする故、谷蔵投出し□□□戸棚へかかるうち、三郎兵衛帰り色々有。珠数を出し渡す。大屋帰る」(宴遊日記)。文化台帳も同様。頼兼と三婦は、初演時は初代三津五郎、文化台帳の時は三代目三津五郎が二役で演じているので、早替りの時間稼ぎのために、第三者の家主がからむ必要があった。一二 人目を忍ぶ伊達模様の衣装。伊

と[一〇]納《おさめ》る胸。互に[一一]夫レとしらぬ名の。「ホ御亭主今帰りか」。「ヲお客人ン。嘸《さぞ》待「チ」兼《かね》。今の戸棚のぐはつたりは」。「ハ、イヤ其元《そこもと》なれば気遣イなけれど。[一二]人目忍ぶの[一三]伊達模様。宵に咄した大事のお主《しゅう》。ヤサ命にかへぬ[一四]踊帷子《おどりかたびら》。此戸棚へしつかりと。どふぞマア預つて下さるまいかい」。「ム、ちらと見た模様のはしぐ〱。そんなら今のが。こな様の」と。思案の胸は妹の。高雄が[一五]片身の染色も。しつくり合ふた心の[一六]割符《わりふ》。打点《うなづい》て「へ、、、。わしが性根玉を見すへて。大事のヤサ大事の物を預《あづけ》さんす程の中。名をしらぬもどふやら[一七]いな物じや。宵に聞クも男らしうないと聞なんだこなたの名。ちよつと聞してくだんすまいか」。「是は〱。イヤモ宵にさへお咄し申そふといふた身の上。わしが生れは下総の[一八]垣生《はにふ》村。所ロに絹川といふ川がござんす。夫レをかた取ッて絹川の谷蔵といふ。アイ相撲取リでごんすわいの」。「ム、。すりやこなたがアノ。絹川の谷蔵殿か。ムウ。こなたが弥《いよいよ》絹川なれば。妹の敵。覚悟せい」とずはと[一九]抜イて切リかくれば。飛しさつて[二〇]たばこ盆はつしと受ケ留メ「マア待ッた」。「まてとは絹川[二一]おくれたか。町人ンなれ共妹高雄が敵のめ〱と見遁《のが》そふか」と又切リ込ム。抜キ身をあしらふ脇指《わきざし》の。[二二]鞘《さや》ぐち受ケて渡リ合ふ。音ト

達侯を暗示。本来は絹川が第三者の家主を憚り、頼兼のことを間接的に三婦に伝えるせりふ。忍ぶ(信夫)と伊達は縁語。信夫郡(福島市)より伊達郡を分離したが一体の地域と見なされた。一三 元禄頃まで流行った派手な色の豪奢な大形の模様。嬉遊笑覧十一に「立にてあるを伊達家の従士が衣服の美麗なりし事有ければそれより始まれりといへる」とあり、「だて」の語源を伊達家とする。一四 盆踊りに着る麻などの単衣物。一五 形見と片身(着物の胴を包む部分の左右半分)を掛ける。片身と割符は縁語。一六 木片や紙に文を記し証印を押して二つに割り、取り引きなどの際に両者が分けて持ち、後日の証とする。高雄と対の伊達模様の着物の人物が頼兼で、頼兼を主人とよぶこの男は、絹川谷蔵に違いない、と確認。

※頼兼と高雄の衣装が一対であると記した文章はなく唐突。歌舞伎の初演時は、文化台帳と同じく、三婦が絹川の「伊達模様」云々の頼みを諒解して家主を追い返し、二人が心解け合って名乗りとなる手順であったろう。三津五郎の頼兼・三婦早替りと、家主の目から頼兼を隠すスリル感が、浄瑠璃では失われたために、三婦が谷蔵の正体に気付き、そ知らぬ顔で名乗らせようとするところに、衣装の模様の割符の趣向が加えられた。

一七 異な。妙な。一八 下総国岡田郡

に驚キ欠《かけ》出る累。何ウと詮ッ方タ一女気も。夫ウトを思ふ心ニの働《はたら》き。枕ウ屏風を追ッ取て合三せた中へどっさりと我ウ身を四しづにい五とはゞこそ。「詞ヤアそこ退《のけ》妹。そちにはけふ迄あかさね共。妹高雄を手にかけたは。コリヤ此絹川の谷蔵じやはやい」。「ヱ、そんなら何ッといはしやんす。アノ姉様を手にかけたは。此絹がは様でござんしたか。地ハルウハアはつ」と計リに当惑《わく》涙。「詞ヤア返らぬ事を何めろ〱。イヤ未練《みれん》也絹川。立チ寄ッて勝負。地ハル〱」と累を引キ退ケ振リフシ上《あぐ》る。

地色ハル抜キ身の下へ投ケ出す一ト腰。色「詞コレ手向イはせぬとつくりと。先ッヽ一通り云《いふ》事有《あり》」。「イヤ面倒な聞ク事なし」と地ハル又振リ上る手先キに取付。色「詞コレ〱〱兄様。何ニかはしらねど絹川様。云フ事有リとの御詞は深《ふかい》様子もござんしやう。御気をしづめて一ト通り聞て進ッぜて地上下さんせ」と兄と夫トの中に立ッ心フシ遣《づかひ》の憂《うき》涙。

「詞ヲヽ、累殿よふ留て下さつた。イヤコレ三婦殿。此脇指《このわきざし》の鞘六ながら相手に成《なる》おれが心。又最前ッアノ位牌《いはい》に。俗名高雄と書イて有ルを知リながら。絹川といふ本ッ名を包《つゝ》まず名乗ル此谷蔵。さら〱比興《ひけう》七未練でない。ガどふも命の捨られぬといふは。マ何を隠さふ戸棚の

羽生《はにゅう》村。現茨城県水海道市羽生町。上野、下総、常陸を流れて利根川に合流する鬼怒川(絹川)の流域。はにゅう村の用字は死霊解脱物語聞書、謡曲・累、新板累物語(江戸肥前座浄瑠璃)、歌舞伎・伊達競阿国劇場初演紋番付と文化台帳では羽生、糀水絹川堤(大坂幾竹座浄瑠璃)、絹川累物語(江戸外記座浄瑠璃)では「垣生」。「埴生」を「垣生」と書くことは『大日本地名辞書』下総印旛郡埴生(ハブ)郡の項に「埴生を延喜式(民部)拾芥抄等に垣生(ハニフ)に作る、蓋中世の俗譌にて、埴垣相通用したり」と記す。天明元年大坂豊竹与吉座上演の時も垣生(『義太夫年表・近世篇』で「垣」を「埴」と改めたのは誤り)。

九 ずわと。 一〇 即座に煙草盆をとり、それで三婦の刃を。 一一 臆病になったか。 一二 鞘ごと。絹川は脇差を抜かず、鞘のままであしらう。敵意が全くないことを表わす。

一 詮方なく、を略した言い方。
二 機転。
三 二人が刀を。
四 鎮。おもし。
五 二人が刀を合わせた上に屏風を被せ、その上に累が身を投げかけておもしとし、危険もいとわない。文化台帳「半四郎(五代目)出懸り是をみて色々留メ立廻り有合せたる屏風にて三津五郎(三代目)が白刃を押へ三人きつと見へ」。

内にましますは。勿躰《もったい》なくも足利左金吾頼兼公。又我父は細川家の侍イ。故有ッて浪《らう》人ンと成リ。垣生村に引籠《こも》り土百性[八]にて身[九]まかりし。今はの際《きは》迄古主（こしゆう）の事。何ニ卒御恩ンを報じてくれと父の詞。[一〇]おのれやれ何をがなと君へ付キ添イ。年シ月心を砕《くだき》し所に。官領（くわんれい）の姫君と縁ン辺《ぺん》極（きはま）る頼兼公。[一一]ねい人ン[一二]かん者の謀計《ぼうけい》にて。姫君を嫌《きら》はせ。高雄を身受ケし館《やかた》へ引入レ御ン身持をだじやく[一三]にさせ。夫レを科《とが》に取ッて押込メ。御ン家を奪《うばは》ん謀《はかりこと》と聞キ知たるは此絹川。悪人共がゑば[一四]にならしやつたは。高雄殿の身の不運《うん》。手にかけたはお家の為。君御婚《こん》礼済マざる内。死では亡父《ぼうふ》へ云イ訳ケなし。サコレ爰の所を聞キ分ケて。此敵討どふぞ延して下さる様。地ハル ウ コレ偏《ひとへ》に頼ミ存ずる」と忠義一途《づ》をさつぱりと。ウ 云イ流したる絹川[一五]の。

フシ 弁舌《べんぜつ》水のごとくなり。

地ハル 三婦はとく〳〵[一六]色 聞届（ききとどけ）。詞 「ハア、追《さすが》はお侍イの種[一七]。驚キ入た忠義の程。聞届ケました敵討チ随分ン待ッて進ンぜませふ」。「スリヤ只今申シた一ト通りを」。「いかにも聞キ分ケておりまするわいの」。地上 「ハア、忝し」と悦ぶ絹川。中 ハルウ 累が嬉しさ其百倍。ウ 「兄様よふまあ聞キ分ケて」と。ウ いふもせつなき中 心根を思ひ廻ハして立寄ル。ハル 戸棚。錠前しつかと色 「ヤコレ絹川殿。詞 こなたの

六 鞘を抜かないままで。
七 卑怯。
八 浄瑠璃では、ふつう「ツチビャクショウ」。百姓を卑しめていう。
九 身罷る。死ぬ。
一〇 強い決意や力みを表わす言葉。
一一 佞人。主君の身を誤らせ、家を傷つける悪人。
一二 奸者。よこしまな者。
一三 惰弱。
一四 餌。悪人共の計略にとって格好の餌食。
一五 絹川谷蔵に川の鬼怒川を掛け、その縁で水を出す。
※歌舞伎初演時は宴遊日記に「跡にて三郎兵衛、谷蔵に名を聞、谷蔵名乗ると三郎兵衛驚く思入、谷蔵、軽焼を備ると又どろ〳〵にて小袖揺ゆへ、色〻有うち妹の敵と切掛る。立廻りにて累出、中へ入留る。谷蔵段〻断いひ始終を語り、敵打を延しくれよといふ故得心し、谷蔵鶏の鏡を出し見せ事有」とある。文化台帳では絹川が「鎌倉の官領持氏の重器いなづまの名鏡」を見せ、三婦も、家再興の身の願いと察する。歌舞伎では絹川の旧主が細川家ではなく、滅亡した管領持氏である。但し文化台帳でも許嫁の姫の事は、羽生村の場まで出てこない。
一六 とくと、とあるべきところ。
一七 胤。血筋。

為には大《イ》切な。御《ッ》[一]方びらは此三婦が。命にかけて預つた。ガ人《ト》をあやめたこなたの身。願《イ》望《ミ》の叶ふ迄は。一先《ツ》本《ン》[二]国下総の。垣生村へ影隠して。時節を待《ッ》が忠義と[三]やらでは有《ル》まいか」。「ハ成《ル》程お志は忝なけれど。此絹川がお傍《そば》に居ずは」。「サヽ、夫《レ》も此三婦がひそかにお館へ御供申《ス》。ガ夫《レ》共に気づかはしくは。妹の此累。人《ト》[四]質《じち》ではない高雄が敵。一人はやられぬ付《ケ》てやる。ア夫《レ》も面倒《めんどう》かい。[五]ふせうながら一《ッ》[六]向女房に持《ッ》てやつてくだんすまいか。スリヤ是[七]わしが為にも大事《じ》のお主《（しゆう）》の此戸棚。ノコレ聞《キ》分《ケ》て下され」と地ハルウ義理と忠義と恩愛に。ウからむ妹背の縁《ン》フシの綱。

地ハル落付《ク》胸は色絹川が。詞「ハ、何が扨仇を情《ケ》に引《キ》かへて。我君様の御介抱《かいほう》迄残る方《タ》なき志。此世は愚《おろか》未来迄。女房の此累」。「スリヤアノ添ふてやつて下さるか。コレ〳〵妹悦べアレ絹川が女房に持《ッ》てやろふとやい」。「ハア嬉しうござんす〳〵。忝ひ。是も偏《ひとへ》に兄様のおかげ。地ハル〳〵」と手を合《セ》嬉し涙ぞ道理なる。詞「ヤモこふ心が解合《（とけあへ）》ば。未[八]来の高雄が恨も有《ル》まい。責《せめ》てちよつと祝言《ン》[九]の。まなび成《リ》共させたいが。姉の忌中のたば[一〇]ね髪。ヤコレ累。ついちよこ〳〵と結直せ。其間におくで何角《か》の咄し」。「アいか様我君様のお身の上。

一 「御方」と「帷子」を掛ける。 二 宴遊日記では「三郎兵衛(約十字分不明)谷蔵ハわが知音の者、総州鬼怒川にあれバそこへ身を忍へ□□□敵に□□□□□夫婦にして(約八字分不明)すへしと云。谷蔵(約十六字分不明)髪ゆへ(約二十一字分不明)」。文化台帳では羽生村は絹川の本国ではなく、三婦の「下総の羽生村のしるべ」。 三 自分は町人で、お侍の道はよく知らないが、と謙遜。 四 三婦が頼兼を敵方に売ったりしない保証に妹の累を人質に渡す、といいかけて(文化台帳では、敵討をのばすが人質に頼兼を預る、という。これが原形かも知れないが、すぐその後で、三婦が頼兼を「密に御所へ御供する」というので、浄瑠璃の形の方が合理的)、人質ではなく敵の絹川を監視させるために累を付けてやる、と建て前をいう。 五 不請ながら。 六 ひたすら。 七 妹夫婦の主人であれば、三婦にとっても頼兼は大切な主筋。 八 あの世。 九 婚礼のまね事。 一〇 草束ね。忌中には髪油や飾りを使わず、簡単に束ねる。文化台帳「忌中の内のたばねがけ」。 一一 離れず、と花嫁を掛ける。四十九日の間、死者の魂は中有にあって、家の棟を離れぬという。「お無念の魂はまだ家(や)の棟にお出なされう」(加賀見山旧錦絵七)。 一二 世態のさまざまである意の比喩、

お館の様子とつくりと。お頼申《(たのみまうす)》は小舅《じうと》殿」。「聟殿こちへ」と先《キ》に立《(たつ)》消《きへ》し独《ひとり》の妹は。まだ家《や》の棟《むね》をはな嫁と。一二「恋も無常も世の中は」一三夢か現《うつゝ》か現共。わかぬ今宵の三々九度。一四「直《グ》に門《ド》出の旅《たび》出立《(でたち)》じや。妹早ふ支度《したく》をせい」と打つれ。這《はい》る後《ロ》陰《かげ》。伏拝み〱。「ヱ、兄様忝ひ。日比の願《イ》が叶ふといふも。みんなお前の情《ケ》故死《ン》でも忘《わす》れは致しませぬ」と云《イ》つゝ立《ッ》て鏡台《きやうだい》を。かたへに直す勝《ッ》手より。

立出《(いづ)》るあほうの徳次。「ヱ、扨今《ン》夜は替つた一五よさりじや。一六たいやかと思へばやつとう〱と切《リ》合が有《ル》わい。こりやじつと見てはゐられぬわいとぐつと尻引《ッ》からげて。一七何《ニ》かなしに裏口へ逃かけて見たれば。ちやんと中が直つて又一八こんれいじや。何でもこりや盆《ぼん》も正月も。祭《まつり》もひがんも一九いのこも二〇初《ッ》午も一つに成《ッ》たよふな。コレ累様。大かた二一入《(い)》らふと思ふてな。隣《となり》のかみ様の二二綿帽子《わたぼうし》をかりて来た。ヤ夫《レ》はそふと。さつきの二三おふへいなやつはどこにゐるへ。ヱ、まだいなぬそふな。お前と絹川様大事のこんれいに。あんなやつが内にゐては。どふやら邪魔《じやま》をしそふなやつじやぞへ。どふぞいなしたい物じやが。ヲツト〱能《イ》思案《しあん》が有《ル》ぞ。此中《(このぢう)》おれにすへるといはんした二四三升や。ちやんと袂《たもと》に隠

「神祇釈教恋無常」に依り、妹の恋と姉の死が連続して起った意。一三 古今集・雑下の「よのなかは夢かうつゝかうつゝとも夢ともしらずありてなければ」(謡曲・是界ではこの歌に続き「わが名やよそに高雄山」)。※文化台帳では絹川が「立て高尾の位牌へ思入して　世の中は夢かうつゝかうつゝとも夢ともわかず有てなければ」と言う。一四 三々九度の祝言の盃が、そのまま別れの盃。一五 夜さり。夜。一六 逮夜。一七 あれこれ思案せずに。一八 婚礼。一九 亥の子。十月の初亥の日に新穀でついた餅を食べて祝う行事。二〇 二月最初の午の日。稲荷社で初午祭がある。※盆、正月、祭、彼岸、亥の子、初午は庶民の晴れの日。阿呆が主人公達の「義理と忠義と恩愛」のからんだ複雑で異常な行動に、ついていけないとつぶやき、観客を日常性に引戻して笑いを誘う。仮名手本忠臣蔵十などにも見える手法。二一 入用。二二 真綿で作った女性用の冠り物。婚礼の際、新婦の顔を覆う。二三 横柄。二四 三升もぐさ。団十郎艾。神田鍛冶丁の三升屋兵庫などで売った。

して置た。へゝゝこいつで[一]一ﾁばんまじなふてこまそふ」と。袋取出し庭におり。「テモマアおかしな下駄をはいてうせた[二]。何ｯでもよふきく様に大きふしてすへてこまそ[三]」と
もぐさ摑《つか》んで灯燈《あんど》の火。

「マヽマア是でよいはく。コレく累様用が有なら呼ﾊﾞしやんせ。開ｷやんす[四]」と云ｲ捨《すて》て。

とつかは走ﾘ入にけり。

累は向ふ鏡台の。うつれば[五]替る恋無常《じやう》。しまだ[六]を解《とい》て。丸髷に。尺長《たけ(なが)》[七]かけし二世の縁。

長き契《ちぎ》りの夜も既《すで》に。丑満《うしみつ》[八]過る風に連ﾚ。くんじ[九]渡れる名木《めいぼく》[一〇]の。薫《かほ》りに累は不審《しん》顔。

「ハテ替つた薫がする事や」と辺《あた》り見廻しくて。又も鏡に。さし向ふ。

魂魄を。此世に返す名香《めいかう》[一一]の。夫ﾚ[一二]か有ぬかあだし世の。思ひ[一三]思はれ添ふ中を。其絹川
の柵《しがらみ》[一四]に。せき留られし其上[一五]を。刃《やいば》にかけし仇波[一六]の。あわと消《きへ》たる。傾城の高雄[一七]が姿。

有ﾘくと。うつりうつろふ。鏡の面。

はつと累が胸騒《さは》ぎ。見やる小袖[一八]に俤《おもかげ》の。「妹く。ヱヽそなたは恨《うら》めしい。恋しと思ふ
殿様に。添ﾊさぬ恨は山ゝ[一九]の。谷蔵と女夫にして。添ﾊす事はならぬわいのふ」。「ヱヽ姉

一 試しに呪ってやろう。履物に灸は、客を早く返す呪い。「二郎兵衛艾に火をつけ庭の隅。卜庵が雪駄の裏。物は試しと煽ぎ立て」(今宮の心中・中)。 二 来た、の罵語。 三 よう利くように。
※文化台帳では頼兼は伽羅の下駄を履いて出ず、絹川が持ってきた伽羅の下駄を、豆太が、気付かずに、こっぱと共に火にくべる。
四 お開き。婚礼なので忌み詞を使う。
※歌舞伎初演時は「蚊を遣れといひ、豆太蚊やりに頼兼の下駄を入れ、蘭奢待かほる其火にて豆太魚を焼。色々有、豆太入」(宴遊日記)。文化台帳もほぼ同様。伽羅の下駄が重要な小道具となるのは、仙台萩で湯を沸して手足を洗わせてくれた豆腐屋に、綱宗が、伽羅の足駄を与える件りに基づく。「江戸ニて東の伽羅をうたひしも此足駄よりの因縁とかや」(仙台萩)。→三一七頁注一七。
五 映ると移る、を掛ける。 六 島田は主に未婚の女、丸髷は人妻の髪形。
七 大長奉書(縦一尺八寸三分、横二尺四寸七分で紙質は厚い)の紙を細長く切り、元結の上にかけて結んだ髪の飾り。二世かけての夫婦の縁、と続く。 八 丑三つ。丑の刻を四つに分けた第三刻で、夏では午前二時頃。八つ半過ぎ。寅の刻になると幽霊や妖怪は消滅。 九 薫じ。香がかおる。 一〇 伽羅。 一一 返魂香(はんごんかう)。漢の武帝が李夫人の死後、この霊香

様。夫レはお前胴欲《どうよく》でござんすぞへ。お前アノ絹川様に恨が有ルは尤なれどな。思ひ思ふた絹川様。兄様さへ了簡して女夫《めうと》にして下さんすに。お前もどふぞ堪忍《かんにん》し。恨をはらしわたしをば。女夫にして下さんせ。コレ拝ミますわいなア。〱。コレ頼みますわいなあ〱」。「いや〱〱。思ふ中をばせき留て。刃にかけし絹川に。何とそなたをそわされう。サア妹思ひ切りや」。「イヱ〱〱。何ぼどふ云ハしやんしても。思ひ切ル事わたしはいやでござんする。モウ云イ出しても下さんすな〱」。「ヱ、聞分ケないぞや妹。是程云フに聞分ケず。いよ〱思ひ切ラれずは。そなたの疕肉《ひにく》へ分ケ入て。絹川にあいそをつかさせ。そなたの身にあやまちさせるが。夫レでもそなたは夫婦に成か」。「ヱ、姉様そりや余《あんま》ンりでござんしやう。そふ云ハしやんすりやわたしも意地づく。アイ大事《じ》ござんせぬ〱。命にかけて添とげまする」。「イヤ添ハさぬ」と争《あらそ》ひも。此世を去リし亡魂《ばうこん》に引戻。さるゝ黒髪《くろかみ》の風に。乱るゝ紅葉《もみぢ》ばの。縫《ぬい》の小袖のひら〱〱。しやばと冥途《めいど》の。兄弟《おとどい》のいどみ。つかれて妹の累うんと計リに。倒れ伏《ふす》。音トに驚キ欠出《かけいで》しが。ゑならぬ薫《かほり》に気の付《つく》下駄。ハット取リ上《あげ》煙を清める絹川が。顔をじろ

を炷くと、面影が現われたという。東伽羅夫では、義政が亡き妻の画像に向かって、国阿の下駄の名香を炷くと「ぐはぞうのかたちゑめるがごとし。よしまさかんしんのあまり此かうをけふよりしてあづまのきやらとなづけ給ふ。あづまとはわがつま」とある。一二 その返魂香か、そうでないのかは解らぬものの名香の香に引かれて、かりそめの世の。一三 高雄と頼兼が互いに。一四 川水の流れをせき止める意と、遊女を愛する男にあわせない意のせくを掛ける。一五 其上に、とあるべきところ。一六 仇である絹川と同じ名の川に、徒らに立ち騒ぐ波。泡、消えるも縁語。一七 鏡の面にはっきりと高雄の姿が映る。鏡も名香もこの世と異界を結ぶ霊力を持つものとして描かれる。一八 屏風に掛けてある高雄の小袖が、累には姉の姿にみえる。ここで舞台に高雄の人形を出したか。宴遊日記には前頁※引用に続き「高尾、谷蔵に累をそハせじと、かさねを苦しむる一人舞台」とあり、文化台帳でも屏風にかけた小袖が動くだけで、高尾の姿が鏡に映ることも、累と問答することもなく、累が目に見えぬ高尾の霊と応答する。一九 山と谷は縁語。二〇 無慈悲で。二一 皮肉の宛字。二二 怪我。二三 構わない。二四 文化台帳ではこの件りの最初に「屏風の小袖うごく半四郎後ろ髪の思入。…誰じやへ、ヱ、モウつんと

りと恨めしげに消て。留《(とどま)》る筺《かたみ》の小袖。「ハテあやしや」と見廻ハすこなたにかさねが有リ様。「コハ何事」と立寄て。「コリヤ〳〵累気を付よ」と。抱《(いだき)》起《おこし》て顔見れば。ふしぎや今迄[一]せんげんたる容顔《やうがん》忽《たちまち》悪ク女の相死霊《さうしれう》の念ンこそ。恐しき。恂りしながら辺《あたり》の丸綿[二]。直クに打チ着《きせ》抱しめながら。「ヱヽまだ浮《うか》まずか高雄殿。何事も我君のお為と思いあきらめて。恨を晴レて下されや。南無あみだ仏。〳〵。〳〵」と。唱《となふ》る内より主《(あるじ)》の三婦。銚子《てうし》盃持て出《(いで)》。「コレ〳〵心計リの此祝言。ちよつと結びの盃を」と。様子は何にも白露[三]の。涙隠して。「イヤのふ三婦殿。こふ互イに得心《とく》ンの上。盃せず共夫婦は夫婦。夜明ケぬ内に旅立を」。「サア〳〵夫レも尤。ガいわゞ《(ば)》妹が一世一度。サアそ[四]なたから取リ上て」と。立寄リて綿ぼうし〔。〕取て見る顔おどろく兄。「ヤ其顔は」。「サヽヽヽコレ驚ク事はない三婦殿。高雄殿の執着《しうぢやく》故。ナコレサ高雄殿の執着故。譬《たとへ》面ン躰替ル共。一旦約《いつたんやく》せし女房の此累。イヤサコレ何にも案ンじる事はないわいの」。「ハ忝い〳〵過分ンにござるわいの〳〵。何[五]にも云イませぬ絹川殿。コレ必見捨てくださるな。とこふする内早七つ[六]。夜明ケぬ内に片時《(へんし)》も早ふ」。「そんなら三婦殿。我君様の御事を」。「サヽ

放さんせいナア、御前ハ姉さん」。 二五 得もいわれぬ名香。 二六 宴遊日記では「谷蔵出る。高尾が声にて、累を谷蔵に愛想つかせんといふ場。色〻□□□苦しみ、トヾ累倒れる。起あがれバ悪女に成、谷蔵肝を潰し、丸綿かける」。文化台帳では倒れている累(半四郎)の体に高尾(円次郎)が入って、屛風の内から円次郎の付け声で絹川に恨みをいい、「仏法執行の名香の威徳に近寄る事も叶わぬか、ヱヽうらめしいなア」。絹川は尊氏公が国阿上人に寄付した「高隆寺」またの名「吾妻の伽羅」の名香の威徳を知り、「仏法ぐづふのくりきにて成仏なせ」と下駄で死霊を払い、累を抱き起こす。

一 嬋娟。あでやかで美しいこと。 二 →三二三頁一〇行目。徳次が借りて来た綿帽子で、累の顔をおおう。 三 知らず、と涙の露を掛ける。 四 累。 五 筆舌に尽し難い感謝の表現。 六 五月ならば午前二時四十分ごろ。 七 変貌を知らぬ、と未知の、の意を掛ける。 八 →三〇五頁三行「犬と思しき忍びの者。付来る共しらぬ戸に」。 九 合点だ。 一〇 抜く間もなく、の略。 一一 大袈裟。一方の肩先から他方の腋の下へななめに、大きく切り下げること。

※このあたり歌舞伎初演時は宴遊日記に「三郎兵衛盃持出、これをみて執念の深かき事を驚き、谷蔵下駄を

夫レ合点只。気にかゝるは妹が事」。「アヽコレ呑込ッで居ますわいの。女房共。〱。〱。サア〱。コレ累〱おじや」と手を取て立出《(いづ)》れば。漸《やう〱》心は付ィたれど。我面モざしの替リし共。しらぬ旅《たび》路へ女夫連レ。出行《(いでゆく)》姿。恨めしと。晴レぬ高雄が執念ッの。残る小袖に引戻され。かつぱと転《(まろ)》べば絹川が。立寄《(より)》いたわるうしろより。「捕《とつ》た」とかゝる以前ッの忍び。得たりと抜ク間《(ま)》大げさに切ても切れぬ執着の。小袖に三婦が目を付ヶてぐつと畳へ突キ立ながら。「随分ッ達者でふたり共」。「三婦殿さらば」。「兄様おまめでおさらば」といへど心は引さるゝ。忽《(たちまち)》片足あし引キの。山鳥ならぬ妹背鳥行衛。遥《はるか》の旅の空。付キまとわるゝ執着のしたひ。行こそ。

取り累をつれかへる。大屋と忍の者出る。二人にてころす。(幕)」。
一二 高雄の執心の留まる小袖が、ざわざわと動くのに。一三 三婦は刃を小袖の裾に突き立てる。
※三婦は、小袖が不気味に動くのを見て、畳に釘付けたのであるが、これは、高雄の敵を討とうとしていた兄の三婦が、絹川の説くお家大事の論理に同調し、高雄の恨みを無視する立場に廻ってしまったことを示す。孤立した高雄の怨念は、陰惨さを加える。
一四 三婦が高雄の小袖の裾を突き刺した報い。一五 片足を引きずる、と山の枕詞あしびきの、を掛ける。「あし引の山鳥の尾のしたり尾のながながし夜をひとりかも寝ん」(拾遺集・恋三。百人一首・柿本人麿)。一六 山鳥は雌雄谷を隔てて寝ると言う。一七 文化台帳は、この幕切れを「どろ〱にて半四郎びつこのこなし。幸四郎是をかいほうして手をひいて花道へは入。此上を吹かへの小袖付て向ふへ行。どろ〱打上ル」と記す。

第六

(祇園社の段)[一]

[二]八雲《やくも》立ッ出雲《いづも》八重垣妻ごめに[三]。其[四]素《そ》盞鳥《さのお》の神ン徳を。爰にうつして祇園[五]の社。けふは白朮《おけら》[六]の神事《じんじ》迚《とて》老若男女《らうにやくなんによ》わかちなく。貴賤群集《きせんくんじゆ》をなしにける。室町殿[七]の若君御家督の御祈《おんいのり》とて。一ッ家中は元トより諸士[八]の面ン〻御代参ン。則チ御馳走[九]の役人はやつさ[一〇]茂左八。昼《ひる》より爰に入リ相[一一]の鐘て[一二]工《たくみ》の人心。正直[一三]の頭《かうべ》にやどる神ミならで。邪見に見ゆる有髪[一四]《うはつ》の顔《がん》色《しよく》。当家の伯父大江の図幸鬼行《おにつら》。胸に一チ物我慢心[一五]ン角を隠して出来《いできた》る。跡に引添《ひつそふ》板切志妻欲と色との二本[一六]ぼう。長キは夏の日あし迚《とて》尤モ道理之介打連レて鳥居。間近カく歩ミくる。

茂左八は出迎《いで》イ。「コレハ〳〵早御入リ先達て仁木弾正殿にも参詣。拙者めも早朝より相詰メ

一 初演、口は豊竹倉太夫・鶴澤万三郎。この場は歌舞伎初演時になく(宴遊日記)、文化台帳にもない。烏亭焉馬の書きおろし。 二 多くの雲が立ちこめる意。出雲の枕詞。素戔嗚尊の「八雲立つ出雲八重垣妻ごみに八重垣作るその八重垣を」(古事記・上)の歌による。三 妻を籠もらせるために。日本振袖始四も「妻ごめに」。 四 素盞鳥と書くべきを、烏を鳶と誤る。当時は「そさのを」。伊奘諾尊を父とし天照大神を姉とする男神。出雲で奇稲田姫をめとって「八雲立つ」の歌を詠む。 五 現京都市東山区祇園町(山城国愛宕郡八坂)にある八坂神社。祇園感神院、祇園天神などと呼ばれた延暦寺の末寺。祭神は牛頭天王(素盞鳥尊、或は武塔天神)など。社領百四十石。祇園会(祇園祭)や、おけら詣りが著名。 六 白朮はキク科の多年草。薬草で燃やすと香りがよい。十二月晦日の夜、薄くそいだ部分を縮らせてある削掛けの木におけらを加えて火を焚く。煙の方向で、豊凶を占い、火を火縄に移して持帰り、元旦の雑煮を煮る。 七 伊達家を仮託。室町殿は将軍家にふさわしく、一家中は大名家にふさわしい表現。 八 他家や一門筋の武家も代参を立て。 九 代参人などのもてなし。 一〇 やつさもつさ(大騒

時	五月晦日
所	祇園社

罷リ有《(ある)》。今ン日は五月晦日。兼若君御家督の御祝義迚当社におゐて。大晦日白朮《おけら》の神ン事《じ》を取[一七]越シ。又六[一八]月朔日には元日の寿キをなし。則チ春を祝ふ其用意申付ケ候」と高慢《フシ》らしく相述れば。

[地ハル]鬼行は物[色]知リ顔。「[詞]誠に今日おけらの神ン事といふは。亥[一九]刻前より神前に白朮《びやくじゆつ》を焚《(たき)》。其火を火縄にうつし京中のものども家々に持チ帰る。又往来の群集《くんじゆ》通りながら悪[二〇]ッ口雑言云イちらし。云イ負る者は必其とし悪しきといふ。[地ハル]サ是則チおけらの神ン事。随[ウ]分ン狼藉《らうぜき》なき様に」と聞イて尤[色]道理之介。「[詞]ハア、夫レでいんねんいわれがさらりつと知レました。[二一]おけらといふは何の事じやと思ふたれば。びやくじゆつとやらいふ薬の事でござりますか。身共がいつぞや痳[二二]病でこまつておりました時。仲間《(ちゆうげ)》ン共が是を呑《(のめ)》といふてくれたのはてうど。きりぐ\すの膝《ひざ》のないやふな虫。呑ムと其儘つい直つた。跡で聞ばおけらとやら。ヱ、思ひ出してもどふやら咽《のど》がむずつく」と。[地ハル]いへば志妻がにが[色]笑ひ。「[詞]ヤコリヤ何を云イめさる。今宵は節分ッのまなびをなし。豆を打ッてつ[二三]いなを寿キ」。「サア其豆をまくは伯父御様にはきついき[二四]んもつ」。「ソリヤ又なぜに」。「ハテ鬼行じやないかいのふ」。「イヤモ

ぎ)による人名。 一一 入りこむ、と入相時を掛ける。 一二 入相の六つの鐘と、かねて、を掛ける。 一三「神は正直の頭に宿る」(譬喩尽)。正直を心懸けていれば、自ずと神の恵みがある。 一四 撫で付け髪。のばした頭髪を結ばず、頭頂の後ろにたらす。近世演劇では、一癖ある人物に多い。神、髪を対照。 一五 高慢心。 一六 刀の二本差しと、二本の長い鼻水をたらしているような間抜け人物(尤道理之介)の意を掛ける。 一七 くり上げて行うこと。 一八 災厄除け等のため、時ならぬ折に正月を祝う事が行われた。本作の近くでは、安永七年「六月朔日、世俗今日を以て元日とし、雑煮を祝もの有。もと宮中より出し事となん」(半日閑話二)。 一九 十二月晦日の亥の刻は夜十時頃で三三八頁四行目の「四つ」であるが、祇園社では子の刻(十二時頃)に神前の灯籠の他は灯りを消し、丑の刻(二時十五分頃)から読経、白朮や削掛けを焼くのはその後。 二〇 火を消した暗い中で参詣人が悪口を言いあう。 二一 直翅目螻蛄科の昆虫。利尿の薬効があり、膀胱結石等に用いる。白朮も利尿に利く。 二二 小便が出渋って痛く、頻尿を伴う病気の総称。太平楽威競記文(→三三八頁注一六)に「十二月の晦日《(つごもり)》に、ぎおんのおけらじや」「なんだおけらだ。りん病の薬になるのか」。 二三 元来は中国の風習で、古くは十二月晦日に行

どふいへばこふ云ッと早く社へ参詣有レ」。「ヲ、参ります〳〵。若様御息才諸事は我レに。任て[一]おけらの社《ほこら》[二]でせい」と。踊《おど》る拍子に鳥居へぴつしやり。「アイタヽヽ併《しかし》頭を打ッは福は内。鬼はそこに[三]と伯父御様。後程お目に」と走リ行。

跡に三人辺リを見廻し。茂左八は声をひそめ。「鬼行公には兼ゝ思召の通り。頼兼公を押込メ兼若の代となれば。是からはお心次第去ながら。任せぬは仁木が娘河内。今に色能キ返ッ事なきよし。此義はいかゞ」ととへば鬼行。「サレバ〳〵仁木さへ得心なさば。無理に我方タへ婚姻《こんゐん》させん。折を以て汝《なんじ》取持テ」。「ハア仰迄も候はず。某宜敷(よろしく)御取持仕らんが。兼若へ家督相続なし。此上の御思案は」と伺ふ内より板切志妻。「夫レは拙者仁木としめし合セ。兼若呪咀《しゅそ》[四]の義は。彼修験者《しゅげんじゃ》[五][六]貴蔵院に頼置(たのみおく)。今日是へ参る筈。アレ〳〵そこへ」といふ間もなく。出(いで)来(きた)る貴蔵院さも恐しきいが[七]栗天窓(ぐりあたま)。ゑみ[八]出る眼に辺リを睨危《にらみあやしき》箱を携《たづさへ》てしづ〳〵と歩ミくる。

志妻声かけ「早かりし貴蔵院。貴僧に兼ゝ御頼の一大事。夫レに付キ鬼行公にもお待兼。サア〳〵是へ」と招かれて。貴蔵院は件の箱。目通リにすへ置て。「何れも是を御覧有レ。

われ、室町時代より立春前夜に鬼やらいに豆まきをし、追儺と称するようになった。 二四 禁物。

一 任せておけ、に掛ける。
二 おけら、ほこらと韻を踏み、「そこらでせい」のかけ声と語呂を合わせる。
三 外とそこを掛ける。
四 呪い殺すこと。日葡辞書「シュソ」。
五 修験道の行者。山伏。
六 山伏(全書仙台萩は明王院、仙台萩は奇妙院)、呪詛の藁人形などの設定は実録体小説以来。東伽羅夫では山伏こんめう院。
七 山伏の髪形のうち、摘(みつ)山伏(頭髪を一寸八分に切り揃える)をいが栗に見立てる。胎蔵界の中台九尊、金剛界の九会を合せての十八を一寸八分で表す。
八 笑み出る。栗のいがの裂け目から実がのぞく意の「笑む」をいが栗の縁で用い、目のとび出している様子を表す。

鬼行公より御頼の通リ。我法力にて呪咀なすはサコレ此箱の内へ。藁《わら》人ン形を仕立。四十[九]四本の釘を打。願ン主仁木弾正教将と書キ付しは。弾正殿の心有ての事。則チ御《ご》寝所《しんじょ》より東の角に当る人ン家。[一〇]雨落なき所へ[一一]いけ置ば。[地ウ]七日の内には命をたつ我密《みつ》法。[ハル]必気遣イし給ふな」と語るを聞て[ウ]三人は「[色]したり／＼。[詞]何角(か)の様子は[一二]社守の方。貴僧は是より其箱をコリヤこふ／＼」と耳《みゝ》に口。「合点／＼。我レは是より法力を以(もつて)忍び入リ。あはよくば兼若を只一思ひに捻《ねぢ》殺さん」。「ヲヽ気味よし／＼心地よし。[地ハル]偏(ひとへ)に頼(たのむ)」と三人は。[ウ]別れて社《やしろ》へ貴蔵院元ト[フシ]来し道へ立帰る。

[地中]神垣に。[ハルフシ]残る夕日も[中]影薄《うす》く[ヲクリ]黄昏近キ[ハル]鳥居先キ。[長地]人を待ッ身か待るゝか姿なまめく取なりは。[中][一三]

[ウ]仁木弾正が娘河内。[ウ]目にも入レたきか[一四]ぞいろの[ウ]育《そだ》てし花の振リ袖も。[一五]歩路《かちぢ》[フシ]をひらふ神もふで。

[地ハル]供には一人[一六]じよさいなき。こし元ト[ウ]さつきといふ[色]女。「[詞]コレ申お姫様今来る道で見たおとこ。色白ロで鼻筋通リ。髪は[一七]本田の当世風。丁ど[一八]勘三の[一九]門之助見る様な男。女之介様かと思ふた」と[フシ]打笑らへば。

九 人体を構成する骨の関節は四十四という。「取出すは藁人形…四十四本の釘を打呪咀の文(もん)を書付」(芦屋道満大内鑑五)。
一〇 仙台萩では雨落の下。伊達兵部・渡辺金兵衛らが、山伏奇妙院と謀り、浅岡・鉄之助の偽の願文と亀千代呪詛の人形を埋め「東の方五丈を求るに雨落の下に高四寸弐分の箱有り釘を以是を封す…内に人形有り釘を打事四十四本并呪咀の事を載す」とある。雨垂れ落ちはこの世とあの世の境、家と公道の境などと見なされた(中野豈任「祝儀・吉書・呪符」)。
一一 埋めて置けば。
一二 「しゃもり」と読むか。三四一頁四行目に「社務方」。
一三 身なり。身のこなし。
一四 父と母。
一五 深窓育ちにもかかわらず、乗物にも乗らず。
一六 如在ない。
一七 本多髷は近世中期より流行した通人の好んだ髪形。月代を大きく剃って髷を高く結うが、兄様、蔵前など種類が多い。
一八 勘三郎座。中村座。
一九 市川門之助。歌舞伎初演の女之介役。

河内はいとゞおもはゆく。「そなたの詞に随がふて女の身で[一]大たんな。外の者へは[二]さたなしに。[三]来事《きごと》はきたがそしてマア。爰にゐれば彼《かの》お方に逢れるかや。わしやどふやら恥しい」と袖打おほふ有ﾘ様は。まだ咲兼る冬の梅。[四]ほに顕るゝ風情也。「ヲヽこなお子わいの。色事遊ばす様にもない。余ｯりなおぼこさ。お前もちつと[五]嗜《たしなみ》なされ。ホンニ[六]恋には[七]身をやつせと。大ていや大かたの辛抱《しんぼう》で。よいめに逢ﾊれる物かいな。今ｯ日此お社へ御代参ｯにお出遊《いで》す井筒様。何かなしに抱ｷ付ｨて日比の思ひをおはらし遊ばせ。ソレ〳〵向ふへ見ゆるのが髭にそふじや。大小[八]さいてきつとして[九]又やさかたなあのお姿。紛ﾚもない井筒様。わたしが居てはけつく邪魔《じやま》。[一〇]思ひのたけをマヽ、おつしやれや」と。鳥居のかたへ。[一一]はづし行。

斯《かく》とはしらず女之介。[一二]当世様《たうせいやう》のはで姿一際《きは》目立ｯ男ぶり。恋しき人の[一三]有ﾘぞ共しらず来かゝり見合す顔。「ヤアコレハ〳〵河内殿。くれに及んで只一人こゝに何してござるぞ。ムヽ聞へた外に[一四]増花さかすお心か。ヲヽ嘸面白ふござりましよなア」と云つゝ行《ゆく》を引とゞめ。「ヱヽ女之介様聞へませぬ。何してゐるとは余所《よそ》〳〵しい。お前に逢ｨたいばつかり

一　厚かましくも。
二　沙汰なしに。知られないように。
三　来るには来たが。
四　穂に現われるは人目につくようになる意。
五　色事に精を出しなさい。
六　「恋に」の横の「ウ」「シ」は文字譜とも捨てがなとも見えず不明。この腰元の言葉がどこから「地」かも不明。
七　下ざまに身を落しての苦労も厭うな。
八　差して。
九　優形。淑やかで美しい姿。
一〇　河内を女之介の方へつきやるしぐさがあるはず。
一一　遠慮してその場を離れる。
一二　現代好みの華美な風姿。本来の浄瑠璃では、理想的な青年武士にはあまり用いない形容。
一三　有ルぞ、とあるべきところ。
一四　より魅力ある相手と恋を楽しむお心か。増花は普通女性にいう。

に。今宵の神ン事をかこ付ケて。此御社へ参しも過し。[一五]おふせのお詞に。[一六]ゑんと。月日を
[一七]待テてと有ル。其一ト言トがしみ〴〵と。[一八]身一つにふる涙の雨。ぬれてかわかぬ袖袂。思ひ
余りてけふ爰へ。お出《(いで)》の様子聞し故。[一九]おとゝ様へ御隠し申《(まうし)》。来たかひもなふ胴欲《どうよく》。なむ
ごいつれないお心」と膝《ひざ》に。寄《(より)》添ッ恨泣《(なき)》。袴のひだの[二〇]涙川恋路の。花やながすらん。
「ヲヽ今の様にいふたのはわしが誤りこらへて下され。さ程せつ成志。ヱヽ忘《わす》れは置カぬ。
コレこふ」とじつとしむればうれしさの。袖から袖へ手を入て。どこが恋やらなさけや
ら。余所の見る目も可愛らし。
いつの間にかは鬼行が「者共参れ」と呼われば。やつさ茂左八志妻も倶に立出れば。ハ
ツト驚キ両人は今さら[二一]何いふ事も。さしうつむいたる計リ也。
鬼行は[二二]むくりをにやし。「ヤア神ン前をも憚らず不義放埒。外記左衛門が云イ付《(つけ)》か。何に
もせよ不届やつ。夫レ引くゝれ」といふ声に。「畏まつた」と茂左八が。立寄ル後ロに仁木
弾正。腕首摑《つか》んで突キ退クれば。「是は」とかゝるを[二三]しんの当テ。[二四]うんとのつけに反リ返る。
「ヤア何やつ」と鬼行がふり返つて。「ヤハコリヤ弾正茂左八には何科有て此手[二五]ごめ。又女

一五 逢瀬。
一六 縁と月日を待て、は男女の縁と月日は待った方がよい意。上方のいろはカルタに「縁と月日」があり、絵は祝言前の娘。
一七 「テ」は衍字。
一八 身にしみと身一つを掛ける。自分だけに降る雨。
一九 父弾正。
二〇 袴のひだをつたって涙が流れるのを川に見立てた。
二一 何と、の誤りか。
二二 業を煮やし。
二三 真の当て。当ては当身、柔術の一法。急所を強く撃つなどして気絶させ、時に死に至らせる。真の、は強調。「さしつたりと真ソの当」(本朝廿四孝四)。
二四 あおむけ。
二五 力づくで自由を奪うこと。

之介と河内が不義。見付た故縄打《(うつ)》所何故に妨る。ム、聞へた両執権の子供故親ゝの我ガ儘か」と。地ハル[一]塗桶天窓《ぬりおけあ(たま)》を振廻し。ウ[二]真ッ中黒に成てフシ腹立顔《(はらだちがほ)》詞「イヤおせきなされな。あなた様には関東生れ夫レ故。訳は御存じない筈。此両人の者共は。未ダ[三]振リ分ケ髪の比《(ころ)》よりも互に[四]親共の云イ号《(いいなづけ)》。最早近ッゝ吉日をゑらみ祝言させんと存る所サ此程の御取リ込ミ。主人の御身持を諫《いさめ》申所《(まうすところ)》へ[五]ゑようらしい。イヤ悴が婚礼なぞと。外記左衛門も申上がたく夫レ故言ン上も仕らぬ。若君御家督有ル上は早速に御願申《(まうし)》。近ッゝに[六]婚姻《こんいん》の取結ぶ契約《けいやく》。ガ又たとへ不義が有ルにもせよ。[七]当時御家の両執権。余人の手は借リ申さぬ此方《(このはう)》にて取計ひ申ス。夫レに何ぞや今の手ごめ。理不尽成《(なる)》有様夫レ故に斯《(かく)》の仕合セ。また不義とおつしやる旁《かた〳〵》を詮ン義致さばどこぞから罪《つみ》に[八]大江の鬼行様。何と仰は[九]ござりますがや」と。地ハルきめ付られて色鬼行が。詞「コレサ〳〵[一〇]気の短《みじかい》。さりとては気の短イ。イヤハヤ気の短イ。[一一]云イ分ン有《(あり)》と申にこそ。只今の様に申たは拙者が誤り〳〵。イヤもふ暮六つ過ギ。神ン事にもはや間《(ま)》は有まい。コリヤ志妻茂左八を介抱《かいほう》して。ウ跡より来れ」と云イ捨て。見返りもせずフシ立帰る。地ハル弾正跡を打詠め「家来参れ」と中呼出《(いだ)》し。詞「其方共は娘を同道致し[一二]一《〔ツ〕》刻も早く屋敷へ帰

一　真綿をかぶせて引延す器具。木や瓦で作り、撫付髪の頭に似る。
二　夢中になって。塗桶は黒い。
三　髪の長さを肩までに切りそろえ、頭の中央から左右に分ける子供の髪形。「くらべこし振分髪も肩すぎぬ君ならずして誰かあぐべき」(伊勢物語二十三)。
四　上方の浄瑠璃ならば「親々の」が普通。
五　栄燿らしい。家来としては主人以上に謹慎しているべき時に、わがまま勝手に。
六　婚姻を、の音便。
七　現在。
八　罪に逢う、を掛ける。
九　ござりますまいがや、または、ござりますかや、とあるべきところ。
一〇　安手な敵役が、相手に強く出られてあわてる時の常套句。
一一　文句をつけるつもりは毛頭ないのだから、怒らないでくれ、の意。
一二　イッコクは、一日を百刻として十四分二十四秒。極めて短い時間の意。

れ。ナニ女之介は神主方に神事の用意。我も跡より立帰らん。が早ク〳〵」といふに侍ィ妼さつき。「サア〳〵御立《(おたち)》」とすゝむれ共。とこふいらへも[一三]夏の夜のまだよい[一四]事か悪ィやら。女之介も立《(たつ)》[一五]しほの[一六]なぎさに残るうたかたの。[一七]かいなく〳〵も両方へ引別れ行《(ゆく)》あじきなさ。

見送る弾正茂左八はむつくと起キて辺りを見廻し。「ナントうまふ参つたではござらぬか。[一八]兼ゝ心憎《に(く)》き井筒外記左衛門。悴女之介と貴殿ンの娘縁組すれば[一九]娅《あいやけ》同士。心合セてはからはゞ大望成就去ながら。コノ縁組の仕《し》様はいかゞなさるゝぞ」。「ホヽ夫レこそは外記左衛門に。のつ引キさせぬ我ガ工《たくみ》」と。聞て志妻がしたり顔。「兼若を調伏《(てうぶく)》の事は貴蔵院に頼み置ク。最前あれにてお咄しの。手短《みじ(か)》き工夫有《(あり)》とはな」。「ヲヽ夫レこそは大毒薬の秘《ひ》書《しよ》。某が手に入レば是を以て事を計ラん。夫レに何ぞや法力キなぞとはイヤハヤハヽヽヽ、まだるい[二〇]〳〵。成就する上は鬼行ごときが下タには付カぬ。我レ家国《(いへくに)》を納んに何の手間隙入《(いる)》べきぞ。両人共悦べ」と。勢ひ込ンでぞかたるにぞ。「ム、スリヤ其毒をもつて」「シイ声が高ィ。[二一]宝寿院にて何かは咄さん。両人ン参れ」と。

一三 いらへもなし(はっきりとした返事もせず)と夏を掛ける。
一四 「夏の夜はまだよひながら明ぬるを雲のいづこに月やどるらむ」(古今集・夏、百人一首)をふまえ、宵と、成り行きのよい、を掛ける。
一五 座を立つきっかけ。
一六 渚と、なしを掛ける。潮と渚は縁語。
一七 泡のように甲斐のない、と泣く泣く、を掛ける。
一八 予々。かねがね。
一九 壻、嫁、双方の親同士。
二〇 まわり遠く、手ぬるい。
二一 祇園社の法会などの最高責任者である執行の住する寺。神仏分離令により、慶応四年五月、祇園社は八坂神社と改称。宝寿院も破却、円山公園の一部となる。

一 太夫・三味線交替。豊竹折太夫・大西藤蔵。「ちゃりの親玉」(有難矢、安永六年)といわれる折太夫で滑稽の聴かせ場になる。 二 提灯の井筒の紋。 三 月岡は本作では井筒外記左衛門の娘、女之介の姉。闇の中で提灯が明るいのは、あたかも井戸水に映った月のよう、の意を掛ける。歌舞伎初演時、渡辺民部之介妹で若君乳人の役(半四郎)は辻番付では

先キに立チ打連。
一〽てこそ入リにけり。
賑敷《にぎはしき》。闇もあかるき。灯燈《てうちん》の二井筒に。三うつす月岡はけふ若君の御武運を祈る。歩ミの
道筋も。供の奴コの四折助が。「コレ申月岡様。私は新参ン者旦那様の御気に入リ。有難イ仕《し》
合《あはせ》けふはおけらの神ン事とやら。見物せうと存じましてお願《ねがひ》申てお前の御供。女之介
様もまだお帰りは有ルまい。扨ヽ結構《けつかう》な社《やしろ》でござります」。「サイノフけふは若君様御家督《ごかとく》
有ルに付《つき》。めでたい御神ン事自《みづから》も忍びの参ン詣。ちよつと宝寿院は御取リ込《こみ》かそなた見て
来てたもいの」と。いふに奴が五「ナイ〱そんなら。ちよと参りましよ」と。返ン事も足
もかる〲と鳥居の内へ走リ入《いる》。
月岡はとやかくと只若君の御事を願ふも神ミのみづ垣を。六伏拝ム折からに。
七よいふしを。こゝにも八松の板切リ志妻。見るより九ほうど抱付《いだき》ク飛退イて。「誰レじや。一〇あだ
ぶ作法な」と咎《とがめ》られ。「コレ〱さのみつれなくの給ひそ。まだうすぐらき此中でも見
違《ちがよ》ふ物かいな。一一深山《み》がらすも古ければ。月と見た目に違《ちがひ》はない。彼唐土《かのもろこし》の一二七賢人《けんじん》が歌に。

「月岡」、役割番付と宴遊日記では「成滝」であるが、秀鶴随筆では「浅岡」(文化台帳は伽羅先代萩を継ぎ合わせて「政岡」)。四 中間。奴。五 奴の言葉で「はい」。六 神社の垣根。瑞垣。七 節。伏し拝む、から時節の節を導き出す。八 待つを掛ける。ふし、松、板切は縁語。九 勢いよく。一〇 ひどく作法に外れた。一一 カラス科。大きさは烏ほど、黒色で紫の光沢があり、嘴の基部が灰白色。暗い中で深山烏を捕えようとするように、人違いは昔からよくあることだが、夜中に月とこの眼で見たのに狂いはない。一二 竹林の七賢。中国、晋代に、世を避けて竹林で清談を事とした七人の隠者。阮籍・嵆康・山濤・向秀・劉伶・阮咸・王戎。但しここは志妻が聞きかじりの知識を振り廻す。一三「月々に月見る月は多けれど月見る月はこの月の月」。小窓間語二(寛政二年)に、「宦家の女中は八月十五夜に芋を箸につらぬき、其穴より月を見て」、右の歌を吟ずるとある。一四 強壮に効があるといわれ、和漢三才図会百二に、「食レ之尤益レ人」。一五 下からする、に掛ける。茶臼(女上位の体位)を暗示。一六 ああだこうだと。一七 口先だけで適当にあしらうこと。一八 花魁。吉原の上級の遊女。一九 すっかり打ちとけて。二〇 善い事には障害が伴いがちである意から、急がせる際にも用いる。二一 結ぶの神と神垣

月〻[一三]に月見る月は多けれど。秋の月より真丸な角のとれたる。粋《すい》な君。くどけど〳〵かまわぬは。あげくはしれた。長[一四]芋《いも》の。奴《コ》の情《ケ》はない物かと下[一五]から志妻が上手《じやうず》には。いかぬわしでも帯解《イ》て。逢ねばならぬ付《つき》合《イ》を。あの[一六]ゝものゝとちよ〳〵[一七]らにて合《ハ》ずにすますお[一八]いらんの。帯紐とかぬはァ、〳〵胴欲じや。コリヤ美《び》婦人《ン》イヤ美しいのめ。イヤモウトントモウどこもかしこもとけ[一九]〴〵とわつちやいつそ消たいわいな〳〵。イヤモウトントモウ。とやこふ云《ッ》内寸《ッ》[二〇]善尺魔どこぞ能《イ》所が。アヽモウトントモウ。おふ夫《レ》〻爰が則《チ》結[二一]ぶの神垣。天[二二]井を見る気遣ない。サアマアこゝで」と引立る。後《ロ》へすつくと折助が。衿髪摑んで引くり返せば。ほう〳〵に起《キ》上り。「コリヤ儕《おの》《レ》ぶ[二三]仲間《ちうげ》《ン》の分《ン》際《ざい》で。慮外やつすつこんでおれ」と。いふに折助打笑ひ。「ハヽヽヽ主人を捕《とら》へて理不尽《じん》の有様を。見てゐる奴《コ》が広《イ》世界にござりませふか。といふも久[二四]《サ》しいせりふ。モシわしとても木竹ではなしちつとはきん[二五]も承知でおります。何も角《か》もお任《セ》有ばお取持《とりもち》致しませふ」。「アヽコレ〳〵折助めつたな事を云《ッ》まいぞ」。「ハテ此奴が承知の筋お気遣なされまするな」といふに志妻はふはと[二六]乗《のり》。

を掛ける。二二 振り付けられてひどい目に会う。二三 歩中間。中間に同じ。二四 お定まりのせりふ。こういう場面で、実方の奴が、必ずいう言葉だが、それは表向き、の意。二五 きんきんの誤刻ならば、当世風の振舞い。二六 うまくだまされて。「六蔵は乗せかけられてふはと乗り」(神霊矢口渡四)。

一 すべてをのみこんでいる意の擬人名。折助をさす。二 拙者。「ら」は卑下の気持を表す。三 心ばえ。気前。四 月岡の心が物わかりがよくなるように。五 この時期の江戸では、「そのもと」か「そこもと」か不明。六 夜に奉納する神楽。首尾もよい、に掛ける。七 夜十時頃だがおけらの神事の実態と相違する。→三二九頁注一九。八 うまく事が運んだ時に発する言葉。九 貴公。洒落本・傾城買指南所(安永七年)に、「貴公といわふより手軽く公とさ」。一〇 底本「下下」と衍字。一一 増字百倍早引節用集(安永九年)に、「叮嚀 ていねい」。一二 ほんものの通。洒落本・一目土堤に、安永六年より急に使われだした語とある。曲亭馬琴・伊波伝毛乃記に「天明年間、世上華奢遊興を事として、能く其事に通達せし嫖客を大通といへり」。一三 肘鉄砲をくらわされる。一四 駄味噌。くだらぬ自慢話。志妻は大通気取り。一五 志妻が浅知恵を絞って。折助が

「詞コレナニ此恋貴公がお取持下されうとや[一]承知之助殿。見らるゝ通リ[二]我ら生レ付は余り悪ィ男に有ず。又能ィ男といふでもなし凡中《(およそ)》位ィな。男なれ共。[三]気取リは随分ン面白ィ。何と[四]君のお心のわかる様に。[五]其元トの取リ持偏ヘに頼存る」。「サ其首尾も追付ケ[六]夜神楽。おけら参りも大勢ィ見ゆる。[七]四つ時分には皆〻お帰り其節。彼《かの》くら闇を幸《(さいはひ)》私が能ィ時分ンは相図に咳《せき》をする程に其時は御合点《(ごがてん)》か」。「[八]おつとよし〳〵有難ィ〳〵。諸事は[九]公《(こう)》にお任セ申」。「随分ン合点でござります。去ながら最前の慮外は御免[一〇]下さりませ」。「ナンノ御[一一]叮嚀《ていねい》成ル御挨拶。[一二]大通の身分にも[一三]投らるゝはまゝ有《(ある)》事。諸事は後程〳〵」とう地ハルぬ[一四]惚だみそ[一五]鼻の先キ智恵《ちゑ》をふるつて折助も。フシ月岡伴ひ別れ行。

ハルフシ早神前に。灯火《(ともすひ)》の。ウおけら下向の一ト群《むれ》が〔。〕[一六]火縄ハル打振リ行キ当リ。互に顔も色しらぬどし。

「詞コリヤあほうよ[一七]目があぶないわい。[一八]いかひたわけ」と[一九]云懸るもおけらの神ンフシ事としられたり。

「詞イヤそふ云《いふ》儕《(おのれ)》があほうじや。儕が留主の内にはな嬶《(かか)》が間夫《(まをとこ)》して[二〇]ゐくさる」。「ナンノ夫レよりも儕マアけふは[二一]下帯がない故にかりて[二二]うせたでないかいやい」と。地ウ[二三]めつたにいふも

知恵袋をふるうと掛ける。一六 烏亭焉馬・太平楽威競記文(天明八年成立カ)に「初夜過から祇園さまへ参るのじや。下向に火縄へ火をつけてもどり、夫を神や仏へあぐるじや。其道で行おふたものに、ゑろうあくたいをいふと、さきのも又いふてじや。まけものハ来年中(くるとしぢう)仕合がわるいといふさかひ、たがひにゑらふたんを切てあるく事いの」「ム、、そりやア江戸で出来た浄瑠理にもある。折太夫がかたつたをきいた。それだんべい」。一七 行当った拍子に火縄の火が目に入りそうになったので。一八 ひどい。一九 言いがかりをつけるのも。二〇 居るの罵言。浪花聞書に「中より下の悪言也。何しくさるなといふ。江戸の何しやアがるに近くしてもそつと軽き言葉なり」。二一 ふんどし。二二 来たの罵言。二三 出放題に。二四 どぎまぎして口ごもること。二五 悪態をつく役を買って出て。二六 今、やっと仕事をおえたか。二七 提灯持ち。二八 精がない。相手にしても張り合いがない。二九 鉢巻を額の上で結ぶこと。威勢がよい。三〇 悪態。焉馬は太平楽を好んだ。三一 悪態をつく。三二 勇み肌の人物が好んで使う語。太平楽威競記文に「つかもなひ。なんのこつたア」。「こりやまた何んのこつたえ」(助六所縁江戸桜)。三三 とてつもない。市川団十郎の口癖。焉馬・太平楽好文(寛政十二年カ)に「嗚呼

怐《ひつく》りと辺《あたり》詠《メ》て口[二四]どまぐれ。返《ッ》答なければ大勢が。「そりやこそ負《ケ》た」と手を打てどつと笑ふて行過る。

向へ来かゝる参詣に。又悪たいの買《イ》[二五]懸り。「此晦日に今[二六]仕廻ふたか。テモ儕《レ》は貧乏《ぼう》らしい顔付」といへばこちらもへらず口。「ヲ、儕《おのれ》が様に盗人をせねば。夫《レ》故遅《イ》爰な夜《よ》盗《とう》の灯[二七]燈とぼしめ」と云《イ》さま是も鳥居の内。又も来かゝる参詣を。「コリヤ待あがれ」と呼とむれば「[二八]せいがないは」と急ぎ行。

折助は最前より。群集《くんじゅ》の中にゐたりしが。向[二九]ふ鉢巻太[三〇]平楽。張[三一]込《ム》声も高ゝと。「どきやアがれ〳〵。何[三二]のこつた。[三三]つがもないこつたが又。どいつでも相手に成て見やァがれ」と。云《フ》声聞て怐りし。「コリヤこいつき[三四]やうと酒に酔たのか。但し気違《イ》かあたど[三五]んくさい奴《コ》めじや」と逎都《さすが》のや[三六]さ悪たい。「コレヱ〳〵誰だと思やァがる江戸の折助だは折だぞ〳〵。折様だぞ。とんだ事だがぎや[三七]つと云《いふ》と引[三八]《キ》窓《まど》から富士を拝んで。鶴[三九]亀の日《ッ》傘お乳母[四〇]大神楽で育《そだ》てられ。虎[四一]屋のあんころ四方《よも》[四二]が味噌玉[四三]川の上水を大船《おほぶね》[四四]で汲んで呑だ男だぞ。うぬらが相手にゃ有難《ィ》と思ゃァがれ。灰《はい》[四五]吹《キ》から竜灯《りうとう》[四六][四七]おはぐろ壺から猩ゝ《せう〴〵》[四八]小僧が出た様

つかもないとは団十郎がくせ也」。「誰だとおもふ。ヱヽつがもねへ」(助六所縁江戸桜)。 三四 気疎(けうと)い、の語幹。あきれた。 三五 あほらしい。上方語。 三六 悪態も都風で優しい。 三七 産声をあげると同時に。太平楽威競記文に「引窓よりしやちほこを拝ミ、鶴亀の日からかさ、おうば太神楽でそだてられ、…玉川の御上水で焚て喰ひ」。 三八 屋根に作られた明かり窓。 三九 山東京伝・骨董集・上後に、鶴亀の模様の日傘の絵(寛永の古画の写し)を掲げる。 四〇 当人に代って伊勢太神宮や熱田宮に神楽を奉納すると称し、諸国を巡って獅子舞や曲芸などを演じた人々の芸。暑い時には乳母に日傘を指しかけられ、正月には乳母に背負われて太神楽を見る程大切に育てられたの意。 四一 新和泉町(現中央区人形町)の饅頭屋。芝居小屋の前に積む蒸籠は虎屋。 四二 新和泉町にあった酒店。酒の滝水と赤味噌が有名。 四三 多摩川の水を羽村より引き江戸市中へ石樋、木樋を使って給水。 四四 隅田川の屋形舟中の大船は、川一丸、吉野丸。 四五 煙草の吸いがらをはたき入れる筒。多くは竹で、駿河吐月峰(静岡市丸子)の名物。 四六 神社に奉納する灯火。灰吹きから竜灯は、途方もないことが起こるたとえ。 四七 歯を黒く染めるための鉄漿(かね)を入れる壺。 四八 能の猩々のシテに似せた人形。壺の中の猩々がからくりでまわ

なもんだ。[一]たわ言トをつかず共だまつて[二]けつかれ何のこつたァつがもねヱ」。「テモ[三]ゑらひたんじやな[四]けたいが悪ひぞよわりやどこの[五]はりつけめじや。すさまじい事ぬかす相手ならば[六]橋詰メ迄出て貰《(もらは)》ふわい」。「イヤとほうもないやつじやァねヱか。何だはりつけだ[七]やらうのこしばりじやあんまいしコレヱ〳〵[八]相手に成ルせうがには。[九]かんせうがに[一〇]ひねせうが。たとへ向ふが[一一]鬼神《(おにが)》ミにもしろ[一二]しぶ紙にもしろ。サそんな事で動《うごく》のじやァねヱ。うごかねヱといつちやァ。[一三]石臼《うす》のほぞの抜ケたのか。[一四]きてんのきかねヱ居候《(ゐさふらふ)》か。雪降リに[一五]百で乗ッた駕籠か。まだもうごかねヱ物は[一六]灸計リの宿なしも[一七]聞イてあきれるヱ[一八]おきやァがれ。[一九]咄しの様な」と出《ウフシ》ほうだい。

「イヤこいつ[二〇]やくはらひの云ッ様な事ぬかす。僣《(おの)》レが様な事云ッと。何《(なん)》じやかしらぬがとんと[二一]むちやじやわやや〳〵。そんな事云ハずと[二二]早ふいんでそこらの[二三]ねきでころんで鼻でも打テ」。「ナンダ此[二四]猿松め鼻の穴へ指《ゆび》を突ッ込ンでしやつ[二五]頬《つら》の皮《かは》をひんめくるぞ。コノ[二六]嶋の夷め」。「何じやい〳〵おれが嶋の夷ならわりや。[二七]あづまの夷じやはやい。[二八]福の神め」と。地ウ何をいふやらたゝみかけ。悪《フシ》ッ口雑言《ざうごん》[二九]鳴立《(なりたて)》られ。詞「コリヤ〳〵我レ其詞ヨ、覚てゐよ。こん

る。嬉遊笑覧六に「猩々、壺の中より出て下に台ありて、笛をさしたり。笛を吹けば人形廻る」。

一　くだらぬことをいわずに。「くはんたい過たるたはことつき」(出世景清四)。　二　居るの罵言。　三　胸がすくような威勢のいい言葉。以下上方言葉。　四　胸くそが悪い。　五　磔になって当然の野郎。焉馬・太平楽記文(天明三年)に「小やらうのあくたひにはつつけやらうといへは」。　六　橋のたもと。上方で男達などが喧嘩をはじめる時のきまり文句。「ちよつと橋詰(はしづめ)へ出て貰ふが毎日毎晩」(夏祭浪花鑑六)。　七　野郎の腰張り。磔を紙を張付けた壁の意に取りなし、音と意の似通う腰張り(壁や襖の下部に、汚れないように紙を張ること)を引き出す。　八　相手になるからには。　九　乾生姜。ひね生姜を薄く切って乾燥させたもの。薬用。　一〇　霜の後に掘り出した生姜で、紅生姜等に用いる。山城(京都府)の名産。　一一　超人間的な力を持つ神霊。　一二　渋紙。柿渋をひいた紙。丈夫で防水・防寒などに優れる。　一三　下臼の中央に突出した鉄製の心棒を臍(ほぞ)と言い、上臼の臍穴にはめこむ。心棒が脱けると石臼は動かない。譬喩尽に「石臼の鉄心(しん)の脱けた如し」。　一四　気転の利かぬ。　一五　銭百文。雪の日は心付けをはずまないと動かない。川柳評万句合・明和七年

ど逢た時三〇天窓《あたま》てん〳〵三一してこます」と。詞だゝかい闇の夜にフシ紛ギれてこそは立帰る。

地ウ跡に折助色大声に。詞「コレヤイまちやァがれさるやァ。べらぼうは三二なつたらしめ。相手にならぬかハヽヽヽヽ、いかひたわけ。コリヤ咽《のど》がかわいてきた。ドリヤいて一ッぱい吞ンで三三きよふ。ナンニ板切志妻が事。其上に今三四社務《しやむ》方で三人の咄した密事《みつじ》。何か弾正が両人の中へ手わたしするとは。コリヤ何でも能イ手掛《てがか》リ。志妻をだまして懐中を詮ン義。夫レ」と地中伺ふ身繕《みづくろひ》神楽紛ギれて。入リにけり。三五地ウきねが鼓《つゞみ》の拍子能《よ》ク。三六取リ持顔で板切志妻。そろ〳〵とさぐり足。詞「折助や。折ぼうや。折ぼうはまだこぬか。三七折助殿はなぜ遅イ。歌わらぢが出来ぬか門ンどめか。詞イヤまだ四つにはすこし間も有ふ。ア、三八儘ならぬ浮キ世とはどの半太夫カヽリ三九通人ンの中云イ置しぞ。ア、モフ来そふな物じやが」と。欠交《あくびまじり》の鼻歌は。四〇一ト切《きり》遊びの四つ前から。フシ明《あく》を待《まつ》がごとく。

地ウ鳥居のかげより折助は。ウ道理之助に無理無躰イ月岡が上着を打着セ。ウ云含めてもいやがるウを漸《やう》〳〵連レて中月岡も。倶に隠るゝウくら闇《やみ》をハツミ指足《さしあし》抜足折助は。相イフシ図のしはぶき咳ばらひ。

地ウ待チに待ッたる板切色志妻。詞「コレハ〳〵折助丈四一諸事いかひ御世話。四二忝ひ祝着満足過分《しうちやくまんぞくくはぶん》有リ難し。

礼に「雪のかご両に四てう(挺、千文)が相場なり」。一六 行倒れの意識を取戻すために灸をすえる。宿無しの持っている行たをれ覚帳に施し物を列挙する中に「灸ばかり」とある、落咄今歳咄(安永二年)中の「手帳」を踏まえるか。一七 嘲笑揶揄して否定する際の表現。太平楽記文に「はなしのよふな、きいてあきれる。見てびつくりだ」。一八 「置きにしろ」の乱暴な物言い。一九 ばかばかしい。二〇 厄払い。節分の夜に、江戸では「御厄はらひが厄払ひましよ」など各家をまわり(塵塚談・下)、寿命長久を祈る文句を言いたてる物乞い。その文句に役者尽し・魚尽し・青物尽しなど各種ある。二一 無茶。二二 早う往んで。二三 際。二四 この野郎。二五 「鼻のあなへゆひをつつこんで、しやつつらの皮をひんめくるぞ…さるまつめ」(太平楽威競記文)。二六 孤島の野蛮人。用明天王職人鑑二に「島のゑびすも山がつも。物のあはれは知るぞかし」。二七 関東人の蔑称。二八 夷を恵比寿に取りなし、七福神の一人なので、福の神と洒落れたところ、喧嘩相手への誉め言葉となったおかしみ。二九 折助にがなりたてられ。三〇 手で自分の頭を軽く叩くしぐさ。大人がそうはやして幼児にさせる。「あたまてん〳〵してこますぞ」(太平楽威競記文)。三一 してやる。三二 鼻垂れ小僧め。三三 「どいつが来(こ)よふがどのよふ

イヤモウ。トントモフ胸には一ッぱい満《みち》くれど。云ィとふてもどふも出《(で)》ぬ。彼《(かの)》恋人は何所《(どこ)》にじや」と。いへば折助「コレ月岡様。恥しい事はござらぬちよつとお物をおつしやりませ。ソレ彼《(かの)》」と袖引ケば。「わしやどふも恥しい」と。後ロで合ハす付ケ声[一]も。志妻が耳に嬉しさは。百千万の詞より身にしみて。「そんならもはや君にはお出《(いで)》か。ヱ、有難ィ」と道理之助が着たる上着を引ぱれは。迷惑《めいわく》そふに振リもぎる。「ソレ夫レは胴欲思はせぶり」と。とんとおいどをたゝかれて。恂り「わつ」といふ口を。折助押《(おさへ)》て云ハせねば。只「ム、ムウ」といふ計《(ばかり)》。志妻は何の気も付ず。「ム、とうなり給ふは積《(しやく)》[二]ばしおこり給ふか」と。とへば折助「そりやお返ッ事」と。又月岡が袖引クにぞ。「アイわたしやどふも積がさしこんで痛《いたむ》。今宵《こよい》[三]のごげんは赦《ゆる》して」と。気をもたされて「ア、コレ〳〵夫レは近カ[四]比《(ごろ)》[五]つがもない。此様な能ィ首尾《しゆび》が有ル物かヱ、ナンゾ虫薬[六]をイヤモウ。トントモフふさがせる[七]事計リ。幸ィこゝに弘慶子《こうけいし》[八]。積や痞《つかへ》に奇妙《きめう》[九]じやハ」馬鹿〳〵敷《(しく)》も紙入レから。さぐり取リ出し噛《かみ》[一〇]くだき。「ヱ、折も折とて辺りにさゆも水もなし。折助殿いやみは少し御めん有レ。我等が口から君の口へどりや口うつし」と立かゝれば。「南無三ぼう」と道理之助逃んとするを折

な尻が来(き)よふが」(春色梅児誉美・初)は、同一人が来(こ)(き)両用の例。三四 宝寿院。三五 宜禰。神に仕え、神楽を奏し、舞いなどする。三六 気をつかった様子で。三七「明和の頃流行の歌に、折助殿はなぜおそい、わらじが出来ぬか御門どめか」(明和誌)。三八 思い通りにならないのが、世間の常。「まゝにならぬをうきよとはたが云ひおきし」(新内節・帰咲名残の命毛)。三九 遊里の事情によく通じ、洗練された遊びをする人。式亭三馬・客者評判記・中(文化八年)に「通とは万事に通達するをいふ。故に宝暦の頃までは通り者と呼来たりしが、明和以来(このかた)通人と称し」。四〇 時間を区切っての遊興。祇園町の白人、などを想定していようが、念頭にあるのは、江戸の深川であろう。夜の四つから明六つまでの一切りが最も経済的。四一 やや気取った敬称。四二 以下同じような意味の言葉を五つ並べる滑稽。

一 物かげから、その人に代って出す声。二 →二八八頁注一一。三 御見。お目にかかること。四 はなはだ。五 途方もない。六 癪の虫をおさえる薬。七 憂鬱にさせる。八 江戸で流行の癪や頭痛の薬。大田南畝・半日閑話十三に、「ことし(安永五年)朝鮮の弘慶子といへる薬をうる者有。其様すぼき竹の笠をきて壺を二ツ肩

助が。直に其儘押やれば。抱キ付吸付口うつし。いやがる拍子に舌《した》の先。一寸ッ計《ばかり》喰切ラれあつと計《ばかり》に[一一]板切志妻。うめき苦しむ真《しん》の闇。道理之助は[一二]とつかはと逃て行衛も折助が。さぐりて志妻が懐《ふところ》を。さがせど何も[一三]あらかねの土にのた打ッ其風情。

「フンこいつが持タねば茂左八め」といふに月岡「コレ〳〵折助。早ふ此場を」「先ッお出《いで》」と声をしるべに取付《とりつく》志妻。「ヱ、面ン倒《どう》な」と折助が。腰骨ぽん〳〵踏《ふみ》付〳〵。「サア〳〵此間《このま》に月岡様」。「そなたも早ふ」と両人は。館をさして立かへる。

[一四]跡にむざんや板切リ志妻。追ッ欠《かけ》んにも腰立ず。舌は痛《いたみ》て血は流れ。涙流るゝ二筋のかはり果たる有様に。立上りては。「ぺ、、、月岡殿アイタ、、、、」打倒《たを》れては「ぺ、、、折助やいアイタ、、、、[一五]いか成運ンに[一六]月岡」とこがれ慕《した》ふぞぶざま也。

折から来かゝる[一七]迎《むかひ》の奴《やつこ》灯燈提《さげ》て大勢イ連《つ》レ。志妻見るより「コレ〳〵奴コ共」と呼ば恟り立留り。

「マテ〳〵ヤア何やら恐しい声がする」とこは〴〵立寄《たちより》灯燈上ゲて。「ヤアコ〔リ〕ヤ志妻様。口から血出してうなり声は。扨は常ゝ大酒呑ミ夫レが当タつてそ[一八]てつとやらか」といふに

にかけて行」とあり、「去年より流行すとも云」と注記。その売声は曲亭馬琴・流行商人絵詞廿三狂歌合並附録(文政十二年成)に、「ちやうせんのふ、こうけい子、しやッくやつかえに、きンみやうだ」。安永五年十一月森田座上演の引連矢声太平記では、嵐音八が薬売り弘慶子に扮した。九 不思議なほどよく利くこと。一〇 薄荷の味がする。続飛鳥川には、「朝鮮のこうけいし、はつか〳〵」と記す。一一 痛く切れてしまったの意を含める。一二 あたふた。一三 土にかかる枕詞。粗金《あらかね》は採掘してまだ精錬していない金属。在らずと掛ける。一四 セッキヤウのきまり文句「むざんなるかな」などで、戯画化。一五 文弥は、説経風の古浄瑠璃文弥節の節まわしを義太夫にとり入れたもの。セッキヤウも文弥も、義太夫節では通常、悲哀を強調するところに用いるが、ここはともにパロディ化した用法。一六 尽き、に掛ける。一七 足利家の中間達が、主人を迎えに来た。一八 蘇鉄。

一 吐血、と蘇鉄の語呂合せ。とんでもない事。吐血との間違いや語呂合せは咄本・軽口はなしとり四(享保十四年)等に見える。二 声音。この地の文、志妻の「かくの仕合せ」などの口調も、説経のパロディ。三 安っぽい敵役が、舌先や鼻を切られ、お

ひとりが「コリヤ馬鹿いへ。そてつといふはお庭に有。是は吐血《とけつ》といふ物だ」。「ホンニと[一]てつもない事じやどふした事じや」と立よれば。志妻は苦しきこはねにて。「某最前《ン》月《テケ》[三]岡《ヲカ》と折助《ヲイヘケ》めに出合《いであひ》某が舌を月岡めが喰切《フイヒッ》て斯《ハク》の仕合《しあはせ》」といへば皆〻笑ひ出し。「何をいふやら唐人《ン》[四]の寝言《ねごと》。コリヤマアどふも知《レ》ぬ〻」。「ハテ扨。夫《レ》は汝等が悪《イ》聞《キ》よふ。月《テケ》岡《ヲカ》が舌《テタ》を喰切《フイ(ヒ)ッ》た」。「ム、月岡が舌を喰切たとは何の事」と大勢《イ》わからぬ言舌《ごんぜつ》[五]に。志妻はじれて詮方も。なく〻[六]砂へ指先《キ》で。書《かけ》共無筆の奴共。「イヤモウおいらは生《レ》付《イ》て祐筆《いう》[七]故一つもよめぬ」。「ヲ、夫《レ》ゝ此様にまた祐筆が揃ふ物かいの。ア、是を知《ッ》たら向ふの無筆を頼んでくれればよかつた」と。いづれもわからぬ顔付の。中に福助[八]つぶて文[九]字。「どれ〻おれが」と立寄て灯燈指《さし》寄《セ》「ム、これは待《テ》よ〻。下《タ》は読《よめ》ねど上は正月の月の字。ア、常から扶持《ふち》[一〇]も切《リ》[一一]米もみんな酒やの通《イ》[一二]に入《レ》上《あげ》。ろくに飯食《めし》も喰《ハ》ぬ故。[一三]ぐはつ〻するといふ事か。アイヤどふでも是ははんじ物。何にもしろ此有様[一四]くはつはつらひといふ[一五]ぢくちのてには[一六]の悪《イ》口合《イ》[一七]も血が流れば大事じや。銘〻《めい〻》旦那の迎《むかい》に来れ共。御家中なれば捨ては置《カ》れぬ。御[一八]中屋敷へ二三町送つても[一九]来ても手間はいらぬ。お[二〇]頭《かしら》

かしな発音で、話が通じない滑稽場面は、宝暦十一年の古戦場鐘懸の松二、安永四年の落咄・花咲顔などにもみえる。四 わけの分らぬ言葉。五 物言い。六 無く、と泣くを掛ける。七 祐筆(ゆうひつ)は貴人や武家の文書を書く役を勤める者。無筆の上に、無筆を祐筆と誤る無学ぶり。「かいもくおれは祐筆じや。…聞ク事は無筆じやないはい」(近頃河原達引・中)。八 第七にも登場する、井筒外記左衛門家の奴。九 飛礫文字。続け書きをせず、一つ一つ離して書いた下手な字。続け書きは読めないが、飛礫文字は少し知っていて、の意。一〇 扶持も切り米も武家の主人が家来に与える給与の一種。一人扶持は一日玄米五合、月俸一斗五升に当る。一一 一年に三回(春・夏、各四分の一。冬、四分の二)に分割支給。一二 通い帳。酒屋のつけの記録。一三 がつがつ。一四「待つは辛い」の地口か。一五 諺や慣用句に語調を合わせる言語遊戯。一六 てにをは。一七 多く京阪で地口をいう。下手な地口、の意。一八 江戸の大名屋敷で、隠居した藩主の住いや罹災の折の控えとして用いられる。一九 衍字か。二〇 組頭(弓組などの長)などを想定か。二一 諺。衆愚があれこれ言い立てても、権威者の一言には及ばない。二二 志妻の御住居。二三 へなへな。曲節のタヽキは「タタキの与次郎」の門付け芸の唄をとり入れた哀調を帯

衆《(しう)》へ中上あの衆の吟味で事が済《(すむ)》。おいらが爰で論ンずるより雀二二の千声《(ちごゑ)》鶴の一声。マア〳〵三お宿へ送つてこふ」。「[ソ]リヤ尤」と銘《めい》〳〵が。左右の手を取リ腰を抱キ。引ッ立られてふな二三〳〵と。糸二四目の切レし奴コ凧《だこ》。釣リ合悪く見へにける。

二五福助は立上り。「コリヤ〳〵汝等《なんじら》さのみ驚クべからず。我ガ朝《てう》にても例《(ためし)》有リ語《かたつ》てきかせんよつく聞ケ。昔二六〳〵其昔。祖父《(ちい)》と祖母《(ばば)》が有たとさ。祖父は山へ草刈《くさかり》に。祖母は川へせんだくに。其留主《(るす)》の間に摺置し糊《のり》を雀がなめし迚《(とて)》。ばゝあばくや二七のはさみにて。舌をちよつきり切たる事コレ赤本二八ンにれい二九〳〵たり。三〇イヤアヨイイヤアホウ〳〵夫レを学《まな》びて是よりも志妻の宿所へ此人ン数。送リ届ケる道すがら。行列《れつ》三一の口拍子イデはからわん」と。いふに大勢声揃へ。「舌三二切リ志妻お宿はどこだ。チヨツ〳〵。チヨ舌切リ志妻お宿はどこだ。チヨツ〳〵チヨ舌切志妻お宿はどこだ。チヨツ〳〵チヨちよつといてこ」と大勢が。声を揃て隠里三三打連てこそ立帰る

びた曲節。二四 揚り具合を調節するために凧の表面につける糸。二五 以下浄瑠璃の時代物の段切り近くにある故事の引き事などを含む詞ノリ(三味線にのった詞の語り)のパロディ。二六 祇園の騒ぎ唄「むかし〳〵」をふまえる。曲亭馬琴・羇旅漫録・中に「むかし〳〵山のあなたにあったげな。ぢゞいは山へしばかりに。ばさまは川へせんたくに。るすにすゞめがたなもとの。のりをのこらず…」。二七 莫耶。中国春秋時代の刀鍛冶夫婦干将《(かんしよう)》・莫耶の鍛った陰陽の名剣のうち、陰を莫耶の剣という。よく切れる鋏の意。「ば」の頭韻を踏む。二八 十七世紀後半から十八世紀前半に出版された子供向きの丹表紙の草双紙。赤本・したきれ雀は、慈悲深い弥五太夫が、子供から雀を救うが、弥五太夫の留守に、洗濯のための糊をなめた雀の舌を婆が切る筋。二九 麗麗。明らかなさま。三〇 能の鼓のかけごえ。荘重さを出し、可笑味をます。三一 行列の宛字。三二 板切志妻と舌切雀の語呂合せ。渓斎英泉自画作・舌切雀では「したきりすゞめおやどはどこだ。チヨツ〳〵」と、爺が探す。三三 人里を離れた仙境。右の舌切雀では、雀の住いは「かくれざと」にあり、正直な爺は馳走され、金銀宝物の入っている葛籠を贈られる。

第七

([一]足利館の段)

[二]智者《ちしや》はまどわず勇者《ゆうしや》は恐れず。[三]荒獅子《あらじし》男之助重勝《(し)げかつ》は。心も猛《たけ》き[四]直宿守《とのいもり》。[五]趙雲《てううん》。[六]姜維《きやうい》が大たんにも。増りはする共おとらじと。ゆうぜんとして座したるは実頼《げに》。もしく見へにけり。

「アヽラ怪《あやし》や。今。しのゝめにも及ばんとする折から。[七]たけばつくんの鼠の形チ。異国《いとく》。本ン朝例《ためし》をしらず。我レ聞《(きく)》。唐土宋《もろこしそう》の[八]高宗の時。[九]嶺《れい》南州夏秋の間雨降ず。[一〇]清遠[一一]翁源[一二]真陽《しんやう》の[一三]三ン邑《(いふ)》。鼠の害《がい》を苦しむ事甚し。魚鳥《ぎよてう》。蛇《(へび)》の類皆化《みなけ》して鼠と成《(なる)》。真陽の人ト一つの鼠を獲《ゑ》たり。胸に蛇の鱗《うろこ》有リ漁父《ぎよ[ふ]》。或夜《あるよ》網打《あみうて》ば魚数《うをす》百を得て見れば。悉《ことゞく》鼠と成し例《ためし》は。[一四]夷堅《いけん》志《し》の書中に見へたり。形チは常に替らね共。さもすさまじき大鼠ハテ。怪《あや》しき物を見る

一 初演、竹寿楽・大西藤蔵。歌舞伎初演時の五立目。筋は大幅に変更。
二 論語・子罕に「智者不レ惑、仁者不レ憂、勇者不レ懼」。
三 歌舞伎で五代目団十郎所演。「仙台萩」の松前鉄之助に当る。
四 宿直(とのい)は貴人の守護のための、不寝番。
五 三国、蜀の勇将。字は子竜。劉備が敗走した時、長坂坡で甘夫人と幼主劉禅を守った。大胆で知られ、劉備が趙雲を評して「子竜一身都テ是胆也」(三国志・蜀書六)。
六 三国、蜀の人。字は伯約。劉備の子劉禅が魏将鄧艾に降った時、姜維も魏将鍾会の許に身を寄せた。鍾会は鄧艾を討とうとして姜維に兵を授けたが、かえってともに殺され、姜維の胆が解剖されたが、大きさは一斗枡程もあったという(三国志・蜀書十四)。
七 丈抜群。書言字考節用集「抜群 バックン」。「つ」は促音。
八 宋の第十代、南宋の最初の皇帝。一一二七年即位。在位三十六年。
九 嶺南は五嶺山系(大庾など五つの山嶺、華中と華南を分ける)の南。広東・広西両広の地。
一〇 広東省中部の県名。
一一 広東省北部の県名。韶州に属す。
一二 広東省英徳県の地名。
一三 邑はさと。
一四 夷堅志・甲四の「鼠災」を引く。「紹興丙寅夏秋間、嶺南州県多不レ雨。広之清遠、韶之翁源、英之真陽、三邑

時 前段の翌日
所 足利館奥御殿

事じやよなァ」と。刀携へ[一五]頬杖突《つき》[一六]まだゝきもせず詠《なが》メゐる。時にふしぎや件ンの鼠。勢イ込ンで若君の御寝間ちかくも飛行《とびゆく》を。スハ曲者よと男之介辺りに有リ合フ鉄骨[一七]の。扇追ッ取リはつしと打ッ。「あつ」と一声うめくと見へしが。一トつの煙リ立のぼれば。ふしぎや修験《しゆげん》の貴蔵院。忽然《こつぜん》と顕れ出《いで》。「ヤ荒獅子男之介。我レ仁木弾正の頼によつて。若君の御寝所守護の為。我法力の仕《つか》[一八]わしめ。なぜ鉄骨の扇を持てャ打しぞ」といへば。重勝カラ〳〵「ハヽヽヽ」と打笑ひ。「ヤア若君の守護とは。ヱつ[一九]がもない。[二〇]大黒殿の仕わしめには大き過たるどぶ鼠。化《ばけ》の皮を顕したら。うぬらも仲ケ間のよ[二一]い見せ物。家[二二]に鼠国に盗人ト。其盗賊の大将をサア。真直にぬかしあがれ。さないと忽チはり殺《ころす》ぞ」と。勢イ込ンだる其有様。「ヤア愚《おろか》〳〵。汝勇力有迚《あるとて》も。我法力のげ[二三]ばくにかけ。立所《たちどころ》にうきめを見せん」。「ヤ売僧《まいす》[二四]ごときが鳩[二五]のかいててつ[二六]ぽうを云ちらし。法力とは事おかしや」と。立かゝれば貴蔵院。い[二七]ら高カ珠数を押もんで。「抑《そもそも》我ガ行《おこな》ふ法とい[二八]つぱ。邪に組する外道《げだう》[二九]の密《みつ》法。立所に奇瑞《きずい》見せん」といら高[三〇]の。じゆずの響きも館の震動《しんどう》。「シ[三一]ヤ。物〳〵し」と重勝が。刀引キ抜《ぬき》切リかくれど。五躰すくんでたぢ〳〵〳〵。「へヱ

苦二鼠害一、雖二魚鳥蛇一、皆化為レ鼠、数十成レ群、禾稼為二之一空一。真陽法恩寺耕夫獲二一鼠一、臆猶二蛇紋一。漁父有夜設レ網、旦得二数百鱗者一、取而視レ之、悉成レ鼠矣」。一四 宋、洪邁撰。斉賢・夷堅志和解(貞享三年序)に「鼠災」は見えない。一五 男之助が右手に刀を持ち、左手で頬杖をついて、縁側を走る鼠の群を眺めているところは、歌舞伎・伊達競阿国劇場初演辻番付の正面の絵柄。縁の下に山伏貴蔵院がいる。一六 合類節用集「眕マダヽキ」。一七 鉄扇。厳めしい勇士が所持。一八 神仏が使役する動物などをいう。自分が法力で使役する鼠。なお仙台萩では大鼠に化けるのは忍びの名人菅野小助。一九 途方もないことを言う。二〇 和漢三才図会三十九に白鼠を「大黒天ノ使ト謂フ」。米倉から現れるのが多いためとする。二一 笑い物。二二 それぞれの場に、害をなす者が必ずいる、の意。「家に鼠あり、国に賊あり」(徒然草九十七)。二三 書言字考節用集「繋縛 ゲバク」。縛って自由を失わせること。二四 人をだまして利益を得る悪徳僧。二五 鳩の戒。勧進聖・占い師などに扮した詐欺師をいう。二六 鳩の啼き声に、鉄砲(だぼら)の意を掛ける。二七 玉が平たく角ばった算盤の珠のような数珠。もむと音が響く。二八 「そもそも」「それ」などで始まる文に用いられることが多く、「と」の

残ッ念や」と切付ければ。形はきへて雲霧か夫かあらぬか庭の面[一]。切込ム飛石電光石火いづく迄もと追て行。

斯とはしらず月岡は。道理之助諸共に。若君をかしづき奉りしづ／＼と立出《たちいで》。「今日《こんにち》は御祝義に付。早／＼御目覚《ざめ》遊ばされ。殊更御きげん能《よく》。昨日は祇園におゐて。おけらの御神ッ事とやらも相済《あひすみ》。仮《かり》にけふし[二]は春を学び[三]。の御寿キ。箇程御目出度義は。ござりませぬ」と。中上れば若君は。「皆の者。此程の心遣。過分ッ。／＼」との給へば。道理之助は目をこすり。「テモサテモ／＼けふは大きにねむたい。また夕部のけづりかけとやら。おけらとやら。色〻なやつがうせ[四]。其上かつぱ[五]めが出たそふで。高野《かうや》六十那智《なち》[六]八十とおれをとらゑてへ、、、むり無躰。やう／＼の事で逃て戻つた。中若君様。あの志妻めが」「アコレ／＼。めつたにひよかす[七]かいわぬ物」。「ホヲ、、、[八]。尤〻道理之介。イヤ又アノ伯父御様の。顔付のにく／＼しさ。鬼行とは能ク付ケたぞ。思へば尤道理之介。男にしては美しひ。器量を名付て女之介。これも尤道理之介。だうりのないはわし独リ[九]かあいと。いふてくれのかね。イヤモ／＼旧冬《きうとう》〻はせがまれたぞ／＼。ア二分[一〇]ほしい」

上の語句が主題であることを示す。 一九 正しい道に外れた。 二〇 言う、に掛ける。 二一 驚きや蔑みの気持を表す。

一 庭の面に姿が朦朧と雲霧に紛れて定かでない貴蔵院めがけて切りつけると、刃は庭の飛石に当って火花が散る。その瞬時の間に、貴蔵院は姿をくらました。

※宴遊日記によれば歌舞伎初演時のこの場は「種若(役者替名には兼若)相続の祝」ではじまり、山伏が種若調伏の秘法の箱を埋め、「しつなの法の独鈷を仁木に渡す。両人入ると魔法にて数十の蟇・鼠出ると、垂簾上る。男之助怪を見て居る場。みすの内にて□□□有、碁盤ふり上ると怪消る」。

二 「今日し」は女性語。底本「けふしくは」と衍字。 三 元旦。 四 来て、の罵語。 五 河童は人間の尻子玉を抜く。前段で、道理之介が、志妻に「おいどを叩かれ」たことをさす。 六 高野山や那智山の僧侶の社会では老人で男色の相手を勧める者がいる、との諺。 七 気軽く、不遠慮にしゃべるさま。若君の乳人の言葉には似つかわしくない。 八 節付けの「ノリ」は詞ノリ。三味線に乗った、リズミカルな詞の語り方。「尤〻」までは詞ノリで時代物の実事風の応答をまねる。 九 可哀と言うて暮の鐘。不憫だと言ってくれ、と暮の鐘を掛

とまじめがほ。

月岡はおかしさ隠し。「ヲヽいつでもきげんの能《イ》顔付。もはや。若君様にも御参《ン》[一二]内《だい》の時《じ》刻《こく》御装束《せうぞく》遊ばす間。[一三]上段の御居間も片付《ケ》。御膳の用意も申付。其元《ト》様も早ふ御支度。コレ〳〵。又一人で遊んで居まいぞや」と。云《ハ》れて「尤。道理之介。アヽドリヤ〳〵早ふ。いて来ふぞ。ガ又男之介がおれを見たら。鼻の下が京間[一四]だと。目をむき出して呵《しかり》おろ。本に夫《レ》よ。彼《かの》正月の学〔ど〕じやげな。[一五]ばんにはたんと福引ひかふわいの」。「コレ又そんな事計《(ばかり)》。サア〳〵。早ふ行しやんせ〳〵」。「アヽ行ます〳〵。おまへ迄が其様に。[一六]こわい顔すりや正月と思ふてか。正月は穴一《チ》[一七]福引《キ》かた[一八]足上《ゲ》て。ゐんが〳〵」。はね廻《ハ》るやらおどるやら。畳《たゝみ》の上も[一九]いたづらの上。段の間へ走行《(はしりゆく)》。

跡打《チ》詠め月岡はしとやかに手をつかへ。「父井筒外記左衛門。常〻の教《おしへ》には。[二〇]君子《くんし》は沽《こう》酒《さけ》市《こう》脯《ほしゝ》不喰《くわ(ず)》と申せば。仮初の御膳迄。心を付《ケ》て上ませいと。申付ましてござりまする。何とやら油断ならざるお館の有《リ》様。夫《レ》故に此月。岡何かに心は赦しませねど。諸士は大勢《イ》お傍には男之介と。弟女之介計《(ばかり)》。本《ン》に私は夜の目もろくにふせりませぬ。何に

け、暮から旧冬を連想。めりやす・花の宴(宝暦三年)「道理のないはわしひとり、かはいといふてくれのかね」。一〇 芸妓(踊子)の枕金。「ころんだ子弐分とらぬ内おきぬなり」(川柳評万句合・安永六年礼)。一一 しゅんとした顔付。一二 足利の武将(将軍職)相続の御礼に宮中へ参内。宴遊日記では後の方で「種若参内の装束にて出」。一三 主君が着座する間。一四 曲尺(かねざし)六尺五寸四方を一坪とする部屋の広さ。田舎間は六尺四方。従ってここは鼻の下が長い、の意。一五 晩には、おおいに、正月遊びの福引をしよう。福引は趣向を凝らした籤引きで、品物を取る遊び。一六 当人は怒って恐い顔をしたつもりでも、相手は正月だから改った顔付きをする、ぐらいにしか受けとらない(俚言集覧)。一七 子供の遊び。地上に銭を撒き、または銭の入る穴を掘って、相手の指定する銭に当て、あるいは銭を投げて穴に入れるなどして勝負を競う。「正月といへば、童までが宝引穴一の類をする事と心得て」(平賀源内・風流志道軒伝二、宝暦十三年)。一八 岡本昆石『あづま流行時代子供うた』(明治二十七年)に「片足を持上げ片足にて飛びながら」として「ちん〳〵もぐ〳〵おりやりこしアヽヽりいこ」。また「汚いことを仕た子に言ふ」とあって「ゐんがやゐんが。ゐんがの性や」とある。ここは「ちんがちが〳〵

よらず御心を御付ケ遊ばされませ」と。中シ上れば兼若君。「ヲヽそち達チが心遣イ。嬉しい〳〵去リながら。道理之介が咄しには父上は。傾城とやらいふ物を。お買遊したとの事ぼんにも持遊《もちやそ》びに。求て来てたもいの」。「ヱヽマア〳〵あのあほうが。いろ〳〵の事申上る程にの。イヤ申若君様。父上様には。其傾城をおかい遊したが。誤りと成リ。ヱ情なや。御身は等持院へ御閑居」。「サア其今いやつた所に。父上のお出《いで》遊すと聞故。面白イ所で有ふと思ふて。道理之介に聞たれば。朝夕共只お独《ひとり》侍イ共たつた二人リ。お傍にゐるとの事。嘸お淋《きび》しからふと思へば。おなつかしいぼんも行《ゆか》ふ程に。月岡も供しや」と訳も。ぐわんぜもなまなかに。何と返ッ答月岡が。「イヱ〳〵。夫レは道理之介が大きな偽り。モソレハ〳〵大躰おも白でござります。モハヤ父上様には御隠居。スリヤ若君様には今迄とは違イ。御家の御政道が御《おん》大事でござりますれば。かる〴〵しう御出は成リませぬぞへ。是に付ても御部屋様が御存生でござるならば嘸お悦。ア又思へばけつくお歎でも有ふ」とほろりとこぼす朝露の草にも心おくの間より。娌女中がてん〴〵に御膳の調度取揃へ。月岡が前に差置ば。「ヲヽいづれも太義〳〵。用事有《あら》ば呼程に。暫く休

ちんがらこ」(長唄・隈取安宅松、明和六年)などと言うべきを、「ゑんが」と間違えた支離滅裂ぶりをおかしく表しているのであろうか。一九 悪戯と板面を掛ける。二〇 論語・郷党「沽酒市脯不レ食」。市場で売っている酒や脯(ほし。乾肉)は飲み食いしない。

一「や」は拗音。おもちゃ。
※子供が父親と同じ傾城をおもちゃに買ってくれとねだる趣向も古くからある。「親は大夫買ひ子は(土人形の)天神買ふと云て笑ひました。おれにも大きな大夫買ふて下され」(夕霧阿波鳴渡・中)。
二 ことであるなあ。非難をこめた詠嘆。三 訳もなく、頑是もない、と生半を掛ける。四 かえって。なまなか、なんと、と頭韻。父親思いで大人らしい反面、幼くわきまえのない言葉に、かえって何と答えてよいか返答尽きて。五 尽きる、に掛ける。六 大抵でない、の意。非常に。七 おも白い所、の誤りであろう。八 頼兼の側室、兼若の生母。九 結句。かえって。兼若が当主となったことを喜ぶと同時に、頼兼が押込めの身となったことを嘆く。一〇 涙の露。露の宿る草から、木にも草にも心を置く、少しも気を許せない、と続き、置くと奥の間を掛ける。
二 手に手に。三「関東にて。あい

息しや」。「あい」[一二]と返ッ事も長局皆〻[一三]かしこへ入にけり。

御膳取リ上月岡は。既にするゑんとしたりしが。又下に置キ親椀[一四]の。忠と智恵との。中《ちう》[一五]がさの。蓋《ふた》を取ばこはいかに。椀中変《へん》ぜし其色を。例《ため》[一六]す仕《し》よふもしげりたる。桐の青葉も手はとゞかず。かんざし[一七]抜ィてきてんの手裏剱《しゆりけん》。はつしと落る桐の一葉[一八]。天下の秋をしる[一九]わんの露も一トつに打かくれば。怪しや青《あをき》其色の枯葉《かれは》のごとく成にけり。

「扨こそ〳〵。青桐の葉は毒を知ルと聞し故。御膳の露をおきせ[二〇]へ集メ。此葉へかくればヲヽ、アレ〳〵〳〵。色を変ぜし桐の葉のふしぎ。扨は兼若君へちん[二一]毒を以て[二二]。弑《しい》[二三]し奉らんとの工ミで有たか。ヲヽ、夫レをしらいで〳〵。上ゲ[二四]まして能ィ物か。アヽ、御運目出度御命《めでたきおんいのち》。仏神の加護《かご》有がたし」と。悦びいさむ其所へ。

斯とはしらず茂左八が。しすまし顔で次の間より。様子伺ふ出合頭。月岡見るより。「コレ〳〵茂左八殿。用事有《あり》サ御前へ」と。云ハれていや共板椽[二五]にはるか。さがつて畏る。「イヤ別ッの義ではござりませぬ。今ン朝の御膳はどふやら。何か怪敷《あやしき》色。御役義[二六]を此方《このはう》で。吟味致す様なれど。今一度御毒味有レ」といふに茂左八胸[二七]に釘。三寸まな板[二八]見ぬか

と云。畿内にて。はいと云」(物類称呼五)。 一二 長い一棟の中に幾つもに仕切って御殿女中の住む部屋(局)とした建物。「あーいー」と返事を長く引くのに掛ける。 一四 大ぶりの椀。月岡の父、忠臣外記左衛門の意を掛ける。 一五 中ぐらいの椀の蓋。 一六 試す、の宛字。 一七 金属製の脚の長い簪を、とっさの機転で手裏剣に用いて。 一八 青桐は一枝に十二葉、閏年には十三葉を生じ、立秋にまず一葉落ち、月日を知らせる霊木とされた。淮南子を典拠とする「一葉落テ天下秋ヲシル」(諺苑)は、ささやかな前触れで衰えの兆しを察する事などに言う。 一九 秋を知る、と汁椀を掛ける。 二〇 露は汁と同義による縁語。おきせは椀の蓋。 二一 唐土に住むといわれる、鴆という羽に猛毒を含む鳥の名より、猛毒、毒酒の意。 二二 盛って、の宛字。 二三 弑すは主君や父を殺すこと。 二四 お上げ申して。 二五 言われず、を略し板椽と続けた。 二六 御膳番の役目としての事柄を、乳人の自分が調べたてるのは越権行為のようだが。以下の茂左八の言いのがれも、封建官僚社会の縄張り意識や慣行を利用したもの。 二七 ぎくりとすること。三寸釘の縁で下に続く。 二八 厚さ三寸の俎板の裏まで見通す意より、眼力鋭く見抜かれた。

れしと。思ヘど何共思はぬ顔ン色。「イヤコレ月岡殿。拙者事は御膳番。お毒味致し来れど。終《つひ》に二度の御吟味を。仰られた覚はござらぬ」。「サアノ覚なく共此方《このはう》にも。怪しき事はいくゐにも。吟味致《いたす》がおもりの役」といへば茂左八そら笑ひ。「アいか様井筒外記左衛門殿は。彼《かの》[一]下世話にいふ通リ。[二]よその徳利より内のぎつくりとやら。女之介。月岡共に。若君の御側《そば》に付置《つけおき》。手前がつての執権顔。[三]人を疑《うたが》ふ野狐同然の根《こん》[四]性。夫レに又。男之介が我儘。ヤ此方《このはう》も。仁木弾正殿の組[五]下タ。其元トのおさしづは請申さぬ。怪敷《あやしく》[六]ば其御膳。そもじ試《こゝろみ》致されよ」と。[七]横に車の一寸のがれ。始終の様子男之介。次の間より立出《いで》て。「イヤコレ茂左八殿。只今あれにて承れば。役義〳〵と[八]おいやるが。貴殿ンが役義は相済ふが。若《もし》此御膳にあやまち有レば。此方《このはう》の役義が立ぬ。ぜひいやとおいやれば。此重勝が目の前で。口をわつても。ヤ毒味させるぞ」。「ヤア舌[九]長也男之介。もし又あやまちなき時は」「ハテしれた事。男之介が此首を進上申ス」。「ヤコリヤ面白イわい。毒味もせふが此御膳。[一〇]わぬしは君ン臣の礼義を。しつておゐやるか。主人の膳を家来の身で。直キに喰クすはぶ礼の至り。次へ立て盛[一一]かゐん」と何がな此場を逃[一二]口上。

一 ごく日常に用いることわざ。 二 家の外でとっくり思案するよりも、家の内でぎっくりにらみをきかせるのがよい、の意か。 三 狐は疑い深い。「狐疑」。 四 狐の縁でコン。底本「娘」を改めた。 五 仁木弾正の組下に配属されている藩士との設定。歌舞伎初演時は、宴遊日記では「仁木が料理人茂佐八」。但し五立目の毒薬の件りには登場しない。本作のこの件りは、仙台萩による。 六 歌舞伎初演時の鬼貫の言葉を転用。「鬼貫つき出。種若に膳を勧るを、成滝配膳ならずとさげんとする故鬼つら咎め、是非勧よといふを承引せざる故、トヾ成滝に毒味せよと無理に喰せんと打掛れバ、下へこぼれ桐の葉色替る」(宴遊日記)。 七 横車を押す。 八 お言いやるが。 九 生意気な物言い。 一〇 男性の二人称。対等ないしそれ以下の相手。 一一 「盛かゐ」云々は全書仙台萩にある。 一二 何でもこの場を逃げる口実があれば。 一三 どっちみち、命を賭けたからには。 一四 首賭の宛字。 一五 刀を抜く手も見せず、直ちに斬る。 一六 刀の柄を握って外側に少しねじ、鞘尻を高く反りかえし、すぐ抜ける態勢をとって。 一六 売手と買手の間で価格の折合いがついた。 一七 人見必大・本朝食鑑九(元禄十年)に「糠漬茄子」に解毒の効があるとする。 一八 蝶(鰒の卵巣。猛毒)と掛ける。 一九 「す」の誤り。 二〇 膳、ぜひ、と

「ヤアとても[一三]首懸《が》ヶしたる男之介。ぶ礼もへちまも構《かまい》はせぬ。一寸ンも動す事罷リならぬ。

爰で喰へ。異義に及ぶと手[一四]は見せぬ」と。反[一五]リ打てつめかくれば。

今はぐんにやり茂左八が。うぬが手盛の毒薬を。喰ふて見るとは直《ね》[一六]の成ッた。命の相場
心の内。「是を知ッたら茄子漬[一七]。古ィをどふぞ喰たい」と。ふぐにはあらぬ身の毒の。

「丁《ちやう》[一八]ど死《しね》とのやくそくか」と。涙と汗は一時におはちの。露や増ぬらん。

「サア〳〵毒味」と月岡が。さし出を[一九]。膳[二〇]をぜひなくも。こわ〴〵喰らふ。毒の試《こころみ》[二一]。

「コレ〳〵男之介。毒味致した何共ないわい。首を渡せ」といふ内も。次第に毒気めぐ
ると見へしが。七転八倒《たう》忽《たちまち》[二二]にのつけにそつて。死[二三]でけり。

男之介は声高く。「ヤア〳〵人々今日の朝御膳に怪敷《あやしき》事の候ぞ。出合給へ」と呼われば。

仕候の面々姙共。道理之介も走リ出。「両[二四]官領執権職へ注進」と上ェを。下タへと

（[二五]井筒外記左衛門屋敷の段）

[二六]〽立さわぐ。

頭韻。二一 毒の入っていると思われるものを食う、きわめて危険なことをする時にいう。二二 あおむけに。二三 上方の浄瑠璃では「ししてんげり」と読むのが普通だが、「しんでけり」かも知れない。二四 細川・山名と仁木・井筒。

※この毒見の場は、仙台萩で幼君の朝飯の膳部を怪しんだ浅岡が、膳番塩沢丹三郎を呼び、松前鉄之助とともに丹三郎に毒見を迫り、丹三郎は止むを得ず毒見して死ぬ件りによる脚色。なお宴遊日記によれば、歌舞伎初演時の五立目に仁木弾正が妻浦藤と女之助を毒殺する件りがあった。

二五 初演、豊竹嶋太夫・野澤庄次郎（三六〇頁九行目まで）。

二六 三重の場面転換で始まるこの段は、お家騒動物のヤマ場として浄瑠璃で創作されたもの。歌舞伎初演時の五立目足利御殿の場は二場から成り、筋も複雑で立物の役者それぞれに見せ場があり、「始終大出来、名人の場」（宴遊日記）と好評であったが、本作ではそれを、兼若調伏と毒害の企みの発覚を見せる短い一場にまとめ、忠臣方と逆臣方の複雑な葛藤や愁嘆を見せるこの場を新作した。

時　前段と同じ頃
所　井筒外記左衛門の屋敷

定《メ》なき。世に猶武士[一]の。身の上は。はかなき譬《たとへ》咲花の夕部にひらきあしたには。散る
花[二]菖《(あやめ)》夏草も老を。楽しむ物[三]好《キ》は。
井筒外記左衛門が一《ト》構へ。主人の留主と目[四]をぬく奴。砂に[五]のらかく竹箒椽側に大あぐ
ら。髭[六]もみ上《ゲ》て奴の入《リ》平。「ホヲ庭のさうぢは福助か。花壇《くはだん》[七]には塵《ちり》一本もなし。太義
〳〵ソレ部屋へ行て酒でも呑《ン》で。休息せろ[八]」と。いふに恂り「何だこやつ。いつの間
にやらそこへのし上つて。鬼一《チ》もどきをやりおるなこりややいおらに計《リ》骨折《ラ》して。
わりや此比《(このごろ)》は色事をかせぐげなゝ」。「イヤサおらが色事よりこちの若旦那女之介様。き
のふ祇園で仁木様の娘御と。で[九]つかちない色事をとつ[一〇]初《(ぱじ)》《メ》なされて。夫《レ》が彼意地《かのいぢ》悪《ル》の
鬼行様の目にかゝつて。いかふやかましかつたげな」。「ヲヽサ〳〵そふ云《フ》噂。イヤ又あの
若旦那の器量では。惚ぬ女子はあつちの麁相《そさう》だ。ヱヽ、おらも女と酒とばくちとは大好物
だが。長[一一]半組〔モ〕にも銭はなし。酒をのもにも酒屋はかさず。色事せふにも相人はなし。
つまる所が町[一二]《(ちやう)》《フ》のやつかい。ドレ是から部屋へいて五[一三]人組でも頼《(たのむ)》べい」と。仇口ゝに打
連《レ》て奴部屋へと入にけり。

一 林羅山・童観鈔・上(寛永刊)の「木槿夕死朝栄。士亦不ㇾ長貧ㇾ也」を逆にした記述。定めなき世は移りやすく、無常な世。 二 あやめ。杜若に似、花菖蒲とも混同される。改正大成清鉋に「花菖」。昌は菖に通う(康熙辞典)。 三 茂った草の趣きを好むのが物好き。
四 主人の目をごまかして怠ける。
五 怠ける意の、のらをかわく、と書くを合成。砂に竹箒で戯れ書きをするような、いい加減な掃除をし。
六 鎌髭を指にはさんで先端までしごき上げ。 七「庭のさうぢはちゑ内めか…くはだんには塵一本ンも置ず。目の前のさうぢはていねいなれ共」(鬼一法眼三略巻三)。 八 奴詞、東国の方言。入江昌喜・幽遠随筆・上(安永三年)に「田舎人は、何とせよ、かとせよと云を、何とせろ、かとせろと云」。著者は大坂人。上方の浄瑠璃では奴、田舎人、下卑た人物の言葉に用いる。 九 大層、でっかい。
一〇「とつ」は俗語的な接頭語。
一一 丁半。さいころの目の偶数を丁、奇数を半、二個のさいころの目の合計で勝負をする賭博。 一二 町奉行の支配の対象となる自治組織的な単位。幕末の江戸で、平均八七世帯、三五〇人ぐらいの規模(吉田伸之『日本の近世』9)。都市の庶民にとって最も身近な、連帯性をもつ地域社会。「兎角町には事なかれ」(奥州安達原二)、「町が証人」(艶容女舞衣・下)。

女之介は弾正が情に科《ガ》はのがれても。世の口の端《は》と物堅き。親の心を計《リ》かね。案じ煩《イ》一《ト》間より。しほ〳〵出《いづ》る物思ひ。

様子は何か[一四]白玉が。障子開《イ》て。我子の傍。心ならねばにぎり寄《より》。「コレ女之介[一五]我身はまあいかふ顔持が悪《わるい》が。マ何《ン》ぞ苦に成《ル》種でも拵へやつたかや。此母に遠慮はない。有《リ》様《やう》に咄しやいのふ。アレあの庭の花あやめ。人《ト》も花も一《ト》盛《リ》。色に迷ふは有ならひさしも名高《キ》[一六]頼政も。あやめの前の[一七]見ぬ恋にあこがれしも。情を知《ル》武士の弓矢の徳にむかへし妻。ハテ思ひ合ふた[一八]花あやめ。似合ふた縁が有ならば。父御へ願ふて表向《キ》。嫁にむかへて添《そは》してやる。ヤコレ必《かならず》気遣《イ》しやんな。モ力に成はそなた一人《リ》[一九]ひよんな事を気にやんで。煩ふて[二〇]ばしたもんなや」と。男の子には母親の。[二一]あいだてないは町人《ン》も。武家も替らぬならいかや。

「ハア是は〳〵母人《ト》の存寄ぬ御仰。中《カ》ゝ以《もつて》女之介左様の事ではござりませぬ」といふも赤らむ顔の色[二二]うつろふ井筒外記左衛門。お家の武運長久を。祈る祇園の社よりしづ〳〵と立帰れば。

ここは、ないない尽しで結局近所に厄介をかける意。一三 五戸一組を原則とする隣組みの組織で、連帯責任を負わせた。ここは、転じて自慰。一四 知らず、に掛ける。一五 おまえ。一六 源頼政(一一〇四―八〇)。治承四年、後白河法皇の皇子以仁王を奉じて反平家の旗挙げをしたが、失敗、宇治平等院で自刃。武人歌人として鵺退治などの説話に富む。一七 源平盛衰記十六では、頼政が鳥羽院の官女菖蒲前を「よそながらほの見」、三年間恋文を送り、鳥羽院の情と「五月雨(さみだれ)に沼の石垣(いはがき)水こえていづれかあやめの引きぞわづらふ」の歌徳で賜わる。一八 暗に河内をさす。※この段で度々あやめが出るのは、伊勢物語二十三段から想を得て井筒女之介、河内と命名、同じく九段の杜若譚を結びつけたもの。近松の井筒業平河内通三などにも見える趣向。一九 とんでもない事。二〇 強調の助詞。二一 わきまえがない。盲目的な愛情を注ぐ。二二 色の縁で移ろう、といい、井戸に映る意に掛ける。

[地ウ]妻も倶〻女之介。[ハル]いんぎんに手[色]をつかへ。[詞]「コレハ〳〵親人様。今ン朝は早〻の御参詣。御苦労千万に存じます」。「ホンニマア嘸お草臥《くたびれ》なされませふ。おくへござつて少《ち》トお休」。「ア、いや〳〵年は寄ッても外記左衛門。二十町や三十町は。さのみ苦にも成申さぬ。別して若君兼若様の御祈禱。祇園の社で夕部の行ィ[一]。則チ是が[二]おけらのお守。イヤナニ女之介。床の間に餝《かざり》[三]火を清めて御造酒《おみき》も備《そな》やれ。[地ウ]早く〳〵」と老人の。詞に[ハル]「はつ」と女之介一間へこそは[フシ]入にけり。

[地ハル]跡は夫婦が指向ィ。「イヤのふ我夫マ。[四]惣領のアノ民部は先ッ渡部民部左衛門様が家を継グ子がない迚。貰ィかけられ。代〻御家老の家筋也。後〻は女之介が力にもと養子にやつて。今は渡部民部左衛門と云れつきとした家老職。此程は御用に付《つき》。[五]関東へ下向の留主月岡は女の事。便リにするは女之介。[地ウ]相応な嫁も有ラば呼取て老の[ハル]楽しみ。[ウ]ちつと心が休メたふござりまする」と[六]遠矢から。[七]ちよつとゐて見る[八]弓取リの妻も子故に[フシ]引カるゝ血筋。

[地ハル]玄関の侍ィあわた[色]ゞ敷。[詞]「只今仁木[九]弾正様より嫁君の御輿入リ[一〇]」と。[地ハル]聞て白玉「是は」と当惑《わく》。外記左衛門は𩋡《あき》れ顔「何嫁入リ。[詞]定めし夫レは門ド違《ちが》へ。左様な覚《おぼえ》曾《かつ》てなし。早《さう》

一 神事の営み。
二 祇園社で出す守札の意。小栗百万・屠竜工随筆(安永七年凡例)に「呉服の反物の符帳といふものゝ如く、大きさもそれが程なるを、二枚合て蘇民将来子孫といふ小文字を板行にて押て、半より下をば細くより掛て、中の所をこよりの細き五分許なる二筋にて結合、そのこよりのはしをひらきて打違へのごとくしたるものなり」。
三 おけら火を移して。
四 月岡の兄渡部民部。なお歌舞伎初演時には、井筒外記左衛門という人物は登場しない。伊達騒動の忠臣側の伊達安芸、柴田外記にあたる人物は渡辺外記左衛門(紋番付や宴遊日記では渡辺林左衛門)で、民部、月岡(成滝)の父。本作はこれを井筒外記左衛門と改名し、民部、月岡、井筒女之介、三人の父親とした。
五 徳川幕府の所在地江戸を念頭に置いた言い方。足利将軍家の家督争いの形ではじまる本作だが、ここでは全く江戸時代の大名のお家騒動となる。
六 遠くの目標に向って射る矢。
七 射てみる。昔気質の夫に、女之助の嫁に河内を迎えてやりたいと、直接には言えないので。
八 矢、弓取り、引くは縁語。
九 底本「弾様」を改めた。
一〇 上方の浄瑠璃では「御輿入れ」が普通。

ゝ《さう》表へ返ン答せよ。早ク〳〵」といふ間もなく。早次の間へさとかほる[一一]。花橘[一二]の振袖に。床しさかくす丸綿[一三]も。押[一四]て嫁入《よめり》を連てくる。夫ト[一五]の心裏藤が。何角白ラ[一六]木の刀箱目[一七]八分ンに携《たづさ》へて。しとやかに座に直り。「私事は仁木弾正左衛門が妻。これ成《なる》は娘河内。夫ト弾正中越まするは。きのふ祇園の社におゐて。御子息女之介様と。此方《このはう》の娘河内と。何とやら訳有ル事共。大江の図幸鬼行様に見付られ。不義はお家の御法度と。お咎《とがめ》に逢し所へ。夫ト弾正左衛門。折リよくも参リ合セ。娘河内は女之介と稚キ時分ンより。親ゝ約束にて。云号《いひなづけ》致せし上は。お咎に逢フいわれなしと。さつぱりと云イ訳立《たち》。事納りしは双方の家の無事。月日を過〔ゴ〕さばいかゞと存じ。早ゝ《さうさう》今ン日押付ケ嫁入リ。則チ此一品は引キ[一八]出物やら寸志[一九]やら。御[二〇]披見ン有て祝言の御用意なされて下さりませ。コレ娘舅御様へ御挨拶[二一]もふしやいの」と。いへど娘はいら[二二]へさへこわさ恥し取まぜてさしうつむいてゐたりける。

外記左衛門はつく〴〵と。工ミ有仁木が娘。押て我家《わがや》へ嫁入リは。子細有んと件《くだん》の箱。蓋《ふた》押明ケて能ク見れば。刀一腰添ヘたる短冊《たんざく》。「くらべ[二三]こし振リ分ケ髪も肩《かた》過ギぬ。君ならずし

一一 さっと。
一二 「さつきまつ花たちばなの香をかげば昔の人の袖の香ぞする」(古今集・夏)。「振袖の…橘ならぬ袖の香の昔床しく」(御所桜堀川夜討三)。
一三 綿帽子。→三二三頁注二一。
一四 恋しい思いを押し包む意と、押しかけの嫁入りを掛ける。
一五 夫弾正の心の裏に、どのような計画があるかは知らず。
一六 知らずに掛ける。何か分らぬが意味有りげな白木の刀箱を。
一七 目より少し低く、八分目に、恭しく捧げ持って。
一八 婚礼の時舅から聟に贈る聟引出。
一九 ちょっとした贈り物。
二〇 ひらいて御覧になって。
二一 申しやいの。
※母親が花嫁姿の娘を、相手の家へ、押して嫁入りさせようと連れて来て、夫の刀を聟引出に差し出す運びは、仮名手本忠臣蔵九を、そっくり踏まえる。
二二 返事。
二三 伊勢物語二十三段、幼馴染の二人が結婚する前に、女から男に贈った歌。

てたれか上《あぐ》べき。ム、此古歌は伊勢物語。ハテどふがな」と思案の内。きつと目の付ク刀の拵。目貫キ[二]も縁《ふち》[三]も一チやうに山鳥につゝじの彫物。我手に入たる小柄《こづか》[四]のもやう。扨はと思ひ合する夫ト。妻は様子を露程もしらず親子に打向イ。「コレ〔ハ〕〳〵裏藤様。互に似合ふたゑんと云イ。思ひ合ふた事ならば。願ふてもないもつけの幸イ。弾正様も其お。心当時お家の御執権仁木様のお娘御。夫トもいなとは[五]」。「アイヤコレ奥だまり召サれ。何を女の小さし出た。夫トをさし置キ麁相《そさう》の一言。イヤナニ裏藤殿。弾正殿より送《おく》られし。此二品[六]の引出物。歌の心の判字[七]もの解イて夫婦の盃を。させてやりたい物なれ共マアならぬ。早く連て帰られよ」と。詞にはつと驚ク娘。裏藤はせき立て。「ム、此祝言の取結び。叶わぬ時は二人共不義の科有《ある》お家の掟。互に若木の花盛。むざ〳〵散すか散さぬは。親ゝの心の風[八]。焼[九]のゝきゞす夜[一〇]の鶴子をかなしまぬ[一一]はなき物を。ならぬとおつしやるお詞は。惧リながら外記左衛門様。恩愛も情もソリヤ御存じないと申《まうす》物」。「イヤサ夫レは女の手前[一二]了簡。其本ト乱れて末納らずと。頼兼公には御身持放埒故。御閑居に押込メの御身と成給ひ。当時[一三]若君様の御代《ごよ》と成。お家の政道誰有て納る者もなく。一二をあらそふ仁木井筒。

一 どういう意味であろう。
二 空目貫。刀身を固定させる目貫の飾り。
三 刀の柄口、鞘口の金具。
四 脇差の鞘に添えて差す小刀。目貫・笄と合せ「三所物」。同じ意匠の細工を施すことが多い。
五 否とは申しますまい。
六 刀と短冊。
七 判じもの、の宛字。絵・字・物品に託した謎。
八 嵐のように冷酷な掟のままに散らすか、散らさぬかは、親々の心次第。
九 巣のある野を焼かれた雉は、子を救うために我が身を忘れて戻る。
一〇 鶴は寒い夜に翼で我子を覆う。「焼野の。雉子。夜の鶴。子を悲しまぬはなき物を」(ひらかな盛衰記三)。
一一 愛しまぬ。
一二 自分たちだけに通用する、視野の狭い考え方。
一三 現在。

其子供が不義せしを。云号《いひなづけ》なんど〻云《ィ》立《たて》。婚礼を取結ば〻。此後外にて不義有共《あるとも》。只《ただ》云号〳〵と政道は皆くらやみ。忰が不義に極《きはま》らば首討て掟を立る。其方も其娘。いか様《やう》共計ひ召《サ》れ。又此井筒が家は。[14]頼兼公御取立《おんとりたて》の忠義の家筋。箇様の縁組思ひもよらず。早〻《はやはや》連《レ》てお帰りやれ」と。つつ立〔チ〕上る裾を扣へ。「サア其思し召もむりならねど。夫《レ》では娘を殺さにやならぬ。コレ申どふぞけふの祝言を。御とり結《ビ》下さる様《やう》の。私が願《ィ》」。「いかにもそふじや裏藤様。コレ申我《ガ》夫《マ》。侍《ィ》の我《が》も事に寄《よる》。祝言さすれば不義にもならず無事な顔。もしかなしいうきめを見せるならば。其時の母が思ひは。どの様に有ふと思し召《めす》。[15]お前計《ばかり》の子ではなし。[16]気づよい事をおつしやらずと。願《ィ》叶へて二人共。夫婦になして。下さりませ」と母の取なし裏藤がくり返しての[17]押願《ィ》。「たつた独《リ》の此娘。嫁入《リ》といへばいそ〳〵と。来たかひもなふ聟殿の。顔をも見せず其上に。掟を立《たて》てやみ〳〵と。殺して何を楽しみに。生《キ》ながらへてゐられふか。二人《リ》三人《リ》にかゝる命。白玉様の心根も私が思ひに引《キ》くらべて。悲しいは同じ事。[18]子ならで親は泣ぬ物。思ひ直して御了簡。頼上ます〳〵《あげます》」と子故にいとゞ。取《リ》乱す[19]親の。闇こそ道理

一四 三六四頁一三行目によれば、義教公。
一五 「ヱ、どうよくな熊谷殿。こなた一人の子かいなふ」(一谷嫩軍記三)。
一六 冷酷な。
一七 たっての願い。
一八 「子ならで親は泣かぬ物を」(双蝶々曲輪日記六)。
一九 「人の親の心は闇にあらねども子を思ふ道にまどひぬる哉」(後撰集・雑)。

なれ。

「ヤアぐど〳〵と返らぬくりこと。所詮叶ハぬ此祝言口でまだ〳〵いわんより。悴と縁組ならぬといふ。印はこれ」と指添[一]の。小柄を抜イて差出し。「弾正殿より送られし引出物の此刀と。同じ模様の此小柄」と。いふに親子がとく〳〵[二]と。見れば覚《おぼえ》の夫トの指料《さしれう》[三]。「此小柄がどふして爰に」とはれぬ思ひは重サなる胸。さしうつむいて詞なし。

外記左衛門は意地強ク。「不義の科有ル我悴。御家の掟[四]に行ふからは。其娘も不義の相手」。「スリヤどふ有ても縁組は」。「ハテ此世の縁を切目《きりめ》[五]の小柄。ハテ女ぼうおくへ。サアぐす付ずとはやこちへ〳〵」と。せり立られて。なく〳〵も思ひは。おなじ恩愛の。子に引カさるゝ母と母別れて
[六]〽こそは入ルあとに
親子はとこふいらへさへ何と[七]恨を裏藤[八]が。立端《たちは》[九]泣入ル娘の顔。つく〳〵と打守り[一〇]。〳〵。「娘は母につく習[一一]ひと。こがれ〳〵た女之介添せたいが一ッぱいで。折角連て来た物を。舅御の聞キ入なく。暇の印と渡されし。此小柄は夫トの指料。ム、合点が行ぬ。深イ様子

一 脇差。 二 疾く疾く。篤と(念を入れる)を掛けるか。 三 夫が差し用いる刀。 四 掟に従い処刑する。 五 切り口。小柄の縁で切り目。二人の縁を切る、に掛ける。
六 太夫・三味線交替、初演、豊竹氏太夫・鶴澤蟻鳳。
七 なしと何を掛ける。 八 恨み、裏藤と頭韻。 九 立つきっかけもなく。無きと泣きを掛ける。 一〇 以下母と娘の言葉は、そっくり仮名手本忠臣蔵九による。「母親は。娘の顔をつく〴〵と。打ながめ〳〵。…よい聟をがなと詮義して云号した力弥殿。聟にしらさず尋てきたかひもなう。今いふ通りの男の性根。さつたといふを面当」。なお、この段の初演者氏太夫は安永五年に同じ肥前座で九段目を語っている。外記左衛門屋敷の氏太夫の評判は「伊達競七ツ目…常体の評也」(義太夫執心録)と伝える程度。
一一 「娘は母に付とはげ世話にも中せば」(新うすゆき物語・中)。 一二 言い交した約束ごと。 一三 変りやすいたとえ。「世の中はなにか常なるあすかがはきのふのふちぞけふは瀬になる」(古今集・雑)。 一四 川、水、井筒

が有にもせよ。ヱ、聞へぬは女之介。深ふかわせし[一二]兼言《かねごと》も。今更替る飛鳥川[一三]。ヱ、水くさい[一四]〳〵。井筒と苗字は誰《た》が付ヶた。コレ娘迚《とて》もくさつた男の性根。長ふゐる程恥のはぢ。サアおじやいの」とやら[一五]腹立《はらだち》。引立《ひつたつ》れ共しく〳〵と泣くづおれしいぢらしさ。見るめ不便の涙をかくし。「コレイノ。〳〵。なぜ立ちやらぬぞいのふ。サア〳〵早ふ返りやいのふ」と。いへば娘は顔を上。「申母様《ははさま》[一六]。帰れとはソリヤアノ祝言ッの忌《いみ》[一七]詞でござりますわいなア」。「ヲヽ、わつけ[一八]もない此子[一九]わいの。去ラれて仕廻ふて忌詞所かいのふ」。「イヽヱわたしや去れは致しませぬ」。「夫レでも暇の此小柄」。「あれまだあんな事おつしやる。稚イ時から手習の間《あひだ》に。女庭訓[二〇]や唐[二一]の。やまとの文《ふみ》のかづ。女は夫を大切に。朝夕神[二二]共仏共思ふが。女子《をなご》の嗜《たしなみ》と。お教なされたお詞を。コレ申お前は忘れてござりますか。夫レ[二三]にまだ〳〵有リ難イ。とゝ様[二四]のおつしやるには。掟を背キしそちなれど。どふぞ助ケてやりたさに。女之介へ嫁入リさす。女夫中カよふ初イ孫の顔を見せるが孝行と。子安ス[二五]のお守リお手づから下さりました有リがたさ。めうがないやら[二六]。嬉しいやら悦んで来た物を。此儘去ラれて帰りなば。とゝ様の御志シ無にするのみか私[二七]が身は。やつぱり元トの不義の科。

は縁語。一五 むしょうに立腹。一六「ハワサマ」と発音。ハ行転呼音。一七 不吉などの理由で避ける言葉。祝言の場では、かえす、去る、などが忌み言葉。一八 あきれたことを言う。一九 この子としたことが。二〇 女性の教訓書。「女庭訓しつけがた。よふ見やしやんせ」(妹背山婦女庭訓四)。「夫といふはたゞ一人。二人と肌をふれるのは女子ではないといゝおしゑ、女今川庭訓をかいて覚えし筆のあや」(富本・道行瀬川の仇浪)。二一 中国や日本の著名な文章、教訓の数々。二二「夫を神共仏共。戴て居よと有ル天女の掟」(義経千本桜三)。二三「夫レにまだ〳〵悲しきは」(染模様妹背門松・下)。二四「国を出る折とゝ様のおつしやつたは。…譬へ夫に別れても又の夫を設なよ。…案ぜうか迚隠さずと懐妊《みもち》に成ツたら早速に。しらせてくれとおつしやつたを…さられていんでとゝ様に苦に苦をかけてどふいふてどふ云訳が有ふ共」(仮名手本忠臣蔵九)。二五 安産の守札。安産では、泰産寺(清水寺西門前傍)が著名。本尊の千手観音は子安観音で知られる。二六 冥加(神仏の加護)に尽きる程有難い。二七 仮名手本忠臣蔵九段目の模倣が表面的であるために、九段目の小浪の情熱とは対照的な冷静な判断が顔を出すところがある。

迚も死る命なら。思ふ殿御の此お館。こゝで[一]死れば本ン望じや。母様の手にかけて。サア〳〵早ふ殺して。〳〵」と覚悟極しいぢらしさ跡は詞も。ないじやくり[二]

見る目もいとゞ裏藤[三]が。「道理じや〳〵尤じやわいのふ。気づよい夫ト弾正殿さへ。そなたの命助ん為。押て嫁入《(よめり)》も聞入レなく。舅御の堅タ意地故殺さにやならぬ義理詰メは。わ[四]しに切レとの事成か。そなたは死る覚悟でも。何と是が殺されう。赦してたも」と子を思ふ親の迷イぞ。だうりなる。

「ヱヽかゝ様ン御未練《みれん》な。引出物の此刀は。死なで叶わぬ約束事。よふあきらめておりまする。サア〳〵早ふ殺して下さんせ。コレイナア〳〵《(コレイナア)》中母様。此様に申てもお聞入レはござりませぬか。ヱヽふがいないお前は頼まぬ。離別の印の此小柄母様さらば」と取上れば。「是は」と計《(ばか)》リ母親は。小柄もぎ取声を上ゲ。「ヱヽ聞へぬは舅姑。女夫にすれば助る二人。娘が爰でじがいせば。女之介も不義の相手。死《(しな)》ずば掟はサ立まいが生長《(おひさき)》有ル女之介。死でもよいか。殺す気か。そりや[五]親じやない鬼じや〳〵〳〵わいのふ。コレ娘そなたも母を振捨て一人死《(しぬ)》とはきよくがない[六]。どちらも〳〵余ッりな。むごいわいな」と声

一「さられても殿御の内爰で死れば本望じや。早う殺して下さりませ」(仮名手本忠臣蔵九)。
二 詞もない、と泣きじゃくりを掛ける。
三 憂と裏藤を掛けるか。
四 誰に向けられた言葉か、はっきりしない。「市若を討手といふてすかしとし。…わしにきれとの事成か」(和田合戦女舞鶴三)などの、はめこみであろう。
五「ぶ心中なと人さんが。わらはんしてもだじないか。そりや可愛のぢやない憎いのぢや」(薗八・桂川恋の柵)。
六 曲がない。つれない。
※文化台帳「外記左衛門内の場」はこの浄瑠璃に手を加えたものだが、本作が九段目を踏襲して母親の恩愛、愁嘆を見せるのに対し、文化台帳では河内を連れてくるのが、弾正の姉で悪人の八汐(尾上松助所演)で、劇の焦点がはっきりしなくなっている。

を上根のかづ〳〵胸[七]に釘。立聞ク白玉こたへ兼。思はず一間を転《まろ》び出《いで》。「ヲヽ裏藤様尤じや〳〵。子を殺したい親ゝが。広《ひろい》世界に有ロかいなふ。さつきにからあの一間で。親子御《ご》様のお心根ロ。聞ケば聞クほどおいとしい。心づよいは我夫ト。最前からいろ〳〵と。願ふて見ても聞入なふ。掟を背キし女之助。腹切《はらきら》せて介錯せいと。胴欲なむり計《ばかり》。夫レが何と殺されふ我[八]強イ計が武士かいのふ。コレ〳〵嫁御寮。必ゝはやまるまい」と留ても留らぬ三人が。涙は三つの。滝浪の岩にせかるゝ風情也。

折節表騒《さはが》敷「御館の一チ大事」と。呼わり〳〵伊藤伝蔵。息つぎあへず欠[九]ケ入れば。何事やらんと外記左衛門。追ッ[一〇]取刀に立出《たちいで》て。「御館の一大事とは心元トなし。サ其様子を早く〳〵」。「[一一]されば候《ざうらふ》今ン朝若君様の朝御膳何者やらん毒殺の企有て。毒見致せしやつさ茂左八。忽チ惣身紫立《むらさきだち》。其儘血を吐《はき》相果候」。「ムヽウ。シテ〳〵。若君様には御あやまちは成[一二]りしか」。「[一三]さん候《ざうらふ》若君様の御傍には。御息女の月岡殿直宿《とのゐ》は荒獅子男之介。心赦さぬめのとの両人御傍に御座有ル故。御別条はなけれ共館の[一四]さうどふ大方ならず。早く御出[一五]仕然るべし」と申捨てぞ。引かへす。

七 裏藤の恨みの言葉が胸に釘を打つように痛切に感じられて。
八 意地を張る。
九 駆けの宛字。
一〇 火急の際、刀をさす時間がないため、手に持ったままで。
一一 そのことです。時代浄瑠璃で大事の注進や報告の「詞ノリ」の最初に置かれる言いまわし。
一二 無かりしか、の誤り。
一三 そのことです。
一四 騒動。この段の冒頭が仮名手本忠臣蔵三の「上を下へと。立さはぐ。…館の騒動」をふまえる。
一五 館へ出勤する。

人〻是はと二度恟り。外記左衛門は一間の内何角《(なにか)》心に打チうなづき「出仕の用意」と欠入たり。心ならねば白玉はおくも気遣イ此場も気遣行つもどりつ気はてんどう二。「コレ〳〵申シ白玉様。若君様の一大事こゝ構はずとマアおくへ。早ふ〳〵」とせき立《(たつ)》一間。三「千秋万歳《(せんしうばんぜい)》の。千箱《(ちはこ)》の玉を奉る」。と四祝義の小謡。コハいかにとふしん五立寄《(たちよる)》。障子の内。「外記左衛門が嫁の河内。改て祝言させふ。花聟の支度を見よ」と押明れば。兼て覚悟の女之介朱六に染なす死装束。母は恟り裏藤親子。取リ付すがり泣よりは。外に詞は。外記左衛門もろ手を組ンで。七もくねんたり。

手負イはくるしき息キをつぎ。「申母人様。必歎イて下さりますな。最前よりの様子をば。聞と極メし身の覚悟。主親《(しゆうおや)》のめを掠《かすめ》たる。不忠不義の根ン性から。親に八先キ立不孝のつみ。御赦しなされて。下さりませ」といふもせつなき有様に。父はしほるゝ目をしばたゝき。「出かした悴。親の心を推量して。いさぎよき此切腹。ホヽ夫レでこそ民部が弟。外記左衛門が。子成ルぞよ。イヤノウ裏藤親子の衆。我胸中を物がたらん。元ト某が先ン祖といふは。肥前の国長崎の出生成しが。九南蛮《なんばん》流の秘法の毒薬。先ン君義教公へ奉る。軍ン用の

一「我子も気遣ひ夫もいかゞ。千々に砕くる軍の破（れやぶ）」（近江源氏先陣館八）。
二 顚倒。
三 謡曲・難波の一節であるが、ここからは妹背山婦女庭訓三の、不和な両家の息子と娘の恋、息子を切腹させて嫁を迎える父親、という局面をとり入れる。「流るゝ。血汐清船が。今わの顔ばせ見る親の。口に祝言心の称名。千秋万歳の千箱の玉の緒も切れて」（妹背山婦女庭訓三）。千秋万歳は千年万年。千箱の玉は千の箱の玉、多くの財宝。祝言の席で謡われるめでたい謡い。
四「盼力弥に祝言させう…松こそめでたかりけれと。祝義の小謡」（仮名手本忠臣蔵九）。小謡は謡曲の短い部分を抜き出したもの。宴席などで謡われる。
五 不審たち、と立寄るを掛ける。
六 切腹の白装束が血汐で朱に染まっている。
七「切腹御赦免下さるゝ事。身に取ていかばかり大慶至極と手をつけば。黙然たる大判事。やや打うるむ。目を開き」（妹背山婦女庭訓三）。
八「君には死て忠義を立て父には生て養育の御恩を送り申さんに。今生の残念是一つ」（妹背山婦女庭訓三）。
九 ポルトガル・スペインなどの秘密の製法による毒薬。和漢のより猛毒と想定。

調法[一〇]と御取立下され。ハ、、、ハア冥加《めう》に余る身の出世。某悴に至る迄東山家の執権職。兄の民部左衛門は渡部の苗字を継ギ。昼夜。忘れぬ主君の御恩。過ギつる五月廿六夜。我家の塀《へい》を乗リ越ス曲者。スハ搦捕《からめとつ》て一トせんぎと。ねらい寄ッたる我を目がけ打かけたるは。ナソレ最前の其小柄。無念ながら取リ逃し宝蔵へかけ入ッて。改《(あらため)》見ればなむ三宝。毒薬の秘書紛失《(ふんじつ)》。密《ひそか》に有家《(ありか)》を捜《さが》す折から。最前送りし。引キ出物の此刀。目貫キも縁《ふち》も其小柄と。同じ模様の山鳥につゝじの彫物。まつたたんざくの[一一]。歌の心[一二]はくらべこし。刀と小柄をくらべよと。掛ケたる謎《なぞ》は弾正が。毒薬秘書の盗賊は。我レと知ラせて娘を送リ。科有ル悴が命を助ケ。味方タに付《(つけ)》んと思ふは愚《おろか》。武士の命[一三]は義によつて軽《かろ》しとしらぬ弾正が。欲《よく》に迷イし魂と思ひし所に今の早打チ。悪事の次第一チヽに。顕さんとは思へ共。我ガ罪《つみ》をも糺《たゞ》さずして。人トの罪はたゞされずと。悴に切腹させん為。わざと気づよく計ひしに。ホヲ、能ク腹切ッた。出かしたなア。其方が切腹は謀反《むほん》人を詮義する。我為の獄木《ごくぼく》[一四]も同然。コリヤ。心よふ成仏《じやうぶつ》せよ」と父の詞は名僧の導《みちびき》[一五]よりも。身にこたへ。「ハア、忝ひ親人様。武士の家に生し身の。御馬先キの討チ死か御主君ンのお身替リに。命

一〇 重宝。
※伊達騒動物の先行作等の忠臣側に、この井筒外記左衛門のような設定があるか、未詳。近世の文芸で、忠臣といえば、先祖が武功に輝く筋目正しい譜代の侍が多い。筋目によらぬ忠臣もあるが、毒薬を献じて取り立てられた出来出頭という設定は、浄瑠璃にはなじまない。
一一 また、の促音化。
一二 意味。
一三 「命は義によりて軽し」(後漢書・朱穆伝)。掛替えのない命も正義のためには惜しまない。
一四 拷木(ごうぼく)。拷問の際に罪人を縛りつける木材)の誤りか。再版本には振仮名なし。
一五 再版本には振仮名なし。

を捨るは弓取の身の誉。いはゞ忠にも孝にもならず。犬死する此身をば。ハヽ。有リ難イ今のお詞。さは去リながら浅ましや。人ン非人ンの娘共しらで結びし妹背のゑん。情なの身のはてや」と血汐《しほ》にまじる。血の涙いとゞ心はくれないの[一]。母は正躰《しやうだい》[二]泣キ入親子。是はと驚ク有ルにも有〔ラ〕れず娘の河内。有リ合ッ小柄取〔ル〕より早く。咽《のど》へがはと突キ立る。母と母。涙そゞろの[三]。介抱《かいほう》に。娘は。くるしき顔を上ゲ。

「恥しや今迄はとゝ様の悪事とはしらず。舅御様を勿躰ない。心で恨ミて[四]おりました。因果な縁を結んだ故。いとしい。殿御をやみ〳〵と。腹切《きら》せます罪科《つみとが》も私が。仕かけた不義徒《いたづら》憎ひやつとの。御呵《おしかり》も遊ばされずお情深ひ親御様。祝言させてやろふと有ル其お詞が身に余り殿御と一所に死るのが。せめて此身の。本望ぞや申コレ申女之介様。お前も私も未来ではとゝ様やかゝ様のお赦し受た本《ほん》の女夫三途《づ》の川も死手の山[五]もかならず見捨《みすて》て下さんすな」と苦しき[六]骸《からだ》をはい寄て見れば見かはす今はと今際《は》云たい事も二親の手前を恥て得云ぬ心をさつして母親が。「コレ〳〵もふこふ成ては親〻に。かくす事は微塵もない。今はの際の夫婦中。二世も三世も女夫じやと。いふて聞せてやりやいの

一 心がかきくれる意と紅を掛ける。
二 正体なく、と泣きを掛ける。
三 「そぞろ涙にくれる」は、知らず知らず、あるいは訳もなく涙にくれる意で、浄瑠璃の慣用句だが、「涙そぞろ」という用例は知らない。「そぞろ涙に」も、女性が手放しで泣き叫ぶ時には使わない。
四 口語体は、恨んで、が普通。
五 死出の山の宛字。三途の川、死出の山、ともに死者が越えるべき冥途の難所。
六 「頼ますと。苦しき体をはひ廻り」(三日太平記九)。

ふ」「アヽおく様の忝〔イ〕。娘《ウ》が迷《ィ》もはらす為《ウ》どふぞお慈悲に夫婦の盃。お願《ウ》《ィ》申《まうす》も申されぬ。悪人《ウ》の子の此娘只何事もお二人のお慈悲〳〵七」と手を合《入》せ。歎くを不便《ン》と外記左衛門。こ《ウ》ぼるゝ涙を押拭《ィ》「軒に巣をくふつばくろも。そだつる雛を鳶鷹に。取《ラ》れた時のかなしみは母鳥計《ばかり》八か雄九鳥も。泣かなしむは同じ事まして人間親子の情。《詞》コレ〳〵。裏藤殿。譬《たとへ》悪人の娘たり共。女一〇は三界《さんがい》一一に家なしと。家を出《いづ》れば憚なし《ソレ》女房。二人が迷《ィ》をはらす為。息《キ》有〔ル〕内に夫婦の盃。嫁から呑《ン》でさす酒は。則《チ》河内が血汐の小柄夫《ト》は井筒女之介。汲《地中ウ》かはしたる息の通《ハル》《ィ》路。早ふ。〳〵《色》」に裏藤が。「《詞》コレ〳〵娘。悪人《ン》の血筋を切《リ》。夫《ト》と結ぶ妹背のゑん。一世一度の夫婦のかため。苦痛を助り。臨終《りんじう》しや。南《地上ウ》無あみだ仏」と唱《ウ》ふる声。夫一二婦のかためと一《ト》言が苦《ウ》しき中の力草一三。小《ウ》一四柄を抜《ケ》ば引《ク》息の絶《ウ》てはかなく成《色》にけり。「わ《上》つ」と計《ばかり》に母親は。娘《ウ》の死がいにす《色》がり付《キ》。「本《ハル》《ン》によく〳〵嬉しいやら。此死顔の。にこ〳〵と《コレ》。〳《ウ》〵〳〵笑ふ様な」と抱《いだ》《キ》しめ涙の限り。泣《キン》《キ》つくす《中》一五断《ことはり》《ハル》。《ハルキンフシ》せめていぢらしき。
《地色ハル》外記左衛門血汐の小柄。手《ウ》に取上て。打詠《フシ》《なが》め。「《詞》忰も。嫁も一時に。殺す小柄の此主の。

七「二人の娘は何事もお慈悲〳〵と計りにて」(菅原伝授手習鑑二)。
※宴遊日記によれば、歌舞伎初演時にも五立目に女之介と河内の恋はあるが、中心的な局面ではない。河内は仁木ではなく山名の娘(従って母親は登場しない)であり、女之介はこの恋のためでなく、仁木弾正に謀られ、裏藤とともに毒殺される。
八 底本「が」を改める。
九「ヲンドリ」と読むか(文久三年・江戸大節用海内蔵では「をどり」)。
一〇「女は…嫁入先は。夫の家さとのすみかも親の家。かゞみの家の家ならで家と。いふ物なけれ共」(女殺油地獄・下)。
一一 仏語で衆生が生死輪廻する欲界・色界・無色界、転じて世界全体をいう。「女は三界に無レ家。三界トハ欲界色界無色界也」(譬喩尽)。
一二 喉に突き立てている小柄を抜いて流れ出る血で、夫婦の固めの盃を交すという言葉が。
一三 力となる手懸り。
一四 刀を抜けば息が絶える、というのが近世演劇の一つの約束事で、そこまでは苦痛を堪えているのであるから「苦痛を助り。臨終しや」という。
一五 理り。道理を尽して。道理至極で。「大こゑ。あげてなげきしはことはり。せめてあはれなり」(生玉心中・下)。

悪事もついに顕はるゝ。模様はつゝじに山鳥[一]の。譬《たとへ》を取レば賤《しづ》の子が。色よき鳥を取んとて。二足三足いつとなく。山おく。〳〵深く日をくらし。帰[二]るさ忘《わす》れ。迷ふ子の。猪狼の餌食《ゑじき》と成ルまつ[三]其ごとく弾正が其身を忘れし悪事の山。登リ詰メたる身の果は。虎狼[四]の害《がい》はまのあたり。不便《(ふびん)》なれ共悪人を親に持たは嫁が不運。思ひ合ッたる二人が中水の出[五]花の若イ同士。跡先キしらぬ転《ころび》合《(あ)》[六]イ夫レ程の事弁へぬ。外記左衛門ではなけれ共。お主をねらふ大悪人所詮[七]此世で添れぬ二人。未来で早ふ添してやりたさ。見殺しにする親心は。鳥獣にもおとつたか」と。こたへ〳〵し溜《ため》涙母と母共取リ乱し泣イて小袖の縫の糸涙に。解る計リ也。

「ハヽア忝イ親人ト様。此小袖[八]の血汐の盃。悪人ンのゐん切ッたる血筋。祝言すれば不義の汚名《おめい》。きへて未来[九]の女房河内。イデ追イ付ん」と引廻ハす。一間の内より声高ク。「ヤア〳〵井筒女之介。云イ聞カす事こそ有レ。しばらく苦《く》痛をこたへよ」と。襖踏明ケ男之介。真中カに押直り。「今ンの朝御膳のちん毒[一〇]より。館騒動《さうどう》大方タならず。正《まさ》しく鬼行。弾正などが工ミし所為《(しはざ)》とは思へ共。此家《(このや)》に秘《ひ》し有ル毒薬の書。是物[一一]くさしと思ふより。貴殿ン親子

一 以下、仙台萩などの、原田甲斐が少年時代に美しい山鳥を捕えようとして山中に迷い入り、白狼の難にあった逸話をふまえる。 二 帰り道。 三 まったくそのように。 四 虎狼は、悪臣や残酷な人間をさして言うことが多く、虎狼の害で、悪臣のもたらす家、国の害の意ととるのが普通だが、ここは弾正が、文字通り虎狼の餌食即ち破滅となる、の意であろう。 五 水の出はじめのように、若い男女の情熱が激しく止められぬ時にいう。 六 私通。 七 「迚も死ねばならぬ子供。一時に殺したは。未来で早ふ添してやりたさ」(妹背山婦女庭訓三)。 八 小柄の誤りか。 九 来世。 一〇 →三五一頁注二一。 一一 死後の世。 一二 胡散な。怪しい。 一三 うたがふ、の誤り。「夫レに何ぞや此弾正を伺ふなぞとは」(四一〇頁一一行)。 一三 第十対決の場に、連判の話は出てこない。仮名手本忠臣蔵六の切腹した勘平を連判に加える局面の転用であろう。 一四 口を押しつけてねぶる。む・ぶ、は子音の音韻交替。 一五 平安京。祇園社は王城鎮護の延暦寺の末寺。 一六 死の穢れを忌んで遠慮し、喪に服すること。服忌令は貞享元年(一六八四)二月三十日に公布、その後改正、元文元年(一七三六)九月十五日に整った。嫡子の場合、服九十日、忌二十日。 一七 「水清くして石おのずからあらわる」などの成語の口調を踏まえるか。清い水で洗い流せば、の

の心を伺ひ。[一二]裏道より忍び入《リ》一部始終は最前より。一《ト》間の内にて見届《ケ》たりハア、。今に始《メ》ぬ親子の忠義。感《かん》ぜし余りに此一巻。官領細川勝元《ト》公の仰を受《ケ》。義を金《ン》鉄に堅《メ》たる忠心《ン》の士を集る連判[一三]。女之介が未来の土産息有《ル》内に血判させんと。扨こそ最《さい》期《ご》をとゞめたり」と。手負《イ》の前に押開けば。

「ハア、コハ冥加なき御情《ケ》。不忠に死る未来の迷《イ》。はらして給はるありがたや」と。血汐をぐつと。[一四]押ねむる。身の悦びにがつくりと。絶入《ル》息《キ》に。取乱す。母は元《ト》より爺《てゝ》親も泣じと。こたゆる武士の泣ぬはなをも。哀也。

「ハア、実《(げに)》誠忘れたり。[一五]平安《ン》鎮護《ちんご》の祇園の守《リ》。若君様の御身の上御あやまちのなき様にと。最前戴き帰りしが。忰が最期に忌服《きぶく》[一六]恐れ其元《ト》御持参《ン》下さるべし。併《(しかし)》御辺《ン》も血汐の穢《けがれ》。[一七]水清くしてたまりなければきたなき事は荒[一八]獅子殿」。「実尤《(げにもつと)》モ」と手洗《イ》水。は[一九]んどうの口押捻て。[二〇]古木のかいな。指出《(さしいだ)》せば。ふしぎや水は手に溜らず。三寸《ン》計《リ》上にて別れ。左右へ飛ちる。其有様。

目ばなしもせず。見入し人《ト》ゝ。外記左衛門きつと見て。「ハアテ怪しや。年《シ》[二一]は甲《きのへ》。天の

一八 汚きことはあらじ、と掛ける。 一九 飯銅。すすいだ捨て水を入れる口の広い器。 二〇 古木のようにたくましい腕。 二一 今年は甲の年である。以下、運気(五運六気)を見ての言。五運六気の組合せで自然現象が変化し、体調や吉凶、運勢が定まる。

一 底本振仮名「やくき」を改める。主気の対。主気は正常で一定した気候の推移を表し、大寒よりの一年を六期に分け、二気を少陰君火、三気を太陰湿土、終気を太陽寒水と称する。客気はその年の十二支に従って休むことなくめぐり、自然現象を決定する。 二 太陰湿土は、客気の場合、丑未年の司天(一年の前半)、戌辰年の在泉(一年の後半)、卯酉年の初気、寅申年の二気、丑未年の三気、子午年の四気、巳亥年の五気、辰戌年の終気などに作用し、多雨多湿の異常気象を起こさせる。 三 少陰君火は春分(新暦三月二十一日)より立夏(同五月五日)の間の温和な気候。 四 太陽寒水は、主気の場合、小雪(新暦十一月二十二日)より小寒(同一月五日)までの寒冷結氷の候。客気を考慮すると、太陰湿土司天の年は太陽寒水在泉の年となる上に(一年の前半は水害のおそれ、後半は寒気にせめられる)、水の縁で出したのであろうか。 五 五行説の相生相剋の法則により土が水を克し(土剋

一客気《かくき》は二大陰ンの湿土《しつと》に当リ。地の主気《しゆうき》は三少陰《せういん》君ン火。四みなぎる水は大陽寒ン水イ。五みづを克《こく》せば火は土を生ず。土は則チ肉なれば。腕をはじきほとばしるは。水克火のたゝかい。ホヽホヽヽヽ希代《きたい》の業を見る事じやよなア」。「但シ男之介様の武勇に水も恐るゝといふ様な事かいのふ《なア》」。「ヲヽ成程おく様そふでござんす。力キ量すぐれし其人トは。六雨雫《あまだれ》腕をはぢくとやら。噂に聞ケど今見始メ。かゝる勇士も有[ル]事や」と。互に驚キ誉るにぞ。

「イヤ〳〵さにてはよも有ラじ。時は午也若君のあたらせ給ふは七火曜星《くはようせい》。八土辺《べ》の水にぬれざるは。此土中に陰邪《いんじや》の悪気こめ有《(ある)》に違イは有ラじ」と。花壇の鍬を手早く追ッ取かはきし土を掘退《のく》れば。中より九怪敷桐の箱。「願ン主は。仁木弾正教将」。読ミも終らず荒獅子井筒。「扨こそ君をしゆその法。工ミを顕し一味奴ッ原一〇根を断て葉をからさん。ハヽ。ハア。ハヽヽヽ有リがたし〳〵」と悦ビ勇ミ。立たる両人。

中にいさまぬ裏藤が。お家の栄《さかへ》は夫トの身に。むくふ。因果は一一車の輪。廻《(めぐ)》り〳〵て一二筒井筒。かへらぬ物は。元トの水。一三おしやけふ迄なでし子の。散てはかなきは一四ゝ木《(きぎ)》ゝも。一五うき世の塵《ちり》と一六切リはらふ。身はそぎ一七尼と。なく〳〵も。死骸を抱き出る母。残コれる母も。

水)、火は土を生じ(火生土)、土に通ずる肉(筋血肉皮骨の五体を五行に配当する)の腕が水をはじくのは土剋水で、その水は火を剋す。五行の相生相剋の神秘を目の当りにみての驚き。六 腕にかかる水滴をもはじくほど勢いがある。仙台萩で松前鉄之助が力量を示す件りに「樋より滝津瀬のごとく漲り落る雨たれの樋口に腕さし当てうたしむれは雨たれ腕より三寸計上にて分れ散る何(れいず)も何の故といふ事を知らす梶太郎兵衛横手丁と打て我六十に近き迄かゝる力を見す伝へ聞力人に勝るものは雨たれ腕をはちくといふ今目前に是を見たりと」。七 陰陽道でいう九曜星の一つ。これらの星の運行を年回りに配して吉凶をいう。十二支を五行に配すると午は火に属し、火曜星に当るので若君は七歳。土剋水とは言え、土が水に濡れないのはあり得ぬことで、土の中に異常、悪気があるとみた。火(曜)星に当る歳は凶、「つつしみて災をまぬかるべし」(永暦大雑書天文大成)。八 地面。九 第六で貴蔵院が兼若呪詛の藁人形を入れた箱を「雨落なき所へいけ置ば」(三三一頁三行)と言ったのと符合して、水の異変で企みが露顕した。※歌舞伎初演時の五立目御殿の場に「地下より山伏□□調伏の箱かゝへ出。此箱に種若調伏、…種若甲子の生れ故、艮の地下に埋、百日を限命を断秘法を修す。…仁木奥へ入ると

諸共に同じ思ひに。呉竹の。[一八]
[一九]直《すぐ》なる神の[二〇]御守《おんまも》リ。守護して出る男之介。外記左衛門はしづ〳〵と。件の箱を携《たづさへ》て。
打《チ》連《レ》上る上館《かみやかた》[二一]。「いとま乞を」と死顔を見せるも見るも[二二]。有為《うゐ》[二三]無常。実《げに》。まぼろしの
世の中やと。行も。残るも。
〽涙也

垂簾上る。安国出、星見ゆる。安国□□□□□艮の地下に呪伏の箱取ん事(約六字分不明)下に林左衛門箱を掘出す」(宴遊日記)といった局面があった。

一〇 敵の一族を滅ぼし尽す時にいう。
一一 「因果は輪(め)る車の如し」(譬喩尽)。謡曲・藤戸に「因果の巡る小車の」。
一三 車の輪から井筒の輪を連想し、輪は一めぐりしてもとへかえるが、井筒の水はもとへ返らぬ、そのように。
一三 惜しや今日まで撫でし子の。撫で慈しんできた娘と撫子の花を掛ける。
一四 帚木。信濃の園原(長野県下伊那郡阿智村大字智里園原)にあったと伝える木。「園原やふせ屋におふる帚木のありとはみえてあはぬ君かな」(新古今集・恋)。ここは、撫子、散て、の縁で、また、はかなきとの頭韻で帚木というが、母のこと。
一五 俗世の汚れ。俗塵を捨て去る、と言って。はらう、は塵の縁語。
一六 髪を切り払い、そぎ尼の身となって。
一七 髪を肩のあたりまでで切った有髪の尼。
一八 思いにくれる、に掛ける。
一九 竹の縁で、直(す)なる、直から正直、神と続く。
二〇 祇園の守り。
二一 上屋敷。大名の当主の居る屋敷。
二二 「娘の別れにうしろがみ…見るも見するもなき玉よばひ。無常の風のはげしくも」(義経腰越状三)。
二三 有為は因果関係において生滅する諸現象のすがた。無常で変遷するもの。

第八

（垣生村の段）[一]

[二]「小雨いとわず恋する妹《（いも）》[三]が。誰を待《ッ》身かしよぼ〳〵ぬれて。ぬれは恋路のよい辻占《（つ）ぢう〔ら〕》[四]よ」。諷《うた》ひうたふは。下総に。所の名さへ[五]垣生《はにふ》[六]村。あれし住居[七]にあらくれし。相撲取《すまふ》《リ》の絹川が。累をつれて古郷《ふるさと》へ。うき世をしばししのぶ名も[八]。百性の与右衛門と。替りしわざもならをよりなれぬかさねも[九]夫《マ》思ふ。身にかり豆[一〇]を背《せな》に負《おい》。畑《はた》より帰る女夫連《（めうとづれ）》「ヲヽ与之吉様おまこ様。よふ手伝ふて下さんしたのふ。わしらは仕付ぬ事故に。おまへ方《タ》に振《リ》向《ケ》て。かつて置《イ》て貰ふたかり豆。内まではこぶが二人の仕業《しわざ》。マア〳〵休んで下さんせや」。「ホンニ二人《リ》ながらいかゐ太義で有たの。夫《（そ）》《レ》累。茶でもわかして呑《のま》しやいの。扨マア。今年《シ》は十分《ン》の物成《（ものな）》《リ》[一一]。きつい上作《（じやうさく）》。近《ン》年に覚へぬ豊年《ほう》《ン》。あぜの[一二]

時　第五以後、第十以前のある時
所　下総国垣生村与右衛門住家

一　初演、口は豊竹兵庫太夫・野澤勘吾郎。

二　再版本に「二上リ歌」と節付け。行末に「ナヲス」とある故、初演時から二上リ歌で演奏か。なお現行では三下リ、「よい辻占よ」で本調子に「ナヲス」。

三　結婚の相手である女性の意の雅語。

四　辻に立って道行く人の言葉で、吉凶を判じたところから、吉凶の前兆。ぬれ、に情事の意があるので、恋には縁起がよい、といった。

五　埴《はに》。黄赤色の土で塗った小さい貧しい家を埴生の宿というが、地名までも貧しさを連想させる。

六　茨城県水海道市羽生町。残寿・死霊解脱物語聞書（元禄三年）に「下総国岡田郡羽生村」。→三一九頁注一八。

七　荒れし住居に荒くれし。頭韻。

八　しばし忍ぶ。頭韻。

九　「習《なら》ふより馴《な》れよ」（譬喩尽）とたとえにいうが、累は百姓仕事も、夫を思う一心で。

一〇　刈り取った大豆を束ねて背負った累の絵は、正徳二年板・死霊解脱

豆さへ落《おち》こぼれる世の中じや。ハア其豆[一四]に付ケて。おまこよ。かくす事はない。ヨ与之吉とノソレ出合イの所がなくば。何時でもこちの内をかしてやろふ程に。へヽ情《せい》一ッぱいちぎれ〳〵」。「アレ又与右衛門様の。悪ル口いふてなぶつてじや。そんな覚へはないもせぬ[一五]物」。「ハテあれ程うき名の立ッた二人リが中。隠しても人トがよふ知ッてゐるわい」。「イヤ申シ与右衛門様。おまことわしが中を。マ其様に人トが噂しますかへ」。「噂所かいのアノナソレ夕部《べ》下モ手の方でうたふを聞ばア、何とやら面白ふ節《ふし》付ケてヲ、夫ゝ《それぞれ》[一六]中 三下 おまこ殿カヽリやれハルおまこ殿ソレ。晩[一七]げも行べいが何所《どこ》にねる。中 東枕に窓《まど》ハルの下。おまこと与之ウ吉は違イない」。「詞「おや〳〵〳〵ど[一八]ふせふのふ与之吉様」「へヽヽヽアイヤコレおまこゆだんしやんなや。マダソレ。や[一九]ぶぎはの茂次が娘おそよにも。アノ与之吉が晩げも行べがどこねるといふ[二〇]たけなぞや」と。なぶればおまこは真受《まうけ》[二一]に受ケ男の胸ぐらし色つかと取《とり》。詞「コレこゝな性[二二]悪男よ[二三]ゆだんもすきも成ル物じやないはいのそんなぢゞ[二四]むさい事しやると天窓《あたま》[二五]からかみ付《つく》」と云れて野良の安珍[二六]顔。詞「アヽイヤコレ〳〵。あれは与右衛門様が。我事をおれにおふ[二七]せて云しやるのじやわいの。アノ茂次が娘のおそよこそ。とふから。へヽ爰の与右衛門様にほ

物書聞書にもあり、本作では「垣生村」「土橋」ともに、累に刈豆籠を負わせて登場させる。
※現行舞台は、正面に仏壇、暖簾口、上手に反故張り障子屋体の侘住居。外の下手に枝折戸。なお第八・第九の現行演出注記は、主として、豊竹若大夫・野沢勝太郎（垣生村切場）、二代目吉田栄三・吉田玉男らの所演による。
一一 大層くたびれただろう。
一二 田畠の収穫。
一三 畦に作っている大豆さえ実の入りがよく。
一四 女陰の隠語で情交を暗示。
一五 ないの強め。
一六 文字譜は三下リの指定。
一七 晩気。晩方。
一八 どうしょうの。
一九 藪際。藪のかたわら。村人同士が名字代りに家の所在地などを冠して呼ぶ。「藪際の次郎兵衛後家」（けいせい恋飛脚・下）。
二〇 言ったということだぞ。
二一 真実のことと受けとめて。
二二 浮気男。
二三 油断も。
二四 きたならしい。けちな。
二五 田舎娘という点を誇張して、色気のない嫉妬ぶり。
二六 清姫の嫉妬に悩まされる道成寺物の安珍のような。土まぶれの日焼けした顔で二枚目気取りになって。
二七 負ふせて。

れてゐるはいの。与右衛門様も又。へ、あのおそよには。ハ、どふやらちつと気が有《ル》そふな。イヤコレ何のおれはマア。かわいひそなたを退《(のけ)》て。そんな心はないわいのふ」「ムウソリヤしんじつでござんすかヲ、夫《レ》で心が落付たア、嬉しや」と手を取《ッ》て「道ゝ咄す事も有サア〳〵ござんせ」と気もそゞろ伴ひてこそ立帰る跡にはくわつともゆる火の累が胸の[一]とけしなく夫の傍へさし寄て。「[詞]コレこちの人《ト》。ほんに〳〵こなさんは〳〵。余《ン》りな[二]悪性じやぞへ。今与之吉がいふたのは。本《ン》の事でござんすかへ。モ今更いふではなけれ共。二人《リ》が中《カ》は兄様の。情《ケ》でむすぶ縁の糸。[三][地ハル]といておまへが余所《よそ》外《(ほか)》に。あだし心が[中]できたらば。[ハル]わしや何《ン》とせふどふせふぞ。アレ見やしやんせ木ゝでさへめうとのやうに思はるゝ。[ウ][四]男の松を。力《ラ》にて付《キ》まとはるゝ[五]藤かづらも。[ウ]細き女の心では。[六]思ひ過《ゴ》しが[色]するはいな」と。目には[ウ]涙をはやたもち。[フシ]ほろりとこぼす。露しづく。

「[詞]エ、[七]我《ガ》身もマア。何の事じやぞいの。今与之吉のいふたのはありや。おれがなぶつてやつた其仕《し》返しを。して[八]いにおつたのじやわいの。ないこつちや〳〵」。「イエ〳〵〳〵〳〵ない事じやござんすまい。こふいへば。わしが口から器量《きりやう》じまんをする様なれど。

一 もどかしい意と、胸の思いが解けない、とを掛ける。
二 浮気。
三 解消して。
四 松に藤は付き物。「松になりたや有馬の松に藤に巻かれて寝とござる」(落葉集三)。
五 藤の蔓から、細き、を導き出す。
六 取り越し苦労。
七 おまえ。
八 往におった。
九 鏡断ちの誓い(願)を立て。
一〇 ちらりと映った顔を見ることもしないように。
一一 言い寄られ。
一二 歌舞伎・伊達競阿国劇場の累の初演者四代目岩井半四郎(一七四七—一八〇〇)。現行は「のしほ」。→三八五頁注二二。杜若は半四郎の俳名。
一三 正しくは「いさ」。「勤する身はいさしらず」(本朝廿四孝四)。
一四 無益な。たわいもない。
一五 長くひなたにさらした。田舎じみた。
一六 「かからう」の誤りか。

京の内を出た時分こな様の云ハしやんすは。わしが願イの叶ふ迄神様への願ン立《だ》テじや。必ゝ《かならずかならず》鏡をば。見てくれなとのおまへの頼。女の身のたしなみも男の為と。[九]誓《ちかひ》を立《たて》。[一〇]面かげさへも。見ぬ様に。するはおまへが太切さ。どふぞ願イの叶ふやうと。夫レゆへ鏡は見ぬけれど。京に生れて世の人に。[一一]袖妻引カれ近所でも。アノ豆腐屋の娘は。[一二]半四郎に似て有ルの。杜若《とじゃく》に。とんと生キうつしじやのと。噂《うはさ》しられた此わしが。在所生レのおそよとやらに。見かへられては立チませぬ」と。悋気《りんき》の中カへ取。交《まぜ》た器量じまんも。いつしかに。姉が死霊に面モざしの替リし事は[一三]いざしらぬ。心の内の。不便やと。おもふ思ひをさとられじと。

「ハテさて／＼何を[一四]やくたいもない事いやるぞいの。モそなたの様な美しい女房持てゐて。此田舎の土だらけな。ソシテアノ[一五]ひなたくさい女に。目もやらるゝ物かいの。内を出る時門口で。ころんで足こそちんばなれ。顔なら。風俗なら。此下総一ッ国を捜《さがし》た迚《とて》。そなたの様な女子が。サ最《も》一人リ有ッたらお目に[一六]かゝらぬ。ホンニマア江戸の[一七]吉原へ[一八]突キ出しにしても。二人とさがる器量じやないわいの。モ本ンに／＼わしが様な。[一九]女房果報の

一七 江戸の公許の遊廓。元和四年(一六一八)葺屋町東に開設。明暦三年(一六五七)、浅草日本堤に移転。二万七六〇〇坪。周囲に黒塀と溝をめぐらす。移転後を新吉原と呼ぶが、一般には依然吉原と言われる。
一八 「此里にて生育《おいたた》ず、十四五才已上にて来りし女郎を、つき出しといふ」(古今吉原大全二)。
一九 女房にめぐまれた。

一 陰部。二 密教で悪魔などを七里の外に退散させることを七里結界といい、転じて、忌み嫌う、寄せつけないの意。三 慣用句「気遣いのきの字もない」の略。四 無い、に掛ける。長点は長《ちょう》点。和歌や俳諧の特に優れたものに評点として長めの点を記すところから、最上の意。飛切りの美人である我が家の弁天。五 弁才天。インドの河神で、仏教に入った天女。七福神の一つで福徳を与える美しい女神とされ、厳島、竹生島、江ノ島など海辺、湖辺に祀られることが多い。六 船饅頭。隅田川や深川の諸河川に出没し、船中で売春をする下級の淫売。一切り、三十二文。

有者《ある》はないぞいの。たとへ又。天女が天下り。情ヶ所[一]を見せかけても七里[二]けんぱい気はうつらぬ。ヤコレ。気遣ィ[三]のきの字に長点《ながてん》[四]かけたりこちの弁天[五]。船《ふな》[六]まんぢうの取リ[七]梶も。今宵の風[八]まん取《とり》[九]かけるぞ。船玉[一〇]清めてヘ、コレ待給へ」と。いふにつこり折レ[一一]安スき。女心の一トすじに扨はそふか。と目[一二]でしむる。「ヱ、ぐち者[一三]めが」とざれことも。悪女を。美女に云ィなして。夫レとしらせぬ与右衛門が。心遣ぞせつなけれ

逌《さすが》女の浅はかに。「そふ思ふて下さんすりや。わしや嬉しい」と寄そふて。まだうら若き女夫中世帯[一四]なれぬも恋ならん。折から来るは此村で。立[一五]られもせず横道な。事を身《み》過《すぎ》にぶら〳〵と。懐手して門口から。

「ハア、コリヤ昼中《ひるなか》に千話《ちわ》るな〳〵。ヤコレ見[一六]とむない置ィてくれ〳〵」。「ヘ、何を金五郎のじやら〳〵と悪口をいやるぞいの。マそしてマア我身は何と思ふて」「イヤ何とゝはちつと。おれが。金もふけすじに付ィて。そなたに問たい事が有ッて来た。ガマア口[一七]祝ひにコレ嚊衆《かかしゆ》[一八]何ンと一ッぱい呑してくだんせぬかい」。「ヲ、心安い事なれど。折節取《とつ》[一九]た酒はなし。一ト走リいて買[二〇]て来やんしよ」。「ヲ、女房共そんならちよつといて買ておじや」と投

火鉢でかんな屑などを燃して顔を見せる。明和より安永にかけてが全盛。
七 取舵。船首を左へ回すように舵をとること。ここでは女からのしかけ方。「此およしが揖《ちか》の取やうがよい故か。何時共なふ帆柱立て。乗まする押まする」(ひらかな盛衰記三)。
八 風の具合に乗じて。 九 攻めかける。 一〇 船の守護神と女陰の陰語をかける。和漢船用集二に「舟玉神は釈迦如来なり。或は大日如来といふ」とあり、船匠により一定しない。「道理で船玉様が見へる」「ヲヽのぞかんすないな」(仮名手本忠臣蔵七)。
一一 説得され易い。 一二 流し目で夫を魅了する。 一三 馬鹿な奴めが。
一四 夫婦でも世帯じみず、恋仲のようである。「夫婦の中も恋同然」(平家女護島二)。
※与右衛門にとって累は、顔は醜くても、決してうとましい存在ではなく、心から愛する妻であった。この点が、他の数多くの累劇と異なる、本作の特色で、現行演出でも、累の顔を痣はあっても、醜く作らず、無邪気な若妻として演ずる。
一五 侠客ぶった顔をしているが、周囲からは一向に男と立てられないやくざで、邪な仕事で生活している。横道は現行は「おうどう」。「生《なま》なれの立るでもなし横に出る。男仲間のはね出され」(夏祭浪花鑑六)。
一六 みっともない、やめてくれ。
一七 前祝い。 一八 おかみさん。

出す腰のはした銭。[二一]みじかきおあし[二二]いとゐなく。[二三]小づま引上ゲ酒徳利。さげて[二四]とつかはかしこ成《なる》。酒屋を。[二五]〽さして急ギ行。

跡は互にさし向ひ膝摺寄て金五郎。「アイヤ与右衛門。外に誰も聞キ人《て》はなし。貴様にちつと尋たい事が有といふは外の事でもない此四五年以前在所を出て。上ミ方で相撲取リをして居やつたといふ噂。内にゐやる時分から小達者には有《あり》何でもマアよい事じやといふてゐたが。其時の吾儕《わがみ》の名乗は。マ何といふた聞たい」と只何となく和らかに。[二六]うら問《どひ》かゝる心に一物。

「何の事かと思ふたら仰山な物のといやら成程わがみのいやる通り。上方へ登つてから。相撲部屋へ這入ては居たが。イヤモ人にしらるゝ程な事ではないわいの。アヽ其時のわしが名は」。「絹川といわふがの」。「ヤ」。「イヤサ絹川の谷蔵といわふがな」と。云れて胸にぎつくりと。あたれど猶も[二七]そらさぬ顔。「何のいの。[二八]伊達殿や[二九]稲川殿の様な関取リなら。所の名を付ケもせふが。ヤモ我ガ名さへろく／＼に。忘《わす》れる様なはした相撲。[三〇]所の名おれ

一九 買っておいた。 二〇 現行では「こうて」。※寛延二年(一七四九)出生の大田南畝・金曾木(文化六年序)に「予が稚き比…酒の価一升百二十四文、百三十二文を定価とす。賤きは八十文、百文もあり。中比百四十八文、百六十四文、二百文にいたり、二百四十八文ともなれり」。川柳の安酒の値は、一合八文、十二文。 二一 はした金故短い銭差し(銭の穴に通す縄)のおあしと、累の片足の短いのを掛ける。 二二 厭いなく。苦にもせず。 二三 褄の端。 二四 気がせくさま。 二五 〽印があるので、初演時はここで太夫・三味線交替、と思われる。以下初演者豊竹筆太夫・鶴澤蟻鳳。 二六 それとなく探るように問いかける。なお金五郎は死霊解脱物語聞書では与右衛門の娘菊の聟の名。 二七 何喰わぬ顔。 二八 名力士二代目谷風梶之助の前名、達ケ関。安永五年谷風襲名。本作上演当時大関。寛政元年横綱。陸奥国宮城郡霞目村(現仙台市)の生まれで、仙台藩家老の片倉小十郎の抱え。「だてがせきそのころならば御ともなり」(柳多留十八)。 二九 猪名川政右衛門。摂津国豊島郡池田村(現池田市)出身、郷里の川を四股名とし、明和期(一七六四—七二)前後に活躍。関取千両幟に脚色された大坂の名力士。 三〇 絹川などと付けていたら、故郷の名折れになる。

何のマア」。地《ハル》と輪に吹《ィ》てゐる。たばこの煙《フシ》。
詞「ヲヽ名乗《ラ》れまい。云《ハ》れぬ筈じや。其絹川と云《ッ》やつは。一人《リ》ならず。三《ン》人四人《リ》(よつた)の人《ト》殺し。ぐ[一]れが廻つて身の置所がなさに。上方《タ》からうろ〳〵と。こゝら辺《あた》りへ逃てうせたげな。アヽ命といふ物は惜しい物じやそふな。弱《よはい》やつ未練なやつ。ハヽヽヘヽヽハヽ今にでもおれが手先《キ》[二]へ廻るがさい[三]ごのすけ。お尋者の絹川。引《ッ》くゝつて褒美《ほう》にする。のふそんな物じやないか与右衛門」と。地《ウ》知《ッ》ていふのかしら《ハル》ぬのか。通[四]《中》。《リ》兼たる《ウキン》きせるの小《ハル》より。詞「ムヽ成《ル》程つい[五]聞《ィ》た時には其絹川。比《ひ》[六]興《けう》者共思はるれど。適《あつぱれ》な男じや。ハテなぜといや。三《ン》人四人《リ》の。人をあやめる大丈夫。それ程の魂で。何の逃隠れしてたまる物かいの。定《メ》て夫《レ》は大切な。お主の為といふ様な事でかな有ふ。マアそんな物じや有《ル》まいかい」。「ムゥいか様。マそふいへばそんな物かい。そんならそれはそ[七]ふよ。ハテかはつた事も有《ル》物じや聞《ィ》てたも。きのふ絹川の堤《つゝみ》で。年の比(ころ)十六七でも有ふか。じ[八]んじやうなうづ[九]高ひ娘が。絹川を教へてくれといふによつて。絹川といふは此川じやといふたれば。イヤ川の事じやない。絹川といふ相撲取を尋る者。供をして来た者も有《ッ》たれど。

一 目算違いが重なって。
二 手の先が届く程の近くにやって来たら。
三 三三八頁一行「承知之助殿」。
四 煙管のやにを、こよりで掃除するように、すっきりとは分りかねる。
五 外からちょっと。
六 「卑怯 ヒケウ〈懦弱之義。或用二比興字一謬甚〉」(書言字考節用集)。
七 それはそれとして。
八 尋常。美しい。
九 気品高い。
一〇 褄外れ。着物の褄のさばき方。身のこなし。育ちのよしあしを反映。
一一 謡曲・隅田川の梅若丸の言葉に「われは都北白川に、吉田の何某(なにがし)と申しし人のただひとり子」。
一二 梅若丸の父は、室町後期、近世の文芸では吉田の少将という公家。
※姫君が少年梅若丸と結びつくのは、歌舞伎初演時に(足利)持氏公末子永寿丸と持氏公息女まつよい姫が、追手に追われ、家来筋の与右衛門に匿まわれる筋であったため。宴遊日記・九月十四日の観劇筆録に、「新幕」として、「侍(待カ)宵姫、永寿丸、敵の追人に逢ひ(約二十行分不明)二立目〔羽生村与衛門留守に、村の者地□稽古して居る場へ、与衛門二人を伴ひ帰り、先外に隠し出、内へ入ると村の者与衛門に侍宵、永寿御尋者にて此島へ来る由御詮議のよし語る。与衛門、夫ハ何と云、堤にて見懸しと云ゆへ、村の者皆〻走り行。

きのふとやら道ではぐれ。所はしらず道はしれず。絹川〳〵とあちこちで尋。やう〳〵こゝ迄来た。どふぞ絹川にあはしてくれと。わしを仏ヶの様に手を合して泣ての頼。妻[一〇]はづれといひ詞付キ。何でも都[一一]北白川。父は吉田の何某《なにがし》と。梅[一二]若くさい生れ付キ。そこでおれが思ふには。こいつはよい代ロ物が手に入た。江戸の吉原へ売《うつ》てやつたら。百両には捨《すて》ても成《なる》と。きのふの晩《ばん》からこちの内に。しつかりとかこふて置ィた。幸ィ吉原の花[一三]扇屋の亭主。[一四]筑波《つくば》参りの戻[一五]りがけ。此在所に逗留《とうりう》して居る。ちよつと其事咄したら。見ぬ先から飛付ィて。[一六]百両には直《ね》が成た。わがみが其絹川なら。渡してやる品[一七]も有ふが。絹川でもない人トに。渡す事もマアないといふ物。イヤモ何じやかしらぬが此間《このあひだ》[一八]は。金設《まうけ》が[一九]ふるやふな」と。[地ウ]咄す度ビ〳〵与右衛門が胸に。[ウ]あたりし[ハル]姫の身の[中]上。「[ハル]夫レこそは御主人」といへば。我[ウ]身の一チ大事。とやせん角やと[色]胸の内。ち[フシ]ゞに砕《くだ》くる思ひなり。
[地色ウ]思案を極《きは》メ[色][二〇]さはらぬ風情。[詞]「ハテ扨そなたはよい仕合《しあはせ》。能ィ金のつるに取リつきやつたのふ。ガ今のそなたの咄しの様子では余程よい代物《しろもの》の様に思はるゝ。金五郎笑てたもんな。見ぬ恋にあこがれた。物は談合《たんがう》[二一]じやが何と。おれが女房にたもらぬか」。「アノ累と云女房

跡より我屋へ入れ、姫君を下女に仕らへ、お菊と名をつけ、□□□□居る所へ、金五郎麻上下、柳樽を負、するめを腰に付け出、今日女房を持てバ相応の女を世話してくれよといひ、とゞお菊を是非貰んと云所へ…」。歌舞伎初演伊達競阿国劇場の「羽生村」が、本作とは別の筋であったことが分る。

一三 新吉原江戸町一丁目の扇屋をきかせる。楼主は初代宇右衛門で、狂歌・俳諧をたしなみ、烏亭焉馬とも交わった。十八大通の一人。

一四 江戸の鬼門を守る、筑波山権現(茨城県筑波郡筑波町)への参詣。奥の院は山頂にあり、西峰を男体権現、東峰を女体権現として崇める。

一五 安永九年・筑波山名跡誌によると、筑波山よりは四方向に道が通じ、埴生村は西口、江戸へは南口が近い。

一六 倒置法。

一七 いきさつ。

一八 このところ。

一九 降るような。

二〇 さあらぬ、の訛り。

二一 相談。日葡辞書に「ダンコウ」、書言字考節用集「談合 ダンカフ」。現行文楽でも「ダンコウ」と発音するが、ここは「相談」と言いかえている。

の有ル上」。「ハテ扨《さて》わがみも粋《すい》[一]の様にもない。よふ思ふても見てたも。あた[二]外聞《ぐはいぶん》の悪ひ。[三]冬瓜《とうがん》に[四]あて身くらわした様な頬《つら》。いつ迄女房に持ッてゐらるゝ物で」。「スリヤ真ン実女房に」。「何の嘘《うそ》をいふ物で」。「ハテあぢいに[五]黄色《きいろ》に[六]うこん色にからみかける[七]の。面白ィ女房にやろ。やるはやるが与右衛門。サ金せうかい[八]」。「アイヤ其金は」。「ないか。有ルまい。何の有ふ。吾儕達《わがみたち》の歯《は》にはちと合ィにくひ。明ヵ[九]ん事じやよしに仕や。ドリヤ花扇の亭主に引キ合ィ[一〇]。久サしぶりで百両の。金の顔を拝まふ」と。地ハル立上る袖引色とゞめ。詞「金五郎金渡そ。ガ今はない。あつちこつちに預ケて置た金。取リ集るに間が有ふ。今夜の九つ[一一]迄まつてたも。夜半《よなか》の鐘を相図に。百両の金渡そ」。「ハテ夫レ程にいふ事なら。友達のよしみ。夜半迄は待てやろふ。が必約束違へぬ様。併《しかし》累が手前も有《あり》。爰の内へ其幻妻《げんさい》[一二]連レてくるはおれも気[一三]の毒。こふせふ。絹川の土橋迄。金揃へて持ッておじや」。「ヲヽ夫レではおれも勝手がよい。出合ふ所は土橋の際《きは》。金と[一四]」。「代物《しろ》」。「引キ替に。必何所《どこ》へ。も」「合点じや」と。地ハル欲のくまたか[一五]。両の手に[一六]。ウ握つた思案を心に納《をさめ》。[一七]中ウキン一人リ笑《ゑみ》フシして ハル立帰る。

地色ハル跡は思ひに花ぞちる[一八]中。キン物思へとや入相の[一九]ウ。ハルフシ鐘にせかるゝ中百両の。ハル才覚何と与右衛門が。

一 苦労人。 二 あた、はいまいましい気持で言い捨てる時の間投詞。 三 とうが、とも。ウリ科の植物で、果実は四〇センチ前後の楕円形。丸くふくれ上り、その上当て身を喰らわされたようにへしゃげた顔を罵っての表現。現行は「ふぐにあて身」。 四 →三三三頁注二三。 五 味に。特に意味深長に。 六 鬱金色。ショウガ科の多年草鬱金からとる染料で染めた、青みがかった黄色。冬瓜の花は黄色。 七 からしの黄色。また冬瓜のつるはからみ易い。絹川谷蔵と名乗って姫君をくれと言わず、紛らわしい嘘をあれこれ考えて、頼みこんでくるので。 八 貰おう。 九 埒が明かぬ。 一〇 取りきめをし。 一一 晩秋の九つは、午後十一時半頃。 一二 衒妻。女性を卑しめて言う語。 一三 心苦しい。困る。 一四 以下、与右衛門と金五郎の言葉に、仮に「 」を付けたが、どこで分けるかは、現行でも演者により異なる。 一五 ワシタカ科の鳥で、性質が荒々しく貪欲で、鷹狩に用いる。爪で獲物をよく摑むところから、欲、握つた、に続く。 一六 与右衛門から百両取っても、花扇屋に売っても(三九六頁一三行によれば訴人しても)、どちらにせよ金が入る、と欲深い目算を立てて。 一七 現行はここで「ヲクリ」となり、太夫・三味線が交替し、以下が切場となる。加島屋版五行本薫樹累物語(以下、薫樹五、と略記)「垣生村のしあんに胸のくれ近く思い[二〇]。廻せば廻す程。

「御館の騒動《さうどう》故。一ッ旦《たん》此絹川が御供して立退《のき》しと。風聞《ふうぶ(ん)》[二一]せし頼兼公。都の内におはす共。弁《わきま》[二二]へなき姫君様。女心にはる〲としたふてお出《(いで)》遊したか。何にもせよちよつとマア。お目にかゝつて。アイヤ〲《(イヤ)》曲《いがみ》に曲んだ金五郎[二三]め。絹川としられては。我ガ身の大事姫君の。御身の上にかゝる難義。と有ッて百両の金はなし。所詮手短《しよせんてみじか》に金五郎めを。追[二四]欠ヶて討放《うちはな》し。姫君の御供して。立退《のく》より外はなし。ヲ、そふじや」と。欠出す[二五]足にまといつく。前垂《だれ》の紐恩愛の。縁に引るゝ後ロ髪。

「此儘に立チ退《のか》ば。嘸や跡にて女房が。何にもしらずに見捨たかと。恨《(うらむ)》で有ふ泣《(なく)》で有ロ。兄の三婦に詞をつがい。仮《たとへ》どの様な事有ッても。一生見捨まいと云た女房。義理のかけるもお主の為。了簡して下され三婦殿。こらへてくれ女房共。せめて一ト筆残さん」と。捜《さが》す硯の[二六]石の海。うき世に秋[二七]の日[二八]の脚《あし》も。片足《かたし》短き女房の。累はとつかは酒屋から。帰る我家の黄昏《たそかれ》時。

はつと驚き懐へ。隠す[二九]あいろも夕間暮。「ヲ、嘸待兼さしやんせう。此在《ざい》所の酒は。悪イ

段」も「さして立帰る。跡は思ひに」で始まる。初演時は三七七頁三行目で交替し、薫樹累物語以後、ここで交替することになったようである。一八「山寺の春の夕暮来て見れば入相の鐘に花ぞ散りける」(謡曲・道成寺)(→三一五頁注一六)。一九 暮六つの鐘を聞くにつけ、金の調達を急き立てられる思いで。鐘と金を掛ける。二〇 心がかきくれる、と暮を掛ける。二一 噂の立った。二二 この与右衛門の言葉は、第五までの筋とやや喰い違う。原因は、原作の歌舞伎との関係にあるらしい。宴遊日記によれば歌舞伎初演時二番目の「新幕」で、絹川谷蔵の与右衛門が守護すべき人物は持氏公の若君と姫君であり、持氏公とは、与右衛門が実は結城七郎であるからには将軍家に抗して滅びた足利持氏、その若君姫君は、当然幕府から追われる身である。姫君が頼兼の許嫁であるとは(文化台帳はそうなっているが)初演時の場合、断定できない。本来伊達騒動とは別の、結城合戦物の人物として登場するのかも知れない。歌舞伎・伊達競阿国劇場で伊達騒動の話は第一番目「対決」までで終っているので、二番目の人物が、伊達騒動との関係が薄くても構わないのである。が浄瑠璃は、物語全体の統一性や起承転結、因果関係を重視するので、お家騒動の解決「対決」を最後(第十)に置き、与右衛門・累夫婦の不幸の原因を伊達騒

とやら云《いは》しやんすによつて。隣村《となり》迄いて買て来やんした。夫レはマアそふと。金五郎様はどこにじやへ」。「イヤモ待兼てとふにいんで仕廻ふた」。「ヱ、モ本ンに気の短いお人では有ルぞ。折角《せつかく》買ふて戻つた酒。そんならおまへ呑《のま》しやんせぬか」。「ア、いや〳〵。おれはモウ酒所ではないはいの」と。地ウどこやら済一マぬ夫トの顔。ハルウつい目に付クもほれた二中心《なか》にかゝる傍《そば》へ寄《より》。色キン「詞コレこちの人ト。いかふ顔のいろもわるし。おまへは何とぞさしやんしたか。そしてマアついに三ない。日比《ひごろ》好キの酒もいや。ム、何ぞこりやこな様やうすの有ル事でござんすの。女房のわしに隠さずと。ちよつと聞カして下さんせ」。と地ハル聞たがるのも夫《つ》マ思ウふ。心遣フシイぞだうりなる。

地色ハル不便とは思へ共。ウもれては事の妨《さまたげ》中と。ハル夫レとは云《いは》で。「詞コレ累。今迄そなたに云ハなんだが。何をかくそふアノ金五郎には。親の代から百両といふ借リが有ル。此中《このぢう》から其金を。戻せ〳〵といらだての四催促《さいそく》。色ゝと云イ延したが。切際《せつば》つまつて今ン夜の夜半《なか》。どふ有ッても其金を。立五テねばならぬ事に成《なり》。請合六事は請合ふたが。土か砂か見る様に。百両といふ大まいの金。早速調《とゝの》ふあてもなし。いつそ毒喰七ハば皿。破《やぶ》八れかぶれ。アノ金五郎め

動の事件である高尾殺しに求め、与右衛門の守護すべき人物も、細川勝元の姫君、頼兼の許嫁として、伊達騒動物の枠内に納めようとする。そこに、筋の展開上無理が生ずるのは、一つには、浄瑠璃の第一から第五の作者と、第八・第九の作者との調整が、十分に行われていないためかと思われる。三 薫樹五は金五郎を鉦(らど)八、三婦を戸平とする。これは寛政二年の上演によるが、原作通りの名で演ずるのが普通。現行も金五郎・三婦。㆓四 追駆けて。㆓五 駆出す。㆓六 硯の石の、墨汁を入れるくぼんだところを海という。㆓七 飽き、に掛ける。㆓八 日の差している時間が短いのと、累の片足の短いのをかける。現行、三味線が「片足」の前から足の不自由さを表わす手を弾く。㆓九 文色。様子。夕まぐれで、懐に書きかけの手紙を隠す様子もはっきりとは見えない。

一 元気なく沈んだ。
二 惚れた仲の、放っておけない夫のそばに寄り。
三 今までにない。
四 性急な。
五 清算・返済せねば。
六 薫樹五は「受合フ事は」。現行は「うけあいごとは」。
七 諺「毒食わば皿を舐(ね)れ」。ここは、百両が返せないからには、どうせ命にかかわることだから、の意。

を切殺し」。「ヱヽ」「[九]コリヤ　サそふも思ふて見たが。又外ヵに工面の仕様も有ふかと。今其思案《しあん》最中」と。かたる夫トの今の間に。ふつてわいたる身のなんぎ。妻も途《と》方に[一〇]呉羽《くれは》鳥只涙。ぐみゐたりしが。

日比《ひごろ》夫の[一一]突詰し心をそれとくみ取ッて。「ヱヽ[一二]やくたいもない与右衛門殿。何のマア百両やそこらの金。其様に苦にさしやんす事はないわいな。又よいしあんもござんせふ。コレ短気をやめて下さんせへ。お前の其短気故。人をあやめて顕れて。どんなうき目に逢《あは》しやんせふかと。本《ほん》に[一三]夜の目も合ぬわいな」。「コリヤ」「サア若《もし》其事が今此《この》日影の身と成たも皆こな様の心から。もしもの事が有たらば跡に残つたわしが身は。どの様に有ふぞとちつとは又女房の心。推量してくれたがよい」と。夫思ひの一筋に。声も得上《えあげ》ぬ忍び泣。

夫も不便の涙を隠し。「夫程に迄おれが事。思ふてたもる志。悪ふは請ぬ嬉しいぞや。コレ何にもかも得心してゐる」。「ムヽそんならば何事も。[一四]聞訳て下さんしたか。ヱヽ嬉しうござんす。九つ迄は間も有。[一五]一寸延ればひろ延る。マア〱おくへござんして。酒で

八　以下五字、薫樹五・現行なし。
九　累が驚いて、大きな声を立てるので、「コリヤ」ととめ、「サ」と気を替えていう。
一〇　途方にくれる、に掛ける。呉(くれ)の国から渡来した機織りの工女呉服(くれはとり)の宛字。「聞くに心もくれはとり」(謡曲・清経)。
一一　一途な行動に走る。
一二　とんでもない(無分別・無益な考えです)。
一三　夜もろくに寝られない。
一四　聞き分け、の宛字。
一五　「一すんのぶればひろのぶる」(毛吹草二)。ひろ(尋)は両手を左右に広げた長さ。慣習的に用いられたので一定しないが、文政元年・倭節用悉皆嚢には「五尺」。切羽詰った時に、そこさえしのげば、あるいはほんの少し猶予があれば、そのあとの途がひらける。

も一つ呑しやんせ。[一]所かはれば品とやら。又能《(よい)》思案も出よぞいな」と奥へすゝめる女房の顔。見るにほろりと[二]落方《(おちかた)》の。[三]涙を隠す懐《ふところ》の。書残したる其跡を。書《(かき)》に入こそ哀也。折から表へ[四]合羽がけ。所見なれぬ[五]一腰も[六]はでな拵へ[七]取形《(とりなり)》は。逍《さすが》[八]それやと門口から。「ちつとお頼申ませふ。[九]与右衛門様とはこなたでござりますか。金五郎様といふお方が。お前様にと承りましたが。ちよつとお目にかゝりたふござりまする」と。いへどこなたは耳にもいらず。「[一〇]通つて下さんせ。ヱヽ何じややら邪魔《じやま》らしい。[一一]奉加所《ほうがどころ》かいな。わたしが所は宗旨《しうし》が違ます」。と胸の[一二]もや〳〵あいそなき。「イヤさやうな者ではござりませぬ。私は江戸吉原の。女郎屋でござりまするが。金五郎様に御相談仕かけました奉公人ン。金持ッてこいこなた様に。待ッてゐるとおつしやりましたが。ハテ[一三]めんよふなどつちへお出なされましたかどふぞお目にかゝりたい物じやが」と。いふ内ふつと気の付《(つく)》累。我身を売て百両の金調へる[一四]手寄《(てより)》には。是幸《(これさいはひ)》と笑顔して。「どふで見へる金五郎様。はいづてお[一五]待チなさりませ」。「ハイ〳〵さやうならばお邪魔ながら。ヤ[一六]御めんなされて下さりませ」。としらぬ人トにも[一七]取リ入《(い)》ルは商売筋の上手者《(じやうずもの)》。

一 所変れば品変るというが、気分を替えてみると。薫樹五にこの九字なし。
二 落ちていく方角。涙が落ちると、一人落ちて行く意を掛ける。
三 現行、夫婦思わず顔を見合わせ、与右衛門、徳利を受取って上手障子内へ。以下、薫樹五では「涙を胸に与右衛門は。しほ〳〵立ッて入ル跡へ。所見馴なれぬ一ト腰も。端(は)手(で)な合羽の取リなりは」。現行もほぼ同じ。
四 マントやガウンに模し多くは木綿や桐油紙で仕立てた外套。ポルトガル語に由来する。合羽がけ、で旅装をあらわす。
五 道中差の拵えも派手で目立つ。
六 底本「ばで」を改める。
七 身なりや動作。
八 水商売の男らしく。
九 現行、この「与右衛門様」と「お前様」は「さま」、他はだいたい「さん」。全部「さん」で語る人もいる。
一〇 物乞い、門付け芸人、喜捨(奉加)を求める宗教家などに、金品を与えずに帰らせる時のきまり文句。「手の隙(ひま)がない通つて下され」(新版歌祭文・上)。
一一 寄進。
一二 むしゃくしゃするさま。「悋気の初ツ物胸はもや〳〵かき交ぜ鱠」(新版歌祭文・上)。
一三 面妖。不思議。　一四 手蔓。
一五 薫樹五「お待チなされませ」。

累《ハルウ》は傍へたばこ盆。云《ウ》ィ寄ル塩[一八]に。茶《フシ》を指出《(さしいだ)》し。「イヤ《詞》申お前はアノ吉原の女郎屋さんでござんすか。そんならお前に折入て。お頼申たい事がござんす。といふは外の事でもない。夫トが手詰の難義に付《(つき)》急《(きう)》に金の入ル事が有ッて。身を売たいといふ人トがござんすが。今いふて今相談の。出来る物でござんすか」。「いやもふ夫レは商売づくいつでも談合出来まする。マア其本ソ人の年比《(としごろ)》は」。「されば十七八でござんする」。「よし。顔[一九]のすまい立入《(たていれ)》[二〇]の様子」。「サア顔形《(かたち)》[二一]風俗は。江戸[二二]でいふて見よふならば。歌舞妓芝居の半四郎によふ似てござんすといな」。「夫レはきつい代ロ物じや。どふぞわしが方へ相談を極《(きは)》〔メ〕ませふそふして金の望ミは」。「アイ百両[二三]にさへ買[二四]て下さんすりや年《(ねん)》は五年が十年[二五]でも。夫レにいとひはござんせぬ」。「ヤモ今の咄しの通りなら。随[二六]分ソ百両に買ィませう。幸ィ金は持ッてゐる。相談さへ極[二七]つたら。直《(すぐ)》に連ていに[二八]たい物」。「そんならそふして下さんせ」。ヱ、[二九]忝ィ。したが。今いふ通り夫トの有ル身。互《地中》ィに得心づくの上暇乞する其間《ハル(あひだ)》。アレあの《ウ》納《なん》戸でしばしが内」。「そ《詞》んなら必《(かならず)》何にもかも。手廻し早ふ頼みます」と。いそ《地ハル》〳〵として彼《かの》男。納戸《フシ》へこそは入にけり。

一六 薫樹五・現行「ヤ御免なされませ」。
一七 客商売だけに相手に好意を持たれるようにとり入ることが上手な(愛想がいい)男。
※現行、男は下手に座り、累、煙草盆、茶をさし出す。
一八 潮。好機。 一九 目鼻立ち。
二〇 身のこなし。 二一 身のこなし。
二二 以下、薫樹五は「大坂でいふて見よふならば。歌舞伎芝居の野塩によふ似てござんすといな。それはきやうとい代物じや」。現行も同。野塩は薫樹累物語の大坂初演当時、大坂劇壇において、美貌で若女形の巻軸上上半白吉(役者紋選)であった二代目中村のしほ(一七五九―一八〇〇)。
二三 仮名手本忠臣蔵のおかるの身売も、百両で年は五年。実際の値は解りにくいが、天保十一年(一八四〇)、摘発された隠し売女が吉原へ三年の年季で売られた際の最高額は、十七歳のいよが、四十五両三朱(上林豊明『かくれざと雑考』)。
二四 薫樹五・現行は「かうて」。
二五 現行「十年でも」と涙でいう。吉原の年明けは二十七歳。
二六 副詞。精一杯張り込んで。
二七 薫樹五「極(きま)つたら」。現行は「きわまつたら」。
二八 往にたい。
二九 薫樹五・現行、以下四字なし。
※現行、男、暖簾口に入る。

累は跡を見送りて。手詰《てづめ》の金の今の間に。つい調ふて嬉しやと。思へばかなしきうきわかれ。「ア、是迚《とて》も男の為。とても事にいさぎよふ。夫トに泣顔見せぬのが。別れる此身の置キ土産」と。気を取リ直す一間より。何心なく出る与右衛門。顔を見る目もふさがる思ひ。押隠して傍へ寄《より》。「イヤ中こちの人ト。わたしやお前に願ィが有。聞キ届ケて下さんすか」。「改つた女房共。願ィとはそりや何事」。「サア日比《ひごろ》お前の云ハしやんすには。鏡を見ると添ふては居ぬ。隙をやるといわしやんした。其鏡が見たふござんす」。「ムウ何といやる。そんならそなたは。隙《ひま》くれといやるのか」。「アイ今宵にせまつた手詰の金。勤《つとめ》にやつて下さんせ」と。我顔形のかはりしとはしらぬ不便さいぢらしさ。何のマア其顔でと。いふも云ハれぬ苦しさの。胸に涙を呑ミ込ミながら。「ヱ、埒《らち》もない。たとへどの様な事が有ても。そなたに勤奉公さして。兄の三婦へ立ッ物か」。「さいな。夫レじやによつて暇《いとま》の状。隙《ひま》下さんせ与右衛門殿とは云物《いふもの》の世の中に女房は夫にさられまい。隙取ルまいとする筈を。縁切《きら》れても嬉しいと。思ふ心を推量して。可愛と思ふて下さんせ」と。思はず「わつ」と声立て取付キすがる

一 嬉しい、とほっとすると同時に、悲しみがこみ上げてくる。「思へど」と書かないところに注意。 二 どうせ別れなければならないのだからいっそのこと。

※可憐でけなげな累の悲劇は本作のみが到達した境地。歌舞伎では、本作以後の文化台帳でも、累を「姉がしやうげに心も荒く折〳〵の物の怪」と与右衛門に言わせている。

三 現行、与右衛門、一腰提げて上手障子屋体から出る。 四 薫樹五・現行「是は又改つて」。 五 遊女奉公。 六 たわいもない。 七 そうよ、そのことですよ。 八 累が夫の言葉に背いて鏡を見たから暇をやった、その上で勝手に遊女になったということで、三婦に言訳が立つはずだ、というのである。 九 世の中にありとあらゆる女房は。 一〇 与右衛門を木に、累を蔦に見立て、累の袖に涙がかかる(しがらむ)のを、蔦の葉に時雨が降りかかるのにたとえる。 一一 光陰矢の如し、というように、年が明いたらわたしもすぐ戻って。 一二 以下与右衛門の思い。つらい遊女の境遇(苦界)に身を売ることも哀れだが、身売りもできないような、昔に変る顔の様子を全く知らずにいる心根が。

※浄瑠璃(義太夫節)の先行作、糀水絹川堤、絹川累物語では、累は原話、死霊解脱物語聞書と違って、もとは美しく、与右衛門とは恋仲の夫婦であり、悪人方と争うはずみに顔が醜

一〇 蔦のはの。袖にしがらむ憂涙とゞめ兼たる計《ばかり》也。「本《ほん》に私とした事が。よふ得心をして居ながら。どふうろたへて泣たやら。一一 年《ねん》の立ッ間は射《い》る矢より早ふ戻って元の女夫。必〳〵《かならずかならず》夫《それ》迄はまめでくらして下さんせ」。一二 つらい苦界《くがい》へ身を売《うる》より。昔にかはる面モざし共。何にもしらぬ心根が。其百倍のいぢらしさ。一三 五躰をしめ木にしめ付られ。油ぬかるゝ思ひ也。

一四 折からいきせき村の歩《あるき》。一五 「申〻与右衛門様。山名宗全様から絵姿を持てお尋なさるゝ者が有。今ござりませとお代官の云付。一六 サア〳〵今じや」とせり立ッれば。はつと計リに与右衛門が重サなる思ひは命を的《まと》。一七 胸をすへたる魂の。一八 一腰ぼつ込《こみ》一九 立出《いづ》れば。「コレ待タしやんせ与右衛門殿。さつきにから云通り。短ッ気を出して下さんすな」と。いふ間もせはしく「サア申。早ふ〳〵」とせつかれて。代官所へと出て行。

後影さへ名残リかと。見やる目にわく雨涙。しほ〳〵立て押入《おしいれ》の。冬の支度の。綿入《わたいれ》も。やう〳〵裾を合せ物。二〇 はなれ物とは。二一 云ィながら。兼て斯成《かくなる》身としらば。せめて不自由のなき様に。二二 洗流物の糊立《のりたて》も。二三 涙にしめる糸筋や。針のみゝずの。二四 見へわかぬ。二五

くなった設定であるが、下総へ来てからの与右衛門の累に対する愛情は、本作のようにこまやかには、描かれていない。
一三 菜種などの種子から油を絞りとる木製の道具。締め木にかかる、は恩愛義理のしがらみに苦しめられる時にいう。纐纈城伝説(今昔物語十一ノ十一など)による表現。軍法富士見西行三に「五躰をしめ木にしめ付ケられ。油ぬかるゝ心地にてつらい咄しを聞しぞや」。他にも軍法富士見西行の修辞借用がある。一四 薫樹五・現行は「油ぬかるゝ憂涙止めかねたる折リからに。いきせきとくる」。一五 村々の名主に雇われて、お触れの伝達などを行う走り使い。一六 浄瑠璃では、その地域の統治を託された、領主の支配を庶民に直接に及ぼす機関を代官、代官所と呼ぶ。一七 一かばちか、命がけで当るほかはないと。
※姫の父細川勝元と対立する敵役山名宗全の追及、という設定であるが、歌舞伎初演時の、足利持氏の姫君・若君が追われている設定に基づく。一八 刀は男の魂、鏡は女の魂、という。一九 勢いよく腰にさすこと。与右衛門は、歩きにせつかれて下手小幕へ。二〇 裾のほころびを繕う。袷とほころびを縫い合せる意と、更に次の諺に掛ける。二一 夫婦の仲は「合わせものは離れ物」で、いつ別れることになるか分らない、と世間で

中あくび一まぜくら納戸より。ハル立出《たちいづ》る以前の色男。詞「ア丶旅くたびれで思はずしらず。ずる二〳〵とやつてのけた。サア中お内義様。暇乞も済だなら。おり三極《きはめ》しましよかい」。「ヲ丶嘸《さぞ》お待遠にござんせふ。サアそんなら其百両の金。渡して下さんせ」。「そりや何時《なんどき》でもわたしませふが。シテ其奉公人は」。「アイ私が事でござんすわいな」。「ヱ丶何四をじやら〳〵と。サア〳〵気がせきます頼五ます」。「イヤ中《まうし》じやら〳〵ではござんせぬ。真実誓文《しんじつせいもん》六七わたくしが。身を売《うる》のでござんす」。「ヱ丶こな様は何をいふのじやぞいの。夫レさつきにいはんした八半四郎といふ代物《しろ》」。「さいなア。わたしが事でござんすわいな」。「ヤア此人トは気が違ふたそふな。そんならこなさまが半四郎か。アイヤ ヤ九長四郎が聞て呵《あきれ》るわい。コレイノウこな様を誰がマア。一〇夜たかにもほしがる者はないぞや」。「ヱ丶そりやまあ何で其様に」。「何で其様にもあつかましい。余ッり呵れて物が云ハれぬはいの。ハア貴様こりや鏡見た事はないの」。「アイちと様子がござんして。鏡見る事はならぬはいな」。「ム丶いか様そふで有ロ。生れてから鏡見た事は有まい。コレこなたの顔の容躰《やうだい》をいふて聞カそか。一一ぐるり高《だか》のちよつぽり鼻。しかも出歯《でば》ではげが見へて其かはりにちんばときてゐる」。

は言われているが。薫樹五「はなれ物」に「半太夫」の節付け。※累がやもめ暮しになる夫のために心をこめて一枚一枚衣類を調える件りを、半太夫、文弥等を用いた抒情的な節付けで聞かせ、人形がまめまめしく針仕事をするさまが哀感をさそう。

三 濯の誤り。薫樹五・現行「せんだく」。三 糊付けをぴんとさせておくのだったのに、今は涙に湿ってそれもできない。云 針のあな。云 涙で見わけられぬ。次の、男のねむい目がまだ十分明かない、に掛ける。

一 あくびまじりに。二 引き込まれるように寝てしまった。三 奉公人に関し取り決めること。四 ふざけたことをいう。五 薫樹五・現行「早ふ頼ミます」。六 相手を信じさせるために、誓いを強調する語。七 薫樹五・現行「わたしが身を売ルのでござんすわいな」。文章は原作の方がよい。八 薫樹五「野塩とやら」。現行も同。九「聞て呵る」を使用の際は、相手方の用語を故意に曲解して類音を用いる。奇数の意の「半」を偶数の意に曲解して「長」で応じた表現。薫樹五・現行は「そんならこな様が野塩か。こいつはごま塩が聞イて呵るはい」。一〇 夜鷹。夜、辻などに出て客を引く江戸の下級売春婦。本所吉田町・四谷鮫ヶ橋などから、柳原

「ヱヽ」。「ヤヱ、もすさまじいわい。幸ィ爰に[一二]髭《ひげ》ぬき鏡。[一三]けう[一四]けげんな[一五]御面相《ごめんさう》。とつくりと見やしやれ」と。ふところより取ﾘ出《いだ》しやら[一六]腹立《だち》に。さし付《つく》れば。思はずはじめて見る顔に。はつと[一七]恟りまだ外ｶに人ﾄもゐるやと見廻せば。われならずして面《おも》かげは。よもやと又も取ﾘ上て。見れば見る程情なや。「コハそもいかにかなしや」と。あなたへうろ〳〵こなたへはしり。狂気《けうき》のごとく身をもだへ鏡をはつしと打付ｹて。我身を[一八]とうど打たをれ[一九]声をはかりの叫《さけ》び泣《なき》あはれに。も又いぢらしき。

「ヱヽいま〳〵しい隙づいやし。此様なばけ物を。百両は扨置て米一舛でも買人《かいて》はない」と。つぶやき〳〵立上り。「せめてお[二〇]脚《すね》で腹いよ」と。泣入ﾙ累をふみ飛し。足をはやめて立帰る。

[二一]前後正躰《しやうだい》泣くづおれ顔も得上《えあげ》ず居たりしが。「アヽ思へば〳〵はづかしや。かういふわしが顔ゆへに。鏡を見せぬ夫ﾄの心。其顔もせず朝夕に可愛がつて下さんした。お情すぎてなさけなや。なぜ打明ｹて有ﾘ様《やう》に。云て聞ｶせて下さんせぬ。又姉様もどうよくな[二二]現在の妹を。是程迄に憎《にく》ひかへ。かういふ事共露しらず。[二三]今の今迄わしが身で器量じま

などに出没。一切り二十四文。薫樹五・現行「惣嫁(そう)にも」。一二 美人の形容である中高の対で、周りが高く、真中の鼻が低い顔。薫樹五は「ちよつぽり鼻。顔にべつたり痣(あざ)が有ツて。しかも出歯(でば)で。横から兀が見へて」。一三 髭抜きなどに用いる小型の鏡。一三 希有。きわめてまれな。一四 怪訝。不思議に思わせるような。けう、と頭韻。一五 お顔の有様。皮肉に、しかつめらしい言葉をつかう。一六 いらいらと、むやみに腹を立て。一七 現行、累ははじめさしつけられた鏡を見まいとするが、ふと見て驚き、鏡を後ろ手に持ったまま、暖簾を上げて、ほかに誰もいないかと、後ろ向きに見廻しなどする。

※この件り、寛延三年・江戸肥前座・新板累物語の文章からの影響が顕著。新板累物語の累は、原話・死霊解脱物語聞書と同じく顔も心も醜く、しかも母は累に鏡を見せず美人だと言ってきた。新板累物語は糀水絹川堤等上方系の累劇と違い、原話の陰惨さをそのままに留めた作で、本作とも、歌舞伎・伊達競阿国劇場とも、累像は全く異なるが、文章や個々の局面で本作が影響を受けていることも事実である。歌舞伎初演の結城合戦物の世界も新板累物語の系譜とみてよい。

一八 「Tôdo」(日葡辞書)。薫樹五は「どうど」。一九 声のある限り。

んをして居たが。はづかしいやら。ヱヽつつともふかなしひやら。何面目に与右衛門殿。どふマア顔が合ハされふせめて夫トと同じ名の。絹川へ身をなげて。死るは未来で連レそふ心。とは云イながらさつぱりと思ひきられぬほれた中。死だ跡ではうつくしい。女中を女房に持タしやんしよと。それ計《ばつかり》が気にかゝり。是が迷イのたねとなり。よふ浮まぬでござんしやう。可愛と思ふて折ふしの御回向頼み上ます」とくどき立〳〵たへ。入ルばかり泣つくす。

沈《しづむ》おもりと辺《あたり》成ル。刈豆籠を身のしづにおはれおわるゝ死神ミの。もし仕《し》損《そん》ぜば身のはぢと。見廻す傍《あたり》に鈷《さび》もせで。とぎ立《たて》。鎌は今宵置ク。草葉の露ときへよとか。いとゞあはれをそへに来る。秋雨の音。立帰る夫トの足音今さらに。顔を合すも恥しく。見付られじと吹消す行灯。「火がきへて有ル女房共。累〳〵」と与右衛門がすれ違ふたる門の口。「誰じや〳〵そこへ出るのは累じやないか」。といふ声跡に聞さして。女心の一筋にこけつ転《まろび》つはしり行。

「ハテ怪しや」と見る影は。たしか女房と思へ共。あやもわからぬ真ンの闇跡を。した

一〇 脛をいただかせ(蹴とばして)腹癒せにしよう。 一一 薫樹五・現行「跡は正躰」。 一二 まさしく妹である私が。現行、仏壇から高雄の位牌を下ろしてきていう。 一三 「我でに顔の見られねば。器量はよい。美人じやと人のなぶるを誠に請。外の女を笑ふたり譏つたが恥かしい」(新板累物語)。

一 ほんとにもう。女性語。 二 女性。※現行、「死るは未来」で足を引きずって外へ出、転んで柱にすがり、「思い切られぬ」と泣くあたりがクドキの頂点。 三 成仏できない。 四 川へ沈むための錘り。 五 死霊解脱物語聞書では、与右衛門は財産目当てに結婚した妻累の醜いのを嫌い、畑から帰る時、累に重い刈豆の束を背負わせて絹川へ突き落し惨殺する。原話とは全く違う動機で、やはり不吉な小道具として刈豆籠が使われる。 六 錘り。 七 負われ追わるる。 八 人に取りついて、死に誘う神。 九 底本「見廻ず」と誤刻。 一〇 鈷は「かま・きる・たつ」(真草字引大成)と訓む。 一一 草刈鎌の縁で、今夜草葉に置く露のようにはかなく、と掛けた。 一二 薫樹五・現行「降(ふる)秋雨の。足音に見付ケられじと」。 一三 現行、二人は門口ですれ違う。累は暗い中で一瞬夫を見詰る。与右衛門は、暗がりを探って一旦内へ入る。 一四 現行、三味

ふて　三重

線の手で累が足を引ずりながら走るさまを弾き、累は下手小幕へ入る。一五 薫樹五・現行「慥(たしか)に」。一六 文。暗くて形がはっきりしないこと。

※「垣生村」で鏡を見せられた累が、絹川へ身を投げに行ったところで「土橋」で惨劇が起るという本曲の展開は、実は累劇本来の流れからは、例外的な形で、新板累物語、糀水絹川堤、絹川累物語、そして歌舞伎・伊達競阿国劇場初演時も、先に絹川堤の殺しの場があって、後の羽生(垣生)村与右衛門内で累の亡霊が出現する順序であった。本曲はそれを逆にすることで、怨霊劇ではなく、累と与右衛門の夫婦愛を主眼とする劇に生まれ変ったといえる。

第九

(土橋の段)[一]

[二]〽行空の。

[三]捨《すて》に行《ゆく》。身にはいとはぬ。村雨の涙あらそふ絹川の堤《つゝみ》。伝《づた》ひにうろ〳〵と走リ。つまづき漸《やう〳〵》と。胸撫おろし撫おろし。「今のは慥に与右衛門殿。跡から追て見へし故。藪《やぶ》陰《かげ》へ隠れたが。定めてわしを尋《たづね》にか。外に用でも出来たのか。アレあの向ふの畑の方へ行《ゆか》しやんした。後姿が此世の名残。覚悟はよふ極《きはめ》て居れど。最《も》一チ度逢たい与右衛門殿。アイヤ〳〵《イヤ》。此浅ましい顔形。まだ此上に水におぼれ。どの様にならふと思へば。一ばいあいそがつきよふかと。夫レが悲《かな》しい〳〵」と土辺《つちべ》[四]にどふど。身を投伏正躰《しやうだい》。涙にくれけるが。

時　前段の続き
所　絹川堤、土橋の傍

一　初演、豊竹紋太夫・野澤庄次郎。
二　現行、舞台は堤の体で後ろ黒幕、前が川、舞台上手に土橋、樋の口、土橋の際に柳、中央に稲叢、下手に絹川と記した杭。
三　入水する累は雨に濡れることも厭わず、涙の雨が村雨と争って絹川に注ぐ。
※刈豆籠を背負い、手拭を被った累、足を引き引き下手から出る。
四　地面。

「アヽ悔まじ歎クまじ。迚《とて》もながらへ果ぬ身」と。小石拾《ひろ》ふて[五]そこ爰と。尋る心ぞ哀なり。折から向ふに聞コゆる人ト声。見付られては叶わじと。見やる[六]稲村《いなむら》幸イと。身をひそめてぞ隠れゐる。

程なく出来《いでく》る金五郎欲に光らす小灯燈。[七]なやませ給ふ姫君の手を引立《ひつたて》て土橋の上。

「ヱヽ道〻も云イ聞すに去リ迚《とて》は[八]どびつこい。コレ女中様《さん》[九]よふ聞んせや。こな様ンが[一〇]泣キしみづいて逢たがる。其絹川の谷蔵といふ相撲取は。此近ッ辺にはマアないは。又有ッた所が。人殺しのお尋者じや。定メて大方上方で。女房に持タふならふのと。堅ふ云イかはさんした事も有ル故。此[一一]下総三界迄。尋てごんしたといふ様な事で有ふが。そんな科人を捜《さが》して添《そは》ふより。幸イなよい事が有ルはいの。ヱ此在所に。与右衛門といふ夫レは〱よい男が有《ある》。時に此女房が累といふじや。其又累が顔形イヤモウどふも一目と目当て見られた頰《つら》じやないわいの。そこで。カノ与右衛門めも。女房の累が傍では可愛の。イヤ不便なと日比《ひごろ》から。だましすかしてせふ事なしに添てはゐれど。どふぞ幸な事が有たら。其女房の累を追まくつて。よい女房と[一二]仕かへたい〱と思ふてゐる矢先。けふこな様の

五 現行、石を川に投げて深さを見たり、這いよって覗いたりする。
六 稲叢。刈った稲や藁を積み重ねたもの。
※現行、金五郎、傘をさし、提灯を提げ、歌方姫を伴って出る。
七 旅疲れで病んでおられる。
八 しつこい、を罵っていう。ひつこいは、しつこいの訛。
九 以下、「様」は「さん」と読むことが多い。
一〇 泣き浸み付く。泣き濡れる。
一一 はるばる下総まで。
一二 とりかえたい。
※死霊解脱物語聞書に「その由来をくわしく尋るに彼の累と云女房。顔かたち類ひなき悪女にして剰へ心ばへまでも。かだましきゑせもの也。しかるに親のゆづりとし田畑少々貯持故に。与右衛門と云貧き男。彼が家に入甥(こむ)して住けり。…此女を守りて一生を送らん事。隣家の見る目朋友のおもわく。あまりほひなきわざに思ひけるか。…何とぞ此妻を害し。異女(ことおんな)をむかゑんとおもひ究めて」とある。江戸の観客は、ここでこの劇が、聞馴れた累の物語に接続しつつあることに気付く。

事を咄したれば。あいつもきつい登者《のぼりもの》[一]じや。有《あり》もせまいに。こな様を百両に売てくれい。今夜九つ迄に金拵へて渡そふ。したが累にはマア隠したい。どふぞ此土橋迄連て来てくれい。金と引かへにしよふといふ旁《かたぐ》[二]の約束で。追ッ付爰へ金持てくる筈じや程。に其絹川とやらいふお尋者を恋したふて。倶《とも》にうき目に逢《あは》ふより。アノ与右衛門が所へ行かんすれば。おれも世話した甲斐《かひ》も有ッて。百両といふ金[三]あたゝまる。又こな様も早速よい男に有付《ありつく》といふ物。スリヤ是二人ながらよい仕合《しあはせ》といふ物じや。ナ何と嬉しいか。ヲ、おれも嬉しい〳〵」と。おのが工《たくみ》の得手勝手。木影に始終《しじう》立聞《たちぎく》累。[四]扨夫が都にて云かはしたる女よな。我レに隠せし百両の。金の[五]入訳《いりわけ》夫トの心。聞ば聞程腹立《はらだち》やと。[六]逆《さか》立ッ胸を押さげて。猶も様子を伺ひゐる。

姫はとかふのいらへさへ[七]涙にむせび給ひしが。漸《やうやう》に顔を上。「そなたの[八]たんとせはなれど。どふぞ尋る絹川に。逢して下され頼ます。誠《まこと》浮世の情ぞや。コレ慈悲でござる」と[九]手を合す。「拝ムわいの」と計《ばかり》にて又さめ〴〵と泣給ふ。「ヱ、[一〇]めろ〳〵といま〳〵しい幻妻《げんさい》めじや。[一一]とこぼへてもどふしても。与右衛門が所へやらにや置ぬ。イヤトぬかすと

一 のぼせる男。夢中になる奴。
二 互い。
三 懐があたたかになる、手に入れる。
四 累の心中の言葉。節付けは「地色」とあるべきところ。
五 入り組んだ事情。
六 髪が逆立つほどの怒りにいう。
※累は、はじめて彼女にとってすべてである夫に裏切られた、と知る。観客はそれが誤解であることを知りつつ、「死だ跡ではうつくしい。女中を女房に持タしやんしよ」(三九〇頁三行)と危惧したよりも、はるかに残酷な事態に直面させられた累が、裏切りと思いこむのは無理もない、と感ずる。ドラマティカル・アイロニーの、すぐれた局面。
七 無く、を掛ける。
八 たいへんに世話をかけて済まないけれど。
九 現行「手を合せ」。
一〇 めそめそ。
一一 泣くことを罵っていう。

此川へどんぶり。サアあいといへ。サアどふじやいやい。サア〳〵何と」ヽせちがふ[一二]所へ。いきせき来たる与右衛門は。累が行衛見失ひうろ〳〵尋る出合頭。「ヤ金五郎じやないか」「与右衛門か。テモ早ふ仕《し》[一三]かけたなア」。「ヲヽシテ約束の其女は」。「ヲヽ連て来た共〳〵。金と代ロ物引かへじや」と。泣入ル姫を突出せば。さし出す灯燈火あかりに。「ヤアこなたは絹川」。「アコレ〳〵。ヲヽほんに[一四]こゝは絹川。ナコレ爰は絹川の堤。サ人ト目[一五]堤。ナコレ人ト通りも有ル此往還《わうくわん》[一六]。何事も私《わたくし》[一七]がアイヤサわしが此胸に。ナア爰でとやかふ云《いふ》と悪イ。委《くは》しい事はサくはしい事は金五郎に頼んで置イた。によつていふと悪イ。ノウ金五郎。そふじやないか」。と此場を紛らす詞の端。心遣ぞやるせなき。

二人がそぶりきよろ〳〵と見すます金五郎唾《つ》[一八]を呑込。「ハヽア ヤコレ与右衛門。此女が今のそぶり。又我レ[一九]が其詞の端。コリヤどふでも我レは。お尋の絹川に違イはないわい」。「サア夫レは」「サ。何と」ヽ。問詰られて与右衛門が。覚悟の胸はすへながら打明ケて得心ンさせ。一ト先《まづ》此場を納《おさめ》んと思案極《きはめ》て「ヤコレ金五郎。そなたを男と見込《みこん》で頼むが。何と爰は一番わしを立《たて》てたもらぬか」。「トハ何ニ事じや」。「サ成程おれは其人ト殺しの絹川じ

一二 いためつける。
一三 おしかけてきた。やってきた。
一四 姫と金五郎両方に聞かせる、いわゆる鎹《かすがい》詞。→一六頁注六。
一五 人目包み。人目をはばかること。「ひとめつゝみの。くひ〳〵とあんじわづらふ」(出世景清三)。ここは金五郎という人目があるから、自分を絹川と呼んではいけない、と注意し、なおも金五郎をさす人目、を一般的な人通り、に言いかえる。
一六 往来。街道。
一七 わたくしは目上、わしは対等の相手に対する自称。
一八 成行きを見守って納得するさま。
一九 おまえ。

一 人相書のある手配書。二 うたかた、を占いの意の占形と混同。うたかた姫の名は阿国染出世舞台(宝暦九年)によるか。三 与右衛門は、自分が絹川と知られて捕えられることになっても、姫には追及が及ばないようにと考え、誓っていう。姫を自分の愛人であると、金五郎にではなく累に、恐るべき効果を

や」。「ヲそふで有ふ。我レが。絹川なれば此女は。さつきに代官へ一配符《はいふ》の廻つた。歌方姫とやら二うらない姫とやらじやな」。「ア、イヤめつそふな。そふじやない〳〵。イヤモけつしてそふではないぞや。モかふ尋常《じんじやう》に人ト殺しの絹川と名乗ルからは。何にも隠さぬ。サそなたを男と見込ッだ故。ヤコレ金五郎。三何を隠そふ此女は上方で。深ふ云ィかはした女房じやわいの」。「四ア、コレ夫レは」。「ハテ扨《さて》モウかふ成ては此人トに何にも隠す事はない。ノウ金五郎。アレよく〳〵おれを思へばこそ。マはる〴〵と此下総迄。ヲ、したふて来た五心ッ底者《もの》じや程に。どふぞ呑込ッでたもらぬか」。「ムそりやはや友達づくの事。そふ打明ケて名乗〔ル〕そなたを。是非訴人《ぜひそにん》しやうと云程の又。敵役でもないが。金づく計《ばかり》はどふもならぬ。さつきに約束した百両。ナ サ其百両さへ今渡すなら。呑込ムまい物でもない。サ六金しよふ」。「イヤ其金が今は」。「ないか。あるまい。何の有《あろ》ぞい。アノ爰な七大どろぼうの盗人ト野郎めが。コリヤ己《おのれ》を絹川と云ッ事は。昼あたつて見てとつくりと八すいて置たわい。けれ共。百両の金渡そふとぬかす。以前は相撲取もしておつた事なれば。相応に九かくまいも有ッて。金が有ルまい物でもない。マア百両引ッたくつて。其跡で訴人ッして。又

もたらす。四 姫には自分に配符が廻っているために絹川が心を砕く事情が呑み込めていない。五 まごころを持った者。六 金しょう。金を払ってもらおう。七 悪者。ろくでなし。八 見すかして。見抜いて。九 貯え。「貧乏な狩人でも。相応のかくまいは致さいでは」(妹背山婦女庭訓二)。一〇 思うつぼ。一一 してやろう。一二 駆出す。一三 ずわと。ハ行転呼音。一四 したたか者。一五 与右衛門が姫にいう。一六「土橋の段」は初演時は全体を紋太夫が語ったが、寛政二年、薫樹累物語の「絹川つゝみの段」は口・切二人となる。現行も、ここまでが端場(口)で、太夫・三味線交替。薫樹累物語五行本「土橋の段」(播磨屋他版、加島屋版など。以下、薫樹五と略記)もここから始まる。丸本(底本)節付けは「中ヲクリ」で、場面もそのままであるが、現行は三重で始まる。一七 非愛(ひあい)。あぶない。ひやひやする。一八 気が気でない意の心も空と、空から降る雨を掛け、雨が晴れぬ、と累の鬱積した憤懣が晴れぬ、を掛ける。※現行、姫は金五郎が捨てていった傘を拾ってさすことが多い。一九 嫉妬にのぼせ、逆上して、般若の面のように角が生えている心を。二〇 現行「お前かえ」とやや凄味にいう。二一 さあらぬ、の訛り。薫樹五も同。二二 やさしい。

褒美《ほうび》の金してやつて。二はいしてくりやうと思ふたが図[一〇]へいかなんだ。モウ此上は二人ながら訴人して。ほうびの金にしてこまそ[一一]」と欠出すを[一二]引戻し。「モウそふぬかせば百年《ン》め。どふも生《ケ》ては置れぬ」[一三]とずはと抜て切かくれば。きやつもしれ者[一四]抜《キ》合せ。二打三打うち合〳〵《うちあひ》。「[一五]コレ〳〵申《まうし》必《かならず》どつちへも行まいぞ。こいつを片付《つけ》立のかん」と堤伝ひに切結ぶ。逃行金五郎のがさじと跡を。したふて

[一六]〽追て行。

跡には一人《リ》歌方姫。こは[一七]さひやいさわな〳〵と心も[一八]。空に。ふる雨ははれぬ。思ひの稲村に。始終《しじう》聞程せき[一九]のぼす。心の角を押隠し。しらず顔《がほ》にて走《リ》寄《リ》。「ヲヽコレハ〳〵。今絹川殿の頼ましやつた。上《ミ》方の女中とはお前か[二〇]。わしは此近《ッ》所の者。絹川のいはるゝには。追《ッ》付《つけ》そこへ行《ゆく》程に。ちつとの間《ま》心を付てくれいと云《ッ》て。ヲヽホンニおいとしや〳〵。此下総三界迄。恋したふてござんしたアノ谷蔵殿とは。さだめて深ふ云《ィ》かはさんした中で有ふの」[二一]とさはらぬ躰《てい》に問かくれば。姫君何の気も付ず。「コレハ〳〵[二二]しほらしいよふこそ尋て下さつた。ガさら〳〵そふいふ

以下三九八頁

一 底本は「でば」と誤刻。薫樹五・現行「では」。二 瞋恚の宛字。激しい怒り。三 薫樹五・現行「あらはして」。四 底本「マ」とも読めるが、薫樹五により「ヤ」。五 現行、斜め立身で凄く睨みおろす。六 寝取り。七 身の毛も弥立つ、を略して、毛筋程も露程も、の意と掛ける。八 ただ無性に震え。薫樹五・現行は「身の姫君は。何といらへもおろ〳〵声」。九 現行、姫のだらりの帯をつかんで引廻し、姫の喉笛に喰いついたり、平手で打つなど、玉手御前同様の嫉妬の乱行を見せる演出もある。一〇 都から遠く離れた田舎。一一 難に逢う、に掛ける。「哀ともいふべき人はおもほえで身のいたづらに成ぬべきかな」(拾遺集・恋五。百人一首)。一二 なし、に掛ける。現行、累、帯で姫を打ち、突き放して、「思へば〳〵」で鎌をとり直す。一三 歯ぎしり。

※累と与右衛門夫婦の中に現れた若く美しい女を、与右衛門の愛人と誤解し嫉妬する筋立ては、歌舞伎・下総国累物語の影響を受けた諸作にある(「累物の趣向の変遷」)が、特に糀水絹川堤、絹川累物語の「絹川村の段・土橋の段」が本作のもと。与右衛門は主君の愛人傾城八雲を妹お辰と称して匿まうが、累の母の悪人とその甥銅兵衛は、与右衛門の妾だと言い立てる。累は嫉妬し、八雲を苛み、切りつける。

事ではない。自ラが恋したふ御方《おんかた》は」。といはんとせしが跡先キを思ひ廻して口ごもれば。扨はといよ〳〵累が胸。燃《もへ》立心ンの意を顕す面ンの色。「何じやさら〳〵そふではない〔ヤ〕そふではない。ヱヽこなたは〳〵のふ。さつきにからの様子はの。アレアノ稲村に隠れて居て。とつくりと聞ィたわいの。よふも〳〵はる〴〵の此下総迄。男をねとりにおじやつたの」と。はつたとにらむ其有リ様。ぞつと身の毛も露程も覚なき身の歌方姫。何と云ィ出す詞さへそゞろに震ふおろ〳〵声。「そんならこなたは。アノ絹川のお内義かや。自ラは其様な。恨を受ヶる者じやない。必《かならず》麁相云ハしやんなや。ヱヽ此絹川は何してぞ」と欠行《かけゆき》給ふを引戻し。衿際《えりぎは》しつかと声ふるわし。「まだのめ〳〵と云ィ抜ヶて夫トの跡をしたふのか。ヱヽ腹の立《たつ》〳〵」。と引キ廻し。〳〵。引廻されて歌方姫。多《おほく》の人にかしづかれうやまはれぬる御身の上。鄙《ひな》の旅路を只独《ただひとり》さまよい給ふうき中に。思はぬ難に哀共いふべき人トも遠近《おちこち》の谺《こたま》。より外泣計《なくばかり》。累は猶も歯がみをなし。「ヱヽ思へば〳〵憎《にくい》女。生ヶ置て我夫トに。おめ〳〵と添《そは》そふよりか。殺して倶にめいどの道連レ。観念しや」と鎌追取ル。光リは稲妻与右衛門が。ちうを

一四 現行は「にっくい」。一五 鎌が稲妻のようにきらめくのと、与右衛門が稲妻のように宙を飛んで来るのをかける。※現行、累が鎌をふり上げ、姫ともみあうところへ、与右衛門が上半身両肌脱ぎの襦袢姿、さばき髪に手拭いで鉢巻をして駆け戻る。一六 夫が姫をかばうさまを見るなり。「扨も〳〵夫レ程迄お辰(八雲)殿が可愛か与右衛門殿。わしをだましてけふ迄も。楽しみくさつた其報ひ」(絹川累物語・土橋)。一七 見とうもない。現行「みともない」。一八 「思へば〳〵我身でさへ我顔がきたない物。男のためには嘸やさぞ見にくかろきたなかろ。此顔故にあいそ尽キ。いさゝめ(傾城の名)と見替たな」(新板累物語四)。一九 薫樹五・現行「いはしやったは」。二〇 累はここまでは、「垣生村」からのごく自然の思いを、切々と夫に訴える。現行では、この「ガ」から次第に不気味な声になる。二一 薫樹五・現行、以下七字なし。「義理其義理も忘れて」。二二 薫樹五・現行「おなご」。二三 薫樹五・現行、この八字なし。この段の五行本は総体に簡略になる。文章としては原作がよい。二四 一途。二五 現行、この言葉に累が、一瞬、さてはそうか、との思入れで、夫の言葉を聞こうとすると、薄ドロ〳〵、三味線がかすめて凄く弾き、累はうつむいて苦しむ。二六 薫樹五・現行「細川」な

飛《ン》で欠《(かけ)》戻り。ハツト計《リ》に累を引退。「コハ何事」と押隔《へだて》たる夫《ト》の顔。[一六]見るより猶もせき立累《(たつ)》。其儘夫《ト》にしがみ付。「コレ与右衛門殿。ヱ、こなさんは〳〵のふ。コレこふ云《フ》わしが[一七]見とむない。顔形《チ》に成《ッ》た故。[一八]あいそのつきたは無理ならねど。あかしていふて下さつたら。此様に腹は立《ッ》まい物。是迄わしに。鏡を見なと[一九]いはしやつは。こふ云《フ》顔をしらせまいとの志。ほんに〳〵其様に迄わしが事を。思ふて下さるかと死る覚悟の其中でも嬉しうて。〳〵拝んで計《リ》ゐたわいの。[二〇]ガ今よく〳〵思ふて見れば。敵討を延して貰ふた。兄様への義理[二一]計《(ばかり)》で有たかいの。其義理も又忘れて。ソレ其様な美しい。[二二]女房を都へ呼にやり。わしに難題《なんだい》云《イ》かけて。追《イ》出す心で有ふがの。ヱ、こな様《ン》は。恨めしい[二三]心ない人じやのふ」と腹立涙はら〳〵と思ひ違《イ》も[二四]一図の恨。

「ム、扨は最前金五郎にいふた様子を。そなたは聞《イ》て居やつたか」。「ヲ、何もかも聞た〳〵」。「サア夫《レ》聞《き》きやつたら。そふ思ふも無理ならねど。アリヤ金五郎への偽りじや。何を隠そふ此お方《タ》は。足利頼兼公と云号《いゝなづけ》有《(ある)》。[二五]おれが古主《こしう》[二六]細川のお姫様じやはやい。疑ひはらして倶ゝ《ともぐ》に。都へ御供し頼兼公と御祝言[二七]迄は。コレお力《ラ》に成てたも」と。云《イ》聞

二七 薫樹五・現行「有ル迄は」。

以下四〇〇頁

一 聞分けぬ、の宛字。 二 累の心が与右衛門と一つに結ばれている間は、高雄の怨念は、累の肉体を傷つけても、魂まで奪うことはできなかった。夫に裏切られた、との思いに累が打ちのめされたところに、高雄の怨霊がつけ入る。 三 同じ素質。 四 同じ血筋、即ち妹の。浄瑠璃発端(→四〇四頁注三)によると、ここは「鼓歌」という妖気の漂う節付け(→二九七頁二行目)。現行、このあたり、薄ドロ〳〵、寝鳥笛で、陰火を飛ばすこともある。 五 累は姫を夫の愛人と誤解して嫉妬していた。が与右衛門が姫の本名を明かすと同時に、頼兼との仲を裂いて殺させた(と高雄は思っている)姫に対する高雄の嫉妬の怨念が、一層猛威を振るうことになる。 六 仲を裂く、に掛ける。 七 高雄の、姫に対する嫉みと、与右衛門・累夫婦の仲を裂こうとする執念。あるいは、高雄・累が、それぞれに歌方姫への嫉妬に燃える意も。 八 うわずって、しわがれた声。「さけぶこはねもうはがれてさもいまはしき其有様」(妹背山婦女庭訓四)。※現行「うはがれ声」の大ドロ〳〵で、ガブというカシラの特殊な仕掛けで、累のカシラが瞬間的に、角が生え、口が耳まで裂け、目が爛爛と光る鬼女の顔に変り、すぐもとに戻る。 九 薫樹五・現行「聞ぬ〳〵。都に」と

しても[一]聞訳ぬ。[二]其魂は付まとふ高雄が執心ン[三]同性《どうしやう》の。[四]血筋の皮肉へ分ケ入《いり》て。[五]姫に妬《ねたみ》の執着《しうちやく》と。夫婦の中を[六]逆立《さかだつ》髪。[七]二つに通ふうは[八]がれ声。「イヽヤイヤ其云イ訳聞[九]ぬ〳〵。まだ〳〵わしをだますのじや。都にござる頼兼様。其云イ号《いひなづけ》の姫君が。此下総へ何しに尋てござる物」。「サア夫レはの。[一〇]世上をしろし召サれぬ姫君」。「イヤ〳〵何にも聞ぬ。〳〵〳〵。又其上に百両の金。金五郎に借たとは何で[一一]いやつた」。「サア其入リ訳をとつくりと。打明ケなんだは[一二]思ひ違イのおれが誤り」。「ヲ、思ひ違イがしたで有ロ。[一三]思ひ違がせいではいのふ。コレ[一四]こなたが可愛がる其女に入る金とはしらいでの。現在《げんざい》此わしは勤奉公に。身を売ふと迄したわいのふ。ヱ、思へば〳〵わが為に仇敵《あだがたき》の其女。喰付イても此恨晴ラさいで置ふか」と。又欠寄《かけよる》を取て引寄。「ヱ、是程に事を分て云イ聞すに。聞キ訳のないアノ爰な[一五]業《ごう》さらしめが。コレ累なぜ其様に物の道理を弁へぬぞ。トハ云《いふ》物の思ひ廻せば二人が因果《いんぐは》。我手にかけし高雄殿の執着の。[一六]はれぬ不思議はそなたの内で。泊《とま》り合せた其夜の[一七]しだら。夫婦の中を[一八]さけん迚《とて》。[一九]面ン躰計《ばかり》かソレ足迄も。生レも付カぬかたわと成ル。サ仮《たとへ》どの様な見苦しい顔形になりやつた迚《とて》。三婦殿の志と云イ。古郷《こきやう》を放れては

省略。現行、累は両手で耳を押え、「聞かぬ〳〵〳〵」。一〇 世間の事情。一一 言いやった、のつまった形。一二 了簡違い。大事を妻子に打明けない方がよいと思ったのが間違っていた、の意。絹川累物語に「始メより。明カしていはゞ此様な。思ひ違ひも出来まい物」。一三 累は、同じ「思ひ違い」という言葉を、悪意的に、目算違い、ととり、自分を騙したことが、あとで分ったとは目算違いだったろう、と皮肉にいう。参考「云イ訳がないはいやい。ヲヽ有ルまい〳〵。晩から抱イて寝られぬ故。腹が立ッは」(絹川累物語)。一四 現行、ここを累の本心で、泣いて恥かしそうに顔を覆って言い、「思えば〳〵」から高雄の声になる演出もある。一五 前世の悪業の報いで浅ましい姿を人目にさらす者。恥さらしなやつ。薫樹五・現行「業さらしめがうぬ」。一六 恨みの執着が晴れぬ、と不思議の晴れぬその夜の成行き、を掛ける。一七 成行き。悪い意に用いる。一八 避(放・離)けん。離れさせようとして。一九 薫樹五・現行「執着故。面躰計か」と省略。二〇 浄瑠璃の理想主義。二一 薫樹五「聞イてたも」、「本心五躰に」。本作の文章の方がよい。

※与右衛門の悲痛な言葉には、原話の死霊解脱物語聞書とも、歌舞伎の累劇の伝統(伊達競阿国劇場以後も続く)とも浄瑠璃の先行作とも異な

るゝと。此下総の草の中。仕付ヶもせぬ百性わざ。不自由な世帯を苦にもせず誠をつくしてたもる心ッ底。[二〇]心の器量は昔の百倍。コレ何のあいそをつかそふぞ。コリヤとつくりと気をしづめて。聞[二一]てくれ女房共。誠《まこと》絹川谷蔵が女房の累。本ッ心ッ五躰の中に有ルならば。此道理を聞訳て。姫君の御難義と云イ。此与右衛門が一生懸命の場所。恨を晴レて倶ゝに心便《だより》りに成ッ[二二]てくれ。ヨ コリヤ女房共。心を付ヶよ女房」と身にせまつたるせつなさを。[二三]たもち兼たる男泣心の内こそ。やるせなき。

[二四]猶立去ラぬ執念は。妬恨《ねたみうらみ》の二つの角。生《お》い出《づ》る計《ばかり》の怒の顔色《がんしよく》。「イヽヤ何にも心は違[二五]はぬ。違ふたのはこなたの心。さつきにも其様に。涙をこぼして此わしを。誠しやかにだましやつたぞや。モウ其手はくはぬわいのふ。日比《ひごろ》いとしい可愛と。思ひ込ッだ我ガ夫トに。だまされたと思へば。憎《にくい》のも又百[二六]増倍《そうばい》じや。モウ此上は姉[二七]様を手にかけて大勢の人を殺した絹川の谷蔵は。垣生村の与右衛門でござりますと代官所へ訴[二八]人して。二人共にうきめを見せて腹いる」と狂気のごとく欠出《かけいだ》せば。驚く与右衛門姫君も。こはゝゝすがる袖袂。「見るも腹立頬憎《はらだちつら》や」と。持たる鎌にて姫君の肩先キすつぱり。「あつ」と計《ばかり》にかよ

る、浄瑠璃独自の達成がある。 二二 薫樹五「成ツてくれと身にせまつたる」と省略、「心の」以下十字も省くが、現行では、ほぼ丸本通り語ることが多い。 二三 涙をこらえることができない。

※現行、累は夫の切々たる言葉を、じっとうつむいて聞く。「心を付けよ女房」で抱き起こされ、あるいは肩を叩かれて、本心に戻りかけ、うつむき、胸を抱いて悶える。高雄の呪縛に累の人間性が引き裂かれる表現。太夫は、累の詞の中で累の声と高雄の声を判然と分けて言う人と、そうでない人があるが、前者の方が説得力がある。

二四 現行、ドロ〳〵で、高雄の呪縛に引きこまれてしまい、「怒りの顔色」で髪をさばいてガブになる。 二五 薫樹五「違やせぬ。さつきにも」。 二六 百倍増しである。現行、「百増倍」ときっぱりと凄くいう。 二七 薫樹五「じや」なし。現行、「百増倍」ときっぱりと凄くいう。

一 顛倒。 二 薫樹五・現行を参考に「のどぶえ」と訓んでおく。 三 以下薫樹五は「怪我じや〳〵はやい。イヤ〳〵怪我じやない殺すのじや〳〵。〳〵」。 四 過失。与右衛門に累を殺す意志が全くなかったことを強調する。 五 現行、ガブになる。 六「猶も逆立ツ黒髪を。宙に引上突込ムひ

はき御身。「ハツ」ト恟り気はてんどう。[一]もぎ取ル鎌を放さばこそ。せり合ふ刃先は累が咽喉。[二]流るゝ血汐に又恟り。「コハあやまちし可愛や」と抱《いだ》キかゝへて介抱に。くるしき中にも逆立《さかだつ》面ッ色。「コリヤわしを殺すのじやの」。「イヤ／＼さら／＼[三]そふではない。コリヤ怪我《けが》[四]じやわやいかんにんせよ」。「イヤ／＼殺すのじや／＼。ヲヽ殺さば殺せ。迚《とて》も添れぬ我身の上〔。〕死んだ跡でも此うらみ。晴[五]さいで置ふか」と。たけりのゝしる黒髪を[六]。手にからまいて〔は〕ら／＼涙。「ヱヽ情ない因果じやなァ。大切な姫君に。あやまちさせて御主人へ[七]。どふも／＼云訳がないわいやい。是程の事聞分《ききわけ》ぬ。兼ての気質《しつ》ではなけれ共。何を云《いう》ても魂は入《いり》かはつて。高雄殿の悪念が皆なす業《わざ》。三婦殿につがふた[八]詞も有《あれ》ど。主人へ云訳二つには。所詮叶わぬきう所の痛手。我手にかゝつて死んでくれ去ながら。本心ならぬ女房を。殺すおれが心の内。どの様に有ふと思ふぞやい。[九]こふ云《いふ》訳とは露しらぬ。世間の人の口の端《は》に。垣生村の与右衛門が女房累は。心も器量も悪女故。夫に殺され死だ跡。さま／＼の仇をせしと。末ヽ迄もゐんぐは[一〇]咄しを残さふかと夫《それ》が不便な可愛《かはいい》」とさしも丈夫の男気も。愚痴《ぐち》に返りし恩愛の。涙累が物語今に残るも哀也。

ばら。まだかふしても飽きたらぬ。かふして／＼。／＼。／＼。と鎌の柄も砕くる計リ突キ立／＼。苦痛をしおれと引キ廻す」(絹川累物語)。※糀水絹川堤、絹川累物語では与右衛門は、累が主君の愛人八雲(お辰)を殺したと思い、新板累物語では累が信田家の重宝の名鏡を沈め、兄金五郎と通じたと見て、怒りに燃え、累を鎌で嬲り殺しにする。右三作の与右衛門も立役方の忠臣で、とくに糀水、絹川では、この後の「垣生村」で累の亡霊に、誤解による殺害を詫びる愁嘆があるが、この場では、妻への愛情はないに等しい。「お主の敵赦ルされずと。髻《たぶさ》攫んで引廻し。どふしてくれふ人畜め…サア儕レ思はずも此鎌を。爰にて拾ふも儕レが天ン命。ずだ／＼に切りさいなむ。ヲヽ殺さば殺せ」(絹川累物語)。七 薫樹五・現行、次に「此与右衛門が」が入る。八 番うた。約束した。↓三二六頁一〇行以下。薫樹五・現行「業。所詮」と省略。九 ↓三九三頁※。一〇 かさねがさねの涙、と掛ける。薫樹五・現行は「涙累」以下を後へ回し、「恩愛に猶も」となる。「涙累」以下を与右衛門の述懐と切り離したのが、累伝承が江戸程生きていない大坂の上演台本である点に注意。一一 是非の宛字。一二 苦痛を長びかせずに。絹川累物語等と対照的。一三 薫樹五・現行は「是迄と思ひ切て」と省略。

猶も燃《もへ》立《たつ》執着《しうぢやく》心。姫を〳〵と欠寄累《かけよる》。「ヱヽ是悲に及ぬもふ是迄。[一二]苦痛《くつう》助り臨終《りんじう》せよ」と思ひ切て[一三]打込《うちこむ》鎌。[一四]かつぱとまろぶ土橋の草葉朱《あけ》に。染なす血汐の堤ともに。すべつてころ〳〵〳〵比《ころ》しも。[一五]秋雨ふりしきる。[一六]天のかなしみ[一七]目前《もくぜん》に。敵同士を先生《さきしやう》から。結び合《あは》した悪縁かと涙ながらに。[一八]とゞめの鎌。

むざんの有様見捨るも。御主《おしゆう》大事と欠寄《かけよつ》て。[一九]抱《いだき》拘介抱に。ふつと気の付《つく》歌方姫。「ヤアそなたは絹川」。「姫君様スリヤお身に御怪我はござりませぬか」。「さればいの。自《みづから》も肩《かた》先から切《きら》れしと思ひしが。其跡は気を失ひ何事もしらざりし。マふしぎな事」と撫廻す。肌《はだ》身に添《そへ》し[二〇]祐天の。[二一]六字《ろくじ》の名号《みやうがう》[二二]表具共。はすに切《きれ》しは「コハいかに」と。仰《おふせ》に与右衛門心付《つき》。「ハヽア扨は常ゝ御信心浅からぬ。祐天様の御影《みゑい》[二三]故。御身にあやまちなかりしか。ハア有がたし〳〵。是に付ても不便や」と見れば女房があへなき最期。[二四]「ヱヽ早まりしぜひもなや。赦してくれよ女房」と立寄死がい。「ヤアお内義は殺されてかハ[二五]扨も〳〵むごらしい。[二六]仕様もやうも有べきにたんきな事を」と御悔《おんくやみ》。与右衛門もせきくる涙。「因果の道理と云ながら。兄弟共に我手にかけ。殺す此身は何たる業《ごう》。兄の三婦への云訳は。

れ。ころ〳〵転(ころ)ぶ土橋のかづら」(絹川累物語)。一四 累殺しの場で鎌が凶器となるのは、現存資料では新板累物語から。一五 節付けに「合」とあり、現行、素浄瑠璃では三味線が哀切に殺し場を弾くが、人形浄瑠璃で演ずる時は、ここは床の語りと三味線を止めて、裏でメリヤスの三味線を弾き、人形の鎌と傘による立廻りを見せる。土橋の上で、累がガブで傘をひらき、上から与右衛門が鎌を振り上げた見得で、「秋雨」になる。一六 惨事が展開する時に降る雨をいう。このあたりの設定と修辞は、近松半二・極彩色娘扇の「増井」の段に負うところが大きい。「盲(めくら)殿。赦したべと又ずつぱり。切ラれて土手へころ〳〵〳〵。血(のり)は伝ふて草の上折しも。しきりにふる雨は。天の悲しみ血の涙」(極彩色娘扇八)。一七「目の前に。見聞クは…よく〳〵深い先キ生の。因果」(新板累物語四)。一八 薫樹五・現行「悔(くやみ)ながらにとゞめの鎌。なみだ累が物がたり今に残るも哀れなり」。ここで幕とする場合もある。一九 薫樹五「抱キかゝへて」。二〇 浄土宗の高僧。増上寺三十六代住職。大僧正。享保三年(一七一八)、七月十五日、八十二歳で没。多くの人が帰依した名僧。死霊解脱物語聞書が伝える、累の怨霊を解脱させた話が特に名高い。遺言により荏原郡中目黒(現東京都目黒区中目黒)に祐天寺建立。二一 祐天

[一]姫君をお館へ御供申た上は。腹かき切て跡から追付《おつつく》コリヤ必ゝ《かならずかならず》[二]六道の辻で待て居てくれよ」と。死がいにひしと抱付《いだきつき》取乱したる。悔泣《くやみなき》[三]断《ことはり》。責《せめ》て道理也。歌方姫も倶涙《ともなみだ》。「我君様を恋慕ひそなたを尋来た故に。[四]いとしやはかない此有様。責て未来は成仏」と六字名号死顔に。押当給へば[五]こはふしぎや。ぱつと飛去《とびさる》一つの心火《しんくわ》[六]。高雄が亡執忽に恨の雲の雨晴ても[七]れ出る。月によく見れば。昔に返る累が顔。「ヤア扨は此名号の功力《くりき》によつて。高雄殿の執念も立去しよな。ハアいぢらしや可愛や」と立寄《たちより》死がい抱《いだき》しめ又今更のうき涙。「コリヤ魂こゝをさらずんばよつく聞《きけ》女房共。最前我を代官へ呼付しは。姫君の事はや訴人せし者有《あり》。首討て渡せと有《ある》。山名宗全より厳敷《きびしき》云付。元の面躰と成つたる幸。そちが首を以《もつて》御身代《おみがわり》とし此場を済して。密《ひそか》に姫君御供すれば。適《あつぱれ》の忠義成《なる》ぞよ。ナ　コリヤ夫レを未来のいんだう[八]に。心能《こころよく》[九]成仏せよ」と。鎌取直してかき切らんと思へど不便いぢらしや。ねむれるごとき仏顔。見るに目もくれ手もしびれ。骨も砕《くだ》くるうき思ひ。小陰に隠れし旅人が。今はたへ兼まろび出《いで》。「コリヤ絹川。首切ぬ内此兄に。たつた一ト目とつくりと。暇乞させてくれ」と「わつ」と泣声《なく》。「ヤア三

上人の書いた南無阿弥陀仏の六字の名号は、奇瑞を顕わすとして尊ばれた。三 名号を記した紙の表装。二三 画像を尊んでいう。以下、薫樹五、以下二十五字省略。二四 薫樹五の省略注記割愛。現行台本も以後省略多い。二五 薫樹五、以下「ハア、はつと消入ル御有様。ヱ、因果の」。現行は、以下カットが多くなるので、薫樹五との違いの指摘のみにとどめる。二六 仕様模様。模様は同韻を重ねたまで。どのようにも方法がの意。

一「我も主人の御先途を見届た其跡で。追付未来で廻グり逢ふ。夫がせめての云イ訳と。死骸をひしと抱しめ。前後深くに伏沈むことはり。せめて。涙なる」(絹川累物語・垣生村。累の死骸と亡魂に向かっていう)。二 衆生が生死を繰り返し輪廻する六つの世界、地獄・餓鬼・畜生・阿修羅・人間・天上、への分かれ道。生前の業因によって六道のいずれかに転生する。三 幕末の江戸の義太夫節曲節伝書、浄瑠璃発端に、ここを、二代目綱太夫(猪熊綱太夫)の語り口を残すクドキの例として挙げている。早間の派手な節付け。断は、理りの宛字。道理。せめて、は道理につまって、与右衛門が取り乱して嘆くのは、きわめて道理至極である。四 薫樹五では四〇三頁一一・一二行の姫の言葉を一部用いて「扨も〳〵情ない。なぜ此様にむごたらしい仕

婦殿か。ホイ。地ハルはつ」とウ計リに脇指を抜より早く我腹へ。ウ突ッ立んとする手を色押へ。詞「コリ
ヤ待テ絹川うろたへたか。何ンで死ヌのじや。腹切ルのじや」「何で死《しぬ》とはコレ三婦殿。恩ン
と義理とにからまれた女房の累を殺し。何とこなたへ此顔がのめ〳〵生キて合されふ。
放して死して下されいのふ」。「ヲヽ尤じや道理じや。〳〵。ガまあ気をしづめておれが
云《いふ》事をきゝやれのふ。コレ絹川。お館の様子知ラせたさ。又妹にも逢たさに尋下つた此
下総。最前ン爰へ来かゝつて。何にもかもとつくりと。様子は残らず見届た。コレ微塵《みぢん》
も恨と思ひはせぬ。皆是前キ生の因縁事と。おりやあきらめてさつきにから。アレあの
小陰で念仏計《ばかり》申てゐたわいの。地ハル京三界から此国迄一〇ウ百五十里も有所を。詞もふ五丁か。三
丁で。そなたの所へ落着《おちつく》今ン夜。地ウこんなうきめを見ると云フもハル定マつた因果で有ふぞいの中」
と。ハル兄が悔《くやみ》にウ絹川も重ナる思ひに気もう色ろ〳〵。詞「すりや何角《なにか》の様子を最前から」。「ヲイ
ノもふ出よふか〳〵とは思ふたれど。くる道筋も姫君を厳《きび》しいせんぎ。高雄が恨で替《かはり》し
面ン躰。其累をこなたの手にかけ。殺せば死霊は立去ル道理。もしも元トのきりやうにな
つたら。姫君の御身替リとわしも思ひ付た故。地ハルたつた一人リの妹を。ウ見殺しにするおれが

様もやうも有べきに」との文句を挿入し、クドキに仕立てている。 五 薫樹五「こはいかにふしぎや」。 六 亡魂の火の玉。 七 三味線が月の光を表わすさわやかな手を弾き、与右衛門が死骸を抱きおこすと、元の顔になっている。

※本作は累の死霊が存在しない特異な累劇である。祐天上人の六字の名号で成仏させられるのは、累でなく高雄である。本作では、「垣生村」で累と与右衛門の夫婦愛を描き、「土橋」でその愛の破局を見せるが、破局をもたらした高雄の死霊が解脱し、累の死顔がもとの美女に戻り、与右衛門の累への愛情は不変である。「新累」とも呼ばれた(→解題)ことが、累劇の中での特殊な位置を示している。

八 引導。迷う衆生を成仏に導くこと。 九 累の死が無駄な、死霊解脱物語聞書の主人公の如き因果の業をさらした死ではなく、最愛の夫に忠義を立てさせる名誉の死であると、与右衛門から言ってもらうことが、累にとって最大の鎮魂であると考えるのが浄瑠璃の論理。 一〇 京三条より江戸日本橋まで百二十五里二十丁。羽生は現在水海道市に属するが、江戸から、絹川随一の要港、水海道河岸まで川通りで三十四里(『茨城県の地名』)、合せて約百六十里。

※累の死までの引締った構成に比べ、三婦の登場以後は冗長になる。以下、

気は。マどの様に有ふと思ふぞコレ絹川。恨もせぬ。悔《くやみ》もせぬ。昔の顔に成たを幸ィ。姫君のお身替りに立テ。[一]命全ふ御主人ンの。御先ッ[二]堵《ど》を見届るは。責《せめ》て妹が罪亡し。死だ跡でのあいつが忠義。誉てやつて未来迄。女房と思ふて月々の。命ィ日[三]たいやに一ッ遍の。回向をしてやつて下さつたら。わしも嬉しいあいつも又。外の[四]千声万部より悦んで成仏するで有ふわいのふ。ア可愛や早ふ二親には死別れ。おれを爺親《てておや》母親共。思ふて成人する内も。母が有ッたら縫針も教て人にも笑われまい。爺《てて》が有ッたらこふもせふとあいつが思はぬ事迄も。思ふもか[五]いの廻らぬから。不自由をさせた身の果は生れ古郷の地を放れ。此下総の国へ来て刃にかゝり死るといふは。よく〳〵因果な生れ性《じやう》。コレ聞届て最期をとゞまり。跡弔《とむら》ふてやつて下され。ヤ。コレ頼まする。〳〵。〳〵」もせき上て「わつ」と計《ばかり》の。くどき泣姫はとこ[六]ふも泣くづおれ。正躰《しやうだい》涙絹川も。死ヌも死ナれぬ此場の時宜《しぎ》[七]。「現在女房を手にかけて又身替《みがはり》と思ひ込《こむ》。是も浮世の因果か義理か。ノゥ三婦殿」。「サヽ夫レも尤。こな様も」。「こなたも」。「〳〵」「〳〵」「〳〵」と[八]みがき合ふたる男同士。互ィにか[九]くす泣顔に隠し兼たる涙なり。

歌舞伎初演時、宴遊日記の三七八頁※引用に続く部分。「三郎兵衛来り、累が事礼を云。昼に逢んといふ。与衛門色々云抜とする。金五郎、様々累が死たる事にて、与衛門をこまらせ、お菊を女房にくれといふ。与衛門是非なく板来の女郎を見請し我女房也といふ故、三郎兵衛、扨ハ妹を去たるかと恨を云つのり、其云設をすれバ、金五郎女房にせんと云場よし。かさねが□□□茶をもち出。兄かさねが皃を見るに、殺されし高尾が恨□□面体(約十字分不明)金五郎、伽羅の下駄を鬼怒川にて拾ひ(約十一行分不明)与衛門・三郎兵衛、金五郎が情に感じ、礼を云時連判状出し、初ハ赤松満祐が残党石見太郎左衛門、謀判に味方□□□いひ、終にお菊を奪い行。三郎兵衛追かけ(約十一字分不明)入り、かさね怨霊。出唄。善次・鉄五郎捕人にて、相手上へ上ると廻り道具藪たたみ土堤、お菊をつれ金五郎出、殺さんとする場へ、三郎兵衛出、たてに成、月出没の景色、□□□の仕合、与衛門出、かさね亡魂顕るゝ迄」。

一 あなたは命を全うして。二 先途。しかるべき落着。三 逮夜。命日の前夜。死霊解脱物語聞書では、累は正保四年(一六四七)八月十一日没とするが、諸説がある。墓碑現存。文化十四年(一八一七)八月二十二日、法蔵寺を訪れた高田与清は、住職より累の絵

与右衛門はつと心付《つき》。「コレ〳〵三婦殿。此絹川は累が首。代官所へ持参ッせん。こなたは姫君御供して。片時《へんし》も早ふ都の方へ。跡より追付《おっつく》道筋は。コレ〳〵こふ〳〵」と耳に口。「ヲヽ成程〳〵。そんなら妹が其首を。首尾能《よく》敵の手に渡し。夫レを功に人殺しの。科を云ィ抜ヶ絹川殿。必《かならず》早ふ」と立寄ッて。「責《せめ》て累が此死骸。[一〇]頼寺《たのみでら》へと思へ共。事顕れては一大事[一一]此絹川の名の絹川へ。[一二]未来は一チ蓮託生」と涙と倶に。流しやる[一三]水葬礼や兄夫ト。姫も倶ゝ《ともども》手を合せ。[一四]南無あみだ仏なむあみだ仏。なむあみだ仏〳〵みだ仏と。唱ふる声や。鉦の音。[一五]愛別。離苦を今爰に見捨。見捨るうき別れ。

逃のびたりし金五郎。いつの間にかは伺い寄《より》。姫を引立《ひったて》欠出《かけいだ》すかん[一六]づか摑んで引戻し。足下にしつかとふみ付て。「ヤア[一七]しようこりもなき[一八]泥坊め。助置ては跡の邪魔」。「ソレ。[一九]毒喰ば皿」。「ヲヽ[二〇]さらば」。「〳〵」の声ばかり別れて。こそはいそぎゆく。

解きを聴いている(相馬日記)。四 千声の念仏、万部の経。五 櫂が廻らぬ。貧しく思うに任せぬ。六 とかう(の言葉)なくと泣くを掛け、正躰なくを涙に掛ける。七 仕儀の宛字。八 男を磨く、は義侠心を養う、あるいは義理を立てぬく生き方をする、の意。九 薫樹五は以下「隠す溜涙〳〵は絹かわに落チて流て水かさの。いとゞ増れる如く也」。浄瑠璃発端は「みがき合ふたる」以下を薫樹五の詞章で挙げ「猪熊」(二代目綱太夫)の「大落し」としているが、現行は、いわゆる大落しではない。「土橋の段」は初演時の紋太夫も好評であった(評判鶯宿梅、義太夫執心録)が、薫樹累物語の台本定着以後、「竹本綱太夫場」と呼ばれ(引用の薫樹五表紙に記載がある)、二代目(または三代目)綱太夫が得意とした。一〇 菩提寺。死霊解脱物語聞書では法蔵寺。山東京伝・近世奇跡考(文化元年)によると「与右衛門後に剃髪して西入と云。延宝四年六月二十三日死す。其子孫、今も羽生村にありて、代々堀越与右衛門と名告る」とあり、与右衛門宅より法蔵寺へは二町余。高田与清はその宅を訪れ、祐天上人が序を記した過去帖、上人筆の名号などを見ている(相馬日記)。一一 再版本は「絹」の字を削り、「此川」。薫樹五も同。一二 来世では夫絹川と一つ蓮に、と。底本は「一 蓮詫生」。一三 水葬。遺骸を川・海などに流す葬

第十

(山名宗全旅館の段)[一]

[二]工匠《こうせふ》の規矩曲《すみかねまがる》[三]といへ共物をすなをになす。善政を興事《おこす》は手覆《かへす》[四]より易しとかや。人ト[五]は性善備はりてこれを用れば善用イざれば悪と成ル。井筒仁木が訴訟の趣《おもむき》けふは山名[六]が旅館《りよくはん》[七]におゐて。黒ク白《びやく》ク有無《うむ》の評義迚《とて》山名持豊《もちとよ》入道宗全。大広間に立出《いづ》れば。随ふ諸武士官領[八]の権威《けんゐ》を白ラ[九]〔洲《す》〕に徒士《かち》足軽。烈《れつ》[一〇]をたゞして扣へしは厳重《げんぢう》。にこそ見へにける。

取次の侍罷出《まかりいで》。「仁木井筒両人の者今ン朝より相詰メ罷有《まかりある》。未《いま》ダ勝元ト公には御入《おんい》リなし。いかゞ致候はん」と相述《のぶ》れば。「イヤ勝元には大内の御用に付。此席《せき》へは参らぬ筈。某一人《いちにん》にて取リ計ふ間。両人共に早ふ是へ呼出《よびいだ》せ」。「ハッ」ト答て表口。「井筒外記左衛門政武。仁木弾正左衛門教将。急イで是へ出ませい」と。声に随い外記左衛門。礼義を糺《たゞ》

法。一四 この、追手の目を避けての異常な葬礼に、「タ、キ」などの曲節で、抒情美を漂わせる件りは、ひらかな盛衰記三(笹引)のつくり変えである。一五 愛する者に別れる苦しみ。仏語にいう愛別離苦を、直接身に受けて。一六 髪束。たぶさ。一七 性懲り。一八 悪者。一九 薫樹五・現行では、この三婦の言葉を受けて与右衛門が「合点じや」で金五郎を斬り、「声ばかり」で川に蹴込む。二〇 皿とさらばと、韻を重ねる。

時　第七・第九より後の某日
所　京、山名宗全の旅館

一 初演、豊竹伊勢太夫・大西藤蔵。→四一四頁注八。伊達安芸(井筒)、原田甲斐(仁木)が対決する伊達騒動物の大詰の場面。歌舞伎初演時は六立目(この前に短い一場あり)。二 大工。三 すみかねは曲尺(かねざし)で直角を示す工具。曲った形をしているが、直角定規として、ものを真直にする規準となる。焉馬は大工棟梁で狂名は、野見新言規矩(のみちようなどんすみかね)。四 手のひらをかえすより。五 人の本性を善と見る、性善説は孟子の首唱になる(孟子・滕文公)。六 寛文十一年(一六七一)三月二十七日、伊達安芸が伊達家の現政権を担う伊達兵部、原田甲斐らの非を幕府に訴えていたことに対し、関係者への最後の審問が、大老酒井雅楽頭忠清の邸で行わ

す麻[一一]上下。つる〵[一二]艾《よもぎ》[一三]の直《グ》ならぬ。曲《ル》いばらの仁木弾正。胸に針持《ッ》顔《ン》色の双方。別れ相詰る。

侍共立出《いで》て。「イザ御両人。官領職の御前成《ル》ぞ。作法の通《とほり》刀を此方《このはう》へ御渡し有《レ》」と。銘〻刀を預れば。人を見おろす山名宗全。弾正に打向《イ》。「此程の評定には申開有様《まうしひらきあるやう》なれど未《ダ》聢《しか》と相分《ラ》ず。又外記左衛門が願《イ》筋は。兼て申達せし。毒殺調伏《どくさつてうぶく》の義。申訳有ならば。急度《きつと》返答仕れ」と。仰に弾正異義[一四]を繕《イ》。「ハッ仰の通《リ》。此間の三[一五]箇条早速[一六]申訳立候所。又候《またぞろ》二箇条の難《ン》題。且[一七]以《かつもつて》覚《おぼえ》是なし」と。いわせもあべずぐつと[一八]睨付《ねめつけ》。「ヤア主人を毒殺調伏なぞと申事《まうすこと》を。外記左衛門もむさと[一九]願出《いづ》べきや。ソレ井筒。証拠《せうこ》が有《ラ》ば指出《さしいだ》しけつぱくに吟味をとげよ」と。打て替《かはり》し山名が詞。「ハッ」ト嬉敷《うれしく》外記左衛門座上《ざしやう》[二〇]を屹度見[二一]てければ。勝元の御出もなし。コハ心得ぬ宗全の今の詞。扨は此程の裁《さい》判評義の沙汰悪敷《あしく》。我《レ》と我身が恥しく改《あらため》給ふか忝なや。是も偏に若君の御運いみじき印かと心の悦び押隠し。ふくさに包し小柄取出し。「イヤナ《ニ》弾正殿。此小柄御存《ぞんじ》でござらふの」。「ム、山鳥につ〵じの彫。聊《いさゝか》[二二]以て存《ジ》申さぬ。夫《レ》は格別。官領職の御

れた。本作の山名が雅楽頭に当る。七 史実の酒井邸(仙台萩もほぼ同)を「旅館」とした理由は四一七頁一三行目参照。歌舞伎初演時は「決断所」。八 ここは江戸幕府の老中の意。九 邸の玄関前や庭の縁先の白い砂を敷きつめた所、また取り調べを行う場所。「知らしめる」意を掛ける。一〇 列の宛字。一一 肩衣と袴を同じ模様の麻布で製した裃。近世の武家の礼服。一二 連れ立って出た仁木は。「麻につる〵蓬」(毛吹草二)をふまえる。一三 「蓬麻の中に生ずれば扶けずして直し」(筍子・勧学篇)。茎の曲がりくねっている蓬(艾)も、真直な麻の中に生えて生長すれば、真直になるというが、正しく廉直な井筒と連れ立って出たのは、姦曲で、棘のある茨のように人を害する仁木。※歌舞伎初演時は、人物の登場順序や仕どころが本作と異り、渡辺民部と成滝、及び勝元が最初から出ている。「決断所の段。細川・山名上に在。白州に民部・成滝・鬼貫・仁木、左右に別れ座す」(宴遊日記)。一四 威儀の宛字。一五 仙台萩・三月十六日の件りで前日の対決から持ち越した三ケ条(全書仙台萩は五ケ条)をふまえるか。仙台萩で伊達安芸は伊達兵部・原田甲斐の罪を二十七ケ条(後にさらに七ケ条)挙げて公儀に訴えた。三月十五日(全書仙台萩は十日)の対決で、その幾つかについて安芸と甲斐の応酬があり、審議未了

前と云イ。其上帯刀《たいたう》を戒む中カへ。持参ンなしたる其小柄。上《かみ》を恐れぬぶ礼の品。早持ッて帰り召れ」。「イヤ弾正殿とぼけまい。是こそ忰女之助へ。汝が娘を婚礼の節引手物の刀拵へは山鳥につゝじの彫。コレ此小柄のもやうも同作。薬法の秘書紛失《ふんじつ》の節。盗賊が打かけし手裏鈫。合セて見ればしつくりと[一]。刀にそへしは此たんざく歌は則《すなはち》くらべこし振分ケ髪もかたすぎぬ君ならずして誰かあぐべき。此歌を謎《なぞ》[二]に解《とけ》ば。娘と忰が縁を結ビ。汝が邪《よこしま》の魂とかだん[三]せよといふ心のくらべこし。スリヤ兼若君毒殺の。工ミも違ハぬ仁木弾正。サア此云イ訳は」と指出《さしいだ》せば。(地ウ)[四]場《ば》せき紛ラす高笑。(詞)「ム、、、、イヤ何井筒殿。其刀は五月廿八日茂左八が持参なし。親重代の一腰なれ共。老イ[五]さらぼいし母一人リ長病にて難義致す。本《ほん》[六]の宝[七]は身の指合《さしあは》[八]せ。人参[九]代に求メくれよと一向《ひたすら》の頼《たのみ》故。武士[一〇]の見捨がたく調[一一]へて遣しました。幸イ娘が婚礼の聟引[一二]手。さいくつ[一三]きやうの業物[一四]故添てやりしは心有事。夫レに何ぞや此弾正を伺[一五]ふなぞとは。ア、井筒殿嗜召れ。さつする所茂左八めが。彼《かの》毒[一六]薬の秘書盗取リ。若君へ毒がいをなしたる故主[一七]人の計ル天罪[一八]にて。じごう[一九]じめつの悪事の報イ。其毒くらつてくたばつたは不忠者のよい見せしめでござるてや」。(地ハル)己《おの》が悪事を其儘

のまま日没となった。ここにいう三ケ条と二ケ条の具体的な内容ははっきりしない。全書仙台萩の五ケ条と関係あるか。一六 仙台萩に安芸の詰問に対し、「甲斐申けるは昨日某申述る通既に某不存条明白也」。一七 全く。一八 あへず、の誤り。一九 軽はずみに。二〇 上座。「ザシャゥ」(日葡辞書)。二一 軍記物に多用される「てんげり」の已然形の変化したもののようであるが、「見てあれば」とでもすべきところ。二二 一向に。

一 手裏剣の小柄と模様がしっくりと合う刀、その刀に、を略した言い方。二 謎として解すれば。三 加担(かたん)か。味方になること。邪の企みに加担の意。四 場席。その場。五 老いてやせ衰えた。六 まさしく、たとえにいう。七「宝は身の差合(さしあはせ)」(譬喩尽)。八 ちょうど必要な時の用に立てるもの。家重代の名刀が、ちょうど金の必要な時の役に立つことをいう。九 朝鮮人参は、万能薬として尊ばれ、高価。そこで、親の薬代に娘が身を沈めるとの設定が、文学作品に数々見られる。一〇 武士の身として、の略。一一 金を調えて。一二 聟引出。舅から聟に贈る引出物。一三 最究竟。もっともあつらえむき。一四 切れ味のよい刀。一五 うたがふ、の誤り。一六 毒飼。毒を喰わせること。一七 主人を謀る。「の」は音便。

に[二〇]おふむ返しのうけこたへ。〔フシ〕[二一]びつく共せぬ。大丈夫。

〔地ハル〕外記左衛門猶詰寄《つめより》〔色〕。「〔詞〕汝蘇《そ》秦《しん》張城《てうぎ》[二二][二三]が弁を偽り。富楼那《ふるな》[二四]が舌を振《ふる》ひても。此せんぎたゞして見せん。コレ此短冊は御身が手跡で有ふがな」。「ドレいかにも自筆」「ヲヽ、其詞が能《よき》証拠」と。〔地ハル〕外記左衛門は手を〔色〕つかへ。「〔詞〕則《すなはち》此短冊《たんざく》が。謀叛《むほん》の証拠《せうこ》にまがいござりませぬ」

〔地ウ〕といふに弾正「〔色〕是さく。〔詞〕其たんざくをせうことはイヤコレ外記左衛門だまり召サれ。御覧の通《とほり》の老《らう》[二五]もふ親父イヤはや取《とる》所[二六]もごさりませぬ。先ッ日よりの申[二七]是[二八]にて御推察下さりませふ。取ル所なき耄《おいぼれ》」と。〔ウフシ〕悪口雑言ンあざ笑ふ。

〔地ウ〕耳にも掛ケぬ外記左衛門。懐〔ウ〕中より一通を取出《とりいだ》〔色〕し。「〔詞〕イヤサ弾正此一札《いつさつ》覚有ラん」と押開キ。「此度毒殺の一義仕《し》おふするにおいては。ほうびは望次第。やつさ茂左八殿へ仁木弾正。此たんざくの筆跡と寸分違ハぬ此一ッ札。サア是でも何とあらごふか[二九]」と。

[三〇]〔地ハル〕うん共云ハさぬ手鏡[三一]に。〔ウ〕さしもの弾正[三二]とうわくの。詞もなしの返事迄。〔フシ〕出もやせんとあんじ顔。
[三三]〔地ウ〕色め見て取ル山名宗全〔色〕。「〔詞〕せうこに成ルべき其一札。某とくとひけんせん。サア是へ。

一八 天罰の誤り。 一九 自業自滅。 二〇 鸚鵡返し。 二一 びくとも。 二二 中国戦国時代、洛陽の人。燕・趙・韓・魏・斉・楚の六国を説き、合従（がっしょう）して秦に抗させ、六国の宰相となるが、後に張儀の連衡（れんこう）の策に敗れた。弁舌家として著名。 二三 張儀の誤り。中国戦国時代の魏の人。蘇秦の合従説に対し、六国を連合して秦に仕えさせる連衡策を説いた。「張儀の舌（ぜつ）」の故事を生んだ弁舌家。仙台萩の安芸の言葉に「汝蘇秦張儀が弁を借りふるなの舌を振て我を罪せんと欲するや」。 二四 釈迦十大弟子の一人。説法に優れ、「富楼那の弁」といわれる。 二五 老耄。 二六 問題になりません。 二七 申し条、とでもあるべきところ。 二八 仙台萩では安芸が甲斐から来た贈答品の礼状を出して自筆を確認する。甲斐は「安芸何の所を以かよふの物を入賢覧候哉安芸老衰仕前後取しまり不申事のみ申上候是にて此度の義御勘弁可被下と」という。
※伊達騒動で伊達兵部・原田甲斐に対立する側の代表は伊達安芸であり、仙台萩も安芸を忠臣方の主人公格、歌舞伎の先行作の伽羅先代萩（大坂）でも伊達顕衡がひたちの介海存と対決する。が歌舞伎初演、伊達競阿国劇場には、名前の上で伊達安芸を連想させる人名はなく、辻番付によれば渡辺外記左衛門・民部之介父子が忠臣方の代表であるが、紋番付や宴

〳〵」の詞に随ひ。何心なく指出《さしだ》す一ッ通。山名は心に一チ物の。たんざく取リ上詠メる片手。工ミの密書は火入《ひいれ》の中。ぱつとふすぼる煙より。恂り仰天《げうてん》外記左衛門。「ヤア証拠に成べき其密書。火中なされし宗全様。思召有ッての事か」と。目に角ド立れば。「ヤア某に向イ無礼の過言ン。せうことといふ故ひけんなすに。火中なしたる何ぞとは。何を云《いふ》外記左衛門」と空うそ吹イたるとぼけがほ。「スリヤ今の密書は」。「ヤア密書とは事おかしや。取ルにたらざる此たんざく。是が証拠に成ぎか」と。白渕へ投ゲ出す傍若無人《ばうじやくぶじん》。たんざく取リ上外記左衛門。余りといへば非義非道としばし詞も。なかりしが。お次ギに向イ声高ク。「ナニ娘月岡預し品を持参ンせい」。「アイ」といらへもかいしよげに。おめる色なき。月岡が。心くもらぬ名月や只身の上をまつかいも。親の難義と白木の箱うや〳〵。しく持チ出《いづ》れば。外記左衛門は件《くだん》の箱。弾正が前に置キ。「鷺を烏と争ふ共。是計リは覚が有ふ」と。蓋押明クれば中よりも。其さま怪敷《あやしき》藁人ン形。惣身に数多《あまた》の針を打チ。箱の上に印たる。「願主は則チ仁木弾正。サア此たんざくと此手跡。云イ訳は有まい〳〵。尋常に謀反と名乗レ」と。親子詰メ寄リ詰かくれば。

遊日記では父の名が渡辺林左衛門となっている。本作は姓は井筒ながら、名は外記左衛門に戻した。実録物の劇化に当り、とりわけ江戸では、武家関係の人名に非常に神経を使う必要があり、安芸を遠慮したのはそのためであろうが、伊達安芸とともに原田甲斐の刃傷で死んだ忠臣方の柴田外記を連想させる外記左衛門の名を、歌舞伎初演時には、使う予定で、ぎりぎりになって林左衛門に変更したようである。文化台帳は外記左衛門。元 抗う。抗弁する。三〇 うんともすっとも、の略であろう。三一 正邪を明らかに映す証拠、の意。三二 当惑。三三 色目。そぶり。

一 煙草の火をつけるなどのための炭を入れておく器。二 披見。三 なんど、の誤り。※仙台萩では甲斐・兵部からの亀千代殺害に関する二通の書状が甲斐の悪事の動かぬ証拠となって決着するが、歌舞伎・伽羅先代萩ではさらに海存(甲斐)が弁舌巧みに言いのがれようとする複雑な脚色になる。本作では山名が密書を焼く脚色を加えた。この件りは、歌舞伎初演時にはなかったようであるが、文化台帳には採られている。四 べき、の誤りか。五 白洲の誤り。六 お次ぎの間。七 甲斐性ありげ(いきいきと積極的にみえる、意)の誤りか。八 気おくれする。九 待つ甲

地ウ ちつ共おくせずじろりと見やり。中 詞「コリヤ余リ騒ぐな官領職の御前じやぞ。いかにも其箱は。某が仕業」。「扨こそ〳〵。スリヤ若君を調伏なすのか」。「イヽヤ此弾正を調伏なすのだ」。「何ニが何ンと」。「ヲヽふしん尤。我君の御身持。放埒《ほうらつ》一三だじやくを諫兼《いさめかね》。一四君を諫メて用イなき時は。臣死スとの古語《こご》にもとづき。一五我レと我身を調伏の人ト形。夫レ故に箱に書しは我性名イ。外に願書の印が有か」と。地ハル いふに娘が 色「是父上。詞 一六何ンぞれかぞれ落度を見付ケ。科に落そとする工ミ。殊に勝元ト様の御出はなし。コレよふ思案しておつしやりませ」と。地ウ 遉《さすが》女の気一七は張リ弓。心の弦《つる》一八の一ト筋に。フシ 切レもやせんと。あんじゐる。

地ウ 父は一九ほく〳〵打点《うなづ》き。ハル 箱取上て 色「ホヽ夫レよ。詞 思ひ当タる事こそ有《あれ》。唐土《もろこし》の建張《けんてう》二〇といふ者。生害二一ろかんほうしやの薬を以て。二二せんたんの板に書付置キ。死後に及《および》湯をそゝぎしに。生害の内の遺書。こと〴〵く顕せし様《ためし》も有ル。まさにろがんほうしやの薬ならん。ソレ娘台二三子のゆを持てこい」と。地ウ 父がさしづにわくせ二四くと台子にたぎる。ハルフシ ウ 湯を乞受ケ。ウ 箱にそゝ キン げど夫レぞ共。ウ 一字一点顕れず。ハル 扨は底をと打返し。ウ かけても。ウ 見ても知レざれば。ウ 詮方なげに顔見合《みあはせ》。詞「父上」「娘大事の密書は火中二五をなし又候《またぞろ》や此箱も。正《まさ》しく夫レと知リなが

斐。一〇 知らず、に掛ける。歌舞伎初演時は成滝(月岡)は、はじめから登場しており、この箱を持って出るのが父の林左衛門(外記左衛門)。一一 記し、の宛字。一二 同筆であるから。一三 惰弱。一四 礼記・曲礼上による「三たび諫めて身退く」と、国語・越語による「君辱めらるれば臣死す」などを合せた表現か。一五 歌舞伎初演時の宴遊日記に「互に訴へ、山名・仁木の肩を持。勝之段ゝ云(約十六字不明)林左衛門、調伏の箱を持出、内を開けバ、白きあこめ在。仁木、其調伏ハ頼兼へ諫を容れ(約一行分不明)」以下の不明の箇所に、「頼兼(へ)諫を容れざる故我と我身を調伏」云々とあったのであろう。一六 何かにつけて。一七 緊張しきった時にいう。「尋る親の気は張弓」(仮名手本忠臣蔵九)。一八 弦、一筋、は弓矢の縁語。弦が切れるは事が破れること。一九 頭を上下して。二〇 未詳。二一 未詳。二二 栴檀か。二三 正式の茶の湯に用いる四本柱の棚、またそこに置かれた茶釜。二四 せわしく、心がはやるさまの「わくせき」を湯の縁(沸く)で出したが、同義の「あくせく」と混交したのであろう。二五 火中なし、とあるべきところ。

ら。此場のせうことならざるは。我ゝが武運の尽キ。エヽあぢきなの世の中や。弓矢神《がみ》にも天道《てんたう》にも見放されしかかなしや」と悔歎《くやみなげき》に月岡も。涙にくもる一時雨《ひとしぐれ》はれぬ。此場のうき思ひ。

よはみへ付込ム山名宗全。「ヤア外記左衛門。箱に文字が顕れたか」と。いはれて井筒が胸はとうづき。「イヤサ斯《かく》迄ためし見ますれ共。文字は元より調伏の。証拠と成べき印迚《とて》は」。「ヤアなくて此場が済ふと思ふか」。「イヽヤ左様おつしやる宗全様。裁判《さいばん》の筋が違ます。やゝもすれば肩持顔。最前の密書の訳も」。といはせも立ず「ヤア肩持顔とは推参千万。夫《それ》引立よ」と下知なせば。外記左衛門はたまり兼つかみかゝらん其勢。しこうの銘ゝ口ゝに。「官領職に慮外有《あら》ば兼若君の御為ならぬ」と。声かけられて外記左衛門。主君の為とこたへる胸。傍にハア〳〵月岡も。無念に思へどせんかたも何と詞も。なき折から。

「ヤア〳〵旁《かたがた》。細川修理ノ太夫勝元夫《それ》へ参《まゐり》得《とく》と吟味仕らん先ゝ《まづまづ》扣《ひか》へ召れい」と。聞より親子嬉し顔。仁木は山名と見合ス顔。鳥なき里のかふほりがはびこる中へほふわうの

一 むなしさを感ずる。
二 武運を守る神。
三 月が曇る、に掛ける。
四 胸がどきどきすること。
五 無礼。
六 伺候。この場に出仕している人々。
七 せんかた無し、に掛ける。
八 歌舞伎初演時は、勝元はこの場の最初から登場している。なお底本見返しの太夫役割で第十は、口が豊竹伊勢太夫・大西藤蔵、奥が豊竹嶋太夫・野澤庄次良であるが、この段にはヲクリや三重の指定がなく、どこで交替したか不明。二人の太夫の地位からいえば、このあたりで分けるのが妥当かと思われるが未詳。
九 鳥なき里の蝙蝠。すぐれた者のいないところで、つまらぬ者がはびこること。
一〇 鳳凰。想像上の瑞鳥。鳥の中の王で、飛ぶ時には群鳥が従う。

顕出《あらはれいで》しごとくにて何の音色も出《いで》ばこそしづまり。かへつてひかへ居る。細川修理ノ太夫勝元ト善悪邪《じや(しやう)》正を取リさばく。智仁ンは兼て一一人も知ル。流石《さすが》名におふ官領の右ギの。座にこそ押直れば。宗全はさあらぬ躰。「コレハ〳〵勝元殿。貴公には今ン日大内の御用懸リ。夫レ故今日の評定も。某一人ンにて取リ計ふ所に。其御用を指置《さしおき》。又候此場へ御出は心一二へ申さぬ。ム、聞コへた。此程の取扱《あつかい》。宗全老すい致《いたい》た故。是程の事不分ン明《みやう》と。夫レ故の御入来《じゆらい》か」と。いへば勝元ト取リあへず。「イヤ此度の取さばきは。仮初《かりそめ》ならぬ天下《てんが》の大事。いまだ中年一三ンの拙者。古老の山名殿の御評義見ン聞ン致さば。且は身の後学にも成べきと存ぜし故。今ン朝早ミ御用筋相勤。押て推参仕ル。サア御けん慮の程承りたし」と物にさはらぬ柔和《にうわ》の挨拶。言葉も清き細川の。心の果は大河也。「サテ〳〵御念の入た御挨拶。ヱ、先達て毒殺の義も。白イ共黒《くろい》共未《いまだ》分ラぬ此裁許。去リながら外記左衛門めは不埒者。今ン日中義も一トつとして分ン明《みやう》ならず。サア外記左衛門。其箱に兼若調伏の印が有かサどふじや」と。いはれて「ハッ」ト頭《かうべ》を下ゲ。「ア、イヤせうこと申は。只今火中なされし毒殺の蜜書」。「ヤアまたしても〳〵耄《おいぼれ》の操言《くりこと》。此宗全何ニ

一一 智仁を兼ねる、とかねてよりを掛ける。演劇の世界で、細川勝元は、山名宗全の悪に対し、善の側のさばき役として定着していた。ここでは仙台萩の老中板倉内膳正に該当する。
一二 心得。
一三 この場の勝元は、若々しくさわやかなさばき役として登場するので、第一における勝元とは一致しない。山名・細川両管領の立場も、第一では、応仁記の世界において、足利将軍家の家臣として(勝元は頼兼の舅でもある)、将軍の後継者問題を議するが、ここでは、伊達騒動の実録に基づき、幕閣の酒井雅楽頭・板倉内膳正が、一大名家の内紛を裁く形となる。

も受取ッた覚ない」。「デモ只今の」。「サヽヽ、何が何ンと。其箱にせうこが有ルか」。「サア夫レは」。「サヽ何と」ヽ。権威も高キ[一]山名が勢イ。[二]てつぺいくだしにきめ付られ。[三]我身もひくゝ水溜マる。井筒が無念ン口惜さ拳《こぶし》を握リ扣ゆれば。娘も倶にしほれゐる。

「ハヽヽヽ一チ言の返ン答もないは。[四]此程のさいきよにも皆偽リ。イヤハヤ[五]外記贔屓《ひいき》のお方も。嘸残念にござらふ」。と何がなこする当テ詞。勝元トはしとやかに。「コレハ〳〵宗全殿の仰共覚へぬ一チ言。仮にも天下《てんが》の政事《せいじ》を承り。理非明イ白を心懸《がけ》。依怙《えこ》に寄ラず。贔屓にかゝわらざるこそ。銘ゝの職と心得罷有ル。此席の内に誰か左様の者有んや。天下の邪《よこしま》を正《たゞ》す役義を以て邪を行イ。或《あるひ》は時の権威によつて下モを恵《めぐ》まず。己レに諛《へつろ》ふ者を以《もつて》是を助ケ。己レが疎《うと》き者をば理を非に落さんとする者有ラば。誠に是こそ天下の大罪人ン。[六]立所《たちどころ》にて某が首を刎て獄門の木にさらさん物」と。尻目にぐつと仁ン者の目の内。見すかす詞に宗全は色を違ヘて閉口《へいかう》す。勝元[七]白ラ渕を詠やり。「コリヤ外記左衛門。われはマア何ンと狼狽《うろたへ》たぞ。悴民部も近ンゝ帰国致すでないか。夫レを待て何事も。両人ンにて相談遂《とぐ》べき所。尤時《じ》日をうつされぬ事ながら。[八]せいきうも事に寄ル。[九]先日よりも対座《たいざ》なす此

一 高き山に掛ける。
二 頭ごなしにおさえつけること。
三 凹《ぼく》い所に水溜る（身分の低い者は、何かにつけて不当な扱いを受ける）の諺を踏まえた表現。井筒の名字で、凹い所を連想。
四 これまで何回かの裁判にも、皆偽りを述べたに相違ない。
五 以下、仙台萩による。二月二十六日に甲斐が弁舌巧みに陳じて後日の対決を待つことになり、「雅楽頭殿高声ニ安芸贔屓の人々此対決に赤面致さるゝ人もやあらんと申されけれとも何も其執職たるに恐れて詞を出す人もなき所に板倉内膳正殿進み出て被申けるは仰とも覚へ候わす天下の政事を承つて理非明白を心に掛てかりそめにも依怙にもよらす贔屓にもかかわらさるを社面々職と心得候此席の内に誰か贔屓の輩候や天下の邪を正す役義を以身に邪を行ひ或は時の権勢に依て下をさみし己か心の儘に事を行ひ己を諂ふものをは是を助け己に疎意者をは理を非に落さんとするものありや是こそ誠に天下の大罪人なれは立所に渠《かれ》か首切て獄門の木に晒さんものをと礑《はた》と白眼て申されけれと其勇気臨々たるに恐怖してさらに一言の事を出ス者なし雅楽頭殿も理の当然たるに言葉なく」。
六 たちどころに、とあるべきところ。
七 白洲の誤り。
八 性急。

評義。今《ン》日慥な証拠指上《さしあげ》し所。火中なしたる何《ン》[一〇]ぞとは。コリヤ宗全殿を誰《レ》とか思ふ。[一一]当時官領の出頭[一二]。何[一三]にもせよ直《キ》に手渡し何とゞ[一四]は。ぶ礼とや云《ハ》ん。ハテそさう[一五]千万。事を企《くはだ》てんと思ふ者は。密計《みつけい》ほどこして人をまどはすといふ所へ心の付ざるか。其方が落度は兼若丸の落度と成がエ、爰な不忠者めが」と。[地ハル]口には呵れど心[ウ]には老の一《ッ》てつ残《ン》念やと思[ウ]へど云《ハ》[フシ]れぬ。此場のしぎ。[地中]外記左衛門頭[ウ]を下《ゲ》。「[詞]ハア勝元公のりん[一六]〳〵たるげんめいに恐《レ》入《いる》。若君調伏の証拠共成べき品を持参致せど。邪心のぼうけい[一七]深《ク》。現在[一八]の証拠を取《ラ》れ。夫《レ》と分《ン》明ならざるによつて某が落度となり。返つて主人の御為にもならず。取《ル》所なき不忠の某。申訳には此皺《しは》腹。何卒仰付られ下さらば。[地ハル]武士のめうが[一九]有《リ》難し」とていたら[二〇][中][フシカヽリ]平身願ふにぞ。[ウ]仁愛深《キ》細川[色]勝元《ト》。「[詞]コリヤ〳〵外記左衛門何をいふ。今云《フ》通未《ダ》渡部民部も帰国なさず。一両日は延引《ン》申付《ケ》る。[二一]ナソレ願の筋有《ラ》ば申て見よ」。「ヤア勝元殿手ぬるし〳〵。某に向《イ》イヤ密書を火中なし何ぞと[二二]。申懸《まうしかけ》[二三]致す耄《おいぼれ》。貴殿《ン》に対して箇様の慮外を申さば。よもや了簡は致されまい。此上に何を申さんも計られず。殊に某は近《ン》〻本《ン》国へ罷《まかり》帰る。

九　先日来の、自分が対座する日に慥な証拠を外記左衛門が提出しなかったのが残念だ、の意を言外に表わすか。
一〇　なんど、の誤り。
一一　現在。まさしく。
一二　羽振りのいい側近。
一三　このへん、歌舞伎初演台帳には(密書焼却の件自体はないとしても)もう少し詳しく書かれていたか。
一四　なんどとは、の誤り。
一五　粗相。
一六　凜々たる厳命。
一七　謀計。
一八　まさしく証拠となる物(火中した密書のこと)。
一九　冥加。
二〇　低頭。
二一　一両日の延引を、その方から願い出れば、聞き届けよう、とそれとなく促す。勝元の方から延引を言い出すと、依怙贔屓といわれる恐れがあるので。
二二　なんど、の誤り。
二三　事実無根の言いがかりをつけた。

べん〳〵と待ッても居られぬ。縛《しば》[一]り首にも行ふ奴ッ。切腹とはまだしも武士の法。ソレ侍イ共。耄めに刀を渡せ」。「はつ」と答て指置《(さしおく)》刀。証[二]拠なければ勝元も押て留るに留られず。古老の権威を見せ付[三]るきつい山[四]名を仁木が楯《たて》[五]。たばこ引寄《(よせ)》宗全が。煙[六]もふとき工ミなり。

わるびれもせぬ外記左衛門。肩衣刎《はね》退ヶ身繕イ刀。引抜ク躰見るより。娘は有にも有ラれぬ思ひ。「コレ申父上。此場で御生害有ラず共。あなた[七]方の御怒リを。どふぞなだむる御了簡はないかいなア、。ヱ、余ッりじや宗全様。たつた今の其密書。しらぬとはだいたん[八]な。御家の事を思はずは女でこそ有此《(あれ)》月岡。恨をはらさで置クべきか。とはいふ物の其箱故のお咎メなら。持参ン致したは私。どふぞ父の替リに此月岡罪に行《(おこなひ)》下さりませ」と忠と孝とにかきくれし涙交《(まじり)》のくどき言《(ごと)》「ヤア見苦しいよまい言。老さらぼいし外記左衛門。腹かつさばいて死るとは。まだも冥加に尽ざる某思ひ切て歎《(なげき)》はせぬ。儕《(おのれ)》も武士の娘でないか。比《ひ》[九]興《けう》未練ンな外記左衛門と。人〻に笑わせるか。留だてすると勘当じや」と。刀引抜《(ひきぬく)》[一〇]中カ巻《(まき)》の神も仏もない世かと。有ルにも有ラれず月岡は。「コレ申と〻様。スリヤどふ

一 罪人を後ろ手に縛り斬首する刑。切腹が武士の面目を保つ死であるのに対し、縛り首になることは、武士として甚だしい恥辱とされた。
二 本作で、わざわざ勝元が外記の危急の場に声をかけて登場し、宗全の密書焼却の事情も察知していながら、なすところなく外記を切腹させてしまうのは、拙い脚色である。
三 付る、きつい、山名、楯、たばこ、煙、は煙草の縁語。
四 仁木が山名を後楯として。上野国緑野郡山名村(高崎市山名町など)は山名氏発祥の地、高崎煙草の産地。ことに「山名村広大寺境内に産する煙草は香気他に異なり口中佳味にして奇なる名葉」として知られる(狂歌烟草百首)。
五 館を掛ける。館は上野国片岡郡寺尾村(高崎市寺尾町など)の字。館煙草の産地。「館は葉に力ありて和らかなる名葉」(狂歌烟草百首)。
六 煙の太いと図太いを掛ける。四行後の大胆に同じ。
七 あの方々。
八 大胆な。図々しい。
九 →三七八頁注六。
一〇 日葡辞書に「昔いつも鞘に納めないで携行した、長めの短刀の一種」とあるが、ここは九寸五分の短刀で、紙を巻くと神を掛けた。
一一 汚名。
一二 空の縁で月を出し、せんかたなし、と涙を掛ける。

有ても御生害」。「くどい〳〵。さはさりながら。悴民部関東より帰国せば。我ガ切腹を云イ聞せ。[一二]おめいをすゝぐべし。モウ是迄」と突ッ込刀。心も空に月岡がせんかた涙に只おろ〳〵。

[一三]白渕の方騒敷《さはがしく》[一四]欠込《かけこむ》[一五]渡部民部之介。[一六]父の有様見るよりもはつと計《ばかり》に[一七]どうと伏《ふす》。歎の中にも悦ぶ妹。手負は見るより。「ヤレ悴民部之助ヲ、待兼たはやい」。「ハア御存生の内帰国致《いたし》何程か」。「ヲ、我も大けい〳〵。エ、証拠がなくて残念。口惜はやい」。「ハア委細はあれにて承る。此期《このご》に及び申上る詞もなし」と。無念悲しさこたゆる涙。宗全声かけ。「ヤア汝は渡部民部之介。井筒外記が[一八]願《ねがひ》の場所。此方《このはう》より[一九]沙汰もなきに。帰国早ゝ大切の場へ罷出るは。上《かみ》を恐レぬ慮外者。アレ家来共引出《いだ》せ」。「畏つた」と立かゝる。「コリヤ〳〵待《まて》」と押留《おしとどめ》。「イヤナニ宗全殿。訴《うつたへ》もなく是へ出しは渠《かれ》が誤。しかし親子一生の別レ。了簡をして遣はされい。コリヤ民部。願イの筋も有《あら》ば。[二〇]苦しうない申上い」。「ハア、御仰《おんおほせかたじけな》忝し。先達《さきだつ》て親外記左衛門方より書中の知せ。今日関東より帰国致《いたす》所此程度ゝの御評義。今日は有無の御裁判《さいばん》と承リ。夫レ故参ン上仕る所に。親共生害と承《うけたまはり》。眼コ

一三 白洲の誤り。
一四 駆込むの宛字。
一五 歌舞伎初演時は、四〇九頁※、四一三頁注一五引用の宴遊日記によれば、民部と成滝が最初から出ており、林左衛門(外記左衛門)が調伏の箱を持ってかけつける。文化台帳も同様。但し現行の歌舞伎の伽羅先代萩・対決の場では、本作と同じく最初に外記が出ていて(成滝に当る政岡は出ない)、民部がかけつける。
一六 このあたり、仮名手本忠臣蔵四「判官切腹」の由良之助の駆けつけをほぼそのまま転用。「廊下の襖踏ひらき。かけ込ム大星由良ノ助。主君ンの有様見るよりも。ハはつと計にどうとふす。…ヤレ由良ノ助待チ兼たはやい。ハア御存生の御尊顔を拝し。身に取ッて何程か。ヲ、我も満足〳〵。定めて子細聞たであろ。ヱ、無念ン。口惜しいはやい。委細承知仕る。此期に及び。申上る詞もなし」。
一七 底本「とうと」。→注一六。
一八 裁許の願い。訴え。
一九 呼び出しの命令。
二〇 さしつかえない。

くらみし不《ぶ》礼の段。真平御免《ン》なし[一]下され。此上拙者に仰付られ。今一評義御《ン》願《ねがひ》」と
しとやかに相述る。
「ヤアならぬ〳〵。今日黒《ク》白相分《リ》。目《ク》前《ン》にて外記左衛門切腹なす上は。科《ガ》は外記左衛門に極《きはま》る。弾正は申分《ケ》立《ッ》たと云《フ》物。殊に汝は関東へ罷越《シ》。此義においては何も知まじ。外の願《イ》は叶はぬ〳〵」。といふをせいする勝元が。「イヤ〳〵山名殿。民部が願《イ》は叶ぬにもせよ。まだ評義が残《リ》ました。ヱヽ[二]失礼ながら御覧有《レ》。ナニ仁木弾正。[三]汝にも科がかゝつて有《ル》ぞ」。「コハ勝元公の仰共存ぜぬ。申訳立し此弾正」。「ヤアいふな教《のり》将《まさ》。最前月岡が持参せし奉納の箱の表に。願《ン》主仁木弾正教将と[四]印《しるし》。我《レ》と我身の調伏を成《なし》たるとの一言《ン》。汝足利家の執権職ならずや。主人《ン》より[五]高録戴《キ》。何不足なき身を以《テ》。己《レ》が身の調伏を。サヽヽ何として祈《いのり》しぞ」。「サア夫《レ》は」。「兼若の調伏か」。「サア其義は」。「サア何《ン》と。主《しゆう》を補佐《ほさ》するは執権の役。頼兼のだじやくも皆汝等が誤《リ》。夫《レ》故《アレ》。外記左衛門は切腹を致したはい。[六]仮《たとへ》いか程の落度有《ル》にもせよ。武士たる者のなぜ切腹は仕らん。[七]人をのろい家を亡さんと。[八]神をこらしめ調伏なさんには。願文なく

一 底本「下下されと衍字。
二 山名に対し、失礼だが自分の詮義を御覧あれ、と言う。
三 外記の訴えに対して一応申開きが立ったとされる弾正を、勝元が執権職の本分に違うと責める件りは、仙台萩の左の条を作り変えたもの。「板倉内膳正殿…其職に居て其事を忘るゝは大罪甚しと宣ひけれは甲斐申けるは御意ニ而は候へとも某か存せさる事は既に明白に申訳仕候ぬ何そ某か罪たる事候哉内膳正殿いたけ高に成て申されけるはいかに甲斐其方に陸奥守家の重器を預んしかるに人の為に是を盗まれは汝盗人は某に非す某か覚語不仕所也と申さんに汝か罪なからさらんや旧主を補佐する事は大事也何そ器の類ひにあらん其主の本心替候時は預りたる汝か誤りに非すして何者か其誤りを請るや」。この内膳正の言葉を要約したものが文化台帳の勝元のせりふにあり、歌舞伎初演時も同様であったと思われる。
四 記し、の宛字。
五 高禄、の宛字。
六 たとえ外記の訴えに、いか程の落度が有るにもせよ、執権職として頼兼の惰弱を改めさせることが出来ない補佐の怠りを思うならば、武士たるものの責任において、何故切腹致さぬのか、の意。
七 この言葉は勝元が弾正の「我と我身を調伏」との申開きを一応認めた

ては納めがたし。何にもせよ其箱。ソレ民部之介得度《とくと》[九]改《あらため》見よ」。「畏つた」と立寄ル箱。中ヵには以前の人形タ計《ばかり》。「外に怪き物見へ申さず」。「ムヽスリヤ其わら人ン形は仁木弾正。目ク前ン我レ[一〇]が親の敵。此小柄を以《もつて》父が[一一]うつぷんはらせよ」と。仰《おほせ》に民部は「実誠《げにまこと》。存ン念立ず父は切腹。[一二]晋《しん》のよじやうは衣をさく。我レは目の前父の敵」と。小柄逆《さか》手に人ト形の。只中《ただなか》ずつかりかき切ッて「ヤコレ〳〵《コレ》親人。時日《じじつ》をうつさずせんぎを遂《とげ》。悪人ン[一三]原をまつ此様に」と。かしこへ投ゲ付《つけ》。歎を見せぬ勇気の有様。

勝元はじろ〳〵見やり。「ヤコリヤ待テヽ民部。其藁《わら》人ン形是へ持《もて》」。「ハツ」ト民部が取上ルを。「夫レは」と立寄《たちよる》弾正を。突退ケ御前へ指上《さしあぐ》る。

とつくと詠《ながめ》[一四]切リ口より。引出す紙は怪《あやし》の願書。「扨こそ〳〵工《たく》んだり。是こそ兼若丸調伏の願ン書。仁木弾正教将。是にましたる証拠や有ラん。民部之介是を以《もつて》実否《じつぷ》を糺せ。サ早ふ〳〵」と投ゲ出す。「ハツ」ト悦ぶ民部之介。手負の傍へ走リ寄。「コレ親人トお悦なされませ。かゝるせうこの出る上は。犬死ではござりませぬ。ヘヱヽ未《いま》ダ武運に尽ざる所。コリヤ〳〵妹悦べ〳〵」。「アイ〳〵そふでござんす共。是ヽ父上お心を慥《たしか》に」と。呼ば苦し

上でその誤りを責めている前提を踏み越えて結末を先取りすることになり、戯曲としては不備である。

八「懲らしめ」で調伏の祈禱で神仏を責めたてるように激しく祈る意と、集中して祈る「祈誓を凝らす」をかねて言うか。

九 篤と。

一〇 お前の。

一一 鬱憤。

一二 予譲。中国の戦国時代、晋の人。趙の襄子に滅ぼされた主君智伯の復讐に心を砕き、襄子に近づくが捕えられる。襄子はその忠節に感じ、「乃ち使をして衣を持し予譲に与へしむ。予譲剣を抜き三躍して之を撃ち、曰く。吾れ以て下り智伯に報ずべしと。遂に剣に伏し自殺す」(史記・刺客列伝、予譲伝)。

一三 悪人輩の宛字。

一四 歌舞伎初演時は、林左衛門の血によって調伏の文字が顕れる。「林左衛門、此絹に(約六字不明)水そそぎ、湯を掛れども文字出ず、トヾ切腹、此きぬにて刀を巻腹を切、血に染ると文字顕れ、鬼貫方負に成」(宴遊日記)。

さ打忘れ。「ヤ何といふ。若君調伏の願ン書出《いで》たるか。我ガ存ン念も相立《あひたち》しか。ヱヽ嬉しやナア」。といふも次第に老イ木の枝。一おれてあの世へ落入ル親。「コレノウ申《まうし》」と欠寄《かけよ》ル妹。おさゆる民部は涙を隠し。弾正に打向イ。「サア此願ン書覚有ラん。七日が内に御命を奪んとの文言《もんご》ン。のがれぬ所サア白状。いかに。〳〵」と詰メ寄レば。さしもの弾正眼《まなこ》血走リ。無念の拳《こぶし》に持ッたる扇。工ミ二の要《かなめ》もばら〳〵返答もなく見へにける。

三勝元仁木をはつたとねめ付《つけ》。「ヤア人ン非人ンの分ンとして。四比興《ひきやう》詞を餝《かざり》己が罪をかくさんとするコナ不敵の国賊。最早《もはや》云訳有まい〳〵。イヤナニ宗全殿お聞の通《とほり》。仁木弾正が罪明白の上は。急《いそぎ》五罪科《ざいくわ》に仰付らるべし」と。のつ引ならぬ証拠に宗全。「イヤまだ罪科には行はれぬ」。「そりや又なぜな」。「ハテ一応も再応も拷問《がうもん》に及ビ。彼レが口から白状致さぬ内は」。「ムヽかく迄罪にふくする弾正。拷問なぞと手延《てのび》に召るゝ。宗全殿の御胸中《ごけふちう》。何とやら心得申さぬ。左様なされても天下《てんが》の法が立ますか」。「サア夫レは」「何と」。「ヱヽどふいへばこふいふと。何ぞといふと六きめる人。成程慥な証拠有ば科人はマア弾

一 折れて落ちると、死ぬ意を掛ける。 二 扇の要が外れてばらばらになるように、肝心のところが露顕して企みが失敗し。 三 仙台萩では甲斐・兵部が亀千代毒殺を依頼した大場道益への書状、亀千代殺害を依頼した神並三左衛門への書状の二通が提出され、内膳正が甲斐を問い糺すが「甲斐一言之返答に不及其時内膳正殿御立掛り甲斐に向て宣ひけるは人非人の分として数日詞を飾り罪を掩の大賊誠に侍畜生とは汝かことき者をいわんのみ…雅楽頭殿に向て甲斐か罪御糺し有へきかと被申けれは忠清追而こそと挨拶に及はれたり」。 四 卑怯にも。 五 刑罰。 六 きめつける。 七 譜代。代々足利に仕えている侍。 八 院の御所を警衛する武士の詰めている所。 九 日本王代一覧七の応仁の乱に際し山名宗全方の武将に「仁木ノ教将」の名がある。 一〇 刑罰。 一一 願うて見よ、の意か。仙台萩でも雅楽頭が、「甲斐先頃申落せる品有」といって安芸らを自邸に召集し、甲斐が安芸に近付く機会を与える。 一二 山名の態度を疑わしく思いながら、の意か。 一三 以下四丁(丁付け百十六「は敷も」より)、底本に節付けも句点もない。文章上、句点のあるべきところは一角あけ、必要に応じて改行する。 一四 勝って兜の緒を

正。ガ併《しかし》かれめは足利[七]ふだいの侍ィ。[八]武者所へも召サるゝ[九]教将。殊に義政公へも申上。其上科[一〇]は申付ん。某が館に置ばかごの鳥。まだも弾正。願ィ有ラば願[一一]ッて見ん。ナ民部之介。イザ勝元殿奥の間へ」と。地ハルいふにいな共細川がウ深《ふかき》情を隔る境。[一二]うたがは敷《しく》も立上り「ナニ民部之助老父の愁傷[一三]察入《さつしいる》 去ながら箇様に工《たくみ》露顕の上は足利の家は礎《いしずゑ》堅し猶此上に某も能《よき》に取なし致べし イヤコレ勝[一四]て甲の緒をしむるといふ諺 何かに心をナ付られよ」と 始終を気遣ふ勝元の仰に民部は有難涙 [一五]並居る諸士も打連て 一間へこそは入にける

こたへ〳〵し月岡が死骸にひしと取付て [一六]わつと計《ばかり》に泣出し「忠義とは云ながら情ない此生害 お留《とどめ》申事さへならず 責て悲しさ泣たさも 官領職の御前故 今迄こらへてゐたわいのふ 武士の種迚《とて》同じ人間 現在親の切腹を 兄弟傍で見てゐるとは 是も誰故弾正殿 ヱ、こなたは〳〵のふ アノマアそしらぬ顔わいの マよく〳〵因果な我〻」と くどき歎ヶば民部之介 弾正が前くいしばる胸に涙を押へ兼 兄弟どふど伏《ふし》沈《しづむ》心ぞ思ひやられたり

締めよ、の諺を引き、山名・仁木に対し、最後まで警戒を怠るなと注意する。一五 なみだ、なみ居る、と韻を踏む。一六 仮名手本忠臣蔵四の「御台はわつと声を上。扨も〳〵武士の身の上程悲しい物の有へきか。今夫(まつ)の御最期に云たい事は山々なれど。未練なと御上使のさげしみが恥しさに。今迄こらへて居たわいの」をふまえる。

一「父、父たり。子、子たり」(論語・顔淵)。二 童子教など。「豹は死して皮を留め、人は死して名を留む」(新五代史三十二・王彦章伝)。三 今より後。四 忠勤を、の音便。主君調伏の企みが露顕したにもかかわらず、仁木の「心を改め忠勤をはげみ申さん」「よろしく取なし」、民部の「改るに憚る事なし」といった認識は、現実感がなさすぎる。文化台帳では、弾正は民部に連判を見せ、書状を示し「勝元公へとりなし願ふ兼ての覚期其上にて切腹願ふ弾正が心底」という。先行作、伽羅先代萩の根本では「海尊(甲斐)顕衡(安芸)にむかひ此場に及ひてもはや申ことばなしせめて一つは忠義の事を申のこした

弾正は最前より　空うそ吹てゐたりしが　何思いけん兄弟が前にさし寄《より》「イヤハヤ御両所の歎察し申《まうす》　併《しかし》　此《この》ゐんぼうも某一人《いちにん》の企《くはだて》でもない　マダ外に吃度した一味有《あり》　夫故最前御親父《ごしんぷ》の切腹も心に思へど留《とどめ》もならず　イヤモ天晴[一]親も親也子も子也　人[二]は死《しし》て名を残すとやら　某も向後《きやうこう》[三]心を改《あらため》[四]　忠勤のはげみ申さん　ナント貴殿宜敷とりなし申てお[五]くりやれまいか　其証拠は是《これ》　此《この》一味徒党の連判を見せ申さん」と　いふに民部は心をゆるし「改ぇ[六]に憚る事なしとやら　仁木井筒は代ゝの執権職　右申さるゝが実心ならばドレ其書物拝見致さふ」「ヲヽ是を見やれ」と懐中より投出す一巻　取上て開ゥゆだんを弾正[七]が「観[八]念ひろげ」といふ間もなく　隠し置ィたる懐釼を抜手《ぬくて》も見せず切付《きりつく》る　其儘そこへ倒ㇾ伏す「ヤアだまし打《うち》とはひ[九]けふ者」と月岡すかさず死がいの刀　取んとするを弾正が手練の当身《あて》[一〇]にうんと計《ばかり》　危《あやふく》も又むざん也

弾正は一人笑《ゑみ》「ハヽヽヽいらざる親子が忠義立《だて》　此くたばつたざまわいの　こいつらを片付ればけ[一一]ふたい奴は勝元計《ばかり》　先こいつらがとゞめを」と　懐釼逆手《さかて》に立寄て　突《つつ》[一二]込《こむ》切先白洲にぐつしやり　起る間《ま》切間《きるま》[一三]とたんの拍子　あ[一四]ばらをかけて切付られ　尻居に

し」。五 おくりやるまいか、とあるべきところ。六「過則勿ㇾ憚ㇾ改(過ちを犯した場合、改めることを憚るな)」(論語・学而)による。七 ゆだん、だん正と韻を踏む。八 覚悟しやがれ。九 卑怯者。一〇 →三三三頁注二三。一一「ふ」をムと読む(正俗二躰初心かなづかひ)。煙たい。邪魔で気にかかる。一二 突込む切先を民部がはねのけたので、切先は白洲の砂利に刺さり、民部がはね起て弾正を切るまでが、一瞬の出来事。一三 途端の拍子。ちょうどその瞬間。一四 肋骨。切りつけるは民部。一五 弾正がどうと尻餅をつき、痛手に目がまわるところを。一六 間もあらせず。民部が切付けると。一七 弾正は、心得たと下から民部を突く。一八 異ならず、の宛字。

※仙台萩の刃傷の記述は「甲斐は懐中より一紙をとり出し、此事を申落ぬ、今一度此事を可申上といひながら、安芸が側へする〳〵と寄そと見へしか、意趣覚たるかと抜打にてふと切…柴田外記大に驚き甲斐血迷ひたるか…己遁すへきかと、脇指を引抜て駈寄所を、甲斐振りかへり礑と白眼て、汝我か大望の妨成はと、いゝなから拝打に切付たる。外記か真向より口の上まで立割に切付たり。尋常の者なりせは即時に息絶むなしく成へけれとも大勇猛の外記なれは、切られなから踏込んで甲斐か眉間を志て切付たり然共最前深手に眼くら

ど[一五]ふとめくるめき　合《あひ》[一六]もすかさず切付れば　心[一七]へ下より突かくる　あなたを突ばこなたも切《きら》れ　修羅の街《ちまた》に事[一八]ならず　忠[一九]臣こつたる念力にや　なんなく民部弾正を取て押へてとゞめの刀　「ヱヽ嬉しや」と計《ばかり》にて　其身も倶にたぢ[二〇]〳〵　音に気の付《つく》月岡が起上つて「ヤア兄様　是いナアお心を付て下さんせ　コレ〳〵申《まうし》兄様　コリヤマアどふせう〳〵」と　途[二一]方涙にくれ居たる

一間へ聞《コ》へて細川勝元　白銀の器うや〳〵敷　手負の傍へ指寄《さしより》給い　「ヲヽ出かしたり民部之介　かゝる忠義の武士《もののふ》を家来に持し兼若君　いみじき果[二二]報といふべきや　又拙[二三]きといふべきや　同じ録[二四]をはみながら　重恩の家を断絶させんと謀《はかる》弾正が今の死ざま夫レに引かへ汝等親子が忠誠　ホヽ天晴〳〵かんじ入　物[二五]のかづにはあらね共　官領の烈[二六]を穢《けがす》細川修理ノ太夫勝元が　コリヤ薬[二七]湯をあたふるぞ　しばしの苦痛を遁れよ」と　涙片手に指出《さしだし》給へば　漸《やうやう》心付《つき》けるか民部は苦しき息をつき　「コハ有難し〳〵　官領の御手づから　薬湯を給る事冥加に余る身の仕合　去ながら血汐[二八]の穢《けがれ》恐レ有《あれ》ば　只仰付られ下され」と　礼義を乱さぬ丈夫の手負　「苦[二九]しうない是悲[三〇]〳〵」との給へば　「じたい

み直則か肩先へ切付たれとも直則着込を着しぬれは其刀通らす。直則怒て外記を取て膝の下へ敷を蜂屋六左衛門駆付て後よりむつと組」。一九 忠心の宛字。忠心に凝り固まった。二〇 たじたじと後ずさりして倒れた。二一 途方にくれ、涙にくれて。二二 前世の善業の報いとしての仕合せ。二三 果報拙き、の略。忠義の家来を失わねばならないのは、主君として果報拙い(不仕合せである)とも言える。二四 禄。二五 自分などは物の数ではないが。天下の政道を預る管領(老中)である細川勝元が、外記・民部父子の忠義の前には、自分は物の数ではない、との謙遜。二六 列の宛字。末席を汚す。仙台萩に「内膳正殿又手つから薬を取て外記と六左衛門に与へて被申けるは天晴亀千代殿は大果報の人とやいふへき又果報つたなきとやいふへき…我不肖成といふ共天下執権の列を汚す汝等か忠節の志を感するの余り手自薬湯を与ふ」。二七 煎じ薬。朝鮮人参による独参湯であろうか。二八 貴人に血汐の穢れある身で直接接するのは恐れ多いので、御家来を介していただきたい、の意。仙台萩の外記の言葉に「只々平士奔走の衆に命して給らん」。二九 血汐の穢れがあっても、さしつかえない。三〇 是非。仙台萩に「内膳正殿…是我志を顕すなりと仰られけれは再三の辞退却て憚り有りと両手を捧けて是を請く」。

はかへつて無礼の至り」と　両手を上て押戴《おしいたゞき》　[一]冥加もこぼるゝ手も[二]覆ふ　妹が持《もち》そへ介抱にぐつと一口　又うんと倒るゝ兄をかき抱《いだき》「ヤアコレ〱兄様のふ〱」「ヲヽヲヽイヤ何の是しきの浅手　若君の御先途《ごせんど》見届《みとどく》る其中《うち》は死《しな》ぬ〱妹」「アイ〱そふでござんす共　弟も親も皆先立《さきだち》　便りに思ふ兄様迄此《この》有様」「ヤアめろ〱とよまい言　コリヤ勝元公の御傍近ふは憚有《はばかりあり》　民部之助は最早退出仕らふ」と　常にかはらぬ[三]式礼目礼　世にも哀と勝元が「イヤ其儘の歩行心元ない　ソレ家来共乗物持《もて》」「はつ」と答て舁居《かきすゆ》れば有難涙身に余る[四]下じめ解て疵口を　[五]しつかとしめる妹が気転　深手をいとわぬ民部之介刀を杖に立上れば「コレノウ兄上待給へ　ソレ其深手にてどふマア屋敷へ帰られふ　御乗物に召ませい」「イヤ〱[六]御たいめいの御前憚多し　[七]親人の亡骸をよき様に取片付　我は只此儘に」「イエ〱夫でも其よはり」「たわけ者め　民部之介性根は慥じやぞ　けふはいか成吉日ぞ　足利の御家万代[八]当久の門出なれば　妹目出たふ一さし舞ん」と　さしも血汐に紅の扇ひらいて声を上　「[九]一張《いつちやう》の弓の勢たり東南北西の敵は安〱と」よろぼい〱ばつたりと　まろぶを[一〇]拘《とゞむ》る月岡が　こぼす涙に水増る　思ひは同じ細川も　[一一]長居は

一 冥加に余る（もったいない程有難い）を言いかえ、手が震えて薬湯がこぼれる、に掛けた。 二 震ふ、の誤り。 三 頭を下げての挨拶。 四 女性が帯の下などで締めて着付けの形を整えるための紐。 五 下締できちんと傷口を縛って血を止める。 六 台命は将軍の命令。ここは将軍の意か。 七 婉曲に、父の亡骸を乗物で屋敷へ帰してほしいと願うか。仙台萩でも外記は乗物を退ける。 八 まさに久しい、の意と長久の混交か。 九 一張の弓をひきしぼってその弓勢で乱を平げることをいう。「一張の弓のいきほひたり。東南西北の敵をやすく平ぐる」（謡曲・八幡弓）。 一〇「とゞめる」（倭玉真草字引大成）。 一一 仙台萩に「三公涙を押拭ひ宣ひけるは我輩此席に有ときは万事此詞のことくならんと即時に席を去り給ふ」。 一二 表の縁で裏門という。

※歌舞伎初演時のこの場の最後を宴遊日記は「仁木誤り、民部をすかしだまし打に切つける。民部、仁木を殺し、勝元薬湯を民部に与へ、民部死する迄」と記す。初演時当初は五代目市川団十郎の勝元、四代目松本幸四郎の民部、三代目大谷広右衛門の弾正。

一三 ここで場面が変るか。以下歌舞伎初演時にない場面。 一四 我身にも追及がおよぶ。 一五 戦時などにおいて、緊急の合図のためにあげる煙。

返つてあしかりなんと　其座を立て帰らるゝ　見送る勇者見帰る仁者　表に歎かぬ両人
が心しほるゝ裏門口[一二]　なく〳〵　伴[一三]ひ出《いで》て行
始終の様子奥よりも　大江の図幸鬼行忍び出《いで》て辺《あたり》を詠《ながめ》「事露顕の上は我身の上[一四]　兼て宗
全と工《たくみ》の通リ館の奴原皆殺し　心がゝりは勝元め　遠くは行まじ打てとらん　軍勢集《あつむ》る
我《わが》密計」と　有合《ありあふ》火入《ひいれ》追取て　目あては庭のしげみの松　枝にあたれば相図の狼烟《のろし》[一五]
四方に合する貝鐘《かひがね》[一六]たいこ　天のこがせる姚灯松明　数多《あまた》の軍兵集《つどひ》しは　稲麻竹葦《たうまちくゐ》[一七]の
ごとく也　鬼行はゆるぎ[一八]出《いで》「ヤア〳〵者共是より直《すぐ》に細川を追欠《おつかけ》[一九]て討取べし　我レは諸
軍を引卒《いんぞつ》[二〇]し室町へ押寄て　兼若を人質さ[二一]ゝゆるやつばら打取ラん　い[二二]そふれやつ」と
云間《いふま》もなく書院[二三]の椽側ばつたりと　板敷たゝみめり〳〵〳〵　ぐつと下より押上る
恂《びつく》りこける鬼行が「コハ何事」と取付畳　両手にぐつとさし上て　顕れ出《いで》しは実誠《げにまこと》
荒獅子男之介重勝　辺りを睨んで立たるは　天[二四]の岩戸を手力雄《たぢからを》の　其神ン力キも斯やら
ん
鬼行は色青ざめ「コリヤ〳〵者共　今[二五]下より顕れしはあうん[二六]の仁王[二七]の宿[二八]なしか　但は地

狼糞が最上であるが得難いので、樟脳・硫黄・煙硝・鉄粉などを混ぜ革袋に入れて用いる。一六 法螺貝と鐘。戦場で号令をかけたり、気勢を上げるために用いる。太鼓も同様。一七 稲・麻・竹・葦(あし)の群生していることから転じて軍勢などが多く集り、取り囲んでいるさま。一八 身体をゆり動かして勇み立って出る。一九 追駆て。二〇「インゾツ」(日葡辞書)。二一 支ゆる。邪魔をする。二二「いざ、うれ」(さあ来い)が変化して「いそうれ」となり、さあ行け、の意となる。篆字節用千金宝の「ふの字うによむ事」の項に、あふみ(近江)、たゆふ(大夫)等を例示。二三 武家の邸宅で書見をし、客と応接する部屋。二四 天の岩屋の岩戸を押し開いて天照大神を外へ出した手力男命の。二五 江戸歌舞伎の顔見世興行に付き物の「暫」で、主人公の荒事師が登場した時の、敵役の滑稽味を帯びたせりふに類似した言いまわし。二六 阿吽。悉曇で阿は口を開いて発する声で万有発生の理を、吽は口を閉じて発する声で、一切知徳の帰結を表す。二七 寺の門などの両脇に置かれる阿吽一対の像。勇猛忿怒の形相で、仏法を護持する。二八 寺院に居るべき仁王が、浮浪者のように縁の下から現れたから。

霙の幽霊か　何にもせよ討取《うちとれ》」と　いへば重勝打笑ひ　「外記が切腹民部が忠義　聞より忍ぶ椽の下　跡[一]の祭の鬼行め儕《おのれ》も地獄の使にやる」と　板敷ぐるみに打付れば　数多の軍勢打倒され　惣身は疵のひどいめに　大江[二]の図幸鬼行は　痛さこたへて大声上　「手にあまらば鑓ぶすま[三]大勢寄て打て取《とれ》」と　口は達者に軍兵の　かたにかゝつて逃て行《ゆく》　「かしこまつた」と取巻《とりまく》奴原《やつばら》[四]　つかんでかしこへ人礫[五]　すさまじかりける勢也

荒獅子が勇力に　数多《あまた》の家来もちり〴〵ばつと　秋の木のはの吹ちるごとく　近付者《ちかづく》もなかりける　かゝる所へ絹川は姫君の御供申《まうし》　鬼行に縄をかけ中《ちう》[六]に引立《ひつたて》　欠来《かけ》り　「ハア、適《あつぱれ》お手柄荒獅子様　やうすは残らず承る　勝元公の御計ひにて　悪人共は一ゝにからめ取て御きうめい[七]　お家は万代不易ぞ」と　いさみ立たる忠義の若者　皆一同に悦《よろこび》の　声も豊《ゆたか》[八]に竹の葉の　栄へ栄る繁昌は　神慮にかけていのるなり

一 跡の祭は、祭の済んだ跡で騒ぎ立てても手遅れの意。祭に鬼が出ることが多いので、鬼行にかけ、地獄を連想させる。
二 ひどいめに逢う(ぅぉ)に掛ける。
三 衾(身体に掛ける寝具)のように大勢がすき間なく槍の穂先を並べ立てること。
四 奴輩の宛字。
五 人を礫のように無造作に投げ散らす勇力の形容。
六 図幸の足が地面につかない程、乱暴に引き連れて。「師直を宙にひつ立」(仮名手本忠臣蔵十一)。
※歌舞伎初演時の伊達競阿国劇場にない、最終場面での荒獅子男之介の荒事は、歌舞伎初演時、安永七年(一七七八)八月二十七日に、舞台上で四代目幸四郎への憤懣を述べたてて退座した五代目団十郎の人気を考慮した脚色か。『歌舞伎年表』引用の戯場談話によれば、伊達競阿国劇場は「古今ノ大当り。義太夫本ニ板行出来。操ニテモ取くむ程なりしに」、団十郎の衝撃的な退座によって不入りとなり、「二幕抜て、二番目ニ「累殺し」を加えたが、「好評なれど不入。…此節江戸中、団十郎ヒイキ多く、世上三升つなぎの織出し染ぬき流行し、勘三の芝居(中村座)ハ見る人なきと申程の事也」。浄瑠璃の伊達競阿国戯場は、八月末の団十郎退座で一たん企画を見合せ、翌春改めて、焉馬が、団十郎贔屓の観客の要望に

安永八亥年
三月廿一日[一〇]

作者[九] 達田弁二
鬼　眼
烏亭焉馬
戯作

沿うように団十郎の荒事を加えた形に手直しした台本で、上演する運びとなったものか(本作の丸本の、特に第十後半に不備で粗雑な点が多いのも、このような上演事情と関連するか)。

七 御糺明。御の字、再板本では削られている。勝元公への敬語として「御」が要る。

八 豊竹肥前座の「豊」と「竹」を詠み込むとともに、伊達家の紋「竹に雀(仙台笹)」を効かせ、御家繁昌を祝す。

九 再板以後は、一オ内題下の「座元豊竹東治」を「作者烏亭焉馬」と入木、この百十九ウの三名を入木で、「作者達田弁二」とする。つまり吉田鬼眼は消える。人形遣いかと推定される鬼眼の作は総て肥前座初演。時日が経過し、肥前座との関係が薄れる一方、碁太平記白石噺で名声を得た焉馬の名を大きくし、売らん哉の策に出たのであろうか。

一〇 再板以後は埋木で正月二日。同日は春狂言の初日と定っていたので、祝って改めたのであろうか。

右謳[一]曲以通俗為要故文字
有正有俗且加文采節奏為
正本云爾

[二]豊竹肥前掾
豊竹東治
江戸新材木町[三]煙草河岸　[四]松本屋万吉版
同　江戸橋四日市[五]　[六]上総屋利兵衛版

一 →二六八頁注一。
二 安永七年の肥前座の番付に「御操座元祖豊竹肥前掾・座元豊竹東治」とある。豊竹東治は元祖(三代目を兼ねた)肥前掾没後、娘の聟養子となり、四代目肥前掾を嗣ぐが、明和六年(一七六九)、御触により(安田富貴子「近世受領考」)公称を東治(東次郎)と改めた。
三 新材木町の内、東堀留川沿いで、和国橋より南(中央区堀留町一丁目)。肥前座のある堺町も現在は同町内。
四 出版点数は至って少なく、院本や芝居番附などを刊行するに過ぎない。肥前座初演・七草若菜功(天明二年七月)の版元。
五 日本橋南詰から江戸橋南詰にかけて、青物や乾魚の市などの立った繁華の地(中央区日本橋一丁目)。
六 文政七年・江戸買物独案内に、「唐本・和本・仏書・石刻・和漢法帖 書物問屋」と広告するように手広い商いをした。寛政八、九年の頃洒落本刊行を咎められ、軽追放に処せられ、石渡利助と改名。本作も石渡名儀での板がある。焉馬主宰の市川団十郎の贔屓団体、三升連の関係書、焉馬主催の咄の会の咄本なども上総屋板で、焉馬と最も縁の深い書肆。

付録

一　仮名写安土問答《かなうつしあづちもんどう》

近松半二の作品として「伊賀越道中双六」のほかに半二の特色をよく表わし、「絵本太功記」の先行作でもある「仮名写安土問答」の翻刻を掲出する。安永九年(一七八〇)正月四日、大坂曾根崎新地西の芝居竹田万治郎座(紋下竹本染太夫等)初演。正本内題下に「作者近松半二」、末尾に「作者連名、近松東南・近松能輔・若竹笛躬」。

近松半二は、すでに明和四年(一七六七)の「三日太平記」でも、本能寺の変に独自の動機づけを行っているが、晩年の本作では一歩進めて、春長(信長)を残忍で策略家の暴君、光秀を智仁兼備の忠臣とし、足利将軍家を滅ぼそうとする春長の悪逆を諫めかねた光秀が、ついに主君を討ち、自らも破滅を選ぶ悲劇を描く。「絵本太功記」の主人公の造型は、この「仮名写安土問答」の光秀像に影響されるところが大きい。

史実を大幅に作り替え、個々の局面をふくらませすぎて、筋の展開に無理が生じたところもあるが、春長が、一睡の夢を契機に凶暴な野心家と変ずる発端は、『マクベス』の第一幕を思わせ、半二の執筆と推定される初段、三段目切、四段目切、五段目などでは春長、久吉(秀吉)、別所小三郎、春長の妹御幸姫などの激しい性格の葛藤が描かれ、数ある太閤記物の中でも、特にドラマティックな作品である。

足利義昭の慶覚は、半二の旧作「桜御殿五十三駅《つぎ》」(明和八年)の一休禅師と相通ずる超俗的貴種で、本作からすでに石山の顕如上人と二重写しされている。父祖赤松氏の謀叛を悔み、足利将軍の若君を守護する別所小三郎の人物像は、半二等作「山城の国畜生塚」(宝暦十三年)の光秀の遺児明智五郎から脱化し、恋故に賤《しず》の手業をする御幸姫は、やはり半二等作「太平頭鍪飾《かぶとのかざり》」(明和七年、現行曲「鎌倉三代記」)の時姫を受けついでいる。但し、御幸姫が敵方の許嫁別所小三郎を慕い還俗した科で、奴兵吉の妻に下げ渡され、「お姫」と呼ばれる、奴と「お姫さま落ち」の異様な取り合わせは、本作の創作で、南北の「桜姫東文章」の先駆となった。

翻刻方針は本篇に準ずるが、改行や三重の扱い(五段組織であることに留意)、および難読箇所の処理等に、本篇と多少異なるところがある。

底本は早稲田大学演劇博物館蔵、鱗形屋孫兵衛・伝法屋吉九郎版七行、百一丁(実丁九十六)本。

仮名写安土問答

作者　近松半二

（初段・大序　祇園社の段）

頃《ころ》は元暦春《げんりやくはる》の風《かぜ》。物騒《ものさはが》しく吹《ふき》あれし。名も西海《さいかい》に筑紫潟《つくしがた》。されば平家は傾《かたふ》く旗色《はたいろ》。勝《かつ》に乗《のつ》たる源氏《げんじ》の勇兵《ゆうひやう》。射《ゐ》て取揖《とるかぢ》の櫓拍子《ろびやうし》揃《そろ》へ。余《あま》さじとこそ攻《せめ》立ッる。日影《ひかげ》も沈《しづ》む。青海原《あをうなばら》。安徳帝《あんとくてい》を守護《しゆご》せし軍船《ぐんせん》。沵《たぎ》りて落《おつ》る汐境《しほざかい》。近ヵ付ク小船は。相模《さがみ》五郎舳先《へさき》にほつと溜息《ためいき》つぎ。「二位《にゐ》君《ぎみ》や在《まします》か最早《もはや》御運《うん》も是迄〳〵。主君能《しゆくんの》登《と》殿には早先キ達《だつ》て入水《じゆすい》あられ。一チ門ン公卿《くげう》の銘〻《めい〳〵》も或《あるひ》は。討死《うちじに》又は入水《じゆすい》。わけて便ンなきは宗盛《むねもり》公。命助《たすか》る事もやと。漂《たゞよ》ひ給ふ間《ま》も有ラせず。颯《はせ》寄る船は源氏の郎等。伊勢の三郎義盛《よしもり》が。長ガ柄《ゑ》の熊手《くまで》追取ッて。召シたる衣《きぬ》に押シ当テ参らせ。ゑいや〳〵と引キ上ゲ〳〵。終《つゐ》に敵キの擒《とりこ》と成リ給ふ」と。聞クも悲しく二位《にゐ》の尼船底《あまふなぞこ》に倒れ伏シ前ン後。深くに消《きへ》入リしが。漸《やう〳〵》に顔を上ゲ。「是非《ぜひ》もなや浅ましや。一ッ天ンの君を苦《くる》しめ参らせ。南ン都《と》の伽藍焼捨《がらんやきすて》しも祖父《ちい》君《ぎみ》の悪ク逆《ぎやく》ぶ道《だう》。報《むく》ひの罪《つみ》の廻グり来て。浅ましい此有リ様。迚《（とて）》も物憂娑婆《うきしやば》世界《せかい》」と。帝《みかど》を袖に抱拘《だきかゝ》へ。練袴《ねりばかま》のそば高く。「いかに竜神《りうじん》承はれ。一ッ天ンの君安ン徳天皇。今日只今海庭《たゞいまかいてい》に御幸《みゆき》成ル」と。思ひ切ッて逆巻浪《さかまくなみ》に飛入リ給へば。相模《さがみ》五郎差添《さしぞへ》引ン抜《ぬき》。咽吭《のどぶへ》ぐつと突貫《つきつら》ぬき同じく海に飛入にぞ。源氏は勝鬨《かちどき》ゑい〳〵の。声もはかなき平家の一チ門ン消《きへ》て。盛《さかり》の跡《あと》もなく眠《ねふ》りの夢と。〽覚《さめ》にけり。

平安ンに法花経八軸《ほけきやうはちぢく》を埋《うめ》。精舎《せうじや》と号《なづく》る祇園《ぎをん》の社《やしろ》。和光《わくはう》の影も赫耀《かくやく》たる。武名《ぶめい》は時キに小田上総ノ介春長。通夜《つや》を申シの夢破《やぶ》る。松吹ク風に御ン眼《め》を開《ひら》き。「ハテ心得ず。西海の戦《たゝか》ひに平家の一チ門ン跡《あと》なく亡《ほろ》ぶと。見しは霊夢《れいむ》か正夢《まさゆめ》か。爰は祇園《ぎをん》の境内《けいだい》。ハテ世の盛衰《せいすい》じやよな」と。後悔《こうくはい》涙先キ走り。「勅使《ちよくし》の御入リ」と。披露の声前ン後を。列《れつ》する諸侯《しよ》の面ン〻。古例乱《これいみだ》さぬ儲《もふ》けの義式《ぎしき》。管絃《くはげん》の音トも弥《いや》高き雲井に。薫《かほ》る花山の相国《しやうこく》道チ方タ公。天盃勅書《ばいちよくしよ》の御箱《みはこ》を携《たづさ》へ。歌道《かだう》に和らぐ御粧《よそほ》ひ。続《つゞ》ひて大樹義輝《たいじゆよしてる》の舎弟義昭《しやていよしあき》公。三好左京ノ進扈《みよしさきやうのしんこ》従《しやう》して儲《もふ》けの。席《せき》に着キ給へば。各《おの》〳〵「ハ、はつ」と敬《うやま》ひ。謹《つゝし》み拝《はい》礼有ル。

道方笏《しやく》を正《たゞ》し給ひ。「珍らしや上総ノ助《かづさのすけ》。三好松永《みよしまつなが》が乱《らん》を鎮《しづ》めたる勇智《ゆうち》の挙動《ふるまひ》。禁庭《きんてい》の御ン慮《おぼ》へ浅《あさ》からず。夫レのみならず足利《あしかゞ》の世を立テんと。当社《とうしや》に籠《こも》つて丹誠《たんせい》を抽《ぬきん》ずる忠臣《ちうしん》。かゝる臣下《しんか》を持《もち》しこそ取リも直《なを》さず泰平《たいへい》の基《もとひ》。室《むろ》町の御所《しよ》を再《ふたゝ》び執立《とりたて》。禁裏《きんり》を補佐《ほさ》する四海《しかい》の武将《ぶしやう》に給はる勅書《ちよくしよ》。又此天盃《ばい》は小縁《おぼろけ》ならぬ君が賜《たまもの》。頂拝《てうはい》有ラれよ義昭」と。優美《ゆうび》を兼《かね》し二つの御箱御ン手づから給はれば。

春長辞《じ》する気色《けしき》なく。御箱取リ上ゲ押シ戴《いたゞ》き。御ン前に差置ケば。左京之進取リ敢《あへ》ず。「其許トの鉾《ほこ》先キに相果たる両族《やから》は其身を責《せむ》る天の御罰《ばつ》。某《それがし》迚も三好《みよし》の一ッ党《とう》。同じ系図《けいづ》の流れは汲《くめ》共我レは忠臣ン無二の家筋。奈何《いかん》ぞ匹夫《ひつぷ》の賊敵《ぞくてき》に組《くみ》せんや。君につかへて二心ンなき左京ノ進。御心置キなく宣旨《せんじ》の趣《おもむ》き。領掌《れうじやう》有ッて然るべし」と。

申シ上グれば義昭公。「不肖《せう》なる某《それがし》を。代《よ》に有ラせん旁《かた〴〵》の誠《せい》心ン。忘《わす》れは置カじ去リながら。柔弱《じうじやく》にして器量《きりやう》もなき義昭が。四海の武将思ひも寄ラず。此義に置ィて辞退《じたい》の旨《むね》。宜しく天ン奏仰《そうあふ》ぎ願ひ奉る」と。仰も果ず左京之進。「コハふがいなき君の御諚。此義御承《せう》引《ゐん》是なくば。先ン祖へ不孝《かう》天子へ不忠。足利の血脈《けちみやく》は此儘に絶果《たへはつ》ると御心は付カざるか」。「イヤとよ。義昭辞退《じたい》する共。兄義輝《てる》の簾《れん》中蘭《ちうらん》の方と申スこそ。是に在《まします》道方公の御息女《そくぢよ》。⿰魚風《ほのか》(底本ノママ。「諷」カ)に聞ケば懐胎《くはいたい》とや。臨月《りんげつ》を待ッて出ッ生《しやう》有ラば武将に任《にん》じ。春長後見致《こうけんいた》しなば四海の浪も穏《おだやか》に。揺《ゆる》がぬ君《きみ》が万〳〵歳《ぜい》」と。理非明白《めいはく》たる義昭の。仰に返《かへ》す舌頭《ぜつたう》も一チ座。しらけて見へにける。

春長猶も進《すゝ》み出《いで》。「一ッ旦ン賊敵亡《ぞくてきほろ》ぶといへ共。折を伺《うかゞ》ふ逆徒《ぎやくと》の余《よ》類《るい》近国に満《みち》〳〵たり。蘭の方の平産を相ィ待ッ事思ひも寄ラず。殊更勅書《ちよくしよ》天ン盃《ばい》迄下ダし給はる上といひ。綸言《りんげん》は汗《あせ》のごとし。出《いで》てかへらぬ帝《みかど》の勅諚《ちよくぢやう》。道方公へ臣ンが願ガひ。近曾《さいつごろ》赤松正則《まさのり》が躮レ小三郎といつし者に。妹御幸《みゆき》云ィ号《なづけ》を約《やく》せしが。計カらず赤松が叛逆《ほんぎやく》終《つゐ》には破《やぶ》るゝ一ッ家の交《まじは》り。不日に播ン州白ラ旗《はた》が城に悩《なやま》され。満ン祐《ゆふ》爰に滅亡《めつぼう》す。一度縁ンを取リ組ミし女の操《みさほ》破らじと。貞節《ていせつ》の道を立テ尼と成ッたる御幸《みゆき》。春長が一チ期《ご》の浮沈《ふちん》。悔《くい》て返《かへ》らぬ妹が身の納り。恐れながら義昭公の。寝所《しんじよ》の伽《とぎ》と指《さし》上ゲ度キ臣ンが望《のぞ》み。兼《かね》て当社《しや》に呼寄セ置ク。「ソレ〳〵」の下知に連レ。「ハツ」ト小性が呼出す。案内に連レて。立チ出る。惜《おし》や盛《さか》りの御幸《みゆき》姫。清光院《せいくはうゐん》と名のみして。まだうら若き花の顔。花の帽子《ぼうし》と引キかへし。羅綾《られう》の袖も墨染に。かはり果たる其姿。

道方公見やり給ひ。「ホヽ聞キ及ぶ御幸姫。云号《いゝなづけ》の道を守り。剃髪《ていはつ》染衣《せんゑ》と成ッたる由。女の操《みさほ》さも有ルべき事ながら。朝庭《てうてい》の仇たる小三郎が事は思ひ切リ。義昭が北の方に定めんは叡聞《ゑんぶん》に達《たつ》するにも及ぶまじ。道方直グに媒妁《なかだち》を致すべし」と。仰にはつと手をつかへ。「ふつゝかな自《みづから》を。義昭様のお添臥《そひぶし》勅《ゆる》さふと。有リがたい御仰。冥加《めうが》に余るお嬉しさ」と。外カに諾《いらへ》も立チ上れば。「ヤア其儘に座を破《やぶ》るは。兄が存ン念聞キ入レざる所存ン也や」と居丈《ゐだけ》高。「サア其お呵《しか》りは去ル事ながら。ちいさい時の云号《いひなづけ》。一チ度《ど》の枕もかはさねど。一ト度《び》結んだ夫婦の縁ン。一ッ生連レ添《(そふ)》殿御の為。思ひ切ッたる此黒髪。妹不便ンと思すなら出ッ家得道《とくだう》勅《ゆる》してたべ。自《みづから》が此世の願ガひ是一トつ」と。輪廻《りんゑ》を切ッて放《はな》したる。詞は真如平等《しんによべうどう》の。月キ影ゲ清《きよ》き清光院念ン珠《じゆ》つまぐりおはします。

春長も詞なく。義昭 殆《ほとんど》感《かん》じ入リ。「ホヽ貞節全《ていせつまつた》くさまをかへ道を守る心の実《まこと》。義昭が意《ゐ》に的中《てきちう》せり。違勅《ゐちよく》の咎《とがめ》も四海の為。只いつ迄も蘭《らん》の方の平産を相イ待ッに何ン条子細《しさい》有ルべき」と。宣《のたま》ふ詞に三《み》好《よし》が当惑《とうわく》。上総ノ介謹《つゝしん》で。「朝庭《てい》を重《おも》んずる義昭公の御賢慮《けんりよ》。操《みさほ》を守る妹が身の願ガひ。只此上は神ン明イに祝詞《のつと》を捧《さゝ》げ。胎内《たいない》の君を代に立るや。義昭公しいて武将たるか。拝殿《はいでん》に置イて御鬮《みくじ》を取リ。神ン勅《ちよく》に任《まか》すべし。夫レ迄は恐れながら勅書《ちよくしよ》天ン盃《ぱい》諸共に。春長守《しゆ》護《ご》し奉らん。御勅使は内イ殿ンへ御入リ有ッて。然るべうもや候」と。申上れば道方公。「万ン事は神ン慮《りよ》に任《まか》されよ」と。御座を立タせ給ふにぞ。各《おの〳〵》拝揖儼《はいゆうおごそか》に。神と君との二つ道。爰に籠《こめ》たる瑞籬《みづかき》の内殿ンさして入給ふ。

木の葉隠れの。月ならで清光院の御むかひ。乗リ物つらせ妼婢《こしもとはした》。打つどふたる回廊《くはいらう》に。けふ参籠《さんろう》の御迎《むか》ひと。足利の家来松下所之助。当世様フの優男《やさおのこ》。物見だけい女中達。「是は〳〵松下タさま。お越シ遊ばすと聞イたら。御いつしよにお供せふに。残り多や」とほのめけば。「ヲヽ呉服殿とした事がふつゝかなこちらをば何の連レになされふ」と。挨拶《あいさつ》やらひぞりやら。余所《よそ》から濡《ぬれ》る北時雨《しぐれ》。折よしと所之助。「毎度お出合申シても。物堅《がた》き屋敷キ勤《づとめ》。詞かくるも遠慮《ゑんりよ》がち。少《ちと》何れもへ折入ッて。お願《(たの)》ミ申たい事が有。何ンと聞イてはくれまいか」と。裏どへば青柳が。「お前のおつしやる事ならば。何ン成リ共聞ませふ」。「それ〳〵聞キたふてならぬ胴膨《どうぶくら》。此呉服《くれは》に」。「イヤ青柳に。お頼み遊ばす其訳《わけ》はへ」。「サア其訳ケといふは。恥《はづか》しい事ながら。恋といふ切ッなる頼み。筆に云《いは》せし思ひのたけ。色よい返ン事《じ》松下が此艶書《ゑんじよ》」と。渡せば途《と》方《ほう》に呉服《くれは》がもじ〳〵。「君さままいる。こりや大かた青柳殿こなさんの事で有《(あろ)》」。「ヲ、人に物思はす様フに。こちらふぜいを何のマア。濡《ぬれ》はやつぱり呉服《くれは》殿」。「どちらを靡《なび》かす玉章《づさ》の。当テ名は誰レでござんすへ」。「サア其濡《ぬれ》といふは。こなたの主人清光院の君さまへ」。「ヱ、あの世を捨し尼君様に」。「サア惚《ほれ》たと申スも憚《はゞか》りながら。嵯峨野《さがの》の花の帰るさに。見初たる御面影《おもかげ》。身に染《しみ》渡タり。ぞつこん惚《ほれ》た因《ゐん》果《ぐは》の始《はじ》め。芙蓉《ふよう》の顔ンばせ。目にちらつき。忘《わす》れても忘《わす》られぬ。及ばぬ恋の橋《はし》渡タし。青柳殿。そもじを頼ミ入ル」と。脇へそれ矢の的《まと》はづれ。「道心ン堅《かた》いお姫さま。云出して叶はぬ恋路。ふつ〳〵思ひ切リ給へ」と。云ハれて詮方。「呉服殿。恋の誠《まこと》と申ス物は木折では行カぬ物。松下が切ッなる此文。そもじのお世話で。尼君へ偏《ひとへ》に頼む。コレサ。〳〵」も空吹ク風の。あはや漏《もれ》聞ク。小田の近ン臣ン三上監物。事がな笛と眼に角立テ。「ヤア聞イた〳〵。主君春長公の御妹君に横恋慕《れんぼ》。出ッ頭《とう》の某《それがし》が三寸まな板見付ケたからは。閻魔《ゑんま》の庁《ちやう》に顕《あら》はれた。其艶書《ゑんじよ》。サこつちへ渡タせ」と懐《くはい》中へ。さし込ム腕首《うでくび》しつかと取リ。「心の外カの恋路の艶書《ゑんじよ》。めつたには渡さじ」と。突放しても痿《ひるま》ぬ監物。猶も附入リ挑《いどみ》合フ。あぶなさ剛《こは》さ妼共。足もしどろに逃行跡。我武者の三上が引出す。「己が恋路の横紙破り。当テ名はこつちへしてやつた」と。かけ出す首筋引つかむ。手先キを沈《しづ》んで早《さ》足《そく》の当身。思はず跡にたぢ〳〵〳〵。猶予《ためらふ》隙は三上がゑつぼ。逸《いち》足出してかけり行。

所の助はむつくと起。「なむ三宝。艶書を三上に奪はれしか。程は行じぼつかけて」と。心も空にかけ出す宮居。「お勅使の還御《くはんぎよ》なり」。と声に恂《(ぴつく)》り塞《ふさが》る吐《と》胸《むね》。優美《ゆうび》の姿道方公。しづ〳〵と出給へば。従《したが》ふ人〴〵還御《くはんぎよ》の見送ク。春長悦喜の眉《まゆ》をひらき。「お勅使にも御覧《らん》のごとく。義昭武将たるべしと。御鬮《みくじ》上りし神ン慮《りよ》の功《いさほ》し。君の聖運《せいうん》炳然《いちじるし》とは申せ共。治世に乱を忘れず。北山にて鹿狩《しゝがり》を催《もよほ》し。則チ勅使の上覧《しやうらん》に備《そな》へん為兼《かね》ては青顧《せこ》の用意も致す。詩《し》歌《か》管絃《くはげん》の優《やさ》しきに事かはり。荒ヽ敷武の行作。御覧に入レるも一トつの遊興《ゆふけふ》」。「何様鹿狩《しゝがり》とは珍らしし。道方参内致すならば。大宮人に噂《うはさ》の種《たね》。一ト入《(しほ)》の興《けふ》ならん」と。仰の下より所之助。

「片田舎《ゐなか》に生立《おいたつ》某。心得の為。お供の内に加《くは》へられ。青顧《せこ》の数に入リ度キ願ひ。何卒御免下さるべし」と。三上に近カ寄〔ル〕心の一〔チ〕物ッ。春長ほゝ笑《ゑみ》。「ホヽ、しほらしき心がけ。願ヒに任せ召連べし。武を磨《みが(く)》こそ弓馬《きうば》の道。某《それがし》もよき獣《けもの》を射取リ。殿原の見参ンにかくべし」と。宮居を立か弓取リの。式《しき》を乱さぬ三好が黙礼《もくれい》。敬ふ君が代ヽ長ガく。尽《つき》せぬ浜の真砂路や。冬枯《がれ》もせぬ霊場《れいちやう》を。放《はな》れて直グに。北山陰。曇《くも》らぬ。空こそ。

（初段・中　北山鹿狩の段）

〽長閑《(のどか)》也。

九重の大路に隣《とな》る山続《つゞ》き。峰《みね》の凩《こがらし》吹キ落て。谷の溜湫《したゞりゐ》射手《て》勝《すぐ》る青《せ》顧《こ》の狩《かり》声鐘太鼓《かねたいこ》。楢柴檜原《ならしばひばら》に鹿垣結《がきゆひ》。狩場《かりば》の土と荒くれし武士の。行作《ぎやうさ》ぞ不敵キなる。

時の威勢《ゐせい》を狩奉行《かりぶぎやう》先キに進《すゝ》んで三上監物《けんもつ》。出ッ頭顔《とうがほ》の鼻高《はなたか》ゞ。「何ンとわれ達。彼良禽《かのりやうきん》は木を見て住ムと。武勇尖《ぶゆうするど》き春長公に仕《つか》ゆる監《けん》物《もつ》。生《なま》ぬるひ京侍の目さましさせん北山の鹿狩《しゝがり》。豕狼《ぶたおゝかみ》の嫌《きらひ》なく。見付ケ次第に射《ゐ》取リぶち取リ。恩賞《をんしやう》に預《あづ》かれよ」と。取リ得ぬ先キの鵰《くまたか》眼コ。主命是非《ぜひ》も鳴リかねる。貝鐘太鼓《かいがねたいこ》の胴《どう》ぶるひ。「ヱヽ、此又冷《ひへ》る事はい。何ぼふ手柄《てがら》がしたふても。肝心《かんじん》の業物《わざもの》がちゞみ上ガつて働《はたら》かれぬ」。「ヲヽ、サ〱。身を切ルやうに天窓《あたま》から愛宕《あたご》おろし胯《またぐら》へ鞍馬《くらま》の風。五体《たい》を劈《つんざ》く寒風《かんぷう》に。牧狩《まきがり》の催《もよほ》しより。巻樽を催《もよほ》したい」。「ヤアごくにも立タぬがらくためら。此監物《けんもつ》が日頃の手並《てなみ》。熊胆《くまのゐ》を引ッ摑《つか》み。夫レを肴《さかな》に一ッ盃《ぱい》づゝくらはすは。随分《ずいぶん》と働《はたら》け〱。是から鞍馬《くらま》を右手《めて》に取リ。僧正が谷間イより。貴《き》船山をかり出さん。つゞけ〱」とひしめく折から。

幾瀬氷《こほ》りし岨伝《そばづた》ひ。山より山に山がつの櫟《いちゐ》かし柴折来る。どんな難所《なんじよ》も。鼻歌《はなウ》で。またげてすぢつてどつこいそこらで坂道立どまり。「其身の職《しよく》と云ッでもないに。野山の狩《かり》を楽《たの》しみに。殺生《せつしやう》に日を送クるとは。ア、世は様〲の境界《きやうがい》」と。謐《つぶや》き〱行過グる。監物咎《とが》めて「ヤア待テ〱。こいつ。匹夫《ひつぷ》のざまをして。某を誰《たれ》とか思ふ。当時《とうじ》小田家の家臣《かしん》たる三上監物《けんもつ》。礼義もなく通るのみか。只今の悪ク言ン。堪忍《かんにん》ならず」と反《そり》打テば。「成ル程〱。小田殿の鹿狩《しゝがり》とは。里の噂《うはさ》に聞キましたが。余国《よこく》と違ガひ王城《わうじやう》の地に住メば。心なき鳥獣《とりけだもの》も。威徳《ゐとく》に靡《なび》き自《おのづから》。野《の》山を荒《あら》すといふでもないに。去リとは入ラざる殺生《せつしやう》」と。云せも果《はて》ず。「ヤア殺生《せつしやう》とはどこへ殺生。畜《せつ》(底本ノママ。「殺」カ)生《しやう》は勿論《もちろん》。戦場《せんぢやう》に及《およ》び敵キと引ッ組ミ。生首《なまくび》提《(ひつさぐ)》るも武士のならひ。是でも殺生破戒《せつしやうはかい》といはんや」。「サヽそこでござります。ゐいやつとふに妻子《さいし》を殺《ころ》し。身を果《はた》すも軍《いくさ》のならひ。夫レとは違ガふて畜生《ちくしやう》は命を惜《おし》み。恩愛《をんあい》に溺《おぼ》るゝ事。人ン間ンにも百倍《ばい》すると。こちの在所《ざいしよ》の和尚《おしやう》様のお談義《だんぎ》に聞キました。私は杣の吉六と申シて。木を切リ出すが商売《しやうばい》。木といふ物は時〻に。枝《えだ》をおろし葉《は》を洗《すか》せば。結句《けつく》幹《みき》が丈夫《ちやうぶ》になる。それさへ春芽《め》ぐんで秋枯《かれ》る。其折〻を弁《わきま》へるまんざら心ない共思はれず。又。根からどつさり打チ切レば。涙のこぼれる様フな物。まして生《しやう》有〔ル〕猪狼《しゝお〔ほ〕かみ》。狸《たぬき》殺《ころ》して焚《たい》て上つた迚。かたけの米の足《たし》にもならず。無益《むやく》の殺《せつ》生《しやう》なされます。お前方のお報《むく》ひの程が。お笑止に存ンじます」と。繕《つくろ》ひなしに真ッ直グな木形リは杣が気質《かたぎ》也。「ヤア主君をさみせし腮骨《あごたぼね》。切リさげてくれんず」と。柄《つか》に手をかけせちがへば。云ヒ出して何ンと樵夫《しやうふ》が当惑狼狽《とうわくうろたゆ》る。後《うしろ》に来かゝる松下が。中に立木と押シ隔て。「事の子細はしらゐね共。下郎を相人《(あひて)》に刃物ざんまい。アヽ短慮《たんりよ》也」と留《とむ》るにぞ。杣は漸《やう〳〵》人心地。「存じ寄リを真ッ直グに申シ上たが身の越度《おちど》。只幾重《いくゑ》にもお詫《わび》を」と。声も枯野《かれの》に頭を摺《すり》付ケ。誤《あやま》る程猶図《づ》に乗ル監物。「ヤアならぬ〳〵。了簡《れうけん》ならぬ。蛙は口から呑《のま》るゝと頬《ほう》げたから自滅《じめつ》を招《まね》くうづ虫め。主君ンを初め某《それがし》を。蔑《ないがしろ》にせし慮外《りよぐはい》やつ。貯《かば》ひ立テする所之助。真《まつ》斯〻《かく〳〵》と申シ上ゲうぬも倶に糺明《きうめい》せふか。サア〳〵何ンと」ゝ詰《つめ》かくれば。目ク前ンに見捨て害《がい》せんは無慙《むざん》也。と有ッて我ガ身に疑《うたが》ひの。かゝる切羽《せつぱ》と思《し》慮《りよ》を定め。「此上は力ラなし。所之助が心の潔白《けつぱく》。不便ンながらも山がつを召捕《とつ》て渡すべし」と。下緒《さげを》たぐつて立チ向ふ。遁《のが》れがたのゝ労《つか》れの雉子《きゞす》。「逃る迚逃ガさふか。サア〳〵〳〵」と追廻ハす。口と心の裏表。峰に踏込踏損《ふんごみふみそん》じ。「遁《のが》れよ逃よ」もめまぜと仕方。「有リ難《がた》し」との一礼も。岩根隠《がく》れにしつたる案内。「コハ仕損ぜし大事の囚人《めしうど》。遁しはせじ」と追かくれば。監物大きにむくりをにやし。「松下めに哆《たら》され猶予《ゆうよ》して不覚〳〵。山道のだくぼくでよも遠くは逃ゲ失《うせ》まい。鹿狩《しゝがり》よりは人ン間ン狩《がり》。捜《さが》せ〳〵」と山深カくゐい〳〵声して。〽かり出す。歯朶《しだ》の葉かづき抜《ぬけ》つくゞつつ山がつは。崖《がけ》に下ガり嶮岨《けんそ》に登《のぼ》り。命から〲落くる谷の一ッ滴《てき》に。一ト息キほつと次イだる所へ。後《おく》ればせに所之助。「ヤレ狼狽者《うろたへもの》。彼等《かれら》は多勢イ見付ケられては某が。志《こゝろざし》も無足《むそく》となる。此隙《ひま》に早落よ」と。情ケも厚《あつ》き一言に只「はつ〱」と手を合せ。拝む間もあらせはしなや。谺《こたま》に響《ひゞ》く追ッ手の声。遁《のが》れんにも隠れ家なく。七かい余《あま》りの古木《こぼく》の楠《くす》の。うつほの洞《ほら》こそ究竟《くつきやう》と。押シやる隙も透《すか》さぬ監物。氷《こほり》を蹴破《けわつ》てどつとかけ付ケ。「ヤア匹夫《ひつぷ》の胴類《どうるい》所之助。其方にも詮ン義有レど。指シ当タつて下郎の行キ端《は》。此うつほ木こそ怪《あや》しけれ。者共捜《さが》せ」と下知すれば。「コハ麁忽《そこつ》千ン万ン。山の通路《つうろ》は功者《こうしや》の男。落うせしは拙者が不覚。出し抜カれて無益《むやく》の詮ン義」。「ヤア云フ程曲《まが》る古木の中。いで改ん」と立寄ル監物。支《さゝ》ゆる間も青顧《せこ》の大勢イ。うつほ木に乱れ入リ「そこよ爰よ」と捜せ共。「人は勿論兎《もちろんうさぎ》の子。一ッ疋《ぴき》もおらない」と。聞イて落つく松下を。真ン中カに追ッ取リ込メ。「一度ならず二度ならず。討チもらしたかはりは其方縄《なは》ぶて」と。下知より早く取リ付クを。引ッかづいてもんどり打タせ。「命助かり落失しは下郎めが身の仕合せ。縄かゝる覚へ曾《かつ》てなし」。「ヤア覚ないとはのぶとい毛二才。祇園《ぎをん》の社で奪取《ばひ》ッた。汝が艶書《えんじよ》。主君ン春長公の御妹君に。不義の成敗旁《せいばいかた〲》の重罪《ぢうざい》人ン。踏ン込ンでくゝし上ゲい」。「承はる」と前後より。打テばひらき開けば打込《(うちこむ)》多勢を相人《(あひて)》。鉄石ならぬ松下が。木の根に躓《つまづ》きけしとむ所を。右往左往《うわうざわう》におり重り。高手小手に誡《いま》しむれば。

「出来た〱」と悦ぶ監物。「ハヽヽヽハレよいざま。御主人ンの館《やかた》に引据《すへ》。鹿狩《しゝがり》の畜生料理《ちくしやうりやうり》。胴切《どうぎり》か。立テ割《わり》か。蓮切リの様《ため》し物。早くうせい」と引立られ。「無念ン」と計リ縄付キの。汚名《おめい》は土と埋《うづも》るゝ。松下闇《やみ》の定めなく小田館。へと。

（初段・切　室町御所新御殿の段）

〽引れゆく。

実世《げに》の中カは。憂《うき》ふしの。よし足利の北の方。蘭の君と申せしは。花山公の姫君にて。重き御ン身に猶重き。武将の胤《たね》を冬籠《ごも》り室町の新《にゐ》御殿ンに。松寿亭《せうじゆてい》と額《がく》を打チ産所《さんじよ》の切石岩田帯。まだ解《とけ》やらぬ雪の戸に君が。初ッ音を松の間の。廊下《らうか》伝ひに「三好左京ノ進ン。

一存《かづまさ》参ン上」と音トなへば。襖ひらかせ蘭の君。「左京ノ進出仕太イ義」。「ハア御機嫌《きげん》いかゞお渡タりなさるゝ。先ン君ン義輝《よしてる》公忘筐《わすれがたみ》の御ン胤《たね》。御懐胎《くはいたい》の月キ重ナり早御臨月《りんげつ》。御太イ切ッの御身なれば。禁《きん》庭《てい》より預け置カるゝ日月の御ン旗《はた》此間に勧請《くはんじやう》なし奉り。則チお傍《そば》に錺《かざ》り置カるゝも。何卒御男ン子平産《さん》有リ。足利の武将と仰《あふ》ぎ申シ度キ我等が念ン願ン。夫レに付キ小田上総ノ助春長。先ン君ンの御舎弟《しやてい》義昭公を。頻《しき》つて武将となし申さんと。禁庭《きんてい》へ奏問《そうもん》す。彼が心ン底《てい》誠の忠臣ンか偽《いつは》りか。皮《かは》一ト重内知レぬが世上の人心。只御養生怠《やうじやうおこた》りなく。御男ン子誕生《たんじやう》を待ッ計リ」。「ヲヽ自《みづから》も足利の跡目。絶《たへ》せぬ様と朝夕に。祈《いの》らぬ神ミもなけれ共。左リ孕《ばらみ》は男子といへど。生落《うみ》さぬ其内は。慥《たしか》にそふ共定められず。若《もし》女ナならば先ン君ンの血脈《ちすじ》も是限《ぎり》。そればつかりを案ンじます」。「サレバ此左京もそれのみを。仏ッ神ンに祈誓《きせい》をかけ。頃日《このごろ》三井寺へ参ン籠《らう》し。御台《みだい》さまに成リかはつて。変生《へんじやう》男ン子の願ン文ンを認《したゝ》め置キしが。是迚も油断ならぬ此時節。春長ガへの聞コへを憚《はゞか》り。態《わざと》御ン名は記《しる》さず。詠人《よみ》しらずに捧《さゝ》げし願ン書。一七日（いちしちにち）の満《まん》ずる夜前ン。弥《いよ〳〵》御男ン子に相違《さうゐ》なきとの夢の告《つげ》。お悦び遊ばされよ」と。一チ図に忠義の人は武士。花は

三好の一存《かづまさ》が。誠を尽《つく》す折しも有レ。「上総ノ助春長より使者也」と案内させ。主の威勢《ゐせい》を功《こう》にきる田熊玄番《げんば》三上監物《けんもつ》。庭へ引キ出す縄付キは所之助則秋《のりあき》。身の誤りに主人ンの前顔も。得上ず蹲《うづくま》る。左京驚《おどろ》き「ハテ心得ず。当御所の家来松下所之助。何科《とが》有ッてあの誡《いまし》め」。「サレバ〳〵。科《とが》と申さば口にも云《いは》れぬ不届きさん〴〵言語同断の二才め。お聞キなされ。主人ン春長の妹君清光院。尼君に不義仕かけた。証拠《しやうこ》の一ッ通。御台さまの御家来なれば。お引キ渡タし申シた上。逆磔《さかばつけ》か竹鋸《のこぎり》か。きつと成敗《せいばい》に行《おこな》はれずば。お館《やかた》の政《せい》道立《たう》チますまい」。「左様〳〵女犯《によぼん》の出ッ家は例《ためし》も有レど。是は結句《けつく》坊ンさまをぱつちり。我等が存るは。出家落さふとした罰《ばち》で。牛《うし》裂《ざき》が能クござらふ」と。悪ク口雑言《こうざうごん》蘭《らん》の君聞コし召。「所之助は新ン参ンの者ながら。見所有ル侍イ。左様の不届き有ルべしとは思はねど。思案ンの外カは若気の誤《あやま》り。文玉章にて云寄し計リと有レば。左程に重い科人ン共云《いは》れず。侍の法に任《まか》せ切ッ腹クさせよ。ノウ左京ノ進」。「ハア御意畏《かしこま》り奉る。所之助御前ンの御ン慈悲《じひ》。有リ難《がた》く思やれ。下部共。其縄《なは》付キ侍所へ連レて立。是必（これかならず）未練を残さず共。衣服《ゐふく》

改メ切ッ腹クの用意。〱」と執権《しつけん》の差図《さしづ》は望む所之助。縄目に余る情ケの端引《はしひき》カれて。お次ギへ立にける。

「ハヽア御贔屓《ひいき》強《づよ》い御台さま。縛り首の替《かは》りの庭腹。どふでろくには得切ルまい。押サへてかき首〱」と。何がな詞杉戸口。「小田殿の妹君清光院。御台さまにお願ひ有ッて。只今是へ」と奥女中滝波が取リ次ギにて。かけ香ならぬ。香《かう》染の袈裟《けさ》の下タなる振袖尼君ながら。主人ンの端使者も。片寄リ扣ゆれば。清光院御前ンに向ひ。「御家来所之助とやら。切ッ腹ク仰付られし由。科ガの元トは自《(みづから)》より発《おこ》りし事。と妼《こしもと》共が物語り。六つの年より髪《かみ》を切。身を墨染《すみぞめ》に炭《すみ》の折レか木の端《はし》と。色も香もない此尼に。あだし恋路の所之助浅ましい凡夫《ぼんぶ》心ン。去ながら是も前生《さきしやう》の因縁《ゐんゑん》事。終《つい》に顔も見ぬ人ながら。最期《さいご》の際《きは》に経陀羅尼《きやうだらに》。一ッ句の念仏を進《すゝ》めてやらば。未来《みらい》の迷《まよ》ひも晴《はれ》ませふかと。お願ガひ申シに参りし」と心詞も仏の行《ぎやう》。珠数《じゆず》の水晶透《すいしやうすき》通る。膕《あくぼ》は玉に疵なりし。「ヲヽ尤健気《けなげ》な願ガひ。御身の事は聞キ及ぶ。赤松正則《まさのり》の一ッ子小三郎と。三つの年シより云号《いひなづけ》。正則《まさのり》は討チ死其時一ッしよに死失《うせ》し。其子に義理を立ての尼。自ラ迚も我ガ君に別れ。憂《うき》身につまされ殊勝《しゆしやう》さよ。所之助が切ッ腹クの引導《ゐんだう》。尼前宜《ぜ》しう〱」と。涙脆《もろ》へ(底本ノママ。「く」カ)も蘭の方障子《しやうじ》引立入給ふ。

「ハレヤレ入ラざる尼御のお世話。コレ申シ。隙が入ては兄御春長公の御立腹《りつぷく》。べん〱陀羅尼《だらに》を待ッては居られぬ。科極つた所之助。早く死罪《しざい》の用意〱」。「ハテサテ玄番。清光院はお身達が主人ン。経読誦《きやうどくじゆ》の其間。一時半時遅ければ迚何事有ラん。左京が手前で薄《うす》茶一ッ服《ぷく》」「アヽいやさ茶に酔《ゑは》さふとなされても。贔屓《ひいき》の引キ茶はたべませぬぞ。監物ぬかり召サるな」と。にゐかへる湯も茶の手前。不詳《ふしやう》ぶせふに立て行。

今ぞ遁《のが》れぬ所之助。浅黄上ミ下モ浅からぬ。恋に短《みじか》き冬の日の。いとゞ曇《くも》りに暮かゝる。未来《みらい》を照《てら》す清光院。御経机にさし向ひ。いと殊勝《しゆしやう》成ル法リの声。「摩《ま》訶《か》般若《はんにや》波羅《はら》密多《みつた》心経《しんぎやう》観自在《くはんじざい》菩薩《ぼさつ》行《ぎやう》深《じん》般若《はんにや》波羅《はら》密多《みつた》。科人松下所之助とはあれか。宿世《しゆくせ》の業《ごう》とは云ながら。不便ン」と見やる御顔の。花の物いふあてやかさ。猶身にしみ〲。涙を流し。「思案の外カも外カ過ギて。我ガ身で我ガ身に面ン目《ぼく》ない。悟《さと》り切ッた尼御のお身に。道ならぬ恋を申シかけた。憎《にく》いやつ共思し召サず。一ッ句《く》の経文《きやうもん》一ッ遍《べん》の称名《せうめう》。所之助が身に取ッては。

大恩教主《をんけうしゆ》のおしめしより。身ふしにこたへて忝し。今ン年ン廿一歳《さい》迄。侍ィの性根《しやうね》はなく。好色《こうしよく》に身を果《はた》す。命惜《おし》とは思はねど。今更お顔を見るに猶しも。思ひ切ラれぬ煩悩心《ぼんのふしん》。御赦《ご》されて下さりませ」。「ハテ知レた筋を世迷言《よまいごと》。最前《さいぜん》から待チ退屈《たいくつ》。能《あい》かげんにくたばつて。好ィた地獄《ちごく》へ早うせい」と。三上が催促《さいそく》此世の悪ク鬼《き》。未来《みらい》を救《すく》ふ普門品《ふもんぼん》。頻加《びんが》の御声鶯《うぐいす》の。ほけけふ始めて男の顔。見る殿ぶりの。可愛《かあひ》らしさ。惜やいとしと尼君の。ふつと。乱るゝ恋衣。庭には覚悟《かくご》の座を組ンで。「是迄の不行跡《かうせき》。赦《ゆる》させ給へ仏ッ神ン三宝」。腹切刀押シ戴《いたゞ》き。「なむあみだ仏」の声の下。庭におり居る清光尼。「待ッた〱。待ッていの。殺《ころ》さぬ〱何ぼでも殺しやせぬ」と。刃物も厭《いと》はず縋《すが》り付キ。苔《こけ》の初花綻《ほころ》び口としぬ女中が。「コレ申シ今死る科人《とが》ンに。出家のお身でもいまはしい。サアお退《のき》遊ばしませ」。「イヤ〱思ひ初た殿御じや物。もふ片タ時キも離《はな》りやせぬ。今の今迄。一ッ生殿御《しやうとのご》といふては持ッまい。尼の道を立課《おふ》せふと。思ひ詰て居たれ共。命にかへて自ラを。思ふてたもる所之助。顔見ぬ内はそもないに。今始めて見れば見る程。心根といひ器量《きりやう》といひ。釈迦《しやか》のお国を尋てもこんな。殿御が。

有ロかいの。女夫トに成ッて下ダさるなら。未来の事も仏の罰《ばち》も。わしや厭《いと》はぬ」と抱しめる。対の白無垢《むく》雪柳風に。もたるゝ風情也。「イヤもふ覩《あき》れて物が云《いは》れぬ。コレサ尼君さま。お前が還俗《げんぞく》なさるれば。左馬頭《かみ》義昭公の。北の方に備へふと。春長公の進めは聞カず。あんなやつに出家落るは。海老雑喉《えびじやこ》で精進《せうじん》落る無分ン別。お退キなされ。其科人《とが》ンめ監物《けんもつ》が。首ぶち放《はな》してくれんず」と。立上れば奥の間より。「コレ〱お使者待タつしやれ。御台さまの御意が有ル」と。女中頭が台の物。椽ン側《がは》に直し置キ。「御台さまの仰には。清光院殿のお目に入た所之助。望ミに任せ夫婦になさるゝ。黒書院にて祝言《しうげん》の盃キ。今より尼の姿を改め。名も替て元トの御幸《みゆき》姫。色直しの小袖は。御台さまより遣はさる。おぐしも継《つい》で嫁君の。長かもじ迄相添《そへ》て御進ン上」と。差出《いだ》す姫の嬉しさ妼共。「サアもふとんと天井抜ケ。尼君さまの御祝言。御台さまのお媒妁《なかうど》。御拝《はい》領《れう》の此小袖。聟様もちやつとお召かへ」と嘈《ざゞめ》く口〱。夢かと計リ所之助。監物は夢に糟《かす》喰た心地。「コレサ〱御台さまの御意がゆりても。主人ン春長の詞が立ぬ。ならぬ。〱」と眼コに角〔ド〕「ヲヽ云ハしやんすな監物様主人〱と云しやんすが。此お姫さまはお主じやないか」。「ヲヽソレ〳〵。其お主の恋人と。女夫にお成りなさるゝを取リ持ふとしはせいで。大きな目を剝《むき》出して。ム、めでたいといふ事か。こんな時にはそちらむいて。粋通《すい》さんせ」と発才《はつさい》に。使者はもみくしやむしやくしや腹。袈裟《けさ》も引かへ襠《うちかけ》姿。そぎ尼変《へん》じて長かもじ千代も。長ガかれ御祝言《しうげん》。「直グにお二人新枕」。涅槃《ねはん》の床入恋無常鐘に〽打チ連レ伴ひ行。子細立チ聞ク田熊畜《げん》(底本ノママ。「玄」カ)番《ば》。「コレサ監物。何うつかりとして居めす。此上は所之助め。主人ンの館《やかた》へ連レ帰つて縛《しば》り首。引ッ立てお来やれ」。「ヲヽ合点」と監物が。欠《かけ》入ル向ふに左京ノ進。「待テ」と一ト声聞キ捨に。行を支《さゝ》ゆる脾腹《ひばら》の当テ身「うん」と計リに倒《たを》れ伏ス。「脚《すね》切リ込ばどいつでも此通り」。「イヤ其おどし畜(底本ノママ。「玄」カ)番はたべぬぞ。不義放埒《ほうらつ》の取リ持する左京ノ進ン。此御所の御作法は不義しても大事ないか。其義を糺《たゞ》す田熊玄番が誤《あやまり》かな」。「ヲヽ不義の吟味《ぎんみ》するお身が。此一ッ通《つう》はなぜ所持した」。「ヤア夫レは」。「則チ自筆《じひつ》覚へが有ふ。憧《こが》るゝ蘭の君さままいる。御姿をかい見しより。血を吐《はく》計リの思ひと書キ。田の長《おさ》よりとは田熊の田の字。勿躰《もつたい》なくも。足利の後室《こうしつ》に尾籠《びろう》の艶書《ゑんじよ》。不義の仕置キは田熊玄番《げんば》。左京ノ進が手にかくる。サア抜ケ〳〵」と反《そり》打チかけ。詰《つめ》かけられて飛しさり。「ア、待ッた〳〵暫くお待チ下されい」。「待テとは比怯《ひけう》立チ上ガらぬか」。「サヽヽヽ申訳ケの筋が有ル。成ル程拙者が手《しゆ》跡《せき》なれ共。艶書《ゑんじよ》の主《ぬし》は拙者でない。誠ト御台《みだい》さまに執心致すは主人ン春長。田の長《おさ》とは小田の田の字。長《おさ》といふ字は長ガしと読《よむ》。春長の下の一チ字。我等は文の使ヒ計リさ。ガ爰が相談《さうだん》。当時主人ンは天下の勇者《ゆうしや》。心に背《そむ》けば諸国の武士一トつに成ッて。足利の家国取リ潰《つぶ》すは目の前。又此恋を叶へ給へば。弥《いよ〳〵》忠義を励《はげ》む春長。御台さまも閨《ねや》淋しいにてうど合ッたり叶へてやつたが。よさそふな物の様に存じまする」とお為顔。主の武勇《ぶゆう》をふり廻す傍若《ばうじやく》無人ンも時キの権《けん》。無念ンを押サへ面テを和らげ。「始めて聞イて驚き入ル珍《ちん》説《せつ》〳〵。真実《しんじつ》夫レに相違《さうゐ》なければ。天下太平の瑞相《ずいさう》。今の世の春長の詞。誰か背《そむ》く物有ラん。御台所御得ク心ン有ル事は。此左京ノ進請合申ス」。「ヤア夫レなれば此玄番も使イの手柄。弥《いよ〳〵》違ガひは」。「無《ない》共ない共。善は急げ。今宵直グ様裏門《うら》ンよりお越有レと申されよ。家来共には深カく隠《かく》し。灯火《ともしび》をしめし。廿三夜の宵闇《よひやみ》は幸イ。夜半《よなか》迄にお忍び有ル様。そつちの手工合《ぐあい》」「こつちの手筈《はつ》。よし〳〵吉《きつ》左右《さう》片ン時《し》も早く。監物起《けんもつおき》やれ」と引キ起《おこ》す。脇腹一ト当テ死活《しくはつ》の法気の付ク監物。「ヤア左京め。よふひどいめに合したな」。「ア、コレ何にもいふ事ない」。「でも了簡《れうけん》が」。「ハテよいてや。委細《ゐさい》は玄番《げんば》が胸に有ル。サアお来やれ」と無理に手を取リ引立〳〵。玄番はゑつぼに出て行。

有ルにも有ラれず蘭《らん》の君。御寝所《しんじよ》あらはに。「コレ左京ノ進。春長が慮外《りよぐはい》の使ヒ。討ッても捨ず今の契約《けいやく》。思案《しあん》有ッてか但し又。春長が威《ゐ》に恐れてか」。「ハッア御尤の御疑《うたが》ひ。我等が思案ン御覧《らん》に入レん」と。ずんど立ッて寝所《しんじよ》の中〔チ〕。台《だい》に錺《かざ》りし錦の旗傍《はたそば》なる火鉢に打チ込ンだり。

「コハ何故」と驚《おどろ》く御台。「コレ御覧《らん》ぜ。此旗《はた》は御前ンにも御存じのごとく。義輝《てる》公御在世《ざいせ》より紛失《ふんじつ》の日ッ月ッの旗。禁庭《きんてい》の聞〔コ〕へを憚《はゞか》り。仮リに拵《こしら》へたる似せ旗。只今にも義昭公に継《つぎ》目の綸旨《りんし》渡る時キは。第一に此旗の詮ン義。此似せ物は渡タされず。心を砕《くだ》くに幸イかな。御台さまに春長が恋慕《れんぼ》今宵《こよひ》忍んで御寝所《しんじよ》へ参り。戯《たはふ》れくどく放埒慮外《はうらつりよぐはい》。先ン君ンの御居間へ。踏《ふん》込ンだる平人の穢《けが》れに寄《よつ》ッて。日ッ月ッの旗斯のごとく焼破《やけやぶ》れしと云ヒ立テなば。春長は科人《とがにん》。禍《わざはひ》の根《ね》を断《たつ》上ミの計略《けいりやく》。春長忍び参るならば。哆《たら》し偽寄《すかし》て御寝所《しんじよ》へ伴ひ給へ。某は庭に隠《かく》れ居て時分《じぶん》を見すまし声を立テ。春長を取ッて押サゆる秘密《ひみつ》の奥の手奥女中。お枕も二つならべ。随分《ずいぶん》お心打チとけたる様子に見せるが肝心《かんじん》〳〵。御合点が参りしか」と。くゝめる様フに夕嵐。そよと表テに取リ次グ女中。「春長是へ御入リ」と知ラすれば。「ナニ早来たか。乗リ物を裏門《うら》ンへ廻し。其切戸より忍びやかに。お入リなされと申シませい。遠侍《とふさふらい》より奥へは男たる者一人ンも叶はず。密《ひそか》に〳〵」と云ヒ渡タし。「必《（かならず）》ぬからせ給ふな」と。お次ギの燭台灯火《しよくだいともしび》も。しめし合せて奥深カく人待ッ。風の音トせじと歩《あゆ》む寝所《しんじよ》の椽《ゑん》の下タ息キを詰てぞ忍び入ル。

飛石伝ひしと〳〵と。忍びの乗リ物滝波《たきなみ》が切リ戸の元トに舁居《かきすへ》させ。「そこに其儘皆部屋へ」と。供人はらひ「イザ是へ。お出なされ」と云ヒ捨テて。寝所へ斯《かく》と夕闇《やみ》の。底意《そこ》は知レぬ上総ノ介春長。奥方の寝殿《しんでん》に明カりを消《けし》たは「ハテ心得ず」と窺《うかゞ》ひながら打通る。廊下《らうか》音トなふ衣《きぬ》の香《か》の。空焼《だき》なれど真実《しんじつ》の。恋とや思ふ蘭の君。袂トをじつと。「待ッ宵《よひ》に更《ふけ》行鐘《かね》と恨《うら》んだも。ほんに恋する身の習ひ。男禁制《きんぜい》の此寝所《しんじよ》へ。曲者《くせもの》などゝ咎《とが》める筈《はづ》の。自ラが心の恋が曲者《くせもの》じやはいの。待チ詫《わび》し恋人サアこなたへ」と。取ル手を払ラひ。立チ退ク春長長ガ袴《ばかま》の。裾《すそ》をしつかと御身のしづ。「静心《しづ》ないこりや何ンぞ。男の癖《くせ》の思はせぶりか。操《みさほ》を立ッるは浮世の人前。堅《かた》い氷《こほ》りも春の日に解《とけ》ては。元トの自ラが。底の思ひを打チ明ケさせて憎《にく》や」と計リひつたりと。打かけられし恋の綾。裏の裏衣《ぎぬ》取ッて引ッ居《すへ》。「誰レか有ル明しを持テ。御所の中に忍び合ッ不義密通《みつつう》の女。春長が捕《とら》へたり」と。呼はる声と諸共に広間《ひろま》の襖《ふすま》押シひらけば。足利左馬頭《かみ》義昭朝臣《あそん》。花山の関白《くはんばく》道方《みちかた》公。衣冠直垂《ゐくはんひたゝれ》厳重《げんぢう》に昼《ひる》と耀《かゝや》く火の明ヵり。

「ヤア御台所。蘭の君にておはするか。コハ存じがけなや」と上座に進む春長の礼義の。面テに色仕かけ。喰《くひ》違ふたる口紅粉《べに》の指シ寞《うつふ》いたる計リ也。道方公声あらゝげ。「先ン大樹《じゆ》義輝《よしてる》公は。我ガ聟ながら日本ン武門ンの棟梁《とうりやう》。其御台に備《そな》はりし我ガ娘蘭の君。女なれ共天が下の人の鑑《かゞみ》と成〔ル〕身にて。心得がたき今宵《こよひ》の時宜《しぎ》。親子の因《ちなみ》は私事。云ヒ訳ケ有ラば申されよ」とにがり切ッて見へ給ふ。義昭押シとめ。「イヤ〳〵道方公。先ン君ンの胤《たね》を懐《やど》し只ならぬ身の蘭の君。かる〴〵敷キわざくれ何しに有ラん。先ヅ其義は差置イて。今《こ》宵《よひ》俄《にはか》に参る子細《しさい》。兄義輝世を去リ給ひ。暫《しばら》くも四海に武将なくんばあらじと。身不肖《しやう》の義昭に宣下《せんげ》の綸旨《りんし》なし下ダさる。然れば禁庭《きんてい》より預〔け〕置ヵるゝ日ッ月ッの御旗《はた》。幷《ならび》に源氏二つ引輛《りやう》の白ラ旗《はた》。二色共に請取ッて。明朝辰《めうてうたつ》の刻《こく》参ン内《だい》せよとの勅命《ちよくめい》。勅使は殿下《てんが》道方公武臣ン春長を相イ添《そへ》らる。勅諚《ちよくぢやう》なれば違背《ゐはい》なくイザ御渡し有ルべし」と事こまやかに述《のべ》給ふ。

思案の仕置キも跡先キに。明ヵり失《うしな》ふ日月の。はたと塞《ふさが》る胸の闇兎《やみと》角《かう》の答《こたへ》有ラざれば。「御台さま。御返ン答《たう》何故猶予《ゆうよ》なさるゝや。実《げに》夫レよ。此御殿ンの傅《かしづ》き三好《みよし》左京ノ進ン。両御所のおなり知ラぬといふ事よも有ラじ。何国《いづく》に居召サる。左京ノ進〳〵。よし〳〵事急なる今宵《こよひ》の勅答《ちよくたう》。左京に替《かは》つて上総ノ介春長。二色の旗《はた》只今取リ出し申さん」と。中シも敢《あへ》ずつつと寄リ寝所《しんじよ》の障子《しやうじ》に手をかくる。「春長待テ。御他界《たかい》の後チとはいへど。先ン君ンの御寝殿《しんでん》。慮外《りよぐはい》なるぞ下ガらぬか」。「イヤ御意ではござれ共。今ン日只今御任官《にんくはん》有ル武将義昭公の諚意《ぢやうゐ》に寄ッて。御旗《みはた》請取ル上総ノ介。慮外《りよぐはい》は御免ン給はらん」と。障子《しやうじ》ぐはらりと勧請《くはんじやう》の。宝ラの扉《とびら》明ケんとす。「待ッた〳〵

暫く」と。声かけ出る椽ンの下タ勅使《ちよくし》に向カひ白洲《しらす》より。「左京ノ進ン一存《かづまさ》是に候」と平伏す。

「ム、左京殿か嘸《さぞ》有ラん。貴殿のお役ク目御旗の扉《とびら》。サア明ケて早く出し召サれい」。「イヤ扉《とびら》を明ケるに及ばす。日ッ月ッの御旗の義は。松永が謀反《むほん》夜討の砌《みぎり》。御所に火をかけ焼キ討チに及ぶ。某《それがし》欠付ケ防《ふせ》ぐに甲斐《かひ》なく。宝蔵《ほうぞう》に火はかゝりつゝ。煙《けふり》の中カより漸《やうく》と取リ出す御旗半《なかば》は焼落《やけおち》。日ッ月ッの御鏡も光《ひか》りを失《うしな》ひ銅《あかゞね》同然。此事禁庭《きんてい》へ訴《うつた》へなば。預カりの宝を損《そん》ぜし越度《おちど》にて。足利の家名お取上にも及ばんかと。隠し過せしけふの難渋《なんじう》。此段聞コし召シ分ケられ只某をいか躰《(てい)》の。刑罰《けいばつ》にも仰付ケられ。源氏の家相続《さうぞく》を偏《ひとへ》に願ガひ奉る」と。恐れ入ッたる言ン上に。義昭勅使《ちよくし》も顔見合せ始めて「ハッ」と驚く計《(ばかり)》。

春長扉をがはと明ケ。取リ出す御旗とつくと改め。「左京殿。御辺ン一人科ガ人ンに成ッて。お家を立たいとの願ガひよな。尤左こそ有ルべき事。聞キ届けた大小渡タしやれ」。「アイヤ科《とが》の子細《しさい》は禁庭《きんてい》の御沙汰《さた》。貴殿の下知は請申スまい」。「嗜《だま》れ左京。勅使《ちよくし》の御前ンは禁庭《きんてい》同然《どうぜん》。武将義昭公の厳命《げんめい》を承はる。春長が詞背《そむ》くか一存《かづまさ》」。「ア、イヤ全《まつた》く以ッて」。「背《そむ》かずば大小」。「ハッ〳〵」と迚も一チ命イ投ゲ出す刀無念ンを白ラ洲《す》に隠し居る。春長は両御所を上段の間に移《うつ》し参らせ。

「只今御聞キ有ル通り。御旗の焼しは逆臣《ぎやくしん》松永が所為《しよゐ》なれば。左京ノ進が科《とが》ならず。命を取ルにも及ばぬ事。其申訳は立ッべきが。左京其方にはまだ外カに科《とが》が有ルぞよ」。「トハ心得ず。外カに科とは身に取て」。「イヤ覚へが有ル筈。此御所の内の政道《せいたう》は其方が預カり。家来の密通《みつつう》不義を見ながら。誡《いま》しめぬは汝が誤《あやま》り。三上監物。不義者是へ連レ来れ」。「承はる」と廊下《らうか》の口。振リの袂トも紅梅《こうばい》に。赤らむ顔の御幸《みゆき》姫。あらけなく引立出。「精進潔斎《せうじんけつさい》の清光院。元トの姫に戻したは水団《すいとん》もどきの所之助。どつちへうせた今一ト詮ン義仕らん」とかけり行。

「イヤコレ春長。所之助が不義の様子。知ラぬは左京が誤《あやま》りながら。相イ人《て》は御身の妹姫。其徒《いたづら》を今迄知ラぬは。其方迚も同じ誤《あやま》り」。「イヤそりや御台の御思案ン違ガひ。此不義の根本は左京ノ進ン一存《かづまさ》。第一汝が不義者さ」。「ム、此左京に不義の科ガとは。誰レと不義何を証拠《しやうこ》」。「ヲ、不義の相イ人は。御台所蘭の君と兼ての密通《みつつう》。知ルまいと思ふか」。「ナニ自ラに覚ない不義の悪ク名。詞が過ギるぞ上総ノ介」。「ハ、、、下モつかたの者だにも。産前後《さんぜんど》には夜詰夜伽《とぎ》も有ルならひ。まして御台所の臨月《りんげつ》に。次ギの間の人を払ラひ。廊下《らうか》の燭台灯火《しよくだいともしび》を。残らず消《けし》たは恋慕《れんぼ》の暗《くら》がり。忍び男と取リ違ガへ。此春長に最前《さいぜん》の戯《たはふ》れ。御台の寝間《ねま》に枕二つ并《なら》べて有ルが不義の証《しやう》拠《こ》。密通《みつつう》の男左京ノ進ンでない物が。夜に入て御寝所《しんじよ》の。床《ゆ〔か〕》の下タにはなぜ隠れて居た」。「イヤ其義は」。「よもや云ヒ訳ケ有ルまい」と。一チ言ン鉄石《てつせき》。なま中にこちらの術《てだて》は脇《わき》道へ夫レと云ハれぬ一ツ世の浮沈《ふちん》。「まだ〳〵云ヒ訳ケするに及ばず。此子細《しさい》は御辺ンの家来。田熊玄番《げんば》が是へ出れば明イ白クに分カる事。サア玄番を是へ呼ビ召サれ」。「イ、ヤ玄番は是にはおらぬ。西国に森の一ツ揆《き》起《おこ》りしと過急《くはきう》の注《ちう》進《しん》。討ッ手の役ク目を云ヒ付ケたれば。早最前《さいぜん》西国へ出ッ達ッしたはい」。「ヤア扨は某《それがし》に此不覚を取ラせん為。出し抜イたる玄番が所為《しはざ》。エ、主従云ヒ合ハせの工《たく》みとは。みす〳〵知レて有リながら」。「ヤア儕《(おの)》レが科《とが》をくろめん迚。春長が工みとは何を工み。国家を奪《うば》ふ工《たくみ》とは汝が事。不義に紛れないからは。蘭の君の懐胎《くはいたい》も先ン君ンの胤《たね》とは偽《いつは》り。とくより左京が密通《みつつう》の。不忠不義のかたまり儕レが躮《せがれ》に足利の家国。継《つが》す工で有ふがな」。「イヤ重〳〵《(かさねがさね)》の難題《なんだい》。証拠《しやうこ》ばし有ルやいかに」。「シャ証拠《しやうこ》なくて云フべきか。昨日《きのふ》三井寺へ参ン詣《けい》して。計カらずも手に入ッた変生《へんじやう》男ン子の此願書《ぐはんじよ》。当月ッ臨産《りんさん》の我ガ子。女子なり共男ン子となしてたび給はゞ。四海太平の基《もとひ》たりと記《しるし》たは。コレ見よ左京汝《なんぢ》が手跡《しゆせき》。汝が書イた願ン文ンに懐胎《くはいたい》の子を。我ガ子と書イたが遁《のが》れぬ天ン命イ」。「ハッア実《げに》尤の疑《うたが》ひなれ共。御台さまに成リかはつての其願ン書。我ガ子と有ルは蘭の君の」。「いふな一存《かつまさ》。御台所の願ン文ンならばなぜ御台の名は記《しる》さず。誰レを憚《はゞか》り誰レに恐れて。願ン主《しゆ》の名を包み隠《かく》すは。根が蜜通《みつつう》の後《うし》ろぐらい懐《くはい》胎《たい》故さ。それのみならずコレ此旗。松永が乱に焼損ぜしとは。当座遁《のが》れの偽《いつは》り。察《さつ》する所此旗《はた》は似せ物。誠は汝が隠し置イて。反《ほん》逆《ぎやく》謀《む》叛《ほん》の底工《そこだくみ》。但し此旗似せ物でないといふしるしが有ルか」。「サア夫レは」「サア〳〵何ンと。御台所と敬《うやま》ふも今日迄。不義放《ほう》埒《らつ》の女原。義昭公の政道《せいたう》始め。春長諚意《ちやうゐ》を承はる」と。遠慮《ゑんりよ》用捨も白砂へはつたと蹴落《けおと》す蘭の君。無実《むじつ》の難ンに埋《うづも》れてこたへ兼たる口惜《おし》涙。逆手《さかて》にずはと守リ刀。春長めがけ詰寄ル仡相《きつさう》。あはやと三好《みよし》がしつかととめ。片タ手に押シ肌脱《はだぬぐ》間もなく。直グに懐剱《くはいけん》我腹へがはと突キ立テとうど座す。御台の驚《おどろ》き御幸《みゆき》姫倶に取リ付キ泣ク計リ。深カ手の其儘。居直つて手をつかへ。「義昭公へ申シ上る。お上の御成敗《せいばい》も待タず。我儘の切ツ腹ク。真ツ平《ぴら》御免ン下ダさるべし。先ン君ン御生害《しやうがい》の砌《みぎり》より。行方知レぬ日ツ月ツの旗《はた》。何卒詮〔ソ〕義仕出す為。時キを延《のば》す当座の間に合《(あひ)》。却《かへつ》て詐《いつわ》り者と成ルも。春長の心ン底《てい》を疑《うたが》ひ過した拙者《せつしや》が誤り。生害《しやうがい》は覚悟《かくご》の上なれ共。存じ寄ラぬ不義のお咎《とが》め。御台さまといひ胎内《たいない》の。若君迄に悪ク名を。付〔ケ〕奉る悔《くや》しさ残ン念ンさ。腸《はらわた》を引キ出し。洗《あら》へど兀《はげ》ぬ身の不運《うん》。死ス共魂《たましゐ》此土《ど》を去ラず。先ン君ンのお胤《たね》に。偽《いつは》りなき正道を。世に顕《あら》はさいで置クべきか。此善ン悪ク相分カる迄。道方公の御慈悲《じひ》を以ツて。御台のお命恙なき様フ。禁庭《きんてい》への御取リなし。コレ必《かならず》御短慮《たんりよ》をしづめられ。若君平産《さん》なし給へ。春長の心ン底《てい》。善ンか悪クか冥途《めいど》より見ン物せん」と突込刃《つゝこむやいば》引廻す。「ヤレ待テ左京進。最期《さいご》の門出に義昭が。餞別《はなむけ》せん」と御佩《はかせ》抜クより早くかけ緒《を》ちぎつて烏帽子《ゑぼし》下タ。髻《もとどり》ふつゝと切リ給へば。「コハ何故」と一チ座の驚《おどろ》き春長いらつて。「思ひ寄ラぬ御遁世《とんせい》いぶかしく〳〵。但し斯《かく》迄忠義を存ずる。春長が今ン日の捌《さば》き。御心に障《さは》りしやらん」。「イヽヤ人を恨《うらみ》て切〔ル〕髪ならず。元来《もとより》家国に望《のぞみ》なき義昭なれ共。先ン君ンの胤誕生《たねたんじやう》有ル迄。暫《しばら》く仮《かり》の武将の役ク目。倫旨《りんし》を請ケる今ン日に当つて。日ツ月ツの旗紛《はたふん》失《じつ》と聞ク。是なき時キは武将の継目《つぎ》なりがたし。松永を亡ぼせしも。全《まつた》く春長御辺ンが忠義。国家の政務《せいむ》は春長に預クるぞ。只願ガはくは御台所胎《たい》内の若君。譬紛《たとへまぎら》はしき胤《たね》にもせよ。関白《くはんばく》道方公の御娘。蘭の君の腹に懐《やど》れば母方の系図《けゐづ》を以ツて武将となす共僻言《ひがこと》ならじ。よきに守立《(もりたて)》くれよかし。我レ八才の時よりも仏ツ道に志シ。出ツ家すべきと釈尊《しやくそん》に。誓願《せいぐはん》を立テたれば。今より慶覚《けいがく》法師と改め。河州佐田の森《もり》に庵室《あんじつ》を結《むす》び。心静に念ン仏ツ修行《しゆぎやう》此上の望《のぞみ》なし。勅を返すは恐れながら。宜しく奏問《そうもん》下ダさるべし。清光尼は菩提《ぼだい》を捨。我レは今より菩提《ぼだい》に入ルも。色キ即是《そくぜ》空《くう》の因《ゐん》縁ン」と。傍《あた》りに落たる袈裟《けさ》打かけ思ひ。切ツたる御風情。

手負《ておひ》は「ハア〳〵はつ」と計リ。「数ならぬ一存に。犬死させぬ御はからひ。須弥《しゆみ》大海にくらべても。此上の御慈悲《じひ》。有べきか」と伏シ拝む手に有リ難涙感涙胸《かんるいむね》に道方公。「左程に思し切ラれし上は。とめてもよもや承引《せうゐん》有ルまじ。春長も辞退に及ばず。暫く政道預カられよ。去リながら足利源氏の胤《たね》ならでは。武将の職《しよく》は継《つぐ》事叶はず。左有《レ》ば迚官位もなき春長に。天が下《タ》は預《ケ》られず。御辺《ン》は平家の子孫《ン》なれば。先祖清盛の例《れい》に任せ。今より内大臣の任官《にんくはん》。道方申行《おこな》ふべし。装束《しやうぞく》〳〵」と仰の下《タ》。兼《かね》て用意やしたりけん外記《げき》の司保成《つかさやすなり》。白《ラ》台に冠装束捧《かふりしやうぞくさゝぐ》れば。くはん〳〵と打《チ》点《うなづ》き。「仰のごとく松永が一《チ》乱《ン》。一《ッ》戦《ン》に切《リ》しづめたる此春長。武将の代《かは》りに成《ル》迚も。頰《つら》をふる者一人も有《ル》まい。未《いまだ》諸国に謀反《むほん》の族《やから》はびこる時節《じせつ》。春長四海を預《カ》るは禁庭《きんてい》のお為。下《モ》万《ン》民《みん》の為。内大臣《ン》の装束頂戴致《しやうぞくてうだい(いたさ)》ふ。大外記保成《やすなり》。太義〳〵」と。人を虫共見下《ダ》す高慢《かうまん》。早改る装束着《しやうぞくつけ》。雲の立わき奴袴《ぬばかま》も地下より直《グ》に殿上の。格《かく》を定る石の帯誠に。文武兼帯《けんたい》の威風《ゐふう》備はり見へにける。「ヤア〳〵春長が家来参れ。我《レ》は殿下と同道にて是より参内《さんだい》。只今迄は主君と仰ぐ義昭公。今よりは。官《くはん》も位もなき慶覚《けいがく》御坊。世を雲水の御身ながら。洛外《らくぐはい》迄御見送り仕れ。妹御幸は不義の見せしめ。追《ッ》て成敗《せいばい》申《シ》付る。蘭の君は密通《みつつう》の科《とが》有《レ》共。事の実否《じつぷ》を糺《たゞ》す迄此御所に差《シ》置《ク》間。必《かならず》命に虚事《きよじ》なき様に。ナ急度番せよぬかるな」と。情《ケ》と見せる上《うへ》の衣《きぬ》。胸の底には監物《けんもつ》に。毒《どく》を吹込春長の。人の栄花を浮べる雲。塵《ちり》共思はぬ大道心。手負に向ひ。

称名《しやうめう》の。「なむあみだ仏」に引取息《キ》。武士の出《ッ》世と。仏の出世一《チ》度に。御所を退散《たいさん》有《ル》。引違《ガ》へて田熊玄番《げんば》。「主人《ン》の計略《けいりやく》思ふつぼ左京めがくたばりざま。足利の御台所。胎内の胤《たね》諸共に殺して仕廻《ヘ》と主人《ン》の謎《なぞ》。刃《やいば》で殺すは世上の聞《コ》へ。幸《イ》の勧請《くはんじやう》の間。此内へ押《シ》込《ン》で兵粮責《ひやうらうぜめ》のほし殺し。合点か監物《けんもつ》」。「こりや上分別。サア〳〵ござれ」と放逸《はういつ》無慙《むざん》。御手を引立《テ》勧請の。扉《とびら》明《ク》れば鼻の先《キ》。ひらりと稲妻《いなづま》監物が。骸《からだ》は二つ引輛《りやう》の白《ラ》旗《はた》片手に御台をかこひつつ立曲《くせ》者。「ヤアうぬは所之助め。死そこなひめ何ひろぐ。踏付《ふみ》《ケ》て縄《なわ》かけよ」と。下知に取《リ》まく家来共。片《タ》はし撫《なで》切《リ》払《ラ》ひ切《リ》。飛鳥の早業《(わ)ざ》たまり兼逃《ゲ》ちる家来に目もかけず。御台を小脇にしつかと抱き行《(ゆく)》をやらじとぼつかくる。玄番が髃《かたさき》見返る手裏剱《しゆりけん》。てうど打《チ》捨《テ》逸散《いつさん》走り。急所はづれて気丈の玄番。手裏剱抜取《リ》「扨こそ〳〵。天国の短刀《たんたう》。是こそ先《ン》年《ン》足利より赤松家へ下されしを。所持する彼は赤松が躮。別所小三郎で有《ッ》たよな」。「ヤアそんなら自《ラ》が。云号《いゝなづけ》の小三郎様。我《レ》も倶に」と御幸姫慕《した》ひ出るを「どついこい〳〵。家来共こいつ動《うご》かすな。赤松が余類小三郎ぼつかけぶち取レ」裏《うら》門ンより。北山伝ひ降頻《ふりしき》る雪を蹴立て。

（山陰の段）


〽追て行。

木ゝの梢《こずへ》も白妙《たへ》に。谷峰《みね》わかぬ所之助一ト息キほつとつぎ敢《あへ》ず。漸《やう〱》とある茂《しげ》みの中カ雪なき影を宿《やど》りにて。暫しと木の葉折敷ィて仮《かり》の茵《しとね》となし参らせ。「某は赤松が嫡流《ちやくりう》別所小三郎則秋《のりあき》。祖父《ちい》満《まん》祐《ゆふ》親正則《まさのり》。勿躰《もつたい》なくも足利家に弓引ィたる天罰《ばつ》。播州《ばんしう》にて亡《ほろ》び失《うせ》。其時キはまだ幼少《ようせう》の某《それがし》。御台さまへ奉公望《のぞ》んで参りしは。足利家へ忠勤《きん》を抽《ぬき》んで。祖父が悪ク名すゝぎたさ。然るに春長が心ン底《てい》疑《うたがは》しく。妹御幸《みゆき》に色を以ッて近寄リ窺《うかゞ》ひ見るに。足利の根を断《たゝ》んとする大悪ク人ン。本ン国三木に立テ籠《こも》り逆意《ぎやくゐ》の奴原打亡《ほろ》ぼし。足利一統《とう》の世となすはたつた今。御心安かれ」と祝《しゆく》し申せば御悦び。始めて安ン堵《ど》に気の張弓。ゆるむ腹帯《はらおび》御産ンの催《もよほ》し。悩《なやま》せ給へば。「何となされた。ヤアこりや御産ンの気《け》が付ィたか。ヱヽ時キも時何ンとせん。せめて此山一トつ越ス迄。延《のば》す催生《はやめ》はない事か」と。いふ間も苦《くる》しむ頻《しき》りの雪。積《つも》る白妙かき集《あつ》め。積《つみ》上〱暫くも。雪吹《ふゞき》を防《ふせ》ぐ。雪屏風《びやうぶ》。御身をかこふ時しも有レ。玄番が郎等粟津《あはづ》藤内。猶足利の枝葉迄刈尽《かりつく》さんと追ッ取リ巻ク。小三郎は一ッ心ンに「源氏の御胤《たね》恙《つゝが》なく。御平産《さん》なし給へ」と。正八幡ンに立願祈誓《りうぐはんきせい》。「そこを透《すか》すな生捕《いけどれ》」と。組付ク家来多勢を相ィ人《て》追つまくつ。〽いどみあふ。

はげしき武勇に切リ立テられ逃行軍ン兵。岩かげに早降誕《かうたん》の御初ッ声。「気づかひ仕やんな小三郎。若《わか》は健《まめ》で生れたわいのふ」。「ヤアお気は慥《たしか》にござりまするか。介抱《かいほう》申ス人さへなきに。御親子《しんし》ながら恙《つゝが》なふ。しかも御男子御平産。氏神ンの御加護《かご》。〽ヱ有リ難《がた》し〱」と。手の舞ィ足の踏《ふみ》ども白雪又ばら〱。取リ巻ク雑兵木の葉武者なぎ立〱追ッて行。

御台は若を抱しめ「木草の中も皆敵。頼ム味方は只一人リ早ふ戻つてくれかし」と。心をひやしおはする所に。粟津藤内取ッてかへし。斯《かく》と見るより「してやつた」と若君を引攫《つか》む。「ノウ悲しや足利の御胤《たね》なるぞ。心有ラば助けてくれ。母が命はおしまぬ」と取リ付キ給へば。あざ笑ひ。「どふでも殺す足利の胤。腹ラに置ては面ン倒《だう》なに。殺されに生れたは仕合せな小忰《せがれ》め。春長公の御前へさゝげる赤子の犠《いけにへ》。邪魔《じやま》すりやこなたも生ケては置カぬ」と。振リ廻す邪見《じやけん》の切ッ先キ。厭《いと》はぬ恩愛《をんあい》蘭の君。「ヱ、面ン倒《だう》な」と一ト刀。足下に蹴《け》落す地獄《ちごく》谷。若君引さげ行んとす。小三郎遥《はるか》に見付韋駄《ゐだ》天《てん》走りに取ッてかへし。若君奪《ばい》取リ藤内をどうど踏《ふみ》付ケ胴《どう》腹ラより岩も通れと差通し〳〵。「なむ三宝。今一ト足の違ひにて。はかなき御台の御有リ様マ。亡骸《なきから》成共御供せん」と泣ゝ見やる谷底《そこ》より。「気遣カひなされな。御台さまは御安ン躰《たい》」と。呼はりながらよぢ登る谷の鼯《むさゝび》。飛鳥《とぶとり》に。劣《おと》らぬ杣の吉六が。御台を背に負《おひ》奉り。「ヤレ〳〵ひあいな所之助様。北山の鹿狩《しゝがり》で危《あや》ふい命助かつたは。お前様のお情ケ一トつ。忘れぬ御恩ンは思はずしらず。大事に遊ばす御台さま。てうどよい折助けたも。谷を経廻る杣の徳」。「ヲ、出かした。其方が此所に居合すも。仏ッ神ンの扣《ひか》へ綱《づな》。まだ足利の御運《うん》は有ルぞ。お手は浅いお心慥に。二つ引キ輛《りやう》白ラ旗《はた》の奇瑞《きずい》に手疵《きず》も追ッ付ケ御平愈《へいゆ》」。「道の案内は上ゝ吉六吉左右《さう》男。此谷向ふへ鞍馬《くらま》の近カ道。橋の工面ンは幸究竟《さいくつきやう》。切リかけて置た此杉の木」。腰の鉞《まさかり》てう〳〵と。谺《こたま》と倶に切リ株《かぶ》より。倒《たを》れる大木ク大綱を。引ケばどつさり山端《はな》へ。程よふ掛《かく》る丸木橋。敵キのこぬ間と小三郎。

御台の御手をお手車。あぶなげなしに足利の。和子の初イ陣《ちん》出ッ世の桟橋《かけはし》なんなく。〽渡る後《うし》ろより。見付ケる雑兵《ざうひやう》追イ〳〵に。「逃ガすなやるな」は口計リ。急に追《おは》れぬ丸木橋。片足かけても気味悪ルく。うぢかはの先ン陣ン又太郎「手に手を取ッて渡タすべし。濘《すべ》るなころぶな」大勢が。おり重《かさ》なつて千ン躰仏《たいぶつ》。ゑいと引イたる善ンのつな。丸木はづれてばた〳〵と。よねだはらの又太郎。先ン陣後《ちんご》陣《ちん》谷底に跡白。雲と落て行

第弐

（二段目・口　若宮八幡の段）

神は人の敬《うやま》ふに威《ゐ》を満す鏡《かゞみ》。曇《くも》らぬ御代《みよ》に近江《あふみ》の国若宮の八幡ン宮。武士町人ンの分《わか》ちなく。参り下向《げかう》に人絶《だへ》も並《なみ》木の馬場《ばゞ》ぞ賑《にぎ》はしき。

群集《くんじゆ》を払ラはせ下馬前《げばさき》より。しづ〳〵来る小田家の寵臣《てうしん》。三輪ノ左衛門長久。斯《かく》と知ラせに神職求女《しんしよくもとめ》。慇懃《いんぎん》に出迎《むか》ひ。「公務《こうむ》に暇《いとま》なき御身がら。御奇特《きどく》の御参ン詣《けい》」と。挨拶《あいさつ》有レば。「サレバ〳〵。主君ンの武威《ぶゐ》に寄ッて。干戈暫く穏《かんくはしばらくおだやか》なれ共。西国には郡音成《こほりおとなり》。冠《かむり》が城《じやう》高松に出張《でばり》を構《かま》へ敵対《てきたい》の色を顕《あら》はす。夫レのみならず先ン年ン亡《ほろ》びし赤松が余類《よるい》。播ン州《しう》三木の古城《こじやう》に籠《こも》り必死《ひつし》と極《きは》めし太刀先キ尖《するど》く。小田家に弓引ク時節《じせつ》なれば。御武運《ぶうん》長久祈《いのり》の代イ参。夫レに付イて気の毒《どく》なるは。妹君清光尼。去ゝ年ン室《むろ》町御所に置イて存ジ寄ラざる不義の誤《あやま》り。剰《あまつさ》へ其場より蘭《らん》の君を奪《うば》ひ。立チ退《のく》きやつこそ正しく赤松が余類《よるい》小三郎に疑《うたが》ひなし。さす敵キに心を通《かよ》はす不所存ン者。討ッて捨んと春長公以ッての外の御憤《いきどふ》り。様ゝに申シ宥《なだ》め。貴殿ンへ預け置カれし所。是非小三郎を思ひ切ラずば引ッ立帰れ。手討チにせんと主人の逸徹《いつてつ》。当惑《とうわく》致し罷リ有ル」と。聞より求女頭《もとめ》ラを下ゲ。「仰のごとく。我母は清光尼幼稚《ようち》の砌《みぎり》。乳《ち》ぶさを与《あた》へし縁ンを以て預カり帰り。種ゝ《しゆ〴〵》様ゝ御異見《ゐけん》を仕れど。思ひ詰たる女義の一チ途《づ》。扨〳〵こまりし預り人」と。外カに思案《しあん》も長袖の。心を察《さつ》し左衛門長久。「心ン労《らう》の程推量《すいりやう》致いた。此上は某も今一ト異見《ゐけん》仕り。御承引《せうゐん》なき時は。御主人ン迚用捨ならず。相イ役ク玄番《げんば》参る迄。神ン拝終《はいおは》らば貴宅へ同道」。「ハッ然らば御武運《ぶうん》長久の祝詞《のつと》さゝげ。妹君の御身も無事の納りは。神ミの力ラに任せん」と。実《(げに)》神ン道は正直を求女が案内《(あない)》に左衛門は。神ン前ンさして詣《もふ》でる。

並木の陰には土手平。北助。関内。兵吉。脚《すね》踏延《のば》し。「サア是からが藪《やぶ》入リ」と。体《からだ》を横《よこ》に芝《しば》原へふんぞり返る奴共。中能《(なかよい)》同士《(どし)》の世《よ》迷言《まいごと》。「いかさませかいはけたいな物。大身ンの三輪殿も。いはゞこちらも傍輩《ほうばい》ながら。十万石と二合半。下駄と焼味噌《やきみそ》違ふた身躰《しんだい》。同じ人に生マれながら。むやくしい事ではないか」と。身を悔《くや》んだる関内が。詞に土手平起キ直り。「ヲヽサ〳〵日がな一チ日這踞《はいつくば》ふ蟇《ひきがへる》の行列《ぎやうれつ》。向ふも見へぬ此世渡り。ア口惜い事だんべい」と。

ほろと涙の雨雫《しづく》髭《ひげ》は流れて斑頬《まだら(づら)》。「ナニとこぼへる事はない。もり切《リ》の頬扶持《つらぶち》でも。三月《キ》十日にや百人《ン》扶持《ぶち》だ。シタガ侍《ィ》は命づく。此北助が望といふは。百性好《すか》ない。町人《ン》嫌《きら》ひ。腐《くさ》る程金《かね》持《ッ》て。やつぱり仕付《ケ》た奴奉公。搔《かき》立《テ》汁をやめにしてはつのみ。鰣《ゑ(そ)》の二汁五菜《さい》酒は白梅男山。一《チ》日当《テ》に二升づゝ。馴染《なじみ》の。惣嫁《ずんば(た)》揚《あげ》詰に。毎《ィ》晩《ン》〳〵楽《たのし》みたい」と望に兵吉吹《キ》出し。「フヽハヽヽ、扨悔《くや》んだり望んだり。人《ン》間《ン》万《ン》事《じ》塞翁《さいおう》がむまい事計《リ》はない。貴《たつとき》となり賤しきと成《ル》。是皆天命《ィ》誰《レ》をか恨《うらみ》ん。大名だ迚一《チ》日に一《チ》石《ク》も喰《くひ》もせまい。十万《ン》石も二合半も。粒ゝ辛苦《りう〳〵しんく》の米穀《べいこく》に一《ト》つも違《ガ》ひはない。トハ云《フ》物の。迚も立《ッ》身《ン》願《ガ》ふならば。三輪殿でござらふが。田熊殿でござらふが。腰膝《こしひざ》を撫按《なでさす》らせ。召《シ》つかふ程な出《ッ》世こそ男一代望む所。僅《わづか》五万《ン》か十万《ン》の端知行《はしたちぎやう》。所望《しよもう》にやない」と。凡人《ぼんにん》ならぬ兵吉が。胸の器《うつは》は底《そこ》しれぬ湖水《こすい》もぐつと一《ト》息《キ》に飲《のみ》兼まじく見へにける。

三人ながら口あんごり。「去《リ》とはゑらい太平楽。こちとらは大事ないが。意地悪《ル》の玄番《げんば》殿。耳《みヽ》へ入《ッ》たらたまらない」。「何さ〳〵。いかめしく大小を指《さし》こはらし。上《ミ》下《モ》立派《りつぱ》に。出立《ッ》た所は皆侍《ィ》と見ゆれ共。スハ合戦《かつせん》に望《のぞ》んでは。敵《キ》の多勢に割て入《リ》。其身を捨て主人《ン》の大事。勤働《つとめはたら》く誠の勇者は。沢山《たくさん》にはない物だ。既《すで》に以《ッ》て安土山の御居城《きよじやう》。百間《ン》たらずの塀普請《(へ)いぶしん》。二月《キ》余りかゝつて居れど。何所《どこ》が一《ト》つ出来たと見へぬは。油断《ゆだん》大敵《キ》不用心《ン》。是といふも上《うへ》ゝの下知とお智恵《ちゑ》がぬるいから。役《ク》に立《タ》ずのわろ達に。夥《おびたゞ》しい知行をやる。ア大将の気は分《ン》な物」と。譏《そし》る後《うしろ》に最前より。始終《しじう》聞《キ》居る田熊がどす声。「ヤア猿冠者《さるくはじや》の口まつめ。例《れい》の影言《かげごと》につくいやつ」と。のさばり出れば奴共。「そりや雷《かみなり》じや。くはばら。〳〵」。ばら〳〵に。逃て行跡兵吉を。立《チ》蹴《げ》に蹴倒《たを》す玄番が足首片《タ》手に摑《つか》み。「こりや何《ン》だ。御仁《ン》躰にも似合ない。馬鹿《ばか》な事を」と。突《キ》放せば。

「モウ了簡が」と腰刀。抜《ク》手に縋《すが》る女房お菊。出合頭《ラ》に押《シ》とゞめ「マア〳〵待《ッ》て下《ダ》さりませ。お歴《れき》〳〵様へ又しても申過しも正直《キ》から。お腹《ラ》が立《ッ》なら夫《ト》のかはり。私《わたし》や此子を御存《ン》分《ン》。コレこちの人何うつかり。早ふお詫《わび》を〳〵」と。とめ人《(て)》が有程付《キ》上《ガ》り。「ヤア邪魔《じや》なめらうめ爰放《はな》せ。から竹割《わり》にしてくれん」と。反《そり》打《チ》かくれどびく共せず。「ハテ雪は雪。墨は墨と。諂《へつら》ひ飾《かざ》らず有《リ》躰を云《ゆ》つたからは。詫《わび》する覚へ曾《かつ》てない。大禄《ろく》の御自分《じぶん》様も。小切《リ》米の我《レ》ゝ式《しき》も。皆夫《レ》〳〵の役《ク》ゝ有《ッ》て。御扶持《ふち》頂戴致居れば。てつぺいから爪《つま》先《キ》迄。身《ン》躰八腑《たいはつぷ》は主人《ン》の物。貴賤《きせん》上下と隔《へだ》ては有《レ》ど。めつたに手差《てざし》は成《リ》ますまい。併《しかし》是式の事御存《ジ》なくば。サヽいかやう共御存《ン》分《ン》。少《シ》も手向ひ致さぬ」と。留る女房引ずり退《のけ》。台座《だいざ》居《すへ》たる兵吉が。理詰にひしがれさしもの玄番。力身も余所《よそ》へ抜《キ》かけた。刀の手前負《まけ》おしみ。「ソレ今抜《ク》ぞ。今切《ル》」と鍔《つば》元《ト》計《リ》。ちやん〳〵どん〳〵。神楽《かぐら》の土《ど》拍子《びやうし》どひやうしに。しまひも付《カ》ぬ折からに。社の方より宮仕《(みやづこ)》が。「左衛門様のお待《チ》兼。早ゝ御出遊ばされよ」と。使はよい図《づ》と思ひながら。「ヱヽ折悪《ル》い御代参《ン》血をあやすは神慮《しんりよ》の穢《けが》れ。命冥加《めうが》な下郎め」と。弱《よは》みを見せぬへらず口。主の威光《ゐくはう》を肩衣《かたぎぬ》も邪返《(ゆがみ)かへ》つて行過る。跡見送《ク》つて兵吉は。「ハテ口計《リ》で尻《しり》のない達磨《だるま》侍《イ》。最《も》そつと慰《なぐさ》んでくれふ物を」。「ヲヽこなさんも嗜《たしな(ま)》んせ。云《ッ》てもあつちは御大身《ン》」。「サア其大身《ン》胸《むね》が悪《ル》い。ヤ悪《ル》い次《イ》手に虫の出た。坊主を連《レ》て何しに来た」。「サイナアけふは坊《ン》が気色《きしよく》も能《イ》故。八幡《ン》様へお礼参り。去《いに》がけには御城《(じ)やう》下の。お医者《しや》様へも連《レ》て寄《ラ》ふと」。

「ヲ夫《レ》がよい〳〵。アレ〳〵何が気に入《ッ》たやら。にこ〳〵と笑ひおる。機嫌《きげん》のよいも。氏神様と医《ゐ》者《しや》殿の皆おかげだ。大事の〳〵跡取《リ》息子《むすこ》。達者《たつしや》で長《ガ》生《キ》しをる様《フ》。八幡《ン》様の御番《ン》頭武内《とうたけうち》殿の社《やしろ》へも。連《レ》て参ろ」と先《キ》に立《(たつ)》。四海をたゝむ胸中《けうちう》も。子故の闇《やみ》は黒どんの袖を屏風《びやうぶ》に春風を。防《ふせ》ぐ蚕《かいこ》のぬくめ鳥打《チ》連《レ》宮居へ急ぎ行。

儘ならぬ世に墨染を恋衣とほころび初《(そめ)》し。清光尼元《ト》の御幸《みゆき》の姫百合や花の帽子《ぼうし》もいつしかに変《かは》る姿の伊達《だて》小袖。夫《マ》故物を思ひ顔。お傍《そば》さらずの青柳呉服《あをやぎくれは》「ちとお気ばらし」と松陰《かげ》の。眺《なが》めよき場《ば》に毛氈《もうせん》敷《カ》せ。「春めいた野山の景色《けしき》。お目にかけるもお気薬。取《リ》訳《わけ》一《ト》目に湖《みづうみ》も。居ながら自由《じゆふ》な近江八景」。「ヲヽ呉服《くれは》殿の云《いは》んす通り。絵に書《イ》たとは又格別《かくべつ》。たまつた物じやござりませぬ。イヤ申お姫さま。何をきな〳〵思し召《(めす)》。私ら二人《リ》が附《キ》添《そふ》からは。折を見合せお供して。きへ(底本ノママ)様に逢せます」。「ヲヽ夫《レ》ゝ必《かならず》気づかひ遊ばすな」と。力《ラ》付れば御幸《みゆき》姫。漸《やう〳〵》に顔を上《ゲ》。「過にし頃室《むろ》町の。御所で見初《そめ》し所之助。枕かはすやかはさぬ中。別《カ》れて聞《ケ》ば云号《いひなづけ》の小三郎則秋《のりあき》様と。知《レ》て一《チ》倍《ばい》恋しさに。跡を慕《した》ふて添《（そ）》ハふにも。兄上様と仇《あた》有ン中カ。思ひ切〔レ〕よともぎどふな仰を背《そむ》くお憎《にく》しみ。譬《たとへ》此身は露霜と。消《きゆ》る命は惜《おし》まねど。仏ケの教《おし》へ背《そむ》きたる。其罪科《つみとが》が雲霧《きり》に覆《おほ》ひ隔《へだ》たり来世《らいせ》でも。憧《こが》れ〳〵た。恋人に逢《あひ》見る事も叶はぬかと。思へば悲しい〳〵」と。涙の時雨《しぐれ》振リ袖のかはく間もなき御風情。「お道理様や」と計リにて。涙に涙添たる折から。

胸に一チ物ッ田熊玄番。傍《そば》近く手をつかへ。「春長公より仰越サれし趣《おもむ》き。中シ上る其間。妼《こしもと》達は遠慮《ゑんりよ》有レ」と。二人を追イやりにじり寄リ。「主人ンの仰別義に有ラず。則《すなはち》斯《かく》の仕合せ」と。抱付ク手先振リ放《はなし》し立《（たつ）》を引キ留メ「何所《どこ》へ〳〵。抹香《まつかう》くさい時キでさへ。惚抜《ほれぬい》て居る此鼻《はな》にはつん〳〵。悟《さと》り切ッた顔さつしやつても。若い尼と下手《へた》の馬かけ。とふ〴〵落て去年《きよねん》からの還俗《げんぞく》只さへ美《うつく》しい其上を。洗《あら》ひ磨《みがき》の。身嗜《だしな》み。誰に見せふ迚。紅粉《べに》髪結《かみゆふ》て。皆小三郎めに心ン中立テ。ヱけたい〳〵。当世に合ぬ道達テせずと。ツイマア。爰で。ちよこ〳〵は」とどんぐり眼。塩の目細目。むせふに鼻息《はないき》あら鷹に見入レられたるごとくにて剛《こは》さうるさゝ御幸《みゆき》姫。漸《やう〳〵》に押シ退《のけ》突退《つきのけ》。「主に向ふて無躰《むたい》の恋慕《れんぼ》。慮外者《りよぐはいもの》め」と。云《いは》せも果ず。「ハ、、、、主呼《しうよば》はりしやらくさい。小三郎を思ひ切ずば。首討《くびうつ》て立チ帰れと。仰を蒙《かうむ》る此玄番《げんば》。是非《ぜひ》いやならば手は見せぬと。云フをいはぬは日頃の願ガひ。叶《かな》へてくれる気はない〔か〕。ハテ命さへありや。こなたの望《のぞみ》も叶《かな》ふまい物でもないはさ。どふか〳〵」と。おどしつ。すかしつ。哆《たら》しかけたる口車。姫は悲しさやる方なく。「夫レ程迄に自ラを。お憎《にく》しみ有兄上の。御ン身の非道《ひだう》邪《□□ま》をお諫《いさ》め申さぬ計リかは。悪ク事を進《すゝ》める犬侍イ。随《したが》への靡《なび》けのと。聞クもうるさい穢《けが》らはしい」と。ずつけりいはれてむくりをにやし。「扨ゝしぶとい土性骨《どしやうぼね》。そふおいやれば赦《ゆる》されぬ」と。衿《ゑり》がみ取ッて引キ寄スる。遠目《とうめ》に斯《かく》と三輪左衛門。走り寄ッて腕《うで》もぎ放しつゝ立テば。

「ヤア科《とが》有〔ル〕姫を貯《かば》はるゝは所存ばし有ッての義かな」。「アイヤ相イ役クの身共を差置《さし》キ。役目に抜ケがけ致さるゝ。貴殿ンの胸中《けうちう》承はらん」ときめ付れば。「ナニ物でござる。申さば太イ切ッなる妹君。お命助クる筋もと存じて」。「ハテナア。其元ト計リは左こそ有ラん。ガ所《しよ》詮変《せんへん》ぜぬ姫の片タ意地《ゐぢ》。労《いた》はしくは存れど。罪を糺《たゞ》すが国家の鏡《かゞみ》。ヤア〳〵家来。云ヒ付ケし品持参ンせよ」。「ハッ」ト答《こた》へて下モ部共様フ子は何か白ラ木の箱。高札取リ添《そへ》両人ンが目通りに差置ば。左衛門玄番に打向ひ。「御幸姫の御身の罪科《つみとが》。書キ顕《あら》はしたる此捨札。能ク聞カれよ」と手に取リ上ゲ。「一トつ小田家に敵する赤松が紛レ小三郎則秋《のりあき》に心を通はし。勿論《もちろんは》破戒堕落《かいだらく》の科《とが》。主人の御連枝《れんし》たるといへ共国家の政道私ならず。富䰗《くじ》を以ッて足軽《がる》以下《(いげ)》の者共へ下ダし置カるゝ者也。年ン号《がう》月ッ日」と。読《よみ》終れば。田熊は大口高笑ひ。「ハ、、、、扨／＼かはつた貴殿ンの仕置キ。不義者の御幸姫。自己《じこ》の計ひにて命を助け。主命イをもどかるゝ子細聞カん」と詰かくれば。「ホ、鮑魚《ほうぎよ》の肆《いちぐら》腥《なまぐさ》きを知ラず。我威憍慢《がゐきやうまん》たる主人ンの仰。貴殿《きでん》は能シと思はるゝか。姫御幼稚《ようち》の砌《みぎり》より云イ号《なづけ》有ル小三郎。敵キ敵キと成ルは戦ン国クの世のならひ。強《あながち》不義とは云ヒ難《がた》し。畢竟《ひつきやう》の御怒《いか》りに妹君を殺害《せつがい》有ラば。世の人口にかゝる計リか御先ン祖への御不孝。去ルに寄て左衛門が姫の命に別条《〔べ〕つでう》なく。辱《はづ》かしめをあたへ奉るが国法を立ッる成敗《せいばい》。後日にとがめ蒙《かうむ》る共。御分ンの腹ラをかつては切ラぬ。云ハれぬ批《ひ》太刀御無用」と。理非明白《りひめいはく》なる一言に返す詞も口ごもる。姫は情の計ラひと。悟《さと》りながらも猶涙。「左程に憂《うき》恥《はぢ》見せんよりいつそ殺《ころ》して／＼」と託《かこち》給へば。「いつかな／＼。命がはりの此成敗《せいばい》。足軽《あしがる》以下の者共が名を書キ記し納めし此箱。御苦労《くらう》ながら田熊殿。早く。／＼」と老臣《らうしん》の。差図《さしづ》に玄番が不肖／″＼。錐取リ上ゲて箱の中。やたけた突《づき》に突上る。札の文字は。「三輪左衛門組下仲間ン兵吉郎」と。よみ上る。「ナイ／＼／＼。箱入のお姫さまを奴めが錐《きり》先キに突当《つき》タつた此仕合せ。びやくらい是は有リがたくごはりまする」とかつ踞《つくば》ふ。玄番一ト人がむしやくしやと。腹ラは立テ共下地の手並。「エ、人も多いに猿冠者《さるくはじや》奴め。よい／＼。儕《うぬ》への礼は重ねていふ。役ク目さらりと相済ンだれば此趣《おもむ》きを言ッ上せん。お先キへ参る」と。左衛門に挨拶《あいさつ》そこ／＼喰違《くひちが》ふ。己《おの》が工みも砂道を踏《ふみ》立テ蹴《け》立テ立帰る。「さらば是から丸札の一の富に対面《たいめん》すべい」と。つゝか／＼行兵吉を。やり過して後ろより。ひらりと抜キ打チ切リ付る。左しつたりと飛踞《しさ》り。高札取ッて丁ど請とめ。「姫に心をかけたる玄番。不時《じ》の狼籍覚束《らうぜきおぼつか》なく。手練《しゆれん》を試《ため》さん此時宜《しぎ》よな」。「ホ、よくも悟《さと》りし健気《けなげ》の挙動《ふるまひ》。左こそ有〔ラ〕んと察《さつ》せしゆへ。左衛門が工夫《くふう》の箱。今切割《わつ》て底意《そこゐ》を見せん」。「アイヤお手下ゲらるゝ迄もなく。箱の中チなる数多《あまた》の札には。拙者《せつしや》めが名を残らず記《しる》し。入レ置カれたる御計略《けいりやく》。愚案《ぐあん》ながらも推量《すいりやう》致してごはりまする」と。見透《すか》す黒星《くろぼし》。長ガ久《ひさ》横手を丁ど打チ。「天晴《あつぱれ》明イ察《さつ》。此上ながら御幸姫の御身の上。万事は兵吉」。「ナニサ〳〵。一ッ心ンを以ッて守護《しゆご》致さば。六畳敷キも奴コが城廓《じやうくはく》気遣ひナイ〳〵何事も。時節《じせつ》を待ッが肝心《かんじん》かんもん。いざ〳〵お立」とすゝめ立れば。「何国《いづく》までも御供」は呉服《くれは》青柳引ッ添ッて。そぐはぬ奴コの女偏《おんなへん》。彡《さんずい》。さんすい人ン偏《べん》も頓《やが》て秀《ひいづ》る忄《りつしん》偏《べん》打チ連レてこそ

(二段目・切　安土城内奴部屋の段)

〽立帰る

されば小田家の鉾《ほこ》先キに靡《なび》かぬ草も鉱《あらがね》の。安土に築《きづ》く金ン城《じやう》の内に貧《わび》しき片庇《かたびさし》。軒《のき》も扶疎《まばら》の菰垂《こもたれ》は。我ガ玉簾《だれ》と気さんじに。世を諂《へつ》らはぬ兵吉が。奴コ部家《べや》とぞ知ラれける。傍輩《はうばい》中でも呑喰《くひ》は人一チ番ンに北助土手平。関内がかさ取ッて。「コナ兵吉のあやかり者め。終《つゐ》に夢にも拝《〔お〕□》まない。お姫さまを突当テた女房穿鑿《ぜんさく》。去リとは図《づ》ない仕合せ者」。「〔サレ〕バ〳〵。奴冥加《めうが》に叶つたやつさ」。「イヤサ二人リながらけなりがるなさ。此土手平が思ふには。てつぎり行ずのかぶせ者。尊《たつと》い所は鬼門《きもん》の塞《ふさが》り。小町の格《かく》で有ふも知レない」。「ヤこいつが〳〵。花聟の鼻《はな》の先キだ。ちと骨《こつ》ばこを叩《たゝ》きやめろ」。「ナニ猿《さる》奴コめが花聟とは。儕《おの》レ余《あんま》ンり出来過ギべい」。「まだぬかすか。嫁入リにさるとは禁句《きんく》だはい」。「ハヽヽヽ。イヤもふ何事も心安スい傍輩《はうばい》づから。一ッ盃《ぱい》呑ンで逝《いん》でくれろ。コレお姫さま落《おち》の女房共。爰《かん》が出来たら持ッておじや。早ふ〳〵」と呼ビ立ッる。声に返事も納戸《なんど》口。御労《いた》はしや。御幸姫。錦《きん》帳《ちやう》の奥深カき。御簾《ぎよれん》にかはる古ル簾搬《すだれかゝげ》て薫《かほ》る。香炉《かうろ》峰《ほう》。雪の手先キに持なれぬ。ちろり。丸盆ン心にも。思はぬ二世をかけ盃《さかづき》。青柳呉服《くれは》諸共に。干物の舟ナ盛《もり》置キ鯉《ごゐ》の。心で祝《いは》ふ塩鰯《しほいはし》武家の。行義の摺《すり》足も。破れ畳の目八分ン。座並繕《つくら》ふ其中に。「善は急げじや辞宜《じぎ》なしに。底を入ふ」と土手平が。茶碗でぐつと。「ヤア〳〵。こりや何ンだ。酒ではなくて入レ端《ばな》の。ちやか盛は望にやないわい」。「イヤモ何ンぼ程喰《くら》はしても。酔目《ゑひめ》の見へぬ呑助共。斯《かう》したは祝義《しうぎ》計リだ。買《かい》にやろふも人手がないから。御城下《じやうか》の十三屋で。ソレ出振ル廻ヒだ」と兵吉が。投出す百文《ころり》も三人ン前。「ハテ生銭《きだる》とは当世だ。御馳走《ちそう》請ケた」と三ッ人が。一度に引抜ク赤カいはし。めつたや

たらに振リ廻ハせば。

「フンコリヤ振ル舞ヒが不足なから。刀《どす》ひらいてぐづるのか」。「何の〳〵そふではない。御馳走《ちそう》酒を呑過いて。酔狂《あひぐる》ひだと思つてくれさ」。「出来たい。そんなら一チばん打ッてくれろ」。「しやん〳〵。最《も》一つせいしやん〳〵。しやん」と祝義も。納る鞘《さや》。「ハヽヽヽヽ。サテ目出たいは目出たいが。奴の女房にお姫さまでは。きらず飯《めし》の菜《さい》に鶴《つる》の料理《りやうり》。貧乏《びんぼう》人の福あかしで。名過るでは有ルまいか」。「こりや花聟の云るゝ通りだ。ハア何がよからふ。ヤからうはどふだ。邪魔《じやま》になるさまを取ッて。小短《みじか》お姫はどふだ」。「ヲヽ関内が能イ名を付ケた。それよかろ。お姫だ〳〵」。「先ッさまだけが始末《しまつ》初《はじ》め。是から万事に気を付ケねば。二合半の籠城《らうじやう》は。こたへらるゝ物ではない」と。おどけ交りの兵吉が。詞に何ッといはふやら。覚束ながら御幸姫。「高《たか》いも卑《ひく》いも。姫御前《ごせ》は一チ夜の情ケに百年《もゝとせ》の。身を過《あやまつ》も恋路の習ひ。まして父上母さまの御赦《ゆる》し請し云ヒ号《なづけ》。憧《こがれ》したふを身の科《とが》と例稀《ためしまれ》なる憂《うき》恥を。哀れと思ひたもひの」と。咤《かこち》給へば「お道理」と。涙に呉服青柳も。打しほるれば奴共。「もふ泣かけるかたまらないは。一チの富《とみ》は性に合ハずと。両袖でなりとたんなふすべいにナア北助」。「イヤサ〳〵下口より上ハ口が肝《かん》心《じん》さ。一ッ盃《ばい》入レかけ跡での色事」。「いかにもそふだ」と土手平関内。銘イヽ腰《こし》に。百銅ぶつ付ケ「してこいな。とん〳〵鳥貝鮹鱠《がいたこなます》。五合宛にはかすけない。お振舞《ふるまひ》だ」と打チ連レて城下《じやうか》を。さして出て行。

「ハテ食悦びをするやつらだ。ヤ是は何を済マない顔。いかに富の女房だ迚。行衛の知《し》れぬ男を慕《した》ふは。無分ン別のかな違《ちが》ひ。何ッにも案じる事はない。切リ米こそ二合半。胸《むね》は大海。何事もコレ。爰に有リ」。と力を付る深切《しんせつ》に。少しは心春の日の。永《なが》き日脚《ひあし》も戻り道。様子お菊はいつきせき。這《は》入ルや否《いな》や兵吉が。胸ぐら取ッて引居《すゆ》る。「コリヤ何ひろぐ気違ガひめ」と。振リ放《はな》して突《つき》飛され。「わつ」と計リに懐《ふところ》の。泣子を偽寄《すかす》もおろ〳〵声。「ヲヽ捨吉堪忍仕《かんにんし》や〳〵。コレこちの人。イヤ兵吉殿。マ私には何の仕落《しをち》が有ッて。留《る》主《す》の間にこつそりと。人にこそ寄《(よれ)》。お姫さまを。女房に持ッといふ様フな。大それた事が有ル物かいの。男は男と思はふが。女房の有ル所へ厚皮《あつかは》な。トツトモウ。あた憎《にく》てらしい。アタ美《うつく》しい事はいの。ホンニ〳〵今でこそ此様フに。子持チじゆんで。髪《かみ》も容《かたち》も捨櫛《すてぐし》の。

花の振袖。小娘の時を思へば一ト昔《むかし》。千《ち》種《くさ》結びの女夫事。じやれがこふじて親達の。目を忍び寝も二夜三ッ夜。度ど重れば顕《あら》はれし。あこぎな私が願ひから。国を放《はな》れて此様に。貧《まづ》しい暮《くら》しを楽《たの》しみに。やゝ迄産で嬉しやと。思ふて居るを胴欲《どうよく》なむごい。難面《つれない》心や」と。恨ミ涙の諄《くりこと》を。聞クも気の毒《どく》御幸姫。青柳呉服も挨拶《あいさつ》に。こまり入たる兵吉も。馴初《なれそめ》咄しに傍《あたり》の人前。術《じゆつ》なさ隠《かく》す尖《とが》り声。「様ゝ《(さまざま)》の問《とは》ず語り。しやつ頬《つら》に火が焚《たか》るがな」。「ヲ、火がたからふが。水くさい。こな様ッの心じや物」。「マダべり／＼と。其頬《ほう》げたに飽《あい》たに寄ッて。此お姫を持ッたが。何ッじや。ハテ気の毒がる事はない。儕《(おの)》レはくさい。ヲ、子持くさい。に寄て新《あたら》しふ持チかへる。が何とした」。「フン其子持チには誰レがした。今と成てそふはなるまい」。「イヤする。そふぬかしや男のこふけ去こくつた出てうせふ」。と云れて吐胸当惑《とむねとうわく》の。色目を傍《そば》に。御幸姫「夫レは短《たん》気《き》な是には」と。宣《のたま》ふ詞を打チ消《けし》て「アコレ／＼何もいふまい女房共。ハテお姫の女房共。いふてよくばおらがいふ。マア扣《ひか》へて居やく。ヤイそげめ。去ッて仕廻ば儕レは他人ッ。男の子は男に付ク。こつちへおこせ」と捨吉を。引ッ取て抱かゝへ。「乳のかはりは地《ち》黄煎《ようせん》玉でも。見ッ事おらが育《そだて》て見せふ。出てうせぬか」。とひつしよなき詞に。はつと女気の。後《おく》れの髪《かみ》も云ヒがゝり。「そんならどふでも。去ルのじやな。ハア。是悲《ぜひ》がない。去ラれませふ。去ラれるからは。昔の通り。兵吉下《さが》りや。座が高い」。「ヤこいつが／＼。下ガれとは何ッの事」。「ヲ、訳ケは云《いは》ずと。知ッての筈《はづ》。コレ新しいお内義さま。いやじや有ふが。聞イておくれ。とゝ様は遠州《ゑんしう》で。浪人ッながら筋目有《(ある)》。松下嘉平次と云お人。兵吉殿と云ヒかはし。家出をしたは最《もふ》八年ッ。三年ッ前にとゝ様の。死目にさへも得逢《あは》ぬ。不孝《かう》に恥て国へ迯は。所詮逝《いな》れぬ私が身の上。女夫でなければ。古主の娘。主の詞は背《そむ》かれまい。サア匿《かくま》ふてたもひの」と。あぢな所へこけて来た。理詰は否《いな》共。云れぬ理詰。「ハテ鋸屑《おがくず》もいへば云《いは》るゝ。いかにも主人ッだ。御主人ッに違ひはないわさ」。「ヲ、ちつとそふもござんすまい。サア御主人ッじやぞ。／＼。ア何や角《か》やと心づかひで。いかふ肩《かた》がつかへて来た。コリヤ兵吉。爰へ来てもんでたも」。「ヨウ。余り現銀過るぞよ」。「フ余りとは主の云ヒ付ケ背《そむ》いても大事ないか」。とお内義変《へん》じてお主の御意。いや共云れず立上り。主と病ひに髑《かたさき》を。不祥《しやう》／＼に揉按摩《もむあんま》。

「コレお姫とやらのお内義も。うつかりとして居ずと。けふは大事の坊ンが喰初《くひぞめ》。飯《まゝ》も焚《たい》てお汁も仕《し》かけ。お鱠《なま》もきり〳〵拵《こしら》やいの。ア人を遣カふも」譬《たとへ》のふし。苦をつかふどな云ヒ付ケも。何がな悋気《りんき》の当タり眼コ。「ヤア誰有〔ラ〕ふ内イ大臣ン春長公の妹姫。慮外《りよぐはい》な女下ガらぬか」。「アコレ〳〵。二人リながら。姫とは誰《(た)》が事。けふの今から此兵吉が女房共。聞カしやる通り此女中は。大恩《をん》有ル古主《こしう》の娘御。スリヤ。お姫が為にも主同然《どうぜん》。此辛抱《しんぼう》をこたへいでは。思ひ詰た男には。ノサ此男には。添《そは》れまいがの。ノウ女房共。幸イ水は汲《くん》で有ル。ソレ〳〵其前垂をかいしようらしう。襷《たすき》も掛《かけ》て。ヲ、そふじや〳〵。サア〳〵早ふ拵《こしら》やいの」。「アイ」と諾《いらへ》て立チ給ふ御袖扣《ひか》へて二人の女。「御存知ない賤《しづ》の業《わざ》。余りといへば勿躰《もつたい》ない」。「イヤ〳〵。兄上のお気に逆《さか》らふ自ラ。馴《なれ》ぬ水仕を下〳〵《(したじた)》の。苦労《くらう》をするが身の誡《いま》しめ。青柳呉服。糯米《うちまき》もちや」。「ハアはつ」と計リに御主人ンの。仰は重き米がらと。明ケて云れぬ。数〳〵も。人は穀《しらげ》の米《よね》計カる。十寸穂《ますほ》の薄穂《すゝきほ》に出る。思ひを余所《よそ》に。汲枓《くむしやく》も。なれぬ手業《わざ》は大名の。火に入リ。水の責苦《せめく》にも。弥増《いやまさ》りたる。苦《くる》しみは。夫トに立る操《みさほ》ぞと。思へばいとゞなつかしく桶に。涙の濁《にご》り水。

「ヱ其様に隙《ひま》入レては。ふざけて仕廻ふて糊《のり》になるはい。後学《こちがく》(底本ノママ)の。為教《おし》へてやろ。どれのいた。ツイごし〳〵とやる間。坊主《ぼうず》をそこへ」と懐《ふところ》の。木綿産着《もめんうぶぎ》の愛《あい》ざかり。抱取姫は綾錦《あやにしき》。肌《はだ》を放《はな》れて泣キ出す子。「ヱそふ泣カしては虫が出る。可愛《かはい》そふに〳〵。ドレ〳〵わしが」と立チ寄ルお菊「ア是はしたり。あなたはお主のお娘御。家来の盼レに云れぬお世話だ。それにござつて。おたばこでも。ホンニさつきにから間が有ル。かけがへのないいつてうら。濡《ぬら》さぬ中チにやつてやりや。米《しやり》は我等が御指南《しなん》」と。汲ミ込ム清水振リ袖を。濡《ぬら》す子守《もり》のかいしよなきどふしてよいやら。白水の流れと人の。身の行衛。「コレ。斯《かう》流して。ト洗《あら》ふじや。能ふ覚へて置カふぞや。扨焚様《たきやう》に口伝《くでん》が有ル。初《はじ》めちよろ〳〵中カくはつくは。ぢや〳〵時キに木を引て赤子泣ク共蓋《ふた》取ルな。アせはしない又泣クかい。ドレ〳〵。馴染《なじみ》の懐《ふところ》で。ねんねこせい〳〵。ねんねが守は何所《どこ》へいた。山を越ヱて里へいた。ねんねこせい〳〵。ねん〳〵」妬《ねたま》し女房が。むしやくしや腹の立つ居つ。「マ是見よがしに見とむない。米かすすべさへ知リもせいで。女房顔が出来過ギる。飯《まゝ》仕かけて仕廻《しま》やつたら。煙草盆《たばこぼん》からあんどの掃除《さうぢ》。洗濯物《せんたく》もつかへて有ル。水も汲《くん》で庭《には》も掃《はき》。手が明キ次第お髪《ぐし》も手伝《てつた》や」。「アイ〳〵」と下主近カふ。折焚柴《たくしば》や柴船《しばふね》の。十種《じしゆ》香ならぬ十文ン木。竈《かまど》将軍ンなり出した。荒神《くはうじん》様の不機嫌《きげん》に。燻《ふすぼ》りがちの三つべつい。さし引キさへも。白〔ラ〕歯《は》の姫是非《ぜひ》なく。〳〵打連レ。入給ふ。傾《かたふ》きて。羞明日《まばゆきひ》影《かげ》八つ頭な昔《むかし》模様《やう》も爪《つま》はづれ。賤《いや》しからざる女房の。年〔シ〕は五〔い〕十《そ》次《じ》に二つ三つ。内を覗《のぞ》いて。「あなたは奥さま。なむ三御免《めん》」と逃込《にげこめ》ば。「アコレ〳〵。大事ない。ねだりに来たかと思やろが。さら〳〵そふした事ではない。マア〳〵そこに」と座に直《なを》り。「此《この》よりが尋《たづ》ねて来たは。咄《はな》さにやならぬ事も有リ。久《ひさ》しぶりで娘にも。ヲヽ見りやもふ孫が出来たかや。ドレ〳〵。ヲヽ能《よい》子やの。男じやの」。「ハイ榧粒《かやつぶ》でござります」。「ヤレ出来ました〳〵。嘉平次殿が生キてござらば。嘸《さぞ》悦びで有ラふに」と。嬉しい事にも思ひ出す。真《しん》は涙に顕《あら》はせり。兵吉は身の誤《あやま》りにおづ〳〵傍《そば》へにじり寄リ。「お呵《しか》りを請ケるより。百倍《ばい》つらき今のお詞。厚恩《かうをん》有ル御主人《しゆじん》の。お目を掠《かす》めし不義不忠《ちう》六両の金子を奪《うば》ひ国遠《こくゑん》の跡。旦那の御死去《しきよ》と聞たる時の悲《かな》しさ。悔《くや》しさ。

最早《もはや》此世で云ヒ訳ケも。詫《わび》の綱《つな》さへ切果し兵吉めが身の不運《うん》。御推《すい》量《りやう》下さりませ」と。先ツ悲《び》を悔《くや》む男泣キ。「イヤノウ其詫《わび》はこつちから。尤娘との不義は有レ共。高カいも卑《ひく》いも此道は。親の儘にもならぬが縁《ゑん》。又六両の黄金《わうごん》は。そなたの業《わざ》では有ルまいがの」。「アイヤ自身《じしん》に盗ミ立チ退《のき》しと。書キ残したる此兵吉。拙者《せつしや》でないと御意《ゐ》なさるは」。「サア捕《とら》へて見れば我ガ子なり。金子を奪《うば》ひ立チ退《のき》しは。お菊が弟所之助。嘉平次殿とは義理有《ある》親子。サそこを思ふて身に引キ請ケ。忠義の為に盗人の。悪ク名請ケるそなたの家出と。底意《そこゐ》を見抜《ぬく》嘉平次殿。兵吉が行衛を尋《たづね》。改メて松下が赦《ゆる》しての聟《むこ》がねぞと。伝《つた》へてくれ〴〵末期《まつご》迄。残る方なき。御遺言《ゆいげん》聞カせて安堵《あんど》させたさに。人を頼んでそこ爰と尋る月日もけふと暮《くれ》。翌《あす》と過ギ行三年《とせ》の春。此安土にと知ル人の。知ラせ嬉しくけふの今。逢も仏ケの引合せ。世に便リない娘が事。頼〔ム〕しるし」と取リ出す一通。「是はそなたの年ン季《き》証文《じやうもん》。戻すが則《すなはち》聟引キ手。軽少《けいせう》ながら」と差出せば。「ハア冥加《めうが》もない御〔お〕詞。不義の科《とが》迄御赦免《しやめん》有リ。聟引キ出の拙者が請状。ヘヱ有リ難し」と押ひらき。「年ン季《き》奉公請状之事。一トつ此猿《さる》之助と申〔ス〕者。当辰の三月より来ル亥の三月迄。九年シ廿箇年切下人ッ奉公に差遣し候。給銀《きうぎん》として。播ッ丹両国の内廿万石当テ行《おこなふ》所実正《じつしやう》也。尤仕着せの義は。夏布帷子《かたびら》。冬木綿《もめん》布子の究《きはめ》にて永ゝ味方《みかた》の軍師《ぐんし》たるべく。諸卒等《しよそつら》重《おも》く用《もち》ゆべき条。軍ッ神ッの誓毛頭違変《ちかひもうとうゐへん》有ル間敷ク候。仍《よつ》て請ケ状件《くだん》のごとし。当テ名は此下兵吉殿。請人ッ播州三木の城主《じやうしゆ》別所小三郎則秋《のりあき》判ッ。フン」と計リに繰《くり》返《かへ》し。読終《よみおは》つても読兼《よめかね》る。反古障子《ほうぐしやうじ》の内と外ト。姫とお菊が始終《しじう》の様子。聞共知ラず声嚬《ひそ》め。「ヲ、斯《か〔ふ〕》計リでは不審晴《しんはれ》まい。長ガ〱しい事ながら。一ト通り聞イてたべ。わらはゝ元ト播磨《はりま》の国主《こくしゆ》。赤松三郎正則《まさのり》殿の隠《かく》し妻。夫トの父御満祐《まんゆふ》様。勿躰《もつたい》なくも足利の。武将を弑《しい》せし反逆顕《ほんぎやくあら》はれ。親子御共に。あへない御最期《さいご》。数多《あまた》の家来《けらい》もちり〲に。誰レを便《たよ》りと寄ル方タも。涙ながらに姉弟《おとゝい》を抱キ拘《かゝ》へて。爰かしこ。吟《さまよ》ふ道も遠江《とう〱み》。浜名の橋も跡絶《たへ》て。舎《やど》り。定めぬ憂旅路《うきたびぢ》。頼ム木影《こかげ》の松下殿。赤松家は軍ッ術《じゆつ》の師弟《してい》のよしみに連レ子の嫁入《よめり》。夫婦と云フは名計リに女の操《みさほ》は捨させじ。破《やぶ》らじ物と張詰《はりつめ》し。矢よりも早き子供が生立《おいたち》。弟の所之助は稚達《（をさなだち）》から一器《き》量《りやう》。有ルに付ケては折リにふれ。雨の夜の。徒然咄《つれ〲ばな》し。明カすとなしに身の素性《すじやう》。云ヒ聞カしたが因果《ゐんぐは》の始《はじ》め。武者修行《むしやしゆぎやう》にと家を出。実《じつ》父《ぶ》の仇《あだ》を報《むく》はんと。所ゝ《しよ〱》変参《へんさん》して味方を集《あつ》め。苗字《めうじ》を別所《べつしよ》と改めて播ッ州三木に立テ籠《こも》り。小三郎則《のり》秋と名乗ルは我ガ子所之助。祖父《ぢい》の血脈《ちすじ》を請ケ継《つぐ》反逆《ほんぎやく》。様ゝに諌《いさ》めても承引《せうゐん》なければ此母も。火水の底《そこ》迄諸共と心の覚悟《かくご》は極めしが。ノウ得難《ゑがた》き物は能キ侍イ。今戦ッ国クの最中《もなか》にて。名有ル勇者《ゆうしや》は多《おほ》けれど。六十余州《よしう》に則秋が。力ラと頼むはこなた一チ人ッ。姿は賤《いや》しき下モ部《べ》なれど。汚泥《おでい》に染マぬ蓮葉《はちすば》の。清き武名を。上ゲてたべ偏に頼む聟殿」と。心詞も改めて云ヒ並《なら》べたる弁舌《べんぜつ》は実《げに》も別所《べつしよ》が母なりける。

古主《こしう》の様子を聞イて横手を打。「フゥさすれば別所と名乗られしは。松下の子息《しそく》にて。実父《じつぷ》は正《まさ》しく赤松正則《まさのり》。女房迚も逆臣《ぎやくしん》たる満祐《まんゆふ》が血脈《ちすじ》よなア。ハアはつ」と計リに詞なく。差寞《さしうつふ》いて思案ッの躰。あやぶむ薄紙《うすかみ》どふ成事ぞと御幸《みゆき》姫。忍ぶお菊も身の筋目知レて。一ト重。兵吉は只〔黙《もく》〕然《ねん》と答《こた》へなければ母おより。「いや応《おう》の返ッ答《たう》ないは。繋《つなが》る縁ッも古主の義理も弁《わきま》へぬ所存ッじやな。深カ〱と大事を明カし。此儘《まゝ》では帰られじ」と。懐釼《くはいけん》追ッ取リ詰寄レば。「ハア御発明《はつめい》でも逭《さすが》は女義アレ御覧《らん》有レ鳥類《てうるい》すら。鳩《はと》に三枝《さんし》の礼義有リ。ましてや孝《かう》に先キ立ッ主恩《をん》。下郎ながらも忘れは致さぬ。

併《しかし》兵吉が今の主人ンは春長公。僅《わづか》の扶持《ふち》も妻子《さいし》を育《はごく》む。恩《をん》に多少《たせう》の差別《しやべつ》なければ。両家の主人ンへ忠不忠。何れを是《ぜ》と仕《し》。何れを非《ひ》とせん。思案一決《しあんいつけつ》致す迄。請状暫《しばら》く返ン進ン申ス」と。事を訳ケたる一チ言ンに。返す詞もなき折から。

武智《たけち》が家来進士《しんじ》六郎。「ソレ」とかけ声数多《(あまた)》の組子《くみこ》。十ッ手打振リ追ッ取リ巻《(まく)》。「コハ何故」と驚《おどろ》く母。兵吉は見向もやらず。「鳩部屋《はとべや》と取リ違へてあほう烏《がらす》のねとぼけ達。ばた〳〵と何ンの用」。「ヤア法外《ほうぐはい》なる糟《かす》奴コめ。やゝもすれば諸歴ゝ《しよれき〳〵》を芥《あくた》のごとく雑言過言《ざうごんくはごん》。悉《こと〳〵》く上聞《じやうぶん》に達《たつ》し。お尋の筋有ル間引ッ立テ来れとの厳命《げんめい》。性根《しやうね》を定め立上れさ」。「ハアそれで様ゥ子がさらりと知レた。望む所だ行もすべい」。「サア立チませい」。「ハテやかましい坊主めがおびゐるはいの。テモ。仰山《げうさん》な」と懐《ふところ》へ入レて肌《はだ》身に付ケ子の雛《ひな》。高家《かうけ》も貴人ンも恐《おそ》れぬ太胆《だいたん》。胸の武蔵野《むさしの》広書院《ひろしよゐん》御前ンを

へさして出て行。様ゥ子知ラねば気遣カひさ。出るもおづ〳〵母親に。心お菊が形リ容《かたち》。見るに可愛《かはひ》さなつかしさ。飛ビ立ッ心押シしづめ。「娘そなたも息災《そくさい》で。テモ老《おひ》くろしうなりやつたの」。「アイお恥しうございます。義理有ル後チの爺様《〔と〕ゝ》ンの。死目にさへも得逢ハぬ。不孝を赦《ゆる》して下ダさんせ」と。侘《わび》の涙に。「アヽわつけもない斯成《(かう)》ッてから何ンの呵《しか》らふ。夫婦中カも能イそふで。母も嬉しう思ひます」。「イヱもふ能イやら悪ルいやら。一向《いつかう》わけはござんせぬ」。「何をあの子のいやるやら。去リながら。乳呑子《ちのみ》拘《かゝ》へなれぬ世帯《せたい》で訳ケもない筈。久しぶりで何や角《か》や。咄しも有ど跡の事。マア差シ当タつて問イたいは。ソレそこに有ル其鉢植《はちうへ》。今を盛《さか》りの桃《もゝ》の花。赤いは平氏小田の旗色《はたいろ》白きは源ト。足利家に心を寄スる我ガ子の別所。赤白《しやくびやく》二つの此桃《もゝ》を。そなたはどちらを折ル心じや」。「ヲヽ嚊《かゝ》さまンの改つた。善悪共に夫トに付クが。操《みさい》(底本ノママ)を守る女房の役ク。譬《たとへ》賤《いや》しい奉公でも。春長様は夫トのお主。刃向ふ者は弟でも。手折《たをる》は源氏の旗《はた》色」と。立チ寄向ふへ欠《かけ》ふさがり。「聞ケば聞ク程繋《つな》がる縁ン。則秋様には稚《おさな》いから。云ヒ号《なづけ》の此御幸《みゆき》。姑御《しうとめご》へのお目もじ初め。夫《おつと》の仇有兄上と。一トつでない申訳ケ。平家の旗《はた》色紅《くれな》ゐの。花を散《ちら》すは私が手の内」。「イヱ〳〵。夫ト〳〵が太イ切ッは。弟嫁御に負《まけ》ふか」と。云ヒ募つたる詞論《ろん》桃の。唇《くちびる》赤白の小枝を目当テ双《さう》方《ほう》より。一度にぱつしり簪《かんざし》の。手裏《しゆり》剱《けん》両手に母おより。「初めて逢ッた嫁御幸《みゆき》。夫トを貯《かば》ふ貞節《ていせつ》は。勝《まさ》り劣《おとり》は少しもない。ヲヽ適《あつぱれ》

赤松小田家の娘。嫁子に持チし心の嬉しさ。さはいへ敵キ共味方共。有無《うむ》の返ン答《たう》有ル迄は。睦じい一ッ家中。我ガ子が為の百万ン騎《ぎ》と。頼み切たる聟殿の。身の納りはいかゞぞ」と。案ンじは同じ妻と姫。「心元トない妼共。早ふ様子を〱」と。仰遅《おそ》しと青柳呉服《くれは》小裙《づま》引キ上。走り行。

道摺《すれ》違ガふていつこかは。「北助殿かよい所へ。兵吉殿の御前ンの様子。若《もし》知ッてなら聞カして」と。お菊が尋《たづね》に。「ヲヽサ〱。日頃の懇意《こんゐ》は爰の事。見て来た通りを咄《はな》すべい。先ッ御座の間の真正《ましやう》面《めん》。上段には親玉殿。左右は滝川森柴田。三輪武智のわろ達が。大名ぶつた慳貪《けんどん》頬。蕎麦《そば》と西瓜《すいくは》を喰《くら》つた様ゥに。しやきばり返る其中カに。何が智恵《ちゑ》なの癖《くせ》に意地悪ルの。玄番《げんば》殿がしや〱り出。「儕レ当城普請《ふしん》の一ッ件《けん》我レヽ共が油断抔《など》と。下モとして上《かみ》を計ラふ慮外やつ所存有ラば御前ンなるぞ。明イ白クにぬかしおらふと。睨《にらみ》付ケたと思はつしやれ」。「ヱヽ、そふして跡はゑ」。「サア〱〱是からが咄しの性根。お望ミならば工夫《くふう》の次第咄さにや知レぬ百貫の。高で知レたる塀普請《へいぶしん》。破損《はそん》は纔《わづか》百間ン計リ。今かゝりおる六百人ンの手伝大工を百人ン除《よけ》。五百の人ン数を一ッ間ン宛《あて》。五人ンがゝりに卯の刻より暮レ六つ迄の割普請《ぶしん》。尤残りの百人ンは縄釘喰《なはくぎしや》(底本ノママ)物《もつ》万ン事を運び。手番能《てつがひ》クあてがふ時キは石台《いしだい》。足代柱《あししろはしら》立テ。一チ日には成就《じやうじゆ》せん。若《もし》も野心《やしん》の者有ッて急変《きうへん》有ラば領分の。町人ン共へ触《ふれ》ながし蔵〱の戸前を集《あつ》め。件《くだん》の柱《はしら》に建《たて》かけ〱。めんどりばにつき建《たて》なば適要害堅固《あつぱれようがいけんご》の名イ城。敵何ン万騎寄スる共気づかひ。ない〱長事も所斑《まだら》の聞キ覚へ。モウ此跡は。知ラない〱」。白ラ砂伝ひ。行キ過る。

跡へいきせき関内に。連レて呉服《くれは》が「申シ〱。只今お聞キ遊ばす通り。云ヒ込メられて玄番様。下地のお顔に色上ゲの。赤恥《はぢ》かいてしらけし所。堪《こら》へ兼て武智《たけち》様椽《ゑん》先キへ歩《あゆ》み出。左程の事は小児《せうに》の戯《たはふ》れ。誠勇者の心がけは。武略《ぶりやく》と知謀《ちばう》の此二つ日頃の広言《くはうげん》覚へ有ラば。味方是迄責倦《せめあぐ》む。備中の国高松の。城は聞コゆる無双《ぶさう》の要害《ようがい》。士卒《しそつ》一人ン損《そこ》なはず。不日に乗ッ取ル計略《けいりやく》有ラば。申せ聞カんと無理計リ」。「いかにも〱其通りだ。軍は互イに命づく。ヲット一番ぼんはづれ勝負なしでは済ないと。かさにかゝつて問かくれば」。「能クもお尋候よ。敵キながらも名家《めいか》の音成《おとなり》。智勇《ちゆう》の誉《ほま》れ高松の城を預カる月清清水《げつせいしみづ》。力ラ責には叶ふまいそこを落すが謀《はかりこと》」。「ドッコイ。跡は関内が武智《たけち》殿の口写《うつ》し。譬《たとへ》鬼神《おにかみ》なれば迚。忍びを以ッて貯《たくは》へし。兵粮《ひやうらう》残らず焼盡《やきつく》さば。からつ腹ラでは鎗長刀。弓も引カれず鉄炮《てつぽう》のたまりも敢《あへ》ず討チ取ル術《てだて》か。イヤ〳〵夫レは地の理を御存じない。城は要害堅固《ようがいけんご》にて。三方は沼《ぬま》一ッ方は。深カさも知レぬ外堀の。忍ぶに便□ならで。いつか此城落さんには只水攻《ぜめ》の外有ラじと。兼て士卒《しそつ》に下知をなし。竹木数多《ちくぼくあまた》切取ッて。城の廻りに高堤《づゝみ》積《つも》れば凡弐百丁。昼夜《ちうや》を分カず築《つき》立ッる。工夫は胸に嵐吹ク。後《うしろ》は峩ゝ《がぐ》たる釈迦《しやか》が峰《みね》。不動《どう》が嶽《だけ》の谷ゝは。頃しも五月雨晴間《さみだれはれま》なく。漲《みなぎ》り落る水筋を。皆城外《じやうぐはい》へせき入〳〵《(せきいれ)》。四方は番兵遠篝《ばんぺいとふかゞ》り。むし立テられてたまり得ず。敵キの勇気《ゆうき》を落し水防《ふせ》ぐ術《てだて》も白ラ浪に塀《へい》も櫓《やぐら》もばた〳〵〳〵。崩《くづ》れ立ッたる高松の。城は落城《らくじやう》味方は勝利。サ、、、、まだ此上に何なりと。御存じなくばお尋と。云トまくられて。ぎつち〳〵。返ン答詰《たうつま》り武智殿。笑止《せうし》な共。能イ気味共。云《いは》れた事ではござりませぬ」と。知ラせ嬉しく女房が。あいそにぬる茶汲《くみ》出す汗《あせ》。押シぬぐふ間も青柳は。椽ン先キに息キつぎあへず。「始にこりぬ田熊様。肩衣《かたぎぬ》ひらりと庭《には》におり。適《あつぱれ》口は調法物。武芸も嘸と思はるゝ。イザ参らふと猶予《ゆうよ》もなく長ガ柄《ゑ》を。かまへ立チ向カへば。悪びれもせず兵吉殿。其儘しなへ追ッ取ッて真《まつ》此様フに」と有リ合ハす。埃《ほこり》たゝきを小太刀のかはり相イ手は呉服《くれは》が突《つ》かくる。「鑓《やり》のしほ首椶櫚箒《しゆろばうき》。我慢《がまん》にほこりの煤掃流《すゝはきりう》」。かはす腰《こし》付キ青柳に。「風の請ケ太刀払ラへば付ケ入ル。下段の構《かま》へ。かつきと留《とめ》たる遠月《ゑんげつ》の」。手練《しゆれん》に呉服《くれは》がくり入ルを。「コレ〳〵御覧《らん》ぜ此様フにそつくい付ケに引カしもせず。透《すき》間を付ケ込ミ得たりやおふと。諸《もろ》足ながれて玄番様。外聞白洲《ぐはいぶんしらす》の砂まぶれ。御前ンも一チ座も思はず知ラず。誉《ほめ》る声やら笑《わら》ふ声暫《しば》しはなりも鎮《しづま》らず」と。聞クもいそ〳〵女房が。手のまい足の踏途《ふみど》なく。悦ぶ娘勇《いさ》まぬ母。身繕《づくろ》ひしてかけ出す裾《すそ》を扣《ひか》へて「コレかゝさま。佶相《きつさう》かへてこりや何所《どこ》へ」。「ヲ。才智《ち》といひ手練《しゆれん》といひ。古今ンに秀《ひいで》し聟兵吉。国郡《こほり》の餌《ゑば》に繋《つなが》れ。春長の家臣《かしん》とならば。欺《だま》し寄ッて只一ト討チ」。「ヱ、」。「但し夫トへ操《みさほ》を立テ。母に刃向ふ心ン底《てい》か」。「ア勿躰《もつたい》ない事おつしやります。夫トを貯《かば》ふじやないけれど。女ゴのお身で只お一人リ。見捨《すて》て何ンと遣《やら》れませふ」と。中に立ッ身のせつなさを思ひやりつゝ御幸姫。「敵か味方は兵吉の帰りを待ッて上の事。暫しが間帳台へ。二人は九献《こん》の用意を仕や」と御意にそぐはぬ破襖《やれぶすま》。繕《つくら》ふ詞に母親も。

否《いな》とは遉《さすが》云ト兼る。右と左リに姫お菊。伴ふ一ト間は夫トの返ン事。善ンか。悪クかの。二筋溝《みぞ》引立内へ入ル間もなく。つか〳〵戻《もど》る兵吉は。我ガ部屋口に立留り。「去リとはべしてもない事を。息キせいはつて喋《しやべ》つたかげん。腹ラもげつそり夕飯過ギ」と。見やる日脚《ひあし》も申の刻。雲間を仡度《きつと》打チ眺め。「雲無心ンなりといへど。時に取ッての我ガ卜筮《うらかた》。足利家を引キ起さんと。今西国に旗《はた》を上る。別所は西にて金気の白色《はくしき》。当国近江は播州より東北《とうぼく》に当つて艮《ごん》の卦。陽気《やうき》は火なり。一ト筋の赤気《しやくき》西にむら立ッ。白ク雲《うん》を突《つき》はらひ兌上断《だしやうだん》の金気を破《やぶ》るは。フン。一ト度ビ四海は春長公の。御ン手に入ルべき前ン表《びやう》ならん。ハテ争《あらそ》はれぬ天の告《つげ》」と。眴《またゝき》もせず守り詰。未前《みぜん》を察《さつ》する。天ン眼ン通《つう》。始終《しじう》後ろに三輪ノ左衛門。「ハヽ、適《あつぱれ》眼力《がん》キ明智《めいち》の程。驚き入リし」と詞の中チ。下部が舁《かき》込ム鎧櫃《よろひびつ》椽ン先キに差置ケば。長ガ久サ猶も異義を正し。「卞和《へんくは》が珠《たま》も光《ひかり》を顕《あら》はす稀代《きたい》の英雄《ゑいゆう》。春長公にも御悦喜有リ。御前ンにおゐて下ダし置カれし御知行に。重《かさね》て加増《かぞう》の御墨付キ。都合三十万国(底本ノママ)当行《あておこな》はれんと有ル御教書《みげうしよ》。并に御差シがへ。頂戴《てうだい》有レ」と差シ出せば。両手に。捧《さゝ》げ謹《つゝしん》で。「物数ならぬ匹夫《ひつぶ》の某。主恩謝《しや》する時節や有ラん」と。押戴《いたゞ》いたる其骨柄《こつがら》。地中に噸《ひそ》む小竜《せうりう》も。今ぞ時キ得て雲を呼ビ。昇天《しやうてん》の気を顕《あら》はす勢ひ。「ヤレ左衛門殿暫く」と武智十兵衛光秀《みつひで》。会釈《ゑしやく》もなく出来り。「元来潤気《ぐはんらいくはつき》の春長公を。弁舌《べんぜつ》工みに云ヒ廻ハし一ト飛《とび》の俄立身《にはかりつしん》。聊《いさゝ》か才智《さいち》有ルにもせよ。勇《ゆう》を以ッて敵キを折《くじ》き。智仁《ちじん》を以ッて士卒《しそつ》を遣《つか》ふ。軍ン法の程覚束《おぼつか》ない。人は人でも智仁勇《ちじんゆう》。揃《そろ》はぬ武士は世話にいふ。三筋足《たら》ぬ猿冠者《さるくはじや》づれ。大将たるべき器量《きりやう》も見ず。莫太《ばくたい》の御加増《かぞう》とは。取リ次ギめさるゝ三輪殿迄。近カ頃麁忽《そこつ》に存るハヽヽヽ」と人も。なげに云ヒほぐせど。耳《みゝ》にもかけぬ兵吉が。寛仁《くはんじん》大度に左衛門も余所《よそ》に聞キなす折こそ有レ。小褄《づま》引キ上御幸姫。長刀かい込ミ走り出。「兄春長へ味方と有レば。遁《のが》しはやらじ」と立チ向ふ。中に分ケ入リ立木の菊。留るを突《つき》退《のけ》込ム長刀。ひらりとかはして踏《ふみ》落され。かけ寄ル帯際《ぎは》むづと取リ。「女童《わらべ》に兵吉が。所存明カして益《ゑき》ない事。怪我《けが》ばし有ルな」と引キ起《おこ》す。透《すき》間を光秀鑓追ッ取リ。盤石《ばんじやく》通れと突かくるを。「得たり」と飛《とび》越ス飛鳥《ひてう》の翔《かけ》り。透《すか》さずくり出す穂《ほ》先《さき》の稲妻《いなづま》。かしこに積置《つみおく》米俵。苦《く》もなく片タ手に請ケ留ムる。双方午《さうほうご》角《かく》の早業《わざ》手練《じゆれん》。「ヤア玄番づれには打チ勝ッ共。光秀が鍛《きた》ひし鎗術《さうじゆつ》。請ケて見られよ兵吉」

と。引クを押サへて「ハヽヽヽヽ。斯《かく》請ケ留し此鎗《やり》先キ。金輪際《こんりんざい》よりはへぬきし鹿《か》嶋《しま》の神ミの要《かなめ》石。抜《ぬき》取ラん事思ひも寄ラず。いで〳〵下《げ》賤《せん》に生立《おひたち》し。兵吉が軍のかけ引。夫レにてよつく見られよ」と。こぼれし毀《しらげ》を即座《そくざ》の采配《さいはい》。摑《つか》んで。向ふへばら〳〵〳〵。「餌に寄ル鳩《はと》は魚鱗《ぎよりん》の備《そな》へ。コレ〳〵御覧《らん》ぜ。粮《かて》は三ツ軍ン諸卒《そつ》の命イ。智仁を以ッて。士卒《しそつ》を懐《なつく》る奇正《きせい》の術。或《あるひ》は鶴翼《くはくよく》長蛇《じや》の陣。コレ〳〵真《(まつ)》此ごとく備へを立テ。頭を打ば。尾にて支《さゝ》へ尾先にかゝらば頭ラの加勢イ。中をしむれば首尾《しゆび》両陣《ちん》。引包んで鏖《みなごろ》し雁行《がんかう》杉さき。車立テ。諸葛《しよかつ》が八門ン孫呉《そんご》が秘術《ひじゆつ》。百万騎《ぎ》の進退《しんたい》は。我ガ掌《たなごゝろ》に候」と鳩《はと》に准《よそ》へし。頓智《とんち》の軍配《ぐんばい》。光秀憶《おく》せず用意の鉄炮《てつぽう》引さげて進《すゝ》ミ寄リ。「智仁の二つは見届《とゞ》けしが。スハ勇戦《ゆうせん》に及ばん時。敵《てき》の気を呑ム武術《ぶじゆつ》の調練《てうれん》。試《こゝろみ》んには幸究竟《さいくつきやう》。最前ン公《きみ》より給はつたる。尾張鉄の七遍冶《へんぎた》ひ。あれなる具足の裏表《うらおもて》。打チ抜ク程の勇猛《ゆうもう》有リやいかに。〳〵」と云ハせも果ず。「ホヽ雀《すゞめ》小弓の戯《たはふ》れ同然《どうぜん》。おとなげなくは思へ共。辞《じ》するは却《かへつ》て憶《おく》すに似たり」。「ヤア其広言《くはうげん》は跡《あと》での事。見事打《(うつ)》かよ」。「おんでもない事。只一チ丸に打抜《ぬか》ん」と。鉄《てつ》炮《ぼう》追ッ取リ玉薬。手早に込ッで身構《がま》へたり。左衛門武智は目も放《はな》さず。かた嚙《づ》を飲《のん》で姫お菊。守り詰たる一世の曠業《はれわざ》。暫し固《かた》めて引がねの。音トに飛ちる鎧櫃《よろひびつ》。打チ抜ク鎧《よろひ》のたゞ中一重。光秀見るより嘲《あざ》笑ひ。「フヽハヽヽヽヽ。金ン鉄《てつ》にもせよ一重の薄金裏《うら》だにかゝざる非《ひ》力の手の中チ。勇《ゆう》もなく。業《わざ》もなき下主《げす》奴コ及ばぬ弓矢鉄炮《てつぽう》より。草履《ざうり》摑《つか》むが相応」と。飽《あく》迄も。恥しむる。「ヲヽ兵吉殿の希《き》代《たい》の手練《しゆれん》。我ガ胸《むな》板に請ケ留し」と。障子《しやうじ》も朱《あけ》の血煙《ちけふり》に。「はつ」と計リに姫お菊。躓《つまづ》きながら欠入《かけ》レば。母は懐剱《くはいけん》咽《のんど》に突《(つ)き》立。今を限《かぎ》りの其風情イ。「何故かゝる御最期《さいご》」と涙ながらの介抱《かいほう》に。手負《をひ》は苦《くる》しき。目をひらき。

「驚《おどろ》きは尤ながら。此母が存命《ながらへ》ては。反逆人《ほんぎやく》ンの孫娘と。忌嫌《いみきら》はるゝ娘が可愛《かはい》さ。兵吉殿に打タれんと。的《まと》に成ッたる障子《しやうじ》の内。夫レと悟《さと》つて打チ損《そん》じ。恥辱《ちじよく》にかへて助ケんとは。情が却《かへつ》てチ(底本ノママ)恨めしい。天理に背《そむ》く赤松の。血脈《ちすじ》を引イた我ガ子が企《くはだて》。所詮《しよせん》及ばぬ負軍《まけいくさ》。憂《うき》事を見ぬ其中チに。死ヌるは兼ての覚悟《(か)くご》ぞ」といふも。せつなき息キづかひ。

「ヘヱ仕《し》なしたり是非《ぜひ》もなや。さこそ有ラんと察《さつ》せし故。兵吉が志《こゝろざし》。無足《むそく》となりし御最期《さいご》や」と。悔《くや》みの詞を打チ消《けす》光秀。「ヤア手の内未熟《みじゆく》に打チ損《そん》ぜしを。云ヒ抜〔ケ〕んとは愚《おろか》ゝ」。「ホウ其子細《しさい》いふに及《およ》ばず。それ〳〵女。立チ寄ッて鎧《よろひ》の中チを改め見よ」と。差図《さしづ》に何気なく〳〵も。親子の縁ンの引キ合せ。中〔チ〕にあへなや捨吉が。脾腹《ひばら》を打チ抜ク二つ玉「ノウ可愛《かはい》や」と抱上ゲ。「捨吉やい。〳〵」と呼ど。叫《さけ》べど其甲斐《かひ》も涙の限《かぎ》り。声限り。歎く女房に目もやらず。「武将を害《がい》せし赤松が。血脈《ちすじ》の腹を借《かつ》たる躮。穢《けが》れし縁ンを断《たち》切ッて。春長公へ仕へん潔白《けつぱく》。見届けられしか光秀」と。聞より「ハヽヽはつ」と飛しさり「肉身《にんしん》分ケたる一ッ子を手にかけ。名利《めうり》を放《はづ》れし立身《りつしん》は。小田足利を和睦《わぼく》なさしめ。四海の騒《さは》ぎをしづむる賢才《けんさい》。仁ンなるかな。ハヽア義なるかな。是に付ケても情ケなきは主人ンの行跡。勇猛強気《ゆうもうがうき》に恩義《をんぎ》を忘《わす》れ。足利殿に弓引キ給ふ御家の行ク末《すへ》覚束《おぼつか》なく。いかゞはせんと取つ置イつ。肺肝《はいかん》を砕《くだ》く所。范蠡《はんれい》有ッて越盛《あつさか》んなる足下《そくか》の器量《きりやう》。探《さぐ》らん為に無法《むはう》の手向カひ。心に思はぬ悪口《あくこう》も。主家を大事と存ズる故。仁ンと云ヒ智謀《ちぼう》と云ヒ。懸《かけ》がへなき子息《しそく》迄。義に寄ッて手にかけられしは。山を劈《つんざ》く項羽《かうう》が勇《ゆう》にも。おさ〳〵劣《おと》らぬ古今の名士《めいし》。西国討ッ手の大将軍ン。今ン日只今任官《にんくはん》有。真柴筑前守《ましばちくぜんのかみ》久吉殿。かゝる忠臣ン顕《あら》はれしは。

小田家の礎《いしずへ》万ン代不益《ふゑき》。此上もなき光秀が。心の安堵《あんど》。推量《すいりやう》有レ」と誠を明カす武智が本ン心ン。「コレハ〳〵いたみ入ル。誠や一日に千ン里を奔《わし》る馬は有レど。是を見る伯楽《はくらく》なしと申せ共。有ルかな〳〵貴殿ンの明察《めいさつ》。三徳兼備《けんび》の光秀殿。久吉などが。及ばんや」と。互イに感《かん》ずる義者勇者《ゆうしや》卑下《ひげ》の。詞ぞ君子《くんし》なる。

左衛門大きに感《かん》じ入リ。「類《たぐ》ひ稀《まれ》成ル忠臣ン義士。かゝる臣下《しんか》を得給ひしは小田家の繁栄《はんゑい》。さはいひながら。御愛子《あいし》を手にかけられし。愁傷推察《しうしやうすいさつ》仕る」と。聞イて御幸も疑《うたが》ひの。胸の霞は晴ながらお菊が心思ひやり袖に涙の露の玉。消る間。近カき母親は。引入ル心はり詰《つめ》て。「秀《ひいづ》る運《うん》の小田方へ。味方有しは足利の。御親子《しんし》の為国《こく》家《か》の為。女の智恵に及びなき。底意《そこゐ》を聞て恨みも晴《はれ》。今はの願ひは此お菊。父は継木《つぎゝ》の松下が。娘と思ひ末《すへ》長ガふ。添遂《そひとげ》てたべ真柴殿二つには又。御幸姫。云号《いゝなづけ》有則秋は。六十余州《よしう》を敵に受ケ。明日《あす》知らぬ身の命の中チ夫婦の結びがさせたい願ガひ。始めて逢フた孫に迄。はかない別カれも此母が。よしない縁ンを引た故。嘸《さぞ》悲しかろ。コレ娘こらへて」。袂《たもと》も血《ち》に染る。両手を合す詫涙。お菊はいつそ正躰なく。「身の徒《いたづら》に親〳〵へ不孝《かう》の有たけ仕盡《つく》した。

罰《ばち》か。報《むく》ひか。いとし子に。はかない別ヵれの日もかへず娘不便ンに勿躰《もったい》ない。お命捨てのお慈悲《じひ》心ン冥加《めうが》の程も恐《おそ》ろしい」。「イヱお前より此御幸《みゆき》。嫁姑《よめしうとめ》の名は有レど一チ日半ン日の宮仕へ。孝行《かう〳〵》もない自を。嫁と思ふて夫レ程に。思ふて給はる此御恩《をん》送る事さへ叶はぬか」と悔《くや》み歎《なげ》けば久吉も。「父母に放れて此年ン月。古主の恵《めぐ》みに生立《おひたち》し。其厚恩《かうをん》の百が一チ。送らぬのみか紛レ迄。現在《げんざい》親の手にかくる。因果《ゐんぐは》。至極《しごく》の国取リ大名。譬《たとへ》諸侯《しよこう》の上ミに立。四海に権《けん》をふるふ共。往古《いにしへ》古主《しう》につかへたる下主《げす》。下郎の兵吉が。心の富《ふう》貴《き》に増べきか。うるさの。立身《りつしん》出ッ世や」とこたへし涙はら〳〵〳〵。腸《はらわた》を断恩愛《たつをんあい》の別ヵれは智者《ちしや》も迷《まど》ひける。心を察《さつ》し両人ンも。余所《よそ》目づかひに浮《うく》涙くろめ兼《かね》たる時しも有《（あれ）》。早出ッ陣の。螺《ほら》の音《ね》に。久吉つゝ立チ。「返らぬ歎《なげ》きに時移《うつ》る。イデ出陣ンの用意せん。ヤア誰レか有ル早参れ」「はつ」と。答《こた》へて近習《きんじゆ》の武士。銘ゝ運《はこ》ぶ鎧兜《かぶと》。夕日に妹厳金作《きらめくこがねづく》りの太刀刀紺《こん》の大なし引かへて。腹ラ巻ゆゝ敷采配《さいはい》追ッ取。床几《しやうぎ》にかゝつて。悠然《ゆうぜん》たり。何思ひけん御幸《みゆき》姫。庭《には》におりしも落《おち》たる長刀《なぎなた》。取直す手をとゞむる久吉。「ホヽウ所詮添《しよせんそは》れぬ縁ンと諦《あきら》め。未来《みらい》の契《ちぎ》りを結《むす》ばんなどゝ浅《あさ》はかなる一チ途《づ》の思案《しあん》。女心に尤ながら。春長公への申シ訳《わけ》。先ン刻暇《こくいとま》をくれし上《うへ》は。三木へ成共。別所へ成共。ナ心任《まか》せに立チ帰れ」と。夫レと云《いは》ねど姑《しうとめ》の。願ガひを叶へる詞の謎《なぞ》。左衛門立チ寄リ脱捨《ぬぎすて》し姫の襠《うちかけ》お菊に打チ着《きせ》。「さす敵キに縁ン有ル妻女《さいぢよ》。離縁《りゑん》せられし久吉殿へ。改めて此姫を再縁《さいゑん》の媒《なかだち》。身不肖《せう》ながら三輪左衛門」。「同じく武智十兵衛」。「コレ〳〵老母《らうぼ》。是を最期《さいご》の引導《ゐんだう》と。思ふて成仏《じやうぶつ》致されよ」と。妹背《いもせ》を結《むす》ぶ縁ンの糸。三輪が情ケの計ラひに。今はの母は手を合せ。「ヘヱ有リ難や忝や。嫁が願ガひも。娘が身の。納《おさま》りを見て安堵《あんど》の往生《わうじやう》。蘭の君御親子《しんし》の。御身の上を久吉殿。返す〴〵も頼ミ入。孫に追イ着ク冥途《めいど》の旅《たび》。心がせけば。もふさらば。さらば〳〵」と云声も。次第〳〵に息《いき》切レし。夢《ゆめ》の浮世《うきよ》も五十年ン覚《さめ》てはかなく成リければ。跡や枕に姫お菊。いとゞ歎きも方料《ますがた》より。追イゝ出来る鎧《よろひ》武者。其勢イ都合《つがう》三万ン余騎《よき》赤旗《はた》風に飜《ひるがへ》し。広庭狭《ひろにはせま》しと居並《なら》んだり。「ホヽ潔《いさぎよ》し〳〵。互イに恥《はぢ》有ル曠《はれ》軍義を見てせざるは勇《いさみ》なし。譬《たとへ》則秋猛威《もうゐ》をふるひ。鉄《てつ》石キ城《じやう》に籠《こも》る共。久吉奇計《きけい》を行《おこな》はゞ。只一ッ戦ンに勝利《しやうり》を得んず。イザ打ッ立タん」と久吉の。表テに武威《ぶゐ》を播磨潟《はりまがた》。姫はこがれし恋人に。三木とはいへど母や子は。一ッ世の縁ンと。お菊が歎キ入日と倶に亡《なき》魂《たま》は。西へ〳〵と行空《そら》に。赫〻《かく〳〵》曦〻《ぎ〳〵》たる大陽《よう》の。わたりは千里唐国も。恐れ。敬《うやま》ふ名ィ将の。忠臣《しん》義。心ン動《うご》きなき。金ン鉄《てつ》皆鳴ル。鎧の袖。輝《かゝや》く。真柴久吉の美名《びめい》は。代〻に類《たぐ》ひなき

道行みつの小笠《をがさ》

画《あがき》し。山や里〳〵も。けふこそ直《じき》に。御幸《みゆき》姫。馴《なれ》もならはぬ。道野辺《のべ》を。拾《ひら》ふも殿御《とのご》故なれば。何と背人《せうと》の御不興《けう》に。近江路。過ギて是や此。行も帰るも逢坂《あふ》の。関の清水《しみづ》に立チ寄リて。移《うつ》してぞ行《(ゆく)》旅姿《たびすがた》作り。繕《つくら》ふ腰元《こしもと》の。青柳呉服《あをやぎくれは》諸《もろ》共に三人《みたり》が三つのおがさこそ求《もと》めて三つの徳ぞ有リ。雨を凌《しのぐ》と日をふせぐ。人目忍ぶによき物と。価《あたへ》のおあしやれ草履《ざうり》かへて杖《つへ》迄くれ竹。伏見の。へ山に朝霧《ぎり》の。立チ隔《へだ》てたる。山崎や。仏ケの誓《ちか》ひ頼《たの》もしき。爰ぞ御法《みのり》の宝ラ寺。東を見れば有リがたや。弓箭《ゆみや》の神と。岩清水《しみづ》。昔語《むかしがた》りを今の世迄も。ためしに引クや。男山。秋ならば見ん女郎花《おみなへし》。たゞ一トときをくねると書し水ぐきの。跡な濁《にご》せそ。あくた川。むかし男も。恋故に。爰に昆陽野《こやの》の遊女《うかれめ》が。客をとゞめて夫トとし。別れあれば待《(まつ)》くれは。軒の。雫《しづく》に。身をぬらす。品こそかはれ自《みづから》も。君《きみ》を思ひに袖ぬらす露の下タ道引粮車《かてぐるま》。廻りやがけ道直グには坂よ。いかななん〳〵難所《なんじよ》も。おしては見たが。けくで平地はとけしなふござる。エイヤラサツサ〳〵。と諷ひつれ。放気戯《おどけたはふ》れ。

行過るを。

姫は遥《はるか》に見送クりて。「あれこそ真柴《ましば》の陣中《ちんちう》へ粮運送《かてうんさう》の士卒《しそつ》よなふ。伴《ともな》ひ行ば道〻の迷《まよ》ひはあらじ」との給へば。「実《げに》も」と心つき〴〵が。いざと立チ行水鳥の羽音トに。いとゞ気もせかれ。あゆむとすれどはかどらぬ。

あしやの里を出はなれて。先に見かげの川浪に。いづく渡らん危《あや》ふやと暫《しば》し彳《たゝず》み眺《なが》めやる。向ふの岸《きし》の片かげに。休《やす》らふ車「あれよなふ。ヲヽイ〳〵若旁《もしかた〴〵》は真柴《ましば》殿の御陣所へ。参らるゝ人〴〵ならば頼みたし。是こそ春長公の御妹姫。別所《べつしよ》の君をこがれ給ひ。遥〻《はる〴〵》来らせ給ふぞや。はや〳〵御供申シてたべヲヽイ〳〵」と手を上ゲて。招《まね》く青柳呼呉服《あをやぎよびくれは》。かよはき声も川風に。連て有〳〵。聞コゆるにぞ。畏《かしこま》つて宰領《さいれう》が。矢を射《ゐ》るごとき早き瀬を。引かへしてこなたにあがり。「我レ〻こそ久吉が家来共。先〻主人ンが陣《ちん》所迄。御供申シ奉らん」と。堤《つゝみ》に立て声高く。「君を思ふてお姫さま歩《かち》やはだしの御有様マ。われ達迚も其通り。君を思はゞ徒荷《かちに》にて。其米残らず。夯《かたげ》て往《ゆ》け。心得たるか」と下知をなし「いざゝせ給へ」と抱き上ゲ。流れ渉《わた》りの瀬ぶみに連レ。二人リの女もかい〴〵敷。裳《もすそ》か［ら］げて歩行渉《（かちわた）》りなんなく。向ふへこし車に。姫を劬《いたは》り乗リ参らせ。早押出せば士卒《しそつ》共。鎧《よろひ》の肩《かた》に米俵。夯生田《かたげいく》や湊川。兵庫通れば家〳〵を。出て見る賤《しづ》が手を打ッて。よねが夜毎の思はくとへば。いつか女夫《めをと》と。いはるゝ事ぞ。哀れ浮世に川がな二タ瀬。ヤレサテナ。思ひ切瀬とヤレ切ラぬ瀬と。逢て浮名がわしや流したい。恋に憂キ身を捨たやと。端手《はで》な唱歌《しやうが》も恥かしと。谷の躑躅《つゝじ》も羞明《まばゆく》て。顔にかざせし振の袖。とめてくれかし須磨の関キ。越エて恋しき其人に。大くら谷のこなたなるからす崎にぞ。

〽着にけり。

（三段目・口　久吉陣所の段）

「ヤア最前《さいぜん》より陣外《ちんぐはい》を窺《うかゞ》ふ胡乱《うろん》の女。若《もし》敵キ方の廻し者か。召シ捕《とつ》て白状させん腕《うで》を廻せ。〳〵」。「ノウ旁《かた〴〵》様。必《かならず》聊爾《れうじ》なさるゝな。お願ガひの者でござります。御苦労ながらお取リ次ギを」。「ヤアならぬ〳〵。事を糺《たゞ》さずして。取リ次ギするは軍ン中の禁《いま》しめ。何事なるぞ子細を申せ。早く〳〵」とせちがふ所へ。侍イ大将並《なみ》川瀬平。

陣《ぢん》廻りして有リけるが。何事やらんと外張《とばり》に出。

床几《しやうぎ》にかゝり顔見合せ。「ヤア其元は嘉藤治清廉《きよかど》の内室《ないしつ》。八釼《やつるぎ》殿にて有ラざるや。何故是へ来られし」と。尋に漸《やう〳〵》力ラを得。「よふぞやお見知り下ダされしお嬉しや。女ゴの身にて遠慮《ゑんりよ》もなふ御陣所《ぢんしよ》迄も参りしは。窃《ひそか》に御ン願ガひ申度キ様ウ子有リて」と計リにて。傍《あた》り憚る色目を悟り。「コリヤ〳〵者共。暫く此場を遠ざくべし。早行《(はやゆけ)》〳〵《(ゆけ)》」と人を除《よけ》。「誠や嘉藤治清廉《きよかど》殿。当春の三木攻に。討チ死召サれし始終共。承はつて残ン念ン至極《しごく》。左こそ愁傷察《しうしやうさつ》し申ス」。「是は〳〵御傍輩《はうばい》のよしみを思し。御懇志《こんし》の御ン弔《とむら》ひに預カります。御存の義をくど〳〵敷ク。申スに及ばぬ事ながら追善《ついぜん》と思し召。お聞なされて。下ダさりませ。扨も三木の城兵《じやうへい》は。僅《わづか》成ル小勢ィといへ共。必死《ひつし》と成ッて能ク防《ふせ》げば。味方一チ度《ど》の勝利《しやうり》もなく。重《かさね》て討ッ手を差シ向ケ給ふ。惣大将には田熊殿。随ふ大軍ン堀際迄攻寄ル所を城中より。大木ク大石キ投ゲかけ〳〵。敵の大将則秋が烈《はげ》しき軍に田熊殿。後《おく》れ心の付キけるか。引や〳〵と有リける故。夫ト清廉《かど》進《すゝ》み出。未《(いまだ)》初合の戦《たゝか》ひに故なく引クは敵キ方に。勝チを与《あた》へる基《もとひ》ぞや退《しりぞ》き給ふな人〴〵と。かけ廻つて下知すれど。大将の気に誘《さそ》はれて崩《くづれ》かゝりし味方の勢。しどろに成ッて引所を。敵は気に乗リ喰とめんと。突キ立テ。切リ立テ。追ィ来るを。踏《ふみ》とゞまつて清廉《かど》が。防《ふせ》ぐといへど只一ッ騎《き》。多勢が中に取リ込メられ。終《つい》に討チ死してけるを。我君逐一《ちくいち》に聞コし召。かけ引クは将の采配《さいはい》に随《したが》ふべきを。己《おのれ》が場数《ばかず》に馴《なれ》しを慢《まん》じ。無益《むや(く)》の差配《さはい》に命を落し。敵キに勇気《ゆうき》を付ケたるは。ゆゝ敷キ誤《あやま》り成けりと。家断絶《だんぜつ》に及びし悲しさ。草葉の影《かげ》のなき夫も。嘸《さぞ》や悔《くや》しく有ルらめと思ふ余マりの御願ガひ。幼少《やうせう》なれ共男ン子の盼レござりますれば。歩仲《ぶちう》間ンの末《すへ》に成共名跡《めうせき》立テさせ給はる様。何卒取リなし下ダさらば。生ゝ世ゝの御恩《ごをん》にて。是ぞ誠に武士《ものゝふ》の。お情お慈悲」と手を合せ打しほ。れたる草の上。涙落目の身の歎《なげ》き。理りせめて哀れ也。

瀬平もそゞろに涙を浮め。「いか成大強《かう》の勇士《ゆうし》たり共。時の運ン命ィ是非《ぜひ》もなし。いはゞ小田家に功《こう》有ル旧臣。推て跡目を願ガはんに。よも御許容《きよよう》なき事も有ルまじ。併《(しかし)》是ぞといへる一トつの功なくては。取リなしも申シ難し。ガ今にも有《(あれ)》其功の立べき筋と有ルならば何に寄ラず某が。指図《さしづ》を請る所存なるか。いかに〳〵」と詞の念ン。「何が扨死シたる夫マの汚名《をめい》をすゝぎ。我ガ子の為共成ルならば。譬《(たとへ)》此身は醢《しゝびしを》に成ル迚も」。「ム、心ン底とくと承知致シた。先ツ久吉殿迄吹挙《すいきよ》致し。万事窃《ひそか》に談《だん》じ申さん。イザ来られよ」と伴ひて陣中深く入ル夜半《よは》の。鐘も幽に消残る。篝火《かゞりび》の影しめ〴〵と。そぼ降《ふる》雨を便りにて。別所小三郎則秋は。ばつてう笠に菅簑《みの》の。下に物の具指《(さし)》かため。不敵キにも只一ツ騎《き》忍び来るぞ。逞しき。跡を慕ふて吉六が。走りかゝつて抱留れば。「何やつ也」と則秋振リ返《かへ》つて切リ付クるを。ひらりとはづし飛退イて。「ア、是旦那様私でござります」。「ヤア吉六か。遽《(あはただ)》しき躰たらくは。何事成ルぞ気づかはし」。「イヤ気遣ひなはあなた様。忍びやかに只お一人リ。此所へお出なされしは。必定夜討チの思召しか」。「ヲ、真柴久吉討ッ手に向ふと聞クよりもシヤ事おかし。只一ト当テに蹴《け》ちらして。別所が手並を見すべしと待ッ所に。漸《やうやく》此大倉谷に。陣を張リし計リにて寄セ来らぬは心憎《にく》し。去ルに寄ッて今宵此方より手を出し。彼レと刃を結び合せ。互イの運ンを試《こゝろみ》ん」。「イヤ〳〵夫レはやり過たる御了簡《れうけん》。譬《たとへ》何程の術《てだて》いかなる計略《けいりやく》を以ッて当る共。所詮ン久吉には誰レ有ッて叶ふべしとは思はれず。サ其訳と申スは。是迄寄セ手の大軍ンに。勝チほこつたる味方の者共。スハ此度は久吉が討ッ手に向ふと聞クやいな。戦はずして畏恐《おぢおそ》れ。皆城中を抜《(ぬけ)》〳〵に。一人リも残らず落行キしは。天ン性《せい》武徳備《そな》はりし奇妙《きめう》不思議《しぎ》の大将にて。よも凡人《ぼんにん》とは思はれず。いか程猛《たけ》くまします共。斯《かく》多勢にて固《かた》めたる陣ン中へ。一騎がけの夜討なされんは。危《あや》ふし〳〵。かやうに申さば幸《さい》先キ悪ルきやつと御呵《しか》りも有ルべきが。あなた様のお身の上に。若《もし》もの事が有ル時は。御大切ッに思し召ス。若君様は。敵の擒《とりこ》。様ゝとの御艱難《かんなん》も。あの若様を御世に立テんと。思し召故の御苦労ではござりませぬか。ア、縁ンと申ス物はあぢな物。私めは北山に於て春長が手に既《すで》の事殺《ころ》さるゝ所。あなたのお蔭で一命を助つた其。御恩を何卒報《ほう》じたさせめて足手の御奉公と。お願ガひ申シて家来と成リ。若君様のお傅《もり》役ク。馴レなじむに付ケ朝夕に。兵《べい》へよ〳〵と廻さつしやりますれば。ほんに〳〵私は。あのお子様がおいとしうて〳〵成リませぬ。是申《(これまうし)》お聞キ届け下ダされて。どふぞ今宵の思し立。とゞまつて下ダさりませ。是旦那様。願ガひます。拝ますする」と混《ひたすら》に。荒気をとゞむる扣へ綱。実《(げに)》杣人の異見《ゐけん》なり。則秋思慮《しりよ》を廻らして。「いか様マそちがいふ通り。血気にはやるは葉武者の業《わざ》。誠勇者《ゆうしや》のせざる所。成ル程思ひとゞまらん。が折角《せつかく》

敵キ地に足を入。すご〳〵帰るも本意《ほゐ》なければ。夜込ミをなして帰《き》
城《じやう》せん。其方は若君の嘸《さぞ》かし尋おはすらん。先キへ帰れ」。「ほん
に夫レよ。参りがけにも連レて行ケ迚。やんちや計リ。定めて御台さ
まがせがまれてござるで有《(あろ)》。ア、夫レも気がゝり。爰も気づかひ」。
「ヤア此上に卒爾《そつじ》せんや。案じに及ばずとく急げ。帰れ。〳〵」
と主命に。押シて猶予《ゆうよ》も成リがたく。心を爰に置ク露の。道引かへ
し別れ行。
「ハテ下郎には惜《おし》きやつ。彼レが実ッ心ン破《やぶ》らじとは思へ共。何ン条
此儘帰るべきか。儕レ久吉。今こそ目にもの見せてくれんず」と。
差足抜足。虎の尾を踏毒蛇《ふみどくじや》の口なんなく
〽忍び入所を。待もふけたる事よと見へ。陣ン内イ一度に相イ図《づ》の
螺《ほら》。数千ンの明松《たいまつ》高挑灯《でうちん》。只白ク日のごとくにて。四方八面ン仮リ
立ッれば。谷間をくゞつて小三郎。顕《あら》はれ出るを遁《のが》さじと究竟《くつきやう》の
兵士《へいし》共。前ン後を立て切ル鑓襖《やりぶすま》。抜つくゞつつ手練《しゆれん》の早業《わざ》切リ立
〳〵。
〽追ちらし。一ト息キほつとつぐ間もなく。蹴《け》出しの内に声高く。
「別所小三郎則秋を。並川瀬平が仕留たり。打チ取たり」と呼は
るにぞ。「ハテ怪《あや》しや。今天が下の内にして別所則秋と名乗ラん者。
我レより外カに有ラん様ッなし。何者をか討取ッて。斯性名《かくせいめい》を上ゲしや
らん。ガ何にもせよ久吉め。安穏《あんおん》にて有ル中チは。むざ〳〵命を失《うしな》
ふべきか。運命固《うんめいかた》き猿冠者《さるくはじや》め」と。歯《は》がみを。なして城中へ飛《とぶ》が。
ごとくに。

（三段目・切　播州三木古城の段）

〽帰りける。
しもつまのサやうやれ。たんしよの。おしよけの。云伝《ことづけ》。さんや
れ。お久しよは。まめだか。女ねこそだつか。さよへ。爰に播ン
州三木の城主《じやうしゆ》。別所小三郎則秋《のりあき》が。先ン祖《ぞ》赤松が縄張《なはばり》の古城《こじやう》を慕《した》
ひ籠《こも》れ共。葎生《むぐらおひ》たるこぼて城内は。貧《わび》たる長ガ家建《だて》。借家の嚊《かゝ》が
洗濯《せんだく》物。手伝《つた》ふ賤《しづ》の襷《たすき》がけ。足利の御台《みだい》所。蘭の君とは谷に咲ク
匂《にほ》ひ端午《たんご》の菖蒲《しやうぶ》月。大小名の登城《とじやう》に有ラで。鎗《やり》や長刀。菖蒲《しやうぶ》刀。
売声賑《にぎ》〳〵。稚子《おさなご》を連レて女夫の担《にな》ひ売。門ン前に立チどまり。「サア
〳〵嚊《かゝ》。きのふ云ッた能明キ家の有ルは此裏《うら》じや。ハイ御赦《ゆる》されませ。
私共は去ル子細《しさい》有ッて。商《あきな》ひの片タ手に借家《しやくや》を尋《たづ》ねて参つた者。お

家主様は内方か。我等が素姓《すじやう》はコレ此徳利。鑓《やり》も長刀も呑《のみ》上る男。此間から家明ヶが付ィて有レば何ンにもかゝり合ィのない。ずんと慥《たしか》な者でござります」。「アレお家さま《ン》借《かし》家借《かり》が見へました。一ッ躰《たい》此お長ガ屋はたんと借人《かりて》が有ッたれど。跡の月キから一ッ時キに夜抜仕《ぬけし》て。残らず明キ家に成ッた所。こちらも漸《やう〳〵》其跡へ。此間から借《かつ》て来たわしは後家。此二人リには御亭《ごてい》様が有レ共。皆旅《たび》かせぎで女子ばつかり。心安い付キ合ィ」と。い《地ハル》へばおや《色》なが「ソレイナ。《詞》したがわしも皆子《みな》持チで。夫レは〳〵賑《にぎ》やかな事。此お家主様は。誰レでも家さへ借《かつ》てくれば嬉しい迚。家賃《やちん》は年ン中お取リなされぬ」。「ハテナ。いやもふ夫レが何より肝心《かんじん》でござります。時にいかい事明キ家が有ルは。何ンじや借家《かしや》五十畳同七十畳次ギに百畳。こりやめつそふに広過《ひろ》ギた家。たつた親子三人ン住ンだら内で迷子《まへご》になりそふな事。シタガ此盼レめは大気《だいき》がさ者で。穴一《あないち》でも六道でも。何ンぼでも負《まけ》ぬ利口《りこう》なやつ」。「コレ〳〵こちの人。親の口から自慢《じまん》ばつかり。人様の手前もちと遠慮《ゑんりよ》したがゑいわいの」。「ハテ嘘《うそ》じやなしナアぼんよ。ヲ、まだ夫レに相撲《すまふ》取ラすと。十四五な前髪をころ〳〵とやります」と。親《地ハル》の手誉《ほめ》を憎《にく》がる嚊達《かゝたち》《色》。「《詞》ヲ、こちらの子供も相撲《すまふ》にはめつたに負《まめ》(底本ノママ)ぬ。稲《いな》吉よ千太よ。爰で相撲《すまふ》取ッて見せい。サ、、、皆こい〳〵」と呼出す。子供《フシハル》の年《中》シも相ィ生《おひ》に。七《ハル》つ頭ラの日脚《ひあし》も西《にし》から。名《ウ》乗ッて出たる阿波《あは》の苫《とま》八。《合》腹《ウ》ラ当テ引キしめ。居並《フシなら》んだり。

蘭《地ハル》の君ほゝ《色》ゑみ。「《詞》ホンニけふは五月の節句《せつく》。町チ家《や》でも鑓《やり》長刀幟《のぼり》を飾《かざ》るも軍の学《まな》び。禁裏《きんり》にては騎射《きしや》の勝負《しやうぶ》有リと聞ク。幸ィな童相撲《わらべずまふ》。ぼんに見せて悦ばそふ」「よからふ〳〵」。「けふの東の関キは誰レぞ」。「ハイ伊達《だて》松と申シます。幾人《いくたり》有ッても慮外《りよぐはい》ながら関キはこちの坊主《ぼうず》め。伊達《だて》が関キ〳〵」。「イヤ〳〵何ンぼ関キでも此相撲《すまふ》は苫《とま》が勝チ〳〵」と。面《フシ》ン〻力む親心。「《詞》そふじや〳〵。あの腕《うで》の強《つよ》さ。往《い》け〳〵〳〵。もふ伊達が勝チじや〳〵。勝ッた所で。息キ次ギに一ッ盃《ぱい》致さふ」。今《ノル》度は苫が推早《すばや》い足取リ。横《よこ》へ透《すか》せば伊達松が。己《おの》が力ラで思はぬ負《まけ》。「苫《とま》が勝じや」と手をたゝけば。「今のは怪《け》我《が》じや。〳〵〳〵〳〵今《ま》一チ番ンいけ〳〵。ヲツトそふじや。もふあゝ組《くん》だら叶はぬ。ソレ見たか。出かした。〳〵〳〵褒美《ほうび》に又一ッぱい」。又《地ハル》入レかはる稲《いな》吉千太。両《ウ》方進疾《すゝどい》手取リの業《わざ》者。片《ウ》タ家同士《やどうし》の破《われ》《中》相撲。所《ハル》を伊達が一チ番ン勝負《しやうぶ》。背《せ》《キン》高の崎蔵虹《にじ》九郎。猶入リかはり立かはりめつた相撲《ずまふ》の。擲《たゝ》き合。どふでも伊達に仕付ケられ。子はひどいめに相イ長ガ屋の。嚊《かゝ》は一度に。顔ふくらし。

「近ン所隣《となり》の遠慮《ゑんりよ》もなふ付キ合イの悪ルい鐺屋殿。爐路《ろうじ》番《ばん》で当つてこます」。と口さがないを見て取ッて。目のさや抜《ぬけ》し鐺屋の女房。

「去リ迚は笑止《せうし》な人。あの様フにずは〳〵は酒の科《とが》。気にかけて下ダさんすな」。「ハテこりや嚊《かゝ》。こりや息子《むすこ》が勝ッた悦び酒。其かはりに子供衆。弓取ルかはりに。此鐺を一ッ本ンづゝ祝ひます」と。籠《かご》からぐはらり商《あきな》ひ道具おしげも内義が俄《にはか》の笑顔《ゑがほ》。機嫌《きげん》繕《つくら》ふ詞の箔置《はくおき》。子倶が寄ッて奪《ばい》取リがち。「小半《なから》酒で国取リの。お家主様お目出たい」と。長屋〳〵へ。入リにける。

「ホンニ正直そふな人。此城の内に住ミたいと望《のぞ》んで来るは心有ッてか。爰を何国《いづく》と思ふてぞ」。「ハイ別所小三郎則秋《のりあき》様の御城《じやう》中。其お長屋を望《のぞ》んで参るは。満更所縁《まんざらゆかり》のない者でも。といふて是ぞといふ程の者でもなし。マア〳〵お借《かし》屋やら御家来やら。親子三人遣はしやつて下さりませ。お目見への印シ。あの和子様に菖蒲《じやうふ》作りを差上ます。今日は此紛レめが誕生《たんじやう》日でござります。五月五日の勝負《しやうぶ》に勝ッて相撲《すまふ》取リの誉《ほま》れを顕《あら》はす。此達者ものにおあやかりなされませ。目出たい所で我等は一ッぱい。鳥獣《けだもの》も手の下タに切従《したが》へる狐の面ン。猿《さる》の面ン。めんたなされ」と差出す。

「ヲ、何かはしらず坊が幸先《さいさき》。よふ祝《いは》ふて下さんした。よい子を持ッて居やしやんすなふ。殊に五月五日の生マれとは珍らしい」。

「ハイしかも寅《とら》の年でござります」。「ヲ、そふかして逞《たくま》しい。人の子の丈夫なを見るに付ケても。此坊ンが尫《たよは》さ。いとゞ母が苦《く》に成ルから。頃日《（このごろ）》は乳もはらねば猶しけ〳〵と」。「フウコリヤ嚊《かゝ》。幸イな事が有ルは。イヤ申シ。此兄めが跡へ仕込ンだ細工《さいく》。水子でころりとやつて仕廻。其跡で嚊が乳がはつて〳〵。迷惑《めいわく》して居《お》ります。飲《のま》して助る呑《のん》で肥《こへ》る両方およしよお振舞《ふるまひ》申ませい」。「夫レはマア〳〵願ふてもない幸イ。去ながら。顔を見知ッてツイ呑ミ付カぬがこまり物。夫故上つかたでは。乳母の顔を絹《きぬ》で隠して見せぬが秘事《ひじ》」。

「いか様マ是は尤な事。爰に折節幸イの」。面ンで二人リが紛《まぎ》らかし。

「まさる目出たい幼《いと》様に。猿《さる》のべゞかつて着しよ。稲荷様のお見廻イじや。そこらで一ト口呑《のみ》付イたり。おれも一ッぱい」。又一ぱい。子供偽《すかし》寄に草臥《くたびれ》て庭に。ころりと鐺長刀枕にぐつと。一ト寝入。君も抱《いだ》かれすや〳〵と。漸《（やうやう）》呑付ク添乳《そへぢ》の床。奥に伴《ともな》ひ。参らする。
吹矢筒《やづゝ》をふりかたげ立チ帰る小三郎則秋。此一チ城《じやう》の主ジながら出迎《むか》ふ者もあら壁《かべ》の。門ンより内に入ル姿。「ノウ旦ン那殿おそかりし。まだ御支度《したく》はなされまい。御膳の用意申シ付ケふ」と立ッを引とめ。「中〳〵。人目有時にこそ御名を憚《はゞか》る女房あしらひ。忝くも花山の関白《くはんぱく》道方公の姫君。足利義輝《よしてる》公の御台《みだい》所。賤《しづ》が姿にやつさせ申スも。若《もし》敵の廻し者。若君を奪《うば》ふ事もやと勿躰《もつたい》ない御有リ様。和子は御寝《ぎよし》なつてござるかな」。「サレバイノウ世が世なら。諸大名の女房達おさし抱乳母《だきうば》。数多《あまた》のめのとに持テはやさるゝ身の上を。お乳の人にも此母計リ。頃日《(このごろ)》は乳もかいない故。猶もつて若《わか》のむつかり。吉六の兵《べい》へを呼《よん》でくれとせがまれるくるしさ。此マア吉六は何として帰らぬぞ」。と仰ははつと胸にこたへ。きのふ敵の陣《ぢん》中にて我レにかはつて死だるは。慥に夫レと不便ンさのそゞろ涙を。押シ隠し。「イヤモウお案じなさるゝなきやつ大の律気《りちぎ》者。一年ン以前ン北山にて不図主従《としうじう》となりしより。若君の傍《そば》一ッ寸ンも放《はな》れず。古郷には妻子《さいし》も有ば。顔見せに参つた物。譬《たとへ》何国へ遣はしても。他言《たごん》など致す者ならず。去リながら草木にも心置は。軍の習ひ」

と辺《あた》りに目を付。「あの者は何者でござります」。「イヤ気遣ひな者ではない。業芸《すぎわひ》の鎗《やり》長刀で稚《わか》の端午《たんご》を祝ふてくれた。味方の為に吉慶《きつけう》男。祝義の九献《くこん》で酔倒《ゑいたを》れ何聞しても性根はない。心がゝりは稚《わか》の病気。誕生《たんじやう》から早半ン年になれど。畳の上を這《はふ》計リ。取立チも得せぬ足の病ひ。是を直《なを》す妙薬《めうやく》は。日外典薬半井宗阿《いつぞやてんやくなからいそうあ》が物語り。寅の年五月五日の誕生《たんじやう》の男子。其生キ血《ち》を絞《しぼ》つて飲《のま》せば平愈《ゆ》するとは聞イたれ共」。「ム、何とおつしやる。夫レに相違《さうゐ》ない事なら。其年《とし》乙《ど》に合せ尋捜《たづねさが》さば。広《ひろ》い世界にないといふ事はござりますまい」。「イヤ広《ひろ》ふ尋捜《さが》さず共ッイ近カくに」。「ム、お心当テがござりますか」。「イヤサア有リはせね共。譬《たとへ》有ル迚其様ッなむごい仕業《しわざ》がなる物か。我ガ子の可愛《かはい》さも人の子の太イ切ッも。そもや違ひの有べきか。よし其薬で病《やまひ》は治す共。子を殺された親ゝの恨《うらみ》の念ンは身に報《むく》ひ。稚《わか》が出ッ世の時節《じせつ》は有ルまい。兎《と》にも角《かく》にも足利の。武運《ぶうん》の末《すへ》」と計リにて。身を咤《かこち》たる。御涙穢《けが》れに染マぬ蘭の君。御心根を。感《かん》じ入。「お気弱ふ思し召な。小三郎が一ッ心ンを以ッて守《(も)》リ立る若君の。両足共に追ッ付ケお達者《たつしや》六十余の州《しう》を踏従《ふみしたが》へる。足利の大将軍と仰《あを》がせて見せませふ。ヤア爰に落た猿《さる》の面ン何者か献上《けんじやう》せし。

敵キの大将猿冠者《さるくはじや》が首《くび》。此城中へ入ッたは吉左右《きつさう》。今ン日端午《たんご》の手初めに早打チ勝ッたる菖蒲《しやうぶ》酒。此首を肴《さかな》に一ッ献酌《こんくん》で今宵《こよひ》は睡眠《すいめん》。アレおむつかり声がする。御台さまにも御寝殿《しんでん》におしづまり有ラれませい」。「小三郎休足《きうそく》召サれ」と。前垂《まへだれ》姿の御前ン様。礼義は七尺猿《さる》の面引ッ提《さげ》次ギへ別れ入。添乳仕《し》廻フて鎗屋の嗅塒《かゝねぐら》をそつと子持チ盗人。伊達松も欠気交《あくびまじ》り。「嗅さまおれも睡《ねふ》たい」。「ヲゝ爰な子はいの。大きい形リして宵寝《よひね》まどい。是は又こちの人も狗猧《いのころ》か何ぞの様フに。石の上に三年ンねる百合若《ゆりわか》殿。〳〵」とゆり起《おこ》せば。起キる間抜ク間 懐《ふところ》脇指《わきざし》伊達松を取ッて引キ寄スる。母は取〔リ〕付キ「こりや何するのじや。気が違ふたか東作殿。酔狂《ゑひぐる》ひも大概《たいがい》がよいわいの」と。我子を後《うしろ》に押シかこふ「コリヤ声が高い。其方も知ルごとく。此東作が先ン祖は山名党《とう》にて。足利家に大恩の家筋。別所小三郎此城に立テ籠《こも》るは謀叛《むほん》でない。足利の忠臣ンと見付ケた故。けふ爰へ来た心は。別所殿の取リ成シを以ッて。古主へ忠義が立テたいばつかり。我ガ眼ン力キに違《たが》はず。匿《かくま》ひ有ルは足利の御台若君。只今聞ば。五月五日の誕生《たんじやう》の男ン子。其血汐《ちしほ》が若君の御病気《びやうき》の妙薬と有ル。ハア是ぞ忠義の立テ所。

匹夫《ひつぷ》下郎と侮《あなど》れて居る東作。是程の功《こう》を立テいでは。折角《せつかく》奉公望《のぞ》んで来たも水の泡《あは》。ナ合点か。身が為には義理の有ル世悴《せがれ》なれ共。大事の場所。忠義にかへて命をくれよ」と。又切リ付クるをひらりと飛《とび》石。「ドッコイ切リ合イ負《ま》きやせぬ」と。事共思はぬ気丈《きぢやう》者。健《けな》気《げ》を見るに猶可愛《かはい》さ。腕《かいな》に取リ付キ邪魔《じやま》する女。「うぬから先キへ」と振リ上る。「ヤレ待テ東作其女過《あやまち》すな」と。声は別所が隔《へだて》の間。奥に向ひ手をつかへ。「御計略《けいりやく》の方便《ほうべん》にて。彼等《かれら》が実心《じつしん》相届《とゞ》き御安ン心ンなるべし」と。音トなふ薫《かほ》り蘭の君。襠《うちかけ》気高く立チ出給ひ。「夫婦の者心ン底顕《ていあら》はれ満足に思ふぞよ。初めより味方に心有ル者とは見た。殊《こと》に若《わか》君にお乳のほしい最中《さいちう》。天の与《あた》へと思へ共。天が下タとつりがへの若君。うかつには預けられず。最前《さいぜん》其子が年《とし》乙《ど》生《うま》れ日聞イたを手がゝり。五月五日の生れの血を。妙薬《めうやく》に用ゆるとは其誠を見よふ為。跡方もない自《みづから》がいつはり。我ガ子の命を厭《いと》はぬ魂《たましゐ》。ヲゝ頼もしや嬉しや忠臣ンの若ばへ伊達松は若君のお伽《とぎ》役ク。母はけふよりお乳の人。頼むぞやいの」と有リければ。「ハアはつ」と跪《しさ》つて三ン拝《ばい》。別所も心打チとけて。「御辺ンは山名の一チ類イとな我レは赤松。何れも足利譜代《ふだい》の家筋。帰り新ン参ンの手柄初め中付ふ。抑《そも》此三木の城《じやう》に一トつの難ンは。近ン辺《へん》皆兀《はげ》山にて水の手悪シく。良《やゝ》もすれば渇水《かつすい》に及ぶ。只惣蛇《そうじや》山は樹木茂《じゆもくしげ》り。水漲《みなぎ》つて一ト筋に一チ川へ流れ入ル。此理を考《かんが》へ。水上に大樋《ひ》を以ッて水を堰《せき》とめ。城《じやう》中へ堰《せき》入ルれば。川に水なきは此謂《いは》れ。樋《ひ》の口には岩明神の社を安置《あんち》し。覆隠《おほひかく》せば人是を知ル事なし。時キこそ有レ真柴久吉。頃日我ガ夜討チに驚《おどろ》き。俄《にはか》に今宵《こよひ》陣ン所を替《かゆ》る。水なき河原を広野《ひろの》と心得。軍ン兵屯《たむろ》する所を樋《ひ》の口を切ッて落さば。一チ面ンの大河と成ッて溺《おぼ》れ死《し》するは必定《ひつぢやう》。合点か東作」。「ハア妙計《めうけい》〳〵。シテ其樋《ひ》の口へ道法《みちのり》は」。「麓《ふもと》を廻れば一チ里有リ。水門ンより人しらぬ抜ケ道纔《わづか》に八町計リ早急がれよ。地色ウ お乳の人は稚《わか》のお傍《そば》へ早とく〳〵」にハル 打チ解《とく》る。二人が目見への奉公初ジめ。「色 こちの人往《い》てごんせ」。「ハル ヲヽ合点」と裾《すそ》ばせ折から夕闇《やみ》の風を追ッてぞ。フシ かけり行。地ハル 御台所は中 一間なる。キン 位牌《ゐはい》に向ひ合掌《がつしやう》し。「詞 今春長にさへられし。義輝《よしてる》公の御尊霊《そんれい》。御無念ンも今暫《しば》し」と。地ハル 冥途《めいど》へ告《つぐ》る中 時鳥《ほとゝぎす》。キンヲクリ 短夜《みじかよ》早くウ 更《ふけ》渡る。

庭におりハル 立小三郎色。「詞 樋《ひ》の口を抜ケば大河へ落る水の勢《いきほ》ひ。此筧《かけひ》の水の流れ。留《とま》るが敵キ軍ン滅亡《めつぼう》の其知ラせ。アレ〳〵。此水次第《しだい》に独(底本ノママ。「濁」カ)って流るゝは。早樋《ひ》を切ッて落したか。嬉しや計略《けいりやく》仕すましたり」と笑《ゑ》つぼに入ッて。地ウ 見る所に。ウ 間近カく聞コゆる陣鐘太鼓《ちんがねたいこ》。ウ 人ン馬の足音ト。ウフシ 囂《かまびす》し。「詞 小三郎」。「御台さま」。「アノ攻《せめ》太鼓は正《まさ》しく敵キ久吉が惣軍ン。扨は計略《けいりやく》の裏《うら》をかゝれたか。心得ぬは最前《さいぜん》の女。逃ガしは立テじ」と若君奪取《ばひ》リ。「儕レ敵キの廻し者白状〳〵」。「ハア是非《ぜひ》がない。先キ達ッてこなたに討タれた嘉藤次清廉《きよかど》が後家《ごけ》八釼《つるぎ》。夫ト東作といふたは久吉の旗《はた》下タ並川瀬《なみかはせ》平清《へいきよ》久《ひさ》」。「ヘヱ、扨は乳房《ぶさ》の餌《ゑば》にかゝり。樋《ひ》の口の有所をしられ。水の手迄立チ切ラれたか。足利家の運命《うんめい》も是迄。女冥途《めいど》の供に連レる」。「いかにも公達《きんだち》を人質《じち》に取ラねば。いつかな生キては帰らぬ」。「ヲ、殺《ころ》しもせぬ逃《にが》しもせぬ。花山の関白《くはんぱく》道方公の娘。討チ死の物の具《ぐ》せん装束《しやうぞく》持テ。早ふ〳〵」と取リ寄《(よす)》るハルフシ 死出の一ト中 重《ゑ》に。五つ衣《ぎぬ》。ウ 袴《はかま》の紅《くれな》ゐ赤旗指《はたさし》物。潮《うしほ》のごとく寄セ来ル敵。「詞 何条事共思はぬ別所刃《やいば》のかねの続《つゞ》かんだけ」と。地ウ 死を待ッ大勇《ゆう》。ハル 御台の優美《ゆうび》。ウ 若君しつかと。中 抱参らせヲクリ 帳台《ちやうだい》。

〽深く入給ふ。地ハル 寄セ手の大将千ン万ン人に。一人ンの中 英雄《ゑいゆふ》。ウ 昔《むかし》の切リウ 米蜡《きりうじ》の雲を呑ンだる。ウ 優美《ゆうび》の骨柄《こつがら》。ウ 兵具に有ラぬ長ガハル 上下《かみしも》踏《ふみ》しだき。

門ン外《ぐはい》に一チ乞調《こつでう》。「城《じやう》の主《あるじ》別所小三郎則秋に。申シ聞カする条《でう》有ッて。惣軍《ぐん》の大将真柴《ましば》久吉。直キに是迄向ふたり。急いで見ン参ン。〳〵」とぞ呼はつたる。

小三郎遥《はるか》に見やり。「当手《とうて》の大将といかめしく名乗ル男《おのこ》。系図《けいづ》の武士にも有ラばこそ。身が養父《やうふ》松下嘉平次が。草履《ざうり》摑《つか》みの兵吉下郎。養《やしな》ひくれたる恩しらず。刃《やいば》を合ハすも心外ながら。時キの運命是《うんめいぜ》非《ひ》に及ばず。則秋が討死の供せよ兵吉。いざこい。勝負《しやうぶ》」と声かくる。「ハヽヽヽ。愚《おろか》〳〵。久吉が系図《けいづ》は。天を父とし地を母とす。主君ンと仰《あを》ぐは。日本《ひのもと》に只一チ人ン。松下づれは云ッに足《たら》ず。今春長に仕ふといへど是迚も仮リの主人ン。天が下タに幾億《いくをく》万ンの。人たる者は皆《みな》一ッ天ンの君の家来。久吉が主人ンは今上皇帝《きんじやうくはうてい》正親町《おゝぎまち》の院《ゐん》。勅命《ちよくめい》に寄て罷リ向《むか》ふ。刃向ふ者は朝敵《てうてき》たり。礼義乱《みだ》さず。拝聴《はいてう》あれ」と。一ッ句に摧《ひし》ぐ大手の門《（かんぬき）》ン。入〔ラ〕ば切ラんず刃の先キ。威義《ゐぎ》厳《げん》重《ちう》につと通る。

「ムウ。嘸《さぞ》有ラん。則秋が武勇《ぶゆう》に恐《おそ》れ。勅諚《ちよくじやう》を鎧《よろひ》に着《き》て来たは。発《はつ》明《めい》〳〵。偽《いつは》りならずは君よりの御綸旨《りんし》有〔ラ〕ん。拝見《はいけん》致ふ」。「ヲヽ。いふにや及ぶ」と。表テに向カひ。「京都の勅使《ちよくし》御綸旨《りんし》を捧《さゝ》げられ。是へお通り有ルべし」と。知ラせの。声より先キ手の軍兵。鎧の黒革鋲《くろかはびやう》乗リ物。抱添《かいぞ〔へ〕》女中伊達染の。袷さげ帯追イ〳〵に運《はこ》ぶ。覆《おほ》ひの塗《ぬり》長ガ持チ。城外《じやうぐはい》八町続《つゞ》きしは。軍半《なかば》に大名の。嫁御寮《よめごれう》とぞ賑〳〵し。小四方土器《かはらけ》恭《うや〳〵》しく。御綸旨《りんじ》取リ添《そへ》御幸姫。する〳〵と上座に通り。「勅諚《ちよくぢやう》の趣《おもむ》き外カならず。此度ビ別所小三郎。春長と刃《やいば》を争《あらそ》ふ。是皆其本トを忘《わす》るゝの誤《あやま》り。春長が妹。御幸姫と小三郎は。其昔稚《おさな》い時の云号《いゝなづけ》。さすれば親《した》しい縁ン者《じや》の中。何《いつ》れが。負《まけ》た勝ッた迚。高名《かうめう》にも成ルまい事。急ぎ此姫を呼ビ向カへ。夫婦と成ッて中カよふ。添《そふ》たがよさそふな物。切つはつつを取リ置イて早〳〵姫と祝言《しうげん》せよと勅使の趣《おもむ》き。斯《かく》の通り」と。心の思ひかき交《まぜ》て。詞もしどけ媚《なま》めけり。

小三郎嘲《あざ》笑ひ。「云ヒ号《なづけ》は昔の事。今敵味方と別カれたる春長が妹。女を餌《ゑば》に久吉が。あざとい計略《けいりやく》。此城を明ケ渡タし。和睦《わぼく》せいと云事か」。「アヽイヤ〳〵。いつかな左に有ラず。御幸姫は勘ン当の身の上。春長公とはあかの他人ン。改めて禁庭《きんてい》より。別所が妻に下ダし置カる。仮《かり》の親は真柴大領《〔れ〕う》。偽りの軍ン法は。誠の勇士《ゆうし》の用ひぬ所。縁ン辺《べん》は縁ン辺《べん》。勝負《しやうぶ》は勝負。久吉が性《しやう》として。弱《よは》ひ。敵を相イ人《て》に取ル事大嫌《きら》ひ。別所《べつしよ》一人は鬼神にもせよ。従《したが》ふ家来は小勢と云ヒ。山がつ土民《どみん》の素肌武者《すはだむしや》。武具《ぶぐ》馬具兵粮《ひやうらう》の用意迄も。嘸《さぞ》有ラんと推《すい》察《さつ》した。嫁君の持参の荷物。弓箭《ゆみや》打チ物。飛道具《とびだうぐ》五十挺《てう》。玉薬相添《そへ》て進ン上。外カに粧《けわ》ひ料《りやう》として兵粮《ひやうらう》は。いくら成リ共。此方より相調へ。其上で尋常《(じ)んじや(う)》の。勝負《しやうぶ》を決《けつ》する。久吉が寸ン志。ヤア汝等。其荷物残らず。二の丸へ運び入レよと〳〵」と。大領の胸《むね》の広庭《ひろには》。青草の露踏《ふみ》ちら。し持チ運《はこ》ぶ。

「ムウ左程尋常《じんじやう》の久吉が。並川《なみかは》瀬平を犬に入レ。水の手を立チ切ラせし比興《ひけう》の挙動《ふるまい》。是でも軍法に。偽《いつは》りなしと云ッべきか」。「ホ、ホ、、、、。ヲ、其不審至極《しんしごく》せり。誰レか有ル首桶《おけ》持テ」と取リ寄セて。蓋《ふた》引キ明クれば。洗ひ立テたる武者の首。「ナント。定めて見覚へ有ラん。久吉が旗下。並川瀬平清久が首。只今切ッ腹ク。申シ付ケ首討た其子細《さい》は。惣じて久吉が軍令《ぐんれい》の法度《はつと》書。譬《たとへ》忠義有にもせよ。大将の下知を背《そむ》く者は。直グ様刑《けい》に行《おこな》ふべしと。書キ印したる条〻。是を忽《ゆるかせ》にする時キは。まさか大事の合戦《かせん》に及んで。大将の下知に随《したが》はず。心〻に成〔ル〕時キは。敵キに勝ッ事思ひも寄ラず。慭《なまじい》我下知を全輪敷《もどかしく》。抜ケがけしたる並川瀬平。入ラざる水の手の案ン内を聞キ出し。比興至極《ひけうしごく》の行跡《ふるまい》。我ガ胸中《けうちう》にない事〳〵。水の手は元トの通りに。申シ付ケ置イたるぞ。安ン堵有レ」と大将の。詞違はず筧《かけひ》より。落くる水は。とう〳〵たり。久吉重《かさね》て。「今日一チ日は戦場《せんぢやう》に有ラず。軍をとゞめ。別所殿に密《みつ》〳〵の子細《しさい》有リ。姫君には暫《しばら》く奥へ。ヤア〳〵侍共。汝等は旗《はた》を返《かへ》し。五里四方に引キ取《(とる)》べし。若《もし》我ガ詞を用ひず。一チ人ンにても城外《じやうぐはい》に。残りとゞまる者有ラば。並川瀬平が能キ手本ン」と。一チ言ンに肝《きも》を取リ挫《ひし》ぐ。将の命〔イ〕令儼《れいおごそか》に。引キ鐘打ッて一ッ時キに。一人も残らず。引返す。

小三郎完爾《につこ》と打チ笑《ゑみ》。「遉《(さすが)》の久吉。誓言《せいごん》見へた。密《みつ》〳〵の子細《しさい》。聞クべきは」と。上座にどつかと打チくつろぐ。大領《れう》しづ〳〵立チ上り。台に乗セたる綸旨《りんし》の御箱。別所が前に押シ直し。「我《(われ)》三木の城《じやう》の討ッ手を請ケ打立ッ折柄。花山《くはさん》の関白《くはんばく》道方公某《それがし》を近カく召サれ。別所が方に守リ立ッる。蘭《らん》の君は我ガ娘生マれし稚《わか》は正《まさ》しく足利将《しやう》軍《ぐん》の胤《たね》成レど。春長是を疑《うたが》ふて今ン度の討ッ手。別所を討タば。若君も倶に亡び。足利の血脈《ちすじ》絶《たへ》果なん。汝心有ラば。何卒《とぞ》稚《わか》が。命を助け。京都へ供奉《ぐぶ》し。足利十四代の。武将共仰《おふが》せてくれよ迚。宣《せん》下《げ》の綸旨《りんし》。拌《キン》に天ン盃《ばい》。久吉に預ケ。下ダされたり。拠《よんどころ》なき厳命《げんめい》と云ヒ。殊更《こと》。此軍のさす敵キといふは。若旦那小三郎様。此兵吉が懐《ふところ》に。抱《だ(い)》て守《もり》致したは早二タ昔。御成人《せいじん》に随《したが》ひ。誠は赤松が血脈《ちすじ》と。御ン身の上を御存ジ有《(あり)》。六両の金子を奪《うば》ふて。お国を出奔《しゆつぽん》なされたは。京都へ奉公の御ン望《のぞ》み。実父《じつぷ》の家名《かめい》を。引キ興《おこ》すお心。尤。さこそと感心《かんしん》の折節。姉御さまと不義致した所詮科《しよせんとが》有リ兵吉。六両の盗人も。身に引かぶつて倶に欠落《かけをち》。春長の見出しに預り。三木の城《じやう》寄セ手の大将。乞《こひ》望んで参る。思案《しあん》の底《そこ》。賢《かしこ》くもお袋さまの御生害《しやうがい》。髻《まへつぶり》より親旦ン那の草履《ざうり》を摑《つか》み。十年ンの余《よ》。お仕着せの大なし。今三十万石の録《ろく》を請る。小田殿の御恩《をん》より。百倍勝《ばいまさ》る。古主の事。寝覚《ざめ》にも忘れませふか。其。古主の片タわれに。矢の一ッ本ンも射《ゐ》られふか。敵の雑兵《ざうひやう》一人ンも殺《ころ》すまじ。勝ッまい。〳〵とするかけ引軍配《ぐんばい》。御心に徹《てつ》しなば。春長に敵キ対《たふ》心をやめ。御台。若君二タ方を。拙者に。お預下ダさるべし。此義否《いな》と有ル時キは。朝庭《てうてい》の仰を背《そむ》く。謀叛《むほん》人別所小三郎。四海の統領《とうれう》春長公の。威勢《ゐせい》を以ッて。搦《から》め捕《とら》ふか。御承引《せうゐん》なさるゝか。何ンと。〳〵」と身一トつを。二つの主《しう》に。分ケ兼て心。遣ひぞ誠なる。「ヲ、さもそふず」と御台所。袴蹴《はかまけ》はらし出給ひ。「今といふ今久吉の。誠の心を聞得しぞや。此上は詞に従《したが》ひ。稚《わか》を伴ひ自《みづから》も。是より参内《さんだい》足利累代《るいだい》二つ引キ輛《りやう》の旗《はた》。櫓《やぐら》の中チに納め置ケば。只今取リ出し。禁中《きんちう》へ持参ンすべし。暫く夫レに」とかい立ッて。しづ〳〵立て。入リ給へば。「ハア。はつ」と恐《おそ》れ入。「使者《ししや》の面ン目此上なし。イザ若君に天盃《てんぱい》を。頂戴《てうだい》なし参らせん」と。立チ寄レば小三郎。若君引ン抱つゝ立ッたり。「ム、是でもまだ。疑《うたが》ひは晴ぬよな。久吉が腹一トつ。突キ出しての此使イ。生キて帰る所存なし。御存ン分ンに遊ばせ」と大小ぐはらりと投ゲ出す。「ヲ、面白し。久吉が突キ出した命。小三郎則秋が。いで請ケ取ラん」とつゝと寄リ。尖《するど》き切ッ先キ胸元トに差シ付る。「ホ、ホ、、、、ヲ尤斯《かう》こそ有ルべけれ。譬此城外《じやうぐはい》に久吉が手の者残り居る共。手指《さし》すれば我ガ一〔チ〕命イ。忽《たちまち》終《おは》る即座《そくざ》の人質。適《あつぱれ》の御計ラひ。然らば姫君天盃《ばい》のお酌《しやく》。〳〵」と打チ和らぎ。晌《またゝき》もせぬ。大丈夫。「実《げに》夫レよ。春長先ン年ン東大寺より。求《もと》め得られし蘭奢待《らんじやたい》。時キに取ッての鶏舌香《けいぜつかう》の一ト焼《たき》遊ばし。不浄《じやう》の清め」と。袋《ふくろ》諸共袂トより。指シ出す香炉《かうろ》御幸姫。やがて薫《くゆ》らす。名イ香の音。立チ登《のぼ》る櫓《やぐら》の上。怪《あや》しや。御台の身にこたへ。そゞろ身震《ぶる》ひ忽《たちまち》に。天盃《ばい》二つに割レたるは不思議《しぎ》と。鏽《なま》る別所が釵ギ。久吉つゝ立《(たち)》「扨こそ

〳〵。香炉《かうろ》の穢《けがれ》に天ン盃《ばい》の。砕《くだ》け散《ちり》しは此若君の。素性《すじやう》を顕《あら》はす証拠明白《しやうこめいはく》。宣下《せんげ》の綸旨《りんし》。思ひも寄ラず」と姫を引立かけ入ッたり。「ナニ此香炉《かうろ》に穢《けがれ》とは。猶未審《いぶかし》」と袋を取レば。其さま妨嫌化物《いぶせきけもの》の白骨《はくこつ》。「コハいまはしや」と投ゲほうれば。俄《にはか》に五月雨《さみだれ》しのを打チ。火炎《くはゑん》と燃《もゆ》る白骨《はくこつ》の。めざす妖怪櫓《ようくはいやぐら》より。ひらりと飛ンだる蘭の君。「待ッた。〳〵。其白骨《はくこつ》こそ身の懺悔《さんげ》。今は何をか。包むべき我レは此。播磨《はりま》の国に。小坂女《め》といふ。野干《やかん》の身。親狐は其昔。聖武皇帝《しやうむくはうてい》の頃よりも。南ン都東大寺の内に住ミ。仏法守護《しゆご》の白狐《びやくと》なりしが。命数尽《めいすうつき》て空《むな》しく成ル。女《め》狐ながら。親の官位《くはんゐ》を請継《うけつぐ》此身。情ヶなや。大政入道清盛が暴悪《ばうあく》にて。東大寺を焼亡《ほろぼ》せば。我ガ住家《すみか》も追イ失《うしな》はれ。爰の野辺。かしこの原に。伶俜歩行《さまよひあるき》。官位《くはんゐ》なければ。心迄。通《つう》力キ失《うせ》て。愛着《あひちやく》心ンソレ。其吉六狐と。夫婦の機関《かたらひ》。弥〳〵《いよ〳〵》野狐《のぎつね》と。成果る口惜《おし》さ。源氏の世には。仏ッ法栄《さか》へ。平家の世には。仏ッ法うとむ。今。平《たいら》の春長。先ン祖清盛の悪ク事を継《つぎ》。堂塔伽藍《だうたうがらん》を焼破《やきやぶ》り。剰《あまつさ》へ殺生《せつしやう》を好《この》み。北山にて。我ガ眷属《けんぞく》を。狩立テらるゝ悲しさに。夫ト吉六。杣《そま》人の姿と成リしも見顕《あら》はされ。既《すで》に危《あや》ふき命を。助ヶられしは。別所殿のお情。恩報《をんほう》じと思ふに甲斐《かひ》なく。御台さまは御産ンの上にて。深カ手の御最期《さいご》。産落《うみおと》され し若君も。乳房《ちぶさ》なければ。足利の正統《しやうとう》。源氏の血脈《けちみやく》切レ果ッる。此時キ御恩《をん》を送クらいでは。いつか。人間ンの交《まじ》はりを得る。時節《じせつ》は有ラじと。折節生れ合せたる。我ガ子の乳房《ちぶさ》を。幸イに。蘭の君の姿を借ッて。若君に乳を奉れば。此身。此儘。忝や。足利武将の官ン位備《そな》はる。夫は只。野狐の。傍に。有ッても夫婦の念。心でふつゝと立切《(たちきれ)》ば。我レは元トの白狐《びやくと》の通力《つうりき》。或は。百性。山がつの。姿となして。此城に。招《まね》き入レしは。我眷属《けんぞく》。敵キの。討ッ手取リかこめば。岩を落し木を投ゲかけ。目をくらませば一人リの味方。十人百人千ン人ン力キ。幾度ビ寄セても敵方に。不覚を取ラせ追かへせし。夫レに引キかへ。不思議《しぎ》成ルは今度の大将。真柴久吉向ふと聞クより。今迄集《あつま》る我ガ眷属《けんぞく》。一チ夜の中チに逃去《にげ》ッて寄リ付カぬは。天ン晴《(せ)》イ勝《すぐ》れし久吉の器量《きりやう》計リならず。綸旨《りんし》天盃《ばい》を。守リ奉る其威徳。一ッ天ンの君の御威勢《ゐせい》に。野干《やかん》の力ラが何ンの叶はふ。御身の命に成かはつて。夫トが最期《さいご》と知ルよりも。はつと乱るゝ愛着《あひちやく》に。又も神ン通消果《きへはて》しは。人ン間ンならぬ。浅ましさ。此焼首の夫マ狐。髑髏《どくろ》の穢《けが》れに天盃《ばい》の。割レしは正しく神ン国の。奇《き》瑞《ずい》は胸にひつしと答《こた》へ。

若君を伴ひ禁中《きんちう》へ。参ン内せよとの今日《けふ》の御使ケ（底本ノママ。「イ」カ）。恐ろしや。八百万《（ば）》ン神《（じ）》ン。守護《しゆご》仕《し》給ふ。九重の御門ンは。一トもふ足も越ス事叶はず。ノウ若君様。斯《かく》身の上を顕《あら》はしてからは。もふお傍《そば》へも。寄ル事ならぬ。今ン生末代《じやうまつだい》の御暇乞《いとまごひ》。御乳の御用に立チたい計リ。輪廻《りんゑ》は切ッても畜類《ちくるい》の。因果《ゐんぐは》の中に。生マれた子狐。其儘野原に振リ捨られ乳房《ぶさ》に。放れ瘦顦《やせかじけ》。飢《うへ》死するを。見殺しにせし。其苦《くる》しみも夫トの別カれも。日本ト将軍《しやうぐん》の若君を。抱参らする。冥加《めうが》には。競《くらべ》。難《がた》なき。勿躰なさ。思へばお足の立タぬのも。四ッ足の乳を呑《のみ》給ふ。穢《けがれ》不浄が。御身の仇《あだ》。若《もし》御出ッ世の障《さは》りと成ラば。此畜生《ちくしやう》が骨〳〵を。切リ裂《さい》ても。御武運ン開《ひら》く執成《とりなし》を。久吉殿へ申シてたべ。恩ン返《がへ》しにと思ひし事。却《かへつ》て罪《つみ》に。罪重ね。未来永劫《みらいゑうごう》。五百生。牡狐《をぎつね》。子狐諸共に。畜生道《ちくしやうだう》の苦《く》を離《はな》れず。浮む世《よ》もなき身の上を。哀み給へ」とかつぱと臥《ふし》。髑髏《どくろ》に漸《そゝ》ぐ。五月雨《さみだれ》に。はら〳〵髪《がみ》は藻《も》をかづく姿。あらはにいぢらしし。

小三郎感《かん》じ入。「かばかり厚《あつ》き妖獣《ようじう》の誠。人ン間ンいかで及ぶべき。コレ和子。此後世《のちよ》に出給ふ共。小坂女《め》が養育《やういく》の恩必《をんかならず》忘れ給ふな」と。若君抱《いだ》きずんど立《（たち）》。「ヤア〳〵久吉。子細《しさい》は夫レにて聞キつらん。御台は世を去リ給ふ共。紛《まぎ》れなき足利の御男ッ子。契約《けいやく》のごとく。武将と仰《あをぎ》奉るか。さなくば若君諸共に。城を枕に別所が討チ死。冥途《めいど》へ供奉《ぐぶ》し奉る返ン答《たう》。いかに」と大音声《をんぜう》。「ヲヽ、其詞待チ兼たり」と。大領久吉しづ〳〵立チ出。「此頃討チ取ッたる別所が首。改め見れば年シ経《ふる》狐。此事詮ン義する迄は。味方の者にも知ラせじと。死骸《しがい》も首《くび》も窃《ひそか》に焼捨。白骨《はくこつ》となしたるは。若君の御ン身の上に。かゝる怪《あや》しき子細《しさい》有リと沙汰《さた》有ラば。足利の家の疵《きず》。御出世《しゆつせ》の妨《さまたげ》と。並川瀬平に腹ラ切ラせしも。此事世上に洩すまい為。さなきだに疑《うたが》ひ深カき主人春長。なみ〳〵にては若君に武将の権《けん》は譲《ゆづ》るまじ。暫《しば》しが中チは身不肖《ふせう》なれ共久吉が子となして。久次グと御名を呼ビ。是非《ぜひ》一ト度は。天下の主ジとなす事。一チ命イにかけ相違《さうゐ》なき。其証拠《しやうこ》。宣下《せんげ》の御綸旨《りんし》御渡し申。請ケ取リ給へ」と若君に。押戴《いたゞ》かせ。参らすれば。「伯父《おぢ》様守り貰《もら》ふた」と。立ッていそ〳〵小踊《おど》りし。御悦びも。天然自然《ねんしぜん》。

「ヤア。こりやお膝《ひざ》が立ますか。取リ立チさへし給はぬ御病気。忽《たちまち》平癒《へいゆ》有リしは。御綸旨《りんし》の徳。一ッ天ンの。御光り。是といふも久吉の。私なき計ラひ故。天のなせる不思議《ふしぎ》の名将。別所などが口にかけ。草履《ざうり》摑の兵吉と。悪ク口申せし面目なや」と勇気《ゆうき》も。砕《くだ》くる。悦び涙。
「ヱヽ有リ難《がた》や。小坂女《め》が。養《やしな》ひ君と申スさへ。恐れ多き若君様。乳房《ぶさ》の穢《けが》れを。清めの御綸旨《りんし》。耻しや今ン日迄。昼《ひる》は名を借蘭《かるらん》の君。夜ルは臥処《ふしど》に思はずも。姓《しやう》を顕《あら》はす。添乳の顔。狐の面ンを見覚へ。乳に呑ミ付キ給ひし時は肝《きも》に釘針《くぎはり》。さゝるゝ思ひ。武将の胤《たね》を請ケながら。お乳めのとの冊《かしづき》もなく。畜類《ちくるい》の乳に育《そだち》給ふ。此御果報《くはほう》の拙《つたな》さ。所詮《しよせん》足代(底本ノママ)の御代《みよ》は十三代で絶《たへ》果る。仏神の御しめし。武運ンめでたき久吉様を親と頼み。四海の上《かみ》に。立給ふ共。必《(かならず)》殺生《せつしやう》。無成敗畜生《むせいばいちくしやう》の育《そだて》た君と。悪ク名ばし取リ給ふな。中シ残すは是計リ。名残は尽《つき》ず久次グ様。暫時《ざんじ》も穢《けが》れを払《はら》ふべし。おさらばさらばさらば。放れがたなやの〱。放れ難なやの〱。さらば。さらば〱〱〱さらば」といふ声も。消《きへ》て形チは嵐にばつと。櫓《やぐら》に。あり〱十三の。火を転《てん》じたる小坂女《め》が。筐《かたみ》の教訓《けうくん》久次グの。因果《ゐんぐは》は都の畜生塚《ちくしやうづか》御身の末ぞ。是非もなき。久吉威義《ゐぎ》を改め。「綸旨《りんし》の使ィは是迄也。春長公より討手の役ク目。謀《む》叛ン人の赤松が余類《よるひ》別所小三郎則秋。久吉が討チ取ル覚悟《かくご》せよ」。

「ヲヽさも有ラん。ガ謀《はかりこと》は劣《おと》る共。武勇《ぶゆう》は何ン条。久吉ごときが及ばぬ事。其方の軍ン勢ィは。五里四方へ追ィ退《しりぞ》け。続《つゞ》く家来一チ人ンもなく。小三郎を討チ取ラんとは不敵キ〱」。「イヤ別所を討ッ軍ン勢ィは。先キ達〔ッ〕て此城へ入込マせ置ク。一チ騎《き》当千《とうぜん》無双《ぶさう》の勇士《ゆうし》。者共。参れ」と大将の。下知の真ッ先キ伊達《だて》松が。本名加藤虎之助柴田。権六三輪小五郎其外。譜代《ふだい》の。ちよつぽり武者。節句の寿《ことぶ》き箔《はく》置キの。鑓先キ。揃へ虎之助ぐつと突ィたる一番ン鑓。「ヲヽ出かした。モウ夫レでよい。加藤治が紛レ虎之助。親の敵も仕留たり。謀《む》叛《ほん》人別所小三郎。討チ留たるぞ」と久吉の。仁義の表テ立チながら。氷《こほ》りの刃ぐつと突キ立テ。どつかと座したる別所が覚悟《かくご》。其手に縋《すが》り御幸姫。「こはそもいかに」と驚《おどろ》く人〲。「ヤア何を狼狽《うろたゆ》る事。先ン祖《ぞ》赤松が謀叛《むほん》を悔《くや》み。若君を守リ立ッるは。我ガ存ン念ン。一ッ旦ン主従《しうぐ》と成リし久吉。古主の縁ンに助けしなんど。古今ン稀代《きたい》の大将に。引ケを取ラして。見て居られふか。我レは此儘。赤松の城を枕に。討チ死するが。武門ンの意気地。魂魄《こんぱく》はいつ迄も。此城中に。とゞまるぞ」と。思ひ込ンだる。勇士の一チ念ン。古主の別カれに遉《さすが》の久吉。「松下公の忘れ筐一度は御代《(ごよ)》にと思ひしに。何ンの詮ンなき。立身《りっしん》や」と五躰を打ッて。残ン念ン泣。「未来《みらい》のお供」と御幸姫。突込《つゝ》ム刃《やいば》をとゞむる通《つう》力キ。櫓《やぐら》に又も。顕《あら》はれ出。「春長の縁ン切レたる姫。未来《みらい》永ゝ別所が妻。御身稚《おさな》きより。法花経転《どく》(底本ノママ)誦《じゅ》の功力《くりき》に寄ッて。夫トの魂《たましい》。我ガ通《つう》力キ。皮肉《ひにく》に分ケ入リ此城の。守リと成ッて住給へ。我は御台の身をかりし威徳《いとく》に依ッて官に上り。仏ッ法守護の神と成リ。仏ケに敵キする春長の。武運を思はゞ。洛陽に東大寺の伽藍《がらん》を移《うつ》し。国ク家安穏を祈《いの》られよ」。「ヲヽ古主別所の此城跡。乾《いぬい》に当タつて間近カき山。久吉新に城を築《きづ》き。白狐が付キ添御幸姫。城中に居置《すへ》イて姫山の。城と呼ブならば。赤松別所の朽《くち》たる家名。爰に残るも同然たり」。「ヲヽ悦ばし。本ン望や。其一ッ句こそ。一チ念ッの成仏得脱《とくだつ》。なむ阿弥陀」。きりゝ。〳〵と引廻す。恩愛。忠義を。身一〔ト〕つに。先キ立ッ別所に八鉞ギが。恨も晴レてけふよりは。若君様の。めのと役ク。早御入部《にうぶ》の先キ備《ぞな》へ。加藤竹中三輪柴田。何れも勇士。の稚ナ立《だち》。数千ンの狐火跡備《あとぞな》へ跡に。こがるゝ。姫山に名は埋《うづも》れし男山。義者の誠を。三木の城古跡は。今に残りけり

第四

（四段目・口　河州佐太の森慶覚庵室の段）

「願以此功徳平等施一切同発菩提心往生安楽国《ぐはんゐしくどくべうどうせいつさいどうほつぼだいしんわうじやうあんらくこく》」。後生《ごしやう》の道に脇《わき》目《め》なく。河州《かしう》佐太の森の一ト在所。集《あつま》る軒は寺在家一トつ蓮《はちす》と見へにける。

未刻《おやつ》参リの阿弥陀経。勤め終れば順西坊。「ナント皆の衆。世《よ》の乱なればこそこなた衆を集《あつ》め教化《けうげ》なさるゝ。是のお住寺《じうじ》慶覚様と申スは。足利の嫡孫《ちやくそん》義昭公。世を厭《いと》ふて御遁世《とんせい》まし〳〵。此佐太の森へ蟄居《ちつきよ》なされ。愚痴無智《ぐちむち》の民百性未来成仏極楽へ導引ふと有ル御大願ン。有難い事じやと思ひ行住座臥《ぎやうじうざぐは》に南無阿弥陀仏〳〵だゞぼだをやめにして。兎角信心が肝心」と。悟り自慢の仏ッ道に。傾《かたふ》き切ッた百性共。「イヤもふこちとらが毎日〳〵鋤鍬《すきくは》捨。此様フに相詰るも畢竟《ひつけう》が如来《にょらい》様への御奉公」。「サア其信心を見込ッで愚僧《ぐそう》が頼み。イヤ婆《ば》さま達チこつちへ這《は》入ラしやれ」。「アイ」と答《こた》へも一チやうに目元トしぼ寄ル。縮緬《ちりめん》の。腰も二重《ふたへ》に三人リ連。「ハテ恥かしい事はない。ずつと這《は》入ラしやれ。どれ共に棺桶《くはんおけ》へ手を引キ合ッて

踏込時分《ふんごむじぶん》に。退去《のきさり》をするといふ様な無分ン別《べつ》な事が有ル物かいの。爰は一チ番ン愚僧《そう》が頼み。少ゝの事なら了簡《れうけん》するが後生《ごしやう》。コレ此順西が扱《あつか》ひます」と。半ン分ン聞カず五六は居直り。「イヤ夫レにこそ訳《わけ》が有ル。斯並《かうなら》んだ婆《ばゞ》が親里。皆どれ共に堅法花《かたほつけ》。一ッ家同士の往来《いきゝ》にも。日蓮宗《にちれんしう》に因《ちなみ》を結《むす》ぶ心ン外イさ。法花共(ども)に繫《つなが》れては。此珠数《じゆず》へ立タぬ故。講中《かうぢう》が云ト合せ。去リこくつたアノお婆《ばゞ》」。「ヲヽそふ共〳〵。既《すで》に仏ケの金言《きんげん》にも。法花は箒《はうき》で擲《たゝか》れる。痛《いた》いせつない日《にち》蓮宗《れんしう》。是迄うか〳〵気も付カずかはるな。かはらじと毎夜《まいよ》〳〵お勤メ申シた睦言《むつごと》を。つら〳〵と惟《おもんみ》れば。アヽ勿躰《もつたい》なや〳〵。御開《かい》山への申シ訳。隙《ひま》やつたは皆が潔白《けつぱく》。女夫喧嘩《げんくは》の其水上は穴賢《あなかしこ》斯《かく》の。通り」と一ト筋に。如来様の事ならば。首《くび》でも切ッて出すべき仡相《きつさう》我《が》を張リ。臂《ひぢ》の岩畳《がんぢやう》に。婆は「わつ」と泣出し。「いかに祖父《ぢ》様のこうけじや迚。是迄願ふた後生をば。捨て在所の親里で。法花になれとはむごらしい」と老の。諄《くり(こと)》くり返す。泣入ル婆が心根を。察《さつ》しやつたる順西《じゆんさい》が。今更何と扱《あつか》ひも。口をとぢたる破障子《やれしやうじ》。智徳も暫《しば》し浮雲《うきくも》に。覆《おほ》はれ給ふ慶覚君御身に麁衣《そゑ》を引纏《まと》ひ。しづ〳〵と立チ出給ひ。

「我レ苟《いやし》くも足利の支流《しりう》として。南ン都一チ乗院に出ッ家《け》と成リ。修《しゆ》学《がく》の窓《まど》に思ひを。凝《こら》し衆生《しゆぜう》を助ん大志願《しぐはん》に愚僧《ぐそう》が教化《けうけ》を化念《けねん》なふ帰依《きゑ》の銘《めい》ゝ〳〵。ホヽ満足《まんぞく》せり去リながら。今聞ケば宗旨《しうし》を云ヒ立テ。銘イゝ馴染《なじみ》の妻《さい》を去ルとは。イヤ早有ルべからざる事。婦女嫁《ふぢよか》して家を忘《わす》るゝ本ン文ン。片意地《かたゐぢ》も事に寄ル。退去《のきさり》迄には及ぶまじ」と。仰に縋《すが》つて順西坊。「ソレ見やしやれの。最前《さいぜん》から因果説《ゐんぐは□い》たは爰の事。サア〳〵改めて愚僧が取リ持チ。納戸《なんど》へ這入《はいつ》て中カ直り。祝言《しうげん》の心持チで。はつたい茶の三ゝ九度。嶋台は。生キて働《はたら》く尉《ぜう》と姥《うば》。三国一チじや」と講中が。打チ揃ふたる白髪《しらが》聟。誘《さそ》ひ連レてぞ立ッて行。折もこそ有レ表テの方。よし有げなる侍イ三人ン。深カ編笠《あみがさ》の内深《ふか》く。差覗《のぞ》いて点《うなづ》き合。案ン内イもなくつと通り。「推量《すいりやう》に違《ちが》はず是に在《まし(ま)》す義昭公。仁木石堂吉良の我レゝ御見忘れは候まじ。久〴〵にて御尊顔《そんがん》を拝《はい》し恐悦至極《きやうゑつしごく》」と頭を下ゲ。「恐れながら我ガ君へ御願ガひの一ト通り。斯推参《かくすいさん》致せしは並《なみ》ゝ〳〵ならぬ国家《こくか》の為。情《なさけ》なや小田春長。良《(やや)》もすれば足利を滅亡《めつぼう》し。不時《じ》に押シ寄セ御命を給はらんと非《ひ》道《だう》の行跡《ふるまい》。につくき春長。三ッ衣《ゑ》を召サれし君の為には目前の仏ッ敵キ法《はう》敵キ。急ぎ追イ罰《ばつ》の思し立られ。御還俗《げんぞく》有ルならば我ゝ迚も御味方。又《（まつた）》ッ仏に身を投ゲ打チ。念ン仏ッ帰衣《きゑ》の老若《らうにやく》男ン女。強敵退治《がうてきたいぢ》の御軍。仏ッ恩報謝《をんほうしや》の御ン旗《はた》上ゲ。片ン時も早く御還俗《げんぞく》を遊ばされ。春長追討《ついばつ》有ンべきは。ハヽア君ならで在《ましま》さず」と。詞を工《たく》みにすり寄リ〳〵。「サヽヽ御賢慮《けんりよ》いかに」と詰寄レば。慶覚ちつ共動《だう》じ給はず。「コハげう〳〵し旁《かた〴〵》。春長に野心《やしん》有ン迚。仏ッ躰《たい》を請し沙門《しやもん》の身。還俗《げんぞく》の沙汰思ひも寄ラず。譬《たとへ》ば春長愚僧《ぐそう》を拒《こば》み。害心《がいしん》を指挟《さしはさ》む共。只前ン因《ゐん》の約束《やくそく》と。思ひ捨れば恨もなし。アラよしなき事に耳《みゝ》を穢《けが》し。勤行《ごんぎやう》□怠《おこた》りし」と。出家気質《かたぎ》の無義道《もぎだう》に座を立《（たち）》一ト間へ入リ給ふ。

三人は明た。口。塞《ふさが》れもせぬ不興《けふ》の面色《しよく》。「仁木殿吉良殿。こりやいかゞ致さふな」。「何ンとゝ申シて我ゝがお進《すゝ》め申シた因果《ゐんぐは》の裏《うら》。此方共が仏ッ道に取リ込れそふに成リ申シた」。「イヤサ千ンも万も入リ申さぬ。根《こん》の限《かぎ》り続《つゞ》くだけは。諌言《かんげん》申スが近道」と。立《（たつ）》を引キとめ。「先ゝお扣《ひか》へなされよ。此石堂は□さは思へど。一チ途《づ》にはやるは始終《しじう》の妨《さまた》げ。此所に足を留め時寄勧《よりくすゝ》める御還俗《げんぞく》。寛心《くはんしん》の計ひこそ。至極ならん」と三人が底意《そこゐ》は深カき台所。二竈《（ふたつべつひ）》の大広《ひろ》間打チ連レ。てこそ入リにける。

又も表〔テ〕へ若侍門口に手をつかへ。「武智光秀参ン上なり」と披露《ひらう》する声の下。露踏。分ケて光秀が妻の夕浪。三十《みそじ》の外トか襠《うちかけ》の袖に生立宿生《おい（たつ）やどりき》の。光若が手を引簀戸《すど》に。休らへば。

順西が寝ほれ顔。「ヱヽ弘誓《ぐぜい》の船に棹《さほ》さいて。とろり。〳〵とやつた所。小面倒《だう》な客来」と。謠《（つ）ぶや》きながら表の戸。「ムヽ武智殿とおつしやつたは」。「ハイ私でござります。委《くは》しい訳は折リ入ッて。光若おじや」と。武家風の。おめず上座に打チ通れば。順西は不審《しん》顔。「坊主計リで寺同然の茅屋《あばらや》へ。美《うつく》しい女中さま。ヱヽ聞コへた。慶覚様のお名号《めうがう》を請たさに。表テ向キを武智殿と繕《つくら》ふた。御内室のお立チ寄。扨マア云ハぬ事は聞コへぬじや。先ヅ師の御坊へ。御対面《たい》ンが白銀十二匁。扨又お声のかゝるが又十二匁。扨又御相伴《しやうばん》が又十二匁。此外はお剃刀《かみそり》又は法名。或《あるひ》はお足をさするはイヤお口を吸《すふ》はお肌《はだ》をふれるはなどゝ。冥加《めうが》銀にも段ゝござれば。委《くは》しい事は書キ付ケをお目にかけましよ。兎角極楽《とかくごくらく》の沙汰《さた》もれこづくなれば。御用意も嘸《さぞ》有ラん早速《さつそく》ながら。ヘヽヽヽ力ラ付キませふか」と。欲《よく》に限《かぎ》りも納所坊《なつしよぼん》。

「コレハマアお気の軽《かる》い御坊様。シタガ今日参りし其子細《しさい》は。義昭様を本ン能寺《のふじ》の御旅館《りよくはん》へ。主人ン春長御請待《せうだい》有ラれん由。承はつたる使者の趣《おもむ》き慶覚様へお伝《つた》へ有リ。御対面《たいめん》を有ルやうに。偏《ひとへ》にお願ガひ申シます」と。聞ィてほく〱打チ点《うなづ》き。「日本ン国の親玉身ン躰《だい》よしの小田殿へ。師匠《しせう》を招請《てうせう》とは。願ガふてもないお立チ寄。ドレ〱お勧《すゝ》め」と立チ上る。「ホヽ使者の様子聞キ届《とゞ》けし。直キに対面《たいめん》致すべし」と。色衣《しきゑ》改メ出給ひ。「ホヽ珍らしや武智の内室《ないしつ》。使者の趣《おもむ》きいなむには有ラね共。一ト度ビ出ッ家と成リし身の。世に交《まじ》はる所存ンはなし。此旨《むね》帰つて申されよ」と。宣《のたま》ふ詞の先キ折て。「ハア恐れ多くは候へ共。一ッ旦ン思し立給ふ御出ッ家の御望《のぞみ》。何しにとゞめ申べき。去リながら春長こそ我意《がゐ》に誇《ほこり》。逆意《ぎやくゐ》の萌《きざし》有との風説《ふうせつ》。取リ上るには有ね共。君に対《たい》して野心《やしん》なき御主人ンの申訳ケ。御還《げん》俗《ぞく》こそ有ラず共。本能寺へ御入給はる物ならば。おのづと晴《はる》る主君ンの潔白《けつぱく》。わらはを使者に越シたるは権威《けんゐ》を見せぬ夫トが計ラひ。幼少《ようせう》ながら召シ連レし。躮は則夫トの苗代《めうだい》コレ光若。ちやつとお願ヒ申しやいの」。「アイ申シ和尚《おしやう》様。殿様のお屋敷キへ。どふぞ来て下ダさりませ。お願ガひ申シ上ゲます」と。舌《した》も廻らぬ幼気《いたいけ》ざかり。「ヲヽよふ云《い》やつた出かしやつた。何を申スも国家の為お主の為。心を砕《くだ》く武智が節義《せつぎ》。御推量《すいりやう》有ラれまして。館へ御越シ給はらば。夫トが大慶。使者の面目《めんぼく》。此上や候はん」と。忠烈籠《れつこも》る口上に。義昭御心決《けつ》し給ひ。「器《うつわ》の水麻《あさ》の蓬《よもぎ》。美名《びめい》を請ケ継《つぐ》光若。内ィ室《しつ》の発明逐一《はつめいちく[せ]いちう》に承知《せうち》せり。武智が誠忠の心にめで。京都の館《やかた》へ赴《おもむか》ん」と。仰に「はつ」と夕浪が。飛立[ツ]嬉しさ三拝九拝《ばいきうはい》。「ヤア〱何れも。一チ乗院《ぜうゐん》の慶覚様本ン能寺へ御動座《どうざ》成ルぞ。途中守護《とちうしゆご》の用意有ッて然るべし」と呼はれば。「はつ」と答《こた》へも揃《そろ》への轆軥《ろくしやく》かき込ム。網代《あじろ》の乗物に。引ッ添《そふ》仁木吉良石堂。「何れの道にも足利の栄《さか》へを願ふ我ゞ三人。イザ御立チ」と勧《すゝ》むる首途《かどいで》。見送クる土民《どみん》は一群《むれ》に。お先キ手を振ル年シを経《ふる》。閑居《かんきよ》を放《はな》れて出給ふ。虎の尾を踏毒蛇《ふみどくじや》の口。腮《あぎと》にかゝる名ィ僧を守護《しゆご》して。館《やかた》へ。

（四段目・切　本能寺の段）

〽行空の。甲冑《かつちう》をさまし汗馬《かんば》に沓《くつ》をかゆるの暇《いとま》。内ィ大臣《じん》平の春長。本能寺《のふじ》を旅館《りよくはん》とし。在《ざい》京の諸侯《しよこう》を招《まね》き会盟《くはいめい》す。分《わき》てけふこそ客人《まろふど》の御入《じゆ》来《らい》と。饗応《けうおう》の中楽《さるがく》有。始る時刻《じこく》は。日の出汐浪《しほなみ》の鼓《つゞ(み)》のとう〳〵たらり。なじよの翁《おきな》の舞《まひ》の袖万歳《ばんぜい》。楽《らく》とぞかなでける。

御ン番組《ばんぐみ》も四番《ばん》目の。間《(あい)》の狂言始《きやうげんはじま》れば。お能《のふ》役ク者は休息《きうそく》とかなたこなたに寄リたかり。「何ンといづれもいかゞ思し召《(めす)》。今《け》ン日《ふ》(底本ノママ)頃日《このごろ》迄小田足利の中カの悪ルさ。火をすつての事。忝いやつとうに成ル所。どふ御機嫌《きげん》が直《なを》つたやら慶覚《けいがく》公を御招請《ごてうしやう》。手の裏返《うらかへ》す様な春長公。ア、今日のお料理《りやうり》気味が悪ルい。鯸汁《ふぐじる》では有ルまいがの」。「サレバ当《あたり》のひどいわろに振舞《ふるまは》るゝ客はおづ〳〵。亭《てい》主《しゆ》は何ンでも仕《し》たいがい。畢竟我《ひつきやうが》意《ゐ》を振舞《ふるまふ》のじや」。「イヤ是まだ振ル舞ヒたらぬやら。御自身《じしん》に舞《まひ》をやらるゝがどふ有ふの」。「ハテ何ンのよからふ。常ゝの稽古《けいこ》にも師《し》は弟子《でし》を敬《うやま》ひ。弟子《でし》は師《し》匠《せう》を侮《あなど》り。こりややい爰《こゝ》の所は斯《かう》か。あぢよふ教《をし》へおろと睨《にらま》れはい〳〵左様フでござりますと。悪ルふても能イにして。何教《おし》へたやら謳《うた》ふたやら。術《じゆつ》なさにじり〳〵舞《まひ》。そふして習《なら》ふた事じや物。何でよからふ筈《はづ》がないわいの。定めて舞《まい》〳〵金剛《こんがう》も叶いはせまい」と。仇《あだ》口〴〵譏《そしり》入ル間の狂言果《きやうげんはて》。のさ〳〵後《うし》ろへ田熊玄番《げんば》。「ヤア何か騒《さはが》しい高笑ひは雑談《ざうたん》か」。「イヤ邯鄲《かんたん》の咄《はな》しでござります」。「ナニ馬鹿尽《ばかつく》す。此次ギは太イ切ッなる殿《との》のお能《のふ》。儕レ等少しでも仕《し》損《そん》ずると其首《くび》が飛《とぶ》ぞよ。鼓《つゞみ》も能クぶて。笛《ふへ》も裂《さけ》る程頬《つら》ふくらして吹ケ。太鼓《たいこ》は随分《ずいぶん》いさましく擲《たゝ》けよ」と。何風流《ふうりう》のすべしらぬ。田夫野人《でんぶやじん》にぎよつとして。目引袖引しらけける。

「御成リぞふ」と呼《よば》はつて。お傍《そば》近ン習《じゆ》追イヽに。「ヤア〳〵囃《はや》子の銘〳〵。狂言《きやうげん》終《□は》らば続いてお能《のふ》始むべし(底本ノママ)きを何故の遅《ち》退《たい》。此方を見合すに及ばず。とく〳〵舞台《ぶたい》へ出よとの。御事なり」と御諚《ごぢやう》の儘《まゝ》を口移《うつ》し。鸚鵡《あふむ》小町のシテの役ク。装束《しやうぞく》召サれ春長公。早御楽屋《がくや》に入リ給へば。

御桟敷《さんじき》より入来る鳴水忠膳《なるみちうぜん》。梅井の新吾。礼義厚《あつ》く手をつかへ。

「誠に慇懃《ゐんぎん》の御ン饗応《もてなし》主人ン殊《こと》なき御満悦《まんゑつ》依て御挨拶《あいさつ》の御ン使イたり付キて御内意の候は。今小田家の武辺《ぶへん》に寄《よつ》て近国静謐《きんごくせいひつ》なりといへ共。いまだ中〳〵安気《あんき》なすべき時節《じせつ》ならねば。優《ゆう》なる持遊びも強《しい》て好《この》むは宜《むべ》ならず。十三番ンと有ルお能数《のふかず》。何卒《なにとぞ》五番ンに減少《げんせう》有リたし。左有レば迚饗応《とてけうおう》に。不足有ラじとの仰成リ」とぞ述《のべ》にける。

「ハヽヽア実諺《げにことはざ》に習《なら》ふより馴《なれ》とやら。最早《もはや》仏ッ道にしみ付イて武道の意味《ゐみ》を亡却《ばうきやく》有リしは。斯戦国《かくせんごく》の中に有ッて優美《ゆうび》の業《わざ》をなすは彼《かの》。

軍門《ぐんもん》に琴《こと》を調《しら》べし臥竜《ぐはりやう》に同じき予《よ》が度慮イヤモ思慮《しりよ》のなき批判《ひはん》は請《うけ》まじ」と。嘲《あざけ》り給へばさし出る玄番。「ア、性懲《しやうこり》もなき桑門《よすてびと》其自《じ》言辞《こんじ》故我ガ君に疎ぜられ様ゝ漂泊《ひやうはく》召サつたを。入ラざる武智が取リ成シにて今ン日の御対面《たいめん》。十三番は愚《おろか》。百番ンでも押シ唹《だま》つて拝見有ルが身のお為」と。聞キも敢《あへ》ずせき立ッ両人ン。「ヤア過言《くはごん》也玄番殿。惣じて身分ンより上《うへ》つかたの舞《まひ》給ふを拝見《はいけん》と云ヒ。同格以下《どうかくいげ》の乱舞《らんぶ》なすを見物《けんぶつ》といふ。衰《おとろ》へたれ共足利《あしかゞ》は君《きみ》小田家は臣《しん》。其春長のなさるゝ能《のふ》を。慶覚君《けいがくぎみ》に拝見などゝは心得ず。権威《けんゐ》も。人に寄ルべし」と。詞の批《ひ》太刀打チかけられ。返《かへ》す答《こた》へも荒気《あらぎ》の大将。持《もち》太刀に手のかゝると見へしが。五躰《ごたい》二つに鳴水《なるみ》が即死《そくし》。逃ゲ出す梅ノ井も後袈裟《うしろげさ》。かゝる最期《さいご》ぞ。便ンなけれ。

「小性方お手水《てうづ》指シ上ゲられよ」。「ハア、はつ」と諾《いら》へて小扈従《こしやう》が。刃《やいば》に瀬《そゝ》ぐ。水たゝき。身にかゝらふか。白ラ露《つゆ》の。玉散光《ちるひか》り目に遮《さへぎ》り。思はず柄杓《ひしやく》取リ落せば。どうど蹴飛《けとば》しぐつと睨《ねめ》付ケ。「ヤア小躮レとは云ヒながら。武気備《ぶきそな》はらぬ比興《ひけう》やつ。成人《せいじん》して何ンの用。玄番。アレ引立よ」と機嫌《きげん》さんぐ〳〵照曇《てりくも》る面《おもて》。正して出らるゝ。舞台《ぶたい》は。遥遠音《はるかとふね》さす。日影《かげ》も夏の厚化粧《あつげしやう》。身嗜《だしなみ》して奥女中。互。

に呼《よび》かけ立どまり。「夕霜さま時雨《しぐれ》さま。比日《このごろ》漸《やう》〳〵お国からくると其儘《まゝ》此様ッな。閙《いそ》がしい目に逢《あふ》はこちとら計リ。よいめに逢《あふ》のは白糸さま。あの美《うつく》しい蘭丸様の狂言《きやうげん》の。相ィ人《て》に仰付られたはどふした仕合せ。同じ御奉公でも片贔屓《ひいき》がするでないか」。「ヲ、それいな。あれからがツィ思はくの。下地は好《すき》なり御意ごかし。めつたに稽古《けいこ》したがらしやんすが心得ぬ。但し乍敏訳《とふから》ケ有ル中か。どふでも様子有磯海底《ありそうみそこ》を探《さぐ》つて見様じやないか」。「成ル程〳〵二人共追ッ付ケ爰へ。コレ斯《かう》ゝ」と囁《さゝや》き点《うなづ》き三人ンが。隠れて翠簾《みす》の。内深カく打《トル》チ連レてこそ。

「罷リ出たる者は。内大臣春長公の。御目を下さるゝ蘭丸と中者でござる。扨も今ン日の御ン饗応《もてなし》に。狂言仕れとの仰。追付舞台《おしつけぶたい》へ上手《じやうず》のずるでござらふが。何卒《とぞ》一きは致したい物じやが。誠や。出合より。下手《へた》の仕組《しぐみ》といへば。稽古数《けいこかず》に渡るがよい。ヤ今一度さらへて見よふと存ズる。ノウ〳〵殿様。ござりまするか。頼《たの》ふだお人。来さしませ」。と招《まね》くは早ふ恋中カの。契話《ちわ》もひぞりも白糸が。結《むす》びし。ゑにし長ガかれと。心に祝《いは》ふ。末広の。役ク目はこまる。大名姿。「ヱ、此烏帽子《ゑぼし》はいの。鬢《びん》が損ねはせまいか」と髪《かみ》にかこ付のべ鏡《かゞみ》。移《うつ》す互ィの顔と顔。「お前も。私《わたし》も。御前ンの勤《つと》め。ツイ表テ向キの挨拶さへ。心が咎《とが》めて得申シませぬ。お暇《いとま》願ひ父母の。お赦し請ケて末広《すへひろ》ふ」。「いかにも求《もと》めて参りました。いざ御覧《らふ》じませ」。「ヱヽ私がいふのは此事ではないわいな」。「イヤ／＼違《ちが》ひませぬ様。御注文に合して参つた。夫レで読《よま》つしやりませい」。「ホンにそれ／＼。きのふ上ゲました文ごらふじて下ダさりましたかへ」。「ハヽア夫レこそ大事に念ッをつがひましたれ。コレ此紙の事でござる。師走狐《しはすぎつね》のごとく。こん／＼といふ程張ッてござりまする」。「アヽ其こん／＼が私《わたし》はいや。適《たま》に逢夜《あふよ》は暁《あかつき》の。鐘を悲《かな》しみ鳥の音《ね》を。うら紫《むらさき》の色とやら。教《おし》へて置ィて此儘に。打捨給ふか胴欲《どうよく》な。真実《しんじつ》本ンの。女夫《めをと》じやと云《いふ》て給はれ。蘭丸様。夫レが何より肝心要《かんじんかなめ》」。「サア其要本《かなめもと》。しめてと申スは。斯広《かうひろ》げまして。ナ。斯《かう》袖を広《ひろ》げさしまして。とふ抱付《だきつ》ィて引キしめる。是が肝心要の所。是で能ィかや」。「ヲヽ嬉し」と抱き。合ッたり叶ふたり。「ヨイヤお二人リ出来ました」と。翠簾《みす》の内より女中方。走り出れば恂《びつく》り飛退《のき》。「サア／＼斯致《かういた》すのがざれ絵でござる。ざれじや。／＼」と紛《まぎ》らしても。くろめ兼たる囃子《はやし》物。「是も神の誓《ちか》ひ迚。人が傘をさそなら。おれも傘をさそふよ。人が恋をするならば。こちも恋をせふよの。実《げに》も左有リ。やよげにもそふよの」。「そふよ／＼」と三人リの女。「みす／＼見へた。狂言事。こちらもこんなお相手に成ルか。ならぬのお返ン事を」と。袖にもつれつ裳《もすそ》に縋《すが》り。男松一ト木にしめからむ。蔦《つた》の葉葛《はかづら》。放《はな》れじと。付キまとふたる其折から。舞台《ぶたい》に事の有ルよと見へ頻《しき》りの騒動《さうどう》荒ゝ敷ク。面テ鬘《かづら》をかなぐり捨かけ入リ給ふ春長公。跡からおづ／＼囃子《はやし》方。脇師《わきし》地謡《うた》ひ震《ふる》ひ声。「我／＼共が未熟《みじゆく》にて仕損じばし候はゞ。只幾重にもお赦《ゆる》し」と。生キた心地は泣キ顔を畳にすり付ケ詫ければ。「イヽヤわれ達が事には有ラず。今ン日の饗応方《けうおうかた》。光秀め早くよべ。かんでくれん」といらたゞ敷ク。仰は。何か白糸が。胸に轟《とゞろ》き鳴板《なるいた》の。廊下《らうか》伝《づた》ひを呼ビ使ひ櫛《くし》の。へ歯《は》を引クごとく也。憐《あはれ》むべし。武士《ものゝふ》の身は明日《あす》知ラず。饗応司《けうおうし》承はる武智十兵衛。御膳ンの間に有リけるが。君の御気色たゞならずと。伝《つた》へて菊の御座の間へ恐れ。入てぞ平伏す。春長佗度《きつと》見やり給ひ。「ヤヲレ光秀。儕レ何ン等《ら》の遺恨《ゐこん》有リて。今のごとく人ン前ンにてゆゝしき恥辱《ちじよく》を与《あた》へたるぞ。奇怪《きつくはい》成ルやつかな」

と席《せき》を。打ッて怒《いか》らるゝ。「コハ存じ寄ラず。君恥《はづか》しめを請ケる時キは臣死スといへり。家来の身として御主君ンに。恥辱を与へ奉るべき様フや有ラん」。「ム、然らば又何故に。我ガ能も満《みて》ざる中チ酒宴《しゆゑん》を催《もよほ》し。饗膳《けうぜん》は致せしぞ。是全《まつた》く主を軽《かろ》んじ賤《いや》しめて恥辱を与《あた》ふる致し方。サア中ッ条に寄て。びくとでも其座はやはか立タせじ」とせりかけ給へどいつかな臆《おく》せず。「都《すべ》て貴人ン御招請《てうせう》に中楽《さるがく》有レば。面ン箱と倶に蕗《ふき》の台《だい》を出し。御ン壺《かはらけ》を勧め奉るは能も饗応の内成ル故。又ッ(まつた)お能半《のふなかば》に御拝膳致せしは。何事も此ごとく打チとけさせ給へやと。御懇切《こんせつ》なる我ガ君の御志を通ぜん為。いはゞまだ御ン手づから備へ捧げ給ふべき。太イ切ッの御ン方タと存る故。恐《おそ》れながら光秀が殿にかはり奉り。御拝膳致せしなり」とつゞまやかにぞ答《こた》へける。

「ハレ口賢《かしこ》く云ヒまげしな。譬(たとへ)慶覚足利の連枝にもせよ。世を見限りし青道心敬《うやま》ひ尊《たつと》む事や有ラん。悪ルく坊主め高ぶらば。目に物見せてくれんず」と。罵り給へば膝すり寄セ。「性得貴きを疾《そね》み。いやしきを侮《あなど》り給ふ御気質《きしつ》故。瑣細《ささい》の事にも御憤《いきどふ》り深カくして。人は勿論仏ッ閣霊場《かくれいぢやう》或は崩《くづ》し或は又。焼捨給ふ其罪科《つみとが》。積らば御身の災《わざは》ひに。成リもやせんと歎かはしく。百度《もゝど》千度《ちど》の諫言《かんげん》に。舌頭《ぜつとう》は爛《たゞ》るれど。一トつも御許容《きよよう》有ラばこそ。日こに募《つの》れる悪ク逆非道。神ン明イ仏ッ陀《だ》の御怒《いか》り。恐ろしとは思さずや。国ク家の大事を差別《しやべつ》有リ。とく御本ン心ンに成リ給へ。改め給へ」と憚りなく根気を砕き。諫《いさ》めける。

「ヤア我ガ行跡《かうせき》に有ル事ない事。筆まめに書キちらし。儕レめに内イ通する犬女めはこやつぞ」と。飛かゝつて白糸がゑりがみ摑《つか》んで引キ付ケ給へば。「ノウ勿躰ない父母の恵《めぐ》みより。深カき御恩《をん》のお主の事を」。「ヤア云ハぬとは云せまじ。最前《さいぜん》の書面ン是へ持テ」と。御意こそ得たりかしこより。出来(いでく)る玄番が証拠《しやうこ》の一ッ通押シ披《ひら》き。「落ちり有リしを拾《ひろ》ひ取リ。殿の御覧に入たれば最早返らぬ。跡先キは破《やぶ》れて有レど。肝心の所読上ゲて今一度お聞キに入レふ。兎角《とかく》包むつゝ事の洩《もれ》安きは。手に結びたる水より早しと申せば。斯《かく》通じまゐらせ候事。若《もし》や顕《あら》はれいか成ル憂目《うきめ》にや合イ参らせんかと。殿のお傍《そば》に勤《つとめ》候は。釼《つるぎ》の刃《は》を渡《わた》るより恐《おそ》ろしくぞんじまゐらせ候。イヤモ鷺《さぎ》を烏《からす》と争《あらそ》ふてもくろまらぬ此手跡《しゆせき》。白糸が筆に相違《さうゐ》はない」と。差シ付ケられておろ〳〵涙。かゝる憂目《うきめ》は蘭丸が。落せし文と云ヒわけをすれば互ィに不義の科《とが》。いづれ遁《のが》れは内ィ通《つう》に極る女が身の難ン義。武智は二人が艶書《あんじよ》ぞと悟《さと》れど。さとき主人ンの眼前眴《がんぜんまじろぎ》もせず扣《ひか》へ居る。「ハテ不敵キやつ。現在《げんざい》娘が浮沈《ふちん》にさへ。ひるまぬ親めがアノしやつ頬《つら》。見るも中〳〵いまはしい。蘭丸手ひどく打チ居《すへ》よ」。「ハアいや其義は」。「得打タぬか」。「ハア全《まつた》く左様では」。「そふなくば打チすへい」。「ハアはつ」とはいへど立かぬる。「サア女め。儕レは此釼ギの刃《は》を渡タれ」。「エヽ」。「わりや春長に仕《つか》へるは。釼ギを渡るより恐《おそ》ろしとな。さすれば釼ギの刃を渡るは。某に仕ふるよりは安スからめ。早く渡タれ」。「ハイ」。「わつぱめしやつ頬なぜ打タぬぞ」。「ハア」。「とく渡(タ)らぬか」。「ハイ」。「ぶて」。「ハア」。「渡タれ」。「ハイ」。「サア〳〵何ンと」ゝ追ィ廻ハされもれて。遁《のがれ》ん方タもなき。網代《あじろ》の氷魚《ひを》ともだゆる娘。「サア蘭丸打《うち》やれ。猶予《ゆうよ》すれば不忠と成ルがや。用捨なく打チ召サれ早く〳〵」と差《さ》付クる。面テへこそは出さね共心は聟《むこ》也舅ぞと。思ふ因果《ゐんぐは》の椽側《ゑんがは》に立ッたり。居たり気をあせる。「ハレふがいなき童《わつば》め夫レ玄番《げんば》。きやつ共に打チ居《すへ》い」。「畏《かしこま》つた」とずつと寄リ。扇の鉄骨《てつぼね》両人ンが額《ひたい》に当タる日頃の意趣《ゐしゆ》。打タるゝ身より見る悲《かな》しさ。行んとあせる白糸を引倒《たを》して膝下《しつか》にかため「まだ打テ。〳〵」と強気《がうき》成ル仰髃骨《あふせかたぼね》分ちなく。りう〳〵はつしと。打チなぐる。「ヲヽ出かした〳〵。褒美《ほうび》には其方に饗応《けうおう》方タ申シ付る。武智めがけふの調度《てうど》打チ砕《くだ》いて役ク義を替《かは》れ。コリヤ。すはといはゞ兼ての馳走《ちそう》。手筈《はづ》ぬかるな心得たか。早く行《(ゆけ)》。サア今こそは女めに。娑婆《しやば》の暇《いとま》をくれんず」と既《すで》に危《あや》ふき生死《せうじ》の境《さかひ》。「ヤレ暫く」と慶覚公。朱《あけ》の衣《ころも》に紋白《もんしろ》の。袈裟《けさ》かけまくも弥陀号《みだがう》と。念ン数《じゆ》つまぐり出給ひ。「ヤアいかに内府《だいふ》。一ッ旦ンの怒《いか》り去ル事ながら。殺害《せつがい》せんは不便ンなり。只寛仁《くはんじん》の計ラひにて。彼レが一命慶覚に報謝《ほうしや》有レさすれば広《くはう》太功徳《だいくどく》にて。善ン根《ごん》則チ国家《こくか》の祈禱《きとう》。何卒《とぞ》助命《じよめい》有ラまほし」と。仰に猶も逆《さか》立ッ我慢《がまん》。「イヽヤ。善ン根ンなり迚罪《つみ》有ルを赦《ゆる》しなば。能キ事にして悪ク事はやまず。善ン道に志《こゝろざす》者有ルべきか。去ルに寄ッて。軽《かろ》き罪《つみ》たり共重《おも》く当タり。後ゝ《ごゞ》の見ごりになしくれんず女が命。助クる事はならぬ〳〵」。「サアそこをひたすら助ケたきは。慈悲《じひ》を職分《しよくぶん》とする沙門《しやもん》の身。仏ケの教《をし》へを破《やぶ》らん事は勿躰《もつたい》なし」。「然らば仏ッ門ンの教《おし》へを立テて。武門の掟《おきて》は乱《みだ》すべきか。仏ケにもせよ神にも有レ。国政《こくせい》にても背《そむ》けよとの教《おし》へや有ルか。似《に》合ッた坊主の役ク ならば後世《ごせ》は勝ッ手に助け召サれ。此世はいつかな助けぬ」と。邪《じや》見《けん》の刃《やいば》に白糸があばらを横に板敷キ迄。突キ通されて苦《くる》しむ声。胸に答《こた》へて蘭丸武智歯《は》を嚙《くひしば》る。計リ也。手負は息キもせぐるしく。「ア、冥加《めうが》なや恐《おそ》ろしや。十六のけふ迄も。とゝ様やかゝさまの。無事なお顔をおがみしは。皆殿様のお影《かげ》ぞと。思へば〳〵私が身は。親やお主の物なるを。気儘に持ッた其罰《ばち》で。死ヌる今はの際《きわ》にさへ。云イたい事の数〻も。云ハれぬ鴛鴦《おし》の鍛ギ羽に。かゝるもせめては罪亡《つみほろ》ぼし。申シとゝ様。御恩《をん》も送クらず先キ立チます。かゝさまへ能キ様ッにお詫《わび》なされて下ダさりませ。ノウ蘭丸様。傍輩《ほうばい》のよしみには思ひ出して折〻の。御回向《ゑかう》頼み上ゲまする。名残惜《おし》や」と夕露の脆《もろ》き命の終《おは》り際《ぎは》。見るいぢらしさ蘭丸が。胸に妹背《いもせ》の。暇《いとま》乞《ごひ》親子の別れ余所《よそ》にふる。涙は落て手向水《たむけみづ》哀《あはれ》はかなく。成リにける。

無慙《むざん》のさまに慶覚公。御目をとぢておはせしが。開《ひら》き有リ合フ傘《かさ》取リ上ゲ。「出家たる者《もの》人ンの命イを貰《もら》ひ損《そん》ずれば。傘《からかさ》を以ッて寺を開《ひら》くとや。実〻《げに〳〵》家を出し身は一チ寺《じ》に居《すは》るも仮《かり》の舎《やど》り。其又やどりを捨行ば弥《いよ〳〵》止《とゞ》まる方タもなく。只雨露さへ凌《しの》がばよしとの心にて。傘《かさ》を以ッて寺を開《ひら》くと云ッやらん。我レも今より仏道を捨て出れば何国にか。舎《やど》りとゞまる方もなし。傘《かさ》こそ舎《やど》りなりけり」と。やがて其座を立給ふ。「ヤア待〳〵〳〵緩怠《くはんたい》なるやせ法師。念ン数《じゆ》を切ッて捨たるは春長へ頰当《つら》テの。仏ッ道破門《は》ン成リけるかいかに〳〵」。「ホ、普《あまね》く衆生《しゆぜう》を助ケんと有ル仏ケの誓願《せいぐはん》なるに。只一人さへ助け得ざりし某《それがし》が。何面ン目に仏を拝《はい》せん。最早《もはや》仏ッ縁ン是迄ぞや」。「ホ、面白《おもしろ》し〳〵。さすればこなたは堕落《だらく》の僧。三ン衣を剝《はぎ》取リ凡俗《ぼんぞく》の姿となし。春長が威勢《ゐせい》を以て遠流《をんる》させせん。配所《はいしよ》は則チ六十余《よ》州。夫レ其傘《かさ》の下タ舎《やど》りは取リも直《なを》さず天が下タ。御ン手に握《にぎ》らせ給ふからは。今より君は足利十四代の武将。武門ンの魁主《くはいしゆ》義昭公。弥《いよ〳〵》還《げん》俗《ぞく》成リ給ひ。四海の権《けん》を執《とり》給はゞ。我レは始《はじ》めに押シ下ガり。上総ノ助小田春長が大慶此上有ルべからず」と跽《しき》つて。三ン拝《ばい》有ければ。光秀いなんで頭ラをふり。「左程正しき御所存ンにて是迄君を蔑《ないがし》ろに。難面《つれなく》当タり給ひしぞ未審《いぶかし》さよ」と難ンじける。「ヲ、其子細《しさい》こそ義昭公。足利の正統《たう》たる御ン身にて有リながら。武将の職《しよく》を辞《じ》し給ふ。是全く春長を御疑《うたが》ひより事発《おこ》り。暫《しばら》く世上の人心。見合せ給ふ御発心《ほつしん》と見付ヶしより。ハ、ア是非《ぜひ》もなや。幾《いく》千ンの誓紙《せいし》を以ッて申ス共。よも御承引《せうゐん》ましまさじ。兎《と》やせん角《かく》やと肺肝《はいかん》を苦《くる》しめ砕《くだ》く謀《はかりこと》。なす事する事敵対《てきたい》の色《いろ》を顕《あら》はす紅《くれな》ひに。妙法蓮花《めうはふれんげ》七字の旗《はた》。君は元来潔白《もとよりけつぱく》の白き御旗《みはた》に六字の称号《しやうがう》。いどみ争《あらそ》ひ論義《ろんぎ》に募《つの》り。所々の仏閣《ぶつかく》打チ崩《くづ》し焼キ払《はら》ふたる仏敵《ぶつてき》法敵《てき》。御憤《いきどふ》り重《かさな》らば終《つゐ》に三ンの衣《ゑ》を甲冑《かつちう》に脱《ぬぎ》かへ給ひ。春長を打チ亡《ほろぼ》さんと御器量顕《きりやうあら》はし在《ましま》さんと。思ひ込ンだる某《それがし》が忠臣ンの義気。天の冥慮《めうりよ》に叶ひしや。今こそ武将と成リ給はん。御萌《きざし》こそ顕《あら》はれたり。ハ、、、有リ難《がた》や本ン懐《ぐはい》や」と。踊《おど》り上り飛《とび》上り。御悦びは限《かぎ》りなし。

義昭心とけ給ひ。「扨は斯《かく》こそ計ラはん。忠節にて有リしよな」と。感《かん》じ給へば蘭丸武智。「明ィ君ン共見分ヶざる我レ々が明キ盲眼《じゐ》。口有ル儘に勿躰《もつたい》なや諫言《かんげん》申せし慮外《りよぐはい》の罪《つみ》。御赦免《しやめん》願ガひ奉る」と。低《てい》頭《とう》平身ンなしければ。

「ヲ、我レ迚も計略《けいりやく》とは云ヒながら。空恐《そらおそ》ろしき無道の行跡《ふるまひ》。嘸《さぞ》や是迄旁《かた〴〵》も心苦《くる》しく有リつらめ。赦《ゆる》してくれよ去ルにても。不便ンなるは白ラ糸に。非業《ひごう》の最期《さいご》を与《あた》へしな。未魂《いまだたましゐ》さらずんば。聞ィて恨《うらみ》を晴レよ」迚良《やゝ》御涙に。くれ給へば。「コハ。恐《おそ》れ有リ冥加《めうが》なや。国家の為にくらべなば。娘が命百千ンを積重《つみかさ》ぬ共足《たる》べきか」と。死骸《がい》引キよせ抱《だき》かゝへ「コリヤ。そちが一チ命ィ捨《すて》し故。両君ン和合《わがう》まし〳〵て。御代《みよ》長久の基《もと》ひと成ル。ヲ、ういやつよ。手柄者《てがらもの》。蘭丸誉《ほめ》てやつてくりやれ。ヲ、よく死ンだ出かいた」と。嬉しさ悲しさ。一ッ時に車軸《しやぢく》涙は夕《ゆふ》立チに滝《たき》の落《おち》合フごとくにて。辺《あた》りを浸《ひた》す計りなり。

義昭こなたに向ヵはせ給ひ。「旁《かた〴〵》対面《たいめん》然るべし」と。宣《のたま》ふ御声諸共に御簾《みす》巻キ上る客殿ンには。花山の相国《しやうこく》道方公辺《あた》りも耀《かゝや》く錦《にしき》の御旗《はた》御ン手に捧《さゝ》げ立チ給へば。仁木石堂《どう》木《き》良《ら》大館《おほだち》。其外ヵ供奉《ぐぶ》の諸大名。威義堂《ゐぎとう》〳〵と居ならびて。一ッ党《とう》に詞を揃《そろ》へ。「忠烈《れつ》全《まつた》き春長公に。疑念《ぎねん》をいだきし我レ々が麁忽《そこつ》の段。御高免《かうめん》下ダされよ」と各《おの》〳〵。烏帽子《ゑぼし》を下ゲらるれば。道方席《せき》を出給ひ。「是こそ尊《たつと》き日月の御旗《はた》。是なき時は武将宣下《せんげ》は思ひも寄ラず。義輝《てる》落命其以後は我ガ手に預ヵり深く隠し。世の成《なり》行を窺《うかゞ》ひ待ッたる甲斐《〔か〕ひ》有リて。今こそ足利再興《さいこう》の時キ至《いた》れり。義昭参内有ル迄は足下《そくか》に預け置べき間。能キに計ラひ申されよ」と。渡し給へば拝受《はいじゆ》有リ。「吉辰《きつしん》を撰《ゑら》び。義昭君御参ン内《だい》有ル迄は。室《むろ》町の新《にゐ》御所に移《うつ》し返し奉らん。ヤア誰レか有。御装束《しやうぞく》持チ参れよ」。「ハツ」ト答《こた》へて近ン習《じゆ》の武士捧《さゝ》げ。出《（いづ）》れば吉良石堂。承はつて御装束《しやうぞく》附太刀。きらめく金ン風《かざ》折烏帽子《えぼし》。召際清《めしぎはきよ》らかに。流れ絶《たへ》せぬ源トの。武将の威風顕然《ゐふうけんぜん》たり。

「ヤア〳〵武智蘭丸は。道方公の還御《くはんぎよ》を見送クり奉れよ。諸侯《しよこう》の旁《かた〴〵》は君の御ン供。路次《ろし》の警蹕《けいゑい》致されよ」と。棟梁《とうりやう》の臣《しん》のりん〳〵たる。武威《ぶゐ》に随《したが》ふ諸大名。前駆《ぜんぐ》跡乗リ行烈《ぎやうれつ》を。乱さぬ御代の礎《いしずへ》は。あつき氷りや室町の御所を。さしてぞ出らるゝ。

時刻は暮《くれ》のかねてより。手筈《はづ》を定め奥庭迄。込ミ入軍ン兵三千騎。真ッ先キ立ッて田熊玄番《げんば》「適《あつぱれ》君の御賢察《けんさつ》。的《まと》は違はぬ黒ぼし〳〵。日ッ月ッの旗御ン手に入リし上からは。最早《もはや》義昭生ケ置ィて何ンの用なし。仰置カれし時刻《じこく》を違へず御手の勢を引キ具《ぐ》したり。イザ御出ッ馬」と呼《よば》はれば。「ホヽヽいしくも計ラひ申シたり。併《しかし》我ガ手をおろすに及《およ》ばず。此三ン千ッを二タ手にわけ。一ッ千ン五百は室町の北。東西《とうざい》より乱れ入リ。火を放《はな》つて畀《おびや》かし。程能ク見へなば鑓《やり》を入レ。南ン方の唐門ンへ無二無三に突出《つき》せよ。此時残る一ッ千ン五百。向ふを包ンで切リ立テ突キ立テ。鑓リにも太刀にも。かゝるやつばら余すな漏《もら》すな人種尽《だねつく》して立帰れ」と。居ながら軍場《ば》のかけ引を尖《するど》き下知に励《はげま》され。我レ劣《おと》らじと馳《はせ》向ふ。

跡に春長悠然《ゆうぜん》と。歩《あゆ》み寄ッたる竹の本ト。末の小枝《えだ》に旗《はた》打チかけ打チ守りたる。一人リ笑《（ゑみ）》。

誰ガしらせけん武智が妻。我ガ子を小脇《わき》にかい〴〵しく。御前ンに通つて息キつぎあへず。「エヽお胴欲《どうよく》な我ガ君様。身ン命《めい》を忘《わす》れお家を思ふ夫トを出しぬき。義昭様を殺《ころ》さふとは情ケなき御企《くはだて》。アレ〳〵斯云《かういふ》内も胸《むね》は早鐘心がせける。御大事に及ばぬ中思し返《かへ》して給はれかし。あはれお赦《ゆる》し有ルならば。女でこそ有レ跡より追付。窃《ひそか》に軍ン勢ィ引キ上ゲて帰りましよ。コレ〳〵光若も倶ゝにお願ガひ申てたもいの」。「アイ殿様。どふぞお赦しなされて下ダさりませ」。

「ヲヽ〳〵よふいやつたのふ。何頑是《ぐはんぜ》なき童《わらべ》さへお主大事と思ふ物。お家に久しき者共がお為悪《あし》きを申シ上ゲふか。去リ迚はお心強《づよ》い。申お聞キ入レなきならば。御前ンに置ィて親と子が。浮世の夢を見果《はた》す覚悟《かくご》。お慈悲〳〵」と手を合せ涙と。倶に願ひける。

「ハヽヽ儕レ等ごときの命を貯《かば》ひ。此大望《もう》を無《む》にせんや。叶《かな》はぬ事と観念《くはんねん》し。自滅《じめつ》ひろがば勝ッ手にせよ」。「スリヤいか程に申シてもお聞キ届《とゞ》けはござりませぬな」「ヤアくどい女めそこ立チされ」。

「ハァ此上は何《ン》とせん。千年《セ》の齢《よはひ》も限り有《リ》。三世のお主。二世の夫《マ》も終《つゐ》には来り給ふべき。死出の山路の枝折《しをり》せん。光若やいの」と手を取《リ》て。「若《もし》も斯《かう》成《ル》折からは。真斯《まつかう》せよと爺様《とゝ》が。常〳〵そなたへ云《ヒ》付《ケ》を」。「アイよふ覚へております」と。肩《かた》押《シ》脱《ぬぐ》を見る母の。目は泣《キ》くらみ気は消《きへ》〳〵。雪の膚《はだへ》に氷《こほり》の刃。苦《く》もなくぐつと突《キ》立《ッ》れば。「ヲヽ出かしやつた〳〵。可愛《かあひ》や〳〵」と抱《いだ》きしむれば。「コレかゝさま云《フ》事よふ聞《イ》て。無理云《いは》ずに腹《ラ》切《ッ》たぞへ。わしやたんと強《つよ》かろがな。強《つよ》いといふてほしいなァ。誉《ほめ》ていの〳〵」。「ヲヽ誉《ほめ》いでならふか〳〵。歴〻《れき〳〵》の侍《イ》でも。まさかの時《キ》に及《およ》んでは。是程立派《りつぱ》に有《ル》まい物。ヤレ健気《けなげ》なぞや。いぢらしや。苦《くる》しからふに堪《こら》へてたも」。「イヽヱねッから術《じゆつ》なふない。術ない事はないけれど。おなかゞ疼《いた》い按《さす》つてほしい。ヱヽくらふ成《ッ》た。くらい〳〵」としがみ付《キ》。「かゝさまなふ」と一《ト》声を。此世に残す時鳥《ほとゝぎす》。血を吐叫《はきさけ》び亡骸《なきから》を。押《シ》動《うご》かしつ肌《はだ》にそへ。「月《キ》ぞと詠め。花と見て楽《たの》しみ育《そだ》てし姉弟《おとゝゐ》の。子を殺《ころ》すとは何《ン》たる因果《ゐんぐは》。いかなるけふの日なりけんいまはしや悲しや」と其儘《まゝ》そこにどふど伏前《ン》後。正躰歎《なげ》きしが。

むつくと起《キ》て血刀取《リ》。脇腹《ラ》がはと切《リ》裂《さけ》ば。流るゝ血汐紅《くれな》ゐの。短冊捧《たんざくさゝ》げ高らかに。「時《キ》は今天が下しる五月《さつき》かな。一《ト》年《セ》愛宕《あたご》御登山《とうざん》の折から。連歌《れんが》の御会《くはい》に光秀が。殿の御心《ン》腹《ク》を探《さぐら》んと。時《キ》の気に寄《セ》。天が下を知り給ふべき。時《キ》は今ぞと吟《ぎん》じたる連《れん》歌《が》の発句《ほつく》。能《ク》御心に叶ひしやらん。数〳〵の録《ろく》給はりしは。疑《うたが》ひもなき御逆意《ぎやくゐ》。浅ましさよと我《ガ》夫《マ》が。種〻様〻との御異見《ゐけん》も。御《ン》聞《キ》入《レ》有《ル》にこそ。今又親子が此哀れも。見捨給はる。恨めしや」といへ共更《ラ》に見やりもせず。「あの貝鐘は室町へ寄《ス》る我《ガ》軍《(いくさ)》。義昭めを始めとし仁木石堂吉良大館。敵対拒《てきたいこばみ》しやつ原が生《マ》首見るは今の内。ハレ心地よし嬉しやなァ」。「なふ其お詞こそ呵《か》責《しやく》のせめ。最早憂事《もはやうき》聞《ク》まじ」と。刃《やいば》抜捨合掌《がつしやう》し。終《つゐ》に敢《あへ》なく成《リ》にけり。

春長仡度《きつと》耳《みゝ》敧《そばだ》て。「ハテ心得ぬ。室町へ寄《セ》るぞならば物音《ト》幽《かすか》に成〔ル〕べきを。次第に近《カ》づく攻《せめ》太鼓肌骨《きこつ》に響《ひゞ》きこたゆるは。未審《いぶかし》さよ」と太刀追《ッ》取《リ》つゝ立《チ》給ふ間もなく。どつと上《ゲ》たる鯨波《ときのこへ》。山を劈《つんざ》き潮《う(し)ほ》と涌《わき》くる多勢《イ》の軍《ン》兵。抜《キ》連《レ》〳〵切《リ》込《ン》だり。「シヤ尾籠《びらう》也何やつ」と四面《ン》八角かけ狂《くる》ひ。なぎ立《テ》切《リ》伏《セ》獅子王《しゝわう》の荒《あれ》たるごとき御ン有リ様。敵キは大軍ン透間《すきま》もなく。二の手の勢イより進《しん》士《じ》六郎諏訪《すは》五郎。抽《ぬきん》で出れば開田《かいでん》八郎藤田の源五。何れも勝《すぐ》れし長ガ身の鑓《やり》。穂《ほ》先キを揃《そろ》へて突かくる。奇《き》ゝ妙ゝたる四人ンが鎗術《さうじゆつ》請るは神変極意《じんぺんごくゐ》の秘鍼《ひけん》。鎗の塩首《しほくび》腕首も一つに切よと打チ払〔ラ〕ふ。太刀の刃《は》金や晶《さへ》たりけん。切ッ先キ折ルればがはと捨ふんぢかつてぞ立チ給ふ。「イデ組ミとめん」と進士《しんじ》開田《かいでん》両方より。左右の腕《うで》先キむんずと取ッたる鬼拳《おにこぶし》。ほどいて一チ度《ど》に芝返《しばがへ》し。続《つゞ》いて組ミ付ク諏《す》訪《わ》藤田。前がはに頭《づ》をひたとすり付ケ。腕頭《かいな》ラの力を合せ「こりや〳〵〳〵」と押シたりけり。わざと足取リ踏《ふみ》ためずぢりゝ〳〵と跡跽《ずさ》り。二人が腮《あご》に御手をかけ。「ゑいやうん」と押シ給へば。弓と反たる二つの骸《からだ》。椽《ゑん》より下タへ突《つき》落され土に埋《うづも》れ見へたりけり。「組では叶はじ遠矢にて射《ゐ》取レや射取レ」と飛《とび》くる矢先キ。早《さう》足《そく》に蹴《け》上ゲる畳《たゝみ》の楯《たて》。抜ケつくゞつつ仕給へ共。鉄《てつ》石ならねば御身も労《つか》れ。かしこにどうど。射すくめられ。数箇所の深カ手に苦《くる》しみながら。「ヤア不意《ゐ》を討ッは軍のならひなれ共。斯《かく》迄謀《たばか》り工みしは。只者ならず覚へたり。名乗レ聞ん」と有リければ。軍ン中に声《こへ》有ッて。「抑須弥山《そもしゆみせん》に勝《まさ》つて高き公《きみ》の大恩《をん》。只一ッ刀《たう》の下タに報《むく》ひ奉る。反逆の張本ン。武智十兵衛是に有」と弓矢たばさみ立チ出る。

「ヤア光秀めなりけるか。主を害《がい》する人ン非人《びにん》。天ン命イの程しらざるや」と。摑《(つ)かみ》挫《ひしが》ん忿怒《ふんぬ》の相《さう》。佗度《きつと》見上ゲて。「こなたはなふ。主を殺《ころ》すは人非人《びにん》天ン命イ知ラずと御存ジ有ラば。義昭公を害《がい》せんとの御企《くはだて》は何事ぞ。後《ご》ゝ末代《まつだい》迄主殺しの悪ク名《めう》を残す御所存ンか。夫レが悔《くや》しいばつかりにこなたを討ッて光秀が。汚名《おめい》を取ルはお家の為。只恥《はつ》べきは武士《(もののふ)》(底本ノママ)の家名《かめい》の穢《けが》れ成リけるぞ。家の恥辱《ちじよく》と有ルならば躮レたりと用捨な□。討〔ッ〕て捨よと父君のくれ〴〵深き御遺言《ゆいげん》。さは云ヒながら。相伝《さうでん》の主君ンを害《がい》して忠義とは。天の照《せう》覧《らん》有ラんはしらず。誰レか夫レぞと察《さつ》すべき。アレ御覧《らん》有レ。逆《ぎやく》臣たる者の血筋はいふに及ばず。郎等士卒《らうどうしそつ》に至《いた》る迄。そも安穏《あんをん》に有ルべきか。ヤレ出かした女房躮レ。われ達チが死《し》は羨《うらやま》しい。此身の果《はて》は竹鋸《のこぎ》り。世の見せしめに捨られて。鳶烏《とびからす》の餌食《ゑじき》とならん。ヱ、穢《けが》らはしや残念」と。勇気《ゆうき》晶《さへ》たる両眼《がん》より。たばしり落る血の涙。小手の鎖《くさり》をぞしぼりける

忠誠胸にや徹《てつ》しけん。春長愁ふる面色にて。「ハ、ア深カくも迷《まど》ひ

たる物かな。近曾洛東祇園《さいつごろらくとうぎをん》の神壇《だん》に。通夜《つや》せし明ヶ方タ一ッ睡《すい》の中チに。平家の没落《ぼつらく》を見し夢心の口惜《おし》さ。覚《さめ》てつら〳〵惟《おもんみれ》ば。あら恥《はづか》しき境界《きやうがい》かな。平氏の末葉《ばつよう》たる者が源氏の末《すへ》の足利に。頭《かしら》を低《たれ》膝《ひざ》を屈《くつ》する未練《みれん》の魂《たましゐ》。きやつ清和の後胤《こうゐん》ならば。我レは桓武《くはんむ》の苗《べう》裔《あい》たり。あら口惜《おし》や腹ラ立チさよ。己《おのれ》足利討亡《うちほろ》ぼし源家の血脈《ちすじ》を断《たち》切ッて。先ン祖《ぞ》の遺《ゐ》恨《こん》を晴《はら》さん物と。一チ途《づ》に思ひかた寄リしは愚《おろか》なり〳〵。そも源平の軍終《おは》つて。幾《いく》百年の暦数隔《れきすうへだゝ》り。骨肉《こつにく》たり共他《た》生《せう》と変《へん》じ。縁ンなき者も類族《るいぞく》と生《うま》れかはり死かはり。敵キも味方も一如《いちによ》ぞと悟《さと》れば仇《あた》なく恨《うらみ》なし。さはいへ一ッ旦ン凝《こつ》たる存ン心ン。飜《ひるがへ》さぬこそ武士の意《ゐ》地。武将宣下《せんげ》の旗《はた》を射《ゐ》て。義昭めに不吉ッをくれん」と。痛手《いたで》に屈《くつ》せぬ気の張《はり》弓。とがり矢つがひ向カひ給へば。不思議《しぎ》や打ッたる日月ッより。光《ひかり》を放《はな》つて映ゝ《えい〳〵》と。射《ゐ》かくる矢先キは庭上《ていしやう》へ。微塵《みちん》に砕《くだ》け落るを見て。一チ念ンほつくと折レたる太刀。首に押シ当テ両手《もろて》をかけ。かき落したる猛将《もうしやう》の最期《さいご》の程ぞ。ゆゝしけれ。

斯《かく》と聞クより森の蘭丸群《むら》がる敵キ中押シわり突キわりかけ入ッて。「室町の討ッ手に向カひし佞人玄番《ねいじんげんば》。途中《とちう》行合イ手しげく戦《たゝか》ひ討チ取ル間に。主君を討タれし無念さよ」と纛直《まつしぐら》に切リかくるを。かいくゞつてしつかと留。「アレ見よ。鬼神《きじん》の再来《さいらい》と呼れたる春長さへも只一ト討チ。われ達ごときが手に立ふか。蹴殺《けころ》しくれるは安けれ共。娘が心を通ぜしやつ彼《かれ》が菩提《ぼだい》に助《たす》けてくれる」。「イヤ〳〵其縁ン故に猶赦《ゆる》さぬ」。「ハテこしやくなる小冠者《くはんじや》め」と。表テはわざと色立ッ邪《よこしま》。心は直グ成ル竹切リ取リ。「武将宣下《せんげ》の錦《にしき》の旗《はた》。何ンの是式《しき》儕レにくれる。御旗奪《はたばひ》取リ帰りしと。夫レを手柄《てがら》に此場《ば》をされよ。我は是より久吉が凱陣《かいぢん》の道取リふさぐ。山崎表テに陣《ぢん》を張《はり》目ざましき軍せん。其時蘭丸」。「ヲ、サいふにや及ぶ。君の怨敵《おんでき》此儘《まゝ》に。見遁《のが》し。赦《ゆる》す天罰《ばつ》の早く廻グりて栗栖野《くるすの》に。土民と姿は下ガる共。義心ンは汚《よご》さぬ森の蘭丸。是に有ルぞと名乗リかけやはか助けて置クべきか」。「サ、、、其性名《せいめい》を聞ク迄は。暫《しばら》くにても我ガ命仮《かり》の旗竿《はたさほ》引ッそぎ竹。武智が五躰《たい》に立ッならば分骨尽《ぶんこつつく》して突《つき》とめよ」と。渡タすも取ルも武士《（もののふ）》の詞すゞしき朝嵐《あさあらし》連レて聞コゆる。人馬の音。

「扨こそ久吉凱陣《かいぢん》せしか。ハテ面白《おもしろ》し遠《とを》見せん」と。障子《しやうじ》さらりと明ヶ行空秀《ひいづ》る。英雄真柴《えいゆうましば》大領《れう》。西国表テ凱陣《かいぢん》の野路《のぢ》も山手も一チ面ンに。霧《きり》立中カに飜《ひるがへ》る旗《はた》の。色ゝ風に散《ちり》花なき頃《ころ》の花かと見へて

先キ備《ぞな》へ。百騎二百騎千ンなり瓢簞駒《へうたんこま》の。いなゝき凱歌《がいが》の声天地に
響《ひゞ》き。すさまじし。
光秀《みつひで》いさんで士卒《しそつ》を集《あつ》め。計策究《けいさくきはむ》る必死《ひつし》の軍《いくさ》。冥途《めいど》へ急ぐ出ッ陣《ちん》
に。魁《さきがけ》したる妻《つま》と子を惜《おし》む涙も忍びの緒。甲《かぶと》に焼《たき》し名香は君に。
手向《たむけ》の一トくゆり。高くぞ薫《かほ》る蘭丸が。かゝるべしとは白ラ糸が。
死骸《しがい》になくや。鳥部野《とりべの》の煙《けふり》と。倶に立チ別カれ互ィに戦場《せんぢやう》〳〵と
白眼《にらん》で。こそは出て行

第五

（五段目　洛外・山崎）

真柴大領《ましばたいりやう》久吉西国退治《たいぢ》の凱陣《かいぢん》に。いさみの勝鬨《かちどき》折リこそ有レ。白ラ
旗《はた》先キに馬上《ばしやう》の大将足利左馬ノ頭《さまのかみ》義昭公。小田の成リ行キ武智が反逆《ほんぎやく》。
始終《はじめおはり》の物語り。
久吉謹《つゝしん》で承はり。「存じ寄ラざる光秀が所為。日頃の忠臣今日の
始末甚《はなはだもつ》以て心得ず。深カき子細《しさい》の有ルべけれど打チ捨置カれぬ君ン
父《ふ》の仇《あた》」。倶に天を戴《いたゞ》かぬ。日の出を待タず山崎の麓《ふもと》をさして。
〽押シ寄スる。
不忠の忠義に一ッ心ンを。抛《なげう》つ光秀命を露塵。土砂踏《どしやふ》ミ立テ責るも防《ふせ》
ぐも義心ンと義心ン。打チ合ハしたる切ッ先キに。誠を顕《あら》はす涙の稲妻《いなづま》
天に通《つう》ずる鯨波《ときのこへ》。すさまじくも又哀也。
「今は是迄我レと思はん者有ラば。生ケ捕《どつ》て手柄にせよ」と立チ向へ
ば。「ヤア〳〵者共麁忽《そこつ》すな。十兵衛光秀は。小栗栖《おぐるす》におゐて蘭丸
が。突《つき》とめたるぞ」と久吉の。云《いは》ず語らず情ケの成敗《せいばい》。「ホヽ、光秀
が胸中《けうちう》は云ハねど知ッたる聡明叡智《そうめいゑいち》。去リながら。匹夫《ひつぷ》の手には

かゝらじ」と。地ハル刃《やいば》を腹ゥに真逆様《まつさかさま》。数千丈《すせんぢやう》の谷底《たにそこ》に。我《ウ》ゝと陥《おちい》る逆《ぎやく》臣《しん》の。上ウ埋《うづ》もるゝ名と秀《ひいづ》る勝鬨《かちどき》キン代《よ》ゝを。重《かさ》ねて今の世《よ》の。ウ武門《ぶもん》の鑑《かゞみ》世《よ》の鑑《かゞみ》栄《さか》ふる。御代《みよ》とぞ祝《いは》ひける

安永九庚子年

正月四日

作者連名　近松東南

近松能輔

若竹笛躬

浄瑠璃太夫　役割

初段

大序　竹本是太夫

中　竹本逸太夫

切　口　竹本沢太夫

詰　竹本弥太夫

二段目

口　竹本是太夫

中　竹本染太夫

詰　竹本咲太夫

道行　竹本菅太夫

竹本逸太夫

三段目

口　竹本沢太夫

中　竹本三根太夫

詰　竹本染太夫

四段目

口　竹本是太夫

中　竹本菅太夫

詰　竹本三根太夫

五段目　竹本三輪太夫

右語り本の通り正本にうつし畢(をはん)ぬ

節墨譜(ふしはかせ)は和歌より出て発声甲乙(かんをつ)の

秘密を受伝へたる竹本の末葉に到りたれ共

猶おのれ〳〵がふし付の心いきは其人によりて

知るべし秘事はまつ毛とやかしく

竹本義太夫遺弟

竹本染太夫　急免嘯文（壺印）

江戸大伝馬町三丁目　鱗形屋孫兵衛版

大坂今橋筋西横堀　伝法屋吉九郎［版］

二　蛭小嶋武勇問答《ひるがこじまぶゆうもんどう》第四（抄）

宝暦八年（一七五八）竹本座初演。近松半二等作。源平盛衰記等によって頼朝挙兵前後を描く。四段目、石橋山合戦への真田与市出陣の場が、「絵本太功記」十日の段に、修辞上の影響を与えた。

底本は早稲田大学演劇博物館蔵、山本九兵衛・山本九右衛門・鱗形屋孫兵衛版七行本。

校注者の判断による、改行、濁点、「　」は施さない。


父上にも母人にも。是今《ン》生の暇乞《いとまごひ》。十八年が其間教《おしへ》給はる弓馬の道。今《ン》日迄軍の用に立ずして。人にしらるゝ手柄《てがら》もせでやみ〳〵と相果る段。まつぴら御免《ン》下さるへしと。一《ト》間に向ひ手を合せ。心残りはなけれ共かゝる様子は御存なく。真田《ノ》与市か非《ひ》力《りき》にて討《タ》れしと聞給はゞ。嘸《さぞ》ふがいなしと御憤《いきどを》り。死《シ》たる骸《かばね》に又もや御勘《ン》気受《ケ》んかと。冥途《めいど》の迷《まよ》ひ是一つ。二つには誰袖が。さこそ歎《カ》ん不便《ン》さよ去ながら。まだ祝言の盃《キ》せぬが互の仕合。我事を思ひ切《リ》。他家へ縁付《キ》してくれと書残さふか。イヤ〳〵。若《シ》親人へ聞へては孝と恋との思ひの涙。いつの間にかは誰袖が。立聞《ク》涙包《つゝみ》兼わつと計泣出せば。はつと驚《キ》口に手をあて。コレ〳〵。声が高い〳〵。扨は様子残らず聞たな。聞いで是があられふか。夫《ト》の討死することを。女房がしらいで済《すも》かいな。けふ嫁入《リ》してこぬ先《キ》から。とふから女夫と思ふてゐるに。盃《キ》せぬが仕合《セ》とは曲《きよく》もない与市様。祝言《ン》さへ済《マ》ぬ中。いまはしい討死とは。いやじや〳〵わしやいやじや。何ぼうでも死《ナ》す事ならぬ。〳〵と叫《さけ》ぶ声。エヽ聞分《ケ》ない。親人の耳へ入《レ》犬死さすか。妨《さまたげ》ると只今爰で生害《しやうがい》と。指添《ぞへ》四五寸抜《キ》かくる。ノウ待《ッ》て〳〵待《ッ》ていの。イヤ〳〵討死をとむれば切《ッ》腹。サア〳〵とめぬ〳〵。とめぬ程に。ナ　マア〳〵爰放《はな》して。どふで捨るお命でも。一《ト》時也と延《のば》したい。ほんに又お前も。迚も思案《ン》する程なら死ぬ様にしたがよい。思ひ思ふた嫁入が夫婦の別れ。此世で添《そは》れぬ代《リ》には。必《ン》未来《みらい》では。エヽ知《レ》た事をぐど〳〵と。武士の娘共覚ぬ未練至極《みれんしごく》。母人の前で涙の色目見すると。五生七生夫婦の縁切《ル》。

とかくいふ中時刻《じこく》うつる。鎧櫃《よろひびつ》持ッておじやアイ。サア〳〵早ふ。アイ。時が延《のび》ると犬死に成が。うろたへ者と呵《しか》られて。サア。取に行は行クけれど。いとしい夫トの御さいごを。どふ急《いそ》がるゝ物ぞいなと。なく〳〵歩《あゆ》む畳《たゝみ》の上一ト通リふる雨の跡。母は白木に土器《かはらけ》すへ。長ガ柄の蝶《てう》の平家武士。討テと寿《ことぶ》く。鎧櫃《よろひびつ》。思ひ有ル身と。なき人トと。露の誰袖。露なき小枝。立寄リ着《きす》る。白ラ糸威《おどし》。白檀《びやくたん》みがきの小手脚当《すねあて》。首かき刀追ッ取て爽《さはやか》。なりし其骨柄《こつがら》。母は思はず扇をひらき。ハア、天晴《あつはれ》武者ぶりや。高名手柄《がら》を見る様な。祝言ンと出ッ陣を一所《いつしよ》の盃キ。嫁御寮《りやう》呑ンでさしや。長カ柄は小枝。アイ〳〵。ほんにお前はあやかり者と。誉《ほめ》る程猶いやます名残リ。こんな殿御を持ながら是が別れの盃かと。悲しさ隠す笑ひ顔。随分ンお手柄高名して。追付ヶ凱陣《かいちん》遊ばしませ。祝言の夜には嫌《きら》へ共。今宵計リは戻つてほしい。八千代と祝ふ玉椿《つばき》。追ッ付首がと得も云ず。胸に門ト火を誰袖が。心を察《さつ》し義忠も不便ン涙を。忍びの緒《を》。折から吹くる山風に幽《かすか》に聞ゆる攻《せめ》太鼓。なむ三宝遅《おそ》かつしと。思ひ切たる鎧の袖行方しらず成にけり。ハア悲しやとかつぱと伏シ。歎けば一間の父億崎。奥もふいたか。四郎殿。かはいやあつたら武士《ものゝふ》をむざ〳〵殺しにやりましたと。夫婦一チ度にどふと伏シ前ン後ふかくに泣ければ。小枝驚キこりや何事。わたしはすつきり合点が行ぬ。ホ、汝は勿論《もちろん》誰袖も嘸《さぞ》不審《しん》。元ン来おことが兄俣野ノ五郎は。大場とは事かはつて。誠有ル侍といふ事此億崎よく知ッたり。彼レが心を察《さつ》するに。身は平家に仕ゆれ共心は源氏に大忠臣。敵の中に一人の味方有ルは。百千人に勝《まさ》つて君の御為。生ヶ置カいで叶はぬ武士。とは思へ共夫レといふ証拠《しやうこ》なければ。盛長を始メ諸大名。一チ途《づ》に敵とのみ心得。与市迄に疑トかゝり俣野を討テとの難《なん》題《だい》。拠《よんどころ》なく所詮ン躬レは討死させ。俣野が命を助ヶんと思ひ込ンだる故。最前ン渡した鮫鞘《さめざや》巻キ。わざと鯉《こゐ》口の抜ヶぬ様に拵《こしらへ》置キたる首かき刀。石橋山にて俣野と引組。仮《たとへ》真田が組伏セても。刀が抜ヶねば首取ル事叶はず。つゐに躬レは討れん物と工ンで我子を殺す親。子は又夫とは露しらず。親に隠して討タるゝ心。云合さずしてひつしり合ふたは。天より定ムる寿命《じゆめう》と諦《あきらめ》。身は悲しうも何共ない。コレサ奥も。めろ〳〵と侍の討チ死を。珍《めづ》らしそふに何泣事と。喰しばつたる皺面《じうめん》泣。なふこな様は侍ィでも得忘レぬが女ゴの因果《いんぐは》。是程は堪忍《かんにん》してとわつと叫《さけ》べは。

三　三日《みつか》太平記《たいへいき》第五(抄)

明和四年(一七六七)竹本座初演。近松半二等作。「絵本太功記」六日の段に修辞上の影響を与えた作品。

底本は早稲田大学演劇博物館蔵、山本九兵衛・吉川宗兵衛・鱗形屋孫兵衛版七行本。

校注者の判断による、改行、濁点、「　」は施さない。

いで装束《しやうぞく》を改めんと。詞の内より持出て伝手《てんで》に着《き》する素袍袴《すはうはかま》。古《こ》実《じつ》を爰に立テ烏帽子《ゑぼし》。花やかに。粧《よそほ》ひ立。ヤア〳〵山熊。行衛知レさる三法師丸。草を分カつて尋出し。敵の末は根を断《たつ》て葉を枯《から》せよ。我は是より禁中《きんちう》へ参内《さんたい》し。将軍宣下《せんげ》の綸旨《りんし》を乞《こひ》受ケ。一天四海を治《おさめ》ん事。我方寸ッの内に有。馬引ケと呼はつて広椽《ひろゑん》につつ立上れば。はつと山熊かけ入て引出したる。連銭《れんせん》足毛。庭上《ていしやう》に引居れば。椽よりひらりと乗リ移《うつ》り。手綱たぐつて大音上。

四　『絵本太功記』『太閤真顕記』対応表

	頁	注番号	太閤真顕記　篇・巻
1	一三八	一二	六ノ五　蘇鉄の怪異につき信長が「徳善院法印」の進言により「京都へ御使を立られ土御門家へ御尋ね有けるに御門弟早速安土へ来り考へて」。
2	一三九	二六	六ノ五「草木心なしとはいへども…彼木仏地にそだち朝夕妙経を聞一旦かれし木ももどりしことなれば」。
3	一三九	二九	六ノ五「見通すごとくのべければ有あふ人々実にも安部晴明の末孫たる土御門のうらかた天晴なりとかんじける」。
4	一四一	二五	六ノ二「四海いまだ治らず放逸の御有さま外聞もいかゞに候へば幾重にも御賢慮をめぐらされ諸人帰ふく仕るの御はからいこそ然るべしと詞をつくしいさめける元来短慮勇猛の信長公もつての外にいかり給ひおのれ光秀我所行をほういつ成とは此信長を天下を乱す悪人とあざける所ならずや…拳をもつて五つ六つ頭を砕るばかりに打擲し」。
5	一四二	八	六ノ六「六月二日首を討れけるに此普伝相好変じ…見よ〳〵我死する日をもつて信長の命(めい)をたゝん仏の金言偽りなくば仏敵を堕獄せしめ給へといかりの眼(まなこ)朱をそゝぎ題目の声もろともにむなしくこそは成にける見物の諸人身毛(みのけ)もよだち恐れける実(げ)にも此ことばのごとく天正十年六月二日しかも法花の寺院にて生害有し」。
6	一四六	八	三ノ三　この時光秀は秀吉に遅れをとったが、箕作は堅固の城で、秀吉が「和田山と当城とは一口にいふべきにあらず」という如く、光秀が苦戦したのは無理もなかったので、光秀の武名の瑕にはならなかった。
7	一四六	一二	六ノ二「物には相応有…過たるはなを及ばざるにしかじ」。

8	一四八	四	六ノ二 「(光秀の)頭(かしら)を砕るばかりに打擲し近習に命じて座敷を押立給へば…すご〳〵追立られて出けるが」。
9	一五一 一九八	六 七	六ノ十五 「余人は兎も角も某におゐてはしばしの御免を蒙り森蘭丸の頭(かしら)を打砕きうつぷんをさんじ申さん君恥かしめらるゝ時は臣死するならい也」。「余人は兎も角も」は絵本太功記では妙心寺の四王天の言葉「人は知らず」とも関連。
10	一五一	一二	六ノ十五 「(西国加勢で)武功をあらわしなば新に討平げし出雲石見の両国を給わるべし尤旧領の丹州亀山江州の坂本召上らる」。浄瑠璃が依拠した右の真顕記の申渡しは、まず出雲石見を与えた上で丹波近江を召上げる、という明智軍記、絵本太閤記の場合より苛酷。
11	一五二 一五七	九 二四	六ノ十五 信長が、光秀討つべしという蘭丸に「よもや本心に我に背くほどの事は有まじ然し…よき思ひ付あれば」といって領地召上げの上使を遣わす。
12	一五三	二五	六ノ十五 宇野豊後守の言葉に「高ぼく風にたをさるゝといふも」。
13	一五三	三〇	六ノ十五 「信長を討んこと安くとも跡のつくろひ中〳〵出来ず其身もともに亡びんこと立所也」(豊後守の言葉)。
14	一五六	二	六ノ三 阿能局は真顕記では義のために信長暗殺を企て捕えられて自害した過部(あまべ)六郎太夫の妹。兄妹ともに潔い振舞いに、信長が感じて、御側の女中頭とし阿能局と名乗らせた。愛妾ではない。
15	一六八	八	六ノ十二 秀吉が天文に詳しい久志本左京に考えさせたところ「太白星変動し其うへ当春北方の紅気(かうき)を考へ候にまさしく上たる人に災ひ有べしと存候」といったのを、宗治が星の状態から敵方に凶変があると予知したことに作り変えた。
16	一六九	一九	六ノ十三 清水宗治が、諸将と評議の席で、毛利家に対する節を守り、城と運命を共にする覚悟を述べた時、長沼元之丞が「何ぞ臆病未練の心を出し当城を出て諸人のわらいをうくべきや」と、林三郎左衛門へのあて言を言った。
17	一六六 一七〇	一四 四	六ノ十三 林三郎左衛門は長沼元之丞を欺し討ちに討ち果し、牢に入れられる。元之丞の一子、山三郎十六歳は、父の敵討

			を願うが清水・末近(毛利家の将)は、「軍中にての敵討はわたくしにはからひがたし」、戦いを終え、主君毛利家の許可を得た上で、とさとす。
18	一七一	二六	六ノ十一　「乱杭を打大石をなげ入土俵にて是をせきとめ川岸を切落せば淀みし水はいきほひ有てはしる」。秀吉は番匠を従軍させ、当地の地形、高下を十分測定させた上で土俵を積み、ねば土で固め築堤したので、一たび大雨が降ると高松一帯は湖水状になった。
19	一七一	三一	六ノ十一　「先達て降参せしものをあつめられ…昼夜のわかちなく近辺のつちをほらせ土俵をこしらへさせられける…此俵数七百五十九万三千七百五十俵也」。
20	一七五	八	六ノ十一　「高松城中にはけつく謀計謀才のもの有といへども番匠の業《わざ》をしらざれば地面の高下に心付ず」。秀吉(久吉)の先端技術を駆使した奇計に乗せられ、水没状態を招いた、という。
21	一七七	一七	六ノ二十八　真顕記では恵瓊が隆景に秀吉の陣に赴いて様子を探ってこよう、「僧のことなればとがめも有まじ」という。
			絵本太閤記では、五日の決戦を期していた小早川の陣に、六月四日早天、秀吉より恵瓊に、秀吉の陣に来るようにとの使者が立つ。
22	一八〇	一一	六ノ十一　秀吉は水攻めのために築いた「堤のうへに新家《けしん》を立商人《あきんど》の店を出させ」ていた。
23	一八二	五	六ノ二十八　毛利方から秀吉の許に、後に、和睦の使者に来る重臣が福原越後守。
24	一八三	一五	六ノ十三　長沼山三郎は高松城の追手を逃れ、水を泳ぎ渡って秀吉の陣に着き、父の敵を討って追われている次第を「ありの侭に申せしゆへ秀吉是を聞し召我を頼みにかけ付しは天晴の少人」と、秀吉方に保護される。高松城から荒木舎人が使者に立ち、引渡しを求めるが、取次の加藤孫六は、秀吉の意向を受けて拒否する。両者の、渡せ、渡さぬの詞戦いが激しくなるのを見て、山三郎は「羽柴殿の御仁情御主君の御立腹いづれを何と申べきやいゝわけ仕らん」と切腹して果てる。
25	一八五	一六	六ノ十七・十八　「敵に堅甲味方の素肌」(十七)。また「阿能女郎…玉だすきをか

			け腰には小さ刀をさし二重の鉢巻結びながし帯引しめ長刀かひ込広庭へ出討てかゝりしけなげさ」(十八)。
26	一八五	二三	六ノ十八・十九　真顕記、絵本太閤記では蘭丸は安田作兵衛と戦い、最後に四王天但馬頭の子(弟とも)四王天又兵衛に首を取られる。
27	一八七	二八	十ノ二十九　「織田信長は寺社の為には大天魔王也国民の為には悪大将出現とやいわん」として異国にも仏法を破却する悪王と、再興する賢王(秀吉をあてはめる)が交替に出現するという。
28	一八八	二四	六ノ二十八　「芸州広島の城下安国寺恵瓊…三条の橋づめへ出…(藤吉の)手の筋を見れば天下すじ有人相は猿のごとくなれども黄眼(こふがん)にしてひとみ二たつ有正しく四海をも掌握すべきことけんぜんたれば…跡にて法印算木書物を川へ投入しを(藤吉)見付また立かへりいその子細をたづねけるに…手のすじ人相すぐれたればとていかでか天下をおさむる程の立身成べき雲泥万里のちがひ然らば易書も一向当にならず占(うらなひ)は今日限り古郷へ帰り

			出家行道いたさんと算書も捨たる成といふ藤吉わらつて御身ゐき道は得たれども時代に眼つかず」と時代の動きを説く藤吉の言葉に感じた恵瓊は再会を約して「後のせうこに」と輪袈裟を渡す。なお両人の出会いを矢剝の橋とするのは絵本太閤記(初ノ二)。
29	一八八	一〇	六ノ二十八・二十九　真顕記では恵瓊の方から秀吉を訪れ、先年の相見のことを言い、秀吉も幸いと和睦の交渉役に用いる。絵本太閤記三ノ十二では四日朝、秀吉の方から小早川の陣の恵瓊を招き(それ以前にも面会している)、本能寺の変を隠して講和を早急に結ぶために、恵瓊に報酬を約束して奔走を依頼する。絵本太閤記、真顕記とも恵瓊は本能寺のことは知らず、和睦の交渉役を勤める。
30	一九一	二六	六ノ二十九　絵本太閤記では秀吉は本能寺の変のことを隠して恵瓊を奔走させ早急に和睦を成立させるが、真顕記(甫庵太閤記も)では秀吉の豪胆を強調するために、和睦成立以前に秀吉の方から毛利の使者に本能寺の変を打明ける運びになっ

			ている。絵本太功記では両者をふまえ、和睦を成立させた上で、久吉が隆景に打明ける。
31	一九六	一	六ノ二十一「光秀先祖は忝くも清和天皇の流をくみ源の頼光（らいかう）の後胤（こういん）土岐美濃守光衡が末流として」
32	一九七	※	六ノ二十三　明智軍記、絵本太閤記に対し真顕記は特に、自殺は本心ではなく演技にすぎない、既に「時は今」の句で光秀の天下を取る意志は明らかであるという。
33	一九九	一〇	六ノ二十七　光秀は四王天但馬守と明石義太夫に、西国から馳せ上る秀吉の「はやりなん所を待うけ」討取る計略を授ける。
34	一九九	一六	七ノ三　秀吉は光秀を討つべく「逆賊（きやくぞ）征伐の綸旨」を下されたいと願うが朝廷は既に光秀に将軍宣下を行っているので、願いを却下した。絵本太功記では光秀が綸旨を受け、久吉ら春長の旧臣を朝敵として討つ決意をする。
35	一九九	一八	六ノ二十三　光秀が藤田伝八郎を毛利家への密使として急行させる時「我一重（うて）のもとひこれ也いそげやとの大音ぜう」

36	二〇二	一一	六ノ二十七　光秀は四王天但馬守と明石義太夫に、西国から上ってくる久吉を、「池田尼が崎伊丹等の間」で、百姓に変装した「伏兵（ふせへい）」をもって討取るように密計を授ける。
37	二〇三	一三	七ノ四「先年亡君当国（摂津）へ御出馬有て石山本願寺を攻玉ふの時下間鈴木にほうけいにて君の危難の見ぎりかれ（太郎助）が宅へ御とも申てあやふきをのがれ給ふ」とある（石山軍鑑では後十三）。
38	二〇三	一七 一八	三ノ二十七「秀吉長浜在城の間…ある日観音寺といへる山寺に詣で」茶を所望し、持って出た少人を見て、「扨もきれい成少人かなと持参せし茶を取て」。以下、小姓が最初にぬるい茶を、次にちょうどよい加減に点じた茶を献じて、秀吉が才智に感ずる話となる（絵本太閤記は二ノ三）。
39	二〇三	二六	七ノ一　四王天但馬（同書所見本には名前に混乱があるので統一して注する）が七十余人の伏勢とともに百姓に変装し、西の宮から尼崎を目指し、一騎がけで馳せ上る秀吉を待ち伏せする。

40	二二四	二 四	七ノ四　尼崎の秀吉の陣を百姓太郎助が見舞い、37の、石山合戦の時に太郎助の家が信長の避難所となった「御ほうびの銀にて求めたる田地の明地にうへたる越瓜暑さをしのぐに能一品とわたくしの心ざし…此しろうり残らず切取参りし」と献ずる。秀吉は「明地」云々の太郎助の言葉を「天の吉瑞を告給ふ」と喜ぶ。
41	二二五	九	七ノ一　「四王天明石は…手ぬぐひにて頭を包み…鋤くわを持百性の体(てい)に成て」。
42	二二五	一〇	七ノ一　「すげ笠かなぐり鋤鍬に仕込みし鑓を取て」。
43	二二五 二二六	※ 三	七ノ一　秀吉は一騎駆けで尼崎の城へ向かう途上、百姓姿で待伏せしていた四王天ら七十余人に取巻かれ、絶体絶命の窮地を、辛うじて一方の細道へ乗りぬける。四王天は「此道は行どまり広徳寺といふ寺あれは三方深田のにげ道なし袋に入し鼠も同前」と追う。以下、広徳寺で、46の件りとなり、秀吉を見失い血眼になっている四王天と、駆けつけた清正が奮戦。清正に討たれる時の四王天の言葉に「羽柴どのを此寺へ追込だれはいづくに居たるにやかいくれゆくへ知れず是ぞ運の強き所也」。
44	二二八	九 一一	七ノ十六　光秀の妻「おまきの方は光秀反逆(ほんぎゃく)の始めよりいさむるといへとも承引なければ善悪ともに夫に随は女の道也と」。お巻の方は光秀出陣後、よく坂本の城を守った。
45	二三〇	※	七ノ一・二　四王天に追い詰められた秀吉は、自身の馬を傷つけ荒れ狂わせて、四王天がこれを取り押えている間に広徳寺へ逃げ込み、坊主に身を変じて辛くも難をのがれる。真顕記では、実はこの秀吉は替玉で本物の秀吉は奴に変装していたことを打明け、主君の恩を忘れぬため「下郎のすがた此まゝに尼ケ崎へ入城し征伐を評義致さん」(二)という。本作で久吉が坊主になること、変装のまま、尼崎へやってくること、は以上の筋をふまえる。なお後の絵本太閤記四には、替玉云々の話は一切なく、本物の秀吉が坊主となって難を逃れる。
46	二二五 二三〇	※ 一四	七ノ一　広徳寺へ逃げ込んだ秀吉は浴室で「衆僧入湯の体是ぞよき幸ひの場所也と

			…真はだかに成て風呂へ飛入(とびいり)僧と共に湯あみし玉ふ禅宗にて物にかゝわらず近辺のものとや思ひけんあへて咎むる者もなし」、四王天が駆けつけ探索する時、手早く剃刀で髪を剃り、台所で他の坊主とともに味噌を擂っているので、四王天が血眼になって探しても、目の前に居る秀吉に気付かない。
47	二三一	一五	七ノ二　光秀が「将軍宣下有しゆへ格別に勢ひ強く急に退治かたく結句尼ケ崎へ寄来(よせきた)るべき」とあるのを絵本太功記は拡大して描いた。
48	二三二	一〇	六ノ二十三　光秀の言葉に「元来信長をしゐしける事は我止む事を得ず今にて望み叶ひし上は後栄を思ふにあらず」。
49	一九七 二三六	※ 五	六ノ二十一　「信長武いに慢じ…北条義時が後鳥羽院(ことはのいん)をば隠岐国へうつし奉りし勢ひに見へ…天子の御ため万民のなげきを見るにしのびず止(や)む事を得ず信長父子を誅伐仕候尤某暫く信長の旗下にぞくし候へども全く三代相恩申主には御座なく候」。右は光秀の朝廷に対する奏上の言葉であるが、絵本太閤記三ノ十では「神社仏閣を焼亡…三代相恩の主と申にてもなく…悪逆日々に盛んなれば武門の風俗(ならひ)天下の為に光秀今日信長父子を誅し畢ぬ」。また光秀の自殺を止める家臣達の言葉(真顕記は50)に「北条義時は後鳥羽院を流し奉り、和漢ともに無道の君を弑する事是民の産業を保んずる英傑の志」とある。浄瑠璃が、真顕記をふまえながら、表現上、絵本太閤記により多く依拠している例。
50	二三六	六	六ノ二十三　「不道の君をしいせしこと和かんとも其ためしおふく候先異国の殷の湯王は夏の桀王を討周の武王はいんのちう王をほろほし我てう蘇我の馬子は　崇俊(そうしゅん)天皇をしいし奉る北条権の太夫義時は頼家をがいしたり」。光秀の自殺を止める家臣達の言葉。
51	二四〇	八	五ノ二十一　主君波多野氏の死を、光秀の違約故と思い込んだ八上の城兵は、「人質の老母を…足を持さかさまにつりさげ両方より兵士ども刀をぬきてさけ切に切おとし」た。なお絵本太閤記三ノ二では「磔に懸て殺し」たとする。

52	二四一	一四 一七	七ノ五　六月十一日、秀吉から光秀に六月十三日城州山崎での開戦を申入れる時の言葉に「一戦し運を天に任すべき也」。光秀は承諾し、秀吉の使者に「しゅに(ママ)勝敗を決し申さん」と答える。
53	二四一	二七	七ノ十二　山崎戦勝後の秀吉を称えて「天晴其いさほし顕然(げんぜん)として天ねん大将の器量たり金の千成ひやうたんの馬印」。
54	二五〇	※	七ノ十六　光秀はお巻の方に「幸ひいまだ世に知られざる妾腹(せうはら)の男子あれば是を取立て時を待て旗を上我恥辱を雪(すゝ)ぎ二度当家の血筋(けちみやく)をあらわし後運をはかるべし」と書置きを送り、その二歳の男子を「ひそかにお巻方夜中に八瀬の方へ乳母を付て黄金にかたみの品〳〵相そへ落されけり」。
55	二六二	七	七ノ九　蟹江才蔵は、松田太郎左衛門の家臣。福島正則の家臣桂市兵衛に生捕られ、許されて正則の家臣となる。
56	二六二	八	七ノ十　「是は扨置筒井順慶は時分はよしと洞ケ峠を押をろし」。
57	二六三	※	七ノ十八・二十四　真顕記では、名を知られている乙寿(天寿)丸は、明智一族と共に坂本城で死ぬが、お巻の方が脱出させた二歳の末子は忠義な乳母とその父親に守られ、八瀬の里で成長し、後に細川忠興夫妻に引取られ、姓を変えて細川家に仕え、今に子孫が続いていると述べる。謀叛人の子孫生存説の扱いは演劇では注意を要した。

引用は東京大学総合図書館本によった。但し48の件りには東大本に脱文があるので他本によった。

五　人形一覧

一　この一覧表は、国立文楽劇場における左記の公演のかしら・床山・小道具の記録を元に作成した。

「伊賀越道中双六」……平成四年四月

「絵本太功記」……平成五年四月

「薫樹累物語」(伊達競阿国戯場)……昭和六十三年七月

二　「段名」及び「役名」の表記は、当該公演時のプログラムに従い、排列は、各段における登場の順序に従った。なお、「大徳寺焼香の段」は「絵本太功記」原作にはないが、平成五年四月に通し上演の一部として演じられているので、参考のために資料を掲出した。

三　「かしら」は、名称のみの表記とし、塗り色等は割愛した。

四　「鬘・付け物」は、はじめに「鬘」の名称を表記し、「付け物」は別行にして一字下げとした。

五　小道具の内、いわゆる「出道具」は各段の表の後にまとめたが、「持道具」と「出道具」の区別は必ずしも一定しておらず、便宜的なものである。

六　本表の作成にあたり、当該公演の首(かしら)割委員・吉田文雀師、床山担当・名越昭司氏、小道具担当・和田時男氏のご協力を賜った。記して感謝申し上げる次第である。

伊賀越道中双六

和田行家屋敷の段

役名	かしら	鬘・付け物	小道具(持道具)	備考
母柴垣	老女形	勝山 　角峰櫛、笄、銀平打		

役名	かしら	鬘・付け物	小道具（持道具）	備考
お谷 ①	老女形	忍び返し　角峰櫛、笄、銀平打、白丈長		
沢井股五郎	小団七	油付浅田屋	黒柄大小（抜）、白足袋、巻状、包小判	
和田行家	舅	胡麻鉢物括り下げ　茶打紐	黒柄大小（抜）、白足袋	
奴実内	端敵	袋付町人髷　黒手拭	黒柄大刀（抜）、黒足袋	
佐々木丹右衛門	検非違使	油付蒲鉾本多髷	黒柄大小、白足袋	
腰元	（つめ）		雑巾（二枚）	二番
家来	（つめ）			三番

【出道具】畳、床の間に刀箱（中に状一通）。

円覚寺の段

役名	かしら	鬘・付け物	小道具（持道具）	備考
沢井城五郎	文七	油付しゃぐま燕手蒲鉾本多髷	黒柄大小、白扇、黒足袋、捕縄	
近藤野守之助	端敵	油付蒲鉾本多髷	黒柄小刀、黒足袋	

昵近侍(関)	端敵	油付蒲鉾本多髷	黒柄小刀、黒足袋	
昵近侍(海田)	端敵	油付蒲鉾本多髷	黒柄小刀、黒足袋	
昵近侍(荒川)	端敵	油付蒲鉾本多髷	カツ柄小刀、黒足袋	
呉服屋十兵衛	源太	袋付二つ折町人髷	白足袋	
母鳴見	婆	白仕掛切髪　後鬢バラ捌き　茶打紐	血綿、黄布細縄	
和田志津馬　①	源太	油付蒲鉾本多髷・差し込み両じけ	カツ柄大小(抜)、白足袋、血綿	
池添孫八	陀羅助	しゃぐま結い上げ椎茸	藤巻小刀、黒足袋、藁草履	
佐々木丹右衛門	検非違使	(前述)・差し込み両じけ	黒柄大小(抜)、白扇、白足袋、血綿、白鞘刀入り刀箱	
沢井股五郎	小団七	(前述)	黒柄大小、白足袋、印籠	
門番	(つめ)		文箱中に巻状	一番
近習	(つめ)			一番
奴	(つめ)			二番
諸士	(つめ)		ツメ刀(四本)	四番

【出道具】大名駕籠、駕籠に掛ける網、白羽の矢(二本)。

唐木政右衛門屋敷の段

役名	かしら	鬘・付け物	小道具（持道具）	備考
石留武助	検非違使	油付椎茸	黒柄小刀、黒足袋、草鞋、白紙（一枚）	
腰元お松	お福	島田 白丈長		
腰元お中	娘	島田 白丈長		
お谷 ①	老女形	（前述）	青錦袋入刀	
唐木政右衛門 ①	文七	油付蒲鉾本多髷	茶柄大小、白扇、白足袋	〔写真①〕
宇佐美五右衛門	虎王	胡麻油付みより本多髷	茶柄大小、白扇、白足袋、三ツ折状「告」（中に果し状）	
乳母おくら	老女形	勝山 角峰櫛、笄、銀平打		
娘おのち	女子役	がっそう小島田 白丈長、白元結、綿帽子		
母柴垣	老女形	（前述）	ヘギ（中に目録）	
腰元	（つめ）			二番

【出道具】衝立（大・金砂子）、燭台（一本）、赤錦座布団、島台、長柄銚子、三方・土器、高坏・饅頭（七箇、内一箇は割れる＝餡入り）、市松人形・風車、簞笥・長持・挟箱（二箇）・鏡台・黒塗広蓋、黒塗高枕、大名駕籠、蝶花形。

誉田家大広間の段

役名	かしら	鬘・付け物	小道具（持道具）	備考
宇佐美五右衛門	虎王	（前述）	茶柄大小、白足袋	
誉田大内記	源太	油付中箸箱本多髷 白鉢巻	白柄小刀、白扇、白手拭、白足袋	
小姓	男子役	子役むしり武士髷	白小足袋、紫袱紗（小）、白柄大刀（大内記）	
桜田林左衛門	金時	油付蒲鉾本多髷 白鉢巻		
唐木政右衛門 ①	文七	（前述） 白鉢巻	天金扇、紫袱紗（中）	
近習	（つめ）			二番

【出道具】男錦座布団、脇息、天目碗、三方・朱中盃・銀銚子鍋、特長槍（二間）、木刀（二本）。

沼津の段

役名	かしら	鬘・付け物	小道具（持道具）	備考
親平作	武氏	胡麻袋付仕掛町人髷　後 総捌き 黄緒	紙莨入、浅黄手拭、草鞋、息杖、爪の血	
呉服屋十兵衛	源太	（前述）	カツ柄脇差（抜）、白手拭、白足袋、草鞋、差金付書付、矢立、	〔写真②〕

役名	かしら	鬘・付け物	小道具（持道具）	備考
			布莨入、火打石、印籠（円覚寺）、打飼、包小判（三十両）、出生の書付（鎌倉八幡宮）	
荷持安兵衛	端役	袋付町人髷	草鞋、杖、油紙包荷物（二箇）、妻折笠	
娘お米	娘	島田 しごき	白手拭、菊の供花	
池添孫八	陀羅助	（前述）	黒柄一本差、豆絞り手拭、藁草履、石（一箇）	

【出道具】焚火用連台・枯れ枝、仏壇（火入）、丸盆・湯呑（一箇）、世話莨盆・ツケ木、木枕・黒高枕、二枚折屏風（古）、白角行灯（古）、ドテラ・合羽（茶渋紙）、モグサ。

藤川新関の段　引抜き　団子売

役名	かしら	鬘・付け物	小道具（持道具）	備考
娘お袖 ①	娘	娘島田 赤塗櫛、菜種簪、赤縮緬手柄及び前髪括り	白手拭	
和田志津馬 ②	源太	油付むしり弾き茶筅 白打紐	カツ柄大小、布莨入、紫足袋、草鞋、妻折笠、振分荷物	
奴助平	伴内	油付下馬銀杏	藤巻小刀、立縞布財布、豆絞り	

			手拭、草鞋、状箱（中に巻状＝表「山田幸兵衛殿」・裏「沢井城五郎出」）	
団子売杵造	源太	袋付町人髷	赤襷、赤前鉢巻、藁草履	
団子売お臼 ①	娘	島田 丸峰櫛、赤玉簪、浅黄縮緬手柄	白首掛け、白ばい巻き、赤小草履	
②	お福	島田		

【出道具】長床几、遠眼鏡・立てる棒（一本）、丸盆・湯呑（一箇）・土瓶（水入）、世話莨盆、茶店の旗、団子売道具一式（杤・荷・臼・杵二本・団扇・面）、関所切手。

竹藪の段

役名	かしら	鬘・付け物	小道具（持道具）	備考
沢井股五郎	小団七	（前述）		
蛇の目の眼八	与勘平	しゃぐま振分け 黄緒	藁草履	
桜田林左衛門	金時	（前述） 黒忍び頭巾	黒柄大小（柄袋）、黒足袋、草履、緑織物財布、包小判（千疋）	
唐木政右衛門 ②	文七	油付瓦鬢蒲鉾本多髷	黒柄大小（抜）、草鞋	
家来	（つめ）			一番

役　名	かしら	鬘・付け物	小道具（持道具）	備　考
駕籠舁	（つめ）			二番
捕手	（つめ）			二番（内一番は梨割）

【出道具】大名駕籠、鳴子（六箇）・黒紐、御用高張提灯（二箇）・高張用竹（二本・内一本仕掛）。

岡崎の段

役　名	かしら	鬘・付け物	小道具（持道具）	備　考
娘お袖　①	娘	（前述）	番傘	
②	娘	切髪 しごき	白小数珠	
和田志津馬　②	源太	（前述）	カツ柄大小、布莨入、紫足袋、草鞋、妻折笠、振分荷物、襷用下緒	
幸兵衛女房	婆	胡麻おばこ	書付（「政右衛門子巳之助」）、浅黄手拭、薬の包み（赤）	
蛇の目の眼八	与勘平	（前述）	豆絞りばい巻、豆絞り頬被り、藁草履	
山田幸兵衛	鬼一	胡麻油付平太	黒朱大刀（抜）、黒足袋、高下駄、包小判（十両）	〔写真③〕
唐木政右衛門　②	文七	（前述）	黒柄大小、柄袋、小柄、下緒長	〔写真④〕

			(一本)、白手拭ばい巻、草鞋、豊島茣蓙	
捕手小頭	検非違使	油付蒲鉾本多髷 白前鉢巻	黒柄大小、黒足袋、草鞋、房付十手、捕縄	
お谷 ②	老女形	馬の尾・両じけ 黄緒	一文字笠(同行二人)、巡礼札、白手拭吹流、着茣蓙、竹杖	
倅巳之助	(抱き子)		抱き子(小)、布団巻	
夜廻り	斧右衛門	袋付町人髷	ぶら提灯(火入)、浅黄頬被り、黒足袋、藁草履、鳴子、短い棒	
捕手	(つめ)	白前鉢巻	ツメ十手(四本)	四番
歩き	(つめ)			一番

【出道具】葛籠箱(大・仕掛)、遠州行灯、吊刀掛(一本用)、捕り縄・房付十手、糸車・ざる(糸及び綿の巻付八本)、莨の葉切り台・包丁・押板・手箒・莨の葉(五枚・内仕掛四枚)・葉の刻んだ物(差金付)、丸桶・青砥石・水振り、打鐘(台付)・撞木(先の小さい物)、世話莨盆・煙管(二本)・付木、芝木(短い物少把)、焚火用連台、雪の仕掛棒(二本)・紙吹雪少々、蔵の錠と鍵、小田原提灯。

伏見北国屋の段

役名	かしら	鬘・付け物	小道具(持道具)	備考
和田志津馬 ②	源太	(前述)	カツ柄大刀、赤モミ布	
傾城瀬川(=お米)	娘	(前述)	白手拭	

役名	かしら	鬘・付け物	小道具（持道具）	備考
池添孫八	陀羅助	（前述）浅黄頭巾	白手拭、白足袋、藁草履	
桜田林左衛門	金時	（前述）	黒柄大小、黒足袋、草履、包小判（五十両）	
飛脚	端役	袋付町人髷	草鞋、状箱（巻状入）	
池添孫六	端役	袋付町人髷　茶頭巾	瓢簞（極小）、細竹、茶渋扇、皮莨入、白足袋、黒風呂敷包薬箱	
呉服屋十兵衛	源太	（前述）	血綿	
唐木政右衛門　①	文七	（前述）	黒柄大小、豆絞り手拭ばい巻、黒足袋、草鞋、豊島茣蓙	

【出道具】世話角行灯、世話莨盆、湯呑（長）・先に綿を付けた割箸、硯・細筆・巻状、角切世話衝立（小）。

伊賀上野敵討の段

役名	かしら	鬘・付け物	小道具（持道具）	備考
唐木政右衛門　①	文七	（前述）白鉢巻	黒柄大小（抜）、黒足袋、草鞋、襷用下緒	
和田志津馬　②	源太	（前述）白鉢巻	カツ柄大小（抜）、白足袋、草鞋	
池添孫八	陀羅助	（前述）	黒柄一本差（抜）、白足袋、草鞋	

		白鉢巻		
石留武助	検非違使	(前述) 白鉢巻	黒柄大小(抜)、草鞋	
桜田林左衛門	金時	(前述)	黒柄大小(抜)、黒足袋、草履	
沢井股五郎	小団七	(前述)	黒柄大小(抜)、黒足袋、草履	
昵近侍	端敵	(前述)	黒柄大小(抜)、黒足袋、草履	「円覚寺の段」の近藤・関の内一人
昵近侍	端敵	(前述)	カツ柄大小(抜)、黒足袋、草履	「円覚寺の段」の海田・荒川の内一人
駕籠舁	(つめ)			二番
付人	(つめ)		ツメ刀(二本)	二番

【出道具】黒馬、大名駕籠。

絵本太功記

安土城中の段

役名	かしら	鬘・付け物	小道具(持道具)	備考
真柴久吉 ①	検非違使	油付櫛洗鬘烏帽子下	引立烏帽子、白柄小刀	〔写真⑤〕
尾田春長	検非違使	油付前棒茶筅 白打紐	金三位、白柄小刀、白足袋	
武智光秀 ①	文七	油付櫛洗鬘切藁	引立烏帽子、黒柄小刀	

役名	かしら	鬘・付け物	小道具（持道具）	備考
阿倍法印	定の進	しゃぐま白鉢物括り下げ 茶打紐	白足袋、草履	
普天坊	陀羅助		黄布太縄	
侍	（つめ）			一番
軍兵	（つめ）	白後鉢巻	六尺棒（一本）	二番

【出道具】（ナシ）

二条城配膳の段

役名	かしら	鬘・付け物	小道具（持道具）	備考
武智光秀 ①	文七	（前述）	引立烏帽子（取ル）、黒柄小刀、黒足袋、血付懐紙、血綿	
浪花中納言	検非違使	油付公家 紫打紐	垂纓冠、白足袋、笏	
尾田春長	検非違使	（前述） 白打紐	金三位、中啓、白足袋	
森の蘭丸 ①	源太	油付摑み立て前髪切藁 白打紐	黒柄小刀、鉄扇、黒足袋	
武智十次郎 ①	若男	油付前髪前茶筅・耳板じけ浅黄蛍打、浅黄紐前	カッ柄大小、白足袋、祝膳（織物袱紗）	

		髪括り		

【出道具】（ナシ）

千本通り光秀館の段

役　名	かしら	鬘・付け物	小道具（持道具）	備　考
妻操	老女形	片はずし 角峰櫛、笄、銀平打、銀丈長、銀元結		〔写真⑥〕
九野豊後守	舅	胡麻油付前棒茶筅 白打紐	茶柄小刀、白扇、白足袋	
武智光秀 ①	文七	（前述）	黒柄大刀、黒足袋	
武智十次郎 ①	若男	（前述）	カツ柄大小、白足袋	
四王天田島頭 ①	金時	油付櫛洗鬢切藁 白打紐	黒朱小刀、黒足袋	
赤山与三兵衛	与勘平	油付櫛洗鬢切藁 白打紐	黒朱大小、白扇、黒足袋	

【出道具】御酒供物（八足台・瓶子（二本）・足付折木（平三方）・土器・盛塩）。

本能寺の段

役　名	かしら	鬘・付け物	小道具（持道具）	備　考
三法師丸	男子役	がっそう	カッ柄特小刀、白足袋	
尾田春長	検非違使	（前述）	中啓、白足袋	
腰元しのぶ	娘	仕掛文金島田　後　髷捌き　角峰櫛、銀平打、白丈長、白元結	懐剣袋、懐剣	
阿野の局　①	老女形	下げ髪・糸房・差し込み両じけ　銀丈長、御台花櫛	懐剣袋、鳥の子金切箔舞扇、血綿少々、薙	
森の蘭丸　①	源太	（前述）	黒柄小刀、鉄扇、黒足袋	
②	源太	しゃぐま摑み立て前髪後ろ捌き	黒柄抜身	
森の力丸	源太	しゃぐま摑み立て前髪括り下げ　白打紐	黒柄抜身	
宗祇坊	端役		白足袋、草履、白しごき	
軍兵	（つめ）	白後鉢巻	槍（四本）	四番

【出道具】三方・朱大盃・長柄銚子、男錦座布団・脇息、赤錦座布団、男切首（蘭丸持）、黒手ボンボリ、赤旗（巻いた物）、雀八羽（差金付）。

局注進の段

役名	かしら	鬘・付け物	小道具(持道具)	備考
珍分勘六	端役	油付弾き茶筅 白打紐、織物陣鉢巻	黒柄小刀、黒足袋、草鞋、槍	
加藤正清	鬼若	油付摑み立て前髪切藁 白打紐、織物陣鉢巻	黒柄太刀鎧通、黒足袋、草鞋	
安徳寺恵瓊	鬼一		白足袋、草履、黒数珠(大)	
玉露	娘	姫十能・糸房 姫花櫛一式	金銀房付扇	
浦辺山三郎	源太	油付前茶筅・色板じけ／耳板じけ 奴元結	カッ柄小刀、白足袋、向付高下駄、簑、竹の子笠	
真柴久吉 ②	検非違使	油付櫛洗鬘烏帽子下	鍬形付引立烏帽子、鮫柄太刀鎧通(抜)、黒足袋、重ネ草鞋、黒塗文箱	
阿野の局 ②	老女形	総捌き	赤紐ぽおちゃ、血付薙、簑、赤旗(巻いた物)、血綿少々	
軍兵	(つめ)	白後鉢巻	竹箒(二本)	二番(冒頭に登場)
	(つめ)	白後鉢巻		一番(遠見を報告する雑兵)
	(つめ)	白後鉢巻	六尺棒(一本)	一番(阿野の局と共に登場)

【出道具】阿野の局切首。

長左衛門切腹の段

役名	かしら	鬘・付け物	小道具（持道具）	備考
安徳寺恵瓊	鬼一		白足袋、草履、黒数珠（大）、如意、輪袈裟	
真柴久吉 ①	検非違使	（前述）	白柄小刀	
清水長左衛門	検非違使	しゃぐま揉上げ鬘後ろ捌き	黒柄小刀、黒足袋、草鞋、弓、血綿	
妻やり梅	老女形	忍び返し 角峰櫛、銀平打、白丈長	抱き子、ねんねこ	
小梅川隆景	孔明	油付烏帽子下	引立烏帽子、茶柄大小	
加藤正清	鬼若	（前述）	黒柄太刀鎧通、黒足袋、草鞋、片鎌の槍	
軍兵	（つめ）	白後鉢巻	槍（二本）、千成瓢箪、旗（五三の桐）と竹	四番

【出道具】文付矢（松の木に仕掛）、吹替の矢文、赤経机・香炉・香箱、白台・神文・紫袱紗（中）（＝安徳寺）、白台・神文（＝久吉）、如意（吹替）・輪袈裟（吹替）、赤旗（広げる・尾田紋入）、白馬。

妙心寺の段

役名	かしら	鬘・付け物	小道具（持道具）	備考
四王天田島頭 ①	金時	（前述）	黒朱大小、軍扇、黒足袋、重ネ	

役名	かしら	鬘・付け物	小道具(持道具)	備考
			草履	
母さつき	婆	白・仕掛切髪 茶前帽子、茶打紐	茶風呂敷包(背負)	
妻操	老女形	(前述)	懐剣袋	
嫁初菊 ①	娘	姫十能・糸房 姫花櫛一式		
武智十次郎 ①	若男	(前述)	カツ柄大小、白扇、白足袋、草履	
武智光秀 ②	文七	しゃぐま揉上げ鬘菱皮	白柄大小、黒足袋、重ネ草履	
③	文七	油付櫛洗鬘烏帽子下	引立烏帽子、白柄小刀、黒足袋、采配	
腰元	(つめ)			二番
軍兵	(つめ)			八番

【出道具】一文字笠・竹杖、簞笥・長持・担ぎ棒(二本)・挟箱(二箇)、長手桶・タライ、織物座布団、脇息、衝立・白紙、硯箱・太筆・墨汁、茶馬。

杉の森の段

役名	かしら	鬘・付け物	小道具(持道具)	備考
腰元小笹	お福	島田 白丈長、白鉢巻	薙(一本)	

役名	かしら	鬘・付け物	小道具(持道具)	備考
腰元浪江	娘	島田 白丈長、白鉢巻	薙(一本)	
妻雪の谷	老女形	勝山 角峰櫛、笄、銀平打、白丈長、白元結	金銀女持扇(廻すツマミ付)、紫袱紗(大)	
姉松代	女子役	がっそう小島田 赤縮緬手柄、赤打紐		
鱸重成	鬼一	胡麻・衿切り	茶柄小刀、茶柄大小、茶足袋	
小姓	男子役	子役むしり武士髷	白足袋	
慶覚君	検非違使		白足袋、白大数珠	
鷺森八郎	三枚目	油付弾き茶筅 白打紐、織物陣鉢巻	黒柄小刀、黒足袋、草鞋	
鱸孫市	検非違使	油付仕掛弾き茶筅 後鬘バラ捌き 白打紐	ぽおちゃ、黒柄大小(抜)、黒懐剣、黒足袋、草鞋、願書、黒長下緒	
是角六郎	小団七	頭巾下 黒忍び頭巾	黒柄大小(抜)、黒足袋、草鞋、密書	
重若丸	男子役	がっそうとんぼ	赤小草履、紫背負荷物(小)	
中川清秀	孔明	油付燕手生締	黒柄大小、白扇	

役名	かしら	髪・付け物	小道具（持道具）	備考
軍兵	（つめ）			二番
	（つめ）		槍（二本）	二番（重成方）
	（つめ）	白後鉢巻	高張提灯（二箇・中川紋入）	四番（中川方）

【出道具】鎧櫃（背負）、赤経机・香炉・香箱、鈴（赤紐付）、手燭、鼓（差金付）、孫市の切首。

瓜献上の段

役名	かしら	髪・付け物	小道具（持道具）	備考
加藤正清	鬼若	（前述）	黒太刀鎧通（抜）、黒足袋、重ネ草鞋	
真柴久吉 ②	検非違使	（前述）	鍬形付引立烏帽子、鮫柄金梨地鞘太刀（抜）鎧通、采配、黒足袋、重ネ草鞋	
百姓長兵衛 実は四王天田島頭 ②	金時	しゃぐま揉上げ鬢後ろ捌き	豆絞りばい巻（大）、赤大刀、草鞋	
僧献穴	手代		白手拭、茶数珠（小）、白足袋、草履	
軍兵	（つめ）	白後鉢巻	槍（四本）	四番（内一番は梨割）（久吉方）
	（つめ）	白後鉢巻	木太刀（四本）	四番（光秀方）

【出道具】白馬、槍（一本）、白着付、黒衣、瓜（二箇）、杁、藁畚、藁束背負。

夕顔棚の段

役名	かしら	鬘・付け物	小道具（持道具）	備考
母さつき	婆	（前述）	黒小数珠	
妻操	老女形	（前述）花見帽子	懐剣袋	
嫁初菊 ①	娘	（前述）	広巾白手拭	
真柴久吉 ③	検非違使	頭巾下 浅黄頭巾	白手拭、黒風呂敷包、草鞋、黒網代笠	
武智光秀 ②	文七	（前述）	カッ柄太刀鎧通、軍扇、黒足袋、重ネ草鞋、竹の子笠、簑	
武智十次郎 ①	若男	（前述）	浅黄大小、白扇、紫足袋、草履	
百姓	（つめ）			四番
軍兵	（つめ）	白後鉢巻		一番
		白後鉢巻		二番

【出道具】夕顔・植木鉢、床几、釣瓶、手桶（長）、平桶、重箱（菓子入）・竹箸・丸盆・湯呑（四箇）、土瓶、渋団扇、黄太縄、槍、鎧櫃、じょうろ。

尼ケ崎の段

役名	かしら	鬘・付け物	小道具（持道具）	備考
武智十次郎 ①	若男	（前述）	浅黄大小、白扇、紫足袋	

②	源太	兜下(しゃぐま総捌き)	兜、白柄金張太刀鎧通、紫小紋足袋、草鞋	
③	源太	しゃぐま前髪総捌き	白柄抜身、折れ矢、血付綿	
嫁初菊 ①	娘	(前述)		
②	娘	切髪 白打紐		
母さつき	婆	(前述) 後 鬢バラ捌き		
妻操	老女形	(前述)	懐剣袋	
真柴久吉 ③	検非違使	(前述)		
②	検非違使	(前述)	鮫鞘金布張太刀鎧通、黒足袋、重ネ草鞋	
武智光秀 ②	文七	(前述)	カツ柄太刀鎧通、軍扇、黒足袋、重ネ草鞋、印籠	〔写真⑦〕
加藤正清	鬼若	(前述)	黒太刀鎧通(抜)、黒足袋、草鞋、片鎌の槍	
軍兵	つめ	白後鉢巻	槍(二本)、千成瓢箪、旗(五三の桐)	四番

【出道具】鎧櫃、竹槍(仕掛有)、血付竹槍の先、黒の衣、長柄の銚子、三方・土器、瓢箪(三箇)。

大徳寺焼香の段

役名	かしら	鬘・付け物	小道具（持道具）	備考
左枝徳善院	定の進	織物僧上頭巾	白大数珠、白足袋、草履、巻物	
尾田春信	源太	油付前棒茶筅 白打紐	黒三位、白足袋、草履	
尾田春孝	若男	油付前棒茶筅 白打紐	黒三位、白足袋、草履	
柴田勝家	大舅	白・烏帽子下	引立烏帽子、黒柄小刀	
滝川将監	大団七	油付櫛洗鬘烏帽子下	引立烏帽子、黒柄小刀	
佐久間盛政	端敵	油付烏帽子下	引立烏帽子、黒柄小刀	
真柴久吉　④	検非違使	油付前棒茶筅 白打紐	垂纓冠、白足袋、木沓、笏板	
三法師丸	男子役	（前述）	金三位、白足袋（小）	
加藤正清	鬼若	（前述）	黒柄太刀鎧通、黒足袋、草鞋、 大筒	
福島正則	検非違使	しゃぐま揉上げ鬘掴み立て 前髪菱皮 織物陣鉢巻	黒柄太刀鎧通、黒足袋、草鞋、 大筒	

【出道具】赤経机（大）、香炉（大）・香箱（大）、過去帳（位牌）、蠟燭立（大・二本）・血綿付蠟燭（二本）、香炭・香木（白檀）・香炉灰。

薫樹累物語

埴生村の段

役名	かしら	鬘・付け物	小道具（持道具）	備考
絹川谷蔵 後に与右衛門	検非違使	しゃぐま仕掛振分け 黄緒	黒柄大刀、白手拭、草履、通し銭（小）	
累	累のガブ	仕掛島田 しごき	白手拭二本（姉さん被り）、苅豆籠（葉付豆入り）	〔写真⑧〕
百姓与之吉	端役	袋付町人髷	浅黄手拭、藁草履、鎌	
女房お駒	老女形	おばこ 竹笄、しごき	藁小草履、苅豆籠（葉付豆入り）	
金五郎	小団七	しゃぐまむしり振分け 黄緒	藁草履	
女郎屋亭主	又平	袋付町人髷	町人差、白扇、置き手拭、草鞋、ポン筒、莨入、手鏡（小）	
村の歩き	（つめ）			一番

【出道具】 吊り仏壇・榊・白木位牌（高雄）、藁束（鎌を差す）、一升徳利、白角行灯（火入）、茶丸盆・湯呑（一箇）、世話莨盆・煙管、針箱・縫物（綿入）、硯箱・細筆・巻状。

土橋の段

役名	かしら	鬘・付け物	小道具（持道具）	備考
金五郎	小団七	（前述）	黒柄大刀（抜）、ぶら提灯（火入）、蛇の目番傘	
歌潟姫	娘	姫十能・糸房 姫花櫛一式		
累	累のガブ	（前述） 後 ①髷捌き、②鬢捌き	白手拭二本、刈豆籠、鎌	
絹川谷蔵 後に与右衛門	検非違使	（前述） 後 総捌き	黒柄大刀（抜）、頬被り、鉢巻二本	

【出道具】破れ蛇の目番傘（吹替用）。

文楽人形記録写真

（写真は国立文楽劇場所蔵）

「伊賀越道中双六」（平成四年四月　第四十五回国立文楽劇場文楽公演）

①　唐木政右衛門屋敷の段
唐木政右衛門

②　沼津の段
呉服屋十兵衛

③　岡崎の段
山田幸兵衛

「絵本太功記」（平成五年四月　第五十回国立文楽劇場文楽公演）

④　岡崎の段
唐木政右衛門

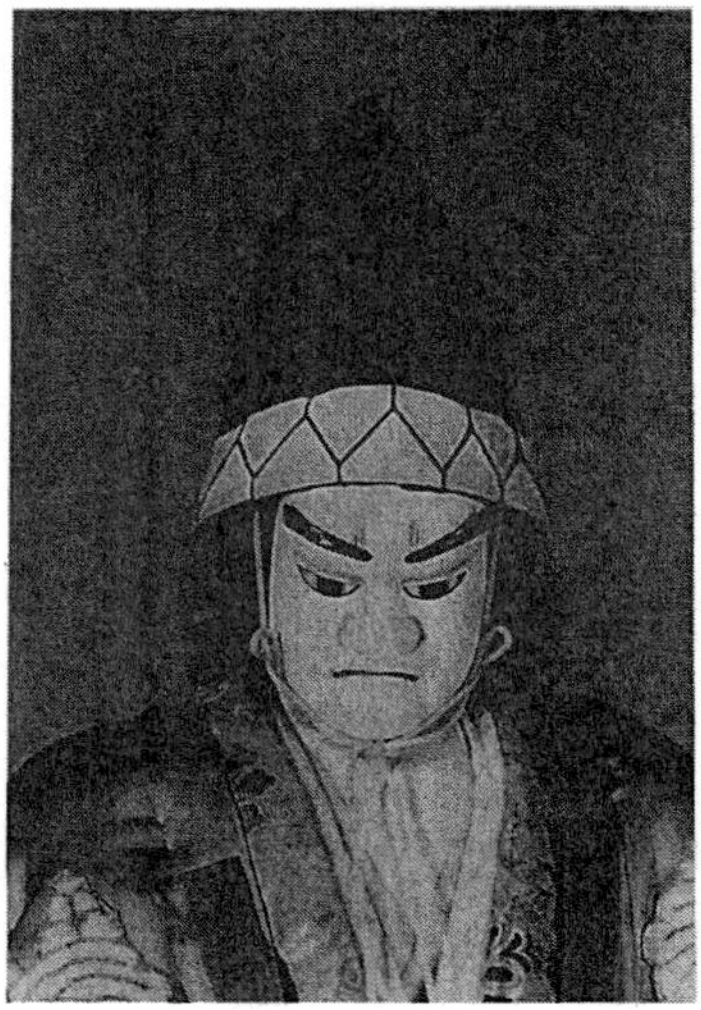

⑤　安土城中の段
真柴久吉

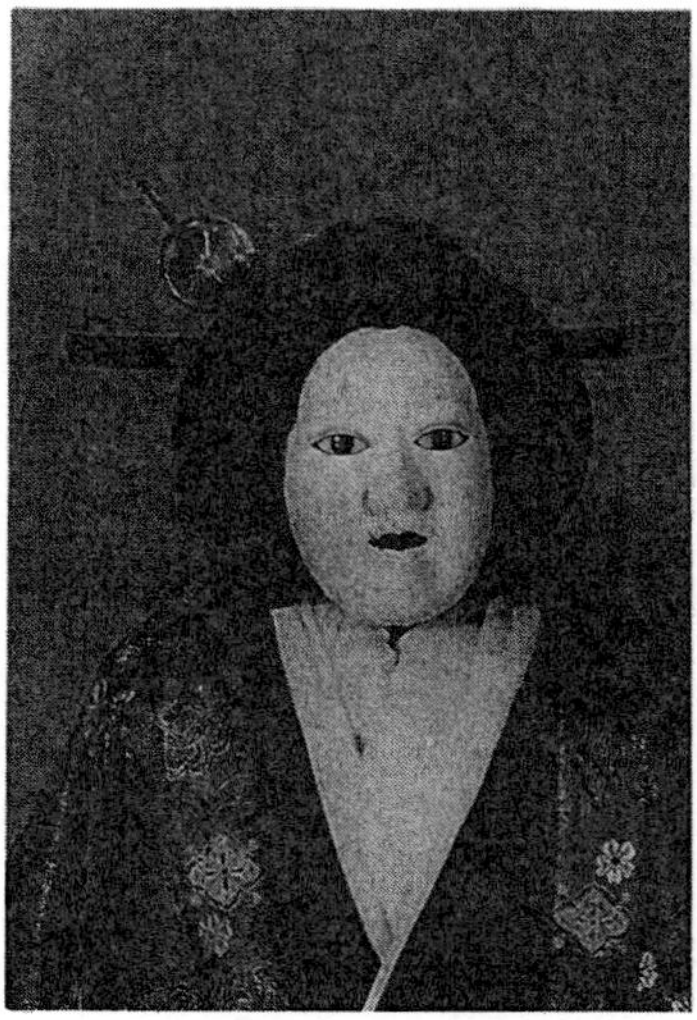

⑥　千本通り光秀館の段
妻操

⑦　尼ケ崎の段
武智光秀

「薫樹累物語」（昭和六十三年七月　第二十五回国立文楽劇場文楽公演）

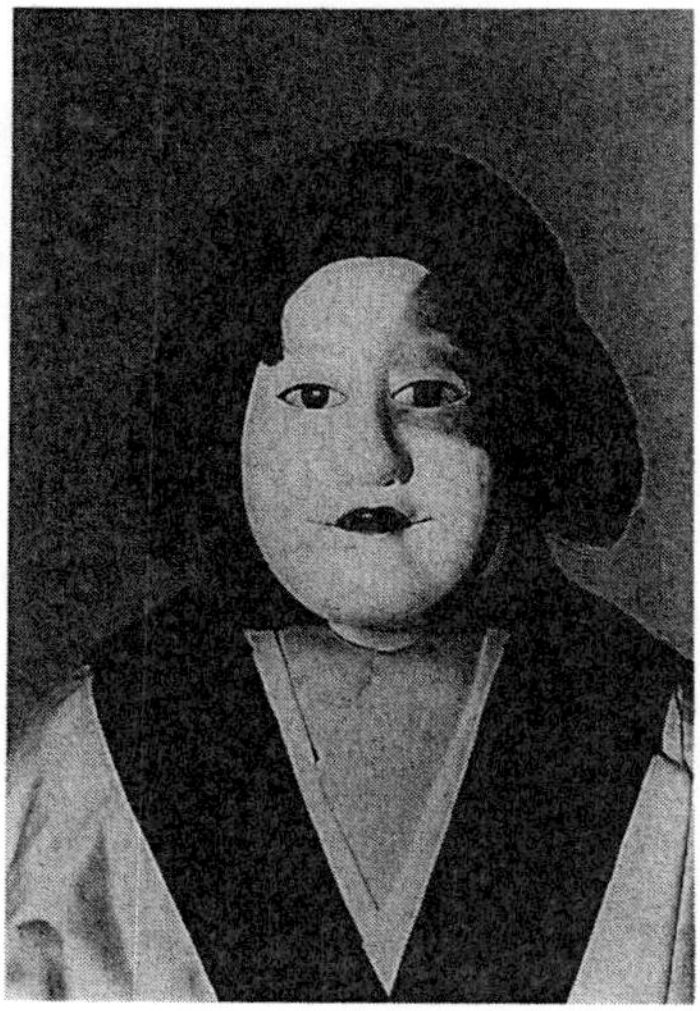

⑧　埴生村の段
累

解説

解説

一　「伊賀越道中双六」と「絵本太功記」

本巻には十八世紀後期の浄瑠璃「伊賀越道中双六《いがごえどうちゅうすごろく》」「絵本太功記《えほんたいこうき》」「伊達競阿国戯場《だてくらべおくにかぶき》」の三篇を収めた。いま本巻の前篇に当る『竹田出雲 並木宗輔 浄瑠璃集』所収の四作品と併せて、近松没後、十八世紀中・後期の代表的な七つの浄瑠璃作品が、どのような時代設定を持つかを、設定年代順に挙げてみよう。

芦屋道満大内鑑《あしやのどうまんおおうちかがみ》（一七三四年初演。作者、竹田出雲）　平安朝（朱雀天皇）時代
義経千本桜《よしつねせんぼんざくら》（一七四七年初演。作者、並木宗輔等）　平安末・鎌倉初（源平）時代
新うすゆき物語（一七四一年初演。作者、文耕堂等）　鎌倉（北条政権）時代
狭夜衣鴛鴦剣翅《さよごろもおしどりのつるぎば》（一七三九年初演。作者、並木宗輔）　南北朝時代
伊達競阿国戯場（一七七九年初演。作者、烏亭焉馬等）　足利（東山）時代
伊賀越道中双六（一七八三年初演。作者、近松半二等）　戦国（足利末）時代
絵本太功記（一七九九年初演。作者、近松やなぎ等）　織豊時代（天正十年）

七作は、いずれも作者・観客の生きている江戸期より昔の「時代」を扱う故に、「時代物」と呼ぶことは可能であり、そのように分類している事典類もある。しかし実際には、「伊賀越道中双六」や「伊達競阿国戯場」は、江戸時代に起きた敵討・お家騒動を、当代の武家社会の出来事を直接脚色することが許されないために、戦国(足利末)時代や東山時代に仮託して描いているので、本来的な時代物の「芦屋道満大内鑑」や「義経千本桜」、あるいは扱われる年代は新しいが軍記物としての「絵本太功記」、等とは異質である。特に「伊賀越道中双六」は、江戸時代初期の事件を扱いながら、十八世紀後期の政治と社会が投影されているところに特色がある。

近松門左衛門をはじめ、並木宗輔、近松半二、近松やなぎにいたるまで、十八世紀上方のすぐれた浄瑠璃作者達は、過去の歴史と現在の政治・社会を、戯曲の重要な課題としてとりあげてきた。その扱い方はさまざまで、史実に大幅な変更を加え、また歴史上の事件に現代の政治や社会を投影させることも多いが、いずれにせよ、事実性、必然性の重視を基本姿勢とする。事実性よりも、芝居の別天地で絵空事の類型化、見立て、綯交ぜ等の美学を楽しむ江戸歌舞伎、その影響下にある江戸浄瑠璃(本巻では「伊達競阿国戯場」)とは方法が異なる。江戸浄瑠璃については次章に譲り、以下、しばらく上方の浄瑠璃の主流を概観しておきたい。

近松門左衛門没後、約四半世紀(一七二四―一七五一年)は、上方では「操り段々流行して歌舞妓は無きが如し」とまでいわれた人形浄瑠璃全盛時代であった。この期を代表する浄瑠璃作者並木宗輔は、現徳川武家政権の原点である源平時代の歴史への関心が深く、「義経千本桜」「一谷嫩軍記《いちのたにふたばぐんき》」「源平布引滝《げんぺいぬのびきのたき》」「軍法富士見西行《ぐんぽうふじみさいぎょう》」等、多くの名作を著わしてきた。典拠となる『平家物語』を十八世紀中期の視点から徹底的に読みぬき、叙事詩劇としての完成をみたこれらの作品には、その基底に、頼朝以来、現徳川幕藩体制にいたる武家政権社会が、善くも悪しくも、将来にわたって存続するであろうとの、作者・観客の共通認識があった（1）。

「一谷嫩軍記」三段目までを絶筆として並木宗輔が没した宝暦元年（寛延四年〈一七五一〉）は、人形浄瑠璃の隆盛と深く関わる享保の改革の担い手、八代将軍吉宗（大御所）が没した年でもある。近世史が大きな転換期にさしかかった宝暦元年に、並木宗輔と交替に浄瑠璃作者として登場した近松半二は、源平物にはあまり興味を示さず、武家政権以前の王朝物を、積極的にとり上げた。武家政権を相対化し、天皇中心の国家を理想とする傾向が半二にはあった（「妹背山《いもせやま》婦女庭訓《おんなていきん》」など。なお「仮名写安土問答《かなうつしあづちもんどう》」四八一頁上段八行以下参照）。

他方、半二は現徳川政権の出自を問う大坂落城劇（「近江源氏《おうみげんじ》先陣館《せんじんやかた》」「太平頭鍪飾《たいへいかぶとのかざり》」〈現行の「鎌倉三代記」〉）、その前史である太閤記物（「仮名写安土問答」「三日太平記」）及び戦国時代物（「本朝廿四孝」）等にも、ダイナミックな劇作法で成功を収めた。

半二はまた現代の政治・社会と直接関わる題材への関心も強く、赤穂事件（「太平記忠臣講釈」）、由比正雪事件（「太平記菊水之巻」）、切支丹（「天竺徳兵衛郷鏡《てんじくとくびようえさとのすがたみ》」）、蜂須賀騒動（「傾城阿波の鳴門」）、伊達騒動（「荻大名傾城敵討」）、柳沢騒動・将軍綱吉暗殺説（「桜御殿五十三駅《さくらごてんごじゆうさんつぎ》」）、及び崇禅寺馬場の敵討をはじめとする幾つかの敵討（「敵討崇禅寺馬場」「道中亀山噺」等）を次々に劇化した。しかし、浄瑠璃はその形態からみて、叙事詩・軍記系の題材にもっとも安定感があり、近世の実録体小説に題材を求めたお家物、陰謀物、敵討物等は、初演時に興行的に人気を得たとしても、劇文学としての成功率は、高いとは言えなかった。またこの種の題材は——近世の現代史の出発点である大坂落城物も含め——幕府や諸大名家への遠慮から脚色上の制約が多く、突っこんだ描き方をすれば上演禁止を受ける危険があった。事実、大坂夏の陣を扱った「太平頭鍪飾」（明和七年〈一七七〇〉）は上演禁止となり、実録『増補《ぞうほ》日光邯鄲枕《にっこうかんたんのまくら》』（柳沢騒動、御台所による将軍綱吉暗殺）から題材を得た「桜御殿五十三駅」（明和八年）は再三の字句改訂を余儀なくされた。

明和末の実録系二作品の、上演禁止や自粛改訂をめぐるトラブルが半二の作家活動に影を落としたか、竹本座の崩壊状態（安永二年〈一七七三〉以後開場不定期）とあいまって、安永（一七七二―八一）から天明初（一七八一―）の半二の作品は、明和期までと比べて、やや生彩を欠いてゆく。浄瑠璃界そのものが斜陽をかこちつつあるこの時期、豊竹座の後身、北堀江市の側の豊竹此吉座（座頭は二世豊竹此太夫）では、比較的着実に興行が行なわれ、世話物を本領とする菅専助が、実録物、時代物等も含め、精力的に新作を書いている。が、戯曲の骨格の大きさ、構成の緻密さ、詞藻の豊かさにおいて、近松半二に拮抗する作者はついに現れなかった。

「桜御殿五十三駅」から十年余後の天明三年（一七八三）春、竹本座再興を期して、西風（竹本座系の質実で男性的な曲風、豊竹座系の華麗な東風に対する）の代表的な太夫、竹本染太夫、竹本住太夫らが一座を組織し、道頓堀の竹本座で興行を行なった。座頭（紋下）の竹本染太夫は、二代目政太夫の門弟で、元祖竹本義太夫（筑後掾）―二代目義太夫（初代政太夫、播磨少掾）―二代目政太夫―竹本染太夫と、竹本座西風の本流を伝え、「本朝廿四孝」「妹背山婦女庭訓」など、近松半二の書きおろし作品を多く手がけてきた太夫である。興行史的にも、安永―天明初に、曾根崎新地や時には道頓堀竹本座において、竹本座の伝統を伝える興行を主催し、重要な役割を果してきたが、好敵手三代目竹本政太夫と袂を分った安永七年末以後は、一座の座組が小規模になっていた。天明三年正月からの道頓堀竹本座における興行は、江戸から大立物の竹本住太夫（二代目政太夫門弟）を迎え、竹本男徳斎や二代目竹本中太夫（三代目政太夫の門弟、四月から出演）をも加えた大一座である。竹本座再興成るか、との世人の期待（『大坂奇珍泊』）が集まっていた。

「伊賀越道中双六」は、近松半二がこの一座のために書きおろした、久しぶりの会心作であった。だが半二は、おそらく第八「岡崎の段」を絶筆として二月四日に没し、「伊賀越道中双六」は四月二十七日にようやく初日を明け、作品自体は好評を得たと思われる(九月に京都で再演)が、結局この興行を打ち上げた時点(五月以後七月頃まで)で、竹本座は創設以来百年の歴史を閉じることになるのである。[2]

「伊賀越道中双六」は明和八年(一七七一)の『禁書目録』にも載る実録『殺報転輪記』に題材をとり、歌舞伎・浄瑠璃の同題材の先行作をも参考とした。史実ないし『殺報転輪記』との間に適当な距離を置いたことで、十七世紀中期の敵討事件を、十八世紀後期の政治・社会と巧みに交錯させ、劇文学としても高度な達成をみた。以下、史実、実録、演劇の先行作等に触れながら「伊賀越道中双六」の劇作法を考えてみたい。

寛永七年(一六三〇)七月二十一日、岡山城下で、朋友渡辺数馬(二十三歳)の弟源太夫を見舞に行った河合又五郎(二十歳)は口論の末、源太夫を殺害し、江戸へ出奔した。又五郎は旗本安藤治右衛門らに匿まわれ、池田家の、又五郎引渡し要求に、旗本達が応じなかったために、藩主池田忠雄は幕府に訴え、事態は紛糾したが、忠雄の急死等を機に大名・旗本の抗争には一応の決着がつけられ、渡辺数馬は藩を退身し、姉聟荒木又右衛門の助太刀を得て、又五郎を探索、寛永十一年十一月七日、一行十一人で奈良から江戸へ向かう又五郎を、伊賀上野鍵屋の辻で討ち取った。[3] 若者の喧嘩に端を発した仇討であるが、政治的背景の大きさと助太刀荒木又右衛門の剣豪ぶりが話題をよび、延宝六年(一六七八)、菊岡如幻による実録、第一次『殺報転輪記』(脚注で「原殺報転輪記」)が成立した。その後も、記録、実録、聞き書き、浮世草子等を経て、享保頃には、多くの小説的改変を加えた流布本『殺報転輪記』が成立した。これら実録諸本の成立事情と現存状態については上野典子「伊賀越敵討物『殺法転輪記』の転成」(『近世文芸』四十七号)に詳しい。

流布本『殺報転輪記』が史実（及びおおむね史実に添って書かれた「原殺報転輪記」）と相違する第一の点として、又五郎に殺されたのが、数馬の弟でなく父（流布本では靭負）であることが挙げられる。弟の敵討は、正式の敵討とは認められない。もっとも数馬の場合は、亡き主君池田忠雄の遺命を受けての行動という大義名分があるが、事件からすでに一世紀近く経った享保頃の読者に、敵討の正当性と重味を印象づけるには、父の敵とする方が効果的であった。「伊賀越道中双六」も先行の浄瑠璃「志賀の敵討」、歌舞伎・浄瑠璃「伊賀越乗掛合羽《いがごえのりかけがっぱ》」同様、父の敵討とした。靭負（本作の行家）殺害に正宗の刀がからむのも、流布本『殺報転輪記』から演劇に受け継がれていく構想である。

次に史実で池田家が、旗本方に対し、又五郎と交換する約束で又五郎の父を解放したにもかかわらず、又五郎が池田家の手に戻らなかったために、藩主忠雄が激怒し、大名・旗本の確執が取沙汰されるに至る経緯で、流布本『殺報転輪記』では、又五郎の父はすでに亡く、代って母を登場させ、又五郎を引取りに行った池田（松平）の家臣笹川団右衛門（佐々木丹右衛門）が旗本達に欺かれ、母親を渡しながら又五郎を受取ることができなかった責任を感じ切腹する、という件りが加わる。この伊賀越敵討事件前半のヤマ場、いわゆる旗本騒動の件りは、歌舞伎「伊賀越乗掛合羽」では、二段目「上杉館・栄深寺」（浄瑠璃「乗掛合羽」では第三「上杉館」、第四「円覚寺」）で扱われ、半二もその影響下に第三「円覚寺の段」を書いた。

しかし「伊賀越道中双六」の「円覚寺」が「乗掛合羽」とも、また史実、『殺報転輪記』とも大きく相違するのは、大名（上杉家）・旗本（昵近衆沢井城五郎ら）の対立が、股五郎をめぐる両者の面子争いではなく、幕府政界内における日常的な権力争いと策略として描かれる点である。旗本方の盟主城五郎がもっとも執着したのは、上杉方の所持する正宗の刀を手に入れることであり、その目的を達するために、股五郎を、一旦上杉家の要求通り使者丹右衛門に引渡し、刀を受取った上で、丹右衛門の帰途を襲撃し、股五郎を奪って逃走させる。しかし丹右衛門は、城五郎に正宗の刀を目利させた上で巧みにすり替え、贋物を渡し、城五郎の正宗奪取の計画を挫く。股五郎を奪われることも、上杉家としては予定の行動であった。そのために使者丹右衛門は、わざと「供はわづか三人」で受取りに来て、股五郎を死守したが衆寡敵せず、上杉方は全員斬り死にし、股五郎は行方不明になった、という筋書き通りに事を運んだ。

「伊賀越道中双六」の城五郎は、「乗掛合羽」の城五郎のような、天下を窺う謀叛人ではない。上杉家の権勢を嫉み、金や人脈を使って上杉の家老和田行家の所持する正宗の刀を横取りし、将軍に献じて、自身の権力の伸長を謀ろうとする政界の卑小な一ボスにすぎない。上杉家にしてみれば、迷惑な売られた喧嘩であるが、城五郎の手にある下手人を放置する訳にはいかず、といって城五郎らと正面衝突すれば、幕府の咎めを受けて家国を危うくする。旗本城五郎から仕掛けられたつまらぬ権力抗争の火種を、もっとも損失の少ない形で揉み消す方策を、大名上杉家として考え出さねばならない。

本作の上杉家には、史実の池田忠雄の如く、旗本との、又五郎を渡せ、渡さぬの争いに、岡山藩の存亡を賭け、『殺報転輪記』によれば合戦まで交えようとする激しい武士の意地はない。本作には、池田忠雄に当る上杉顕定は、直接登場しない。十八世紀後期の作者近松半二にとって、伊賀越敵討事件の実録類が事々しく書き立てる、大名・旗本の意地の張り合いは、劇的動機としては弱いのである。その点は、歌舞伎作者もほぼ同様に受けとめて、「乗掛合羽」二段目「上杉館・栄深寺」では、上杉家の当主兄弟の義理立てに発したお家騒動的状況と、足利の天下を狙う沢井城五郎の陰謀、という動機を持ち込み、筋を複雑にした。がその結果、本来の敵討の課題は二の次になり、大名・旗本の対立も焦点が不明確になった。近松半二は「志賀の敵討」「伊賀越乗掛合羽」にあったお家騒動や謀叛物の要素を除去し、十八世紀後期でも想定しうる大名と旗本の政治的勢力争いの一端が、将軍家への刀献上にからんで表面化する構想を打ち出した。城五郎の卑小な権勢欲から生じた正宗横領計画が、股五郎による行家殺害を惹起し、城五郎は一旦匿まった股五郎と交換に正宗を手に入れようとする。上杉家としては、将軍に献上すべき正宗を渡す意志は毛頭なく、また合戦によって股五郎を奪回する意図もないが、家老殺害の下手人が旗本方に匿まわれたまま手出しが出来ないのでは、上杉家の面目にかかわるので、股五郎を表向き引渡させた上で、非合法的に奪われ、行方不明となることを黙認した。交換条件の刀は贋物、股五郎の母は自害、股五郎を奪われた責任は丹右衛門の死で決着がつき、以後は志津馬個人に父の仇討をさせる、上杉家としては、何も失ったものはないのである。

「伊賀越乗掛合羽」が直接的影響を受けたとされる吉田一保の講釈(中村幸彦「大阪講談中興之祖 吉田一保」『中村幸彦著述集』第十巻、中央公論社、一九八三年)で旗本騒動がどのように扱われたかは明らかでないが、『殺報転輪記』及び「伊賀越乗掛合羽」のこの件りとの比較から、武道の意気地軒昂たりし十七世紀の大名・旗本抗争を、十八世紀後期の政治的策略劇に作り替えたのは半二の創作とみてよいであろう。

「伊賀越道中双六」は、流布本『殺報転輪記』はもとより、「伊賀越乗掛合羽」からも、人物の名前をはじめ多くの点で影響を受けているが、筋の上で『殺報転輪記』「伊賀越乗掛合羽」と密接な繋がりを持つのは、主として第一から第三、ないし第五までで、第六以後は半二の独創的な部分が非常に多くなる。特に第六「沼津の段」は先行作とほとんどかかわりのない浄瑠璃独自の一段である。

まず第五までは、武士の世界、即ち体制の頂点における大名と旗本の対立、藩主と家臣の葛藤が扱われていた。第六の幕が明くと、街道の宿はずれ、雲助と旅商人ともと遊女という、第五までとはうって変った非体制的、非定住民的な人物達による、貧しいが安らぎのある空間が、観客の前に開けていく。日本の戯曲に旅の設定を持つものは少なくないが、「沼津」ほど旅情と劇的緊張感が見事に調和した作品は類を見ない。平作・十兵衛・およね、三人の人物描写も卓抜している。三人とも、幸福とは言えない過去を負っており、特に平作の場合、この「人間の道」を大切にする慈愛深い父親が、娘を売らねばならなかった背景には、よほど不幸な、もしくは不当な事情があったろうと想像されるが、しかし平作には少しも陰気なところがなく、洒脱に、しかも誇りをもって生きている。

この荷持ち人足平作と、行きずりの旅人十兵衛が、街道で出会い、互いに心が通じ合い、労苦を分ち合うまでになった時、二人は実は親子であり、しかも敵同士であることが明らかになり、劇は一転、破局に向かう。ここで問題となるのは、平作のように情に厚い人物が、娘およねの夫志津馬の敵討のために、同じく息子である十兵衛に、義理ある股五郎を裏切ることを要求する点であろう。近世の観客には、敵討の遂行は至上命令であり、敵討では正義は討つ側、不義は討たれる側にある、との共通認識があるので、平作が十兵衛から強いて股五郎の行方を聞き出そうとすることに、近代の劇評家のように「沼津の……父が子に「理を非に曲げて言はして見せう」といふ封建的倫理が不愉快極りない」(武智鉄二『蜀犬抄』和敬書店、一九五〇年)と感ずることはなかったかも知れない。しかし、ある戯曲作品が、古典として存続するためには、近世の観客のみならず、現代の観客に対しても、説得力が必要である。現代の観客は平作の行動に、確かに武智氏の言葉に通ずるある抵抗を感ずる。ただそれにもかかわらず、現代の観客も文楽の「沼津」の舞台から感銘を受け(武智氏もこの曲を全面的に否定している訳ではない)、たとえば平作に対する不快感が最後まで残る、ということはない。観客に抵抗を感じさせるものと、それを凌ぐ感動に巻き込んでいくものとの関係と実体を、見極めておく必要がある。

武智鉄二氏が不愉快だという「理を非に曲《まげ》ていはして見せう」は、およねが印籠を摑んで駆け出そうとしたところで、この兄妹が、敵同士として直接衝突するのを、親である平作が見るに堪えず、およねを抑えて、切り結ぶ刃の中に身を投ずる役を自ら引きうけるために、あえて強い表現をしているので、この言葉自体にさほどこだわるべきではないが、とにかく敵の行方を聞き出そうとする平作の行動が、およねの側に立つものであるには相違なく、平作としても苦労させた末の娘へのわりない思いが、十兵衛に無理な願いをさせることを認めてもいる。だが、そこまではいわば劇の前提である。一歩踏みこんで、平作が二人の子のうち、およねをより深く愛し、十兵衛を利用することだけを考えていたか、といえば決してそうではあるまい。

もしおよねとの関係が平作にとって第一義的であるならば、浄瑠璃作者は必ず、千本松原の幕切れで、平作におよねと最後の対面をさせ、何らかの対話をさせていたはずである。また平作は、はじめから命を捨てるつもりでいるのであるから、敵の行方を聞き出すことだけが目的であるならば、千本松原で十兵衛に追いついた途端に腹を切って、敵の在り処を教えてくれと迫ってもよかったのである。だが実際には平作は、「必ず出な」と、予めおよねが近づくことを禁じておいて、十兵衛と二人だけの時を持とうとする。この文楽特有の、二人だけの静かな時間と空間は、「沼津」のドラマの本質にかかわるものと言える。即ち、千本松原へとひた走りに走る平作の心を占めているのは、敵の行方、およねへの愛情、それ以上に「不思義《しぎ》に始めて逢ふた」、そして今、遠く離れ去っていこうとする「我子《ガ》」への熱い思いであることは間違いないであろう。

数知れぬ旅人が往来する街道で、十兵衛は、たまたま道連れになった老人足の平作と心が触れあい、苦境に同情して少額ながら借金の肩代りまでしてやったところで、平作から養子の書付けの話を聞いて、ひそかに驚く。平作は「母の名とよ」とのみ書いて、父の名平作、即ちこの子がそれまで帰属していた社会の単位の名を記さなかった。こういう書付けが割符となりうる確率は、文字通り、何十万分の一であろう。が、いまその割符がぴたりと合って、この老人足が、かけ替えのない父であることがわかった。さらにその後で、およね即ち瀬川の言葉の端から、平作と自分とは、志津馬・股五郎をめぐる敵同士であることを知らされた。十兵衛は、広大な宇宙を無関係に運行していた二つの星が、突如、猛烈な速度で接近しはじめ、大爆発が目前に迫っているのにも似た状況に戦慄を覚え、父と妹に名残りを惜しみながら、一刻も早くこの家を離れようとする。だが十兵衛が、本当に平作との関わりに恐れを感じて逃れ去ろうとしたのであれば、書付けと印籠を残していくべきではなかった。

十兵衛が半日近い時の推移の中で、徐々に平作との関係の抜きさしならぬ深まりを感じとっていったのに対し、平作は、それを一瞬の中に知らされた。「どふした縁やら。我《ガ》子の様《ッ》に思ふ」旅人が、まさしく「我《ガ》子」であると知った時、すでに十兵衛は、「敵同士」である故に、去ってしまっていた。だが、いま十兵衛を去らせてしまえば、ぎりぎりまで接近した二つの星が、すれ違ったまま限りなく遠く隔たっていくように、親子は永久に出会うことはない。道具返し三重の象徴する運命の足音に駆り立てられて、平作が、こけつ転びつ追い求め、追いすがったのは、敵の情報であるよりも、それを持っている我子の十兵衛自身であった。親子の出会いは、敵同士の出会いと背中合わせであることは、宿命的に避けられない。敵方の我子に敵の行方を知らせてくれと命がけで迫るのを、不愉快と感ずるのは、日常的生活人の感想であって、敵同士であり、かつ親子である二人の人間が、たった一度の出会いを取り戻すには、あの方法以外にはありえなかったのである。

旅という、拡散的・流動的な場を、出会い即ち人間葛藤の緊迫した一断面において、求心的に捉え直した「沼津」は、能以来の日本の戯曲作法の一つの終着点である。中世的な宿命観や無常観とは縁の薄かった近松半二が、絶筆として、実録物というきわめて近世色の濃い題材において、中世的語り物の漂泊性に棹さす劇的な作品を書き残したとは、後述の「岡崎」の着想とも絡めて、興味深い。

歌舞伎「伊賀越乗掛合羽」は、初演時の大当り以来、上方歌舞伎の代表狂言として繰り返し上演されてきた(4)。見せ場が豊富で、局面の展開がきびきびと変化に富み、せりふの切れ味がよく、芸達者な上方役者達が演ずれば、さぞ面白かったであろうと思われるが、戯曲としてみた場合、敵役の股五郎(浅尾為十郎初演)の人物像には個性があるが、政右衛門をはじめとする立役(善)側の男達の性格と行動原理は、ごく類型的な忠臣・義士・孝子のそれである。もっとも政右衛門は、劇の進行中のかなり長い間、本心とは別の仮面を被って行動する――忠臣・義士がある目的のために放蕩、無頼を装う――が、性格や行動原理自体は立役方の類型の枠を出ることはない。従って劇の進行中に生ずる不幸な事件や困難な事態の原因は、敵役の悪企みでなければ、災難や偶然のめぐり合せによることが多い。

しかし「伊賀越道中双六」の「沼津」を除く諸段では、不幸や困難な事態の原因に、立役方の人物自体の責任が絡んでいることが少なくない。まず和田行家の横死は、志津馬の放蕩がなければ、起こらなかったであろう(八一頁三行目)。また政右衛門が恩人であり、妻お谷の父に当る行家の敵討の助太刀を、自他ともに望みながら、その名分が立たない状況に置かれているのも、まさに恩人である行家の娘お谷と恋に落ち、連れて出奔するという「不届き」な行動故に、お谷が父の勘当を受けている為である。行家は、父親としては本意でなかったであろうが、上杉家の家老の立場からいっても、不義の娘お谷を「七生迄の勘当」と公言せざるを得なかった。政右衛門もお谷も過ちを悔み、政右衛門の社会的地位が確立するとともに、勘当が許される日の来ることを願っていた訳だが、行家の横死により、その望みが断たれた、と同時に、行家の遺族達が剣術の達人政右衛門の助太刀を強く期待する状況が生じている。政右衛門としては、お谷の父であり、しかもお谷故に心ならずも裏切る形になった恩人和田行家の敵を討つ、その敵討の大義名分を整えるために、お谷を離別し、行家の正統の娘、七歳のおのちと婚礼を挙げる選択をする。それは和田行家敵討の名誉のため、また仕官して間のない主君誉田大内記への義理のためにも、必要な選択であったが、お谷には堪え難い犠牲を強いることになる。お谷は「わたしが縁の切レるは。爺様《ととさま》へ不孝の云訳《いひわけ》。政右衛門殿いつ迄も。あの子と添《そ》ふて下さるが。家の為志津馬が為。わしや死スる迄去ラれて居るが。嬉しい」と甘受せざるを得なかった。大内記の奥方が、おのちを、政右衛門の妻としてではなく、父母に離れた孤児として手許で育てようと言ってくれたのは、将来、おのちの名誉ある離別とお谷の復縁がありうる含みを持たせた、心ある計らいであった。だがそれはすべて、敵討が成就した上でのことである。

ところで史実の荒木又右衛門の身分は、いうまでもなく武士である(「原殺報転輪記」も同)が、流布本『殺報転輪記』では、本多家に仕官して武士としての地位を確立する以前は「荒木村の地侍也代々荒木村の百姓にて刀を免され田畑五十石程所持」とする。父祖の代に郷士的扱いを受けたことがあるとしても身分は百姓であり、又右衛門自身も、そのように公言している。

歌舞伎「伊賀越乗掛合羽」では採用されなかったこの流布本『殺報転輪記』が記す主人公の出自を、半二は「伊賀越道中双六」で、政右衛門を武士ではなく、神職の子、とする形で継承した。庄太郎と呼ばれた少年時代、政右衛門は神職の父を失い、孤児として武芸師範の山田幸兵衛に引取られ、天才少年ぶりを発揮し、十五歳で国を出、武者修行の遍歴を重ね、和田行家の推挙で上杉家へ仕官するはずのところ、お谷との密通事件で、結局、郡山誉田家に仕官することになった。

「伊賀越道中双六」岡崎の段では、作者が創作したいま一人の主要人物、政右衛門の旧師山田幸兵衛も、少なくとも現在の身分は武士ではなく百姓である。かつて勢州で(山田)要と称し、剣術の師として多くの門弟を持っていた時も、身分は百姓だったかも知れない(流布本『殺報転輪記』の又右衛門の例からも)。津藩では、無足人(郷士)制度によって、百姓でも郷士扱いで藩の兵備組織に組みこまれることが可能だった(日本歴史地名大系『三重県の地名』平凡社、一九八三年)。とくに幸兵衛の場合、勢州山田で「筋目有人《ある》」(一一二頁一一行目)であるからには、厳密な身分は百姓でも広義の郷士(無足人)として、武士扱いされていたものが、何らかの事情(政争に関わるなど)で勢州を追われたのであろうか。現在も、関の下役人でありながら、相手の器量を見込むと、役人達を欺き、関破りの幇助をする幸兵衛には、武士的な生き方を志向しつつも、封建官僚体制に安住できない乱世の雄の体質がある。

「伊賀越道中双六」では、もっとも重要な二人の人物、政右衛門と幸兵衛が、ともに本来の武士ではない、と設定されている。「伊賀越乗掛合羽」の、主要人物が武士ばかりで、お家騒動や謀叛がからむのと対照的に、近松半二は、近世社会を構成する複雑な身分と人間関係の実態に劇の基底を置く。現実の近世社会において、身分の変更、特に武士の身分の取得は非常に困難であるが、全く不可という訳ではない(「身分と格式」、朝尾直弘編『日本の近世』7、中央公論社、一九九二年、参照)。さらに正式な身分は武士でなくとも、実力によって武家政権の内側に入り込んでいった実例は多い。特に幕藩体制を支える身分階層秩序の解体が進行する十八世紀後期社会(林基「享保と寛政」『国民の歴史』

16、文英堂、一九七一年）の実態を、作者は敵討という、近世法秩序の枠を越える事件との関わりにおいて写し出す。武士道の華である敵討達成のために、国禁の関破りを犯す象徴的場面を挟んで、体制（第五まで）、非体制（第六）二つの世界に籍を置く政右衛門・幸兵衛の十五年ぶりの出会いが、全段のヤマ場「岡崎の段」の葛藤の起点となるのである。

　神職を父に持つ孤児としての少年時代を、政右衛門はこれまで、多く語りたがらなかったに相違ない。「親にも勝《まさ》る大恩」の師幸兵衛に対し、音信不通で過ごしたのも、そのためであろう。政右衛門は、自ら武士となることを望み、実力で武士の身分（？）を獲得した。「武士の因果《いんぐは》」（政右衛門自身の言葉）とか「前生《さき》にどんな罪をして侍の子には生れしぞ」（お谷の言葉。政右衛門の子の意）という言葉にもかかわらず、政右衛門にとって武士であることは、自らの意志で選びとられたものであり、そのことが「伊賀越道中双六」という戯曲における主人公の主体性を際立たせているといえる。同時に、行家に続き幸兵衛といういま一人の恩人に対し、心ならずも不義理であった過去の清算を、敵討の目標とからめて、行なっていかねばならぬところに、この段の主人公の劇行為が成り立つことになる。

　「岡崎の段」については、井口洋「「伊賀越道中双六」ノート」（『演劇研究会会報』9、一九七〇年六月）に指摘がある[5]通り、局面や筋運びの上で、半二の旧作「萩大名傾城敵討」（明和七年〈一七七〇〉）第九を下敷に作られているところがある。即ち、敵を追って関破りを犯した人物が、匿まわれた家の主人から、当の敵の助力を頼まれる局面、彼の妻が幼児を連れ、夫を尋ねて流浪し、雪中、夫の宿る家の前で癪に苦しむ局面等。また志津馬が敵方の幸兵衛を欺き、自ら股五郎と名乗るのは、「伊賀越乗掛合羽」の「伝法屋」で、股五郎方の武士が政右衛門を股五郎と取り違える場面からの脱化である。ただ近世演劇の敵討物では、関破り、敵方との深い縁故や取り違え、流浪、病苦、雪・闇等自然現象による障害等は、いわば劇作法上の共有基盤として活用されてきた。重要なのは、その類型的局面の単なる組み合わせで一段がまとめられる(「萩大名傾城敵討」第九の如く)か、それらが主人公・主要人物の必然的行動の中に、消化し尽されているか、の違いである。

「岡崎の段」は、文楽では西風の名曲で、二時間を超える長丁場ながら、劇的密度の濃さ、沈痛かつダイナミックな迫力が、観客の心を捉えて放さない。もっともこの段については、政右衛門が我子を殺す残酷さが近代人の反発を呼び、「岡崎」の戯曲そのものへの否定論が、戦前から存在した。だがそれは、主要人物の劇行為、及びその基盤となる近世の思想と生活への、正確な読みと理解の不足から生じた面が強いように思われる。たとえば和辻哲郎「歌舞伎劇についての一考察」(『日本精神史研究』岩波書店、昭和十年)の「岡崎」論では、政右衛門が、幸兵衛から股五郎の名を聞いた当初から終始一貫、幸兵衛を騙すことだけに専念していると単純に解釈し、自らの中で矛盾する二つの立場を生きなければならない主人公の苦悩、という作者の主眼点を無視している(歌舞伎の舞台のみを観て、文楽を観ずに書かれた「岡崎」論である点に留意すべきであろう)。

「岡崎」は漠然と捉えられているような、政右衛門が敵の手がかりを得るために旧師幸兵衛を欺き、正体が知られるのを恐れて、人質の我子を殺す話、ではない。具体的に言えば、唐木政右衛門の子を人質として手に入れたことで、幸兵衛は、庄太郎への気配りも忘れて「股五郎殿の運の強さ」と有頂天になっているのであるから、政右衛門がここで幸兵衛を騙すことは容易だった。当面、幸兵衛に同調して人質を留め置き、機を見て盗み出すことは十分可能だった。むしろ、大事な人質を殺せば、幸兵衛の疑いを惹起する危険があった。にもかかわらず政右衛門は、幸兵衛をうまくごまかす方法をとらず、我子を殺すという、我が腸《はらわた》を刻むよりも苦しい、かつ危険な、選択をあえてした。政右衛門にとって師弟の情と信義は真実であり、師が「頼むに引れず」、しかも敵討という目的のために師を裏切る、引き裂かれた状況にある彼が、おそらく、敵討決着後に申訳に命を捨てる心積りであったのに、子を人質にしようという幸兵衛の武士らしくない言葉への反発をきっかけに、自分の命を捨てるより以上に苦しい、自身の分身である我子を我手で殺す破目に追い込まれてしまう、そういう形で、庄太郎が政右衛門を討つ、という誓言(金打)、「手ほどきの此師匠への云訳」を実行せざるを得なくなるのである。第五「郡山屋鋪の段」の場合でも、目的のために手段を選ばぬ苛烈さとともに、彼なりの人間的誠実さを秘めていた政右衛門が、それ故に、もっとも残酷な形で愛する者を犠牲にしていく悲劇を作者は描く。

「岡崎の段」は全曲のヤマ場であり、劇構成の緊密度はきわめて高いにもかかわらず、この段が敵討に合目的的に機能するところは少ない。特に、我子を犠牲にしたことで、敵討に向かって大きく前進した、という風には書かれていない。政右衛門が我子の死を通じて得たものは、幸兵衛との信頼感の回復ないし発見、だけである。しかしそのことで、半二が「伊賀越道中双六」でめざすところが、敵討の苦難と栄光の賛美ではなく、敵討という極限状況での人間葛藤、もしくは人間性回復の過程を描くことにあった点が明確化するのである。

それにしても、政右衛門が我子を殺す破目に追い込まれたのは、言うまでもなくお谷が赤子を抱えてこの岡崎までさまよってきたことによる。たとえば「タバコ切りからお谷母子が現れる場面はいかにも古い浄瑠璃めいた手口で、あまりにも感傷的というほかはない」(一九八六年五月十六日『朝日新聞』)との劇評で言われるところは(この劇評の対象となった舞台の善し悪しを一まず不問とするならば)、お谷をここに登場させる戯曲的必然性が乏しい、との非難であろう。前記の和辻「岡崎」論でも同様のことが言われている。だがお谷は岡崎の宿に、前記「萩大名傾城敵討」第九の三笠の場合のように偶然的に、あるいは無意味に登場したのだろうか。

確かに産後の衰弱した体で乳のみ児を抱え、行先も定まらぬ、危険な女の一人旅。仮に、政右衛門にめぐり会えたとしても、討つか討たれるかの戦場にある夫に、「この子を渡す」ことなど、出来るはずがないであろう。だがお谷は、どうしても政右衛門のいるこの「岡崎」に、我子とともに辿りつかねばならなかった。政右衛門を夫と呼ばない、と約束した、少なくとも敵討成就までは「去られている」状態にじっと堪えているべきであった、にもかかわらず、政右衛門に自分が生んだ男の子を見せ、(妹でなく)自分こそ妻であることを確認し合いたい、との無意識の衝動につき動かされて、お谷は海山を越え、政右衛門を追い求めて、ここに登場する。亡き父と義母、主君、世間への義理を第一とするなら、執着してはならない政右衛門との夫婦関係に強く執着したことが、巳之助の死の遠因となったのである。それはお谷の業《ごう》であると同時に、剣術無双の達人で、本来の身分でない武士の資格を獲得しながら、お谷を愛してしまった故に、行く手に狂いが生じた政右衛門の業《ごう》でもあった。

作者は何故、「伊賀越道中双六」のヤマ場の舞台を、『殺報転輪記』等と無関係の岡崎の地に設定したのだろうか。これも「萩大名傾城敵討」[6]第八「福川」の関近く、第九「川崎」(周防国)から「藤川新関」「岡崎」の地名が導き出された可能性は強い。また岡崎藩本多家は、郡山藩本多家(→三八頁注一)と先祖(忠勝)を同じくする徳川譜代の名家であり、『浄瑠璃通解』(山本信吉校注、博文館、一九〇三年)では、河合又五郎の家がもと岡崎本多家と縁が深かった、との岡崎地方の伝承(半二が知っていたかは疑問)を記している。だがこれらの、具体的、かつ消極的な理由が、すべてであろうか。

岡崎という地名から、誰しも思い浮べるのは、徳川家康出生の地、ということであろう。いわば近世封建社会の原点である。が、それにもまして、中世に矢作《やはぎ》の宿と呼ばれた岡崎は、浄瑠璃発生の地、鳳来寺峰の薬師の申し子浄瑠璃姫の故地である。「薬師堂の山越」という、筋の上から地理的に必ずしも必要ではない語句が選ばれたのも、観客にそれとなく浄瑠璃姫物語のイメージを喚起させる目的があってのことであろう。

恋人である御曹司（義経）の行方をたずねて、矢作から吹上へと馴れぬ旅を続ける浄瑠璃姫に、去られた夫への思いの種のみどり子を抱えて吹雪の中を岡崎の宿へ辿りつくお谷とが二重写しとなって、三百年を超える浄瑠璃物語の歴史の幕は引かれようとしている。近松・義太夫以来竹本座百年の最後の記念塔を建てつつある、との自覚が、近松半二にあったとは思われないが、絶筆「伊賀越道中双六」のクライマックスの舞台に、岡崎の地が選ばれたことに、やはり一種の歴史的必然を感じない訳にはいかない。

「伊賀越道中双六」初演の天明三年（一七八三）をもって、竹本座の歴史に終止符が打たれた同じ頃、豊竹座の後身である豊竹此吉座も、興行的に苦境に立たされていた。明和後期・安永期、天明初期まで、二世豊竹此太夫を中心に北堀江市の側芝居で、菅専助の新作のほか、江戸浄瑠璃の話題作なども取り上げ、企画性のある着実な興行を行なっていた豊竹此吉座であるが、天明中・後期にはほとんど活動を停止し、劇場を歌舞伎に明け渡してしまった。明和後期・安永期の大坂では、以上述べた以外にも竹本座・豊竹座の後継者を標榜する座の興行が行なわれ、個々の太夫による一回または数回単位の興行もさかんで、興行数は竹豊両座健在の時代よりむしろ多かったが、天明中・後期にはそれらも下火となり、大坂の人形浄瑠璃界は、衰微し、このままでは浄瑠璃の本拠大坂の面目も失われる状態にあった。しかるにこの不振を寛政（一七八九—一八〇一）前期の人形浄瑠璃界は、一挙に挽回した。その理由についてはまだ十分探究されていないが、寛政の改革による時流の変化に、浄瑠璃界が巧みに対応した面があることは確かである。

二世此太夫の豊竹此吉座は寛政元年、まず道頓堀に進出し、旧竹本座の劇場で「木下蔭《このしたかげ》狭間《はざま》合戦《がっせん》」（作者の一人、近松余七は十返舎一九）を初演して好評を得、また北堀江市の側の芝居も奪回して「有職鎌倉山」（佐野善左衛門による田沼意知刃傷事件の脚色、菅専助等作）で大当りをとった。ほかの座の動きも活発になった。人形浄瑠璃文楽が、古典劇としての存在を確立しえたのは、この寛政期浄瑠璃復興があればこそ、といってよい（拙著『浄瑠璃史の十八世紀』勉誠社、一九八九年）。しかし人形浄瑠璃の経済基盤は脆弱で、寛政期といえども興行的に安定していた訳ではない。すでに近代の足音が聞こえはじめる十八世紀末期に、中世的叙事詩の性格を保有する人形劇が、歌舞伎と拮抗する現代劇として生きることは困難であった（歌舞伎自体も、上方ではこの時期、現代劇としての活力が減退しつつあった）。

寛政期の人形浄瑠璃関係者は、一方で名作の上演に磨きをかけ、将来の古典化に向けて演目の整理を行なうとともに、現代劇として生きられるだけ生きぬくために、新作にも力を注いだ。二世豊竹此太夫は寛政八年（一七九六）に没するが、此太夫とほぼ同世代、宝暦期（一七五一―六四）から豊竹座系太夫として活躍してきた豊竹麓太夫は、このような寛政期の浄瑠璃界で指導的役割を果していた。

寛政十一年七月十二日、道頓堀旧豊竹座劇場における「絵本太功記」初演に先立ち、豊竹麓太夫を座頭とする豊竹諏訪太夫座では、出演者名や入場料金の案内とともに、豊竹座の再興を念ずる次のような口上を載せた刷りものを配っている。

乍憚口上　　道頓堀若太夫芝居　座本　豊竹　諏訪太夫

甚暑之節ニ御座候所先以御町中様益御機嫌能被為遊御座恐悦至極ニ奉存候然者近来操芝居衰微仕自然と相続相成

がたくいか計歎ケ敷奉存候得共未熟之者故可致様も無之候所去御仕打方へ段々御頼申入候而中興已来之仕方を相
のぞき栈敷代場せん共至而下直ニ仕則新浄るり太功記之内本能寺合戦より山崎大合戦迄日数十三日之間を一日之
趣向ニ取組奉御覧ニ入候尤豊竹越前芝居再興且は元祖追福之ため毎朝五つ時迄ニ百人様宛ほうらくニ仕候間初日
出候はゞ御贔屓あつく賑々敷御光駕之程偏ニ奉希上候以上（『義太夫年表・近世篇』）

入場料を安くし、慣習化していた付属的料金の徴収をやめ、しかも早朝五つ（初秋の七時頃）までの来場者百人には、元祖豊竹越前少掾（初世若太夫）追善のために、無料で観劇してもらう、との徹底したサービスぶりである。

入場料が如何に安くとも、内容のない芝居で観客は呼べない。上演外題について、右の刷り物と辻番付の予告では、目下好評続刊中の小説『絵本太閤記』から、光秀の謀叛(7)をめぐる激動の十三日間の物語を、一日一段という演劇ならではの、手に汗を握るスピーディーな展開で観ていただく、と宣伝している。

『絵本太閤記』七篇（各巻十二巻十二冊）は寛政九年から享和二年（一八〇二）にかけて刊行された上方読本で、武内確斎作・岡田玉山画（中村幸彦「絵本太閤記について」『中村幸彦著述集』第六巻、中央公論社、一九八二年、参照）、本能寺の変前後の部分、即ち三篇巻之五から四篇巻之七までが浄瑠璃と対応する。けれども実際には、浄瑠璃「絵本太功記」が初日を明ける寛政十一年七月十二日の時点では、既刊は三篇までで、四篇の刊行は、四篇巻之十二の刊記に「寛政己未年秋刻成」とあり、少なくとも四篇板行許可の下りた七月二十三日（『開板御願書扣』『大坂本問屋仲間記録』十七所収）以後である。三篇巻之十二は高松城水攻を終結させた秀吉が、信長の弔い合戦のために京都へ向かうところで終っている。浄瑠璃「絵本太功記」の後半部は、『絵本太閤記』に依ったものではなく、『絵本太閤記』のもとになる実録本『太閤真顕記』（写本十二篇三百六十巻(8)、講釈の台本にきわめて近いものとみられる）に基づいて脚色された。浄瑠璃はいわば『絵本太閤記』四篇の刊行の先どりをして、尼が崎から山崎に至る、光秀・秀吉の抗争を舞台化したのである。なお「絵本太功記」前半部に関しても、分量的には『太閤真顕記』からの摂取はかなり多い(付録四参照)。が厖大すぎて冗長な『太閤真顕記』以上に、簡潔で文章に格調があり、小説としての主題性を具えた『絵本太閤記』から、浄瑠璃作者が、質的に影響を受けたところが大きいと思われる。

「絵本太功記」の興行は大成功を収め、十月十四日からは同じ作者による続編「太功後編《ごにち》の旗颺《はたあげ》」が上演された。「絵本太功記」自体の続演期間は二か月半程度とみられるが、翌寛政十二年(一八〇〇)再演以後、くりかえし上演されて現在に至る。特に麓太夫初演の「尼が崎の段」(十日の段)は東風の華麗な節付けに加え、人物が多彩で舞台が変化に富み、人形浄瑠璃・歌舞伎を問わず、三都の大芝居から地方の旅芝居、村芝居にいたるまで、最も親しまれる演目となった。文化元年(一八〇四)に『絵本太閤記』が絶版を命ぜられ、浄瑠璃も大坂等では五年間程上演を自粛し、その後もしばらく「絵合太功記」と外題を変えて演ずるといった故障があったが、それでも近世末までの上演頻度は「仮名手本忠臣蔵」または「妹背山婦女庭訓」についで二位ないし三位であり、通し狂言としても、ほぼ一年に一回弱の割合で演じられている(宮田繁幸「近世における人形浄瑠璃興業傾向について――義太夫年表資料を中心として」『演劇学』33、一九九二年三月、参照)。

単に興行的に成功を収めたのみならず、「絵本太功記」は浄瑠璃戯曲史上、最後の傑作であり、この作品を境として、十九世紀以後の人形浄瑠璃は古典時代に入る。新作自体はこれ以後も書かれ、その幾つかは現在でも上演されているが、質的に高く評価すべきものはない。

「絵本太功記」全十三段の中では、立作者近松やなぎ執筆と推定される光秀関係の発端・朔日・二日・六日・八日・九日・十日・十三日の段が際立ってすぐれ、高松城水攻の三日・四日・五日の段がこれに次ぐ。石山本願寺合戦を扱う七日の段は題材は興味深いが、脚色に無理があり、千利休関係の十一・十二日の段は駄作で、立作者が掲げる主題すら理解せずに書かれている。再演以後十一・十二日の段が切り捨てられたのは、当然といえよう。以下、近松やなぎ執筆の光秀劇の部分を中心にみていくことにする。

同じく小説に題材を得ても、近松半二はたとえば「伊賀越道中双六」で『殺報転輪記』から文章そのものを摂取することはしない。一方「絵本太功記」では随所で『絵本太閤記』『太閤真顕記』から文章を摂取、時には流用すらしている。小説のみならず、「妙心寺の段」「尼が崎の段」では半二作の「三日太平記」「蛭小嶋武《ひるがこじまぶ》勇問答《ゆうもんどう》」からも文章をとっている(付録三・二参照)。この点、即ち自身の文体に対する誇りときびしさが不足する点で、「絵本太功記」の立作者近松やなぎは、浄瑠璃劇文学の作家として、第一級とは言い難い。にもかかわらず、近松やなぎによって、浄瑠璃戯曲史の最後に位置する本作が、歴史小説と密接な関係を持ったことで、過去一世紀余の輝かしい浄瑠璃戯曲史がなし得なかった、史実(ないし史実とみなされるもの)への正面からの取り組みが可能になり、史劇と呼びうる作品となり得た点は、高く評価されねばならない。

即ち十八世紀後期の浄瑠璃が、過度に技巧的で複雑な構成や類型的な見せ場への固執によって疲弊をきたしていたところへ、歴史文学の合理的で明解な叙述法による新風が吹きこまれ(近石泰秋『浄瑠璃名作集 下』「絵本太功記」解説など、講談社、一九五一年、参照)、力強く分り易い大河ドラマが生み出された、と言いうる。但し、それはいわば全体の流れとして見た場合であって、個々の段の構想は、やはり小説とは別個に立てられ、登場人物の性格にも違いがあり、新たに創作された人物も数多い(特に女性)。

「絵本太功記」が、小説に対し戯曲としての独自性を示すもっとも重要な点は、主人公光秀の人物造形、ないしその悲劇性の探求にある。近松やなぎは、この面でも近松半二の作品から多くを学び、継承した。

近松半二は処女作「役行者大峰桜《えんのぎょうじゃおおみねざくら》」以来、謀叛人を中心とする劇を度々執筆してきたが、明智光秀には、とりわけ強い関心を示し、宝暦十三年(一七六三)「山城の国畜生塚」では光秀の妻子を登場させ、明和四年(一七六七)「三日太平記」では、本能寺の変そのものを取りあげて、近松門左衛門の「本朝三国志」などが光秀を単純に悪人としているのとは対照的に、光秀の側に立って劇を構想した。この方向をさらに推し進めたのが晩年の「仮名写安土問答」で、春長(信長)を残忍な暴君、光秀を智・仁兼備の忠臣として、足利将軍家を滅そうとする春長の悪逆を諫めかねた光秀が、ついに主君を討ち、自らも破滅を選ぶ顛末を描く。史実を大幅に作り変えながら、それに伴う整理の不十分なところがあり、戯曲の完成度はいまひとつであるが、登場人物の強い個性と、思想的な斬新さにおいて、晩年の半二の最も注目すべき作品である。

近松やなぎは、近松半二の光秀劇の基盤を受けつぎ、その悲劇性を『絵本太閤記』の史実的骨格の中で捉え直した。『絵本太閤記』でも、三篇巻之五以下では、光秀の描き方は同情的(『絵本太閤記』と『太閤真顕記』では姿勢に違いがある。付録四32等参照)で、叙述も詳しいが、それ以前のところでは、秀吉を称賛するために光秀をおとしめる傾向もあり、三篇巻之五以後といえども、光秀を非道の弑逆者として糾弾する姿勢もみられる。題材上やむを得ぬ面があるとはいえ、読本作者の光秀観には統一を欠くところがある。

浄瑠璃「絵本太功記」でも、前に触れた十一・十二日の段では、光秀を悪の側に置いているが、これは明らかに作者が異なるためで、立作者近松やなぎの執筆部分に関する限り、謀叛弑逆の道義的善悪とは別に、観客を光秀の行為に同化せしめる姿勢は一貫している。読本や講釈本の叙述は事件を第三者が説明的に述べる形態であるが、浄瑠璃では、光秀の、春長との苛烈な相剋、跡戻りのできない謀叛の選択、春長を討った後の苦悩の深まりなどが、主人公の主体的行為として、きびしく追求されていく。他方、一日一段の構成で、信長(春長)から光秀へ、光秀から秀吉(久吉)へと大きく揺れ動く天下の形勢と主人公の孤独感とが見事な対照をなす。実録物の一分野である太閤軍記が、中世叙事詩的スケールにおいてとらえ直され、近世的な主人公の悲劇を、一層際立たせているところに、浄瑠璃戯曲史の最後を飾る本作の輝きがある。

一九九二年と九三年に、大阪国立文楽劇場、東京国立劇場の文楽公演で、「伊賀越道中双六」(大阪のみ)、「絵本太功記」(大阪・東京)の通し上演が行なわれた[9]。一九六六年(昭和四十一年)以後の文楽公演では、『文楽浄瑠璃集』(日本古典文学大系、祐田善雄校注)で述べられているような昭和三十年代までの、みどり主体の上演方式が改善され、東京ではことに、名作の全段通し上演の機会が多くなり、「伊賀越道中双六」は右に先立ち、昭和四十一年と六十一年の東京、「絵本太功記」は昭和四十一年・四十九年・六十二年の大阪・東京それぞれで、通し上演が行なわれている。全段通しといっても、原作通り完全に演ずることは時間的に不可能に近く、著名な段以外のどこを捨ててどこをとるかが、その都度制作の課題となる。一九九二年、九三年の場合は、「伊賀越道中双六」では「円覚寺」を組み込み、「絵本太功記」では八十年ぶりに「千本通り」を復活するなど、過去のいずれにもまさって原作の主題を生かす配慮のみられるすぐれた台本による上演であった(付録五「人形一覧」の「伊賀越道中双六」「絵本太功記」はこの時の上演に基づく。脚注の現行舞台関係も、人形・舞台は、主としてこの上演に基づく)。とくに吉田玉男の政右衛門・光秀の演技が秀逸で、二十世紀末の現代に、古典悲劇の主人公が、揺ぎない存在感を保つことは、人形という表現媒体によらずしては不可能ではないか、と思わせた。近松の世話浄瑠璃については、早くは坪内逍遥（『近松之研究』春陽堂、明治三十三年、など）、昭和三十年代前後には広末保（『近松序説』未来社、昭和三十二年）等により、悲劇としての捉え方が論じられてきたが、人形浄瑠璃の舞台に則していうならば、近松没後の時代物・準時代物にこそ、日本の古典悲劇の典型がみられるのではないか、との実感を、併せて抱いたのである。

（内山美樹子）

（注）

（1）並木宗輔は必ずしも徳川幕府が永続するとは考えないが、武家政権以外の政治形態を現実的に想定することはなかったと考えられる（拙稿「「組討」「陣屋」と平家物語」「「一谷嫩軍記」と浄瑠璃の先行作品」（『早稲田大学大学院文学研究科紀要』38・40、一九九四・一九九五年度）。

（2）第九・第十は近松加作の執筆、他は半二の執筆とみなされる。脚注でも触れたが、第九・第十は、文章に「伊賀越乗掛合羽」の踏襲が多く、他の段とは執筆状態が異なる。特に第十の場合、浄瑠璃「伊賀越乗掛合羽」を踏襲しながら、推敲が不十分である。たとえば一三二頁九行に「上杉の。家の誉《ほま》れと悦ぶ唐木」とあるが、誉田家の家臣である政右衛門が、なぜ上杉の家の誉れを悦ぶのか分らない。これは「伊賀越乗掛合羽」では前段で松野金助と名乗っていた上杉の国家老荒尾主膳（史実の池田の家老荒尾志摩）が、ここに畠山（藤堂）の重臣柏木善右衛門とともに出ていて「空にしられし。上杉の家の誉れと悦ぶ荒尾。唐木が武名鳴り響き」となるのである。本作のこの段が近松半二の死後、急ごしらえにまとめられたことは明らかであるが、版元の都合により、丁数を押えるために、無理な省略を行なったことも考えられる。なおその他の段のうち、第四のみは、大内記が登場している間が半二の執筆、その前後は加作の執筆であろう。

(3)この事件については史料が豊富で、近年も新史料の紹介が行なわれている。たとえばⒶ馬船章一「伊賀越仇討の櫻井家文書について」(『伊賀郷土史研究』10、一九八七年)。Ⓑ高嶋弘志「「伊賀越の仇討」と美田(渡辺)家——釧路鳥取神社所蔵「美田家文書」をめぐって——」「釧路鳥取神社所蔵「美田家文書」の紹介(Ⅱ)——「伊賀越の仇討」と荒木・岩本両家——」(『釧路公立大学紀要』2・3、一九九〇・一九九一年)、「渡辺数馬の父と藤堂高虎」(『日本歴史』一九九〇年五月)。高嶋論文では、荒木又右衛門の門弟岩本(森)孫右衛門、岡本(川合)武右衛門の姓や所属が史料によって齟齬する点の解明がなされ、岩本孫右衛門は敵討の時点では数馬の家来とすべきであること、等が考証されている。国文学分野からの研究では上野典子「伊賀越敵討物『殺報転輪記』の転成(『近世文芸』47、一九八七年十一月)の実録諸本調査が労作である。その前提として実説を伝える三つの同時代記録、(1)『累世記事』、(2)『江城年録』、(3)『渡辺数馬於伊賀上野敵討之節荒木又右衛門保和助太刀打候始末』(敵討始末書)が挙げられているが、特に(3)は当事者による報告書でもっとも基本的な文献である。なお鳥取市玄忠寺荒木会(代表田中芳兼)発行、大久保弘著『荒木又右衛門抄』(一九六五年)は事件の経緯と背景を史料に基づいて解り易く述べ、敵討始末書等の翻刻を付載する。

(4)くわしくは歌舞伎「伊賀越乗掛合羽」を収める新日本古典文学大系『上方歌舞伎集』(土田衞・河合眞澄校注)参照。

(5)井口氏にはほかに「岡崎と勧進帳」(『叙説』9、一九八四年十月)及び「「伊賀越」の展開——「乗掛合羽」から「道中双六」へ」(『演劇学会会報』3、一九六七年五月)がある。

(6)延広真治「舌耕文学の展開」(岩波講座『日本文学史』第十巻、一九九六年四月)で寛政の深川猿子橋の敵討との関連で「萩大名傾城敵討」に触れるところがある。

(7)明智光秀関係の史実については高柳光寿『明智光秀』(吉川弘文館、一九五八年)が名著。同著者に『本能寺の変・山崎の戦』(春秋社、一九五八年)がある。

(8)『太閤真顕記』は『国書総目録』に立項がなく、『真書太閤記』の中に含まれている。図書館等でもその形の整理が多い。

（9）なお「伊賀越道中双六」「絵本太功記」の参考文献として、国立劇場が文楽公演の都度発行する『上演資料集』（芸能調査室編）は有益である。特に「伊賀越道中双六」については、国立文楽劇場、一九九二年四月通し上演の際に発行された『伊賀越道中双六』（『国立文楽劇場上演資料集』25）が、初演番付や、昭和六年以後の重要な上演資料の復刻、大西重孝・斎藤清二郎「（人形の型）『岡崎』の政右衛門」（『浄瑠璃雑誌』四二一・四二二からの転載）、二世豊竹古靱太夫（後の山城少掾）・三世鶴沢清六による「政右衛門屋敷の段」のレコード復刻CD、などを含む、きわめて有意義な資料である。

二　江戸浄瑠璃と「伊達競阿国戯場」

公方様のお膝元、政治の中心とは言え、新開の地江戸は、文化面では京坂の下風にあった。しかし、談義本には宝暦期（一七五一―六四）に静観房好阿、平賀源内が出現、洒落本は丹波屋利兵衛が大坂より下って明和七年（一七七〇）に『遊子方言』を著し、京都在任体験も有する幕臣木室卯雲が、明和九年に、洒脱で歯切れのよい文体の『鹿の子餅』を上梓して江戸前の落咄が開花、江戸俗文芸の粋とも言うべき黄表紙は、恋川春町が『金々先生栄華夢』を安永四年（一七七五）に上梓、幕臣大田南畝は四方赤良の名に隠れて『万載狂歌集』（天明三年〈一七八三〉）を編み、天明風を極上とする江戸狂歌を盛行させた。このような文運東漸の現象に、明和二年以来の鈴木春信による錦絵を加える時、江戸と京坂の位置の逆転は明白となる。右の事実は何よりも江戸に住む人々に誇りと自信を与えた。「江戸っ子」の初出は、明和八年十月二十五日開キ（公表）の柄井川柳評万句合に見える、「江戸ッ子のわらんじをはくらんがしさ」と言う（西山松之助『江戸ッ子』吉川弘文館、一九八〇年）。前句の「たのもしい事〳〵」に江戸っ子の感情がよく表われている。大坂の芸能、人形浄瑠璃においても、江戸で初演された江戸在住の作者の作が、大坂はじめ各地で上演されるようになったのも当然であろう。大坂下りの人形遣い辰松八郎兵衛の辰松座は享保四(または五)年(一七一九)、同じく大坂下りの太夫豊竹越前少掾による肥前座は元文三年(一七三八)と言う具合に座が増加し、大坂下りの作者の大立者、並木宗輔が寛保二年(一七四二)三月その肥前座で、「股野流石打 真田帯組打 石橋山鎧襲《いしばしやまよろいがさね》」を初演。しかし純然たる上方風の作であった。いかにも江戸出来の感のあるのは、門人並木良輔が一二三軒等と合作した「信田小太郎 小山判官 新板累物語《しんばんかさねものがたり》」(寛延三年〈一七五〇〉八月)で、ことに、「月は武蔵野国の名も」「人の心も。吉原は。宴楽絶ぬ。花紅葉」などの詞章で江戸っ子を喜ばせる作品が生まれたのである。一二三軒は文鐘軒とも号し、八作ほど筆を染めたが、単独作「鎧渡人 霞関守 八幡太郎東海硯《はちまんたろうとうかいのすずり》」(寛延四年八月)にも、吉原百人斬りの佐野次郎左衛門や、浅草寺建立伝説を取り込んでいる。興味深いのは、江戸町奉行根岸肥前守の随筆『耳嚢』巻三に見える左の記述。

予が知れるものに虚舟といへる隠逸人ありて御徒《おかち》を勤めしが、中年にて隠居なして俳諧など好みて楽《たのしみ》とせしが、素《もと》より才力もありて文章も拙からず。或時義太夫の浄瑠理を作りみんと筆を採りて、八幡太郎東海硯といへるを編集し伎場のものにみせけるに、(中略)程なく肥前といへる人形操りの座にて右浄瑠理芝居を興行せし故、見物に行て右狂言を見しに、大意は相違なけれど所々違ひし所も夥敷《おびただしく》、虚舟かなめとおもひし所をも引替たる所ありければ、彼最初附属せしものを以《もつて》、座元・浄瑠理太夫などに聞けるに、「さればの事候へ。右作意いかにもおもしろく能く出来たるものなれ。しかし素人の作り給へるゆへ舞台道具建、人形のふりの附方《つけかた》悉く違ひて、右作にては狂言のならざる所あり。此《この》故に直しける」と語りしよし。

つまり幕臣の隠居の手遊《すさ》びが戯場関係者の仲介で上演の運びになったものの、その際人形浄瑠璃の約束に合わすべく精通した者の手を入れたと言うのである。ところが、一二三軒自身、筆名の上に「東武之商家」を冠するように、余技なのである。右の一文は素人作者中心の江戸の実態を語って貴重である。また六作ほどを手懸けた玉泉堂関与作の中には、幡随院長兵衛が大俎板の上で料理されようとする「時代世話女節用」(明和六年〈一七六九〉七月、肥前座)も含まれるが、最も著名なのは、翌年補助の一人として名を連ねる福内鬼外、つまり平賀源内作「神霊矢口渡《しんれいやぐちのわたし》」。

非常の人、源内の生涯については、喋々するには及ぶまい。その才気は人形浄瑠璃においても発揮され、明和七年正月、外記座初演の「神霊矢口渡」を嚆矢として九作が勾欄に懸けられている。讃岐国(香川県)志渡浦出生の源内は、早くより人形浄瑠璃に親しんだと思われ(城福勇『平賀源内』吉川弘文館、一九七一年)、経済的事情もあって求めに応じて執筆したが、評判を得たればこそ、稿料も吹きかけ得たのである。九作より窺える特色を、近石泰秋『操浄瑠璃の研究』(風間書房、一九六一年)に拠って記すと総て時代物、必ず身代りがあり、茶利場を得意とし通常四段目に置くのを他の段にも設け、濡れ場は時に野卑に流れる傾向がある。科学的知識による趣向や表現を好み、廓場を比較的多用し、「暫」などの歌舞伎を取り入れもし、幕切れの趣向に優れる。加えて、

一、江戸言葉・江戸風俗の取入れ。第一作「神霊矢口渡」(合作)初段、「江戸の喧ッ吒は。帨巾《てのごひ》をかふ打懸て。かふ肩を力キませて。何ッのこんだはつつけめ」。

二、茶利場の多くが茶利恋慕。「神霊矢口渡」四段目、「ぴんとすねられ六蔵は。悪寒発熱《ほつねつ》天窓《あたま》に湯気。コイツハヱイワイ〳〵」の前後。

三、奥州訛りによる茶利場。第二作「源氏大草紙」(明和七年八月、肥前座。単独作)四段目、「おらァも在所サアでは吉兵衛サアの姉《あねゑ》のお菊」。

四、茶利場における江戸風の洒落や落咄風の滑稽。第七作「矢口後日荒御霊《あらみたま》新田《にったの》神徳《しんとく》」(安永八年〈一七七九〉二月、結城座)四段目。借金の返済を迫られた男が当てが三口有ると言う。その三口とは金を拾う。貴様が証文を落す。貴様が病気でころり。安永二年刊『再成餅』の「催促」に拠る。

と言った点などが挙げられよう。なお源内には他に、艶本『長枕《ながまくら》褥《しとね》合戦《がっせん》』(明和四年刊)があるが、当然のことレーゼ・ドラマ。このような読本浄瑠璃としては他に曲亭馬琴『狸和尚勧化帳化地蔵略縁起化競《ばけくらべ》丑満《うしみつ》鐘《のかね》』(寛政十二年〈一八〇〇〉)、山東京伝『実悪目利捷径《ちかみち》太平記《たいへいき》』(享和四年〈一八〇四〉)、柳亭種彦『蘭菊の幣帛尾花の幣帛勢田橋《せたのはし》竜女《りゅうにょの》本地《ほんじ》』(文化八年〈一八一一〉)等が刊行された。この内『化競丑満鐘』が、近年上演されるに至ったのは、馬琴にとって僥倖と言うべきであろう。

先に第三項に掲げたが、奥州訛りの可笑しみで最も知られるのは、紀上太郎・烏亭焉馬・容楊黛等合作「姉は宮城野妹は信夫碁《ご》太平記《たいへいき》白石噺《しろいしばなし》」(安永九年正月、外記座)。立作者の立場にある紀上太郎は、狂歌師仙果亭嘉栗としても知られる、三井南家四代の当主三井高業。京都本店と江戸勤番を繰り返し、寛政八年には三井家内紛の罪を一身に引き受け重追放に処せられた。五作手懸けたが初作の「河井正宗刀由来芭蕉翁俳諧濫觴志賀の敵討」(安永五年八月、外記座)は、伊賀越仇討物の嚆矢で松尾芭蕉が絡む。代表作は、達田弁二が補助として綴った「姉は二十一妹は二十糸桜本町育」(安永六年三月、外記座)で、糸屋の娘の筋と花咲綱五郎の筋の綯交ぜ、吉原俄や江戸の目抜き通り本町の老舗を見せた。容楊黛は下谷(東京都台東区)の町医と伝えられ、二作著したが「局岩藤中老尾上加々《かが》見山《みやま》旧《こきょうの》錦絵《にしきえ》」(天明二年〈一七八二〉正月、外記座)は、加賀騒動と「糸桜本町育」に登場する岩藤・尾上の名を、松平周防守藩邸山路の仇討(享保八年〈一七二三〉三月二十七日に起きたと言うが未詳)に使って、草履打ちの趣向を見せ大当り。翌年四月自ら歌舞伎に仕立て森田座で上演、以後弥生狂言の主要な演目となった。また上太郎は平原屋東作・松貫四との合作で、鉢の木に大山石尊社の利生を取り合せた「大山石尊納太刀《おさめだち》誉《ほまれの》鑑《かがみ》」(安永八年七月、外記座）を著している。平原屋は平秩東作、煙草屋の主人で源内と親交があり戯作に名を得た。松貫四は市村座の芝居茶屋の主人で八作残した。その内、吉田角丸との合作「恋娘昔八丈《こいむすめむかしはちじょう》」は大岡越前守が裁いて享保十二年（一七二七）十二月に落着した白子屋一件を御家騒動物に仕組み、安永四年（一七七五）八月中旬より年を越して外記座で打続ける程の人気曲となり、角丸等と合作の「奥州秀衡遺跡争論伽羅先代萩《めいぼくせんだいはぎ》」（天明五年〈一七八五〉春、結城座）は伊達騒動物の歌舞伎「奥州秀衡遺跡争論伽羅先代萩」（奈河亀輔等合作。安永六年四月、大坂中の芝居）に「伊達競阿国戯場」をも取り入れ、ともに今日も上演されている。先に触れた容楊黛も読本浄瑠璃『敵討連理橘《かたきうちれんりのたちばな》』（安永十年刊）を著しているが、中型読本の今日知られる限り最初の作。素材となった「白井権八幡随長兵衛驪山比翼塚《めぐろひよくづか》」（安永八年七月、肥前座）は、源平藤橘・吉田鬼眼・達田弁二等の合作、長兵衛と権八を取り合せた趣向で知られる（高木元『江戸読本の研究』ぺりかん社、一九九五年）。源平藤橘は、源内に師事し二世福内鬼外を名告ってもいる、蘭医で戯作者の森島中良。他には、関ヶ原合戦を題材とする「白川野関守か曲舞那須野原の勝関石田《いしだ》詰将棊軍配《づめしょうぎぐんばい》」（天明三年正月、肥前座）の合作に、し葉叟等と参加するに過ぎない。その、し葉叟とは、司馬芝叟。大坂で長咄（上方の人情咄）の会を主催、「秋月の手造駒沢の嗣蔓生写朝顔話《しょううつしあさがおばなし》」（山田案山子作、天保三年〈一八三二〉正月、大坂竹本木々太夫座）の原作「舜」などを自作自演した。人形浄瑠璃は十二作手懸けたが、江戸で初演されたのは他に、筒井半二との合作「金比羅利生記花上野誉《はなのうえのほまれ》の石碑《いしぶみ》」（天明八年八月、肥前座）。田宮坊太郎物で好評、翌年には対立関係にあった薩摩座で増補して上演。帰坂後も、「新吉原瀬川復讐《しんよしわらせがわのあだうち》」（文化三年〈一八〇六〉三月、京四条南側大芝居）など江戸を舞台にした作を草している。

本巻に収めた「伊達競阿国戯場」は正本の連名より立作者が烏亭焉馬、達田弁二・鬼眼は補助と見做し得る。鬼眼は人形遣いと推され、浄瑠璃の格に入るように塩梅するのが、その役所であろう。弁二は伝未詳。安永六年三月より同九年正月の間の四作に関与するがいずれも合作。内三作まで鬼眼も参加。「お咲文治裙重血紅鼓《つまがさねちしおのあかばね》」（安永九年正月、肥前座)は、その鬼眼との共作。とは言え、浅田一鳥・但見弥四郎合作「裙重紅梅服《つまがさねこうばいこそで》」(延享四年〈一七四七〉二月、大坂豊竹座)の引き写しの箇所も多い改作に過ぎない。従って浄瑠璃作者としての弁二を考察するのは甚だ困難である。焉馬は寛保三年(一七四三)本所(東京都墨田区)の大工棟梁の家に生れ、自らも稼業とした。天明六年より、新作落咄を披露する咄の会を主催し、江戸落語を再興、翌年には五代目市川団十郎の贔屓団体の三升連を組織、市川家中心の歌舞伎史『花江都歌舞妓年代記』を文化八年から十二年にかけて刊行する一方、門人に式亭三馬・柳亭種彦を擁すなど文壇の長老として八十の天寿を全うした。その焉馬の関与したと思われる作を『義太夫年表・近世篇』などに拠り以下に掲げる。

伊達競阿国戯場　安永八年三月二十一日　肥前座　達田弁二・鬼眼　十段

姉は宮城野妹はしのぶ 碁太平記白石噺　安永九年正月二日　外記座　紀上太郎・容楊黛・焉烏旭(1)・三津環　十一段

妓女ニ情娼婦ニ誠 新吉原灯籠濫觴　安永九年夏十五日　外記座(2)

吉水恵方土産　天明五年正月二日　薩摩座

仮名手本二度目清書　寛政十年三月十一日　薩摩座　三段

仮名手本二度目清書　寛政十一年三月中旬　肥前座　六段(右を増補)

右の内、「吉水恵方土産」は顔見世番付で、焉馬が立作者の扱いを受けているので、掲げた。他の作者も焉烏旭・烏亭白馬・烏亭倭暁とあり、筆名より一門と思える。従ってこの頃の薩摩座の上演資料の出現により、焉馬作が増加する可能性が存する。焉馬は「伊達競阿国戯場」が浄瑠璃の初作で、時に三十七歳。俳諧を二世祇徳に学び、四世市川団十郎追善の黄表紙『三歳繰珠数暫《みとせぐりじゅずしばらく》』、茶番仕立の洒落本『蚊不喰呪咀曾我《かにくわれぬまじないそが》』等を出板した程度の文芸活動に止まっていた。ただ見世物が好きで、安永七年(一七七八)六月朔日より両国の回向院で善光寺如来の開帳があった際、平賀源内の入れ知恵で黒牛の背に「南無阿弥陀仏」が浮き出るようにしたところ評判になったと言い、相談の場に鶴屋南北が居合わせた可能性も存する。(3) 南北は当時桜田兵蔵を名告って中村座の狂言作者。その中村座で事件が起った。安永七年(一七七八)七月十二日より「伊達競阿国劇場」上演の際、八月下旬に至って五代目団十郎が舞台で四代目松本幸四郎を非難し退座、四代目岩井半四郎も団十郎に義理を立て、二番目が出幕になってから退座したのである。そのため不入りとなり、遂に舞い納めねばならなかった。古今の大当りと評されたにも拘わらず(『歌舞伎年表』四所引『戯場談話』)、上演打切りとなったので、必ず当るとの目算あっての肥前座の企画に相違ない。源内や兵蔵との係わりにおいて、焉馬は本作を執筆したのではあるまいか。なお、南北は三十年後、立作者として手を加え再演を果す。

本作は伊達騒動に累の筋を綯交ぜて展開するが、先ず伊達騒動の概略を、主に平重道『伊達騒動』(宝文堂、一九八二年)に拠って記す。万治元年(一六五八)八月、十九歳で三代藩主となった綱宗が、同三年七月十八日に幕府により逼塞を命ぜられた。酒色に耽り諫言を容れないので、公儀のお咎めの先手を打って、一族老臣が隠居願いを申し出、聴許されたものである。同八月十五日、綱宗長男、二歳の亀千代の相続が認められるとともに、伊達家六十二万石より伊達宗勝(政宗十男)、田村宗良(綱宗庶兄)にそれぞれ三万石を分ち後見人とし、国目付二人を毎年六か月仙台に派遣、統治の実態に目を光らせることになった。宗勝は渡辺金兵衛・今村善太夫などを側近とし、藩政を掌握するとともに、先例に背き勝ちな治政振りが反感をよぶ。一方、伊達安芸と伊達式部との間に領地の境界、所有権を廻って紛争を生じたが、両後見は式部に有利な裁定を下す。寛文九年(一六六九)六月、双方とも請書を出し一旦落着したかに見えたが、安芸は幕府に上訴。寛文十一年三月四日、老中板倉重矩邸で取調べを受け、宗勝の悪政振りを言上。三月七日には、柴田外記・原田甲斐の両家老が個別に同邸で尋問を受け、外記は公儀の意向が御家安泰にあると知り喜ぶ。宗勝の代りに矢面に立たされ、内紛の印象を与えたくない甲斐の申し分は老中の納得を得られず、後日改めて覚書を差し出したが突き返された。外記と甲斐のいずれが理か、老中は家老古内志摩を仙台より召喚、三月二十二日尋問。志摩の応答も安芸側。三月二十七日、安芸及び三家老は再び板倉屋敷に召喚と決まり、甲斐は尋問に先立ち老中との対面を望んだが拒否された。聞番（諸藩の情報係）蜂屋六左衛門の案内で板倉邸に着いた四名は、大老酒井邸に移るよう指示を受け、大書院で各人二回ずつ取調べを受ける筈であったが、二度目の甲斐が退出、志摩が奥に入った後に惨劇が起った。甲斐が安芸に斬り付け、落命。蜂屋六左衛門が甲斐の脇腹を刺して甲斐落命。酒井家の家臣が駆け付けたものの事態が解らず、甲斐を斬った両名に、かえって深手を負わせ、外記は当日酒井邸内で、六左衛門は二十八日、宇和島藩主伊達遠江守邸で死去。この事件の張本人として甲斐は悪臣、安芸・外記は忠臣と極め付けられ、甲斐は孫に至るまで命を断たれた。宗勝も土佐国に配流、近親者も各地に流され、側近もそれぞれ罪を蒙った。酒井忠清は夫人の妹が宗勝の息男宗興に縁付いているため、悪評が立ち、板倉重矩は人気を博した。四月六日、亀千代、成長して十三歳の綱基は江戸城に登城、本領安堵、後見人廃止、以後親政を行なう事となる。

右が伊達騒動の大略であるが、他の御家騒動と異なるのは、大槻文彦が十六年の歳月をかけ、広翰な安芸忠臣説の『伊達騒動実録』（明治四十二年）を公刊、その段階で史料蒐集がほぼ完了した点にある。後は史料の解釈如何で、事実、田辺実明『先代萩の真相』（大正十年刊）は、同書に拠って、宗勝・甲斐の雪冤を試みた。(4) しかし江戸の人々はこのような史実を知らず、綱宗は伽羅の下駄で吉原に通い、なびかぬ高尾を三股で吊し斬りにし、乳母浅岡は忠節を尽くし、亀千代は毒殺を免がれると言った伝承によって伊達騒動を想い描いたのである。このような伝承が文芸化され、その成果は更に伝承を増幅させ、また新たな作品を生むと言った具合に、伊達騒動物の世界は豊かに生長を遂げたのであり、浄瑠璃「伊達競阿国戯場」(以下本作と呼ぶ)も、そのようにして誕生した作品の一つである。

　前年初演の歌舞伎の浄瑠璃化であるので、歌舞伎に就いて先ず触れたい。伊達騒動物の歌舞伎の嚆矢は、正徳三年(一七一三)正月市村座初演「泰平女今川」と言われ、頼兼、渡辺民部と言った本作と同じ役名が見えている。鳥居清満画の黒本『通神東伽羅夫』(宝暦八年〈一七五八〉刊か)は伊達騒動物であるが、序文に「東山の狂言ニ土佐掾が一ふし高尾さんげの段をまじへ」とある如く、右の『通神東伽羅夫』以前に、伊達騒動を東山の世界に仕組み、高尾を取り合せた歌舞伎があったと推される。[5] なお高尾が戯曲に登場する魁は、土佐浄瑠璃「三世二河白道」(宝永五年〈一七〇八〉刊)で、[6] 当麻図幸勝広は大江のゆうがん鬼貫と変名、吉原三浦屋の高尾を刺殺する。台帳が残るのは歌舞伎「唐様の反古染は一枚摺の侠紙子けいせい睦《むつの》玉川《たまがわ》」で、明和四年(一七六七)正月、大坂中之芝居初演、佐々木家の御家騒動に仮託。佐々木六角が高尾を吊し斬りにするが、その高尾は身代り。次ぎに累の方であるが、[7] 初めて登場するのは残寿作の仮名草子『死霊解脱物語聞書』(元禄三年〈一六九〇〉刊)。埴生村の与右衛門の女房累は醜悪ゆえに夫に殺され、その死霊が次々に後妻達に取り付くが、祐天上人の法力によって解脱との筋。演劇化は、享保十六年(一七三一)の市村座盆狂言の二番目「絹川紅ひの潮」。累が吉原の傾城の妹との設定は享保十九年開曲の土佐浄瑠璃「桜小町」。傾城高尾と累が姉妹となるのは、宝暦六年八月、森田座上演の「珍敷江南橘《めずらしくこうなんのたちばな》」で、累と累の怨霊とは別の役者が勤めている。そして伊達騒動と結び付くのは、明和五年七月、森田座興行「伊達模様雲稲妻」であるが、台帳は伝存しないようである。

　右の伝承を受けて成立した歌舞伎「伊達競阿国劇場」を浄瑠璃化した本作の作劇法を知るには、台帳と院本との比較が何よりであるが、現存するのは文化五年(一八〇八)三月市村座、鶴屋南北による再演時の台帳(早稲田大学演劇博物館所蔵。文化六年写)のため断念せざるを得ない。大和郡山藩主であった柳沢信鴻の詳細な観劇記録『宴遊日記別録』が残されているのは幸いであるが（八月十二日と九月十四日に観劇）、青写真（原本所在不明）に拠らざるを得ず、難読箇所が多いのが惜しまれる。そこで、浄瑠璃化を志す際に作者は如何にするかを想像してみたい。先ず第一に、七行本で百丁程（字数は本作では一行約三十字）に全段を収めるのを大凡の枠とする。次に、時代世話を一番目二番目に分けて仕組む歌舞伎は、決断所の段が終って二番目になるが（出幕となったのは九月二日）、浄瑠璃は決断所の段に当る山名宗全旅館の段を大詰にせねばならないので、累の筋を九段目以前に配す必要があり、何処に置くか考える（結果的に八・九段目）。また歌舞伎の場合、一番目と二番目の繋がりが稀薄であっても支障ないが、浄瑠璃は累の筋と、伊達騒動の筋とを緊密に結び付けて統一性を保たねばならないので、その為の改変に工夫を凝らす。また歌舞伎は役者の科白の遣り取りで進行し、浄瑠璃は太夫の語る本文に従って筋が展開するので、歌舞伎にない地には殊に意を用いねばならず、それも大序は荘重になどと浄瑠璃の格に入るように書く必要がある。そこで頼りにしたのが伊達騒動の実録体小説と先行浄瑠璃、殊に累物の先行作であろう。実録体小説との関係は「今来古往俯して密」の語り出しが何よりの証となる。「仮名手本忠臣蔵」（寛延元年〈一七四八〉八月、大坂竹本座）等の先行作を取り込むのは、極く普通に行なわれており、「新板累物語」や「絹川累物語」（明和六年四月、外記座）に拠りながらも、怨霊劇から近代人の琴線に響く夫婦愛の劇に高め得た点を評価すべきであろう。更に役者本位の歌舞伎にある二役などは、人形では効果がないので本文を重視して改め、舞台機構の相違を考慮して、勾欄で可能なように変え、その上で新味を出す。本作では第六祇園社の段がそれで、歌舞伎には全く存しない。落語中興の祖と言われる焉馬は、『太平楽巻物』三巻を著し、咄の会などで読み上げたが、成立年時を異にする為、今日に連なる江戸落語の形成過程を察知し得る好個の資料となっている。[8] 中巻に「折太夫がかたつたをきいた。（中略）その伊達競じや」と、豊竹折太夫の語った祇園社の段に言及するが、『太平楽巻物』には、この段の詞に近い文辞が含まれており、焉馬作に違いない。先に源内の特色として列挙した、一・二・四項はこの段についても共通し、源内の影響を感ずる。また第十山名宗全旅館の段の語り出しは大工棟梁の焉馬に相応しく、段切れに、歌舞伎にない荒獅子男之介の荒事を配したのは、五代目団十郎に対する贔屓の心情が表れており、後に三升連を組織する焉馬が、この段を担当したと推したい。立作者が初段の担当として、他の六・十段目が焉馬とすると、異質な八・九段目は達田弁二の筆と思われる。また両段と、初段から第五までの五段との間に、筋の展開上無理を生じている点を勘案すると、二段から五段目に懸けて弁二は担当していないのであろう。今日、いかにも江戸作者らしい六段目が行なわれないのに対して、八・九段目が「薫樹累物語」として独立して行なわれたり、同じ伊達騒動物の「伽羅先代萩」通し上演の際に、その一部として上演されるなど、生命を保っているのは、焉馬としては聊か無念なことであろう。しかも床本は本作ではなく、大坂風に言葉遣い等を改められた五行本「薫樹累物語」に拠っている。この現象は、「碁太平記白石噺」七段目(焉馬作)においても同様で、現行の床本は洒落本を手摺りに懸けた塩梅の、往時の雰囲気を全く感じさせない五行本に拠っている。つまり人形浄瑠璃として繰り返し上演されるには、歌舞伎や戯作の味わいのある江戸作者浄瑠璃の特色を消さねばならないのである。江戸作者の手になる作品群は、所詮は一時の徒花に過ぎなかったのであろうか。義太夫節の多様性を窺うべく初演当時の本文に戻しての上演を願って止まない。

（延広真治）

（注）

（1）通常、焉烏旭は焉馬の、三津環は上太郎の変名とするが、確証を得られない。今、別人と考えておく。

（2）二枚続きの番付の内の一枚のみのため、作者不明。鳥越文蔵「江戸浄瑠璃の一作者」（昭和六十三年七月、国立文楽劇場プログラム）の推測の如く、「碁太平記白石噺」と同一作者の可能性が高い。

（3）古井戸秀夫「鶴屋南北（二）の下」（『近世文芸 研究と評論』23、一九八二年十月）。

（4）甲斐忠臣の浄瑠璃に、菅専助作「端手姿鎌倉文談」（安永六年正月、大坂北堀江市の側芝居）がある。内山美樹子「『伽羅先代萩』小考」（『文学』一九八七年四月）。

（5）中村幸彦「実録と演劇」（『中村幸彦著述集』第十巻、中央公論社、一九八三年）。

（6）鳥居フミ子『伝承と芸能』（武蔵野書院、一九九三年）。

（7）東晴美「累狂言の趣向の変遷」（早稲田大学大学院『文学研究科紀要別冊』20、一九九三年）。以下本稿に拠る所多いが逐一は記さない。

（8）延広真治『落語はいかにして形成されたか』（平凡社、一九八六年）。都立中央図書館所蔵、上巻『太平楽記文』（天明三年写）、中巻『太平楽威競記文』（天明八年写）、下巻『太平楽好文』（寛政十二年写）。

おわりに、本巻の前篇に当る『竹田出雲 並木宗輔 浄瑠璃集』（角田一郎・内山美樹子校注）には、解説に十八世紀（近松没後）人形浄瑠璃の、舞台と人形操法、曲節、及び作者と作品関係の研究史、概説を収める。本文・脚注と併せ、御参照いただきたい（文字譜の翻刻で、本巻でも『竹田出雲 並木宗輔 浄瑠璃集』同様、「ウ」には「亏」が含まれる）。また、本巻の現行演出関係の記述は十分とはいえないので、「伊賀越道中双六」沼津の段、「絵本太功記」尼が崎の段の詳細な演出注及び現行演出全般に関する文楽用語解説等を含む、日本古典文学大系『文楽浄瑠璃集』（祐田善雄校注、八世竹本綱大夫使用の床本を底本とする。八世竹本綱大夫・大西重孝・吉永孝雄・倉田喜弘氏等が協力）をも御参照いただきたい。

校注にあたり、『文楽浄瑠璃集』をはじめ、近石泰秋校注『浄瑠璃名作集』下、山本信吉校注『浄瑠璃通解』、樋口慶千代『傑作浄瑠璃集』下、吉村重徳校注『義太夫名作浄瑠璃註釈』二(いずれも「伊賀越道中双六」または「絵本太功記」。『浄瑠璃註釈』以外は著名な段の抜萃)その他の浄瑠璃校注諸書から恩恵を受けた。上演史・演出については『義太夫年表』近世篇・明治篇・大正篇、高木浩志編『文楽興行記録・昭和篇』、同著者の『文楽用語一覧』などを参考とした。

所収三作品及び付録の底本使用を許された長友千代治氏、早稲田大学演劇博物館、ならびに本文対校本・注釈の諸資料等で御高配にあずかった諸機関、上野市立図書館、大阪市立中央図書館、大阪府立中之嶋図書館、大山崎町歴史資料館、岡崎市教育委員会、京都市醍醐綜合庁舎、京都大学附属図書館、国文学研究資料館、国立劇場、国立国会図書館、国立文楽劇場、松竹大谷図書館、東京大学総合図書館、東京大学文学部国語学研究室、東京大学教養学部、鳥取県立博物館、沼津市役所、文楽協会、宮城県図書館、早稲田大学中央図書館、に御礼申し上げる。

また校注にあたって、多くの方に御教示、御協力をいただいた。

中村幸彦氏、角田一郎氏、桜井弘氏、内ケ崎有里子氏、大久保良峻氏、加藤康子氏、角屋明彦氏、竹本幹夫氏、土田健次郎氏、鳥越文蔵氏、服部幸雄氏、原道生氏、肥田晧三氏、日野龍夫氏、深谷克己氏、松崎仁氏、水田紀久氏、水田かや乃氏、八木敬一氏、矢野貫一氏、横道萬里雄氏、玄忠寺・本経寺・妙喜庵各御住職。

翻刻・校正等の作業では、川口節子氏の協力を得た。またほかに石塚美奈子、今岡謙太郎、上野智子、大倉直人、岡田万里子、香坂真理、神津武男、児玉竜一、重野佐喜子、高野尚人、東晴美、三浦敏子、安富順の各氏の協力を得た。

右の方々に厚く御礼申し上げる。

新 日本古典文学大系 94
近松半二 江戸作者 浄瑠璃集

1996年 9 月20日　第 1 刷発行
2025年 1 月10日　オンデマンド版発行

校注者　内山《うちやま》美《み》樹《き》子《こ》　延広《のぶひろ》真《しん》治《じ》

発行者　坂本政謙

発行所　株式会社 岩波書店
〒101-8002 東京都千代田区一ツ橋 2-5-5
電話案内 03-5210-4000
https://www.iwanami.co.jp/

印刷／製本・法令印刷

ISBN 978-4-00-731519-0　Printed in Japan